Frankenstein · Dracula

Mary W. Shelley

# Frankenstein

Bram Stoker

# Dracula

area

Mary W. Shelley: Frankenstein
Titel der Originalausgabe:
Frankenstein or The Modern Prometheus
Übersetzung aus dem Englischen
von Friedrich Polakovics

Bram Stoker: Dracula
Titel der Originalausgabe: Dracula
Übersetzung aus dem Englischen von Stasi Kull


Lizenzausgabe für area verlag gmbh, Erftstadt


Einbandgestaltung: agilmedien, Köln
Einbandabbildung: agildesign, Köln
Satz & Layout: Satzbüro Noch, Balve
Gesamtherstellung: Oldenbourg Taschenbuch GmbH,
Hürderstraße 4, 85551 Kirchheim

Printed in Czech Republic 2004
ISBN 3-89996-258-3

# *Inhalt*

## *Mary W. Shelley: Frankenstein*

*Bram Stoker: Dracula*

Mary W. Shelley

# Frankenstein

# *Vorrede*

Die Begebenheit, auf welche der vorliegende Roman sich gründet, trägt nach dem Dafürhalten des Dr. Darwin sowie etlicher deutscher Physiologen nicht im eigentlichen Sinne den Anstrich des Unmöglichen. Dennoch möchte die Schreiberin dieser Zeilen sich gegen jede Unterstellung verwahren, sie hege auch nur im Entferntesten den ernstlichen Glauben an solche Ausgeburt menschlicher Imagination. Überdies habe ich, da ich dergleichen nun einmal zum Objekt eines Werkes der Fabulierkunst gewählt, mich durchaus nicht bloß in der Rolle desjenigen gesehen, der da lediglich eine Anzahl übernatürlicher Schrecknisse miteinander verflicht. Der Gegenstand, mit welchem unsere Handlung steht und fällt, hat ja so gut wie nichts mit den Ungereimtheiten zu schaffen, die all den herkömmlichen Geschichten über Zauberei oder Gespenster von Haus aus anhaften. Vielmehr empfahl er sich schon durch das Unerhörte der Situationen, die durch ihn selbst heraufbeschworen werden. Mag er im Faktischen, Körperlichen sich immerhin als ein Ding der Unmöglichkeit erweisen, so setzt er durch die Gewährung eines neuen Blickpunktes unsere Fantasie doch in den Stand, ein umfassenderes, eindrücklicheres Tableau der menschlichen Leidenschaften zu entwerfen, als dies irgendeine der Alltäglichkeiten, welche im hergebrachten Rahmen sich abspielen, je erlauben könnte. Zwar bin ich bestrebt gewesen, die Richtigkeit der Grundprinzipien, in denen das Wesen der Menschen beruht, nach Kräften zu respektieren, bekenne aber frei, dass ich nicht gezögert habe, alles auf neuartige Weise miteinander zu verknüpfen. Die ›Ilias‹, dies tragische Poem der alten Griechen, Shakespeare im ›Sturm‹ und im ›Sommernachtstraum‹, und vornehmlich

Milton im verlorenen Paradies‹ sind dieser Regel nicht minder unterworfen. So mag denn auch der bescheidene Romanschreiber, welcher nur bestrebt ist, durch seine Arbeit einem lesenden Publikum nicht weniger Kurzweil zu vermitteln als sich selbst, ganz ohne Anmaßung auch für ein Werk der erzählenden Prosa von jener Freiheit Gebrauch machen, die schon eher eine Regel ist und deren Anwendung in den erhabensten Bereichen der Poesie schon so viele Beispiele des Edelmuts und der Hochherzigkeit hervorgebracht hat.

Der eigentliche Umstand, auf welchem meine Geschichte beruht, verdankt sich der Anregung durch eine zwanglose Konversation. Die Erzählung selbst wurde zum Teil aus Gründen des Zeitvertreibs begonnen, zum Teil aber auch um an ihr einige bislang ungenutzt gebliebene Fähigkeiten des Geistes zu erproben. Das Fortschreiten des Werkes förderte noch einige weitere Beweggründe zutage, welche sich mit den Erstgenannten verflochten. Obschon es mir keineswegs gleichgültig ist, auf welche Art und Weise die den Charakteren oder Sentiments dieses Buches innewohnenden moralischen Tendenzen auf den Leser wirken mögen, hat sich in dieser Hinsicht mein Hauptaugenmerk doch darauf beschränkt, den enervierenden Effekten der zeitgenössischen Romane aus dem Wege zu gehen, hingegen das Liebenswerte verwandtschaftlicher Zuneigung sowie die Vortrefflichkeit der Tugend im Allgemeinen nach Gebühr ins Licht zu rücken. Die Meinungen, welche gegebenermaßen dem Charakter und der Situation des Haupthelden entspringen, mögen indes auf keine Weise mit meiner eigenen Überzeugung gleichgesetzt werden. Ebenso wenig wäre es gerechtfertigt, aus den folgenden Seiten irgendwelche präjudizierende Schlussfolgerungen auf diese oder jene philosophische Doktrin ableiten zu wollen.

Soweit es den Autor betrifft, wäre noch von einigem Interesse, dass die im Folgenden gebotene Geschichte in eben jener majestätischen Region begonnen wurde, darin die Handlung der Hauptsache nach spielt, und in der Gesellschaft von Freunden, deren Abwesenheit zu bedauern ich nicht aufhören kann. Ich verbrachte nämlich den Sommer 1816 in der Nähe von Genf. Das Wetter war von einer so anhaltenden Kälte und Nässe, dass wir uns allabendlich um das im Kamine lodernde Holzfeuer scharten und uns hin und wieder an deutschen Gespenstergeschichten delektierten, wie sie der Zufall uns in die Hände gespielt. Jene Geschichten erweckten in uns das vergnügliche Begehren Ähnliches hervorzubringen. So ergab sich's, dass zwei meiner Freunde (deren einer die Feder so meisterlich zu führen versteht, dass eine einzige Erzählung von seiner Hand das Publikum wohl bei weitem stärker anzusprechen vermöchte, als ich selber dies mit allen meinen künftigen Arbeiten hoffen darf) mit mir übereinkamen, jeder für sich eine Geschichte zu schreiben, der eine übernatürliche Begebenheit zugrunde liegen sollte.

Indes, über Nacht bekamen wir besseres Wetter. Meine beiden Freunde brachen ohne mich zu einer Reise ins Hochgebirge auf und vergaßen über den großartigen Szenerien, welche dasselbe dem Auge des Wanderers zu bieten hat, vollständig der alten Gespenstervisionen. So ist denn die nachstehende Erzählung die einzige, welche bis zu ihrem Abschlüsse gediehen ist.

Marlow,
September 1817

## *Erster Brief*

An Mrs. Saville, England

St. Petersburg, 11. Dez. 17 – –

Es mag dich erfreuen zu hören, dass die ersten Schritte jenes Unterfangens, welches du mit so unheilvollen Vorgefühlen betrachtet, sich bisher unter einem günstigen Sterne vollzogen haben. Ich bin hierorts am gestrigen Tage angelangt und erachte es für meine vordringlichste Pflicht, dich, teuerste Schwester, meines Wohlergehens zu versichern sowie meiner wachsenden Zuversicht in den schließlichen Erfolg meines Vorhabens.

Ich befinde mich hier auf einem viel nördlicher gelegenen Breitengrade denn London, und sobald ich durch die Straßen von Petersburg wandle, umfächelt meine Wangen eine kalte, von Norden kommende Brise, welche die Nerven erfrischt und mich mit Entzücken erfüllt. Kannst du dies Gefühl mir nachempfinden? Solcher Anhauch, welcher aus den Regionen kommt, nach denen ich unterwegs bin, vermittelt mir ja einen Vorgeschmack jener eisigen Klimaten. Befeuert vom Winde der Verheißung nehmen meine Tagträume fortwährend an glutvoller Lebendigkeit zu. Vergebens, mir einreden zu wollen, der Nordpol sei ein Wohnsitz der Eiseskälte und der Verlassenheit. Beständig zeigt er sich meinem inneren Auge als eine Stätte der Schönheit und Entzückung. Dort oben, teuerste Margaret, geht ja die Sonne niemals unter: Vielmehr scheint ihr feuriger Ball den Horizont entlangzurollen, wobei er alles und jedes in seinen nimmer verlöschenden, sanften Glanz taucht. In jenen Regionen – und in dem Punkte will ich mit deiner Erlaubnis, teuerste Schwester, dem Zeugnis der Seefahrer vergangener Tage ein wenig vertrauen –, in jenen Regionen gibt's ja nicht Schnee noch Frost und so mag sich's ereignen, dass wir, segelnd über ein ruhevolles Meer, unversehens an Gestade treiben, welche an Wunder und Schönheit all das Neuland übertreffen, welches der nimmermüde Forschergeist bis zur Stunde auf unserm bewohnten Erdball zu entdecken vermocht. Die Hervorbringungen jener Zonen, ja ihr ganzes Wesen, sie mögen ebenso wenig ihresgleichen haben wie die Himmelserscheinungen über so unentdeckten Einsamkeiten. Was mag nicht alles zu erwarten sein von einem Lande, darin es nimmer Nacht wird? Vielleicht, dass es mir gelingt, jene ans Wunderbare grenzende Kraft zu ergründen, welche unsere Kompassnadel auf sich zieht? Dass mir vergönnt ist, die scheinbare Exzentrizität der tausend Himmelsbeobachtungen in jene Gesetzmäßigkeit zu überführen, deren Entdeckung nur noch dieser meiner Reise bedarf? Löschen will ich meinen brennenden Wissensdurst mit dem Anblick eines noch nie zuvor erblickten Teils der Welt, meinen Fuß auf ein Gestade setzen, das noch nie zuvor von eines Menschen Fuß betreten worden! Solcherart sind die Verlockungen, denen ich erliege, und sie sind stark genug, all die Ängste vor Fährnis und Tod zu überwinden und mich zu vermögen, die mühevolle Reise anzutreten mit eben der erwartungsvollen Freude, die da ein Knabe empfinden mag, sobald er sich mit seinen Spielgefährten in dem kleinen Kahne einschifft, die unbekannten Quellen des heimatlichen Flüsschens zu ergründen. Und setzten wir den Fall, meine Erwartungen erfüllten sich nicht, so bliebe doch der unschätzbare Dienst, welchen ich der gesamten Menschheit bis zu deren spätesten Nachfahren erwiesen hätte durch die Entdeckung einer über den Nordpol zu jenen Ländern führenden Passage, welche zu erreichen beim gegenwärtigen Stand der Dinge so viele Monate erfordert, oder aber durch die Ergründung des Geheimnisses der Magnetnadel, das, wenn überhaupt, nur durch ein Unternehmen wie das meine aufgedeckt werden kann.

Diese Überlegungen haben das Gefühl der Unruhe zerstreut, mit welchem ich diesen Brief begonnen, und so fühle ich jetzt mein Herz entbrennen in einer Begeisterung, welche mich himmelwärts hebt. Nichts vermag ja das Gemüt wirksamer zu sänftigen denn ein feststehendes Ziel – ein Punkt, auf welchen die Seele ihr inneres Auge richten kann. Die bevorstehende Expedition ist der Lieblingstraum meiner Jünglingsjahre gewesen. Mit vor Begeisterung brennenden Wangen habe ich die Berichte über sämtliche Reisen verschlungen, welche jemals in der Absicht unternommen worden, den Pazifischen Ozean über die den Pol umgebenden Gewässer zu erreichen. Du wirst dich ja noch entsinnen, dass die Bibliothek unseres guten Oheims Thomas fast zur Gänze aus Geschichtswerken bestand, welche das Schicksal der Entdecker zum Gegenstand hatten. Zwar ist meine Erziehung arg vernachlässigt worden, doch bin ich schon damals ein leidenschaftlicher Leser gewesen. Tag und Nacht saß ich über jenen Bänden, und je vertrauter mir ihr Inhalt wurde, desto mehr vertiefte sich der Schmerz, den ich schon als Kind empfunden, da ich erfahren gemusst, mein Vater habe noch auf seinem Sterbelager dem Oheim aufs Dringlichste eingeschärft mich nur ja nicht zur See gehen zu lassen.

Derlei Luftschlösser zerrannen, sobald ich zum ersten Mal mit dem Werke jener Poeten Bekanntschaft schloss, deren Ergießungen mir die Seele durchdrangen, ja zum Himmel erhoben. Auch ich ward zum Poeten und lebte ein volles Jahr lang in einem selbst geschaffenen Paradiese. Ja, ich sah mich schon als ein Standbild in einer Nische jenes Ruhmestempels, darin auch die Namen eines Homer, eines Shakespeare verzeichnet stehen. Du weißt nur zu gut um mein Versagen und wie schwer ich an der Enttäuschung getragen habe. Doch war's just zu jenem Zeitpunkt, dass ich meines Vetters Vermögen überkommen, so dass mein Denken wieder in die Bahnen seines früheren Trachtens gelenkt ward.

Nun sind schon sechs Jahre ins Land gezogen, seit ich den Entschluss für mein gegenwärtiges Unternehmen gefasst. Noch heute entsinne ich mich der genauen Stunde, darin ich mich dem großen Vorhaben weihte. Das Erste war, dass ich meinen Körper an Härte und Entbehrung zu gewöhnen begann. Ich begleitete die Waljäger auf mehreren ihrer Expeditionen in das Nordmeer. Aus freien Stücken erduldete ich die Kälte, den Hunger, den Durst und den Mangel an Schlaf. So manchen Tag lang leistete ich härtere Arbeit denn der gemeine Mann vor dem Mast und verbrachte doch meine Nächte über dem Studium mathematischer und medizinischer Bücher sowie jener Zweige der Naturwissenschaft, von denen ein abenteuernder Seefahrer den größten praktischen Nutzen ziehen mag. Ja wahrhaftig, zu zweien Malen nahm ich Heuer als Zweiter Steuermann auf einem nach Grönland gehenden Walfänger und entledigte mich meiner Aufgabe zur allgemeinen Bewunderung. Und ich kann nicht umhin hier zu bekennen, dass ich ein klein wenig stolz war, als der Kapitän mir die Stelle eines Ersten Steuermanns auf seinem Schiffe anbot und mich in allem Ernste dazu bewegen wollte, auf demselben zu verbleiben. So hoch hatte er meine Dienste eingeschätzt.

Sag selbst, teuerste Margaret: Steht's mir nach allem nicht zu, Großes zu vollbringen? Dabei hätte mein Leben in Nichtstun und Schlemmerei versanden können! Ich aber achtete nicht der Verlockungen, welche der Wohlstand mir in den Weg gelegt, und zog ihnen jederzeit den Strahlenkranz des Ruhmes vor. Oh, dass mir eine Stimme in der Bekräftigung solcher Wahl auch Mut zuspräche! Wohl sind dieser mein Mut und meine Entschlossenheit noch ungebrochen. Allein, meine Hoffnungen sind einem ewigen Auf und Ab unterworfen und mein Gemüt unterliegt nur zu oft den Anwandlungen der Trübsal. Und dies eben jetzt, da ich im Begriffe stehe, mich zu einer langwierigen und gefahrvollen Expedition einzuschiffen, deren Wechselfälle all meine Seelenstärke erfordern: Von mir wird ja nicht nur verlangt den Mut der anderen hochzuhalten, sondern auch den eigenen, sobald erst die anderen versagen.

Wir haben hier in Russland jetzt die günstigste Reisezeit. Die Einheimischen fliegen in ihren Pferdeschlitten nur so über den Schnee. Diese Art der Fortbewegung ist äußerst vergnüglich und, nach meinem Dafürhalten, bei weitem angenehmer denn diejenige mittels der englischen Postkutschen. Selbst die Kälte ist zu ertragen, sobald du dich genugsam in Pelze hüllst – zu welcher Gewandung ich mich allbereits habe bekehren lassen. Denn auf Deck umherzugehen ist bei weitem ein ander Ding, als Stunde um Stunde regungslos in den Reiseschlitten gepfercht zu sein, aller Möglichkeit beraubt, durch ein wenig Bewegung das Blut in deinen Adern vor dem Einfrieren zu bewahren. Und nichts liegt mir ferner als mein Leben schon auf der Poststrecke zwischen St. Petersburg und Archangelsk auszuhauchen.

Nach dem letztgenannten Orte werde ich in vierzehn Tagen bis drei Wochen von hier aufbrechen. Meine Absicht ist es nämlich, dortselbst ein Schiff zu mieten, was sich unschwer ins Werk setzen lässt, wenn man dem Reeder die geforderte Sicherstellung bezahlt. Ferner will ich unter den erfahrenen Walfängern so viele Seeleute anheuern, wie mir nötig erscheint. Indes gedenke ich nicht schon vor Juni in See zu stechen. Und wann ich zurückkehren werde? Ach, teuerste Schwester, wie sollt ich diese Frage beantworten können! Ist meine Ausfahrt von Erfolg begleitet, so werden viele, viele Monate, ja vielleicht Jahre vergehen, ehe wir einander wieder in die Arme schließen. Lässt sich mein Wagnis aber schlecht an, so wirst du mich nur zu bald wieder sehen – oder nimmermehr.

So leb denn wohl, meine teure, unvergleichliche Magaret! Möge der Himmel dich mit seinem Segen überschütten und auch mir eine sichere Fahrt gewähren, auf dass es mir vergönnt sei, dir wieder und wieder meine tiefe Dankbarkeit für all deine mir erwiesene Liebe und Güte zu bekunden! – Dein dich liebender Bruder R. WALTON

## *Zweiter Brief*

An Mrs. Saville, England

Archangelsk, 28. März 17 – –

Wie langsam doch die Zeit vergeht, hier, wo nur Schnee und Kälte mich umgeben! Und dennoch bin ich in Verfolgung meines Zieles um einen weiteren Schritt vorangekommen: Es ist mir gelungen ein Schiff zu mieten, und nun hab ich alle Hände voll zu tun die Deckmannschaft zusammenzutrommeln. Jene Leute, die ich schon angeheuert, erwecken mir den Anschein, als könnte ich mich auf sie verlassen, und sind sämtlich vom unerschrockensten Mute beseelt.

Allein, ich habe einen Herzenswunsch, den erfüllt zu sehen mir bislang noch nie vergönnt gewesen, und so empfinde ich diesen Mangel nachgerade als ein rechtes Übel. Nämlich, mir gebricht's an einem Freunde, Margaret! Niemand ist da, meine Freude zu teilen, sobald ich in der ersten Begeisterung des Erfolges erglühe. Überwältigt mich aber die Verzweiflung, so wird keiner es auf sich nehmen mich aus meiner Niedergeschlagenheit aufzurichten. Gewiss, ich kann meine Gedanken dem Papier anvertrauen, allein, wie armselig ist doch dies Mittel Empfindungen auszudrücken! So verlangt's mich mehr und mehr nach der Gesellschaft eines mitfühlenden Menschen, dessen Blick dem meinen Antwort gäbe. Du magst mich immerhin einen Schwärmer schelten, teuerste Schwester, ich aber empfinde das Fehlen eines Freundes als einen drückenden Mangel. Niemand steht mir zur Seite, der zartfühlend und doch beherzt genug wäre – von einem sowohl kultivierten als auch fähigen Geiste durchdrungen und von den nämlichen Neigungen beseelt wie ich – um meinen Plänen zustimmen oder dieselben ergänzen zu können. Wie wohltätig vermöchte doch solch ein Freund die Schwächen deines armen Bruders auszugleichen! Ich bin ja viel zu hitzig in meinen Handlungen, viel zu ungeduldig, sobald Schwierigkeiten sich mir in den Weg legen. Und solches Übel, es wird noch verschlimmert durch den Umstand, dass ich meine Bildung nur mir selbst verdanke: Während der ersten vierzehn Jahre meines Lebens entriet ich ja nahezu völlig der leitenden Hand und las nichts anderes denn die Reisebeschreibungen aus des Oheims Besitz. Mit vierzehn lernte ich die berühmten Poeten unseres Landes kennen und erst als es nicht mehr in meiner Macht lag, den bestmöglichen Nutzen aus ihr zu ziehen, erwachte in mir die Erkenntnis, wie notwendig es sei, nicht nur mit der Muttersprache, sondern auch mit fremdländischen Zungen vertraut zu sein. Nun bin ich achtundzwanzig und doch in Wahrheit unwissender als so mancher Schulbube von fünfzehn Jahren. Gewiss, ich hab mir über mehr Dinge den Kopf zerbrochen und meine Tagträume reichen weiter und gelten größeren Zielen. Aber es gebricht ihnen an dem, was die Maler den *harmonischen Vortrag* nennen. So ist ein Freund mir dringend vonnöten, der verständig genug wäre, mich nicht als einen Schwärmer abzutun, und liebevoll genug, sich der Zügelung meines Geistes anzunehmen.

Aber was hilft alles Klagen! Mir ist's ja gewisslich bestimmt, auf dem ganzen weiten Ozean keinen Freund zu finden, und schon gar nicht hier in Archangelsk, unter nichts als Krämerseelen und Wasserratten. Und dennoch, auch in rauem Busen schlägt so manches Herz, das von Gefühlen beseelt ist, welche dem Abschaume dieser Menschheit fremd sind! So ist zum Beispiel mein Erster Steuermann ein Mensch von bewundernswertem Mute und Unternehmungsgeist, ja erfüllt von einer nahezu aberwitzigen Begierde nach Ruhm. Oder besser, er ist davon durchdrungen, es in seinem Berufe möglichst weit zu bringen. Er stammt aus England und hat sich unerachtet aller nationalen und professionellen Engstirnigkeit, welche durch keinerlei Gesittung gemildert ist, doch einen Rest edelsten Menschentumes bewahrt. Ich machte die Bekanntschaft dieses Mannes an Bord eines Walfängers, und sobald ich erst erfahren hatte, dass er hier in Archangelsk keine Heuer finden kann, war's mir ein Leichtes, ihn für meine Sache zu gewinnen.

Der Kapitän ist ein Mann von trefflichem Charakter und wird von der Mannschaft einhellig ob seiner vornehmen Gesinnung und der Milde seiner Disziplin hoch geschätzt. Besonders der letztere Umstand, zuzüglich der wohl bekannten Integrität und Unerschrockenheit dieses Mannes, machte mich begierig ihn in meine Dienste zu nehmen. Meine in Einsamkeit hingebrachte Kindheit, meine von deiner sanften, fraulichen Hand geleiteten Jünglingsjahre, sie haben ja mein ganzes Wesen so durch und durch verfeinert, dass ich mich angesichts der Brutalität, welche auf den Seeschiffen zu herrschen pflegt, eines profunden Abscheus nicht zu erwehren vermag: Niemals mochte ich daran glauben, dass dergleichen wirklich notwendig sei. Sobald ich also von einem Seemanne hörte, dem seine Herzensgüte nicht minder nachgerühmt wird als der respektvolle Gehorsam, welchen das Schiffsvolk ihm entgegenbringt, schätzte ich mich ganz besonders glücklich mich seiner Dienste versichern zu können. Ich hatte erstmals auf eher romantische Weise von ihm reden hören, und zwar von einer Dame, welche ihm das Glück ihres Lebens dankt. Hier in aller Kürze seine Geschichte: Vor einigen Jahren verliebte er sich in eine junge russische Dame von mäßiger Mitgift. In Anbetracht des Umstandes, dass der Bewerber Prisengelder in beträchtlicher Höhe sein Eigen nannte, stimmte der Vater des Mädchens einer Verbindung zu. Der Verlobte bekam indes seine Braut nur noch ein einziges Mal vor dem festgesetzten Trauungstermin zu Gesicht und fand eine Tränenüberströmte vor, welche sich ihm zu Füßen warf und ihn anflehte ihrer zu schonen, wobei sie bekannte, dass sie einen anderen liebe, jener aber so unbemittelt sei, dass ihr Vater nimmermehr in eine Heirat einwilligen werde. Mein großherziger Freund sprach der Bittenden Trost zu und stand, sobald er den Namen ihres Liebhabers erfahren, augenblicks von seinem Vorhaben ab. Zwar hatte er schon einen Teil seiner Mittel an den Erwerb eines Landgutes gewendet, woselbst er sich zur Ruhe setzen gewollt, doch vermachte er nunmehr den gesamten Besitz seinem Rivalen, zusammen mit dem Reste der Prisengelder, auf dass der andere auch noch den gehörigen Viehbestand erwürbe. Sodann machte er sich in eigener Person zum Brautwerber und drang in den Vater des jungen Weibes, derselbe möge doch zustimmen, dass seine Tochter ihren Geliebten zum Manne nähme. Der Alte aber wies dies Ansinnen in aller Entschiedenheit von sich, da er sich meinem Freunde auf Ehre und Gewissen verpflichtet fühlte. Dieser aber, sobald er den Vater unerbittlich gefunden, verließ dessen Land und kehrte nicht eher zurück, als bis er vernommen hatte, dass seine frühere Verlobte ihrer Neigung entsprechend verheiratet war! »Welch edelmütiger Mensch!«, wirst du nun ausrufen. Und in der Tat, das ist er. Doch ermangelt er jeglicher guten Erziehung: Er ist so stumm als ein Türke und es haftet ihm eine Art nachlässiger Ignoranz an, welche, obschon sie seine Handlungsweise in ein umso erstaunlicheres Licht rückt, all die Teilnahme und Sympathie, die ihm sonst gewiss wäre, recht sehr beeinträchtigt.

Doch sei es ferne von dir, zu glauben, dass ich, bloß weil ich mich hier ein wenig beklage oder vielmehr in all der

Müh und Plage einen Zuspruch gebrauchen könnte, der mir ja doch nie zuteil wird, in meinen Entschlüssen auch nur im Geringsten wankend geworden bin! Die sind so unumstößlich wie das Schicksal und ich habe meine Reise nur noch so lange hinausgeschoben, bis das Wetter meiner Einschiffung nicht mehr im Wege steht. Der Winter ist von einer fürchterlichen Strenge gewesen, aber nun steht ja der Frühling vor der Tür, und zwar, wie hier allgemein geglaubt wird, zu einem bemerkenswert frühen Zeitpunkt, so dass wir möglicherweise eher als erwartet in See stechen werden. Doch will ich nichts überstürzen. Du kennst mich zur Genüge, um auf meine Klugheit und Umsicht zu vertrauen, wann immer das Wohl und Wehe fremder Menschenleben in meine Hand gelegt ist.

Ach, ich vermag's nicht, dir meine Gefühle angesichts der so nahe bevorstehenden Abfahrt zu schildern! Unmöglich, dir die Natur jener bebenden Empfindungen deutlich zu machen, welche ebenso sehr der Freude wie der Angst entspringen, jener Gefühle, mit denen ich die Zurüstungen zu unserer endgültigen Ausfahrt betreibe. Nun bin ich im Begriff, mich in unerforschte Regionen zu begeben, hinein in »das Land der Nebelschwaden und des ewigen Schnees«! Doch will ich keinem Albatros etwas zuleide tun und du magst deshalb unbesorgt sein um meine Sicherheit und brauchst nicht zu fürchten, dass ich eines Tages so abgekämpft und bejammernswert vor deiner Tür stehen könnte wie jener Seemann in der ›Ballade vom Alten Matrosen‹! Lächle immerhin ob solcher Anspielung – doch will ich dir ein Geheimnis enthüllen: Nämlich, ich führe so manches Mal die unwiderstehliche Neigung, den leidenschaftlichen Enthusiasmus, welche mich mit den Gefahren des unerforschlichen Ozeans verbinden, zurück auf jenes Werk aus der Feder des fantasiebegabtesten unsrer modernen Poeten! Beständig ist ja in meiner Seele etwas mir Unbegreifliches am Werke. Im praktischen Leben bin ich ein arbeitsamer, ein gewissenhafter Mensch – einer, der mit Ausdauer und Beharrlichkeit seinen Pflichten obliegt. Und doch ist da trotz allem eine Vorliebe fürs Wunderbare, ja ein

Glaube daran, welcher sich jedem meiner Projekte mitteilt und mich dazu treibt, auszubrechen aus dem Alltagstrott der Menschen, und gälte es gleich, mich aufs wilde Meer hinauszuwagen, in jene nie gesehenen Regionen, welche zu erforschen ich mich nunmehr anschicke.

Doch zurück zu freundlicheren Erwägungen: Werde ich dich, teuerste Schwester, nach dem Durchpflügen grenzenloser Meere in die Arme schließen und dir berichten können, dass mein Weg zu dir mich um das südlichste Kap von Afrika oder Amerika geführt hat? Ich wag es nicht, an solchen Erfolg zu denken – und ertrag es nicht, die Kehrseite der Medaille auch nur anzusehen! So fahr du denn fürs Erste fort, mir mit jeder sich bietenden Gelegenheit zu schreiben: Mag sein, dass deine Botschaft mich in eben jener Stunde erreicht, da ich ihres Zuspruchs am dringendsten bedürftig bin. Du weißt ja, mit welcher Liebe ich dir anhänge. Bewahr auch du mir deine Geneigtheit, im Falle du nie wieder von mir hören solltest! –

Dein dich liebender Bruder R. WALTON

## *Dritter Brief*

An Mrs. Saville, England

7. Juli 17 – –

Teuerste Schwester – in Eile diese Zeilen, dir zu sagen, dass ich wohlauf und bisher auf meiner Fahrt gut vorangekommen bin. Dies Lebenszeichen geht mit einem Handelsmanne nach England, dessen Schiff uns auf hoher See begegnet ist und der nun von Archangelsk aus in die Heimat zurückkehrt: glücklicher als ich, der ich vielleicht mein Heimatland auf Jahre hinaus nicht wieder sehen werde! Doch bin ich guter Dinge, dieweil meine Mannen ja kühn genug und ganz augenscheinlich von grimmiger Entschlossenheit beseelt sind. Auch scheint das Treibeis, dessen Schollen beständig an uns vorüberziehen und von den Gefahren künden, zu denen wir nun unterwegs sind, sie nicht sonderlich zu schrecken. Wir befinden uns schon in recht nördlichen Breiten, doch da wir Hochsommer haben – wenngleich nicht so warm wie in England –, bringen uns die Südwinde, welche uns mit hoher Fahrt gegen jene Gestade tragen, die ich so sehnlich zu erreichen wünsche, eine ganz unerwartet belebende Wärme.

Bisher ist uns nichts Erwähnenswertes zugestoßen. Ein-, zweimal ein steiferer Wind sowie ein kleineres Leck, das sind so Dinge, welche dem erfahrenen Seemanne kein weiteres Wort abnötigen. Wenn uns nichts Ärgeres auf unsrer Fahrt bevorsteht, will ich's zufrieden sein!

So leb denn wohl, meine teure Margaret! Und sei versichert, dass ich mich sowohl um meinet- als auch um deinetwillen nicht unbesonnen der Gefahr in die Arme stürzen werde. Kaltblütig, beharrlich und mit aller Umsicht will ich mein Ziel ins Auge fassen.

Denn der Erfolg – er muss mein Unternehmen krönen! Wie denn auch nicht? Nun bin ich so weit schon vorgedrungen, hab mir in Sicherheit den Weg gebahnt auf dem pfadlosen Ozean – und die Sterne da droben sind Zeugen meines Triumphes! Warum also nicht weiter fortschreiten über dies ungezähmte und doch so botmäßige Element? Was könnte dem entschlossenen Herzen, dem festen Willen eines Mannes widerstehen?

Nun hat mein übervolles Herz sich doch noch Luft gemacht in solcher Ergießung! Indes, ich muss schließen. Der Himmel sei mit dir, geliebte Schwester! R.W.

## *Vierter Brief*

An Mrs. Saville, England

5. August 17 – –

Nun hat ein so merkwürdiger Vorfall sich ereignet, dass ich nicht umhin kann, dir von ihm zu berichten, wiewohl es nur zu wahrscheinlich ist, dass ich dir von Angesicht gegenübertrete, noch ehe diese Blätter in deinen Händen sind.

Vergangenen Montag (den 31. Juli) waren wir vom Treibeis nahezu eingeschlossen – es rückte uns so nahe auf den Leib, dass wir kaum noch Fahrt machen konnten. Unsere Lage fing an nachgerade bedenklich zu werden, und dies umso mehr, als ein undurchdringlicher Nebel uns jeder Sicht beraubt hatte. So blieb uns nichts übrig als beizudrehen, in der Hoffnung, das Wetter werde schon noch umschlagen.

Gegen zwei Uhr nachmittags hob sich denn auch der Nebel und wir erblickten eine ringsum und nach allen Seiten sich erstreckende, ungeheure Eiswüste aus aufgeworfenen und übereinander geschobenen Schollen, welche kein Ende zu nehmen schien. Schon begannen einige meiner Gefährten zu murren und auch mein angespannter Geist ward von Angst und Sorge überkommen, als ein über die Maßen sonderbarer Anblick unser Augenmerk auf sich zog und damit unsre Besorgnis von der eigenen Lage ablenkte. Etwa eine halbe Meile entfernt erblickten wir nämlich ein niedriges, auf einem Hundeschlitten festgebundenes Gestell in rascher Fahrt gegen Norden. In dem Schlitten saß ein Lenker, der zwar menschliche Formen aufwies, aber ganz augenscheinlich von riesenhafter Statur war. Wir sahen dem mit großer Geschwindigkeit dahineilenden Reisenden durch unsre Teleskope nach, bis er uns hinter den in der Ferne aufragenden Eisschollen aus den Augen kam.

Solche Erscheinung rief in uns eine maßlose Verwunderung hervor. Uns trennten ja – so glaubten wir zumindest – schon viele hundert Meilen von jeglichem Festlande, doch schien, was wir eben gesehen, darauf hinzudeuten, dass wir der Küste noch viel näher waren als vermutet! Indes, vom Eise eingeschlossen, war's uns nicht möglich, dem von uns mit der größten Aufmerksamkeit beobachteten Kurse zu folgen.

Etwa zwei Stunden nach jenem Ereignis vernahmen wir das Getöse der Grundsee und noch vor Einbruch der Nacht zerbarst die Eisdecke und gab unser Schiff wieder frei. Wir blieben aber bis zum Morgen liegen, da wir befürchteten, in der Dunkelheit von einer der mächtigen Schollen gerammt zu werden, wie sie nach dem Aufbrechen des Packeises auf dem Meere treiben. Ich benutzte diese Wartefrist, mich für ein paar Stunden aufs Ohr zu legen.

Am Morgen aber, sobald es wieder hell war, kam ich an Deck und fand die gesamte Mannschaft an der einen Schiffsseite über die Reling gebeugt. Offensichtlich redeten die Männer auf jemanden ein, der sich unten auf dem Wasser befand. Und in der Tat, während der Nacht war auf einer der riesigen Eisschollen ein Schlitten an uns herangetrieben, welcher aufs Haar jenem anderen glich, den wir am Vortage gesehen hatten. Von den Hunden war nur noch einer am Leben, doch in dem Schlitten befand sich ein Mensch, den die Matrosen zu überreden suchten, er möge doch an Bord kommen. Der Mann war, anders als der Reisende vom Vortage, welcher ja den Anschein eines Ureinwohners irgendwelchen unentdeckten Eilandes erweckt hatte, ein Europäer. Sobald ich auf Deck erschienen war, sagte der Kapitän: »Da kommt unser Patron! Er wird nicht zulassen, dass Ihr da unten auf offener See absauft wie eine Ratte!«

Sobald der Fremdling meiner ansichtig geworden, wandte er sich in englischer Sprache, wenngleich mit einem fremdländischen Akzente, an mich. »Ehe ich an Bord Eures Schiffes komme«, sagte er, »seid bitte so freundlich mir zu sagen, wohin es bestimmt ist!«

Du magst die Größe meines Staunens ermessen, als ich solche Frage aus dem Munde eines Menschen hören musste, der schon mit einem Fuß im nassen Grabe stand und von dem ich eigentlich erwartet hatte, er sehe in meinem Schiffe einen Zufluchtsort, den er gegen alle Schätze der Welt nimmer eingetauscht hätte. Doch stand ich dem Fremdling Rede und Antwort, indem ich ihm eröffnete, wir befänden uns auf einer Entdeckungsfahrt zum Nordpol.

Dies vernommen, schien er völlig zufrieden und hatte nichts mehr dagegen, dass wir ihn an Bord nähmen. Du lieber Himmel! Hättest du, teuerste Margaret, diesen Menschen gesehen, der sich um seiner Errettung willen erst so lange hatte bitten lassen, deine Verwunderung wär eine grenzenlose gewesen! Seine Gliedmaßen waren ja nahezu erstarrt und sein Körper war durch Übermüdung und Leiden bis auf die Knochen abgezehrt. Nie zuvor hab ich einen Menschen in so jammervollem Zustande gesehen. Wir versuchten den Erschöpften in die Kajüte zu schaffen, doch fiel er in eine Ohnmacht, sobald er nicht mehr an der frischen Luft war. Demzufolge schleppten wir ihn wieder an Deck und riefen ihn ins Leben zurück, indem wir ihn mit Cognac einrieben und ihn auch zwangen ein wenig davon zu schlucken. Sobald der Besinnungslose wieder Spuren von Leben verriet, wickelten wir ihn in Decken und betteten ihn neben den Rauchfang des Küchenherdes. Nur nach und nach kam er wieder zu Sinnen, doch nahm er sogar ein wenig Suppe zu sich, was ganz vortrefflich zu seiner Wiederherstellung beitrug.

Zwei Tage gingen auf diese Weise hin, ehe er wieder fähig war Worte hervorzubringen. Ich aber befürchtete immer wieder, er sei vor Qual von Sinnen gekommen. Sobald er ein wenig bei Kräften war, ließ ich den Bedauernswerten in meine eigene Kabine schaffen, woselbst ich mich, soweit meine Pflicht mir dies verstattete, nach Kräften um ihn bemühte. Noch nie zuvor ist mir ein bemerkenswerterer Mensch untergekommen: Seine Augen haben für gewöhnlich einen wilden, ja sogar irren Ausdruck, doch sobald ihm jemand eine Freundlichkeit, ja den geringfügigsten Dienst erweist, beginnt sein ganzes Gesicht vor Wohlwollen und Güte zu strahlen, in einer Art, wie ich sie noch nie gesehen habe. Im Allgemeinen jedoch ergibt er sich der Schwermut und Verzweiflung, knirscht sogar bisweilen mit den Zähnen, als wollt er gegen die Last eines ihn bedrückenden Schmerzes aufbegehren.

Kaum hatte mein Pflegebefohlener sich ein wenig erholt, bekam ich alle Hände voll zu tun, ihm die Männer vom Leibe zu halten, welche ihn am liebsten mit tausenderlei Fragen bestürmt hätten. Ich aber mochte es nicht leiden, dass er in einem körperlichen und seelischen Zustande, dessen Besserung so augenscheinlich von der Wahrung absoluter Ruhe abhing, durch solch eitle Neugierde gequält würde. Dessen unerachtet richtete aber der Erste Steuermann einmal die Frage an ihn, aus welchem Grunde er sich in solch seltsamem Fahrzeuge so weit auf das Eis hinausgewagt?

Augenblicks nahmen die Züge des Gefragten den Ausdruck der tiefsten Verdüsterung an. Er antwortete: »Um jemanden zu suchen, der vor mir auf der Flucht ist.«

»Und ist der Mann, welchen Ihr verfolgt habt, auf die nämliche Weise gereist wie Ihr?«

»Ja.«

»Dann halt ich dafür, dass wir ihn gesehen haben. Am Tage bevor wir Euch aufnahmen, haben wir nämlich einen Mann im Hundeschlitten übers Eis fahren sehen.«

Diese Worte erweckten des Fremden Aufmerksamkeit und er war sogleich mit einer Unmenge Fragen in Ansehung der Route zur Hand, welche der Dämon, wie er ihn nannte, genommen. Und nicht lange danach, sobald er wieder mit mir allein war, sagte er: »Ohne Zweifel hab ich Eure Wissbegier nicht minder angestachelt denn jene dieser guten Leute. Nur seid Ihr viel zu rücksichtsvoll, als dass Ihr weiter in mich dringen wolltet.«

»Gewiss. Es wäre in der Tat recht ungehörig, ja unmenschlich von mir, wollte ich Euch mit Neugierde zusetzen.«

»Und dennoch habt Ihr mich aus einer ungewöhnlichen und gefahrvollen Lage gerettet – waret so wohlwollend darauf bedacht, mich dem Leben wiederzugewinnen!«

Und bald nachdem er dies gesagt, frag er mich, ob denn wohl das Bersten des Packeises jenen anderen Schlitten vernichtet haben mochte? Darauf konnte ich nur sagen, ich wüsste dies auf keine Weise zu beantworten, weil ja die Eisdecke erst gegen Mitternacht geborsten sei und der Reisende schon vorher einen sicheren Ort erreicht haben könne. Doch war's mir schlechterdings nicht möglich, darüber ein Urteil abzugeben.

Von da an beseelte neue Lebensenergie den entkräfteten Körper des Fremden und er legte den begierigsten Eifer an den Tag, an Deck zu gehen, um nach jenem ersten Schlitten Ausschau zu halten. Ich aber habe ihn überredet in der Kabine zu verbleiben, dieweil er ja noch viel zu schwach ist, als dass er dies raue Klima ertragen könnte. Doch hab ich ihm versprochen, jemand werde an seiner statt Ausschau halten und ihn sogleich benachrichtigen, falls irgendein Objekt in Sicht kommen sollte.

So weit mein Bericht in Ansehung dessen, was seit jenem sonderbaren Vorfall sich bis heute ereignet hat. Der Gesundheitszustand des Fremden hat sich allmählich gebessert, doch verhält der Genesende sich recht schweigsam und scheint Unbehagen zu verspüren, wenn ein anderer als ich die Kabine betritt. Doch legt unser Gast ein so gewinnendes und vornehmes Wesen an den Tag, dass die gesamte Mannschaft recht sehr von ihm eingenommen ist, wiewohl sie mit ihm kaum in Berührung kommt. Ich für meinen Teil fange nachgerade an, ihn wie einen Bruder zu lieben. Sein beständiger und tiefer Kummer erfüllt mich mit Sympathie und Mitgefühl. Er muss in seinen besseren Tagen ein vornehmer Mensch gewesen sein, da er sogar noch jetzt, in solch jammervollem Zustande, so anziehend und liebenswert ist.

In einem meiner Briefe, teuerste Margaret, habe ich gesagt, es werde mir gewiss nicht beschieden sein, auf dem ganzen weiten Ozean einen Freund zu finden. Nun aber hab ich einen Menschen gefunden, den ich, bevor noch sein Geist vom Elend verstört worden, mit Freuden als einen Bruder an mein Herz gedrückt hätte.

Ich werde meinen Bericht über diesen Fremdling ergänzen, sobald ich Neues über ihn zu vermelden habe.

13. August 17 – –

Die Zuneigung, welche ich für meinen Gast empfinde, wächst von Tag zu Tag. Er ruft meine Bewunderung in ebenso erstaunlichem Maße hervor wie mein Mitgefühl.

Wie auch sollte ich nicht den nagendsten Kummer empfinden angesichts solcher durch das Elend zerstörten Vornehmheit? Er ist ja so gefühlvoll und dabei so weise, verfügt über eine ungemeine Kultur sowie über eine Sprache, deren rascher Fluss bei aller Wohlgesetztheit der Worte von unvergleichlicher Beredsamkeit ist.

Jetzt, da er von seiner Krankheit nahezu genesen, kann man ihn beständig an Deck sehen, wo er ganz offensichtlich nach jenem ersten Schlitten Ausschau hält. Und wiewohl er genugsam an seinem eigenen Unglück zu tragen hat, ist er davon doch nicht so sehr besessen, als dass er sich nicht auch aufs Lebhafteste für die Projekte seiner Mitmenschen interessieren würde. So hat er sich mit mir des Öfteren über mein Vorhaben unterhalten, welches ich ihm rückhaltlos offenbarte. In aller Aufmerksamkeit hat er sich mit den sämtlichen Argumenten beschäftigt, welche mir für meinen schließlichen Erfolg zu sprechen scheinen, sowie bis ins Kleinste mit den Maßnahmen, die ich zu dessen Sicherung ergriffen habe. Die Bekundung solcher Anteilnahme machte es mir leicht, ihm mein Herz zu eröffnen, der in meiner Seele schwelenden Sehnsucht Ausdruck zu verleihen und mit all meiner glühenden Leidenschaft auszusprechen, wie ich doch mit tausend Freuden mein Vermögen, meine Existenz, ja meine sämtlichen Hoffnungen dahingäbe für einen günstigen Verlauf meines Unternehmens. Was bedeuten schon, so sagte ich, Leben oder Tod eines Menschen angesichts der Erwerbung jenes Wissens, nach welchem ich strebe – jener Herrschaft, welche ich über die uns Menschen so feindlich gesinnten Elemente zu erringen hoffe, um solche Macht an spätere Generationen weiterzugeben? Aber während ich so sprach, verdüsterte sich meines Zuhörers Antlitz mehr und mehr. Zunächst vermeinte ich, er suche bloß seiner Bewegung Herr zu werden, denn er schlug ja die Hände vors Gesicht. Doch ward meine Stimme schwankend und versagte mir den Dienst, als ich gewahrte, dass Tränen zwischen seinen Fingern hervorquollen und ein Stöhnen sich dem schwer atmenden Busen entrang.

Ich verstummte. Doch erst nach geraumer Zeit hub der Fremde an, in abgerissenen Sätzen zu sprechen. »Unseliger!«, sagte er. »So teilst auch du mein aberwitziges Begehren! Hast gleich mir von jenem Giftbecher gekostet? So hör mich denn, hör meine Geschichte und du wirst dies Getränk voll Abscheu von deinen Lippen stoßen!«

Solche Worte, wie du dir unschwer denken kannst, stachelten meine Neugierde aufs Höchste an. Doch jener Paroxysmus der Verzweiflung, welcher den Fremdling befallen, war zu viel für dessen geschwächte Kräfte gewesen und es bedurfte vieler Stunden der Ruhe und des beschaulichen Gesprächs, um des Verstörten Seelenfrieden wieder herzustellen.

Nachdem er seiner heftigen Gemütsbewegung Herr geworden, schien er sich dafür zu verachten, dass er sich zum Sklaven seiner Leidenschaften hatte machen lassen, und brachte mich, indem er der Düsternis seiner Verzweiflung Einhalt gebot, aufs Neue dazu, von mir selbst zu sprechen. Zunächst wollte er alles über meine Jugendjahre erfahren. Da gab's zwar nicht viel zu erzählen, doch auch dies wenige bot Anlaß genug zu den mannigfachsten Reflexionen. Ich sprach von meinem Wunsche, einen Freund zu finden – von meinem Begehr nach einem gleich gestimmten Geist, nach einer engeren Bindung, als sie mir bislang vergönnt gewesen, und gab meiner Überzeugung Ausdruck, dass ein Mann sich so lange zu Unrecht seines Glückes rühme, als ihm solche Segnung nicht zuteil geworden.

»Dies ist nur zu wahr!«, versetzte der Fremde. »Wir alle sind nichts als ungeformte Geschöpfe und zählen nur halb, solange nicht ein Klügerer, Besserer, Wertvollerer als wir selbst – eben ein Freund, wie er sein soll – uns hilfreich zur Seite steht, um unseÏre schwache und anfällige Natur zu vervollkommnen. Ich durfte einst solch einen Freund mein Eigen nennen, er war der nobelste von allen Menschen, drum weiß ich gut, was wahre Freundschaft sein kann. Ihr habt noch Hoffnung, vor Euch liegt die Welt, und so seh ich nicht, weshalb Ihr verzweifeln solltet. Ich jedoch – ich habe alles verloren und kann mein Leben nicht aufs Neue leben.«

Während er dies sagte, nahm seine Miene den Ausdruck einer so stillen, ernsten Bekümmernis an, dass sich mir das Herz zusammenkrampfte. Indes, er sagte kein weiteres Wort, sondern zog sich unverweilt in seine Kabine zurück.

Wie gebrochen im Geiste er immer sein mag – keiner übertrifft ihn an Empfindungskraft im Angesicht aller Schönheit der Natur. Der bestirnte Himmel über unsern Häupten, das grenzenlose Meer zu unsern Füßen, ja jeder andere Anblick, den diese wunderbaren Breiten uns gewähren, dies alles scheint ihm die Seele noch immer himmelwärts zu entrücken. Solch ein Mensch, er lebt ja ein zwiefaches Leben: Mag er auch vom Elend niedergedrückt, von Enttäuschungen überwältigt sein – hat er nur wieder zu sich selbst gefunden, so wird er einem Himmelswesen gleich, umhüllt von einer Glorie aus Licht, in deren Strahlenkranz kein Platz mehr ist für Kummer oder Narrheit!

Kommt dich ein Lächeln an ob der stürmischen Begeisterung, welche mir die Zunge löst im Angesicht eines so göttlichen Erdengastes? Ach – könntest du ihn von Angesicht sehen, es erstürbe dir! Unterrichtet, wie du bist durch deine Lektüre, verfeinert im Geschmacke durch deine zurückgezogene Lebensweise, bist du ein wenig wählerisch geworden. Doch gerade dieser Umstand müsste dich nur umso empfänglicher machen für die außerordentlichen Gaben dieses wunderbaren Menschen. Bisweilen habe ich zu ergründen versucht, was es nur sein mag, das ihn so himmelhoch über alle emporhebt, die ich je kennen gelernt. Ich glaube, es ist ein angeborener Sinn, das Echte vom Unechten zu sondern; eine rasche, doch unfehlbare Urteilskraft; ein Vermögen, den Dingen auf den Grund zu gehen mit einer Gedankenschärfe, die nicht ihresgleichen hat. Zu alldem magst du dir noch eine unglaubliche Leichtigkeit des Ausdrucks vorstellen sowie eine Stimme, die so variabel in ihrem Tonfalle ist, dass sie schon mehr einer sinnbetörenden Musik gleichkommt.

19. August 17 – –

Gestern redete der Fremde mich mit den folgenden Worten an: »Ihr mögt, Captain Walton, leichtlich wahrgenommen haben, dass mir großes Unglück widerfahren ist, welches nicht seinesgleichen hat. Und ich bin eigentlich entschlossen gewesen, die Erinnerung an all das Übel mit mir begraben zu lassen. Ihr aber habt mich dazu gebracht, meinen Entschluss umzustoßen. Ihr sucht ja ebenso wie einstmals ich nach Erkenntnis und nach Weisheit und ich hoffe mit brennendem Herzen, dass die Erfüllung Eurer Wünsche sich nicht zur Schlange wandeln möge, welche nach Eurer Ferse sticht, wie's mir geschehen ist. Zwar weiß ich nicht, ob die Geschichte meines Unheils Euch von Nutzen sein wird, indes, wenn ich mir vor Augen führe, dass Ihr den nämlichen Kurs steuert, Euch den nämlichen Gefahren aussetzt, welche mich zu dem gemacht haben, was ich heute bin, so will's mich bedünken, dass Ihr aus meiner Erzählung schon die entsprechende Lehre ziehen könntet – eine Lehre, die Euch, im Falle Ihr erfolgreich seid, als ein Leitstern voranleuchten mag, im Falle des Misserfolges aber ein rechter Trost sein kann. So macht Euch denn gefasst von Begebenheiten zu hören, welche man in den Bereich des Wunderbaren verweist. Befänden wir uns in gemäßigteren Breiten, so würd ich vielleicht fürchten auf Unglauben zu stoßen. In diesen ungebärdigen und geheimnisvollen Regionen aber erscheint so manches möglich, was das Lachen jener herausfordern würde, die da unvertraut sind mit den stets wandelbaren Kräften der Natur. Doch zweifle ich nicht, dass meine Erzählung, je weiter sie fortschreitet, Euch die innere Wahrhaftigkeit jener Ereignisse, aus denen sie besteht, vor Augen führen wird.«

Du magst dir unschwer vorstellen, wie angetan ich von dem in Aussicht gestellten Gespräche war. Dennoch mochte ich nicht dulden, dass mein Gast seinen Kummer durch das Aufzählen seiner Missgeschicke erneuerte. Dabei war ich äußerst begierig die angekündigte Erzählung zu vernehmen, teils aus Neugierde, teils aber auch aus dem echten Bedürfnis, ihm sein Los nach Kräften erleichtern zu helfen. Dies gab ich ihm denn auch in meiner Antwort zu verstehen.

»Ich danke Euch«, versetzte er, »für Eure Anteilnahme, allein, sie kommt für mich zu spät. Mein Erdenschicksal hat sich ja nahezu erfüllt. Nur noch eines bleibt mir zu tun – dann kann ich in Frieden die Augen schließen. Ich verstehe Eure Gefühle«, fuhr er fort, sehend, dass ich ihm ins Wort fallen wollte. »Indes, Ihr seid im Irrtum, mein Freund – falls Ihr mir erlauben mögt, Euch so zu nennen. Mein Schicksal ist mir unabänderlich vorgezeichnet. So vernehmt denn meine Geschichte und Ihr werdet begreifen, wie unwiderruflich es festgelegt ist.«

Er fügte noch hinzu, dass er mit seiner Erzählung am nächstfolgenden Tage beginnen wolle, sobald ich genug Muße hätte, ihr zu lauschen. Solche Versprechung erfüllte mich mit den wärmsten Dankgefühlen und ich habe mir vorgenommen, jede Nacht, wenn meine Pflichten mich nicht allzu gebieterisch in Anspruch nehmen, darauf zu verwenden, möglichst wortgetreu aufzuzeichnen, was der Fremde mir tagsüber berichtet hat. Sollte ich ab und zu verhindert sein, so will ich mir zumindest Notizen machen. Dir, teuerste Schwester, werden diese Aufzeichnungen unzweifelhaft das größte Vergnügen bereiten. Mit welcher Anteilnahme werde aber erst ich, der ich all das von des Erzählers Lippen vernehme, eines fernen Tages in diesen Blättern lesen! Eben jetzt, da ich mich an meine Aufgabe mache, klingt mir des Freundes volltönende Stimme ans Ohr. Die strahlenden Augen ruhen mit all ihrem melancholischen Zauber auf mir. Ich sehe die abgezehrte Hand im Feuer des Erzählens sich heben, dieweil ein Abglanz der Seele sich über des Redenden Antlitz breitet. Wie seltsam und quälend mag doch dies Bekenntnis sein! Wie furchtbar muss der Sturm gewütet haben, den dies tapfere Schifflein auf seiner Fahrt zu bestehen gehabt – um nun wrack zu sein auf solche Weise!

# Erstes Kapitel

Gebürtig bin ich aus Genf, und zwar entstamme ich einem der vornehmsten Geschlechter dieser calvinistischen Republik. Meine Vorfahren sind viele Jahre hindurch Ratsherren und Gemeindevorsteher gewesen. Noch mein Vater hat mehrere öffentliche Ämter bekleidet und stand ob seiner Untadeligkeit in hohem Ansehen. Wer ihn kannte, brachte ihm um seiner Rechtschaffenheit und unermüdlichen Hingabe im Dienste des öffentlichen Wohlergehens halber die respektvollste Ehrerbietung entgegen. Seine frühen Mannesjahre waren ausgefüllt mit den Angelegenheiten seines Landes und so hatte die Verknüpfung der Umstände es mit sich gebracht, dass er nicht Gelegenheit gefunden, zur rechten Zeit ein Eheweib zu freien. Erst als er den Zenit seines Lebens schon überschritten hatte, war's ihm vergönnt, Oberhaupt und Vater einer Familie zu werden.

Die Umstände, welche zu solcher Heirat führten, werfen ein bezeichnendes Licht auf seinen Charakter, und so kann ich wohl nicht davon absehen, sie Euch mitzuteilen. Einer seiner Busenfreunde war ein Handelsmann, welcher infolge der widrigsten Zufälle sein blühendes Unternehmen verlor und in Armut fiel. Dieser Mann, ein gewisser Beaufort, war von stolzer, unbeugsamer Wesensart und konnte es nicht ertragen, in dem nämlichen Lande in Armut und Vergessenheit zu leben, wo er zuvor durch Rang und Würden hervorgeragt hatte. Aus diesem Grunde zog er, nachdem er seine Schulden aufs Ehrenhafteste beglichen, mit seiner Tochter in die Fremde nach Luzern und lebte daselbst unerkannt und in den dürftigsten Umständen. Meinen Vater aber, welcher jenem Beaufort in aufrichtiger Freundschaft zugetan war, erfüllte dessen unter den unglücklichsten Bedingungen vor sich gegangener Abzug mit tiefem Kummer und er beklagte aufs Bitterste den falschen Stolz, welcher seinen Freund zu einer Lebensweise veranlasst hatte, die des Freundschaftsbandes zwischen den beiden so unwürdig war. Er verlor keine Zeit, nach des Freundes Aufenthalt zu forschen, beseelt von der Hoffnung, er werde denselben schon überreden, von ihm Kredit und Hilfe anzunehmen, um dergestalt ein neues Leben zu beginnen.

Beaufort jedoch hatte es aufs Wirksamste verstanden, sich zu verbergen, und so verstrichen zehn Monate, ehe mein Vater des Freundes Unterschlupf ausfindig gemacht. Überglücklich ob solcher Entdeckung suchte er unverzüglich das betreffende Haus auf, welches in einem der armseligen Gässchen nächst der Reuß gelegen war. Da er aber eintrat, boten ihm bloß Elend und Verzweiflung ihren düsteren Willkomm. Beaufort hatte ja nur eine ganz unbedeutende Summe Geldes aus dem Zusammenbruch seiner Geschäfte retten können, welche nur notdürftig hinreichte, für einige Monate das Leben zu fristen. In der Zwischenzeit, so hoffte er, würde er schon die oder jene ehrenhafte Beschäftigung in einem Handelshause finden. Die Wartezeit verstrich – wie denn auch nicht! – in Untätigkeit und so wurde, da er nun Muße genug zu grüblerischem Nachsinnen hatte, des Wartenden Bekümmernis nur noch tiefer, ja begann gleich einem Geschwür in ihm zu fressen. Mit der Zeit bemächtigte sie sich seines Gemütes so ganz und gar, dass er nach Ablauf von drei Monaten aufs Krankenlager gestreckt ward, nicht länger fähig, auch nur das Geringste zu unternehmen.

Seine Tochter pflegte ihn mit der größten Zärtlichkeit, doch sah sie voll Verzweiflung, dass die bescheidenen Ersparnisse unaufhaltsam im Schwinden begriffen waren und dass keinerlei Aussicht auf Unterstützung bestand. Doch Caroline Beaufort war aus besonderem Holze geschnitzt und so stachelte alle Widrigkeit ihren Mut nur noch stärker an. Sie übernahm die niedrigsten Arbeiten, verdingte sich als Strohflechterin und verdiente auf die verschiedenste Weise einen Hungerlohn, der kaum hinreichte, das nackte Leben zu fristen.

Auf diese Weise vergingen mehrere Monate und um den Vater ward es schlechter und schlechter bestellt. Immer mehr der kostbaren Arbeitszeit ging für die Krankenpflege auf, bis auch der letzte Notgroschen verbraucht war. Und als der Dahinsiechende nach Ablauf von zehn Monaten in den Armen der Tochter sein Leben aushauchte, ließ er ein Waisen- und Bettelkind zurück. Dieser letzte Schicksalsschlag überstieg Carolines Kräfte und sie kniete an Beauforts Sarge nieder und weinte bitterlich. In dem nämlichen Momente aber öffnete sich die Tür und herein trat niemand anderer als mein Vater! Gleich einem freundlichen Schutzgeist trat er auf die Bedauernswerte zu, welche sich seiner Obsorge sogleich anvertraute. Nachdem er seinen Freund begraben hatte, geleitete er das Mädchen nach Genf und brachte es bei einer Verwandten unter. Zwei Jahre später aber nahm er Caroline zum Weibe.

Der Altersunterschied zwischen meinen Eltern war ein beträchtlicher, doch scheint dieser Umstand sie in nur noch liebevollerer Hingabe aneinander gebunden zu haben. Meines Vaters aufrechtem Sinn wohnte ja ein Gefühl für Gerechtigkeit inne, das ihn nur dort wahrhaft lieben ließ, wo solche Liebe an keinen Unwürdigen verschwendet ward. Mag sein, dass er in früheren Jahren eine diesbezügliche Enttäuschung erlitten, dass er den Unwert einer geliebten Person zu spät erkannt hatte und nun eben deshalb ganz besonderes Gewicht auf erprobte Tugend legte. So bezeigte er in aller Hinneigung zu meiner Mutter ein Maß an Dankbarkeit und Hochschätzung, das in nichts an die kindische Verliebtheit des Alters gemahnte, da es der Verehrung von meiner Mutter Tugendhaftigkeit sowie dem Wunsche entsprang, die Ehegattin gewissermaßen für all die Not und Sorge zu entschädigen, welche sie in ihren Mädchenjahren zu erdulden gehabt. Demzufolge war das Verhalten, welches er ihr gegenüber an den Tag legte, verklärt von einer unaussprechlichen Güte. Jeden Wunsch sah er ihr von den Augen ab und ihr Wohlbefinden ging ihm über alles. Sein ganzes Streben war darauf gerichtet, sie vor allen Widrigkeiten, welche das Leben mit sich bringen mag, zu behüten, gleichwie der Gärtner ein schönes, fremdländisches Gewächs vor jedem raueren Lufthauche zu schützen versucht. So umgab er sie mit allem, was dazu angetan schien, ihr sanftes und wohlmeinendes Gemüt zu erfreuen. Nicht nur ihre Gesundheit, sondern auch ihre ehedem so lange bewahrte Seelenruhe war ja ernsthaft erschüttert worden durch das schwere Los, dem die Ärmste unterworfen gewesen. Nun hatte mein Vater schon während der zwei Jahre, welche der Eheschließung voraufgegangen, seine öffentlichen Ämter eins um das andere zurückgelegt. Deshalb fuhr das jungvermählte Paar sogleich nach vollzogener Vereinigung in die angenehmeren Klimaten Italiens und suchte mit solchem Ortswechsel und den mit einer Reise durch dies wundersame Land verbundenen Abwechslungen, die angegriffene Gesundheit der zarten Frau wieder herzustellen.

Von Italien führte der Weg nach Deutschland und nach Frankreich. Ich, als der Erstgeborene, erblickte zu Neapel das Licht dieser Welt und ward als ein Säugling auf all die ausgedehnten Reisen mitgenommen. Jahre hindurch blieb ich meiner Eltern einziges Kind. Sie waren einander so sehr zugetan, dass sie über eine wahre Fundgrube der Liebe zu verfügen schienen, aus welcher sie einen unversieglichen Vorrat an Zuneigung schöpften, um denselben an mich zu verschwenden. Die zärtlichen Liebkosungen meiner Mutter sowie das glückstrahlende Lächeln, mit welchem der Vater mich zu betrachten pflegte, sind denn auch meine frühesten Erinnerungen. Ich war meiner Eltern Spielpuppe, ihr Abgott und, weit mehr als das, ihr Kind – das unschuldige und hilflose Geschöpf, ihnen vom Himmel anvertraut, auf dass sie es heranzögen zum Guten, dieweil es ja in ihren Händen lag, mein künftiges Los mir zum Glücke oder zum Unglück ausschlagen zu lassen, je nachdem, auf welche Weise sie ihre elterlichen Pflichten an mir erfüllten. Angesichts so tiefen Wissens um all das, was Eltern einem Wesen schulden, dem sie das Leben geschenkt, angesichts auch jener immerwachen Zärtlichkeit, welche die beiden beseelte, ist es nicht schwer, sich vorzustellen, dass ich in jeder Stunde meines kindlichen Lebens umhegt war von Geduld, Fürsorge und Ordnungssinn, gleichsam geführt an einem seidenen Bande, so dass mir mein Leben als eine Kette von aneinander gereihten Freuden erschien.

Lange Zeit hindurch war ich der einzige Gegenstand der elterlichen Fürsorge. Zwar hatte meine Mutter sich von Herzen auch ein Töchterchen gewünscht, doch blieb ich das alleinige Unterpfand ihrer Liebe. Während meines fünften Lebensjahres unternahmen die Eltern eine Reise über die Grenzen Italiens und verbrachten eine Woche am Gestade des Comer Sees. Ihr Hang zur Wohltätigkeit ließ sie häufig die Behausungen der Armen aufsuchen. Dies bedeutete für meine Mutter mehr denn eine Herzenspflicht: In Ansehung des überstandenen, eigenen Leids sowie der Art und Weise, wie sie daraus erlöst worden, war's ihr ein Bedürfnis, ja eine Leidenschaft, nunmehr den Schutzengel der Mühseligen und Beladenen zu spielen. Im Verlaufe solchen Streifzugs der Barmherzigkeit fiel meinen Eltern eine in der Abgeschiedenheit eines Tales versteckte, ärmliche Hütte auf, deren Trostlosigkeit einzigartig zu sein schien, dieweil ja die Schar der um solche Behausung herumschwärmenden, zerlumpten Kinder nur zu deutlich auf Armut in ihrer ärgsten Erscheinungsform hinwies. Eines Tages nun, als mein Vater allein nach Mailand gefahren war, stattete die Mutter, welche mich auf ihren Gang mitgenommen, jener Hütte einen Besuch ab. Sie fand daselbst einen Häusler zusamt seinem Weibe vor, gebeugt von Sorge und harter Arbeit, wie sie eben dabei waren, das kärgliche Mahl unter ihren fünf hungrigen Kleinen zu verteilen. Eines davon zog die Aufmerksamkeit meiner Mutter vor allen anderen auf sich: Es war ein Mägdlein, das nicht zur Familie zu gehören schien, denn die übrigen vier waren schwarzäugige, verwegen aussehende kleine Strolche. Dies Mädchen aber wirkte gegen sie zerbrechlich und war überdies von großer Schönheit. Ihr Haar war vom strahlendsten, lebendigsten Golde, welches unerachtet aller

Ärmlichkeit der Kleidung dem Kinde den Stempel der Vornehmheit auf die Stirn zu drücken schien. Dieselbe war rein und hoch, die strahlend blauen Augen blickten ohne Arg und die anmutig geschwungenen Lippen sowie das sanfte Rund des Antlitzes waren von so ausdrucksvoller Empfindsamkeit und Süße, dass wohl keiner etwas anderes in dem Kinde hätte erblicken können denn ein auserlesenes, vom Himmel herabgestiegenes Geschöpf, dessen Miene von einem Hauch des Überirdischen verklärt war.

Die Häuslerin, gewahr werdend, dass meiner Mutter Blick so gebannt und bewundernd an jenem lieblichen Wesen hing, beeilte sich, dessen Lebensgeschichte zu berichten. Die Kleine, so sagte sie, sei nicht ihr Kind, sondern die Tochter eines Mailänder Edelmannes. Die Mutter, eine Deutsche, sei schon im Wochenbette gestorben. So war der Säugling in die Obhut dieser einfachen Leute gelangt, welche über das Kostgeld nur zu glücklich waren: Sie hatten ja erst vor kurzem geheiratet und eben ihr erstes Kind bekommen. Der Vater ihres Mündels war einer jener italienischen Patrioten, welche schon mit der Muttermilch das Gedenken an Italiens vergangene Größe in sich gesogen haben – einer jener *schiavi ognor frementi,* welche Leib und Leben darangesetzt, ihrem Vaterlande zu Freiheit und Einigung zu verhelfen. Allein, er war seiner Leidenschaft zum Opfer gefallen. Ob er den Tod gefunden hatte oder noch in Österreichs Kerkern schmachtete, wusste niemand zu sagen. Jedenfalls war mit der Konfiskation seiner Güter das verwaiste Töchterchen auch noch zum Bettelkinde geworden. Sie verblieb bei ihren Pflegeeltern und erblühte unter deren ärmlichem Obdach zu größerer Schönheit denn die Rose des Gartens unter dem dunkelblättrigen Dornicht erblüht.

Als mein Vater aus Mailand zurückkehrte, traf er mich im Vestibül unserer Villa mit einer Gespielin an, welche schöner war denn ein gemalter Engel – mit einem Geschöpfe, dessen Augen erstrahlten und dessen Formen und Bewegungen graziöser waren als jene der Alpengämse. Der Grund solch unverhofften Besuches war bald aufgeklärt und so drang meine Mutter, nachdem der Vater seine Zustimmung gegeben, in die bäuerlichen Pflegeeltern, sie mögen das Mündel doch ihr überlassen. Jene beiden aber hatten die anmutige Waise, deren Gegenwart ihnen als eine Segnung des Himmels erschien, recht sehr ins Herz geschlossen. Da es jedoch unbillig gewesen wäre, das Kind in Armut und Not aufwachsen zu lassen, wo durch die göttliche Vorsehung sich ihm plötzlich so mächtiger Schutz und Schirm bot, beratschlagten die guten Leute sich mit ihrem Dorfpfarrer und das Ergebnis solcher Unterredung war, dass Elisabeth Lavenza in unsere Familie aufgenommen und – mir teurer denn jede leibliche Schwester – zur schönen und angebeteten Gefährtin all meines Tuns und meiner Freuden ward.

Jedermann begegnete dem holden Kinde mit Liebe. Die leidenschaftliche, ja nahezu ehrfurchtsvolle Zuneigung, welche man ihr von allen Seiten entgegenbrachte, wurde, da sie ja auch mir zugute kam, mein Stolz und mein Entzücken. An dem Abend, der Elisabeths Aufnahme in unser Haus vorangegangen war, hatte meine Mutter scherzhaft zu mir gesagt:

»Ich habe ein hübsches Geschenk für meinen kleinen Viktor gleich morgen früh soll er es bekommen!« Und als sie mir am folgenden Morgen Elisabeth als die verheißne Gabe vorstellte, nahm ich die Worte der Mutter in allem kindlichen Ernste für buchstäbliche Wahrheit und betrachtete das Mädchen fortan als mein Eigentum – als meinen alleinigen Besitz, den nur ich zu schützen, zu lieben und zu hegen berechtigt war. Alle Lobesworte, die man ihr zollte, nahm ich als ein Lob entgegen, welches einem meiner Besitztümer galt. Untereinander redeten wir uns mit Cousin und Cousine an, aber es gab einfach kein Wort, welches der Beziehung hätte gerecht werden können, in der dies Mädchen zu mir stand: bei weitem mehr denn eine Schwester, sollte sie mir zugehören, bis dass der Tod sie von mir nahm.

## *Zweites Kapitel*

Wir wurden gemeinsam aufgezogen, denn es trennte uns ja kaum ein Jahr voneinander. Müßig zu sagen, dass uns jede Form von Uneinigkeit oder gar Zank fremd war. Harmonie der Seelen regierte unsere Zweisamkeit und die in unserm Wesen bestehenden Verschiedenheiten oder Gegensätze trugen nur dazu bei, uns noch inniger aneinander zu binden. Elisabeth war von ruhigerer, gesammelterer Wesensart. Ich in meiner hitzigen Veranlagung hingegen besaß die Fähigkeit, mich in die Dinge zu verbeißen, ja war geschlagen mit meinem Wissensdurst. Das Mädchen befasste sich damit, den Luftgebilden der Poeten nachzuspüren und fand in den majestätischen und wundersamen Szenerien, welche unseren Schweizer Wohnsitz umgaben – in der Erhabenheit und Größe der Gebirgszüge, dem Wechsel der Jahreszeiten, der Aufeinanderfolge von Sturm und Stille, dem winterlichen Schweigen und dem bewegten Leben und Treiben des Alpensommers –, ein überreiches Feld für ihre bewundernde und entzückte Anteilnahme. Dieweil also meine Gefährtin sich mit der ernsthaftesten Überzeugung dem großartigen Erscheinungsbilde der Dinge widmete, fand ich meine Freude in der Ergründung der inneren Zusammenhänge und Ursachen. Die Welt war mir ein Geheimnis, welches ich zu entschlüsseln begehrte. Wissensdurst, ernsthaftes Streben nach Erkenntnis der verborgenen Naturgesetze, ein an Entzückenstaumel grenzendes Glücksgefühl, sobald solch eine Gesetzlichkeit sich mir aufgetan – all dies gehört zu den frühesten Empfindungen, derer ich mich entsinnen kann.

Nach der Geburt eines zweiten Sohnes – er kam sieben Jahre nach mir zur Welt – gaben meine Eltern ihr unstetes

Reiseleben endgültig auf und setzten sich in ihrem Heimatlande zur Ruhe. Wir besaßen ein Haus in Genf und eine *campagne* auf Belrive, dem Ostufer des Sees, die eine gute Meile Weges von der Stadt entfernt lag. Der Hauptsache nach hatten wir unser Domizil in jenem Landhause aufgeschlagen und so verlief das Leben meiner Eltern in beträchtlicher Abgeschiedenheit. Auch ich ging der lauten Menge lieber aus dem Wege und schloss mich umso leidenschaftlicher den wenigen an. Deshalb bedeuteten mir meine Schulkameraden im Allgemeinen nicht viel. Nur einem einzigen von ihnen fühlte ich mich in engster Freundschaft verbunden. Er hieß Henri Clerval und war der Sohn eines Genfer Handelsmanns, ein Knabe von einzigartiger Begabung und Fantasie, der das wagemutige Handeln, die Entbehrung, ja sogar die Gefahr um ihrer selbst willen liebte und in den alten Romanzen und Ritterromanen wie zu Hause war. Er dichtete Heldengesänge und versuchte sich in der Abfassung so mancher Geschichte über Zauberei und ritterliche Abenteuer. Ja er wollte uns sogar dazu bewegen, bei Aufführungen und Maskeraden mitzuwirken, deren Figuren den Helden von Roncesvalles nachgebildet waren, der Tafelrunde des Königs Artus oder den Kreuzfahrern, welche ihr Blut dafür hingegeben, das Heilige Grab den Klauen der Ungläubigen zu entreißen.

Es gibt wohl keinen Menschen, der auf eine glücklichere Kindheit zurückblicken kann als ich. Meine Eltern waren ja durchdrungen vom echtesten Geiste der Güte und Nachsicht. Für uns hatten sie nichts von jenen Tyrannen an sich, die da nach Laune über das Los ihrer Kinder bestimmen, sondern waren vielmehr die Urheber und Schöpfer all der zahllosen Freuden, welche uns beständig zuteil wurden. Jede Einladung in eine andere Familie führte mir aufs Deutlichste vor Augen, wie glücklich ich mich doch schätzen durfte, und so ward die Liebe, welche ich meinen Eltern entgegenbrachte, noch befestigt durch die Dankbarkeit.

Bisweilen war ich freilich von heftiger Gemütsart, ja unterlag ich den hitzigsten Leidenschaften. Doch mein besseres Ich bewirkte, dass derlei Ausbrüche nicht in kindischen Bahnen verliefen, sondern mich zum begierigsten Lernen anspornten, zu einem Lernen freilich, dem die Gegenstände durchaus nicht von gleichem Werte waren. Ich bekenne, dass weder der innere Aufbau der Sprachen noch die Angelegenheiten des Rechtes und schon gar nicht die Politik der Staaten mich zu fesseln vermochten. Vielmehr waren es die Mysterien des Himmels und der Erde, welchen all mein Streben galt. Und ob nun die äußere Gestalt der Dinge, das innerste Wesen der Natur oder das Rätselvolle der Menschenseele mich beschäftigten, stets war mein Forscherdrang auf das Metaphysische gerichtet oder auf die physikalischen Geheimnisse in ihrem höchsten Sinn.

Clerval indes widmete sich gewissermaßen den moralischen Zusammenhängen zwischen den Dingen. Das geschäftige Treiben auf der Bühne des Lebens, die Tugenden der Helden und die Taten der Menschen, all dies beschäftigte ihn und sein Hoffen und Träumen war darauf gerichtet, einer von jenen zu werden, deren Namen im Buch der Geschichte verzeichnet stehen als diejenigen der furchtlosen und wagemutigen Wohltäter der Menschheit. Elisabeths argloses Wesen aber erhellte gleich einem Altarlämpchen den Frieden unseres Hauses. Ihre ganze Liebe war ja auf uns gerichtet: ihr Lächeln, ihre sanfte Stimme, der berückende Glanz ihrer himmlischen Augen, stets waren sie gegenwärtig, uns zu beglücken und anzuspornen. In ihr war jener Geist der Liebe wirksam, welcher die Seele sänftigt, indem er sie zu sich emporhebt. Wäre Elisabeth nicht da gewesen, ich hätte ohne dies sanfte Vorbild über all dem Studieren sauertöpfisch und zufolge meiner hitzigen Veranlagung nachgerade zum Grobiane werden müssen. Und sogar Clerval – was hätte seiner Makellosigkeit je Eintrag tun können? –, sogar er hätte vielleicht nicht so untadelig menschlich, so einsichtsvoll und großherzig, so zartfühlend und gütig sein können inmitten seiner leidenschaftlichen Hingabe an wagemutige Taten, wären ihm nicht durch Elisabeth die Augen aufgetan worden für das wahre Glück des Wohltuns, so dass am Ende die Guttat um ihrer selbst willen ihm Ziel und Zweck seines brennenden Ehrgeizes ward.

Wie gern verweile ich doch beim Gedenken an jene Zeit der Kindheit, da noch nichts Unheilvolles mir die Seele befleckt, noch nichts ihre strahlenden Visionen späteren, segensreichen Wirkens gewandelt hatte in die düsteren und bedrückenden Reflexionen über das eigene Ich! Und überdies nehmen in dem Entwurfe des Gemäldes meiner frühen Tage ja auch schon jene unmerklichen Schritte ihren Anfang, welche zu meinem späteren Unglück geführt haben. Denn wenn ich mich aufrichtig prüfe, wo denn die unselige Leidenschaft, welche späterhin all mein Geschick regiert hat, ihren Anfang genommen, so muss ich bekennen, dass sie schon sehr früh entsprungen ist, zunächst freilich nur dem Gebirgsbächlein gleich und aus trüben, fast vergessenen Quellen. Doch aus dem Bache ward ein Fluss, und aus dem Flusse ein Strom, welcher sich voranwälzend all meine Hoffnungen und Freuden mit sich gerissen hat.

Die Naturwissenschaft ist der Leitstern gewesen, unter welchem mein Geschick sich vollzog. Deshalb möchte ich in meiner Erzählung auch all die Fakten nicht unerwähnt lassen, welche meine Vorliebe für jene Disziplinen befördert haben. Ich war dreizehn Jahre alt, als wir eines Tages allesamt einen Ausflug nach den Bädern bei Thonon unternahmen. Ein ungnädiger Wettergott zwang uns, einen ganzen Tag in dem dortigen Gasthofe zu verbringen. Im Verlaufe unserer unfreiwilligen Gefangenschaft geriet mir zufällig ein Band der Werke des Cornelius Agrippa in die Hände, den ich zunächst ohne sonderliches Interesse aufschlug. Indes, durch die Theorien, welche dieser gelehrte Autor zu erhärten versucht, sowie durch die Tatsachen, welche er berichtet, ward meine Gleichgültigkeit alsbald in helle Begeisterung umgewandelt. Plötzlich war's mir, als stiege eine neue Sonne in meinem Denken herauf, und mit einem Freudensprunge war ich bei meinem Vater, um diesem meinen Fund zu zeigen. Er aber warf nur einen flüchtigen Blick auf die Titelseite meines Buches und sagte: »Ach – der Cornelius Agrippa! Mein lieber Viktor, verschwende erst gar nicht deine Zeit an dergleichen! Das alles ist nichts als ein trostloses Gewäsch.«

Hätte mein Vater, anstatt diese Bemerkung zu machen, sich die Mühe genommen, mir darzulegen, dass die Prinzipien des Agrippa samt und sonders längst verworfen seien und dass man seither eine neue Wissenschaft aufgebaut habe, die eine bei weitem stärkere Überzeugungskraft besitze denn jene alte, deren Argumentation bloß eine chimärische gewesen, wogegen die neue sich auf Realität und praktische Erfahrung gründe –, hätte mein Vater so zu mir gesprochen, wäre ich gewisslich unter Hinwegwerfung jenes Agrippa zu meinen bisherigen Studien zurückgekehrt und hätte meine Einbildungskraft, befeuert, wie sie nun schon war, durch einen noch heißeren Lerneifer zu befriedigen gesucht. Ja es ist sogar möglich, dass in solchem Falle mein Denken niemals in jene fatalen Bahnen gelenkt worden wäre, welche schließlich zu meinem Verderben geführt haben. Aber der flüchtige Blick, mit dem der Vater mein Buch gestreift hatte, ließ mich auf keine Weise erkennen, dass er mit dessen Inhalt auch wirklich vertraut war. So setzte ich meine Lektüre mit der größten Wissbegierde fort.

Wieder daheim, galt meine erste Sorge der Herbeischaffung einer Ausgabe der sämtlichen Werke dieses Autors sowie späterhin auch jener des Paracelsus und des Albertus Magnus. Ich verschlang die aberwitzigen Fantastereien dieser gelehrten Schriftsteller mit dem größten Genusse. Ich war da auf einen Schatz gestoßen, welcher, so wollte mir scheinen, außer mir nur ganz wenigen Menschen bekannt war. Allzeit war ich ja, wie ich schon gesagt habe, erfüllt von einem brennenden Verlangen, in die Geheimnisse der Natur einzudringen. Unerachtet der intensiven Bemühungen und wunderbaren Erkenntnisse unserer modernen Männer der Wissenschaft erhob ich mich jedes Mal unzufrieden und ohne zu einem Ergebnis gelangt zu sein von meinem Studierpulte. Man sagt ja, dass sogar Sir Isaac Newton einbekannt habe, er komme sich vor wie ein muschelsammelndes Kind am Rande des gewaltigen und unerforschten Ozeans der Wahrheit. Und seine Nachfolger auf den sämtlichen Gebieten der Naturwissenschaft, zumindest soweit sie mir bekannt waren, schienen sogar meinem kindlichen Begriffsvermögen die reinen Anfänger in Verfolgung der nämlichen Ziele zu sein.

Der unwissende Landmann erblickt die Elemente rings um sich und weiß sich ihrer zu bedienen. Aber auch der bedeutendste Wissenschaftler, so wollte mir scheinen, wusste nicht viel mehr. Er hatte den Schleier, welcher das Antlitz der Natur verhüllt, ein wenig gehoben, doch ihre unsterblichen Züge waren ihm noch immer wunderbar und geheimnisvoll. Mochte er auch nach Herzenslust zerpflücken, zergliedern und Namen erfinden, so war er doch noch nicht einmal zu den vordergründigsten Ursachen durchgestoßen, gar nicht zu reden von den letzten Dingen. Ich hatte einen Blick auf die Fortifikationen und Verhaue geworfen, mit denen die Natur ihre Zitadelle gegen das Eindringen menschlichen Geistes zu schützen scheint, und mich vorschnell und murrend in all meiner Ungewissheit davon abgewandt.

Hier aber war ich auf Bücher gestoßen, und durch sie auf Männer, welche tiefer vorgedrungen waren und über größeres Wissen verfügten. Was sie als Wahrheit vor mich hinstellten, nahm ich für bare Münze und wurde dergestalt ihr Schüler. Es mag sonderbar klingen, dass solches in unserem aufgeklärten achtzehnten Jahrhundert sich ereignen kann, doch darf man nicht außer Acht lassen, dass ich ja, während mir in der Genfer Schulstube das übliche Schulwissen eingebläut ward – dass ich ja in Ansehung meiner Lieblingsstudien ganz auf mich selbst gestellt blieb. Mein Vater war alles andere denn ein Wissenschaftler, und so konnte ich in Verfolgung des selbst gesteckten Zieles lediglich meine kindliche Verblendung mit der Wissbegier des Studiosus vereinen. Unter der Führung meiner neuen Präzeptoren warf ich mich mit dem eifervollsten Fleiße auf die Suche nach dem Stein der Weisen und nach dem Arcanum des Lebens. Doch nicht lange, und meine ungeteilte

Aufmerksamkeit galt nur noch diesem Letzteren. Geld und Gut bedeuteten mir nicht viel, aber welchen Ruhm würde es mir eintragen, wenn ich den menschlichen Körper von Krankheit und Siechtum befreien, wenn ich die Menschheit, bis auf das gewaltsame Umkommen, vom Tode erlösen könnte!

Doch dies waren nicht meine einzigen Träume. Die Heraufrufung von Geistern oder Teufeln war der Gegenstand meines heißesten Bemühens, denn dergleichen war mir von meinen Lieblingsautoren aufs Freizügigste verheißen worden. Und den beständigen Misserfolg meiner Beschwörungen schrieb ich nur zu bereitwillig der eigenen Unerfahrenheit, den eigenen Fehlern zu, ohne jemals meinen Lehrmeistern mangelndes Geschick oder gar Unglaubwürdigkeit vorzuwerfen. So war ich eine Zeit lang völlig in Anspruch genommen von allerlei längst verworfnen Denksystemen, vermengte als ein verkehrter Adept ein ganzes Tausend widersprüchlicher Theorien und mühte mich verzweifelt, in einem veritablen Sumpf aus Fragmenten der mannigfaltigsten Wissensgebiete voranzukommen, geführt von der brennenden Einbildungskraft einer kindischen Vernunft – bis ein weiterer Vorfall mein Denken abermals in neue Bahnen lenkte.

Es war in meinem fünfzehnten Lebensjahre – wir hatten uns eben wieder in unser Landhaus auf Belrive zurückgezogen –, als ein ganz besonders heftiges Unwetter sich über jener Gegend entlud. Heraufgestiegen war es hinter den Bergen des Jura und wälzte sich nun heran, wobei das Donnergetöse mit entsetzlichem Krachen aus allen Himmelsrichtungen gleichzeitig zu kommen schien. Ich harrte während der vollen Dauer solch elementaren Aufruhrs unterm Tore aus und beobachtete das Fortschreiten des Tobens mit wissbegierigem Entzücken. Wie ich nun so in der Einfahrt stand, ward ich urplötzlich geblendet von einem Feuerstrahl, welcher von einem alten Eichenbaume auszugehen schien, der keine zwanzig Schritte von unserm Hause entfernt stand. Sobald aber dies blendende Licht erloschen war, hatte jener Eichbaum sich buchstäblich in nichts aufgelöst, bestand er nur mehr aus einem verbrannten Strunke! Als wir uns am nächsten Morgen näher überzeugten, entdeckten wir, dass der Baum auf einzigartige Weise zerschmettert worden war: Der Blitz hatte ihn nicht nur zu Stücken geschlagen, sondern zu hauchdünnen, hobelspanähnlichen Fragmenten zerfetzt!

Noch nie zuvor hatte ich etwas gesehen, das so restlos vernichtet gewesen wäre.

Schon vor jenem Ereignis waren mir die allgemeinen Gesetze der Elektrizität durchaus geläufig gewesen. Diesmal aber befand sich ein in den Naturwissenschaften aufs Beste bewanderter Gast in unserer Gesellschaft, welcher angesichts so katastrophaler Blitzwirkung in höchste Erregung geriet und uns eine Theorie zu erläutern begann, welche er in Ansehung der Elektrizität und des Galvanismus entwickelt hatte. Diese Darlegungen waren für mich so neu wie erstaunlich und warfen so ziemlich alles über den Haufen, was ich bei Cornelius Agrippa, Albertus Magnus und Paracelsus, meinen vergötterten Lehrmeistern, gefunden zu haben vermeinte. Man könnte an das Eingreifen des Schicksals denken, wenn man in Betracht zieht, dass der Sturz jener Männer mir jede Freude benahm, mich dem Studium ihrer Werke noch weiterhin zu widmen. Mir schien es ja plötzlich, als war es uns Menschen unmöglich, jemals zur wahren Erkenntnis vorzudringen. Was so lange meinen Lerneifer gefesselt hatte, nun war's mit einem Male verächtliches Zeug! Einer jener plötzlichen, launenhaften Gemütsregungen nachgebend, wie wir ihnen wohl am häufigsten in der Jugend unterworfen sind, wandte ich mich mit einem Schlage von meinen früheren Beschäftigungen ab, verwarf die Naturwissenschaften zusamt all ihren faulen Früchten als Missbildungen und Totgeburten des Menschengeistes, ja ward erfüllt vom größten Abscheu gegen eine Pseudowissenschaft, die es nicht einmal verstand, auch nur an die Schwelle der wahren Erkenntnis vorzudringen. In solcher Geistesverfassung warf ich mich auf die Mathematik und alle mit ihr zusammenhängenden Disziplinen, da mir diese Wissenschaft auf einem hinlänglich soliden Fundamente zu ruhen und dergestalt meiner näheren Beachtung wert zu sein schien.

Wie sonderbar ist doch die Menschenseele beschaffen, wie hauchfein sind doch die Bande, welche uns dem Wohlergehen oder dem Untergange verbinden! Rückschauend will's mich bedünken, als wäre jener fast ans Wunderbare grenzende Wandel all meines Wollens und Strebens die unmittelbare Folge von meines Schutzengels Eingreifen gewesen – des letzten Versuchs, den jener rettende Geist unternommen, das dräuende Unwetter abzuwenden, welches schon damals über meinem Haupte hing, bereit, in jedem Momente über mich hereinzubrechen. Und der Sieg so himmlischer Mächte, er ward ja angekündigt durch ein ganz neues Glücksgefühl, durch einen Frieden der Seele, welcher der Verwerfung meiner bisherigen, letztlich beinahe zur Qual gewordenen Studien auf dem Fuße folgte. Ja ich ward sogar dazu gebracht, in der Fortsetzung jener Studien das Böse an sich, in ihrer Verachtung hingegen das Heil zu erblicken.

Wahrhaftig, mein guter Engel hatte eine gewaltige Anstrengung unternommen – doch die Wirkung blieb aus. Allzu stark waren ja des Geschickes Mächte und in ihrem unabänderlichen Rate war meine fürchterliche, meine restlose Vernichtung beschlossen.

# *Drittes Kapitel*

Nach Vollendung meines siebzehnten Lebensjahres beschlossen meine Eltern, ich solle mein Studium an der Universität von Ingolstadt fortsetzen. Ich hatte bisher zwar die Schulen von Genf besucht, doch erachtete mein Vater um der Vervollkommnung meiner Erziehung willen es für unerlässlich, mich in die weite Welt zu schicken, auf dass ich auch mit den Sitten und Gebräuchen fremdländischer Völkerschaften vertraut würde. So ward denn meine Abreise auf einen recht frühen Zeitpunkt festgesetzt. Indes, noch bevor der anberaumte Tag herangekommen, verschattete das erste Unglück meines Daseins mir den Lebenspfad – und ward mir zum Omen meines künftigen Unheils.

Elisabeth nämlich war von einem hitzigen Scharlachfieber aufs Krankenbett geworfen worden. Die Krankheit nahm einen ernsten Verlauf und das Mädchen schwebte in der größten Gefahr. Man hatte auf die verschiedenste Weise versucht meine Mutter zu überreden, sie möge sich hüten der Kranken auch nur in die Nähe zu gehen, und zunächst hatte sie unseren flehentlichen Bitten nachgegeben. Sobald ihr jedoch zu Ohren gekommen, das Leben der über alles geliebten Pflegetochter sei ernsthaft bedroht, vermochte sie ihre Angst nicht länger zu bemeistern. Unverzüglich eilte sie ans Krankenlager – überwand mit nimmermüder Sorgfalt dies heimtückische Leiden – und rettete Elisabeth das Leben. Doch die Folgen solcher Unbesonnenheit fielen schwer auf das Haupt der Retterin zurück: Schon am dritten Tage begann sie zu kränkeln, die hitzige Affektion war von den bedenklichsten Symptomen begleitet und die Blicke, welche die behandelnden Ärzte einander zuwarfen, ließen das Schlimmste befürchten. Allein, auch auf dem Sterbelager ward dies beste aller Mutterherzen nicht von seiner Standhaftigkeit und gütigen Milde verlassen. Die Todkranke ergriff unser beider Hände und legte Elisabeths Rechte in die meine: »Geliebte Kinder«, so sprach sie, »meine zuversichtlichsten Hoffnungen auf das Glück der Zukunft haben in der Aussicht auf eure spätere Vereinigung beruht. Mag solche Verheißung hinfort eurem Vater zum Troste gereichen! Du, geliebte Elisabeth, wirst ja nun an meinen Kleinen Mutterstelle vertreten müssen. Ach! Wie schmerzt mich's, dass ich nun dahinscheiden und euch verlassen soll! Dies Los, ist es nicht umso härter, da ich doch so glücklich und geliebt in eurer Mitte geweilt? Doch still dies ziemt sich nicht in solcher Stunde. So will ich denn versuchen mich freudig in den Tod zu schicken und will mich in der Hoffnung wiegen, dass wir einander wieder sehn in jener besseren Welt.«

Sie schied in Frieden dahin. Noch im Tode erstrahlten ihre Züge von der liebevollsten Zuneigung. Muss ich die Gefühle denn beschreiben, von welchen diejenigen befallen sind, deren teuerste Herzensbande durch dies unwiderruflichste aller Übel zerrissen worden? Die trostlose Leere, der die Seele sich so plötzlich gegenübersieht? Ist's wirklich nötig, die Verzweiflung zu schildern, welche sich auf den Zügen der Hinterbliebenen malt? Wie viel Zeit ist doch vonnöten, bevor unser Herz so recht erfassen kann, dass diejenige, welche wir tagtäglich gesehen, deren gesamtes Leben so untrennbar mit dem unsern verknüpft gewesen, nun für immer von uns gegangen ist – dass der Glanz eines geliebten Auges erloschen, und der Klang einer vertrauten, dem Ohre so teuren Stimme verstummt sein kann, um nimmermehr vernommen zu werden! So oder ähnlich denken wir wohl während der ersten Tage. Allein, wenn über dem Hingang der Zeit uns das Unwiderrufliche solchen Verlustes erst so recht ins Bewusstsein dringt – dann erst hebt die ganze Bitterkeit unseres Jammers an. Doch wem ist's noch nicht widerfahren, dass jene grausame Hand ihm einen teuren Menschen entrissen hätte? Wozu also eine Betrübnis beschreiben, welche schon jeder von uns empfunden hat, ja empfinden muss? Und unaufhaltsam rückt die Zeit heran, da wir uns mit dem Kummer befreunden und er uns nicht mehr als ein unabwendbarer Zwang erscheint. Nicht länger verbannt er ja das Lächeln von unseren Lippen, wie sehr uns dasselbe auch als eine Entweihung erscheinen mag. Freilich, die Mutter war uns gestorben, doch der Pflichten gab's übergenug, welche erfüllt sein wollten. An uns ist's, mit dem, was uns verblieben, weiterzuleben und uns glücklich zu schätzen, dass überhaupt noch einer da ist, den der große Allverderber verschont hat.

Meine Abreise nach Ingolstadt, welche durch die geschilderten Ereignisse verzögert worden war, musste nun aufs Neue festgesetzt werden, doch erreichte ich bei meinem Vater einen Aufschub von mehreren Wochen. Mir schien es ja einem Sakrilege gleichzukommen, mich aus der Totenstille dieses Trauerhauses stehenden Fußes hineinzustürzen in das wogende Leben da draußen! Zwar war ich damals im Leiden noch unerfahren, doch keineswegs unempfänglich für seinen Schmerz. So mochte ich durchaus nicht des Anblickes jener entraten, welche mir verblieben waren. Vor allem aber verlangte es mich, meine süße Elisabeth wenigstens einigermaßen getröstet zu sehen.

Sie tat ja ihr Möglichstes, uns ihren Kummer nicht merken zu lassen, und mühte sich verzweifelt, allen ein tröstender Engel zu sein. Beständig hielt sie den Blick auf die Pflichten des Alltags geheftet und oblag ihnen mit eifervollem Mute. Nach Kräften widmete sie sich denen, die mit Oheim und Cousin anzureden man sie gelehrt hatte. Nie zuvor war sie so bezaubernd gewesen denn in jenen Tagen, da sie den Sonnenschein ihres früheren Lächelns wieder heraufrief und über uns erstrahlen ließ. Sogar des eigenen Kummers vergaß sie über dem Versuch, uns den unsern vergessen zu machen.

Inzwischen war der Tag meiner Abreise immer näher herangerückt. Der treue Clerval verbrachte den letzten Abend unter unserm Dache. Er hatte zwar versucht seinem

Vater das Zugeständnis abzuringen, mich auf meiner Reise begleiten und mit mir in Ingolstadt studieren zu dürfen, doch hatte er kein Gehör gefunden. Sein Vater war eine engstirnige Krämerseele, welche hinter des Sohnes ehrgeizigem Streben nichts als kommenden Müßiggang und den schließlichen Ruin argwöhnte. Henri aber empfand es als ein tiefes Ungemach, von aller freien Unterweisung und Erziehung ausgeschlossen zu sein. Zwar sprach er kaum darüber, doch wenn er etwas sagte, so war seinem flammenden Blicke und dem beseelten Glanze seiner Augen der verdeckte, jedoch unbeugsame Entschluss anzusehen, sich von den kleinen Verächtlichkeiten des Krämertumes keinerlei Ketten anlegen zu lassen.

Wir saßen noch lange beisammen. Keiner vermochte sich vom anderen loszureißen, keiner als Erster das Wort »Leb wohl!« auszusprechen. Und doch, es ward gesprochen. Und ein jeder von uns zog sich zurück unter dem Vorwande, er bedürfe der Ruhe, glaubend, damit den anderen getäuscht zu haben. Als ich mich jedoch bei Morgengrauen zu dem Wagen hinabstahl, welcher schon bereitstand, mich in die ferne Fremde zu entführen, da waren sie alle um ihn versammelt: der Vater, mich ein letztes Mal zu segnen, Clerval, mit innigem Händedruck seinen Abschied zu erneuern, und meine Elisabeth, um mich abermals anzuflehen, nur ja recht oft zu schreiben, und um dem Freunde und Gespielen ihrer Jugend die letzten fraulichen Handreichungen zu erweisen.

Dann warf ich mich in den Reisewagen, welcher mich mit sich forttragen sollte, und überließ mich den schwermütigsten Betrachtungen. Nun war es so weit: Ich, der an jedem Tage seines Lebens von den liebenswertesten Gefährten umgeben gewesen, beständig damit befasst, dem anderen Freude zu spenden – nun war ich allein. Auf jener Universität, nach welcher ich da unterwegs war, musste ich mein eigener Beschützer sein. Mein Leben, es war ja bis zur Stunde ein außergewöhnlich abgeschlossenes und häusliches gewesen, und dies hatte mir einen unüberwindlichen Widerwillen gegen neue Gesichter eingeflößt. Ich liebte ja nur meine Brüder, Elisabeth und Clerval: Ihre Gesichter waren mir vertraut. Doch hielt ich mich nicht für fähig, die Gegenwart fremder Menschen zu ertragen. Solche und ähnliche Gedanken zogen mir zu Beginn meiner Reise durch den Sinn. Doch je mehr wir uns von der Heimat entfernten, desto stärker belebten sich meine Hoffnungen, desto größer ward meine Zuversicht.

Brannte ich denn nicht geradezu nach der Erwerbung neuen Wissens? Hatte ich's denn daheim nicht oft genug für hart empfunden, meine ganze Jugend zwischen den nämlichen vier Wänden verbringen zu sollen – hatte ich mich nicht danach gesehnt, in die große, weite Welt hinauszuziehen und mich unter meinen Mitmenschen nach Herzenslust umzutun? Mein Begehren, war's nicht eben jetzt im Begriffe, erfüllt zu werden? Wär es nicht töricht gewesen, sich's im letzten Momente noch gereuen zu lassen?

Ich hatte genug der Muße, mich solchen und vielen anderen Erwägungen zu überlassen, denn diese Reise nach Ingolstadt war lang und beschwerlich. Aber schließlich und endlich zeigte sich meinem Blick doch noch der hohe, weiße Kirchturm am Horizonte und nur Stunden später entstieg ich dem Gefährt und ward in meine einsame Behausung geleitet, darin ich den Rest des Tages nach Belieben verbringen mochte.

Schon den nächsten Morgen überreichte ich meine Empfehlungsschreiben und machte einigen der wichtigsten Professoren meine Aufwartung. Durch Zufall – oder vielmehr zufolge der üblen Einflüsterung jenes Engels der Finsternis, der die düstere Allmacht seines Fittichs über mir schwang, seit ich widerstrebenden Fußes von meines Vaterhauses Schwelle geschritten – geriet ich zu allererst an einen gewissen Monsieur Krempe, Professor der Naturwissenschaften. Er war ein Mensch von ungeschlachtem Äußeren, doch zutiefst durchdrungen von den Geheimnissen seiner Wissenschaft. Er stellte mir mehrere Fragen in Ansehung meiner bisherigen Fortschritte auf den verschiedenen Gebieten, welche mit der Naturwissenschaft verknüpft sind. Ich antwortete ohne viel zu überlegen und nannte ein wenig abschätzig auch die Namen der mir vertrauten Alchemisten als jene meiner bevorzugten Lehrmeister. Der Professor schien verblüfft. »Habt Ihr«, so frug er, »wirklich und wahrhaftig Eure Zeit über solchem widersinnigen Zeug vergeudet?«

Ich antwortete zustimmend. »Jede Minute«, setzte Monsieur Krempe voll Eifer hinzu, »ja jede Sekunde, die Ihr an jene Bücher verschwendet habt, ist unwiederbringlich und für alle Zeit verloren. Ihr habt Euer Gedächtnis befrachtet mit abgetanen Systemen und wertlosen Namen. Allmächtiger! Welch eine Wüstenei muss das sein, darin niemand so freundlich war, Euch zu sagen, dass jene Fantastereien, welche Ihr so begierig in Euch aufgenommen, schon ein Jahrtausend alt und dementsprechend modrig sind? Ich hätte eigentlich nicht erwartet, in unserem erleuchteten, wissenschaftlichen Zeitalter auf einen Schüler der Paracelsus und Albertus Magnus zu stoßen! Mein lieber junger Freund, Ihr müsst mit Euren Studien wohl ganz von vorne anfangen!«

Dies gesagt, trat er zur Seite und fertigte mir eine Liste jener naturwissenschaftlichen Bücher, welche ich mir beschaffen sollte. Danach entließ er mich, nicht ohne erwähnt zu haben, dass er beabsichtige, mit Anfang der folgenden Woche eine Vorlesungsreihe über die Naturwissenschaften im Allgemeinen zu beginnen, und dass sein Kollege, Monsieur Waldmann, an den alternativen Tagen über Chemie lesen werde.

Ich machte mich auf den Heimweg, nicht eigentlich enttäuscht durch solchen Empfang, denn ich habe ja schon erwähnt, dass ich die von dem Professor verdammten Autoren schon seit langem für unnütz gehalten. Ebenso wenig aber war ich sonderlich ermuntert, mich wieder in irgendeiner Form den modernen Naturwissenschaften zu widmen. Monsieur Krempe war ein kleiner, gedrungener Mann von sauertöpfischer Redeweise und abstoßendem Gehaben. Was Wunder, dass solch ein Lehrer für mich von vornherein nichts an sich hatte, was mich für seine Bestrebungen hätte einnehmen können! Ich habe ja schon, vielleicht in etwas zu gedrängter und philosophierender Art, darzulegen versucht, zu welchen Schlussfolgerungen betreffs jener Wissenschaft ich in meinen Knabenjahren gekommen war. Da ich ein Kind gewesen, hatten die Ergebnisse, welche die modernen Lehrer der Naturwissenschaft verhießen, mich nicht zu befriedigen vermocht und so war ich in einer Gedankenverwirrung, welche man einzig mit meiner allzu großen Jugend und dem Fehlen eines geeigneten Mentors entschuldigen kann, den Pfad der Erkenntnis durch die Zeiten zurückgeschritten und hatte auf diese Weise die Entdeckungen der Forscher unserer Tage hingegeben für die Träume längst vergessner Alchemisten. Überdies war ich voll der Verachtung ob der modernen Naturwissenschaften gewesen: Wie kläglich nahmen sie sich aus gegen die Großartigkeit, mit welcher die alten Meister nach Unsterblichkeit und Macht gestrebt hatten, mochten ihre Gesichtspunkte auch irrig gewesen sein! Wie sehr hatten die Zeiten sich gewandelt! Aller Ehrgeiz der Forscher schien sich nunmehr auf die Annullierung jener Visionen zu beschränken, denen mein Interesse an der Wissenschaft sich recht eigentlich verdankte! Und nun sollte ich meine grenzenlosen, großartigen Träume eintauschen gegen das Kleingeld einer armseligen Wirklichkeit?

Dies etwa waren die Gedanken, denen ich mich während der ersten paar Tage in Ingolstadt hingab, jener Tage, die ich im Übrigen hauptsächlich darauf verwendete, mich ein wenig in der Stadt umzutun und mit den wichtigsten Hausgenossen meiner neuen Unterkunft Bekanntschaft zu schließen. Zu Anfang der darauf folgenden Woche aber gedachte ich der Hinweise, welche Monsieur Krempe mir betreffs der Vorlesungen gegeben. Und obschon ich's nicht über mich brachte, den kleinen, aufgeblasenen Wicht seine Sentenzen vom Katheder herab verkünden zu hören, entsann ich mich dennoch der Worte, welche er über Monsieur Waldmann fallen gelassen. Ich hatte denselben, da er auswärts weilte, bislang noch nicht zu Gesicht bekommen.

Teils aus Neugierde, teils aus müßiger Langeweile betrat ich den Hörsaal. Nicht lange danach erschien auch

Monsieur Waldmann, welcher in nichts seinem Kollegen glich. Er mochte etwa fünfzig Jahre zählen, strahlte aber vor Wohlwollen. Sein Haar war an den Schläfen leicht ergraut, wirkte aber am Hinterhaupte noch nahezu schwarz. Von Statur war er klein, doch hielt er sich bemerkenswert gerade. Seine Stimme aber war die angenehmste, welche ich je zu Gehör bekommen. Er begann seine Vorlesung mit einem zusammenfassenden, historischen Abrisse der Chemie sowie mit einem Überblick über die Vielzahl der Fortschritte, welche durch die verschiedensten Gelehrten erzielt worden, wobei er der hervorragendsten Entdeckernamen mit besonderem Feuer Erwähnung tat. Danach gab er eine kursorische Zusammenfassung des gegenwärtigen Standes seiner Wissenschaft und machte sich dann an die Erläuterung der vielen Grundbegriffe. Nachdem er uns mehrere einleitende Versuche demonstriert hatte, schloss er mit einer begeisterten Lobrede auf die moderne Chemie, deren Wortlaut ich wohl nimmer vergessen werde:

»Die Lehrmeister früherer Epochen«, so rief er, »haben, indem sie das Unmögliche gewollt und versprochen, im Grunde nichts erreicht. Demgegenüber verheißen uns die Gelehrten der heutigen Zeit sehr wenig. Sie wissen ja, dass die Transmutation der unedlen in Edelmetalle ein Ding der Unmöglichkeit, dass das Arcanum des Lebens eine Chimäre ist! Die Naturforscher von heute, deren Hände lediglich vom Schmutze befleckt scheinen und deren Augen nichts anderes kennen denn das Mikroskop und den Schmelztiegel – sie haben die wahren Wunder vollbracht! Sie spüren der Natur bis in ihre verborgensten Tiefen nach und legen uns deren innere Vorgänge dar. Sie schwingen sich empor zu den Höhen des Himmels und sie haben das Geheimnis unseres Blutkreislaufes entschleiert. Sie haben die Beschaffenheit unserer Atemluft entdeckt und sich neue, nahezu unbegrenzte Kräfte dienstbar gemacht. Sie gebieten den Donnerschlägen des Himmels, vermögen es, die Erde erbeben zu lassen, und spotten der Welt des Unsichtbaren mit deren eigenen Phantomen!«

Dies waren die Worte des Professors – oder lasst mich sie lieber die Worte des Schicksals nennen, gesprochen zum Zwecke meiner Vernichtung! Und dieweil er in seiner Rede fortfuhr, schien's mir, als wäre ich innerlich handgemein geworden mit einem greifbaren Feinde. Eins um das andere fühlte ich die Register meines Seins gezogen: Saite um Saite ward angeschlagen, mehr und mehr erfüllte nur noch *ein* Gedanke, *ein* Begriff, *ein* Wille meinen Sinn. So vieles also ist schon errungen worden, rief Frankensteins Seele – ich aber will noch mehr, noch weit mehr erreichen: Voranschreitend auf dem schon vorgezeichneten Pfade will ich der Menschheit bislang unbekannte Wege erschließen, will auch noch unentdeckte Kräfte entdecken und der Welt das tiefste Geheimnis der Schöpfung offenbaren!

In jener Nacht tat ich kein Auge zu. Mein ganzes Innre war ein einziger Aufruhr, befand sich im Zustande der tumultuarischsten Verwirrung. Wohl fühlte ich, dass aus solchem Chaos neue Ordnung erstehen werde, doch hatt' ich nicht die Kraft, es aus Eigenem zu ordnen. Erst gegen Morgengrauen schlief ich ein. Da ich aber erwachte, waren mir die Gedanken der vergangenen Nacht nur mehr ein Traum. Geblieben war lediglich der Entschluss, zu meinen alten Studien zurückzukehren und mich einer Wissenschaft zu widmen, für welche ich eine natürliche Begabung zu haben glaubte. Noch am selben Tag machte ich Monsieur Waldmann meine Aufwartung. Er war im häuslichen Umkreise von noch freundlicherem, noch anziehenderem Gehaben denn im Hörsaale. Dort trug er ja während seiner Vorlesungen eine würdige Miene zur Schau, welche in den eigenen vier Wänden alsbald ersetzt ward durch die größte Leutseligkeit und Güte. Ich schilderte ihm meinen Werdegang nahezu mit den nämlichen Worten, mit denen ich dies bei seinem Kollegen getan. Er lauschte aufmerksam der kurzen Herzählung meiner Studien und lächelte bei der Erwähnung von Cornelius Agrippa und Paracelsus, doch tat er's ohne die Verachtung, welche Monsieur Krempe an den Tag gelegt. Vielmehr sprach er von ihnen als von jenen Männern, »deren unermüdlichem Eifer die Wissenschaft von heute das Fundament ihres Wissens zu danken hat. Wir haben von ihnen ja bloß die viel leichtere Aufgabe überkommen, neue Benennungen zu finden und all die Fakten, welche zum großen Teil von jenen Gelehrten ans Licht gebracht worden, in den gehörigen Zusammenhang zu bringen. Selten verfehlen ja die Bemühungen genialer Geister, in wie irrigen Bahnen sie immer verlaufen mögen, dieser Menschheit am Ende doch noch zum Vorteile auszuschlagen.« Ich lauschte solcher Konstatierung, welche mir ohne jede Heuchelei oder Anmaßung zuteil ward, und versetzte, dass sein Vortrag all mein Misstrauen gegen die modernen Chemiker beseitigt habe. Doch drückte ich mich in wohl gesetzter Rede aus, unter Wahrung all der Bescheidenheit und Ehrerbietung, welche dem Jüngling im Angesichte seines Unterweisers geziemt, ließ indes (da die Bekundung solcher Lebensfremdheit mich schamrot hätte werden lassen) kein Sterbenswort von jener Begeisterung verlauten, durch welche ich mich zu meinen künftigen Studien angestachelt fühlte, sondern erbat lediglich des Professors Rat betreffs der Bücher, die ich mir beschaffen sollte.

»Es freut mich«, sagte Monsieur Waldmann, »einen neuen Schüler gewonnen zu haben. Wenn Euer Eifer und Euer Fleiß nicht geringer sind denn Eure Fähigkeiten, so zweifle ich nicht, dass Ihr Euren Weg schon machen werdet. Innerhalb der Naturwissenschaften sind ja gerade auf dem Gebiete der Chemie die größten Fortschritte erzielt worden und ähnlich mag sich's auch in Zukunft verhalten. Aus diesem Grunde hab auch ich mich auf diese Wissenschaft geworfen. Doch habe ich darum die anderen Disziplinen um nichts vernachlässigt. Wie armselig wär's doch um einen Chemiker bestellt, wollte er sich nur um sein spezielles Wissensgebiet kümmern! So Ihr aber begehrt, ein wahrer Mann der Wissenschaft zu werden und nicht bloß ein schäbiger Handlanger und Experimentator, so beherzigt meinen Rat und befasst Euch mit den sämtlichen Zweigen der Naturwissenschaft, einschließlich jenes der Mathematik!«

Danach ließ er mich einen Blick in sein privates Laboratorium tun, erläuterte mir den Sinn und Zweck der verschiedenen Apparate und Vorrichtungen, schärfte mir ein, was alles ich mir noch zu beschaffen hätte, und versprach mir, er werde mir auch die eigenen Apparaturen zur Verfügung stellen, sobald ich erst so weit wäre, ihren Mechanismus nicht mehr zu beschädigen. Auch händigte er mir die Bücherliste aus, welche ich von ihm erbeten hatte. Dies geschehen, nahm ich Urlaub von ihm.

Dergestalt endete jener Tag. Ich werde ihn nimmer vergessen: Er hat ja über meinen künftigen Lebensweg entschieden.

# *Viertes Kapitel*

Von da an widmete ich mich nahezu ausschließlich den Naturwissenschaften, und unter ihnen ganz besonders der Chemie in ihrem umfassendsten Sinne. Mit brennendem Eifer verschlang ich all die geistreichen und differenzierten Bücher, welche unsere zeitgenössischen Forscher zu den einschlägigen Fragen verfasst haben. Ich nahm regelmäßig an den Vorlesungen teil und ließ mir die Bekanntschaft aller Männer der Wissenschaft an unserer Universität angelegen sein. Sogar Monsieur Krempe erwies sich als ein Born des gesunden Menschenverstandes und der echten Belehrung, welche Eigenschaften freilich getrübt waren durch das Abstoßende in Physiognomie und Gehaben, indes dadurch nicht im Werte geschmälert wurden. In Monsieur Waldmann hingegen fand ich einen wahren Freund. Seine Hilfsbereitschaft ward in keinem Augenblicke vom Dogmatismus überschattet und seine Unterweisungen erfolgten mit einem Freimute und einer Herzlichkeit, welche alle Pedanterie von vornherein ausschlossen. Auf tausenderlei Arten ebnete er mir den Pfad der Erkenntnis und verstand es, mir auch die dunkelsten, abstrusesten Fragen und Probleme mundgerecht zu machen. Zunächst war ja mein Fleiß nicht der beständigste gewesen, doch nahm er mit meinen Fortschritten zu und ward alsbald zu solch brennendem Eifer entfacht, dass oft genug das Licht der Sterne im Dämmer des Morgens verblasste, während ich noch in meiner Studierstube wach saß.

Ihr mögt Euch unschwer ausmalen, wie rasch meine Fortschritte bei solcher Arbeitswut gewesen sind. Mein Eifer erregte denn auch die Verwunderung der Studenten, meine Tüchtigkeit das Erstaunen meiner Lehrmeister. So manches Mal frug Monsieur Krempe mich mit anzüglichem Lächeln, wie ich denn mit dem Cornelius Agrippa vorankäme? Monsieur Waldmann hingegen erging sich in den aufrichtigsten Lobsprüchen ob der von mir erzielten Fortschritte. So gingen zwei volle Jahre ins Land, ohne dass ich meiner Heimatstadt Genf einen Besuch abgestattet hätte, da ich ja mit Leib und Seele einigen Entdeckungen auf der Spur war, welche ich doch noch zu machen hoffte. Nur derjenige, welcher die Verlockungen der forschenden Wissenschaft an sich selbst verspürt hat, wird mir dieselben nachfühlen können. Auf den anderen Studiengebieten mögt Ihr so weit kommen, wie vor Euch auch andere schon gekommen sind – es gibt nichts mehr, das Ihr lernen könntet. Doch in der wissenschaftlichen Forschungsarbeit hören die Entdeckungen und Wunder nimmer auf.

Schon ein Geist von bescheidenen Fähigkeiten wird es, sobald er sich nur eingehend genug einem bestimmten Studium widmet, unweigerlich zu beträchtlicher Meisterschaft auf seinem Fachgebiete bringen. Ich aber, der ich so unausgesetzt auf die Erreichung eines ganz bestimmten Zieles bedacht war, der ich so restlos in meinem Streben aufging, machte so gewaltige Fortschritte, dass ich zu Ende meines zweiten Universitätsjahres durch mehrere Erfindungen zur Verbesserung der chemischen Apparaturen beitrug, was mir im ganzen Haus zu beträchtlicher Wertschätzung, ja Bewunderung verhalf. Da ich nun an einem Punkte angelangt war, an welchem ich sowohl mit der Theorie als auch der Praxis so weit vertraut geworden, dass mir keiner meiner Ingolstädter Professoren noch weiteres Wissen hätte vermitteln können, ein zusätzlicher Aufenthalt in dieser Stadt also keinerlei Fortschritte mehr für mich bedeutet hätte, dachte ich schon daran, wieder zu den Freunden in meine Heimatstadt zurückzukehren. Doch gerade da ereignete sich etwas, das mich bewog zu bleiben.

Ein Gebiet, dem mein ganz besonderes Interesse gegolten, war die Zusammensetzung des menschlichen Körpers, ja darüber hinaus diejenige aller mit Leben begabten Kreatur. Was mag es wohl sein, so hatte ich mich unzählige Male gefragt, das jenes Etwas in uns hervorruft, welches wir Leben nennen? Es war eine vermessene Frage, die überdies schon seit je als unlösbar gegolten. Allein, wie vieles stünde nicht schon am Vorabende seiner Entdeckung, hätten uns nicht Feigheit oder Lässigkeit vorzeitig in unserem forschenden Bemühen erlahmen lassen! Wieder und wieder hatte ich dies im Geiste überschlagen und war dabei zu dem Entschlusse gekommen, mich in Hinkunft stärker mit jenen Zweigen der Naturwissenschaft zu befassen, welche mit den Fragen der Physiologie zusammenhängen. Wär ich von meinem Vorhaben nicht so sehr besessen gewesen, dass es schon ans Unnatürliche grenzte, so hätte mich diese neue Beschäftigung wohl nur zu bald bis zur Unerträglichkeit verdrossen. Um nämlich den Ursachen des Lebens auf die Spur zu kommen, müssen wir zuerst Umgang mit dem Tode pflegen. So nahm ich's denn auf mich, auch noch mit der Anatomie bekannt zu werden. Doch auch diese Wissenschaft reichte nicht hin: Ich musste ja nicht minder mit dem natürlichen Verfalle, ja mit dem Verwesungsprozesse vertraut werden, welchem der menschliche Körper unterworfen ist! Nun war bei meiner Erziehung vonseiten des Vaters die größte Sorgfalt darauf gelegt worden, dass mein kindliches Gemüt nicht durch Gespenstergeschichten oder sonstige Erwähnungen übernatürlicher Schrecknisse verstört werde, und ich weiß mich in der Tat nicht zu entsinnen, jemals in Anhörung irgendwelcher abergläubischen Erzählungen gezittert oder mich gar vor Geistererscheinungen geängstigt zu haben. Die Finsternis barg für meine Einbildungskraft keinerlei Schrecknisse und ein Kirchhof war für mich nichts anderes denn die Ruhestätte der ihres Lebens beraubten Leiber, welche ehedem ein Domizil der Schönheit und der Kraft gewesen, nun aber den Würmern zum Fraße dienten. Da ich mich nunmehr gezwungen sah die Ursache und das Voranschreiten solchen Fäulnisprozesses zu ergründen, musste ich meine Tage und Nächte in den Grabgewölben und Beinhäusern verbringen. Von Stund an galt meine Aufmerksamkeit allem und jedem, das dem menschlichen Feingefühle entsetzlich und ekelhaft ist. Ich war Zeuge, auf welche Weise die Menschengestalt in all ihrer Schönheit herabgewürdigt, verwüstet und zu einem Haufen Unrat gemacht wird. Ich sah zu, wie die Verwesung des Todes mehr und mehr nach des Lebens blühendem Antlitz griff, und gewahrte, wie das Gewürm sich in Aug und Hirn einnistete, um nach Gebühr dies fleischerne Erbe anzutreten. Und ich verweilte so lange über der Prüfung und dem Zergliedern all dieser minutiösen Kausalität, darin das Überwechseln des Lebens zum Tode schon Hand in Hand geht mit des Letzteren Wandlung zu neuen Formen des Lebens, bis inmitten aller Finsternis ein plötzliches Licht mich durchzuckte – ein Feuerschein, welcher so strahlend, so wunderbar und doch von so klarer Folgerichtigkeit war, dass ich mich noch im Augenblicke meiner Blendung angesichts der ungeheuerlichen Schau, welche sich vor mir breitete, voll Überraschung fragte, weshalb es denn von all der Vielzahl jener geniebegabten Männer, die ihre Forschungen zu dem nämlichen Zwecke wie ich betrieben hatten, einzig mir vorbehalten geblieben, solch bestürzendem Geheimnis auf die Spur zu kommen!

Ihr müsst Euch, teuerster Sir, stets vor Augen halten, dass es nicht die Memoiren eines Irrsinnigen sind, die ich Euch da erzähle. Dies alles, seid versichert, ist so wahr, als die Sonne am Himmel steht! Es mag ja sein, dass irgendein Wunder meine Erkenntnis befördert hat, doch liegen all ihre Stadien offen und klar unterscheidbar vor mir: Ich hatte nach Tagen und Nächten der unglaublichsten, mühevollsten Anstrengung das Geheimnis gelöst, die Ursache aller Zeugung und allen Lebens entdeckt! Ja, mehr noch: Es war mir nun möglich, dem toten Stoffe Leben einzuhauchen!

Das Staunen, welches ich im Angesichte solcher Entdeckung zunächst empfunden, wich nur zu bald einem wahren Taumel des Entzückens. Nach so langen, in peinvoller Mühe zugebrachten Jahren der Arbeit mich mit einem Mal auf dem Gipfel meiner Wünsche zu sehen, das war wohl der schönste Lohn all meiner Plagen! Doch war dies Ergebnis ein so großes und überwältigendes, dass die sämtlichen Schritte, welche mich einer um den anderen zu ihm hingeführt, nun ausgelöscht waren, da ja mein Blick einzig von solchem Resultate gefesselt ward. All das, worauf seit Erschaffung der Welt das Sinnen und Trachten der größten Weisen gerichtet gewesen, nun hatte ich es im Griff! Nicht dass, wie in einem Zauberstücke, sich mir alles auf einmal offenbart hätte: Vielmehr waren ja die Hinweise, welche mir zuteil geworden, eher dazu angetan gewesen, erst dann meine Bemühungen in die richtigen Bahnen zu lenken, sobald ich selbst sie auf den Gegenstand meiner Forschungen gerichtet hatte, nicht aber mir diesen Gegenstand selbst als einen nahezu vollendeten vor Augen zu führen. Ich glich jenem Araber, welchen man zusammen mit den Toten begraben, der aber dennoch einen Ausweg ins Leben gefunden hatte, und dies einzig und allein mit Hilfe eines flackernden, augenscheinlich völlig unzureichenden Lichtchens.

Ich ersehe aus Eurer eifervollen Begier und aus dem hoffnungsvollen Staunen, welches aus Euren Augen spricht, dass Ihr, mein Freund, nun erwartet von mir in jenes Geheimnis, mit welchem ich vertraut bin, eingeweiht zu werden. Allein, dies kann nimmer geschehen: So hört mich denn geduldig an, bis ich mit meiner Geschichte zu Rande bin, und Ihr werdet leichtlich begreifen, weshalb ich in diesem Punkte verschwiegen sein muss. Ich will ja Euch, der Ihr heute genauso schutzlos und von brennendem Wissensdurste erfüllt seid, wie ich es in Eurem Alter gewesen, nicht in Euer Verderben und den unvermeidlich daraus erfolgenden Untergang führen. So lernet denn von mir! Und sind's nicht meine Worte, denen Ihr vertrauen mögt, so sei es doch mein Beispiel: Lernet, wie gefährlich die Erwerbung von Wissen sein kann und um wie vieles glücklicher derjenige sich schätzen darf, dem die Welt nicht größer ist als der Marktflecken, darin er geboren ward, und dessen Horizont nur bis zu jenem Punkte reicht, wo der Schlagbaum seines Heimatstädtchens sich senkt. Um wie viel glücklicher ist nicht solch ein Mensch zu schätzen denn einer, der da strebte größer zu sein, als seine Natur es ihm erlaubt!

Da ich nun eine so erstaunliche Macht in meine Hand gegeben sah, zögerte ich lange Zeit in Ansehung der Art und Weise, wie ich mich ihrer bedienen sollte. Zwar sah ich mich nun in den Stand gesetzt, das Unbelebte zu beseelen, doch war die Schwierigkeit und Mühe, den Körper zu verfertigen, welcher mit all seinen verwickelten Nervenbahnen, Muskeln und Adern dies Leben empfangen sollte, eine schier unüberwindliche. Zunächst blieb ich freilich noch im Zweifel, ob ich mich gleich an die Erschaffung eines Wesens wagen sollte, welches mir gliche, oder aber bloß an diejenige eines einfacheren Organismus. Doch war meine Einbildungskraft durch den bereits errungenen Erfolg schon zu sehr angestachelt, als dass es für mich noch irgendeinen Zweifel an meiner Fähigkeit hätte geben können, ein Lebewesen von der wunderbaren Zusammensetzung des menschlichen Körpers zu schaffen. Zwar schien das Zubehör, welches mir gegenwärtig zur Hand war, für solch schwieriges Unterfangen kaum geeignet, doch stand es für mich außer Frage, dass mein Werk von Erfolg gekrönt sein werde. Zunächst machte ich mich freilich auf eine Vielzahl von Rückschlägen gefasst. Meine Arbeit mochte ja so manche Verzögerung erfahren, ja schließlich bloßes Stückwerk bleiben. Und trotzdem: Wenn ich mir die Fortschritte vor Augen führte, welche tagtäglich in den Wissenschaften und in der Technik erzielt werden, schöpfte ich neue Hoffnung, dass meine gegenwärtigen Anstrengungen zumindest das Fundament für einen künftigen Erfolg legen würden. Auch vermochte ich nicht, in der Größe und Kompliziertheit meines Vorhabens ein Argument gegen dessen Durchführbarkeit zu sehen. Dies etwa waren die Empfindungen, mit denen ich an die Erschaffung eines Menschen schritt. Da nun die Winzigkeit der einzelnen Bestandteile sich meiner Eile als ein beträchtliches Hindernis in den Weg zu legen drohte, beschloss ich, ganz gegen meine ursprüngliche Absicht, diesem Wesen eine riesenhafte Statur zu geben, will sagen eine Höhe von etwa acht Fuß sowie die dementsprechende Breite. Nachdem ich diesen Entschluss gefasst und mehrere Monate auf das erfolgreiche Zusammentragen und Zurichten meiner Bausteine verwendet hatte, machte ich mich ans Werk.

Wer vermöchte wohl mir die Verschiedenheit jener Empfindungen nachzufühlen, durch die ich in der ersten Begeisterung des Erfolges wie von einem Sturmwinde vorangetrieben ward! Das Leben wie der Tod, sie schienen mir nur noch eingebildete Schranken zu sein, welche ich als Erster durchbrechen würde, um danach wahre Kaskaden des Lichtes über unsere Welt der Finsternis auszugießen! Eine neue Rasse würde mich als ihren Schöpfer, als den Ursprung ihres Daseins segnen. Zahllose glückliche und vortreffliche Geschöpfe würden mir ihr Leben verdanken. Kein leiblicher Vater konnte so gewisslich und so absolut auf den Dank seiner Kinder rechnen, wie ich des Dankes jener Wesen gewiss sein durfte! Indem ich solchen Betrachtungen nachhing, erwog ich sogar, ob ich nicht, sobald ich erst fähig wäre, dem toten Stoffe Leben einzuhauchen, mit dem Fortschreiten der Zeit (obschon es mich damals noch eine Unmöglichkeit dünkte) auch dort noch neues Leben wecken könnte, wo der Tod den Körper schon endgültig zur Verwesung verdammt hatte. Derlei Gedanken befeuerten mich, während ich mein Ziel mit unermüdlichem Eifer verfolgte. Schon waren meine Wangen fahl vom vielen Studieren, schon war mein Körper abgezehrt von der allzu langen, mir selbst auferlegten Haft. So manches Mal glaubte ich mich schon an der Schwelle der Gewissheit und scheiterte! Dennoch hing ich mich weiter an jene Hoffnung, welche schon der nächste Tag, ja die nächste Stunde verwirklichen mochte. Denn zur Hoffnung, der ich mich ganz geweiht hatte, war mir dies Geheimnis, dem ich als einziger Mensch auf die Spur gekommen, ja geworden. Und nur der Mond war Zeuge meiner Mühen, wenn ich um Mitternacht mit atemlosem, angespanntem Eifer die Natur noch in ihre geheimsten Tiefen verfolgte. Wer könnte jene Schrecken je ermessen, die ich bei meinem geheimen Tun empfand, da ich mich befleckte inmitten der unheiligen Verwesungsdünste des Grabes, oder die lebende Kreatur zu Tode marterte, um dereinst den toten Lehm beleben zu können! Noch heute zittern mir die Glieder und schwimmen mir die Augen, wenn ich daran denke. Damals aber zwang ein unwiderstehlicher und nahezu wahnwitziger Impuls mich vorwärts. Alle körperliche und seelische Empfindung schien ich in Verfolgung meines Zieles verloren zu haben. Indes, es war dies nur ein vorübergehender Trancezustand, der mich, sobald erst jener unnatürliche Antrieb zu wirken aufgehört, mit erneuter Deutlichkeit fühlen ließ, dass ich ja bloß zu meinen alten Gewohnheiten zurückgekehrt war: Ich trug aus den Beinhäusern Knochen zusammen und profanierte das gewaltige Mysterium der Menschengestalt. In einer abgelegenen Kammer, die schon mehr einer Zelle glich, ganz oben unterm Dach des Hauses und von allen anderen Gemächern durch eine Hintertreppe und einen Korridor geschieden, hatte ich meine Werkstatt aufgeschlagen, um Leben zu schaffen aus dem Unflat: Oft genug wollten mir über den scheußlichen Einzelheiten meiner Arbeit die Augen aus den Höhlen treten. Vieles von dem, was ich benötigte, musste ich mir ja aus dem Sezierraume und dem Schlachthause beschaffen und so manches Mal wandte sich mein besseres Teil voll Abscheu von meiner Beschäftigung ab, während ich, noch immer von ständig zunehmender Besessenheit gehetzt, mein Werk vorantrieb, bis es kurz vor seiner Vollendung stand.

Dieweil ich nun auf solche Weise mit Leib und Seele nur diesem einen Ziele verschrieben blieb, ging der Sommer hin. Er war in jenem Jahr besonders schön gewesen: Seit Menschengedenken war das Korn nicht so hoch auf den Feldern gestanden, hatten die Rebenhänge keine reichere Lese versprochen. Ich aber war blind geworden für die Schönheiten der Natur, und die nämliche Gleichgültigkeit, welche mich der Landschaft rings um mich nicht achten ließ, machte mich auch all der Freunde vergessen, die so viele Meilen von mir getrennt waren und die ich schon seit so langer Zeit nicht mehr gesehen. Dabei wusste ich, dass mein Schweigen ihnen Unruhe bereiten musste, und entsann mich sehr wohl der Worte meines Vaters: »Ich bin gewiss, dass du, solange du mit dir selbst im Einklang lebst, auch unser in Liebe gedenken wirst, so dass wir regelmäßig von dir hören werden. Du wirst mir aber vergeben, wenn ich jede Unterbrechung deiner Korrespondenz für einen Beweis erachte, dass du deine anderen Pflichten nicht minder vernachlässigst.«

So konnte ich mir recht gut ausmalen, welches die Gefühle meines Vaters waren. Allein, ich mochte mein Sinnen und Trachten nicht von einer Arbeit losreißen, die, an sich ekelhaft genug, unwiderstehlich von meiner Fantasie Besitz ergriffen hatte. Ja es verhielt sich so, dass ich wünschte alles hinauszuschieben, was mich an meine menschlichen Bindungen erinnerte, bis das große Vorhaben, welches meine sämtlichen bisherigen Gewohnheiten aufgezehrt hatte, zu seinem endgültigen Abschlusse gediehen wäre.

Ich neigte damals zu der Ansicht, es wäre unbillig von meinem Vater, mein Schweigen bloß der Lasterhaftigkeit oder irgendwelchen Schuldgefühlen meiner Person zuzuschreiben. Heute freilich bin ich der Meinung, dass er mich nicht zu Unrecht einer gewissen Schuld bezichtigte. Ein untadeliger Mensch sollte ja allzeit einen ruhigen und friedvollen Sinn bewahren und weder einer Leidenschaft noch einer flüchtigen Begierde erlauben, ihm die Seelenruhe zu verstören. Und ich glaube keineswegs, dass das Streben nach Erkenntnis eine Ausnahme dieser Regel bildet. Sobald den Studien, welchen Ihr Euch widmet, die Tendenz innewohnt, Eurem menschlichen Fühlen Eintrag zu tun, ja Euch den Geschmack zu verderben an all den einfachen Freuden, welche keinerlei üble Beimischung vertragen, sind solche Studien gewisslich ungehörig, will sagen, dem menschlichen Seelenleben abträglich. Hätten die Menschen so weise Lehre allzeit befolgt – hätte kein Sterblicher jemals einem wie immer gearteten Bestreben verstattet, sich als ein Störenfried in die Gefühle verwandtschaftlicher Zuneigung einzudrängen, so wäre Griechenland nimmer unterworfen worden, so hätte Cäsar seines Reiches geschont, Amerika wäre nicht so gewaltsam erobert worden, und die Reiche der Azteken und Inkas hätten nicht untergehen müssen.

Doch vergebt, ich ertappe mich darüber, mitten in dem interessantesten Part meiner Erzählung Moralpauken zu halten, und Euer Blick mahnt mich mit Recht, in meinem Berichte fortzuschreiten.

Mein Vater ließ in seinen Briefen keinerlei Vorwurf laut werden und beantwortete mein Schweigen lediglich mit eingehenderen Erkundigungen nach meinem Tun und Treiben. So gingen über meinen Bemühungen Winter, Frühling und Sommer hin. Ich aber hatte nicht Acht der Blüten noch der sich entfaltenden Blätter – lauter Dinge, welche vordem niemals verfehlt hatten, mein höchstes Entzücken zu erregen –, so tief war ich von meiner Arbeit in Anspruch genommen. Und ehe dieselbe sich ihrem Ende zu nähern begann, waren auch die Blätter des Herbstes verwelkt und verdorben. Aber mit jedem Tage zeigte sich nun deutlicher, wie erfolgreich ich in meinen Bemühungen gewesen. Indes, mein Enthusiasmus stand jetzt mehr und mehr im Schatten der Angst und so war ich viel eher einem Menschen zu vergleichen, welcher gezwungen ist, im Bergwerke Sklavendienste oder sonst eine verderbliche Arbeit zu verrichten, nicht aber einem Künstler, der da seinem liebsten Geschäfte nachgeht. Nacht für Nacht ward ich von einem schleichenden Fieber heimgesucht und meine Nerven befanden sich nachgerade im peinvollsten Zustand. Schon der Fall eines Blattes machte mich aufschrecken und meinen Mitmenschen ging ich aus dem Wege, als hätte ich mich eines Verbrechens schuldig gemacht. Bisweilen entsetzte ich mich schon vor der bloßen Erkenntnis, zu welch menschlichem Wrack ich geworden war! Einzig der Wille zu meinem Werke hielt mich noch aufrecht: Bald würden ja meine Mühen zu Ende sein und überdies hegte ich den festen Glauben, dass Bewegung und Zerstreuung jeglichem beginnenden Übel schon Einhalt gebieten würden. Deshalb gelobte ich, mir beides in ausgiebigstem Maße zu verstatten, sobald erst meine Schöpfung vollendet wäre.

## *Fünftes Kapitel*

In einer düsteren Novembernacht war es so weit: Vor meinen Augen lag das Ergebnis all meiner Müh und Plage. Mit einer angstvollen Erwartung, welche um nichts der Todesfurcht nachstand, baute ich das Instrumentarium des Lebens rings um mich auf, um dem reglosen Körper, welcher da zu meinen Füßen lag, den Leben spendenden Funken einzuhauchen. Schon wies der Zeiger der Uhr auf die erste Stunde des Morgens. Der Regen klopfte in trostlosem Gleichmaß gegen die Scheiben und meine Kerze war schon zu einem Stümpfchen heruntergebrannt, als ich in dem Geflacker der schon erlöschenden Flamme das ausdruckslose, gelbliche Auge der Kreatur sich auftun sah. Ein schwerer Atemzug hob ihre Brust und ein krampfhaftes Zucken durchlief ihre Glieder.

Wie fang ich's an, Euch die Empfindungen zu beschreiben, welche mich in dem schicksalhaften Augenblicke durchbebten, da das Verhängnis seinen Anfang nahm? Wie geb ich Euch ein treuliches Abbild der Spottgeburt, welche ich mit so unendlicher Mühe und Sorgfalt zu formen versucht? Wohl waren die Gliedmaßen in der rechten Proportion und auch die Züge hatte ich dem Kanon der Schönheit nachgebildet.

Schönheit! – Allmächtiger! Die gelbliche Haut verdeckte nur notdürftig das Spiel der Muskeln und das Pulsieren der Adern. Das Haupthaar war freilich von schimmernder Schwärze und wallte überreich herab. Auch die Zähne erglänzten so weiß wie die Perlen. Doch standen solche Vortrefflichkeiten im schaurigsten Kontraste zu den wässrigen Augen, welche nahezu von derselben Farbe schienen wie die schmutzig weißen Höhlen, darein sie gebettet waren, sowie zu dem runzligen Antlitz und den schwarzen, aller Modellierung entbehrenden Lippen.

Wie wandelbar ist doch das Menschenherz! Nicht einmal die Wechselfälle des Lebens reichen an seine Widersprüchlichkeit heran! Da hatte ich nun nahezu zwei Jahre lang die größte Mühe und Arbeit einzig darauf verwendet, einem unbeseelten Körper Leben einzuhauchen. Solches zu erreichen hatte ich mich aller Ruhe, ja noch der Gesundheit beraubt. Mein Begehren war ein so brennendes gewesen, dass es jegliches Maß überschritten hatte. Jetzt aber, da ich mich am Ziel meiner Wünsche sah, war die Schönheit des Traumes verflogen und atemloser Schrecken und Ekel füllten mir das Herz. Nicht fähig, den Anblick des Wesens, welches ich da geschaffen, noch länger zu ertragen, stürzte ich aus der Kammer und hastete in mein Schlafgemach, wo ich noch lange Zeit auf und nieder schritt, da ich viel zu aufgewühlt war, als dass ich ein Auge hätte zutun können. Doch ward solch innerer Aufruhr nach und nach abgelöst durch die Müdigkeit und ich warf mich aufs Bett, angekleidet, wie ich war, um wenigstens ein paar Atemzüge lang Vergessen zu finden. Doch vergebens: Zwar schlief ich tatsächlich ein, aber nur um von den ärgsten Träumen heimgesucht zu werden. Ich bildete mir ein, Elisabeth zu sehen, wie sie in blühender Gesundheit durch die Gassen von Ingolstadt wandelte. Voll entzückter Überraschung schloss ich sie in die Arme. Da ich aber den ersten Kuss auf ihre Lippen drückte, ward sie totenbleich, mit ihren Zügen ging ein Wandel vor sich und mir schien's, als hielte ich jetzt den toten Körper meiner Mutter in den Armen! Ein Leichentuch verhüllte die Gestalt und in den Falten des Flanells wimmelte es von dem Gewürm der Verwesung! Zutiefst entsetzt schrak ich aus meinem Schlummer – der kalte Angstschweiß brach mir aus der Stirn – der ganze Körper zog sich mir zusammen – und zähneklappernd blickte ich um mich: In dem schwachen, gelblichen Mondlichte, welches durch die Fensterläden in die Kammer quoll, stand jenes erbärmliche Monstrum vor mir – der fürchterliche Popanz, welchen ich erschaffen! Er hielt den Bettvorhang zur Seite und heftete seine Augen, sofern sie diesen Namen überhaupt verdienten – auf mich. Seine Kinnladen klappten auf und aus der klaffenden Öffnung ertönten irgendwelche unartikulierten Laute, dieweil ein Grinsen ihm die Wangen furchte. Mag sein, er sagte etwas, doch ich vernahm es nicht. Die eine Hand war nach mir ausgestreckt, als hätt er vor mich aufzuhalten: Ich aber stürzte davon und die Treppen hinunter, um Zuflucht zu suchen in dem Hinterhofe meines Wohnhauses! Dort verblieb ich für den Rest dieser schrecklichen Nacht, schritt in der größten Erregung auf und nieder und lauschte angespannt auf jeden Laut, begierig und dennoch voll Angst, er könnte das Herannahen dieser totenhaften, dämonischen Ausgeburt ankündigen, welcher ich auf so erbärmliche Weise zum Leben verholfen.

Nein! Kein Sterblicher konnte das Entsetzen ertragen, welches von solchen Zügen ausging! Nicht einmal eine zu neuem Leben erweckte Mumie hätte so grässlich aussehen können. Oft genug hatte ich in dies Antlitz gestarrt, solange es noch nicht vollendet gewesen, und schon damals war es mir hässlich genug erschienen. Als aber seine Muskeln und Scharniere sich zu bewegen begonnen, war ein Etwas aus ihnen geworden, wie es nicht einmal ein Dante hätte aussinnen können.

Ich verbrachte eine fürchterliche Nacht. Zuweilen ging mein Puls so rasch und schwer, dass ich jede einzelne Ader zu spüren vermeinte. Dann wieder war's mir, als müsst ich jetzt und jetzt zu Boden sinken vor Abgespanntheit und äußerster Erschöpfung. Und in all das Entsetzliche mischte sich auch noch die Bitternis meiner Enttäuschung: Jene Träume, welche so lange Zeit mein täglich Brot, ja meine Freude und Zuflucht gewesen, nun waren sie mir zur Höllenqual geworden! Und solcher Wechsel war so rasch erfolgt, dass mein Absturz ein vollkommener zu nennen war!

Nach und nach dämmerte ein trübseliger, nasser Morgen herauf und ließ vor meinen übernächtigen und schmerzenden Augen den weißen Turm der Ingolstädter Pfarrkirche zusamt seinem Zifferblatte erstehen: Der Zeiger wies die sechste Tagesstunde. Der Pförtner schloss die Torflügel des Hofes auf, welcher mir zum nächtlichen Asyle gedient, und ich trat auf das Pflaster hinaus und verlor mich im Gewirr der Gassen, welche ich eilenden Fußes durchschritt, als fürchtete ich, hinter jeder Ecke jenes entsetzliche Wesen erblicken zu müssen. Ich wagte mich nicht nach meiner Behausung zurück, sondern hastete unter einem inneren Zwange voran, durchweicht von dem Regen, welcher aus einem schwarzen und trostlosen Himmel herniederrauschte.

So schritt ich geraume Zeit fürbass und suchte, durch körperliche Bewegung jener Bürde ledig zu werden, welche sich mir so schwer auf die Seele gelegt. Ich durchmaß die Straßen ohne recht zu gewahren, wo ich mich denn befand und was ich hier tat. Mir war nahezu übel vor Angst und das Herz schlug mir bis zum Halse herauf. Unsteten Schrittes hastete ich voran, nicht wagend, mich auch nur umzublicken:

Dem Wandrer gleich, wenn er, vor Angst
Und Schrecken fast verzagt,
Nach seinem ersten Blick zurück

Den zweiten nimmer wagt.
Nun weiß er ja: Der Satan ist's,
Der Schritt auf Tritt ihn jagt.*

Auf diese Weise fand ich mich schließlich jenem Gasthofe gegenüber, vor welchem die Postkutschen und anderwärtigen Reisewagen Station machen. Ich weiß nicht, was mich veranlasste hier stehen zu bleiben, doch verharrte ich mehrere Minuten wie festgebannt und heftete den Blick auf eine Kutsche, welche vom fernen Ende der Straße sich mir näherte. Bald konnte ich erkennen, dass es die Schweizer Postkutsche war! Sie ward gerade auf meiner Höhe zum Halten gebracht. Sobald aber der Wagenschlag sich auftat, erblickte ich Henri Clerval, welcher, da er meiner ansichtig wurde, mit einem Freudensprung auf dem Pflaster lande-

* Coleridge, *Ballade vom Alten Matrosen*

te: »Mein teuerster Frankenstein«, rief er aus, »wie freu ich mich, dich wieder zu sehen! Welches Glück, dich im Augenblicke meines Aussteigens hier anzutreffen!«
Mein Entzücken, Clerval wieder zu sehen, war ohnegleichen. Sein Anblick zauberte mir ja meinen Vater, Elisabeth sowie alle meinem Gedächtnisse so teuren, häuslichen Szenen vors innere Auge! Ich haschte mit Begier nach seiner Hand und hatte im Augenblick all meinen Schrecken und mein Ungemach vergessen. Urplötzlich und zum ersten Male seit vielen Monaten fühlte ich mich wieder ruhig und von der schönsten Freude durchdrungen. Dies war auch der Grund, weshalb ich meinen Busenfreund aufs Herzlichste willkommen hieß, wonach wir uns unverzüglich auf den Weg nach meinem Domizile machten. Clerval wurde nicht müde, von unseren gemeinsamen Freunden zu erzählen, sowie von den günstigen Umständen, welche es ihm ermöglicht, doch noch nach Ingolstadt reisen zu können. »Du magst es mir glauben«, so sprach er, »es war schwer genug, meinen Vater davon zu überzeugen, dass die Quintessenz allen Wissens durchaus nicht in der edlen Kunst der Buchführung beschlossen liege. Und in der Tat, ich möchte meinen, dass er bis zum Letzten ungläubig geblieben, dieweil seine beständige Antwort auf mein unermüdliches Drängen jene des holländischen Schulmeisters aus dem Vikar von Wakefield gewesen: ›Ich hab zehntausend Gulden jährlich, ganz ohne Griechisch zu können, und auch das Essen schmeckt mir ohne diese Fähigkeit nicht minder vortrefflich!‹ Doch siegte auf die Dauer seine Liebe zu mir über die Abneigung, die er gegen das Studieren hegt, und so hat er mir verstattet diese Entdeckungsreise ins Land der Erkenntnis zu unternehmen.«

»Nichts könnte mir lieber sein, als dich zu sehen! Doch sag mir jetzt nur eines: Wie geht es meinem Vater, meinen Brüdern und Elisabeth?«

»Sie alle sind wohlauf und guter Dinge, bloß machen sie sich ein wenig Sorgen, weil sie so selten von dir hören. Nun, nach und nach will ich dir in ihrem Namen schon die Leviten lesen! – Allein, mein teuerster Frankenstein«, so setzte er fort, nachdem er ein wenig innegehalten und mir aufmerksam ins Gesicht geblickt, »ich bemerke ja erst jetzt, wie schlecht du aussiehst! Wie mager und bleich du doch geworden bist! Man möchte ja glauben, du habest nächtelang kein Auge zugetan!«

»Dies ist nur zu wahr! In letzter Zeit war ich von einer Arbeit so sehr in Anspruch genommen, dass ich mir bei weitem nicht die nötige Ruhe gegönnt! Du siehst es ja selbst. Allein, ich hoffe ernsthaft, dass ich nun über den Berg bin und endlich wieder frei aufatmen kann!«

Dabei zitterte ich über die Maßen. Ich wagte ja nicht, an die Ereignisse der letzten Nacht auch nur zu denken, geschweige denn darauf anzuspielen. So beschleunigte ich meine Schritte und alsbald waren wir vor meiner Behausung angelangt. Jetzt erst kam's mir in den Sinn – und der Gedanke machte mich schaudern –, dass jenes Ungetüm, welches ich in meinen Räumlichkeiten zurückgelassen, sich noch immer darin aufhalten und in aller Lebendigkeit umherwandeln könnte! Wie fürchtete ich mich vor dem Anblick solchen Monstrums! Aber noch mehr fürchtete ich mich vor der Möglichkeit, dass Freund Henri seiner ansichtig werden könnte. Deshalb drang ich in ihn, er möge doch ein wenig am Fuße der Treppe warten, und eilte pfeilgeschwind hinauf zu meiner Kammer. Erst, als ich die Hand schon auf der Klinke hatte, kam mir alles wieder in den Sinn. So verharrte ich auf der Stelle, während ein eisiger Schauder mich überrann. Dann aber stieß ich die Tür mit aller Gewalt auf, ganz wie die Kinder es tun, wenn sie glauben, dass drinnen ein Gespenst auf sie lauere: Doch nichts geschah. Angstvoll trat ich ein: Die Wohnung war leer! Auch im Schlafraum war nichts mehr von jenem grässlichen Gaste zu sehen. Ich vermochte kaum zu fassen, dass mir ein so großes Glück zuteil geworden! Als ich mich aber vergewissert hatte, dass mein Widersacher in der Tat die Flucht ergriffen, schlug ich vor Freude die Hände zusammen und eilte hinunter zu meinem Freunde Clerval.

Wir stiegen zu meiner Kammer hinauf und alsbald brachte der Hausknecht uns das Frühstück. Allein, ich war nicht fähig, an mich zu halten: Es war nicht nur die Freude, welche mich da überkommen hatte! Alles in mir prickelte vor äußerster Erregung und meine Pulse hämmerten. Ich brachte es einfach nicht fertig, auch nur für einen Augenblick stillzusitzen, sondern sprang über die Stühle, schlug die Hände zusammen und lachte überlaut. Zunächst schrieb Clerval meine exaltierte Gemütsverfassung der Freude über seine Ankunft zu. Sobald er mich aber aufmerksamer beobachtete, gewahrte er eine wilde Ausgelassenheit in meinem Blick, die er sich nicht zu erklären vermochte. Auch versetzte ihn mein lautes, ungehemmtes und herzloses Gelächter in staunenden Schrecken.

»Mein lieber Viktor«, so rief er, »was um Himmels willen ist in dich gefahren? So lach doch nicht so fürchterlich! Wie verstört du doch bist! Woher kommt dies alles nur?«

»Frag nicht *mich*!«, so schrie ich, indem ich die Hände vors Gesicht schlug, da ich im nämlichen Momente glaubte, das Gespenst ins Zimmer gleiten zu sehen. »Frag lieber *ihn*! – Oh, rette mich! Rette mich!« Schon fühlte ich mich ja von jenem Ungetüm gepackt und so schlug ich aus Leibeskräften um mich, bis jener Anfall mich zu Boden warf.

Der arme Clerval! Wie muss es ihm da ums Herz gewesen sein! So sehr hatte er sich auf dies Wiedersehen gefreut und nun schlug's ihm zu solcher Bitternis aus! Doch war ich nicht mehr Zeuge seines Kummers, denn ich lag ja leblos auf den Boden hingestreckt und blieb für lange Zeit meiner Sinne beraubt.

Es war dies der Ausbruch eines Nervenfiebers, welches mich monatelang ans Krankenlager gefesselt hielt. Und die ganze Zeit über war Henri meine einzige Pflege. Erst hinterher erfuhr ich, dass er in Ansehung von meines Vaters vorgerücktem Alter, das demselben verbot, eine so lange Reise zu tun, sowie in Anbetracht des Umstandes, welche Niedergeschlagenheit die Kunde von meiner Krankheit bei Elisabeth auslösen würde, es auf sich genommen, ihnen das Ausmaß meines Leidens zu verschweigen. Seine Hoffnung auf meine schließliche Wiederherstellung war ja eine so große, dass er überzeugt war meinen Angehörigen durch dies Verschweigen nicht nur nicht zu schaden, sondern ihnen damit den größten Freundschaftsdienst zu erweisen.

Meine Erkrankung aber war tatsächlich eine überaus ernste. Dass ich dem Leben wiedergegeben ward, verdanke ich, des bin ich gewiss, einzig der grenzenlosen und nimmermüden Sorgfalt meines Freundes. Beständig geisterte mir ja die Gestalt jenes Monstrums, welchem ich zum Dasein verholfen, vor den Augen und unaufhörlich fantasierte ich von ihm. Zweifellos versetzten meine im Fieberwahn hervorgestoßenen Worte Henri in Erstaunen, doch hielt er sie zunächst für die Ausgeburt einer verstörten Einbildungskraft. Die Hartnäckigkeit indes, mit der ich immer wieder zu dem nämlichen Gegenstand zurückkehrte, brachte ihn schließlich zur Überzeugung, dass meine Verstörung ihren Ursprung doch in irgendeinem außergewöhnlichen und schrecklichen Ereignis haben müsse.

Meine Genesung vollzog sich nur langsam und zögernd, immer wieder von Rückfällen unterbrochen, welche meinen Freund zutiefst erschreckten und bekümmerten. Ich erinnere mich, dass ich, sobald ich wieder fähig war, meine Umwelt mit einiger Freude wahrzunehmen, die schattenden Bäume vor meinem Fenster vom welken Laube befreit und dafür von knospendem Grün bedeckt fand. Es war ein himmlischer Frühling, und die Jahreszeit trug ganz erklecklich zu meiner Wiederherstellung bei. Auch fühlte ich, dass etwas wie Freude und Zuneigung wieder in meinem Busen Einzug hielt. Alle Düsternis war von mir gewichen und innerhalb kurzer Zeit war ich so fröhlich und guter Dinge wie einstmals, noch ehe jene fatale Leidenschaft von mir Besitz ergriffen.

»Clerval, du Guter«, so rief ich, »wie freundlich, wie besorgt bist du doch um mich! Den ganzen Winter hast du an meinem Krankenlager hingebracht, anstatt ihn, wie du dir geschworen, an dein Studium zu wenden! Wie kann ich dir dies jemals vergelten? Ach, mein Gewissen plagt mich um der Enttäuschung willen, deren Ursache ich gewesen! Doch ich weiß ja, dass du mir vergibst.«

»Mein schönster Lohn soll es sein, dich nimmer so aufgelöst, sondern auf raschestem Wege wieder hergestellt zu sehen! Da ich dich aber bei so guter Laune finde, darf ich wohl einer besonderen Sache Erwähnung tun – oder nicht?«

Ich erbebte. Einer besonderen Sache? Was mochte das nur sein? War's möglich, dass der Freund auf etwas anspielte, woran ich nicht einmal zu denken wagte?

»Fasse dich«, sprach Clerval, welcher sehr wohl meine plötzliche Blässe wahrgenommen. »Ich will kein weiteres Wort verlieren, wenn es dich dermaßen in Unruhe versetzt. Es ist ja nur, dass dein Vater und deine Cousine sich über einen Brief von deiner Hand unendlich freuen würden. Sie haben ja keine Ahnung, wie krank du gewesen bist, und machen sich Sorgen ob deines langen Schweigens.«

»Wenn's weiter nichts ist, bester Henri! Wie konntest du nur glauben, dass mein erstes Gedenken nicht jenen mir so teuren Freunden gelten könnte, denen meine ganze Liebe gehört, und die solcher Liebe so würdig sind!«

»Nun, wenn's auf diese Weise um dich bestellt ist, mein Freund, so mag dich dieser Brief erfreuen, welcher schon seit mehreren Tagen für dich bereitliegt. Ich glaube gar, er ist von deiner Cousine.«

## *Sechstes Kapitel*

Dies gesagt, händigte Clerval mir jenes Schreiben aus. Es war von meiner Elisabeth Hand und hatte den folgenden Wortlaut:

»Teuerster Cousin! – Nun bist du krank gewesen, ernstlich krank, und nicht einmal die regelmäßigen Nachrichten des lieben, guten Henri haben es vermocht, mich in Ansehung deines Befindens zu beruhigen. Man hat dir ja untersagt zu schreiben – ja sogar, eine Feder zur Hand zu nehmen. Dennoch, teuerster Viktor, bedürfen wir recht sehr eines Wortes von dir, unsere Besorgnisse zu lindern. Schon seit langem habe ich mit jeder einlangenden Post gehofft, sie würde uns dies Lebenszeichen bescheren, und ich habe all meine Überredungskunst aufbieten müssen, um den Oheim von einer Reise nach Ingolstadt abzuhalten. Doch hab ich ihn daran zu hindern gewusst, sich den Unzukömmlichkeiten, ja vielleicht sogar Gefahren einer solchen langen Reise auszusetzen. Allein, wie oft hab ich nicht zutiefst bedauert, daran gehindert zu sein, diese Reise in eigener Person zu unternehmen! Beständig male ich mir ja aus, wie da irgendeine raffgierige Vettel mit deiner Pflege betraut worden – eine Person, welche keine Ahnung davon hat, wessen du bedarfst, noch auch geeignet ist solche Wünsche mit der Obsorge und Zuneigung deiner armen Cousine zu erfüllen. Indes, dies alles hat ja ein Ende, seit der gute Clerval geschrieben, dass du dich wirklich und wahrhaftig auf dem Wege der Besserung befindest! Und es ist meine innige Hoffnung, dass du solche Freudenbotschaft alsbald mit eigener Hand wirst bestätigen können.

Sei auf deine Genesung bedacht und kehr bald zu uns zurück. Du wirst ein zufriednes, frohgemutes Heim vorfinden, voll von Freunden, welche dir von Herzen zugetan sind. Dein Vater erfreut sich einer ungebrochnen Gesundheit und sein einziger Wunsch ist es, dich wieder zu sehen – sich deines Wohlbefindens vergewissern zu können. Erst dann wird keine Wolke mehr sein gütiges Antlitz verschatten. Wie wird es dich freuen, zu sehen, welch stattlicher junger Mann unser Ernest geworden ist! Nun zählt er schon sechzehn Lenze und ist erfüllt von Tatendrang wie jugendlichem Feuer. Stets darauf bedacht, ein echter Schweizer zu sein, brennt er danach, sich in der Welt umzutun und im Auslande Kriegsdienste zu nehmen. Wir aber können ihn nicht ziehen lassen, zumindest nicht, solange sein älterer Bruder noch in der Ferne weilt. Mein Oheim ist ja recht wenig angetan von solchen Ideen einer martialischen Laufbahn in irgendeinem fernen Lande, doch verhält es sich so, dass Ernest ja von Anfang an deiner beharrlichen Lernbegier ermangelt hat und auch heute im Studieren nichts denn eine verhasste Fessel erblickt. Seine Freude ist's, sich in der frischen Luft zu tummeln, auf die Berge zu steigen oder aber auf dem See sich dem Rudervergnügen hinzugeben. So fürchte ich ernsthaft, er könnte dem Müßiggange verfallen, gäben wir seinem Drängen nicht nach und erlaubten wir ihm nicht, den Beruf seiner Wahl zu ergreifen.

Im Übrigen hat sich – abgesehen von dem Heranwachsen unsrer lieben Kleinen – nicht viel bei uns verändert. Nimmermehr wandeln sich ja die blauenden Gewässer des Sees, nicht die firnbedeckten Gebirge – und auch unsre friedvolle Heimstatt, so will mir scheinen, unterliegt, ganz wie die Genügsamkeit unserer Herzen, den nämlichen unabänderlichen Gesetzen. Meine kleine Alltagsbeschäftigung füllt mich zur Gänze aus und bereitet mir Freude und für alle Mühe im häuslichen Kreise werde ich ja aufs Reichste entschädigt durch nichts als zufriedene und freundliche Mienen. Seit du uns verlassen, hat sich eigentlich nur ein einziger Wandel in unsrer bescheidenen Haushaltung begeben. Ist dir noch gegenwärtig, unter welchen Umständen die kleine Justine Moritz in unser Haus aufgenommen ward? Du magst es vergessen haben. Deshalb will ich hier in wenigen Worten ihre Lebensgeschichte erzählen. Die Mutter, Madame Moritz, war eine Witwe mit vier Kindern, von denen Justine das drittgeborene ist. Stets war die Kleine ihres Vater Liebling gewesen, allein, zufolge einer sonderbaren Verkehrung mochte die Mutter das Kind nicht ausstehen und behandelte es nach Monsieur Moritzens Tode als ein wahres Aschenbrödel. Meine Tante bemerkte dies recht wohl. Da nun Justine ihr zwölftes Lebensjahr erreicht hatte, vermochte die Tante deren Mutter zu überreden, das Kind hinfort unter unserem Dache leben zu lassen. Die republikanischen Einrichtungen unseres Landes haben ja einfachere und glücklichere Sitten gezeitigt denn jene, welche in den großen Kaiser- und Königreichen gelten, von denen unser kleines Gemeinwesen umgeben ist. Daher kommt's, dass die Unterschiede zwischen den einzelnen Schichten seiner Bewohner nicht gar so groß sind. Auch finden wir bei den gemeinen Ständen, die weder so verarmt noch auch so verachtet sind, eine feinere und sittenstrengere Lebensführung denn anderswo. In unserem Genf den dienenden Ständen anzugehören, ist wohl ein ander Ding denn im großen Frankreich oder im allmächtigen England. Justine, dergestalt in unsre Familie aufgenommen, ward also vertraut gemacht mit den Obliegenheiten eines Dienstmädchens, was indes in unserm gesegneten Ländchen durchaus nicht bedeutet, dass solch ein Menschenkind der Unwissenheit ausgeliefert ist oder gar seine Menschenwürde hinopfern müsste.

Vielleicht erinnerst du dich noch, wie sehr du die Kleine in dein Herz geschlossen hattest. Ich weiß ja noch gut, wie du einstmals bemerktest, dass, wann immer dich üble Grillen geplagt, ein einziger Blick von Justine genügte dieselben zu zerstreuen, und zwar aus dem nämlichen Grunde, welchen Ariost in Ansehung von Angelikens Schönheit geltend macht: So freimütig und heiteren Sinnes blickte sie in die Welt. Meine Tante fasste eine dermaßen große Zuneigung zu dem Mägdlein, dass sie ihm eine weit bessere Erziehung angedeihen ließ, als sie zunächst beabsichtigt hatte. Doch ward ihr solche Wohltat bei Heller und Pfennig vergolten, denn Justine war das dankbarste Geschöpfchen, welches man sich nur denken mag. Nicht, dass sie vor Dankesbezeigungen übergeflossen wäre – niemals hörte ich eine solche über ihre Lippen kommen. Doch konnte man es ihr von den Augen absehen, dass sie ihre Wohltäterin nahezu anbetete. Obschon von Natur aus übermütig, ja in so mancher Hinsicht unbedachtsam, achtete sie doch mit der größten Aufmerksamkeit auf jede Bewegung meiner Tante. In ihrer Person erblickte sie ja den Gipfel der Vollkommenheit und war deshalb eifrig bestrebt der Tante Ausdrucksweise sowie deren ganzes Gehaben bis ins Kleinste nachzuahmen, so dass sie mich auch noch heute so manches Mal an die Verblichene gemahnt.

Nachdem meine über alles geliebte Tante ihr Leben ausgehaucht, war ein jeder von uns viel zu sehr vom eigenen Grame in Anspruch genommen, als dass er der armen Justine hätte achten können, welche die teure Verstorbene während ihrer Krankheit mit der ängstlichsten Fürsorge gepflegt. Dabei ging es jetzt der Ärmsten wirklich schlecht, doch harrten ihrer noch weit schlimmere Prüfungen.

Eins um das andre wurden ihre Geschwister vom Tode dahingerafft, so dass deren Mutter, mit Ausnahme ihrer verleugneten Tochter, kinderlos zurückblieb. Nun aber ward sie von den ärgsten Gewissensbissen geplagt und mit der Zeit setzte sich der Gedanke in ihr fest, dies alles sei eine Züchtigung des Himmels, einzig ins Werk gesetzt um ihrer schnöden Parteilichkeit willen. Sie war ja eine römische Katholikin und ich glaube, dass ihr Beichtvater alles dazu tat, sie in ihrer fixen Idee zu bestärken. Dementsprechend ward Justine schon wenige Monate nach deiner Abreise von ihrer reuigen Mutter heimgerufen. Bedauernswertes Mädchen! Nur unter Tränen verließ sie unser Haus. Der Tante Tod hatte sie ja recht sehr verändert und der Kummer hatte ihrem Gehaben, welches vordem so auffallend lebhaft gewesen, Sanftmut und eine gewinnende Milde verliehen. Das Haus ihrer Mutter aber war erst recht nicht dazu angetan, die alte Fröhlichkeit wieder in ihr heraufzurufen. Das arme Weib ward ja in seiner Bußfertigkeit nur allzu schwankend. Bisweilen flehte sie Justine an, dieselbe möge ihr alle Unfreundlichkeit vergeben, doch bei weitem häufiger beschuldigte sie die Tochter, den Tod ihrer Geschwister recht eigentlich verursacht zu haben.

Die unaufhörlichen Selbstvorwürfe bewirkten auf die Dauer, dass Madame Moritz schwindsüchtig ward, welches Leiden ihre Reizbarkeit zunächst noch steigerte. Jetzt freilich ruht die arme Seele in Frieden. Mit dem Einbruch der ersten Kälte ist sie gleich zu Anfang des letzten Winters verstorben. Justine lebt nun wieder unter unserm Dach, und du magst mir glauben, dass ich sie aufs Zärtlichste liebe. Sie ist ein überaus kluges und sanftes Geschöpf von außerordentlicher Schönheit. Wie ich schon gesagt habe, gemahnen mich ihre Züge und auch ihre Redeweise beständig an meine mir so teuer gewesene Tante.

Nun muss ich dir, teuerster Cousin, auch noch einiges wenige über unsren kleinen Liebling Wilhelm berichten. Könntest du ihn nur sehen! Er ist für sein Alter schon recht groß, hat die süßesten, lachendsten Blauaugen sowie ganz dunkle Wimpern und einen entzückenden Lockenkopf. Sobald er lächelt, erscheinen zwei allerliebste Grübchen auf seinen vor Gesundheit blühenden Wangen. Auch hat er schon ein oder zwei kleine *Bräute* gehabt, doch gehört sein kleines Herz recht eigentlich seiner Louisa Biron, die ein allerliebstes Mägdlein von ganzen fünf Lenzen ist!

Und nun, teuerster Viktor, möchte ich fast glauben, dass du ein wenig von dem Stadtklatsche zu erfahren wünschest, welcher die Gemüter unserer guten Genfer bewegt. Die hübsche Miss Mansfield hat schon all die Gratulanten empfangen, welche ihre Glückwünsche zu der bevorstehenden Heirat mit einem jungen Engländer, Herrn John Melbourne, darbringen gewollt. Ihre hässliche Schwester Manon hat sich schon im vergangenen Herbste Monsieur Duvillard, den reichen Bankier, geangelt. Louis Manoir, deinem liebsten Schulfreunde, ist seit Clervals Abreise so manches Missgeschick widerfahren. Jetzt aber ist er wieder guter Dinge, ja man hört sogar, dass er drauf und dran ist, sich mit einer recht hübschen Französin, einer gewissen Madame Tavernier, zu vermählen. Sie ist Witwe und um Beträchtliches älter denn Manoir, doch wird sie allgemein bewundert und steht bei jedermann in hoher Gunst.

Nun hab ich mich nachgerade in eine bessere Stimmung hineingeschrieben, teuerster Cousin. Jetzt aber, da ich schließen soll, meldet sich meine alte Besorgnis aufs Neue. Lass doch von dir hören, teuerster Viktor! Eine einzige Zeile von deiner Hand, ja ein bloßes Wort – sie wären ein wahrer Segen für uns. Und bestell Henri für seine Freundlichkeit, seine Zuneigung und seine vielen Briefe unsern tausendfachen Dank: Wir sind ihm zutiefst verpflichtet. Adieu, du Guter! Und gib nur ja Acht auf dich! Und, ich flehe dich an, lass von dir hören! ELISABETH LAVENZA
Genf, den 18. März 17 – –«

»O allerteuerste Elisabeth!«, rief ich aus, sobald ich diesen Brief gelesen hatte. »Nun will ich mich aber sogleich hinsetzen und jene guten Leutchen von der Besorgnis befreien, welche sie in der Tat empfinden müssen!« Und so schrieb ich denn auf der Stelle, wiewohl diese Anstrengung mich überaus ermüdete. Allein, meine Genesung hatte nun einmal eingesetzt und machte gleichmäßige Fortschritte. Schon vierzehn Tage später war ich im Stande, meine Krankenstube zu verlassen.

Nach meiner Wiederherstellung erachtete ich es für eine meiner ersten Pflichten, Clerval bei den diversen Professoren der Universität einzuführen. Damit unterzog ich mich einem Brauche, welcher mich besonders hart ankam und wohl auch das Schlechteste war, was ich in Ansehung der kaum vernarbten Wunden, die meinem Geist geschlagen worden, unternehmen konnte. Seit jener fatalen Nacht, welche mit dem Schlusspunkte meiner Mühen auch den Anfang meines Unheils gesetzt, empfand ich ja sogar gegen den *Namen* der Naturwissenschaften die heftigste Abneigung. War ich auch schon nahezu vollkommen genesen, so würde doch der bloße Anblick einer chemischen Apparatur all die Todesangst meines Nervenleidens aufs Neue herauf rufen! Henri, der dies sehr wohl wahrgenommen, hatte denn auch die sämtlichen Apparate fortgeräumt, ja mich sogar in einem anderen Raume einquartiert. Ein ahnungsvolles Empfinden sagte ihm, dass ich eine unwiderstehliche Abneigung gegen die Kammer gefasst hatte, welche mir bislang zum Laboratorium gedient. Doch wurden Clervals sämtliche Vorkehrungen im Verlaufe unsrer Aufwartung bei den Professoren zunichte gemacht. Monsieur Waldmann versammelte glühende Kohlen auf meinem Haupt, als er mit aller Herzenswärme die erstaunlichen Fortschritte pries, welche ich in den Wissenschaften gemacht. Da er indes nur zu bald bemerkte, wie wenig dies Thema mir zusagte, jedoch den wahren Grund solchen Missbehagens nicht durchschaute, schrieb er meine Gefühle der Bescheidenheit zu und wechselte von meinen Fortschritten über zur Wissenschaft als solcher, offensichtlich von dem Wunsche beseelt, mich besonders herauszustreichen. Was hätte ich tun sollen? Indem er mich zu erfreuen glaubte, quälte er mich über die Maßen! Mir war's, als führte er mir in aller Sorgfalt Stück für Stück jene Instrumente vor Augen, die in der Folge dazu dienen sollten, mich Schritt für Schritt in einen grausamen Tod zu führen. So krümmte ich mich innerlich unter seinen Worten, wagte aber nicht, mir die Qualen, welche ich empfand, anmerken zu lassen. Clerval, der ja allzeit sehr rasch im Erkennen von anderer Menschen Empfindungen gewesen, suchte das Gespräch in andere Bahnen zu lenken, indem er zur Entschuldigung einen vollständigen Mangel an Sachkenntnis vorschützte. Dies gelang ihm auch und ich dankte meinem Freunde von Herzen dafür, ließ aber kein diesbezügliches Wort verlauten. Zwar war ihm seine Überraschung sehr wohl anzusehen, doch versuchte er niemals, mir mein Geheimnis zu entlocken. Und wiewohl ich ihm mit einem grenzenlosen Gefühle der Zuneigung und Verehrung anhing, brachte ich's nicht über mich, ihm jene Begebenheit zu offenbaren, welche mir beständig im Kopfe herumging, deren Einzelheiten aber, so fürchtete ich, jeden anderen Menschen noch tiefer als mich beeindrucken würden.

Monsieur Krempe verfügte über weit geringeres Einfühlungsvermögen. Seine säuerlichplumpen Lobreden verursachten mir in meinem Zustande nahezu unerträglicher Überempfindlichkeit noch stärkere Pein, als die wohlwollende Billigung Monsieur Waldmanns dies getan. »Verflucht noch eins, potztausend, das ist mir ein Bursche!«, rief er aus. »Meiner Treu, Monsieur Clerval, ich schwör's Euch, er hat uns alle ausgestochen! Jawohl, Ihr mögt immer die Augen aufreißen, doch ist's darum nicht weniger wahr! Denkt Euch nur, ein Knabe fast, dessen Evangelium noch vor wenigen Jahren der Cornelius Agrippa gewesen, hat nun der ganzen Universität den Rang abgelaufen. Und wenn ihm nicht bald die Flügel gestutzt werden, so geraten wir noch allesamt aus der Fassung. – Ja, ja«, so fuhr er fort, da er meine gequälte Miene gewahrte, »Monsieur Frankenstein ist recht sehr bescheiden und das steht einem jungen Manne wohl zu Gesicht. Überhaupt sollten ja junge Menschen sich selbst gegenüber misstrauisch sein, nicht wahr, Monsieur Clerval? Ich war's zu meiner Zeit ja auch. Aber das legt sich schneller, als man glaubt.«

Da Monsieur Krempe nun damit begonnen hatte, sich selbst nach Gebühr herauszustreichen, nahm das Gespräch zum Glück eine andere Wendung und berührte den mir so lästigen Gegenstand nicht mehr.

Clerval hatte meiner Vorliebe für die Naturwissenschaften niemals Geschmack abgewinnen können. Seine mehr literarischen Ambitionen unterschieden sich ja in allem und jedem von denjenigen, welche mich in ihren Bann gezogen. Er war hierher gekommen mit dem Plane, ein Meister der Orientalistik zu werden, auf dass jenes Feld sich ihm eröffnete, darauf er sein ganzes Leben eingestellt hatte. Fest entschlossen, jedem unrühmlichen Berufe aus dem Wege zu gehen, hatte er seinen Blick nach dem Osten als dem für seinen Unternehmungsgeist gemäßen Betätigungsfelde gerichtet. Sein Interesse galt der persischen und der arabischen Sprache sowie dem Sanskrit, und es fiel ihm nicht schwer, mich zu der nämlichen Studienrichtung zu überreden. Müßiggang war mir schon immer verdrießlich gewesen und so verspürte ich gerade zum gegenwärtigen Zeitpunkte, da ich allen Grübeleien zu entfliehen wünschte und mein bisheriges Studium von Herzen verabscheute, große Erleichterung in dem Gedanken, der Studienkollege meines Freundes zu werden, ja fand nicht nur Belehrung, sondern auch Trost in den Werken der morgenländischen Dichter. Nur versuchte ich nicht, gleich meinem Freunde vergleichende Sprachstudien zu treiben, da ich ja nicht beabsichtigte, über die zeitweilige Zerstreuung hinaus von meinem neuen Wissen ernsthaft Gebrauch zu machen. So las ich jene Werke lediglich, um deren Sinn zu verstehen, und sie vergalten mir meine Mühe im reichsten Maße. Ihre Schwermut vermag ja das Gemüt alsbald zu sänftigen, wogegen ihre überschäumende Lebenslust uns in einem Ausmaße aufheitert, wie ich es beim Studium der Autoren keines anderen Landes an mir erfahren habe. Sobald Ihr in solchen Schriften lest, erscheint Euch das Leben als ein einziger Rosengarten unter einer wärmeren Sonne – als ein Dasein sowohl unter dem Lächeln als auch unter den drohenden Blicken ritterlicher Gegner, kurz, in ein Feuer getaucht, welches noch Euer eigen Herze verzehrt. Welch ein Unterschied zu der harten und heroischen Poesie der alten Griechen und Römer!

Über solcher Beschäftigung ging der Sommer hin und so ward meine Rückkehr nach Genf auf den Spätherbst festgesetzt. Da aber meine Abreise durch etwelche Zwischenfälle hinausgeschoben wurde, stellte der Winter sich mit seinen Schneefällen ein, so dass die Straßen unpassierbar waren und meine Reise sich bis ins Frühjahr hinein verzögerte. Ich empfand solchen Aufschub recht bitter, denn ich sehnte mich ja nach dem Wiedersehen mit meiner Geburtsstadt und all den geliebten Freunden. Die Hinauszögerung meiner Rückkehr war ja einzig dem Widerstreben entsprungen, Clerval allein in der Fremde zurückzulassen, noch ehe er mit irgendeinem von deren Bewohnern vertraut geworden. Dennoch ward auch der Winter bei guter Laune verbracht, und wiewohl der Frühling in jenem Jahre ungewöhnlich spät in Erscheinung trat, entschädigte er uns mit seiner verspäteten Schönheit reichlich für seine Saumseligkeit.

Schon hielt allenthalben der Mai seinen Einzug und ich lebte vom einen Tag auf den anderen in Erwartung jenes Briefes, welcher den Tag meiner Abreise endgültig festsetzen sollte, als Henri mir eine gemeinsame Fußwanderung durch die Landschaft um Ingolstadt vorschlug, auf dass ich jenem Lande, darin ich nun so lange gelebt, in eigener Person meinen Abschiedsgruß entböte. Mit Freuden stimmte ich solchem Vorschlage zu. Ich war ja von je ein Freund der körperlichen Ertüchtigung gewesen und hatte schon immer Clerval zum bevorzugten Gefährten für jene Streifzüge in die Natur gewählt, die ich in den Gefilden meines Heimatlandes unternommen. Vierzehn Tage lang verbrachten wir über unserer Wanderung. Meine Gesundheit war ja nicht minder denn meine Gemütsverfassung seit langem wieder hergestellt, doch ward beides jetzt noch zusätzlich gekräftigt durch die bekömmliche Luft, welche ich atmete, durch all die Naturerlebnisse unserer Fußreise sowie durch die Gespräche meines Freundes. Bislang hatte mein Studium mich von jeglichem Verkehre mit meinen Mitmenschen ausgeschlossen und mir ein eigenbrötlerisches Dasein aufgezwungen, doch rief Clerval nun mein bessres Ich in mir herauf. Zum anderen Male lehrte er mich die Liebe zu allen Dingen der Natur sowie zu den fröhlichen Kindergesichtern. Vortrefflicher Freund! Mit welch treuer Liebe warst du mir doch zugetan! Wie versuchtest du nicht beständig, mir das Gemüt zu erheben, bis es nicht minder hoch gestimmt war als das deine. Mich hatte ja ein selbstsüchtiges Verlangen verkrampft und eingeengt, bis deine Freundlichkeit und Zuneigung mir die Sinne erwärmte und dem Schönen öffnete. Aufs Neue ward ich zu jenem glücklichen Geschöpf, welches noch vor wenigen Jahren von jedermann geliebt und gehegt worden und das so sorglos in den Tag hineingelebt – damals, als die heitere, unbeseelte Natur noch Macht genug hatte, mich zu den größten Entzückungen hinzureißen. So erfüllten mich auch diesmal die strahlende Bläue des Himmels und das Grün der Felder mit einem wahren Taumel der Begeisterung. Die Jahreszeit war in der Tat eine himmlische: Allerorten erblühte die lenzliche Heckenrose, während die Blumenpracht des Sommers noch in der Knospe schlummerte. Keiner der Gedanken, welche mich während des vorangegangenen Jahres bedrückt hatten, verstörte mich noch, keiner davon hinderte mich länger daran, ihre unüberwindliche Last von mir zu streifen.

Henri erfreute sich meiner Glückseligkeit und brachte meinen Gefühlen die innigsten Sympathien entgegen. Er gab sich redlich Mühe, mich aufzuheitern, indem er den Empfindungen, welche seine Seele erfüllten, beredten Ausdruck verlieh. Der Reichtum seines Gemütes in jenen Tagen war ein wahrhaft erstaunlicher und alle Gespräche waren beflügelt von Fantasie. So manches Mal erfand der Gute in Nachahmung der persischen und arabischen Erzähler Geschichten voll der wunderbarsten Imaginationen und der glühendsten Leidenschaft. Dann wieder rezitierte er meine Lieblingsgedichte oder verwickelte mich in Streitgespräche, welche er durch seinen Erfahrungsreichtum aufs Schönste zu beleben wusste.

Es war an einem Sonntagnachmittag, als wir in unser Domizil zurückkehrten. Allerorten drehten die Bauern sich im Tanz und jedermann, dem wir begegneten, war fröhlich und guter Dinge. Auch ich selbst schritt wohlgemut dahin, erfüllt von unbeschwerter Heiterkeit und Freude.

## *Siebtes Kapitel*

In mein Zimmer zurückgekehrt, fand ich das folgende Handschreiben meines Vaters vor:

»Mein lieber Viktor! – Du wirst wohl schon recht ungeduldig auf eine Nachricht warten, welche den genauen Zeitpunkt deiner Rückkehr fixiert, und ich war ja zunächst versucht, dir nur wenige Zeilen zu senden, darin ich lediglich den Tag deines Eintreffens erwähnen wollte. Doch wär dies wohl ein grausamer Liebesdienst und so wag ich's nicht, ihn dir zu erweisen. Wie groß nämlich wäre deine Bestürzung, mein Kind, erblicktest du statt des von dir erwarteten frohen und glücklichen Willkomms bloß Tränen und Niedergeschlagenheit? Doch wie, mein Viktor, setz ich's ins Werk, dich von dem Schicksalsschlag, welcher uns alle getroffen, in Kenntnis zu setzen? Deine Abwesenheit kann dich ja unseren Freuden und Schmerzen gegenüber nicht fühllos gemacht haben. Wie aber soll ich meinem so lange in der Fremde gewesenen Sohn jetzt Schmerz bereiten? Wohl liegt mir daran, dich auf die leidvolle Neuigkeit vorzubereiten, doch weiß ich, dies ist unmöglich, sogar noch jetzt, da dein Auge diese Seite überfliegt, auf der Suche nach jenen Worten, welche dir so schreckliche Zeitung übermitteln sollen.

Wilhelm ist nicht mehr! – Dies süße Kind, dessen herzwärmendes Lächeln mich mit Entzücken erfüllt hat – dies Wesen, welches so sanft und doch so fröhlich war! Ja, mein Viktor, man hat ihn uns meuchlings umgebracht!

Ich will nicht erst versuchen dich zu trösten, sondern ganz einfach den Hergang der Ereignisse berichten.

Letzten Donnerstag (den 7. Mai) machten wir, nämlich ich, meine Nichte und deine beiden Brüder, einen Spaziergang nach Plainpalais. Der Abend war mild und schön und so dehnten wir unsern Streifzug länger aus als üblich. Es dunkelte schon, als wir an die Rückkehr dachten. Da aber mussten wir feststellen, dass Wilhelm und Ernest, welche uns vorausgelaufen, nirgendwo zu entdecken waren. So setzten wir uns denn auf eine Bank, um das Auftauchen der beiden Ausreißer abzuwarten. Bald danach stellte sich denn auch Ernest ein und fragte, ob wir seinen Bruder nicht gesehen hätten? Er habe, so berichtete der Ältere, mit Wilhelm Verstecken gespielt, doch sei der Kleine fortgelaufen und danach nimmer zu finden gewesen. Er, Ernest, habe zwar lange Zeit auf ihn gewartet, doch sei Wilhelm nicht zurückgekommen.

Solche Nachricht versetzte uns in beträchtliche Unruhe und so suchten wir weiter, bis die Nacht hereingebrochen war, und Elisabeth vermutete, dass Wilhelm möglicherweise allein zum Hause zurückgekehrt sein könnte. Aber auch dort war nichts von ihm zu entdecken. So versahen wir uns mit Fackeln und gingen den Weg zum andern Mal zurück, denn ich konnte keine Ruhe finden bei dem Gedanken, dass mein süßer Kleiner sich im Walde verirrt haben und nun der Feuchtigkeit und dem Tau der Nacht preisgegeben sein sollte. Auch Elisabeth schwebte in tausend Ängsten. Allein, erst gegen fünf Uhr morgens entdeckte ich meinen herzigen Buben, den ich am Abend vorher in aller Gesundheit so lebensvoll hatte erblühen sehen, reglos und totenbleich im Grase darniedergestreckt: Die Würgespuren von des Mörders Händen, sie waren in des Kindes Hals gegraben!

Der Leichnam ward nach Hause geschafft, und der Schmerz, welcher mir im Gesicht geschrieben stand, verriet Elisabeth sogleich, was vorgefallen war. Mit allem Nachdruck bestand sie darauf, den Toten zu sehen. Zunächst versuchte ich, sie davon abzuhalten, sie aber ließ nicht von ihrem Drängen und trat in die Kammer, darin der Kleine lag. Hastig suchte sie nach etwas an seinem Halse, schlug dann die Hände zusammen und rief: »Allmächtiger! *Ich* bin die Mörderin meines kleinen Lieblings!«

Sie fiel in eine Ohnmacht und ward nur unter den größten Schwierigkeiten ins Leben zurückgerufen. Und einmal bei Bewusstsein, war's nur, um weiterhin zu weinen und zu seufzen. Sie gestand mir, dass kurz vor jenem Spaziergange Wilhelm sie bestürmt habe, sie möge ihm doch ihr so wertvolles Medaillon mit dem Miniaturbildnis deiner Mutter zu tragen erlauben. Dies Bildnis ist nun verschwunden und war unzweifelhaft das Motiv, welches den Mörder zu seiner Untat bewogen hat. Gegenwärtig haben wir noch keinerlei Spur von ihm, doch erlahmen wir nicht in unseren Anstrengungen, ihn auszuforschen. Freilich, meinen geliebten Wilhelm können sie nimmermehr lebendig machen!

Komm nach Hause, teuerster Viktor! Du allein vermagst es, Elisabeth aufzurichten. Ihr Tränenstrom ist ja nicht zu stillen und beständig klagt sie sich an, die eigentliche Ursache von des Kindes Tode gewesen zu sein. Ihre ungerechten Selbstvorwürfe durchbohren mir das Herz! Wir alle sind untröstlich! Mein Sohn, wird dieser Umstand dich nicht in deinem Vorhaben bestärken, heimzukehren und uns allen ein rechter Trost zu sein? Wenn ich an deine liebe Mutter denke! Ach, Viktor! Nun muss ich dem Lieben Gott noch auf den Knien dafür danken, dass Er sie den grausamen, jammervollen Tod ihres jüngsten Lieblings nicht mehr erleben hat lassen!

So komm denn, Viktor! Doch nicht mit finster brütenden Rachegedanken gegen den Meuchelmörder, sondern beseelt von friedvollen und sanften Gefühlen, welche unsren verwundeten Gemütern ein heilender Balsam, nicht aber ein schwärendes Gift sein sollen! Betritt, oh, Freund, dies Haus der Trauer, doch mit Freundlichkeit und Zuneigung für diejenigen, welche dich lieben, nicht aber mit Hass gegen deine Feinde! Dein dich liebender und schwer geprüfter Vater

ALPHONSE FRANKENSTEIN

Genf, den 12. Mai 17 – –

Clerval, der während der Lektüre dieses Schreibens meine Züge nicht aus den Augen gelassen, war bestürzt ob der Verzweiflung, die den Freudenrufen folgte, welche ich beim Erhalt der Nachricht meiner Freunde ausgestoßen. Ich schleuderte den Brief auf den Tisch und bedeckte das Gesicht mit den Händen.

»Mein liebster Frankenstein«, rief Henri, als er meines bitterlichen Weinens ansichtig ward, »kannst du denn stets nur unglücklich sein! Teurer Freund, was ist geschehn?«

Ich bedeutete ihm, sich anhand des Briefes selbst zu überzeugen, während ich, im Innersten aufgewühlt, das Zimmer wieder und wieder durchmaß. Sobald aber Clerval die Nachricht von meinem Unglück gelesen hatte, entstürzte auch seinen Augen ein wahrer Tränenstrom.

»Ich weiß dir keinen Trost, mein Freund«, so sprach er. »Dies Unglück ist nicht wieder gutzumachen! Doch was gedenkst du nun zu tun?«

»Ich will auf der Stelle nach Genf aufbrechen! Komm, Henri, so komm denn mit mir die Pferde zu beordern!«

Während wir ausschritten, versuchte Clerval mir etwelchen Trost zuzusprechen, doch vermochte er bloß, seine tief gefühlte Anteilnahme zu bekunden. »Der arme Wilhelm!«, so sprach er. »Dies liebe, entzückende Kind! Nun ist er gleich seiner Mutter ein Engel geworden! Wer von denjenigen, die ihn so strahlend und heiter in seiner ersten Blüte gekannt, müsste nicht in Tränen ausbrechen ob solch allzu frühen Verlustes! Welch jammervolles Ende – unterm Würgegriff eines Meuchelmörders! Und welch bestialischer Mordbube muss das sein, der's über sich gebracht, so strahlende Unschuld zu erwürgen! Der arme Kleine! Doch bleibt ein schwacher Trost: Wir, die wir ihn so sehr geliebt, betrauern ihn und klagen – er aber ruht in Frieden. Die kurze Todesqual, sie ist vorüber und alle Leiden haben nun ihr Ende. Nun deckt der Rasen ja dies zarte Wesen, und was darunter liegt, kennt keine Schmerzen mehr! So braucht der Tote unser Mitleid nimmer – wir müssen's uns für die bejammernswerten Hinterbliebnen sparen!«

Auf diese Weise redete Clerval, dieweil wir durch die Gassen weitereilten. Seine Worte prägten sich mir ein und später, da ich allein war, entsann ich mich ihrer. Jetzt aber, sobald erst die Pferde zur Stelle waren, warf ich mich in den leichten Reisewagen und entbot dem Freunde meinen Abschiedsgruß.

Es war eine traurige Heimfahrt. Zunächst konnte es mir nicht schnell genug gehen, denn mich verlangte es nur zu sehr danach, meinen geliebten, sich grämenden Freunden Trost zuzusprechen und meine Anteilnahme zu bekunden. Indes, sobald ich meiner Heimatstadt mich näherte, verlangsamte ich meine Fahrt. Kaum vermochte ich ja, der zahllosen Empfindungen Herr zu werden, welche über mich hereinstürzten. Durchfuhr ich denn nicht Gefilde, mir von Jugend an vertraut, doch nun seit bald sechs Jahren nicht mehr gesehen? Wie sehr mochte sich alles inzwischen verändert haben! Ich wusste ja nur von dem einen, verhängnisvollen Wandel! Mochte sich mit der Zeit nicht auch ein ganzes Tausend an sich unbedeutender Dinge gewandelt und damit zu Veränderungen beigetragen haben, die, wenngleich in aller Stille vor sich gegangen, nicht minder entscheidend sein mochten? Furcht überkam mich bei diesem Gedanken. Ich wagte plötzlich nicht mehr weiterzureisen, so sehr erfüllte mich die Angst vor tausend namenlosen Übeln und machte mich erzittern, obschon ich gar nicht wusste, worin dieselben denn bestehen mochten.

In solch peinvoller Gemütsverfassung verweilte ich mich zwei Tage lang in Lausanne, überließ ich mich im Angesichte des Sees meinen Betrachtungen. Still breiteten sich seine Wasser, kein Lufthauch regte sich, und das schneebedeckte Gebirge, jener »hehre Thron der Natur«, ragte in der Ferne auf wie eh und je. Nach und nach kehrte beim Anblick dieser friedvollen, himmlischen Szenerie wieder die Seelenruhe in mich ein, und ich setzte meine Reise in Richtung Genf fort.

Die Straße führte am Gestade des Sees entlang, dessen Ufer umso enger aneinander rückten, je mehr ich mich meiner Heimatstadt näherte. Immer deutlicher konnte ich jetzt die schwärzlichen Hänge des Jura und den strahlenden Gipfel des Montblanc erkennen. Wie ein Kind weinte ich vor mich hin. »Geliebte Bergwelt!«, schluchzte ich. »O du mein herrlicher See! Heißt ihr nun den verlorenen Sohn willkommen? Die Gipfel erstrahlen in Klarheit und die Bläue von Himmel und Wassern spannt sich ungetrübt vor meinen Blicken. Geschieht dies, mir den Frieden zu verheißen, oder spottet ihr damit nur meines Jammers?«

Ich fürchte, mein Freund, dass ich, indem ich mich über derlei Präliminarien verweile, ein wenig der Weitschweifigkeit huldige. Doch waren jene Tage, gemessen an dem, was ihnen folgen sollte, noch glückliche zu nennen, und ich gedenke ihrer mit Freude. Heimat, oh, teure Heimat! Wer sonst, wenn nicht eines deiner Kinder, könnte das Entzücken schildern, welches ich zum anderen Male empfand, da ich deine Flüsse, deine Berge und, mehr denn alles andre, deinen lieblichen See erblickte!

Und dennoch, als ich meiner Heimstatt näher kam, überfielen mich aufs Neue der Gram und die Furcht. Auch die Nacht senkte sich nun hernieder, und da ich nicht einmal mehr die Berge recht gewahren konnte, ward mir das Gemüt vollends verdüstert. Rings um mich schien sich eine unermessliche, dunkle Szenerie des Bösen auszubreiten, und ich ahnte trüben Sinnes, dass es mir bestimmt sei, der unglücklichste aller Menschen zu werden. Ach! Solche Prophetie war nur zu wahr und ging bloß in dem einen Punkte fehl, dass all das Elend, welches ich vorausschauend befürchtete, nicht den hundertsten Teil jener Schmerzen umfasste, die zu erdulden mir noch beschieden war.

Es war tiefe Nacht, als ich vor den Mauern meiner Heimatstadt eintraf. Die Tore waren schon versperrt und so sah ich mich gezwungen in Secheron zu übernachten, einem Dörfchen, das eine halbe Meile Weges vor der Stadt liegt. Der Himmel war wolkenlos. Da ich keinen Schlaf zu finden vermochte, beschloss ich, jenem Platze einen Besuch abzustatten, wo mein armer Wilhelm sein Leben hatte lassen müssen. Der Durchzug durch Genf war mir freilich verwehrt, und so musste ich ein Boot benützen, um quer über den See nach Plainpalais zu gelangen. Während dieser kurzen Überfahrt sah ich, wie die Blitze eines fernen Gewitters den Gipfel des Montblanc umzuckten. Dies Naturschauspiel war von großer Schönheit, und da jenes Unwetter sich rasch zu nähern schien, erklomm ich, nachdem ich das andere Ufer erreicht hatte, einen Hügel, um das Herankommen des Gewittersturmes zu beobachten. Und er kam heran: Der Himmel überzog sich mit Wolken, und schon fühlte ich die ersten schweren Tropfen eines Regens, welcher alsbald an Heftigkeit zunahm.

Ich erhob mich und schritt weiter voran, wiewohl die Düsternis und das Unwetter von Minute zu Minute drohender wurden und der Donner mit fürchterlichem Krachen mir zu Häupten dahinrollte. Und dies Rollen, es ward beantwortet vom Saleve, von den fernen Hängen des Jura, ja sogar von den Savoyardischen Alpen! Dazu blendeten die in rascher Folge aufzuckenden Blitze meinen Blick und ließen in ihrem Aufleuchten den See gleich einem grenzenlosen Feuermeer erstrahlen. Jede dieser grellen Entladungen war aber gefolgt von einer rabenschwarzen Finsternis, und nur langsam vermochte das Auge, sich wieder der Dunkelheit anzupassen. Das Gewitter, wie dies in der Schweiz ja häufig der Fall zu sein pflegt, entlud sich nämlich gleichzeitig in verschiedenen Richtungen des Himmels. Am fürchterlichsten tobte es im Norden von Genf, genau über jenem Teile des Sees, der zwischen dem felsigen Vorsprung von Belrive und dem Dörfchen Copet sich breitet. Ein zweites Gewitter ließ mit seinen Blitzen immer wieder die Hänge des Jura wetterleuchtend aus der Finsternis steigen und ein drittes schließlich tauchte die Bergspitze des Mole am Ostufer des Sees abwechselnd in tiefste Finsternis und grellstes Licht.

Während ich dem Verlauf dieses so düstererhabnen Naturschauspieles folgte, schritt ich eilenden Fußes voran. Der gewaltige Aufruhr in den Lüften, er wirkte ja erhebend aufs Gemüt, und so schlug ich die Hände zusammen und rief mit hallender Stimme: »Wilhelm! Du mein Engel! Dies ist deine Totenfeier, dies ist dein Grabgesang!« Kaum aber waren solche Worte mir über die Lippen gekommen, da gewahrte ich in all der Düsternis eine Gestalt, welche sich hinter einer nahen Baumgruppe davonzustehlen suchte. Ich stand wie erstarrt und strengte den Blick aufs Äußerste an:

Nein, es war kein Irrtum möglich! Denn eben jetzt rückte ein neuerlich aufzuckender Blitzstrahl den Gegenstand meiner Aufmerksamkeit in taghelles Licht, enthüllte mir aufs Deutlichste dessen Formen und ich erkannte auf den ersten Blick – erkannte es an der riesenhaften Statur sowie an der Missgestalt des gesamten Äußern, die ja allzu grässlich war, als dass sie einem vom Weibe geborenen Menschen hätte zugehören können –, dass ich jenes Ungetüm, jenen unreinen Dämon vor mir hatte, welchem ich selbst zum Leben verholfen! Was nur mochte er hier zu suchen haben? War's möglich, dass *er* es gewesen (die bloße Vorstellung machte mich schaudern), welcher meinen Bruder meuchlings umgebracht hatte? Kaum gedacht, ward mir dieser Gedanke auch schon zu solcher Gewissheit, dass mir die Zähne aufeinander schlugen und ich mich Halt suchend gegen einen Stamm lehnen musste. Doch nur zu rasch war die Gestalt an mir vorübergeglitten und kam mir in der Finsternis aus denn Augen. Nein! Kein Wesen menschlicher Herkunft konnte dies holde Kind erdrosselt haben! *Er* war der Mörder – er und kein andrer! Ich konnt es nicht länger bezweifeln. Schon dass ich überhaupt auf die Idee verfallen, war mir ein unwiderleglicher Wahrheitsbeweis! Ich war drauf und dran, hinter diesem Teufel in Menschengestalt einherzustürzen – doch wär es vergeblich gewesen: Schon der nächste Blitzstrahl zeigte ihn mir hoch oben in der nahezu senkrecht abfallenden Wand des Mont Saleve, jenes Berges, welcher Plainpalais gegen Süden zu abschließt. Bald hatte der Kletterer den Gipfel erreicht und entschwand damit endgültig meinen Blicken.

Ich wagte keine Bewegung. Die Donner verrollten in der Ferne, aber der Regen rauschte weiterhin hernieder und hüllte alles und jedes in undurchdringliche Finsternis. Ich überschlug im Geiste die Begebenheiten, welche ich bislang aus meinem Gedächtnisse zu verbannen gesucht: das langsame Voranschreiten meines Schöpfungswerkes; die Erscheinung des zum Leben erwachten Produktes meiner eigenen Hände an meinem nächtlichen Lager; und auch des Monstrums spurloses Verschwinden. Nun war's schon nahezu zwei Jahre her seit jener Nacht, da dies Ungetüm sein Leben von mir empfangen! War aber dies hier seine erste Übeltat gewesen? Ach! Ich hatte da ein durch und durch verderbtes Wesen in die Welt gesetzt, dessen einziges Behagen im Gemetzel und in der Heraufrufung der ärgsten Betrübnis bestand! Hatte es nicht auch meinen Bruder gemeuchelt?

Wer vermöchte die Seelenqualen zu ermessen, welchen ich die ganze weitere Nacht hindurch ausgeliefert war, jene Nacht, die ich, vor Kälte starr und auf die Haut durchnässt, im Freien zubrachte! Allein, ich fühlte nicht die Unbill von Regen und Wind angesichts der vor meinem inneren Auge abrollenden Bilder des Grauens und der Verzweiflung. Und nachgerade erschien mir dies Wesen, welches ich auf die Menschheit losgelassen, indem ich es mit dem Willen und der Kraft ausgestattet, seinen entsetzlichen Geschäften nachzugehen, von denen diese letzte Untat nur ein Teil war – nachgerade erschien es mir als mein eigener Vampir, als mein aus dem Grabe auferstandener Leichnam, der da getrieben ward von einer unwiderstehlichen Macht, all das zu zerstören, was mir einstmals so teuer gewesen.

Dann graute der Morgen. Ich aber richtete meine Schritte nach der Stadt. Ihre Tore standen offen und so eilte ich dem Vaterhause entgegen. Noch lag's ja in meiner Absicht, all das preiszugeben, was ich über den Mörder wusste, auf dass seine Verfolgung unverzüglich aufgenommen würde. Doch ich stockte, sobald ich mir durch den Kopf gehen ließ, *was* ich denn eigentlich zu erzählen hätte: nämlich, dass ein Wesen, welches ich selbst geschaffen und mit Leben begabt, mir um Mitternacht an den Felsabstürzen eines unersteigbaren Berges begegnet sei! Auch gedachte ich des Nervenfiebers, das mich um die Zeit jener Erschaffung überkommen hatte, und meine ohnedies schon unglaubwürdige Erzählung als eine bloße Fieberfantasie erscheinen lassen würde. Ich war mir vollkommen im Klaren darüber, dass, falls eine andere Person mir solch eine Geschichte aufgetischt hätte, mir dieselbe als die Ausgeburt eines kranken Hirns erschienen wäre. Und überdies musste die außergewöhnliche Natur jenes Untiers alle Verfolgung zuschanden machen, selbst wenn meine Verwandten mir so weit Glauben schenken mochten, dass ich sie zu einer solchen überreden konnte. Welchen Zweck aber hatte solch eine Verfolgung überhaupt? Wer konnte denn eine Kreatur festnehmen, welche fähig war, die überhängenden Wände des Mont Saleve zu erklimmen? Solche und ähnliche Überlegungen beherrschten mein Denken und so entschloss ich mich, die Sache lieber gleich für mich zu behalten.

Es war schon gegen fünf Uhr morgens, als ich mein Vaterhaus betrat. Ich bedeutete den Dienstboten, die Nachtruhe meiner Anverwandten nicht zu stören, und begab mich in die Bibliothek, um dort die übliche Stunde der Tagwache abzuwarten. Sechs Jahre waren nun dahingegangen, waren vorübergezogen gleich einem Traum, der aber doch eine untilgbare Spur hinterlassen hatte, und ich stand nun wieder auf der nämlichen Stelle, wo ich vor meiner Abreise nach Ingolstadt meinen Vater zum letzten Male umarmt hatte. Geliebter, verehrungswürdiger Greis! Noch immer durft ich ihn mein Eigen nennen! Dann aber ließ ich meinen Blick auf dem Bildnis der Mutter verweilen, welches auf dem Kaminsimse stand. Im historischen Geschmacke gehalten und nach meines Vaters Angaben gemalt, zeigte es Caroline Beaufort, wie sie in äußerster Seelenpein am Sarge ihres toten Vaters die Hände rang. Ihre Gewandung war von ländlicher Einfachheit, ihre Wange bleich. Doch lag ein Hauch von Würde und von Schönheit über dem Ganzen, welcher allem Mitleide sogleich Einhalt gebot. Vor dem Bildnis der Mutter aber stand eine Miniatur des kleinen Wilhelm. Tränen entstürzten meinen Augen, da ich die kindlichen Züge erblickte. Über solcher Gefühlsaufwallung betrat Ernest den Raum: Er hatte die Geräusche meiner Ankunft vernommen und beeilte sich nun, mich willkommen zu heißen, doch war's ein Empfang, darin die Freude sich mit Trauer mischte. »Sei uns willkommen, mein liebster Viktor«, so sprach er. »Ach! Wärest du doch drei Monate früher gekommen, so hättest du uns allesamt fröhlich und guter Dinge vorgefunden! Nun aber kommst du, um eine Betrübnis mit uns zu teilen, welche durch nichts mehr gemildert werden kann! So darf ich nur hoffen, dass deine Gegenwart unsern Vater mit neuem Lebensmut erfüllen mag! Der Ärmste droht ja, unter seinem Unglück zusammenzubrechen. Auch mag es deinem Zuspruch gelingen, die arme Elisabeth zu bestimmen, endlich von ihren müßigen und quälenden Selbstvorwürfen abzulassen. – Armer Wilhelm! Er war unser aller Liebling und unser ganzer Stolz!«

Nun konnte auch mein Bruder nicht länger seinen Tränen gebieten. Ich aber ward von einem nur allzu begreiflichen Seelenschmerze befallen. Bislang hatte mir ja bloß die Trostlosigkeit meines vom Tode heimgesuchten Vaterhauses vorgeschwebt, nun aber brach die ganze, grausame Wirklichkeit als ein neues, nicht minder schreckliches Ungemach über mich herein. Dennoch versuchte ich, Ernest zu beruhigen und erkundigte mich eingehend nach dem Befinden meines Vaters sowie nach dem Zustande derjenigen, welche ich Cousine nannte.

»Sie vor allen anderen ist's«, sagte Ernest, »welche des Trostes bedarf. Sie hat sich ja ohn' Unterlass angeklagt, den Tod meines Bruders verursacht zu haben, und das hat sie fürchterlich angegriffen. Allein, seit der Mörder entdeckt worden –«

»Der Mörder entdeckt? Allmächtiger! Wie könnte das sein? Wer vermöchte es mit ihm aufzunehmen? Dies ist unmöglich! Ebenso gut könnte einer versuchen, die Winde zu überflügeln oder aber einen Wildbach mit einem Strohhalme zu gängeln! Ich hab doch den Unhold heute Nacht mit eigenen Augen gesehen – er war frei!«

»Ich weiß nicht, wovon du sprichst«, versetzte mein Bruder in höchster Verwunderung, »doch weiß ich, dass die Entdeckung, welche wir gemacht, unser Elend zu einem vollkommenen gesteigert hat. Zunächst mochte es ja keiner von uns glauben, und Elisabeth lässt sich auch jetzt noch nicht überzeugen, wie sehr auch alle Beweise dafür sprechen. Und in der Tat: Wer möchte im Ernst daran glauben, dass ausgerechnet Justine Moritz, dies liebenswerte Mädchen, das unserer Familie so sehr angehangen, über Nacht solch einer grauenvollen, abscheulichen Untat fähig geworden sein sollte?«

»Justine Moritz, sagst du? Armes, armes Mädchen – sie also ist's, die man beschuldigt? Dies kann doch wohl nur ein unglückseliger Irrtum sein, das weiß doch ein jeder, nicht wahr? Das kann doch niemand ernstlich glauben?«

»Zunächst tat es auch keiner, doch sind da etwelche Gesichtspunkte aufgetaucht, die dermaßen zwingend sind, dass sie uns nahezu überzeugt haben. Und auch des Mädchens gesamtes Verhalten war ein so konfuses, hat den Verdachtsmomenten solches Gewicht verliehen, dass, wie ich fürchte, jeder weitere Zweifel nahezu ausgeschlossen ist. Doch wird man sie heute verhören und du magst dich mit eigenen Ohren überzeugen.«

Er berichtete mir weiter, dass an jenem Morgen, da man den armen Wilhelm ermordet aufgefunden, Justine plötzlich erkrankte, worauf sie mehrere Tage lang ans Bett gefesselt blieb. Während dieser Zeitspanne entdeckte einer der Dienstboten, der zufällig das Gewand, welches die Kranke in der Mordnacht getragen, in die Hände bekommen hatte, in einer der Taschen jenes Bildnis meiner Mutter, welches man für das Motiv des Mörders angesehen. Der betreffende Dienstbote zeigte seinen Fund unverzüglich einem zweiten, welcher ohne der Familie ein Wort zu sagen zum Richter lief. Justine jedoch ward auf Grund der gemachten Aussagen in Haft genommen. Da man ihr aber den Tatbestand vor Augen hielt, erhärtete das arme Mädchen den zunächst noch unbestimmten Verdacht durch ihr außerordentlich verwirrtes Benehmen.

Dies alles war zwar äußerst befremdlich, vermochte aber nicht mein Zutrauen zu erschüttern und so erwiderte ich mit allem Nachdruck: »Ihr alle seid im Irrtum. Ich kenne ja den Mörder! Justine, die arme, gute Justine, ist frei von aller Schuld.«

In diesem Momente trat mein Vater ins Zimmer. Und obschon, wie ich auf den ersten Blick gewahrte, seine Züge vom Gram gezeichnet waren, versuchte er dennoch, mich mit Munterkeit zu begrüßen. Sicherlich wären wir, nachdem wir unsre trauervollen Grüße ausgetauscht, auf irgendeinen anderen, nicht mit unserm Unglück zusammenhängenden Gegenstand gekommen, hätte Ernest nicht ausgerufen: »Du lieber Himmel, Papa! Viktor sagt mir eben, er weiß, wer unsern armen Wilhelm ermordet hat!«

»Das wissen wir alle, leider Gottes«, versetzte mein Vater. »Und wahrhaftig, mir wär es lieber gewesen zu sterben, ohne es erfahren zu haben, anstatt so viel Verderbtheit und Undank bei jemandem entdecken zu müssen, welchen ich so sehr hochgeschätzt.«

»Teurer Vater, Ihr seid im Irrtume! Justine ist unschuldig.«

»Ist sie's, so sei Gott vor, dass sie für fremde Schuld zu büßen habe! Ihr Verhör ist auf den heutigen Tag festgesetzt und ich hoffe, wirklich, ich hoffe von Herzen, dass man sie freisprechen möge!«

Solche Rede gab mir meine Seelenruhe wieder. Ich war ja zutiefst davon überzeugt, dass nicht nur Justine, sondern jedes menschliche Wesen an diesem Morde schuldlos war. Deswegen empfand ich keinerlei Sorge, dass irgendwelche Indizien stark genug sein könnten, um der Ärmsten Verurteilung zu bewirken. Meine Geschichte war freilich nicht dazu angetan, in aller Öffentlichkeit erzählt zu werden. Vielmehr war sie in ihrer Entsetzlichkeit so wenig glaubwürdig, dass sie vom gemeinen Volke als der pure Aberwitz angesehen werden musste. Konnte denn irgendjemand außer mir selbst, der ich dies Wesen geschaffen, an die Existenz eines lebenden Monumentes meiner Anmaßung und voreiligen Ignoranz glauben, ehe er sich nicht mit eigenen Augen von dem überzeugt hatte, was ich da auf die Menschheit losgelassen?

Es währte nicht lange und auch Elisabeth gesellte sich zu uns. Die Zeit war nicht spurlos an ihr vorübergegangen, sondern hatte ihr eine Lieblichkeit verliehen, welche die kindliche Schönheit von ehedem bei weitem übertraf. Wohl eignete dem Mädchen noch all das Offene und Lebhafte der Kinderjahre, doch waren solche Eigenschaften nun mit Empfindsamkeit und Geist gepaart. Die Eingetretene hieß mich aufs Liebevollste willkommen. »Dein Eintreffen, liebster Cousin«, so sprach sie, »erfüllt mich mit neuer Hoffnung. Vielleicht, dass es dir gelingen wird, meine arme, unschuldige Justine zu rechtfertigen. Ach! Sollte selbst sie einer Untat überführt werden, wer von uns könnte dann vor ähnlichem Schicksal sicher sein? Ich poche nicht minder auf ihre Unschuld denn auf die meine. Doch wie die Dinge gegenwärtig liegen, trifft uns das Unglück mit doppelter Härte: Wir haben ja nicht nur unseren herzigen Liebling verloren, sondern jetzt soll auch dies arme Mädchen, welches ich so innig liebe, durch ein noch schlimmeres Geschick von uns gerissen werden! Bräche man den Stab über sie, ich würde meines Lebens nimmer froh! Doch man wird's nicht tun, nein, man wird's nicht tun, des bin ich gewiss! So will auch ich wieder zufrieden sein, sogar nach dem traurigen Ende meines kleinen Wilhelm!«

»Wahrhaftig, sie ist unschuldig, meine arme Elisabeth«, erwiderte ich. »Und dies soll auch bewiesen werden. Fürchte nichts, sondern sei getrost und glaub meiner Versicherung, dass man sie freisprechen wird!«

»Wie lieb und großherzig du bist! Hier ist ja jedermann von ihrer Schuld überzeugt und das hat mich so elend gemacht! Dabei wusst ich die ganze Zeit, wie unmöglich dies ist! Aber alle Welt in so tödlichem Vorurteile befangen zu sehen, das nahm mir die letzte Hoffnung und ließ mich an allem verzweifeln.« Sie schluchzte bitterlich.

»Teuerste Nichte«, sagte mein Vater. »Trockne deine Tränen! Wenn Justine wirklich so unschuldig ist, wie du glaubst, so vertraue auf die Gerechtigkeit unserer Gesetze und auf die Tatkraft, mit welcher ich auch den geringsten Schatten einer Parteilichkeit werde zu verhindern wissen.«

## Achtes Kapitel

Wir verbrachten einige trübe Stunden bis zu dem Verhöre, welches Schlag elf Uhr seinen Anfang nehmen sollte. Da mein Vater und die übrigen Anverwandten als Zeugen geladen waren, begleitete ich sie zu Gericht. Während der gesamten Dauer dieser erbärmlichen Justizkomödie erduldete ich wahre Höllenqualen. Es sollte ja darüber entschieden werden, ob das Ergebnis meiner Wissbegier und ruchlosen Neigung den Tod von nunmehr schon zweien meiner Mitmenschen verursacht haben würde: eines lächelnden Kindes in all seiner Unschuld und Fröhlichkeit und eines zweiten Wesens, an dem ein noch viel schrecklicherer Mord verübt werden mochte, erschwert durch alle Infamie, welche solchen Mord dem Andenken entsetzlich machen konnte. Denn Justine war ein höchst achtbares Mädchen und besaß alle Eigenschaften, welche ein glückliches Dasein verheißen. Dies alles aber sollte nun auf die schmählichste Weise ausgelöscht und zu Grabe getragen sein! Und ich war schuld daran! Tausendmal lieber hätte ich selbst die Schuld für jenes Verbrechen auf mich genommen, dessen man Justine bezichtigte. Doch da es begangen worden, hatte ich fern von seinem Schauplatze geweilt und so hätte meine Selbstanklage bloß als der Fieberwahn eines im Geiste Verstörten gegolten und diejenige, die um meinethalben leiden musste, auf keine Weise zu entlasten vermocht.

Justine machte einen gefassten Eindruck. Sie trug Trauerkleidung und ihr an sich schon einnehmendes Antlitz war durch die Feierlichkeit ihrer Empfindungen von ungewöhnlicher Schönheit überglänzt. Wiewohl die Arme von aller Welt angestarrt und verabscheut wurde, schien sie dennoch fest auf ihre Schuldlosigkeit zu vertrauen und zitterte nicht. Doch alles Wohlwollen, welches ihre Schönheit unter anderen Umständen hervorgerufen hätte, war nunmehr aus den Gemütern der Zuschauer getilgt angesichts der Ungeheuerlichkeit des Verbrechens, dessen man das Mädchen verdächtigte. Zwar wirkte sie gelassen, doch schien solche Gelassenheit eine gewaltsame zu sein: Da Justines Verwirrung bislang für ein Zeichen der Schuld angesehen worden, zwang sie sich nun dazu, ein beherztes Wesen zur Schau zu tragen. Sobald sie den Gerichtssaal betreten hatte, ließ sie den Blick rings über die Versammelten gleiten und hatte uns rasch in der Menge entdeckt. Bei unserm Anblick schien eine Träne ihr das Aug' zu trüben, doch alsbald hatte sie sich wieder gefasst, und der Blick schmerzvoller Zuneigung, welchen sie uns jetzt herübersandte, schien ein Unterpfand ihrer vollkommenen Schuldlosigkeit zu sein.

Die Verhandlung nahm ihren Anfang. Nachdem der Gegenanwalt die Anklageschrift verlesen hatte, wurden seine Zeugen aufgerufen. Mehrere befremdliche Umstände sprachen so sehr gegen das Mädchen, dass wohl ein jeder, der nicht so fest wie ich von ihrer Unschuld überzeugt war, schwankend werden musste. Sie war nämlich während der ganzen Mordnacht nicht zu Hause gewesen und erst gegen Morgen von einem Hökerweibe gesehen worden, nicht weit von jener Stelle, an der man späterhin das erdrosselte Kind aufgefunden. Jenes Weib nun hatte an Justine die Frage gerichtet, was sie denn hier zu suchen habe? Die Angeredete aber hatte recht verstört gewirkt und lediglich eine verworrene, unverständliche Antwort gegeben. Erst gegen acht Uhr morgens war sie nach Hause gekommen und hatte auf die Frage, wo sie denn die Nacht über gewesen sei, geantwortet, sie habe nach dem vermissten Kinde gesucht. Danach hatte sie sich aufs Dringlichste erkundigt, ob denn noch gar nichts über das Kind bekannt geworden? Da man ihr aber den kleinen Leichnam gewiesen, war sie von einem hysterischen Anfall überkommen worden und hatte für mehrere Tage das Bett hüten müssen. Dies festgestellt, ward jenes Medaillon vorgelegt, das von dem Dienstboten in des Mädchens Kleid gefunden worden war, und als Elisabeth mit stockender Stimme es als das nämliche bezeichnete, welches sie dem Kinde eine Stunde vor dessen Verschwinden um den Hals gelegt, durchlief ein Gemurmel entsetzten Abscheus den Gerichtssaal.

Nunmehr ward Justine zu ihrer Rechtfertigung aufgerufen. Im Laufe des Verfahrens hatte ihr Ausdruck sich gewandelt: Ihre Züge waren jetzt von Bestürzung, Schrecken und Bekümmernis gezeichnet. Bisweilen auch kämpfte sie mit ihren Tränen. Da sie aber aufgefordert ward zu reden, nahm sie sich zusammen und sprach mit vernehmlicher, wenngleich schwankender Stimme.

»Der Himmel weiß«, sagte sie, »wie unschuldig ich bin. Doch halte ich nicht dafür, dass meine Einwendungen mich sonderlich entlasten werden. Ich kann ja meine Unschuld nur durch eine klare und schlichte Erklärung jener Umstände darlegen, welche man gegen mich ins Treffen geführt, und ich hoffe, dass mein bisheriger Lebenswandel, mein allzeit an den Tag gelegtes Wesen, das Gericht überall dort zu einer günstigen Auslegung veranlassen werden, wo irgendetwas zweifelhaft bleiben oder gar Verdacht erwecken mag.«

Danach gab sie an, dass sie mit Elisabeths Erlaubnis den Abend vor der Mordnacht im Hause ihrer in Chêne ansässigen Tante verbracht habe, einem Dorfe, welches etwa eine Meile Weges außerhalb von Genf liegt. Auf ihrem Rückwege habe sie gegen neun Uhr abends einen Mann getroffen, welcher sie gefragt, ob sie irgendetwas von dem vermissten Kinde zu Gesicht bekommen. Von solcher Nachricht in Bestürzung versetzt, habe sie mehrere Stunden nach dem Knaben gesucht, so dass sie schließlich die Genfer Stadttore versperrt vorgefunden. Dergestalt sei sie gezwungen gewesen, die verbleibenden Nachtstunden in der Scheune eines Häuschens zu verbringen, dessen Bewohner sie nicht habe wecken wollen, da es Bekannte seien. Den größten Teil jener Stunden habe sie wachend verbracht, und erst gegen Morgen, so glaube sie, sei sie für ein paar Minuten in Schlummer gefallen. Irgendwelche Schritte hätten sie aufgestört, so dass sie erwacht sei. Der Morgen habe schon gedämmert und so habe sie ihren Zufluchtsort verlassen und sich erneut auf die Suche nach meinem Bruder gemacht. Dass sie dabei in die Nähe des Tatortes gekommen sei, habe sie nicht ahnen können, und dass sie verwirrt gewesen, als jenes Hökerweib sie angesprochen, sei nicht verwunderlich, denn sie habe ja eine schlaflose Nacht hinter sich gehabt und überdies noch immer nichts von dem Schicksal des armen Wilhelm gewusst. In Ansehung des Medaillons wisse sie freilich keine Erklärung zu geben.

»Ich weiß nur zu gut«, fuhr dies unglückliche Opfer fort, »wie gewichtig und folgenschwer gerade dieser Umstand gegen mich spricht, doch steht es nicht in meiner Macht, ihn aufzuklären. Und da ich nun meiner völligen Ahnungslosigkeit in diesem Punkte Ausdruck gegeben, verbleibt mir lediglich Mutmaßungen anzustellen über die Art und Weise, auf welche dies Medaillon in meine Tasche gelangt sein könnte. Doch auch hier komme ich nicht weiter. Ich glaube nicht, dass irgendjemand auf der Welt mir feindlich gesinnt sein könnte, und schon gar nicht mag ich annehmen, dass jemand so tückisch sei, mich mutwillig zugrunde richten zu wollen. War's also der Mörder selbst, der mir das Kleinod zugesteckt? Dann weiß ich nicht, bei welcher Gelegenheit er dies getan haben könnte. Und selbst wenn solche Gelegenheit sich geboten hätte: Weshalb sollte er dann dies Kleinod geraubt haben? Nur, um sich sogleich wieder davon zu trennen?

So vertraue ich denn meinen Fall der Gerechtigkeit meiner Richter an, obschon ich nicht viel Hoffnung für mich sehe. Ich bitte um die Verstattung, einige Zeugen in Ansehung meines bisherigen Lebens und meines Charakters aussagen zu lassen. Sollte ihr Zeugnis aber nichts gegen die mir angelastete Schuld vermögen, so muss ich wohl verurteilt werden, wiewohl ich mein Seelenheil zum Unterpfande meiner Unschuld dreingeben würde.«

Nun wurden mehrere Zeugen aufgerufen, welche Justine schon seit vielen Jahren kannten und sehr zu ihren Gunsten sprachen. Doch die Furcht und der Abscheu vor dem Verbrechen, dessen sie die Angeklagte insgeheim für schuldig erachteten, ließen solche Aussagen nur zaghaft, ja fast widerwillig von den Lippen kommen. Da nun Elisabeth gewahr werden musste, wie auch ihre letzte Hoffnung, nämlich des Mädchens vortreffliche Veranlagung und untadelige Lebensführung, es verfehlte, auf die Richter einen günstigen Eindruck zu machen, begehrte sie, obschon aufs Heftigste erregt, von denselben angehört zu werden.

»Ich bin«, so sprach sie, »die Cousine des unglücklichen, ermordeten Knaben, ja eher noch seine Schwester, denn ich bin mit ihm aufgezogen worden und habe von Anfang an im Hause seiner Eltern gewohnt, noch lange, bevor er zur Welt gekommen. Aus diesem Grunde mag es unschicklich erscheinen, dass ich mich hier zu Worte melde. Da ich aber sehen muss, wie ein Mitmensch an der Feigheit seiner vorgeblichen Freunde zuschanden werden soll, muss ich darauf bestehen, hier all das auszusagen, was ich über den Charakter dieses bedauernswerten Wesens weiß. Ich stehe mit der Angeklagten auf dem vertrautesten Fuße und habe mit ihr unter einem Dache gewohnt: Das eine Mal fünf, und das andere nahezu zwei Jahre lang. Durch all diese Zeit schien sie mir der liebenswürdigste und wohlwollendste aller Menschen zu sein. Sie hat Madame Frankenstein, meine Tante, noch auf deren Sterbelager mit der größten Liebe und Sorgfalt gepflegt. Späterhin hat sie ihrer eigenen Mutter während eines langwierigen und schleichenden Leidens auf eine Art und Weise beigestanden, dass es die Bewunderung all derer hervorrief, welche dies Mädchen gekannt. Danach lebte sie abermals im Hause meines Oheims und wurde daselbst von der gesamten Familie geliebt und hoch geschätzt. Dem nunmehr toten Kinde hing sie mit der wärmsten Zuneigung an und handelte ihm gegenüber wie die liebevollste, leibliche Mutter. Ich für mein Teil zögere nicht zu sagen, dass ich unerachtet aller gegen dies Mädchen vorgebrachten Verdachtsmomente felsenfest von ihrer vollständigen Unschuld überzeugt bin. Es gibt nichts, was sie zu solch verwerflicher Handlung hätte verführen können! Und in Ansehung jenes Tandes, auf welchen die Anklage sich hauptsächlich stützt, wäre zu bedenken, dass ich, hätte Justine seiner ernstlich begehrt, durchaus bereit gewesen wäre, ihn ihr zu schenken: So sehr achte und schätze ich dies Mädchen!«

Ein beifälliges Raunen ging nach Elisabeths kraftvoll einfacher Rede durch den Saal. Allein, es war lediglich hervorgerufen durch die Großherzigkeit solcher Fürsprache, nicht aber durch das Mitleid mit der armen Justine, gegen deren Person der öffentliche Abscheu sich mit erneuter Heftigkeit wandte, indem er sie jetzt auch noch des schwärzesten Undankes zieh. Die Ärmste hatte bei Elisabeths Worten geweint, doch nichts darauf gesagt. Was meine eigene, qualvolle Aufgewühltheit während der gesamten Verhandlung betrifft, so überstieg dieselbe jedes Maß. Ich *glaubte* ja nicht nur an Justines Unschuld, ich *wusste* darum! War's denn möglich, dass jenes satanische Ungeheuer (und ich zweifelte so gut wie nicht daran) nicht nur meinen Bruder gemeuchelt, sondern zu seiner höllischen Kurzweil auch noch dies unschuldsvolle Opfer dem Tod und der Schande in die Krallen gespielt hatte? Kaum vermochte ich, das Entsetzliche meiner Lage noch länger zu ertragen! Da ich aber gewahren musste, dass sowohl die Stimme des Volkes als auch die Mienen der Richter mein unseliges Opfer schon so gut wie verdammt hatten, stürzte ich in der größten Seelenpein aus dem Gerichtssaale. Die Qualen der Angeklagten reichten ja nicht im Entferntesten an meine eigenen heran! *Sie* ward immerhin gestützt von dem Wissen um ihre Unschuld, *mir* hingegen zerfleischten die Fangzähne der ärgsten Gewissensnot den Busen und würden wohl auf immerdar darein verbissen bleiben!

Ich verbrachte eine wahrhaft verzweiflungsvolle Nacht. Den folgenden Vormittag suchte ich abermals das Gericht auf. Kehle und Lippen waren mir wie ausgedörrt, und ich wagte nicht, die schicksalhafte Frage auszusprechen. Doch war ich dem Beamten kein Unbekannter und er erriet sogleich den Grund meines Kommens. So musste ich erfahren, dass die Lose schon geworfen waren: Sie seien sämtlich schwarz gewesen und Justine sei verurteilt worden.

Unmöglich, meine Gefühle zu beschreiben! Zwar hatte ich schon früher übergenug der entsetzlichsten Empfindungen erfahren und habe ja auch versucht, sie mit den entsprechenden Worten zu schildern. Jetzt aber reichten keine Worte mehr hin, die herzzerbrechende, hoffnungslose Verzweiflung auszudrücken, welche mich nun überkam. Und überdies fügte der Beamte, an den ich mich gewandt, noch hinzu, dass Justine schon ihre Schuld gestanden habe. »Dies«, so bemerkte er, »ist in solch himmelschreiendem Falle freilich kaum zu erwarten gewesen, doch bin ich darob umso froher. Es verhält sich ja so, dass keiner unserer Richter einen Übeltäter sonderlich gern auf bloße Verdachtsmomente hin verurteilt, und wären dieselben auch noch so schlüssig.«

Das war eine sonderbare, unerwartete Nachricht! Was mochte sie nur zu bedeuten haben? Sollte ich mich vom Augenschein dermaßen haben täuschen lassen? War ich am Ende tatsächlich so sehr im Geiste verstört, wie alle Welt von mir annehmen würde, falls ich mit meinem Verdachte herausrückte? Ich eilte mich nach Hause zu kommen, wo schon Elisabeth voll Unruhe des Urteilsspruches harrte.

»Liebste Cousine«, so sprach ich, »die Lose sind gefallen, wie du es ohnehin schon vermutet haben magst. Die Richter stehen sämtlich auf dem Standpunkt, lieber zehn Unschuldige leiden denn einen Bösewicht laufen zu lassen. Und überdies Justine hat sich ja schuldig bekannt!«

Meine Worte waren ein fürchterlicher Schlag für die arme Elisabeth, welche so felsenfest auf Justines Unschuld vertraut hatte. »Ach!«, so rief sie aus. »Wie soll ich jemals wieder auf das Gute im Menschen bauen können? Justine, die ich als eine leibliche Schwester geliebt und geschätzt, wie konnte sie mich nur mit so unschuldsvollem Lächeln verraten? Ihre sanften Augen! Sie schien ja weder einer Heftigkeit noch einer Arglist fähig zu sein! Und dennoch soll sie einen Mord begangen haben?«

Nicht lange danach und wir vernahmen, das arme Opfer habe den Wunsch geäußert, meine Cousine zu sehen.

Mein Vater war zwar dagegen, dass Elisabeth dem Rufe folge, doch sagte er, er würde die Entscheidung ihrem eigenen Urteil und Empfinden überlassen. »Wohlan«, sprach Elisabeth, »so will ich denn gehen, ob sie gleich schuldig sein mag! Und du, mein Viktor, sollst mich auf meinem Gange begleiten – allein vermag ich's nicht!« Nun war freilich dieser Besuchsgang eine rechte Seelenfolter für mich, doch konnte ich Elisabeths Bitte nicht gut abschlagen. Wir betraten die düstere Kerkerzelle und erblickten Justine, wie sie in der hintersten Ecke auf einer Schütte Stroh kauerte. Man hatte der Ärmsten Handschellen angelegt. Das Haupt hielt sie auf die Knie gestützt. Da sie uns eintreten sah, erhob sie sich. Und da man uns mit ihr allein gelassen, warf sie sich Elisabeth zu Füßen und weinte bitterlich. Auch meine Cousine vergoss heiße Tränen.

»Ach, Justine«, so sprach sie, »wie nur konntest du mich meines letzten Trostes berauben! Ich war so sehr von deiner Unschuld überzeugt! Und wie elend ich auch vorher gewesen, so war's doch nichts im Vergleich zu meinem gegenwärtigen Jammer.«

»So glaubt auch Ihr, dass ich so durch und durch verderbt sein könnte? Stimmt mit meinen Feinden überein mich zu zerschmettern – mich als eine Mörderin zu verdammen?« Und ihre Stimme ward erstickt vom Schluchzen.

»Steh auf, du Ärmste!«, sagte Elisabeth. »Was kniest du denn, wenn du frei bist von Schuld? Ich gehöre nimmermehr zu deinen Feinden! Ich hab' dich unerachtet aller augenscheinlichen Beweise für schuldlos gehalten, solange ich nicht vernehmen gemusst, dass du selbst dich als schuldig bekannt hast. Diese Nachricht aber, so sagtest du, ist falsch. So sei denn gewiss, liebste Justine, dass es nichts gibt, was auch nur für einen Augenblick mein Vertrauen in dich erschüttern könnte – nichts denn dein eigenes Eingeständnis!«

»Ich *habe* ja gestanden – allein, dies Geständnis war eine Lüge! Und ich hab's bloß getan, um der heiligen Absolution teilhaftig zu werden! Nun aber liegt diese Falschheit mir schwerer auf dem Herzen denn all meine anderen Sünden! Möge der Herr im Himmel mir vergeben! Seit dem Zeitpunkte meiner Verurteilung hat mir ja mein Beichtvater beständig zugesetzt. So lange hat er gezürnt und mir gedroht, dass ich nachgerade schon glaubte wahrhaftig, jenes Scheusal zu sein, als das er mich hingestellt! Er drohte mir mit der Exkommunikation, ja mit den heißesten Höllenflammen in der Stunde meines Absterbens für den Fall, dass ich weiterhin so halsstarrig und verstockt bliebe. Geliebte Herrin, es war ja keine Menschenseele zugegen mir beizustehn! Alle Welt erblickte in mir nur die Nichtswürdige, welche schon der Schande und ewigen Verdammnis verfallen war! Was hätte ich denn tun sollen? So hab ich in einer schlimmen Stunde mich zu jener Lüge verstanden – und das alles, um mich nunmehr erst recht im Elend zu finden!«

Das Weinen erstickte ihre Worte, ehe sie fortfuhr: »Mit Entsetzen hab ich daran gedacht, wie Ihr, meine gütige Herrin, nun denken würdet, Eure Justine, welche von Eurer seligen Tante so hoch geschätzt und von Euch selbst so sehr geliebt worden, sei einer Untat fähig, welche einzig der leibhaftige Satan verübt haben kann. Liebster Wilhelm! Teuerstes, gesegnetes Kind! Nun soll ich dich nur zu bald im Himmel wieder sehen, wo wir dann allesamt in Glückseligkeit vereint sein werden! Dies ist mein Trost, da ich mich nun anschicke, die Schande und den Tod zu erleiden!«

»Oh, sprich nicht so, Justine! Vergib mir, dass ich dir einen Atemzug lang misstraute! Warum nur hast du dies Geständnis abgelegt? Doch sollst du darum nicht traurig sein, teures Mädchen! Fürchte dich nicht. Ich will Einspruch erheben, will deine Unschuld an den Tag bringen! Will die versteinten Herzen deiner Widersacher zum Hinschmelzen bringen mit meinen Tränen und mit meinem Flehen! Nein, du *darfst* nicht sterben! – *Du,* die Gespielin meiner Kindheit und Gefährtin meiner Mädchenjahre, *du,* meine Schwester – und solltest auf dem Schafott verderben? Nein, nein und abermals nein! Nimmermehr könnt ich so fürchterliches Unglück überleben!«

Doch Justine schüttelte nur trauervoll das Haupt. »Ich fürchte nicht den Tod«, sagte sie. »Der erste, brennende Schmerz, nun ist er vorüber. Der Herr steht mir ja bei in meiner Schwachheit und gibt mir Mut, das Schwerste zu ertragen. Ich geh aus einer traurigen, bittern Welt. Sobald Ihr aber in Liebe meiner gedenken wollt als einer, die da zu Unrecht verurteilt worden, bin ich bereit, mich in mein Schicksal zu ergeben. So lernet denn von mir, teure Herrin, den Willen des Himmels in Sanftmut und Geduld auf sich zu nehmen!«

Während solchen Zwiegesprächs hatte ich mich in eine Ecke der Kerkerzelle zurückgezogen, wo ich den namenlosen Schmerz, welcher von mir Besitz ergriffen, besser verbergen konnte. Ha – Verzweiflung! Welch läppisches Wort! Dies arme Opfer, das schon den nächsten Morgen die grauenvolle Schwelle überschreiten sollte, durch welche das Leben vom Tode getrennt ist, sie fühlte ja bei weitem nicht so tief wie ich jene bitterste Seelenpein! Ich knirschte mit den Zähnen und presste die Kinnladen aufeinander, wobei sich mir ein aus innerster Seele kommendes Stöhnen entrang. Justine zuckte zusammen. Sobald sie mich aber erkannt hatte, trat sie auf mich zu und sprach: »Teuerster Herr, wie lieb von Euch, mich zu besuchen! Ich hoffe, auch Ihr glaubt nicht an meine Schuld?«

Ich brachte kein Wort hervor. »Mitnichten, Justine«, sagte Elisabeth. »Er ist tiefer von deiner Unschuld überzeugt, als ich selbst es gewesen. Sogar als er vernommen, dass du gestanden habest, mochte er nicht an deine Schuld glauben.«

»So sei mein heißester Dank ihm gewiss! In diesen letzten Augenblicken empfinde ich ja die tiefste Dankbarkeit für jene, welche meiner in Freundlichkeit gedenken. Wie süß ist's für ein von aller Welt verlassenes Wesen wie mich, die Zuneigung der Mitmenschen zu verspüren! Dies wiegt wohl schwerer denn die Hälfte meines Ungemachs. Mir ist's, als könnt ich nun in Frieden sterben, jetzt, da meine Schuldlosigkeit bei Euch, teuerste Herrin, und Eurem Vetter außer Zweifel steht!«

Auf solche Weise suchte die arme Dulderin nicht nur sich selbst, sondern auch uns andere zu trösten. Und es ward ihr ja auch jene Ergebung, derer sie begehrte, vollauf zuteil. Ich aber, als der wahre Mörder, ich spürte schon, wie mir jener Wurm im Busen nagte, der da nimmer stirbt, und nicht Hoffnung noch Trost mehr aufkommen lässet. Auch Elisabeth schluchzte bitterlich und war nicht zu trösten. Und doch war auch ihr Elend jenes der Unschuld, das da gleich der Wolke, die unterm guten Mond ihres Weges zieht, denselben zwar für eine kleine Weile unserm Auge zu entrücken, doch nimmer seinen Glanz zu trüben vermag. Mir aber hatten Qual wie Verzweiflung das Herz bis zum Grunde durchbohrt! In meinem Innern loderten Höllenflammen, welche sich durch nichts mehr löschen ließen! So verweilten wir mehrere Stunden bei Justine und nur mit der größten Anstrengung vermochte Elisabeth sich von ihr loszureißen. »Ach!«, rief sie aus. »Dass ich doch mit dir sterben könnte! Ich mag in dieser Welt des Leidens nimmer leben!«

Die arme Justine aber mühte sich, heiter und gelassen zu erscheinen und vermochte doch nur mit Gewalt, ihren bitterlichen Zähren zu gebieten. Sie umarmte Elisabeth und sagte mit kaum unterdrücktem Zittern in der Stimme: »Lebt wohl, liebste Herrin, teuerste Elisabeth, Ihr, meine geliebte und einzige Freundin! Möge der Himmel in all seiner Güte Euch segnen und erhalten! Und möge dies das letzte Ungemach sein, welches Ihr in dieser Welt zu erleiden habt! So geht denn, um zu leben – Euch selbst zum Glücke wie auch anderen Menschen!«

Den nächsten Morgen ward Justine hingerichtet. Elisabeths herzbewegende Beredsamkeit hatte nicht vermocht, die Richter in ihrer fest gefügten Überzeugung von dem Verbrechertum der heiligmäßigen Dulderin schwankend zu machen. Auch meine eigenen, leidenschaftlich entrüsteten Vorhaltungen hatten keinerlei Wirkung gezeitigt. Und da ich die in kaltem Tone erteilten Antworten sowie die schroffe, gefühllose Argumentation jener Männer vernahm, erstarb mir das Eingeständnis, welches mir schon den Mund geöffnet, auf den Lippen. Es hätte mich ja bloß zu einem Tollhäusler gestempelt ohne an dem über mein bedauernswertes Opfer verhängten Urteilsspruche auch nur das Geringste ändern zu können. Nein, sie starb auf dem Schafott – als eine Mörderin!

Unerachtet all der Qualen, welche mir das Herz zerfleischten, bemühte ich mich nach Kräften, den tiefen und wortlosen Kummer meiner armen Elisabeth zu lindern. Dies also war aus dem Werk meiner Hände geworden! Dies – und meines Vaters Schmerz, und auch die Verzweiflung meiner ehedem so glückdurchsonnten Heimstatt –, nun war's das alleinige Werk meiner dreimal verfluchten Hände! Jawohl – weinet nur, Ihr Unseligen! Es sind noch lang nicht Eure letzten Tränen! Wieder und wieder sollt Ihr die Totenklage anstimmen und der Schall Eures Wehegeschreis soll aber und aber vernommen werden! Frankenstein ist's, Euer Sohn, Euer Anverwandter, der vielgeliebte Freund Eurer Kindheit – er, der um Euretwillen bereit war, auch noch den letzten Tropfen seines Lebenssaftes zu vergießen – er, der da keine Freude auszusinnen noch zu empfinden vermocht, hätte sie sich nicht auch in Euren teuern Zügen widergespiegelt – er, der da alle Segenssprüche des Himmels auf Euer Haupt herabflehen, ja sein ganzes Leben in Eurem Dienste hätte hinbringen mögen: Er ist's, der Euch nun zu *weinen* gebietet – der Euch heißt, unzählige Tränen zu vergießen! Und wäre doch weit glücklicher, als er's je zu hoffen gewagt, gäbe dies unerbittliche Schicksal sich zufrieden, und hielte die Macht der Zerstörung in ihrem Schritte inne, noch ehe der Grabesfriede Euren herzzerreißenden Qualen ein Ende gesetzt!

Solche Worte sprach meine prophetische Seele, dieweil ich, zernagt von Gewissensbissen, Horror und Verzweiflung, all die von mir Geliebten erblicken musste, wie sie in hoffnungslosem Kummer an den Gräbern von Wilhelm und Justine standen, dieser ersten, unseligen Opfer meiner heillosen Künste.

# *Neuntes Kapitel*

Nichts ist der Menschenseele peinvoller als nach einem Sturm der Ereignisse, welcher alle Empfindungen unter sich begraben, der tödlichen Stille aus tatenloser Gewissheit innezuwerden, welche solchem Ansturm folgt und unser Herz sowohl der Hoffnung als auch der Furcht beraubt. Justine war nun tot. Sie ruhte in Frieden. Ich aber lebte! Mir floss das Blut noch immer in den Adern – doch die Verzweiflung und Gewissensangst, sie waren meinem Herzen eine Last, welche durch nichts mehr hinweggewälzt werden konnte! Der Schlaf floh meine Augen. Gleich einem Dämon trieb es mich umher, denn ich hatte unbeschreiblich entsetzliche Übeltaten begangen. Doch mehr, weit mehr (so redete ich mir ein) stand noch zu befürchten, wie sehr mir auch das Herz noch immer überströmte von Freundlichkeit und die Tugend mir noch immer als der Güter Höchstes galt. War ich denn nicht mit den allerbesten Absichten ins Leben hinausgetreten? Hatte ich nicht nach dem Augenblick gedürstet, da ich dieselben in die Tat umsetzen und mich dadurch meinen Mitmenschen als nützlich würde erweisen können? Und nun war mir alles zum Bösen ausgeschlagen: Statt jener Seelenruhe, welche mir erlaubt hätte, voll Selbstzufriedenheit auf das Vergangene zu blicken, um dergestalt neue Hoffnung für die Zukunft zu schöpfen, sah ich mich nun geplagt von Gewissensnöten und von einem Schuldbewusstsein, welches mich voranpeitschte in eine Hölle so grauenvoller Martern, dass keine menschliche Zunge sie zu schildern vermöchte.

Solche Gemütsverfassung zehrte an meiner Gesundheit, die schon den ersten Schlag, den sie erlitten, niemals ganz mehr verwinden mochte. Ich brachte es nicht über mich, den Menschen von Angesicht gegenüberzutreten. Jedes Wort der Freude, jedweder Ausdruck von Zufriedenheit bereiteten mir Höllenqualen. So ward mir die Einsamkeit zum einzigen Trost – die tiefe, dunkle, todähnliche Einsamkeit.

Mein Vater gewahrte mit Bekümmernis den offensichtlichen Wandel in meinem Wesen und Gehaben. Er versuchte mit aller Überredung, die sein reines Gewissen und fleckenloses Leben ihm erlaubten, mir neue Zuversicht zu geben und mich zu ermutigen, die düstere Wolke, welche über mir brütete, zu zerstreuen. »Glaubst du denn, Viktor«, so sprach er, »ich litte nicht ebenso sehr wie du? Niemand könnte ja sein Kind inniger lieben, als ich deinen Bruder geliebt!« (Bei diesen Worten kamen ihm die Tränen.) »Allein, ist's nicht die Pflicht der Überlebenden, sich aller Vermehrung ihrer Bekümmernis zu enthalten, anstatt beständig ihren Schmerz zur Schau zu tragen? Und überdies ist's ja eine Pflicht uns selbst gegenüber: Allzu großer Kummer ist ein Feind aller Besserung und Lebensfreude, ja hindert uns sogar an der täglichen Ausübung unseres nützlichen Tuns, ohne das niemand zum wertvollen Mitgliede der menschlichen Gesellschaft taugen kann.«

Solcher Rat, wie wohlmeinend immer er gegeben war, ließ sich in nichts auf meinen Fall anwenden. Natürlich wäre ich der Allererste gewesen, meinen Kummer zu verbergen und meinen Freunden ein Tröster zu sein, hätten sich nicht die Bitternis meiner Gewissensnot und die Rastlosigkeit meines Schreckens so unauflöslich mit meinen anderen Empfindungen verquickt. So aber konnte ich meines Vaters Rede nur mit verzweiflungsvollem Blicke erwidern und im Übrigen danach trachten, ihm nicht unter die Augen zu treten.

Es war um jene Zeit, dass wir wieder in unser Haus nach Belrive zogen, um dort Zuflucht zu finden. Unter den obwaltenden Umständen sagte solcher Wechsel mir ganz besonders zu. Die Tatsache, dass die Genfer Stadttore Schlag zehn geschlossen wurden und man aus diesem Grunde sich nicht länger auf dem See verweilen konnte, hatte mir unser Genfer Domizil gründlich verleidet. Nun aber war ich frei. So manches Mal, wenn die gesamte Familie sich schon zur Ruhe zurückgezogen hatte, band ich das Boot von seinem Pfosten los und verbrachte viele Stunden auf dem Wasser. Bisweilen setzte ich die Segel und ließ mich vor dem Winde dahintreiben. Bisweilen auch, nachdem ich bis zur Mitte des Sees hinausgerudert war, überließ ich das Boot dem Spiele der Wellen, mich selbst aber meinen kummervollen Betrachtungen. Und nur zu oft war ich versucht, sobald alles rings um mich in tiefem Frieden lag und ich selbst das einzige, aufgewühlte Wesen war, das da ruhelos inmitten so wundersamer, himmlischer Szenerie dahintrieb – wenn ich von den vereinzelten Fledermäusen absehe sowie von den Fröschen, deren schnarrendes, in regelmäßigen Intervallen erschallendes Quaken ich freilich nur vernahm, sobald ich mich dem Strande näherte –, nur zu oft, sage ich, war ich versucht, mich in den stillen See zu stürzen, auf dass seine Wasser auf ewig sich schlössen über mir und all meiner verworrenen Not. Doch ward ich immer wieder davon abgehalten durch den Gedanken an die so wacker ihre Leiden ertragende Elisabeth, welcher ich so zärtlich zugetan war und deren Leben so sehr in dem meinen beschlossen lag. Auch gedachte ich meines Vaters und des einzigen, mir noch verbliebenen Bruders: Sollte ich sie alle durch meine schnöde Flucht zurücklassen in diesem irdischen Jammertale, schutzlos preisgegeben der Bosheit jenes Unholds, welchen ich auf sie losgelassen?

In solchen Momenten pflegte ich bitterlich zu weinen. Dann wünschte ich aufs Innigste meinen alten Seelenfrieden herbei, auf dass ich wieder fähig wäre, meinen Lieben Trost zuzusprechen und ihnen zu ihrem früheren Glücke zu verhelfen. Allein, dies war unmöglich. Die Last meines Gewissens hatte alle Hoffnung ausgetilgt. Ich war zum Urheber unabänderlichen Übels geworden und lebte in der beständigen Angst, ob nicht das Monstrum, welches ich geschaffen, schon wieder dabei wäre, irgendeine neue Schändlichkeit auszuhecken. Ein unklares Gefühl sagte mir ja, dass noch nicht alles vorüber sei und dass dies Ungetüm irgendein weiteres, himmelschreiendes Verbrechen begehen werde, welches durch seine Ungeheuerlichkeit das Gedenken an die vorangegangenen Übeltaten nahezu auslöschen mochte. Solange auch nur ein einziger von meinen Lieben noch auf Erden wandelte, bestand ja Grund zu solcher Furcht. Mein Abscheu vor jenem Unhold war ein unbeschreiblicher. Sooft ich an ihn dachte, knirschte ich mit den Zähnen, der Blick ward mir entflammt und mich beherrschte nur mehr der eine, brennende Wunsch, jenes Leben auszutilgen, das ich so unbedacht geschaffen. Sobald ich über des Monstrums Übeltaten und seine Bösartigkeit nachzudenken begann, sprengten meine Hass und Rachegefühle jedes vernünftige Maß, und ich wäre im Stande gewesen, eine Pilgerfahrt zu dem höchsten Gipfel der Anden zu unternehmen, hätte ich gewusst, das Scheusal dort antreffen und in den tiefsten Abgrund hinabschleudern zu können. Jawohl, ich wünschte inständig, den Unhold wieder zu sehen, um ihm meinen äußersten Abscheu ins Gesicht zu schleudern und danach Wilhelms und Justines Tod an dem Übeltäter zu rächen.

Unser Haus war zur Wohnstatt der Trauer geworden. Meines Vaters Gesundheit hatte durch die Schrecknisse der letzten Begebenheiten ernstlich Schaden gelitten. Elisabeth war zutiefst bekümmert und verzagt. Nicht länger vermochte sie, ihrer alltäglichen Arbeit irgendwelche Freude abzugewinnen. Alle Vergnügtheit schien ihr ja einer Entweihung der teuren Toten gleichzukommen und so erachtete sie das ewige, tränenreiche Weh für den gerechten Zoll, welchen sie der an solcher Niedertracht zuschanden gewordenen Unschuld zu entrichten hatte. Nicht länger auch war sie jenes glückliche Wesen, das während meiner Knabenjahre gemeinsam mit mir die Ufergefilde des Sees durchstreift und mit entzückter Begeisterung von unserem künftigen Geschick gesprochen hatte. Nun war ja die erste jener leidvollen Erfahrungen, die da gesandt sind, uns der Erde zu entfremden, über sie gekommen, und die Verschattung solchen Kummers hatte das mir so teure Lächeln ausgelöscht.

»Wenn ich, bester Cousin«, so sprach sie, »Justine Moritzens jammervollen Tod bedenke, so sehe ich die Welt und ihre Werke in gänzlich anderem Lichte denn ehedem. Früher schienen mir ja all die Berichte über Lasterhaftigkeit und Unrecht, welche ich den Büchern entnommen oder von anderen Menschen gehört, nichts als Geschichten aus alten Tagen zu sein, welche bloß von eingebildeten Übeln handeln. Zumindest aber blieben sie so fern, dass sie bloß den Verstand, nicht aber die Einbildungskraft berührten. Doch nun ist das Unglück über unser Haus gekommen, und ich sehe in den Menschen nur mehr ungeheuerliche Wesen, die nach dem Blute ihres Nächsten dürsten. Das ist sicherlich nicht recht von mir, doch hat ja alle Welt das arme Mädchen für schuldig befunden! Hätte sie in Wahrheit jene Untat begangen, für die sie gebüßt hat, sie wäre gewisslich das verworfenste Geschöpf auf Gottes Erdboden! Um eines geringfügigen Kleinods willen den Sohn ihres Wohltäters und väterlichen Freundes zu ermorden, ein Kind, für welches sie von Geburt auf so liebevoll gesorgt hat, als wär es ihr eigenes gewesen! Ich könnte ja niemals der Tötung eines Mitmenschen zustimmen, doch in solchem Falle hätte ich gewiss denken müssen, dass ein so beschaffnes Geschöpf nicht wert sei, der menschlichen Gesellschaft anzugehören! Allein, sie war ja unschuldig! Ich weiß es, *fühle* es! Und dass du der nämlichen Meinung bist, bestärkt mich nur in meiner Überzeugung. Ach, Viktor! Wenn die Falschheit im Gewände solcher Aufrichtigkeit einherschreitet, wer könnte da länger seines Glückes gewiss sein? Mir ist's, als wandelte ich am Rande eines Abgrunds dahin, gegen den die Menschen zu Tausenden andrängen, gewillt, mich in den gähnenden Schlund hinabzustürzen! Wilhelm und Justine sind gemordet und der Mörder ist in Freiheit! Wandelt unter den Menschen und erfreut sich am Ende gar noch des höchsten Ansehens! Doch wär ich gleich dazu verurteilt, das Schafott zu besteigen für die nämliche Untat – ich wollte dennoch nimmer tauschen mit solch nichtswürdigem Lumpen!«

Ich lauschte diesen Worten mit der äußersten Seelenpein. War denn nicht *ich* der eigentliche Mörder, wenngleich nur im übertragenen Sinn? Elisabeth aber, welche meinen schmerzvollen Ausdruck gewahrte, ergriff voll Freundlichkeit meine Hand und sagte: »Teuerster Freund, so fasse dich doch! Gott allein weiß, wie sehr diese Geschehnisse mich angegriffen haben – und doch bin ich längst nicht so elend, wie du es bist! Bisweilen verschattet ja ein Ausdruck von Verzweiflung und Rachedurst deine Züge, der mich erzittern macht! Teurer Viktor, gebiete deinen dunklen Leidenschaften! Gedenke doch der Freunde rings, welche all ihre Hoffnungen in dich gesetzt! Sind wir denn aller Kraft beraubt, dich glücklich zu machen? Oh! Da wir doch lieben, da wir doch einander wahrhaft zugetan sind, hier in diesem Land des Friedens und der Schönheit, welches noch dazu dein Heimatland ist, sollten wir doch all den ruhevollen Segen einheimsen! Was also könnte unsern Frieden stören?«

Sollte man nicht denken, dass die Worte dieses Mädchens, welches ich vor jeder anderen Gabe Fortunas aus tiefstem Herzen zu schätzen wusste – sollte man nicht denken, dass sie den Dämon, der mir im Herzen lauerte, hätten hinwegscheuchen müssen? Allein, noch während sie sprach, hielt ich mich immer enger in ihrer Nähe, als griffe das Entsetzen schon nach mir, ja als fürchtete ich im nämlichen Momente den Würger neben mir erblicken zu müssen, der da gekommen war, mich von der Begleiterin zu reißen.

So vermochten weder die Zärtlichkeit der Freundschaft noch die Schönheit dieser Erde noch auch diejenige des Himmels meine Seele dem Gram zu entwinden: Selbst die Sprache der Liebe übte keinerlei Wirkung auf mich. Ich war umhüllt von einer Wolke, die kein wohltätiger Einfluss mehr zu durchdringen vermochte. Das waidwunde Tier, welches sich auf versagenden Läufen ins jungfräuliche Dickicht geflüchtet, um daselbst feuchten Auges den Pfeil, welcher es durchbohrt hat, anzublicken, um darüber zu sterben – dies Bild traf nur zu sehr auf mich und mein Los zu!

Bisweilen gelang's mir ja, die dumpfe Verzweiflung, welche mich zu überwältigen drohte, zu verwinden. Bisweilen aber trieb mich der Wirbelsturm meiner Leidenschaften dazu, mir durch körperliche Bewegung und Ortswechsel etwelche Erleichterung von meinen unerträglichen Empfindungen zu schaffen. Solch eine Anwandlung war es auch, die mich Hals über Kopf das Vaterhaus verlassen und meine Schritte nach den nahen Alpentälern wenden ließ, auf dass ich in all der Größe und erhabenen Ewigkeit solcher Szenerie der eigenen Person und ihrer nichtigen, weil allzu menschlichen Bekümmernisse vergäße. Mein Streifzug hatte das Tal von Chamonix zum Ziele, welches ich während meiner Knabenjahre häufig besucht hatte. Sechs Jahre waren nun seit damals vergangen: Aus *mir* war inzwischen ein menschliches Wrack geworden – doch an der wilden, alles überdauernden Gebirgslandschaft war die Zeit spurlos vorübergeschritten.

Den ersten Teil meiner Reise brachte ich zu Pferde hinter mich. Dann aber mietete ich einen Maulesel als das geeignetere, weil ruhigere und auf diesen steinigen Straßen weniger verletzliche Reittier. Das Wetter war herrlich: Wir schrieben ja Mitte August, und Justines Tod, jener erbärmliche Markstein meines Lebens, dem ich all meinen Kummer zuschrieb, lag nahezu zwei Monate zurück. Die Bürde, welche mir auf der Seele lastete, ward mit meinem tieferen Eindringen in das Klammtal der Arve fühlbar erleichtert. Die ungeheuren Berge und Felswände, welche mich zu beiden Seiten umdrohten – das schäumende Toben des Flusses in seinem felsigen Bette und das zischende Brausen der Wasserfälle ringsum, sie sprachen nur zu beredt von der Allmacht der Schöpfung, so dass alle Furcht von mir abfiel und ich nicht länger gewillt war, mich vor irgendeinem Wesen zu beugen, das weniger mächtig wäre denn jenes, das die Elemente erschaffen hatte, ihnen zu gebieten, und das dieselben mir an diesem Orte in ihrer fürchterlichsten Gestalt vor Augen führte. Je höher ich stieg, so großartiger und erstaunlicher ward der Charakter dieses Tals. Die Burgruinen über den von düsterem Tannicht bestandenen Abstürzen, die Arve in ihrem reißenden Ungestüm und da und dort ein Gebirgsdörfchen, das zwischen den Bäumen hervorlugte – sie alle formten insgesamt ein Landschaftsbild von einzigartiger Schönheit, noch gesteigert und veredelt durch die mächtigen Alpen, deren weiße und schimmernde, an Pyramiden und Kathedralen gemahnende Felsformationen sich in den Himmel türmten, als gehörten sie schon nicht mehr dieser Erde zu und wären ein Wohnsitz fremdartiger Lebewesen.

Ich ritt über die Brücke von Pelissier, an der sich die Klamm, welche der Fluss ins Gestein gewaschen, vor meinem Blicke öffnete, und begann danach den Berg emporzuklimmen, der sich darüber erhob. Bald darauf sah ich das Tal von Chamonix vor mir liegen, welches zwar wunderbarer und majestätischer, nicht aber von so pittoresker Schönheit ist wie jenes von Servox, welches ich soeben durchmessen. Hier aber bildeten die hohen, schneebedeckten Berge die alleinige Talgrenze und weder Burgruinen noch fruchtbare Felder erfreuten des Wanderers Blick. Riesenhafte Gletscher schoben sich drohend auf die Straße zu. Ich hörte den grollenden Donner der zu Tale fahrenden Lawine und konnte ihre Bahn an dem stäubenden Schneegewölk erkennen. Montblanc, der unvergleichliche, großartige Montblanc, erhob sein gewaltiges Haupt über all die ihn umgebenden *aiguilles* und sein ungeheurer *dôme* beherrschte das gesamte Tal.

Ein bebendes, längst verloren geglaubtes Glücksgefühl überkam mich mehr als einmal im Verlaufe dieser Alpenfahrt. So manche Windung der Straße, so manches Ding, das nur dem ersten Blicke neu, doch schon dem zweiten altbekannt war, gemahnte mich an die entschwundenen Tage und rief zum andern Mal die beschwingte Fröhlichkeit der Knabenjahre in mir herauf. Noch die kühlen Winde raunten mir ihr Schlummerlied ins Ohr, und Allmutter Natur gebot mir in ihrer Sanftheit, nicht länger zu weinen. Dann aber verlor so freundliche Eingebung aufs Neue ihre wohltätige Macht – wieder fand ich mich vom Grame überwältigt, wieder hatte ich alles Elend meiner Grübeleien zu erdulden! Dann mochte es wohl sein, dass ich meinem braven Grautier die Sporen in die Flanken schlug in dem vergeblichen Bemühen, der Welt meiner Ängste, ja noch der eigenen Person zu entfliehen. Oder es konnte geschehen, dass ich, noch stärker verzweifelnd, aus dem Sattel sprang und mich der Länge nach auf den Rasen fallen ließ, zu Boden gezwungen durch nichts als Entsetzen und Verzweiflung.

Schließlich aber erreichte ich doch noch das Dörfchen Chamonix. Erschöpfung folgte der tödlichen Müdigkeit des Körpers wie der Seele, unter welcher ich die ganze Zeit gelitten. Nur eine kleine Weile blieb ich noch am Fenster, um dem fahlen, schwefeligen Aufblitzen des Gewitters über dem Montblanc zu folgen und dem Rauschen der Arve zu lauschen, welche da unten ihre schäumende Bahn zog. Und abermals waren diese einschläfernden Töne meinen überwachen Empfindungen ein Schlummerlied: Als ich den Kopf in die Kissen vergrub, fühlte ich nahezu körperlich, wie der Schlaf mich überkam, und segnete aus ganzem Herzen diesen Spender des Vergessens.

## *Zehntes Kapitel*

Den ganzen folgenden Tag brachte ich darüber zu, das Tal zu durchstreifen. Ich stand an der Quelle des Arveiron, welcher aus einem Gletscher entspringt, der sich langsam von den Bergeshöhen gegen das Tal vorschiebt und es zu verschließen droht. Vor meinen Blicken türmten sich die steilen Flanken ungeheurer Berge. Eisige Gletscherwände umdrohten mich und nur vereinzelte, kümmerliche Nadelbäume belebten die Ödnis ringsum. Und das feierliche Schweigen dieses strahlenden Audienzsaales einer herrscherlichen Natur ward einzig unterbrochen von dem Gemurmel der Wellen, von dem Herabsturze eines gewaltigen Felsbrockens, von der donnernden Talfahrt einer Lawine oder dem von den Bergen widerhallenden Krachen des aufgestauten Gletschereises, welches sich nach unabänderlichen Gesetzen dehnte und voranschob, als wär's ein Spielzeug in den allgewaltigen Händen der Schöpfung. Dies erhabne und großartige Kräftespiel gewährte mir den besten Trost, den zu empfangen ich fähig war. Es entrückte mich all den kleinlichen Empfindungen, und wiewohl es mir den Kummer nicht vom Herzen nahm, vermochte es doch, ihn zu bezähmen und zu sänftigen. Auch lenkte es mir ein wenig den Geist ab von jenen grüblerischen Gedanken, über denen ich den ganzen letzten Monat gebrütet. Erst gegen Abend zog ich mich zur Ruhe zurück und noch im Schlummer ward mir aufgewartet von der mich umstehenden Assemblee all der gewaltigen Erscheinungen, welche ich tagsüber vor Augen gehabt. Es war eine großartige Kongregation. Der makellose, schneebedeckte Gipfel, die glitzernde Felszinne, die Nadelwälder und die kahle, zerklüftete Schlucht, ja sogar der inmitten der Wolken kreisende Adler: Sie alle versammelten sich um mein Lager, meiner Seele den Frieden zu bringen.

Wohin war dies alles entschwunden, als ich am Morgen erwachte? Mit dem Schlummer hatte das Erhebende sich von mir gehoben und aufs Neue umwölkte die düstere Schwermut all mein Denken. Draußen der Regen stürzte in Kaskaden hernieder, und ein undurchdringlicher Nebel verbarg das Gebirge vor meinen Blicken, so dass ich meine mächtigen Freunde nimmer von Angesicht sehen konnte. Doch was tat's – ich war entschlossen, ihren Nebelschleier zu durchdringen und sie in ihrer wolkenverhangenen Einsamkeit aufzusuchen. Was bedeuteten mir schon Regen und Sturm! So ließ ich den gesattelten Maulesel vors Haus führen und machte mich auf den Weg zum Gipfel des Montanvert. Ich entsann mich noch sehr wohl der eindringlichen Wirkung, welche sein ungeheurer, in steter Bewegung befindlicher Gletscher beim ersten Anblick auf mich geübt: Er hatte mir die Seele mit einer Begeisterung für das Erhabene erfüllt, welche ihr Flügel verliehen und es ihr ermöglicht hatte, sich aus der Düsternis der Welt zu lichten Höhen aufzuschwingen. Niemals hatte ja die Ehrfurcht gebietende Majestät der Natur verfehlt, mich feierlich zu stimmen und mich die vergänglichen Sorgen des Lebens vergessen zu machen, und so war ich entschlossen, den Aufstieg ohne einen Führer zu unternehmen, da ich mit dem Pfade wohl vertraut war und die Gegenwart eines zweiten Menschen ja doch nur die einzigartige Größe der Szenerie zunichte gemacht hätte.

Der Aufstieg führt überaus steil empor, doch ist der Saumpfad in stetigen, kurzen Kehren angelegt, die es Euch ermöglichen, den nahezu lotrecht ansteigenden Berg zu erklimmen. Die Landschaft ringsum ist von einer grauenvollen Trostlosigkeit. Allerorten sind die tausendfältigen Spuren der Lawinen des Winters zu erkennen: Entwurzelte Bäume liegen verstreut umher, manche von ihnen zur Gänze zersplittert, andere nur schräg gegen Felsvorsprünge geschleudert oder aber quer über die darunter liegenden Stämme. Je höher Ihr steigt, desto häufiger ist der Pfad durchsetzt von schneeigen Klüften, darein beständig das Geröll von oben nachrutscht. Eine von ihnen ist besonders gefahrvoll zu überwinden, dieweil ja der geringste Laut, ja sogar schon ein vernehmlicheres Wort genügt, durch die hervorgerufene Lufterschütterung den verderblichsten Steinschlag zu Häupten des Sprechers auszulösen. Das Nadelgehölz in jenen Regionen ist weder hoch noch üppig, doch sind die Bäume düster und tragen auf ihre Weise zu der unwirtlichen Strenge solcher Szenerie bei. Ich blickte in das Tal, welches sich mir zu Füßen breitete: Riesige Nebelschwaden stiegen von den Flüssen herauf, welche es durchflossen, oder umhüllten in dicken, brodelnden Wirbeln die gegenüberliegenden Berge, deren Gipfel in dem einförmigen Grau der Wolken verborgen waren, während der Regen aus einem düstern Himmel stürzte und mit seinem Rauschen den Eindruck von Schwermut und Trostlosigkeit, der mich angesichts solcher Umgebung überkommen, noch verstärkte. Ach! Warum berühmt sich der Mensch seiner überlegenen Empfindsamkeit gegenüber der unvernünftigen Kreatur! Dies Gefühl macht ihn ja nur noch abhängiger von den vielen Notwendigkeiten, deren das Tier nicht bedarf! Wäre unser Dasein bloß vom Hunger, vom Durst und von der Lustbegier gelenkt, wir könnten uns als nahezu frei betrachten! So aber genügt der leiseste Wind, uns zu bewegen, ja schon ein absichtsloses Wort kann dies bewirken, wenn nicht gar der bloße Schauplatz, der solch ein Wort auslösen könnte!

Zur Nacht vergiftet uns ein Traum den Schlummer.
Den Tag verdirbt ein unbedachtes Wort.
Wir fühlen, rätseln, denken; tragen Kummer
Und scheuchen ihn mit einem Lachen fort.

Uns gilt es gleich: Ob Freuden oder Sorgen,
Vielleicht sind wir noch heut davon befreit.
Nie gleicht des Menschen Gestern seinem Morgen:
Bestand hat einzig die Vergänglichkeit.

Es ging schon auf Mittag, als ich den obersten Punkt meines Aufstiegs erreicht hatte. Eine Zeit lang ließ ich mich auf jenem Felsen nieder, der dies Meer aus Eis überblickt. Der Nebel bedeckte sowohl den Gletscher als auch die ihn umgebenden Berge, doch hatte sich jetzt ein Wind erhoben, welcher die Schwaden zerteilte, so dass ich das Eis betreten konnte. Seine Oberfläche ist so uneben wie diejenige eines windgepeitschten Sees, erstreckt sich in schwachem Gefälle talwärts und ist durchsetzt von Spalten und Rissen, welche tief ins Innere des Gletschers reichen. Das Eisfeld hat eine Breite von nicht ganz einer Meile, doch bedurfte ich nahezu zweier Stunden, es zu überqueren. Die gegenüberliegende Seite ist durch eine nackte, lotrechte Felswand begrenzt. Von meinem gegenwärtigen Standpunkt aus hatte ich den etwa eine Meile entfernten Montanvert gerade vor Augen. Hinter ihm aber türmte der Montblanc sich in Ehrfurcht gebietender Majestät in den Himmel. Ich verweilte in einer Felsnische und konnte mich nicht satt sehen an so wunderbarem wie bestürzendem Schauspiel. Das Meer von Eis, oder besser, der ungeheure, zu Eis erstarrte Strom erstreckte sich in Krümmungen zwischen seinen Bergen, deren luftige Gipfel sich nahezu lotrecht über all den Rissen und Spalten erhoben. Die vom Firne glitzernden Bergspitzen erglänzten hoch über den Wolken im Strahl der Sonne. Mein eben noch so kummervolles Herz, nun wollte sich's weiten in einem Gefühl, welches fast schon der Freude gleichkam. »Oh, ihr ruhelosen Seelen!«, so rief ich. »Wenn ihr in Wahrheit umherirrt und nicht in euren engen Gräbern ruht, verstattet mir diesen Hauch des Glückes oder nehmt mich als euren Gefährten hinweg aus den Freuden dieser Welt!«

Dies kaum gerufen, ward ich plötzlich einer Gestalt ansichtig, welche sich mir aus einiger Entfernung mit übermenschlicher Schnelligkeit näherte. Der Herankommende nahm all die Spalten und Risse, denen ich in aller Vorsicht ausgewichen, im Sprunge. Seine Größe schien gleichfalls diejenige eines Menschen zu übertreffen! Bestürzung überkam mich: Der Blick umflorte sich mir und ich spürte, wie eine Schwäche mich anwandelte. Indes, der kalte Bergwind brachte mich alsbald wieder zur Besinnung und ich musste, da jene Gestalt näher und näher kam, gewahren (o fürchterlicher, abscheulicher Anblick!), dass es der Unhold war, welchen ich geschaffen! Entsetzen und Wut machten mich erzittern, doch war ich fest entschlossen, sein Herankommen abzuwarten und mich ihm zum Kampfe auf Tod oder Leben zu stellen. Nun war er vollends herangekommen! Seine Züge verrieten den bittersten Schmerz, verbunden mit Verachtung und abgründiger Bosheit, doch machte eine übernatürliche Hässlichkeit dies Antlitz dem menschlichen Blicke nahezu unerträglich. Ich aber achtete dessen kaum. Wut und Hass hatten mich ja zunächst der Sprache beraubt, und da ich meine Rede wieder gefunden, war's nur, um den Elenden mit Worten des grimmigsten Abscheus und der tiefsten Verachtung zu zerschmettern.

»Du Ausgeburt!«, so rief ich. »So wagst du's, dich mir zu nahen, und fürchtest nicht die grimmige Vergeltung meines schon nach deinem erbärmlichen Haupte ausgestreckten Rächerarms? Hinweg, abscheuliches Geziefer! Doch nein, halt an, auf dass ich dich zu Staub zermalme! Ach! Könnt ich doch mit der Austilgung deines schändlichen Daseins dasjenige der Opfer wieder heraufrufen, welche du so satanisch hingemordet!«

»Diesen Empfang hab ich erwartet«, versetzte das Ungetüm. »Der Elende wird ja von allen gehasst. Wie muss da erst ich gehasst sein, ich, das elendste von allen lebenden Wesen! Sogar du, mein Schöpfer, verabscheust mich und trittst mich mit Füßen, mich, dein Geschöpf, welchem du doch durch Bande verbunden bist, die einzig gelöst werden können durch die Vernichtung eines von uns beiden. Du willst mich also töten? Wagst du's denn wirklich, so mit dem Leben zu spielen? Erfüll erst deine Pflichten gegen mich, so will auch ich die meinen an dir und der Menschheit erfüllen! Gehst du auf meine Bedingungen ein, so will ich dich und alle Menschen hinfort in Frieden lassen. Weigerst du dich aber, so will dem klapperdürren Tod ich einen Wanst anmästen, will ihn voll stopfen mit dem Blut all deiner Freunde!«

»Verhasstes Ungeheuer! Feind aller Menschen, der du bist! Was wäre alle Pein der Hölle, gemessen an der Rache, nach welcher deine Bluttat schreit! Nichtswürdige, satanische Kreatur! Kommst mir mit deiner Erschaffung, machst sie mir zum Vorwurf? Wohlan, herbei, herbei, auf dass ich jenen Funken wieder tilge, mit dem ich dich so unbedacht begabt!«

Meine Raserei war nun am Überkochen. Ich stürzte mich auf ihn, getrieben von allem und jedem, was einen Menschen gegen das Leben seines Nächsten aufzubringen vermag.

Er aber wich mir mit Leichtigkeit aus und sprach: »Halt an dich! Und hör mich an, ich beschwöre dich, eh' du all deinen Hass ausgießest über mein schwer geprüftes Haupt. Hab ich denn nicht genug gelitten? Musst du noch trachten, dies Elend zu vertiefen? Allein, das Leben, wie sehr's auch nur ein Knäuel sein mag aus Nöten und aus Qual, es ist mir teuer und ich will mich meiner Haut schon wehren! So denk daran, dass du mich ja mit einer Kraft begabt, die deine Kraft bei weitem übersteigt! Und auch an Größe der Gestalt bin ich dir überlegen! Nicht anders steht's um die Gelenkigkeit. Doch sei es fern von mir, mich gegen dich zu wenden. Ich bin ja dein Geschöpf, will sanft sein und gefügig gegen meinen Herrn und Gott, sobald auch du das deine dazu beiträgst und tust, was du mir schuldest. Oh, Frankenstein, erweise nicht nur anderen deine Billigkeit, tritt nicht nur mich allein mit Füßen, mich, dem du mehr Gerechtigkeit, mehr Nachsicht und mehr Liebe schuldest denn jedem anderen Menschen! Sei dessen eingedenk, du selbst hast mich geschaffen – ich sollte ja dein Adam sein! Doch bin ich eher dem gefallnen Engel zu vergleichen, den du um nichts von dir gestoßen. Wohin ich schau, erblick ich Seligkeit und ich allein bin davon ausgeschlossen. Und war doch gut und war doch reinen Herzens! Das Elend erst hat mich zum Feind gemacht. So mach mich glücklich und ich will aufs Neue der Tugend mich verschreiben!«

»Hinweg! Ich will nichts hören! Zwischen dir und mir kann's keine Gemeinsamkeit mehr geben – wir sind Feinde. Hinweg oder lass uns die Kräfte erproben in einem Kampfe, darin einer von uns auf der Walstatt bleibt!«

»Wie rühr ich dir das Herz, wie fang ich's an? Mag denn gar keine Bitte dich bestimmen, mit günstigem Aug' auf dein Geschöpf zu blicken, wie's dich um Güte und um Mitleid anfleht? Glaub mir, o Frankenstein: Ich war einst gut und war entflammt von Menschlichkeit und Liebe! Doch bin ich nicht allein, zutiefst allein? Selbst du, der mich geschaffen, scheust vor mir zurück! Was hätte ich von denen zu erhoffen, die mir durch nichts verbunden sind? Sie treten mich mit Füßen, hassen mich! Mein Obdach sind die rauen Berge und die öden Gletscher. So manchen Tag schon hab ich hier verbracht! Die Gletscherspalten, die mir niemand neidet, sie dienen mir zur Wohnung. Mich können sie nicht schrecken und ich preise den grau verhangnen Himmel noch, der freundlicher zu mir ist als die Menschen. Denn wüssten sie um meine Existenz, sie täten es dir gleich: versähen sich mit Waffen, mich zu töten. Und ich sollt ihnen nicht mit Hass begegnen? Zwar will von meinen Feinden ich nichts wissen, doch da ich nun einmal so elend bin, so sollen sie dies Elend mit mir teilen. Allein, es steht in deiner Macht, dies abzuwenden und sie von einem Übel zu erlösen, das nicht nur dich und alle deine Lieben, nein, auch noch tausend andere bedroht, sobald mein Grimm gleich einem Wirbelsturme erst über sie hereinbricht! So lass dir denn das Herz vom Mitleid rühren, verachte mich nicht länger, sondern hör, was ich zu sagen habe! Erst wenn du die Geschichte meines Lebens vernommen hast, erst dann stoß mich von dir, erst dann auch magst du mir dein Mitleid schenken, mit einem Wort, dann magst du selbst entscheiden! Zuvörderst aber hör mich! Selbst das Gericht, selbst das Gesetz der Menschen, so blutig es auch ist, hört den Verbrecher an, bevor es ihn verdammt. So hör, o Frankenstein, auch du mich an: Du selber, der des Mordes mich bezichtigt, du selbst willst kalten Herzens den vernichten, der vor dir steht und den du selbst geschaffen! Gelobt sei menschliche Gerechtigkeit! Doch bitt ich nicht um Schonung, sondern möchte nur eines: Hör mich an! Erst hinterher, so du noch willens bist und so du kannst, vernichte deiner eignen Hände Werk!«

»Wie!«, rief ich dawider. »So berufst du dich auf das Gedächtnis jener grausigen Begebenheiten, an die zu denken mich erschaudern lässt? Berufst dich auf meine nichtswürdige Urheberschaft? Verflucht sei der Tag, du abscheuliche Ausgeburt, an welchem du das Licht der Welt erblickt hast! Verflucht auch seien (wiewohl der Fluch ja auf mein Haupt zurückfällt) die Hände, welche dich geformt! Unsägliches Elend hast du über mich gebracht! Wie soll ich jetzt noch wissen, ob ich gerecht zu dir bin oder nicht! Hinweg! Befrei mich von dem Anblick deiner widerwärtigen Gestalt!«

»So will ich dich hiermit davon befreien, du mein Schöpfer«, so sprach er und hielt mir die verhassten Hände vor die Augen. Mit aller Heftigkeit stieß ich diese Klauen von mir. »Auf diese Weise will ich allen Abscheu dir ersparen. Du siehst mich nicht und kannst mich dennoch hören, kannst mir sogar dein Mitleid schenken. Und dies – ich schwör's bei jener Tugend, die ich einst besessen – verlange ich von dir! So hör denn die Geschichte meines Lebens: Sie ist sehr sonderbar und auch sehr lang. Indes, die Kälte hier ist wohl zu groß, als dass sie deinem Feingefühle frommte! Komm deshalb zu der Hütte auf dem Berge dort!

Noch steht die Sonne hoch am Himmel. Doch eh' sie hinter jenem Schneegebirg' versinkt, um drüben einer anderen Welt zu leuchten, wirst du vernommen haben, was du hören musst, um frei dich zu entscheiden. Es liegt an dir, ob ich hinfort der Menschen Nachbarschaft auf immer meide, um irgendwo ein Leben ohne Arg zu führen – oder ob ich zu ihrer Geißel werde, die auch noch deinen eignen, raschen Untergang heraufbeschwört!«

Dies gesagt, schritt er mir über das Eis voran: Ich folgte ihm. Das Herz war mir zu voll, als dass ich sogleich hätte antworten können. Doch während ich so dahinschritt, zog ich die mannigfaltigen Argumente in Erwägung, deren er sich bedient hatte, und beschloss, seine Erzählung zumindest anzuhören. Zum einen Teil trieb mich ja schon die bloße Neugierde dazu, zum anderen ward mein Entschluss durch das Mitleid befestigt. Bislang hatte ich ja dies Monstrum für den Mörder meines Bruders angesehen und war nun voll Eifer darauf bedacht, diese Meinung entweder bestätigt oder aber widerlegt zu finden. Auch war mir zum ersten Male aufgegangen, dass der Schöpfer seinem Geschöpf gegenüber gewisse Pflichten habe und dass es an mir gewesen wäre, für das Glück dieses Wesens zu sorgen, bevor ich mich über dessen Verderbtheit beklagte. Derlei Erwägungen hatten mich veranlasst, seiner Bitte zuzustimmen. So überquerten wir also den Gletscher und erklommen den gegenüberliegenden Felsen. Es war kalt genug und auch der Regen setzte wieder ein, als wir die Hütte betraten: jener Elende mit nahezu frohlockender Miene, ich aber schweren Herzens und bedrückten Gemüts. Allein, ich hatte ja eingewilligt, der Erzählung zu lauschen und so setzte ich mich an das Feuer, welches mein anrüchiger Kompagnon entfacht hatte. Danach hub er an zu sprechen.

# *Elftes Kapitel*

Nur unter beträchtlichen Schwierigkeiten vermag ich, mich der ersten Zeit meines Daseins zu entsinnen: Alles, was in jenen Tagen sich begeben, kann ich nur verworren und undeutlich erkennen. Allerlei befremdliche Empfindungen drangen auf mich ein, denn ich sah, fühlte, hörte und schmeckte ja zur selben Zeit, ohne jedoch diese Wahrnehmungen noch voneinander trennen zu können. Es sollte in der Tat recht lange dauern, bis ich meine Sinnesfunktionen voneinander zu unterscheiden lernte. Ich erinnere mich, dass nach und nach ein immer stärker werdendes Licht auf mich eindrang, das mich zwang, die Augen zu schließen. Dies getan, umgab mich aber eine Finsternis, welche mich ängstigte. Deshalb, so glaube ich, öffnete ich die Augen wieder und setzte mich aufs Neue jenem Lichte aus. Mir ist's, als hätte ich dann zu gehen begonnen, ja, als wäre ich eine Treppe hinuntergeschritten. Dies alles geschah, während ein großer Wandel in meinen Empfindungen sich vollzog. Ehedem hatten mich ja bloß dunkle und undeutliche Körper umgeben, welche meiner Berührung und meinem Anblick entzogen waren. Nun aber entdeckte ich, dass ich nach Belieben voranschreiten konnte und dabei keinerlei Hindernisse vorfand, die ich nicht überwinden oder aber vermeiden hätte können. Doch ward jenes Licht mir mehr und mehr beschwerlich, und da auch die Hitze mich auf meinem Gange ermüdete, sah ich mich nach einem schattigen Orte um. Es war dies der Wald bei Ingolstadt. Dort legt' ich mich an des Baches Ranft ins grüne Gras und ruhte von meiner Mattigkeit aus, bis der Hunger und der Durst mich zu quälen begannen. Dergestalt ward ich aus meinem Halbschlummer erweckt und machte mich daran, etwelche Beeren, welche ich an den Bäumen hängend oder auf dem Erdboden liegend vorgefunden, zu verzehren.

Meinen Durst stillte ich an jenem Bache. Dies getan, übermannte mich der Schlaf.

Da ich erwachte, umgab mich Finsternis. Die Kälte kroch mir durchs Gebein und ward gefolgt von der Angst, was ja in Ansehung meiner Verlassenheit nur zu natürlich war. Bevor ich deine Räume verlassen, hatte ich meine Blöße zufolge eines Kältegefühls mit etwelchen Kleidungsstücken bedeckt. Allein, dieselben reichten nicht hin, mich vor dem Tau der Nacht zu bewahren. Jawohl, ich war ein bedauernswertes, hilfloses, jammervolles Geschöpf, welches gar nichts wusste und über keinerlei Unterscheidungsvermögen zu gebieten hatte. Ich fühlte nur, wie mich eine alles umfassende Seelenpein überkam, und so setzte ich mich hin und weinte bitterlich.

Alsbald begann ein sanftes Leuchten den Himmel zu erhellen, welches mein Herz erfreute. Ich sprang empor und erblickte ein strahlendes Gebilde* zwischen den Bäumen heraufsteigen. Verwundert starrte ich es an. Es stieg nur langsam höher, doch leuchtete es mir auf meinem Pfad, so dass ich mich zum anderen Mal auf die Beerensuche begeben konnte. Mir war ja noch immer recht kalt, doch siehe da, ich fand unter einem Baume einen großen Mantel, in welchen ich mich hüllte, wonach ich mich aufs Neue auf dem Erdboden niederließ. Noch gingen mir keine unterscheidbaren Gedanken durch den Kopf: Vielmehr herrschte darin eine einzige, große Konfusion. Nur des Lichtes, des Hungers, des Durstes und der Finsternis ward ich inne. Auch drangen unzählige Geräusche an mein Ohr und von allen Seiten grüßten mich die mannigfachsten Gerüche. Was ich deutlich unterscheiden konnte, war einzig jenes strahlende Gebilde und so heftete ich denn meine Augen voll Freude auf dasselbe.

Tag und Nacht hatten einander schon mehrmals abgewechselt und jene nächtliche Sonne war schon um ein Beträchtliches zusammengeschrumpft, als ich nach und nach begann, meine Wahrnehmungen deutlicher voneinander

* Dies arglose Ungeheuer meint ja den Mond!

zu sondern. Immer schärfer vermochte ich jetzt, jenes klare Rinnsal zu erkennen, aus dem ich meinen Trunk schöpfte. Auch die Bäume, welche mir mit ihrem Blätterwerke Schatten spendeten, nahmen feste Formen an. Groß war mein Entzücken, als ich erstmals entdeckte, dass jener süße Schall, welcher meinen Ohren schon so manches Mal ein holder Morgengruß gewesen, von den Kehlen jener kleinen, geflügelten Geschöpfe herrührte, die mir bisweilen das Licht so schattig durchzuckten. Auch begann ich jetzt die Dinge, welche mich rings umgaben, mit größerer Schärfe zu beobachten, so dass ich der Grenzen jenes strahlenden Daches aus Licht gewahr wurde, darunter ich tagsüber hinwandelte. Bisweilen versuchte ich, den süßen Gesang jener geflügelten Geschöpfchen nachzuahmen, konnte dies aber durchaus nicht zuwege bringen. Bisweilen auch empfand ich den Wunsch, die eigenen Empfindungen in Töne umzusetzen, doch verschüchterten mich die unartikulierten, ja unflätigen Geräusche, welche da aus mir hervordrangen, so sehr, dass ich alsbald wieder verstummte.

Über solchen Beschäftigungen war der Mond vom Nachthimmel verschwunden, hatte sich aber bald danach, wenn auch in arg verkleinerter Gestalt, wieder auf demselben gezeigt. Ich aber hielt mich nach wie vor in jenem Walde auf. Doch hatte um jene Zeit mein sinnliches Unterscheidungsvermögen sich schon zur Gänze entfaltet und auch in meinem Kopfe formten sich von Tag zu Tag immer neue Gedanken. Meine Augen hatten sich an das Licht gewöhnt und wussten nun die Dinge in deren richtiger Gestalt wahrzunehmen. So konnte ich jetzt zum Beispiel nicht nur den krabbelnden Käfer von seinem Blatte unterscheiden, sondern sogar die mannigfachen Pflanzenformen untereinander. Auch kam ich dahinter, dass der Sperling beständig nur ein und dasselbe Tschilpen hervorbrachte, wogegen der Gesang von Amsel, Drossel, Fink und Star überaus süß und verlockend tönte.

Eines Tages, als die Kälte mir wieder ganz besonders zusetzte, stieß ich auf ein Feuer, das von etwelchem herumziehenden Bettelvolke zurückgelassen worden sein mochte, und ward über der Wärme, die mir aus den Flammen entgegenschlug, vom Entzücken erfasst. In meiner ersten Freude fuhr ich mit der Hand in die rote Glut, zuckte aber sogleich mit einem schmerzlichen Aufschrei zurück. Wie sonderbar, so dachte ich, dass doch ein und dasselbe Ding so gegensätzliche Wirkungen hervorbringen mag! Danach machte ich mich an die Untersuchung der Stoffe, aus denen dies Feuer gemacht war, und stellte hochbeglückt fest, dass es ja aus nichts als Holz bestand! So beeilte ich mich, mehrere Äste herbeizuschleppen. Allein, dieselben waren durchnässt und mochten auf keine Weise brennen. Betrübt ließ ich mich an dem Feuer nieder und sah ihm weiterhin zu. Über solcher Beschäftigung trocknete das nasse Holz, welches ich neben die Flammen gelegt hatte, und ward von denselben entzündet. Dies gab mir zu denken und so befühlte ich einen Ast um den anderen, bis ich hinter die Ursache solchen Vorganges gekommen war. Sogleich machte ich mich daran, eine große Menge Holzes zusammenzutragen, auf dass ich genügend Nahrung für dies so lustig flackernde Feuer hätte. Da aber die Nacht sich herniedersenkte und mit ihr der Schlaf mich überkam, war ich in der größten Angst, mein Feuer könnte mir verlöschen. Also bedeckte ich es sorgsam mit trockenem Holze und dürrem Laub, wonach ich durchnässtes Gezweig auf das Ganze häufte. Erst dann breitete ich meinen Mantel auf den Erdboden, legte mich darauf und fiel in einen tiefen Schlummer.

Als ich den anderen Morgen die Augen aufschlug, galt meine erste Sorge dem Feuer. Ich deckte es auf und der leichte Morgenwind ließ alsbald eine helle Flamme daraus hervorzüngeln. Dies fiel mir auf und so verfertigte ich aus Zweigen einen Fächer, mit welchem ich die Glut, sobald sie zu verlöschen drohte, wieder anfachte. Da es aber zum anderen Mal Nacht geworden, entdeckte ich zu meiner größten Freude, dass solches Feuer nicht nur Wärme spendete, sondern auch Licht, ja dass die Entdeckung dieses Elements mir sogar bei meiner Nahrung zum Vorteile ausschlug: Nämlich, ich gewahrte, dass einige der Abfälle, welche die Landstreicher zurückgelassen, inzwischen von dem Feuer geröstet worden waren und mir nun viel besser mundeten als jene Beeren, welche ich von den Bäumen gepflückt. Derhalben versuchte ich, mein Essen, auf die gleiche Weise zuzubereiten, indem ich es auf die rote Glut legte. Dies lehrte mich, dass die Beeren durch das Feuer verdorben, die Nüsse und Wurzeln aber ganz erklecklich durch dasselbe verbessert wurden.

Allein, mit der Zeit ward es mir immer schwerer, die gehörige Nahrung aufzutreiben. So manches Mal brachte ich den ganzen Tag darüber zu, nach etwelchen Eicheln oder Bucheckern zu suchen, um meinen nagenden Hunger zu stillen, und dann doch nichts zu finden. Dies erkannt, beschloss ich den Ort, welchen ich bislang bewohnt, zu verlassen und nach einem anderen Umschau zu halten, welcher die wenigen Bedürfnisse, die ich empfand, auf leichtere Weise befriedigen würde. Auf meiner Wanderschaft beklagte ich aufs Bitterste den Verlust meines Feuers, das mir ein so günstiger Zufall in die Hände gespielt, denn ich wusste ja nicht, wie ich es aufs Neue zu entfachen hätte. Ich widmete dieser Schwierigkeit mehrere Stunden der ernsthaftesten Betrachtung, war aber gezwungen, von meinen vergeblichen Versuchen abzustehen. So hüllte ich mich aufs Neue in den Mantel und setzte meinen Weg in Richtung der untergehenden Sonne fort. Drei Tage wanderte ich so dahin, bis ich schließlich das offene Land vor mir liegen sah. Da in der vergangenen Nacht ein starker Schneefall eingesetzt hatte, erstreckten die Felder sich vor meinen Blicken im einförmigsten Weiß. Solcher Anblick war alles andere denn tröstlich und überdies musste ich gewahren, dass mir die Füße starr wurden von jener kalten, feuchten Masse, welche den Boden bedeckte.

Es mag etwa sieben Uhr morgens gewesen sein und ich empfand eine immer heftiger werdende Begierde nach Nahrung und nach Obdach. Schließlich ward ich einer kleinen Hütte ansichtig, welche auf einem Abhang stand und ganz offensichtlich zur Bequemlichkeit irgendeines Schäfers errichtet worden war. Dies war ein ganz neuer Anblick für mich und so untersuchte ich die Beschaffenheit solchen Unterschlupfes mit der größten Wissbegier. Da ich die Tür offen fand, trat ich ein. Drinnen saß ein alter Mann am Feuer und war damit beschäftigt, sich sein Frühstück zu bereiten. Als er mich eintreten hörte, wandte er sich herum. Mein Anblick machte ihn aufschreien, er stürzte aus der Hütte und lief querfeldein mit einer Schnelligkeit davon, wie man sie einer so greisenhaften Erscheinung nimmermehr zugetraut hätte. Sein Aussehen, welches in nichts den Dingen glich, die ich bisher zu Gesicht bekommen, sowie seine überstürzte Flucht verwunderten mich ein wenig. Die Bauart der Hütte aber erfüllte mich mit großer Freude: Hier konnten ja weder Schnee noch Regen eindringen, der Boden war trocken und so präsentierte sich mir dies Obdach als ein so vortrefflicher, ja ein himmlischer Aufenthalt, wie es etwa das Pandämonium den Höllengeistern gewesen sein mag, nachdem dieselben in dem Feuersee so fürchterliche Qualen durchgemacht. Mit der größten Gier verschlang ich die Reste von des Schäfers Morgenmahlzeit, welche aus Brot, Käse, Milch und auch Wein bestanden hatte. Der Letztere freilich wollte mir durchaus nicht zusagen. Danach ward ich von meiner Müdigkeit überwältigt, legte mich auf das schüttere Stroh und schlief ein.

Als ich erwachte, war es Nachmittag. Durch die warme Sonne, welche so strahlend auf das Weiß herniederschien, ließ ich mich verführen und beschloss, meine Wanderung wieder aufzunehmen. Nachdem ich die Reste von des Hirten Frühstück in ein vorgefundenes Felleisen getan, schritt ich mehrere Stunden lang über die Felder dahin, bis ich gegen Sonnenuntergang vor einem Dorfe anlangte. Welch wundersamer Anblick bot sich mir da! Ich wusste nicht, was ich zuerst bestaunen sollte: die Hütten, die ansehnlicheren Behausungen der Dörfler oder aber die stattlicheren Gebäude! Das in den Vorgärten stehende Gemüse sowie die Milch und der Käse auf den Fensterbrettern mancher Häuser machten mir das Wasser im Munde zusammenlaufen. So trat ich in eine der besser aussehenden Wohnstätten ein. Kaum aber hatte ich den Fuß über die Schwelle gesetzt, als auch schon die Kinder ein Entsetzensgeheul anstimmten und eines der Weiber in Ohnmacht fiel. Mit einem Mal war das gesamte Dorf auf den Beinen: Die einen nahmen Reißaus, andere wieder gingen auf mich los, bis ich, von Steinwürfen und allerlei anderen Wurfgeschossen arg zugerichtet, auf das platte Land hinaus entwich und voll Angst in einem elenden Schuppen Zuflucht suchte, welcher so gut wie nichts enthielt und nach all den Palästen, die ich in jenem Dorfe erblickt hatte, den jammervollsten Eindruck auf mich machte. Zwar lehnte besagter Schuppen sich gegen ein Häuschen von nettem und freundlichem Aussehen, doch wagte ich's nach meinen so teuer erkauften Erfahrungen nicht, dasselbe zu betreten. Mein Unterschlupf erwies sich als zur Gänze aus Pfosten und Brettern errichtet, doch war sein Dach so niedrig, dass ich darunter kaum aufrecht zu sitzen vermochte. Der Boden bestand freilich nur aus gestampftem Lehm, doch war er trocken, und wiewohl der Wind durch zahllose Ritzen und Spalten pfiff, fand ich's nach all dem Regen und Schnee doch recht gemütlich hier drinnen.

So legte ich mich denn zur Ruhe, glücklich, ein Obdach gefunden zu haben und der Unbill solcher Jahreszeit, vornehmlich aber den barbarischen Sitten der Menschen entrückt zu sein.

Sobald der Morgen heraufdämmerte, kroch ich aus meinem Verschlage hervor, um das angrenzende Haus in Augenschein zu nehmen und mich zu vergewissern, ob es ratsam sei, in meinem neuen Unterschlupfe zu bleiben. Derselbe lehnte sich gegen die Rückwand jenes Hauses und war zur einen Seite von einem Schweinekoben, zur anderen von einem klaren Tümpel begrenzt. So blieb nur jene Seite zugänglich, von welcher ich eingedrungen war. Nunmehr machte ich mich daran, jede Öffnung, durch die ich hätte gesehen werden können, mit Holzstücken und Steinen zu verbauen ohne mir indes den Fluchtweg damit zu verlegen. Schließlich fiel nur mehr durch den Schweinestall ein wenig Licht in mein Versteck, doch genügte mir dieser Schimmer vollauf.

Nachdem ich mich auf diese Weise wohnlich eingerichtet und auch sauberes Stroh aufgeschüttet hatte, zog ich mich zurück und verhielt mich still, dieweil ich ja in einiger Entfernung eines Menschen ansichtig geworden und mich zu gut der Behandlung entsann, welche ich am Vortage erfahren, als dass ich mich hätte fremder Willkür ausliefern mögen. Schon vorher hatte ich für meinen Tagesproviant gesorgt, indem ich bei passender Gelegenheit einen Laib trocken Brot hatte mitgehen lassen sowie einen Becher, mit dessen Hilfe ich meinen Trunk bequemer als mit der Hand aus dem an meinem Unterschlupfe vorbeifließenden Wasserlaufe zu schöpfen gedachte. Da der Fußboden gegen seine Umgebung ein wenig erhöht war, konnte die Nässe von draußen ihm nichts anhaben und überdies versorgte mich die Nähe des Kamines mit hinlänglicher Wärme.

Auf solche Weise ausgestattet, beschloss ich, in meinem Verstecke wohnen zu bleiben, bis irgendein Vorfall meinen Entschluss umstoßen würde. Es war ja in der Tat ein Paradies, verglichen mit meinem bisherigen, trostlosen Domizil unter den Bäumen des Waldes, ihren vom Regen tropfenden Zweigen und dem nasskalten Erdreiche. So gönnte ich mir mein Morgenbrot in der besten Laune und war eben im Begriffe ein Brett der Außenwand zu lockern, um eines Schluck Wassers habhaft zu werden, als ich plötzlich Schritte vernahm und, indem ich durch eine Ritze spähte, ein junges Geschöpf erblickte, welches, einen Eimer auf dem Kopfe balancierend, an meinem Verschlage vorüberschritt. Es war eine junge Person von sanftem Gehaben, das in nichts demjenigen glich, welches ich seither bei Dorfweibern wie Bauernmägden vorgefunden. Jedoch war sie ärmlich gekleidet, denn einzig ein grober, blauer Kittel nebst einer linnenen Bluse bildeten ihre Gewandung. Das Blondhaar trug sie geflochten, doch ohne jeden Putz. Im Ganzen eignete ihr ein Ausdruck trauriger Ergebung. Bald war sie mir aus den Augen und kehrte erst nach etwa einer Viertelstunde zurück, den Eimer halb mit Milch gefüllt. Dieweil sie so dahinschritt, offensichtlich schwer an solcher Bürde tragend, trat ein Bursche auf sie zu, dessen Miene von noch tieferer Bekümmernis gezeichnet war. Nachdem er in traurigem Tone einige Laute geäußert hatte, nahm er den Eimer aus des Mädchens Hand und trug ihn ins Haus. Sie schritt hinter ihm her und die beiden verschwanden. Gleich darauf erblickte ich den Burschen aufs Neue, wie er, etwelches Werkzeug in Händen, das hinter dem Hause liegende Feld überquerte. Auch das Mädchen ging ihrer Beschäftigung nach und machte sich bald in den Räumen, bald auf dem Hofe zu schaffen.

Als ich meine Unterkunft einer eingehenderen Musterung unterzog, entdeckte ich, dass sich ehedem eines der Hausfenster hier heraus geöffnet hatte, inzwischen aber mit Brettern verschalt worden war. In einem derselben befand sich ein schmaler, nahezu unmerklicher Riss, durch den das Auge eben noch hindurchspähen konnte. Er bot mir Einblick in eine kleine Kammer, welche weiß getüncht und sehr sauber, jedoch nahezu leer war. In der einen Ecke saß an einem sparsamen Feuer ein Greis, der mit dem Ausdruck tiefster Niedergeschlagenheit das Haupt in die Hände stützte. Das junge Mädchen war damit beschäftigt, Ordnung zu machen. Jetzt aber zog sie etwas aus einer Schublade, daran ihre Hände sich zu schaffen machten, wobei sie sich zu Seiten jenes Greises niederließ, welcher, indem er sich ein Instrument auf die Knie legte, auf demselben zu spielen begann und ihm Töne entlockte, die an betörendem Wohlklang den Schlag der Drossel und das Lied der Nachtigall bei weitem übertrafen. Es war ein lieblicher Anblick, insonderheit für mich armen Teufel, dem ja noch nie etwas Schönes vor Augen gekommen. Das Silberhaar und die herzensgute Miene des hochbetagten Häuslers dünkten mich nahezu verehrungswürdig, wogegen die sanfte Art des Mädchens mir das Herz höher schlagen machte. Der Alte spielte eine süße, klagende Weise, welche, ich sah es, den Augen seiner holden Gefährtin etwelche Tränen entlockte, von denen der Spielende indes keinerlei Notiz nahm, ehe er nicht das Mädchen vernehmlich aufschluchzen gehört. Danach gab er einige Laute von sich, worauf das schöne Geschöpf seine Handarbeit beiseite legte und zu seinen Füßen niederkniete. Er zog sie zu sich empor, wobei ein so herzwärmendes, ja liebevolles Lächeln sein Antlitz verklärte, dass ich von den unaussprechlichsten Empfindungen heimgesucht ward: Mich überkam ja eine Art peinvollen Entzückens, wie ich es noch nie zuvor an mir erfahren hatte, weder vom Hunger noch von der Kälte, nicht von der Wärme noch auch von dem Gefühle der Sättigung. Ich musste von dem Fenster zurücktreten, nicht länger fähig, meine Aufgewühltheit zu bemeistern.

Bald danach trat der Bursche wieder ein, beladen mit einer Traglast Brennholzes. Das Mädchen eilte ihm bis an die Tür entgegen, war ihm behilflich, sich der Bürde zu entledigen und trug einiges von dem Feuerholze in die Kammer, um es neben dem Herde aufzuschichten. Dann trat sie mit dem Jüngling in einen Winkel, wo er ihr einen großen Laib Brot und ein Stück Käse wies. Sie schien darob hocherfreut und ging in den Garten, um irgendwelche Knollen und Kräuter zu holen, welche sie in einem Kessel über das Feuer hängte. Danach nahm sie ihre Handarbeit wieder auf, während der junge Mann sich in den Garten begab, um sich dort aufs Emsigste mit dem Ausgraben von Wurzelknollen zu befassen. Nachdem dies etwa eine Stunde lang so fortgedauert, ging das Mädchen ihn holen, wonach die beiden gemeinsam das Haus betraten.

Inzwischen war der Alte in tiefe Gedanken versunken, doch hellte seine Miene sich beim Eintritte der Mitbewohner auf und alle drei setzten sich zum Mahle nieder. Dasselbe war rasch verzehrt. Abermals machte sich das junge Mädchen ans Aufräumen, wogegen der Alte vor die Hütte trat und sich dort eine Zeit lang in den belebenden Strahlen der Sonne erging, wobei er von dem Burschen gestützt ward. Nichts vermochte an Schönheit den Gegensatz zwischen diesen beiden so vortrefflichen Wesen zu überbieten: Der eine war bejahrt und sein Antlitz strahlte unter dem Silberhaar von Herzensgüte und Zuneigung. Der jüngere aber, von schlanker, graziöser Statur, verfügte über ungewöhnlich regelmäßig geformte Züge. Dessen unerachtet verrieten aber seine Augen, ja all seine Bewegungen die tiefste Niedergeschlagenheit. Nach dem Spaziergang kehrte der Alte in das Häuschen zurück, wogegen der Junge sich abermals über die Felder davonmachte, diesmal aber mit anderen Werkzeugen als am Morgen.

Rasch senkte die Nacht sich hernieder. Ich aber musste zu meiner größten Verwunderung gewahren, dass die Hausbewohner über ein Mittel verfügten, das Tageslicht zu verlängern, und zwar geschah dies durch die Verwendung von Wachslichtern. Entzückt stellte ich fest, dass der Sonnenuntergang dem Vergnügen, welches ich bei der Beobachtung meiner Menschennachbarn empfand, kein Ende setzte. Den ganzen Abend lang oblagen dergestalt vor meinen Augen das junge Mädchen und ihr Gefährte den verschiedensten Tätigkeiten, welche ich nicht verstand. Der Alte aber nahm aufs Neue das Instrument zur Hand, welches jene göttlichen Klänge hervorbrachte, die mich schon am Morgen so sehr erfreut hatten. Sobald er geendet, begann der Jüngling zwar nicht zu spielen, sondern Laute von sich zu geben, welche viel eintöniger klangen und weder den Harmonien von des Greises Instrument, noch auch dem Gesange der Vögel gleichkamen. Erst viel später wurde mir klar, dass er aus einem Buche vorgelesen. Zu jener Zeit aber hatte ich noch keinerlei Kenntnis von dem Umgange mit Wörtern oder Buchstaben.

Nachdem die Familie sich eine Zeit lang auf solche Weise beschäftigt hatte, löschte sie die Lichter und zog sich, wie ich vermutete, zur Ruhe zurück.

## *Zwölftes Kapitel*

Da lag ich nun auf meinem Stroh und konnte keinen Schlaf finden. Im Geiste überschlug ich die Ereignisse des vergangenen Tags. Was mich vor allem anderen beeindruckte, war das sanfte, stille Verhalten dieser Leute und so sehnte ich mich recht sehr danach, mich ihnen gesellen zu dürfen ohne jedoch solchen Schritt auch nur im Entferntesten zu wagen. Zu sehr entsann ich mich ja noch der Behandlung, welche mir am voraufgegangenen Abend durch jene gefühllosen Dorfinsassen widerfahren, und so war ich entschlossen, unerachtet der von meinen Mitbewohnern an den Tag gelegten Lebensweise, mich weiterhin abwartend zu verhalten und von meinem Verschlage aus diese Menschen zu beobachten, erfüllt von dem Wunsche, hinter die Motive ihrer Handlungsweise zu kommen.

Am nächsten Morgen waren meine Nachbarn schon vor Sonnenaufgang auf den Beinen. Das junge Weib brachte das Haus in Ordnung und bereitete das Essen, der Jüngling aber ging nach dem Frühstück weg.

Der neue Tag verstrich auf die nämliche Weise wie der vergangene: Beständig war der Jüngling außer Hause beschäftigt, wogegen das Mädchen den verschiedensten, mühseligen Pflichten innerhalb desselben oblag. Der Alte, welchen ich alsbald für blind erkannte, vertrieb sich die Stunden seiner Muße auf jenem Instrumente oder aber in tiefem Nachsinnen. Nichts vermochte die Liebe und Hochachtung zu übertreffen, welche die beiden jungen Leute ihrem greisen, verehrungswürdigen Hausgenossen gegenüber an den Tag legten. Noch die unscheinbarste Handreichung, ob sie nun von der Zuneigung oder von der Pflicht erheischt ward, erwiesen sie ihm mit Freundlichkeit und er lohnte es ihnen mit seinem herzensguten Lächeln.

Doch schien dies Glück kein vollkommenes zu sein. So manches Mal traten der junge Mann und seine Gefährtin zur Seite und vergossen etwelche Tränen. Ich aber vermochte den Grund solcher Traurigkeit nicht zu erkennen, wiewohl ich mich ob derselben zutiefst betroffen fühlte. War's schon so lieblichen Geschöpfen elend ums Herz, wie hätt es da um mich, ein unvollkommenes und einsames Wesen, besser bestellt sein sollen? Trotzdem blieb da die Frage, weshalb denn diese so sanftmütigen Leute unglücklich wären? Nannten sie nicht ein wunderschönes Haus ihr Eigen (denn dies war es in meinen Augen), verfügten sie nicht über jede erdenkliche Bequemlichkeit? Sie hatten ein Feuer, sich daran zu wärmen und die köstlichsten Speisen, ihren Hunger zu stillen! Sie gingen aufs Beste gekleidet und, was noch schwerer wog, sie hatten einander zur Gesellschaft, mussten nicht der Anrede entbehren und konnten Tag für Tag die freundlichsten Blicke der Zuneigung tauschen! Was also sollten ihre Tränen? Gaben sie wirklich einem Schmerze Ausdruck? Zunächst sah ich mich außer Stande, diese Fragen zu beantworten, doch ließ meine fortgesetzte Wachsamkeit im Vereine mit der Zeit mich so manches durchschauen, was mir anfangs ein Rätsel gewesen. Dennoch sollte geraume Zeit verstreichen, ehe ich hinter eine der Ursachen kam, welche die Betrübnis dieser so liebenswerten Familie bewirkten: Es war die Armut – ein Übel, welchem diese drei in überaus schmerzlichem Grade unterworfen waren. Ihre Nahrung bestand ja zur Gänze aus den Gemüsen, welche das Gärtchen lieferte, sowie aus der von einer einzigen Kuh stammenden Milch, die überdies während des Winters nur sehr spärlich floss, da die Besitzer dem Tiere ja kaum das allernötigste Futter zu verabreichen hatten. Und ich glaube, dass die beiden jüngeren Hausgenossen solchen Hunger gar oft als äußerst quälend empfanden: Zu mehreren Malen setzten sie ja dem alten Manne das Essen vor ohne für sich selbst auch nur den kleinsten Bissen erübrigt zu haben. Solche Fürsorglichkeit bewegte mich bis ins Innerste. Bisher war's ja mein Brauch gewesen, während der Nacht diesen Ärmsten einen Teil ihrer kärglichen Vorräte für meinen eigenen Verzehr zu entwenden. Sobald ich aber dahinter gekommen, dass ich dergestalt meinen Mitbewohnern den schmerzlichsten Schaden zufügte, stand ich unverzüglich von meiner Gewohnheit ab und stillte hinfort meinen Hunger mit Beeren, Nüssen und Wurzeln, welche ich in einem benachbarten Walde sammelte.

Noch auf ein zweites Mittel verfiel ich, meinen unwissentlichen Quartiergebern die Arbeit ein wenig zu erleichtern. Mir war nämlich klar geworden, dass der Jüngling einen großen Teil seiner Tage darüber zubrachte, das nötige Brennholz für die Familie herbeizuschaffen. So nahm ich denn zur Nacht häufig seine Werkzeuge, mit deren Gebrauch ich rasch vertraut wurde, und schleppte Brennmaterial in solcher Menge herbei, dass es leichtlich für mehrere Tage langte.

Ich entsinne mich, wie erstaunt das junge Weib gewesen, als sie, nachdem ich dies zum ersten Mal getan, am Morgen die Tür öffnete und draußen den großen Holzhaufen gewahrte. Mit lauter Stimme brachte sie irgendwelche Töne hervor, und der Jüngling, welcher neben sie trat, bekundete auf ähnliche Weise seine Überraschung. Voll Freude beobachtete ich, dass er an jenem Tage nicht in den Wald ging, sondern die gewonnene Zeit an die Ausbesserung des Hauses und die Pflege des Gärtchens wendete.

Nach und nach machte ich eine Entdeckung von noch größerer Tragweite. Ich erkannte nämlich, dass diese Leute im Stande waren, ihre Erfahrungen und Gefühle einander durch artikulierte Laute mitzuteilen. Ich wurde gewahr, dass diese gesprochenen Worte bisweilen Freude oder Schmerz, Lächeln oder Traurigkeit in dem Gemüte und auf den Zügen der Hörer hervorriefen. Dies war in der Tat eine göttliche Fähigkeit, und ich empfand den brennendsten Wunsch, mit derselben vertraut zu werden. Allein, diese Schwierigkeit spottete all meiner Versuche. Die drei sprachen ja viel zu rasch, und da die Worte, welche sie äußerten, in keinem augenscheinlichen Zusammenhange mit den sichtbaren Dingen standen, war's mir nicht möglich, irgendeinen Hinweis zu entdecken, mit dessen Hilfe ich das Geheimnis solcher Rede hätte entschlüsseln können. Doch enthüllte mir meine eifervolle Aufmerksamkeit, nachdem ich mehrere Monde lang in meinem Verschlage ausgehalten, die Namen, mit welchen man hier die vertrautesten Dinge des täglichen Umgangs bezeichnete. So lernte ich die Wörter *Feuer, Milch, Brot* und *Holz* verstehen und gebrauchen und nicht minder ward ich bekannt mit den Namen der Hausbewohner. Der Jüngling und seine Gefährtin hatten ein jedes mehrere Namen, der Alte hingegen bloß einen einzigen, welcher *Vater* lautete. Das Mädchen wurde *Schwester* oder auch *Agathe* gerufen, wogegen der Jüngling *Felix, Bruderherz* oder aber *Sohn* hieß. Wie soll ich das Entzücken beschreiben, welches ich empfand, da ich die Begriffe verstehen lernte, welche sich mit jedem dieser Wörter verbanden, ja als ich sie gar nachsprechen konnte! Auch unterschied ich noch mehrere andere Wörter, ohne dieselben jedoch verstehen oder anwenden zu können, wie etwa die Ausdrücke *mein Guter, mein Teuerster, o Unglücklicher.*

Auf diese Weise verbrachte ich den Winter. Die freundlichen Gewohnheiten sowie die Schönheit meiner Mitbewohner machten mir dieselben lieb und wert: Waren sie unglücklich, so empfand ich die tiefste Niedergeschlagenheit, freuten sie sich aber, so nahm auch ich an ihrer Freude teil. Zwar bekam ich während jener Zeit nur wenige andere Menschen zu Gesicht, doch machten, sobald einer von ihnen die Stube betrat, sein rüdes Gehaben und sein plumper Gang mir nur noch deutlicher, um wie vieles vollkommener doch meine Freunde waren! Der alte Mann, so erkannte ich mit der Zeit, suchte seinen Kindern oftmals Mut zuzusprechen, indem er sie zu sich rief, um sie aus ihrer Schwermut aufzurütteln. Er pflegte in solchen Momenten mit betonter Munterkeit zu reden, ja mit einem Ausdruck der Güte, welcher sogar mich freudig stimmte. Agathe merkte voll Ehrfurcht auf seine Worte und bisweilen füllten ihre Augen sich mit Tränen, die sie indes heimlich hinwegzuwischen suchte. Im Allgemeinen aber hatte ich den Eindruck, dass sowohl ihre Haltung als auch ihr Tonfall nach Anhörung der väterlichen Mahnreden zuversichtlicher geworden waren. Anders freilich verhielt sich's bei Felix. Er war ja stets der Bedrückteste von den dreien. Sogar meine ungeübten Sinne wollte es bedünken, als hätte er tieferen Schmerz durchlitten denn die beiden anderen. Doch ob auch sein Gehaben niedergeschlagener war, so sprach er doch mit größerer Munterkeit denn seine Schwester, namentlich wenn er sich an den greisen Vater wandte.

Ich könnte zahllose Fälle anführen, die, wie unscheinbar sie immer sein mochten, so recht das Wesen dieser liebenswerten Hausgenossen an den Tag brachten. Inmitten der drückendsten Armut und Not trug Felix den ersten, kleinen weißen Frühlingsboten herbei, welcher aus dem noch schneebedeckten Grunde hervorgesprossen, um solch blumigen Gruß seiner Schwester zu überreichen. Oder er fegte, noch bevor Agathe aufgestanden, mit dem Frühesten den Schnee zur Seite, welcher ihren Fuß auf dem Gange um die spärliche Morgenmilch behindert hätte. Auch holte er das Wasser aus dem Ziehbrunnen herauf und trug von draußen das Feuerholz herbei, dessen Vorrat er zu seiner beständigen Verwunderung stets durch unsichtbare Hand ergänzt sah. Tagsüber, so glaube ich, werkte er bisweilen für einen benachbarten Bauern, denn er ging häufig weg und kam erst wieder zum Mittagbrot zurück ohne indes irgendwelches Holz mitzubringen. Dann wieder machte er sich im Garten nützlich. Da es dort aber während der kalten Jahreszeit nicht viel zu tun gab, fand er Muße, dem alten Manne und Agathen vorzulesen.

Dies Vorlesen hatte ich mir zunächst auf keine Weise zu erklären gewusst, mit der Zeit aber entdeckte ich, dass der Jüngling dabei viele jener Wörter verwendete, welche er auch in seiner Rede gebrauchte. Daraus schloss ich, dass er auf dem Papier irgendwelche ihm verständlichen, aussprechbaren Zeichen vorfinden müsse, und ich empfand die brennendste Begier, dieselben gleichfalls verstehen zu lernen. Allein, wie sollte ich dies bewerkstelligen, da ich doch nicht einmal jene Wörter verstand, für die sie gesetzt waren? Zwar verbesserte ich mich nach Kräften in dieser Wissenschaft, doch reichten meine Fortschritte noch lange nicht hin, einem wie immer gearteten Gespräche zu folgen, wie sehr ich auch all meinen Verstand daran setzen mochte. Ich hatte ja nur zu bald begriffen, dass mein herzlicher Wunsch, mich meinen Mitbewohnern zu entdecken, erst nach erlangter Beherrschung ihrer Sprache in die Tat umgesetzt werden konnte. Solche Beherrschung mochte mich ja auch in den Stand setzen, die guten Leute meine Missgestalt vergessen zu machen, denn auch meiner Hässlichkeit war ich zufolge des meinen Augen beständig sich bietenden Kontrastes inzwischen innegeworden.

Ehedem hatte ich ja die vollkommene Gestalt meiner Mitbewohner nicht minder bewundert denn ihre Anmut, ihre Schönheit und ihre rosige Gesichtsfarbe. Wer aber schildert mein Entsetzen, da ich mich in dem klaren Spiegel des Tümpels erstmals von Angesicht erblicken gemusst! Zunächst schrak ich zurück, nicht fähig zu glauben, dass dies Spiegelbild in der Tat mein eigenes sein sollte! Sobald mir aber mit schrecklicher Gewissheit vor Augen stand, dass ich in Wirklichkeit dies Ungeheuer war, wie ich's nun einmal bin, erfüllten mich die bittersten Gefühle der Betrübnis und der Kränkung. Ach! Und dabei wusst' ich noch lange nicht um die fatalen Folgen solch erbärmlicher Missgestalt!

In dem Maße, da die Strahlen der Sonne wärmender, die Tage länger wurden, schmolz der Schnee dahin, so dass ich nun die kahlen Bäume und den schwärzlichen Erdboden erblickte. Damit gab's auch für Felix mehr zu tun und die herzbeklemmenden Anzeichen der so drohend über diesem Dache hangenden Hungersnot zeigten sich nicht länger. Die Nahrung dieser Dulder war ja, wie ich späterhin erfahren sollte, überaus einfach, wenngleich bekömmlich, und stand ihnen jetzt in hinreichendem Maße zur Verfügung. Neue Kräuter sprossten ja im Gärtchen, welches denn auch aufs Emsigste bestellt ward. Und solche Merkmale des Wohlstands mehrten sich, je weiter die Jahreszeit voranschritt.

Der greise Vater pflegte, auf seinen Sohn gestützt, sich am Nachmittage vor dem Hause zu ergehen, doch tat er's nur, wenn's nicht regnete, mit welchem Worte, wie ich allmählich erkannte, die Ausgießung der Gewässer des Himmels bezeichnet wurde. Dieselbe ereignete sich nur zu häufig, doch trocknete der frische Wind die Feuchtigkeit hinweg und so ward die Jahreszeit mit jedem Tage schöner und angenehmer.

Das Leben in meinem Verschlage aber vollzog sich im eintönigsten Gleichmaße. Am Morgen merkte ich auf jeden Schritt meiner Mitbewohner und legte mich erst zur Ruhe, sobald sie ihren mannigfachen Beschäftigungen nachgingen. Den Rest des Tages verbrachte ich mit der weiteren Beobachtung meiner Freunde. Hatten sie sich aber zu Bett gelegt und war die Nacht mond- oder sternhell, so durchstreifte ich die Wälder, um mir meine Nahrung zu suchen und Brennholz für das Haus zu sammeln. Nach meiner Heimkunft säuberte ich, sooft dies erforderlich war, den Fußpfad vom frisch gefallenen Schnee und besorgte all die Verrichtungen, welche ich Felix abgesehen hatte. Erst später wurde mir klar, wie sehr diese von unsichtbarer Hand geleisteten Dienste meine Hausgenossen in Staunen versetzten. Das eine oder andere Mal hörte ich sie bei solcher Gelegenheit die Wörter *Guter Geist* und *Wunder* gebrauchen, doch verstand ich damals noch nicht den Sinn dieser Ausdrücke.

Mein Denken ward nun immer zielbewusster und so wurde ich begierig den Beweggründen und Empfindungen dieser vortrefflichen Geschöpfe auf die Spur zu kommen. Mich gelüstete es, zu erfahren, weshalb denn Felix so jammervoll, Agathe so bekümmert einherwandelten. Denn ich vermeinte (jämmerlicher Tölpel, der ich war!), es liege in meiner Macht, die Zufriedenheit dieser des Glückes so werten Leute wieder herzustellen. Immer wenn ich schlief oder durch die Wälder streifte, schwebten mir die Bilder des verehrungswürdigen, blinden Vaters, der sanften Agathe und des trefflichen Felix vor dem geistigen Auge. Ich blickte ja zu ihnen empor als zu höheren Wesen, nach deren Leitbild ich mein künftiges Los zu formen gedachte. Tausendfältig waren die Bilder, darin ich mir ausmalte, auf welche Weise ich mich diesen Menschen zu erkennen geben – auf welche Weise ich dann von ihnen aufgenommen sein würde. Fürs Erste, so stellte ich mir vor, mochten sie ja Abscheu vor mir empfinden, bis es mir gelungen sein würde, durch mein sanftmütiges Gehaben und meine gewinnende Rede zunächst ihre Gunst und späterhin ihre Liebe zu erringen.

Derlei Erwägungen befeuerten mich und bewirkten, dass ich mich mit erneutem Eifer auf die Erlernung der Redekunst warf. Meine Stimmwerkzeuge brachten anfangs zwar nur knarrende Laute zuwege, doch waren sie hinlänglich geschmeichelt, und obschon meine Stimme in nichts dem sanften Wohlklang menschlicher Rede glich, vermochte ich dennoch, die mir verständlichen Wörter mit der erforderlichen Leichtigkeit auszusprechen. Es war wie in der Fabel von dem Esel und dem Schoßhündchen: Das gutherzige Grautier, dessen liebenswürdige Absichten bloß durch ein plumpes Gehaben verdeckt wurden, verdiente eine bei weitem bessere Behandlung denn mit Stockhieben von der Schwelle gescheucht zu werden!

Der linde, lenzliche Regen und die belebende Wärme des Frühlings veränderten das Antlitz der Erde über die Maßen. Die Menschen, welche sich bislang in ihren Höhlen verkrochen zu haben schienen, tummelten sich nun frohgemut allerorten und bestellten aufs Künstlichste ihre Felder. Aus den Vogelkehlen drang's nun jubelnder hervor und das frische Grün knospte und sprosste aus allen Zweigen. O du glückselige Erde! Nun war zum Wohnsitz der Götter geworden, was eben noch so verödet und unwirtlich unter den Nebeln des Winters gelegen! Das Gemüt ward mir erhoben durch dies zaubrische Erscheinungsbild der Natur: Die Vergangenheit, sie war getilgt aus meinem Gedächtnis, das Heute schien mir voll der Ruhe und des Friedens und die Zukunft schimmerte mir im güldenen Strahle der hoffnungsvollsten Vorfreude!

## *Dreizehntes Kapitel*

Doch lass mich nun zu dem herzbewegenden Teil meiner Lebensgeschichte weitereilen! Ich komme ja nunmehr auf Ereignisse zu sprechen, die mich mit Empfindungen erfüllten, welche aus dem arglosen Geschöpfe von einst das gemacht haben, was ich heute bin.

Rasch entfaltete der Lenz sich zu seiner vollsten Pracht. Das Wetter ward heiter und kein Wölkchen zeigte sich am Firmament. Staunend gewahrte ich, wie all das, was ehedem so öde und düster gewesen, nunmehr aufs Schönste ergrünte und erblühte. Und meine aufgetanen Sinne wurden bedankt und erquickt durch die tausendfältigen Wohlgerüche, durch die tausendfach sich entfaltende Schönheit!

Es war an einem der Tage, an denen meine Mitbewohner in regelmäßiger Wiederkehr die Arbeit ruhen ließen – der greise Hausvater pflegte dann auf seiner Laute zu spielen, indes die Kinder ihm andächtig lauschten –, dass ich auf Felix' Zügen eine besonders tiefe Traurigkeit wahrnahm. Immer wieder entrang ein Seufzer sich dem kummervollen Busen, bis der Vater mit einem Mal in seinem Spiele innehielt und, so schloss ich aus seinen Gebärden, nach dem Grunde solcher Betrübnis forschte. Der Befragte jedoch gab seiner Stimme einen unbefangenen Klang und so nahm der greise Spielmann sein Musizieren wieder auf. In diesem Momente aber pochte es von draußen gegen die Tür!

Es war eine Dame zu Pferde, welcher ein Landmann als Führer diente. Sie war in ein dunkles Reisekleid gehüllt und trug einen dichten, schwarzen Schleier. Agathe frug die Fremde nach deren Begehr, worauf dieselbe im betörendsten Tone bloß den Namen ›Felix‹ aussprach. Ihre Stimme war überaus angenehm, glich aber in nichts der Sprechweise meiner Freunde. Seinen Namen nennen hören und sogleich vor der Dame stehen war für Felix eins: Dieselbe aber, da sie seiner ansichtig geworden, schlug ihren Schleier zurück und ich erblickte ein Antlitz von engelhafter Schönheit und Ausdruckskraft! Das schimmernde, rabenschwarze Haar trug sie in fremdartigen Flechten um die Schläfen, ihre Augensterne erstrahlten in einem dunklen, sanften, wiewohl beseelten Feuer, die Züge waren von wundersamer Ebenmäßigkeit und Reinheit und die Wangen von der zartesten Röte überhaucht.

Felix schien beim Anblick der Fremden vom Entzücken hingerissen. Aller Kummer war aus seinen Zügen gewichen, welche im nämlichen Momente den Ausdruck einer so überschwänglichen Freude angenommen hatten, wie ich sie ihm nimmermehr zugetraut hätte. Seine Augen leuchteten und seine Wangen röteten sich vor Vergnügen, ja mir wollte scheinen, er habe der Fremden in jenem Augenblick an Schönheit um nichts nachgestanden. Diese hinwiederum schien die Beute der widerstreitendsten Empfindungen zu sein: Indem sie etwelche Tränen aus ihren berückenden Augen hinwegwischte, hob sie Felix die Hand entgegen. Dieser bemächtigte sich derselben mit dem begierigsten Verlangen und bedeckte sie mit glühenden Küssen, wobei er die Fremde, soviel ich verstehen konnte, sein holdes Mädchen aus den Zelten Arabiens nannte. Die also Angeredete schien indes nicht zu verstehen und lächelte bloß. Er war ihr beim Absteigen behilflich und geleitete sie, nachdem er ihren Führer nach Hause geschickt, unter sein Dach. Danach beredete er sich kurz mit seinem Vater, worauf dies Mädchen aus der Fremde zu des Alten Füßen niederkniete, um ihm die Hand zu küssen. Er aber hob die Kniende zu sich empor und umarmte sie in aller Herzlichkeit.

Ich brauchte nicht lange, um gewahr zu werden, dass die Fremde, obschon sie in artikulierten Lauten redete und derhalben einer eigenen Sprache durchaus mächtig schien, sich meinen Mitbewohnern weder verständlich machen konnte noch auch deren Worte verstand. So vollführte man allerlei Zeichen, mit denen ich nichts anzufangen wusste. Immerhin aber bemerkte ich, dass die Anwesenheit dieses Gastes das bescheidene Domizil mit der vollkommensten Glückseligkeit erfüllte, ja alle Betrübnis verjagte, ganz wie die Morgensonne die Nebel der Nacht vor sich zerstreut. Der Glücklichste von allen aber schien Felix zu sein: Er ward nicht müde sein Mädchen aus dem Morgenlande mit lachendem Entzücken willkommen zu heißen. Und Agathe, dies allzeit so sanfte Geschöpf, küsste der schönen Fremden in immer wieder die Hände und vollführte, indem sie auf ihren Bruder wies, irgendwelche Gebärden, mit denen sie wohl ausdrücken wollte, derselbe sei bis zu des Mädchens Ankunft eine Beute des trostlosesten Kummers gewesen. Auf diese Weise vergingen mehrere Stunden, in deren Verlaufe die Miene jedes einzelnen eine Freude ausdrückte, deren Ursache ich durchaus nicht zu ergründen wusste. Schließlich erkannte ich aber dank der häufigen Wiederkehr einiger Lautfolgen, welche ihren Gastgebern nachzusprechen die Fremde nicht müde wurde, dass sie ja bestrebt war, deren Sprache zu erlernen. Sogleich schoss mir's durch den Kopf, dass ich zum nämlichen Ende an solcher Unterweisung partizipieren könnte. Das Mädchen erlernte auf diese Weise in der ersten Stunde an die zwanzig Wörter, von denen mir freilich die meisten nicht mehr neu, einige wenige jedoch von Nutzen waren.

Mit dem Hereinbruche der Nacht zogen Agathe und die Fremde aus dem Morgenlande sich beizeiten zurück. Beim auseinander gehen küsste Felix dem Mädchen die Hand und sagte: »Gute Nacht, meine liebe Safie!« Er selbst saß dann noch lange wach und beredete sich mit dem Vater, wobei ich zufolge der häufigen Wiederholung jenes Namens zu dem Schlusse kam, der liebliche Gast sei der Hauptgegenstand dieses Gespräches. Ich empfand die brennendste Begier, es zu verstehen, und spannte zu diesem Behufe all meine Sinne an, doch war's mir schlechterdings nicht möglich, den Worten der beiden zu folgen.

Den nächsten Morgen ging Felix wieder auf Arbeit. Sobald Agathe aber ihre häuslichen Obliegenheiten erfüllt hatte, ließ die Arabermaid sich zu Füßen des Greises nieder und spielte, nachdem sie ihm die Laute abgenommen, einige Weisen von so traumhafter Schönheit, dass mein Innerstes sich sogleich in süßem Schmerze zusammenkrampfte und mir die Tränen in die Augen stiegen. Da sie aber zu singen anhub, floss ihre Stimme in so reichen Tönen dahin, anschwellend und wieder verhauchend, als sang die Nachtigall in ihrem Haine.

Dies beendet, reichte sie die Laute an Agathen weiter, welche sich zunächst ein wenig zierte. Dann aber ließ sie eine schlichte Weise erklingen und sang dazu mit süßer Stimme, wenngleich ohne die erstaunliche Vollendung der Fremden. Der greise Zuhörer schien von deren Gesange ganz hingerissen und äußerte einige Worte, augenscheinlich des Sinnes, sie habe ihm durch ihr Musizieren das größte Entzücken bereitet. Sogleich versuchte Agathe dies dem Mädchen Safie verständlich zu machen.

Von jetzt an gingen die Tage so friedlich dahin wie ehedem, mit dem einzigen Unterschiede, dass statt der beständigen Traurigkeit nunmehr Freude in den Gesichtern meiner Freunde geschrieben stand. Safie war stets zufrieden und guter Dinge. Sie machte rasche Fortschritte im Studium der Sprache, ganz so wie ich auch, der ich schon nach zwei Monaten das meiste von dem zu verstehen begann, was meine unfreiwilligen Beschützer sagten.

Unterdessen hatte sich der schwärzlichkahle Erdboden mit üppigem Grün bedeckt und der frische Rasen ward durchwirkt mit unzähligen Blumen, welche den Geruchssinn nicht minder erfreuten denn das Auge und zur Nacht in den mondhellen Wäldern gleich bleichen Sternen erstrahlten. Immer wärmer wurde die Sonne, die Nächte aber waren klar und von balsamischen Düften erfüllt. So wurden mir meine nächtlichen Streifzüge zu einem Quell des reinsten Vergnügens, obwohl sie durch das späte Sinken und frühe Aufgehen der Sonne um ein Beträchtliches verkürzt waren. Ich wagte ja niemals, tagsüber im Freien zu bleiben, da ich viel zu sehr fürchtete die nämliche Behandlung zu erfahren, welche ich seinerzeit in meinem ersten Dorfe erlitten.

Die Tage verstrichen mir in dem ernsthaftesten Bemühen, der Sprache meiner Mitbewohner noch schneller mächtig zu werden, und ich darf mich rühmen, raschere Fortschritte gemacht zu haben als das arabische Mädchen, welches recht wenig erfasste und bloß zu radebrechen wusste, wogegen ich nahezu jedes Wort verstehen und auch nachsprechen konnte.

Dieweil ich mich dergestalt in der Sprache vervollkommnete, ward ich auch mit den Buchstaben vertraut, welche man die Fremde lehrte, und dieser Umstand eröffnete mir ein ganz neues Reich des Wunders und Entzückens.

Das Buch, mit dessen Hilfe Felix seine Safie unterwies, war Volneys *Untergegangene Reiche.* Ich hätte den Sinn jenes Werkes nimmer begriffen, wäre Felix im Verlaufe von dessen Lektüre nicht so sehr darauf bedacht gewesen, alles und jedes mit den ausführlichsten Erklärungen zu versehen. Er habe, so sagte er, dies Buch gewählt, weil dessen Vortrag durchaus demjenigen der morgenländischen Autoren nachempfunden sei. Ich selbst verdanke diesem Werke einen ersten, summarischen Abriss der Historie sowie die Kenntnis der gegenwärtig bestehenden Staatswesen. Dergestalt gewann ich Einblick in die Sitten, Gebräuche, Regierungsformen und auch Religionen der verschiedenen Nationen: Ich vernahm so manches über die trägen Bewohner Asiens, über den stupenden Genius und die geistige Regsamkeit der alten Griechen, über die kriegerischen und so erstaunlich tugendhaften Römer der Republik und frühen Kaiserzeit – über ihren späteren Niedergang und den Verfall ihres mächtigen Imperiums. Auch vom Rittertume, der Christenheit und den Königen des Mittelalters war die Rede. Als aber die Entdeckung der Neuen Welt an der Reihe war, vergoss ich mit Safie so manche heiße Träne über dem unglücklichen Schicksal der Ureinwohner jener Kontinente.

Solch erstaunliche Kunde löste die befremdlichsten Empfindungen in mir aus. War's denn wirklich möglich, dass der Mensch in all seiner Machtfülle, Tugendhaftigkeit und Größe dennoch so lasterhaft, niedrig und gemein sein konnte? Das eine Mal schien er mir nichts denn ein Reis vom Baume der Verderbnis und ward mir doch im Handumdrehn zum Inbegriff des göttlichsten Edelmuts! Ein wahrhaft großer, tugendhafter Mensch zu sein, es dünkte mich die höchste Ehre, deren ein fühlend Herz teilhaftig werden mag, wogegen ein Leben in Gemeinheit und Laster, wie's ja so vielen nachgesagt wird, für mich der tiefsten Erniedrigung gleichkam, ja mich noch abscheulicher anmutete denn das Vegetieren des augenlosen Maulwurfs oder des geringsten Wurmes. Lange Zeit hindurch konnte ich schlechterdings nicht begreifen, wie denn ein Mensch hingehen könne, seinen Bruder zu erschlagen, ja sogar, dass es Regierungen und Gesetze geben müsse. Da ich aber all die Einzelheiten über Unzucht und Blutvergießen vernommen hatte, ward mir so manches klar und ich wand mich voll Grausen und Ekel.

Jedes Gespräch meiner Mitbewohner eröffnete mir nunmehr neue, wunderbare Perspektiven. Im Verlaufe der Unterweisungen, welche Felix seiner Araberin zuteil werden ließ, ward mir auch der sonderbare Aufbau der menschlichen Gesellschaft erschlossen. Ich erfuhr von der Art, wie die Güter dieser Erde verteilt sind, erkannte das Nebeneinander von unermesslichem Reichtum und schmutzigster Armut, hörte von Rang und Würden, hoher Abkunft und von adeligem Geblüt.

Solche Worte veranlassten mich, mein eigenes Los zu betrachten. Ich hatte ja gelernt, dass es bei deinen Mitmenschen als der Güter höchstes gilt, von vornehmer, makelloser Abkunft und überdies reich zu sein. Eignet dem Menschen nur eine dieser beiden Voraussetzungen, so mag er noch immer geachtet werden. Gebricht's ihm aber an beiden, so wird er, von ganz wenigen Ausnahmen abgesehen, zum Abschaume gerechnet, zu jenen Arbeitstieren, welche dazu verdammt sind, ihre Kräfte zum Vorteile der wenigen Auserwählten zu vergeuden! Wie aber war's um *mich* bestellt? Von meiner Herkunft, meinem Schöpfer, wusste ich so gut wie nichts. Was ich aber nur zu gut wusste, war, dass ich keinerlei Geldmittel, keinen einzigen Freund, keine Art von Besitz mein Eigen nannte. Darüber hinaus war ich behaftet mit der grässlichsten, ekelhaftesten Ungestalt. Nicht einmal mein innerer Aufbau glich demjenigen der Menschen: Ich war ja behänder als sie und fand doch mit dem wenigsten mein Auslangen; die größte Hitze wie die bitterste Kälte vermochten meinem Körper nicht viel anzuhaben; meine Statur übertraf Menschenmaß bei weitem. Wie ich auch um mich blicken mochte – ich sah und hörte nicht von meinesgleichen! War ich also ein Monstrum, ein Schandfleck dieser Erde, von jedermann verleugnet und geflohen?

Unmöglich, dir die Seelenpein zu schildern, welche mir durch solche Erwägungen bereitet ward! Zwar suchte ich, derlei Gedanken zu verscheuchen, doch wuchs mit meinem Wissen auch der Schmerz. Ach! Wär ich doch für immer in meinem heimatlichen Walde geblieben, hätt ich doch nie anderes gewusst noch empfunden denn das Gefühl von Hunger, Durst und Hitze!

Welch sonderbar Ding ist es doch um das Wissen! Sobald sich's unser erst bemächtigt hat, hängt sich's an uns wie das Moos an den Stein! Bisweilen hätte ich wünschen mögen, alles Denken und Fühlen abschütteln zu können! Doch musst' ich erfahren, dass es nur ein einziges Mittel gibt, den Schmerz zu überwinden: den Tod – einen Zustand, den ich zwar fürchtete, aber nicht verstand. Ich bewunderte die Tugendhaftigkeit und die edelmütigen Regungen meiner Hausgenossen, ich liebte ihr sanftes Gehaben und ihre Freundlichkeit. Allein, ich war ja bis auf mein verstohlenes, niemandem wahrnehmbares Handeln von jedem Verkehre mit ihnen ausgeschlossen und dies heimliche Teilhaben trug mitnichten zur Befriedigung meines Begehrens bei, sondern verstärkte nur noch den Wunsch, in den Kreis dieser Menschen aufgenommen zu sein. All die sanften Worte Agathens, das beseelte Lächeln der bezaubernden Araberin, sie waren nicht für mich! Und auch die milden, väterlichen Mahnreden des Greises, die lebhaften Gespräche des liebenswerten Felix – nicht für mich! Oh, über mich bejammernswerte, unglückliche Kreatur!

Andere Unterrichtsstunden übten einen womöglich noch tieferen Eindruck auf mich. So zum Beispiel hörte ich von dem Unterschiede der Geschlechter, von der Geburt und dem Heranwachsen der Kinder, von der närrischen Verliebtheit des jungen Vaters in des Säuglings erstes Lächeln, von den drolligen Aussprüchen der lieben Kleinen und wie das ganze Leben einer Mutter aufgeht in der zärtlichsten Fürsorge für den teuren, kleinen Schützling, und auch, wie er heranwächst und an Wissen zunimmt. Und weiter hörte ich von Geschwisterliebe und all den mannigfachen, verwandtschaftlichen Bindungen, durch welche die Menschen aneinander gefesselt sind.

Wo aber waren *meine* Freunde, *meine* Anverwandten? Da war kein Vater, der über mein Wiegendasein gewacht, keine Mutter, welche den Segen ihrer lächelnden Liebkosungen über mich ausgegossen hätte! Und war dies gleich der Fall gewesen, so zeigte sich mir mein vergangenes Leben doch nur als ein dunkler, blinder, leerer Fleck, darin ich nichts zu erkennen vermochte! Ich konnte mich nicht entsinnen, jemals anders ausgesehen zu haben, als ich jetzt aussah. Niemals war mir ein Wesen vor Augen gekommen, das mir geglichen, ja das gewünscht hätte, mit mir in irgendwelche Verbindung zu treten. Was war ich denn? Immer wieder stellte diese Frage sich ein – und immer wieder war die Antwort nichts denn ein Stöhnen!

Ich will dir alsbald auseinander setzen, worauf diese Empfindungen recht eigentlich gerichtet waren. Doch zuvor magst du mir noch verstatten auf meine Hausgenossen zurückzukommen, deren Lebensgeschichte in mir so unterschiedliche Gefühle wie Entrüstung, Entzücken und Verwunderung hervorrief, Empfindungen, die jedoch insgesamt jene Liebe und Ehrfurcht nur vertieften, welche ich meinen Beschützern (denn so nannte ich sie in all meiner Liebe und arglosen, ja nahezu schmerzlichen Selbsttäuschung) entgegenbrachte.

## *Vierzehntes Kapitel*

Es verging noch einige Zeit, ehe ich die Lebensgeschichte meiner Freunde erfuhr. Sie war von einer Art, die auf mich unweigerlich den tiefsten Eindruck machen musste, da ja die Umstände und Begebenheiten, welche darin zutage kamen, einem so völlig unerfahrenen Geiste wie dem meinen fesselnd und verwunderlich genug erscheinen mussten.

Der alte Mann hieß De Lacey, stammte aus angesehenem, französischem Hause, woselbst er lange Jahre wohlbestallt gelebt hatte, respektiert von den Höhergestellten und geliebt von allen, die mit ihm auf gleicher Stufe gestanden. Sein Sohn ward aufgezogen zum Dienste für das Vaterland und Agathe hatte mit den Damen der höchsten Gesellschaft Umgang gepflogen. Noch wenige Monate vor meinem Eintreffen hatten sie allesamt in einer großen, glänzenden Stadt namens Paris gewohnt, umgeben von Freunden und im Genusse all der Annehmlichkeiten, wie sie Tugendhaftigkeit, Verdienst, Geistreichtum und erlesener Geschmack im Vereine mit einem bescheidenden Wohlstand gewährleisten können.

Die Ursache ihres Niederganges war Safies Vater gewesen, ein osmanischer Kaufherr, welcher schon so manches Jahr in Paris gelebt und sich schließlich, ich weiß nicht aus welchem Grunde, den Behörden verhasst gemacht hatte. So ward er in Gewahrsam genommen und ins Gefängnis geworfen, und zwar an dem nämlichen Tage, da seine Tochter aus Konstantinopel in Paris eingetroffen, um ihn zu sehen. Ihm aber ward der Prozess gemacht und das Todesurteil gesprochen. Die Ungerechtigkeit solcher Verurteilung war eine offenkundige und ganz Paris war darob entrüstet. Man sagte sogar, an solchem Urteilsspruche seien weit eher des Angeklagten Glaube und Reichtum schuld, nicht aber das Verbrechen, dessen man ihn bezichtigt habe.

Zufällig war auch Felix bei der Verhandlung zugegen. Als er die Entscheidung des Gerichtshofes vernommen hatte, überstiegen sein Entsetzen und seine Empörung jedes Maß und so tat er noch im Gerichtssaal ein feierliches Gelübde, dass er den Delinquenten befreien werde. Dann sann er auf Mittel und Wege, seinen Entschluss in die Tat umzusetzen.

Nach vielen fruchtlosen Versuchen, Zugang zu dem Gefängnis zu erlangen, machte er an einem unbewachten Teile des Gebäudes ein stark vergittertes Fenster ausfindig. Dies Fenster erhellte aber die Kerkerzelle jenes unglücklichen Anhängers Mohammeds, welcher unter der Last seiner Ketten und in tiefster Verzweiflung dem Vollzuge des barbarischen Urteils entgegenharrte. Während der Nacht untersuchte Felix jenes Gitter und unterrichtete dabei den Gefangenen von dessen beabsichtigter Befreiung. Der überglückliche Osmane suchte den Eifer seines Befreiers anzustacheln, indem er demselben Belohnung und Reichtum verhieß, Felix indes wies dies Angebot voll Geringschätzung zurück. Da er aber der liebreizenden Safie ansichtig ward, der man verstattet hatte, ihren Vater zu besuchen und die nun durch allerlei Gebärden ihre lebhafteste Dankbarkeit auszudrücken suchte, konnte der Jüngling nicht länger umhin vor sich selbst einzugestehen, dass dieser Gefangene in der Tat einen Schatz sein Eigen nenne, welcher des Befreiers Mühe und die Tollkühnheit solchen Wagnisses sehr wohl aufwiegen könnte.

Dem Osmanen war der Eindruck, welchen seine Tochter in Felix' Herzen hervorgerufen, nicht eine Sekunde verborgen geblieben und so suchte er, sich den Befreier noch wirksamer zu verpflichten, indem er ihm Safies Hand versprach, sobald man sich erst an einem sicheren Orte befände. Felix indes war viel zu zartfühlend, als dass er solches Angebot hätte annehmen mögen. Dennoch erblickte er in der bloßen Aussicht auf eine solche Verbindung schon den Gipfel seines Glückes.

Während der folgenden Tage, an denen die Vorbereitungen für die Flucht des Kaufmannes vorangetrieben wurden, stachelten mehrere Briefe von der Hand des lieblichen Mädchens den Eifer unsres Felix weiter an. Safie hatte es verstanden, sich der Hilfe eines der Diener ihres Vaters zu versichern, eines betagten Mannes, welcher des Französischen mächtig war und des Mädchens Gedanken in des Geliebten Sprache zu Papier bringen konnte. So dankte sie Felix in den glühendsten Worten für all das, was er für ihren Vater zu tun bereit war, und beklagte gleich danach auf sanfte Weise ihr eigenes Los.

Ich besitze Abschriften von diesen Briefen, dieweil ich ja Mittel und Wege gefunden, mir während jenes Aufenthalts in dem Verschlage alles zum Schreiben Erforderliche zu beschaffen, und besagte Briefe ja oft genug in Felix' und Agathens Händen gewesen sind. Und ehe ich diese Hütte verlasse, will ich sie dir aushändigen, zum Beweise für die Wahrheit meines Berichtes. Jetzt aber, da die Sonne schon im Sinken begriffen ist, bleibt mir nur die Zeit, dir den Inhalt mündlich mitzuteilen.

Safie eröffnete Felix nämlich, ihre Mutter, eine getaufte Araberin, sei von den Türken eingefangen und zur Sklavin gemacht worden. Der Mutter Schönheit habe ihr aber das Herz von Safies Vater gewonnen und so habe derselbe sie zu seinem Eheweibe gemacht. Das Mädchen hatte nur Worte des höchsten Lobes und der Begeisterung für ihre Mutter, welche, in Freiheit geboren, dies neue Dasein in Abhängigkeit und Knechtschaft zutiefst verabscheute. Sie unterwies ihre Tochter in den Grundzügen der christlichen Religion und schärfte ihr ein, stets auf die Vervollkommnung ihrer Geistesgaben bedacht zu sein sowie auf jene seelische Unabhängigkeit, welche Mohammed den Weibern verbietet. Darüber verstarb die gute Frau. Ihre Lehren aber hatten sich Safies Gemüt unauslöschlich eingeprägt, welcher übel ward bei dem Gedanken, wieder nach dem Orient zurückkehren zu müssen, um dortselbst zwischen den Mauern eines Harems zu verkümmern, einzig den spärlichen Verstattungen eines kindischen Zeitvertreibs hingegeben, welche in nichts zu einer schönen Seele passten, die so ganz und gar den großen Idealen und der eifervollsten Tugendhaftigkeit hingegeben war. Die Aussicht, einen Christen heiraten und dergestalt in einem Lande verbleiben zu können, wo es den Frauen erlaubt ist, eine gesellschaftliche Stellung einzunehmen, bezauberte sie.

Der Tag für die Hinrichtung des Osmanen ward festgesetzt, allein, in der voraufgehenden Nacht brach der Verurteilte aus dem Gefängnis aus und hatte noch vor Morgengrauen viele Meilen Weges zwischen sich und Paris gelegt. Felix hatte sich Passierscheine zu verschaffen gewusst, welche auf seines Vaters, den eigenen und der Schwester Namen ausgestellt waren. Zuvor hatte er den Ersteren noch von dem Fluchtplane in Kenntnis gesetzt und der Greis war dem Sohne in dessen Entscheidung behilflich, indem er unter Vorschützung einer Reise sein Haus verließ und sich danach mit seiner Tochter in einem obskuren Viertel von Paris verbarg.

Inzwischen geleitete Felix die Flüchtlinge durch ganz Frankreich, zunächst bis Lyon und von dort über den Mont Cenis nach Livorno, woselbst der Kaufherr eine günstige Gelegenheit abzuwarten gedachte, um wieder osmanisches Hoheitsgebiet zu erreichen.

Safie entschloss sich bis zu ihres Vaters endgültiger Abreise bei demselben auszuharren, und dieser erneuerte während jener Tage sein Versprechen, die Tochter mit dem Retter zu vereinen. Auch Felix verblieb bei den beiden, in froher Erwartung des verheißenen Ereignisses. Während der Wartezeit erfreute er sich der Gesellschaft der schönen Orientalin, wobei das Mädchen ihm in der schlichtesten und zärtlichsten Weise ihre Zuneigung bekundete. Die Unterhaltung der beiden ward, je nachdem, bisweilen mit Hilfe eines Dragomans vollzogen, bisweilen aber bloß durch die verliebte Sprache der Augen. Auch pflegte Safie, ihrem Felix die göttlichen Weisen ihres Heimatlandes vorzusingen.

Der Osmane drückte zu all diesen Vertraulichkeiten beide Augen zu, ja befestigte noch die Hoffnungen der jungen Liebesleute, während er in seinem Herzen schon ganz andere Pläne hegte. Er verabscheute ja den Gedanken, seine

Tochter einem Ungläubigen zu geben, fürchtete jedoch Felix' Groll, im Falle der Jüngling sich getäuscht fände. Der Alte wusste nur zu gut, dass er sich noch immer in der Gewalt seines Erretters befand, welcher ihn bloß jenem italienischen Staate auszuliefern brauchte, auf dessen Boden man sich gegenwärtig aufhielt. So wälzte der verräterische Handelsmann tausend Pläne, die es ihm ermöglichen sollten, die Entscheidung so lange hinauszuziehen, bis man einer solchen nicht mehr bedurfte, um bei der Abreise die Tochter insgeheim mit sich zu nehmen. Solches Vorhaben ward ihm erleichtert durch üble Zeitung aus Paris.

Die französischen Behörden nämlich waren überaus ergrimmt ob der Entweichung ihres Opfers und scheuten keine Mühe, dessen Befreier ausfindig zu machen und zu bestrafen. So ward denn Felix' verschwörerische Handlungsweise alsbald an den Tag gebracht und man warf an seiner statt De Lacey und Agathen in den Kerker. Solche Nachricht scheuchte unseren Felix aus seinen angenehmen Träumen: Wie! – sein blinder, hochbetagter Vater, seine sanfte, gutherzige Schwester in schnöder, dumpfiger Kerkerhaft, dieweil er selbst sich der köstlichsten Luft und der Gesellschaft der Geliebten erfreute? Schon der bloße Gedanke bereitete ihm Höllenqualen! So beredete Felix sich mit dem Osmanen, dass, im Falle dieser noch vor jenes Rückkehr eine günstige Fluchtgelegenheit fände, Safie als ein Zögling in einem Kloster zu Livorno verbleiben sollte. Dann, nachdem er sich von der lieblichen Arabermaid hinweggerissen, begab er sich eilenden Fußes nach Paris und stellte sich daselbst den Gerichten zur Bestrafung, hoffend, durch diesen Schritt den Vater und die Schwester auszulösen.

Allein, es war vergebens! Dieselben mussten noch fünf Monate im Kerker schmachten, ehe man Felix den Prozess machte, und auch dies nur zu dem einen Ende, dass die Familie ihrer sämtlichen Besitztümer beraubt und auf Lebenszeit ihres Heimatlandes verwiesen ward!

Erst in jenem deutschen Dörfchen, darin ich sie entdeckt habe, fanden sie ein jammervolles Unterkommen. Felix aber musste nur zu bald erfahren, dass der verräterische Türke, für den er und die Familie so Unerhörtes auf sich genommen, bei der Kunde von seines Retters Niederbruch und Armut sogleich aller Ehrenhaftigkeit vergessen und unter Hinwegführung seiner Tochter den italienischen Boden verlassen hatte, wobei er Felix auch noch den Tort angetan, ihm einen Bettel an Geld zu übersenden mit dem hämischwohlmeinenden Rate, die Summe zur Gründung einer neuen Existenz zu verwenden.

Dies also waren die Ereignisse, welche so sehr an Felix' Herzen genagt und ihn, da ich ihn kennen gelernt, zum elendsten Familienmitglied gemacht hatten. Armut und Entbehrung hätte er leichtlich ertragen können – sie waren ja seiner Tugendhaftigkeit entsprossen und so war solche Notlage eine durchaus rühmliche. Der schnöde Undank jenes Türken aber sowie der Verlust des geliebten Mädchens, dies war wohl ein bitteres, nimmer gutzumachendes Unheil! Darum also hatte die Ankunft der schönen Orientalin ihm die Seele mit neuem Lebensmute erfüllt!

Als die Nachricht in Livorno eintraf, dass man Felix aller Güter und Würden beraubt habe, gebot jener Kaufherr seiner Tochter hinfort, nicht länger ihres Liebhabers zu gedenken, sondern alle Zurüstungen zur baldigen Heimfahrt zu betreiben. Safies großherzige Natur aber entrüstete sich zutiefst ob solchen Ansinnens, indes, alle Vorhaltungen fruchteten nichts: Der Vater verließ die Tochter im Zorne und indem er sein tyrannisches Geheiß zum anderen Mal erneuerte.

Wenige Tage danach betrat der Türke abermals seiner Tochter Gemach und teilte ihr in Eile mit, er habe allen Grund zu der Annahme, ihrer beider Domizil sei verraten worden und dass man beabsichtige, ihn unverzüglich den französischen Behörden auszuliefern. Folglich habe er sogleich ein nach Konstaninopel gehendes Schiff gemietet, welches schon in wenigen Stunden in See stechen werde. Seine Tochter, so sagte er, möge in der Obhut eines verlässlichen Dieners zurückbleiben, um den größeren Teil des Familienbesitzes, welcher noch immer nicht in Livorno eingetroffen war, daselbst abzuwarten und dem Vater dann in aller Geruhsamkeit zu folgen.

Allein zurückgeblieben, entschloss Safie sich insgeheim zu jenen Schritten, welche ihr in solcher Gewissensnot als angemessen erschienen: Auf Lebenszeit in die Türkei zurückzukehren – dieser Gedanke flößte ihr Abscheu ein. Sowohl ihre Gefühle als auch ihre Religion sprachen ja dagegen. Überdies hatte sie durch einige Briefschaften ihres Vaters, welche ihr in die Hände gefallen, nicht nur von der Verbannung des Geliebten, sondern auch von dessen gegenwärtigem Aufenthalte erfahren. Nach anfänglichem Zaudern fasste sie sich ein Herz und rang sich zu dem Entschlusse durch, unter Mitnahme einiger Pretiosen aus ihrem Besitze sowie einer Summe Geldes den italienischen Boden zu verlassen, und zwar in Gesellschaft einer aus Livorno gebürtigen Dienerin, welche zur Not des Osmanischen mächtig war. So machten die beiden sich auf den Weg nach den deutschen Landen.

Man war wohlbehalten in einem Städtchen angekommen, welches keine zwanzig Meilen Weges mehr von dem Dorfe entfernt lag, darin De Lacey Unterschlupf gefunden, als die Dienerin ernstlich erkrankte. Safie pflegte die Bedauernswerte mit der liebevollsten Hingabe, indes, das arme Ding verstarb darüber und so blieb unsere Orientalin allein zurück, unvertraut mit der Landessprache und völlig unerfahren in den Sitten und Gebräuchen der Welt. Jedennoch, sie kam in gute Hände. Die Italienerin hatte nämlich den Namen jenes Ortes erwähnt, zu welchem man unterwegs gewesen, und so sorgte die Hauswirtin nach des Mädchens Tode dafür, dass Safie unbehelligt bis an die Schwelle des Geliebten gebracht würde.

# *Fünfzehntes Kapitel*

Dies also war die Geschichte meiner geliebten Mitbewohner, und sie übte den nachhaltigsten Eindruck auf mich. Ich lernte ja aus den Einblicken, welche sie mir in das gesellschaftliche Leben gewährte, die Tugenden meiner Beschützer so recht zu schätzen, die Laster dieser Menschheit aber von Herzen zu verabscheuen.

Dennoch erblickte ich in allem Verbrechen auch jetzt noch ein recht fernes Übel: Ich hatte ja unablässig nichts anderes vor Augen denn Gutherzigkeit und Großmut, Eigenschaften also, die mich immer dringlicher begehren machten, selbst eine Rolle in diesem geschäftigen Schauspiele einnehmen zu dürfen, darin so viele bewundernswerte Wesenszüge zutage traten und entfaltet wurden. Doch darf ich in dem Berichte von der Vervollkommnung meiner Geisteskräfte eines Vorfalles nicht vergessen, welcher sich in den ersten Augusttagen jenes Jahres zugetragen.

In einer der Nächte nämlich, welche ich darauf verwendete, die benachbarten Waldungen zu durchstreifen, um meiner Nahrung sowie dem Sammeln von Feuerholz für meine Beschützer zu obliegen, fand ich auf dem Erdboden ein ledernes Portemanteau, einen Mantelsack, der neben etwelchen Kleidungsstücken auch mehrere Bücher enthielt. Voll Begier bemächtigte ich mich dieser Beute und eilte damit zu meinem Unterschlupfe zurück. Zum großen Glück war mein Fund in jener Sprache abgefasst, deren Grundbegriffe ich von meinen Gastgebern erlernt hatte. Solcher Wissensschatz umfasste das *Verlorene Paradies,* einen Band der *Viten des Plutarch* sowie *Die Leiden des jungen Werthers* und erfüllte mich mit dem größten Entzücken. Von Stund an studierte ich diese Texte ohn' Unterlass und schärfte mir an ihnen den Geist, dieweil meine Freunde ihren gewohnten Beschäftigungen nachgingen.

Wie mag ich dir die Wirkung schildern, welche jene Bücher auf mich übten? Sie riefen ja eine unendliche Fülle neuer Bilder und Empfindungen in mir hervor, welche mich bisweilen zu den höchsten Entzückungen hinrissen, noch häufiger aber die tiefste Niedergeschlagenheit in mir auslösten. In den *Leiden des jungen Werthers* ist ja, ganz abgesehen von dem Fesselnden, welches von diesem so schlichten und liebenswerten Romane ausgeht, eine solche Überfülle von Ansichten entworfen, wird so viel Licht über all das ausgegossen, was mir bislang dunkel und unverständlich gewesen, dass ich darin eine unversiegliche Quelle des Nachsinnens und der Verwunderung fand. Die sanften, ganz der Häuslichkeit hingegebenen Sitten, welche darin beschrieben sind, im Vereine mit den hochherzigsten, sentimentalischen Empfindungen, denen etwas durchaus Selbstloses anhaftet, sie waren mir die schönste Bestätigung all dessen, was ich bisher an meinen Beschützern beobachten gekonnt, und darüber hinaus eine Bekräftigung der Sehnsüchte, welche mir als eine immer währende Flamme im eigenen Busen brannten. Dennoch erblickte ich in Werthern ein weitaus göttlicheres Wesen, als ich bislang zu Gesicht bekommen oder mir auch nur vorgestellt hatte: Sein Charakterbild war frei von jeder Anmaßung und hinterließ in mir dennoch den unauslöschlichsten Eindruck. Das Für und Wider des Buches in Ansehung von Sterben und selbst gewähltem Tode war besonders dazu angetan, mich mit Verwunderung zu erfüllen. Ich bildete mir nicht ein, die ganze Tiefgründigkeit dieses Falles zu begreifen, neigte aber doch den Ansichten des Helden zu, dessen Selbstentleibung ich beweinte ohne indes solche Handlungsweise recht zu verstehen.

Wie dem auch immer sein mag, jedenfalls wendete ich im Verlaufe solcher Lektüre vieles von dem Gelesenen auf die Empfindungen und Umstände meiner eigenen Person an. So manches hatte ich ja mit Werthern und den Menschen seines Umganges gemein und glich doch äußerlich in nichts den Geschöpfen, von denen ich da las, so wenig wie den Hausgenossen, deren Gesprächen ich lauschte. Ich fühlte mit ihnen, ja verstand sie bisweilen sogar, doch war mein Geist noch ungeformt. Auf niemanden konnt ich mich beziehen, mit niemandem war ich verwandt! Doch »konnt ich diesen Kerker verlassen, wann ich wollte«, und keiner war da, der meine Austilgung beweint hätte, so abscheulich von Angesicht und riesenhaft an Gestalt, wie ich war! Was sollte mir dies alles? Wer war ich denn? Und was? Von wannen gekommen und zu welchem Ende unterwegs? Unablässig beschäftigten mich diese Fragen und doch war ich nicht im Stande, sie zu lösen.

Der Band *Viten des Plutarch,* welcher in meinen Besitz geraten war, umfasste die Lebensbeschreibungen der frühen Gründer des Alten Rom. Dies Werk übte auf mich eine gänzlich andere Wirkung denn *Die Leiden des jungen Werthers:* Von Werthers Imaginationen hatte ich ja vor allem Traurigkeit und Düsternis erfahren. Plutarch hingegen lehrte mich hochgemutere Gedanken: Er hob mich empor über die jammervolle Sphäre meiner eigenen Grübeleien und riss mich hin, die Helden vergangener Zeitalter zu bewundern und zu lieben! Vieles von dem, was ich da zu lesen bekam, überstieg mein Verständnis und meine Erfahrungen. Zwar verfügte ich über unklare Vorstellungen hinsichtlich der verschiedenen Königreiche, der Ausdehnung der Länder, der Größe der Flüsse und der Grenzenlosigkeit des Ozeans, doch über das Wesen der Städte und großer Menschenanhäufungen wusste ich so gut wie nichts. Meine einzige Schule war ja das Obdach meiner Beschützer gewesen, unter dem ich Gelegenheit gehabt, die menschliche Natur zu studieren. Dies Buch aber eröffnete meinem inneren Auge neue, gewaltige Schaubühnen: Ich las da von Männern, welche in Ausübung ihrer öffentlichen Ämter ihre Artgenossen entweder zu deren Wohle regiert oder aber ausgerottet hatten, und so ward mir die Seele entflammt für alle Menschentugend, wogegen die Lasterhaftigkeit mir den ärgsten Abscheu einflößte. Freilich geschah dies nur in jenen Grenzen, welche mein Verständnis der in dem Buche verwendeten Ausdrücke mir vorschrieb, da ich dieselben ja nur auf die Freude oder den Schmerz anzuwenden wusste. Nichts ist natürlicher, als dass derlei Gefühle mich dazu brachten, friedlichen Gesetzgebern wie Numa, Solon und Lykurg den Vorzug einzuräumen vor den Gestalten eines Romulus oder Theseus. Und es war nicht zuletzt das patriarchalische Leben, welches meine Beschützer mir vor Augen führten, das mich in dieser Überzeugung bestärkte. Wäre freilich mein frühester Lehrmeister im Umgange mit den Menschen ein junger, nach Ruhm und blutigem Gemetzel dürstender Kriegsmann gewesen, mein Geist hätte sich wohl mit gänzlich anderen Gefühlen voll gesogen!

Das dritte Buch aber, Miltons *Verlorenes Paradies,* löste neuartige, viel tiefere Emotionen in mir aus. Wie die anderen Bände, welche mir in die Hände geraten waren, nahm ich es für buchstäbliche Wahrheit. So wühlte es in mir all jene Gefühle des ehrfürchtigsten Staunens auf, die das Bild eines allmächtigen, im Widerstreite mit seinen Geschöpfen liegenden Gottes zu beschwören vermag. Wieder und wieder bezog ich die Begebnisse dieses Werkes auf meine eigene Lage, so bestürzend schien mir ihre Ähnlichkeit mit meinem Los! Ganz so wie Adam war auch ich mit keinem anderen Lebewesen verwandt – und doch, welch ein Abgrund trennte uns beide voneinander! Er war ja aus den Händen Gottes hervorgegangen als ein vollkommenes Geschöpf – er war glücklich, war gesegnet und ruhte in der göttlichen Obhut seines Schöpfers! Ihm war's ja verstattet, mit höheren Wesen Zwiesprach zu halten und dergestalt sein Wissen zu mehren. Ich aber war elend, hilflos und ganz allein und so manches Mal wollt es mich bedünken, als wär der leibhaftige Satan ein besseres Sinnbild meines verstoßenen Daseins: Denn nur zu oft stieg, wie in ihm, auch in mir der gelbe Neid herauf angesichts der Glückseligkeit meiner unwissentlichen Beschützer!

Noch ein weiterer Umstand bestärkte und bestätigte derlei Gefühle: Nämlich, bald nachdem ich mich in meinem Verschlage häuslich niedergelassen, hatte ich etwelche Papiere in einer Tasche jenes Gewandes entdeckt, welches ich noch in deiner Werkstatt an mich genommen. Zunächst hatte ich ihnen weiter keine Beachtung geschenkt. Nun aber, da ich in der Lage war, sie zu entziffern, machte ich mich mit allem Fleiße daran, das Geschriebene zu studieren. Es waren deine Tagebuchaufzeichnungen aus jenen vier Monaten, welche meiner Schöpfung vorangegangen. Du hattest darin bis in die kleinsten Einzelheiten jeden Schritt vermerkt, welchen du in Ansehung deines Werkes getan. Dies Arbeitsprotokoll war untermischt mit der Buchführung dessen, was inzwischen bei dir zu Hause sich begeben. Zweifellos entsinnst du dich noch dieser Papiere – sieh her, hier sind sie! Und sie berichten alles und jedes, das mit meinem fluchwürdigen Ursprunge verknüpft ist! Bis ins Geringfügigste ist die Reihe jener ekelhaften Umstände festgehalten, welche zu meiner Entstehung geführt haben. Meine anrüchige und widerliche Gestalt ist aufs Genaueste beschrieben, und zwar mit Worten, die nur zu anschaulich dein eigenes Entsetzen malen und die das meine zu einem unauslöschlichen gemacht haben! Mir ward übel bei solcher Lektüre! »O hassenswerter Tag, da ich ins Leben trat!«, so rief ich wohl in aller Seelenpein. »Vermaledeiter Schöpfer! Was musstest du ein Monstrum formen, von dem selbst *du* voll Grausen dich gewandt? Der große Gott, hat er nicht voll Erbarmnis nach seinem eignen Bild den Menschen sich erschaffen, voll Schönheit und voll Anmut? Ich aber bin ein schmutziges Zerrbild nur, und dass ich dennoch meinem Schöpfer gleiche, macht meine Hässlichkeit bei weitem ärger! Sogar der Satan hatte seine Teufel, die ihn bewunderten, ihm Beifall klatschten! Ich aber habe niemand, bin allein, bin aller Welt ein ekelhaftes Gräuel!«

Dies etwa waren die Überlegungen, denen ich mich in den Stunden meiner Trübsal und meiner Verlassenheit hingab. Doch wenn ich mir danach die Tugenden meiner Mitbewohner vor Augen führte, ihr liebenswertes und gutherziges Wesen, so redete ich mir ein, dass sie, sobald sie erst meiner Bewunderung für ihre guten Eigenschaften gewahr wären, mich bemitleiden und über meine Ungestalt hinwegsehen würden. Konnten sie denn ein Wesen von ihrer

Schwelle jagen, wie entstellt und ungeheuerlich es immer aussehen mochte, wenn es sie um ihr Mitleid und ihre Freundschaft anflehte? So beschloss ich, zumindest nicht im Augenblick zu verzweifeln, sondern mich vielmehr nach Kräften auf jene Unterredung vorzubereiten, die über mein künftiges Geschick entscheiden würde. Doch schob ich solchen Versuch noch um mehrere Monate hinaus, da mich die ungeheure Wichtigkeit seines günstigen Ausganges nur umso stärker vor einem möglichen Misserfolge erzittern machte. Und da ich überdies feststellen konnte, wie sehr die Erfahrung jedes weiteren Tages meinem Verstand zugute kam, war ich erst recht nicht gewillt, mein geplantes Unternehmen schon jetzt ins Werk zu setzen, ehe noch einige Monate das ihre zur Schärfung meiner Urteilskraft beigetragen hätten.

Während solcher Wartefrist ging aber ein weiterer Wandel in dem Hause vor sich. Mit Safies Ankunft war ja das Glück unter dies Dach eingezogen und, so konnte ich feststellen, auch ein bescheidener Wohlstand. Felix und Agathe konnten jetzt mehr Zeit denn ehedem an ihre Lustbarkeit und ihre Gespräche wenden, da ihnen so manche Arbeit von den Dienstboten abgenommen wurde. Meine Hausgenossen schienen nicht gerade reich zu sein, doch führten sie ein zufriedenes und unbeschwertes Leben. Ihr Gemüt war erfüllt von Heiterkeit und Ruhe, wogegen das meine mit jedem Tag mehr und mehr aufgewühlt ward. In dem Maße ich an Wissen zunahm, erkannte ich auch, welch ein jammervoll Ausgestoßener ich war! Zugegeben, ich hegte gewisse Hoffnungen, indes, dieselben lösten sich in nichts auf, sobald ich im Wasser mein Spiegelbild, im Mondlicht meinen Schatten erblickte, wie flüchtig solche Spiegelung, wie unbeständig solcher Schattenriss immer sein mochte.

Dennoch war ich bestrebt, meine Angst zu unterdrücken und mich für jene Prüfung zu wappnen, der ich mich in wenigen Monaten zu unterziehen gedachte. Bisweilen kam es sogar vor, dass ich meine Gedanken, unbeschwert von aller Vernunft, in paradiesische Gefilde schweifen ließ und mich dergestalt von den liebenswertesten Geschöpfen umgeben wähnte, die meiner Düsternis Trost zusprachen. Doch es war nur Traum! Keine Eva sänftigte meinen Kummer, kein liebend Weib teilte meine Gedanken: Ich war und blieb allein! Immer wieder gedachte ich der flehentlichen Bitten, welche Adam an seinen Schöpfer gerichtet. Wo aber war der meine? Er hatte mich schnöde verlassen! Und so fluchte ich ihm in aller Bitternis meines Herzens!

So ging der Herbst dahin. Mit Staunen und Bekümmernis musste ich gewahren, dass die Blätter welk wurden und abfielen, ja dass die gesamte Natur das nämliche, traurigöde Aussehen annahm wie ehedem, da ich die Wälder und den guten Mond zum ersten Male erblickt hatte! Indes, mich kümmerte nicht die Trübsal solchen Wetters, da meine Konstitution mich die Kälte des Winters viel besser ertragen ließ denn die Hitze des Sommers. Was mich traurig stimmte, war einzig der Verlust meiner Augenweide: Meine Hauptfreude war ja der Anblick der Blumen und der Vögel gewesen, eben alles dessen, was uns den Sommer so kurzweilig macht. Dies nicht länger vor Augen, richtete ich meine Aufmerksamkeit nur umso stärker auf die Mitbewohner. Ihre Glückseligkeit war ja durch das Ende des Sommers nicht beeinträchtigt worden. Ihr liebevolles Zusammenleben und all die Freude, welche sie einander abgewannen, konnte durch dies Absterben aller sommerlichen Pracht nicht getrübt werden. Und je länger ich ihnen zusah, desto größer ward mein Begehr, ihren Schutz und freundlichen Zuspruch anzurufen. Mein Herz fühlte das sehnlichste Verlangen, diesen liebenswerten Geschöpfen nicht länger ein Unbekannter, sondern in ihre Zuneigung mit einbeschlossen zu sein: Ihre freundlichen Blicke voll Liebe auf mir ruhen zu sehen, es war der Gipfelpunkt meiner Wünsche! Ich wagte gar nicht erst daran zu denken, dass solche Menschen voll Abscheu und Verachtung sich von mir wenden könnten. Niemals gingen ja die Armen, welche an diese Pforte klopften, unbeschenkt von ihrer Schwelle! Ich freilich, es ist wahr, begehrte weit größere Schätze denn ein wenig Speisung oder Rast: Mir ging's um

Freundlichkeit und Anteilnahme und ich hielt mich solcher Gaben nicht für völlig unwert!

Der Winter kam heran und mit ihm schloss sich erstmals seit meinem Erwachen der Reigen der Jahreszeiten. Mein Augenmerk war in jenen Tagen schon ganz und gar auf den Plan gerichtet, mich bei meinen Hausgenossen gehörig einzuführen, und ich erwog so manche Möglichkeit zu diesem Ende. Schließlich entschied ich mich, die Wohnung zu einem Zeitpunkt zu betreten, da der blinde Greis sich allein darin aufhielte. Ich verfügte nun über genug Verstand, um zu begreifen, dass meine unnatürliche Hässlichkeit der Hauptgrund für das Entsetzen gewesen, welches die Menschen bisher bei meinem Anblick empfunden. Meine Stimme aber, wie rau sie auch sein mochte, hatte nichts Furchtbares an sich. Deshalb dachte ich bei mir, dass ich, gelänge es mir erst, in Abwesenheit seiner Kinder die Gutwilligkeit und vermittelnde Fürbitte des greisen De Lacey zu gewinnen, mit seiner Hilfe durchaus auch von meinen jüngeren Beschützern gelitten werden mochte.

Eines Tages – die Herbstsonne ließ das gefallene Laub in ihrem freundlichen, obschon keine Wärme mehr spendenden Lichte gleich einem roten Feuer erstrahlen – unternahmen Safie, Agathe und Felix einen ausgedehnten Streifzug über Land, den greisen Hausvater auf dessen ausdrücklichen Wunsch allein in dem Hause zurücklassend. Sobald seine Kinder aufgebrochen waren, nahm er die Laute zur Hand und spielte darauf etwelche klagende, melodische Weisen, die noch wohllautender und trauriger tönten, als ich es je zuvor von ihm vernommen. Dabei waren seine Züge zunächst von Freude verklärt, doch je länger er spielte, desto gedankenverlorener und betrübter ward seine Miene, bis er schließlich unter Hinweglegung des Instrumentes in ein tiefes Nachsinnen verfiel.

Das Herz schlug mir bis zum Halse! Dies war die Stunde, dies der Moment jener Prüfung, darin entweder meine Hoffnungen oder aber meine Ängste sich bewahrheiten mussten! Alles im Hause war still und auch draußen war keine Menschenseele zu vernehmen, denn die Dienstboten waren zur Kirmes ins Nachbardorf gegangen. Günstiger konnte die Gelegenheit gar nicht mehr sein! Da ich aber den ersten Schritt in Ausführung meines Vorhabens machte, versagten mir die Beine den Dienst und ich sank zu Boden. Indes, ich raffte mich sogleich wieder auf und entfernte unter Aufbietung aller mir zu Gebote stehenden Entschlusskraft die Bretter, mit denen ich meinen Verschlag gegen eine etwaige Entdeckung geschützt hatte. Alsbald belebte mich die frische Luft, so dass ich mit erneuter Entschlossenheit auf die Haustür zutrat.

Ich pochte. »Wer da?«, rief von drinnen der Greis. »Tretet ein!«

Ich tat nach seinen Worten. »Vergebt mir dies Eindringen«, sprach ich. »Ich bin ein müder Wandersmann und recht sehr des Ausruhens bedürftig. Und ich wüsst Euch tausend Dank, wolltet Ihr mir verstatten mich ein wenig an Eurem Feuer zu erwärmen.«

»Tretet näher«, sagte der betagte De Lacey, »und ich will sehen, auf welche Weise Euch zu helfen sei. Indes, zum großen Unglück sind meine Kinder über Land. Ihr müsst nämlich wissen, ich bin blind und so fürchte ich, dass es mir schwer fallen wird, Euch eine kleine Stärkung zu finden.«

»Lasst's gut sein, mein freundlicher Gastgeber! Ich bin ja gespeist. Was mir Not tut, ist einzig ein wenig Wärme und Rast an Eurem Herde.«

Danach ließ ich mich nieder und keiner sagte ein Wort. Indes, obschon ich wusste, wie kostbar jede Minute für mich war, vermochte ich doch nicht zu entscheiden, auf welche Weise dies Gespräch zu beginnen wäre. Solchem Zaudern machte der Greis ein Ende, indem er sagte:

»Eure Sprache, Fremdling, lässt mich einen Landsmann in Euch vermuten – seid Ihr Franzose?«

»Mitnichten. Doch ward ich in einer französischen Familie aufgezogen und verstehe einzig deren Sprache. Nun aber bin ich auf dem Wege den Schutz und Schirm etwelcher Freunde anzurufen, denen ich überaus zugetan bin und in deren Gunst ich einige Hoffnung setze.«

»Sind's etwa Deutsche?«

»Oh, nein, es sind Franzosen wie Ihr. Allein, was tut's! Ich selbst bin ein unglückliches und verlassenes Geschöpf. Wie ich auch um mich blicke, ich hab nicht Anverwandte noch Freunde auf dieser Welt. Selbst jene guten Leute, zu denen ich unterwegs bin, haben mich noch nie gesehen und kaum von mir vernommen. So bin ich in ernstlicher Sorge. Sollten sie mich nämlich nicht aufnehmen wollen, so bin ich für immer verstoßen auf dieser Erde.«

»Verzweifelt nicht! Keine Freunde zu haben ist in der Tat Grund genug, unglücklich zu sein, doch ist das Menschenherz, sofern keine selbstsüchtigen Neigungen es befallen haben, voll der brüderlichen Nächstenliebe. Bauet derhalben getrost auf Eure Hoffnung! Wenn jene Freunde wirklich so gut und liebenswert sind, wie Ihr sagt, braucht Ihr nicht zu verzweifeln.«

»Sie sind die Güte selbst – sind die vortrefflichsten Geschöpfe auf Gottes Erdboden. Doch will's mein Unstern, dass sie gegen mich eingenommen sind. Dabei ist meine Absicht die beste. Auch ist mein Leben bislang ohn' Fehl und Arg verlaufen, ja war zuweilen sogar dem Wohltun gewidmet. Doch ein fatales Vorurteil umwölkt ihren Blick und so sehen sie in mir statt des fühlenden und gutherzigen Freundes nur ein verabscheuenswürdiges Ungeheuer.«

»Dies ist freilich ein großes Unglück. Könnt Ihr ihnen, falls Ihr wirklich frei von Schuld seid, denn gar nicht die Augen öffnen?«

»Dies ist's ja, was ich gegenwärtig versuche, und eben drum befällt mich jetzt ein so überwältigendes Angstgefühl. Ich hange jenen Freunden mit aller Zärtlichkeit an, hab ihnen viele Monate hindurch tagtäglich so manche Guttat erwiesen. Sie aber glauben, ich wünschte ihnen ein Leides zu tun, und dies ungerechte Urteil begehre ich zu widerlegen!«

»Wo haben diese Freunde ihr Domizil?«

»Nicht weit von hier.«

Der blinde Greis schwieg eine Weile. Dann fuhr er fort: »Wolltet Ihr mir rückhaltlos alle Einzelheiten Eurer Geschichte anvertrauen, so könnt ich Euch in der Aufklärung jener Freunde vielleicht von Nutzen sein. Zwar bin ich blind und kann mir aus Euren Zügen kein Urteil bilden, indes, in Euren Worten klingt etwas mit, das mich geneigt macht, an Eure Aufrichtigkeit zu glauben. Obgleich ich arm bin und aus meinem Vaterlande vertrieben, soll es mich doch recht herzlich freuen, einem Menschenwesen auf die eine oder andere Weise behilflich zu sein.«

»Vortrefflicher Mensch! Lasst mich Euch danken und von Eurem großherzigen Angebot Gebrauch machen! Durch Eure Güte fühl ich mich aus dem Staub erhoben und mit Eurer Hülfe, des bin ich gewiss, wird mir keiner die Aufnahme in die teilnehmende Gemeinschaft Eurer Mitmenschen verweigern!«

»Da sei Gott vor! Selbst wenn Ihr in Wahrheit ein Bösewicht wäret, so könnt Euch dies ja nur umso tiefer in die Verzweiflung treiben, nimmermehr aber auf den Pfad der Tugend zurückführen! Auch ich bin ja ein Unglücklicher. Meine Familie und ich, wir sind durch Richterspruch verurteilt und vertrieben worden und waren doch frei von aller Schuld! Ermesset daraus, wie sehr ich Euer Ungemach Euch nachfühlen kann!«

»Wie soll ich Euch danken, mein bester, mein einziger Wohltäter? Eure Lippen sind ja die ersten, von denen Freundlichkeit zu mir spricht. Dessen will ich stets und in Dankbarkeit gedenken! Eure Menschlichkeit ist mir die beste Gewähr, bei den Freunden, welche ich demnächst sehen soll, keine ungünstige Aufnahme zu finden.«

»Mögt Ihr mir nicht Namen und Wohnsitz Eurer Freunde nennen?«

Ich schwieg. Dies, so ging's mir durch den Sinn, war der entscheidende Augenblick, welcher mich meiner Hoffnung entweder berauben oder aber für alle Zeit versichern würde! Vergebens rang ich um die nötige Festigkeit, solche Frage zu beantworten: Der Kampf in meinen Innern zehrte auch noch meine letzten Kräfte auf! Laut aufschluchzend sank ich auf einen Stuhl. Im nämlichen Momente aber vernahm ich draußen die Schritte meiner jüngeren Beschützer!

Nun war keine Zeit mehr zu verlieren und so rief ich, indem ich die Hand des Greises umklammerte: »Nun ist's an der Zeit! Schützet mich und steht mir bei! Ihr selbst, Ihr und Eure Familie seid ja die Freunde, welche ich suche! Oh, verlasst mich nicht in der Stunde meiner Prüfung!«

»Allmächtiger!«, rief da der Blinde. »Wer seid Ihr?« Dies gefragt, ging die Tür auf und herein trat Felix, gefolgt von Safie und Agathen. Wer vermöchte das Entsetzen und die Verblüffung der drei zu schildern, da sie meiner ansichtig geworden? Agathe sank in eine Ohnmacht, dieweil Safie, außer Stande der Freundin beizustehen, aus dem Hause stürzte! Felix aber warf sich auf mich und riss mich mit übermenschlicher Kraft von seinem Vater hinweg, dessen Knie ich umklammert hielt: Rasend vor Wut schleuderte er mich zu Boden und versetzte mir mit seinem Stocke einen heftigen Schlag – mir, der ich ihn mit Leichtigkeit hätte in Stücke reißen können, ganz wie der Löwe mit der Antilope verfährt! Allein, das Herz sank mir im Busen vor Bitternis und Kränkung und so stand ich von aller Gegenwehr ab. Schon holte mein Widersacher zum zweiten Schlage aus – da rannte ich, überwältigt von Schmerz und Qual, ins Freie und verkroch mich, unbemerkt in dem allgemeinen Aufruhr, wieder in meinem Verschlag.

# *Sechzehntes Kapitel*

Oh, über dich dreimal verfluchten Schöpfer! Was sollte mir jetzt noch das Leben? Was hielt mich davon ab, nicht im nämlichen Augenblick den Funken auszutilgen, welchen du so leichtfertig in mir angefacht? Ich weiß es nicht! Noch war's nicht Verzweiflung, was von mir Besitz ergriffen: Vielmehr empfand ich nichts denn Wut und Rachedurst. Mit tausend Freuden hätt ich dies Haus zusamt seinen Bewohnern zerstören, mich an ihrem Schmerzgeheul und Elend weiden mögen!

Mit dem Hereinbruche der Nacht aber verließ ich meinen Unterschlupf und durchstreifte die Wälder. Jetzt erst, da ich nicht länger fürchten musste entdeckt zu werden, machte ich meinem Schmerze in einem fürchterlichen Klagegeheul Luft. Ich war dem wilden Tiere vergleichbar, das seine Fesseln zerrissen hat, und war bereit, alles niederzutrampeln, was sich mir in den Weg stellte, wie ich da mit der Flüchtigkeit des Hirsches durch die Wälder eilte! Oh, jammervolle Nacht, die mir bevorstand! Die kalten Sterne blickten voll Hohn auf mich herab und die kahlen Bäume winkten mir mit ihren Zweigen einen geisterhaften Gruß. Nur ab und zu ward die vollkommene Stille durchbrochen von süßem Vogelschalle. Sie alle, bis auf mich, sie alle erfreuten sich der Ruhe oder der Zweisamkeit! Einzig ich, dem Erzfeinde gleich, trug den Höllenbrand im Busen, und da ich gewahren musste, dass keiner mit mir fühlte, war ich versucht die Bäume auszureißen, Verheerung rings und Chaos anzurichten und dann mich hinzusetzen, mich des Ruins und der Zerstörung zu erlaben!

Allein, dies Übermaß an Aufgewühltheit konnte nicht von Dauer sein: Ermüdet von der allzu großen körperlichen Anstrengung sank ich ins taunasse Gras, überwältigt von ohnmächtiger Verzweiflung. Kein fühlend Herz fand sich unter den ungezählten Millionen, welche dies Erdenrund bevölkern, mir Mitleid oder Hilfe zu gewähren? Ich aber sollte meine Feinde lieben? Nimmermehr! Und so sagte ich in jenem Augenblicke der gesamten Menschheit den unversöhnlichsten Kampf an, vor allem aber jenem einen, der mich geschaffen und in dies unerträgliche Elend gestoßen hatte!

Die Sonne stieg herauf, ich vernahm die Stimmen der Menschen und wusste doch um die Unmöglichkeit, tagsüber in meinen Unterschlupf zurückzugelangen! So verbarg ich mich denn in einem undurchdringlichen Dornicht, entschlossen, die weiteren Stunden dem Nachdenken über meine Lage zu widmen.

Das Licht der lieben Sonne und die reinen Lüfte des Tages brachten mich wieder ein wenig ins Lot und in Erwägung dessen, was in dem Hause sich abgespielt, konnt' ich nicht länger umhin, meine Handlungsweise für eine übereilte anzusehen. Gewisslich hatte ich ja höchst unüberlegt gehandelt. Es lag auf der Hand, dass mein Bericht den Hausvater günstig gestimmt hatte, und so war's tölpelhaft von mir gewesen, meine Ungestalt zum Schrecken der Kinder deren Blicken auszusetzen. Vielmehr hätte ich mich zuvörderst mit dem greisen De Lacey auf vertrauteren Fuß stellen müssen, hätte mich erst nach und nach den anderen Familienmitgliedern entdecken dürfen, auf dass sie meines Anblicks nicht unvorbereitet teilhaftig würden. Doch hielt ich meinen törichten Schritt nicht für unwiderruflich und beschloss nach vielem Nachdenken in das Haus zurückzukehren, um daselbst den Greis abermals aufzusuchen und ihn durch meine Darlegungen für meine Sache zu gewinnen.

Derlei Erwägungen beschwichtigten mein Gemüt und so fiel ich am Nachmittag in einen tiefen Schlummer. Allein, mein aufgewühltes Blut ließ nicht zu, dass friedvolle Träume mich besuchten. Noch immer stand mir ja die fürchterliche Szene des voraufgegangenen Tages vor Augen: Beständig waren die Frauenzimmer vor mir auf der Flucht und der wütende Felix riss mich immer wieder von seines Vaters Füßen! Zuletzt fuhr ich erschöpft aus meinem

Schlaf und kroch, da die Nacht schon hereingebrochen war, aus meinem Versteck hervor, um meiner Nahrung nachzugehen.

Nach der Stillung meines Hungers lenkte ich die Schritte auf jenen wohl vertrauten Fußpfad, welcher zu dem Hause zurückführte. Dort lag alles in tiefstem Frieden. So kroch ich denn in meinen Verschlag und harrte daselbst in schweigender Erwartung der Stunde, da die Familie sich zu erheben pflegte. Allein, die gewohnte Stunde verstrich, immer höher stieg die Sonne am Firmament, doch niemand von meinen Mitbewohnern zeigte sich. Ein heftiges Zittern befiel mich, da mir fürchterliches Unheil schwante. Im Hause war noch immer alles dunkel und keine Regung ließ sich vernehmen. Nimmermehr vermag ich dies Hangen und Bangen zu beschreiben!

Allgemach kamen zwei Landleute des Weges. Da sie sich aber dem Hause näherten, hielten sie inne und verfielen in ein Wortgefecht, das von dem heftigsten Gebärdenspiele begleitet war. Ich aber konnte ihre Worte nicht verstehen, da die beiden sich ihrer Landessprache bedienten, welche sich von derjenigen meiner Beschützer unterschied. Doch tauchte wenig später Felix in Begleitung eines weiteren Mannes auf. Dies überraschte mich nicht wenig, da ich den Jüngling heute Morgen das Haus nicht hatte verlassen sehen. So merkte ich in angstvoller Spannung auf seine Worte, auf dass ich daraus die Bedeutung solch ungewöhnlichen Erscheinens erführe.

»Habt Ihr auch reiflich erwogen«, sagte jetzt der fremde Begleiter, »dass Ihr mir für drei weitere Monate den Pachtschilling für dieses Haus entrichten müsst und dennoch der Nutzung des Gartens verlustig geht? Ich will Euch wahrhaftig nicht übers Ohr hauen und bitte Euch deshalb, Euren Entschluss noch ein paar Tage lang in aller Ruhe zu überlegen.«

»Dies ist vollkommen unnütz«, versetzte Felix. »Keine Stunde länger können wir unter diesem Dache verbleiben!

Zufolge jenes fürchterlichen Vorfalles, den ich Euch geschildert, ist das Leben meines Vaters in der größten Gefahr! Mein Weib und meine Schwester werden sich nimmer von ihrem Schrecken erholen. So fleh ich Euch an, dringet nicht länger in mich! Nehmt Euer Eigentum wieder in Besitz und lasst mich den Staub solch unseligen Ortes von den Schuhen schütteln!«

Bei diesen Worten erbebte Felix sichtbarlich und auf das Heftigste. Er und sein Begleiter betraten das Haus, hielten sich kurze Zeit darin auf und entfernten sich danach. Dies war das Letzte, was ich von der Familie De Lacey zu Gesicht bekam.

Den Rest des Tages brachte ich in meinem Verschlage zu, überwältigt von der stumpfsinnigsten und äußersten Verzweiflung. Meine Beschützer, sie waren unter Zerreißung des einzigen, mich noch mit der Welt verbindenden Bandes auf und davon gegangen! Zum ersten Male erfüllten Rachedurst und Hass mir den Busen, und ich versuchte nicht, ihnen zu steuern. Indem ich mich aber willenlos dem reißenden Strome solcher Leidenschaften überantwortete, ward all mein Denken auf Gewalttat und Verderbnis gerichtet. Nur der Gedanke an meine Freunde, an die sanfte Stimme des greisen De Lacey, an Agathens freundlichen Blick und die erlesene Schönheit der Orientalin drängte meine Raserei zurück und ein Tränenstrom glättete die Wogen meines Innern. Sobald ich mir aber aufs Neue vor Augen führte, wie man mich mit Füßen getreten und dann verlassen hatte, überschwemmte mich aller Ingrimm mit nur noch größerer Gewalt. Außer Stande, mir meine Wut an einem Menschen zu kühlen, richtete ich dieselbe auf die unbelebten Dinge: Sobald die Nacht herangekommen war, schichtete ich alles Brennbare, dessen ich habhaft werden konnte, an den sämtlichen vier Hauswänden auf und harrte, nachdem ich zuvor noch in dem Garten jedwede Spur menschlichen Arbeitsfleißes mit Stumpf und Stiel ausgetilgt hatte, mit verstärkter Ungeduld dem Untergang des Mondes entgegen, auf dass ich in meinem Zerstörungswerk fortführe.

Mit dem Voranschreiten der Nacht erhob sich ein heftiger, aus den Wäldern heranfegender Wind, welcher alsbald die Wolkendecke zerteilte, die bislang so träg am Firmament gehangen. Der Sturm raste gleich einer mächtigen Lawine dahin und erfüllte mir die Sinne mit einem so aberwitzigen Ingrimm, dass derselbe alle Grenzen der Vernunft und Überlegung sprengte. Ich entzündete einen dürren Ast und umtanzte wie ein Tollhäusler dies dem Untergange geweihte Haus, wobei ich meine Augen noch immer auf den westlichen Horizont geheftet hielt, dessen Rand der Mond soeben berührte. Nach und nach verschwand ein Teil seines Rundes hinter den Bergen, dieweil ich noch immer meinen Feuerbrand in der Hand schwenkte. Da die leuchtende Scheibe aber zur Gänze versunken war, steckte ich mit einem wilden Schrei all das Stroh, trockene Ackerkraut und dürre Gezweig in Brand, welches ich aufgehäuft hatte. Alsbald fuhr der Wind in das Feuer und sogleich war das ganze Haus von den Flammen umhüllt, welche daran emporloderten und mit ihren gespaltenen, zerstörerischen Zungen gierig daran leckten.

Erst als ich vollkommen davon überzeugt war, dass keinerlei Hilfe auch nur den kleinsten Teil dieser Behausung retten könnte, verließ ich den Schauplatz und nahm meine Zuflucht in den Wäldern.

Jetzt aber, da die ganze weite Welt vor mir lag – wohin sollte ich jetzt meine Schritte lenken? Ich beschloss so weit wie möglich von dem Orte meines Ungemachs zu fliehen. Allein, musste nicht mir, gehasst und verachtet, wie ich war, ein jedes Land gleichermaßen fürchterlich sein? Über solchen Erwägungen schoss mir der Gedanke an dich durch den Sinn. Ich hatte ja aus deinen Aufzeichnungen erfahren, dass du mein Stammvater, mein Hervorbringer bist. An wen aber hätte ich mich besser wenden können denn an denjenigen, welcher mir zum Leben verholfen? Im Verlaufe all der Unterweisungen, die Felix seiner Safie hatte zuteil werden lassen, war die Geografie keineswegs vernachlässigt worden. Dergestalt hatte ich ein Bild von der Lage der verschiedenen Länder des Erdkreises gewonnen. Du selbst hattest Genf als deine Heimatstadt erwähnt und so beschloss ich, mich dahin auf den Weg zu machen.

Wie aber war dies ins Werk zu setzen? Wohl wusste ich, dass ich eine südwestliche Richtung einschlagen musste, um das Ziel meiner Reise zu erreichen, doch war's einzig und allein die Sonne, welche mir zur Führerin dienen konnte. Ich wusste ja nicht die Namen all der Städte, die an meinem Wege lagen, noch auch konnte ich mir von irgendeinem Menschenswesen Rates erholen! Dennoch, ich verzweifelte nicht. Einzig von dir war ja Sukkurs für mich zu erhoffen, ob ich dir auch kein anderes Gefühl denn Hass entgegenbrachte. Fühlloser, hartherziger Schöpfer, der du mich mit Empfindungen und Leidenschaften begabt, einzig um mich als einen Spielball für die Verachtung und das Entsetzen der Menschheit in die Welt hinauszustoßen! Und doch warst du es allein, von dem ich mit einigem Anrechte Mitleid und Genugtuung erheischen konnte! So kam ich mit mir überein, bei dir jene Gerechtigkeit zu suchen, welche ich bislang vergebens von jedem anderen mit menschlichen Zügen begabten Wesen zu erhalten versucht.

Meine Reise war lang und die Beschwernisse, die ich zu erdulden hatte, überstiegen alles Maß. Es war ja schon Spätherbst gewesen, als ich jenen Landstrich verlassen hatte, darin ich so lange gelebt. Überdies wagte ich bloß während der Dunkelheit zu wandern, aus Furcht einem menschlichen Antlitz zu begegnen. Rings um mich verwelkte und verdorrte die Natur und die Sonne wärmte nicht mehr. Regen und Schnee fielen auf mich hernieder und selbst das Wasser der großen Flüsse erstarrte zu Eis. Der Boden, auf dem ich dahinschritt, ward hart, frostig und kahl, ich aber fand nirgendwo ein Obdach. O Erde! Wie oft hab ich nicht alle Flüche der Welt auf dich und meines Schöpfers Haupt herabgewünscht! All meine natürliche Sanftmut war ja von mir gewichen, alles und jedes in mir hatte sich in die galligste Bitternis verwandelt! Je näher ich deinem Wohnsitze kam, desto tiefer fühlte ich mein Herz vom Geiste der Rache entflammt. Der Schnee sank hernieder und alle Wasser gefroren, ich aber gönnte mir nicht Rast noch Ruh'. Einige wenige Merkzeichen halfen mir dann und wann weiter und überdies besaß ich ja eine

Karte deines Landes. Dennoch irrte ich oftmals weit von meinem Pfade ab. Die Seelenpein aber, unter der ich litt, duldete keinen Verzug: Jeder Zwischenfall war bloß dazu angetan, meinem Ingrimm und Elend neue Nahrung zu geben! Ein Ereignis aber, welches mir zustieß, als ich an den Gemarkungen des Schweizer Landes angekommen – zu einer Zeit, da die Sonne schon wieder wärmer strahlte und die Erde sich aufs neue mit Grün bedeckte –, ein Ereignis bekräftigte in ganz besonderem Maße die Bitterkeit und das Entsetzliche meiner Empfindungen.

Im Allgemeinen pflegte ich tagsüber zu rasten und meine Reise erst im Schutze der Nacht, sobald kein menschliches Auge mich erblicken konnte, fortzusetzen. Eines Morgens, da ich gewahrte, dass mein Pfad mich durch einen tiefen Wald führte, wagte ich's, meine Fußreise auch nach Sonnenaufgang fortzusetzen. Der Tag – einer der frühesten im Lenze – erfüllte selbst mich durch seine sonnige Anmut und die balsamischen Lüfte mit Fröhlichkeit. Mit einem Male erwachten die Regungen der Sanftmut und der Freude, welche so lange erstorben gewesen, in meinem Busen zu neuem Leben. Nahezu verwundert ob der Ungewohntheit solcher Empfindungen ließ ich mich willenlos von ihnen dahintragen und wagte es, meiner Einsamkeit und Ungestalt zu vergessen, ja glücklich zu sein! Zum anderen Mal betauten linde Tränen mir die Wangen und feuchten Auges blickte ich empor zu der gesegneten Sonne, welche mich solcher Freude teilhaft werden ließ!

So schritt ich denn auf all den gewundenen Pfaden für mich hin, bis ich den Waldesrand erreicht hatte, der von einem tiefen und reißenden Flusse begrenzt war, über dessen Fluten so mancher Baum sein im jungen Grün des ersten Lenzes knospendes Gezweig neigte. Hier hielt ich inne, unschlüssig, welche Richtung ich nun einzuschlagen hätte, als ich plötzlich den Klang von Stimmen vernahm und mich dergestalt bewogen fühlte, im Schatten einer Zypresse Zuflucht zu suchen. Dies kaum getan, kam auch schon ein junges Mädchen auf eben jene Stelle zugelaufen, an der ich mich versteckt hielt, wobei sie fröhlich lachte, so als liefe sie zum Scherze vor irgendjemand davon. Auf ihrem Wege längs des steil abfallenden Flussufers strauchelte plötzlich ihr Fuß, so dass sie in die reißenden Fluten stürzte. Ich schoss aus meinem Versteck hervor und rettete die Unglückselige mit äußerster Anstrengung vor dem nassen Ertrinkungstode, indem ich sie ans Ufer zerrte. Da sie bereits ihrer Sinne beraubt war, versuchte ich mit allen mir zu Gebote stehenden Mitteln, der Leblosen neuen Odem einzuhauchen. In solchem Bemühen wurde ich plötzlich durch das Erscheinen eines Einheimischen unterbrochen, wohl jenes Mannes, vor dem das Mädchen scherzhaft auf der Flucht gewesen. Mich kaum gesehen, stürzte er auch schon herzu, riss mir das Mädchen aus den Armen und hastete mit ihr ins Innere des Waldes. Ich aber blieb ihm auf den Fersen ohne recht zu wissen, warum. Da der Flüchtende bemerkte, dass ich ihn einholte, riss er seine Flinte von der Schulter, brachte sie auf mich in Anschlag – und drückte ab! Ich sank zu Boden und der Mordschütze verschwand mit vermehrter Geschwindigkeit in den Wäldern.

Dies war also der Lohn für meine Gutherzigkeit! Ich hatte ein Menschenleben vor dem Umkommen bewahrt und sah mich nun bedankt durch eine Kugel, durch Wundschmerzen, unter denen ich mich elendiglich krümmte, da mir Fleisch und Bein zerrissen waren! All die freundlichen und sanften Empfindungen, denen ich mich noch vor Sekunden hingegeben, nun hatten sie einer zähneknirschenden, satanischen Wut Raum gegeben! Von meinen Schmerzen zur Weißglut gebracht, schwor ich der gesamten Menschheit ewigen Hass und unauslöschliche Rache! Doch überwältigte mich schließlich die tödliche Pein meiner Wunde, mein Puls setzte aus, und ich verlor das Bewusstsein.

Mehrere Wochen vegetierte ich nun aufs Jämmerlichste in den Wäldern dahin, einzig darauf bedacht, die mir zugefügte Verwundung auszuheilen. Die Kugel war mir ja in die Schulter gedrungen und ich wusste nicht, ob sie noch darin steckte. Doch wie dem auch gewesen sein mag, ich hätte sie auf keine Weise entfernen können. Überdies wurden meine Leiden noch erschwert durch das bedrückende Gefühl, dass Unrecht und Undank sie mir zugefügt hatten. So waren meine täglichen Schwüre auf nichts als Rache gerichtet – auf eine tiefe und tödliche Rache, die allein im Stande war, das Maß an Qual aufzuwiegen, welches ich nun zu erdulden hatte.

Nach Ablauf der mehrere Wochen währenden Genesungsfrist hatte meine Wunde sich geschlossen und ich setzte meine Wanderschaft fort. Jetzt aber wurden die damit verbundenen Beschwernisse nicht mehr von der strahlenden Sonne oder den linden Frühlingslüften erleichtert. Alle Freude dünkte mich ja ein Hohn, eine Beleidigung meiner hoffnungslosen Lage, dieweil sie mich nur umso schmerzlicher empfinden ließ, dass ich nicht für das Glück geschaffen war.

Doch sollte meine Müh' und Plage in nicht allzu ferner Zeit ein Ende haben: Nach Ablauf zweier Monate hatte ich die Umgebung von Genf erreicht.

Es war schon Abend, als ich dort anlangte. So suchte ich mir in den die Stadt umgebenden Gefilden ein Versteck, um dort in Ruhe darüber nachzudenken, auf welche Weise ich mich dir am besten nähern könnte. Müdigkeit und Hunger lasteten schwer auf mir und überdies ließ mich mein Unglück weder des sanften Abendwinds noch auch des großartigen Sonnenunterganges hinter den weithin sich erstreckenden Hängen des Jura froh werden.

Ein leichter Schlummer erlöste mich von der Qual des Denkens. Er ward jedoch gestört durch das Herannahen eines wunderhübschen Knaben, welcher in aller kindlichen Verspieltheit geradewegs auf das von mir gewählte Versteck zugelaufen kam. Bei seinem Anblicke schoss mir's plötzlich durch den Sinn, dass dies kleine Geschöpf noch von keiner vorgefassten Meinung beseelt war, dieweil's ja noch zu kurz auf Erden wandelte, als dass ihm schon ein ungerechter Abscheu vor unverschuldeter Missgestalt hätte eingeflößt werden können. Daraus folgerte ich, dass, im Fall es mir gelänge, mich dieses Knaben zu versichern und ihn mir zum Gefährten und Freunde zu erziehen, ich nicht mehr so hoffnungslos allein auf dieser bewohnten Erde einherwandeln müsste!

Von solchem Antriebe geleitet bemächtigte ich mich des Kleinen, als er an mir vorüberkam, und zog ihn an mich. Sobald er aber meine Gestalt erblickt hatte, schlug er die Händchen vors Gesicht und stieß ein gellendes Angstgeheul hervor. Ich riss ihm die Hände gewaltsam von den Augen und sprach: »Mein Kind, was hast du denn nur? Ich will dir ja nichts Böses tun. So hör doch!«

Der Kleine indes schlug verzweifelt um sich. »Lass mich los, du Ungeheuer!«, rief er. »Du Ausbund und hässlicher Menschenfresser! Reiß mich nicht in Stücke – du bist ja ein Oger – lass mich los, oder ich sag's meinem Papa!«

»Du wirst, schöner Knabe, deinen Vater nimmer sehn – musst ja mit mir kommen!«

»Grässliches Ungetüm! Lass mich los! Mein Papa ist ein Ratsherr – es ist Monsieur Frankenstein –, er wird dich ins Gefängnis werfen! Wag es nur ja nicht, mich festzuhalten!«

»Frankenstein, sagst du? So gehörst du zur Sippe meines Todfeinds? Zur Sippe dessen, dem ich auf ewiglich Rache geschworen? Dann sei mein erstes Opfer!«

Der Knabe wehrte sich noch immer und bedachte mich mit Schimpfwörtern, welche mir das Herz durchbohrten. So schnürte ich ihm die Kehle zu, auf dass er endlich schwiege – und da lag er auch schon tot zu meinen Füßen!

Wie ich ihn so leblos darniedergestreckt sah, schwoll mir das Herz vor Frohlocken und satanischem Triumphe: Ich klatschte voll Freude in die Hände und rief lauthals: »Auch mir ist's also gegeben, Trübsal zu verhängen! Mein Todfeind ist nicht unverwundbar! Dieser Tod wird ihn in Verzweiflung stürzen und ein ganzes Tausend weiterer Übel soll ihn fürder quälen und ihm am Ende den Garaus machen!«

Da ich nun das tote Kind betrachtete, entdeckte ich etwas Glitzerndes auf seiner Brust. Ich nahm es an mich: Es war das Bildnis eines überaus schönen Weibes. Wie boshaft ich auch immer war, es sänftigte mich wunderbar, ja es zog mich auf eine Weise an, dass ich eine Zeit lang voll Entzücken in diese dunklen, von langen Wimpern umschatteten Augen und auf solch schwellendes Lippenpaar starrte. Alsbald jedoch kehrte mein Ingrimm wieder zurück. Ich dachte ja daran, dass ich auf immerdar der Lustempfindungen beraubt bleiben sollte, welche derlei schöne Geschöpfe zu spenden vermögen, und dass diese da, deren Konterfei ich so sinnend betrachtete, beim Anblick meiner Person sogleich jenen Ausdruck himmlischer Güte vertauscht hätte gegen denjenigen des Abscheus und Entsetzens!

Nimmt's dich noch wunder, dass derlei Erwägungen mich mit Grimm erfüllten? Was *mich* wunder nimmt, ist einzig der Umstand, dass ich in jenem Momente meinen Gefühlen bloß in Ausrufen der Seelenqual Luft machte, nicht aber mich sogleich auf diese Menschheit stürzte, um in dem Versuche, sie mit Stumpf und Stiel auszurotten, meinen Untergang zu finden!

Noch während ich eine Beute solcher Empfindungen war, verließ ich den Schauplatz des Mordes und betrat auf der Suche nach einem besseren Versteck alsbald eine Scheune, welche ich für leer gehalten. Allein, ich fand darin ein auf etwelchem Stroh schlummerndes Frauenzimmer vor. Sie war noch jung und, obschon bei weitem nicht von solcher Schönheit wie diejenige, deren Bildnis ich in Händen hielt, doch von angenehmem Äußeren, erblühend in aller Lieblichkeit der gesunden Jugend. Hier, so dachte ich, liegt nun eins der Geschöpfe, deren Freude spendendes Lächeln allen Menschen gilt, nur nicht mir! Danach beugte ich mich über sie und flüsterte ihr zu: »Wach auf, du Holde, dein Geliebter ist ja gekommen – er, der sein Leben dahingeben würde, bloß um eines einzigen, zärtlichen Blickes aus deinen Augen teilhaft zu werden! Erwache denn, Geliebte!«

Die Schläferin bewegte sich unruhig. Ein eisiger Schrecken durchzuckte mich. Wie, wenn sie in der Tat erwachte, meiner ansichtig würde, mich verfluchte und als einen Mörder denunzierte? Dies aber stand gewisslich zu befürchten, sobald sie den vom Schlummer verdunkelten Blick zu mir erhob! Es war der reine Aberwitz! Doch störte er das Böse in mir auf: Nicht ich – *sie* sollte leiden! Den Mord, so dacht ich, welchen ich begangen, dieweil auf ewig ich der Dinge entbehren muss, die du gewähren könntest, den Mord sollst *du* mir büßen! Und ist das Weib die Wurzel allen Übels, so soll das Weib dafür die Strafe tragen! Dank der guten Lehren meines Felix und der mörderischen Gesetze der Menschen war ich ja nun in der Lage, selber Unheil zu wirken! So beugte ich mich denn über die Schläferin und steckte ihr das Bildnis behutsam in die Falten ihres Gewandes. Wieder bewegte sie sich und ich suchte das Weite.

Einige Tage lang trieb ich mich noch in der Gegend herum, wo dies alles sich zugetragen hatte. Bisweilen war ich von dem Wunsche beseelt, dir zu begegnen, bisweilen auch von dem Begehr, der Welt und ihrem Elend auf immerdar Valet zu sagen. Am Ende aber richtete ich meine Schritte gegen dies Gebirge und hab seither seine ungeheuren Klüfte und Spalten durchstreift, verzehrt von einer brennenden Leidenschaft, welche du allein zu stillen vermagst. Und so werden wir nicht voneinander scheiden, ehe du mir nicht versprochen, meiner Bedingung zu willfahren! Siehe, ich bin einsam und von aller Welt verstoßen. Kein menschlich Weib mag mich zum Gefährten. Doch eine, die ebenso ungestalt und scheusälig wäre wie ich, würde sich mir nicht verweigern. So muss meine Gefährtin von derselben Art sein und die nämlichen Mängel aufweisen wie ich. Dies Wesen musst du erschaffen!

## *Siebzehntes Kapitel*

Der Unhold verstummte und heftete in Erwartung meiner Antwort seine Augen auf mich. Ich war verwirrt, war bestürzt und auf keine Weise fähig, meine Gedanken genugsam zu ordnen, um solches Ansinnen in seinem vollen Ausmaß zu begreifen. Er aber fuhr fort:

»Du musst mir ein Weib erschaffen, mit welchem ich den Austausch jener Zärtlichkeiten pflegen kann, welche meinem Dasein nun einmal Not tun! Kein anderer als du vermag dies und ich fordere es als ein Anrecht von dir, welches du mir nimmer verweigern darfst! «

Der letzte Teil des Berichtes hatte in mir aufs Neue den Ingrimm angefacht, welcher in Anhörung jenes friedvollen Lebens unter dem Dache der De Laceys nahezu schon erstorben war. Die allerletzten Worte des Monstrums aber hatten bewirkt, dass ich die Wut, welche in mir kochte, nicht länger zu bemeistern vermochte.

»Und ob ich dir's verweig're!«, so rief ich. »Und keine Marter der Welt soll mir jemals ein Wort der Zustimmung erpressen! Du magst mich zum unglücklichsten aller Menschen machen, doch nimmer kannst du mich vor mir selbst erniedrigen! Wie! So soll ich dir eine Gefährtin beigesellen, auf dass eure vereinte Bosheit der Welt zum Gräuel werde? Hinweg! Dies meine Antwort! Und wenn du mich auch marterst, ich stimme nimmer zu!«

»Du bist im Irrtum«, versetzte da der Unhold. »Ich will dir gar nicht drohen, sondern vielmehr zufrieden sein, mit dir im Guten übereinzukommen. Ich bin ja nur so böse, weil ich so elend bin! Bin ich von allen Menschen nicht gemieden und gehasst? Selbst du, mein Schöpfer, würdest mich mit Lust in Stücke reißen! Sei dessen eingedenk und sag mir, aus welchem Grund ich dieser Menschheit mehr an Mitleid zollen sollte, als sie mir entgegenbringt! Geläng es dir, mich dort hinabzustürzen in eine jener eisigen Klüfte, du würdest's nimmermehr als Mord bezeichnen. In aller Seelenruhe würdest du der eignen Hände Werk vernichten. Ich aber soll der Menschheit schonen, welche mich verdammt? Lass sie auf gutem Fuße mit mir leben, so würd ich, wollte man mich nicht verschmähen, mit nichts als guten Werken mich ihr nah'n, ja mit des Dankes Träne in den Augen! Doch kann dies nimmer sein: Des Menschen Sinne lassen es nicht zu, dass ich ihm wohl gefällig bin. Ich aber mag hinfort nicht länger leben wie der geringste Sklave und will mich schrecklich rächen an den Menschen für das, was sie mir angetan! Vermag ich's nimmer, Liebe zu erwecken, nun gut, so mag man Furcht vor mir empfinden! Zuvörderst aber schwör ich meinem Erzfeind, nämlich dir, dem ich dies Leben danke, Hass auf Lebenszeit! Sei auf der Hut! An deinem Untergange will ich wirken und will nicht müde werden, bis dir das Herz verzweifelt und du der Stunde fluchst, da du geboren wurdest!«

Eine diabolische Wut beseelte ihn bei diesen Worten, und sein Antlitz verstellte sich zu einer Fratze, deren Anblick kein menschliches Auge ertragen konnte. Doch hatte er sich alsbald wieder beruhigt und fuhr fort:

»Ich wollt in aller Ruhe mit dir reden, denn meine Leidenschaft bringt mir nichts ein, da du ja nimmer einsehn magst, dass *du* ihr Anlass bist! Wär da nur ein einzig Wesen, das mir ein wenig Wohlwollen entgegenbrächte, ich wollte es ihm hundert- und aberhundertfach vergelten, ja wollt um seinetwillen mit der gesamten Menschheit meinen Frieden machen! Allein, was soll's – es kann so süßer Traum sich nicht erfüllen. So will ich dir denn in aller Bescheidenheit und Vernunft meine Forderung stellen: Ich verlange von dir ein weibliches Wesen, das ebenso abschreckend hässlich ist wie ich selbst! Dies ist wenig genug, doch kann ich nichts Bessres erwarten und so will ich's zufrieden sein. Freilich, es ist wahr, wir werden ob unsrer Ungeheuerlichkeit vom Treiben der Welt ausgeschlossen sein, doch soll uns dies nur umso stärker aneinander binden! Zwar wird unser Leben kein glückliches, doch ohne Arg sein und frei von dem, was mich jetzt so elend macht. Oh, du mein Schöpfer – stille mein Verlangen! Erfüll mein Herz mit Dankbarkeit um dieser einen Wohltat willen! Mach, dass ein einziges Geschöpf mich wohlgefällig ansieht! Schlag sie nicht ab: *Gewähr* mir diese Bitte!«

Die Worte griffen mir ans Herz. Zwar erschauderte ich in Ansehung der möglichen Folgen meiner Zustimmung, doch empfand ich gleichzeitig, dass in solcher Argumentation eine gewisse Berechtigung lag. Was der Unhold mir da erzählt hatte, bewies ebenso wie die jetzt von ihm an den Tag gelegten Gefühle, dass er ein Geschöpf von zarter Empfindung war. Lag's also nicht an mir als seinem Erzeuger, ihm all das Glück zu schenken, das zu geben in meiner Macht lag? Er aber merkte nur zu gut, dass ich schwankend geworden, und beeilte sich fortzufahren:

»Willigst du ein, so sollst weder du noch irgendein anderer Mensch uns beide jemals wieder zu Gesicht bekommen: Ich will auswandern in die unermesslichen Wälder Südamerikas! Meine Nahrung ist nicht die des Menschen und ich schlachte nicht das Lamm noch das Zicklein, mir den Gaumen zu erlaben: Die Eicheln und Bucheckern, ja die Beeren des Waldes reichen hin, meinen Hunger zu stillen, und da meine Gefährtin von der nämlichen Art sein wird wie ich, mag auch sie mit solcher Kost vorlieb nehmen. Unser Lager soll von dürrem Laube sein, die Sonne wird auf uns herniederscheinen wie auf die Menschen und wird auch unser täglich Brot reifen lassen. Ist denn dies Bild, das ich dir male, nicht friedvoll und menschlich genug? Musst du nicht zugeben, dass einzig Macht und Grausamkeit in ihrem Übermut dich dazu bringen könnten, Nein zu sagen? Hast du auch bislang kein Mitgefühl für mich empfunden, gewahr ich nunmehr dennoch etwas wie Erbarmnis in deinem Blick! So lass mich den günstigen Moment ergreifen – lass dich überreden und gib mir, wonach's mich mit so brennender Begier verlangt!«

»So hast du also im Sinn«, versetzte ich, »der Menschen Wohnstatt zu fliehen und in jenen unwirtlichen Regionen zu hausen, wo die Tiere des Waldes deine einzigen Gefährten sind? Wie willst du denn als einer, den es so sehr nach der Menschen Liebe und Anteilnahme dürstet, in solcher Verbannung bestehen können? Nein, du wirst wiederkommen und wirst, indem du abermals ihre Freundschaft suchst, ja doch nur auf Abscheu und Verachtung stoßen. Dann aber wird das Böse sich aufs Neue in dir erheben und dann auch wird dir eine Gefährtin zur Seite stehen, dich in dem Werke der Vernichtung zu unterstützen! Dies darf nicht geschehen!

So lass denn ab, mir in diesem Punkte zuzusetzen, denn ich kann dir nimmermehr willfahren!«

»Wie wankelmütig sind doch deine Gefühle! Noch vor wenigen Augenblicken haben meine Vorhaltungen dich gerührt – weshalb verhärtest du dich nunmehr gegen meine Klagen? Ich schwör dir's bei der Erde, darauf ich wandle, ja bei deinem Leben – dem Leben dessen, der mich gemacht hat –, dass ich mit der Gefährtin, die du mir schenken sollst, die Nachbarschaft der Menschen fliehen werde, um, wie's auch kommen mag, an dem wüstesten Orte zu hausen! All meine Bosheit wird mich dann verlassen, kommt man mir erst mit Freundlichkeit entgegen! So wird mein Leben in friedvollen Bahnen verlaufen und ich werde in meiner Sterbestunde meinem Erzeuger nimmer fluchen müssen!«

Solche Rede übte eine sonderbare Wirkung auf mich. Fast hatte ich Mitleid mit dem Unseligen, ja empfand bisweilen sogar den Wunsch, ihn zu trösten. Sobald ich aber den Blick auf diese ekelhafte Anhäufung aus Fleisch und Bein richtete, wie sie sich bewegte und Worte hervorbrachte, wollte das Herz sich mir im Leibe herumdrehen und mein Mitleid ward zu Hass und Entsetzen. Doch versuchte ich derlei Regungen im Keime zu ersticken, indem ich mir vor Augen hielt, dass, wenn ich schon nicht mit meinem Geschöpfe fühlen konnte, ich doch kein Recht hatte, ihm jenes bisschen Glück zu verweigern, das zu verleihen in meiner Macht stand.

»Du schwörst mir«, erwiderte ich, »ein Leben ohne Arg zu führen. Hast du aber nicht bisher ein Maß von Bosheit an den Tag gelegt, das mich dir ein nur allzu begründetes

Misstrauen entgegenbringen lässt? Ja könnte nicht sogar dein jetziger Vorschlag nur eine Finte sein, deinen Triumph zu einem vollkommenen zu machen, indem ich deiner Rache einen noch längeren Arm verleihe?«

»Wie! Auf diese Weise kannst du mich nicht abspeisen: Ich begehre Antwort! Ist mir weder Bindung noch Geneigtheit auf dieser Welt vergönnt, so müssen Hass und Laster mein Teil sein. Doch eines anderen Liebe wird die Ursachen meiner Missetaten zunichte und mich zu einem Wesen machen, dessen Dasein keinem Menschen mehr zur Last fallen wird. Jede Untat, die ich begangen, sie war ja nur ein Kind der mir aufgezwungenen Einsamkeit, die ich aus tiefstem Herzen verabscheue. So muss denn jede Zweisamkeit unweigerlich meine Tugend befördern. Ein fühlend Herz werd ich mein Eigen nennen, darein die Liebe ihren Einzug hält – ein Glied werd ich sein in der ewigen Kette von Werden und Vergehen, aus der ich jetzt noch ausgeschlossen bin!«

Eine Zeit lang schwieg ich, um das, was er gesagt, sowie die mannigfaltigen Argumente, welche er ins Treffen geführt hatte, im Geiste zu überschlagen. Ich dachte an die löblichen Vorsätze, welche er an der Schwelle seines Lebens gehegt, und an das Verkümmern jener Gutmütigkeit angesichts des Ekels und der Verachtung, die seine Beschützer ihm gegenüber an den Tag gelegt hatten. Und auch seine übermenschlichen Kräfte und Drohungen stellte ich in Rechnung: Eine Kreatur, so sagte ich mir, welche in den eisigen Schründen der Gletscher bestehen und sich vor jeder Verfolgung auf die höchsten, dem menschlichen Fuße unzulänglichen Felsabstürze retten könne, solch eine Kreatur müsse auch über Fähigkeiten verfügen, mit denen es niemand aufzunehmen vermöchte. Nach langem Nachsinnen kam ich zu dem Schluss, dass sowohl im Hinblick auf ihn als auch in Ansehung meiner Mitmenschen die Gerechtigkeit von mir erheischte, seinem Wunsche zu willfahren. So wandte ich mich ihm aufs Neue zu und sagte:

»Ich willige in deine Bitte ein, doch nur auf deinen feierlichen Eid hin, dass du Europa wie auch jeder andern menschlichen Wohnstatt für immer den Rücken kehrst, sobald ich dir ein Weib zugeführt habe, das dich in deine selbst gewählte Verbannung begleitet.«

»Ich schwör's«, so rief er aus, »beim Licht der Sonne und bei der Bläue des Firmaments, ich schwör es bei den Flammen der Liebe, die mir das Herz verzehren, dass du, solange sie bestehen, mich nicht mehr erblicken sollst, wenn du mir erst meine Bitte erfüllt hast! So kehr denn nach Hause zurück und mach dich an die Arbeit! Ich werde ihr Fortschreiten mit namenloser Angstbegier verfolgen. Indes, du musst nicht fürchten, dass ich mich zeigen werde, eh' du nicht zurande bist mit deinem Werke!«

Dies gesagt, erhob er sich und ließ mich allein in der Hütte zurück, wohl aus Angst, ich könnte doch noch andern Sinnes werden. Ich sah ihn den Berg hinabeilen mit einer Schnelligkeit, welche selbst die des Adlerfluges übertraf. So kam er mir zwischen den Unebenheiten des Gletschers rasch aus den Augen.

Über des Verschwundenen Erzählung war der Tag hingegangen. Die Sonne hatte schon den Horizont berührt, als mein sonderbarer Bittsteller Urlaub von mir genommen. Ich aber, obschon ich wusste, dass ich in aller Eile hätte zu Tal steigen müssen, da mich nur zu bald die undurchdringlichste Finsternis umgeben würde, schritt nur schweren Herzens und zögernden Fußes voran. Die Mühe, dem gewundenen, schmalen Gebirgspfad zu folgen und dennoch bei jedem Tritte auf sicheren Halt bedacht zu sein, schien mir allzu groß, besessen, wie ich war, von den Empfindungen, welche die Ereignisse dieses Tages in mir ausgelöst hatten. So war's schon mitten in der Nacht, als ich den auf halbem Wege gelegenen Rastplatz erreichte und mich an der dort hervorsprudelnden Quelle niederließ. Bisweilen gaben die über mir dahinziehenden Wolken mir den Blick auf die Sterne frei; dunkel ragten die Nadelbäume vor mir in die Nacht; da und dort lag ein gestürzter Stamm auf dem felsigen Grunde. Dies Schauspiel der wunderbarsten Erhabenheit beschwor denn auch die seltsamsten Gedanken in mir herauf. Bitterlich aufschluchzend schlug ich voll Seelenpein die Hände zusammen und rief: »Oh, ihr Sterne, ihr Wolken und Winde! Seid ihr denn einzig dazu da, meiner zu spotten? Wenn ihr aber wahres Mitleid mit mir habt, so löscht aus mir alles Empfinden und alle Erinnerung und macht mich zu dem Nichts, das ich einst war! Wo nicht – hinweg, hinweg, und lasset mich in Finsternis zurück!«

Dies waren freilich recht verworrne und jämmerliche Gedanken, doch vermag ich's nicht, teuerster Sir, Euch zu schildern, wie dies zeitlose Geflimmer der Sterne mich bedrückte und wie sehr ich auf jeden Windstoß lauschte, als wär's schon der abscheuliche Schirokko und als solcher drauf und dran, mich zu verzehren!

Der Morgen dämmerte, noch ehe ich das Dörfchen Chamonix erreicht hatte. Ich aber gönnte mir keinerlei Verschnaufpause, sondern machte mich sogleich auf den Rückweg nach Genf. Nicht einmal im innersten Herzen konnt ich meinen Empfindungen Ausdruck verleihen – sie lagen mir mit Bergeslast auf dem Gemüt und ihr Übermaß begrub sogar meine Seelenqual unter sich. In solchem Zustand langt ich vor unserem Hause an und präsentierte mich meiner Familie. Mein abgezehrtes, verstörtes Aussehen versetzte alle in tiefsten Schrecken, doch ich beantwortete keine der vielen Fragen und verlor auch sonst kaum ein Wort. Mir war's, als stünd ich unter einem Zauberbann – als hätt ich keinerlei Recht auf Anteilnahme –, als dürft ich nimmermehr in Gemeinschaft mit meinen Teuren leben! Und dennoch, ich liebte sie, ja betete sie an! So beschloss ich, zu ihrer Rettung mich voll und ganz auf diese schrecklichste aller Aufgaben zu werfen. Die Aussicht auf solches Tun ließ mir all meine sonstigen Lebensumstände wie einen Traum erscheinen und nur der eine Gedanke ergriff als lebendigste Wirklichkeit von mir Besitz.

# *Achtzehntes Kapitel*

Tag um Tag, Woche um Woche verstrich, seit ich nach Genf zurückgekehrt war, und doch brachte ich nicht den Mut auf, mich aufs Neue an die Arbeit zu machen. Zwar fürchtete ich die Rache des enttäuschten Unholds, doch war ich schlechterdings nicht fähig, den Widerwillen zu überwinden, welchen ich gegen das mir auferlegte Werk empfand. Ich erkannte ja, dass es mir nicht möglich sein werde, ein weibliches Wesen anzufertigen, ohne nicht weitere Monate über den eingehendsten Untersuchungen und dem mühseligsten Studium der Bücher hinzubringen. Auch war mir zu Ohren gekommen, dass ein englischer Gelehrter etwelche Entdeckungen gemacht habe, deren Kenntnis mich für meinen Erfolg unerlässlich dünkte, und so dachte ich bisweilen daran, zu diesem Behufe meines Vaters Zustimmung für eine Englandreise einzuholen. In Wirklichkeit aber ward mir alles zum willkommenen Anlaß, solche Absicht hinauszuzögern, denn ich schrak ja vor dem ersten Schritt einer Unternehmung zurück, deren unmittelbare Notwendigkeit mir mit jedem Tage weniger dringlich zu sein schien. In mir war ein Wandel vorgegangen: Meine bislang so angegriffene Gesundheit hatte sich ganz erklecklich gebessert und demgemäß stieg auch meine Lebensfreude, welche nicht länger im Banne jenes unseligen Versprechens stand. Mein Vater bemerkte solchen Wandel mit inniger Freude und richtete sein Sinnen und Trachten auf die wirksamste Methode, auch noch die letzten Überbleibsel einer Schwermut zu zerstreuen, die sich dann und wann noch immer einstellte und mit ihrem alles verschlingenden, schwarzen Gewölk den in meinem Gemüte heraufdämmernden Sonnenschein verdunkelte. In solchen Momenten flüchtete ich mich in die vollkommenste Einsamkeit. Ganze Tage verbrachte ich stumm und teilnahmslos in einem kleinen Boot draußen auf dem See, blickte nach den ziehenden Wolken und lauschte dem Wellenschlag. Doch verfehlten die frische Luft und der strahlende Sonnenschein nur selten, mich wieder einigermaßen ins Lot zu bringen, und so konnte ich nach meiner Heimkehr die Begrüßungen der Freunde mit freierem Lächeln und freudigerem Herzen erwidern.

Es war nach der Rückkehr von einem jener Streifzüge, dass mein Vater mich beiseite nahm und die folgenden Worte zu mir sprach:

»Mein lieber Sohn! Mit Freude bemerke ich, wie du allgemach deinen früheren Zerstreuungen wieder nachgehst, ja überhaupt zu dir zurückzufinden scheinst. Dennoch bist du noch immer unglücklich, meidest noch immer unsre Gesellschaft. Eine Zeit lang hab ich mich den mannigfachsten Mutmaßungen über die möglichen Ursachen solcher Schwermut hingegeben. Doch erst gestern kam mir eine Vermutung, die, falls sie auf Wahrheit beruht, ich dich bitte, freimütig zu bestätigen. Zurückhaltung in so wichtigem Punkte wäre ja nicht nur sinnlos, sondern würde als ein dreifaches Elend auf uns alle zurückfallen.«

Solche Einleitung machte mich aufs Heftigste erbeben. Indes schon fuhr mein Vater fort:

»Ich will dir nicht verhehlen, mein Sohn, dass ich in deiner späteren Heirat mit Elisabeth stets die Befestigung unserer trauten Häuslichkeit, ja den Stab und Stecken meines Lebensabends erblickt habe. Ihr beide waret ja schon von Kindesbeinen an füreinander bestimmt. Gemeinsam habt ihr Schreiben und Lesen gelernt und schienet sowohl nach Wesensartung wie auch nach Neigungen trefflich zueinander zu passen. Allein, wie blind ist doch des Menschen weise Voraussicht! Was mir aufs Beste geeignet schien, meine Pläne zu befördern, mag sie ebenso gut vollkommen zunichte gemacht haben. Es könnte ja sein, dass du in Elisabeth nichts andres mehr erblickst denn eine Schwester und dergestalt keinerlei Begierde auf ihr Weibtum mehr empfindest. Ja nicht nur das – vielleicht bist du sogar einer anderen begegnet und zu ihr in Liebe entbrannt! So mag der Kampf, welchen du zwischen solcher

Liebe und deiner Verbundenheit mit Elisabeth auszufechten hast, sehr wohl der Anlaß zu der nagenden Trübsal sein, unter welcher du so augenscheinlich leidest.«

»Teuerster Vater, seid ohne Sorge! Ich bin meiner Cousine in der zärtlichsten und aufrichtigsten Liebe zugetan. Da ist kein Weib, welches gleich Elisabeth meine wärmste Bewunderung und Zuneigung erregt hätte! All mein Denken und Hoffen, soweit es sich auf die Zukunft richtet, ist untrennbar an den Vollzug unserer künftigen Vereinigung geknüpft.«

»Der Ausdruck deiner Empfindungen in Ansehung dieses Gegenstandes erfüllt mich, mein teuerster Viktor, mit größerer Freude, als mir seit langem zu empfinden vergönnt war! Ist's aber so um dich bestellt, so wird das Glück bei uns einziehen, wie sehr auch die gegenwärtigen Ereignisse unser Leben verdüstert haben mögen! Eben diese Düsternis, die sich so sehr auf dein Gemüt gelegt zu haben scheint, wünsche ich zu zerstreuen. Sprich deshalb frei, ob du irgendetwas dagegen einzuwenden hättest, dass die Hochzeit sogleich gefeiert werde! Das Unglück hat uns heimgesucht und die kürzlichen Vorfälle haben uns aus jenem täglichen Gleichmaß gebracht, wie's meinen Jahren und meiner Gebrechlichkeit zukommt. Du bist noch jung, doch glaube ich in Ansehung deiner beträchtlichen Mitgift nicht, dass eine frühe Heirat auch nur im Mindesten irgendwelche ehrenhaften und nützlichen Zukunftspläne, wie du sie etwan hegen magst, durchkreuzen könnte. Indes, du musst nicht glauben, dass ich dir dein Glück aufzwingen möchte, noch auch, dass ein Zögern deinerseits mir ein ernstliches Ungemach bereiten würde. Nimm meine Worte so offen hin, wie sie gemeint sind, und antworte mir, ich beschwöre dich, vertrauensvoll und ehrlich!«

Des Vaters Rede schweigend angehört, verblieb ich eine Zeit lang unfähig, mich zu irgendeiner Antwort aufzuraffen. Hastig überschlug ich in meinem Geiste eine Vielzahl von Möglichkeiten, bemüht, zu einem Entschlusse zu kommen. Ach! Mir verband sich ja der Gedanke, mich sogleich mit meiner Elisabeth vereinigen zu sollen, mit nichts als

Schrecken und Bestürzung! Mir waren die Hände gebunden durch ein feierliches Versprechen, das ich noch immer nicht erfüllt hatte und doch nicht zu brechen wagte. Und wagte ich's dennoch – welche Vielfalt an Elend und Not mochte da nicht über mich und meine dem Untergange geweihte Familie hereinbrechen! Wie also sollte ich Feste feiern, da mir doch dies tödliche Gewicht noch immer am Halse hing, so dass ich den Blick nicht frei zu heben vermochte? Erst musste ich mich meiner Pflichten entledigen und das Ungeheuer mit seiner Gefährtin ziehen lassen, ehe ich mich selber den Entzückungen einer Vereinigung hingeben durfte, von der ich mir endlich Frieden erwartete.

Nicht minder gedachte ich der mir auferlegten Notwendigkeit, entweder nach England zu reisen oder aber in einen langwierigen Briefwechsel mit den Gelehrten jenes Landes zu treten, deren Erkenntnisse und Entdeckungen mir in meinem gegenwärtigen Vorhaben von unabdingbarem Nutzen sein mussten. Dieser letztere Weg, die begehrten Aufschlüsse zu erlangen, war aber umständlich und wenig befriedigend. Überdies empfand ich eine unüberwindliche Abneigung gegen den Gedanken, meinem ekelhaften Geschäfte unter des Vaters Dache nachzugehen, im ständigen, familiären Umgange mit all denen, die mir teuer waren. Nur zu gut wusste ich ja, dass tausenderlei schreckliche Dinge sich ereignen konnten, deren kleinstes mich dazu zwingen würde, mit Enthüllungen aufzuwarten, die einen jeden meiner Lieben mit Entsetzen erfüllen mussten. Nicht minder war mir gegenwärtig, dass ich nur zu oft alle Selbstbeherrschung verlieren und nicht länger fähig sein würde, die quälenden Gefühle zu verbergen, mit denen meine höllische Arbeit zwangsläufig verbunden war. So musste ich für die Zeit solcher Tätigkeit von allen, die ich liebte, Urlaub nehmen. Einmal begonnen, musste das Werk ja rasch vollendet sein, so dass ich dann glücklich und in Frieden in den Schoß der Familie zurückkehren konnte. Hatte ich mein Wort erst eingelöst, so würde ja auch der Unhold für immer verschwinden. Oder aber (o schönes Bild der Fantasie!) es mochte ihm bis dahin ein Unfall den Garaus gemacht und dergestalt meiner Knechtschaft auf immer ein Ende gesetzt haben!

Derlei Empfindungen bestimmten meine Antwort auf des Vaters Frage, und so verlieh ich dem Wunsche Ausdruck, nach England zu reisen. Doch verbarg ich die wahren Gründe dieses Anliegens und äußerte meinen Wunsch unter verdecktem Verstande. Mein Vater schöpfte denn auch keinerlei Verdacht, sondern stimmte angesichts meiner dringlichen Ernsthaftigkeit ohne weiteres zu. Er war ja nur zu glücklich, mich nach einer so langen, verzehrenden Melancholie, welche in ihrer Intensität und in ihren Auswirkungen schon eher der Verstörtheit geglichen, in einer Verfassung zu sehen, die es mir verstattete, dem Gedanken an solche Reise einige Freude abzugewinnen, und so hoffte er, dass der Ortswechsel sowie die damit verbundenen, mannigfachen Zerstreuungen mich noch vor meiner Rückkehr zur Gänze wieder hergestellt haben würden.

Die Dauer meiner Abwesenheit blieb durchaus mir selbst überlassen. Der Vater rechnete mit einigen Monaten, äußerstenfalls mit einem vollen Jahre, und hatte in seiner liebevollen Fürsorge auch an einen Reisegefährten gedacht. Ohne sich vorher mit mir beredet zu haben hatte er es im geheimen Einverständnisse mit Elisabeth so einzurichten gewusst, dass Clerval in Straßburg zu mir stoßen würde. Dies widersprach freilich nur zu sehr jener Einsamkeit, derer ich zur Ausführung meines Werkes bedurfte, doch würde mir am Beginn meiner Reise die Gegenwart des Freundes durchaus nicht hinderlich sein. Rundheraus gesagt, mir war es recht lieb, auf diese Weise vor den vielen Stunden der Einsamkeit bewahrt zu bleiben, die ja doch nur eine Fülle von Wahnvorstellungen in mir hervorgerufen hätten. Ja noch mehr – Henris Gegenwart mochte sehr wohl die Einmischung meines Widersachers verhindern! Wär ich allein gewesen, hätte er mir da nicht bisweilen seine abscheuliche Aufwartung gemacht, um mich an meine Pflichten zu gemahnen oder sich von dem Fortschreiten meiner Arbeit zu überzeugen?

So ward denn ausgemacht, dass ich nach England reisen, und ferner, dass meine Vereinigung mit Elisabeth unmittelbar nach meiner Rückkehr vor sich gehen sollte. Schon in Ansehung meines hochbetagten Vaters schien ja jede weitere Verzögerung von Übel. Für mich aber bestand der einzige Lohn meines abscheulichen Geschäfts, der einzige Trost meiner namenlosen Leiden in der Heraufkunft des Tages, an welchem ich, befreit aus meiner elenden Knechtschaft, meine Elisabeth heimführen und in der Vereinigung mit ihr des alten Elends vergessen würde!

Ich traf nunmehr alle Anstalten für meine Reise, indes, ich konnte dabei ein Gefühl angstvoller Unruhe nicht loswerden: Während meines Ferneseins sollte ich die Freunde in Unkenntnis der Existenz ihres Feindes zurücklassen, ja ohne allen Schutz vor den Nachstellungen des durch meine Abreise möglicherweise aufgebrachten Unholds! Immerhin, er hatte gelobt mir auf Schritt und Tritt zu folgen. Würde er mich also nicht auch nach England begleiten?

Diese Vorstellung war zwar eine fürchterliche, doch beruhigte sie mich in Ansehung der Sicherheit meiner Lieben und so ließ ich mich, obschon der Gedanke an die gegenteilige Möglichkeit mir viel Seelenpein verursachte, während der gesamten Dauer jener sklavischen Abhängigkeit von meinem eigenen Geschöpf durch die Eingebungen des Augenblickes leiten. Meine gegenwärtigen Gefühle sagten mir ja, dass der Widersacher sich an meine Fersen heften und dergestalt meiner Familie mit keinerlei gefährlichen Machenschaften nahen werde.

So verließ ich denn in den letzten Septembertagen zum anderen Male mein Heimatland. Da ich selbst es gewesen, der den Wunsch zu dieser Reise geäußert hatte, fügte Elisabeth sich darein, doch war sie von Unruhe erfüllt bei dem Gedanken, dass ich, fern von ihr, den Einflüssen von Elend und Bekümmernis unterworfen sein sollte. Ihrer Obsorge auch war es zu danken, dass ich Clerval zum Gefährten haben durfte. Und dennoch: Wie sind wir Männer doch mit Blindheit geschlagen angesichts all der tausend kleinen und kleinsten Umstände, welche die nimmermüde Aufmerksamkeit der Frauen hervorrufen! Elisabeth, als sie mir ihr tränenreiches, doch stummes Lebewohl bot, wünschte ja nichts sehnlicher, als mich um eine baldige Rückkehr anflehen zu dürfen!

Ich aber warf mich in den Reisewagen, der schon bereitstand, mich in fremde Fernen zu entführen, kaum wissend um das Ziel meiner Fahrt und blicklos für all das, was da rings um mich vor sich ging! Das Einzige, woran ich dachte – und der Gedanke erfüllte mich mit schmerzlicher Bitternis –, war der Befehl, auch mein chemisches Instrumentarium reisefertig zu verpacken und in dem Wagen zu verstauen. Voll der düstersten Betrachtungen durchquerte ich so manche herrliche und majestätische Landschaft, doch war mein Blick nach innen gekehrt und nahm all der Schönheit ringsum nicht wahr. Einzig das Ziel meiner Fahrten schwebte mir vor Augen und mit ihm die Arbeit, welche mich während der gesamten Dauer solcher Reise beschäftigen sollte.

Nach etwelchen, in stumpfer Teilnahmslosigkeit hingebrachten Tagen, in deren Verlaufe ich so manche Meile Weges zurücklegte, langte ich zu Straßburg an, woselbst ich zwei Tage darüber hinbrachte, auf Clervals Ankunft zu warten. Endlich traf er ein. Aber ach! Welch ein Unterschied bestand doch zwischen ihm und mir! Er war jedem neuen Anblick mit allen Sinnen aufgetan, ihn erfüllte die Schönheit der scheidenden Sonne mit Entzücken und noch glücklicher machte ihn ihr Heraufsteigen zu erneutem Tageslaufe. Unermüdlich konnte er mich auf das wechselnde Farbenspiel der rings sich breitenden Landschaft, auf das beständig sich wandelnde Erscheinungsbild des Himmels hinweisen: »Dies ist's«, so rief er wohl, »wofür es sich verlohnt zu leben! Nun erst freu ich mich von Herzen meines Daseins! Du aber, mein teurer Frankenstein, weshalb nur trauerst du und bist voll Sorge?«

Und wahrhaftig, meine Gedanken waren düster genug, ich hatte ja weder Augen für den Untergang des Abendsterns noch auch für das im Rheinstrome sich spiegelnde

Gold des Sonnenaufgangs! – Und auch Ihr, teuerster Sir und Freund, würdet ja bei weitem mehr Vergnügen über Clervals Tagebuchblättern empfinden, diesen Aufzeichnungen eines Menschen, der da all die vorübergleitenden Szenerien mit dem empfindungsvollen Blicke des Entzückens in sich aufnahm – mehr Vergnügen, sage ich, denn in Anhörung meiner Reflexionen, die ja nur die tristen Gedankengänge eines Elenden sind, dem ein Fluch jeden Weg zum Glücke verschließt!

Wir waren übereingekommen von Straßburg den Rhein in einem Boote hinabzuschiffen bis Rotterdam, woselbst wir uns nach einer Londoner Gelegenheit umtun wollten. Auf unserer Wasserfahrt kamen wir an vielen weidenbestandenen Eilanden vorüber und erblickten auch mehrere anmutige Städtchen. Einen Tag lang verweilten wir uns in Mannheim und am fünften Tage nach unserer Abfahrt aus Straßburg trafen wir in Mainz ein. Stromabwärts von Mainz nimmt der Rhein einen um vieles pittoreskeren Verlauf. Die Strömung wird zu einer reißenden und das Flussbett windet sich zwischen Bergen hindurch, welche zwar nicht sonderlich hoch, jedoch genugsam steil und von der herrlichsten Gestalt sind. So manche verfallene Burg erblickten wir, wie sie, umgeben von schwärzlichen Wäldern, dort oben in einsamer luftiger Höh über Schwindel erregenden Abgründen thronte. In der Tat bietet ja dieser Teil des Rheintales die abwechslungsreichsten Landschaftsblicke. Zum Beispiel mögt Ihr jetzt noch ein raues, zerklüftetes Bergland gewahren, bekrönt von Burgruinen, welche über ungeheuren Tiefen sich erheben, darin der dunkle Rheinstrom dahinbraust, und schon nach der Umschiffung des nächsten Vorgebirges alsbald der üppigsten, in ergrünenden Terrassen sich hinaufstufenden Rebenhänge ansichtig werden sowie eines mäandrierenden Flusslaufes und volkreicher Städte, welche nunmehr das Bild beherrschen!

Unsere Reise war in die Zeit der Weinlese gefallen und so vernahmen wir, da wir den Strom hinabglitten, immer wieder den Gesang der Arbeiter in den Weinbergen. Selbst ich, bedrückten Gemüts, wie ich war, und aufgewühlt von den düstersten Gefühlen, selbst ich empfand etwas wie Freude. Ich lag rücklings in unserm Boote, und wie ich so in die wolkenlose Bläue des Himmels emporblickte, war's mir, als schlürft ich eine Ruhe in mich ein, derer ich allzu lange hatte entbehren müssen.

Und wenn selbst *ich* solcher Empfindungen fähig war, wer könnte dann diejenigen meines Henri beschreiben! Er fühlte sich ja wie ins Märchenland versetzt und kostete eine Glückseligkeit aus, wie sie wohl selten einem Menschen zuteil geworden! »Ich habe«, so rief er, »die malerischsten Szenerien meines Heimatlands gesehen, war so manche Stunde in den Anblick des Vierwaldstättersees versunken, in dessen Fluten die schneebedeckten Berge fast lotrecht abfallen und ihren schwarzen, undurchdringlichen Schatten auf den Wasserspiegel werfen, einen Schatten, der wohl traurig und düster genug erscheinen würde, wären da nicht die aufs Üppigste ergrünenden Inseln, deren lebensvolles Erscheinungsbild das Auge zum stillen Verweilen einlädt. Auch hab ich jene Wasser schon von einem Sturme aufgewühlt gesehen, der die Wogen in Wirbeln aufschäumen machte und dir einen Begriff von der Gewalt der aus dem Weltmeere steigenden Wasserhose zu geben vermochte. Ich hab die Wogen voll Wut gegen den Fuß der Felsenberge anbranden sehen, an jenem Orte, wo der unselige Pfaffe sein Liebchen gefreit und darüber von der Lawine verschlungen ward und wo dem Vernehmen nach die Todesschreie solch verruchten Paares noch immer vernommen werden können, sobald der Nachtwind Atem holt.

Ich hab das Bergland von La Valais, hab das Pays de Vaud gesehen: Doch dies Land hier, Viktor, es hat mir mehr zu geben denn all jene Wunder! Die Berge unseres Schweizerlandes sind freilich majestätischer und von besondrer Art. Und doch liegt über den Ufern dieses göttlichen Stromes ein Zauber, dem ich nichts mir Bekanntes an die Seite zu stellen wüsste! Sieh jene Burg, wie sie gleich einem Adlerhorste dort droben über dem Abgrunde hängt, und auch die andre da drüben auf dem Eiland, wie sie nahezu verborgen ist vom Blätterwerke jener lieblichen Baumgruppen! Und gar die Schar der Landleute, wie sie aus ihrem Weinberge heimwärts ziehen! Und erst das Dörfchen dort oben, wie's so halb versteckt zwischen seinen Bergen hervorlugt! Oh! Ganz gewisslich ist der Genius Loci, welcher seinen schützenden Fittich über die Bewohner dieses gesegneten Landstrichs hält, den Menschen günstiger gesinnt denn jener, der in unsrer Heimat die Gletscher aufeinander türmt oder sich auf unnahbare Bergeshöh' zurückzieht!«

Clerval! Freund meiner Seele! Selbst heute noch erfüllt's mich mit Entzücken, deine Worte zu wiederholen und mich in jenem Lobe zu ergehen, das du so sehr verdienst! Er war ein Wesen, »geformt von der Natur in ihrem gnadenreichsten Augenblick«! Seine ungezügelte, leidenschaftliche Fantasie war gesänftigt durch ein empfindsames Herz! Seine Seele floss über von brennender Menschenliebe und seine Freundschaft war von jener hingebenden und einzigartigen Natur, die der nüchterne Verstand so gern ins Reich der Einbildung verweisen möchte. Und doch konnte diese immer wache Seele nimmermehr Genüge finden in menschlicher Bindung allein und so liebte sie nicht minder brennend alle Erscheinungsformen der äußeren Natur, auf welche die anderen Menschen bloß mit Bewunderung blicken:

Der Sturz des Wasserfalls
Ward ihm zur Leidenschaft. Der steile Fels,
Der Berg und auch der tiefe, düstre Wald,
Ihr Farb- und Formenspiel, sie waren ihm
Ein Quell der Lust – ein liebendes Gefühl,
Das keines weitern Zaubers mehr bedarf,
Nach Denken nicht, noch auch nach Wünschen fragt,
Und nur dem Auge traut:*

Wo mag er nun sein? Ist dies sanftmütige und liebenswerte Geschöpf für immer dahin? Ist solche Seele, die von Ideenreichtum, von fantasiebeflügelten und großartigen

* Wordsworth, *Tintern Abbey*

Imaginationen überquoll und sich eine Welt auferbaut hatte, deren Existenz mit dem Dasein ihres Schöpfers stand und fiel – ist solche schöne Seele nun für immer ausgelöscht? Ist's nur mehr mein Gedächtnis, darin sie fortlebt? Oh, nein, dies kann nicht wahr sein! Deine so göttlich gefügte, in Schönheit erstrahlende Gestalt, sie ist zwar gestorben und verdorben, doch dein Unsterbliches umschwebt und tröstet noch immer den untröstlichen Freund!

Vergebt mir, teuerster Sir, diese Aufwallung des Schmerzes, doch sind meine armen Worte nur ein geringer Tribut, der Henris unvergleichlichen Werten nimmer gerecht zu werden, aber dennoch ein Herz zu sänftigen vermag, welches sich in jenem Weh zusammenkrampft, das der Gedanke an den Verstorbenen ihm verursacht! Indes, ich will sogleich in meiner Erzählung fortfahren!

Nachdem wir Köln hinter uns gelassen, näherten wir uns dem holländischen Flachlande. Hier beschlossen wir, die noch verbliebene Wegstrecke per Postkutsche zurückzulegen, da der Wind von See kam und die Strömung zu schwach geworden war, als dass sie uns hätte mit genügender Eile voranbringen können.

Unsre weitere Fahrt entbehrte nun all des Interesses, welches bislang die Schönheit der Landschaft in uns erweckt hatte, doch erreichten wir nach wenigen Tagen Rotterdam, woselbst wir uns nach England einschifften. An einem klaren Morgen gegen Ende Dezember erblickte ich zum ersten Male die weißen Klippen von Dover! Die Themseufer zeigten uns ein völlig neues Landschaftsbild: Zwar waren sie flach, doch von gesegneter Fruchtbarkeit und mit dem Anblicke fast jeder Stadt verband sich die Erinnerung an historienträchtige Begebenheiten. Wir kamen an Tilbury Fort vorüber und gedachten der Spanischen Armada, und die Kunde von Orten wie Gravesend, Woolwich und Greenwich, sie war sogar bis in mein fernes Heimatland gedrungen.

Schließlich kamen die zahllosen Türme von London in Sicht, beherrscht von der mächtigen Kuppel der St.-Pauls-Kathedrale und von dem durch die englische Geschichte weithin berühmten Tower.

## *Neunzehntes Kapitel*

London war die nächste Station unserer Reise. Wir beschlossen, mehrere Monate lang in dieser wunderbaren, weitberühmten Stadt zu verbringen. Clerval verlangte es danach, an dem geselligen Verkehre all der Männer von Geist und Begabung teilzunehmen, welcher um diese Jahreszeit in voller Blüte stand. Für mich freilich war dies von weit geringerem Gewichte: Ich war ja vornehmlich damit befasst, auf irgendeine Weise jener Aufschlüsse habhaft zu werden, derer ich zur Erfüllung meines Versprechens bedurfte, und machte alsbald von all den Empfehlungsschreiben Gebrauch, welche ich mit mir führte und die an Englands namhafteste Naturwissenschaftler gerichtet waren.

Hätte ich jene Reise während der Tage meines unbeschwerten Studiums unternehmen können, sie würde mir unaussprechliches Vergnügen bereitet haben. Jetzt aber war ein unheilvoller Schatten auf mein Leben gefallen und so machte ich jenen Männern bloß meine Aufwartung, um von ihnen all das zu erfahren, woran ich ein so tiefes wie furchtbares Interesse hatte. Alle Gesellschaft war mir ja lästig und ekelhaft. Nur in der Einsamkeit konnte ich mich den Bildern des Himmels und der Erde hingeben und nur Henris Stimme vermochte mich zu beruhigen, so dass ich mich bisweilen der flüchtigen Illusion eines in Wahrheit gar nicht bestehenden Seelenfriedens überlassen konnte. Doch erfüllten die mir gleichgültigen, so geflissentlich munteren Mienen der anderen mein Herz alsbald wieder mit Verzweiflung und so sah ich eine unübersteigbare Schranke zwischen mir und meinen Mitmenschen aufgerichtet, eine Schranke, an der überdies noch Wilhelms und Justines Blut klebte! Sooft ich dergestalt an die Ereignisse gemahnt ward, welche mit diesen beiden Namen zusammenhingen, überkam mich alle Seelenpein von neuem.

In Clerval aber erblickte ich das Abbild meines früheren Selbst. Er war die Wissbegier in Person und stets darauf bedacht, an Erfahrung und Unterweisung zu gewinnen. Der Unterschied in Sitten und Gebräuchen, den zu beobachten er nicht müde ward, bot ihm eine unerschöpfliche Quelle vergnüglicher Belehrung. Auch verfolgte er ein schon seit langem ins Auge gefasstes Ziel. Sein Plan war ja, nach Indien zu reisen, da er vermeinte, kraft seiner Kenntnis der verschiedenen Landessprachen und der Einblicke, welche er in den gesellschaftlichen Aufbau jener Gebiete gewonnen, die europäischen Kolonisationsbestrebungen und Handelsbeziehungen tatkräftig befördern zu können. Da er dies Vorhaben einzig in England wirksam vorantreiben konnte, war er unaufhörlich aufs Emsigste beschäftigt. Der einzige Hemmschuh für all seine Freuden war mein niedergedrückter und entmutigter Sinn. Ich versuchte dies vor ihm nach Möglichkeit zu verbergen, auf dass ich den Freund nicht von jenen Vergnügungen abhielte, welche nur zu natürlich waren für einen Menschen, der durch keinerlei Sorge oder bittere Erinnerung beschwert eine neue Schaubühne des Lebens betreten hatte. So manches Mal schlug ich es aus, ihn zu begleiten, indem ich anderweitige Verpflichtungen vorschützte, nur um allein bleiben zu können. Überdies hatte ich ja mit dem Zusammentragen all des Zubehörs begonnen, das zur Schaffung meines zweiten Geschöpfes unerlässlich war, und diese Tätigkeit kam für mich dem beständigen, qualvollen Tropfenfall der chinesischen Wasserfolter gleich. Jeder Gedanke, der mit meinem Geschäfte zusammenhing, verursachte mir die ärgste Seelenpein und jedes meiner Worte, welches auch nur im Leisesten darauf anspielte, machte mir die Lippen beben und das Herz rascher schlagen.

Nachdem wir uns einige Monate in London verweilt hatten, erhielten wir das Handschreiben eines Schotten, der einstmals in Genf unser Gast gewesen war. Er tat darin der Schönheiten seiner Heimat Erwähnung und fragte uns, ob dieselben uns nicht verlocken könnten, unsere Reise bis in die nördlichen Breiten von Perth auszudehnen, woselbst er seinen Wohnsitz habe. Clerval war sogleich Feuer und Flamme die Einladung anzunehmen, und auch ich wünschte, obschon mir jede Gesellschaft widerwärtig war, doch auch einmal Berge und Flüsse vor Augen zu haben sowie all die wunderbaren Gebilde, mit denen die Natur ihre bevorzugten Wohnsitze auszustatten liebt.

Wir waren zu London im Dezember angekommen und nun schrieben wir bereits Februar. Demzufolge beschlossen wir, unsere Abreise nach Norden auf das Ende des nächstfolgenden Monats zu verschieben. Doch gedachten wir dabei nicht, der Hauptroute nach Edinburgh zu folgen, sondern unsern Weg mit der Besichtigung von Windsor, Oxford, Matlock und der Seen von Cumberland zu verbinden, da wir entschlossen waren, erst in den letzten Julitagen an unserm Bestimmungsorte einzutreffen. So packte ich denn meine chemischen Siebensachen zusammen, vergaß auch nicht des Zubehörs, welches ich bisher gesammelt, und beschloss, mein Werk in irgendeinem weltvergessenen Neste weit oben im schottischen Hochland zu vollenden.

Wir sagten London am 27. März Ade und verweilten uns einige Tage in Windsor, woselbst wir die herrlichen Forste der Umgebung durchstreiften. Dies war für uns Gebirgler ein völlig neuartiges Erlebnis: Noch nie zuvor hatten wir solch majestätische Eichbäume, nie auch solche Mengen von Niederwild, so zahlreiche Rudel der stattlichsten Hirsche zu Gesicht bekommen.

Und weiter führte uns der Weg nach Oxford. Als wir aber in jene Stadt einfuhren, ward uns die Seele erfüllt von dem Gedenken an all die Ereignisse, welche sich daselbst eineinhalb Jahrhunderte vor unseren Tagen begeben hatten. Hier hatte ja der Erste Karl seine Streitmacht zusammengezogen und diese Stadt war es auch, welche ihm die Treue gehalten, nachdem die gesamte Nation von seiner Sache abgefallen war, um sich dem Parlamente und der Freiheit zu verschreiben! Der Gedanke an jenen unseligen König sowie an dessen Kampfgefährten, den liebenswerten Falkland, den hochfahrenden Goring, an die Königin und deren Sohn verlieh jedem Teile dieser Stadt, darin so erlauchte Gäste einstmals residiert haben mochten, ein ganz besonderes Gepräge. Allerorten wehte uns der Geist längst versunkner Tage entgegen und mit Entzücken folgten wir seinen Spuren. Selbst wenn unsere Fantasie nicht in solchen Imaginationen hätte schwelgen können, wäre doch die Schönheit der Stadt immer noch groß genug gewesen, unsere ungeteilte Bewunderung zu verdienen: Die Kollegien sind altehrwürdig und pittoresk; den Straßenzügen eignet ein nahezu monumentaler Duktus; der liebliche Isis-Fluss aber, welcher draußen durch einen Wiesenplan vom saftigsten Grüne seines Weges zieht, verbreitert sich hier zu einem stillen Gewässer, das die hoheitsvolle Assemblee von Türmen, Türmchen und Kuppeln widerspiegelt, wie sie da gebettet liegt zwischen uralten Baumkronen, als wär's am leibhaftigen Busen der Natur!

Ich genoss solchen Anblick über die Maßen, und doch ward mir all mein Entzücken vergällt sowohl durch das Gedenken an Vergangenes als auch durch die Vorwegnahme des Kommenden. Dabei war ich doch für ein friedvolles Glück geschaffen! Meine Jugendtage waren niemals vom Ungemach verschattet gewesen, und hatte ein Überdruss mich jemals angewandelt, so war da noch stets das Schöne in der Natur sowie das Studium all dessen gewesen, was vortrefflich und erlesen ist in den Hervorbringungen der Menschen, um mir das Herz zu fesseln und den Geist beweglich zu erhalten. Nun aber bin ich ein vom Blitz getroffner Baum: Der Donnerkeil ist mir ins Mark gedrungen! Und schon damals, teuerster Sir, ist's mir bewusst gewesen, dass mein ganzes weiteres Leben nichts anderes mehr sein würde als eine beständige Schaustellung dessen, was ich nun bald nicht mehr sein werde: ein jämmerliches Bündel menschlichen Elends, ein Mitleid für die anderen und eine Unerträglichkeit für mich selbst!

Wir verweilten uns in Oxford eine beträchtliche Zeit und durchstreiften seine Umgebung in dem Bemühen, uns all jener Plätze zu vergewissern, daraus die ereignisreichste Epoche der englischen Geschichte so beredt hervortritt.

Unsere kleinen Entdeckungsreisen wurden so manches Mal über Gebühr verlängert durch all die Sehenswürdigkeiten, welche in beständiger Folge sich uns darboten. So besichtigten wir unter anderem die Gruft des erlauchten Hampden sowie das Schlachtfeld, auf welchem dieser Getreue den Heldentod gefunden, und einen Atem lang ward mir die Seele erhoben aus all ihren niedrigen und jämmerlichen Ängsten, ward ich entrückt in die Betrachtung der göttlichen Ideale von Freiheit und Selbstaufopferung, von denen diese Denkstätten so lebhaftes Zeugnis geben! Für eine kurze Weile wagte ich's, meine Ketten abzuschütteln und freien, unbeschwerten Geistes um mich zu blicken. Doch ach, zu tief hatte das Eisen sich mir schon ins Fleisch gefressen und so sank ich, erbebend in Hoffnungslosigkeit, aufs Neue in mein jammervolles Selbst zurück.

Nur mit Bedauern schieden wir von Oxford, um nach Matlock weiterzureisen, das unsere nächste Station sein sollte. Die Landschaft, darein jener Ort sich bettet, erinnert schon stärker an jene unseres Schweizerlandes, nur dass alles und jedes nach einem kleineren Maßstabe gebildet ist und die bewaldeten Hänge der Bekrönung durch das stille, weiße Leuchten der Firne entbehren, das ja in meinem Heimatlande niemals verfehlt dem Tannicht der Voralpenberge die rechte Fassung zu geben. Wir besichtigten die wunderbare Höhle sowie die kleinen Naturalienkabinette, darin die Stein gewordnen, skurrilen Launen der Natur auf ganz ähnliche Weise zur Schau gestellt sind wie in den Sammlungen von Servox und Chamonix. Dieser letztere Name machte mich, da Henri ihn aussprach, bis ins Mark erschaudern, und ich beeilte mich, Matlock hinter mir zu lassen als einen Ort, der mich auf solche Weise an jenen anderen, fürchterlichen Schauplatz gemahnt hatte.

Nachdem wir von Derby noch ein wenig nordwärts gezogen waren, verbrachten wir zwei Monate in Cumberland und Westmoreland. Nun erst fühlte ich mich nahezu wirklich ins Schweizer Bergland versetzt. Die kleinen, noch immer an den Nordhängen der Berge verbliebenen Flecken Schnees, die Seen und das sprudelnde Vorübereilen der in ihrem felsigen Bette dahinfließenden Bäche, dies alles war mir ein wohl vertrauter und teurer Anblick. Auch machten wir hier die Bekanntschaft einiger Männer, was mich zum anderen Male mein Elend nahezu vergessen ließ, indem sie mich für kurze Zeit in trügerischen Glücksgefühlen wiegte. Clervals Entzücken war naturgemäß ein noch größeres. Sein Geist ward ja entflammt durch die Gegenwart all dieser Männer von Begabung und so wuchs er höher über sich hinaus, fand er größere Fähigkeiten und Hilfsquellen in sich aufgespeichert, als er dies jemals in der Gesellschaft geistig Unterlegener zu hoffen gewagt. »Hier könnt ich bis ans Ende meiner Tage bleiben!«, so sagte er zu mir. »Und inmitten all dieser Berge würd ich mein Schweizerland und den schönen Rhein wohl kaum vermissen!«

Doch fand er gleichzeitig, dass das unstete Leben eines Wandersmannes in all seiner Kurzweil durchaus nicht frei von Beschwernissen ist. Des Fahrenden Gefühle kennen ja nicht Rast noch Ruh', und gönnt er sich dieselbe doch einmal, so ist's nur, um sich alsbald von all dem, dessen er sich in Frieden erfreuen gewollt, loszureißen, auf dass er sein Augenmerk auf etwas Neues richte, das er um eines dritten Ortes willen ebenso rasch verlässt wie alle bisherigen.

Noch hatten wir nicht Gelegenheit gehabt, die sämtlichen Seen von Cumberland und Westmoreland zu besuchen oder eine rechte Zuneigung für einige Bewohner dieses Landstriches zu fassen, als auch schon die Zeit des vereinbarten Treffens mit unserem schottischen Freunde heranrückte und wir den neuen Bekannten Lebewohl sagen mussten. Was mich betrifft, so fiel mir dies nicht schwer. Ich hatte ja eine Zeit lang mein Versprechen vernachlässigt und fürchtete nun die Folgen von des Unholds Enttäuschung. Er mochte ja noch immer im Schweizerlande weilen und dortselbst seinen Unmut an meinen Anverwandten kühlen wollen! Dieser Gedanke ließ mich nimmer los und vergällte mir jeden Augenblick, von dem ich andernfalls Ruhe und Erholung hätte erwarten dürfen. So fieberte ich aller Post aus der Heimat voll Ungeduld entgegen: Geriet sie in Verzug, so ward mir elend ums Herz, und tausend Ängste überkamen mich. Traf aber solch ein Schreiben endlich ein und erblickte ich auf dem Umschlage die vertraute Schrift von meines Vaters oder meiner geliebten Elisabeth Hand, so wagte ich kaum die Briefhülle zu öffnen aus Angst, sie könnte Schlimmes enthalten. Bisweilen dachte ich auch, mein Widersacher sei mir auf den Fersen und schon drauf und dran, meiner Säumigkeit nachzuhelfen, indem er mir den Gefährten meuchelte! Sobald derlei Gedanken mich heimsuchten, wich ich Henri keinen Schritt mehr von der Seite, sondern folgte ihm gleich seinem Schatten, um ihn vor jenem mörderischen Zugriff zu bewahren, den ich ohn Unterlass argwöhnte. Mir war's, als hätt ich selber ein fürchterliches Verbrechen begangen, dessen ganzes Gewicht mir nun auf dem Gewissen lastete. Wohl war ich frei von Schuld – und hatte dennoch einen entsetzlichen Fluch auf mein Haupt herabbeschworen, einen, der nicht minder tödlich war als derjenige des Verbrechens! So vermochte ich Edinburgh nur mehr stumpfen Geistes in mich aufzunehmen, obschon doch jene Stadt auch das unglücklichste Wesen hätte beeindrucken müssen. Clerval zog ihr freilich Oxford vor, da ihm dessen Altertümlichkeit mehr zugesagt hatte. Doch entschädigte ihn die Schönheit und regelmäßige Anlage der Edinburgher Neustadt nicht minder wie das Wildromantische der Burg und der Landschaft ringsum, welche mit ihrem Artus-Sitze, dem St.-Bernhards-Brunnen und den Bergen von Pentland zu den schönsten der Welt gehört. All dies erfüllte den Freund mit Freude und Bewunderung. Ich aber blickte voll Ungeduld dem Ziel meiner Reise entgegen. Schon nach einer Woche kehrten wir Edinburgh den Rücken, durchfuhren Coupar und St. Andrews und setzten die Reise längs der Ufer des Tay in Richtung Perth fort, wo der schottische Gastgeber unsrer Ankunft harrte. Ich aber war nicht in der Stimmung, mit fremden Personen zu lachen und zu scherzen oder auf ihre Gefühle und Absichten mit jener freundlichen Bereitwilligkeit einzugehen, die man gemeinhin von dem Fremdling erwartet. Demgemäß eröffnete ich meinem Freunde Clerval, dass ich Schottland allein zu durchstreifen wünschte. »Gib dich inzwischen«, so sprach ich, »ruhig deiner eignen Zerstreuung hin und lass uns danach wieder an diesem Orte zusammentreffen! Ich werde ein bis zwei Monate fort sein. Indes, ich bitte dich, lass mich ungestört meiner Wege gehen und mich eine kurze Zeit den Frieden der Einsamkeit auskosten! So hoffe ich, dich leichteren Herzens wieder zu sehen, in einer Gemütsverfassung, die mit der deinen künftig besser harmonieren soll!«

Henri versuchte zwar, mich von meinem Vorhaben abzubringen, doch als er merkte, wie fest ich mir diese Reise in den Kopf gesetzt hatte, ließ er von allen weiteren Einwendungen ab. Er drang aber in mich, nur ja recht oft zu schreiben. »Ich hätte dich freilich viel lieber auf deinen einsamen Streifzügen begleitet«, sagte er, »anstatt die Gesellschaft dieser Schotten zu teilen, mit denen mich so gut wie nichts verbindet. So eil dich denn, teurer Freund, baldestmöglich wieder zu mir zu stoßen, auf dass ich mich hier ein wenig zu Hause fühlen kann, was mir ja in deiner Abwesenheit nimmer möglich ist!«

Nachdem ich von meinem Freunde Abschied genommen, beschloss ich einen entlegenen Teil Schottlands aufzusuchen und daselbst mein Werk in Einsamkeit zu vollenden. Ich zweifelte nicht, dass, wenn der Unhold mir wirklich auf den Fersen war, er sich mit Abschluss meiner Arbeit bei mir einstellen würde, um seine Gefährtin in Empfang zu nehmen.

Dies vor Augen, durchquerte ich das nördliche Hochland und erkor mir zum Arbeitsplatze eine der unzugänglichsten Orkney-Inseln. Sie war so recht für mein Vorhaben geschaffen und bestand aus kaum mehr als einem Felsen, gegen dessen Steilufer beständig die Wogen anbrandeten. Der steinige Grund war nahezu kahl, bot den paar jämmerlichen Kühen nur eine kärgliche Weide und brachte kaum den Hafer hervor, dessen die fünf Inselbewohner zu ihrer täglichen Grütze bedurften. Die klapperdürren Elendsgestalten waren denn auch das leibhaftige Zeugnis solch miserabler Kost. Wollte man hier ab und zu in Brot und Gemüsen schwelgen, so mussten dieselben, nicht anders als jeder Schluck frischen Wassers, von dem etwa fünf Meilen entfernten Festlande herübergebracht werden.

Auf dem gesamten Eiland gab es bloß drei elende Hütten, deren eine bei meiner Ankunft gerade leer stand. Diese mietete ich. Sie umfasste nur zwei Räume, welche alle Anzeichen der schmutzigsten Dürftigkeit aufwiesen. Das Strohdach war eingestürzt, die Wände entbehrten allen Verputzes und die Tür hing nur mehr lose in den Angeln. Ich ließ die ärgsten Schäden beheben, erstand das nötigste Mobiliar und ergriff von meinem neuen Domizil Besitz. Dies hätte unter anderen Umständen wohl einiges Aufsehen erregt, wären die Inselbewohner nicht durch Mangel und bitterste Armut gegen alles, was in ihrer Umgebung vorging, gleichgültig gewesen.

So aber scherte sich niemand um mich, ich blieb unbehelligt, ja kaum bedankt für den Bettel an Nahrung und Kleidern, welchen ich ausgeteilt. So sehr vermag Entbehrung selbst die gröbsten Empfindungen des Menschen abzustumpfen!

In meiner strohgedeckten Klause weihte ich die Vormittage ganz der Arbeit. Gegen Abend jedoch, falls das Wetter es verstattete, wandelte ich längs der Felsenküste hin und lauschte dem Brausen der Wogen, wie sie da zu meinen Füßen heranbrandeten. Es war ein monotones und doch stets wechselndes Schauspiel, das mich an mein Schweizerland denken machte. Wie sehr unterschieden sich doch meine heimatlichen Gefilde von diesem wüsten und erschreckenden Felseneiland! Ihre Berge ergrünen ja im Schmucke der Rebenhänge und ihre Ebenen sind durchsetzt von den traulich aneinander gereihten Dörfchen und Weilern. In den anmutigen Seen spiegelt sich ein sanftblauer Himmel, und sind ihre Wasser einmal von rauen Winden aufgewühlt, so ist's, verglichen mit dem Sturmesheulen des unermesslichen Ozeans, dennoch nur wie das ausgelassene Spiel eines Kindes.

Auf diese Weise teilte ich mir in den ersten Tagen nach meiner Ankunft die Arbeit ein. Je weiter ich aber mit ihr vorankam, desto fürchterlicher und lästiger ward sie mir. Bisweilen brachte ich's wohl eine Woche lang nicht über mich, meine Werkstatt zu betreten, und schuftete dann wieder Tag und Nacht, um mein Vorhaben zum Abschluss zu bringen. Es war ja in der Tat eine widerwärtig schmutzige Prozedur, der ich da oblag! Bei meinem ersten Experimente hatte mich eine Art leidenschaftlicher Besessenheit das Schreckliche meines Geschäftes nicht wahrnehmen lassen. Mein ganzer Sinn war völlig in der Arbeit aufgegangen und so waren meine Augen blind gewesen für all die abscheulichen Einzelheiten. Jetzt aber, da ich kalten Blutes an mein Werk heranging, wollte sich mir über meiner Hände Arbeit so manches Mal das Herz im Leibe umdrehen!

In solcher Lage, befasst mit der ekelerregendsten aller Tätigkeiten und versponnen in eine Einsamkeit, darin nichts mein Augenmerk auch nur einen Atem lang von dem gegenwärtigen Schauplatze ablenkte, geriet ich vollends aus dem seelischen Gleichgewichte und ward ruhelos und schwachnervig. Jeden Moment befürchtete ich ja, mich meinem Verfolger gegenüberzusehen. Bisweilen saß ich nur da, hielt die Augen auf den Boden geheftet und wagte nicht, den Blick zu erheben, auf dass ich nicht des Gegenstandes meiner beständigen Ängste ansichtig würde. Ich empfand die größte Furcht, mich außer Sichtweite meiner Mitmenschen zu begeben, weil der Unhold meine Einsamkeit benützen konnte, seine Gefährtin von mir einzufordern.

Mittlerweile aber trieb ich mein Werk voran und war schon ziemlich weit darin fortgeschritten. Voll Begier und zitternder Hoffnung sah ich seinem Abschlusse entgegen, doch wagte ich solche Hoffnung nicht näher zu ergründen, da sie durchsetzt war mit allerlei Vorahnung des Bösen, die mir das Herz im Busen mit Bangnis erfüllte.

## *Zwanzigstes Kapitel*

Eines Abends saß ich wieder einmal allein in meiner Werkstatt. Die Sonne war schon zur Ruhe gegangen und der Mond schickte sich eben an, aus dem Meere emporzusteigen. Mir aber gebrach's an dem nötigen Lichte zu meiner Arbeit und so gab ich mich in meiner erzwungenen Muße allerlei Erwägungen hin. Sollte ich für diese Nacht meine Arbeit ruhen lassen oder aber mich ihrem Abschlusse mit unablässigem Fleiße widmen? In meiner Untätigkeit überkam mich eine Fülle von Gedanken in Ansehung der möglichen Auswirkungen meines Tuns. Drei Jahre zuvor war ich ja auf die nämliche Art und Weise beschäftigt gewesen. Was aber hatte ich geschaffen? Einen Unhold, dessen unerhörte Grausamkeit mir das Herz für immer mit Verzweiflung und bitterer Reue erfüllt hatte! Und nun war ich daran, ein zweites Wesen zu schaffen, dessen Eigenschaften mir nicht minder unbekannt waren als ehedem die des ersten! Dies weibliche Monstrum mochte ja noch zehntausendmal boshafter ausfallen denn ihr Gefährte und Bluttat wie Ruchlosigkeit schon um ihrer selbst willen lieben! Wohl hatte der Unhold geschworen, die Nähe der Menschen zu fliehen und sich in der Wildnis zu verbergen – sie aber hatte solchen Schwur noch nicht abgelegt. War's da nicht möglich, dass sie, die ja wohl auch ein denkendes, vernunftbegabtes Geschöpf sein würde, sich einem Pakte widersetzte, der vor ihrer Erschaffung abgeschlossen worden? Ja mochte es nicht sein, dass die beiden einander hassten? Er, den ich bereits ins Leben gesetzt hatte, hegte ja den größten Abscheu vor der eigenen Missgestalt: Mochte er da nicht noch größeren Ekel vor dem ihm beständig vor Augen stehenden, weiblichen Ebenbilde empfinden? Und auch sie mochte sich angewidert von ihm ab – und der überlegnen Schönheit des Menschengeschlechtes zuwenden – mochte ihren Gefährten fliehen, der dann, zum anderen Mal allein gelassen, aufs Höchste darob erbittert sein würde, sich nun auch noch von einem Geschöpfe der eigenen Art schmählich verraten zu finden!

Und selbst wenn die beiden unserm Europa den Rücken kehrten, um in den Wüsteneien der Neuen Welt ihr Leben zu fristen, so musste doch eines der ersten Ergebnisse solcher Zweisamkeit, nach welcher der Dämon dürstete, der Kindersegen sein! Dann aber würde ein Geschlecht von Teufeln sich über die Erde ergießen, das auf die Dauer selbst noch das nackte Leben dieser Menschheit in die entsetzlichsten Gefahren brächte!

Und da sollte ich das Recht haben, um der eigenen Wohlfahrt willen solchen Fluch über die kommenden Geschlechter heraufzubeschwören? Wohl hatten ehedem die Spitzfindigkeiten des aus meinen Händen hervorgegangenen Wesens mir das Herz gerührt, wohl hatten seine teuflischen Drohungen mich meiner Vernunft beraubt. Jetzt aber brach zum ersten Mal die ganze Verwerflichkeit meines Versprechens über mich herein und ich erbebte bei dem Gedanken daran, dass künftige Zeitalter mir fluchen würden als einer Pestilenz, deren Eigensucht nicht gezögert hatte für den eigenen Frieden den Fortbestand vielleicht der gesamten Menschheit aufs Spiel zu setzen!

Ich blickte auf – und der Herzschlag stockte mir vor Schrecken: Umrahmt von dem Geviert des Fensters und unterm geisterbleichen Licht des Mondes stand der Dämon vor mir! Ein gespenstisches Grinsen verzerrte ihm die Lippen, wie er da auf mich starrte, der ich mit der Erfüllung jener Aufgabe befasst war, die er mir zugemessen. Jawohl, er war mir auf allen meinen Wegen gefolgt, war in den Wäldern untergekrochen, hatte sich in Höhlen versteckt oder in der weiten Ödnis der Heide seine Zuflucht genommen. Und nun war er gekommen, sich von dem Fortschreiten meines Werkes zu überzeugen und mir die Erfüllung meines Versprechens abzufordern!

Da er so vor mir stand, waren seine Züge verstellt von dem Ausdrucke der tiefsten Bosheit und Verräterei. Ich aber, in einem Anfall wahnwitziger Verzweiflung, gedachte nun meines Versprechens, ihm ein Ebenbild zu schaffen, und riss, bebend vor Wut, das Ding, an welchem ich da arbeitete, vor seinen Augen zu Stücken! Daraufhin stieß der Unhold im Angesichte der Zerstörung jenes Wesens, auf das er sein ganzes künftiges Daseinsglück gesetzt hatte, ein satanisches Verzweiflungs- und Rachegeheul aus – und stürzte davon.

Ich verließ den Raum und tat, noch während ich den Schlüssel herumdrehte, in meinem Herzen den feierlichen Schwur, nimmermehr zu solcher Arbeit zurückzukehren! Danach suchte ich bebenden Fußes meine Schlafkammer auf. Ich war ganz allein. Niemand war da, mir die Düsternis aufzuhellen und das atemraubende Gewicht meiner fürchterlichen Alpträume von der Brust zu nehmen.

So vergingen die Stunden und ich saß noch immer am Fenster und starrte auf die See hinaus. Gleich einem Spiegel lag sie vor meinen Blicken, denn die Winde waren zur Ruhe gegangen und die gesamte Natur schlief nun unterm sanften Auge des Mondes. Nur wenige Fischerboote belebten als dunkle Punkte die weite Wasserfläche, nur ab und zu wehte mir der zarte Anhauch einer Brise die Stimmen der einander zurufenden Fischersleute ans Ohr. Ich spürte dieser Stille nach, obschon ich mir ihres abgrundtiefen Schweigens kaum bewusst war. Mit einem Mal aber ward mein Ohr gefesselt durch das von der Küste zu mir heraufdringende Geräusch sich nähernder Ruderschläge und gleich darauf ging unweit meiner Hütte eine Gestalt an Land.

Bald danach hörte ich die Tür knarren, als versuchte jemand sie geräuschlos zu öffnen. Ich zitterte am ganzen Körper im Vorgefühle dessen, was da einzutreten im Begriff war, und wünschte nichts dringlicher als einen der Fischersleute zu wecken, welche die Hütte in der Nachbarschaft bewohnten. Allein, ein Gefühl der Hilflosigkeit hatte mich überwältigt, ganz ähnlich jenem, wie wir's in unseren Angstträumen empfinden, darin wir vergebens vor einer drohenden Gefahr davonstürzen wollen und doch wie angewurzelt am Orte verharren.

Schon vernahm ich das Geräusch von Schritten auf dem Gange! Jetzt ging die Tür auf und der Unhold, vor dem ich solche Angst empfand, trat herein! Nachdem er die Tür wieder geschlossen hatte, kam er auf mich zu und sagte mit gedämpfter Stimme:

»Du hast das Werk zerstört, das du begonnen. Was willst du damit sagen? Wagst du's, dein Wort zu brechen? Viel Müh' und Plage habe ich ertragen: hab ja mit dir das Schweizerland verlassen, hab mich den Rhein entlang dir nachgeschlichen, auf seinen Weideninseln mich verborgen und seine Bergeshöhen überwunden. In Englands Heidekraut und Schottlands Ödnis hab ich so manchen Monat mich versteckt. Unsäglich waren die Strapazen, die Kälte und der Hunger! Du aber wagst es, meine Hoffnung zu zerstören?«

»Hinweg! Jawohl, ich steh nicht mehr zu meinem Wort! Und nimmermehr will ich ein Wesen schaffen, das dir an Missgestalt und Bosheit gleicht!«

»Elender Wurm! Bis jetzt hab ich dir gütlich zugeredet, du aber zeigst dich meiner Langmut nimmer wert! So denk daran, dass ich auch Macht besitze! Zwar hältst du dich schon jetzt für elend, doch kann ich dich so sehr zugrunde richten, dass jedem neuen Tag du fluchen wirst! Du bist mein Schöpfer, doch ich bin dein Herr: – Gehorche denn!«

»Die Tage meines Zögerns sind zu Ende – die Stunde deiner Macht ist angebrochen! Doch kann dein Drohen nimmer mich bewegen Verwerfliches zu tun. Vielmehr bestärkt's mich nur in dem Entschlusse, dir kein Gespons des Lasters zu gesellen! Wie! Glaubst du wirklich, dass ich kalten Blutes noch einen zweiten Dämon mir erschaffe und auf die Menschheit hetze, einen Satan, der nur an Mord und Untat sich erfreut? Hinweg! Hinweg! Mein Nein ist unerbittlich und jedes weitre Wort schürt meinen Grimm!«

Der Unhold las mir meine Unbeugsamkeit vom Gesichte ab und knirschte in ohnmächtiger Wut mit den Zähnen. »Wie!«, so rief er. »Ein jeder Mensch darf ein Weib an seinen Busen drücken, jedes wilde Tier findet seine Gefährtin – und einzig ich soll allein bleiben? Ich war voll der zärtlichsten Gefühle, doch sie wurden zurückgestoßen durch Abscheu und Verachtung! Erdenwurm! Du magst mich zwar hassen, doch sieh dich vor! Deine Stunden werden hinfort von Furcht und Elend regiert sein und nur zu bald wird der Schlag herniedersausen, der dich auf immer deines Glücks berauben muss! Wie! Du sollst glücklich sein, indes ich mich in meinem Elend winde? Aller Leidenschaft magst du mich berauben, doch die Rache bleibt – die Rache, die hinfort mir teurer sein soll denn das Licht des Tages, ja noch die Nahrung, derer ich bedarf! Ich mag daran zugrunde gehn: Doch vorher sollst noch du, als mein Tyrann und Quäler, der Sonne fluchen, welche deinem Elend scheint! Nimm dich in Acht! Ich kenne keine Furcht und dies verstärkt noch meine Macht! Und listig wie die Schlange will ich des Zeitpunkts harren, da ich mit deren Giftzahn nach dir stoße! Erdenwurm! Du sollst, was du mir angetan, aufs Bitterste entgelten!«

»Spar deine Worte, Satan! Vergifte nicht die Luft mit den Tiraden deiner Bosheit! Ich hab meinen Entschluss dir kundgetan und bin der Feigling nicht, vor leeren Drohungen zurückzuschrecken. Heb dich hinweg, denn ich bin unerbittlich!«

»Nun gut, so sei es drum! Ich gehe jetzt! Allein, sei dessen eingedenk: *Ich werde dich besuchen in deiner Hochzeitsnacht!*«

Ich duckte mich zum Sprung und rief: »Nichtswürdiger! Eh' du mein Todesurteil unterschreibst, sieh zu, ob du des eignen Lebens sicher bist!«

Schon wollte ich ihm an die Gurgel fahren, er aber wich mir aus und eilte aus dem Hause. Nur wenige Sekunden später erblickte ich ihn schon in seinem Boot, das pfeilgeschwind über das Wasser schoss und alsbald in dessen Gewoge verschwunden war.

Ringsum herrschte Stille – doch die Worte jener Drohung hallten mir noch in den Ohren. Ich empfand ein grimmiges Verlangen, dem Mörder meines Friedens nachzusetzen und ihn im Ozeane zu ersäufen. Verstört, gehetzten Schrittes, durchmaß ich immer wieder meine Kammer, dieweil mir vor dem inneren Auge tausend Bilder heraufstiegen, mich zu bedrängen und zu quälen. Weshalb nur war ich ihm nicht nachgestürzt, war ich nicht handgemein mit ihm geworden auf Tod und Leben? Nun hatte ich's gelitten, dass er mir entfloh! Jetzt war er nach dem Festland unterwegs und nur mit Schaudern dachte ich daran, wer wohl das nächste Opfer seines unersättlichen Rachedurstes sein werde! Darüber kamen mir auch wieder seine Worte in den Sinn: »Ich werde dich besuchen in deiner Hochzeitsnacht!« Sie also war die festgesetzte Frist, da sich mein Los erfüllen sollte! Als ich aber meiner geliebten Elisabeth gedachte – ihrer Tränen und ihres unstillbaren Jammers, sobald sie sich des Geliebten erst auf so barbarische Weise beraubt sähe, entstürzte auch meinen Augen ein heißer Tränenstrom, und es war seit vielen Monaten zum ersten Mal, dass ich wieder weinte. So beschloss ich, nicht ohne die erbittertste Gegenwehr vor solchem Feinde zu fallen.

Die Nacht ging hin, die Sonne tauchte aus dem Ozean. In meinen Busen aber zog die Ruhe ein, sofern man's irgend Ruhe nennen kann, wenn die schäumende Wut sich zur tiefsten Verzweiflung wandelt. Ich verließ das Haus, diesen entsetzlichen Schauplatz meines nächtlichen Rencontres, und erging mich an der Felsenküste, die ich nahezu schon für eine unüberwindliche Schranke zwischen mir und meinen Mitmenschen ansah. Ja mich wandelte sogar der heimliche Wunsch an, dies möge in Wahrheit so sein. Mich verlangte es danach, mein ferneres Leben auf dem kahlen Felseneiland zu verbringen, mir zum Überdrusse zwar, doch ungestört durch jeden Hereinbruch neuerlichen Elends! Denn kehrte ich aufs Festland zurück, so war's ja doch nur zu dem Zwecke, selber geopfert zu werden oder aber mit ,ansehn zu müssen, wie all meine Lieben unterm Zugriff jenes Würgers, den ich selbst geschaffen, ihr Leben aushauchten!

Gleich einem ruhelosen Gespenst durchwanderte ich die Insel, getrennt von allen, die ich liebte, und elendiglich leidend unter solcher Trennung. Da es Mittag wurde und die Sonne höher am Himmel stand, legte ich mich ins Gras und ward von einem tiefen Schlafe übermannt. Ich hatte ja die ganze Nacht gewacht, meine Nerven waren aufs Äußerste angespannt und die Augen brannten mir vor Übernächtigkeit und Elendsein. Indes, der Schlaf, in den ich nun verfiel, erquickte mich, und da ich aus ihm erwachte, empfand ich mich aufs Neue als ein Mitglied der großen Menschengemeinde und begann, die Ereignisse der vergangenen Nacht mit größerer Gefasstheit in meinem Geiste zu überschlagen. Dennoch hallten mir noch immer die Worte meines Widersachers gleich dem Geläute der Totenglocke im Ohr und bedrückten mich, obschon sie wie aus einem Traum herübertönten, wie die unerbittlichste Wirklichkeit.

Die Sonne stand schon sehr tief im Westen und ich saß noch immer an der Felsenküste und stillte meinen Hunger, welcher inzwischen zu einem rasenden geworden war, mit einem Stück des hier gebräuchlichen Fladenbrotes aus Hafermehl, als ganz in meiner Nähe ein Fischerboot landete und einer der Insassen mir ein Päckchen heraufbrachte. Es enthielt Briefe aus Genf sowie ein Handschreiben des guten Clerval, darin er mich bestürmte, ich möge mich wieder zu ihm gesellen. Er teilte mir darin mit, dass er an dem gegenwärtigen Aufenthaltsorte seine Zeit nur fruchtlos vertrödle und dass seine neuen Londoner Freunde ihn brieflich aufgefordert hätten, er möge zurückkehren, auf dass sie die Verhandlungen, welche sie in Ansehung seines indischen Unternehmens aufgenommen, zu einem gedeihlichen Abschlusse brächten. Dergestalt könne er seine Abreise nicht länger hinauszögern. Da aber seine Londoner Reise rascher, als er jetzt noch vermute, jene größere indische nach sich ziehen könnte, wolle er in mich dringen, ihm so viel von meiner freien Zeit zu widmen, wie ich irgend zu erübrigen in der Lage wäre. Und er bat mich inständig, ich möge deshalb mein einsames Eiland verlassen und in Perth zu ihm stoßen, auf dass wir die Reise nach Süden gemeinsam anträten. Dieser Brief gewann mich in gewisser Weise dem Leben wieder und so beschloss ich, meine Insel schon nach Ablauf der nächsten zwei Tage zu verlassen.

Indes, vor solchem Aufbruche galt es noch eine Pflicht zu erfüllen, an die ich nur mit Entsetzen denken konnte. Ich musste ja meine chemischen Apparaturen zusammenpacken und zu diesem Zwecke den Raum betreten, welcher der Schauplatz meines anrüchigen Geschäftes gewesen war, und ich musste mich mit all dem grässlichen Zubehör befassen, dessen bloßer Anblick mir schon Übelkeit verursachte! So nahm ich denn mit Anbruch des folgenden Tages all meinen Mut zusammen und schloss die Tür zu meiner Werkstatt auf. Die Überreste des erst zur Hälfte gediehenen Wesens, das ich zu Stücken gerissen hatte, lagen rings auf dem Fußboden verstreut und fast war's mir, als hätt ich einem Menschenkinde das noch zuckende Fleisch von den Knochen geschält! Ich musste innehalten, um mich vor dem Betreten der Schreckenskammer ein wenig zu sammeln. Mit zitternder Hand schaffte ich dann mein Instrumentarium aus dem Hause. Dies getan, bedachte ich, dass ich auch die Überreste meines Werkes nicht hier liegen lassen konnte, da dieselben ja das Entsetzen und den Verdacht der Inselbewohner hätten erregen müssen! So packte ich sie denn säuberlich in einem Korbe zusammen, bedeckte sie mit einem großen Haufen von Steinen und nahm mir vor, da ich dieselben aufeinander schichtete, das ganze noch in der kommenden Nacht auf den Grund des Meeres zu versenken. Bis dahin aber blieb ich an der Felsenküste sitzen und befasste mich mit der Reinigung und Einordnung meiner chemischen Behelfe.

Nichts hätte vollständiger sein können denn der Wandel, welcher sich in meinem Gemüte seit der Nacht vollzogen hatte, da mein Dämon mir erschienen war. Vorher hatte ich ja mit düsterer Verzweiflung auf mein Versprechen als auf ein Etwas geblickt, das, wie schrecklich die Folgen immer sein mochten, erfüllt werden musste. Jetzt aber war's mir, als hätt sich ein Schleier von meinen Augen gehoben, so dass ich nun zum ersten Mal seit langer Zeit wieder klaren Auges um mich blicken konnte. Mit keinem Gedanken dachte ich mehr daran, jene Arbeit wieder aufzunehmen. Zwar lastete die Drohung, welche ich mitangehört, schwer genug auf mir, doch kam es mir nicht in den Sinn, sie durch einen Akt der Freiwilligkeit von mir abzuwenden. Ich hatte mich ein für allemal dafür entschieden, dass die Schaffung eines meinem Widersacher ähnlichen Geschöpfes ein Akt der niedrigsten und grausamsten Selbstsüchtigkeit wäre, und so verbannte ich aus meinem Geiste jeden Gedanken, der solche Entscheidung noch hätte umstoßen können.

Zwischen zwei und drei Uhr morgens ging der Mond auf. So ergriff ich denn meinen Korb, verstaute denselben in einem kleinen Boote und segelte etwa vier Meilen aufs offene Meer hinaus. Vollkommene Einsamkeit umgab mich. Den wenigen, auf der Heimfahrt begriffenen Fischerbooten wich ich aus, erschaudernd in dem Gefühl, ein fürchterliches Verbrechen zu begehen, und deshalb glaubend, jedes Zusammentreffen mit den Menschen vermeiden zu müssen. Und als plötzlich der Mond, der bislang sein klares Licht über die Wasser ausgegossen, von einer mächtigen Wolke verschluckt ward, nahm ich des Vorteils solcher Dunkelheit wahr und versenkte meinen Korb in den Fluten. Eine Zeit lang lauschte ich dem gurgelnden Geräusch seines Sinkens und segelte danach von dem Schauplatz meiner Tat hinweg. Immer stärker überzog der Himmel sich mit Wolken, doch blieb die Luft klar, obschon ein Frösteln mich ankam ob des steifen Nordosts, der sich erhoben hatte. Indes, solche Brise erfrischte mich und gab mir angenehmere Empfindungen ein, so dass ich beschloss, länger als beabsichtigt auf offener See zu bleiben. Nachdem ich das Steuer auf einen Kurs vor dem Winde fixiert hatte, streckte ich mich in meinem Boote aus. Der Mond blieb hinter den Wolken, alles ringsum war in Dunkelheit gehüllt, und so vernahm ich nur das Rauschen der Wogen an den Seiten des sie durchschneidenden Kiels. Dies Gemurmel schläferte mich ein und alsbald sank ich in einen tiefen Schlummer.

Ich weiß nicht, wie lange ich so gelegen haben mag. Jedenfalls stand, als ich erwachte, die Sonne schon recht hoch am Himmel. Der Wind war zu beträchtlicher Stärke angeschwollen und die Wogen drohten nun beständig, mein kleines Fahrzeug zum Kentern zu bringen. Da wir noch immer Nordost hatten, musste ich schon weit von dem Orte meiner Einschiffung abgetrieben sein. So versuchte ich, den Kurs zu ändern, gewahrte jedoch alsbald, dass, falls ich meine Versuche fortsetzte, das Boot in kürzester Zeit voll Wasser schlagen würde. In solcher Lage blieb mir nichts andres zu tun, als es vor dem Winde treiben zu lassen. Ich bekenne, dass mich dabei zu mehreren Malen etwas wie Furcht anwandelte. Ich hatte ja keinen Kompass bei mir und war mit den Ortsverhältnissen in diesen Gewässern so wenig vertraut, dass auch der Sonnenstand mir nicht allzu viel helfen konnte. So mochte ich nun durchaus auf den großen Atlantik hinaustreiben, anheim gegeben all den Qualen eines elendiglichen Hungertodes, oder aber dem Untergange inmitten der unermesslichen Wasserwüste, welche mit ihren Wogen brausend und stoßend von allen Seiten auf mein gebrechliches Fahrzeug einstürmte. Schon war ich viele Stunden auf dem Wasser, schon auch meldete sich ein quälender, brennender Durst als der Auftakt zu noch ärgeren Leiden! Ich sah zum Himmel empor, der ganz bedeckt war von den im Winde treibenden Wolken, denen stets neues Gewölke folgte, und ließ danach meine Blicke rings über den grenzenlosen Ozean schweifen, der mir nun zum nassen Seemannsgrabe werden sollte! »Nichtswürdiger«, so rief ich, »dein Werk, nun ist's im Begriffe, sich zu vollenden!« Und ich gedachte meiner Elisabeth, meines Vaters und auch des treuen Clerval, wie sie nun allein zurückbleiben mussten, auf dass jenes Ungeheuer seine blutigen und erbarmungslosen Leidenschaften an ihnen kühle. Solcher Gedanke beschwor Bilder von so fürchterlicher Verzweiflung in mir herauf, dass die Erinnerung daran mich sogar noch heute schaudern macht, jetzt, da in jedem Augenblicke der große Vorhang mir die Lebensbühne verdunkeln mag!

Auf diese Weise vergingen die Stunden. Doch nach und nach, in dem Maße sich die Sonne dem Horizont näherte, flaute der Wind zu einer sanften Brise ab und die bislang von Brechern aufgewühlte See glättete sich. Doch geschah dies nur, um einer heftigen Dünung Raum zu geben, welche mich seekrank machte, so dass ich kaum mehr fähig war, das Ruder zu halten. In diesem Momente aber sah ich im Süden die Umrisse festen Landes aus dem Meere tauchen!

Nahezu erschöpft, wie ich war, durch all die Strapazen und die fürchterliche Spannung der letzten Stunden, überkam mich die plötzliche Gewissheit meiner Errettung als ein heißer Schwall, der mir die Freudentränen in die Augen trieb.

Wie wandelbar sind doch unsre Gefühle, wie seltsam ist die Liebe, mit welcher wir uns noch im tiefsten Elend an das Leben klammern! Unverweilt verfertigte ich mir ein zusätzliches Segel, indem ich mir das Hemde vom Leib riss, und war aufs Eifrigste bedacht, auf jenes Festland zuzuhalten. Es war zunächst von wild zerklüfteter, felsiger Erscheinung, ließ aber, da ich mich ihm näherte, deutliche Spuren menschlichen Arbeitsfleißes erkennen. Schon erblickte ich auch etwelche Fischerboote vor der Küste und bald danach sah ich mich wieder inmitten der Nachbarschaft zivilisierter Menschen! Mit der größten Vorsicht folgte ich dem gewundenen Verlauf des Strandes und jubelte auf, als ich schließlich einen Kirchturm erblickte, welcher hinter einem schmalen Vorgebirge auftauchte. Da ich der hiesigen Landeverhältnisse völlig unkundig war, beschloss ich direkten Kurs auf jene Ortschaft zu nehmen, weil ich vermutete, dort auf raschestem Wege zu einer Stärkung zu kommen. Zum großen Glücke hatte ich eine Summe baren Geldes bei mir. Sobald ich aber das Vorgebirge umschifft hatte, ward ich eines allerliebsten Städtchens nebst eines sichern Ports ansichtig, in den ich freudvollen Herzens einfuhr, dankbar ob meiner so unerwarteten Rettung aus tödlicher Gefahr.

Während ich noch damit beschäftigt war, das Boot zu vertäuen und die Segel festzumachen, versammelte sich eine Anzahl Menschen um meinen Anlegeplatz. Sie schienen ob meiner Ankunft höchst überrascht. Indes, anstatt mir ihre Hilfe anzubieten, unterredeten sie sich im Flüstertone, wobei sie Gebärden vollführten, die mich in jeder anderen Lage mit Besorgnis erfüllt hätten. Jetzt aber stellte ich bloß fest, dass sie sich dabei der englischen Sprache bedienten. Deshalb auch redete ich sie in der nämlichen Zunge an, indem ich sagte: »Freunde! Wollt ihr mir nicht den Namen dieses Städtchens verraten und mir sagen, wo ich mich befinde?«

»Das sollt Ihr bald genug erfahren«, antwortete ein Mann mit grober Stimme. »Und es mag sein, dass Euch der Ort nicht sonderlich behagt. Doch wird man Euch in Ansehung des Quaitieres nicht lang um Eure Meinung fragen, des könnt Ihr gewiss sein!«

Solch barsche Antwort von einem mir völlig fremden Menschen bestürzte mich über die Maßen. Auch brachten mich die finsteren, ja feindseligen Mienen seiner Genossen ganz durcheinander! »Wie kommt's, dass Ihr mir so unfreundlich begegnet?«, frug ich denn auch. »Ganz gewiss entspricht es nicht der englischen Gastfreundschaft, einen Fremdling auf solche Weise vor den Kopf zu stoßen!«

»Ich weiß nicht viel von englischer Gastfreundschaft«, versetzte der Angeredete. »Was ich aber gewiss weiß, ist, dass einem Iren jeder Schurke ekelhaft ist!«

Während dies befremdliche Gespräch seinen Fortgang nahm, strömten ständig neue Menschen herbei. Ihre Mienen drückten teils Neugierde, teils Unwillen aus, was mich zum einen aufbrachte, zum anderen aber mit Besorgnis erfüllte. So frug ich denn nach dem Wege zum nächsten Gasthof, erhielt aber keinerlei Antwort. Also schritt ich auf gut Glück voran, worauf sich in der Menge ein murrender Aufruhr erhob und ich mich alsbald in ihrer Mitte eingekeilt sah. Ein Kerl von ungutem Äußeren trat auf mich zu, tippte mir auf die Schulter und sagte: »Kommt mit, Sir. Ihr müsst erst einmal zu Mr. Kirwin, um Euch dort zu legitimieren! «

»Mr. Kirwin? Wer ist das? Weshalb sollte ich mich legitimieren müssen? Ist dies nicht ein freies Land?«

»Das will ich meinen, Sir – frei genug für alle ehrlichen Leute! Mr. Kirwin ist unser Amtsrichter! Ihr aber habt Euch zu verantworten wegen des Todes eines fremden Herrn, den man hierorts gestern Nacht ermordet aufgefunden hat.«

Solcher Bescheid ließ mich zusammenzucken, doch hatte ich mich sogleich wieder in der Gewalt. Ich war ja frei von Schuld, was sich unschwer nachweisen ließ! Demgemäß folgte ich dem Vorangehenden ohne Widerrede und ward dergestalt vor eines der stattlichsten Gebäude des Ortes geführt. Zwar hätte ich vor Müdigkeit und Hunger umsinken mögen, doch hielt ich es für klug, all meine Kraft zusammenzunehmen, auf dass mir meine körperliche Schwäche nicht als Beweis für meine Schuld, ja als ein Grund für meine Verhaftung ausgelegt würde. Ich hatte ja noch keine Ahnung von der Bedrängnis, in der ich mich innerhalb kürzester Zeit befinden und die mit ihrer entsetzlichen Verzweiflung alle Furcht vor Schimpf, Schande und Tod unter sich begraben sollte!

Hier, teuerster Sir, muss ich um eine Pause bitten. Nämlich, es bedarf meiner ganzen Seelenstärke, mir in allen Einzelheiten jene furchtbaren Ereignisse heraufzurufen, von denen ich Euch nun zu berichten habe.

# *Einundzwanzigstes Kapitel*

Man führte mich alsbald vor den Richter, der ein betagter Herr war und von wohlwollender und ruhiger Wesensart zu sein schien. Dennoch musterte er mich mit einer gewissen Strenge, um dann an meine Begleiter die Frage zu richten, wer von ihnen in dem vorliegenden Falle eine Aussage zu machen habe.

Etwa ein Halbdutzend Männer traten vor. Nachdem einer von ihnen durch den Richter dazu aufgefordert worden, gab er zu Protokoll, er sei in der vergangenen Nacht mit seinem Sohn und seinem Schwager Daniel Nugent auf Fischfang gewesen, als gegen zehn ein heftiger Nordwind sie gezwungen habe an der Küste Schutz zu suchen. Die Nacht war finster gewesen, da der Mond noch nicht am Himmel gestanden. Dennoch sei man nicht in den Hafen zurückgekehrt, sondern nach Gewohnheit in eine etwa zwei Meilen von ihm entfernte Bucht eingelaufen. Er, der Sprecher, sei mit einem Teil der Fischereigerätschaft vorausgegangen, die Gefährten seien ihm in einigem Abstand gefolgt. Wie er so über den sandigen Strand geschritten, sei er gegen ein Hindernis gestoßen, so dass er der Länge nach hinstürzte. Die anderen, so sagte er, kamen dann heran, um ihm zu helfen, und entdeckten beim Lichte ihrer Laternen, dass er über den Körper eines augenscheinlich toten Mannes gestrauchelt war. Zunächst hielten sie denselben für den angeschwemmten Leichnam eines Ertrunkenen, fanden aber bei näherer Prüfung, dass des Toten Kleidung trocken und sein Körper noch warm war. Sogleich schleppten sie ihn zu der benachbarten Hütte einer Alten und taten ihr Bestes, den Verunglückten ins Leben zurückzurufen. Indes, alle Mühe war vergebens. Der Tote war ein hübscher junger Mann von etwa fünfundzwanzig Jahren und war ganz augenscheinlich erdrosselt worden, denn bis auf die schwärzlichen Druckstellen am Halse waren keinerlei Zeichen von Gewaltanwendung an dem Körper zu entdecken.

Der erste Teil dieser Aussage berührte mich nicht im Mindesten. Sobald aber der Würgespuren Erwähnung getan worden, musste ich an die Ermordung meines Bruders denken und ward auf das Ärgste bestürzt. Ich zitterte an allen Gliedern und mein Blick umflorte sich, so dass ich mich Halt suchend auf eine Stuhllehne stützen musste. Der Richter aber, welcher mich nicht aus den Augen ließ, musste aus meinem Verhalten die unvorteilhaftesten Schlüsse ziehen.

Danach bestätigte der Sohn die Worte seines Vaters. Als aber Daniel Nugent aufgerufen wurde, schwor er Stein und Bein, er habe knapp vor dem Sturze seines Gefährten ein von nur einem Menschen gesteuertes Boot unweit der Küste gesichtet. Dies Boot aber sei, soweit der Beobachter es bei dem schwachen Schimmer der wenigen Sterne zu erkennen vermocht, das nämliche gewesen, aus welchem ich eben vorhin im Hafen an Land gegangen.

Ein Weib gab zu Protokoll, sie wohne ganz nahe der Küste und sei etwa eine Stunde, bevor sie von der Auffindung der Leiche erfahren habe, in Erwartung der heimkehrenden Fischersleute in der Hüttentür gestanden. Während sie aufs Meer hinausgeblickt habe, sei ein Boot mit nur einem Menschen von jener Stelle abgestoßen, wo man später die Leiche aufgefunden.

Ein zweites Weib erhärtete diese Aussagen, indem sie schilderte, wie die Fischer den Leichnam zu ihr ins Haus geschafft hatten. Derselbe sei noch nicht erkaltet gewesen und so habe man ihn ins Bett gelegt und abgerieben. Daniel habe sich auf den Weg ins Dorf gemacht, den Apotheker zu holen, doch sei das Leben des Verunglückten schon entwichen gewesen.

Einige der Männer wurden über meine Landung befragt und sagten übereinstimmend aus, es sei in Ansehung des heftigen Nords, der sich während der Nacht erhoben hatte, durchaus wahrscheinlich, dass ich mehrere Stunden lang draußen umhergetrieben und danach gezwungen gewesen sei, nahezu an dem nämlichen Orte an Land zu gehen, von dem ich abgestoßen. Außerdem, so vermuteten sie, spreche vieles dafür, dass der Mord anderswo erfolgt sei, ich also schon einen Toten an Land gebracht hätte und in Unkenntnis des hiesigen Küstenverlaufs in den Hafen dieser Stadt eingefahren sei, nicht wissend, wie nahe dem Fundort der Leiche ich mich befand.

Dies angehört, ordnete Mr. Kirwin an, man möge mich in jene Kammer führen, wo der Tote aufgebahrt liege, auf dass man sich der Wirkung vergewissere, welche solcher Anblick auf mich üben werde. Diese Weisung mochte wohl von der heftigen Erregung ausgelöst worden sein, die ich in Anhörung der näheren Umstände des Mordes an den Tag gelegt hatte. So ward ich denn von dem Richter und einigen Helfern zu dem Gasthofe geleitet. Zwar konnte ich mich dem Eindruck all der seltsamen Vorfälle so ereignisreicher Nacht nicht entziehen, doch da ich wusste, dass ich um die Zeit der Auffindung des Leichnams mit mehreren Personen auf meiner Insel gesprochen hatte, war ich völlig unbesorgt ob der weiteren Entwicklung dieser Affäre.

So betrat ich denn die Kammer, darin der Tote lag, und ward vor den Sarg geführt. Wie aber soll ich die Gefühle schildern, die mich bei solchem Anblick überkamen? Noch heute höhlt der Schrecken mir das Rückgrat aus, noch heut' macht mich der bloße Gedanke daran in tiefster Seelenqual erschaudern! Das gesamte Verhör wie auch die Gegenwart des Richters und all der Zeugen, sie verschwammen mir zu einem bösen Traum, sobald ich die leblos darniedergestreckte Gestalt des treuen Henri Clerval vor mir erblickte! Ich rang nach Luft und rief, indem ich mich über den teuren Toten warf, in größtem Schmerze aus: »Wie! So haben meine mörderischen Machenschaften nun auch dich, mein teuerster Henri, deines Lebens beraubt? Zwei andre Menschenleben hab ich schon vernichtet und noch weitre Opfer harren ihres Geschicks! Du aber, Clerval, mein Freund, mein Wohltäter.«

Mein schwacher Menschenleib vermochte nicht länger, der ihm auferlegten Seelenpein zu trotzen und so ward ich, in konvulsivischen Zuckungen mich windend, aus der

Kammer geschafft. Solchem Anfall folgte ein hartnäckiges Nervenfieber, darin ich zwei Monate lang auf den Tod darniederlag. Mein Fieberwahn, so sagte man mir später, sei der entsetzlichste gewesen: Ich bezeichnete ja mich selbst als den Mörder Wilhelms, als denjenigen Justines und auch meines treuen Clerval! Bisweilen flehte ich meine Wärter an, mir in der Zerstörung des Unholds beizustehen, von welchem ich mich gemartert wähnte, bisweilen auch vermeinte ich die Finger jenes Monstrums schon am eigenen Halse zu verspüren und kreischte auf in der entsetzlichsten Todesangst! Da ich mich aber dabei zum großen Glücke meiner Muttersprache bediente, verstand einzig Mr. Kirwin meine Worte. Doch waren meine Gebärdensprache und mein bitterliches Weinen beredt genug, die Umstehenden auch so in Angst und Schrecken zu versetzen.

Warum war mir damals kein gnädiger Tod beschieden? Warum nur konnte ich, der elendste aller Menschen, die je auf Erden gewandelt, nicht in die ruhevolle Vergessenheit des Grabes sinken? So viel blühende Kindlein rafft ja der Tod hinweg und mit ihnen die einzige Hoffnung der zärtlich besorgten Eltern! So viel bräutliches jungfern- und jugendfrisches Liebhabertum, das tags zuvor noch in der Blüte seiner Gesundheit und Hoffnungen gewandelt, ist schon anderntags den Würmern ein schmatzendes Behagen und der gähnenden Grube nichts als eine stinkende Fäulnis! Von welchem Stoffe nur war ich gemacht, dass ich, so unablässig durch des Schicksals Schmerzensmühle gedreht, all ihre Qualen überstehen konnte?

Doch ich war und blieb zum Leben verdammt! So fand ich mich nach Ablauf zweier Monate wie aus einem schlimmen Traum erwachend in einem Kerkerloche wieder, darniedergestreckt auf einem schäbigen Lager, umgeben von schlüsselrasselnden Gefängnisschergen, rostknirschenden Verriegelungen und all dem elendiglichen Zubehöre der Gefängnishaft. Ich entsinne mich, dass es noch früh am Tage war, als ich wieder zum Bewusstsein erwachte, und dass mir alle Einzelheiten des Vorgefallenen entschwunden waren. Ich hatte bloß das Gefühl, als wär mir bittres Ungemach widerfahren. Da ich aber um mich blickte und der Gitterstäbe vor den Fenstern sowie des Schmutzes in der Zelle gewahr wurde, schoss mir all das Erlebte wieder in den Sinn und ich stöhnte verzweiflungsvoll auf.

Solcher Schmerzenslaut schreckte eine alte Vettel, welche neben mir in ihrem Stuhle schnarchte, aus ihrem Schlaf. Sie war eine gedungene Pflegerin, das Eheweib eines der Gefängnisschließer, und ihre Miene verriet all die bösen Eigenschaften, welche so oft diesen Berufsstand kennzeichnen. Ihre Gesichtszüge waren hart und grob wie bei all denjenigen, die daran gewöhnt sind, fremdem Unglück ohne Mitleid beizuwohnen. Auch ihr Tonfall drückte eine völlige Teilnahmslosigkeit aus. Sie redete mich auf Englisch an, und ihre Stimme durchzuckte mich als diejenige, welche mir während meines Siechtums beständig in den Ohren geklungen:

»Geht's Euch jetzt besser, Sir?«, fragte sie.

Ich erwiderte in der nämlichen Sprache, doch mit schwacher Stimme: »Ich glaube schon. Doch wenn dies alles zutrifft, wenn ich wirklich nicht geträumt habe, so ist's mir leid, noch am Leben zu sein und all dies Elend und Entsetzen empfinden zu müssen.«

»Was das anbetrifft«, versetzte die Alte, »und wenn Ihr den fremden Herrn meint, den Ihr umgebracht, so will ich wohl glauben, es wär Euch besser, tot zu sein, dieweil man, so scheint mir, recht unsanft mit Euch umspringen wird! Doch ist's nicht mein Geschäft, mich darum zu bekümmern. Ich bin bloß zu Eurer Pflege da und um Euch für den Henker aufzupäppeln, und tue dies mit gutem Gewissen. Wollte Gott, ein jeder könnt so von sich sprechen!«

Voll des Ekels wandte ich mich von diesem Weibe, das im Stande war, zu einem kaum den Klauen des Todes entrissenen Menschenkinde derlei gefühllose Worte zu sprechen! Doch war ich zutiefst ermattet und außer Stande, über all das Vorgefallene nachzudenken. Mein gesamtes Leben erschien mir ja bloß als ein Traum und bisweilen bezweifelte ich allen Ernstes die Wahrheit dessen, was da ringsum vor sich ging, da es mir ja niemals mit aller Überzeugungskraft der Wirklichkeit zu Bewusstsein kam.

Sobald aber die Bilder, welche mich umschwebten, deutlicher unterscheidbar wurden, überfiel mich aufs Neue das Fieber. Dunkelheit umgab mich, keine Menschenseele war da, mir mit sanfter, liebevoller Stimme Zuspruch zu spenden, keine mir teure Hand stützte mich in meiner Hinfälligkeit! Der Medikus kam bloß, mir Arzneien zu verschreiben, welche die Alte für mich zubereitete, doch zeichnete den Ersteren eine völlige Gleichgültigkeit aus, wogegen der Letzteren die größte Brutalität im Gesicht geschrieben stand. Wer auch mochte schon Anteil nehmen an dem Los eines Meuchelmörders – wer sonst als der Henker, der schon bereitstand, das Blutgeld in Empfang zu nehmen?

Derlei Gedanken gingen mir fürs Erste durch den Sinn.

Alsbald jedoch erkannte ich, dass Mr. Kirwin mir gegenüber die größte Rücksichtnahme geübt: Er hatte ja die beste Zelle in dem Gefängnis für mich bereitstellen lassen (und in all ihrer Verkommenheit war sie die beste!), und er auch war's gewesen, der dafür gesorgt hatte, dass ein Arzt und eine Pflegerin mich betreuten. Es ist wahr, Mr. Kirwin besuchte mich nur selten, da er, obschon er nichts brennender wünschte, als die Leiden eines Menschenwesens zu erleichtern, doch keinerlei Verlangen empfand, den Gewissensqualen und jämmerlichen Fieberfantasien eines Meuchelmörders beizuwohnen. So warf er nur gelegentlich einen Blick in meine Zelle, um sich zu überzeugen, dass man mich nicht vernachlässigte. Doch waren seine Besuche stets kurz und erfolgten nur in großen Abständen.

Eines Tages – ich schritt allmählich meiner Genesung entgegen – saß ich auf meinem Sessel, die Augen nur halb geöffnet und die Wangen von der Blässe des Todes übergossen. Düsternis und Trübsal erfüllten mein Herz und so manches Mal dachte ich daran, wie viel besser es doch wäre, den Tod zu suchen, denn in einer Welt zu verbleiben, welche für mich nichts als Elend bereithielt! Einmal erwog ich sogar, ob ich mich nicht lieber gleich als schuldig bekennen und mich der ganzen Schwere des Gesetzes unterwerfen sollte, dieweil ich doch weit weniger unschuldig denn die arme Justine war. Derlei Gedanken beschäftigten mich auch, als die Tür meiner Zelle geöffnet ward und Mr. Kirwin eintrat. Seine Miene drückte das teilnehmendste Mitgefühl aus. Er zog einen Sessel heran, setzte sich mir gegenüber und wandte sich in meiner Muttersprache mit den folgenden Worten an mich:

»Ich fürchte, dieser Ort hat viel Schreckliches für Euch. Kann ich irgendetwas dazu tun, ihn Euch tröstlicher zu gestalten?«

»Ich danke Euch. Doch was Ihr da sagt, bedeutet mir nichts.

Auf dem ganzen weiten Erdenrund gibt's wohl nichts, dem ich irgendwelchen Trost abzugewinnen vermöchte.«

»Wohl weiß ich, dass die Anteilnahme eines Fremden einem Menschen, welcher durch so seltsame Schicksalsfügung zu Boden gebeugt ist, nur wenig Erleichterung bringen mag. Doch sollt Ihr, so hoffe ich, in Bälde dies trübselige Obdach gegen ein freundlicheres vertauscht haben, da Ihr zweifellos mit Leichtigkeit den Nachweis Eurer Unschuld erbringen könnt.«

»Dies ist meine geringste Sorge. Ich bin ja durch eine sonderbare Verkettung der Umstände zum unglückseligsten aller Sterblichen geworden. Welche Schrecken könnte der Tod noch für einen Menschen haben, der so sehr verfolgt und gequält ist, wie ich es war und noch bin?«

»In der Tat, Ihr habt Recht! Nichts könnte ja unglückseliger und schmerzlicher sein denn die befremdlichen Ereignisse, welche kürzlich hier vorgefallen. Nachdem Ihr, vom Sturme überrascht, an dieser für ihre Gastfreundschaft wohl bekannten Küste an Land gegangen, wurdet Ihr sogleich in Haft genommen und des Mordes bezichtigt. Und das Erste, was man Euch vor Augen führte, war der Leichnam Eures Freundes, den irgendein Widersacher auf so unbeschreibliche Weise hingemordet und Euch mit böser Absicht auf den Weg gelegt haben muss.«

Bei diesen Worten des Amtsrichters überwältigte mich die innere Bewegung, welche durch die Rückschau auf all meine Leiden in mir heraufbeschworen ward. Auch empfand ich beträchtliche Überraschung darob, wie wohl unterrichtet er in Ansehung meiner Person zu sein schien. Ich glaube, dass meine Miene einiges Erstaunen ausdrückte, dieweil ja Mr. Kirwin sich eilte weiterzusprechen:

»Gleich nachdem Ihr krank geworden, ward alles Schriftliche, das Ihr bei Euch getragen, mir vorgelegt und ich überprüfte Eure Briefschaften auf irgendeinen Hinweis, der mich in den Stand setzen würde, Eure Anverwandten von dem Ungemach und der Krankheit, die Euch zugestoßen sind, in Kenntnis zu setzen. Unter all den Handschreiben entdeckte ich denn auch eines, das, wie schon sein Anfang mir verriet, von Eurem Vater stammte. Sogleich setzte ich mich hin und schrieb nach Genf. Seither sind nahezu zwei Monate verstrichen. – Allein, was muss ich sehen? Ihr seid ja noch immer ernstlich krank! Ihr zittert ja! Nein, nein – hier wäre jedwede Gemütsbewegung übel angebracht!«

»Diese Ungewissheit, in der Ihr mich hängen lasst, ist noch tausendmal schlimmer denn die entsetzlichste Wahrheit! So schont mich nicht und sagt mir unverweilt, auf welche Weise der Tod abermals zugeschlagen – wessen Ermordung ich nunmehr zu beklagen habe! «

»Eure Lieben sind wohlauf«, versetzte Mr. Kirwin begütigend. »Und einer davon, ein lieber Freund von Euch, ist nun gekommen, Euch zu besuchen.«

Ich weiß nicht mehr, was mir den Gedanken eingab, doch schoss mir's augenblicklich durch den Sinn, der Mörder meiner Lieben sei gekommen, sich an meinem Elend zu weiden und meiner zu spotten mit dem Tode des treuen Clerval, ja solche Untat als ein neues Druckmittel anzuwenden, mich seinem satanischen Begehr gefügig zu machen. Ich schlug die Hände vors Gesicht und schrie in der höchsten Seelenpein:

»Nein! Jagt ihn fort! Ich ertrag seinen Anblick nicht! Lasst ihn um Himmels willen nicht zu mir!«

Mr. Kirwin warf mir einen bestürzten Blick zu. Unweigerlich musste er ja meinen Ausruf für ein Schuldbekenntnis halten und so sagte er in eher strengem Tone:

»Ich hätte doch meinen mögen, junger Mann, dass die Gegenwart Eures Herrn Vaters nicht Abscheu, sondern Freude in Euch hervorrufen würde!«

»Wie! Ist's denn mein Vater, der gekommen ist?«, so rief ich aus, dieweil jeder Zug meines Gesichtes, jede Faser meines Körpers sich im freudvollen Umschwung der Gefühle entspannte. »Wahrhaftig mein Vater? Wie schön, wie wunderbar! Doch wo bleibt er nur, warum eilt er nicht herbei, seinen Sohn zu umarmen?«

Mein verändertes Gehaben überraschte und erfreute den Amtsrichter. Mag sein, dass er meinen ersten Ausruf für einen Rückfall in den Fieberwahn hielt, denn sogleich war er wieder das Wohlwollen selbst. So erhob er sich und verließ in Begleitung meiner Wärterin die Zelle und gleich darauf stand mein Vater in der Tür.

Nichts hätte mich im Augenblick mehr erfreuen können denn sein Erscheinen. Ich streckte ihm die Hand entgegen und rief:

»So lebst du noch – und auch Elisabeth – und Ernest?«

Er beschwichtigte mich, indem er mich des Wohlergehens meiner Lieben versicherte, und war bestrebt, durch das Verweilen bei diesem mir so sehr am Herzen liegenden Gegenstande mir den niedergedrückten Sinn ein wenig aufzurichten. Alsbald jedoch erkannte er, dass ein Kerkerloch nicht der rechte Platz war, Fröhlichkeit zu erwecken. »An welchem Ort, mein Sohn, muss ich dich wieder finden!«, so sprach er und ließ seinen Blick kummervoll über die vergitterten Fenster und die Schäbigkeit meiner übrigen Umgebung schweifen. »Ausgezogen bist du, das Glück zu suchen, doch scheint ein Unstern dich zu verfolgen. Und erst der arme Clerval!«

Der teure Name meines unglücklichen, gemeuchelten Freundes war mehr, als mein geschwächter Körper zu ertragen vermochte, und so entstürzte eine Flut von Tränen meinen Augen.

»Weh mir, mein Vater«, so versetzte ich, »ein allzu fürchterliches Schicksal ist ja über mich verhängt und ich muss weiterleben, es zu erfüllen – im anderen Falle wär ich sicherlich am Sarge meines treuen Henri dem Tod anheim gefallen!«

Es war uns nicht verstattet, noch länger des Gesprächs zu pflegen, da meine angegriffene Gesundheit die Aufrechterhaltung der äußersten Ruhe erforderte. So trat denn alsbald Mr. Kirwin ein und machte geltend, dass meine Kräfte nicht über Gebühr beansprucht werden dürften. Indes, in meinem Vater war mir ja mein guter Engel erschienen und so machte meine Genesung die rüstigsten Fortschritte.

In dem Maße aber meine Krankheit von mir wich, ward ich verzehrt von einer düsteren, ja schwarzen Melancholie, welche durch nichts zerstreut werden konnte. Beständig schwebte mir Clervals Bild vor Augen und es war das geisterhafte Bild eines Ermordeten! Mehr denn einmal ließ die Aufgewühltheit, welche solche Reflexionen in mir hervorriefen, meine Freunde einen gefährlichen Rückfall befürchten. Ach! Weshalb nur mühten sie sich, ein so elendes und unwertes Leben zu erhalten? Meine Bestimmung, welche sich nun ihrem Ende zuneigt, war mir ja vorgezeichnet. Nur zu bald, nur allzu bald wird der Tod all meine Ruhelosigkeit ausgelöscht und mich von jener schweren Gewissenslast befreit haben, die mich jetzt noch zu Boden drückt! So wird auch mir mein Recht werden, so werd auch ich meine Ruhe finden! Damals aber war mein Tod noch in weiter Ferne, obschon all mein Sinnen und Trachten ihn beständig herbeiwünschten. Und nur zu oft saß ich Stunde um Stunde regungslos und ohne ein Wort, einzig von dem Wunsche beseelt, irgendeine fürchterliche Katastrophe möge mich und meinen mörderischen Feind unter ihren Trümmern begraben!

Dann war die Zeit der Gerichtsverhandlungen herangekommen. Ich lag nun schon drei Monate im Kerker, und wiewohl ich noch immer geschwächt, ja beständig von einem Rückfalle bedroht war, musste ich doch nach der nahezu hundert Meilen entfernten Kreisstadt gebracht werden, woselbst das Tribunal zusammentreten sollte. Mr. Kirwin scheute keine Mühe, Entlastungszeugen ausfindig zu machen und meine Verteidigung ins Werk zu setzen. Man ersparte mir die Schande, als ein Verbrecher öffentlich vor Gericht erscheinen zu müssen, da mein Fall ja nicht vor das über Leben und Tod entscheidende Schwurgericht gebracht wurde. Meine Geschworenen verwarfen die Anklageschrift, dieweil es ja schon als erwiesen galt, dass ich zur Stunde der Auffindung des toten Freundes noch auf den Orkney-Inseln geweilt hatte. So war ich schon zwei Wochen nach meiner Überführung in die Kreisstadt ein freier Mann.

Mein Vater wusste sich nicht zu fassen vor Freude, da er mich aller Fallstricke der Mordanklage ledig fand und ich wieder die Luft der Freiheit atmen und in mein Heimatland zurückkehren durfte. Ich aber konnte solche Freude nimmer teilen: Mir waren ja die Mauern eines Kerkers nicht minder verhasst denn diejenigen eines Palastes! Des Lebens goldner Becher war mir ja für alle Zeit vergiftet, und obschon die Sonne auf mich herniederschien wie auf alle, die da leichten und glücklichen Herzens dahinwandeln, erblickte ich rings um mich nichts denn eine dichte und schreckliche Finsternis, welche einzig von dem Schimmer zweier beständig auf mich gerichteter Augen durchdrungen ward. Bisweilen war's das beredte Augenpaar des im Tode schmachtenden Henri, die erloschenen Sterne nahezu verhüllt von den Lidern und den schwarz schattenden, langen Wimpern. Bisweilen auch war's der wässrige, verhangne Blick des Monstrums, wie ich seiner erstmals in meiner Ingolstädter Werkstatt ansichtig geworden.

Unablässig war mein Vater bemüht, in mir all die Gefühle häuslicher Zuneigung wieder anzufachen. So erzählte er mir von Genf, das ich in Bälde wieder sehen sollte – von Elisabeth und von Ernest. Doch der Klang dieser teuren Namen vermochte mir nur ein qualvolles Stöhnen zu entringen. Wohl empfand ich bisweilen den Wunsch nach Glück. Dann gedachte ich mit schmerzlichem Entzücken meiner über alles geliebten Cousine oder sehnte mich voll des verzehrenden Heimwehs danach, noch einmal den blauen See und die schäumende Rhone erblicken zu dürfen, welche meinen fernen Kindertagen so teuer gewesen! Doch mein gewohnter Gemütszustand war derjenige einer Erstarrung, darin mir jedes Kerkerloch ein ebenso willkommener Aufenthaltsort schien wie die himmlischeste Landschaft. Und nur selten ward solche Verdüsterung von anderem unterbrochen denn von Aufwallungen des Schmerzes und der Verzweiflung. In solchen Momenten war ich so manches Mal versucht, meinem mir so ekelhaften Leben ein Ende zu setzen und es bedurfte der beständigen Sorge und Wachsamkeit, mich davon abzuhalten, im fürchterlichen Selbstvernichtungsdrange Hand an mich zu legen!

Indes, meiner harrte ja noch eine Pflicht, und der Gedanke an sie war's, welcher schließlich über meine selbstsüchtige Verzweiflung triumphierte. Meine Rückkehr nach Genf duldete keinerlei Aufschub mehr, dieweil ich ja über das Leben derjenigen, die ich so innig liebte, zu wachen hatte und beständig auf der Lauer liegen musste, den Mörder abzufangen, oder aber, falls ein günstiger Stern mich zu seinem Verstecke führen, ja im Falle der Unhold abermals wagen sollte, mich durch sein Auftauchen zu erschrecken, mit unfehlbarer Hand der Existenz solch monströser Erscheinung, die ich mit einer noch monströseren Seele ausgestattet hatte, ein Ende zu setzen.

Mein Vater aber wollte den Zeitpunkt unseres Aufbruchs noch immer hinausschieben, da er befürchtete, ich würde die Strapazen solch langer Reise noch nicht ertragen. Ich war ja nur mehr ein Schatten meiner selbst, noch immer dem Zusammenbruche nahe. All meine Kräfte hatten mich verlassen, ich war bis zum Knochengerippe abgemagert und Tag und Nacht suchte mich ein zehrendes Fieber heim.

Da ich aber mit so rastloser Ungeduld darauf bestand, Irland zu verlassen, hielt mein Vater es für das Beste, solchem Wunsche nachzugeben. Wir machten die Überfahrt auf einem nach Havre-de-Grace bestimmten Schiffe und stachen mit günstigem Winde von der irischen Küste in See. Es war Mitternacht. Ich lag an Deck, blickte zu den Sternen empor und lauschte dem schwappenden Geräusch der Wogen. Dabei pries ich die Finsternis, welche Irland vor meinem Blicke verhüllte, und fühlte meinen Puls in fieberhafter Freude schlagen bei dem Gedanken, dass ich in nicht allzu ferner Zeit mein geliebtes Genf wieder sehen sollte! Alles Vergangene, nun erschien's mir im Lichte eines schlimmen Traumes und dennoch führten mir das Schiff, darauf ich mich befand, der Wind, der mich von der verhassten irischen Küste hinwegtrug, und auch der Ozean, welcher mich rings umspülte, nur zu eindringlich vor Augen, dass alles durchaus kein Traum gewesen und dass Clerval, mein Freund und teuerster Gefährte, mir und meiner ungeheuerlichen Schöpfung zum Opfer gefallen war! So ließ ich denn im Geiste mein gesamtes Leben an mir vorüberziehen: das stille, traute Familienglück meiner Kindertage zu Genf, den Tod meiner Mutter und auch meine Abreise nach Ingolstadt. Erschaudernd gedachte ich der aberwitzigen Besessenheit, welche mich zur Schaffung meines grässlichen Widersachers angespornt hatte, und rief aufs Neue jene Nacht in mir herauf, da er zum ersten Mal die Augen aufgeschlagen. Doch aller weiteren Schrecken vermocht ich nimmer zu gedenken, dieweil tausenderlei Empfindungen auf mich einstürmten, und so ließ ich es sein und weinte bitterlich.

Seit ich von meinem Fieber genesen war, hatte ich die Gewohnheit angenommen, allnächtlich ein wenig Laudanum zu mir zu nehmen. Nur mit Hilfe dieses Betäubungsmittels war's mir ja möglich, die für den Fortbestand meines Lebens nötige Ruhe zu finden. Nunmehr aber, niedergedrückt durch die Erinnerung an mein mannigfaltiges Ungemach, nahm ich die doppelte Menge dieses Giftes ein und fiel alsbald in einen profunden Schlaf. Doch erlöste derselbe mich nicht von den Gedanken an mein Elend und so führten meine Träume mir tausend erschreckende Dinge vor Augen. Gegen Morgen ward ich sogar von einer Art Nachtmahr überkommen: Ich fühlte, wie die Krallen des Unholds sich um meine Kehle schnürten, und vermochte nicht, mich von seinem Würgegriff zu befreien. Noch im Schlafe vernahm ich mein grässliches Stöhnen und Schreien! Mein Vater aber, der an meinem Lager wachte, ward meiner Heimsuchung inne und weckte mich. Danach war rundum nichts zu vernehmen als das klatschende Geräusch der Wogen. Über mir graute ein wolkenverhangener Himmel und kein Unhold war zu sehen! Ein Gefühl der Geborgenheit überkam mich und das Bewusstsein, dass ein zeitweiliger Friede zwischen der gegenwärtigen Stunde und der unwiderruflich herannahenden, verderblichen Zukunft geschlossen war, wiegte mich in eine Art ruhevollen Vergessens, dem der Menschengeist ja seiner ganzen Anlage nach nur allzu gern aufgeschlossen ist.

## *Zweiundzwanzigstes Kapitel*

Doch auch diese Reise fand einmal ihr Ende. Wir gingen an Land und setzten unsern Weg in Richtung Paris fort. Alsbald aber musste ich erkennen, dass ich meine Kräfte überschätzt und vor der Weiterfahrt eine Ruhepause nötig hatte. Meines Vaters fürsorgliche Pflege kannte nicht Rast noch Ruh. Da er aber der Ursache meiner Leiden unkundig war, verfiel er auf allerlei wenig geeignete Mittel, dies unheilbare Übel zu kurieren. So empfahl er mir Zerstreuung in der Gesellschaft zu suchen! Mir aber waren die Gesichter der Menschen abscheulich. Doch nein – nicht dies Wort! Es waren ja meine Brüder, waren von der nämlichen Art wie ich und selbst zum Widerwärtigsten von ihnen fühlte ich mich hingezogen als zu einer von himmlischen Eingebungen geleiteten Engelsnatur! Doch hielt ich mich für unwert, an solchem Verkehre teilzuhaben, dieweil ich ja einen Widersacher auf die Menschen losgelassen, dessen ganze Daseinslust darin bestand, ihr Blut zu vergießen und sich an ihrem Stöhnen zu erlaben! Wie würden sie mich allesamt verabscheuen, ja mich aus ihrer Welt verstoßen, wüssten sie erst um meine unheiligen Taten und um all die Verbrechen, welche ihren Ursprung in mir hatten!

Mein Vater ließ schließlich davon ab, mich zum gesellschaftlichen Leben zu ermuntern, mühte sich aber, mir mit allerlei Beweisführungen meine Verzweiflung auszureden. Bisweilen glaubte er den Grund für dieselbe in der Erniedrigung erkannt zu haben, die mir durch jene Mordanklage widerfahren war, und so versuchte er, mir die Eitelkeit allen Stolzes vor Augen zu führen.

»Ach, teuerster Vater«, so sagte ich darauf, »wie wenig kennt Ihr mich doch! Die gesamte Menschheit, sie wäre in all ihren Empfindungen und Leiden in der Tat erniedrigt, würde ein Elender wie ich sich erdreisten, irgendwelchen Stolz zu empfinden! Justine, die arme, unglückliche Justine, sie war so unschuldig wie ich und musste es doch leiden, des nämlichen Verbrechens angeklagt zu sein! Dies kostete sie das Leben! Ich aber bin die Ursache solchen Todes – ich bin ihr Mörder! Wilhelm, Justine und auch Henri – sie alle sind von meiner Hand gestorben!«

So manches Mal im Verlaufe meiner Kerkerhaft hatte mein Vater die nämliche Versicherung von mir vernommen und schien, sobald ich mich dergestalt bezichtigte, bisweilen eine nähere Erklärung solcher Worte begehrt zu haben. Dann wiederum mochte er meine Reden für eine Ausgeburt meines Fieberwahnes nehmen, für eine fixe Idee, die sich während meiner schweren Krankheit in mir festgesetzt hatte und mich hin und wieder auch noch während meiner Genesung heimsuchte. Ich aber vermied es, irgendwelche Erklärungen abzugeben, und bewahrte in Ansehung des Unholds, welchen ich geschaffen, ein unverbrüchliches Schweigen. Ich war ja nahezu überzeugt, dass man mich für einen Verstörten ansah, und dies allein schon wäre Grund genug gewesen, mir die Lippen für alle Zeiten zu versiegeln. Und überdies brachte ich's ja nicht über mich, ein Geheimnis preiszugeben, das meinen greisen Zuhörer mit Bestürzung erfüllen und seinem Busen den angstvollsten Schrecken einflößen musste. So bezähmte ich denn mein drängendes Begehr nach Anteilnahme und hüllte mich in Schweigen, obschon ich doch eine Welt darum hingegeben hätte, nur einem einzigen Menschen mein fatales Geheimnis beichten zu dürfen. Und doch begab sich's immer wieder, dass ähnliche Andeutungen wie die oben genannten ganz gegen meinen Willen aus mir hervorbrachen. Zwar konnte ich sie niemandem erklären, doch auch dies teilweise Eingeständnis der Wahrheit erleichterte mir die Bürde meines verborgenen Wehs.

Bei der hier in Rede stehenden Gelegenheit wandte sich mein Vater mit grenzenloser Verwunderung an mich und sprach: »Teuerster Viktor, was ficht dich an? Mein Sohn, ich beschwöre dich, lass derlei Dinge hinfort nimmer über deine Lippen kommen!«

»Ich bin bei klarem Verstande!«, rief ich voll Nachdruck. »Die Sonne und der Himmel, sie haben auf mein Tun herabgeblickt und können die Wahrheit meiner Worte bezeugen! Kein anderer als ich ist der Würger dieser durch und durch unschuldigen Opfer! Meine Machenschaften sind es, denen jene erliegen gemusst! Wohl tausendmal hätt ich lieber mein eigen Blut vergossen, Tropfen für Tropfen hätt ich es hingeben mögen, nur um diese mir so teuren Leben zu retten. Allein, ich konnte ja nicht, oh Vater, ich konnt' ja wirklich nicht die gesamte Menschheit der Vernichtung überantworten!«

Diese letzten Worte bestärkten meinen Vater in der Überzeugung, dass ich im Geiste verstört sei, und so wechselte er sogleich den Gegenstand unseres Gesprächs in dem Bestreben, mich auf andere Gedanken zu bringen. Er wünschte ja, so gut es ging, in mir die Erinnerung an all die Vorfälle auszulöschen, welche sich in Irland begeben hatten, und tat derselben mit keinem Worte mehr Erwähnung, ja mochte auch nimmer leiden, dass ich aus eigenem auf mein Ungemach zu sprechen kam.

Indes, über dem Hingang der Tage und Wochen ward ich allmählich ruhiger. Zwar hatte das Elend seinen Wohnsitz in meinem Herzen aufgeschlagen, doch redete ich nicht länger in der früheren, unzusammenhängenden Weise von meinen Verbrechen. Mein wortloses Wissen wog mir schon schwer genug! Mit härtester Selbstzucht zügelte ich die gebieterische Stimme meines Unglücks, das sich bisweilen der ganzen Welt offenbaren wollte. Dergestalt ward mein Gehaben ruhiger und gefasster, als es seit meiner Flucht in das ewige Eis der Gletscher jemals gewesen.

Wenige Tage, ehe wir aus Paris nach dem schönen Schweizerland abreisten, erhielt ich den folgenden Brief von meiner Elisabeth:

»Geliebter Freund!
Das aus Paris datierte Schreiben meines Oheims hat mich mit der größten Freude erfüllt: Nicht länger trennt dich ja

eine unüberbrückbare Entfernung von mir und so darf ich hoffen, dich in kaum zwei Wochen umarmen zu können! Mein ärmster Cousin, wie sehr musst du gelitten haben! Mich soll's nicht wundernehmen, dich bei deiner Ankunft noch kränker zu sehen denn zum Zeitpunkt deiner Abreise aus Genf! Den vergangenen Winter hab ich recht elend hingebracht, beständig gequält, wie ich war, von all der angstvollen Erwartung. Dennoch hoffe ich, deine Züge vom Frieden geglättet, dein Herz nicht völlig bar allen Trostes und aller Ruhe zu finden!

Allein, ich fürchte, dass jene Empfindungen, welche dich vor Jahresfrist so elend gemacht, noch immer in dir wohnen, ja vielleicht sogar mit der Zeit noch heftiger geworden sind, und würde dich in einem Augenblicke, da so viel Ungemach dich niederdrückt, auf keine Weise beunruhigen mögen, erforderte nicht ein Gespräch, welches ich mit meinem Oheim vor dessen Abreise geführt, noch vor unserem Wiedersehen einige Erklärungen. ›Erklärungen!‹, so sehe ich dich rufen. ›Was will meine Elisabeth mir schon zu erklären haben?‹ Falls dies zutrifft, so sind all meine Fragen beantwortet, all meine Zweifel gelöscht. Indes, du weilst ja fern von mir und so mag es sein, dass du diesen meinen Erklärungen mit einer angstvollen Freude entgegensiehst. Angesichts solcher Möglichkeit wag ich's aber nicht länger, dir in diesem Briefe zu verschweigen, was ich dir während deines Fernseins so oft und oft sagen gewollt, ohne auch nur den Mut für das erste Wort aufzubringen.

Du weißt nur zu gut, Viktor, dass unsre Vereinigung seit unsern Kindertagen der Herzenswunsch deiner Eltern gewesen ist! Schon in frühester Jugend ward er uns mitgeteilt, wurden wir gelehrt, solches Ereignis als ein mit Gewissheit zu erwartendes anzusehen. So waren wir in unserer Kindheit die liebevollsten Gespielen und späterhin, so glaube ich, einander aufs Innigste zugetane Freunde. Allein, könnt es nicht sein, dass wir, ganz wie dies oftmals in liebevoller geschwisterlicher Zuneigung der Fall zu sein pflegt, einander anhangen, ohne irgendwelche fleischliche Begierde zu empfinden? So sag mir denn, teuerster Viktor, wie dir ums Herz ist! Antworte mir, ich beschwöre dich im Namen von unser beider Glückseligkeit, schlicht und aufrichtig: Ist's denn wirklich wahr, dass du keine andere liebst?

Du bist lange unterwegs gewesen – hast so manches Jahr deines Lebens im fernen Ingolstadt verbracht und ich bekenne vor dir, mein Freund, dass ich, als ich im letzten Herbste dich so unglücklich gesehen, so auf der Flucht in die Einsamkeit, so alle Gesellschaft meidend – dass ich damals unwillkürlich vermutet habe, dich könnte unsere Verbindung gereuen, du fühltest dich aber dennoch den Wünschen deiner Eltern verpflichtet, wiewohl dieselben deiner eigenen Neigung zuwiderliefen! Doch wäre nichts falscher, als so zu denken! Ich bekenne vor dir, mein Freund, dass ich dich liebe und dass in den Luftschlössern, welche ich unserer Zukunft gebaut, einzig du mein Freund und Gefährte gewesen! Doch ist's nicht minder um deines als auch um meines Glückes willen, wenn ich dir nunmehr eröffne, dass unsre Vermählung mich in Ewigkeit zum unglücklichsten Geschöpfe machen würde, erfolgte sie nicht aus deiner freien Wahl! Noch über diesem Briefe treibt's mir die Tränen in die Augen bei dem Gedanken, dass du, niedergebeugt von den grausamsten Schicksalsschlägen, angesichts des Wörtchens *Ehre* alle Hoffnung auf jene Liebe und Glückseligkeit ersticken müsstest, die allein deine Gesundheit wieder herzustellen vermöchten! Ich, die ich dir in so selbstloser Zuneigung anhange, ich sollte deinen Wünschen ein Hindernis sein, ich sollte dein Elend tausendfach vermehren? Nein, und abermals nein! Sei versichert, Viktor, dass deine Cousine und Gespielin eine viel zu aufrichtige Liebe für dich empfindet, als dass solche Wendung der Dinge sie nicht elend machen würde! So werde denn glücklich, mein Freund, und bleib in der Erfüllung dieser meiner Bitte überzeugt, dass nichts auf dieser Welt im Stande sein wird, meinen Seelenfrieden zu stören!

Lass dich von diesem Briefe nicht beunruhigen. Auch sollst du mir nicht schon morgen oder übermorgen antworten, ja nicht einmal bis zu deinem Eintreffen, wenn dir das

Schreiben Qual bereitet. Mein Oheim wird mir über deinen Gesundheitszustand treulich berichten. Sollte aber unser Wiedersehen auch nur ein einziges Lächeln auf deine Lippen zaubern, ein Lächeln, welches mir gilt, sei's nun um dieses Briefes oder um andrer Dinge willen, so soll es mir Glückes genug sein! ELISABETH LAVENZA
Genf, den 18. Mai 17 – –«

Dieser Brief weckte in mir die Erinnerung an etwas, woran ich gar nicht mehr gedacht hatte – nämlich an des Unholds Drohung: »*Ich werde dich besuchen in deiner Hochzeitsnacht!*« Sie also war mein Richtspruch und so würde der Dämon in jener Nacht all seine Künste daran wenden, mich zu vernichten und dergestalt dem Schimmer von Glück zu entreißen, welcher im Stande gewesen wäre, mich wenigstens zum Teil in all meinen Leiden zu trösten. In jener Nacht, so hatte er beschlossen, sollte sein finsteres Werk durch meinen Tod seine Krönung finden. Nun denn, was verschlug's! Gewisslich stand ein Kampf auf Tod und Leben zu erwarten, darin, im Fall mein Feind mich überwände, ich endlich meinen Frieden finden musste – und seine Macht ihr Ende! Doch unterlag er mir, so war ich frei! Ach! Sagt ich frei? Und ist's denn Freiheit, die der Landmann fühlt, vor dessen Augen man die Lieben mordet, die Hütte niederbrennt, das Land verwüstet, so dass er unstet sich hinfort umhertreibt, bar aller Mittel, ohne Obdach, ganz allein – doch frei? Dies aber war die Freiheit, welche mir bevorstand, wär nicht Elisabeth mein wahrer Schatz gewesen. Doch ach! Ward solcher Schatz nicht aufgewogen durch all den Schrecken meiner Schuld und Reue, der bis zum Tode mich verfolgen würde?

Elisabeth, du Süße und Geliebte! Ach, stets aufs Neue las ich ihren Brief, ein sanftes Fühlen stahl sich mir ins Herz und wiegte es in Paradieseswonnen! Doch war der Apfel schon vom Baum gepflückt, des Engels Flammenschwert schon aus der Scheide, mich aus dem Garten Eden zu vertreiben! Dennoch: Ich war bereit, für der Geliebten Glück mein Leben hinzugeben! Wenn jener Unhold weiterhin zu seiner Drohung stand, so musste diese Heirat ja meinen Tod bewirken. Und abermals erwog ich, ob denn gewisslich solcher Akt dies Los befördern würde. Was tat es schon, wenn mein Ende tatsächlich ein paar Monate früher erfolgte! Sollte aber mein Peiniger argwöhnen, dass ich unterm Einfluss seiner Drohungen die Hochzeit hinauszögerte, so würde er mit Sicherheit andere, noch entsetzlichere Mittel und Wege finden, sich an mir zu rächen. Er hatte ja geschworen, *mit mir zu sein in meiner Hochzeitsnacht,* doch bedeutete dies Gelöbnis nicht, dass er sich inzwischen ruhig verhalten werde. Hatte er denn nicht, bloß um mir seinen noch immer nicht gestillten Blutdurst vor Augen zu führen, unmittelbar nach Ausstoßung seiner Drohung den armen Clerval umgebracht? Deshalb beschloss ich, im Falle die baldige Vereinigung mit meiner Cousine irgendetwas zu ihrem oder meines Vaters Glück beitragen mochte, des Widersachers Anschläge gegen mein Leben auch nicht eine Stunde länger als ein Hindernis für den Vollzug solcher Heirat anzusehen.

In dieser Gemütsverfassung schrieb ich an Elisabeth. Mein Brief war gefasst und liebevoll. »Ich fürchte, geliebtes Mädchen«, so schrieb ich, »dass uns auf dieser Welt nur mehr wenig Glück beschieden ist. Indes, dies wenige, dessen ich mich eines Tages noch erfreuen mag, liegt ganz allein in dir beschlossen. So verscheuch denn deine müßigen Sorgen! Du allein bist's ja, der ich mein Leben weihe, in dich nur setz ich all meine Hoffnungen auf ein künftiges Glück. Doch trag ich, o Elisabeth, ein Geheimnis im Busen, und es ist von fürchterlicher Art. Sobald es dir erst offenbar ist, wird dich Entsetzen bis ins Mark durchschaudern, ja du wirst, weit entfernt davon, ob meines Elends verwundert sein, nur mehr darüber staunen, dass ich unerachtet meines Duldertumes noch immer am Leben bin! Ich will dir diesen Elends- und Schreckensbericht am Tage nach unsrer Vermählung erstatten, denn, liebste Cousine, zwischen uns muss uneingeschränktes Vertrauen bestehen. Bis dahin aber, ich beschwöre dich, erwähn all das mit keinem Worte und lass auch keinerlei Anspielung verlauten! Dies flehe ich dich in allem Ernste an und bin gewiss, du wirst dich daran halten!«

Etwa eine Woche nach dem Eintreffen von Elisabeths Brief kehrten wir nach Genf heim. Das liebe Mädchen hieß mich unter allen Anzeichen der innigsten Zuneigung willkommen, doch traten ihr Tränen in die Augen, nachdem sie meiner abgezehrten Gestalt und meiner fieberglühenden Wangen ansichtig geworden. Auch sie, ich sah es, hatte sich verändert. Sie war jetzt schmäler und hatte viel von jener himmlischen Lebhaftigkeit verloren, von der ich einstmals so sehr bezaubert gewesen. Doch machten ihre Sanftheit und ihr stiller Mitleidsblick sie nur noch tauglicher zur Gefährtin für einen, der so niedergeschmettert und elend war wie ich.

Allein, die Seelenruhe, die ich nun empfand, war nicht von langer Dauer. All mein Erinnern war dem Wahn verhaftet, und wenn ich überschlug, was sich begeben, ward mir mein Denken vollends verstört. Bisweilen übermannte mich der Grimm und ich verfiel in Raserei. Bisweilen auch saß ich nur da und starrte in Trübsal vor mich hin. Dann hatte ich nicht Wort noch Blick für meine Nächsten, sondern war wie gelähmt und das Elend, das mich überkam, verwirrte mir den Geist.

Einzig Elisabeth war's gegeben, mich aus diesen Affektionen der Raserei und der Schwermut zu reißen. Ihre sanfte Stimme glättete alsbald die Wogen meiner Leidenschaft oder hauchte meiner Starre ein menschlich Fühlen ein. Und weinte ich, so weinte sie mit mir, und blieb ich tränenlos, so weinte sie für mich. War ich aber bei Sinnen, so kam sie mir mit allerlei Einwürfen und versuchte, mich zur Ergebung in mein Schicksal zu bewegen. Doch ach! Der Unglückliche mag freilich Trost finden in der Ergebung – für den Schuldbeladnen aber gibt's keinen Frieden! Die Seelenqualen der Gewissenspein vergiften ja noch die traurige Wollust, welche schuldloses Elend bisweilen in der schwelgerischen Hingabe an das Übermaß seines Schmerzes empfinden mag!

Bald nach unserer Ankunft tat mein Vater der bevorstehenden Heirat Erwähnung. Ich aber blieb stumm.

»So ist dein Herz schon anderwärts gebunden?«

»Mitnichten! Ich lieb auf Erden einzig Elisabeth und sehe unserer Vereinigung mit Entzücken entgegen. Lass uns darum den Tag festsetzen, an dem ich mich im Leben wie im Tode dem Glück meiner Cousine weihen will!«

»Mein lieber Viktor, nicht solche Worte! Zwar hat uns schweres Unglück heimgesucht, doch lass uns darum dem wenigen, das uns verblieben, nur umso fester anhangen und lass uns jene Liebe, die bislang unsern teuren Verblichenen gegolten, den noch Lebenden zuwenden! So wird unser Kreis zwar ein kleiner, doch durch die Bande der Liebe und des gemeinsamen Ungemachs ein nur noch festerer sein! Und hat die Zeit erst deine Wunden vernarben lassen, dann ist vielleicht schon so manches neue, teure Unterpfand der Liebe geboren und mag jene andern ersetzen, deren wir auf so grausame Weise beraubt worden sind!«

So etwa lauteten die Weisheitslehren meines Vaters. Mir aber kamen aufs Neue die Worte jener Drohung in den Sinn und so mag's Euch, teuerster Sir, nicht wundernehmen, dass mein Widersacher mir angesichts der Allmacht, welche er in seinen Bluttaten bislang an den Tag gelegt, als nahezu unbesiegbar, ja, dass mir seine Drohung in Anhörung der Worte »Ich werde dich besuchen in deiner Hochzeitsnacht« als ein unausweichliches Schicksal erscheinen musste. Doch barg der Tod nichts Schreckliches für mich, wenn der Geliebten Leben ich damit erkaufen konnte! Und so kam ich zufriednen, ja freudigen Angesichts mit meinem Vater überein, dass, sollte meine Cousine einwilligen, die Vermählung nach Ablauf von zehn Tagen in aller Form erfolgen und, wie ich glaubte, mein düsteres Los besiegeln solle.

Allmächtiger! Hätt ich auch nur für einen Augenblick erahnt, von welch höllischen Ränken mein satanischer Widersacher besessen war, ich wär viel lieber als ein freiwillig Verbannter aus meinem Heimatland geflohn und hinfort ohne alle Freunde als ein Ausgestoßner durch die Welt geirrt, als dass ich dieser unseligen Heirat zugestimmt hätte! Allein, das Ungeheuer, als wär's mit zaubrischen Kräften begabt gewesen, hatte mich ja blind gemacht für seine wahren Absichten! So kam's, dass ich in dem Glauben, einzig meinen eigenen Tod vorzubereiten, die Hinopferung eines mir viel teureren Menschen beförderte!

Je näher der festgesetzte Tag unserer Eheschließung heranrückte, desto tiefer sank mir – ob nun aus Zaghaftigkeit oder einer düsteren Vorahnung – das Herz im Busen. Doch verbarg ich meine Gefühle hinter einer vorgeschützten Heiterkeit, welche in meines Vaters Antlitz eitel Freude hervorrief, doch nimmermehr den leidgeschärften Blick meiner Elisabeth zu täuschen vermochte. So blickte sie unsrer Vereinigung mit einer stillen Gefasstheit entgegen, die dennoch nicht frei war von der durch vergangenes Ungemach hervorgerufnen Furcht, dass, was gegenwärtig noch ein so sicheres und greifbares Glück schien, alsbald zu einem leeren Wahn zerflattern und nichts zurücklassen könnte denn tiefe, unablässige Trauer.

Allenthalben ward nun die Zurüstung zu dem Feste betrieben. Die Nachbarn brachten ihre Glückwünsche dar und jedermann war eitel Lächeln und Freudigkeit. Ich aber verschloss nach Kräften die nagende Angst in meinem Herzen und ging mit der bereitwilligsten Ernsthaftigkeit auf des Vaters Pläne ein, obschon dieselben bloß zum Leichengepränge meines frühen Todes taugen mochten. Zufolge der Anstrengungen des alten Herrn war von den Österreichern ein Teil von Elisabeths Erbschaft zurückerstattet worden und so durfte die junge Braut jetzt eine kleine Liegenschaft am Gestade des Corner Sees ihr Eigen nennen. Also ward beschlossen, dass wir gleich nach unsrer Vereinigung zu der Villa Lavenza aufbrechen sollten, um dortselbst am Strand jenes herrlichen Sees die ersten Tage unsres jungen Glücks zu genießen.

In der noch verbliebenen Zeit ergriff ich jede Vorsicht in Ansehung meiner Selbstverteidigung, falls mein Widersacher mich offen anfallen sollte. Beständig trug ich nun ein Paar Pistolen und einen Dolch mit mir herum und war vor aller Hinterlist auf der Hut. Dergestalt ward auch meine innere Ruhe befestigt und so erschien mir jene Drohung mit jedem Tage weniger beachtenswert, wogegen das Glück, welches ich durch meine Eheschließung zu erlangen hoffte, einen immer größeren Anschein von Gewissheit erlangte. Beständig hörte ich ja von meiner Heirat als von einem Ereignis reden, dem sich nun so gut wie nichts mehr in den Weg stellen könne.

Elisabeth schien glücklich zu sein. Mein gelassenes Gehaben trug ja ganz beträchtlich zu ihrer Seelenruhe bei. An dem Tag aber, der sowohl meine Wünsche erfüllen als auch mein Geschick besiegeln sollte, ward sie von Trübsal heimgesucht und von dem Vorgefühle nahenden Unheils überkommen. Vielleicht ging ihr das grässliche Geheimnis nicht aus dem Sinn, das ich ihr am Tage nach unsrer Hochzeit zu enthüllen versprochen. Mein Vater aber, der all die Zeit hindurch der glücklichste Mensch war, erblickte über all dem Wirbel der Zurüstungen in der Niedergeschlagenheit seiner Nichte nichts als den Ausdruck bräutlicher Schüchternheit.

Nachdem der Trauungsakt vollzogen war, versammelte sich unter meines Vaters Dache eine zahlreiche Hochzeitsgesellschaft. Elisabeth und ich aber, so ward ausgemacht, sollten sogleich unsere Fahrt antreten, und zwar zunächst über den See bis Evian, wo wir übernachten würden, um unsere Reise am nächsten Tage fortzusetzen. Das Wetter war schön, der Wind günstig und so gab's bei unserer hochzeitlichen Einschiffung nur vergnügte und lachende Gesichter.

Es war dies zum letzten Mal in meinem Leben, dass ich etwas wie Glück empfinden durfte. Wir kamen gut voran. Die Sonne brannte zwar recht heiß hernieder, doch schützte uns eine Art Sonnensegel vor ihren Strahlen, so dass wir uns ganz dem Genusse der vorüberziehenden Landschaft hingeben konnten. Zuweilen taten wir dies von der Seeseite aus, im Angesicht des Mont Salêve, des reizenden Ufers von Montalègre sowie der gesamten Assemblee schneebedeckter Berge, die vergebens mit dem von ferne alles überragenden, herrlichen Montblanc zu wetteifern versuchen.

Dann wieder näherten wir uns der anderen Seite und erblickten den mächtigen Jura, wie er mit seinen dunklen Hängen den Wanderer am Verlassen des Heimatlandes hindern zu wollen scheint und gleichzeitig allen beutelüsternen Feinden, die es etwa unterjochen wollten, ein fast unübersteigbares Bollwerk entgegensetzt.

Ich griff nach Elisabeths Hand. »Wie kummervoll du bist, meine Liebe! Ach! Wüsstest du, was ich gelitten habe und was mir noch an Leid bevorstehn mag, du würdest alles daransetzen, mich den Frieden dieses einen Tages auskosten zu lassen, jetzt, da mir noch einmal Ruhe vor aller Verzweiflung gewährt ist!«

»Sei du immer glücklich, mein lieber Viktor«, versetzte die Angeredete. »Hier gibt's ja nichts, was dich verstören könnte. Dies hoffe ich von Herzen und versichere dir, dass ich im Innern froh und zufrieden bin, mag auch auf meinen Zügen sich keine lebhafte Freude malen. Eine innere Stimme warnt mich ja, nicht zu sehr auf das rosige Zukunftsbild zu bauen, welches sich gegenwärtig vor unsern Blicken breitet. Indes, ich will so düsterer Einflüsterung nicht länger lauschen! Schau doch, wie rasch wir vorankommen und wie die ziehenden Wolken, indem sie den Gipfel des Montblanc bald verhüllen, bald freigeben, die herrliche Landschaft noch wechselvoller gestalten! Und vergiss auch nicht, hinabzublicken in die klaren Fluten, wo sich die Fische in unzählbaren Schwärmen tummeln und auf dem Grunde jeder Kiesel klar erkennbar ist! Welch himmlischer Tag! Wie glücklich und heiter doch alle Natur ringsum sich darbietet!«

Auf solche Weise versuchte Elisabeth, ihre und meine Gedanken von alldem abzulenken, was uns in niedergedrückte Stimmung hätte versetzen können. Trotzdem war ihr Gemüt nicht ausgeglichen: Immer wieder wich ja die Freude, welche ab und zu in ihren Augen aufleuchtete, einer träumerischen Zerstreutheit.

Schon stand die Sonne tiefer am Himmel. Wir kamen am Drance-Flusse vorüber und folgten mit den Blicken seinem Lauf durch die Täler der sanfteren bis hinein in die Klüfte der hohen Berge. Die Alpen treten hier enger ans Wasser heran und wir näherten uns nun jenem felsigen Amphitheater, welches den See gegen Osten hin abschließt. Schon leuchtete der Kirchturm von Evian aus den die Ortschaft umgebenden Wäldern und dem Dunkel der hinter ihm aufragenden Bergketten.

Mit Sonnenuntergang flaute der Wind, welcher uns bisher mit überraschender Schnelligkeit vorangetragen hatte, zu einer sanften Brise ab. Die leichte Luft kräuselte die Wasserfläche nur ganz zart und hing, da wir uns dem Ufer näherten, als ein gelindes Rauschen in den Baumkronen. Auch trug sie uns den köstlichsten Blumenduft und Heugeruch herüber. Als wir am Strande anlangten, schickte die Sonne sich eben an, hinterm Horizont zu verschwinden. Da ich aber den Fuß an Land setzte, erhoben sich in mir aufs Neue all jene Sorgen und Ängste, welche nur zu bald nach mir greifen und sich für immer an mich hängen sollten.

## *Dreiundzwanzigstes Kapitel*

Es war acht Uhr abends, als wir landeten. Ein wenig wandelten wir noch am Ufer hin, um das scheidende Tageslicht zu genießen, und begaben uns danach in den Gasthof, von wo aus wir uns des anmutigen Ausblicks auf Wasser, Wälder und Berge erfreuten, deren Umrisse, wiewohl es schon dunkelte, noch immer erkennbar waren.

Der Wind pfiff nun mit großer Heftigkeit von Westen heran. Schon hatte der Mond seinen höchsten Stand erklommen und war nun im Sinken begriffen. Gleich Geierschwärmen zogen die Wolken unter ihm dahin und verdunkelten immer wieder seinen Schein, während der See die Bewegtheit solchen Himmels widerspiegelte, selber noch stärker bewegt durch die Wogen, welche nun höher zu gehen begannen. Und plötzlich öffnete der Himmel seine Schleusen, so dass ein gewaltiger Regen herniederrauschte.

Den ganzen Tag lang war ich ruhig gewesen. Sobald aber die Formen der Dinge im Dunkel zu verschwimmen begannen, erwachte tausendfältig die Angst in mir. Beständig hielt ich nun die Hand am Griff der in meiner Busentasche verborgenen Pistole, und meine Sinne waren aufs Äußerste angespannt. Doch wiewohl jedwedes Geräusch mir neues Entsetzen einjagte, war ich fest entschlossen, mein Leben so teuer wie möglich zu verkaufen und in solchem Kampf nicht eher zu weichen, als bis entweder mein eigenes Dasein oder aber dasjenige meines Erzfeindes ausgelöscht wäre!

Elisabeth beobachtete meine Aufgewühltheit eine Zeit lang in zaghaftem, furchtsamem Schweigen. Irgendetwas in meinen Blicken mochte aber mein Entsetzen auf sie übertragen haben, und so fragte sie mich schließlich unter Zittern und Beben: »Was ist's nur, das dich so sehr ängstigt, mein lieber Viktor? Wovor fürchtest du dich?«

»Oh, still, nur still – gib Frieden, Liebste!«, versetzte ich. »Nur noch diese eine Nacht und alles ist wieder gut! Doch diese Nacht ist lang, entsetzlich lang!«

Wohl schon eine volle Stunde hatte ich in solcher Gemütsverfassung hingebracht, als mir plötzlich in den Sinn kam, wie schrecklich der Kampf, dessen ich jetzt in jedem Momente gewärtig war, meinem Weibe sein musste! Deshalb bat ich sie aufs Dringlichste, sie möge sich in ihr Zimmer zurückziehen, und war entschlossen, mich nicht eher dahin zu verfügen, als bis ich nicht Gewissheit über den Aufenthalt meines Widersachers erlangt hätte.

So verließ sie mich denn, dieweil ich selbst noch eine Zeit lang die Gänge des Hauses durchstreifte und in jede Ecke spähte, welche meinem Feinde einen Unterschlupf hätte gewähren können. Indes, ich konnte keine Spur von ihm entdecken und wollte aus meiner vergeblichen Suche schon den Schluss ziehen, irgendein Glücksumstand habe den Unhold an der Ausführung seines mörderischen Vorhabens gehindert, als urplötzlich ein schriller, markerschütternder Aufschrei durch das Haus gellte! Dies war aus Elisabeths Zimmer gekommen! Die ganze, fürchterliche Wahrheit schoss mir durch den Sinn, die Arme fielen mir herab, ich war wie gelähmt und nicht der kleinsten Bewegung mehr fähig! Einzig das Blut konnt ich noch spüren, wie's mir durch alle Adern bis in die Fingerspitzen pochte! Doch währte meine Erstarrung kaum eine Sekunde und schon der nächste Aufschrei sah mich in Elisabeths Zimmer!

Allmächtiger! Warum nur bin ich damals nicht entseelt zusammengestürzt! Warum nur sitz ich hier und muss von der Zerstörung meiner schönsten Hoffnung, von der Vernichtung des reinsten Geschöpfes auf Gottes Erdboden berichten? Sie lag vor mir, leblos und entseelt, querüber hingeworfen auf das Bett, mit hängendem Kopf, das bleiche, verzerrte Antlitz halb vom wirren Haar überhangen! Wohin ich mich auch wenden mag, immerdar hab ich diese Gestalt vor Augen – die blutlosen Arme, den kraftlosen Leib, einfach hingeworfen von dem Würger auf so bräutliche Totenbahre! War's denn wirklich möglich, solches zu erblicken – und dennoch zu leben? Ach! Nichts ist hartnäckiger denn das Leben, und wo's uns am ärgsten verhasst ist, dort hängt sich's am zähesten an uns! Nur für einen kurzen Augenblick verließen mich die Sinne und ich stürzte leblos zu Boden!

Da ich wieder zu mir kam, fand ich mich von den Wirtsleuten und dem Gesinde umstanden. Ihre Züge waren von atemraubendem Entsetzen gezeichnet – doch war ihr Schrecken nur eine üble Posse, nur ein Schatten gegen jene Empfindungen, welche mit Bergeslast auf mir lagen! Ich riss mich von den mich Umdrängenden los und stürzte in das Zimmer, darin der Leichnam meiner Elisabeth lag, meiner Geliebten, meines Weibes, die eben noch so lebensvoll gewesen, mir so teuer und so wert! Sie lag nicht mehr so, wie ich sie zuvor erblickt hatte. Nunmehr, mit ihrem Kopf auf dem Arm und dem über Gesicht und Hals gebreiteten Taschentuch, machte sie den Eindruck einer Schlafenden. Ich stürzte auf sie zu, schlang leidenschaftlich die Arme um sie – allein, die totenhafte Starre und Kälte ihrer Glieder bewiesen mir nur zu deutlich, dass der Körper, den ich da umfangen hielt, aufgehört hatte jene Elisabeth zu sein, die ich so zärtlich geliebt! Sie trug ja die mörderischen Würgespuren des Unholds an ihrem Hals und nicht länger entströmte der belebende Atem ihrem Munde! Dieweil ich so in aller Seelenpein der Verzweiflung an ihr hing, hob ich unwillkürlich den Blick und mich durchzuckte ein eisiger Schrecken: Eben noch waren ja die Zimmerfenster verhängt gewesen, nun aber sah ich das fahlgelbe Licht des Mondes hereinfallen. Jemand hatte die Fensterläden aufgestoßen! In dem offenen Fenstergevierte aber erblickte ich mit unbeschreiblichem Entsetzen jene grässliche, abscheuliche Ungestalt! Ein satanisches Grinsen verzerrte die Züge des Monstrums, das meiner zu höhnen schien, wie's nun mit teuflischem Finger auf den Leichnam meines Weibes zeigte. Ich eilte zum Fenster, riss die Pistole aus der Busentasche und feuerte! Er aber duckte sich, war mit einem Sprung von seinem Beobachtungsplatze verschwunden, rannte blitzgeschwind davon und stürzte sich in den See!

Der Pistolenknall rief sämtliche Hausbewohner auf den Plan. Ich wies auf die Stelle, an welcher der Unhold verschwunden war, und wir machten uns in Booten an seine Verfolgung. Sogar Netze wurden ausgeworfen, doch blieb alle Mühe vergebens. Nachdem wir mehrere Stunden an unsere Suche gewendet hatten, kehrten wir entmutigt zurück, wobei die meisten meiner Helfer glaubten, sie seien bloß hinter einer Ausgeburt meiner Fantasie her gewesen. Wieder an Land, machten sie sich daran, die Umgebung zu durchstreifen, indem sie gruppenweise und in verschiedenen Richtungen gegen die Wälder und Weinberge hin ausschwärmten.

Ich wollte ihnen folgen und hatte mich schon ein weniges vom Haus entfernt. Indes, mir drehte sich alles im Kopfe und meine Schritte glichen denjenigen eines Betrunkenen. Schließlich verfiel ich in einen Zustand äußerster Erschöpfung: Der Blick umflorte sich mir und ein hitziges Fieber wollte mir schier die Haut austrocknen. In solcher Verfassung und ohne recht zu wissen, was da vorgefallen, ward ich zurückgebracht und auf ein Ruhelager gebettet. Mein verstörter Blick irrte durch den Raum wie auf der Suche nach etwas, das ich verloren hatte.

Nach einiger Zeit raffte ich mich auf und schleppte mich, von einem unbewussten Antriebe geleitet, in das Zimmer, darein man den Leichnam meiner Geliebten geschafft. Weinende Frauen standen herum, ich aber warf mich auf die Tote und vereinte meine heißen Zähren mit denjenigen der Weiber, ohne jedoch irgendeinen klaren Gedanken fassen zu können. Mein Denken schweifte ja unstet von einem Ding zum andern und brachte all mein Missgeschick, brachte Ursache und Wirkung in die verworrensten Zusammenhänge, da ich ja inmitten meines fassungslosen Entsetzens wie in einem Nebel umhertappte. Der arme Wilhelm tot – Justine hingerichtet – Clerval gemordet – und nun auch noch mein Weib! Und auch von den letzten, mir verbliebenen Freunden wusste ich nicht, ob sie vor dem boshaften Zugriff des Unholdes sicher waren! In eben dem Momente mochte ja mein Vater schon unter den Krallen des Würgers sein Leben aushauchen, schon mochte auch Ernest entseelt zu seines Mörders Füßen liegen! Dieser Gedanke machte mich erschaudern und rief mich erneut zur Tat! Ich sprang auf, entschlossen, so rasch als irgend möglich nach Genf zurückzueilen.

Indes, es waren keine Pferde aufzutreiben und so verblieb mir nur der Weg über den See. Doch es wehte ein widriger Wind und der Regen stürzte in Kaskaden hernieder. Immerhin, noch war's vor Morgengrauen und das ließ mich hoffen, noch am Abend in Genf anzulangen! So mietete ich denn einige Ruderer und beschloss auch selbst mit Hand anzulegen. Schon immer hatte ich ja in körperlicher Arbeit Erleichterung von meinen seelischen Qualen gefunden. Doch das Übermaß an Elend, welches ich nun empfand, die äußerste Aufgewühltheit, der ich jetzt unterworfen war, machten mich für jede körperliche Anstrengung unfähig. So ließ ich denn das Ruder fahren, legte den Kopf in die Hände und gab mich all den düsteren Gedanken hin, welche mich nun überkamen. Sobald ich aufsah, hatte ich jene Landschaft vor Augen, die mir aus meinen glücklicheren Tagen vertraut war und die ich erst gestern in der Gesellschaft derjenigen betrachtet hatte, die nunmehr nichts als ein Schatten in meiner Erinnerung war! Tränen entstürzten meinen Augen. Der Regen setzte aus und so sah ich die Fische sich im Wasser tummeln, wie sie's erst vor wenigen Stunden getan, da noch meine Elisabeth ihnen zugesehen. Nichts ist ja dem menschlichen Gemüte so schmerzlich wie ein großer und plötzlicher Wandel! Mochte die Sonne scheinen oder mochten die Wolken sich noch tiefer herabsenken – mir galt es gleich! Nichts hätte mir auf die nämliche Weise erscheinen können, wie's mir am Tag zuvor erschienen war. Ein böser Feind hatte mich aller Hoffnung auf zukünftige Glückseligkeit beraubt! Kein Geschöpf auf Gottes Erdboden war je so elend gewesen, wie ich es jetzt war! Solch entsetzliche Begebenheit, sie stand in den Annalen des gesamten Menschengeschlechtes einzig da!

Doch weshalb mich noch länger bei den Vorfällen verweilen, welche diesem letzten, überwältigenden Ereignisse folgten? Mein Leben, es ist eine Kette von Schrecknissen gewesen. Nun hab ich den Gipfelpunkt meiner Leiden erklommen, und was mir jetzt noch zu berichten bleibt, mag Euch bloß Langeweile verursachen. So wisset denn, teuerster Sir, dass meine Freunde einer um den andern von mir hinweggenommen wurden. Einzig ich blieb in Hoffnungslosigkeit allein! Nun bin ich am Ende meiner Kräfte und so bleibt mir nur in wenigen Worten das zu sagen, was meinen grässlichen Bericht zum Abschluss bringen soll.

Ich traf in Genf ein. Mein Vater und Ernest waren zwar noch am Leben, doch dem Ersteren versetzte die üble Zeitung, welche ich mit mir brachte, den Todesstoß. Wie hab ich ihn noch vor Augen, den vortrefflichen, verehrungswürdigen Greis! Sein Blick irrte ziellos und blöde umher, beraubt seines letzten Entzückens, beraubt seiner Elisabeth, welche ihm mehr denn eine Tochter gewesen und an der er gehangen mit all der zärtlichen Liebe, welche einem Manne am Ende seiner Tage noch verbleibt, einem Manne, der sich umso mehr an das wenige klammert, das noch sein ist! Verflucht, dreimal verflucht sei der Unhold, welcher solches Unglück über dieses ehrwürdige, schneeigte Haupt gebracht und es dazu verdammt hat, sein Leben in Jammer zu beschließen! Nicht länger vermocht' er ja, das Übermaß des rings auf ihn gehäuften Elends zu ertragen! Der Lebensnerv, nun war er ihm durchschnitten: Der Ärmste konnte sich nimmermehr von seinem Lager erheben und schon nach wenigen Tagen hauchte er in meinen Armen seine Seele aus.

Ihr fragt, was danach aus mir geworden? Ich weiß es nicht. Ich war ja völlig von Sinnen gekommen und ward nur der Last von Ketten und der Dunkelheit gewahr. Bisweilen träumte ich freilich, in Gesellschaft der Freunde meiner Jugend über blumige Wiesen hinzuwandeln und in anmutigen Tälern mich zu ergehen. Da ich aber erwachte, fand ich mich in einem Kerkerloche wieder! Danach überfiel mich die Schwermut. Mit der Zeit aber gewann ich ein klares Bild meines Elends und meiner Lage und so ward ich aus der Haft entlassen. Nämlich, man hatte mich für wahnsinnig erklärt und mich, wie ich erst jetzt erfuhr, für viele Monate in eine Tobzelle geworfen!

Indes, die Freiheit, sie wär mir ein müßiges Geschenk gewesen, hätte sich mit dem Erwachen nicht auch der glühendste Rachedurst meiner bemächtigt! Sobald die Erinnerung an all mein vergangenes Ungemach wieder auf mich einstürzte, begann ich, auch über dessen Ursache nachzudenken – über jenes Ungeheuer, das ich geschaffen, jenen elendiglichen Dämon, den ich zu meinem eigenen Verderben in die Welt gesetzt hatte! So ward ich von einem aberwitzigen Ingrimm besessen und von dem glühenden Wunsche, meines Widersachers habhaft zu werden, um einzigartige Vergeltung und Rache an ihm zu üben! Doch verzettelte mein Hass sich nicht lange in nutzlosen Wunschträumen, sondern ich begann über die beste Methode nachzusinnen, auf welche man sich des Mörders versichern könnte. Zu diesem Zwecke begab ich mich etwa einen Monat nach meiner Entlassung zu einem Strafrichter in die Stadt und teilte ihm mit, ich hätte eine Anzeige zu machen, dieweil mir der Vernichter meiner Familie bekannt sei, weshalb ich die Gerichtsbarkeit aufforderte, ihren ganzen Einfluss aufzubieten, den Mörder dingfest zu machen.

Der Richter hörte mich aufmerksam und in aller Freundlichkeit an. »Seid versichert, mein Herr«, so sprach er, »dass ich es an Mühe und Anstrengung nicht fehlen lassen werde, jenen Schurken ausfindig zu machen.«

»Ich danke Euch«, versetzte ich. »Hört deshalb meine Aussage an. Sie klingt in der Tat so befremdlich, dass ich fast fürchten müsste nicht den rechten Glauben vorzufinden, wäre mein Bericht, wie verwunderlich er immer sein mag, nicht so überzeugend. Die Reihe der Begebnisse ist viel zu folgerichtig, als dass man sie für einen bloßen Traum nehmen könnte, und überdies habe ich ja keinerlei Beweggrund, Euch zu täuschen.« Während ich so sprach, trug ich ein eindrucksvolles, gefasstes Wesen zur Schau.

Ich war ja im innersten Herzen entschlossen meinen Widersacher bis zu dessen Tode zu verfolgen und dies Ziel beschwichtigte im Momente all meine Seelenqual, ja band mich für kurze Zeit sogar wieder ans Leben. So gab ich denn meine Geschichte zum Besten, zwar in gedrängter Form, doch mit Überzeugungskraft und Genauigkeit, indem ich mit aller Klarheit meine Angaben machte und mir keinerlei Ausbrüche und Gefühlsabschweifungen gestattete.

Anfangs schien der Richter meinen Worten keinen Glauben zu schenken, doch je weiter ich in meinem Berichte voranschritt, desto aufmerksamer und gebannter lauschte er meinen Worten. Bisweilen sah ich ihn sogar vor Entsetzen erschaudern, bisweilen malte sich auch die lebhafteste, von keinerlei Unglauben getrübte Überraschung auf seinen Zügen.

Sobald ich mit meiner Erzählung zurande war, sagte ich: »Dies also ist das Wesen, welches ich des vielfachen Mordes bezichtige und um dessen Ergreifung und Bestrafung willen ich Euch auffordere, alle Euch zu Gebote stehende Macht aufzubieten. Es ist dies Eure richterliche Pflicht und ich glaube und hoffe fest, dass in diesem Falle auch Eure menschlichen Gefühle Euch nicht von der Ausübung Eures Amtes abhalten werden.«

Solche Anrede bewirkte einen beträchtlichen Wandel in meines Zuhörers Miene. Er hatte meiner Geschichte ja nur mit jenem halben Glauben gelauscht, welchen man Geistergeschichten oder sonstigen übernatürlichen Begebenheiten entgegenzubringen pflegt. Da er sich aber aufgefordert sah, kraft seines Amtes einzuschreiten, kehrte sein Unglaube mit Macht zurück. Dennoch fiel seine Antwort recht behutsam aus: »Ich würde Euch ja gern jede Hilfe in Verfolgung Eures Vorhabens angedeihen lassen, doch scheint jene Kreatur, von der Ihr sprecht, mit Kräften ausgestattet zu sein, welche all meine Anstrengungen zum Scheitern bringen müssen. Wer könnte denn ein Wesen verfolgen, welches das Eis der Gletscher zu überwinden und in Spalten und Abgründen zu hausen vermag, die kein Mensch je zu betreten wagte? Überdies sind seit Verübung jener Untaten mehrere Monate hingegangen, so dass wir keinerlei Anhaltspunkt mehr dafür haben, welchen Aufenthaltes der Übeltäter gegenwärtig sein mag!«

»Ich zweifle nicht, dass er sich noch immer in der Nähe meines Wohnsitzes herumtreibt. Und hat er tatsächlich im Gebirge Zuflucht gesucht, so könnte man ihm ja nachstellen wie der Gämse und ihn gleich einem jagdbaren Tiere erlegen! Doch ich durchschaue Eure Gedanken: Ihr schenkt ja meiner Erzählung keinen Glauben und denkt gar nicht daran, meinen Feind der wohlverdienten Strafe zuzuführen!«

Diesen Worten ließ ich einen zornfunkelnden Blick folgen, der den Richter sichtlich einschüchterte. »Ihr seid im Irrtume«, versetzte er. »Ich will sehr wohl alle Anstrengungen unternehmen! Und steht's in meiner Macht, des Monstrums habhaft zu werden, so seid versichert, dass es die seinen Untaten angemessene Strafe erleiden soll! Indes, ich fürchte, dies wird in Ansehung all der Fähigkeiten, von denen Ihr mir berichtet habt, ein Ding der Unmöglichkeit sein und so solltet Ihr, dieweil wir alle vernünftigen Maßnahmen ergreifen, Euch schon jetzt darauf gefasst machen, dass dieselben zu nichts führen werden.«

»Nimmermehr! Doch was soll mir jedes weitre Wort! Meine Rache bedeutet Euch nichts! Und ob sie auch sündhaft sein mag, so bekenne ich doch, dass sie die verzehrende und einzige Leidenschaft meiner Seele ist! Mein Grimm kennt keine Grenzen, sobald ich daran denke, dass der Mordbube, den ich auf die menschliche Gesellschaft losgelassen, noch immer am Leben ist. Ihr weist mein Ansinnen zurück, obwohl's doch nichts als recht und billig ist. Nun gut! So verbleibt mir nur mehr eine letzte Hilfsquelle: Ich selbst verschreibe mich auf Leben oder Tod der Vernichtung jenes Unholds!«

Bei diesen Worten erbebte ich im Übermaße meiner Aufgewühltheit. Ich war besessen von meiner Wut und auch von etwas, das, ich zweifle nicht, jener hoheitsvollen Standhaftigkeit glich, die man den Märtyrern früherer Zeiten nachrühmt. Doch in den Augen eines Genfer Richters, dessen Sinn mit ganz anderen Dingen befasst war denn mit Hingabe und Heroismus, musste solch hochgemutes Fühlen viel eher dem Wahnwitze gleichen. So versuchte er denn mich zu beschwichtigen, wie eine Amme dies mit dem Säugling tut, indem er mir meinen Bericht als eine Ausgeburt des Fieberwahnes hinzustellen versuchte.

»Oh, Mensch!«, so rief ich. »Wie verblendet verharrest du doch in deinem Weisheitsdünkel! Genug! Ihr wisst ja nicht, wovon Ihr redet!«

Zornentbrannt und aufgewühlt stürzte ich von dannen und kehrte nach Hause zurück, um über geeignetere Schritte nachzusinnen.

## *Vierundzwanzigstes Kapitel*

Meine gegenwärtige Verfassung war eine solche, dass sie jeden überlegten Gedankengang unmöglich machte. Alles und jedes in mir ward von einem übermächtigen Zorne hinweggeschwemmt und einzig der Gedanke, mich zu rächen, verlieh mir noch Kraft und Fassung. Er allein regierte all mein Fühlen und setzte mich in den Stand, dort in Ruhe zu überlegen, wo ich sonst eine Beute des Wahnsinns oder gar des Tods geworden wäre.

Fürs Erste beschloss ich, Genf für immer den Rücken zu kehren. Mein Heimatland, das mir in den glücklicheren Tagen des Geliebtseins so teuer gewesen, nun, in den Zeiten des Ungemachs, ward's mir verhasst. So versah ich mich mit einer Summe baren Geldes sowie mit einigen Pretiosen aus dem Besitze meiner Mutter und schüttelte den Staub der Vaterstadt von den Schuhen.

Damit aber begann die Zeit jenes unsteten Umherirrens, das erst mit meinem Tode sein Ende finden wird. Ich habe einen großen Teil des Erdkreises durchmessen und all jene Entbehrungen erduldet, wie sie dem Reisenden in Einöden und barbarischen Ländern zu widerfahren pflegen. Wie ich am Leben geblieben bin, weiß ich kaum. So manches Mal hab ich die versagenden Glieder auf den Sand hingestreckt und um ein rasches Ende gebetet, doch hielt mein Rachedurst mich immer wieder am Leben: Ich wagte ja nicht zu sterben, solange mein Widersacher noch auf Erden wandelte.

Nachdem ich Genf verlassen hatte, galten meine ersten Anstrengungen einem Fingerzeige, mit dessen Hilfe ich die Schritte meines satanischen Feindes verfolgen konnte. Doch hatte ich keinen festen Plan und so umkreiste ich mehrere Stunden lang die Gemarkungen der Stadt ohne mich für einen bestimmten Weg entscheiden zu können. Mit dem Hereinbruch der Nacht fand ich mich vorm Tore des Kirchhofes, auf welchem Wilhelm, Elisabeth und mein Vater in geweihter Erde ruhten. Ich betrat den Gottesacker und suchte den Stein auf, welcher über ihrer letzten Ruhestätte errichtet ist. Die Stille des Todes herrschte ringsum. Einzig die Blätter der Bäume säuselten in dem leichten Abendwind. Nahezu schwarz senkte die Nacht sich hernieder. Sogar einen gleichgültigen Beobachter hätte der Schauplatz feierlich und bewegt gestimmt. Die Geister der Abgeschiedenen schienen um diesen Ort zu schweben und ihren zwar nicht sichtbaren, doch umso deutlicher gefühlten Schatten übers Haupt des Trauernden zu werfen.

Der tiefe Gram, welchen dies Schauspiel zunächst in mir ausgelöst, gab nur zu bald der Wut und der Verzweiflung Raum. Da lagen sie nun, tot für immer – ich aber lebte! Und auch ihr Mörder war ja noch am Leben. Ihn zu zerstören musste ich mein müdes Dasein weiterschleppen! So fiel ich denn im Grase auf die Knie, küsste den Erdboden und rief mit bebenden Lippen: »Bei der geheiligten Erde, auf welcher ich hier knie, bei den Schatten, welche mich umschweben, bei dem tiefen und ewigen Grame, den ich empfinde, schwör ich, und auch in deinem Namen, oh Nacht, und auch im Namen der Geister, welche dich regieren, bei all dem schwör ich, dass ich den Dämon, welcher dies Elend verursacht hat, jagen will, bis er oder ich in diesem tödlichen Ringen auf der Strecke bleiben! Nur zu solchem Ende will ich weiterleben! Einzig, um so teure Rache zu vollziehen, will ich aufs Neue die Sonne aufgehn sehen, will ich erneut über den grünen Teppich der Erde schreiten, der im andern Falle für immer vor meinen Augen verblassen sollte! Und ich flehe Euch an, Ihr Geister der Toten, und auch Euch, Ihr ewig ruhelosen Furien der Rache: Helft mir und weist mir den Weg in meinem Werke! Und lasst jenes verfluchte und satanische Monstrum einen tiefen Trunk aus dem Brunnen aller Seelenqual tun, lasst ihn all die Verzweiflung auskosten, deren Martern jetzt nur ich allein verspüre!«

Ich hatte meine Anrufung mit so hoch gestimmtem und ehrfurchtsvollem Sinne begonnen, dass ich nahezu sicher war, von den Schatten meiner gemeuchelten Freunde verstanden und erhört zu werden. Allein, im Weitern ward ich wie von Furien gepeitscht und der Grimm erstickte mir jedes verständliche Wort.

Inmitten der nächtlichen Stille ward mir ein lautes, dämonisches Gelächter zur Antwort, das mir lange und dröhnend in den Ohren hallte. Die Berge warfen es zurück und dies Echo tönte, als hätte die Hölle den Schlund aufgetan, mich mit all ihrem Hohn und Spott zu überschütten. Ganz gewiss wär ich ja in jenem Monate eine Beute des Wahnsinns geworden und hätte Hand an mein elendes Leben gelegt, wäre nicht mein Schwur erhört und somit meine Person für den Vollzug der Rache ausersehen worden. Das Gelächter erstarb und gleich darauf raunte eine mir wohl bekannte, widerwärtige Stimme mir aus nächster Nähe zu: »Ich bin's zufrieden, elender Wurm! So hast du denn beschlossen, am Leben zu bleiben! Ich bin's zufrieden!«

Ich stürzte in die Richtung, aus welcher die Stimme erklungen war, doch der Unhold entzog sich meinem Zugriff. Dann stand plötzlich der volle Mond am Himmel und beschien des Fliehenden gespenstische Missgestalt, wie sie mit übermenschlicher Schnelligkeit das Weite suchte. Sogleich nahm ich die Verfolgung auf und dies Geschäft sollte nun für viele Monate meine Aufgabe bleiben. Von kaum merklichen Anzeichen geleitet folgte ich dem gewundenen Verlaufe der Rhone ohne jedoch Erfolg zu haben. Schließlich stand ich an den Gestaden des blauenden Mittelmeers und konnte, begünstigt von einem sonderbaren Zufall, sehen, wie der Unhold bei Nacht in einem Schiffe unterkroch, welches nach dem Schwarzen Meere bestimmt war. So schiffte auch ich mich auf jenem Fahrzeug ein. Mein Todfeind indes entwischte mir abermals, ich weiß nicht, wie.

Auch durch die weite, tatarische Steppe und Russlands unermessliche Ebenen blieb ich ihm auf den Fersen, obschon er mich niemals zu nahe an sich herankommen ließ. Bisweilen wiesen mir die Bauern, entsetzt ob seiner fürchterlichen Erscheinung, den rechten Weg, bisweilen auch war er selbst es, welcher mir Merkzeichen hinterließ, da er befürchten mochte, ich könnte seine Spur verlieren und darüber den Tod finden. Der Schnee des Winters senkte sich hernieder und ich erblickte die riesenhaften Stapfen auf dem weißen Plane. Wie aber könntet Ihr, teuerster Sir, der Ihr erst an der Schwelle Eures Lebens steht und unkundig seid aller Sorge und Seelenpein, wie aber könntet Ihr nachempfinden, wie's mir ums Herz gewesen und jetzt noch ist! Kälte, Hunger und Müdigkeit, es sind noch die geringsten Qualen, welche mir auferlegt waren! Stöhnend unter der Last eines satanischen Fluches schleppte ich ja meine eigene Hölle mit mir herum! Und dennoch: Allzeit war da auch ein guter Geist um mich, welcher meine Schritte leitete und mir, wenn ich schon fast am Ende meiner Kräfte war, mit einem Mal über die scheinbar unüberwindlichen Hindernisse hinweghalf. Bisweilen, wenn meine schwache Menschennatur unter der Last des Hungers und der körperlichen Erschöpfung schon zusammenbrechen wollte, ward mir inmitten der Wüste eine Mahlzeit bereitet, die meine Kräfte aufs Neue belebte und mir den Geist befeuerte. Solche Atzung war freilich eine überaus kärgliche und bestand bloß aus dem wenigen, womit die Bewohner jener Landstriche ihr kümmerliches Dasein fristen, indes, ich zweifle nicht, dass jene Stärkung mir inmitten aller Ödnis von den Geistern kredenzt ward, die ich um Hilfe angefleht. Und nur zu oft, wenn alles ringsum in der verderblichsten Dürre schmachtete, wenn keine Wolke sich am Himmel zeigen mochte, wenn ich schon ganz ausgedörrt war und dem Verschmachtungstode nahe, begab sich's, dass ein zartes Wölkchen einherschwebte, die wenigen zu meiner Belebung nötigen Tropfen zu vergießen und alsbald zu entschwinden.

Ich folgte, sooft mir's möglich war, dem Lauf der Flüsse. Im Allgemeinen aber vermied der Dämon dieselben, denn ihre Ufer waren's ja, an denen die Bevölkerung jener Gegenden sich angesiedelt hatte. Ansonsten traf man selten genug auf ein menschliches Wesen und so fristete ich mein Leben gemeinhin von den wilden Tieren, welche meinen Pfad kreuzten. Doch war ich mit genug barem Geld versehen, durch dessen Verteilung ich mir die Geneigtheit der Dorfbewohner erkaufte. Oder aber ich schleppte ein Stück selbst erlegten Wildes mit mir, von dem ich nur ein weniges zu genießen pflegte, um den Rest stets aufs Freigebigste an jene zu verschenken, welche mich mit Feuer und Kochgerätschaft versehen hatten.

Das Leben, welches ich dergestalt führte, war in der Tat ein widerwärtiges und so mochte es einzig während des Schlafes sein, dass ich etwas wie Freude empfand. Oh, gesegneter Schlummer! So manches Mal entschlief ich inmitten des tiefsten Elends, um dennoch von meinen Träumen alsbald in einen Taumel der Entzückung entrückt zu werden! Meine Schutzgeister hatten solche Augenblicke, ja mehr noch, solche Stunden des Glückes für mich aufgespart, auf dass ich wieder zu Kräften käme, meine Pilgerschaft zu erfüllen. Ohne dies Labsal wär ich gewisslich all den Entbehrungen zum Opfer gefallen. So aber ward ich tagsüber aufrechterhalten und befeuert durch die Hoffnung auf die Nacht: Im Schlafe erblickte ich ja all meine Lieben, mein Eheweib und mein geliebtes Heimatland! Aufs Neue sah ich das gütige Vateraug auf mich gerichtet, vernahm ich meiner Elisabeth silberhelle Stimme, erfreute ich mich der Gesundheit und Jugend meines Clerval. Und nur zu oft, ermattet durch die Mühsal eines beschwerlichen Fußmarsches, suchte ich mir einzureden, dass ich dies alles ja bloß träumte und, sobald die Nacht erst herankäme, die Wirklichkeit in den Armen meiner teuersten Freunde in vollen Zügen genießen würde. Oh, von welch verzehrender Liebe zu ihnen war ich damals erfüllt! Wie klammerte ich mich an ihre teuren Gestalten, welche mich bisweilen sogar in meinen wachen Stunden umschwebten, wie bildete ich mir ein, sie seien noch immer am Leben! In solchen Momenten erstarb alle mir im Herzen brennende Rache und ich erblickte in der Zerstörung des Dämons viel eher eine mir vom Himmel zugemessene Aufgabe oder den Antrieb einer mir unbekannten Macht, nicht aber den brennenden Wunsch meiner eigenen Seele.

Von welcher Art aber die Gefühle dessen waren, den ich so beständig vor mir herjagte, kann ich nicht wissen. Doch ist es wahr, dass er zuweilen Zeichen in die Rinde der Bäume grub oder aber in den Stein ritzte, welche mir weiterhalfen und meinen Ingrimm aufs Neue anstachelten. »Meine Herrschaft ist noch nicht zu Ende« (dies war in einer jener Botschaften lesbar). »Noch lebst du, und meine Macht triumphiert. So folg mir denn weiterhin! Ich bin unterwegs nach der ewigen Gefrörnis des Nordens, wo du all die Kälte und den Frost erdulden sollst, welche nichts über mich vermögen. Unweit von hier findest du, falls du meinen Worten ohne Verzug folgst, einen toten Hasen. Stärke dich, indem du davon issest! Immer voran, mein Feind! Noch steht uns der tödliche Zweikampf bevor, doch so manche harte und jammervolle Stunde musst du noch erdulden, bis seine Zeit herangekommen ist!«

Höhne du nur, verfluchte Ausgeburt der Hölle! Ich aber schwör dir zum andern Male Rache, zum andern Male weih ich dich, elender Bösewicht, dem qualvollsten Tode! Nimmermehr will ich in meiner Verfolgung erlahmen, ehe nicht er oder ich an ihr zuschanden geworden! Dann aber – mit welcher Entzückung will ich meine Elisabeth umarmen, sie und all meine dahingegangenen Freunde, die jetzt schon daran wirken, mir all die Müh und Plage, all meine fürchterliche Pilgerschaft aufs Reichlichste zu lohnen!

Dieweil ich so der nordwärts führenden Spur folgte, ward der Schnee immer tiefer, steigerte die Kälte sich in nahezu unerträglichem Maße. Die Bewohner jener Landstriche hatten sich in ihren Hütten verkrochen und nur die Verwegensten, Abgehärtetsten von ihnen wagten sich ins Freie, um jener Tiere habhaft zu werden, welche der drohende Hungertod aus ihren Schlupfwinkeln auf die Jagd getrieben hatte. Dickes Eis bedeckte die Flüsse, so dass auch der Fischfang nicht mehr möglich war und ich mich meiner Hauptnahrungsquelle beraubt sah.

Der Triumph meines Feindes ward mit meiner zunehmenden Mühsal ein immer größerer. Einmal hinterließ der

Unhold mir die folgende Botschaft: »Sieh dich vor! Dies ist erst der Anfang deiner Plagen! Hüll dich in Pelze und versieh dich mit Nahrung! Nur zu bald geht's jetzt auf eine Reise, in deren Verlauf deine Martern meinen unauslöschlichen Hass stillen werden!«

Doch ward mein Mut und meine Widerstandskraft durch so höhnische Worte nur aufs Neue angefeuert und ich beschloss, in meinem Vorhaben nicht zu erlahmen. Indem ich den Himmel um Hilfe anrief, fuhr ich mit unermüdlichem Eifer fort, die grenzenlosen Einöden zu durchqueren, bis schließlich in der Ferne der Ozean vor mir auftauchte und den gesamten Horizont einnahm. Oh! Wie wenig glich er doch den blauen Fluten südländischer Meere! Seine unermessliche Eiswüste unterschied sich ja vom festen Lande einzig durch ihre noch größere Wildheit und Zerklüftung. Die alten Griechen, sie hatten noch Tränen vergossen im Angesichte der purpurnen Fluten des Mittelmeers und hatten, da sie seiner von Asiens Bergen her ansichtig geworden, mit Jubel das Ende ihrer Plagen begrüßt. Ich aber weinte nicht, sondern kniete bloß nieder und dankte meinem Schutzgeiste aus vollem Herzen dafür, dass er mich sicheren Fußes bis hierher geleitet, wo ich hoffen durfte, trotz allem Hohn auf meinen Widersacher zu stoßen und mit ihm handgemein zu werden!

Schon Wochen zuvor hatte ich mir einen Hundeschlitten zu verschaffen gewusst und in demselben die schneebedeckten Ebenen mit unvorstellbarer Eile durchmessen. Ich weiß nicht, ob der Unhold über den nämlichen Vorteil verfügte, doch wurde ich gewahr, dass ich nicht wie ehedem täglich an Boden verlor, sondern meinem Feinde immer näher auf den Leib rückte. Dies ging so weit, dass ich, als ich den Ozean erstmals erblickte, dem Widersacher seinen Vorsprung schon bis auf einen Tag abgejagt hatte, so dass ich hoffen konnte, ihm noch vor der Küste den Weg abzuschneiden. So stürmte ich denn mit frisch beseeltem Mute voran und erreichte innerhalb zweier Tage eine letzte, elende Siedlung am Rande des Eismeers. Dort stellte ich unter den Einwohnern Nachforschungen über den Verbleib des

Unholds an und erhielt denn auch genauesten Bescheid. Ein riesenhaftes Ungeheuer, so wusste man mir zu berichten, sei in der voraufgegangenen Nacht in dem Dorfe erschienen, bewaffnet mit einer Flinte und vielen Pistolen, habe die Insassen einer abgelegenen Hütte schon durch die bloße Entsetzlichkeit seiner Erscheinung verjagt, sich hernach ihrer Wintervorräte bemächtigt, dieselben in einem Schlitten verstaut und für dessen Vorspann eine große Zahl von Schlittenhunden eingefangen. Danach habe das Ungetüm dieselben angeschirrt und sei noch in der nämlichen Nacht zur großen Freude der schreckgelähmten Dorfbewohner nach Norden davongefahren, und zwar in Richtung aufs Meer. So ward denn allgemein vermutet, dass der Unhold alsbald inmitten des aufbrechenden Eises umkommen oder aber der ewigen Kälte zum Opfer fallen müsse.

Dies angehört, überkam mich für kurze Zeit die hoffnungsloseste Verzweiflung. Nun war er mir doch noch entkommen! Ich aber sah mich dazu verurteilt, alle Not und Gefahr einer nahezu endlosen Reise durch die Eisgebirge des Ozeans auf mich zu nehmen, inmitten einer Kälte, welche die wenigsten der hier lebenden Menschen auf die Dauer zu ertragen vermochten und die ich als ein in freundlichen, sonnigen Klimaten Geborener nimmer hoffen durfte zu überleben. Doch bei dem Gedanken, dass jenes Scheusal am Leben bleiben und triumphieren sollte, kehrte mir aller Ingrimm und Rachedurst erneut zurück und überschwemmte gleich einer mächtigen Woge jede andere Regung. Nach einer kurzen Rast, in deren Verlaufe die Geister der Abgeschiedenen mich umschwebten und mich zu neuen Mühen und neuer Vergeltung anstachelten, schickte ich mich an, die Verfolgung wieder aufzunehmen.

Ich tauschte meinen bisherigen Schlitten gegen einen, welcher die Unebenheiten des gefrorenen Eismeers besser zu überwinden vermochte, und wagte mich, nachdem ich mich aufs Reichlichste mit Nahrungsmitteln versehen hatte, auf die Eisdecke des Ozeans hinaus. Unmöglich zu sagen, wie viele Tage seither verstrichen sind. Doch hab ich inzwischen Entbehrungen erduldet, die zu ertragen mich einzig die mir im Herzen brennende, ewige Gewissheit einer gerechten Vergeltung befähigt haben kann. Immer wieder türmten sich ungeheuere, zerklüftete Eisgebirge vor mir auf und nur zu oft vernahm ich das donnernde Getöse der Grundsee, die mich mit Vernichtung bedrohte. Doch abermals brach die Kälte des Winters herein und ließ mich in Sicherheit vorankommen.

Zufolge der Abnahme meines Mundvorrats muss ich mich etwa drei Wochen so vorangequält haben. Dabei hat die beständige Hinauszögerung der immer wieder in meinem Herzen aufkeimenden Hoffnung mir oftmals die bittersten Zähren der Trauer und des Grams in die Augen getrieben. Schon hatte ja die Verzweiflung sich ihres Opfers bemächtigt und nur zu bald musste ich all meinem Elend erliegen! Einmal, nachdem die armen Zugtiere mich mit unglaublicher Anstrengung auf den Gipfel eines steilen Eisberges hinaufgeschleppt hatten, wobei eines davon unter der Überanstrengung zusammenbrach und verstarb, wollte die unermesslich vor mir sich dehnende Weite mich schon mit Angst erfüllen, als ich urplötzlich eines dunklen Flecks inmitten der verdämmernden Ebene ansichtig ward. Ich strengte meine Augen an, um auszumachen, was ich da vor mir hatte, und stieß einen wilden Entzückungsschrei aus, sobald ich in einem Schlitten die mir wohl bekannte, ungeschlachte Gestalt unterscheiden konnte. Oh, mit welch brennendem Schwalle schoss mir aufs Neue die Hoffnung ins Herz! Heiße Freudentränen verschleierten mir den Blick, ich aber wischte dieselben eilends hinweg, auf dass sie mir nicht die Sicht benähmen, welche ich soeben auf den Dämon gewonnen hatte! Doch blieb das Aug' mir weiterhin getrübt durch die brennenden Zähren, bis ich meinen Gefühlen freien Lauf ließ und laut aufweinte.

Allein, die Stunde duldete keinen Verzug! Ich befreite das Hundegespann von seinem toten Gefährten, warf den Tieren reichlich Nahrung vor, gönnte ihnen auch eine Stunde der absolut erforderlichen, mir aber höchst unwillkommenen Ruhe und setzte dann meine Verfolgung fort. Der Schlitten vor mir war noch immer in Sicht und kam mir nur aus den Augen, wenn die gezackten Formen eines Eisbergs sich zwischen ihn und mich schoben. Ich holte jetzt sichtbarlich auf, und als ich nach einer nahezu zwei Tage währenden Verfolgungsjagd meinen Todfeind nur mehr zwei Meilen vor mir erblickte, schlug mir das Herz bis zum Halse.

Nun aber, da ich fast bis auf Reichweite an meinen Widersacher herangekommen war, wurden all meine Hoffnungen mit einem Mal zunichte gemacht und ich verlor jede Spur von ihm, gründlicher, als dies bisher je der Fall gewesen! Nämlich die Grundsee machte sich plötzlich bemerkbar. Das Donnern der unter mir rollenden und anschwellenden Wogen ward vom einen Moment auf den andern bedrohlicher und von größerer Furchtbarkeit! Ich schlug aus Leibeskräften auf die Hunde ein, doch war's vergebens! Der Wind erhob sich, die See brüllte auf und brachte mit der maßlosen Erschütterung eines Erdbebens und unter ungeheurem Krachen und überwältigendem Toben die Eisdecke zum Bersten! Bald war alles vorüber: Schon wenige Minuten später wogte eine aufgewühlte See zwischen meinem Feinde und mir, der ich allein zurückblieb, treibend auf einer Eisscholle, welche beständig kleiner wurde und mir dergestalt mein grässliches Ende vor Augen führte.

Auf diese Weise verflossen viele fürchterliche Stunden. Mehrere meiner Schlittenhunde verstarben und ich selbst war schon drauf und dran, dem Übermaß meines Kummers zu erliegen, als ich Euer ankerndes Schiff erblickte! Oh, Gestalt gewordene Hoffnung auf Sukkurs und Leben! Nie wäre mir in den Sinn gekommen, dass irgendein Fahrzeug jemals in diese nördlichen Breiten vorstoßen könnte, und so erstaunte mich sein Anblick umso mehr. Sogleich zerlegte ich meinen Schlitten, um mir Ruder anzufertigen, und war so in den Stand gesetzt, mein Floß aus Eis mit unendlicher Anstrengung bis zu Euch zu dirigieren. Zwar war ich entschlossen, im Falle Ihr auf Südkurs wäret, mich lieber auf Gnade und Ungnade der See anzuvertrauen, anstatt von meinem Vorhaben abzustehen, doch hoffte ich, von Euch ein Boot zu erbitten, darin ich hinter meinem Feinde hersetzen könnte. Ihr aber wolltet ebenfalls nach Norden und nahmt den Erschöpften an Bord, der jetzt nur zu bald infolge all der vielfältigen Entbehrungen einem Tod in die Arme sinken wird, den er noch immer fürchtet: Meine Aufgabe, sie ist ja noch immer nicht erfüllt!

Oh! Wann wird mein Schutzgeist mich endlich den Dämon und damit jene Ruhe finden lassen, nach der's mich so innig verlangt! Oder muss ich verderben, indes der andere am Leben bleibt? Trifft dies zu, so schwört mir, teuerster Walton, dass er dennoch nicht entrinnen soll – dass Ihr nach ihm suchen und meine Rache durch seinen Tod erfüllen werdet! Wag ich's denn wirklich, von Euch zu verlangen, an meiner statt die Pilgerschaft auf Euch zu nehmen und all die Entbehrungen zu erdulden, denen ich mich unterzogen habe? Nimmermehr! So eigensüchtig bin ich nicht! Nur eines erbitt ich von Euch: Sollte der Unhold nach meinem Tode sich Eurem Auge zeigen; sollten die Furien der Rache ihn zu diesem Schiffe treiben, so schwört mir, dass Ihr ihn nicht mit dem Leben davonkommen lasst – schwört, dass er nimmer über mein aufgehäuftes Weh triumphieren, dass er nicht überleben soll, um seine Untaten noch fürder zu vermehren! Seine Eloquenz ist groß und voll der Überredungskraft: Einstmals haben seine Worte ja sogar vermocht, mein eigen Herz mit Sanftmut zu erfüllen! Ihr aber dürft ihm nimmermehr Vertrauen schenken! Seine Seele ist ja nicht minder des Teufels, wie seine Erscheinung satanisch ist, und steckt voll Verräterei und höllischer Bosheit! Leiht seinen Worten kein Gehör, sondern stoßt ihm unter Anrufung der Namen meines Wilhelm, meiner Justine, Clervals und Elisabeths, des Namens meines Vaters und nicht zuletzt unter Anrufung des unseligen Viktor Euren Degen ins Herz! Mein Geist wird Euch umschweben und Euch den Arm führen, auf dass Euer Stoß ein unfehlbarer sei!

WALTON, in Fortsetzung seines Briefes

–, den 26. August 17 – –

Du hast, liebste Margaret, nun diese sonderbare und erschreckende Geschichte zu Ende gelesen. Fühlst du nicht dein Blut in dem nämlichen Entsetzen erstarren, welches mir sogar noch jetzt das meine gerinnen macht? Bisweilen vermochte der Erzähler unter dem plötzlichen Ansturm seiner Seelenqual nicht, diesen Bericht fortzusetzen, bisweilen auch konnte er seine Worte nur mühsam und mit gebrochener, doch herzergreifender Stimme hervorwürgen, so sehr drückte ihm die innere Pein das Herz ab. Bald waren seine großen, wunderschönen Augen in Entrüstung entflammt, bald von kummervoller Niedergeschlagenheit verdunkelt, ja erloschen in unsäglichem Elend. Manches Mal bezwang er seine Aufgewühltheit und berichtete mit ruhiger Stimme und unbewegter Miene die schrecklichsten Dinge, dann wieder brach die Wut aus ihm hervor wie der glühende Lavastrom aus einem Vulkan, und er stieß die wildesten Verwünschungen gegen seinen Verfolger aus.

Im Ganzen eignet seiner Erzählung ein logischer Zusammenhang, ihrem Vortrage die treuherzigste Wahrheit. Dennoch darfst du meiner Versicherung glauben, dass die Briefe von Felix und Safie, welche er mir vorgelegt, im Verein mit dem Erscheinungsbilde jenes Monstrums, das wir vom Schiffe aus gesichtet, meinen Glauben an die Wahrheit solchen Berichtes stärker befestigt haben denn alle Beteuerungen, wie ernsthaft und einleuchtend sie immer gewesen sein mögen. So gibt's denn in der Tat solch ein Ungeheuer, so wandelt's denn in Fleisch und Bein über diese Erde! Ich kann nicht länger daran zweifeln, wiewohl Bestürzung und Verwunderung mich ganz konfus machen! Mehrere Male suchte ich, von Frankenstein nähere Einzelheiten über die Schaffung seines Geschöpfes zu erfahren, allein, in diesem Punkte bewahrt er ein unverbrüchliches Schweigen.

»Seid Ihr von Sinnen, mein Freund?«, so frug er. »Seht Ihr denn nicht, wohin solch unbedachte Neugierde Euch führt? Wollt denn auch Ihr der Welt und Euch selbst einen so diabolischen Widersacher schaffen? Gebt Frieden, ich beschwöre Euch, und lasst die Finger davon! Lernt aus meinem Ungemach und wollet nicht noch das Eure befördern!«

Da Frankenstein innegeworden, dass ich mir in Anhörung seiner Geschichte etwelche Notizen gemacht, begehrte er, dieselben zu lesen und versah sie mit allerlei Verbesserungen und Zusätzen, hauptsächlich an jenen Stellen, welche von der Lebensgeschichte des Unholds und den mit ihm geführten Gesprächen handeln. »Wenn Ihr schon meine Erzählung festgehalten habt«, sagte er, »so möchte ich nicht, dass sie unvollständig auf die Nachwelt komme.«

Über dem Anhören dieser befremdlichsten aller Geschichten, welche Menschengeist je ausgesonnen, ist nun eine volle Woche verstrichen. All meine Gedanken, jede Seelenregung, sie sind aufgegangen in der Anteilnahme für meinen Gast, die geweckt ward durch seine Erzählung und sein hochgemutes, vornehmes Gehaben. Könnt ich ihm doch seine Seelenruhe wiedergeben! Allein, vermag ich's denn, solch namenlos elenden, aller Hoffnung und jeglichen Trostes beraubten Menschen zum Leben zu überreden? Oh, nein! Die einzige Freude, die seiner zertretenen Seele noch werden kann, ist die friedvolle Ruhe des Tods. Ein letzter Trost freilich ist ihm verblieben, ein Trost, der recht eigentlich aus der Einsamkeit und dem Fieberwahne kommt: Der Bedauernswerte glaubt ja, dass es keine Wahngebilde sind, wenn er sich im Traume mit seinen teuren Verblichenen unterredet und aus solchem Verkehre Trost für sein Elend oder Ansporn für seine Rache zieht, sondern dass jene Wesen wirklich und wahrhaftig aus dem Jenseits zu ihm kommen! Solcher Glaube verleiht seinen Träumereien einen so feierlichen Ernst, dass sie mich ebenso eindrucksvoll und fesselnd anmuten wie die reinste Wahrheit.

Nicht immer befassen sich unsere Gespräche mit der Geschichte und dem Ungemach meines Gastes. Er zeigt sich ja in jedem Punkte aufs Beste beschlagen und legt ein nahezu unbegrenztes Wissen sowie einen raschen und bohrenden Verstand an den Tag. Seine Beredsamkeit zwingt den Zuhörer in ihren Bann und ich vermag meinen Tränen nimmer zu gebieten, sobald er von einem ergreifenden Begebnis berichtet oder mich zu Mitleid und Liebe hinzureißen sucht. Welch strahlendes Geschöpf muss er in den Tagen seines Wohlergehens gewesen sein, wenn er noch im tiefsten Elend von so göttergleichem Edelmute überströmt! Doch scheint er sich des eignen Wertes nicht minder bewusst zu sein wie der Tiefe seines Sturzes.

»In meinen Jünglingsjahren«, so bekannte er, »glaubte ich mich für Großes ausersehen. Ich war freilich ein empfindsames Gemüt, doch eigneten mir eine kühle Urteilskraft und ein rechnender Verstand, was mich für große Dinge tauglich machte. Dies Gefühl des eigenen Wertes war mir dort ein Ansporn, wo andere unterlegen wären. Mir schien's ja einem Verbrechen gleichzukommen, in unnützer Selbstbeweinung jene Geistesgaben von mir zu werfen, die meinen Mitmenschen vom größten Nutzen sein konnten. Und da ich das Werk betrachtete, das ich vollendet – und es war ja nichts Geringeres denn die Erschaffung eines empfindungs- und vernunftbegabten Wesens –, konnte ich mich nicht mehr mit der großen Schar gemeiniglicher Erfinder gleichsetzen. Indes, solche Selbsteinschätzung, die mir am Anfang meiner Laufbahn eine Stütze gewesen, dient nun einzig dazu, mich noch tiefer in den Staub zu stoßen! All meine Mutmaßungen und Pläne, all meine Hoffnungen sind mir ja unter den Händen zu nichts zerronnen! Gleich dem Erzengel, der da auf die Allmacht aus war, seh ich mich nun auf ewig angekettet im Abgrund der Hölle! War schon meine Einbildungskraft eine überaus lebhafte, so ward sie noch übertroffen von meinem zergliedernden Verstande und meiner Fähigkeit, diese Gaben auch nach Gebühr anzuwenden. Insgesamt flößten ja sie mir erst die Idee zur Schaffung eines Menschen ein, befähigten erst sie mich dazu, dies Vorhaben auch in die Tat umzusetzen. Sogar noch jetzt erfüllt der Gedanke an die Träume, denen ich vor der Vollendung meines Werkes nachgehangen, mich mit Leidenschaft. Im Geiste wandelte ich schon im Himmel, bald frohlockend ob meiner Macht, bald entbrennend in Ansehung ihrer Auswirkungen. Von Kindesbeinen an ward ich ja durchdrungen von weit gespannten Hoffnungen und dem hochgemutesten Ehrgeiz. Allein, wie tief bin ich gefallen! Ach! Hättet Ihr, mein Freund, mich als den gekannt, der ich einst gewesen, Ihr würdet mich in meiner gegenwärtigen Erniedrigung nimmer wieder erkennen! Damals aber wusste mein Herz von keiner Entmutigung und meine hohe Bestimmung, so schien mir, trug mich voran bis zu dem Punkte, da ich abstürzen sollte, um mich nimmermehr zu erheben!«

Soll ich denn wirklich diesen bewundernswerten Menschen verlieren? So sehr hab ich mich nach einem Freunde gesehnt! Stets war ich auf der Suche nach einem Wesen, das Anteil an mir nehmen, das mich lieben würde! Und siehe da, auf diesem weltverlassnen Meere hab ich gefunden, was ich suchte! Allein, ich fürchte, dies ist nur geschehen, das Wertvolle solch eines Menschen zu erkennen und ihn alsbald zu verlieren! Wie gern möcht ich ihn dem Leben wiedergewinnen! Er aber weist jedweden Gedanken daran zurück.

»Ich danke Euch, Walton«, so sagte er, »für alle Freundlichkeit, die Ihr einem so jammervollen Geschöpfe wie mir entgegenbringt. Doch wenn Ihr schon von neuen Bindungen und frischer Zuneigung sprecht, glaubt ihr dann auch daran, dass irgendeine davon die alten ersetzen könnte? Kann denn irgendein Mensch mir jemals wieder das sein, was Clerval mir gewesen? Und welche Frau käme meiner Elisabeth gleich? Selbst wenn unsre Zuneigungen nicht so stark von den besonderen Vorzügen regiert wären, übten die Gespielen der Kindheit doch eine Macht auf unser Gemüt, wie sie kein spätrer Freund mehr zu erringen vermag. Den Gefährten unsrer frühen Tage eignet ja das Wissen um all die kindlichen Anlagen, die, wie sehr sie sich auch im Laufe des Lebens wandeln mögen, doch niemals zur Gänze gelöscht werden. So können solche frühen Weggenossen schon in unsern bloßen Handlungen mit größerer Gewissheit als jeder andere die Lauterkeit unsrer Beweggründe erkennen. Geschwister können einander nimmer des Betruges oder der üblen Handlungsweise verdächtigen, es wäre denn, solche Anzeichen hätten sich schon sehr früh gezeigt. Der Freund aber, wie eng er uns immer verbunden sein mag, schöpft Verdacht. Ich jedoch hatte Freunde mein Eigen genannt, welche mir nicht nur durch Gewohnheit und langes Beisammensein teuer gewesen, sondern um ihrer eignen Verdienste willen! Und wo immer ich bin, tönt mir die sanfte Stimme meiner Elisabeth im Ohr, vernehm ich das traute Gespräch meines teuren Clerval! Nun sind sie tot und dahin und so könnte mich in meiner Vereinsamung nur ein einziges Gefühl dazu bringen, dies Leben weiterhin auf mich zu nehmen: Hätt ich ein hohes Unternehmen, einen Plan im Auge, der für die Menschheit von größtem Nutzen wäre, ich würde weiterleben, ihn zu erfüllen! Indes, dies ist nicht länger meine Bestimmung. Was mir noch zu tun bleibt, ist die Verfolgung und Vernichtung jenes Wesens, dem ich zum Leben verholfen. Dies getan, ist mein Erdenlos erfüllt und ich kann in Frieden sterben.«

2. September

Geliebte Schwester! Ich schreibe dir, umgeben von Gefahr, nicht wissend, ob es mir jemals noch vergönnt sein wird, mein teures England wieder zu sehen und die mir noch teureren Freunde, welche darin wohnen. Ich sehe mich umschlossen von Eisgebirgen, die alles Entkommen unmöglich machen und in jedem Momente mein Schiff mit der Vernichtung bedrohen. Hilfe suchend blicken die wackeren Kerle, welche ich dazu übermocht, mich auf meiner Fahrt zu begleiten, auf mich. Ich aber kann ihnen nicht helfen. Unsre Lage ist aufs Fürchterlichste angespannt, doch haben Mut und Hoffnung mich noch nicht verlassen. Freilich ist mir der Gedanke schrecklich, dass ich es bin, der das Leben all dieser Männer in Gefahr gebracht! Falls wir untergehen, so sind meine aberwitzigen Pläne daran schuld!

Und wie, teuerste Margaret, wird's dann erst in dir aussehen! Du wirst ja nichts von meinem Untergange wissen und in peinvoller Ungeduld meiner Heimkehr entgegenharren! Jahre werden darüber hingehen, Verzweiflung und Hoffnungslosigkeit werden dich überkommen – und dennoch wird dich beständig die Hoffnung quälen! Ach! Geliebtes Schwesterherz, dies trostlose Ausbleiben deiner innigst erwarteten Wunscherfüllung ist mir weitaus schrecklicher denn mein eigener Tod! Indes, du hast ja deinen Ehegemahl und deine allerliebsten Kinder und so magst du wieder glücklich werden. Der Himmel segne dich und gönne dir dein Glück!

Mein unseliger Gast blickt mit der innigsten Anteilnahme auf mich und ist bestrebt mir Hoffnung einzuflößen. Er redet plötzlich, als schiene ihm das Leben ein begehrenswertes Gut, und gemahnt mich daran, dass auch andere Seefahrer, welche sich auf dies nördliche Meer gewagt, oft genug in der nämlichen Bedrängnis gewesen sind. So erfüllt er mir das Herz gegen mein besseres Wissen mit neuem Lebensmut. Sogar das Schiffsvolk erliegt der Macht solcher Überredungskunst: Spricht der Kranke zu den Leuten, so verzweifeln sie nicht länger. Er stachelt ja ihre Energien an, so dass sie in Anhörung seiner Stimme all die riesigen Eisberge ringsum für nichts denn Maulwurfshügel halten, welche der menschlichen Entschlusskraft nimmer Trotz bieten können. Doch sind derlei Gefühle nur von kurzer Dauer und jeder weitere Tag enttäuschter Erwartungen vergrößert die Furcht dieser Männer, so dass ich wahrhaftig schon fürchte, ihre Verzweiflung könnte sie zur Meuterei treiben.

5. September

Soeben hat sich etwas so Ungewöhnliches und Bedeutsames ereignet, dass ich, wiewohl diese Blätter dich kaum jemals erreichen mögen, nicht umhin kann dir davon zu berichten.

Noch immer sind wir von Eisbergen umschlossen, noch immer in der äußersten Gefahr, zwischen den Eismassen zerrieben zu werden. Die Kälte übersteigt jedes Maß und so mancher meiner unglücklichen Gefährten hat inmitten der Ödnis schon sein nasses Seemannsgrab gefunden. Frankensteins Gesundheit verschlechtert sich mit jedem Tage. Zwar erstrahlen seine Augen noch im Fieberglanze, doch ist er aufs Äußerste erschöpft und sinkt bei der geringsten plötzlichen Anstrengung alsbald in eine tiefe Bewusstlosigkeit.

Am Schlusse meines letzten Briefabschnittes habe ich dir von meinen Befürchtungen in Ansehung einer Meuterei gesprochen. Heute Morgen – ich saß an meines Freundes Lager und ließ den Blick auf dem bleichen Antlitz dessen ruhen, der da mit halb geschlossenen Augen und kraftlosen Gliedern vor mir lag –, heute Morgen ward ich von einem Halbdutzend Matrosen aus meinem Brüten geschreckt. Sie begehrten Einlass. Da sie aber eingetreten waren, wandte ihr Sprecher sich an mich und teilte mir mit, er und seine Gefährten seien von der übrigen Mannschaft als eine Deputation zu mir gesandt worden, um eine Forderung zu stellen, die ich billigerweise nicht abschlagen könne. Wir seien vollkommen vom Eise eingeschlossen und würden möglicherweise niemals mehr freikommen. Doch hegten die Leute die Befürchtung, dass ich, im Falle das Eis doch noch nachgeben und uns freie Durchfahrt gewähren sollte, unbesonnen genug sein könnte, den alten Kurs beizubehalten und meine Untergebenen dergestalt nach glücklicher Überwindung der einen Gefahr in eine neue zu führen. Daher müsse man auf der Abgabe meines feierlichen Versprechens bestehen, im Falle unseres Freikommens sogleich auf Südkurs zu gehen.

Ich war ob solchen Ansinnens wie vor den Kopf geschlagen. Mein Mut war ja noch ungebrochen und so hatte ich nicht einmal im Traume ans Umkehren gedacht. Indes, hatte ich denn das Recht oder auch nur die Möglichkeit, dies Begehren zurückzuweisen? Noch zögerte ich mit der Antwort, als Frankenstein, welcher zunächst stille geschwiegen, ja in der Tat viel zu kraftlos geschienen hatte der Szene zu folgen, sich aufrichtete! Seine Augen blitzten und die plötzlich zurückgekehrte Kraft rötete ihm die Wangen. Er wandte sich an die Männer und sprach:

»Was muss ich hören? *Was* begehrt ihr von eurem Schiffsherrn? So leicht ist's also, euch von eurem Pfade abzubringen? Habt ihr nicht selber von einer glorreichen Ausfahrt gesprochen? Was aber hat sie zu einer solchen gemacht? Nicht die Glätte und Ruhe der südlichen Meere, sondern die Schrecken und Gefahren dieser unwirtlichen Breiten! Die Standhaftigkeit, welche ihr aufbringen gemusst, und der Mut, den ihr bewiesen! Der Umstand, dass ihr Gefahr und Tod, welche euch rings umdräuten, so wacker überwunden! Nur dies hat euer Unternehmen bisher zu einem glorreichen und ehrenhaften gemacht. Nur dies hat euch bisher in den Stand gesetzt, späterhin als Wohltäter der Menschheit gerühmt zu werden, als Männer, deren Namen man mit Bewunderung im Munde führt, als diejenigen von Tapferen, welche dem Tod um der Ehre, ja um des Vorteils aller Menschen willen ins Auge gesehen! Und nun, was muss ich erblicken? Im Angesichte der ersten Gefahr oder meinethalben der ersten großen und furchtbaren Mutprobe schreckt ihr zurück und wollt's zufrieden sein, als verächtliche Memmen zu gelten, welche nicht genug Stärke aufgebracht, der Kälte und Gefahr zu trotzen? Ach – als die Hasenfüße gewahrten, dass es draußen kalt sei, kehrten sie an ihre warmen Feuerstellen zurück! Wie! Und zu solchem Ende all die Anstrengungen? So weit nach Norden gesegelt, einzig um eurem Schiffsherrn die Schamröte der Niederlage in die Wangen zu treiben und euch selbst als Feiglinge zu erweisen? Oh, dass ihr doch Männer wäret, nein, mehr denn Männer! Bleibt eurem Vorsatz treu und seid unerschütterlich wie der Felsen! Dies Eis ist lange nicht so fest, wie eure Herzen es sein könnten! Es kann euch nimmer widerstehen und hebt sich hinweg, sobald ihr's ihm gebietet! Kehrt nicht zu euren Lieben zurück mit dem Brandmal der Schande auf euren Stirnen, sondern kehrt heim als Helden, welche gekämpft und gesiegt, welche noch keinem Feinde den Rücken gekehrt haben!«

Dies alles sprach er mit einer von der Vielfalt seiner Empfindungen zutiefst bewegten Stimme, wobei sein Auge erfüllt ward von den erhabensten, heroischesten Visionen. Kann's dich da noch wundernehmen, dass sogar diese Männer eine innere Bewegung verspürten? Sie blickten einander an und keiner brachte ein Wort hervor. Danach sprach ich zu ihnen, indem ich ihnen zuredete, sie mögen sich zurückziehen und das Gehörte in Ruhe überdenken. Im Übrigen würde ich, falls sie durchaus darauf beständen, sie nicht weiter nordwärts führen. Doch sei es meine Hoffnung, dass ihnen nach einigem Nachdenken der Mut zurückkehren werde. So stampften sie denn hinaus und ich wandte mich wieder meinem Freunde zu. Indes, er war in eine nahezu totenähnliche Starre verfallen.

Wie dies alles noch ausgehen mag – ich weiß es nicht. Doch würd ich lieber sterben denn schmachbedeckt zurückkehren, ohne meine Absichten verwirklicht zu haben! Allein, ich fürchte, eben dies wird mein Schicksal sein! Die Männer, welche ja der Stütze allen ruhmreichen und ehrenhaften Denkens entraten, können die gegenwärtigen Entbehrungen wohl niemals aus freien Stücken weiterhin auf sich nehmen!

7. September

Die Würfel sind gefallen: Ich habe eingewilligt, im Falle unseres Freikommens umzukehren. So sind denn meine Hoffnungen an der Feigheit und Zaghaftigkeit anderer zuschanden geworden! Nun komm ich unwissend und zutiefst enttäuscht zurück. Solches Unrecht in Geduld zu tragen – dies bedarf größerer Weisheit, als ich sie besitze!

12. September

Nun hat sich mein Los erfüllt: Ich bin auf der Heimfahrt nach England. Zerronnen sind meine Hoffnungen, der Menschheit von Nutzen zu sein und Ruhm zu erwerben! Und auch den Freund hab ich verloren. Doch will ich versuchen dir, teuerste Schwester, all die bitteren Umstände im Einzelnen zu schildern. Und dieweil's mich ja auf England zutreibt und dir entgegen, will ich nicht kleinmütig werden!

Den neunten September geriet das Eis in Bewegung und, sooft die Eisdecke nach allen Richtungen hin aufgebrochen ward, erscholl's wie fernes, donnerartiges Grollen. Wir schwebten in der höchsten Gefahr. Da wir aber zur Untätigkeit verurteilt waren, wandte ich mein Hauptaugenmerk unserm unglücklichen Gaste zu, dessen Gesundheit sich dermaßen verschlechtert hatte, dass er nun auf Dauer ans Bett gefesselt war. Rings um uns krachte das Eis und ward mit Macht gegen Norden abgetrieben. Ein frischer West kam auf und am Elften war die Südpassage vollkommen frei. Sobald aber die Leute des offenen Fahrwassers und damit des so sichtbarlich unbehinderten Heimweges ansichtig geworden, vollführten sie wahre Freudentänze und brachen in ein lautes, lang anhaltendes Jubelgeheul aus. Frankenstein, der vor sich hingedöst hatte, erwachte darüber und fragte nach der Ursache solchen Aufruhrs. »Sie machen ihrem Entzücken Luft«, versetzte ich, »weil sie in Bälde wieder in England sein werden.«

»So kehrt Ihr denn wahrhaftig um?«

»Mir bleibt, ach, keine andre Wahl! Ich kann mich den Forderungen nicht länger widersetzen, kann meine Leute nicht gegen ihren Willen der Gefahr in die Arme führen! Nein, ich muss umkehren.«

»So tut nach Eurem Willen – doch ohne mich! Ihr mögt immerhin Eurem Vorhaben untreu werden. Mein Ziel aber ist mir vom Himmel vorgezeichnet und so muss ich ihm wohl treu bleiben. Zwar bin ich ganz entkräftet, doch zweifle ich nicht, dass die Geister, welche mir in meiner Rache beistehen, mich alsbald mit der erforderlichen Stärke ausstatten werden.« Dies gesagt, versuchte er von seinem Lager aufzuspringen, doch war die Anstrengung zu groß für ihn: Er fiel zurück und verlor das Bewusstsein.

Es dauerte lange, bis er wieder zu Sinnen kam, und so manches Mal hielt ich sein Leben schon für erloschen. Schließlich aber schlug er doch noch die Augen auf. Er atmete nur mühsam und konnte kein Wort hervorbringen. Der Schiffsarzt verabreichte ihm einen stärkenden Trank und befahl uns, den Kranken nicht länger zu stören. Danach bedeutete er mir, dass mein Freund gewisslich nur mehr wenige Stunden zu leben habe.

So war denn das Todesurteil gesprochen und ich konnte mich bloß noch der gramvollen Geduld hingeben. Ich blieb an des Sterbenden Lager und wandte kein Auge von ihm. Er hielt die Lider geschlossen, so dass ich ihn schlafend wähnte. Indes, alsbald rief er mit schwacher Stimme meinen Namen und bat mich näher zu kommen. »Ach!«, so sprach er. »Die Kraft, auf welche ich vertraut, nun ist sie dahin. Schon fühl ich den kalten Anhauch des Todes. Jener andre aber, mein Feind und Verfolger, mag noch immer unter den Lebenden weilen. Ihr müsst nicht denken, Walton, dass ich in den letzten Augenblicken meines Erdenwallens noch immer den brennenden Hass und glühenden Rachedurst verspüre, welchen ich einstmals in Worte gekleidet. Allein, ich fühle mich gerechtfertigt in dem Verlangen nach dem Tode meines Widersachers. Während dieser letzten Tage war ich damit befasst, mein vergangnes Leben zu überdenken. Ich kann nichts Tadelnswertes daran finden. In einem Anfall aberwitziger Begeisterung schuf ich eine vernunftbegabte Kreatur, der ich freilich, soweit dies in meinen Kräften gestanden, zu Glück und Wohlbefinden hätte verhelfen müssen. Jawohl, dies wär meine Pflicht gewesen, doch war da auch die andre, noch größere Verpflichtung, nämlich diejenige gegen meine Mitmenschen. Sie aber erforderte mein Hauptaugenmerk, da hier weit mehr Glückes oder Ungemachs auf dem Spiele stand. Unter solchem Aspekte weigerte ich mich, und dies zu Recht, meinem ersten Geschöpfe ein zweites als Gefährtin beizugeben. Hat er denn nicht in all seinen Übeltaten eine Bosheit und Selbstsucht ohnegleichen an den Tag gelegt? Hat er denn nicht meine Freunde hingemordet? Hat er nicht Geschöpfe dem Untergange geweiht, welche von den trefflichsten Empfindungen, von Glück und Weisheit erfüllt waren? Weiß ich denn, wo sein Rachedurst Halt machen wird? Wie elend dies Monstrum auch sein mag, so muss es dennoch sterben, auf dass es nicht andere ebenso elend mache! In meine Hände ward's gelegt, es zu zerstören, allein, ich hab versagt. In einem Anfalle von Eigensucht und verwerflichen Motiven verlangte ich von Euch, dass Ihr mein Werk vollenden möget. Nun aber, da einzig Vernunft und Tugend mich leiten, erneure ich diese meine Bitte.

Indes, ich kann von Euch nicht fordern Heimat und Freunde zu verlassen um der Erfüllung dieser Aufgabe willen. Da Ihr nun aber nach England zurückkehrt, werdet Ihr kaum noch Gelegenheit haben, auf jenen Unhold zu stoßen. Doch stelle ich die Erwägung dieser Gesichtspunkte und die gerechte Erörterung dessen, was Ihr für Eure Pflicht haltet, Euch selbst anheim. Meine Urteilskraft und mein Denken sind ja schon vom herannahenden Tode getrübt. So wag' ich's nimmer, von Euch zu verlangen, was ich für richtig halte, dieweil ja noch immer meine Leidenschaften mich missleiten mögen.

Dass mein Widersacher als ein Werkzeug des Unheils weiterleben soll, lässt mir keine Ruhe. Anderseits ist diese Stunde, darin ich in jedem Momente meine Erlösung erwarte, die einzig glückliche, welche ich seit Jahren voll Freude herbeigesehnt habe. Schon umschweben mich ja die Gestalten meiner teuren Toten und ich eile, mich in ihre Arme zu werfen! Lebt wohl, Walton! Sucht Euer Glück in der Beschaulichkeit, geht allem Ehrgeiz aus dem Wege, und wär's auch nur der so augenfällig unschuldige, Euch in den Wissenschaften oder Entdeckungen hervorzutun! Allein, wie kommt's mir zu, solches zu sagen! Bin ich gleich selbst in meinen Hoffnungen gescheitert, so mag doch einem andern mehr Glück beschieden sein!«

Dieweil er so zu mir geredet, war seine Stimme immer schwächer geworden, bis er von der Anstrengung erschöpft verstummte. Etwa eine halbe Stunde später wollte er aufs Neue etwas sagen, brachte aber keinen Laut mehr hervor. Mit kraftlosem Drucke umfasste seine Rechte die meine. Dann schlossen seine Augen sich für immer, dieweil der Schimmer eines sanften Lächelns über seine Lippen huschte – und verschwand.

Margaret! Was bleibt mir noch zu sagen im Angesichte des unzeitigen Verlöschens so strahlenden Geistes? Wie fang ich's an, dir die Tiefe meiner Trauer begreiflich zu machen? All meine Worte, sie würden nicht ausreichen, sie wären zu schwach. So lass ich meinen Tränen freien Lauf, dieweil mir doch der Geist verdüstert ist durch die lastende Wolke der Enttäuschung! Indes, nun geht's ja heimwärts gegen England und so mag dortselbst ich Trost und Zuspruch finden.

Ich werde unterbrochen. Was hat der Lärm zu bedeuten?

Soeben ist's Mitternacht geworden. Der Wind ist günstig, und die Deckwache kaum zu hören. Da – wieder! Wie eine Menschenstimme klingt's, nur rauer! Es kommt aus der Kabine, darin Frankensteins irdisches Teil noch immer ruht. Ich muss hinüber, mich zu überzeugen! Gute Nacht denn, Schwesterherz!

Allmächtiger! Welch eine Szene hat sich mir vor Augen soeben abgespielt! Mich schwindelt's, wenn ich daran denke! Ich weiß nicht, woher ich die Kraft nehmen soll, dir den Vorfall im Einzelnen zu schildern. Doch wär das Wunderbare, das ich dir berichtet, ohne rechtes Ende, verschwieg ich dir diese letzte, schicksalhafte Begegnung.

Ich betrat die Kabine, darin die sterblichen Überreste meines unseligen und doch so bewundernswerten Freundes ruhen. Eine Gestalt stand über dieselben gebeugt, die zu beschreiben ich nach Worten ringe. Von riesenhafter Statur, war sie dennoch ungefüg und verzerrt in ihren Proportionen. Wie der Unbekannte sich so über den offenen Sarg neigte, verhüllten lange, zottige Haarsträhnen sein Antlitz. Doch konnte ich eine gewaltige, ausgestreckte Hand erblicken, welche in Farbe und Beschaffenheit derjenigen einer Mumie glich! Sobald der Eindringling meine Schritte vernahm, ließ er von seinen Grames- und Entsetzensrufen ab und stand mit einem Sprunge am Fenster. Niemals in meinem Leben hab ich etwas so Schauerliches erblickt wie dies Gesicht in all seiner ekelhaften und doch so furchteinflößenden Grässlichkeit! Gegen meinen Willen musste ich die Augen schließen, während ich versuchte, mir über meine Pflichten in Ansehung dieses Würgengels klar zu werden. »Steh!«, rief ich ihm zu.

Er hielt inne und maß mich mit erstauntem Blicke. Gleich darauf aber, indem er sich aufs Neue der leblosen Gestalt seines Schöpfers zuwandte, schien er meiner Gegenwart vollkommen vergessen zu haben, denn jeder Zug seines Gesichtes, jede Bewegung, die er vollführte, sie schienen regiert von einer zur höchsten Raserei angestachelten, unbezähmbaren Leidenschaftlichkeit.

»Nun ist auch dieser da mir zum Opfer gefallen!«, so rief er. »Und mit seiner Ermordung sind meine Untaten abgeschlossen! Die Elendskette meines Erdenwallens, nun ist sie abgelaufen bis zu ihrem Ende! O Frankenstein! Großherziges, dem eignen Untergang verschriebenes Wesen! Was tut's, dass ich dich nun um Vergebung bitte? Ich, der ich dich so unwiderruflich und Stück um Stück vernichtet habe, indem ich einen um den andern diejenigen ausgelöscht, welche du geliebt! Ach! Da liegt er nun so kalt und starr und kann mir nimmer Antwort geben!«

Die Stimme erstarb ihm. Und mein erster Antrieb, welcher mich an die Pflicht gemahnt hatte, meines toten Freundes letzte Bitte zu erfüllen, indem ich seinen Feind vernichtete, ward nun verdrängt durch ein zwischen Neugierde und Mitleid schwankendes Gefühl. Ich trat auf dies ungeheuerliche Wesen zu, wagte aber nicht meinen Blick erneut zu dem fürchterlichen Antlitz zu erheben, so beängstigend, ja unirdisch war es in seiner Hässlichkeit. Ich setzte zur Rede an, indes, die Worte erstarben mir auf den Lippen. Das Monstrum aber fuhr fort die wildesten, unzusammenhängenden Selbstvorwürfe auszustoßen. Schließlich hatte ich mich so weit in der Gewalt, dass ich in einer Atempause solchen Wirbelsturmes der Leidenschaft zu Worte kommen konnte. »Deine Reue«, so sprach ich, »kommt zu spät! Hättest du beizeiten der Stimme des Gewissens gelauscht und auf dein bessres Ich gehört, noch eh du deine satanische Rache bis zu ihrem äußersten Punkte vorangetrieben – Frankenstein könnte noch unter den Lebenden wandeln!«

»Du träumst!«, versetzte da der Dämon. »Wie kannst du glauben, ich wäre damals taub gewesen gegen alle Seelenpein und Reue? Der da«, so fuhr er fort, indem er auf den

Leichnam wies, »er hat in der Vollstreckung meiner Taten nicht den hundertsten, ach, nicht den tausendsten Teil jener Seelenqual empfunden, die mir im Verlaufe so langwierigen Geschäftes auferlegt gewesen! Ich war ja vorangepeitscht von einer fürchterlichen Eigensucht, dieweil Gewissensbisse mir das Herz zernagten! Glaubst du denn wirklich, Clervals ersticktes Röcheln sei mir Musik gewesen in den Ohren? Mein Herz, es war geschaffen, Anteil zu nehmen, Liebe zu empfinden! Und da es durch mein Ungemach zu Lasterhaftigkeit und Hass verbogen worden, vollzog sich solcher Wandel unter Qualen, die deinen schlimmsten Fantasien spotten!

Nachdem ich Clerval erwürgt hatte, kehrte ich ins Schweizerland zurück, gebrochenen Herzens und vom Mitleid überwältigt. Ich beklagte Frankenstein und mein Mitgefühl nahm in so entsetzlichem Maße zu, dass ich den größten Abscheu vor meinen Untaten empfand. Da ich aber gewahren musste, dass er, der Urheber sowohl meiner Existenz als auch ihrer unsäglichen Martern, es wagte, nach Glückseligkeit zu streben; dass er, dieweil er Elend und Verzweiflung auf mich häufte, der eigenen Lustbarkeit in leidenschaftlichen Gefühlen nachging, von deren Genusse ich für immer ausgeschlossen war: Da ich dies gewahren musste, erfüllten ohnmächtiger Neid und bitterste Enttäuschung mir das Herz mit unersättlichem Rachedurste! Ich gedachte meiner Drohung und beschloss dieselbe unverzüglich in die Tat umzusetzen. Zwar wusst' ich nur zu gut, dass ich drauf und dran war, mir dergestalt die tödlichsten Qualen zu bereiten, allein, ich war ja nicht mehr Meister, ich war der Sklave eines innern Antriebs, den ich verabscheute und doch nicht von mir weisen konnte. Wenn sie nun stürbe! Ha! Ihr Tod, er musste das Ende meines Jammers bedeuten! Ich hatte alle Empfindung in mir ausgelöscht, allen Seelenschmerz unterdrückt, nur um mich der ganzen Wut meiner Verzweiflung hinzugeben. So ward das Übel mir zum einzigen Gut. Vorangetrieben bis zu diesem Punkte, verblieb mir keine andere Wahl, denn meine ganze, innere Natur auf etwas einzustellen, dem ich mich aus freien Stücken anheim gegeben. So ward mir der Vollzug meiner dämonischen Bestimmung zur unstillbaren Leidenschaft. Nun bin ich damit zurande – hier liegt mein letztes Opfer!«

Zunächst hielt die Beredtheit, mit der dieser Unhold sein Elend geschildert, mich im Innersten gepackt. Indes, sobald ich mir ins Gedächtnis rief, was Frankenstein in Ansehung der Macht solcher zungengewandten Überredungskunst gesagt, und sobald ich meinen Blick neuerlich auf des Freundes lebloser Gestalt ruhen ließ, entzündete sich meine Entrüstung zum andern Mal. »Nichtswürdiger!«, so rief ich. »Reizend steht's dir zu Gesichte, hierher zu kommen und das Unglück, das du selber angerichtet, zu bejammern! Du wirfst die Brandfackel in die Behausungen der Menschen und sitzest danach inmitten von rauchenden Trümmern, um die Zerstörung zu beweinen! Oh, du satanischer Heuchler! Lebte jener noch, den du beklagst, er war wie eh und je der Gegenstand deines Hasses und fiele aufs Neue deinem fluchwürdigen Rachegelüst zur Beute! Nicht Mitleid ist's, was du empfindest: Dein Lamentieren gilt ja bloß dem Umstand, dass dies Opfer deiner Bosheit nunmehr dem Zugriff deiner Macht entrückt ist!«

»Nimmermehr – oh, nein, dies trifft nicht zu!«, unterbrach mich da dies Geschöpf. »Wiewohl du ja meine Handlungsweise in keinem andern Licht erblicken kannst. Doch suche ich kein mitfühlend Herz in meinem Leide. Mir ist's auf immer versagt, Anteilnahme zu finden. Da ich sie erstmals gesucht, war's noch in aller tugendhaften Liebe, war's in dem heißen Wunsche, die Menschen teilhaben zu lassen an all den Gefühlen der Glückseligkeit und Zuneigung, von denen mein ganzes Wesen überströmte! Nun aber, da mir alle Tugenden zu Schatten geworden, da mir Glückseligkeit und Zuneigung in bittre und ekelhafte Verzweiflung umgeschlagen sind, auf welche Weise sollte ich noch Anteilnahme finden? So bin ich's denn zufrieden, in Einsamkeit all meine Leiden zu ertragen und nach dem Hinscheiden mein Andenken mit Abscheu, Schimpf und Schande beladen zu sehen. Einst träumte ich von Tugend,

Ruhm und Freude, ja, gab mich der trügerischen Hoffnung hin, auf Wesen zu treffen, welche um meiner inneren Vortrefflichkeit willen über meine äußere Ungestalt hinwegsehen und mich lieben würden. Durchdrungen war ich von hoher, ehrenhafter, hingebungsvoller Denkungsart. Nun aber haben Untat und Verbrechen mich noch tiefer sinken lassen als jedes Tier! Wo ist die Schuld, wo das Ungemach, wo die Bosheit und das Elend, welche den meinen gleichkämen? Im Angesicht der grauenvollen Reihe meiner Sünden vermag ich nicht länger zu glauben, dass auch ich ein Wesen war, dessen Denken erfüllt gewesen von den trefflichsten, erhabensten Visionen der Schönheit und von der Majestät des Guten. Und dennoch, dies alles ist nur zu wahr! Der gefallene Engel, er ward zum boshaften Teufel! Nur, dass sogar jener Erzfeind Gottes und aller Menschen noch Freunde und Genossen in seiner Verzweiflung gefunden, dieweil ich ganz allein und verlassen bin!

Du, der du dich einen Freund Frankensteins nennst, scheinst um meine Untaten und Missgeschicke zu wissen. Doch konnt er dir mit allen Einzelheiten nicht das volle Elend jener Tage, Wochen und Monate vermitteln, welches ich in ohnmächtigem Erleiden auf mich zu nehmen hatte. Konnt ich denn in der Zerstörung seiner Hoffnungen die Erfüllung meiner eigenen Begierden finden? Oh, nein! Sie brannten nicht minder sehnsuchtsvoll in mir fort! Noch immer verlangte mich's ja nach Liebe und Gemeinschaft – noch immer ward dies Verlangen mit Füßen getreten! Solches Los, es soll gerecht gewesen und einzig ich der Übeltäter sein, wo doch alle Menschheit sich an mir versündigt hat? Warum gilt denn dein Hass nicht jenem Felix, der seinen Freund mit Schimpf und Schande von der Schwelle gejagt? Was fluchst du denn nicht jenem Landmanne, der dem Retter seines Kindes nach dem Leben getrachtet? Doch nein, sie alle sind ja tugendhafte, fleckenlose Wesen! Nur ich, der jammervolle und Verlassne, ich bin die Ausgeburt, die man mit Füßen stößt, bin der Getretene, den man zu Tode trampelt! Noch jetzt bringt der Gedanke mir das Blut zum Kochen!

Ich bin ein Scheusal, dies ist nur zu wahr. Die Arg- und Hilflosen hab ich gemordet, im Schlafe hab die Unschuld ich erwürgt, hab jenem, der mir nichts getan, nicht mir und keinem andern Lebewesen, die Gurgel zugeschnürt! Und noch den Schöpfer meines eignen Lebens hab ich dem Untergang geweiht, ihn, diesen Auserwählten unter allen, die der Bewunderung und der Liebe wert sind! Verfolgt hab ich ihn bis zu diesem unabänderlichen Ende! Hier liegt er vor mir, bleich und kalt im Tode. Ich weiß, du hassest mich, und dennoch kommt dein Abscheu auf keine Weise dem Entsetzen gleich, mit dem ich selber auf mein Leben schaue! Ich blick auf diese blutbefleckten Hände, denk an das Herz, das all dies ausgeheckt, und sehn den Augenblick herbei, da diese Hände mir die Augen decken und solche Bilder mich nicht mehr verfolgen!

Du musst nicht fürchten, dass ich mich zum Werkzeug eines weitren Unheils mache! Mein Werk ist nahezu getan. Dein Tod ist nicht mehr nötig, so wenig wie der Tod von andern Menschen, mein Leben zu erfüllen, die Reihe meiner Taten abzuschließen! Was fehlt, ist einzig noch mein eignes Ende. Glaub nicht, dass ich noch lange zögern werde! Das mich hierher gebracht, das Floß von Eis, noch liegt's an deinem Schiffe: Denn so, wie ich gekommen, will ich von hinnen gehen! Das Eis soll mich zum Eis des Nordpols tragen, wo ich den Scheiterhaufen mir errichte, um diesen ungestalten Leib zu Asche zu verbrennen! Und nichts davon soll übrig bleiben, nicht der geringste Rest soll Kunde von mir geben, auf dass vermessne, unheilige Neugier nicht abermals auf den Gedanken komme, ein Wesen, das mir gleicht, hervorzubringen! Ich werde sterben – werde dann nicht länger die Qualen spüren, die mich jetzt verzehren, noch auch die Beute von Gefühlen sein, die nimmermehr befriedigt werden können. Der mich ins Leben rief, nun ist er tot. Und bin's auch ich, so wird's nicht lange währen, bis unser beider Angedenken stirbt! Nicht länger werde ich die Sonne schauen, der Schein der Sterne wird sich mir verdunkeln, kein Wind wird mir hinfort die Wangen kühlen. Ach, all mein Fühlen, Denken, all mein Trachten, es wird entschwinden mit dem Licht des Tags und nur im Tode kann ich Frieden finden. Und doch, nur wenige Jahre ist es her, dass ich die Welt und ihre holden Bilder mit Lust geschaut, dass ich des Sommers lebensvolle Wärme empfunden, im Ohr nur Waldesrauschen und süßen Vogelschall! Dies war mein Ein und Alles und der Gedanke an den Tod trieb mir die Tränen in die Augen. Jetzt aber ist der Tod mein einziger Trost. Befleckt von Untat und zernagt von Reue, wo soll ich Frieden finden, wenn nicht dort?

Leb wohl! In dir nehm ich ja Abschied von dem letzten Menschenwesen, das diese Augen je erblicken werden. Leb wohl auch, Frankenstein! Ach, wärst du noch am Leben und immer noch vom Rachedurst erfüllt, an meinem Tode läge dir nicht länger, nun würdest du zum Leben mich verdammen! Doch war's nicht Rache, die dich dazu trieb, das Werk der eignen Hände auszutilgen: Es war nur Angst vor weitrer Missetat! Und selbst, wenn du auf irgendeine Weise, die auszusinnen mir nicht möglich ist, auch weiterhin des Fühlens mächtig wärest, du könntest nimmer jenen Groll empfinden, den ich nun gegen mich empfinden muss. Wie elend ich dich immer auch gemacht, stets überstieg mein eigner Schmerz den deinen! Ach, unablässig wird die bittre Reue mit ihrem Stachel mir das Herz zerfleischen und erst der Tod wird solche Wunde schließen!

Doch nur zu bald«, so rief in feierlicher und düsterer Begeisterung er aus, »werd ich nicht länger fühlen, was ich fühle! Dann wird der Brand in mir erloschen sein. So will den Scheiterhaufen ich besteigen und triumphierend jubeln in der Qual der Flammen, welche meinen Leib verzehren! Und da der Feuerbrand zusammensinkt, mag meine Asche übers Meer verwehen. Dann wird wohl auch mein Geist in Frieden schlafen, und bleibt mein Denken dennoch wach, so ist's ein andres Denken! Leb wohl!«

Dies gesagt, schwang er sich durch das Fenster der Kabine auf sein Floß aus Eis hinab, welches noch immer an der Bordwand lag. Alsbald ward er von den Wogen hinweggetragen und verschluckt von Dunkel und Ferne.

Bram Stoker

# Dracula

Ein Vampirroman

# Erstes Kapitel

## *Jonathan Harkers Tagebuch*

*Stenogramm*

Bistritz, 3. Mai. – München ab am 1. Mai 8.35 abends. Wien am frühen Morgen des nächsten Tages; sollte eigentlich 6.46 ankommen, der Zug hatte aber eine Stunde Verspätung. Budapest scheint eine herrliche Stadt zu sein, soweit ich es aus dem Waggon und in der kurzen Zeit, die mir zu einem Spaziergang zur Verfügung stand, beurteilen konnte. Ich fürchtete nämlich, mich allzu weit vom Bahnhofe zu entfernen, da wir so spät angekommen waren und jedenfalls so pünktlich als möglich abfahren würden. Der Eindruck war der, dass man den Okzident verlassen und den Orient betreten hatte; die westlichste der prächtigen Brücken über die Donau, die hier eine beträchtliche Breite und Tiefe aufweist, versetzte einen jedenfalls mitten in die Zeit der Türkenherrschaft.

Wir fuhren rechtzeitig ab und kamen nach Einbruch der Nacht nach Klausenburg. Ich wohnte im Hotel Royal. Zum Diner oder vielmehr Souper aß ich ein Huhn, das mit rotem Paprika zubereitet war; sehr schmackhaft, aber dursterregend (Anm. Rezept für Mina verlangen). Auf meine Frage sagte mir der Kellner, man nenne es »Paprikahend'l!« und ich würde es, da es Nationalgericht sei, überall in den Karpaten bekommen. Mein bisschen Deutsch kam mir hier sehr zustatten; ich wüsste nicht, wie ich ohne es durchgekommen wäre.

Da mir in London noch einige Zeit zur Verfügung stand, hatte ich das Britische Museum besucht und mich dort unter den Büchern und Karten über Transsylvanien unterrichtet, da ich hoffte, einige Vorkenntnisse würden mir für den Verkehr mit einem Edelmann des Landes jedenfalls von Nutzen sein. Der Distrikt, den er mir nannte, liegt im äußersten Osten des Landes, da, wo sich die Grenzen dreier Staaten, Transsylvanien, Moldau und Bukowina treffen, mitten in den Karpaten. Einen genauen Anhaltspunkt für die Lage des Schlosses Dracula konnte ich jedoch nicht finden, da die Karten dieses Landes mit denen unserer Landesvermessung nicht zu vergleichen sind, aber ich fand, dass Bistritz, die Poststation, die mir Graf Dracula genannt hatte, ein ziemlich bekannter Platz ist. Ich will einige meiner Notizen hier eintragen; sie sollen mir als Anhalt dienen, wenn ich mit Mina über meine Reisen plaudern werde.

Die Bevölkerung Transsylvaniens setzt sich aus vier verschiedenen Nationalitäten zusammen: die Sachsen im Süden und gemischt mit ihnen die Walachen, Nachkommen der Daker; die Magyaren im Westen und die Szekler im Osten und Norden. Ich gehe zu den Letztgenannten, die von Attila und den Hunnen abstammen sollen. Das mag sich wohl so verhalten; denn als die Magyaren im elften Jahrhundert das Land eroberten, fanden sie die Hunnen dort ansässig. Ich las, dass jeder nur erdenkliche Aberglaube dort unten in dem hufeisenförmigen Zuge der Karpaten zu Hause sei, als sei dort das Zentrum eines Wirbels abergläubischer Vorstellungen. In dieser Beziehung wird mein Aufenthalt wohl viel des Interessanten bieten. (Anm. Ich muss den Grafen darüber befragen.)

Ich schlief nicht gut, obgleich mein Bett bequem war, denn ich hatte alle möglichen verworrenen Träume. Vielleicht war ein Hund die Ursache, der die ganze Nacht unter meinem Fenster heulte, oder der Paprika war schuld; ich hatte alles Wasser in meiner Karaffe ausgetrunken und war doch immer noch durstig. Gegen morgen schlief ich endlich ein und erwachte erst auf heftiges Klopfen an meiner Türe, woraus ich schließe, dass ich sehr fest geschlafen haben muss. Zum Frühstück aß ich wiederum Paprika; eine Suppe von Maismehl, welches sie »Mamalika« nennen, und Eierfrüchte mit einem Füllsel von gehacktem Fleisch, die »Impletata«. (Anm. Auch hiervon das Rezept verlangen.) Ich musste sehr rasch frühstücken, denn mein Zug ging kurz vor 8 Uhr, d. h., er sollte zu dieser Zeit gehen; aber als ich mich um 7.30 auf der Station einfand, musste ich fast eine Stunde im Wagen sitzen, bis endlich die Abfahrt erfolgte. Mir scheint es, als gingen die Züge um so unpünktlicher, je weiter man nach Osten kommt; wie mag es da erst in China sein?

Den ganzen Tag bummelte der Zug durch eine äußerst reizvolle Gegend. Manchmal sahen wir kleine Schlösser und Türme auf steilen Hügeln, ganz wie man sie in alten Chroniken abgebildet sieht; zuweilen passierten wir Flüsse und Bäche, die, nach den breiten Geröllstreifen auf beiden Seiten zu schließen, wohl häufig aus ihren Ufern treten. Viel reißendes Wasser muss ein Fluss mit sich führen, wenn er die äußeren Uferseiten seiner Windungen mit sich reißt.

Auf jeder Station lungerten größere oder kleinere Gruppen von Eingeborenen in allen möglichen Trachten herum. Einige von ihnen glichen ganz den Bauern, wie ich sie zu Hause oder auf meiner Reise durch Deutschland und Frankreich gesehen hatte. Kurze Jacken, runde Hüte und Hosen aus hausgewebtem Tuch. Andere sahen wieder sehr malerisch aus. Die Frauen machten einen hübschen Eindruck, jedoch nur in der Entfernung, denn sie waren sehr plump um die Hüften. Sie hatten alle weite Ärmel; die meisten von ihnen trugen breite Gürtel, von denen Streifen herunterflatterten, Ballettkleidern ähnlich, nur hatten sie ohne Zweifel Unterröcke an. Am seltsamsten sahen die Slowaken aus, barbarischer als alle andern, mit ihren mächtigen Cowboyhüten, weiten schmutzigweißen Pluderhosen, weißen Leinenhemden und ungeheuren, schweren, fast einen Fuß breiten Ledergürteln, die über und über mit Messingnägeln besetzt waren. Sie trugen hohe Stiefel, in welche sie die Hosen gesteckt hatten, und zeichneten sich durch langes schwarzes Haar und große schwarze Schnurrbärte aus. Sie machen zwar einen malerischen, aber nicht sehr Vertrauen erweckenden Eindruck. Auf den Stationen hockten sie beieinander wie orientalische Räuberbanden, sind aber, wie mir gesagt wurde, äußerst harmlos und selbstzufrieden.

Die Dämmerung war hereingebrochen, als wir in Bistritz, einer alten, interessanten Stadt, ankamen. Sie liegt hart an der Grenze – von hier aus führt der Borgopass in die Bukowina – und hatte demgemäß eine sehr stürmische Vergangenheit, von der sie noch heute Spuren trägt. Vor fünfzig Jahren hatten ungeheure Feuersbrünste dort gewütet, fünfmal war sie ein Raub der Flammen geworden. Gleich zu Beginn des 17. Jahrhunderts wurde sie drei Wochen lang belagert und verlor 13.000 Einwohner, da außer den Gefechten auch noch Hunger und Seuchen viele Opfer forderten.

Graf Dracula hatte mir geraten, im Hotel Goldene Krone zu übernachten, einem Haus nach altem Stil – zu meiner Freude, da ich so viel als möglich von dem sehen wollte, was das Land bietet. Ich wurde offenbar erwartet, denn als ich eintrat, traf ich eine ältere, gutmütig aussehende Frau in dem gewöhnlichen landesüblichen Kostüm. Weißes Unterkleid mit langer doppelter, hinten und vorne herunterhängender Schürze aus buntem Tuch, die allerdings zu knapp anlag. Als ich näher trat, machte sie einen Knicks und sagte: »Der Herr Engländer?« »Ja«, sagte ich, »Jonathan Harker.« Sie lächelte und gab einem ältlichen Mann in weißen Hemdärmeln, der ihr bis zur Türe gefolgt war, einen Auftrag. Er ging, kam aber gleich darauf mit einem Briefe in der Hand wieder zurück:

»Mein Freund! Willkommen in den Karpaten. Ich erwarte Sie mit Ungeduld. Schlafen Sie wohl für heute. Um drei Uhr morgens geht die Postkutsche nach der Bukowina, ein Platz ist für Sie reserviert. Am Borgopass wird mein Wagen Sie erwarten und zu mir bringen. Ich hoffe, dass Sie eine gute Reise von London bis hierher hatten und dass Sie sich Ihres Aufenthaltes in meiner herrlichen Heimat freuen mögen.

Ihr Freund Dracula

4. Mai. – Ich brachte in Erfahrung, dass der Wirt einen Brief des Grafen erhalten hatte, der ihn beauftragte, den besten Platz in der Postkutsche zu belegen; als ich ihn über Details

ausfragen wollte, wurde er jedoch zurückhaltend und gab vor, mein Deutsch nicht zu verstehen. Das konnte nur eine Ausrede sein, denn bisher hatte er es verstanden; wenigstens schien es so, denn auf alle meine Fragen war mir stets eine genaue Antwort zuteil geworden. Er und seine Frau, die alte Dame, die mich empfangen hatte, sahen sich erschrocken an. Als ich ihn fragte, ob er den Grafen Dracula kenne und mir etwas von dessen Schloss erzählen wolle, bekreuzigten sich beide und brachen einfach das Gespräch ab, indem sie sagten, sie wüssten nichts davon. Es war nur mehr wenig Zeit bis zur Abreise, so dass ich nicht mehr fragen konnte; übrigens war die Sache recht geheimnisvoll und wenig erfreulich für mich.

Kurz bevor ich wegging, kam die alte Dame zu mir aufs Zimmer und sagte in hysterischem Ton: »*Müssen* Sie denn hingehen, junger Herr? Müssen Sie denn wirklich gehen?« Sie war dermaßen erregt, dass sie das wenige Deutsch, das sie konnte, vergessen zu haben schien, denn sie mischte es mit Worten einer anderen Sprache, die ich absolut nicht verstand. Ich konnte ihr nur folgen, indem ich viele Fragen stellte. Als ich ihr aber sagte, dass ich gehen müsse und dass wichtige Geschäfte mich riefen, fragte sie wieder:

»Wissen Sie denn, was heute für ein Tag ist?« Ich antwortete, es wäre der 4. Mai. Sie schüttelte den Kopf und sagte wieder: »O ja, ich weiß, ich weiß; aber wissen Sie denn nicht, was für ein Tag heute ist?« Als ich verneinte, fuhr sie fort:

»Es ist St. Georgsnacht; wissen Sie nicht, dass, wenn die Uhr heute Mitternacht schlägt, alle bösen Dinge in der Welt freien Lauf haben? Wissen Sie, *wohin* Sie gehen und zu wem Sie gehen?«

Sie war so verstört, dass ich den Versuch machte sie zu trösten, aber vergebens. Schließlich warf sie sich auf die Knie und flehte mich an, nicht zu gehen, wenigstens meine Abfahrt um einen oder zwei Tage zu verschieben. Es war zu lächerlich, das alles, aber dennoch fühlte ich mich unbehaglich. Auf alle Fälle hatte ich meinen Geschäften nachzukommen und nichts durfte mich davon abhalten. Ich versuchte sie aufzuheben, und sagte so ernst ich konnte, dass ich ihr sehr dankbar sei, dass ich aber gehen müsse, da meine Pflicht es gebiete. Sie erhob sich dann, trocknete ihre Tränen und gab mir dann ein Kruzifix, das sie von ihrem Halse genommen. Ich wusste nicht recht, was ich damit anfangen sollte, denn als Mitglied der Englischen Staatskirche hatte ich gelernt, solche Dinge als mehr oder minder götzendienerisch anzusehen; ich brachte es aber auch nicht übers Herz, das Geschenk der alten Frau, die es so gut mit mir meinte und sich in einer solchen Erregung befand, zurückzuweisen. Vermutlich sah sie mir diese Zweifel am Gesicht an, denn sie legte mir den Rosenkranz um den Hals und sagte: »Um Ihrer Mutter willen.« Dann ging sie aus dem Zimmer. Ich schreibe diesen Teil meines Tagebuches, während ich auf die Post warte, die sich ohne Zweifel verspätet hat. Der Rosenkranz hängt noch um meinen Hals. Waren es die Befürchtungen der alten Frau, ich weiß nicht, aber ich fühlte mich nicht so zuversichtlich wie sonst. Wenn dieses Buch Mina vor mir erreichen sollte, so möge es ihr meine Abschiedsgrüße bringen. Da kommt der Wagen!

5. Mai. – Das Schloss. – Die graue Morgendämmerung ist vergangen und die Sonne steht schon weit über dem Horizont, der von Bäumen oder Hügeln – ich kann es nicht erkennen, da sich Nahes und Fernes unterschiedslos von ihm abhebt – wie ausgezackt erscheint. Ich bin nicht schläfrig, und so schreibe ich natürlich einstweilen, bis der Schlaf kommt. Es sind so viele seltsame Dinge, die ich da berichten muss, dass es dem, der diese Aufzeichnungen liest, vielleicht vorkommen wird, als hätte ich vor meiner Abreise von Bistritz zu reichlich diniert. Darum führe ich hier mein Diner an. Ich aß einen sog. Räuberbraten – Stücke von Speck, Zwiebeln und Rindfleisch, gewürzt mit Paprika und an Stäben über dem Feuer gebraten, in der einfachen Weise wie das Londoner »Katzenfutter«. Der Wein war weißer Mediasch, der ein eigentümliches Stechen auf der Zunge erzeugt, das aber nicht unangenehm wirkt. Ich trank davon zwei Gläser, sonst nichts.

Als ich mich zur Kutsche begab, hatte der Postillon seinen Sitz noch nicht eingenommen und ich sah ihn mit der Wirtin sprechen. Das Gespräch schien sich um mich zu drehen, denn hier und da blickten sie zu mir herüber. Auch einige Leute, die auf der Bank vor dem Hause gesessen hatten – sie wird mit einem Wort bezeichnet, das man am besten mit »Lästerbank« übersetzen kann – näherten sich ihnen und hörten zu; dann sahen sie auf mich, die meisten von ihnen mit einem Ausdruck des Mitleides. Ich hörte einige Worte sich immer wiederholen, seltsame Worte – denn es waren verschiedene Nationalitäten unter der Menge vertreten. Ich zog ruhig mein Polyglott-Wörterbuch aus der Tasche und schlug nach. Ich muss sagen, es war nicht gerade angenehm für mich, denn da stand: »Ordog = Satan«, »Pokol = Hölle«, »Stregoica = Hexe«; »vrolok« und »vlkoslak« bedeuten dasselbe; das eine ist slowakisch, das andere serbisch – nämlich Werwolf oder Vampir. (Ich muss den Grafen über diesen Aberglauben befragen.)

Als wir abfuhren, machte die ganze Versammlung vor dem Wirtshause, die unterdessen beträchtlich angewachsen war, das Zeichen des Kreuzes und streckte dann zwei gespreizte Finger gegen mich aus. Nur mit Schwierigkeiten erfuhr ich von einem meiner Reisegefährten, was das zu bedeuten habe. Erst wollte er nicht mit der Sprache heraus, als ich ihm aber sagte, dass ich Engländer sei, erklärte er mir, das sei ein Zauber oder Schutz gegen den bösen Blick. Das war nicht sehr erfreulich für mich, der ich eben an einen unbekannten Ort zu einem unbekannten Mann fahren wollte; aber alle erschienen so gutherzig, so besorgt und so sympathisch, dass ich mich einer gewissen Rührung nicht erwehren konnte. Ich werde den letzten Ausblick auf den Wirtsgarten und die sich um den Torweg drängende malerische Menge nicht vergessen; wie sie sich bekreuzigten, im Hintergrund das reiche Gezweige der Oleander und Orangenbäume, die in grünen Kübeln in der Mitte des Hofes standen. Dann ließ unser Wagenlenker, dessen weite, weißleinene Unterhosen – »gotza« werden sie genannt – den Kutschbock ganz und gar bedeckten, seine lange Peitsche über die Köpfe der vier kleinen Pferdchen sausen, die davonstürmten; so traten wir unsere Reise an.

Ich verlor in der Schönheit der Gegend, durch die wir fuhren, bald die Gespensterfurcht und die Erinnerung daran. Allerdings, wenn ich die Sprache meiner Reisegenossen oder vielmehr ihre Sprachen verstanden hätte, wäre ich die unangenehmen Eindrücke wohl nicht so schnell losgeworden. Vor uns lag ein grünes, sanft ansteigendes Land, voll von Wäldern und Gebüsch, da und dort ein steiler Hügel, gekrönt von einer Baumgruppe oder von Bauernhäusern, die ihre hellen Giebelseiten der Straße zuwandten. Alles in reichster Blüte, Apfel-, Pflaumen-, Kirsch- und Birnbäume, und als wir näher herankamen, sahen wir auch den grünen Rasen unter ihnen gesprenkelt von herabgefallenen Blütenblättern. Durch diese liebliche Hügellandschaft, die man das Mittelland nennt, zog sich die Straße und verlor sich weit in der Ferne im Grünen oder wurde von Fichtenwäldern aufgenommen, deren Spitzen wie dunkelgrüne Zungen da und dort an den Hügeln hinabliefen. Der Weg war holperig, trotzdem flogen wir mit fiebernder Hast darüber hin. Ich konnte mir diese Hast nicht erklären, aber der Fuhrmann war scheinbar darauf erpicht, ohne jeglichen Zeitverlust den Borgo Prund zu erreichen. Man sagte mir, dass diese Straße im Sommer ausgezeichnet sei, dass man sie aber jetzt noch nicht von den Schäden wiederhergestellt habe, die ihr der Winter zugefügt. In dieser Hinsicht unterscheidet sie sich scheinbar von den übrigen Straßen in den Karpaten, die, einer alten Tradition entsprechend, nicht in allzugroßer Ordnung gehalten werden. Von alters her lassen die Gospodare nichts daran ausbessern, um nicht bei den Türken den Glauben zu erwecken, man wolle Truppen gegen sie marschieren lassen, und so den unter der Asche glimmenden Funken des Krieges zum Auflodern bringen.

Jenseits der grünen, schwellenden Hügel des Mittellandes erheben sich mächtige Waldhänge bis zu den himmelanstrebenden Schroffen der Karpaten. Rechts und links von uns stiegen sie an; die Abendsonne ruhte voll auf ihnen und brachte all die herrlichen Farben dieses entzückenden Landes zur Geltung; tiefes Blau und Purpur in den Schatten, Grün und Braun da, wo Gras und Fels sich trafen; endlose Perspektiven von gezacktem Gestein und spitzen Klippen bis dahin, wo die Schneehäupter majestätisch in die Lüfte ragten. Durch mächtige Risse im Gestein sah man da und dort im Lichte der sinkenden Sonne den weißen Gischt fallender Wasser. Einer meiner Gefährten berührte meinen Arm, als wir gerade einen Hügel umfuhren und sich der Ausblick auf einen ungeheuren schneebedeckten Gipfel öffnete, der uns gerade gegenüber zu liegen schien, als wir die gewundene Straße hinaufklommen:

»Sieh, Herr, Isten Szek!« »Gottes Sitz«, und er bekreuzigte sich andachtsvoll. Während wir den endlosen Weg dahinfuhren und die Sonne immer tiefer und tiefer sank, begannen die Schatten rings um uns heraufzukriechen. Auf der firnbedeckten Bergspitze lag noch der Widerschein der scheidenden Sonne, und sie erglühte in einem feinen, kalten Blassrot. Zuweilen trafen wir Tschechen und Slowaken in malerischer Kleidung, und ich konnte bemerken, dass der Kropf hier ein sehr verbreitetes Übel ist. Am Wegrand standen viele Kreuze, und wenn wir ein solches passierten, bekreuzigten sich alle meine Wagengenossen. Hier und dort kniete ein Bauer oder eine Bäuerin vor einer Kapelle; sie sahen sich gar nicht nach uns um; so tief waren sie in Andacht und Hingebung versunken, dass sie weder Augen noch Ohren für die sie umgebende Welt hatten. Viel Neues gab es für mich zu sehen, z. B. Heuschober auf Bäumen und zuweilen herrliche Hängebirken, deren weiße Stämme wie Silber durch das saftige Grün leuchteten. Manchmal begegneten wir einem Leiterwagen – dem landesüblichen Bauerngefährt, dessen lang und beweglich gegliederte Mittelachse besonders geeignet schien, sich den Wegen anzupassen. Auf ihnen saßen ganze Gruppen heimkehrender Bauern, die Tschechen mit weißen, die Slowaken mit gefärbten Lammpelzen; die Letzteren trugen lanzenartige Stäbe, deren Ende in eine Axt auslief. Als der Abend einfiel, wurde es sehr kalt, und die wachsende Dämmerung schien die unbestimmten Umrisse der Eichen, Buchen und Fichten in tiefes Dunkel zu versenken; in den Tälern aber, die tief unter uns sich dahinzogen, hoben sich noch einzelne Föhren scharf von ihrem Hintergrunde, altem Schnee, ab. Einige Male, als die Straße in Fichtengehölz eintrat, deren Dunkel sich dicht um uns zu legen schien, erzeugten weißliche Flecke, die zwischen den Bäumen flatterten, in uns eine halb furchtsame, halb feierliche Stimmung. Schon bei Sonnenuntergang waren ununterbrochen seltsam geformte, gespenstische Nebelfetzen durch die Täler der Karpaten hingefegt, und die daran geknüpften Gedanken und wilden Fantasien spannen sich nun weiter. Die Steigungen waren zum Teil so steil, dass die Pferde trotz der Eile des Postillons nur langsam vorwärts kamen. Ich wollte absteigen und zu Fuß gehen, wie wir es zu Hause tun, aber der Wagenlenker wollte davon nichts hören. »Nein, nein«, sagte er. »Sie dürfen hier nicht gehen, die Hunde sind zu böse«, und dann fügte er hinzu: »Sie werden heute noch genug solcher Dinge haben, ehe Sie zu Bette gehen«; es sollte dies wohl eine Art grimmigen Scherzes sein, denn er sah umher, um sich des zustimmenden Lächelns der Übrigen zu versichern. Der einzige kurze Halt, den er einlegte, diente zum Anzünden der Wagenlaternen.

Als es ganz dunkel geworden war, schien sich eine gewisse Erregung der Passagiere zu bemächtigen; einer nach dem andern sprach auf den Fuhrmann ein, gleichsam als wollten sie ihn zu noch größerer Eile anspornen. Er trieb die Pferde unbarmherzig mit der Peitsche an und zwang sie durch wilde Zurufe zu erhöhter Kraftanspannung. Ich konnte in der Dunkelheit einen grauweißen Fleck über uns bemerken, als wenn ein Spalt in den Felswänden wäre. Die Aufregung der Passagiere steigerte sich immer mehr; die gebrechliche Kutsche hüpfte in ihren ledernen Federn und schwankte wie ein Boot auf stürmischer See. Ich musste mich festhalten. Der Weg wurde ebener und wir flogen nur so dahin. Dann schienen die Berge näher heranzutreten und förmlich über uns zusammenzurücken; wir erreichten den Borgopass. Einzelne der Mitreisenden gaben mir kleine Geschenke, die sie mir mit einem Ernste aufdrängten, der eine Zurückweisung unmöglich machte. Es waren ohne Zweifel seltsame Dinge, aber jedes wurde in guter Absicht mit einem freundlichen Wort und mit einem Segenswunsch gegeben und mit jenen gefahrbeschwörenden Gesten, die ich schon vor dem Hotel in Bistritz gesehen hatte – dem Bekreuzen und dem Zauber gegen den bösen Blick. In fliegender Eile fuhren wir weiter; der Fuhrmann lehnte sich vor, die Fahrgäste starrten, die Ellbogen auf den Wagenbord gestützt, gespannt hinaus in das nächtliche Dunkel. Es war offenkundig, dass etwas sehr Aufregendes geschah oder erwartet wurde; aber obgleich ich jeden meiner Reisegefährten fragte, keiner gab mir nur die kleinste Erklärung. Dieser Zustand der Aufregung hielt einige Zeit an; schließlich konnten wir die östliche Passöffnung erkennen. Dunkle drohende Wolken flogen über unseren Häuptern dahin und in der Luft lag eine schwere, drückende Schwüle. Es war, als trennte der Gebirgszug zwei grundverschiedene Atmosphären und als träten wir nun in die der Gewitter. Ich hielt nun selbst Ausschau nach dem Gefährt, das mich zum Grafen bringen sollte; jeden Augenblick erwartete ich, Wagenlaternen aufblitzen zu sehen, aber alles blieb dunkel. Das einzige Licht verbreiteten unsere Lampen, in deren flackerndem Scheine der Dampf von unseren warm gelaufenen Pferdchen wie eine weiße Wolke aufstieg. Etwas heller lag vor uns der sandige Weg, aber nichts zeigte an, dass sich auf ihm ein Wagen nähere. Die Fahrgäste seufzten erleichtert auf, was mein eigenes Missbehagen Lügen zu strafen schien. Ich dachte schon darüber nach, was nun zu tun wäre, als der Fuhrmann nach der Uhr sehend zu den anderen etwas sagte; so leise und ruhig, dass ich es kaum hören konnte. Ich meinte aber dennoch verstanden zu haben: »Eine Stunde vor der Zeit«; dann wandte er sich zu mir und sprach in einem Deutsch, wenn möglich noch schlechter als meines:

»Kein Wagen ist hier. Der Herr werden demnach gar nicht erwartet. Sie fahren nun am besten mit uns nach der Bukowina und kehren dann morgen oder übermorgen zurück; besser noch übermorgen.« Während er sprach, begannen seine Pferdchen zu wiehern und zu schnauben und wild auszuschlagen, so dass der Fuhrmann sie halten musste. Dann fuhr eine Kalesche mit vier Pferden von hinten an uns heran und hielt auf gleicher Höhe an, während die Bauern in lautes Geschrei ausbrachen und sich bekreuzigten. Beim Schein der Laternen konnte ich erkennen, dass die Pferde kohlschwarz und wundervoll gebaut waren. Die Zügel führte ein hoch gewachsener Mann mit braunem Vollbart und einem großen schwarzen Hut, der sein Gesicht vor uns zu verbergen schien. Als er sich zu uns wandte, konnte ich ein paar funkelnde Augen sehen, die im Lampenlicht rot erschienen. Er sagte zum Postillon:

»Du bist sehr früh daran, mein Freund.«

Der Mann stammelte verlegen: »Der englische Herr hatte große Eile«, worauf der Fremde erwiderte:

»Weil du ihn, wie ich vermute, nach der Bukowina fahren wolltest. du kannst mich nicht täuschen, mein Bester, ich weiß zu viel und meine Rosse sind zu flink.« Während er das sagte, lächelte er, und der Schein der Laterne fiel auf einen grausam aussehenden Mund mit sehr roten Lippen und scharfen, elfenbeinweißen Zähnen. Einer meiner Reisegefährten flüsterte seinem Nachbarn die Worte aus Bürgers »Lenore« zu:

»Denn die Toten reiten schnell.«

Der seltsame Kutscher hatte offenbar die Worte gehört, denn er sah lächelnd den Sprecher an. Dieser wandte sein Gesicht ab, indem er zwei Finger ausspreizte und das Kreuz schlug.

»Gib mir das Gepäck des Herrn«, sagte der Kutscher, und mit außerordentlicher Geschwindigkeit wurden meine Koffer abgeladen und auf der Kalesche untergebracht. Ich stieg dann auf der Seite des Postwagens aus, wo die Kalesche stand, wobei mir der fremde Kutscher half, indem er meinen Arm mit stahlhartem Griff umspannte; seine Stärke musste beträchtlich sein. Ohne ein Wort zu sagen, zog er die Zügel an, die Pferde wendeten und jagten der finsteren Passenge zu. Als ich zurücksah, bemerkte ich noch den Dampf der Pferde, der im Laternenschein emporstieg, und dunkel sich davon abhebend die sich bekreuzenden Gestalten meiner Reisegenossen. Ich hörte noch, wie der Fuhrmann die Peitsche klatschen ließ und den Pferden etwas zurief; dann flogen sie dahin, der Bukowina zu.

Als sie im Dunkel verschwunden waren, überlief mich ein eisiger Schauer, und das Gefühl der Verlassenheit kam über mich. Der Kutscher legte mir einen Mantel um die Schultern und eine Decke um die Knie und sagte in fließendem Deutsch zu mir:

»Die Nacht ist kalt, und mein Herr, der Graf, hat mir geboten, besonders auf Sie Acht zu geben; hier unter dem Sitz steht ein Flasche Slivovitz (der Pflaumenbranntwein des Landes), falls Sie seiner bedürfen sollten.« Ich nahm nichts davon, aber es war mir immerhin eine Beruhigung zu wissen, dass so für mich gesorgt war. Ich hatte ein eigentümliches Gefühl, welches aber nicht als Furcht bezeichnet werden konnte. Wenn allerdings irgendeine Möglichkeit gewesen wäre, hätte ich lieber auf diese nächtliche Fahrt verzichtet. Der Wagen fuhr in scharfem Tempo dahin, dann machten wir eine vollkommene Kehrtwendung und fuhren wieder in entgegengesetzter Richtung. Ich hatte den Eindruck, als seien wir jedoch noch auf der gleichen Straße; ich merkte mir einige besonders auffallende Punkte und sah, dass ich mich nicht täuschte. Ich hätte gerne den Kutscher gefragt, was das zu bedeuten habe, tat es aber nicht, weil ich mir sagte, dass in meiner Situation ein Protest zwecklos gewesen wäre, wenn er wirklich etwas gegen mich im Schilde führte. Neugierig war ich aber, welche Zeit wir hätten; ich zündete ein Streichholz an und sah bei seinem Scheine nach meiner Uhr; es waren nur noch wenige Minuten bis Mitternacht. Es erfasste mich ein jäher Schreck; vermutlich hatte mich der allgemeine Aberglaube bezüglich der Mitternacht und meine jüngsten Erfahrungen etwas nervös gemacht. Ein peinliches Gefühl der Erwartung überkam mich.

Dann begann tief unten in einem Bauernhof an der Straße ein Hund zu heulen, ein langes, todestrauriges Klagen, wie vor Angst. Ein zweiter antwortete, und so pflanzte sich das fort, bis, getragen vom Nachtwind, der nun leise durch den Pass säuselte, ein wildes Heulen vernehmbar war. Es schien aus der ganzen Gegend zu kommen, so weit die Einbildung in den Schauern der Nacht reichte. Bei den ersten Lauten scheuten und schnaubten die Pferde, aber der Kutscher sprach leise auf sie ein und sie wurden wieder ruhiger, wenn sie auch zitterten und schwitzten, wie nach der Flucht vor plötzlicher Gefahr. Nun begann, noch weit entfernt, auf den Bergen zu beiden Seiten der Straße ein lauteres, heller klingendes Geheul – das von Wölfen –, welches die Pferde und auch mich in hohem Maße erschreckte. Ich war gesonnen, aus dem Wagen zu springen, während sie wieder schnaubten und wie toll ausschlugen, so dass der Kutscher seine ganze Kraft anwenden musste, um sie zu halten. In wenigen Minuten hatten sich meine Ohren an die Laute gewöhnt, und auch die Pferde waren wenigstens so weit beruhigt, dass der Kutscher absteigen und sich vor sie hinstellen konnte. Er streichelte und liebkoste die Tiere und flüsterte ihnen etwas in die Ohren, wie es die Pferdedresseure machen; das hatte eine gute Wirkung, denn unter seinen Zärtlichkeiten wurden sie wieder fügsamer, obgleich sie immer noch zitterten. Der Kutscher stieg auf seinen Bock und fuhr mit straffen Zügeln in flottem Tempo weiter. Dann bog er plötzlich quer über die Straße scharf auf einem sehr engen Weg nach rechts ab.

Bald waren wir unter Bäumen, deren dicht verschlungenes Geäst förmlich einen Tunnel über uns bildete, bald stiegen schroffe Felsen zu beiden Seiten kühn in die Höhe. Trotzdem wir geschützt waren, konnten wir den stärker werdenden Nachtwind hören; es pfiff und winselte durch die Felsen und klatschend und krachend schlugen die Zweige der Bäume zusammen. Es wurde immer kälter und kälter und bald fiel auch ein leichter Schnee, der uns und unsere Umgebung in einen weißen Überzug hüllte. Der scharfe Wind trug uns aus immer weiterer Ferne das Heulen der Hunde zu. Dagegen klang das Geheul der Wölfe näher und näher, gleichsam als wenn sie uns von allen Seiten umringten. Ich war sehr erschreckt und die Pferde teilten meine Furcht; der Kutscher aber schien nicht im mindesten beunruhigt. Er wandte den Kopf aufmerksam zur Rechten und zur Linken, aber ich konnte nichts bemerken.

Plötzlich, dicht zur Linken, tauchte eine flackernde blaue Flamme aus dem Dunkel auf. Der Kutscher sah sie zu gleicher Zeit; er hielt die Pferde an, sprang ab und verschwand in der Finsternis. Ich wusste nicht, was tun, umso mehr als das Geheul der Wölfe immer näher kam; aber während ich noch überlegte, kehrte unversehens der Kutscher zurück, nahm wortlos seinen Sitz wieder ein und weiter ging die Fahrt. Ich muss in Schlaf gesunken und im Traum von diesem Zwischenfall verfolgt worden sein, denn er wiederholte sich ungezählte Male. Wenn ich daran denke, ist es mir wie ein grauenhaftes Alpdrücken. Auf einmal erschien eine Flamme so nahe bei uns, dass ich sogar in der Dunkelheit, die uns umgab, die Bewegung des Kutschers erkennen konnte. Er schritt rasch auf die Flamme los – sie muss sehr schwach gewesen sein, denn sie erleuchtete nicht einmal die allernächste Umgebung – und legte einige vom Wege aufgeraffte Steine zu einer besonderen Figur. Einer eigenartigen optischen Erscheinung muss ich hierbei gedenken; als der Kutscher zwischen mir und der Flamme stand, verdeckte er sie keineswegs, ich sah sie vielmehr gespenstisch weiterflackern. Das entsetzte mich, aber da die Erscheinung nur kurze Zeit anhielt, führte ich sie auf eine Sinnestäuschung infolge des langen Hinausstarrens in die Nacht zurück. Dann verschwanden rasch die blauen Lichter und wir sausten durch die Finsternis dahin, rings um uns das Geheul der Wölfe, die uns in einem weiten Kreise zu verfolgen schienen.

Einmal wieder begab sich der Kutscher weiter von der Straße weg, als er es bisher getan, und während seiner Abwesenheit begannen die Pferde ärger als je zu zittern und zu schnauben und vor Angst zu wiehern. Ich konnte mir die Ursache nicht erklären, denn das Geheul der Wölfe hatte aufgehört. Da erschien der Mond, der durch die düsteren Wolken dahinjagte, über dem gezackten Kamm eines fichtenbewachsenen Felsbrockens, und bei seinem fahlen Licht erblickte ich um uns einen Ring von Wölfen mit weißen Zähnen, roten heraushängenden Zungen, sehnigen Beinen und zottigem Fell. Ihr grimmiges Schweigen war viel unheimlicher als ihr Geheul. Ich war wie gelähmt vor Schreck. Ein solches Gefühl hat man nur, wenn man sich unvermittelt einer ungeheueren Gefahr gegenübersieht.

Da plötzlich begannen die Wölfe wieder aufzuheulen, als wenn das Mondlicht eine besondere Wirkung auf sie ausübte. Die Pferde schlugen aus, stöhnten und sahen mit ihren rollenden Augen so hilflos um sich, dass es einem ganz wehe tat; aber der lebendige Ring des Verderbens umgab sie unentrinnbar von allen Seiten. Ich rief nach dem Kutscher, denn der einzige Ausweg schien mir, den Ring mit seiner Hilfe zu durchbrechen. Ich schrie und trommelte mit den Fäusten gegen den Wagenschlag, um so die Bestien fern zu halten und ihm die Möglichkeit zu geben, die Kalesche zu erreichen. Was er tat, weiß ich nicht, aber ich hörte auf einmal den befehlenden Ton seiner Stimme und sah ihn dann auf dem Wege stehen. Er schwenkte seine langen Arme, gleichsam als wolle er ein störendes Hindernis bei Seite räumen, und die Wölfe wichen mehr und mehr zurück. Dann schob sich eine schwarze Wolke vor den Mond und wir waren wieder im Finstern.

Als ich das Dunkel mit den Augen zu durchdringen vermochte, kletterte der Kutscher gerade auf den Bock; die Wölfe waren wie weggezaubert. Dies alles war so seltsam und ungewöhnlich, dass eine schreckliche Furcht über mich kam; ich wagte nicht zu sprechen oder mich zu regen. Die Zeit schien mir endlos, da wir unsere Fahrt fortsetzten, nun in völligem Dunkel, denn die eilenden Wolken verdeckten den Mond. Meist ging es bergauf, zuweilen kamen kurze scharfe Senkungen. Plötzlich kam es mir zum Bewusstsein, dass der Kutscher den Wagen in den Hof eines großen, ruinenhaften Gebäudes lenkte, aus dessen weiten, schwarzen Fenstern nicht ein einziger Lichtstrahl kam und dessen zerbröckelnde Zinnen sich wie eine gezackte Linie von dem nunmehr wieder mondhellen Himmel abhoben.

# *Zweites Kapitel*

## *Jonathan Harkers Tagebuch*

*Fortsetzung*

5. Mai. – Ich muss geschlafen haben; denn wenn ich wach gewesen wäre, müsste es mir doch aufgefallen sein, dass wir uns einem so seltsamen Platz näherten. In der Dunkelheit schien der Schlosshof von beträchtlicher Größe; dass mehrere Wege von ihm aus unter mächtige runde Torwege führten, ließ ihn vielleicht noch größer erscheinen, als er wirklich war. Ich habe ihn bis heute noch nicht bei Tage gesehen.

Als der Wagen hielt, stieg der Kutscher ab und reichte mir die Hand, um mir beim Aussteigen behilflich zu sein. Ich musste wiederum die Stärke bewundern, die in dieser Hand lag; sie schien wie eine Stahlzange, die meine Hand leicht zerdrückt hätte, wenn der Besitzer gewollt hätte. Dann nahm er meine Koffer heraus und stellte sie neben mich auf den Boden. Ich befand mich vor einem großen, alten Tor, das mit Eisen beschlagen und in einen stark ausladenden Torbogen von massivem Stein eingelassen war. Ich konnte bei dem zweifelhaften Licht erkennen, dass der Stein bearbeitet war, dass aber die Bildereien von Zeit und Wetter schon stark gelitten hatten. Als alles ausgeladen war, schwang sich der Kutscher wieder auf den Bock, zog die Zügel an und verschwand dann mit Wagen und Pferden in einem der mächtigen schwarzen Torbogen.

Ich blieb schweigend auf meinem Platz stehen, denn ich wusste nicht, was tun. Von Glocke oder Klopfer keine Spur; durch diese drohenden Mauern und dunklen Fensterhöhlen hätte auch meine Stimme keinen Eingang gefunden. Die Zeit, die ich zum Warten verurteilt war, schien mir endlos, und ich merkte, wie Furcht und Zweifel in mir aufstiegen. Wohin war ich geraten und unter was für Leute?

Auf welches unheimliche Abenteuer hatte ich mich da eingelassen? War das ein normaler Fall im Leben eines Anwaltsschreibers, der hinausgeschickt wurde, um über den Ankauf eines Londoner Grundbesitzes durch einen Fremden mit diesem zu unterhandeln? Übrigens »Anwaltsschreiber« – Mina hört das nicht gerne. Aber Anwalt ! – denn eben als ich London verlassen wollte, hatte ich noch in Erfahrung gebracht, dass ich mein Examen bestanden hatte; ich bin also nun wohlbestallter Anwalt. Ich begann meine Augen zu reiben und mich selbst zu kneifen, um zu sehen, ob ich denn wirklich wach wäre. Es schien mir alles wie ein hässlicher Traum und ich erwartete, plötzlich aufzuwachen und zu Hause zu liegen und durch die Fenster in den fahlen Schein des Morgens zu starren, wie es mir manchmal in Zuständen der Überarbeitung passiert war. Aber mein Fleisch empfand den kneifenden Schmerz und meine Augen sahen klar. Ich war also wirklich wach und mitten in den Karpaten. Alles, was mir zu tun übrig blieb, war, mich zu gedulden und den Anbruch des Tages zu erwarten.

Als ich eben zu diesem Entschlusse gelangt war, hörte ich einen schweren Schritt innerhalb des Tores und sah durch die Ritzen ein Licht sich nähern. Dann vernahm ich das Rasseln von Ketten und das Dröhnen massiver Türriegel, die zurückgeschoben wurden. Ein Schlüssel drehte sich laut kreischend in dem scheinbar selten benutzten Schlüsselloch, und das große Tor ging auf.

Innerhalb desselben stand ein hoch gewachsener alter Mann, glatt rasiert bis auf einen langen weißen Schnurrbart und schwarz gekleidet vom Kopf bis zu den Füßen; kein heller Fleck war an ihm zu sehen. In der Hand hielt er eine altertümliche silberne Lampe, auf der ohne Zylinder oder Schirm eine Flamme brannte, sie warf lange, zitternde Schatten in der Zugluft des offenen Tores. Der alte Mann lud mich durch eine verbindliche Geste mit der Rechten ein, näher zu treten, und sagte in vorzüglichem Englisch, aber mit einem fremdartigen Akzent:

»Willkommen hier in meinem Hause! Treten Sie frei und freiwillig herein!« Er machte keine Bewegung, um mir entgegenzugehen, sondern stand starr wie eine Statue, als hätte ihn sein Willkommengruß in Stein verwandelt. In dem Augenblick aber, da ich die Schwelle überschritten hatte, trat er rasch auf mich zu, ergriff meine Hand und drückte sie dermaßen, dass ich zusammenzuckte; dabei war die Hand so kalt wie Eis, mehr wie die eines Toten als eines Lebenden. Dann sagte er:

»Willkommen in meinem Hause. Kommen Sie frei herein. Gehen Sie gesund wieder und lassen Sie etwas von der Freude zurück, die Sie mit hereingebracht haben!« Die Stärke des Handdruckes erinnerte mich dermaßen an den eisernen Griff des Kutschers, dessen Gesicht ich ja nicht gesehen hatte, dass ich einen Moment glaubte, er und der Mann, mit dem ich jetzt sprach, seien ein und dieselbe Person; ich fragte also, um sicherzugehen:

»Graf Dracula?« Er verbeugte sich höflich und erwiderte:

»Ich bin Dracula und begrüße Sie, Herr Harker, in meinem Hause. Kommen Sie herein, Sie bedürfen des Essens und der Ruhe, die Nachtluft ist recht kühl.« Während er so sprach, stellte er die Lampe auf eine kleine Konsole an der Wand und nahm mein Gepäck; er hatte es hereingetragen, noch ehe ich ihn daran hindern konnte. Ich erhob Einspruch, er aber sagte entschieden:

»Bitte, Sie sind mein Gast. Es ist schon spät und meine Dienerschaft ist nicht mehr verfügbar. Lassen Sie also mich für Ihre Bequemlichkeit sorgen.« Er trug tatsächlich meine Koffer durch den Torweg, dann eine steile Wendeltreppe hinauf, schließlich durch einen langen Korridor, auf dessen Steinfliesen unsere Schritte dumpf widerhallten. Am Ende dieses Korridors öffnete er eine schwere Türe, und ich sah in ein hell erleuchtetes Zimmer, in dem ein gedeckter Tisch zum Abendbrot bereit stand, während in dem mächtigen Kamin ein großes Holzfeuer flammte und knisterte. Der Graf blieb stehen, stellte mein Gepäck nieder und zog die Türe hinter sich zu; dann schritt er durch das Zimmer, öffnete eine zweite Türe, die in ein kleines achteckiges, scheinbar fensterloses Gemach führte, das nur von einer einzelnen Lampe erleuchtet wurde. Er ging hindurch, öffnete eine weitere Tür und bat mich einzutreten. Es bot sich mir ein willkommener Anblick: ein großes, gut erleuchtetes Schlafzimmer, das von einem laut prasselnden Holzfeuer in einem umfangreichen Kamin angenehm durchwärmt wurde. Der Graf brachte mein Gepäck und sagte, die Türe zuziehend: »Sie werden nach Ihrer Reise sich waschen und Toilette machen wollen. Ich denke, Sie finden alles nach Wunsch. Wenn Sie fertig sind, dann kommen Sie bitte in das andere Zimmer, wo das Abendbrot Ihrer wartet.«

Das Licht, die Wärme und des Grafen herzlicher Willkommengruß hatten alle meine Zweifel und Befürchtungen zerstreut. Nachdem ich so wieder meine normale geistige Verfassung erlangt hatte, fühlte ich einen quälenden Hunger. Schnell machte ich mich zurecht und ging ins andere Zimmer.

Das Souper war schon angerichtet. Mein Gastfreund stand an einer Seite des Kamins, an das Steingesims gelehnt, und lud mich mit einer verbindlichen Handbewegung ein, Platz zu nehmen.

»Ich bitte, setzen Sie sich und essen Sie, wie es Ihnen passt. Sie werden es mir nicht verübeln, wenn ich mich nicht beteilige, denn diniert habe ich schon und zu soupieren bin ich nicht gewöhnt.«

Ich händigte dem Grafen den versiegelten Brief aus, den Herr Hawkins mir für ihn übergeben hatte. Er öffnete ihn und las ihn mit ernster Miene durch; dann gab er mir ihn mit freundlichen Lächeln zurück. Nicht zuletzt eine Stelle aus dem Brief bereitete mir besondere Freude:

»Ich bedaure sehr, dass ein Anfall von Gicht, mit welcher ich ja schon immer zu schaffen hatte, mir unbedingt verbot, eine größere Reise zu machen und Sie zu besuchen. Aber es macht mir Freude, Ihnen einen Stellvertreter senden zu können, der mein weitgehendstes Vertrauen besitzt. Er ist ein junger Mann, energisch, talentiert und durchaus zuverlässig. Er ist in meinen Diensten aufgewachsen und sehr diskret. Er steht jederzeit während seines Aufenthaltes zu Ihrer Verfügung und ist ermächtigt, Aufträge jeder Art von Ihnen entgegenzunehmen.«

Der Graf trat selbst an den Tisch heran und hob den Deckel von einer Terrine, in der ein prächtiges gebratenes Huhn lag. Dieses, mit etwas Käse und Salat, sowie eine Flasche alter Tokaier, von dem ich zwei Gläser trank, bildeten mein Abendbrot. Während ich aß, erkundigte sich der Graf über meine Reise, und ich erzählte ihm der Reihe nach alle meine Erlebnisse.

Unterdessen hatte ich die Mahlzeit beendet und auf Wunsch des Hausherrn einen Stuhl ans Feuer gezogen. Ich zündete mir eine Zigarre an, die er mir anbot, indem er sich zugleich entschuldigte, da er selbst Nichtraucher sei. Ich fand nun Gelegenheit, ihn etwas zu beobachten und, ich muss sagen, er besitzt eine sehr ausdrucksvolle Physiognomie.

Sein Gesicht war ziemlich – eigentlich sogar sehr – raubvogelartig; ein schmaler, scharf gebogener Nasenrücken und auffallend geformte Nüstern. Die Stirn war hoch und gewölbt, das Haar an den Schläfen dünn, im Übrigen aber voll. Die Augenbrauen waren dicht, wuchsen über der Nase fast zusammen und waren sehr buschig und in merkwürdiger Weise gekräuselt. Sein Mund, so weit ich ihn unter dem starken Schnurrbart sehen konnte, sah hart und ziemlich grausam aus; die Zähne waren scharf und weiß und ragten über die Lippen vor, deren auffallende Röte eine erstaunliche Lebenskraft für einen Mann in seinen Jahren bekundeten. Die Ohren waren farblos und oben ungewöhnlich spitz, das Kinn breit und fest, die Wangen schmal, aber noch straff. Der allgemeine Eindruck war der einer außerordentlichen Blässe.

Im Scheine des Kaminfeuers hatte ich auch seine Hände bemerkt, die auf seinen Knien lagen und sie für ziemlich weiß und schmal gehalten. Nun, da ich sie in der Nähe sah, bemerkte ich, dass sie sehr grob aussahen – breit, mit eckigen Fingern. Seltsamerweise wuchsen ihm Haare auf der Handfläche. Die Nägel waren lang und dünn, zu nadelscharfen Spitzen geschnitten. Als der Graf sich einmal über mich neigte und diese Hände mich berührten, konnte ich mich eines Grauens nicht erwehren. Möglicherweise war auch sein Atem unrein, denn es überkam mich ein Gefühl der Übelkeit, das ich mit aller Willenskraft nicht zu verbergen vermochte. Der Graf bemerkte dies offensichtlich und zog sich zurück; mit einem grimmigen Lächeln, das seine Zähne noch mehr hervortreten ließ, nahm er wieder seinen Platz am Kamin ein. Wir schwiegen eine Weile, und als ich gegen das Fenster sah, bemerkte ich die ersten leisen Anzeichen des kommenden Tages. Es lag eine beängstigende Stille über allem; doch als ich schärfer aufhorchte, war es mir, als vernähme ich tief unten in den Tälern das Heulen vieler Wölfe. Mit funkelnden Augen sagte der Graf:

»Hören Sie die Kinder der Nacht? Was für eine Musik sie machen!« Es mochte ihm in meinem Gesichtsausdruck etwas aufgefallen sein, denn er fügte rasch hinzu:

»Ja, mein Herr, Ihr Stadtbewohner seid eben nicht im Stande, einem Jäger nachzufühlen.«

Dann stand er auf und sagte:

»Übrigens werden Sie müde sein, Ihr Bett ist bereit, und morgen können Sie nach Belieben ausschlafen. Ich habe bis Abend auswärts zu tun; schlafen Sie also wohl und träumen Sie gut.« Mit einer höflichen Verbeugung öffnete er mir die Türe zu dem achteckigen Zimmer und ich trat in mein Schlafgemach.

Ein Meer gemischter Gefühle umbrandet mich; ich zweifle; ich fürchte; ich denke an seltsame Dinge, die ich meiner eigenen Seele gar nicht einzugestehen wage.

Gott schütze mich, und sei es auch nur um derer willen, die mir teuer sind.

7. Mai. – Es ist wieder früher Morgen, aber ich habe die letzten vierundzwanzig Stunden wenigstens ausgeruht und es mir wohl sein lassen. Ich schlief bis spät in den Tag hinein und erwachte von selbst. Als ich mich angekleidet hatte, begab ich mich in das Zimmer, wo ich zu Abend gegessen, und fand ein kaltes Frühstück bereit; der Kaffee war in einer Kanne auf dem Kamin heiß gestellt. Auf dem Tisch lag ein Kärtchen, auf dem die Worte standen: »Ich muss leider noch einige Zeit fernbleiben. Warten Sie nicht

auf mich. D.« So setzte ich mich denn hin und ließ mir die Mahlzeit munden. Als ich fertig war, suchte ich nach einer Glocke, um von der Dienerschaft abräumen zu lassen, nirgends konnte ich etwas dergleichen entdecken. Das war allerdings merkwürdig in einem solchen Hause, das nach allem, was mich umgab, den Eindruck des größten Reichtums erweckte. Das Tafelservice ist von Gold und so wunderschön gearbeitet, dass es einen geradezu unermesslichen Wert besitzen muss. Die Portieren, die Bezüge der Stühle und Sofas, die Vorhänge meines Bettes waren aus den kostbarsten Stoffen und müssen schon in der Zeit, wo sie angefertigt wurden, einen immensen Preis gekostet haben. Sie sind Jahrhunderte alt, dabei vorzüglich gehalten. Ich habe solche Dinge ja auch in Hampton Court gesehen, aber da waren sie zerrissen und abgenützt und von Motten angefressen. In keinem der Zimmer ist ein Spiegel. Nicht einmal ein Toilettespiegel über meinem Waschtisch, so dass ich meinen kleinen Handspiegel aus dem Koffer nehmen musste, um mich überhaupt rasieren und frisieren zu können. Ich habe bisher weder einen dienstbaren Geist gesehen, noch einen Laut gehört, außer dem Heulen der Wölfe um das Schloss. Nach Beendigung meiner Mahlzeit – ich weiß nicht, soll ich sie Frühstück oder Diner nennen, denn es war zwischen fünf und sechs Uhr, als ich sie einnahm – sah ich mich nach Lektüre um, denn ich wollte nicht ohne Einverständnis des Grafen durch das Schloss gehen. Bücher, Zeitungen, sogar Schreibzeug fehlten in diesem Zimmer; ich öffnete deshalb eine Türe und befand mich in einer Art Bibliothek. Die Tür gegenüber der zu meinem Schlafzimmer wollte ich auch öffnen, fand sie aber verschlossen.

In der Bibliothek entdeckte ich zu meiner größten Freude eine reiche Auswahl englischer Bücher, ganze Schränke voll, und gebundene Jahrgänge von Zeitungen und Zeitschriften. Lose Exemplare lagen auf dem Tisch in der Mitte des Raumes, keines aber war von neuerem Datum. Die Bücher hatten den mannigfaltigsten Inhalt – Geschichte, Geographie, Politik, Nationalökonomie, Botanik, Geologie, Rechtspflege – alles über England, über englisches Leben, über englische Sitten und Gebräuche. Sogar Nachschlagewerke waren vorhanden, wie das Adressbuch von London, das »Rote« und das »Blaue« Buch, Withakers Almanach, die Armee- und Marine- und – mein Herz lachte dabei – die Juristenrangliste.

Während ich so in den Büchern herumstöberte, öffnete sich plötzlich die Türe und der Graf trat ein. Er begrüßte mich herzlich und erkundigte sich, wie ich geschlafen hätte. Dann fuhr er fort:

»Es freut mich, dass Sie sich hier hereingefunden haben, denn ich bin sicher, dass Sie viel des Interessanten vorfinden werden. Diese Freunde hier« – er legte die Hand auf eines der Bücher – »sind mir wirklich gute Freunde geworden; sie haben mir schon seit Jahren, als ich den Entschluss fasste, nach England zu gehen, viele, viele frohe Stunden bereitet. Durch sie habe ich Ihr stolzes England kennen gelernt, und es kennen, heißt es lieben. Ich sehne mich danach, in den dichtbelebten Straßen Ihres ungeheueren London zu promenieren, mitten in dem Getriebe und Gewühle der Menschen, teilzunehmen an ihrem Leben, ihren Schicksalen, ihrem Sterben und an all dem, was eben London zu dem macht, was es ist. Aber leider kenne ich Ihre Sprache nur aus Büchern. Sie, mein Freund, werden natürlich sagen, ich spreche sie.«

»Aber, Graf«, rief ich aus, »Sie kennen und beherrschen das Englische durchaus.« Er verbeugte sich mit ernster Miene.

»Ich danke Ihnen, mein Freund, für Ihre schmeichelhafte Anerkennung; aber ich fürchte trotzdem, dass ich erst ein kleines Stück auf dem Wege vorgeschritten bin, den ich ganz zurückzulegen gedenke. Es ist ja richtig, ich kenne die Grammatik und die Wörter, aber ich weiß sie doch nicht zu verwenden.«

»Aber«, wiederholte ich, »Sie sprechen ausgezeichnet.«

»Nein, nein«, entgegnete er, »ich weiß wohl, dass, wenn ich in Ihrem London lebe und spreche, es keinen gibt, der mir nicht sofort den Fremden anmerkt. Das ist mir nicht genug. Hier bin ich ein Adeliger, ein Bojar; das Volk kennt mich, und ich bin sein Herr. Aber als Fremder im fremden Lande ist man gar nichts, niemand kennt mich, und einen nicht kennen, heißt sich nicht um ihn kümmern. Ich will mich in nichts von den andern unterscheiden und nicht haben, dass jemand stehen bleibt, wenn er mich sieht, oder seine Rede einen Moment unterbricht, wenn er mich sprechen hört, und sagt: Aha, ein Fremder. Ich bin solange Herr gewesen, dass ich auch Herr bleiben will, wenigstens will ich nicht, dass jemand Herr über mich ist. Sie kommen zu mir nicht allein als Geschäftsträger meines Freundes Peter Hawkins in Exeter, um mir zu berichten, dass meine Geschäfte in London so oder so stehen. Sie werden hoffentlich eine Zeit lang hier bleiben, damit ich durch das Sprechen mit Ihnen den englischen Akzent erlerne; und ich bitte Sie, es mir zu sagen, wenn ich einen Fehler mache, und sei es der kleinste. Es tut mir Leid, dass ich heute so lange wegbleiben musste; aber Sie werden es mir verzeihen, wenn ich Ihnen sage, dass eine Menge wichtiger Geschäfte auf mir lastet.«

Ich versicherte ihm, dass ich gerne alles tun werde, was in meinen Kräften stünde, und fragte ihn, ob ich dieses Zimmer jederzeit betreten dürfe, wenn es mir beliebe. »Ja, gewiss«, sagte er und fügte hinzu:

»Sie können im Schloss hingehen, wo Sie wollen, außer dahin, wo die Türen verschlossen sind; dahin werden Sie ja übrigens auch gar nicht wollen. Es hat seine Gründe, dass die Dinge nun einmal so sind; und sähen Sie mit meinen Augen und hätten Sie meine Erfahrungen, so würden Sie mich noch leichter begreifen.« Ich erwiderte ihm, dass das ja ganz selbstverständlich sei, und er fuhr fort:

»Wir sind hier in Transsylvanien, und Transsylvanien ist nicht England. Unsere Wege sind nicht die Ihrigen und manches möchte Ihnen sonderbar erscheinen. Nach allem, was Sie gehört haben, wissen Sie ja ohnehin, dass sich hier seltsame Dinge ereignen.«

Dies führte zu einer ausgedehnten Konversation, und da ich bemerkte, dass er gerne plaudere, und sei es nur um des Plauderns willen, so fragte ich ihn vieles über die Dinge, die ich bisher gesehen oder sonstwie erfahren hatte. Zuweilen lenkte er das Gespräch ab oder unterbrach es, angeblich weil er nicht genau verstanden habe, im Allgemeinen aber antwortete er mir offen auf alle gestellten Fragen. Als dann die Zeit vorrückte und ich etwas kühner wurde, fragte ich ihn über einige der kuriosen Dinge der vergangenen Nacht, so u. a., warum der Kutscher den blauen Flämmchen nachgegangen sei. Ob es wirklich wahr wäre, dass diese Flämmchen vergrabene Schätze anzeigten? Er erklärte mir, dass allgemein der Glaube verbreitet sei, dass in einer bestimmten Nacht des Jahres – tatsächlich war es gerade die letzte Nacht, in der alle bösen Geister freie Bahn haben sollten – blaue Flammen sich an den Plätzen zeigen, wo ein verborgener Schatz liege.

»Solche Schätze liegen vergraben«, fuhr er fort »bezüglich der Gegend, durch die Sie vergangene Nacht kamen, habe ich sogar nicht den geringsten Zweifel; denn es ist der Boden, auf dem Jahrhunderte lang Walachen, Sachsen und Türken kämpften. Nun, da ist schwerlich auch nur ein Fußbreit Erde, der nicht Menschenblut getrunken hat, von Freund und Feind. Das waren böse Zeiten, als die Horden der Österreicher und Ungarn sengend herankamen und die Eingeborenen sich ihnen entgegenstellten – Männer und Frauen, Greise und Kinder – und ihnen in den Felspässen auflauerten, um durch künstliche Lawinen das Verderben in die Massen der Feinde zu tragen. Wenn dann der Eindringling dennoch Herr wurde, so fand er nichts mehr vor; denn was man besaß, hatte man der heimischen Scholle anvertraut.«

»Aber«, sagte ich, »wie kommt es denn, dass sie so lange nicht gehoben wurden, wenn doch sichere Anzeichen vorhanden sind und man sich nur die kleine Mühe zu machen hätte, den Schätzen nachzugraben?« Der Graf lächelte; dabei zogen sich seine Lippen eigentümlich über das Zahnfleisch zurück, dass die langen, scharfen Hundezähne hervortraten. Er antwortete:

»Weil unsere Bauern feige und dumm sind. Diese Flämmchen erscheinen doch nur in einer einzigen Nacht, und in dieser Nacht geht niemand, der nicht muss, aus seinem Hause. Selbst wenn er es wagte, es würde doch zu nichts führen. Und angenommen, er merkt sich die Plätze, wo er Lichter sieht; am nächsten Tag hat er nicht mehr den geringsten Anhaltspunkt, um sein Werk zu beginnen. Ich getraue mir zu schwören, dass auch Sie keinen der Plätze mehr finden würden.«

»Da haben Sie ganz recht«, sagte ich darauf, »nur die Toten könnten uns sagen, wo nach den Schätzen zu graben wäre.« Sogleich schlug er ein anderes Thema an.

»Bitte«, sagte er, »erzählen Sie mir von London und dem Haus, das Sie für mich ausgesucht haben.« Ich entschuldigte mich einen Augenblick und begab mich in mein Zimmer, um die nötigen Papiere aus meinem Koffer zu holen. Während ich diese etwas in Ordnung brachte, hörte ich aus dem Speisezimmer das Klappern von Porzellan und Silber, und als ich zurückkam, war der Tisch abgeräumt und die Lampe angezündet; es dunkelte schon stark. Auch im Bibliothekszimmer waren die Lampen angezündet und der Graf lag auf dem Sofa, wobei er ausgerechnet Bradshaws Kursbuch von England durchblätterte. Als ich hereintrat, räumte er die Bücher und Zeitungen vom Tisch und vertiefte sich dann mit mir in Pläne, Urkunden und Zahlen aller Art. Er interessierte sich für alles und stellte mir hunderte von Fragen über das Grundstück und seine Umgebung. Er hatte, wie es mir schien, bereits vorher alles sorgfältig studiert, was er über die Nachbarschaft in Erfahrung bringen konnte, denn er wusste eigentlich mehr als ich. Als ich ihm mein Erstaunen darüber zum Ausdruck brachte, sagte er:

»Allerdings, mein Bester, aber musste ich das nicht? Wenn ich dorthin komme, bin ich allein, und mein Freund Harker Jonathan – verzeihen Sie, ich habe nach der Gewohnheit meiner Sprache den Familiennamen vorausgesetzt – mein Freund Jonathan Harker wird mir nicht zur Seite stehen. Er wird in Exeter sein, viele Meilen von mir, und vielleicht mit meinem anderen Freund, Peter Hawkins, Gerichtsakten studieren. Ist das nicht so?«

Er vertiefte sich in das Problem des Ankaufs der Besitzung in Purfleet. Als ich ihn noch über verschiedene Details unterrichtet und er die notwendigen Papiere unterzeichnet hatte, schrieb er noch einen Brief, um ihn dem bereits fertigen an Herrn Hawkins beizulegen, und fragte mich dann, wie ich eigentlich auf diesen prächtigen Platz aufmerksam geworden wäre. Ich las ihm die Notizen vor, die ich mir seinerzeit in dieser Angelegenheit gemacht hatte und die ich wörtlich hierher setze:

»In Purfleet, in einer Nebengasse, fand ich ein Grundstück, wie ich es gerade brauchte. Eine verwaschene Tafel zeigte an, dass es zu verkaufen wäre. Es ist umgeben von einer hohen, aus roh behauenen Steinen gefügten Mauer und seit einer langen Reihe von Jahren nicht mehr in Stand gehalten worden. Die verschlossenen Tore sind von schwerem Eichenholz mit verrosteten Eisenbeschlägen.

Das Grundstück heißt Carfax, ohne Zweifel eine Verstümmelung des alten quartre faces, denn das Haus ist würfelförmig, die Seiten nach den vier Himmelsrichtungen orientiert. Das Besitztum ist alles in allem zwanzig Morgen groß, vollkommen umschlossen von der oben erwähnten Steinmauer und mit Bäumen bestanden, was ihm einen gewissen düsteren Charakter verleiht. Außerdem befindet sich dort ein tiefer, dunkler Teich oder kleiner See, der offenbar von unterirdischen Quellen gespeist wird; das Wasser ist klar und fließt in einem stattlichen Bach ab. Das Haus ist sehr groß und weist alle Bauarten bis zurück zum Mittelalter auf; ein Teil ist von ungeheuer dicken Steinen erbaut; die wenigen Fenster sind hoch über dem Boden angebracht und stark vergittert. Es sieht aus wie ein Teil einer Festung und steht dicht bei einer alten Kirche oder Kapelle. Ich konnte nicht ins Innere derselben, da ich keinen Schlüssel besaß, der den Zutritt vom Hause aus ermöglicht hätte; aber ich machte mit meinem Kodak Aufnahmen von allen Seiten. Das Haus war recht weitläufig, und ich kann die Größe der Fläche, die es bedeckt, nur annähernd schätzen. In der Nachbarschaft befinden sich nur wenige Gebäude; eines davon ist sehr groß, erst kürzlich gebaut und als Privatirrenanstalt eingerichtet. Vom Grundstück aus ist es nicht sichtbar.«

Als ich ihm diese Notizen vorgelesen hatte, sagte er:

»Es freut mich, dass es so groß und alt ist. Ich selbst stamme aus alter Familie, und das Wohnen in diesen neumodischen Häusern würde mich einfach umbringen. Ein Haus kann nicht in einem Tage wohnlich eingerichtet werden, und dann, wie viele Tage gehen dahin, bis ein Jahrhundert um ist. Es ist mir auch lieb, eine alte Kapelle dabei zu haben. Wir transsylvanischen Edelleute wollen nicht, dass unsere Gebeine zwischen denen gewöhnlicher Sterblicher ruhen sollen. Ich suche nicht Lust und Heiterkeit, nicht warmen Sonnenschein und glitzerndes Wasser, wie es die fröhliche Jugend tut. Ich bin nicht mehr jung und mein Herz ist durch die oft wiederholte Trauer um liebe Tote nicht mehr zum Frohsinn gestimmt. Auch die Mauern meines Schlosses sind zerstört; es gibt viele Schatten und der Wind pfeift kalt durch zerbröckelnde Zinnen und Luken. Ich liebe das Dunkel und die Schatten und bin gern allein mit meinen Gedanken.«

Manchmal hatte ich den Eindruck, als entsprächen seine Worte nicht ganz seinen Gedanken, oder aber die Form seines Gesichtes ließ sein Lächeln hämisch und düster erscheinen.

Er stand auf und entschuldigte sich für einige Zeit, indem er mich bat, meine Papiere einstweilen wieder in Ordnung zu bringen. Als er gegangen war, betrachtete ich einige der Bücher, die herumlagen. Eines war ein Atlas; die Karte von England, scheinbar viel benützt, lag aufgeschlagen. Als ich näher hinsah, fiel mir auf, dass mehrere Orte mit kleinen Kreisen bezeichnet waren; einer an der Ostseite von London, da, wo sein zukünftiges Besitztum lag, einer bei Exeter und einer bei Whitby an der Küste von Yorkshire.

Es währte fast eine Stunde, bis der Graf zurückkam. »Ah«, sagte er, – »immer noch über den Büchern? Gut. Aber Sie dürfen nicht immer arbeiten. Kommen Sie mit; Ihr Abendtisch ist meines Wissens bereit.« Er nahm meinen Arm und führte mich in das nächste Zimmer, wo ich ein vorzügliches Souper angerichtet fand. Der Graf entschuldigte sich wieder, dass er schon auswärts gegessen habe. Er saß da, wie in der Nacht vorher, und plauderte, während ich aß. Nach Tisch rauchte ich, und der Graf blieb bei mir, indem er mich über alle erdenklichen Dinge fragte. Stunde um Stunde verrann. Ich merkte, dass es wirklich sehr spät wurde, sagte aber nichts, da ich mich für verpflichtet hielt, den Wünschen meines Gastgebers in jeder Weise Rechnung zu tragen. Ich war nicht schläfrig, denn die lange Ruhe von gestern hatte mich gekräftigt, aber ich empfand unwillkürlich den Schauer, der einen bei Anbruch des Morgen befällt. Der Wechsel der Tageszeiten ähnelt in seiner Art den Gezeiten des Meeres. Man sagt, dass todkranke Menschen gewöhnlich bei Anbruch der Dämmerung oder beim Wechsel der Gezeiten sterben. Jeder, der ermüdet war, doch auf irgendeinem Posten auszuharren hatte und selbst den Einfluss dieser Änderung der Atmosphäre empfunden hat, wird das sehr begreiflich finden. Plötzlich ertönte draußen ein Hahnenschrei, der mit unheimlicher Klarheit durch die reine Morgenluft zu uns drang. Graf Dracula sprang auf und sagte:

»Was, schon wieder Morgen? Welche Nachlässigkeit von mir, Sie so lange aufzuhalten! Sie müssen Ihre Unterhaltung über mein neues englisches Vaterland weniger anregend gestalten, so dass ich nicht vergesse, wie die Zeit bei uns vergeht.« Dann empfahl er sich mit einer höflichen Verbeugung.

Ich begab mich auf mein Zimmer und zog die Vorhänge zurück, aber da war wenig zu sehen. Mein Fenster ging auf den Hof, über dem das warme Grau des erwachenden Tages lag. So schloss ich das Fenster wieder und schreibe über meine Erlebnisse.

8. Mai. – Ursprünglich, als ich mein Tagebuch zu schreiben begann, fürchtete ich, zu weitläufig zu werden; jetzt bin ich aber doch froh, dass ich von Anfang an keine Details ausließ. Es ist so merkwürdig hier, dass ich mich wirklich unbehaglich fühle. Ich wollte, ich wäre wieder heil draußen oder gar nicht hereingekommen. Es mag ja

sein, dass mich das ungewöhnliche Nachtleben mitnimmt; aber wenn es nur das allein wäre! Wenn ich nur jemand hätte, mit dem ich mich aussprechen könnte, dann ließe es sich leichter ertragen, aber es ist niemand hier. Da ist nur der Graf und der ...; ich fürchte, ich bin die einzige lebende Seele hier auf dem Schloss. Ich will die Sache etwas nüchterner auffassen, als es die Verhältnisse irgend erlauben. Es wird mir helfen, mich aufrechtzuerhalten. Meine Fantasie darf keine Sprünge machen; wenn sie es tut, bin ich verloren. Weiter nun, was ich erlebte oder zu erleben glaubte.

Ich schlief nur wenige Stunden und erhob mich, als ich merkte, dass ich doch nicht weiterschlafen könne. Ich hatte meinen Rasierspiegel am Fenster befestigt und begann mich zu rasieren. Plötzlich hörte ich des Grafen Stimme »Guten Morgen« sagen und fühlte, wie seine Hand sich auf meine Schulter legte. Ich stutzte, denn ich hatte ihn nicht kommen sehen, obgleich der Spiegel mir ermöglichte, das ganze Zimmer hinter mir zu übersehen. Dabei hatte ich mich leicht geschnitten, achtete aber im Augenblick nicht darauf. Nachdem ich den Gruß des Grafen erwidert hatte, sah ich nochmals in den Spiegel, ob ich mich nicht doch getäuscht hätte. Diesmal aber war jeder Irrtum ausgeschlossen; der Mann stand so dicht hinter mir, dass ich ihn über meine Schulter hinweg erblicken konnte. Aber der Spiegel zeigte kein Bild von ihm! Das ganze Zimmer hinter mir lag sichtbar da, aber außer mir war niemand darin zu sehen. Das war recht merkwürdig und eigentlich das Merkwürdigste, was ich bisher erlebt hatte. Ich empfand wieder ein grässliches Unbehagen, wie immer, wenn der Graf in meiner Nähe war; zugleich bemerkte ich, dass die kleine Verletzung blutete und dass das Blut über mein Kinn herunterrieselte. Ich legte das Rasiermesser weg und wandte mich um, mir ein Blut stillendes Pflaster zu holen. Wie der Graf mein Gesicht sah, erglänzten seine Augen in dämonischem Feuer und er tat einen raschen Griff nach meiner Kehle. Ich fuhr zurück und dabei berührte seine Hand die Perlen meines Rosenkranzes. Das erzeugte einen raschen Wandel in ihm; seine Erregung legte sich so rasch, dass es schien, als sei sie gar nicht da gewesen.

»Nehmen Sie sich in Acht«, sagte er, »dass Sie sich nicht schneiden; in diesem Lande ist es gefährlicher als Sie glauben.« Dann ergriff er meinen Toilettenspiegel und fuhr fort: »Und dieses verfluchte Ding ist schuld daran. Es ist ein schlechtes Spielzeug menschlicher Eitelkeit. Fort damit!« Er öffnete das große Fenster mit einem Ruck seiner schrecklichen Hand und warf den Spiegel hinaus, der tief unten auf dem Pflaster des Schlosshofes in tausend Scherben zersprang. Dann ging er weg, ohne ein Wort zu sagen. Es ist mir sehr unangenehm, denn ich muss nun, wenn ich zum Rasieren etwas sehen will, den Deckel meiner Uhr oder den Boden meiner Seifenschale benutzen, die zum Glück von Metall ist.

Als ich in das Speisezimmer hinaustrat, war das Frühstück bereit, aber vom Grafen war nichts zu sehen. So aß ich denn allein. Es ist merkwürdig, dass ich den Grafen bis heute noch nicht essen oder trinken sah; er scheint überhaupt ein komischer Kauz zu sein. Nach dem Frühstück unternahm ich eine kleine Rekognoszierung im Schloss. Ich trat auf den Flur hinaus und entdeckte ein kleines Zimmer mit wunderbarer Aussicht nach Süden. Das Schloss steht in der Tat am Rande eines furchtbaren Abgrundes. Ein aus dem Fenster geworfener Stein fiele wohl über tausend Fuß tief, ohne irgendwo anzustoßen. So weit das Auge reicht, ein Meer von grünen Baumwipfeln, das nur gelegentlich von tiefen Gräben unterbrochen wird. Da und dort erglänzen Silberstreifen, wo Flüsse sich in tiefen Schluchten durch die Wälder winden. Aber ich bin nicht in der Laune, Naturschönheiten zu schildern. Nachdem ich mich einen Augenblick lang dem Reiz dieser herrlichen Natur hingegeben hatte, setzte ich meine Untersuchung fort. Türen, Türen, Türen überall; alle verschlossen und verriegelt; nirgends ein Ausweg als durch die Fenster.

Das Schloss ist ein Gefängnis und ich bin ein Gefangener!

# Drittes Kapitel

## Jonathan Harkers Tagebuch

*Fortsetzung*

Als ich zu der Erkenntnis kam, dass ich ein Gefangener sei, ergriff mich eine Art Raserei. Ich rannte die Stiegen auf und ab, probierte jede Tür und spähte bei jedem Fenster hinaus, das mir erreichbar war; aber bald überkam mich das Bewusstsein meiner vollkommenen Hilflosigkeit. Wenn ich auf die paar Stunden zurückschaue, ist es mir wirklich, als sei ich verrückt gewesen, denn ich benahm mich wie eine Ratte in der Falle. Nachdem ich aber dann die Überzeugung gewonnen hatte, dass meine Lage eine verzweifelte sei, setzte ich mich ruhig nieder – so ruhig, als ich je in meinem Leben etwas getan habe – und sann darüber nach, was nun am besten zu geschehen hätte. Darüber denke ich immer noch nach und bin bis jetzt zu keinem Resultat gekommen. Eines aber weiß ich gewiss: Es wäre vollkommen widersinnig, den Grafen von meinen Plänen etwas merken zu lassen. Er weiß recht wohl, dass er mich gefangen hält; und da er selbst es tut und seine eigenen Beweggründe dafür haben muss, würde er mir höchstens Schwierigkeiten in den Weg legen, wenn ich ihm etwas von meinen Absichten sagen würde. So weit ich es bis jetzt beurteilen kann, ist es das Beste, ich lasse nichts von meinen Erfahrungen und Befürchtungen verlauten und halte die Augen offen. Ich fühle, dass ich entweder von meiner Angst getäuscht werde wie ein kleines Kind, oder aber ich befinde mich in einer verzweifelten Klemme. Und ist dies Letztere der Fall, so muss ich, muss unbedingt meinen ganzen Verstand daransetzen, um herauszukommen. Kaum war ich zu diesem Entschluss gelangt, da hörte ich, wie unten die schwere Tür sich schloss, und wusste, dass der Graf heimkam. Da er mich aber nicht in der Bibliothek aufsuchte, ging ich leise in mein Zimmer und traf ihn gerade an, wie er mein Bett in Ordnung brachte. Das war nun sehr merkwürdig, aber es bestätigte mir nur das, was ich mir schon die ganze Zeit gedacht hatte, nämlich dass es keine Dienstboten im Hause gab. Als ich ihn dann durch eine Türspalte das Diner auftragen sah, war ich meiner Sache sicher; denn wenn er diese häuslichen Verrichtungen alle selbst besorgt, so steht doch außer Zweifel, dass er eben niemand dafür hat. Ein jäher Schreck durchfuhr mich, denn wenn niemand im Hause war, dann muss der Graf selbst das Fuhrwerk gelenkt haben, das mich hierher brachte. Ein scheußlicher Gedanke; denn dann hatte er auch Gewalt über die Wölfe, denen er mit einem Wink seiner Hand Stillschweigen gebot. Warum hatten alle Leute in Bistritz und meine Reisegefährten eine so lebhafte Sorge um mich? Was bedeutete es, dass man mir das Kruzifix, Knoblauch, wilde Rosen und Ebereschenzweige schenkte? Wie dankbar bin ich der guten alten Frau, die mir den Rosenkranz um den Hals hängte; es ist ein Trost und eine Stärkung für mich, wenn ich ihn berühre. Seltsam, dies Ding, welches ich bisher mit einer gewissen Missachtung als götzendienerisches Symbol zu betrachten gewohnt war, brachte mir nun Hilfe in meiner Einsamkeit und Not. Liegt das in der Beschaffenheit des Dinges selbst oder ist es nur das Medium, das eine trostreiche Erinnerung an das Mitgefühl der Geberin wachruft? Später, wenn es mir noch möglich sein sollte, muss ich doch die Sache eingehend studieren und mir Aufklärung darüber verschaffen. Unterdessen muss ich alles auskundschaften, was Graf Dracula betrifft, da es mir helfen kann, ihn zu verstehen. Heute Abend muss er mir Rede und Antwort stehen, wenn ich das Gespräch auf diese Dinge lenke. Jedenfalls heißt es äußerst vorsichtig sein, um seinen Verdacht nicht wachzurufen.

Mitternacht. – Ich habe lange mit dem Grafen geplaudert. Ich fragte ihn einiges über die Geschichte seines Geschlechtes und Transsylvaniens, und er erwärmte sich bei diesem Thema auffallend. Seine Erzählungen von Personen, Ereignissen, besonders Schlachten waren so lebhaft, dass man hätte glauben können, er hätte alles selbst miterlebt. Er erklärte es damit: Der Ruhm seines Hauses und seines Namens ist des Bojaren eigener Stolz, ihr Ruhm ist sein Ruhm, ihr Schicksal sein Schicksal. Wenn er von seiner Familie spricht, sagt er immer »wir« und spricht davon im Plural, wie von Königen. Es tut mir Leid, dass ich nicht alles genau so niederlegen kann, wie er es erzählte; aber es war äußerst spannend. Die ganze Geschichte seines Landes schien er vor mir aufzurollen. Er sprach immer erregter und ging im Zimmer umher, indem er seinen langen, weißen Schnurrbart strich und seine starken Hände auf verschiedene Gegenstände legte, als wolle er sie zerdrücken. Eines aber, was mir besonders im Gedächtnis haften blieb, möchte ich so wörtlich wie möglich wiedergeben; es enthüllt mehr als alles andere die Geschichte seines Geschlechtes:

»Wir Szekler haben ein Recht stolz zu sein, denn in unseren Adern fließt das Blut so mancher tapferen Völker, die wie Löwen um die Herrschaft stritten. Hier in den Wirbel europäischer Rassen trug der ugrische Stamm von Island den wilden Kampfgeist herunter, den Wodan und Thor ihm eingepflanzt hatten. Sie überschwemmten als gefürchtete Berserker die Küsten Europas und die von Asien und Afrika dazu, so dass die Völker dachten, ein Heer von Werwölfen sei eingebrochen. Als sie in dieses Land kamen, trafen sie mit den Hunnen zusammen, deren grausame Kriegslust wie eine lodernde Fackel über die Erde hingefegt hatte, so dass die sterbenden Nationen sich erzählten, sie seien Nachkommen jener Hexen, die einst, aus dem Skythenland vertrieben, sich in der Steppe mit Teufeln paarten. Narren! Narren! Welche Teufel, welche Hexen waren so mächtig wie Attila, dessen Blut in diesen Adern kreist?« Er reckte seine Arme aus. »Ist es ein Wunder, dass wir ein Erobererstamm, dass wir stolz sind, dass wir die Horden der Magyaren, der Lombarden, der Awaren, der Bulgaren und der Türken, die gegen unsere Grenzen anrückten, in die Flucht trieben? Ist es zu verwundern, dass die Honfoglalas (Besetzung des heutigen Ungarn durch die Magyaren) ein Ende fand, als Arpad mit seinen Legionen hier an der Grenze auf uns traf? Als die Flut der Ungarn sich wieder ostwärts verlief, wusste man, dass die Szekler mit den siegreichen Magyaren verbündet waren, und auf Jahrhunderte hinaus wurde uns der Schutz der Grenze gegen die Türken anvertraut; und es war keine leichte Aufgabe, denn wie der Türke sagt: ›Das Wasser schläft, aber der Feind schläft nicht.‹ Wer hätte stolzer auf das von den vier Nationen anvertraute ›blutige Schwert‹ sein können als wir, wer eilte auf ihren Kriegsruf schneller zu den Fahnen des Königs? Dann kam die große Schmach unseres Volkes, die Schmach von Cassova. Wer war es, der als Woiwode die Donau überschritt und die Türken auf eigenem Boden schlug, als die Banner der Walachen und Magyaren vor dem Halbmond in den Staub sanken? Wer anders als einer meines Geschlechtes, ein Dracula! Aber, als er gefallen war, da verkaufte sein eigener unwürdiger Bruder das Volk an die Türken zu schmachvoller Knechtschaft. War es nicht dieses Draculas Geist, der einen Späteren seines Namens immer und immer wieder über den breiten Strom in die Türkei einfallen hieß? Zurückgetrieben, kehrte er als Einziger von der blutigen Walstatt heim, auf der sein Stamm niedergemetzelt worden war, und dennoch kehrte er wieder, denn er wusste, dass nur er allein den Sieg erzwingen könne. Man sagt ihm nach, dass er nur an sich allein dachte. Bah, was taugt ein Kriegsvolk ohne Führer? Welchen Zweck hat ein Krieg, wenn nicht ein Kopf und ein Herz da sind, ihn zu führen? Dann, als wir nach der Schlacht von Mohacs das ungarische Joch abschüttelten, da waren wieder wir aus dem Blute der Dracula die Führer, denn unser stolzer Geist konnte den Gedanken nicht ertragen, unfrei zu sein. Ja, junger Herr, die Szekler und die Draculas – ihr Herzblut, ihr Gehirn, ihr Schwert – können sich einer Vergangenheit rühmen wie keines der Emporkömmlingsgeschlechter der Romanows oder Habsburger. Die kriegerischen Zeiten sind vorbei. Blut ist ein zu kostbar Ding in diesen Tagen jämmerlichen Friedens; und der Ruhm großer Geschlechter ist nur mehr wie ein Märchen, das man erzählt.«

Es war fast wieder Morgen geworden und wir gingen zu Bett. (Anm. Das Tagebuch ähnelt erschreckend den Erzählungen aus »Tausend und eine Nacht« oder der Geschichte mit Hamlets Vater; mit dem Hahnenschrei schließt es jedes Mal.)

12. Mai. – Ich beginne mit Tatsachen, reinen, nackten Tatsachen, die durch Bücher und Zahlen dargetan werden und an denen nicht gezweifelt werden kann. Ich darf sie nicht mit eigenen Beobachtungen und Erfahrungen vermischen. Als der Graf am letzten Abend aus seinem Zimmer kam, begann er mich sofort über juristische Dinge auszufragen und über die Schritte, die er zur Ausführung seiner Absicht zu tun habe. Ich hatte den ganzen Tag fleißig über den Büchern verbracht und war, um nicht unbeschäftigt zu sein, auf die Idee gekommen, einiges zu wiederholen, was mir bei der Prüfung auf der Rechtsschule vorgelegt worden war. Es lag eine eigene Methode in den Fragen des Grafen und ich werde deshalb versuchen, sie möglichst der Reihe nach wiederzugeben; vielleicht sind mir diese Notizen irgendwo und irgendwann von Nutzen.

Zuerst fragte er mich, ob es in England gestattet sei, zwei oder mehr Sachwalter für seine Geschäfte zu haben. Ich sagte ihm, er könne ein ganzes Dutzend anstellen, wenn es ihm beliebe, aber dass es nicht sehr klug wäre, mehr als einen Advokaten in einer Angelegenheit zu engagieren, denn es könne doch immer nur einer wirklich tätig sein, und ein Wechsel würde den Interessen direkt zuwiderlaufen. Er schien vollkommen zu verstehen und frug dann weiter, ob es z. B. zweckmäßig wäre, einen Sachwalter für Geldsachen, einen anderen für Schifffahrtsangelegenheiten zu bestellen, falls irgendwo ein lokales Eingreifen nötig sei, was durch die große Entfernung des finanziellen Sachwalters erschwert würde. Ich bat ihn, sich noch klarer auszudrücken, so dass absolut keine Gefahr bestünde, von mir falsch informiert zu werden, und er sagte darauf:

»Ich will es durch ein Beispiel illustrieren. Unser gemeinsamer Freund Peter Hawkins kauft von seinem Bureau im Schatten Ihrer herrlichen Kathedrale von Exeter aus durch Ihre gütige Mithilfe für mich ein Grundstück in London. Gut. Sie können mir ja einwerfen, dass ich einen Sachwalter hätte nehmen müssen, der in London selbst wohnt; ich muss Ihnen aber offen gestehen, mir lag es daran, dass mein Bevollmächtigter absolut durch nichts anderes geleitet werden sollte als durch meine speziellen Wünsche. Nachdem es ja nicht ausgeschlossen erscheint, dass ein Londoner Advokat dabei seine oder seiner Freunde Interessen im Auge haben könnte, beschloss ich, mir einen solchen aus der weiteren Umgebung von London zu wählen, dessen Arbeit allein in meinem Interesse geschähe. Nun nehme ich an, ich will per Schiff Güter nach Newcastle oder Durham oder Harwich oder Dover transportieren lassen – und das ist bei der Ausdehnung meiner Geschäfte nicht ausgeschlossen –, wäre es da nicht besser, meine Angelegenheiten durch einen am betreffenden Ort ansässigen Agenten besorgen zu lassen?« Ich erwiderte, dass die Sache ohne Zweifel ihre guten Seiten habe, aber auch, dass wir Advokaten einen Interessenverband bildeten und einer für den anderen die Erledigung lokaler Angelegenheiten übernähme. Für seinen Zweck würde es auch genügen, seinen Sachwalter einfach mit der Sache zu beauftragen; die betreffenden Wünsche würden dann auf dem genannten Wege erfüllt.

»Ganz recht«, antwortete er, »aber ich hätte dann doch mehr Freiheit in meinen Anordnungen. Finden Sie das nicht auch?«

»Allerdings«, entgegnete ich, »und manche Geschäftsleute machen es so, die ihre Gründe dafür haben, nicht alle ihre Angelegenheiten einer einzigen Person anzuvertrauen.«

»Gut«, sagte er und fuhr dann weiter fort über die Art, wie man am besten Schiffstransporte einleite und welche Formalitäten zu erfüllen wären. Er gedachte aller Schwierigkeiten, auf die sein Unternehmen eventuell stoßen könnte und wie solchen am vorteilhaftesten zu begegnen wäre. Ich klärte ihn nach meinem besten Wissen über alle diese Dinge auf und gewann schließlich den Eindruck, dass er selbst einen vorzüglichen Advokaten abgegeben hätte, denn es gab nichts, woran er nicht gedacht, was er nicht in den Kreis seiner Erwägungen gezogen hätte. Dafür, dass er noch nie in meinem Lande gewesen und offenbar wenig mit Geschäftsangelegenheiten zu tun hatte, waren seine Kenntnisse und sein Scharfsinn geradezu erstaunlich. Als er sich über alles, was er wissen wollte, hinreichend informiert zu haben schien und ich meine Angaben an Hand der verfügbaren Bücher so gut als möglich nachgeprüft hatte, stand er plötzlich auf und sagte:

»Haben Sie schon an unsern Freund Peter Hawkins geschrieben?« Mit einer gewissen Bitterkeit antwortete ich, dass dies noch nicht geschehen sei, da ich zur Absendung des Briefes ja noch keine Gelegenheit gehabt hätte.

»Dann schreiben Sie gleich jetzt, mein junger Freund«, sagte er, indem er seine Hand schwer auf meine Schulter legte, »schreiben Sie an unsern Freund und an wen Sie wollen und teilen Sie mit, dass Sie wenigstens noch einen Monat hier zu verweilen gedenken.«

»Wollen Sie absolut, dass ich noch so lange bleibe?« fragte ich, und es überlief mich kalt bei diesem Gedanken.

»Ich wünsche es nicht nur; ich würde es Ihnen sogar übel nehmen, wenn Sie früher fortwollten. Wenn Ihr Herr und, wenn Sie wollen, Meister jemand zu seiner Vertretung schickt, so glaube ich doch wohl, dass meine Bedürfnisse in erster Linie in Betracht kommen. Ich habe doch keinen Termin bestimmt. Ist es nicht so?«

Was wollte ich anders tun als ja sagen? Es war Herrn Hawkins Sache und nicht meine, ich musste für ihn handeln, nicht für mich. Außerdem lag in Draculas Augen und in seinem Benehmen etwas, was mich daran erinnerte, dass ich sein Gefangener war und dass mir ja doch keine Wahl geblieben wäre. Der Graf sah seinen Sieg in meiner zustimmenden Verbeugung und in der Erregung meiner Gesichtszüge, denn er begann in seiner verbindlichen, aber unwiderstehlichen Art:

»Ich bitte Sie, lieber junger Freund, dass Sie in Ihren Briefen nur Geschäftliches berühren, außerdem wird es

Ihren Freunden doch ohne Zweifel lieb sein, zu erfahren, dass es Ihnen gut geht und dass Sie sich darauf freuen, sie wiederzusehen.« Nachdem er das gesagt hatte, gab er mir drei Briefbogen und drei Kuverts. Sie waren von dünnstem Überseepapier; ich sah auf die Briefbogen, dann auf ihn und bemerkte sein ruhiges Lächeln, das die scharfen weißen, über die Unterlippe ragenden Hundezähne entblößte. Da ward es mir klar, was er damit sagen wollte, ich solle recht vorsichtig mit meiner Korrespondenz sein, da er alles lesen könne. Ich beschloss daher, Herrn Hawkins und Mina einige formelle Zeilen zu schreiben, dann aber im geheimen ihm meine Lage genau zu schildern, ebenso Mina; letzterer Brief sollte stenografisch abgefasst werden; der Graf sollte ihn wenigstens nicht lesen können, wenn er in seine Hände fiele. Als ich meine zwei Briefe geschrieben hatte, saß ich eine Weile still und las in einem Buche, während der Graf einige Zeilen schrieb, anscheinend Notizen aus einem vor ihm liegenden Heft. Dann nahm er meine zwei Briefe und legte sie zu den seinen, nachdem er das Schreibzeug wieder in Ordnung gebracht hatte. Er verließ das Zimmer und ich benützte rasch die Gelegenheit, nach den Adressen seiner Briefe zu sehen, die umgekehrt auf dem Tische lagen. Ich machte mir kein Gewissen aus diesem Vertrauensbruch, denn unter den gegebenen Umständen hielt ich alles für erlaubt, wodurch ich mich vielleicht retten konnte. Der eine war an Herrn Samuel F. Billington, No. 7, The Crescent, Whitby, der andere an Herrn Leutner, Varna, gerichtet; der dritte trug die Adresse: Coutts & Co., London, der vierte die der Bankiers Klopstock & Billreuth, Budapest. Der zweite und der vierte waren noch nicht geschlossen. Eben wollte ich nach ihrem Inhalt sehen, da bemerkte ich, dass sich die Türklinke bewegte. Rasch ließ ich mich auf meinen Stuhl zurückfallen, nachdem ich gerade noch Zeit gehabt hatte, die Briefe wieder in ihre ursprüngliche Ordnung zu bringen und mein Buch zu ergreifen, ehe der Graf, der einen Brief in der Hand trug, ins Zimmer trat. Er nahm die Briefe vom Tisch, verschloss sie sorgfältig und wandte sich dann an mich:

»Ich hoffe, Sie werden es mir nicht verübeln, aber ich habe heute Abend in dringenden Privatangelegenheiten zu tun. Sie werden, denke ich, alles finden, was Sie brauchen.« An der Tür drehte er sich noch einmal um und sagte nach kurzer Pause:

»Lassen Sie sich raten, lieber junger Freund – nein, lassen Sie sich lieber in allem Ernst davor warnen, in einem anderen Teile des Schlosses zu schlafen, wenn Sie überhaupt die Absicht haben, aus diesen Zimmern zu gehen. Das Schloss ist alt und hat eine seltsame Vergangenheit; schlechte Träume haben die, welche unvorsichtig zur Ruhe gehen. Also seien Sie gewarnt! Sollte der Schlaf Sie jetzt oder irgendwann übermannen, so eilen Sie sofort in Ihr Schlafzimmer oder in eines dieser Gemächer, dann ist Ihre Ruhe gesichert. Sind Sie aber unvorsichtig in dieser Beziehung, dann …« Er schloss seine Rede in unheimlicher Weise, indem er seine Hände rieb, als wollte er sie waschen. Ich verstand ihn vollkommen, aber ich zweifelte daran, dass irgendein Traum scheußlicher sein konnte als dieses unnatürliche, grauenhafte Netz von Geheimnissen, das sich um mich zusammenzuziehen schien.

Später. – Ich bestätige diese letzten Worte, denn jetzt kann kein Zweifel mehr bestehen. Ich fürchte mich nicht mehr, an einem Platz einzuschlafen, wo »er« nicht ist. Meinen Rosenkranz habe ich über meinem Bett aufgehängt – ich glaube, so ist meine Ruhe freier von Träumen, und dort soll er bleiben.

Als der Graf mich verließ, zog ich mich in mein Zimmer zurück. Nach einer kleinen Weile, da ich keinen Laut mehr hörte, trat ich heraus und ging die steinerne Stiege hinauf, von wo ich den Ausblick nach Süden habe. Es lag wie ein Schimmer der Freiheit über der weiten Ebene, die mir doch unerreichbar war; ein schmerzlicher Gegensatz zu der dunklen Enge des Schlosshofes. Wenn ich auf diesen hinaussah, hatte ich tatsächlich das Gefühl, Gefangener zu sein, und mir war, als müsste ich mir die Brust voll frischer Luft trinken, und sei es auch nur die der Nacht. Ich fühle, dass diese Nachtexistenz mir schadet, dass sie meine Nerven zerstört. Ich erschrecke vor meinem eigenen Schatten und leide an den schrecklichsten Gesichten. Gott weiß, dass auf diesem verwünschten Platz Grund zu jeglicher Sorge gegeben ist. Ich sah hinaus in die wundervolle Weite, die sanftes, gelbliches Mondlicht taghell überflutete. In dem Ungewissen Lichte verschwammen die Umrisse der fernen Hügel, und die Schatten in den Tälern und Schluchten waren von samtartiger Schwärze. Schon der Anblick dieser Schönheit gab mir Mut; mit jedem Atemzuge sog ich Frieden und Trost ein. Als ich mich etwas aus dem Fenster lehnte, wurde mein Blick durch etwas gefesselt, das sich ein Stockwerk tiefer links von mir bewegte; nach der Lage der Zimmer mussten sich hier die Fenster des Grafen befinden. Das Fenster, an dem ich stand, war hoch und tief mit einem steinernen Mittelkreuz, das, obgleich verwittert, dennoch ganz gut erhalten war. Es mochte eine stattliche Reihe von Jahren her sein, dass jemand hier hinausgeschaut. Ich versteckte mich hinter dem Fensterpfeiler und sah gespannt hinaus.

Das erste, was ich sah, war der Kopf des Grafen, der aus dem Fenster auftauchte. Ich sah das Gesicht nicht, aber ich kannte den Nacken und die Bewegung des Rückens und der Arme. Am wenigsten konnte ich über die Hände im Zweifel sein, die zu studieren ich ja schon reichlich Gelegenheit gehabt hatte. Zuerst war ich voll Interesse, fast belustigt, denn es ist eigenartig, welche Kleinigkeiten einen Gefangenen interessieren und belustigen können. Aber diese Gefühle verwandelten sich in Abscheu und Entsetzen. Ich sah, wie sich der ganze Mann langsam aus dem Fenster schiebt und, Kopf voraus, anfängt, über dem schauerlichen Abgrund an der Schlossmauer hinunterzukriechen; sein Mantel breitet sich um ihn wie ein Paar großer Flügel. Erst traute ich meinen Augen nicht. Ich dachte, es wäre eine Täuschung durch das Mondlicht, irgendein toller Schatteneffekt; ich sah genau hin – es war kein Irrtum möglich. Ich sah die Finger und Zehen in die Mauerritzen greifen, die der Zahn der Zeit des Mörtels beraubt hatte; er klettert so mit beträchtlicher Geschwindigkeit abwärts, indem er sich die kleinste Unebenheit zu Nutze macht, wie eine Eidechse, die an einer Mauer entlangläuft.

Was ist das für ein Mensch, oder vielmehr, was ist das für eine Kreatur, die hier in Menschengestalt sich verbirgt? Das Entsetzen vor diesem schreckensvollen Ort überwältigt mich, ich fühle es; ich bin in Angst, in schrecklicher Angst und sehe keinen Ausweg; ich bin von Gefahren umgeben, an die ich gar nicht denken darf.

15. Mai. – Noch einmal sah ich den Grafen gleich einer Eidechse das Schloss verlassen. Er stieg schräg hinunter, wohl hundert Fuß tief und etwas nach links. Dann verschwand er in einer Höhle oder einem Fenster. Als sein Kopf nicht mehr sichtbar war, lehnte ich mich hinaus, um mehr zu sehen, aber ohne Erfolg; die Entfernung war zu groß, der Blickwinkel zu schmal. Ich wusste nun, dass er das Schloss verlassen hatte, und gedachte diese Gelegenheit auszunützen, um mehr zu erforschen, als ich bis jetzt gewagt hatte. Ich ging in mein Zimmer zurück, holte meine Lampe und probierte eine Tür nach der anderen. Sie waren alle, wie ich es nicht anders erwartet hatte, verschlossen, und die Schlösser waren verhältnismäßig neu; dann stieg ich die Steintreppe hinunter und gelangte zu der großen Halle, durch die ich meinen Einzug ins Schloss gehalten hatte. Ich vermochte die Riegel leicht zurückzuschieben und die Ketten auszuhängen, aber das Tor war verschlossen und der Schlüssel fehlte! Dieser musste in des Grafen Zimmer sein, es galt also zu versuchen, ob seine Tür verschlossen sei, so dass ich den Schlüssel dort holen und entfliehen könnte. Ich unternahm eine gründliche Besichtigung der verschiedenen Treppen und Gänge und versuchte, welche der Türen sich etwa öffnen ließen. Einige kleine Zimmer zunächst der Halle waren offen, aber es war nichts in ihnen als altes Mobiliar, grau verstaubt und mottenzerfressen. Schließlich fand ich aber doch eine Tür am Ende der Treppe, die zwar verschlossen schien, aber doch unter meinem Druck etwas nachgab. Ich versuchte es stärker und fand, dass sie nicht eigentlich verschlossen

war; der Widerstand rührte daher, dass die Türangeln sich gesenkt hatten und der Türflügel nun am Boden streifte. Das war nun eine Möglichkeit, wie sie sich so rasch nicht mehr bot; ich nahm meine ganze Kraft zusammen und vermochte auch die Tür so weit zu öffnen, dass ich eintreten konnte. Ich befand mich hier in dem Flügel des Schlosses, der rechts von den mir bekannten Räumen sich hinzog, aber ein Stockwerk tiefer. Ich sah aus dem Fenster und erkannte, dass diese Zimmerreihe den südlichen Teil des Schlosses bildete; das letzte Zimmer hatte Fenster nach Süden und Westen. Nach beiden Seiten hin sah man in einen tiefen Abgrund. Das Schloss war auf eine Felszunge gebaut, so dass es von drei Seiten aus unzugänglich war. Hier, wohin weder Schleuder, noch Bogen, noch Feldschlange reichten, waren große Fenster angebracht; das Zimmer, das gegen keinen feindlichen Angriff gesichert werden musste, war licht und schön. Gegen Westen zu dehnte sich ein weites Tal, und ferne, ganz ferne erhoben sich gezackte Felswälle, Gipfel an Gipfel; die steilen Wände waren bewachsen mit Bergesche und Dorngestrüpp, deren Wurzeln sich in den Spalten und Rissen und Ritzen des Gesteines festklammerten. Hier war ich offenbar in dem vor Zeiten bewohnten Teil des Schlosses, denn die Möbel waren bequemer, als ich sie bisher gesehen hatte. Die Fenster waren ohne Vorhänge; das gelbe Mondlicht flutete breit durch die geschliffenen Scheiben und man konnte sogar Farben erkennen. Dabei machte es den Staub, der über allem lag, weniger bemerkbar und verwischte einigermaßen die Spuren der Zeit und der Motten. Meine Lampe schien kaum eine Wirkung zu haben in dem glänzenden Mondschein, aber ich war froh um sie, denn es lag eine schreckliche Einsamkeit über dem Raum, die mir das Herz zusammenzog und meine Nerven erzittern machte. Übrigens war es mir hier viel wohler als allein in meinem Zimmer, das mir durch des Grafen Anwesenheit verleidet worden war; meine nervöse Erregung legte sich und eine wohltuende Ruhe kam über mich. Hier sitze ich nun an einem kleinen eichenen Tisch, an dem vor alters vielleicht manches hübsche Fräulein mit vielen Gedanken und vielem Erröten sein fehlerhaftes Liebesbriefchen kritzelte, und schreibe stenografisch in mein Tagebuch, alles, was mir seit meiner letzten Eintragung passiert ist. Wir leben also wirklich im neunzehnten Jahrhundert? Und doch, wenn mich meine Sinne nicht trügen, hatten und haben die vergangenen Jahrhunderte ihren eigenen Reiz, den »Modernität« allein nicht zu überbieten vermag.

Später. – Am Morgen des 16. Mai. – Gott schütze meinen Verstand, das ist alles, was ich noch sagen kann. Sicherheit und Sicherheitsgefühl sind für mich Begriffe der Vergangenheit. Solange ich noch hier lebe, hoffe ich nur eines: dass ich nicht wahnsinnig werde – wenn ich es nicht schon bin. Bin ich aber noch bei Sinnen, dann ist der Gedanke geeignet, einen verrückt zu machen, dass von all den scheußlichen Dingen, die an diesem verhassten Ort lauern, der Graf noch lange nicht das Schrecklichste ist; nur bei ihm finde ich Schutz und sei es auch nur so lange, als ich seinen Zwecken diene. Großer Gott! Gnädiger Gott! Lass mich Ruhe bewahren, denn sonst ist Wahnsinn mein Los. Ich gewinne nun Klarheit über einige Dinge, die mir schon Kopfzerbrechen gemacht haben. Bis heute verstand ich nicht, was Shakespeare meinte, wenn er Hamlet sagen ließ:

»Mein Buch! Nur schnell mein Schreibbuch her,
'S ist Zeit, dass ich das alles niederschreibe«,

aber jetzt, da ich das Gefühl habe, als ginge mein Gehirn aus den Fugen, als hätte es ein vernichtender Schlag getroffen, greife ich wieder zu meinem Tagebuch. Die strikte Gewohnheit, genaue Eintragungen zu machen, soll meine Angst etwas ablenken.

Des Grafen geheimnisvolle Warnung hatte mich schon erschreckt, als er sie aussprach; noch mehr erschreckt sie mich jetzt, wenn ich daran denke, dass der Graf mich wohl in Zukunft in noch strengerem Gewahrsam halten wird. Ich werde mich hüten, noch einmal Zweifel in seine Worte zu setzen.

Als ich mein Tagebuch geschrieben und zufrieden Buch und Stift in die Tasche gesteckt hatte, überkam mich eine bleierne Schläfrigkeit. Des Grafen Warnung fiel mir ein, aber ich fand eine Freude daran, ihr nicht Gehör zu geben. Es war der mit dem Gefühl der Schläfrigkeit meist verbundene Starrsinn, der mich so handeln ließ. Das sanfte Mondlicht wirkte beruhigend auf mich ein und die weite Aussicht täuschte mir wohltuend die Freiheit vor. Ich gedachte heute Nacht nicht zu den düsteren, spukerfüllten Gemächern zurückzukehren, sondern hier zu schlafen, wo vor Zeiten wohl die Schlossfrauen saßen und sangen und sich dem Müßiggang ergaben, während sie mit sehnsuchterfüllten Herzen der Heimkehr ihrer Männer warteten, die draußen in grausamen Kriegen kämpften. Ich zog mir ein großes Ruhebett aus dem Winkel und stellte es so, dass ich liegend die herrliche Aussicht nach Süden und Osten genießen konnte; dann richtete ich mich, ohne an Weiteres zu denken und ohne des dicken Staubes zu achten, zum Schlafen ein.

Ich vermute, dass ich auch wirklich eingeschlafen war; ich hoffe es, aber ich fürchte, es war doch nicht der Fall; denn das, was nun folgte, war so natürlich, so erschreckend natürlich, dass ich jetzt im vollen, frohen Morgensonnenschein nicht glauben kann, das alles nur geträumt zu haben.

Ich war nicht allein; das Zimmer war dasselbe, völlig unverändert, genau so wie ich es betreten hatte; ich konnte am Boden entlang meine Fußspuren sehen, die ich in die langjährige Staubschicht getreten hatte. Im Mondlicht standen mir gegenüber drei Frauen, ihrer Kleidung und ihrem Benehmen nach Damen. Zugleich dachte ich doch wieder zu träumen, denn sie warfen keinen Schatten und das Licht des Mondes leuchtete durch ihre Leiber. Sie näherten sich mir, betrachteten mich eine Weile und flüsterten dann miteinander. Zwei von ihnen waren dunkelhaarig und hatten hohe Adlernasen wie der Graf, und große durchdringende, schwarze Augen, die in dem bleichen Mondenschein fast rot aussahen. Die dritte war hübsch, so hübsch, als man es sich nur denken kann, mit dichten goldenen Locken und Augen gleich hellen Saphiren. Ich meinte, ihr Gesicht irgendwie zu kennen, aber es war mir nicht klar, woher. Vielleicht bei einer von mir im Traume erlebten Gefahr. Alle drei hatten blendend weiße Zähne, die wie Perlen zwischen den Rubinen ihrer wollüstigen Lippen hervorglänzten. Sie hatten etwas an sich, das mir Unbehagen verursachte; ich verlangte nach ihnen und fühlte dennoch Todesangst. Ich empfand in meinem Herzen ein wildes, brennendes Begehren, dass sie mich mit ihren roten Lippen küssen möchten. Ich schreibe dies nicht gerne nieder, da vielleicht einmal Mina diese Zeilen lesen und Schmerz darüber empfinden könnte; aber es ist die Wahrheit. Sie flüsterten miteinander und dann lachten sie; ein silbernes, tönendes Lachen, aber so hart, dass es unmöglich schien zu glauben, diese metallischen Klänge kämen von menschlichen, zarten Lippen. Es war wie das unerträgliche, durchdringende Tonen, das Wassergläser hervorbringen, wenn man ihren Rand reibt. Das schöne Mädchen schüttelte kokett ihre Locken, die beiden anderen drängten sie an mich heran. Eine sagte:

»Geh zu, du bist die Erste, und wir kommen nach dir an die Reihe; du hast das Recht anzufangen.« Die andere fügte hinzu:

»Er ist jung und stark; das gibt Küsse für uns alle.« Ich lag still und blinzelte nur unter meinen Lidern hervor, halb in Todesangst, halb in wonniger Erwartung. Das schöne Weib kam heran und beugte sich über mich, bis ich ihren Atem fühlte. Er war süß, honigsüß, und jagte mir dieselben Schauer durch die Nerven wie ihr Lachen; dennoch roch man etwas Bitteres und Abstoßendes durch ihren Atem – wie Blut. Ich scheute mich die Augen zu öffnen, schielte aber nach den Frauen und konnte sie deutlich erkennen. Das schöne Mädchen beugte sich über mich, indem sie sich auf die Knie niederließ und mir starr in die Augen sah. Es war eine wohlberechnete Wollüstigkeit, die anziehend und abstoßend zugleich wirkte; als sie ihren Nacken beugte, leckte sie ihre Lippen wie ein Tier, so dass ich im Licht des Mondes den Speichel auf ihren Scharlachlippen, ihrer roten Zunge und ihren weißen Zähnen erglänzen sah. Immer tiefer beugte sie sich herab, streifte mir an Mund und Kinn vorbei und näherte sich meiner Kehle, an der ich ihren heißen Hauch verspürte. Ich hörte saugende Laute, als sie einen Augenblick einhielt und sich Zähne und Lippe leckte. Dann hatte ich das eigentümliche Gefühl am Hals, das man empfindet, wenn eine Hand, die einen kitzeln will, näher kommt, immer näher ... Ich fühlte erst die zarte, zitternde Berührung ihrer weichen Lippen auf der überempfindlichen Haut meiner Kehle und dann die harten Spitzen zweier scharfen Zähne, die mich berührten und darauf innehielten. Ich schloss die Augen in schlaffer Verzückung und wartete ... wartete mit bangem Herzen.

Da, in diesem Augenblick, schoss mir ein anderes Gefühl wie ein Blitz durch den Leib. Ich fühlte die Nähe des Grafen, der in einem Sturm von Erregung herangekommen zu sein schien. Meine Augen öffneten sich unwillkürlich, ich sah, wie seine Hand den weißen Nacken der schönen Frau ergriff und sie mit Riesenkraft zurückriss. Ihre blauen Augen waren wie verstört vor Wut, ihre Zähne knirschten und ihre feinen Wangen waren gerötet vor Leidenschaft. Und erst der Graf! Nie sah ich einen solchen Grimm, eine solche Wut. Der reine Dämon der Hölle! Seine Augen sprühten förmlich Flammen. Das rote Licht in ihnen brannte, als ob die ganze Glut des höllischen Feuers hinter ihnen lodere. Sein Gesicht war totenbleich, die Züge hart wie aus Stein gemeißelt; die dicken Augenbrauen, die sich über der Nase trafen, waren wie Barren weißglühenden Metalls. Mit heftigem Schwung seines Armes schleuderte er das Mädchen von sich und ging dann auf die anderen zu, als wolle er sie zurücktreiben; es war dieselbe gebieterische Armbewegung, wie er sie den Wölfen gegenüber angewandt hatte. Mit einer Stimme, die, obgleich leise und fast geflüstert, dennoch die Luft zu durchschneiden und an den Wänden widerzuhallen schien, sagte er:

»Wie kann es eine von euch wagen, ihn anzurühren? Wie könnt ihr eure Augen auf ihn werfen, da ich es euch doch verboten habe? Zurück!, sage ich euch. Dieser Mann ist mein. Hütet euch, dass ich euch nicht noch einmal bei ihm treffe, oder ihr habt meinen Zorn zu fürchten!« Das schöne Mädchen erwiderte mit einem gemeinen, koketten Lachen:

»Du hast nie geliebt und wirst nie lieben!« Darauf mischten sich die anderen Mädchen ein, und es ertönte ein so trauriges, hartes, seelenloses Lachen, dass mir fast die Sinne schwanden; es war, als wenn Teufel scherzten. Dann drehte sich der Graf um, sah mich eine Weile aufmerksam an und sagte im leisesten Flüstertone:

»Ja, und ich kann doch lieben; ihr könnt doch selbst davon erzählen aus vergangener Zeit. Ist es nicht so? Gut, ich verspreche euch, dass, wenn ich genug von ihm habe, ihr ihn nach Gefallen küssen könnt. Aber jetzt geht! Geht nur! Ich muss ihn aufwecken, denn es gibt heute noch vieles zu tun.«

»Und sollen wir für den Abend leer ausgehen?« sagte eine von ihnen mit leisem Lachen und deutete auf ein Bündel, das er auf die Erde geworfen hatte und das sich bewegte, als sei etwas Lebendes darinnen. Zur Antwort nickte er mit dem Kopf. Eines der Mädchen sprang hinzu und öffnete das Bündel; wenn meine Ohren mich nicht täuschten, hörte ich das Stöhnen und leise Wimmern eines halberstickten Kindes. Die Mädchen drängten sich heran, während ich vor Schrecken starr wurde; aber als ich näher hinsah, verschwanden sie und mit ihnen das schreckliche Bündel. Es befand sich keine Tür in der Nähe, und an mir konnten sie nicht vorbeigekommen sein, ohne dass ich es bemerkt hätte. Sie schienen einfach in den Strahlen des Mondes zu zerfließen und durch das Fenster zu entweichen, denn ich konnte außen noch einen Augenblick ihre unbestimmten, schattenhaften Umrisse erkennen, ehe sie vollkommen verschwanden. Dann überwältigte mich das Grauen und ich verlor das Bewusstsein.

# *Viertes Kapitel*

## ***Jonathan Harkers Tagebuch***

*Fortsetzung*

Ich erwachte in meinem eigenen Bett. Wenn ich nicht alles geträumt habe, hat mich der Graf hierher getragen. Ich versuchte, mir über die Sache Rechenschaft zu geben, konnte aber zu keinem eindeutigen Resultat kommen. Übrigens hatte ich doch einige kleine Anzeichen dafür, so z. B., dass meine Kleider in einer Weise gefaltet und neben mein Bett gelegt waren, die ich nicht mein eigen nenne. Meine Uhr war nicht aufgezogen, und es ist doch eine von mir stets peinlich genau eingehaltene Gewohnheit, dies zu tun, ehe ich ins Bett gehe; und noch mehrere solche Details. Aber all diese Dinge sind noch keine vollgültigen Beweise, denn sie könnten ebenso gut die Vermutung bestätigen, dass mein Geist eben nicht in normaler Verfassung war und dass ihn aus diesem oder jenem Grunde irgendetwas in Unordnung gebracht hatte. Ich muss auf einen Beweis warten. Über eines jedoch bin ich recht froh: Wenn es der Graf war, der mich hierher brachte, so muss es mit sehr großer Eile geschehen sein, denn meine Taschen waren unberührt. Ich bin sicher, dass er von dem Tagebuch keine Ahnung hat, denn er hätte es nicht geduldet, sondern es mir bei dieser günstigen Gelegenheit entwendet und dann vernichtet. Wenn ich mich in diesem Zimmer umsehe, das bisher für mich so voll von Schrecken war, so ist es mir doch jetzt eine Art Asyl, denn es kann nichts Entsetzlicheres geben als jene drei unheimlichen Frauen, die darauf warteten – und noch warten – mein Blut zu trinken.

18. Mai. – Ich war wieder drunten, um das Zimmer im Lichte des Tages zu sehen; ich muss der Wahrheit auf den

Grund kommen. Als ich die Tür am Ende des Stiegenhauses probierte, war sie verschlossen. Sie war so gewaltsam gegen den Türrahmen gedrückt worden, dass Teile des Holzes abgesplittert waren. Ich konnte bemerken, dass der Riegel nicht vorgeschoben war, aber dass irgendetwas von innen her das Öffnen unmöglich machte. Ich glaube nun doch, es war kein Traum, und werde auf Grund dieser Mutmaßung handeln.

19. Mai. – Ich bin tüchtig an der Arbeit. Letzte Nacht bat mich der Graf in der höflichsten Weise, ich möchte drei Briefe schreiben; einen, dass meine Arbeit hier nahezu getan sei und ich in wenigen Tagen die Heimreise antreten werde, den zweiten, dass ich am folgenden Tage abzureisen gedenke, und den dritten, dass ich das Schloss verlassen hätte und in Bistritz angekommen sei. Ich wollte erst protestieren, fühlte aber, dass bei der gegenwärtigen Lage der Dinge es Wahnsinn wäre, offen gegen den Grafen zu kämpfen, in dessen absoluter Gewalt ich doch war; und eine Nichterfüllung seiner Bitte hätte nur seinen Zorn und seinen Argwohn erregt. Er weiß, dass ich zu viel von seinen Geheimnissen kenne, und ich darf nicht lebend davonkommen, da ich ihm gefährlich werden könnte; das Einzige, was ich tun kann, ist Zeit zu gewinnen. Vielleicht bietet sich mir doch irgendeine Gelegenheit zur Flucht. Ich sah in seinen Augen einen Widerschein des Grimmes, der in ihnen gelodert hatte, als er die schöne Frau wegstieß. Er erklärte mir seinen Wunsch damit, dass die Post selten und unregelmäßig ging und dass meine Freunde meine Nachrichten leichter erhielten, wenn ich gleich jetzt schriebe; und er versicherte mir mit seiner ganzen Beredsamkeit, dass mein letzter, von Bistritz datierter Brief dort bis zur fälligen Zeit aufbewahrt würde und dass man ihn dann eben nicht abgehen ließe, wenn ich etwa meinen Aufenthalt noch zu verlängern gedächte. Ich konnte ihm nicht widersprechen, wollte ich ihm nicht neue Verdachtsgründe gegen mich geben. Ich sagte daher, ich sei vollkommen seiner Ansicht, und fragte ihn, welche Daten ich auf die Brie-

fe setzen sollte. Er rechnete einen Augenblick nach, dann antwortete er:

»Auf den ersten Brief 12. Juni, auf den zweiten 19. Juni und auf den dritten 29. Juni.«

Ich weiß nun, wie lange ich noch zu leben habe. Gott sei mir gnädig!

28. Mai. – Es gibt doch eine Möglichkeit, zu entkommen oder wenigstens ein paar Worte nach Hause wissen zu lassen. Eine Bande Zigeuner ist ins Schloss gekommen und hat im Hofe Lager bezogen. Ich habe einige Notizen über sie in meinem Buche. Sie sind eine Eigentümlichkeit dieses Landstriches, aber verwandt mit den Zigeunern, die über die ganze Welt zerstreut sind. Tausende von ihnen nomadisieren in Ungarn und Transsylvanien und sind fast vollkommen rechtlos. Sie stellen sich daher in der Regel unter den Schutz eines Edelmannes oder Bojaren, dessen Namen sie dann annehmen. Sie sind unerschrocken und ohne Religion, außer ihrem Aberglauben, und sprechen fast ausschließlich ihr eigenes Idiom der Zigeunersprache.

Ich will einige Briefe schreiben und versuchen, diese durch sie aufgeben zu lassen. Ich habe schon durch mein Fenster mich mit ihnen in Verbindung gesetzt und Bekanntschaft mit ihnen angeknüpft. Sie nahmen ihre Hüte ab, verbeugten sich und machten mir Zeichen, die ich aber ebenso wenig verstand wie ihre Sprache.

Die Briefe habe ich nun geschrieben. Der an Mina ist stenografiert, und Herrn Hawkins bat ich nur, sich mit ihr ins Einvernehmen zu setzen. Ihr habe ich meine Lage klar geschildert, ohne der Schrecken Erwähnung zu tun, die ich mir vielleicht doch nur einbilde. Es würde sie zu Tode entsetzen, wenn ich ihr mein ganzes Herz ausschütten wollte. Sollten die Briefe nicht befördert werden, so soll der Graf wenigstens nicht mein Geheimnis und den ganzen Umfang meiner Erfahrungen wissen.

Ich habe die Briefe abgegeben; ich schob sie zusammen mit einem Goldstück den Zigeunern zu und machte ihnen Zeichen so gut ich konnte, dass die Briefe aufgegeben werden sollten. Der Mann, der sie an sich nahm, drückte sie ans Herz, verbeugte sich und steckte sie dann in seine Mütze. Mehr konnte ich nicht tun. Ich schlich mich ins Lesezimmer und begann zu studieren. Da der Graf nicht da ist, schreibe ich hier weiter …

Der Graf ist gekommen. Er setzte sich zu mir und sagte in der ruhigsten Weise, indem er zwei Briefe öffnete:

»Das haben mir die Zigeuner gegeben und muss ich doch davon Kenntnis nehmen, wenn ich auch nicht weiß, woher die Briefe rühren. Sehen Sie« – er musste die Briefe angesehen haben – »einer ist von Ihnen und für meinen Freund Peter Hawkins; der andere« – er bemerkte beim Öffnen die ihm fremden Zeichen, ein finsterer Zug trat in sein Antlitz und seine Augen funkelten bösartig – »der andere ist ein garstiges Ding, ein Missbrauch von Freundschaft und Gastlichkeit! Er ist nicht unterschrieben. Gut. So geht er uns weiter nichts an.« Und er hielt ruhig Brief und Umschlag an die Flamme der Lampe, bis sie verzehrt waren. Dann fuhr er fort:

»Den Brief an Hawkins werde ich, da er von Ihnen ist, wegschicken. Ihre Briefe sind mir heilig. Sie verzeihen, mein Freund, dass ich versehentlich das Siegel erbrach. Wollen Sie den Brief nicht wieder schließen?« Er reichte mir den Brief und übergab mir mit eleganter Handbewegung ein neues Couvert. Ich konnte nichts tun, als neuerdings das Schreiben zu adressieren und ihm schweigend auszuhändigen. Als er aus dem Zimmer trat, hörte ich ihn den Schlüssel leise umdrehen. Einen Augenblick später ging ich zur Türe und fand sie wirklich verschlossen.

Als nach zwei Stunden der Graf wieder ruhig das Zimmer betrat, weckte mich sein Kommen auf, denn ich war auf dem Sofa eingeschlafen. Er war, wie gewöhnlich, sehr höflich und liebenswürdig, und als er bemerkte, dass ich geschlafen hatte, sagte er: »So, mein Freund, Sie sind müde? Gehen Sie zu Bett. Da finden Sie am sichersten Ruhe. Ich muss mir leider heute Abend das Vergnügen versagen, mit Ihnen zu plaudern, denn ich habe sehr viel zu tun; also gehen Sie bitte schlafen.« Ich begab mich in mein Zimmer, legte mich zu Bett und schlief, merkwürdigerweise ohne Traum. Es gibt auch eine Ruhe der Verzweiflung.

31. Mai. – Als ich am Morgen erwachte, wollte ich mich mit etwas Papier und einigen Umschlägen aus meinem Koffer versehen und sie in meiner Tasche verbergen, um einige Briefe zu schreiben und sie vielleicht aufgeben lassen zu können. Aber wieder eine Überraschung, wieder ein Schlag.

Jede Spur von Papier war weg und damit alle meine Notizen, meine Eisenbahnfahrpläne, mein Kreditbrief; in der Tat alles, was mir wirklich nützlich sein könnte, wenn es mir wirklich gelänge zu entkommen. Ich saß und grübelte eine Weile, dann kam mir ein Gedanke, und ich suchte nach meinem Handkoffer und in der Garderobe, in der ich meine Kleider aufgehängt hatte.

Mein Reiseanzug ist verschwunden, ebenso mein Überzieher und meine Decke. Ich konnte nirgends eine Spur davon entdecken. Das schien mir wieder eine neue Perfidie zu sein.

17. Juni. – Diesen Morgen, als ich auf dem Rande meines Bettes saß und mein Gehirn zermarterte, hörte ich draußen Peitschenknall und das Stampfen und Scharren von Pferdehufen auf dem felsigen Weg, der zum Schlosshof führt. Voll Freude eilte ich zum Fenster und sah zwei große Leiterwagen hereinfahren, jeder gezogen von acht schweren Pferden, bei jedem Paar ein Slowake mit mächtigem Hut, breitem, messingbeschlagenem Gürtel, schmutzigem Schaffell und hohen Stiefeln. Ihre langen Stäbe trugen sie in der Hand. Ich rannte zur Türe, mit der Absicht, hinunterzugehen und durch den Haupteingang zu ihnen zu flüchten, für die doch das Tor geöffnet sein musste. Wieder eine Enttäuschung! Die Türe war von außen verschlossen.

Da rannte ich ans Fenster und rief sie an. Sie schauten stupid herauf und deuteten auf mich; dann kam der Hauptmann der Zigeuner herbei, und als er sah, dass sie auf mein Fenster wiesen, sagte er etwas, und alle lachten.

Von da ab konnte keine Bemühung meinerseits, kein verzweifeltes Schreien, kein todesbanges Flehen auch nur einen von ihnen veranlassen, den Kopf nach mir zu wenden. Sie wandten sich sichtlich ab. Die Leiterwagen enthielten große, viereckige Kisten mit Handgriffen aus dickem Strick; sie waren offenbar leer, nach der Leichtigkeit zu schließen, mit der die Slowaken mit ihnen herumwarfen, und dem hohlen Gepolter, das sie dabei machten. Als sie alle abgeladen und in einem großen Stapel in einer Ecke des Hofes zusammengestellt waren, erhielten die Slowaken Geld von dem Zigeuner; sie spuckten darauf, damit es ihnen Glück bringen möchte, und begaben sich dann träge zu ihren Pferden. Bald darauf hörte ich, wie das Klatschen ihrer Peitschen allmählich in der Ferne verhallte.

24. Juni. – Vor Tagesanbruch. – Letzte Nacht verließ mich der Graf frühzeitig und schloss sich in seinem Zimmer ein. Sobald ich frei war, rannte ich die Wendeltreppe hinauf und spähte aus dem Fenster nach Süden. Ich hatte die Absicht, auf den Grafen aufzupassen, denn irgendetwas ist im Gange. Die Zigeuner sind im Schloss untergebracht und verrichten irgendeine Arbeit. Ich weiß es gewiss, denn hier und da höre ich, wie aus weiter Ferne, die gedämpften Laute von Spaten und Hacke. Was es auch sein mag, der Zweck der Arbeit ist sicherlich eine grausame Schurkerei.

Etwas weniger als eine halbe Stunde hatte ich am Fenster gestanden, da kroch etwas aus des Grafen Zimmer. Ich lehnte mich zurück, sah aber gespannt hinaus und bemerkte, wie der Mann hinauskletterte. Es war ein neuer Schreck für mich, als ich erkannte, dass er meine Reisekleider trug und über seinen Schultern das unheimliche Bündel, das ich die gespenstischen Frauen kürzlich hatte mitnehmen sehen. Über den Zweck seines Ausfluges war wohl kein Zweifel mehr möglich, aber noch dazu in meinen Kleidern! Das ist sein neuester Trick: er will, dass andere meinen, mich gesehen zu haben, wie ich in Städten oder Dörfern eigenhändig meine Briefe aufgab, und dass die Verbrechen, die er verübt, mir zugeschrieben werden. Es macht mich rasen, wenn ich daran denke, dass er so etwas ungestraft tun kann, während er mich hier eingesperrt hält; ein wirklicher Gefangener, aber ohne den Schutz des Gesetzes, der selbst des Verbrechers Recht und Trost ist. Ich wollte dann auf die Rückkehr des Grafen warten und blieb unverdrossen lange Zeit am Fenster stehen. Plötzlich schien es mir, als tanzten einzelne kleine Fleckchen im Mondlicht. Sie waren fein wie Staub, wirbelten umher und bildeten nebelartige Schwärme. Ich sah ihnen mit einer gewissen Ruhe zu, es kam sogar eine Art Behagen über mich. Ich lehnte mich behaglich in die Fensternische, um so bequemer dem luftigen Spiel zusehen zu können.

Etwas jedoch flößte mir Unbehagen ein; es war ein leises, wehes Heulen von Hunden irgendwo tief unten im Tal, wohin aber die Aussicht nicht reichte. Es kam mir vor, als klänge das Heulen immer lauter und als bemühten sich die flatternden Staubwolken, immer neue Gestalten anzunehmen, während sie da im Mondschein tanzten. Ich fühlte es, wie ich mich gegen die Stimme der Vernunft wehrte; ja meine ganze Seele wehrte sich dagegen, und auch die wieder erwachten Empfindungen hinderten mich daran, ihr zu folgen. Ich wurde einfach hypnotisiert! Rascher und rascher tanzte der Staub und die Mondstrahlen schienen zu zittern; mehr und mehr sammelten sich die Gestalten, bis sie endlich schwankenden Phantomen glichen. Plötzlich erschrak ich, ich erwachte, und im wiedererlangten Besitz meiner Sinne rannte ich schreiend davon. Die Phantome, die sich da allmählich im Mondschein materialisiert hatten, waren die drei gespenstigen Mädchen, denen ich verfallen war. Ich floh und fühlte mich erst in meinem Zimmer etwas sicherer, wo kein Mond schien und die Lampe noch freundlich brannte.

Als ein paar Stunden vorbei waren, hörte ich etwas Entsetzliches aus dem Zimmer des Grafen, etwas wie eine tiefe Wehklage, die rasch unterdrückt wurde; dann eine furchtbare Totenstille, die mich mit Schaudern erfüllte. Mit klopfendem Herzen ging ich zur Türe, um sie zu öffnen; aber ich war in meinem Gefängnis eingeschlossen; ich konnte nichts, gar nichts tun. Ich setzte mich hin und weinte.

Wie ich so da saß, hörte ich vom Schlosshof her das Wehgeschrei einer Frau. Ich sprang ans Fenster, riss es auf und sah hinaus. Da war in der Tat ein Weib mit verwirrtem Haar und den Händen über der Brust verkrampft, wie jemand in großer Not. Sie lehnte in einem Winkel des Torweges. Als sie mein Gesicht am Fenster erblickte, stürzte sie drohend vorwärts und schrie mit gellender Stimme:

»Scheusal, gib mir mein Kind!«

Sie warf sich auf die Knie, hob ihre Hände zu mir empor und wiederholte immer dieselben Worte, die mir das Herz zerrissen. Dann raufte sie ihr Haar, schlug sich auf die Brust und gab sich mit aller Heftigkeit einem unerträglichen Schmerz hin. Endlich sprang sie wieder auf und stürzte näher heran; ich konnte sie nicht mehr sehen, aber ich hörte das Pochen ihrer Hände am Tor.

Irgendwo hoch oben, wahrscheinlich vom Turm, hörte ich den Grafen mit harter, metallischer Stimme etwas rufen. Als Antwort ertönte von nah und fern das Heulen der Wölfe. Ehe einige Minuten verstrichen waren, kam ein Rudel von ihnen durch den weiten Eingang in den Schlosshof gestürzt, wie befreite Wasser durch geöffnete Schleusen.

Die Frau schrie nicht und die Wölfe heulten nur jäh auf; kurze Zeit später strichen sie einzeln davon, sich die Lefzen leckend.

Ich konnte kein Mitleid mit ihr haben, denn ich wusste nun, was mit ihrem Kinde geschehen war. Da war sie besser tot. Was soll ich tun? Was kann ich tun? Wie kann ich mich diesem entsetzlichen Wirrsal von Nacht, Spuk und Angst entziehen?

25. Juni, morgens. – Niemand, der nicht schon in der Nacht Schreckliches gelitten, weiß, wie süß und teuer für Herz und Augen der Morgen sein kann. Als die Sonne so hoch gestiegen war, dass sie das Dach des meinem Zimmer gegenüberliegenden großen Tores vergoldete, war es mir, als hätte sich die Taube aus der Arche Noah dort niederge-

lassen. Meine Angst zerfloss wie ein Nebelschleier vor dem Gestirn des Tages. Ich muss irgendetwas unternehmen, solange mir die Tageshelle Mut gibt. Heute Nacht ging mein erster, im voraus datierter Brief ab; der erste in der verhängnisvollen Reihe, die jegliche Spur meiner Existenz von der Erde verlöschen soll.

Ich will nicht daran denken. Handeln!

Immer war es nur zur Nachtzeit, dass ich belästigt und bedroht war oder mich in Furcht und Gefahr befand. Ich habe den Grafen bis heute noch nicht bei Tage gesehen. Ist es denkbar, dass er schläft, während die andern wachen, und dass er wachen muss, wenn sie schlafen? Könnte ich nur in sein Zimmer! Aber es gibt keine Möglichkeit; die Türe ist immer verschlossen, kein Eingang für mich.

Halt, und dennoch gibt es einen Weg für den, der ihn zu gehen wagt. Wo er ging, da muss doch auch ein anderer gehen können. Ich habe ihn selbst aus dem Fenster kriechen sehen; warum sollte ich es ihm nicht nachmachen und in sein Fenster steigen? Die Sache ist verzweifelt, aber meine Lage ist eine noch verzweifeltere. Ich werde es wagen. Im schlimmsten Falle bedeutet es den Tod, aber der Tod eines Menschen ist etwas anderes als der eines Kalbes; und die Schrecken des Jenseits sind ungewiss. Gott gebe mir Kraft zu meinem Unternehmen! Leb wohl, Mina, wenn ich fehltrete, leben Sie wohl, treuer Freund und Vater, lebt wohl, ihr alle, und noch einmal du, Mina!

Am gleichen Tage, später. – Ich habe das Wagnis unternommen und bin mit Gottes Hilfe unversehrt wieder in mein Zimmer zurückgekehrt. Ich will alles der Reihenfolge nach berichten. Ich ging, solange mein Mut noch groß war, direkt auf das Fenster der Südseite zu und stieg auf das schmale Steingesims, das rings um das Gebäude läuft. Die Steine waren groß und roh behauen, und den Mörtel hatte der Zahn der Zeit weggenagt. Ich zog meine Stiefel aus und machte mich auf den hoffnungslosen Weg. Ich sah zuerst eine Zeit lang in die grausige Tiefe, damit mich nachher nicht ein zufälliger Blick da hinunter aus der Fassung brächte, aber dann hielt ich die Augen abgewandt. Ich kannte genau die Richtung und die Entfernung, die mich von des Grafen Fenster trennte, und machte mich auf den Weg, alle Vorteile ausnützend, die sich mir boten. Ich fühlte keinen Schwindel, keine Angst – ich glaube, weil ich zu erregt war – und die Zeit schien mir lächerlich kurz, die ich brauchte, um an des Grafen Fenster zu gelangen. Ich hielt mich am Rahmen fest. Immerhin war ich tief erregt, als ich mit gebeugtem Rücken, mit den Füßen voran, durch die Öffnung einstieg. Ich sah mich nach dem Grafen um, machte aber zu meiner Überraschung und Freude eine Entdeckung: das Zimmer war leer! Es war mit seltsamen Dingen möbliert, die den Eindruck machten, als würden sie nicht benützt; das Mobiliar war das gleiche wie in dem südlichen Zimmer und dicht mit Staub bedeckt. Ich begann sofort nach dem Schlüssel zu suchen, es steckte aber kein solcher im Schlüsselloch; auch sonst war nirgends einer zu finden. Das einzige, was ich entdeckte, war ein großer Haufen Gold in einer Ecke – Goldstücke aller Art, römisches, englisches, österreichisches, ungarisches, griechisches und türkisches Gold, gleichfalls mit einer dichten Staubschicht überzogen, als läge es schon sehr lange hier auf dem Boden. Keines der Stücke, das ich betrachtete, war weniger als 300 Jahre alt. Auch Ketten und Schmucksachen lagen dabei, einige mit Juwelen besetzt, aber alles alt und voller Flecken.

In einer Ecke des Zimmers war eine schwere Türe; ich versuchte sie zu öffnen, denn da ich den Schlüssel zum Zimmer oder zum Außentor nicht finden konnte, was ja eigentlich der Gegenstand meines Wunsches war, musste ich weitere Erkundungen vornehmen, wenn nicht alle meine Mühe umsonst gewesen sein sollte. Die Tür war unverschlossen und führte durch einen gepflasterten Gang zu einer steil in die Tiefe abfallenden Wendeltreppe. Ich stieg hinab, indem ich mich vorsichtig weitertastete; denn die Stiegen waren dunkel und nur hier und dort fiel ein schwacher Lichtschimmer durch die Schießscharten, die das dicke Mauerwerk durchbrachen. Unten gelangte ich in einen finsteren, tunnelartigen Durchgang, aus dem mir widerlicher Leichengeruch und der Dunst frisch aufgegrabener

Erde entgegenschlug. Je weiter ich im Durchgang vordrang, desto intensiver wurde der Geruch. Schließlich kam ich an ein schweres altes Tor, das offen stand, ich trat in eine verfallene Kapelle, die offenbar als Begräbnisplatz gedient hatte. Das Dach war eingefallen und an mehreren Stellen führten Stufen in Grabgewölbe; der Boden war frisch umgegraben und die Erde in mächtige Holzkisten gefüllt, offenbar dieselben, welche die Slowaken gebracht hatten. Das war jedoch für mich nicht von Interesse und ich forschte weiter nach einem Ausgang, aber vergebens. Jeden Zoll breit des Bodens untersuchte ich, um keine Möglichkeit zu übersehen. Ich stieg in die Gewölbe hinab, in denen ein graues Dämmerlicht herrschte; es war furchtbar für mich. In zweien war ich gewesen, ohne etwas anderes zu sehen als alte Sargstücke und Haufen von Staub. Aber im dritten, da machte ich eine Entdeckung.

Hier in einer der großen Kisten, deren etwa fünfzig herumstehen mochten, auf einem Haufen frischer Erde – lag der Graf! Er war tot oder er schlief, ich konnte es nicht erkennen; die Augen waren offen und starr, aber ohne das gläserne Aussehen von Totenaugen, und die Wangen hatten trotz aller Leichenblässe doch den warmen Schimmer des Lebens und die Lippen waren rot wie immer. Aber keine Spur von Bewegung an ihm, kein Puls, kein Atemzug, kein Herzschlag. Ich beugte mich über ihn und horchte nach einem Lebenszeichen. Er konnte noch nicht lange dort gelegen haben, denn der frische Geruch der Erde wäre doch in wenigen Stunden verflogen gewesen. Neben der Kiste stand der Deckel, von Nagellöchern durchbohrt. Ich hoffte, er werde die Schlüssel bei sich haben; aber als ich ihn danach durchsuchen wollte, da fiel mein Blick auf seine Augen, in denen, wenn er auch sich meiner Gegenwart vielleicht nicht bewusst war, ein solcher Ausdruck des wildesten Hasses lag, dass ich entfloh. Des Grafen Zimmer durch das offene Fenster verlassend, erreichte ich wieder die Schlossmauer, an der ich hinaufkletterte. Nachdem ich mein Zimmer erreicht hatte, warf ich mich keuchend auf mein Bett und versuchte nachzudenken.

29. Juni. – Heute ist das Datum meines letzten Briefes, und der Graf hat Maßregeln getroffen, dass man glauben sollte, ich hätte den Brief selbst aufgegeben, denn ich sah den Grafen das Schloss auf dem gewöhnlichen Wege verlassen und in meinen Kleidern. Als er so die Mauer herabstieg, wie eine Eidechse, wünschte ich mir ein Gewehr oder sonst eine Mordwaffe, um ihn vernichten zu können; aber ich fürchte, eine Waffe, von Menschenhand gemacht, wird nicht im Stande sein, ihm irgendetwas anzuhaben. Ich wagte es nicht, auf seine Rückkehr zu warten, denn es gelüstete mich nicht danach, die gespenstigen Schwestern wiederzusehen. Ich ging in die Bibliothek zurück und las, bis ich einschlief.

Ich wurde durch den Grafen geweckt, der so verbissen wie möglich dreinsah, als er zu mir sagte:

»Morgen, mein Freund, heißt es also reisen. Sie kehren in Ihr herrliches England zurück, ich zu einer Beschäftigung, die so ausgehen kann, dass wir uns vielleicht nie wiedersehen. Ihr letzter Brief ist aufgegeben worden; morgen werde ich nicht hier sein, aber alles ist für Ihre Reise vorbereitet. Früh kommen Zigeuner, die noch einige Arbeiten hier vorzunehmen haben, und auch einige Slowaken. Wenn alle fort sind, wird mein Wagen Sie abholen und zum Borgopass bringen, woselbst Sie den Postwagen von der Bukowina nach Bistritz erwarten können. Aber ich denke, ich sehe Sie noch öfter hier auf Schloss Dracula.« Ich traute ihm nicht und wollte seine Aufrichtigkeit auf die Probe stellen. Aufrichtigkeit! Es ist wie eine Entweihung dieses Wortes, wenn man es in einem Atemzug mit diesem Scheusal nennt. Ich fragte ihn gerade heraus:

»Warum soll ich denn nicht heute Nacht fahren?«

»Weil mein Kutscher und meine Pferde nicht verfügbar sind, mein Bester.«

»Aber ich würde recht gerne zu Fuß gehen. Sogleich möchte ich den Marsch antreten.« Er lächelte sanft, verbindlich; aber es lag in diesem Lächeln so viel satanischer Spott, dass ich fühlte, es stecke irgendeine Tücke hinter dieser Freundlichkeit. Er fuhr fort:

»Und wie ist es mit Ihrem Gepäck?«

»Ich brauche es nicht. Ich kann es gelegentlich nachschicken lassen.« Der Graf stand auf und sagte mit so feiner Artigkeit, dass ich mir die Augen reiben musste, um mich zu versichern, dass ich nicht träume:

»Ihr Engländer habt eine Redensart, die ich mir besonders gemerkt habe, weil sie das ausdrückt, was auch wir Bojaren befolgen: ›Gib dem kommenden Gast dein Bestes, den abreisenden aber halte nicht auf.‹ Kommen Sie mit mir, lieber junger Freund. Nicht einen Augenblick sollen Sie länger in meinem Hause sein, als Sie es selbst wünschen, obgleich es mir Leid tut, dass Sie schon fort wollen und das so plötzlich. Kommen Sie!« Mit steifer Grandezza stieg er, die Lampe in der Hand, vor mir die Stiege hinunter und durchschritt die Halle. Plötzlich blieb er stehen:

»Horchen Sie!«

Ganz in der Nähe hörten wir das Heulen vieler Wölfe. Es war, als erhöbe sich der Lärm in dem Augenblick, als er die Hand hob, so wie ein großes Orchester mit dem Taktstrich des Dirigenten einsetzt. Nach einer kurzen Pause schritt er in seiner gravitätischen Weise aufs Tor zu, zog die gewichtigen Riegel zurück, hakte die schweren Ketten aus und öffnete langsam.

Zu meinem höchsten Erstaunen musste ich bemerken, dass das Tor unverschlossen war. Voll Misstrauen sah ich näher hin, konnte aber keinen Schlüssel entdecken.

Als das Tor aufging, wurde das Heulen der Wölfe außen lauter und wilder; mit roten Mäulern, zähnefletschend, drängten sie sich im Sprung mit grobkralligen Pfoten durch das sich öffnende Tor herein. In diesem Augenblick ward es mir klar, dass es unnütz wäre, den Kampf gegen den Grafen aufzunehmen. Gegen ihn, der solche Verbündete hat, kann ich doch nichts ausrichten. Langsam ging das Tor weiter auf und des Grafen hagere Gestalt stand allein in der Öffnung. Plötzlich fuhr es mir durch den Sinn, dass der Tag meines Unterganges ja da sei und ich den Wölfen vorgeworfen werden sollte. Ich selbst hatte es ja veranlasst. Es lag eine teuflische Bosheit in dieser Idee, die dem Grafen vollkommen zuzutrauen war, und ich schrie zuletzt:

»Schließen Sie das Tor, ich warte gerne bis morgen!« Dann bedeckte ich mein Gesicht mit den Händen, um die bitteren Tränen der Enttäuschung zu verbergen, die mir die Augen füllten. Mit einer Bewegung seines mächtigen Armes warf der Graf das Tor zu und es gab ein Echo in der Halle, als die schweren Riegel dröhnend zusprangen.

Wir kehrten schweigend zur Bibliothek zurück, und eine oder zwei Minuten später begab ich mich auf mein Zimmer. Als ich mich noch einmal kurz umwandte, sah ich, wie Graf Dracula mir Handküsse zuwarf, mit einem Lächeln, auf das Judas in der Hölle hätte stolz sein können.

In meinem Zimmer angekommen, wollte ich mich eben niederlegen, da hörte ich ein Flüstern vor meiner Türe. Ich ging leise hin und lauschte. Wenn mich meine Ohren nicht täuschten, so war es die Stimme des Grafen, welche sagte:

»Zurück, zurück, auf eure Plätze! Eure Zeit ist noch nicht gekommen. Wartet! Habt Geduld! Morgen Nacht, morgen Nacht ist er euer!« Ein süßes, leises Kichern war die Antwort, und wütend stieß ich die Türe auf. Draußen waren die drei schrecklichen Frauen, die gierig ihre Lippen leckten. Als sie mich erblickten, brachen sie alle zusammen in ein widerliches Gelächter aus und rannten davon. Ich kehrte in mein Zimmer zurück und warf mich auf die Knie nieder. Ist es denn schon so nahe, das Ende? Morgen! Morgen! Gott hilf mir und denen, die mich lieb haben!

30. Juni, morgens. – Das werden wohl die letzten Worte sein, die ich in dies Tagebuch schreibe. Ich schlief bis kurz vor Tagesanbruch, und als ich aufstand, warf ich mich auf die Knie nieder, denn ich wollte, dass der Tod, wenn er käme, mich wenigstens nicht unvorbereitet fände. Dann fühlte ich die eigenartigen Veränderungen in der Luft und wusste, dass der Morgen da war. Nun ertönte auch der ersehnte Hahnenschrei und ich wusste, dass ich gerettet war.

Mit frohem Herzen öffnete ich meine Türe und eilte hinunter nach der großen Halle. Ich hatte gesehen, dass das Tor nicht verschlossen worden war und dass der Weg zur Freiheit mir offen stand. Meine Hände zitterten vor Erregung, als ich die schweren Ketten aushakte und die massiven Riegel zurückschob.

Aber das Tor bewegte sich nicht; Verzweiflung packte mich. Ich zog und zerrte am Tor und rüttelte daran, bis es, so schwer es auch war, in den Angeln krachte. Es konnte nicht anders sein: der Graf musste es verschlossen haben, nachdem er von mir gegangen war.

Da ergriff mich ein wildes Verlangen, des Schlüssels um jeden Preis habhaft zu werden, und ich beschloss, nochmals die Mauer hinunterzuklettern und in des Grafen Zimmer einzudringen. Er mochte mich meinethalben töten – der Tod schien mir tausend Mal besser als das, was mir in Aussicht stand. Ohne zu zögern rannte ich zu dem östlichen Fenster und stieg, wie das erste Mal, die Mauer hinab in das Zimmer des Grafen. Es war leer, aber ich hatte es nicht anders erwartet. Ich konnte nirgends einen Schlüssel erblicken, aber der Haufen Gold war noch da. Ich ging durch die Ecktüre, die Wendeltreppe hinunter und dann durch den finsteren Gang in die alte Kapelle. Ich wusste jetzt genau, wo ich das Scheusal zu suchen hatte.

Die große Kiste stand noch auf demselben Platze, dicht an der Mauer; der Deckel lag schon darauf, war aber noch nicht festgemacht; die Nägel staken im Holz und brauchten nur mehr eingeschlagen zu werden. Ich beabsichtigte in erster Linie, die Kleider des Grafen nach einem der Schlüssel zu durchsuchen; ich hob den Deckel ab und lehnte ihn an die Wand. Dann aber sah ich etwas, das mein Herz mit tiefstem Grauen erfüllte. Da lag der Graf, aber er sah aus, als sei seine Jugend wieder zurückgekehrt; Haar und Schnurrbart, vordem weiß, waren nun dunkel, eisengrau, die Wangen waren voller und die weiße Haut schien rosig unterlegt; der Mund war röter als je, denn auf den Lippen standen Tropfen frischen Blutes, das in den Mundwinkeln zusammenrann und von da über Kinn und Hals hinuntersickerte. Selbst die Augen lagen nicht mehr so tief, denn es schien sich neues Fleisch um sie gebildet zu haben. Es schien mir, als sei die ganze grauenvolle Kreatur mit Blut einfach durchtränkt; er lag da wie ein vollgesogener Blutegel. Ich schauderte, als ich mich über ihn beugte, um ihn zu durchsuchen – jeder meiner Sinne sträubte sich gegen eine Berührung; aber ich *musste*, sonst war ich verloren, ein sicheres, blutiges Festmahl für die entsetzlichen Drei. Ich tastete den ganzen Körper ab – keine Spur von einem Schlüssel. Dann hielt ich einen Augenblick inne und betrachtete den Grafen. Es lag ein höhnisches Lächeln auf dem aufgedunsenen Gesicht, das mich hätte wahnsinnig machen können. Das also war das Wesen, dem ich helfen wollte, nach London überzusiedeln, wo es vielleicht Jahrhunderte lang unter den sich mehrenden Millionen von Menschen seine Blutgier befriedigen und einen sich immer vergrößernden Kreis von Halbdämonen schaffen würde, um sie auf die Wehrlosen zu hetzen. Schon dieser Gedanke machte mich rasend. Eine schreckliche Lust kam über mich, die Welt von diesem Ungeheuer zu befreien. Eine tödliche Waffe war nicht zur Hand; so ergriff ich denn eine der Schaufeln, welche die Arbeiter beim Füllen der Kisten benützt hatten, und holte weit aus, um mit der scharfen Kante in das verhasste Gesicht zu schlagen. Da drehte sich plötzlich der Kopf, und die Augen sahen mich voll an mit der ganzen Glut ihres Basiliskenblickes. Jähes Entsetzen lähmte mich bei diesem Anblick, die Schaufel zitterte in meinen Händen und fiel kraftlos nieder, riss aber eine klaffende Wunde in die Stirne des Liegenden. Dann glitt sie mir aus der Hand, quer über die Kiste, und als ich sie da wegstieß, berührte sie den danebenstehenden Deckel, der umfiel und das hässliche Bild meinen Augen entrückte. Das Letzte, was ich sah, war das aufgedunsene, blutunterlaufene Gesicht und das starre höhnische Lächeln, welches vielleicht sogar bei den Teufeln der Hölle nicht seinesgleichen gefunden hätte.

Ich dachte und dachte, was ich nun tun sollte, aber mein Kopf glühte und ich wartete, während ein Gefühl der Verzweiflung sich meiner bemächtigte. Wie ich so dastand, hörte ich aus der Ferne ein Zigeunerlied, gesungen von frohen Stimmen, die immer näher zu kommen schienen, und durch den Gesang das Rollen schwerer Räder und das Knallen von Peitschen, die Slowaken und Zigeuner, von denen der Graf gesprochen hatte, kamen an. Ich warf noch einen raschen Blick rings um mich und auf die Kiste, die den scheußlichen Leib barg, und rannte davon in das Zimmer des Grafen, entschlossen hinauszuschlüpfen, wenn das Tor geöffnet würde.

Angespannt horchte ich und vernahm von unten das kreischende Geräusch eines Schlüssels in dem großen Schlüsselloch und das Zurückfallen des schweren Tores. Es müssen noch andere Zugänge da gewesen sein, oder jemand hatte den Schlüssel zu einer der versperrten Türen. Dann hörte ich das Geräusch vieler stampfender Schritte, die dröhnend in irgendeinem Durchgang verhallten. Ich beeilte mich, wieder hinunter zu dem Gewölbe zu kommen, wo ich den neuen Eingang finden musste; aber in diesem Augenblick kam ein gewaltiger Windstoß, und die Türe zur Wendeltreppe fiel mit einem furchtbaren Krach zu, so dass der Staub von der Türkrönung flog. Als ich hineilte, um sie aufzudrücken, fand ich sie hoffnungslos fest verschlossen. Ich war von neuem gefangen und das Netz des Verderbens zog sich noch enger um mich zusammen.

Während ich dies schreibe, ist unten im Durchgang der Lärm stampfender Füße hörbar und das Poltern schwerer Lasten, offenbar der erdgefüllten Kisten. Man hört etwas hämmern, es ist die Kiste, die zugenagelt wird. Nun dröhnen wieder die schweren Schritte durch die Halle, gefolgt von den Tritten der Müßiggänger. Das Tor wird geschlossen, die Ketten klirren, dann das Kreischen des Schlüssels im Schlüsselloch. Ich höre, wie er herausgezogen wird; dann öffnet und schließt sich ein anderes Tor; wieder höre ich Schloss und Riegel knarren.

Horch! Im Hof und den Felsweg hinunter das Rollen schwerer Räder, das Knallen von Peitschen und der Gesang der Zigeuner, der immer weiter in der Ferne verhallt.

Ich bin im Schloss allein mit den furchtbaren Weibern. Pfui! Mina ist doch auch ein Weib, und sie haben so gar nichts gemeinsam. Sie sind Teufel der Hölle!

Ich werde nicht bei ihnen hier bleiben; ich werde versuchen, die Schlossmauer noch tiefer hinunterzusteigen, als ich es bisher tat. Ich will mir etwas von dem aufgestapelten Gold mitnehmen, vielleicht kann ich es doch noch brauchen. Ich *muss* einen Ausweg aus diesem scheußlichen Gefängnis finden.

Und dann fort! Heim! Fort mit dem schnellsten, mit dem nächsten Zug! Fort von diesem verruchten Ort, aus diesem verwünschten Land, wo noch jetzt der Teufel und seine Nachkommen in Menschengestalt wandeln.

Schließlich ist Gottes Gnade doch besser als die dieser Ungeheuer – und der Abgrund ist steil und tief. An seinem Fuß mag wohl ein Mann schlafen – als ein Mann. Lebt wohl, ihr alle und du, Mina!

# *Fünftes Kapitel*

## ***Brief von Frl. Mina Murrey an Frl. Lucy Westenraa***

*Liebe Lucy!* 9. Mai

Vergib mir, dass ich so lange mit dem Briefschreiben im Rückstand blieb, aber ich werde von der Arbeit fast erdrückt. Das Leben einer Schulassistentin ist oft sehr ermüdend. Ich verlange danach, bei dir zu sein und an der See, wo wir frei wandern und unsere Luftschlösser bauen können. Ich habe in letzter Zeit sehr viel gearbeitet, weil ich mich gerne Jonathan bei seinen Studien nützlich machen möchte; das ist auch der Grund, warum ich so fleißig stenografieren lerne. Wenn wir verheiratet sind, werde ich Jonathan helfen; und wenn ich genügend stenografieren kann, bin ich im Stande, sein Diktat aufzunehmen und dann auf der Schreibmaschine abzuschreiben; das übe ich auch eifrig. Er und ich, wir schreiben uns oft unsere Briefe im Stenogramm und er führt ein stenografisches Tagebuch über seine Auslandsreisen. Wenn ich bei dir bin, werde ich gleichfalls ein solches führen. Ich meine keines von jenen, zwei Seiten die Woche und den Sonntag in ein Eckchen geschrieben, sondern eine Art Tagebuch, in das ich schreiben kann, wann ich Lust habe. Ich glaube ja, dass es für andere Leute nicht von Interesse sein wird, aber darauf ist es auch gar nicht berechnet. Ich möchte es gern Jonathan zeigen, wenn irgendetwas Mitteilenswertes darin ist; hauptsächlich soll es ein Übungsheft für mich sein. Ich werde versuchen, es so zu machen wie die Journalistinnen: interviewen, Schilderungen geben und Gespräche festhalten. Man hat mir erzählt, dass man es bei einiger Übung so weit bringen kann, dass man sich genau alles dessen erinnern kann, was man den Tag über gehört und erlebt hat. Nun ja, wir werden sehen. Ich werde dir alle meine kleinen Pläne auseinander setzen, wenn wir beisammen sind. Gerade habe ich einige Zeilen von Jonathan aus Transsylvanien erhalten. Er fühlt sich wohl und gedenkt in einer Woche die Rückreise anzutreten. Ich sehne mich danach, Neues von ihm zu hören. Es muss so schön sein, fremde Länder kennen zu lernen. Ich freue mich wirklich darauf, wenn wir – ich meine Jonathan und ich – sie einmal bereisen werden. Es schlägt zehn Uhr. Gute Nacht.

Stets deine Mina

Wenn du mir wieder schreibst, musst du mir vieles erzählen. Du hast mich lange nichts wissen lassen. Ich hörte da Gerüchte und insbesondere von einem hübschen, großen, kraushaarigen Mann???

## *Brief von Frl. Lucy Westenraa an Frl. Mina Murray*

*Liebste Mina!* 17. Chatham-Street, Mittwoch

Ich muss schon sagen, du tust mir *sehr* unrecht, wenn du mich eine faule Briefschreiberin nennst. Ich habe dir doch zwei Mal geschrieben, seit wir abreisten, und dein letzter Brief war auch erst der zweite. Übrigens habe ich dir eigentlich nichts zu erzählen. Ich wüsste wirklich nichts, was dich interessieren könnte. In der Stadt ist es jetzt sehr amüsant, und wir vertreiben uns die Zeit mit dem Besuch von Gemäldegalerien, mit Spaziergängen und Ritten im Park. Was den großen, kraushaarigen Mann betrifft, so vermute ich, dass du den meinst, der auf der letzten Unterhaltung mit mir war. Irgendjemand hat dir offenbar irgendetwas aufgebunden. Es war Herr Holmwood. Er kommt öfter zu uns, und er und Mama vertragen sich recht gut; sie haben so viel miteinander zu plaudern. Wir trafen vor einiger Zeit einen Herrn, der etwas für dich wäre; aber du bist ja schon an Jonathan gebunden. Er ist eine hervorragende Partie, hübsch, in glänzenden Verhältnissen und aus guter Familie. Er ist Arzt und wirklich tüchtig. Denke dir, er ist neunundzwanzig Jahre und leitet schon eine ausgedehnte Irrenanstalt. Herr Holmwood stellte ihn mir vor und er hat bei uns Besuch gemacht und kommt nun häufig. Ich habe das Gefühl, als sei er ein sehr energischer, aber dabei sehr ruhiger Mann. Er scheint fast völlig unerschütterlich. Ich kann mir lebhaft vorstellen, welch wunderbaren Einfluss er auf seine Patienten ausüben muss … Er hat eine seltsame Art, einem direkt ins Gesicht zu sehen, gleichsam als wolle er dort die Gedanken ablesen. Er versucht es auch öfter bei mir, aber ich schmeichle mir, eine recht harte Nuss für ihn zu sein. Ich kenne das aus meinem Spiegel. Versuchst du nicht auch öfter, dein Gesicht zu studieren? Ich sage dir, es ist kein schlechtes Studium, und gibt dir mehr zu denken, als du dir vorstellen kannst, wenn du es noch nicht versucht hast. Er sagt mir, ich sei ihm ein schwieriges, psychologisches Problem, und ich bin so unbescheiden, es ihm zu glauben. Du weißt, ich habe an Kleidern kein so lebhaftes Interesse, dass es mir möglich wäre, die neue Mode zu beschreiben. Kleider sind stinklangweilig. Wieder diese unfeine Sprache, aber das schadet nichts, Arthur sagt das alle Tage. Nun weiß ich aber nichts mehr. Mina, wir haben uns doch von klein auf alle unsere Geheimnisse anvertraut; wir haben zusammen geschlafen und gegessen und gelacht und geweint; und da ich nun doch einmal etwas gesagt, meine ich, noch mehr sagen zu müssen. Kannst du es erraten? Ich hab ihn lieb. Ich schäme mich, das zu schreiben, denn wenn ich auch sicher glaube, dass er mich liebt, hat er doch noch kein Wort davon verlauten lassen. Ach, Mina, wie lieb hab ich ihn, wie lieb, wie lieb! Nun ist mir wohl. Ich wollte, wir säßen zusammen beim Auskleiden am Feuer, wie wir es immer taten, und ich könnte dir alles erzählen, was ich fühle. Ich weiß nicht, wie ich auf einmal dazu komme, es dir zu schreiben. Ich sollte aufhören und eigentlich den Brief zerreißen, und doch möchte ich wieder nicht aufhören, denn ich sehne mich danach, dir alles zu sagen. Lass mich bald von dir hören und teile mir mit, was du von der Sache denkst. Nein, ich muss aufhören. Gute Nacht; bete für mich und bete für mein Glück.

Lucy

P.S. Ich brauch' dir wohl nicht zu sagen, dass das alles noch geheim bleiben muss. Nochmals gute Nacht.

L.

### *Brief von Frl. Lucy Westenraa an Frl. Mina Murray*

*Liebste Mina!*

Dank, Dank und tausend Mal Dank für deinen lieben Brief.

Nun bin ich doch froh, dass ich es dir erzählt habe und weiß, dass du mir zustimmst.

Liebste, es regnet nicht, es schüttet. Wie passend die alten Redensarten oft sind. Hier bin ich, die ich im September zwanzig werden soll, und hatte bis heute noch keinen Heiratsantrag, wenigstens noch keinen ernsthaften, und heute kamen gleich ihrer drei. Denke nur, *drei* Anträge an einem Tag! Ist das nicht unheimlich? Es tut mir wirklich und wahrhaftig Leid um zwei der armen Anbeter. O Mina, ich bin so froh, dass ich mich fast nicht mehr fassen kann. Drei Bewerber! Aber, Mina, ich bitte dich, um des Himmels willen, sag' es keinem der jungen Mädchen; die bekommen sonst allerhand extravagante Ideen und fühlen sich beleidigt und zurückgesetzt, wenn nicht gleich am ersten Tage, da sie wieder zu Hause sind, mindestens sechs kommen. Manche Mädchen sind so eitel. Du, Mina, und ich, die wir gebunden und nahe daran sind, bald alte verheiratete Frauen zu werden, wir sind doch wahrlich darüber hinaus. Nun muss ich dir aber von den Dreien erzählen, Schatz, aber du musst es geheim halten vor allen – außer natürlich vor Jonathan. Du wirst es ihm sicher ausplaudern, wie ich es an deiner Stelle ja auch Arthur gegenüber machen würde. Eine Frau muss ihrem Manne doch alles erzählen, – nicht wahr, Herzchen –, und ich möchte offen sein. Die Männer haben es gern, wenn die Frauen – besonders ihre Frauen – ebenso offen sind wie sie selbst. Ich fürchte aber, die Frauen sind nicht immer so aufrichtig, als sie es eigentlich sein müssten. Also, meine Liebe, Nummer Eins kam gerade vor dem Lunch. Ich erzählte dir schon von ihm, Dr. John Seward, der Irrenhausarzt mit dem strengen Kinn und der gütigen Stirne. Äußerlich war er sehr kühl, aber innerlich doch nervös. Er hatte sich alles bis ins Kleinste einstudiert und vergaß sich nicht; schließlich aber setzte er sich doch fast auf seinen Zylinder, was Männer in der Regel nicht tun, wenn sie kalten Blutes sind, und als er sich dann bemühte, ruhig zu erscheinen, spielte er mit einem Messerchen, auf eine Art und Weise, die mich fast zum Schreien brachte. Er sprach sehr ernst mit mir. Er sagte mir, wie lieb ich ihm sei, obgleich er mich doch erst so kurze Zeit kenne, und wie schön sein Leben wäre, wenn ich ihm helfen und ihn erheitern wollte. Dann sagte er, er würde sehr unglücklich sein, wenn ich ihn nicht erhöre; als er mich aber dann weinen sah, schalt er sich einen Barbaren und versprach mir, meinen Schmerz nicht noch vergrößern zu wollen. Dann brach er ab und fragte mich, ob ich ihn denn nicht mit der Zeit lieb gewinnen könne, und als ich mit dem Kopf schüttelte, zitterten seine Hände und er fragte stockend, ob ich am Ende schon einem andern gehöre. Er brachte es so schön heraus, indem er sagte, er wolle sich mein Vertrauen nicht erzwingen, sondern nur Klarheit haben, denn ein Mann dürfe die Hoffnung so lange nicht sinken lassen, als die Angebetete noch frei sei. Da, liebe Mina, fühlte ich mich gezwungen ihm zu sagen, dass ich schon gebunden sei. Ich sagte ihm nur das; da stand er auf und sah recht ernst und schwermütig drein, als er meine beiden Hände ergriff und sagte, er hoffe, dass ich glücklich werde, und wenn ich je eines Freundes bedürfe, so solle ich ihn zu meinen besten zählen. Ach, Mina, ich kann nicht anders, ich muss weinen; entschuldige die Flecken auf dem Briefe. Verlobt zu sein, ist ja ganz hübsch, aber es ist gar nicht angenehm, so einen wackeren Mann mit gebrochenem Herzen von dir schicken und erkennen zu müssen, dass du, was er auch immer sagen mag, dennoch für immer aus seinem Leben gestrichen bist. Liebste, ich muss aufhören; ich fühle mich so elend, wenn ich auch glücklich bin.

Abends:
Gerade ist Arthur weggegangen und ich bin wieder besserer Laune als da, wo ich zu schreiben aufhörte; ich kann dir also nun weiter von den Ereignissen des Tages erzählen. Also, Liebste, Nummer Zwei kam nach dem Lunch. Er ist ein reizender Mensch, ein Amerikaner aus Texas, und sieht so jung und frisch aus, dass man es gar nicht für möglich halten möchte, dass er schon so viel von der Welt gesehen und so viele Abenteuer erlebt hat. Mir ging es wie der armen Desdemona, die gleichfalls einen solchen Wortschwall zu hören bekam, wenn auch von einem Schwarzen. Ich glaube, wir Frauen sind so feig, dass wir glauben, ein Mann könne uns vor Gefahren schützen, und so heiraten wir ihn. Nun weiß ich, wie ich es anzustellen hätte, wenn ich ein Mann wäre und ein Mädchen in mich verliebt machen möchte. Nein, und doch weiß ich es nicht; denn Herr Morris war es, der mir Geschichten erzählte, und Arthur erzählte mir nie eine; und dennoch … Doch, meine Liebe, ich habe da schon vorausgegriffen. Also Herr Quincey P. Morris fand mich allein. Es scheint, als träfen die Männer die Mädchen immer allein. Nein, und doch nicht, denn Arthur versuchte es zwei Mal vergeblich, eine Gelegenheit herbeizuführen, und ich half ihm redlich dabei; ich schäme mich nicht es einzugestehen. Ich muss vorausschicken, dass Herr Morris nicht immer Slang spricht, d. h., er tut es nie in Gegenwart von Fremden, denn er ist gut erzogen und hat tadellose Manieren, aber er merkte wohl, dass ich ihn gern den amerikanischen Slang sprechen hörte, und wenn gerade niemand da war, der daran hätte Anstoß nehmen können, sagte er immer die drolligsten Dinge. Ich glaube, Schatz, er gibt sich auch noch besonders Mühe; denn alles, was er sagt, passt immer. Doch vielleicht ist das eine Eigentümlichkeit des Slangs. Ich weiß nicht, ob ich je Slang sprechen werde; ich weiß nicht, ob Arthur es liebt; aus seinem Munde habe ich es noch nie gehört. Gut, also Herr Morris setzte sich neben mich und sah so glücklich und munter aus wie möglich; aber ich konnte trotzdem bemerken, dass er sehr

aufgeregt war. Er ergriff meine Hand und sagte zärtlich:

»Miss Lucy, ich weiß, ich bin nicht gut genug, die Bänder Ihrer kleinen Schuhe zu binden; aber wenn Sie auf einen Mann warten wollen, der Ihrer würdig ist, werden Sie sich den sieben Jungfrauen mit den Lampen zugesellen können. Wollen Sie sich nicht längsseits bei mir festhaken und zweispännig mit mir den langen Weg fahren?«

Er sah dabei so vergnügt und fröhlich aus, dass es mir nicht halb so Leid tat, ihm einen Korb geben zu müssen wie bei dem armen Dr. Seward. Deshalb sagte ich, so gleichgültig ich konnte, ich wüsste nicht, wie ich dazu käme, mich festzuhaken und wäre auch gar nicht darauf erpicht, im Geschirr zu laufen. Da erwiderte er, er hätte doch nur sinnbildlich gesprochen und hoffe, ich werde es ihm nicht verübeln, dass er in einem für ihn so ernsten, wichtigen Moment solche Dinge geredet habe. Er sah dabei wirklich ernst aus, als er das sagte, und ich konnte nicht anders, als auch ernst zu werden. Ich weiß, Mina, du wirst mich einen schrecklichen Irrwisch schelten, da ich ein gewisses Frohlocken, dass er heute schon Nummer Zwei war, fast nicht unterdrücken konnte. Und dann, Schatz, ehe ich ein Wort zu sagen vermochte, schüttete er einen ganzen Gießbach von Liebesbeteuerungen über mich aus, indem er mir Herz und Seele zu Füßen legte. Er machte dabei ein so ernstes Gesicht, dass ich mir vornahm, nie mehr zu glauben, ein Mann, der zuweilen Späße macht, sei immer scherzhaft und könne nie ernst sein … Ich denke, er sah etwas in meinem Gesicht, was ihn irre machte, denn er hielt plötzlich inne und sagte mit männlicher Entschlossenheit, wegen der allein ich ihn schon lieben könnte, wenn ich frei wäre:

»Lucy, Sie sind ein ehrliches Mädchen, ich weiß es. Ich würde nicht so zu Ihnen sprechen, wenn ich nicht wüsste, dass Sie rein sind bis in die tiefsten Tiefen Ihrer Seele. Sagen Sie mir, wie ein Kamerad dem anderen, haben Sie schon einen lieb? Und wenn es so ist, will ich Sie nicht weiter belästigen; aber ich werde Ihnen, wenn Sie nichts dagegen haben, ein treuer Freund sein.«

Meine liebe Mina, warum sind die Männer gar so edel, wo wir ihrer doch gar nicht wert sind? Ich habe mich über diesen großherzigen, braven Mann lustig gemacht. Ich brach wieder in Tränen aus – ich fürchte, Liebste, du wirst sagen, das sei ein sehr wässeriger Brief – und fühlte mich wirklich recht elend. Warum kann auch ein Mädchen nicht drei Männer heiraten oder so viele, als sich um sie bewerben, und dadurch so viel Verwirrung und Herzeleid verhindern? Aber das ist ja Ketzerei, und ich sollte so was gar nicht sagen; ich gestehe offen zu, dass ich durch meine Tränen in Herrn Morris gute Augen blickte; dann sagte ich ihm freimütig:

»Ja, ich liebe einen, obgleich er mir bis heute noch nicht gesagt hat, dass er mich auch liebt.« Ich hatte recht daran getan, so offen mit ihm zu sprechen, denn es zog wie ein Leuchten über sein Antlitz und er ergriff meine beiden Hände – ich glaube, ich habe sie ihm sogar selbst gegeben – und sagte in herzlichem Tone:

»Sie sind ein mutiges Mädchen, Lucy. Besser ist es, um Sie zu spät zu werben, als um irgendein anderes Mädchen der Welt rechtzeitig. Weinen Sie nicht, Liebe. Wenn es um mich sein sollte, ich halte einen Puff aus und stehe fest. Wenn dieser andere Bursche sein Glück nicht erkennt, so soll er bald dazu tun oder ich steige ihm aufs Dach. Liebes Kind, Ihre Ehrlichkeit und Ihr Mut haben mich zu Ihrem Freunde gemacht, und Freunde sind dünner gesät als Liebhaber; es ist eben etwas Selbstloseres. Meine Liebe, ich werde mich recht einsam fühlen auf dem Weg von hier nach Kingdom Come. Wollen Sie mir nicht einen Kuss geben? Er wird mir jetzt und später über viele trübe Gedanken weghelfen. Sie können, Sie dürfen, wenn Sie wollen, denn der andere – er muss ein guter, ein feiner Kerl sein, sonst würden Sie ihn ja gar nicht lieb haben – hat sich noch gar nicht ausgesprochen.«

Das alles gewann mich, Mina; denn es war edel und lieb und vornehm von ihm, so – noch dazu von einem Rivalen zu sprechen. – Oder nicht? Und er war so traurig. So beugte ich mich denn zu ihm hinüber und küsste ihn. Er stand auf, indem er meine Hände immer noch in den seinen hielt, sah mir in die Augen – ich glaube, ich bin dabei sehr rot geworden – und sagte:

»Kleines Mädchen, ich halte Ihre Hände und Sie haben mich geküsst. Wenn diese Dinge uns nicht zu Freunden machen können, dann weiß ich allerdings nicht, was sonst dazu im Stande wäre. Ich danke Ihnen für Ihre Aufrichtigkeit gegen mich, und nun leben Sie wohl!« Er schüttelte mir die Hand, nahm seinen Hut und ging straff aufgerichtet aus dem Zimmer, ohne sich noch einmal umzusehen, ohne eine Träne, ohne ein Zittern, ohne ein Zögern; und ich heule wie ein Kind. Oh, warum muss gerade ein Mann wie er unglücklich werden, wo es doch Tausende von Mädchen gibt, die den Boden küssen möchten, den sein Fuß betrat. Ich weiß, wenn ich frei wäre, würde ich – aber ich wünsche gar nicht frei zu sein. Meine Liebe, das ist mir wirklich nahe gegangen, und ich bin nicht mehr im Stande, dir von meinem Glück weiterzuerzählen. Über Nummer Drei werde ich dir schreiben, wenn ich wieder getröstet bin.

Stets deine
Lucy

P.S. Nun, was Nummer Drei betrifft, soll ich dir noch von Nummer Drei erzählen oder nicht? – Unter uns gesagt, es war alles ganz konfus. Es schien nur ein Augenblick nach seinem Eintritt vergangen zu sein, da legte er schon seinen Arm um mich und küsste mich. Ich bin sehr glücklich und weiß nicht, womit ich es verdient habe. Es wird in Zukunft mein Bestreben sein, dem Herrn über den Wolken mich dankbar zu erweisen, der mir in seiner Güte einen solchen Freund, einen solchen Liebhaber und einen solchen Gatten bescherte. Leb wohl!

## *Dr. Sewards Diarium*

*Phonografisch aufgenommen*

25. April. – Heute mangelnder Appetit. Kann nichts essen, habe keine Ruhe; deshalb Tagebuch. Seit meiner gestrigen Enttäuschung habe ich ein Gefühl der Leere; nichts in der Welt scheint mir von genügender Bedeutung, mich damit zu beschäftigen.

Da ich weiß, dass die einzige Kur für derartige Zustände die Arbeit ist, ging ich hinunter zu meinen Patienten. Ich suchte mir den einen heraus, der für mich eine Studie von höchstem Interesse bildet. Er ist so wunderlich in seinen Ideen, dabei aber so verschieden von den gewöhnlichen Irren, dass ich mich zu dem Versuch entschloss, möglichst in seine Ideen einzudringen. Heute war es mir, als sei ich näher als je daran, seinem Geheimnis auf die Spur zu kommen.

Ich fragte ihn genauer aus, als es sonst meine Gewohnheit ist, mit der Absicht, mich zum Beherrscher seiner Halluzinationen zu machen. In dieser Art des Verfahrens liegt, wie ich jetzt einsehe, eine gewisse Grausamkeit. Ich wünschte ihn wieder auf die Spitze des Wahnsinnes zu treiben, eine Sache, die ich sonst vermeide wie den Schlund der Hölle (und unter welchen Umständen würde ich den Abgrund der Hölle *nicht* vermeiden?). Omnia Romae venalia sunt. Auch die Hölle ist käuflich. Wenn etwas hinter diesen Einbildungen steckt, ist es wert, dass man es *genau* verfolgt; ich hatte also alle Ursache so zu verfahren, deshalb …

R. M. Renfield, Alter 59. Sanguinisches Temperament. Große körperliche Kraft, krankhaft reizbar; Perioden des Wahnsinns auf der Basis einer fixen Idee, der ich nicht auf die Spur kommen kann. Ich schicke voraus, dass sein sanguinisches Temperament im Zusammenwirken mit äußeren störenden Einflüssen seelisch erschöpfende Anfälle auslöst. Vielleicht ein gefährlicher Mann, wahrscheinlich gefährlich, wenn sein Dämmerzustand eintritt. Bei normalen Menschen ist die Vorsicht ein ebenso sicherer Schutz gegen sich selbst wie gegen Feinde. Was ich über die Sache bis jetzt denke, ist, dass, wenn sein Selbstbewusstsein im Mittelpunkt steht, die zentripetalen und die zentrifugalen Kräfte sich die Waage halten; wird aus irgendeinem Grunde dieser Mittelpunkt verschoben, so überwiegen die letztgenannten Kräfte und es kann nur ein Anfall oder eine Reihe von solchen einen Ausgleich schaffen.

## *Brief von Quincey Morris an Herrn Arthur Holmwood*

*Lieber Arthur!* *25. Mai*

Wir haben uns am Lagerfeuer in den Prärien lange Geschichten erzählt und einer des anderen Wunden verbunden, als wir einen Landungsversuch auf den Marquesas machten, und wir haben uns an den Ufern des Titicaca zugetrunken. Es gilt, noch mehr Geschichten zu erzählen, sowie andere Wunden zu verbinden und auf ein anderes Wohl zu trinken. Wollen wir das nicht an meinem Lagerfeuer morgen Abend besorgen? Ich lade dich ohne Zögern ein, weil ich weiß, dass eine gewisse Dame morgen Abend zum Diner eingeladen ist, du also frei bist. Noch einer wird da sein, unser alter Spießgeselle aus Korea, Jack Seward. Er wird sicher kommen, und wir beide wünschen, unsere Tränen über dem Weinglase zu mischen und von ganzem Herzen auf das Wohl des glücklichsten Mannes unter der Sonne zu trinken, der sich das edelste Herz gewann, das Gott je schuf. Wir versprechen dir ein herzliches Willkommen, eine liebenswürdige Begrüßung und ein Prosit, so ehrlich wie deine eigene rechte Hand. Wir schwören dir, dich nach Hause zu schicken, wenn du, einem gewissen Paar schöner Augen zu Ehren, zu tief in das Glas geschaut haben solltest. Also komm!

Dein auf immer
Quincey P. Morris

## *Telegramm von Arthur Holmwood an Quincey P. Morris*

26. Mai

Rechne jedenfalls auf mich. Ich bringe euch Neuigkeiten, die eure beiden Ohren klingen lassen sollen.

Art.

# Sechstes Kapitel

## Mina Murrays Tagebuch

24. Juli. Whitby. – Lucy holte mich am Bahnhof ab; sie sah süßer und lieblicher aus als je, und wir fuhren zusammen zu dem Haus am Crescent, wo sie Zimmer bewohnen. Es ist ein reizendes Fleckchen Erde. Der kleine Fluss, der Esk, kommt durch ein tiefes Tal herunter, das sich in der Nähe des Hafens erweitert. Ein großer Viadukt führt darüber hinweg, mit hohen Steinpfeilern, durch welche sich eine entzückende Aussicht auf die Landschaft eröffnet. Das Tal ist lieblich grün und so tief eingeschnitten, dass man von den Hängen aus nicht heruntersehen kann, wenn man nicht bis direkt an den Rand tritt, während man sonst einfach darüber hinwegschaut. Die Häuser der alten Stadt – auf der anderen Seite – sind alle mit roten Ziegeln gedeckt und übereinander geschachtelt, wie wir es auf Gemälden von Nürnberg sehen. Gerade über der Stadt liegt die Ruine der Abtei Whitby, die von den Dänen zerstört wurde und in der der Teil von »Marmion« sich abspielt, in dem das Mädchen eingemauert wird. Es ist eine sehr schöne Ruine von ungeheurer Ausdehnung und voll von herrlichen, romantischen Plätzchen; es geht die Sage, dass sich öfter in den Fenstern eine weiße Frau sehen lasse. Zwischen dem Kloster und der Stadt befindet sich noch eine Kirche, die Pfarrkirche, um die herum sich ein großer Friedhof mit vielen Grabsteinen ausbreitet. Meiner Ansicht nach ist es der reizendste Fleck von ganz Whitby; denn er liegt direkt über der Stadt und gewährt volle Aussicht auf den Hafen und die Bucht, in die sich die Kettleness genannte Landspitze weit hinaus erstreckt. Die Böschung ist so steil, dass schon Stücke heruntergebrochen sind, wodurch eine Anzahl Gräber zerstört wurde. An einer Stelle besonders hängen die Grabsteine weit hinaus über den tief unten lie-

genden sandigen Fußweg. Es führen Spazierwege mit Bänken zu beiden Seiten durch den Friedhof. Den ganzen Tag sitzen und gehen hier Leute, genießen die herrliche Aussicht und freuen sich des kräftigen Seewindes. Ich werde sehr oft heraufkommen und mich mit meiner Arbeit hier niederlassen. Tatsächlich sitze ich hier schon und schreibe, mein Buch auf den Knien, und höre den Gesprächen dreier alter Männer neben mir zu. Es scheint, als sei ihre ganze tägliche Beschäftigung, hier zu sitzen und zu plaudern.

Tief unter mir liegt der Hafen; auf der anderen Seite erstreckt sich eine Granitmauer weit in die See hinaus und endet mit einer Biegung nach außen, in deren Mitte ein Leuchtturm steht. Lange Wellen laufen an ihr entlang. Auf der mir nahe gelegenen Seite verläuft die Hafenmauer gleich einer Armbeuge nach innen und am Ende steht wieder ein Leuchtturm. Zwischen den beiden Piers ist nur eine schmale Einfahrt in den Hafen, die sich dann plötzlich verbreitert.

Besonders schön ist es bei Flut; aber wenn diese sich verlaufen hat, dann liegen die Sandbänke da, durch die sich der Eskbach windet, da und dort Felsblöcken ausweichend. Außerhalb des Hafens zieht sich, wohl eine halbe Meile lang, ein großes Riff hin, dessen scharf abbrechendes Ende sich gerade mit dem Leuchtturm deckt. Dort ist eine Boje mit einer Glocke, die bei hoher See anschlägt und klagende Töne in die Winde schickt. Es geht die Sage, dass man die Glocke weit draußen auf offener See hört, wenn ein Schiff verloren sei. Ich muss den alten Mann darüber fragen; eben kommt er des Weges.

Es ist ein drolliger, alter Knabe; er muss entsetzlich alt sein, denn sein Gesicht ist durchfurcht und zerrissen wie die Rinde eines Baumes. Er erzählt mir, dass er schon nahe an die Hundert sei und Matrose in der Grönländischen Fischerflotte war, als die Schlacht bei Waterloo geschlagen wurde. Er ist, fürchte ich, sehr skeptisch, denn als ich ihn über die Glocke auf der See und die weiße Frau in der Abtei fragte, antwortete er mir sehr barsch:

»Ich kümmere mich nicht um solche Sachen, Fräulein. Das sind lauter abgedroschene Dinge. Glauben Sie nicht, ich wolle damit sagen, sie seien nie gewesen, aber ich sage nur, dass sie nicht waren, so lange ich mich erinnern kann. Das ist alles ganz schön für Besucher und Ausflügler und dergleichen, aber nicht für ein so hübsches, junges Fräulein wie Sie. Diese Landratten von York und von Leeds, die immer gepökelte Heringe essen und Tee dazu trinken, und immer darauf aus sind, billig Strandgut zu kaufen, mögen ja daran glauben. Ich möchte gerne wissen, wer sich damit abgibt, ihnen immer solche Lügen zu erzählen – vielleicht die Zeitungen, die stets voll dummen Geschwätzes sind?« Ich dachte, er sei eine geeignete Persönlichkeit, von der ich allerlei interessante Dinge erfahren könnte, und ich bat ihn deshalb, mir etwas von der Walfischfängerei aus vergangenen Tagen zu erzählen. Er wollte eben anfangen, da schlug es sechs; er stand sofort mühsam auf und sagte:

»Ich muss aber jetzt wieder heim, Fräulein. Mein Enkelkind hat es nicht gerne, dass ich sie warten lasse, wenn der Tee fertig ist. Es nimmt eine Menge Zeit weg, bis ich die Stufen da hinunterkomme, denn es sind ihrer viele, und ich, Fräulein, brauche mein Futter auf die Stunde.«

Damit humpelte er davon und ich sah ihn, so gut und rasch es ging, die Stufen hinunterklettern. Die Treppe ist charakteristisch für den Ort. Sie führt von der Stadt hinauf zur Kirche; es sind Hunderte von Stufen – wie viele weiß ich nicht – sie führen in einem großen Bogen hinauf; die Steigung ist so mäßig, dass man sogar zu Pferde leicht hinauf- und herunterkäme. Vermutlich gehörte sie ursprünglich zur Abtei. Ich muss aber jetzt heimgehen. Lucy hat mit ihrer Mutter Besuche gemacht; da es aber nur Anstandsvisiten waren, habe ich mich nicht beteiligt. Sie werden unterdessen wohl heimgekommen sein.

1. August. – Ich kam vor einer Stunde mit Lucy herauf, und wir hatten ein sehr interessantes Gespräch mit meinem alten Freund und den zwei anderen, die immer mit ihm kommen. Er ist augenscheinlich ihr Orakel und muss seinerzeit

eine sehr energische Persönlichkeit gewesen sein. Er will nie etwas zugeben und streitet mit jedem. Wenn er sie nicht überzeugen kann, dann überschreit er sie und hält dann ihr Stillschweigen für Zustimmung. Lucy sieht süß aus in ihrem weißen Tenniskostüm: sie hat Farbe bekommen, seit sie hier ist. Ich bemerkte, dass die alten Männer Eile hatten, heraufzukommen und sich neben sie zu setzen. Sie ist so nett mit den alten Leuten; ich glaube, sie haben sich schlankweg in sie verliebt. Sogar mein alter Freund gab sich besiegt und widersprach ihr nicht, während er mir dagegen doppelten Widerstand leistete. Ich brachte ihn auf das Thema Sagen, und er begann plötzlich eine Art Rede zu halten. Ich will versuchen, sie aus dem Gedächtnis niederzuschreiben:

»Das ist alles Unsinn, das ganze Zeug; so und nicht anders ist es. Diese Hexen und Vorzeichen und Kobolde und Gespenster und Teufel sind doch alle nur erdacht, um Kinder und schwache Weiber zittern zu machen. Sie sind weiter nichts als Einbildung. Sie und alle Drohungen und Warnungen und Vorbedeutungen sind erfunden von Pfaffen, schlappen Kerls und Geschäftsreisenden, um sich ein bisschen Gänsehaut zu machen oder die Leute zu etwas zu bringen, was sie sonst nicht täten. Ich werde ganz wild, wenn ich nur daran denke. Aber nicht genug, dass sie diese Lügen in Zeitungen drucken und von Kanzeln herunter predigen, nein, sie müssen sie auch auf Leichensteine schreiben. Schauen Sie nur herum, wohin Sie wollen, alle diese Steine, die gerade stehen, wie vor Stolz, sollten einfach umfallen unter der Last der Lügen, die auf ihnen stehen: ›Hier liegt begraben …‹, ›Dem Andenken des …‹ steht auf allen; und doch, nicht unter der Hälfte von ihnen liegt wirklich ein Toter, und ihr ›Andenken‹ ist keine Prise Schnupftabak wert, geschweige denn geheiligt. Nur Lügen, nichts als Lügen, so oder so. Mein Gott, es wird ein sonderbares Gedränge geben am jüngsten Tage, wenn sie alle hier heraufkommen, um ihre Grabsteine zu holen, mit denen sie im Jenseits beweisen wollen, wie gut sie hinieden waren.«

Ich sah an des alten Mannes selbstzufriedener Miene und an der Art, wie er im Kreise herumsah, um sich des Beifalles seiner Genossen zu versichern, dass er »es mir besorgt« habe, und so fügte ich, um ihn zum Weiterreden zu veranlassen, hinzu:

»Aber, Herr Swales, das kann doch Ihr Ernst nicht sein? Sicherlich sind diese Grabsteine doch nicht alle falsch?«

»Unsinn! Nur wenige werden darunter sein, die nicht falsch sind. Das Ganze ist nur eine Lüge. Da sehen Sie nur her; Sie kommen als Fremde hierher und sehen den Kirchhof.« Ich nickte, weil ich meinte, ihm so besser meine Zustimmung zu erkennen zu geben, obgleich ich seinen Dialekt nicht verstand. Ich dachte mir aber, dass es etwas mit Kirche zu tun habe. Er fuhr fort: »Und Sie glauben, dass alle diese Steine über Menschen stehen, die einmal hier gelebt haben?« Ich nickte wieder als Zeichen der Zustimmung. »Das gerade ist ja die Lüge. Da sind Grabstätten dabei, die sind so leer wie unseres alten Dun's Tabaksdose am Freitag Abend.« Er stieß einen seiner Genossen an und alle lachten. »Und, mein Gott, wie sollte es auch anders sein können? Sehen Sie einmal diesen an, den hintersten hinter der Bank; lesen Sie!« Ich wendete mich um und las:

»Edward Spencelagh, Obermatrose, ermordet von Piraten an der Küste von St. Andreas im April 1854, im Alter von 30 Jahren.« Als ich mich wieder zu ihm wandte, fuhr Herr Swales fort:

»Wer brachte ihn denn heim, möchte ich wissen, um ihn hier einzugraben? Ermordet an der Küste von St. Andreas! Und Sie konnten glauben, er läge hier drunten! Nun, ich könnte Ihnen ein Dutzend nennen, deren Gebeine da oben in den Gewässern Grönlands ruhen«, er deutete nordwärts, »oder wo die Strömung sie sonst hingetragen. Da, um Sie herum sind ihre Grabsteine. Sie können mit Ihren jungen Augen die kleingeschriebenen Lügen lesen. Da, Braithwaite Lowrey – ich kannte seinen Vater, vermisst auf der Lively bei Grönland anno 20; oder Andreas Woodhouse in denselben Gewässern ertrunken 1777 oder John Paxton, ein Jahr später bei Kap Farewell ertrunken, oder der alte John

Rawlings, dessen Großvater mit mir zusammen segelte, ertrank im Golf von Finnland anno 50. Glauben Sie denn, dass alle diese Leute einen Run auf Whitby unternehmen werden, wenn die Posaune des jüngsten Gerichtes ertönt? Da habe ich doch einige Bedenken dagegen. Ich sage Ihnen, wenn die alle einmal zusammenkommen, wird es ein Gedränge und Geraufe geben, dass es sein wird wie der Kampf um die Eisscholle in vergangenen Tagen, wo wir dann unsere Wunden im Scheine des Nordlichtes verbanden.« Das war offenbar ein Lokalwitz, denn der alte Herr kicherte vergnügt darüber, und seine Spießgesellen stimmten in heiterster Laune mit ein.

»Aber«, sagte ich, »vielleicht gehen Sie nicht von dem richtigen Standpunkt aus, wenn Sie annehmen, dass bei der Auferstehung all die armen Kerls, oder doch ihre Seelen, die Grabsteine zum jüngsten Gericht heranschleppen müssen. Halten Sie das wirklich für nötig?«

»Nun, zu was wären sonst die Grabsteine gut? Beantworten Sie mir diese Frage, Fräulein!«

»Um ihren Verwandten eine Freude zu machen, denke ich.«

»Um ihren Verwandten eine Freude zu machen!« Er äffte mir höhnisch nach. »Wie kann es denn den Verwandten Freude machen, wenn sie wissen und wenn die ganze Stadt weiß, dass doch nur Lügen darauf stehen?« Er deutete auf einen Stein zu unseren Füßen, der flach auf den Boden gefallen war und auf dem man, ganz nahe dem Rande des Kliffs, einen Ruhesitz angebracht hatte. »Lesen Sie die Aufschrift auf dem Grabstein«, sagte er. Von meinem Platze aus hätte ich die Buchstaben verkehrt lesen müssen, dagegen saß Lucy bequemer und las:

»Geweiht dem Andenken des Georgie Canon, der in der Hoffnung auf eine fröhliche Auferstehung am 29. Juli 1873 durch Sturz vom Felsen von Kettleness den Tod fand. Dieses Denkmal wurde dem heiß geliebten Sohne von der betrübten Mutter errichtet. Er war der einzige Sohn seiner Mutter und sie war Witwe.« »In der Tat, Herr Swales, ich kann hierin nicht das geringste Spaßhafte finden!« Sie machte diese Bemerkung in vollem Ernst, sogar mit dem Tone eines leisen Vorwurfes.

»Sie finden nichts Komisches daran! Ha, ha! Das kommt daher, Sie wissen nicht, dass die Mutter eine Teufelin war, die ihn hasste, weil er lahm war und an Krücken ging, und er hasste sie so, dass er Selbstmord beging, damit sie die Lebensversicherungssumme, auf die sie für ihn eingezahlt, nicht erhalte. Er schoss sich mit einer alten Muskete, die sie sonst zur Krähenjagd benützten, den Kopf ab. Das also ist die Erklärung seines Absturzes von dem Felsen. Und was die Hoffnung auf eine fröhliche Auferstehung betrifft, so habe ich ihn oft sagen hören, meiner Seele, er hoffte zur Hölle zu fahren, damit er nicht mit seiner Mutter, die sich sicherlich durch ihre Frömmigkeit den Himmel verdient, zusammen sein müsste. Also, enthält dieser Stein hier«, er klopfte mit seinem Stock darauf, »nicht einen ganzen Pack Lügen? Und würde nicht der Erzengel Gabriel ein sonderbares Gesicht machen, wenn Georgie, den Leichenstein auf seinem Buckel schleppend, die Stufen heraufgehumpelt käme, um sich damit zu legitimieren.«

Ich wusste nicht, was ich sagen sollte, aber Lucy gab dem Gespräch eine andere Wendung und sagte, indem sie aufstand:

»Oh, warum haben Sie uns dies erzählt? Es ist mein Lieblingsplätzchen und ich kann es nicht aufgeben. Nun erfahre ich, dass ich fernerhin auf dem Grabe eines Selbstmörders werde sitzen müssen.«

»Das darf Sie doch aber nicht stören, Herzchen, und es würde dem armen Georgie gewiss eine große Freude bereiten, wenn er wüsste, dass ein so süßes Ding auf seinem Grabstein sitzt. Das darf Sie also nicht genieren. Sehen Sie, ich sitze hier schon Jahre lang, und es ist mir noch nie ein Leid geschehen. Bilden Sie sich eben ein, er läge nicht da unten oder Sie säßen woanders. Meine Zeit ist aber nun um, und ich muss gehen. Ich empfehle mich Ihnen, meine Damen.« Damit humpelte er davon.

Lucy und ich blieben noch eine Zeit lang sitzen und es breitete sich so viel Schönheit zu unseren Füßen, dass wir andächtig unsere Hände verschlangen; sie erzählte mir nur von Arthur und ihrer kommenden Hochzeit. Das tat mir innerlich ein bisschen weh, denn ich habe einen ganzen Monat von Jonathan nichts gehört.

Am gleichen Tage. – Ich kam allein da herauf, denn ich bin sehr betrübt. Kein Brief für mich da. Ich hoffe, dass Jonathan nichts zugestoßen ist. Eben hat es neun geschlagen. Ich sehe da und dort Lichter in der Stadt aufflammen, da wo die Straßen laufen, in Reihen, und dann wieder vereinzelt an verschiedenen Stellen; sie laufen den Esk entlang und verlieren sich in der Biegung des Tales. Links von mir ist die Aussicht durch die scharfe, dunkle Firstlinie des Daches der alten Abtei abgeschnitten. Lämmer und Schafe blöken auf der Weide hinter mir, und man vernimmt das Klappern von Eselshufen auf der gepflasterten Straße tief unten. Die Musikkapelle auf dem Pier spielt einen misstönenden Walzer zur Belustigung, während weiter vom Hafen weg irgendwo in einem Nebengässchen die Heilsarmee musiziert. Keine der Kapellen bemerkt etwas von der anderen, aber von hier oben kann ich sie beide sehen und hören. Ich möchte wissen, wo Jonathan ist und ob er meiner gedenkt! Ich wollte, er wäre hier.

## *Dr. Sewards Tagebuch*

5. Juni. – Der Fall Renfield wird immer interessanter, je mehr ich den Mann verstehen lerne. Er hat einige sehr stark entwickelte Eigenschaften: Selbstgefühl, Verschlossenheit und Zielbewusstsein. Ich wollte, ich könnte das Objekt des Letzteren herausfinden. Ich glaube, er hat ein ganz genaues Schema, aber was er damit will, weiß ich nicht. Seine beste Eigenschaft ist die Liebe zu Tieren, obgleich er *manchmal* mit ihnen umgeht, dass ich *manchmal* geneigt bin, ihn für anomal grausam zu halten. Seine Launen sind von seltsamer Art. Gegenwärtig ist seine Spezialität das Fangen von Fliegen. Er hat eine solche Menge beisammen, dass ich es ihm verbieten musste. Zu meinem Erstaunen zeigte sich

daraufhin kein Wutausbruch, sondern er nahm es mit gesetztem, ruhigem Ernst einfach hin. Er dachte einen Augenblick nach, dann sagte er: »Können Sie mir drei Tage Frist geben ? Da werde ich sie alle wegschaffen.« Ich sagte es ihm zu, werde ihn aber scharf beobachten.

18. Juni. – Er hat sich nun auf die Spinnen verlegt, von denen er schon mehrere Exemplare in einer Schachtel gefangen hält. Er füttert sie mit seinen Fliegen, deren Zahl auch schon beträchtlich abgenommen hat, obgleich er die Hälfte seiner Mahlzeiten dazu verwendet, um neue Opfer zu ködern.

1. Juli. – Seine Spinnen werden nun eine ebenso große Plage wie die Fliegen, und heute erklärte ich ihm, dass er sich von ihnen werde trennen müssen. Er wurde bei dieser Ankündigung so traurig, dass ich ihm sagte, er müsse wenigstens einige davon frei lassen. Er beruhigte sich dabei und wurde wieder fröhlich, da ich ihm denselben Termin setzte wie zur Vernichtung der Fliegen. Einmal empfand ich heftigen Ekel vor ihm, denn als eine große Schmeißfliege, aufgebläht von irgendeiner aasigen Nahrung, in das Zimmer schwirrte, fing er sie, hielt sie, wie anbetend, ein paar Augenblicke zwischen Daumen und Zeigefinger, und ehe ich noch seine Absicht erraten konnte, steckte er sie in den Mund und aß sie auf. Ich schalt ihn deswegen, er aber erwiderte, es sei sehr schmackhaft und wirke heilkräftig; es sei Leben, blühendes Leben, und gebe ihm auch neue Kraft. Das brachte mich auf eine Idee oder wenigstens auf das Bruchstück einer solchen. Ich muss nun zusehen, wie er der Spinnen Herr wird. Er hat sichtlich irgendein tiefes Problem im Kopf, denn er führt ein Notizbuch, in das er immer etwas einzutragen hat. Ganze Seiten sind voll von Zeichen, speziell einzelne Zahlen in Kolonnen, und deren Summen wieder in Kolonnen, als wenn er irgendeine statistische Feststellung machen wollte.

8. Juli. – Es ist Methode in seinem Wahnsinn, und die nebelhafte Idee in meinem Kopfe nimmt festere Gestalt an.

Bald werde ich einen festen Begriff von ihr haben, und dann, o Intuition, du wirst dem Intellekt den Vorrang lassen müssen. Ich hielt mich meinem Schützling einige Tage fern, so dass ich genau feststellen konnte, ob irgendeine Änderung zu bemerken sei. Die Dinge blieben so, wie sie gewesen waren, nur dass er sich von einigen seiner Haustiere getrennt hatte und neue an ihre Stelle gesetzt hatte. Er hat mit Mühe einen Sperling gefangen und hat ihn schon beinahe gezähmt. Seine Dressurmittel sind einfach, die Spinnen sind schon weniger geworden. Die übrig gebliebenen sind übrigens gut genährt, denn er bringt ihnen noch immer die Fliegen, die er mit seiner Mahlzeit ködert.

19. Juli. – Es geht vorwärts. Mein Freund hat nun eine ganze Sperlingskolonie, und seine Fliegen und Spinnen sind schon tüchtig dezimiert. Als ich eintrat, rannte er auf mich zu und sagte, er möchte mich um eine große Gunst bitten, um eine sehr, sehr große Gunst; und wie er so sprach, schmiegte er sich an mich wie ein schmeichelnder Hund. Ich fragte ihn, was es denn sei, und er antwortete mit einer gewissen Erregung in Stimme und Gebärde:

»Ein Kätzchen, ein niedliches, kleines, schmiegsames, mutwilliges Kätzchen, mit dem ich spielen und das ich dressieren und füttern kann – und füttern – und füttern.« Ich war auf diese Bitte nicht unvorbereitet, denn ich weiß ja nun, dass seine Wünsche an Größe und Lebhaftigkeit immer zunehmen; aber ich wollte nicht, dass die niedliche Sperlingsfamilie dasselbe grausame Ende nehme wie die Fliegen und Spinnen. Ich sagte daher, ich wolle mir die Sache noch überlegen, und fragte ihn, ob er denn nicht lieber eine Katze wolle als ein Kätzchen. Seine Begierde verriet ihn, mit der er antwortete:

»O ja, gerne möchte ich eine Katze! Ich bat nur deswegen bloß um ein Kätzchen, weil ich fürchtete, Sie könnten mir eine Katze nicht genehmigen. Aber es wird doch niemand geben, der mir ein Kätzchen missgönnte?« Ich schüttelte den Kopf und sagte ihm, dass es leider momentan wohl nicht möglich sein werde, aber dass ich die Sache im

Auge behalten wolle. Sein Gesicht wurde lang und ich konnte ein gefährliches, drohendes Zucken darin wahrnehmen; der Seitenblick, den er auf mich warf, hätte einen töten können. Der Mann ist mit unentwickelter Mordmanie behaftet. Ich will seine gegenwärtige Forderung überlegen und sehen, was zu tun ist; dann werde ich Weiteres erfahren.

10 Uhr abends. – Ich besuchte ihn nochmals und fand ihn brütend in einem Winkel sitzen. Als ich eintrat, warf er sich vor mir auf die Knie und flehte mich an, ihm doch eine Katze zu genehmigen, sein Seelenheil hänge davon ab. Ich blieb trotzdem fest und machte ihm klar, dass ich seinen Wunsch jetzt nicht erfüllen könne, worauf er, ohne ein Wort zu sagen, wegging, an seinen Fingern nagend, und sich wieder in die Ecke setzte, wo ich ihn bei meinem Eintritt gefunden hatte. Ich werde ihn morgen früh wieder besuchen.

20. Juli. – Ich besuchte Renfield sehr früh, ehe noch der Wärter seine Runde gemacht hatte. Ich fand ihn schon aufgestanden und eine Melodie summend. Er streute gerade am Fenster seinen Zucker aus, den er sich aufgehoben hatte, und begann offenbar wieder mit seiner Fliegenfängerei; und er schien zufrieden dabei und hatte gute Erfolge. Ich schaute vergebens nach seinen Vögeln umher und fragte ihn dann, wo sie seien. Er erwiderte, ohne sich umzudrehen, sie seien alle fortgeflogen. Es lagen einzelne Federn im Zimmer umher, und auf seinem Kopfkissen war ein Tropfen Blut sichtbar. Ich sagte nichts und ging weg, beauftragte aber den Wärter, mich sofort zu benachrichtigen, wenn im Laufe des Nachmittags sich etwas Besonderes ereignen sollte.

11 Uhr vormittags. – Eben war der Wärter bei mir und meldete mir, dass Renfield sehr krank sei und eine Menge Federn erbrochen habe. »Ich glaube, Herr Doktor«, sagte er, »dass er seine Vögel gegessen hat. Er hat sie einfach genommen und im rohen Zustande verzehrt!«

11 Uhr abends. – Ich gab Renfield abends ein starkes Schlafmittel, genug, um ihn zum Schlafen zu bringen; dann

nahm ich ihm sein Notizbuch weg, um es zu studieren. Es bestätigt meine Anschauungen, die ich über die Sache hatte. Mein Mordsüchtiger ist von besonderer Art. Ich muss eine neue Klassifikation für ihn erfinden; ich glaube, ich benenne ihn Zoophage (Fresser von lebenden Wesen). Was er beabsichtigt, ist, sich so viele Lebewesen einzuverleiben, als er irgend kann, und er hat es darauf angelegt, es in ausgiebigster Weise zu besorgen. Er gab *einer* Spinne möglichst viele Fliegen, und möglichst viele Spinnen *einem* Vogel, und bat dann um eine Katze, die die vielen Vögel fressen sollte. Was wäre dann wohl sein Nächstes gewesen? Es wäre fast der Mühe wert, ihn das Experiment durchführen zu lassen. Wenn irgendein wichtiger Grund dafür vorläge, müsste es auch geschehen. Man hat über die Vivisektion gespottet, aber man sehe nur ihre Ergebnisse. Warum soll man der Wissenschaft in ihrem schwierigsten und vitalsten Zweig – der Lehre vom Gehirn – nicht Förderung angedeihen lassen? Hätte ich das Geheimnis nur *eines* solchen Gehirnes erforscht, hätte ich den Schlüssel zu den Ideen nur *eines* Wahnsinnigen – ich brächte mein Fach zu einer solchen Höhe, dass Burdon-Sandersons Physiologie oder Ferriers Lehre vom Gehirn im Vergleich dazu nur reine Spielereien wären. Wenn nur ein hinreichender Grund vorläge! Ich darf nicht allzu viel daran denken, sonst komme ich wahrscheinlich in Versuchung; ein genügender Grund würde den Ausschlag geben, denn könnte ich nicht auch ein Ausnahmsgehirn, ein dem seinen verwandtes besitzen?

Wie klar der Mann denkt! Das tun übrigens die Irren immer innerhalb ihres Gesichtskreises. Ich möchte wissen, wie viele Leben ihm ein Mensch wert ist. Er hat seine Berechnungen ganz gewissenhaft abgeschlossen, und heute hat er wieder von neuem begonnen. Wie viele von uns legen sich Rechenschaft von jedem Tage ihres Lebens ab?

Mir kommt es vor, als hätte seit gestern mit dem Erlöschen meiner neuen Hoffnung auch mein Leben ein Ende, und dass ich gewissenhaft mit einem neuen beginnen müsse. Es wird wohl so bleiben, bis der große Buchhalter mit mir abrechnet und mein Hauptbuch mit einer Bilanz zu meinen Gunsten oder zu meinen Lasten abschließt. O Lucy, Lucy, ich kann dir nicht zürnen, noch meinem Freunde, dessen Glück ja auch deines ist; nur heißt es jetzt für mich, sich fassen in Hoffnungslosigkeit und Arbeit. Arbeiten! Schaffen!

Wenn ich nur wenigstens, wie mein armer Wahnsinniger, einen so starken, aber guten und selbstlosen Antrieb zur Arbeit hätte, das wäre mir eine Wohltat.

## *Mina Murrays Tagebuch*

26. Juli. – Ich bin so besorgt, und es bietet mir einige Erleichterung, mich hier etwas aussprechen zu können; es ist, als ob ich mir zuflüsterte und auf mich lauschte. Auch ist etwas in den stenografischen Zeichen, das sie so sehr von der Kurrentschrift unterscheidet. Ich bin unglücklich wegen Lucy und wegen Jonathan. Ich hatte schon so lange nichts mehr von Jonathan gehört, da sandte mir gestern der liebe Herr Hawkins, der immer so gut zu mir ist, einen Brief von ihm. Ich hatte ihm geschrieben und ihn gebeten, mir mitzuteilen, ob er denn nichts von Jonathan gehört habe; er schrieb zurück, die Beilage habe er eben erhalten. Es ist nur eine Zeile, datiert von Schloss Dracula, und besagt, dass er gerade im Begriffe sei abzureisen. Das sieht Jonathan so gar nicht ähnlich; ich verstehe ihn nicht und es ist mir unheimlich. Dann zu allem Überfluss hat Lucy, die sonst ganz wohlauf ist, ihre alte Gewohnheit des Nachtwandelns wieder aufgenommen. Ihre Mutter sprach darüber mit mir, und wir haben ausgemacht, dass ich jede Nacht die Türe unseres Zimmers zuschließen und den Schlüssel zu mir nehmen werde. Frau Westenraa weiß, dass Nachtwandler gewöhnlich auf Dachfirsten und Klippenrändern spazieren gehen, dann aber plötzlich aufwachen und mit einem grässlichen Schrei hinabstürzen. Arme Frau, sie hat natürlich Angst um Lucy, und sie erzählte mir, dass ihr Mann, Lucys Vater, dieselbe Ge-

wohnheit hatte; er stand oft in der Nacht auf, zog sich an und wäre fortgegangen, wenn man ihn nicht aufgehalten hätte. Lucy will im Herbst heiraten und macht schon ihre Pläne bezüglich Kleidung und Hauseinrichtung. Ich nehme lebhaften Anteil daran, denn ich bin ja in der gleichen Lage, nur dass Jonathan und ich beabsichtigen, uns ganz einfach einzurichten, da wir uns nach der Decke strecken müssen. Herr Holmwood – es ist Hon. Arthur Holmwood, der einzige Sohn des Lords Godalming – wird bald hierher kommen, wenn er abkömmlich ist, denn sein Vater ist nicht sehr gut daran; ich glaube, Lucy zählt die Minuten, bis er da ist. Sie möchte ihn gerne hier heraufführen und ihm die Schönheit von Whitby zeigen. Es ist, möchte ich fast sagen, das Warten, das ihr so zusetzt; sie wird schon besser werden, wenn er da ist.

27. Juli. – Keine Nachricht von Jonathan. Ich beginne, mich um ihn zu sorgen, obgleich ich ja keinen Grund dafür anzugeben wüsste; aber ich wünsche sehnlichst, dass er schreiben möge, und wäre es auch nur eine Zeile. Lucy nachtwandelt mehr als je, und jede Nacht weckt mich ihr Herumgehen im Zimmer auf. Glücklicherweise haben wir so warmes Wetter, dass sie sich wenigstens nicht erkälten kann; aber schon die Sorge um sie und die immer gestörte Nachtruhe beginnen schädlich auf mich einzuwirken; ich werde selbst nervös und schlaflos. Gott sei Dank hält Lucys Gesundheit stand. Herr Holmwood ist plötzlich nach Ring zu seinem Vater berufen worden, der ernsthaft erkrankt ist. Lucy ist bekümmert, weil das Wiedersehen nun wieder hinausgeschoben ist, aber äußerlich merkt man ihr nichts an. Sie ist ein bisschen kräftiger und ihre Wangen haben einen lieblichen rosigen Schimmer. Sie hat das blutleere Aussehen vollkommen verloren. Ich bete darum, dass es von Bestand sein möge.

3. August. – Wieder eine Woche vorbei und noch keine Nachricht von Jonathan. Er hat auch an Herrn Hawkins nicht geschrieben, wie dieser mir mitteilt. Ich hoffe, er ist

nicht krank. Aber er würde doch sonst geschrieben haben. Ich schaue immer seinen letzten Brief an, aber das beruhigt mich nicht. Es ist nicht seine Art zu schreiben, und doch ist es seine Handschrift, darüber ist gar kein Zweifel möglich. Lucy war in der vergangenen Woche weniger somnambul, aber sie befindet sich in einer gespannten Aufmerksamkeit, die ich nicht begreifen kann. Selbst in ihrem Schlafe scheint sie mich zu beobachten. Sie versucht die Türe zu öffnen; wenn sie sie aber verschlossen findet, geht sie im Zimmer umher und sucht nach dem Schlüssel.

6. August. – Wieder drei Tage und keine Nachricht. Dieses Warten wird nachgerade schrecklich. Wenn ich nur wüsste, wohin ich schreiben soll oder wo ich ihn finden könnte, dann wäre es mir leichter; aber niemand hat ein Wort gehört seit seinem letzten Brief. Es bleibt mir nichts weiter übrig, als Gott um Geduld zu bitten. Lucy ist erregter als gewöhnlich, befindet sich aber im Übrigen wohl. Letzte Nacht sah es sehr drohend aus und die Fischer prophezeiten Sturm. Ich werde auch versuchen, darauf zu achten und die Wetterzeichen kennen zu lernen. Heute haben wir grauen Himmel und die Sonne steht, während ich dies schreibe, in Wolken gehüllt hoch über Kettleness. Alles ist grau, außer dem grünen Grase, das wie Smaragd leuchtet; graue Felsen, graue Wolken, deren unterste Ränder von der Sonne durchleuchtet werden, hängen über der grauen See, in die sich die Sandbänke wie graue Finger hinausstrecken. Die See brandet brüllend über die Untiefen und Sandbänke, graue Nebel streichen landeinwärts. Auch der Horizont verliert sich in grauem Dunst. unermesslich das alles; die Wölken türmen sich wie gigantische Felsen, und über der See liegt ein dumpfes Brüten, als hätte sie ein Unglück vorauszusagen. Dunkle Gestalten tauchen da und dort am Strande auf, zuweilen halbverhüllt von den Nebeln, und sehen aus »wie Männer gleich wandelnden Bäumen«. Die Fischerboote hasten heimwärts und heben und senken sich in der Brandung, ehe sie in den Hafen einlaufen, und legen sich schräg auf die Seite. Da kommt der alte Swales. Er geht

direkt auf mich zu; an der Art, wie er den Hut abnimmt, erkenne ich, dass er mit mir sprechen will.

Ich wurde tief ergriffen von der Veränderung, die in dem Alten vorgegangen ist. Nachdem er sich neben mich gesetzt hatte, begann er in einer sehr sanften Weise:

»Ich habe Ihnen etwas zu sagen, Fräulein.« Ich sah, dass es ihm nicht leicht wurde. So nahm ich denn seine alte runzlige Hand und bat ihn, geradeheraus zu sprechen. Dann sagte er, indem er seine Hand in der meinen ließ:

»Ich fürchte, mein Liebling, ich habe Sie mit all den hässlichen Dingen gekränkt, die ich die letzte Woche über die Toten und Ähnliches sprach; doch so bös habe ich es nicht gemeint und bitte Sie, daran zu denken, wenn ich einmal nicht mehr bin. Wir alten Leute, die doch schon gebrechlich sind und mit einem Fuße im Grabe stehen, lieben es nicht daran zu denken, und wir fühlen auch nicht gern die Nähe des Todes; deshalb habe ich mein eigenes Herz etwas aufheitern und mich etwas erleichtern wollen. Aber Gott segne Sie, Fräulein, ich *fürchte* den Tod nicht, nicht ein bisschen; aber sterben möchte ich doch nicht gerne, so lange es noch anders geht. Meine Zeit wird schon recht nahe sein, denn ich bin alt, und hundert Jahre sind zu viel, als dass ein Mensch damit rechnen könnte, und ich bin so nahe daran, dass wohl der Knochenmann schon seine Sense geschliffen hat. Sie sehen, ich kann nicht von der Gewohnheit lassen, darüber zu scherzen. Bald wird eines Tages der Todesengel für mich seine Posaune ertönen lassen. Aber trauern Sie nicht zu sehr, mein Liebling«, er sah, dass ich weinte, »wenn er heute Nacht noch riefe, würde ich mich nicht sträuben, seinem Rufe zu folgen. Denn das Leben ist schließlich doch nichts als ein Warten auf etwas anderes, was wir gerade nicht haben, nur der Tod ist etwas, worauf wir unbedingt uns verlassen können. Aber ich bin zufrieden, wenn er zu mir kommt, und er kommt rasch. Er kann schon unterwegs sein, während wir da hinausschauen und nachdenken. Vielleicht kommt er in dem Winde, weit draußen über der See, der Untergang, Schiffbruch, düstere Verzweiflung und traurige Herzen bringt.

Schauen Sie! Schauen Sie!«, rief er plötzlich. »Es ist etwas in diesem Winde und in der Luft, das klingt und aussieht und schmeckt und riecht wie der Tod. Es liegt in der Luft. Ich fühle ihn kommen. O Herr, lass mich fröhlich antworten, wenn ich gerufen werde.« Er nahm seinen Hut ab und hielt seine Arme ergebungsvoll ausgebreitet. Sein Mund bewegte sich, als spräche er ein Gebet. Nach einigen Augenblicken des Stillschweigens erhob er sich, drückte mir die Hand, segnete mich und sagte mir Lebewohl; dann humpelte er davon. All das rührte mich tief und regte mich sehr auf.

Ich war froh, dass der Küstenwart herankam mit seinem Fernrohr unter dem Arm. Er blieb stehen, um mit mir zu sprechen, wie er es immer tat; aber er sah dabei immer hinaus auf ein fremdes Schiff.

»Ich kann es nicht herausbringen«, sagte er. »Dem Aussehen nach ist es ein Russe; aber es wird ja in der tollsten Weise herumgeworfen. Es weiß sich nicht im Geringsten zu helfen; es scheint den Sturm kommen zu sehen und kann sich nicht entschließen, entweder nordwärts in See zu gehen oder den Hafen anzulaufen. Schauen Sie nur hin! Es wird sonderbar gesteuert; überhaupt scheint gar keine Hand das Steuer zu führen; mit jedem Windstoß dreht es sich. Ich glaube, wir hören noch mehr davon, ehe der morgige Tag kommt.«

# *Siebtes Kapitel*

## ***Ausschnitt aus dem »Dailygraph« vom 8. August***

*In Minas Tagebuch geklebt*

*Von einem Korrespondenten*

Eines der schwersten und plötzlichsten Unwetter, deren sich Whitby erinnern kann, hat gestern hier gewütet, und zwar unter seltsamen, einzigartigen Begleitumständen. Das Wetter war etwas schwül, aber keineswegs anders, als man es im August erwarten kann. Samstag Abend war es so schön wie je, und der größte Teil der Sonntagsausflügler besuchte gestern Mulgrave Woods, Robin Hood's Bay, Rig Mill, Runswick, Staithes und die anderen zahlreichen Erholungsplätze in der Umgebung Whitbys. Die Dampfer »Emma« und »Scarborough« machten Vergnügungsfahrten der Küste entlang, und es war ein ungewöhnlicher Andrang von Ausflüglern. Der Tag war besonders schön, bis nachmittags einige der Spaziergänger, die den Kirchhof auf der Ostklippe zu besuchen pflegen, von dessen mächtiger Höhe aus man einen weiten, prächtigen Rundblick nach Norden und Osten über die See hin genießt, die Aufmerksamkeit auf eine plötzlich hoch am nordwestlichen Himmel auftauchende Sturmwolke lenkten. Der Wind blies sanft aus Südwest; in der Sprache der Meteorologen würde man ihn als »No. 2, leichte Brise«, bezeichnen. Der Dienst tuende Küstenwart machte sofort Meldung, und ein alter Fischer, der seit mehr als einem halben Jahrhundert von der Ostklippe aus auf die Wetterzeichen zu achten hat, sagte in bestimmtester Weise einen schweren Sturm voraus. Der Sonnenuntergang war so prächtig, so grandios in der Fülle seiner herrlich gefärbten Wolken, dass sich eine große Menge Menschen in dem alten Friedhof auf der Klippe versammelte, um die Schönheit zu bewundern. Ehe die Sonne hinter den schwarzen Massen von Kettleness versank, das sich scharf vom westlichen Himmel abhob, war ihr Weg von Myriaden von Wolken jeder Farbe – feuerrot, purpur, rosa, grün, violett und allen Schattierungen von Gold direkt übersät. Dazwischen schmale Streifen von vollkommener Schwärze, die sich in Formen aller Art wie ungeheure Silhouetten ausnahmen. Diese seltene Farbenpracht haben jedenfalls die Maler nicht unbenutzt vorübergehen lassen und es werden nächsten Mai mehrere Bilder »Vor dem Sturm« die Wände der R. I. und der R. A. schmücken*. Mehr als ein Kapitän wird sich wohl entschlossen haben, sein »cobble« oder »mule«, wie man dort die verschiedenen Arten von Fahrzeugen bezeichnet, im Hafen das Ende des Sturmes abwarten zu lassen. Der Wind flaute gegen Abend immer mehr ab, und um Mitternacht war es totenstill; eine drückende Schwüle und jene vorausahnende Spannung, die beim Herannahen eines Gewitters sensitive Personen ergreift, lag über allem. Nur wenige Lichter waren noch auf See zu bemerken; denn sogar die Küstendampfer, die sonst dicht am Ufer entlangfahren, hielten sich heute bedächtig seewärts, und nur einzelne Fischerboote waren in Sicht. Das einzige bemerkenswerte Schiff war ein fremder Schoner, der, alle Segel gesetzt, augenscheinlich westwärts ging. Die Ungeschicklichkeit oder Unwissenheit der Offiziere war ein Thema für die Zuschauer, so lange das Schiff in Sehweite war; man bemühte sich sogar, ihm zu signalisieren, dass es angesichts der drohenden Gefahr weniger Segel setzen solle. Ehe die Nacht noch völlig hereingebrochen war, sah man es mit schlappen Segeln draußen sich graziös auf den Wellen wiegen, »so faul wie ein gemaltes Schiff auf den gemalten Wogen«.

Kurz vor 10 Uhr wurde die Stille der Luft geradezu beängstigend, und das Schweigen war so tief, dass man das Blöken eines Schafes oder das Bellen eines Hundes aus der

* Royal Institution und Royal Academy.

Stadt herüber deutlich vernehmen konnte. Die Musikkapelle auf dem Pier mit ihren lieblichen französischen Weisen war förmlich ein Misston in der großen Harmonie der schweigenden Natur. Kurz nach Mitternacht fuhr ein scharfer Laut über die See, und hoch in den Lüften begann ein seltsames, hohles Brausen.

Dann, ohne besondere Anzeichen, brach der Sturm los. Mit einer schier unglaublichen Schnelligkeit, die auch hinterher unmöglich zu begreifen war, hatte sich das Aussehen der Natur schlagartig verändert. Die Wogen erhoben sich in wachsender Wut, jede über ihre Vorgängerin hinwegstürzend, so dass in wenigen Minuten die bisher spiegelglatte See in ein tosendes, allverschlingendes Ungeheuer verwandelt war. Weißgekrönte Wellen schlugen wie toll über die flachen Sandbänke und leckten an den steilen Klippen hinauf; andere brachen über den Damm, und ihr Gischt fegte über die Lichter der Leuchttürme, die an den Enden der beiden Piers des Hafens von Whitby aufragen. Der Wind brüllte wie Donner und blies mit solcher Gewalt, dass selbst starke Männer sich kaum auf den Füßen zu halten vermochten oder sich mit aller Kraft an eisernen Geländern anklammern mussten. Man musste den ganzen Pier von der Masse der Zuschauer räumen, da sich sonst die Unfälle dieser Nacht bis ins Vielfache vermehrt hätten. Die Schwierigkeiten und Gefahren wurden dadurch noch erhöht, dass Nebelmassen vom Meer landeinwärts fegten – weiße, feuchte Wolken, die wie Gespenster vorbeihuschten, so nass und dumpf und kalt, dass man sich leicht einbilden konnte, die Geister derer, die draußen auf der See ihr Grab gefunden, berührten ihre lebenden Brüder mit ihren feuchtkalten Totenhänden. So mancher mochte wohl schaudern, wenn die weißen Nebelfetzen an ihm vorbeistrichen. Zeitweilig klärten sich die Nebel und man sah das Meer im Scheine der grellen Blitze, die pausenlos herniederfuhren, gefolgt von solch furchtbaren Donnerschlägen, dass der ganze Himmel über uns von dem schweren Rasen des Sturmes zu erzittern schien. Die ganze Szene war von unsagbarer Schönheit und hinreißendem Interesse. – Die See rollte heran wie ein Gebirge und warf mit jeder Woge Massen weißen Gischtes gegen den Himmel, die der Sturm zerstäubte und im Kreise herumwirbelte; da und dort ein Fischerboot mit zerfetztem Segel, vor dem Winde mit wahnsinniger Eile dahinschießend, um sich vor dem Unwetter zu retten; da und dort die weißen Schwingen vom Sturm herumgeworfener Seevögel. Auf der Spitze der Ostklippe stand der neue Scheinwerfer aktionsbereit, war aber bis jetzt noch nie erprobt worden. Die mit seiner Handhabung betrauten Beamten gaben Befehl, ihn in Tätigkeit zu setzen, und durch die Lücken der dahinstürmenden Nebel huschte sein Strahl über die Oberfläche der wild erregten See. Einige Male hatte er eine gute Wirkung, wenn ein Fischerboot, über dessen Bordwände die Wogen schlugen, in den Hafen schoss und, geleitet von dem glänzenden Licht, im Stande war, der Gefahr des Zerschellens an den Piers auszuweichen. Als alle Boote den sicheren Hafen erreicht hatten, klang ein Freudenschrei durch die Menge am Ufer, ein Schrei, der für einen Augenblick dem Sturm Einhalt zu gebieten und dann in seinem Brausen sich aufzulösen schien. Binnen kurzem hatte der Scheinwerfer in einiger Entfernung einen Schoner mit vollen Segeln entdeckt, offenbar dasselbe Schiff, das schon vorher am Abend gesichtet worden war. Der Wind hatte sich unterdessen nach Osten gedreht, und ein Schaudern bemächtigte sich der Zuschauer, als sie erkannten, in welcher Gefahr das Schiff jetzt schwebte. Zwischen ihm und dem Hafen lag nun das lange, flache Riff, auf dem von Zeit zu Zeit manch gutes Schiff sein Ende fand. Bei der Richtung, aus der der Wind jetzt blies, schien es undenkbar, dass der Schoner den Hafen erreichen könnte. Es war die Zeit der höchsten Flut, aber die Wogen hatten eine derartige Größe, dass in den Wellentälern der Sand des Ufers sichtbar wurde; der Schoner, mit allen Segeln gesetzt, hatte so viel Fahrt vor dem Wind, dass er nach den Worten eines alten Seemannes »irgendwohin laufen musste, und sei es in den Schlund der Hölle«. Dann kam wieder neuer Nebel vom

Meer herein, dichter als bisher – dumpfe Schwaden, die sich wie ein graues Leichentuch auf alles legten und den Menschen am Ufer nur mehr die Möglichkeit des Hörens ließen, denn das Brüllen des Sturmwindes, das Krachen des Donners und das Heulen der mächtigen Wogen klang durch die Finsternis lauter als je zuvor. Die Strahlen des Scheinwerfers blieben, über den Ostpier hinweg, auf die Hafenmündung gerichtet, wo man das Auflaufen des Schiffes erwartete, und alles starrte atemlos hinaus. Plötzlich drehte der Wind sich nach Nordost und die Nebelfetzen verflüchtigten sich im Lichtkegel; und dann, mirabile dictu, schoss zwischen den Piers, in rasender Eile von Woge zu Woge, der fremde Schoner mit vollen Segeln vor dem Wind in den sicheren Hafen. Der Scheinwerfer folgte mit seinem Licht, und ein Schauer durchrieselte alle; am Steuer war ein Leichnam angebunden, der, mit gesenktem Haupte, bei jeder Bewegung des Schiffes hin- und hergeschwenkt wurde. Keine andere Gestalt war an Deck sichtbar. Ein grausiges Entsetzen kam über alle, als man sich klar wurde, dass das Schiff, wie durch ein Wunder, nur gesteuert von der Hand eines toten Mannes, den Hafen erreicht hatte. Jedenfalls ging alles rascher vor sich, als es sich schildern lässt. Der Schoner hielt nicht an, sondern flog quer durch den Hafen und fuhr auf einen Haufen Sand und Kies auf, den die Gezeiten und so mancher Sturm in der Südwestecke des Hafens angespült hatten und der die Lokalbezeichnung »Tate Hill Pier« führte. Es war natürlich eine ungeheure Erschütterung, als der Schoner auf die Sandbank auflief. Jede Spiere, jedes Tau und jedes Stag war angespannt, und krachend kamen einzelne Stengen durch das Tauwerk herunter. Das seltsamste war, dass im Augenblick der Landung ein großer Hund, wie erschreckt durch den Stoß, auf Deck kam und vorwärts rennend vom Bug auf den Sand sprang. Er lief direkt auf die steilen Klippen zu, wo der Kirchhof über dem Fußweg zum Pier so schroff abfällt, dass einige der Grabsteine – der Volksmund nennt sie dort throughstones oder thruffsteans – über den abgestürzten Klippenrand vorragen, und verschwand im Dunkel, das den vom grellen Licht des Scheinwerfers geblendeten Augen noch schwärzer erschien.

Es befand sich im Augenblick niemand auf Tate Hill Pier, da alle in der Nähe davon Wohnenden entweder sich schon zur Ruhe begeben hatten oder als Zuschauer draußen auf den Höhen waren. So war der auf der Ostseite des Hafens Dienst tuende Küstenwart, der in höchster Eile dem kleinen Pier zustrebte, der erste, der an Bord ging. Die Leute am Scheinwerfer drehten, als sie die Hafenmündung nochmals abgesucht hatten, ohne etwas zu entdecken, das Licht auf das Wrack und hielten es dort fest. Der Küstenwart rannte nach achtern, und als er an das Steuerrad kam, beugte er sich vor, um es genau zu untersuchen. Da prallte er zurück, wie unter dem Eindruck eines plötzlichen Schreckens. Dies schien die allgemeine Neugier anzuregen, und viele der Leute begannen zu laufen. Es ist ein schönes Stück Weges von der Westklippe, an der Zugbrücke vorbei, zum Tate Hill Pier, aber ihr Korrespondent ist ein ziemlich guter Läufer und war der Menge weit voraus. Als ich ankam, fand ich zwar schon eine Anzahl Menschen auf dem Pier versammelt, die der Küstenwart und mehrere Polizisten daran hinderten, an Bord zu gehen. Durch die Liebenswürdigkeit des ersten Bootsmannes erhielt ich als ihr Korrespondent die Erlaubnis, das Deck zu betreten und war einer aus der kleinen Gruppe, die den toten Seemann sahen, solange er noch tatsächlich am Steuerrad festgebunden war.

Es war kein Wunder, dass der Küstenwart überrascht, vielmehr entsetzt war, denn wohl nicht oft im Leben wird einem solch ein Anblick zuteil. Der Mann war mit den Händen, eine über der anderen, an einer Speiche des Rades festgebunden. Zwischen den Handflächen und dem Holze war ein Kruzifix eingeklemmt. Die Kette des Rosenkranzes, an der es befestigt war, wand sich um die Knöchel und die Radspeiche, und alles wurde festgehalten durch die bindenden Schnüre. Der arme Kerl mag wohl einige Zeit gesessen haben, aber das Flattern und Schlagen der Segel hat das Steuerrad so hin- und hergeworfen und ihn mitgezogen, dass die Schnüre, mit denen er gefesselt war, das Fleisch bis auf die Knochen durchschnitten hatten. Es wurde der Sachverhalt genau festgestellt, und ein Arzt, der unmittelbar hinter mir gekommen – Herr Dr. J. M. Caffyn, East Elliot Place 33 – konstatierte, als er den Mann untersucht hatte, dass er schon mindestens zwei Tage tot sein musste. In seiner Tasche befand sich eine Flasche, die sorgfältig verkorkt, aber leer war bis auf eine kleine Papierrolle; wie sich dann herausstellte, war es eine Ergänzung zum Logbuch. Der Küstenwart erklärte, der Mann müsse seine Hände selbst festgebunden und dann mit den Zähnen die Schnüre angezogen haben. Die Tatsache, dass ein Küstenwart der erste an Bord war, wird später die Verhandlung vor dem Seegericht vereinfachen; ein Küstenwart kann kein Bergegeld beanspruchen, wie ein Privatmann, der als erster ein Wrack betritt. Trotzdem rührten sich schon die juristischen Zungen, und ein junger Rechtsstudent beteuerte laut, dass die Rechte des Schiffseigners unrettbar verloren seien, da in diesem Falle das Gesetz über die tote Hand in Kraft trete; denn ohne Zweifel sei das Steurrad, das Symbol der Herrschaft über das Schiff, von der Hand eines toten Mannes geführt worden. Es ist wohl unnötig, besonders zu betonen, dass der tote Steuermann mit aller Rücksicht von dem Platz getragen wurde, wo er in Ehren seine Wacht getreu bis in den Tod gehalten hatte – eine Standhaftigkeit, so edel wie die des jungen Casablanca – und im Leichenhaus bis zum Eintreffen der Gerichtskommission aufgebahrt wurde. Schon ist der furchtbare Sturm vorüber und seine Wildheit beginnt sich zu legen; die Menge zerstreut sich heimwärts und der Himmel rötet sich über den Wäldern von Yorkshire. Ich werde rechtzeitig für die nächste Ausgabe weitere Details über das Wrack schicken, das im schrecklichen Sturm auf so wunderbare Weise den Weg in den Hafen fand.

Whitby.

9. August. – Die Begleitumstände beim Einlaufen des Wracks im Sturme der letzten Nacht sind fast noch merk-

würdiger als die Tatsache selbst. Es wurde bekannt, dass der Schoner ein Russe aus Varna, die »Demeter«, ist. Er lief fast ganz mit Ballast von Silbersand, mit nur geringer Ladung, einer Anzahl großer Kisten mit Erde. Die Ladung war adressiert an einen Agenten in Whitby, Herrn S. F. Billington, The Crescent Nr. 7, der heute Morgen an Bord ging und offiziell von den für ihn bestimmten Gütern Besitz ergriff. Der russische Konsul ergriff auf Grund der Charterpartie formell Besitz von dem Schiff und zahlte alle Hafengebühren etc. Man spricht heute über nichts anderes als die seltsamen Ereignisse. Die Beamten der Seebehörde sehen mit aller Strenge darauf, dass alle Geschäfte in Übereinstimmung mit den bestehenden Verordnungen sich abwickeln. Nachdem die Angelegenheit ein »Hauptereignis« ist, sind sie bemüht, alles so zu regeln, dass nicht etwa später ein Grund zu Reklamationen gegeben ist. Ein großer Teil des allgemeinen Interesses war auch auf den Hund gerichtet, der ans Land gesprungen war, als das Schiff strandete, und nicht wenige der Mitglieder des Tierschutzvereins, der in Whitby sehr mächtig ist, hatten versucht, des Tieres habhaft zu werden. Die allgemeine Enttäuschung war groß, als all diese Versuche fehlschlugen; es scheint überhaupt ganz aus der Stadt verschwunden zu sein. Es kann sein, dass es in seinem Schrecken in die Moore lief, wo es vielleicht heute noch furchterfüllt umherirrt. Einige sehen in dieser Möglichkeit mit Sorge eine Gefahr für sich selbst; denn ohne Zweifel ist es eine wilde Bestie. Heute in aller Frühe fand man einen großen Hund, einen Bullenbeißerbastard, der einem Kohlenhändler in nächster Nähe des Tate Hill Pier gehörte, tot auf der Straße, gegenüber dem Hause seines Herrn. Er hatte gerauft, und zwar, wie es schien, mit einem sehr bösartigen Gegner, denn seine Kehle war durchgebissen und sein Leib aufgeschlitzt, wie von der Kralle eines Raubtieres.

Später. – Durch die Gefälligkeit des Handelsinspektors erhielt ich die Erlaubnis, das Logbuch der »Demeter« durchzusehen. Es war in Ordnung bis auf die letzten drei Tage, enthielt aber nichts von besonderem Interesse als die

Berichte über den Verlust an Mannschaften. Von größerem Interesse ist das in der Flasche gefundene Papier, das heute bei der Verhandlung verlesen wurde; noch nie war es mir beschieden, einen seltsameren Bericht zu hören. Da kein Grund vorliegt, die Sache zu verheimlichen, so wurde mir gestattet, einen Auszug zu machen. Ich sende Ihnen meine Abschrift, welche alles, außer lediglich einigen technischen Details über Navigation und Ladung, enthält. Es scheint fast, als sei der Kapitän, ehe er in See ging, von einer Art Wahnsinn befallen worden, der sich dann während der Fahrt noch steigerte. Jedenfalls bitte ich meinen Bericht mit allem Vorbehalt aufzunehmen, da ich nach dem Diktat eines Sekretärs des russischen Konsuls schreibe, der die Güte hatte, mir in Anbetracht der Kürze der Zeit das Schriftstück zu übersetzen.

## *Logbuch der »Demeter«*

*Von Varna nach Whitby*

Begonnen den 18. Juli. Die seltsamen Dinge, die sich ereigneten, zwingen mich, von jetzt ab bis zur Landung genaue Notizen zu machen.

Am 6. Juli beendigten wir die Einnahme der Ladung. Silbersand und Kisten mit Erde. Mittags setzten wir Segel. Ostwind, frisch. Die Besatzung bestand aus fünf Mann, zwei Maaten, einem Koch und mir selbst (Kapitän).

Am 11. Juli in der Morgendämmerung Einfahrt in den Bosporus. Revision durch türkische Zollbeamte. Bakschisch. Alles in Ordnung. 4 Uhr nachmittags Weiterfahrt.

12. Juli. Dardanellen. Noch mehr Zollbeamte und das Flaggschiff der Bewachungsflotte. Wieder Bakschisch. Revision von oben bis unten, aber rasch erledigt. Wollen uns bald los sein. Bei Dunkelheit in den Archipel eingelaufen.

Am 13. Juli. Kap Matapan passiert. Mannschaft über irgendetwas ungehalten; scheinen erbittert, wollen aber nicht sprechen.

Am 14. Juli. Mannschaft scheint ängstlich. Alles kräftige Kerle, die schon früher mit mir gefahren waren. Der Steuermann konnte nicht herausbringen, was los war; sie sagten, es sei *etwas*, und bekreuzigten sich. Der Steuermann verlor mit einem von ihnen die Geduld und schlug ihn. Erwartete heftigen Tumult, aber alles war ruhig.

Am 16. Juli. Früh meldete der Steuermann, dass einer der Leute, namens Petrowski, fehle. Konnte es mir nicht erklären. Nahm Backbordwache acht Glas letzte Nacht; wurde durch Abramoff abgelöst, ging aber nicht zu Bett. Mannschaft noch niedergeschlagener. Alle sagten, sie erwarteten etwas Besonderes, wollten aber nicht mehr sagen, als dass *etwas* an Bord sei. Der Steuermann wurde sehr heftig mit ihnen; befürchtete eine Meuterei.

Am 17. Juli. Gestern kam einer der Leute, Olgaren, zu mir in die Kajüte und vertraute mir völlig verstört an, dass er meine, es befinde sich ein fremder Mann an Bord. Er erzählte mir, dass er als Wachhabender sich hinter dem Deckhäuschen vor einer Regenböe geschützt, aufgestellt und einen großen hageren Mann gesehen habe, der keinem von der ganzen Besatzung glich. Er kam die Mannschaftsstiege herauf, ging auf Deck gegen den Bug zu und verschwand. Er folgte ihm vorsichtig, doch als er an den Bug kam, fand er niemand und die Luken waren alle geschlossen. Er war vor abergläubischer Furcht fast wahnsinnig; ich bin in Sorge, es könnte eine Panik entstehen. Um dies zu verhindern, werde ich heute das ganze Schiff von vorne bis hinten sorgfältig durchsuchen lassen.

Später am Tage holte ich mir sämtliche Leute zusammen und sagte ihnen, dass ich, weil sie glaubten, es sei etwas Fremdes an Bord, das ganze Schiff bis ins kleinste Winkelchen durchsuchen lassen wolle. Der erste Steuermann war ärgerlich und sagte, das wäre Unsinn, solch dummen Ideen nachzugeben, heiße die Mannschaft demoralisieren; er meinte, er wolle sich verpflichten, sie mit einer Brechstange vor Unheil zu bewahren. Ich beauftragte ihn mit der Führung des Ruders, während die Übrigen, Seite an Seite, mit Lampen in den Händen zu suchen begannen. Kein

Winkel blieb undurchforscht. Da waren nur die großen Holzkisten, nirgends aber ein versteckter Winkel, wo sich ein Mensch hätte verborgen halten können. Die Leute atmeten ordentlich auf, als die Suche vorüber war, und gingen mit neuem Mut an ihre Arbeit. Der erste Steuermann grollte, sagte aber nichts.

22. Juli. – Schlechtes Wetter die letzten drei Tage und alle Leute fleißig in den Segeln –, keine Zeit, um sich der Angst hinzugeben. Die Leute scheinen ihre Furcht vergessen zu haben. Der Steuermann ist wieder beruhigt und alles im besten Geleise. Ich lobte die Mannschaft für ihr gutes Verhalten bei dem schlechten Wetter. Passierten Gibraltar und dann durch die Meerenge hinaus in die offene See. Alles in Ordnung.

24. Juli. – Es liegt ein Fluch auf dem Schiff. Schon ein Mann weniger, nun Einfahrt in den Golf von Biscaya bei furchtbarem Unwetter, und schließlich heute Nacht wieder ein Mann verloren – verschwunden.

Wie der Erste, kam von der Wache ab und ward nicht mehr gesehen. Die Leute, in voller Furcht und Panik, sandten eine Bittschrift, zu zweien die Wachen beziehen zu dürfen, da sie allein sich fürchteten. Der Steuermann wütend. Ich befürchte, es gibt irgendeinen Skandal, denn entweder er oder die Mannschaft verüben eine Gewalttat.

28. Juli. – Vier Tage in der Hölle; herumgeworfen in einer Art Strudel und der Wind ein Sturm. Kein Schlaf für uns. Die Leute alle erschöpft, weiß kaum, wie ich Wachen besetzen soll, da keiner mehr fähig ist, eine solche zu beziehen. Der zweite Steuermann erbot sich freiwillig, zu steuern und zu wachen, um die Leute ein paar Stunden Ruhe genießen zu lassen. Der Wind lässt nach; die See ist zwar noch aufgeregt, aber man fühlt, dass sie stiller wird; das Schiff läuft ruhiger.

29. Juli. – Wieder eine Tragödie. Ich hatte die Nacht über Einzelwachen aufgestellt, da die Mannschaft zu müde war, sie zu verdoppeln. Als die Morgenwache an Deck kam, fand sie niemand außer dem Mann am Steuer. Großes Geschrei und alles rannte an Bord. Alles durchsucht, nichts

gefunden. Sind nun ohne zweiten Steuermann und die Mannschaft voller Panik. Der Steuermann und ich kamen überein, von nun an bewaffnet zu gehen und auf alle Anzeichen zu achten.

30. Juli. – Letzte Nacht. Wir freuen uns, in der Nähe Englands zu sein. Schönes Wetter; alle Segel gesetzt. Zog mich völlig erschöpft zurück; fiel in tiefen Schlaf. Wurde aufgeweckt durch den Steuermann, der mir meldete, dass Leute auf Wache und am Steuer fehlen. Nur ich, der Steuermann und zwei Mann sind noch zur Bedienung des Schiffes übrig.

1. August. – Zwei Tage Nebel; kein Segel gesichtet. Hatte gehofft, im englischen Kanal ein Notsignal abgeben oder irgendwo anlaufen zu können. Kann die Segel nicht reffen, muss also vor dem Wind laufen. Ich hätte ja nicht die Leute, um sie wieder setzen zu können. Ich habe das Gefühl, als trieben wir einem grässlichen Unglück entgegen. Der Steuermann ist nun mehr entmutigt als die anderen. Sein stärkeres Naturell scheint in seinem Inneren gegen ihn selbst zu arbeiten. Die Leute sind über die Furcht hinaus; arbeiten wacker und geduldig und sind auf das Schlimmste gefasst. Sie sind Russen, er Rumäne.

2. August, Mitternacht. – Hatte einige Minuten geschlafen; erwachte durch einen Schrei direkt vor meiner Türe. Ich konnte vor Nebel nichts sehen. Rannte an Deck und stieß dort mit dem Steuermann zusammen. Er sagte mir, dass er auf den Schrei sofort herbeigelaufen sei, dass er aber keine Spur von dem Wachhabenden gefunden habe. Wieder einer dahin! Gott helfe uns! Der Steuermann behauptet, wir hätten die Enge von Dover schon passiert; er habe durch eine Lücke im Nebel das North Foreland erkannt, als eben der Schrei des Mannes ertönte. Wenn es wirklich so ist, befinden wir uns in der Nordsee; nur Gott kann uns in dem Nebel geleiten, der mit uns zu gehen scheint; aber Gott hat uns verlassen.

3. August. – Mitternacht ging ich, um den Mann am Steuer abzulösen, als ich aber dorthin kam, fand ich niemand vor. Der Wind war gleichmäßiger, und da wir mit

ihm segelten, ging das Schiff sehr ruhig. Ich durfte das Steuer nicht unbedient lassen und rief deshalb nach dem Steuermann. Nach einigen Augenblicken kam er in seinem Schlafanzug an Deck gerannt. Er sah wild und verstört aus, und ich fürchte, dass sein Verstand Schaden gelitten hat. Er trat dicht an mich heran und wisperte mir voll Entsetzen ins Ohr, als habe er Angst, die Luft könne es vernehmen: »Es ist hier; nun weiß ich es. Auf Wache letzte Nacht sah ich es, so groß wie einen Menschen, mager und totenbleich. Es stand am Bug und sah hinaus. Ich schlich mich hinter das Gespenst und stach mit meinem Messer nach ihm; aber das Messer ging durch, wie durch Luft.« Wie er so sprach, nahm er sein Messer und fuchtelte wild damit herum. Dann fuhr er fort: »Aber es ist hier und ich werde es finden. Es ist im Schiffsraum, vielleicht in einer der Kisten. Ich will sie aufmachen, eine nach der anderen, und nachsehen. Sie bedienen einstweilen das Steuer.« Und mit einem warnenden Blick, den Finger an den Lippen, ging er hinunter. Indessen hatte sich ein böiger Wind erhoben und ich durfte das Ruder nicht verlassen. Ich sah ihn wieder an Deck kommen, mit einer Werkzeugkiste und einer Laterne, und dann die vordere Stiege hinuntersteigen. Er ist toll, verrückt, vollkommen wahnsinnig, und ein Versuch, ihn aufzuhalten, wäre jedenfalls umsonst. Den großen Kisten kann er nichts anhaben; sie sind als »Erde« deklariert, und sie etwas herumzustoßen, ist das unschädlichste Ding der Welt. So stehe ich hier, achte auf das Steuer und schreibe meine Notizen. Ich kann nichts tun als auf Gott vertrauen und warten, bis der Nebel sich aufklärt. Dann, wenn ich mit dem herrschenden Winde keinen Hafen anlaufen kann, werde ich die Segel herunterlassen, still liegen und um Hilfe signalisieren.

Nun ist bald alles vorbei. Gerade wiegte ich mich in der Hoffnung, dass der Steuermann etwas beruhigter wiederkommen werde – ich hörte ihn unten im Schiffsraum klopfen, diese Arbeit ist gut für ihn –, da kam die Luke herauf plötzlich ein furchtbarer Schrei, der mir das Blut gerinnen machte, und dann rannte er an Deck, wie aus der Kanone geschossen – ein rasender Tobsüchtiger, mit rollenden Augen und verzerrtem Antlitz. »Retten Sie mich! Retten Sie mich!« schrie er und starrte um sich in das Nebelgrau. Sein Entsetzen verwandelte sich in Hoffnungslosigkeit, und mit tonloser Stimme sagte er: »Es wäre besser, Kapitän, Sie kämen mit mir, ehe es zu spät ist. Er ist da, ich weiß nun das Geheimnis. Die See wird mich vor ihm retten und ich bin von allem befreit.« Ehe ich ein Wort erwidern oder auf ihn zutreten konnte, um ihn zu halten, war er auf die Reeling gesprungen und warf sich kurz entschlossen in die See. Ich glaube, ich kenne nun auch sein Geheimnis. Er war der Wahnsinnige, der die Leute, einen nach dem anderen, verschwinden machte und ihnen nun gefolgt ist. Gott helfe mir! Wie soll ich das alles verantworten, all diese Gräuel, wenn ich in den Hafen komme? Wenn ich in den Hafen komme! Wird das wohl je der Fall sein?

4. August. – Immer noch Nebel, den die aufgehende Sonne nicht durchdringen kann. Ich weiß, dass jetzt gerade die Sonne aufgeht, denn ich bin Seemann, erkennen kann ich es nicht. Ich durfte nicht hinuntergehen, durfte das Steuer nicht verlassen; so stand ich hier die ganze Nacht, und in der Finsternis sah ich *ihn* – *Es!* Gott verzeihe mir die große Sünde, aber der Steuermann tat recht daran, über Bord zu gehen. Es ist besser als Mann zu sterben; als Seemann den Tod in den blauen Fluten zu suchen, kann einem nicht verübelt werden. Aber ich bin Kapitän und darf mein Schiff nicht verlassen. Ich will den Feind, das Ungeheuer, bekämpfen, denn ich werde meine Hände an das Ruder binden, wenn meine Kräfte zu schwinden beginnen, und etwas darum winden, das Er – Es – nicht berühren kann. Und dann möge guter Wind kommen oder schlimmer, ich habe meine Seele gerettet und meine Ehre als Kapitän. Ich werde schwächer und die Nacht bricht herein. Wenn ich *Ihn* wieder von Angesicht zu Angesicht sehe, werde ich wohl keine Zeit mehr haben, zu handeln … Wenn wir schiffbrüchig werden, mag man diese Flasche finden, und die, welche sie finden, werden verstehen; wenn nicht …, gut, dann sollen alle Menschen wissen, dass

ich meiner Pflicht getreu geblieben bin. Gott und die heilige Jungfrau und alle Heiligen, helft einer armen, irrenden Seele, die versucht hat, ihre Schuldigkeit zu tun …

Ohne Zweifel entspricht die Darlegung den Tatsachen. Jedenfalls ist es unmöglich, irgendein weiteres Beweismaterial beizubringen, und ob der Mann die Mordtaten selbst begangen hat oder nicht, darüber kann kein lebender Mund mehr etwas aussagen. Die Leute hier sind allgemein der Ansicht, dass der Kapitän einfach ein Held war und dass ihm ein ehrenvolles Begräbnis zuteil werden müsse. Es ist bereits angeordnet, dass eine Flottille von Booten ihn ein Stück weit den Esk hinauf begleiten soll; dann wird der Leichnam zurück zum Tate Hill Pier und von da die Abteitreppen hinaufgetragen. Auf dem Klippenfriedhof ist ein Grab für ihn bereitet. Mehr als hundert Bootseigner haben sich schon bereit erklärt, ihm das letzte Geleit zu geben.

Keine Spur hat man noch von dem großen Hund; es ist schade, denn wie jetzt die Sachen stehen, möchte ihn die Bevölkerung am liebsten auf Kosten der Stadt erhalten lassen. Morgen werde ich dem Begräbnis beiwohnen. Damit wird wieder eines der »Mysterien der See« seinen Abschluss finden.

## *Mina Murrays Tagebuch*

8. August. – Lucy war die ganze Nacht sehr unruhig, und auch ich vermochte nicht zu schlafen. Der Sturm war schrecklich, und wie er so laut durch den Kamin herunterpfiff, durchrann es mich eiskalt. Wenn ein starker Stoß kam, so klang es wie fernes Kanonenfeuer. Seltsamerweise wachte Lucy nicht auf; aber sie stand zwei Mal auf und kleidete sich an. Glücklicherweise erwachte ich beide Male rechtzeitig und konnte sie, ohne dass sie erwachte, wieder auskleiden und zu Bett bringen. Es ist ein seltsam Ding, dieses Schlafwandeln; denn sobald ihr Wille auf irgendeine physische Weise durchkreuzt wird, verschwindet ihre

Absicht und sie hält sich dann genau an die Gewohnheiten ihres Lebens.

Früh am Morgen standen wir beide auf und gingen hinunter zum Hafen, um zu sehen, ob sich in der Nacht irgendetwas ereignet habe. Es waren nur sehr wenige Leute draußen, und obgleich die Sonne freundlich schien und die Luft klar und frisch war, drängten sich doch große, grimmig aussehende Wellen, die schwarz erschienen, weil sie mit schneeweißem Schaum gekrönt waren, durch die Enge der Hafenmündung, wie ein kämpfender Mann, der sich durch eine Menschenmenge schlägt. Eigentlich war ich froh, dass Jonathan wenigstens diese Nacht nicht auf See, sondern auf festem Lande war. Aber weiß ich es denn; war er an Land oder auf See? Wo ist er? Wie geht es ihm? Ich habe schrecklich Angst um ihn. Wenn ich nur wüsste, was ich tun soll und ob sich überhaupt etwas tun lässt.

10. August. – Die Beerdigung des armen Schiffskapitäns war sehr ergreifend. Alle Boote im Hafen schienen sich an der Feier beteiligt zu haben und der Sarg wurde von Kapitänen den ganzen Weg von Tate Hill Pier bis zum Friedhof heraufgetragen. Lucy und ich kamen sehr früh zu unserem gewohnten Platz, während der Zug der Boote den Fluss hinauffuhr bis zum Viadukt und dann wieder umkehrte. Wir hatten eine gute Aussicht und konnten die Beerdigung fast ihren ganzen Weg lang beobachten. Man hatte dem Kapitän ein Ruheplätzchen ganz in der Nähe unserer Bank angewiesen, so dass wir auf diese steigen und alles genau sehen konnten, als der Zug herankam. Die gute Lucy schien mir sehr aufgeregt. Sie war unruhig und fühlte sich die ganze Zeit über unbehaglich; ich muss wirklich annehmen, dass ihre nächtlichen Träume schädigend auf sie einzuwirken beginnen. In einer Hinsicht ist sie ganz merkwürdig; sie will mir die Ursache ihrer Ruhelosigkeit nicht eingestehen; es mag aber auch sein, dass, wenn eine solche besteht, sie sich ihrer vielleicht gar nicht bewusst ist. Verschlimmernd auf ihre Gemütsverfassung wirkte noch der Umstand ein, dass man den alten Herrn Swales heute früh tot,

mit gebrochenem Genick, auf unserer Bank gefunden hatte. Er war, wie der Doktor behauptete, in einem Anfall von Schrecken auf den Sitz zurückgefallen; denn es lag ein Zug von Abscheu und Entsetzen auf seinem Gesichte, dass es einem, wie die Leute erzählten, hätte schaudern mögen. Guter, armer, alter Mann! Vielleicht hat er den Tod selbst mit seinen brechenden Augen erblickt? Lucy ist so zart und so empfindlich, dass alle Eindrücke viel tiefer auf sie einwirken als auf andere. Eben jetzt war sie ganz aufgeregt durch ein kleines Ereignis, auf das ich gar nicht recht geachtet hatte, obgleich auch ich Tiere sehr gern habe. Einer der Leute, die oft da heraufkamen, um nach den Booten zu sehen, hatte einen Hund. Dieser ist immer bei ihm. Beide sind äußerst ruhigen Temperamentes. Ich habe den Mann ebenso wenig einmal ärgerlich gesehen, als ich den Hund einmal bellen hörte. Während der heiligen Handlung wollte der Hund absolut nicht zu seinem Herrn kommen, der auf der Bank neben uns stand, sondern hielt sich in einer gewissen Entfernung, heulend und bellend. Sein Herr sprach ihm erst gütlich zu, dann ernst, schließlich ärgerlich; aber der Hund kam nicht heran und hörte auch nicht zu bellen auf. Er befand sich in einem Zustande von Wut, seine Augen glühten wild auf und all sein Haar sträubte sich, wie der Schweif einer Katze auf dem Kriegspfad. Zuletzt wurde der Besitzer auch ärgerlich; er sprang herunter, nahm den Hund, prügelte ihn, fasste ihn am Genick und brachte ihn, halb ziehend, halb stoßend, zu dem Grabstein, auf dem der Sitz befestigt ist. In dem Augenblick, als das arme Geschöpf diesen berührte, wurde es ruhig und begann heftig zu zittern. Es versuchte gar nicht zu entfliehen, sondern duckte sich nieder, bebend und sich krümmend, und befand sich in einem so erbärmlichen Zustande von Angst, dass ich, wenn auch vergebens, den Versuch machte, es zu beruhigen. Lucy war gleichfalls voll Mitleid, aber sie konnte sich nicht entschließen, das Tier anzurühren, sondern sah es nur mit Todesangst in den Augen an … Ich fürchte, sie ist eine zu sensitive Natur, um ohne Störung das Leben zu ertragen. Sie wird heute Nacht von all dem träumen, das weiß ich. Die ganze Reihe der Ereignisse, das Schiff, das von einem toten Mann gesteuert in den Hafen lief; der Leichnam, der mit Kruzifix und Rosenkranz in den Händen an das Steuerrad gefesselt war; die rührende Bestattung; der halb wütende, halb erschreckte Hund – all das wird ihr Material für ihre Träume liefern.

Es wird, denke ich, das Beste für sie sein, wenn sie physisch ermüdet zu Bett geht. Ich werde deshalb einen langen Spaziergang nach den Klippen der Robin Hood Bay und zurück mit ihr unternehmen. Sie wird dann kaum besondere Lust zum Schlafwandeln empfinden.

# Achtes Kapitel

## *Mina Murrays Tagebuch*

Am gleichen Tage, 11 Uhr nachts. – Oh, wie bin ich müde! Wenn ich nicht eine Verpflichtung gegen mein Tagebuch fühlte, würde ich es heute nicht mehr öffnen. Wir machten einen reizenden Spaziergang. Lucy war nach kurzer Zeit in bester Laune, die wir, glaube ich, einigen munteren Kühen zu verdanken hatten, die auf einem kleinen Felde in der Nähe des Leuchtturmes auf uns zukamen, um uns zu beschnuppern, und uns in Angst und Schrecken versetzten. Außer unserer persönlichen Angst vergaßen wir, glaube ich, alles. Es schien, als wäre nichts geschehen und ein neuer Anfang gemacht. Wir tranken dann einen vorzüglichen Tee in Robin Hoods Bay in einer netten, kleinen, altmodischen Wirtschaft, durch deren Bogenfenster man gerade hinunter sah auf die mit Seetang bedeckten Felsen des Strandes. Wahrscheinlich hätten wir »moderne Frauen« mit unserem Appetit in Schrecken versetzt. Die Männer sind in dieser Beziehung nachsichtiger. Gott segne sie dafür! Dann gingen wir heim, indem wir einige, besser gesagt viele Ruhepausen einlegten; im Innersten hatten wir immer noch Furcht vor wild gewordenen Stieren. Lucy war wirklich müde, und wir beschlossen, so bald wie möglich ins Bett zu kriechen. Es kam jedoch der junge Herr Kurat, und Frau Westenraa lud ihn ein, zum Abendessen bei uns zu bleiben; Lucy und ich hatten einen harten Kampf mit dem Sandmann zu bestehen. Ich glaube, ich kämpfte erfolgreicher, denn ich bin eine sehr harte Natur. Ich denke, die Bischöfe werden eines Tages zusammenkommen und darüber beraten müssen, ob man nicht andere Kuraten heranziehen sollte, die nicht soupieren, so sehr sie auch dazu genötigt werden mögen, und die es merken, wenn junge Mädchen müde sind. Lucy schläft und atmet leise. Sie hat mehr Farbe in den Wangen und sieht so süß, ach so süß aus. Wenn sich Herr Holmwood schon in sie verliebte, da er sie nur im Wohnzimmer sah, so möchte ich wissen, was er jetzt täte, wenn er sie so sähe. Einige der »modernen Frauen« werden eines Tages die Forderung aufstellen, dass es Mann und Frau erlaubt sein müsse, sich erst gegenseitig im Schlafe zu sehen, ehe man einen Antrag macht oder einen solchen annimmt. Aber die »modernen Frauen« werden wohl in Zukunft sich nicht mehr damit begnügen, eine Bewerbung anzunehmen, sondern sie werden selbst werben wollen. Das wird etwas Schönes werden! Ich bin so glücklich heute Abend, weil die liebe Lucy wieder besser aussieht. Ich glaube wirklich, sie hat die Krise überwunden und wir sind über die bösen Klippen ihres Schlafwandelns hinweg. Ich wäre ganz glücklich, wenn ich wüsste, ob Jonathan … Gott segne und behüte ihn.

11. August, 3 Uhr morgens. – Wieder Tagebuch.
Da ich nicht schlafen kann, will ich schreiben. Ich bin zu erregt, um schlafen zu können. Wir hatten ein Abenteuer, ein Erlebnis, das mir tödlichen Schreck einjagte. Ich schlief ein, sobald ich mein Tagebuch geschlossen hatte … Plötzlich wurde ich völlig wach und sprang aus dem Bette mit einem schrecklichen Gefühl der Angst und einer Leere um mich her. Das Zimmer war so dunkel, dass ich Lucys Bett nicht sehen konnte; ich schlich mich hinüber und tastete nach ihr; das Bett war leer. Ich machte Licht und bemerkte, dass sie überhaupt nicht im Zimmer war. Die Türe war zu, aber nicht verschlossen; ich hatte dies doch gewissenhaft besorgt, ehe wir uns zur Ruhe legten. Ihre Mutter wollte ich nicht wecken, da sie in letzter Zeit wieder leidender ist; so zog ich denn einige Kleidungsstücke an und machte mich auf die Suche. Ehe ich das Zimmer verließ, kam ich auf die Idee, dass vielleicht die Kleider, die sie trug, mir einen Anhalt für ihr Verschwinden geben könnten. Schlafrock würde bedeuten, dass sie sich im Hause, Straßenkleider, dass sie sich außerhalb befinde. Schlafrock und Straßenkleid befanden sich an ihren gewöhnlichen Plätzen. »Gott sei

Dank«, sagte ich mir, »weit kann sie nicht sein, da sie nur im Nachthemd ist.« Ich rannte hinunter und sah im Wohnzimmer nach. Nicht da! Dann suchte ich alle offen stehenden Räume des Hauses ab, mit wachsender Angst, die mir das Herz zusammenschnürte. Endlich kam ich an das Haustor und fand es offen. Es war nicht weit offen, nur das Schloss war nicht eingeschnappt. Die Hausleute sind darauf bedacht, das Haustor jede Nacht sorgfältig zu schließen, und so musste ich befürchten, dass Lucy fortgegangen war, so wie sie war. Ich hatte keine Zeit daran zu denken, was geschehen könnte; ein unklares, erdrückendes Angstgefühl verdunkelte alle Einzelheiten. Ich ergriff einen dicken, warmen Schal und rannte davon. Die Glocke schlug eben eins, als ich in The Crescent ankam; keine Seele war auf der Straße. Ich eilte die Nordterrasse entlang, fand aber keine Spur der weißen Gestalt, nach der ich suchte. Vom Rande der Westklippe, gerade über dem Pier, sah ich quer über den Hafen weg zur Ostklippe hinüber, in der Hoffnung oder Furcht – was es war, weiß ich nicht –, Lucy auf unserem Lieblingsplätzchen zu entdecken. Der helle Vollmond wurde hin und wieder durch schwere, treibende Wolken verhüllt, so dass über der ganzen Szene abwechselnd Licht und Schatten lagen. Eine oder zwei Sekunden konnte ich nichts sehen, da gerade der Schatten einer Wolke die Marienkirche und alles Umliegende verdunkelte. Dann, als die Wolke vorüberzog, kam die zerfallene Abtei wieder in Sicht. Als der messerscharfe Rand eines schmalen Lichtstreifens über sie strich, wurde die Kirche mit dem Friedhof nach und nach sichtbar. Was ich auch erwartet haben mochte, meine Erwartung wurde nicht enttäuscht, denn dort, auf unserem Lieblingssitz, sah ich eine vom Mondlicht hell beschienene, halb zurückgelehnte, schneeweiße Gestalt. Allzu rasch näherte sich wieder ein Wolke, als dass ich viel hätte sehen können. Sofort umhüllte mich wieder tiefe Finsternis, aber ich hatte den Eindruck, als stände etwas Dunkles hinter dem Sitz, auf dem sich die weiße Gestalt befand, und beuge sich über sie; was es war, ob ein Mensch oder ein Tier, konnte ich nicht erkennen. Ich wartete gar nicht mehr ab, bis ich wieder etwas sehen konnte, sondern flog die steilen Treppen hinab zum Pier und am Fischmarkt vorbei zur Brücke, dem einzigen Weg, auf dem von hier aus die Ostklippe zu erreichen war. Die Stadt lag da wie tot, keine Seele mehr zu sehen; es war mir ja lieb so, denn niemand sollte etwas von Lucys Leiden erfahren. Die Zeit und die Entfernung schienen mir unermesslich lang; meine Knie zitterten und mein Atem rang sich keuchend aus meiner Brust, als ich die endlosen Stufen zur Abtei hinaufsprang. Ich muss sehr rasch gelaufen sein, dennoch kam es mir vor, als seien meine Füße mit Blei ausgegossen und meine Gelenke eingerostet. Als ich fast auf der Höhe angelangt war, konnte ich den Sitz und die weiße Gestalt darauf genau erkennen, denn ich war jetzt nahe genug, um selbst im Dunkel der Nacht alles zu unterscheiden. Es war offenkundig, irgendetwas beugte sich lang und schwarz über die halb zurückgelehnte weiße Gestalt. In tiefster Seele erschreckt rief ich: Lucy! Lucy! Und das Etwas erhob den Kopf – ein bleiches Gesicht mit rot glühenden Augen wandte sich mir zu. Lucy antwortete mir nicht, und ich rannte zur Friedhoftüre. Hierdurch schob sich die Kirche zwischen mich und die Bank und versperrte mir auf einige Augenblicke die Aussicht. Als ich Lucy wieder sehen konnte, war die Wolke vorübergezogen und blendender Mondschein fiel auf sie, wie sie so dasaß, halb zurückgelehnt, das Haupt über die Lehne der Bank zurückgefallen. Sie war ganz allein; weit und breit keine Spur von einem lebenden Wesen.

Als ich mich über sie beugte, sah ich, dass sie noch schlief. Ihre Lippen waren geöffnet und sie atmete – nicht sanft, wie sie es sonst tat, sondern in langen, hastigen Zügen, als müsse sie darum kämpfen, ihre Lungen mit frischer Luft zu füllen. Wie ich an sie herantrat, bewegte sie im Schlaf die Hand und zog den Kragen ihres Nachthemdes fester um die Kehle zu. Es überlief sie dabei ein leichter Schauer, als ob sie Kälte empfinde. Ich schlug den warmen Schal um sie und zog die Ecken fest um ihren Hals zusammen, denn ich fürchtete, sie könne sich eine tödliche

Krankheit zuziehen, unbekleidet wie sie war … Ich zögerte aber noch, sie zu wecken und befestigte den Schal mit einer großen Sicherheitsnadel. So hatte ich meine Hände frei, um ihr helfen zu können. Ich muss aber in meiner Angst ungeschickt gewesen sein und sie am Halse gerissen oder gestochen haben; denn als ihr Atem allmählich wieder ruhiger zu werden begann, legte sie öfter ihre Hand an die Kehle und stöhnte. Nachdem ich sie sorgfältig eingewickelt hatte, zog ich ihr noch meine Schuhe an die Füße und versuchte sie schonend zu wecken. Erst reagierte sie gar nicht, aber allmählich wurde ihr Schlaf doch weniger fest und sie seufzte und stöhnte von Zeit zu Zeit. Schließlich aber, als es mir doch zu lange dauerte und da es mir darum zu tun war, sie möglichst rasch nach Hause zu bringen, schüttelte ich sie heftig, worauf sie die Augen öffnete und erwachte. Sie schien gar nicht überrascht, mich zu sehen, wie sie überhaupt ohne Zweifel sich nicht gleich klar darüber war, wo sie sich eigentlich befand. Lucy ist immer hübsch, auch beim Erwachen; und sogar jetzt, wo doch ihr Leib von der Kälte geschüttelt wurde und sie darüber entsetzt sein musste, mitten in der Nacht unbekleidet auf einem Friedhof zu erwachen, verlor sie ihre Grazie nicht. Sie zitterte ein wenig und klammerte sich an mich; als ich ihr sagte, sie müsse jetzt sofort mit mir heimgehen, stand sie mit dem Gehorsam eines Kindes auf, ohne ein Wort zu sagen. Als wir weggingen, stieß ich mit dem nackten Fuße an einen Stein und Lucy hörte meinen leisen Schmerzensruf. Sie blieb stehen und bestand darauf, ich sollte meine Schuhe anziehen, aber ich tat es nicht. Als wir auf den Fußweg außerhalb des Friedhofes kamen, wo noch von dem Unwetter her eine Regenpfütze stand, verschmierte ich meine Füße mit Schmutz, indem ich einen Fuß über den anderen setzte, damit nicht jemand, der uns etwa auf dem Heimweg begegnen würde, im Stande wäre zu erkennen, dass ich mit nackten Füßen ging.

Das Glück war uns günstig und wir kamen nach Hause, ohne auch nur einer Seele begegnet zu sein. Nur ein einzelner Mann, der nicht mehr ganz nüchtern schien, kam durch die Straße auf uns zu; wir versteckten uns in einem Torbogen, bis er in einem der kleinen, abschüssigen Höfchen – in Schottland nennt man sie »Wynds« – verschwunden war. Die ganze Zeit schlug mein Herz so laut, dass ich mehrmals glaubte, umsinken zu müssen. Ich war in heißer Angst um Lucy, nicht nur wegen ihrer Gesundheit, da ihr ja das Abenteuer geschadet haben könnte, sondern auch für ihren Ruf, falls die Sache ruchbar würde. Als wir daheim unsere Füße gereinigt und zusammen ein Dankgebet gesprochen hatten, brachte ich sie in ihr Bett. Bevor sie einschlief, bat sie mich, ja sie flehte mich an, zu niemand über ihr nächtliches Abenteuer ein Wort zu sagen, auch zu ihrer Mutter nicht. Ich versprach es ihr nur zögernd; als ich aber dann an das Befinden ihrer Mutter dachte und wie es sie angreifen würde, so etwas zu erfahren, und wie sehr die Sache wahrscheinlich – nein sicher – missdeutet würde, wenn etwas an die Öffentlichkeit durchsickerte, hielt ich es für klüger, das Versprechen zu geben. Ich hoffe, ich habe recht daran getan. Ich habe die Türe verschlossen und der Schlüssel hängt an meinem Handgelenk; so darf ich doch wenigstens hoffen, meine Nachtruhe ungestört genießen zu können. Lucy schläft tief, der Widerschein des Morgens leuchtet hoch über der See.

Am gleichen Tage, mittags. – Alles geht gut. Lucy schlief, bis ich sie weckte, und schien die ganze Nacht ihre Lage gar nicht geändert zu haben. Das nächtliche Abenteuer hat ihr scheinbar auch nicht geschadet; eher ist vielleicht das Gegenteil der Fall, denn sie sieht heute morgen blühender aus als seit Wochen. Es tat mir nur Leid, dass ich durch meine Ungeschicklichkeit sie mit der Sicherheitsnadel verletzt hatte. Es muss tatsächlich nicht unbedeutend gewesen sein, denn die Haut an ihrer Kehle ist durchstochen. Ich muss ein Stückchen der zarten Haut gefasst und durchstochen haben, denn es sind zwei kleine rote Punkte wie Nadelstiche zu sehen und auf dem Kragen ihres Nachthemdes ist ein Tröpfchen Blut. Als ich mich bei ihr entschuldigte und mir Vorwürfe machte, lachte sie mich aus und verspottete mich und sagte, sie spüre gar nichts davon.

Glücklicherweise wird die Wunde keine Narbe hinterlassen, da sie zu unbedeutend ist.

Am gleichen Tage, nachts. – Wir haben einen glücklichen Tag verbracht; die Luft war klar und die Sonne schien freundlich; eine kühle Brise wehte vom Meere herüber. Wir nahmen das Mittagessen in Mulgrave Woods; Frau Westenraa fuhr auf der Straße, und ich ging mit Lucy zu Fuß den Strandweg; am Eingangstor trafen wir zusammen. Ich war etwas traurig, denn ich dachte, wie vollkommen glücklich ich wäre, hätte ich Jonathan bei mir. Aber *so!* Ich muss nur Geduld haben. Am Abend schlenderten wir auf der Kasinoterrasse herum und lauschten der schönen Musik von Spohr und Mackenzie und gingen dann früh schlafen. Lucy scheint ruhiger geworden zu sein, als sie es bisher war, und fand bald Schlaf. Ich werde die Türe schließen und den Schlüssel in gewohnter Weise zu mir nehmen, obgleich ich für die Nacht nichts Besonderes erwartete.

12. August. – Ich fand mich in meinen Erwartungen getäuscht, denn zwei Mal in der Nacht wurde ich durch Lucy geweckt, die fortgehen wollte. Sie schien selbst in ihrem Schlafe unwillig zu sein; da sie die Türe verschlossen fand, begab sie sich mit einer Art Protest wieder zu Bett. Ich erwachte mit der Morgendämmerung und hörte die Vögel vor dem Fenster zwitschern. Lucy wachte ebenfalls auf und sah zu meiner Freude frischer aus als am Tage vorher. All ihre Heiterkeit schien zurückgekehrt zu sein; sie kam in mein Bett, schmiegte sich an mich und erzählte mir von Arthur. Ich sagte ihr, wie besorgt ich um Jonathan sei, und sie versuchte mich zu trösten. Sie hatte damit einigen Erfolg, denn wenn Teilnahme auch an den Tatsachen nichts ändern kann, so werden sie doch erträglicher.

13. August. – Wieder ein ruhiger Tag, ins Bett mit dem Schlüssel am Handgelenk wie tags zuvor. Wieder erwachte ich in der Nacht und fand Lucy aufrecht im Bett sitzen und, noch im Schlafe, auf das Fenster deuten. Ich stand ruhig auf, schob den Vorhang zurück und sah hinaus. Es war

leuchtender Mondschein, und unsagbar schön lag Land und Meer in dem milden Licht, in großes, geheimnisvolles Schweigen versenkt. Im Mondlicht flatterte eine große Fledermaus, die in weiten, wirbelnden Kreisen immer wieder und wieder kam. Ein oder zwei Mal kam sie ganz nahe, war aber, wie ich vermute, erschreckt mich zu sehen und flog dann quer über den Hafen weg auf die Abtei zu. Als ich mich vom Fenster wegwandte, hatte sich Lucy schon wieder hingelegt und schlief friedlich. Dann rührte sie sich die ganze Nacht nicht mehr.

14. August. – Auf der Ostklippe den ganzen Tag lesend und schreibend. Lucy scheint das Plätzchen ebenso lieb gewonnen zu haben wie ich und ist nur schwer hier wegzubringen, wenn sie zum Lunch, Tee oder Abendessen nach Hause soll. Heute Nachmittag machte sie eine sonderbare Bemerkung. Wir waren eben daran, zum Diner nach Hause zu gehen und waren oben auf den Stufen angekommen, die vom Westpier heraufführen; dort blieben wir stehen, um die Aussicht noch einmal zu genießen, wie wir es immer tun. Die untergehende Sonne stand schon tief am Horizont und begann gerade hinter Kettleness zu versinken; das rote Licht fiel hinüber auf die Ostklippe und die alte Abtei und tauchte alles in wunderbar rosiges Glühen. Wir schwiegen lange, plötzlich murmelte Lucy wie im Selbstgespräch: »Wie seine roten Augen! Gerade so!« Diese seltsamen Worte, die ganz ohne jeden Zusammenhang gesprochen wurden, erschreckten mich sehr. Ich wendete den Kopf nach ihr, aber so, dass es nicht aussah, als wollte ich sie anstarren, und bemerkte, dass sie sich in einem Zustande des Halbschlafes befand; ein eigenartiger Zug lag auf ihrem Antlitz, über den ich mir nicht klar zu werden vermochte. Ich sagte nichts, folgte aber der Richtung ihres Blickes. Sie schien auf unsere Bank hinüberzuschauen, auf der eine einzelne dunkle Gestalt saß. Ich war etwas erschreckt darüber, denn einige Augenblicke lang kam es mir vor, als habe der Fremde große Augen, wie leuchtende Flammen; als ich genauer hinsah, zerfloss das

Fantasiegebilde. Das rote Sonnenlicht schien hinter unserem Lieblingssitz auf die Fenster der Marienkirche, und Widerschein und Lichtbrechung erweckten wohl den Eindruck, als bewege sich da drüben etwas. Ich machte Lucy auf diese Erscheinung aufmerksam und sie kam rasch zu sich; aber sie sah sehr traurig aus; vielleicht gedachte sie der unheimlichen Nacht, die sie da droben erlebt. Wir sprechen nie darüber; so vermied ich es denn auch heute, und wir gingen heim zum Diner. Lucy hatte Kopfweh und begab sich bald zur Ruhe. Als ich sie schlafen sah, beschloss ich, allein noch einen kleinen Abendspaziergang zu unternehmen; ich ging nach Westen zu, den Klippen entlang, und war voll liebender Sehnsucht nach Jonathan. Als ich heimkehrte – es war heller Mondschein, so hell, dass selbst die Teile unseres Hauses in Crescent, die im Schatten lagen, noch recht gut zu sehen waren – warf ich einen Blick auf unser Fenster und sah Lucys Kopf heraushängen. Ich glaubte, sie warte auf meine Rückkehr, und zog deshalb mein Taschentuch, um ihr zu winken. Sie bemerkte nichts und rührte sich nicht. In diesem Augenblick stahl sich der Mondschein um die Ecke des Gebäudes, und das Licht fiel voll auf das Fenster. Da lag Lucy mit dem Kopf auf dem Fensterbrett und hielt die Augen geschlossen. Sie schlief fest, und auf dem Fenstersims neben ihrem Kopf saß etwas, das wie ein großer Vogel aussah. Ich fürchtete, sie könne sich erkälten; so rannte ich denn die Treppen hinauf. Als ich in das Zimmer trat, ging sie eben in ihr Bett zurück, im tiefsten Schlafe und schwer atmend. Sie hielt die Hand an den Hals gedrückt, als wolle sie sich vor Kälte schützen.

Ich weckte sie nicht auf, sondern wickelte sie nur gut ein. Ich habe Vorsorge getroffen, dass die Türe geschlossen und das Fenster sicher befestigt ist.

Sie sieht so schön aus im Schlafe; aber sie ist bleicher als gewöhnlich, und es liegt eine tiefe, harte Linie unter ihren Augen, die mir nicht gefällt. Ich fürchte, sie hat irgendeinen Kummer. Ich möchte gerne herausbringen, was die Ursache davon ist.

15. August. – Stand später auf als gewöhnlich. Lucy war erschöpft und müde und schlief deshalb noch weiter. Beim Frühstück ward uns eine hübsche Überraschung zuteil. Arthurs Vater fühlt sich gegenwärtig wohler und wünscht, dass die Hochzeit recht bald stattfinde. Lucy ist voll stillen Glückes und ihre Mutter ist froh und besorgt zugleich. Etwas später erzählte sie mir den Grund. Sie ist betrübt, dass sie Lucy, ihre Einzige, verlieren soll, und aber doch erfreut, dass sie so früh schon einen Beschützer gefunden hat. Arme, liebe, gute Frau! Sie vertraute mir an, dass schon das Todesurteil über sie gesprochen sei. Sie hat Lucy noch nichts davon gesagt und bat mich um Stillschweigen; ihr Arzt hat ihr eröffnet, dass sie innerhalb weniger Monate werde sterben müssen, da ihr Herz immer schwächer werde. Jederzeit, auch jetzt, würde ein plötzlicher Schrecken im Stande sein, sie zu töten. Oh, waren wir klug, ihr das schreckensvolle Abenteuer der schlafwandelnden Lucy zu verheimlichen.

17. August. – Zwei ganze Tage lang kein Eintrag in mein Tagebuch. Ich habe mich gefürchtet zu schreiben. Wie ein düsterer Mantel zieht sich irgendein furchtbares Unglück um uns zusammen. Keine Nachrichten von Jonathan, und Lucy wird immer schwächer, während die Stunden ihrer Mutter gezählt sind. Ich begreife nur nicht, warum Lucy so dahinsiecht. Sie isst gut, schläft gut und freut sich der guten Luft; aber dabei schwinden die Rosen von ihren Wangen und sie wird jeden Tag schwächer und schlaffer; in der Nacht höre ich sie oft röcheln, als wollte sie ersticken. Den Schlüssel zu unserer Tür habe ich jede Nacht an meinem Handgelenk befestigt, aber sie steht auf, geht im Zimmer umher und setzt sich dann an das offene Fenster. Heute Nacht wachte ich auf und fand sie wieder dort hinausgelehnt; sie zu wecken, war mir unmöglich, denn sie lag in Ohnmacht. Als es mir gelungen war, sie wieder ins Leben zurückzurufen, war sie furchtbar schwach und weinte leise zwischen langem, schrecklichem Ringen um Atem. Auf meine Frage, wie sie denn dazu käme, am offenen Fenster zu sitzen, schüttelte sie ihr Köpfchen und wandte sich ab.

Ich hoffe, ihr Unwohlsein kommt nicht von dem Stich mit der Sicherheitsnadel. Ich untersuchte ihre Kehle, als sie schlief, und bemerkte, dass die kleinen Wunden noch nicht geheilt waren. Sie sind noch offen und größer wie bisher; die Ränder sind weißlich gefärbt. Sie sind wie kleine weiße Punkte mit rotem Kern. Wenn sie nicht bis morgen oder übermorgen geheilt sind, werde ich darauf bestehen, dass ein Arzt sich der Sache annimmt.

### *Brief, Samuel J. Billington & Sohn, Sachwalter, Withby, an Herren Carter, Paterson & Co., London*

*Meine Herren!* 17. August

Anliegend empfangen Sie einen Frachtbrief über einen Gütertransport der Great Northern Railway. Die Güter sind, unmittelbar nach Ausladung am Güterbahnhof Kings Cross, in Carfax nächst Purfleet, abzuliefern. Das Haus ist gegenwärtig leer; anliegend finden Sie die Schlüssel, alle mit Zetteln versehen.

Sie werden höflichst ersucht, die im Frachtbrief bezeichneten Kisten (50 Stück) in dem etwas baufälligen Teil des Hauses, der auf beigegebener Skizze mit A bezeichnet ist, abladen zu lassen. Ihr Bevollmächtigter wird den Platz leicht finden, da es die ehemalige Kapelle des Hauses ist. Die Güter gehen mit dem Zuge um 9 Uhr 30 heute Abend ab und treffen morgen nachmittags 4 Uhr 30 in Kings Cross ein. Da unser Klient die Ablieferung so bald wie möglich wünscht, wären wir Ihnen sehr verbunden, wenn Sie zu genannter Zeit Fuhrwerke am Bahnhof von Kings Cross bereitstellen und die Güter sofort an ihren Bestimmungsort bringen lassen wollten. Um allen Verzögerungen vorzubeugen, die durch Anfragen betreffs Bezahlung entstehen könnten, fügen wir einen Scheck über zehn Pfund (10) bei und bitten uns den Empfang zu bestätigen. Sollte die Rechnung weniger ausmachen, dann bitten wir um Rücksendung des überschüssigen Betrages; sollte sie höher sein, so werden wir auf Ihre Benachrichtigung hin Ihnen sofort per Scheck den Fehlbetrag überweisen. Wenn Sie das Haus verlassen, so wollen Sie die Schlüssel in der Halle des Hauses zurücklassen, wo sie der Besitzer finden kann, der einen Zweitschlüssel zum Hause besitzt.

Wir bitten Sie, es uns nicht als Verletzung der geschäftlichen Höflichkeit auszulegen, wenn wir die Bitte um äußerste Beschleunigung der Angelegenheit wiederholen.

Mit vorzüglicher Hochachtung
Samuel Billington & Sohn

## *Brief Herren Carter, Paterson & Co., London, an Herrn Billington & Co., Whitby*

*Sehr geehrte Herren!* 21. August
Wir bestätigen Ihnen dankend den Empfang von 1b. 10 und senden Ihnen den Mehrbetrag mittels Scheck über Ib. I 17 s. 9. d. laut anliegender Rechnung zurück. Die Güter wurden Ihrer Anweisung gemäß abgeliefert und die Schlüssel in einem Paket in dem großen Flur zurückgelassen.

Hochachtungsvoll
Carter, Paterson & Co.

## *Mina Murrays Tagebuch*

18. August. – Ich bin heute sehr glücklich und schreibe auf der Friedhofbank sitzend. Lucy befindet sich um vieles besser. Letzte Nacht schlief sie sehr gut und störte mich nicht ein einziges Mal. Die Rosen scheinen auf ihre Wangen zurückzukehren, obgleich sie immer noch elend, blass und krank aussieht. Wenn sie blutarm wäre, so könnte ich die Sache ja begreifen; aber das ist sie nicht. Sie ist heiteren Sinnes und voll von Leben und Frohsinn. All die krankhafte Zurückhaltung ist von ihr gewichen und sie hat mir sogar selbst jene Nacht – als ob ich daran erinnert werden müsste – ins Gedächtnis zurückgerufen und dass es diese Bank

hier gewesen sei, auf der ich sie schlafend angetroffen habe. Während sie so sprach, klopfte sie mit den Hacken ihrer Stiefelchen gedankenvoll auf den Grabstein und sagte:

»Meine kleinen Füße haben damals keinen großen Lärm gemacht. Der alte Herr Swales hätte sicher gesagt, ich hätte eben nicht Georgie aufwecken wollen.« Da sie einmal in einer solchen mitteilsamen Stimmung war, fragte ich sie, ob sie denn in jener Nacht überhaupt geträumt hätte. Ehe sie antwortete, trat der süße, verlegene Zug in ihr Gesichtchen, den Arthur – ich nenne ihn nach ihrer Gewohnheit so –, wie er sagte, so gerne hat. Und das ist in der Tat nicht zu verwundern. Dann fuhr sie halb im Traume fort, gleichsam als versuche sie, sich daran zu erinnern:

»Ich träumte nicht ganz, alles schien Wirklichkeit zu sein. Ich hatte nur den Wunsch, hier auf diesem Platz zu sein, warum, weiß ich nicht; ich fürchtete mich vor etwas, weiß aber nicht vor was. Ich erinnere mich, obgleich ich wahrscheinlich im Schlaf war, dass ich durch die Straßen und über die Brücke gelaufen bin. Ein Fisch sprang gerade hoch, als ich vorbeikam, und ich lehnte mich über das Geländer, um nach ihm zu sehen; dann hörte ich eine Menge Hunde heulen – die ganze Stadt schien voll heulender Hunde zu sein – als ich die Treppe betrat. Dann erinnere ich mich dunkel an etwas Langes, Schwarzes mit roten Augen, die ich neulich beim Sonnenuntergang wieder zu erkennen vermeinte, und wie etwas Süßes und zugleich unendlich Bitteres kam es über mich. Dann meinte ich, in tiefes, grünes Wasser zu versinken und hörte ein Singen in meinen Ohren, wie es die Ertrinkenden vernehmen sollen; und dann hatte ich das Gefühl, als ginge etwas von mir weg, meine Seele schien den Körper zu verlassen und davonzufliegen. Ich glaube mich zu erinnern, dass ich einmal den Westleuchtturm unter mir sah und dass ich eine Todesangst empfand, als sei ich bei einem Erdbeben dabei; dann kam ich zu mir und erkannte, dass du mich schütteltest. Ich sah es dich tun, ehe ich es fühlte.«

Dann begann sie zu lachen. Es war mir nicht recht behaglich, und atemlos hörte ich ihrer Erzählung zu. Ich hielt es für besser, ihren Geist nicht bei diesem Thema festzuhalten; so gingen wir denn zu anderen Gesprächen über und Lucy war wieder ganz sie selbst. Als wir heimkamen, hatte die frische Brise günstig auf sie eingewirkt und ihre Wangen schienen in der Tat wieder rosiger. Ihre Mutter war glücklich, sie so zu sehen, und wir verbrachten zusammen einen sehr frohen Abend.

19. August. – Freude, Freude, Freude! Und doch nicht nur Freude. Mein Jonathan ist krank gewesen, darum schrieb er nicht. Das kann ich nun sicher sagen, da ich jetzt den Sachverhalt kenne. Herr Hawkins hat mir den Brief gesandt und schrieb selbst einige, ach so gütige Worte dazu. Ich werde morgen abreisen, zu Jonathan gehen und mich an seiner Pflege beteiligen, wenn es nötig ist, und ihn nach Hause bringen. Herr Hawkins meint, es wäre das beste, wir ließen uns gleich dort trauen. Ich musste über den Brief der Krankenschwester dermaßen weinen, dass er ganz nass war; ich fühle es an meiner Brust, wo ich ihn trage. Wie Jonathan in meinem Herzen ist, so soll sein Brief nahe meinem Herzen sein. Meine Reise ist schon festgelegt und das Gepäck bereit. Ich nehme vorerst nur noch ein Kleid zum Wechseln mit; Lucy wird meinen Koffer mit nach London nehmen und ihn mir solange aufbewahren, bis ich darum schreibe, denn es kann sein … Ich darf nicht weiter schreiben; ich darf es erst Jonathan sagen, meinem Gemahl. Der Brief, den er gesehen und berührt, wird mich einstweilen trösten, bis ich bei ihm bin.

### *Brief von Schwester Agathe, Joseph- und Marienhospital, Budapest, an Fräulein Mina Murray*

*Wertes Fräulein!* 12. August

Ich schreibe Ihnen auf Wunsch des Herrn Jonathan Harker, der selbst noch nicht kräftig genug dazu ist, obgleich seine Heilung Fortschritte macht; wollen wir Gott und dem hl.

Joseph und der hl. Maria dafür danken. Er befindet sich seit etwa sechs Wochen in unserer Pflege; er litt an einer heftigen Hirnhautentzündung. Er bittet mich, Ihnen seine Grüße zu senden und Ihnen mitzuteilen, dass er mit gleicher Post einen durch mich geschriebenen Brief an Herrn Hawkins, Exeter, gerichtet habe, worin er ihn unter dem Ausdruck seiner Ergebenheit um Entschuldigung für sein langes Ausbleiben bittet und ihm mitteilt, dass der Auftrag ausgeführt ist. Er ersucht noch um einige Wochen Urlaub, um sich in unserem Bergsanatorium völlig erholen zu können, und verspricht dann zurückzukehren. Er hat mich auch gebeten, Ihnen mitzuteilen, dass er nicht genügend Geld bei sich habe und gerne seinen hiesigen Aufenthalt bezahlen möchte, um nicht anderen, die der Hilfe dringend bedürfen, einen solchen zu verkürzen. Ich bin mit Grüßen und warmen Segenswünschen

Ihre
Schwester Agathe

P. S. Mein Patient schläft, deshalb öffne ich den Brief noch einmal, um einiges beizufügen. Er hat mir viel von Ihnen erzählt und dass Sie in Kürze die Seine werden sollen. Alles Gute für Sie beide! Er hatte einen furchtbaren Schock gehabt – wie unser Doktor meint, und seine Fieberfantasien waren grässlich; von Wölfen und Gift und Blut; von Gespenstern und Dämonen. Ich fürchte mich zu sagen, von was noch allem. Seien Sie immer lieb mit ihm und hüten Sie ihn vor jeder Aufregung; die Spuren einer solchen Krankheit, wie sie ihn erfasst, verwischen sich nicht so leicht. Wir hätten gerne schon eher geschrieben, aber wir wussten ja nicht an wen, denn er hatte gar nichts bei sich, was uns auch nur den geringsten Anhaltspunkt geboten hätte. Er kam mit dem Zug von Klausenburg, und der Stationsmeister hat dem Pförtner erzählt, dass er in den Bahnhof gerannt sei und laut nach einem Billett nach Hause geschrien habe. An seinem ganzen Betragen erkannte man den Engländer und gab ihm ein Billett, soweit der Zug ging.

Seien Sie überzeugt, dass er in guten Händen ist. Er hat alle Herzen durch seine Güte und Vornehmheit gewonnen. Es geht ihm tatsächlich besser, und ich habe keinen Zweifel, dass er in einigen Wochen genesen sein wird. Aber der Sicherheit halber bitte ich Sie vorsichtig zu sein. Ich bitte Gott, St. Joseph und die hl. Maria, dass Ihnen beiden noch recht viele, viele glückliche Jahre beschieden sein möchten.

## *Dr. Sewards Tagebuch*

19. August. – Eine seltsame, plötzliche Änderung an Renfield letzte Nacht. Gegen acht Uhr begann er zu toben und umherzuschnüffeln, wie ein Hund auf der Spur. Der Wärter war von seinem Gebaren überrascht und munterte ihn auf zu sprechen, da er mein Interesse für den Fall kannte. Der Patient ist gewöhnlich höflich gegen den Wärter, manchmal sogar unterwürfig, aber diese Nacht, sagte mir der Mann, war er überaus anmaßend. Er ließ sich überhaupt nicht herbei, mit ihm zu sprechen. Alles, was er sagte, war:

»Ich wünsche nicht mit Ihnen zu verkehren. Wer sind Sie denn eigentlich? Der Meister ist nahe.«

Der Wärter glaubte, es sei eine plötzliche religiöse Wahnidee, die ihn ergriffen habe. Wenn es so ist, dürfen wir uns auf etwas gefasst machen; denn ein starker Mensch mit Mordmanie und religiösem Wahnsinn zugleich kann gefährlich sein. Diese Kombination ist unheimlich. Um neun Uhr besuchte ich ihn persönlich. Er benahm sich gegen mich wie gegen den Wärter. In seinem Größenwahn kam ihm der Unterschied zwischen mir und dem Bediensteten gar nicht zum Bewusstsein. Seine Idee macht den Eindruck religiösen Größenwahns, und bald wird er sich einbilden, Gott selbst zu sein. Für ein allmächtiges Wesen, wie er es zu sein vermeint, ist der Unterschied zwischen mir und dem Wärter ein zu geringfügiger. Der wahre Gott hält seine schützende Hand auch über den Sperling; der Gott aber, den menschliche Eitelkeit schuf, kennt keinen Unterschied zwischen Adler und Sperling. Oh, wenn die Menschen nur wüssten!

Eine halbe Stunde oder länger steigerte sich die Erregung Renfields immer mehr und mehr. Ich wollte mir nicht den Anschein geben, als überwache ich ihn, aber ich passte doch scharf auf. Plötzlich kam der verschmitzte Zug in sein Gesicht, den man immer bemerkt, wenn ein Irrer auf eine Idee kommt. Kopf und Hals zeigten die charakteristische Haltung, die alle Irrenwärter so genau kennen. Er wurde ganz ruhig, ging weg, setzte sich dann in tiefer Ergebung auf den Bettrand und starrte mit glanzlosen Augen ins Leere. Ich hätte gerne gewusst, ob seine Apathie echt oder nur verstellt war; ich versuchte deshalb, ihn in ein Gespräch über seine Haustiere zu verwickeln, ein Thema, das nie verfehlt hatte, seine lebhafteste Aufmerksamkeit zu erregen. Zuerst antwortete er gar nicht, dann sagte er schließlich mürrisch:

»Zum Henker mit dem allen! Was kümmere ich mich um das Zeug?«

»Was«, sagte ich, »Sie werden mir doch nicht weis machen wollen, dass Sie sich nicht mehr um Ihre Spinnen kümmern?« (Spinnen sind gegenwärtig sein Steckenpferd, und das Notizbuch füllt sich mit Kolonnen kleiner Zahlen.) Darauf sprach er die rätselhaften Worte:

»Die Brautjungfern erfreuen die Augen, die das Kommen der Braut erwarten; aber wenn die Braut sich nähert, können die mit Tränen gefüllten Augen das Strahlen der Brautjungfern nicht sehen.«

Eine Aufklärung wollte er mir nicht geben, und blieb eigensinnig die ganze Zeit, die ich noch bei ihm blieb, auf dem Bettrande sitzen.

Ich bin müde heute Abend und tief verstimmt. Ich muss immer an Lucy denken und was wohl mit ihr sein mag. Wenn der Schlaf nicht bald kommt, dann gibt es Chloral, den modernen Morpheus $C_2HCL_3O$ . $H_2O$! Ich muss nur vorsichtig sein, dass es nicht zur Gewohnheit wird. Nein, ich nehme heute keines! Ich habe an Lucy gedacht und will diesen Gedanken nicht entweihen. Wenn es sein muss, dann gibt es eben eine schlaflose Nacht.

Froh fasste ich den Entschluss; froher noch bin ich, dass ich ihn gehalten habe. Ich hatte unruhig dagelegen und die

Glocke nur zwei Mal schlagen hören. Da kam der Nachtwächter und meldete mir im Auftrage des Wärters, dass Renfield entflohen sei. Ich fuhr in meine Kleider und eilte sofort hinunter; mein Patient ist eine zu gefährliche Persönlichkeit, um ihn allein umherstreifen zu lassen. Seine Hirngespinste könnten anderen gegenüber gefährlich werden. Der Wärter wartete auf mich. Er sagte, er hätte ihn vor nicht zehn Minuten, als er durch die Beobachtungsklappe in der Türe hineinschaute, wie schlafend liegen sehen. Seine Aufmerksamkeit sei durch das Aufreißen eines Fensters erregt worden. Er rannte zurück in das Zimmer und sah gerade noch die Füße des Patienten durch das Fenster verschwinden; dann schickte er sofort zu mir. Der Flüchtling war nur mit dem Nachthemd bekleidet und konnte nicht allzu weit weg sein. Der Wärter meinte, es sei zweckmäßiger, hier vom Fenster aus Renfield zu beobachten und die Richtung seiner Flucht festzustellen, da man ihn aus den Augen verlieren könnte, während man das Gebäude durch den Hauptausgang verließ. Er ist ein vierschrötiger Mann und wäre nicht durch das Fenster gekommen. Ich bin mager und kam mit seiner Hilfe hinaus, und zwar mit den Füßen voran und landete, da nur ein paar Fuß bis zur Erde waren, unversehrt. Der Wärter rief mir noch nach, dass sich der Patient nach links entfernt habe und in gerader Linie weiter gelaufen sei; dann rannte ich, so schnell ich konnte, in der angegebenen Richtung davon. Als ich den schmalen Streifen mit den Bäumen passiert hatte, sah ich eine weiße Gestalt die Mauer überklettern, die mein Besitztum von dem verlassenen Grundstück nebenan trennt. Ich eilte sofort zurück und befahl dem Wärter, gleich drei oder vier Mann mobil zu machen, die mir nach Carfax folgen sollten für den Fall, dass unser Freund gewalttätig werden würde. Ich selbst ergriff eine Leiter, stieg auf die Mauer und sprang dann auf der anderen Seite hinunter. Ich sah Renfields Gestalt gerade um die Hausecke biegen und eilte hinter ihm her. Auf der andern Seite des Hauses sah ich ihn dann, wie er sich an die alte, eisenbeschlagene Eichentür der Kapelle presste. Er sprach offenbar mit irgendjemand, aber ich wagte es doch nicht, so nahe hinzugehen, dass ich den Wortlaut hätte verstehen können. Ich hätte ihn am Ende erschreckt, und er wäre davongelaufen. Ein Volk schwärmender Bienen einzufangen ist eine Kleinigkeit gegen die Verfolgung eines nackten Narren, den der Wunsch beseelt, zu entkommen. Bald merkte ich jedoch, dass er von seiner Umgebung gar keine Notiz nahm, und so riskierte ich es denn, näher heranzugehen, umso mehr als schon meine Leute die Mauer überstiegen hatten und nahe bei der Hand waren. Ich hörte, wie er sagte:

»Ich bin zu Eurem Befehl, Herr. Ich bin Euer Sklave und Ihr werdet mich belohnen, denn ich werde treu sein. Ich habe Euch verehrt seit langem und aus der Ferne … Nun Ihr nahe seid, erwarte ich Eure Befehle, und Ihr werdet mich nicht übergehen, nicht wahr, Herr, teurer Meister, wenn Ihr gute Dinge verteilt?«

Er ist ein egoistischer alter Bettler. Trotz seiner hohen Meinung von sich denkt er an seinen Profit. Seine Wahnideen sind fürwahr eine seltsame Kombination. Als wir ihn festnahmen, wehrte er sich wie ein Tiger. Er ist unbändig stark und gleicht eher einer wilden Bestie als einem Menschen. Ich habe noch nie bei einem Irren einen solchen Anfall der Wut gesehen und habe auch gar keine Lust, so etwas öfter zu sehen. Es ist gut, dass wir rechtzeitig seine Stärke und Gefährlichkeit erkannt haben. Mit seiner Kraft und Entschlossenheit hätte er genug Schlimmes anrichten können, bis er wieder eingefangen worden wäre. Aber von der Zwangsjacke, die wir ihm anlegten, hätte sich sogar Jack Sheppard nicht befreien können. Er ist nun in der Gummizelle angekettet. Sein Gebrüll ist Schrecken erregend, aber die darauf folgenden Pausen sind noch entsetzlicher; in jeder seiner Bewegungen spricht sich die Mordlust aus.

Eben jetzt spricht er zum ersten Male zusammenhängende Worte aus:

»Ich will mich gedulden, Meister. Es kommt, es kommt, es kommt!«

Das ließ ich mir gesagt sein. Ich war zu erregt zum Schlafen, aber mein Tagebuch hat mich beruhigt; ich fühle, dass ich heute Nacht etwas Schlaf finden werde.

# Neuntes Kapitel

## *Brief, Mina Harker an Lucy Westenraa*

*Liebste Lucy!* Budapest, 24.8.

Ich weiß, du wirst neugierig sein, zu hören, was sich unterdessen ereignet hat, seit wir uns an der Bahnstation in Whitby verabschiedeten. Also, meine Liebe, ich kam wohlbehalten nach Hull und bestieg da das Schiff nach Hamburg, von wo aus ich mit der Bahn hierher fuhr. Meine Gedanken waren während der ganzen Fahrt natürlich darauf gerichtet, dass ich Jonathan sehen sollte und dass es gut wäre, recht viel zu schlafen, da es doch in nächster Zeit viel Nachtwachen geben werde … Ich fand meinen Liebsten, ach Gott, so mager und bleich und schwach. All seine Entschlossenheit ist aus seinen lieben Augen entschwunden, und die ruhige Würde, die auf seinem Gesichte lag, wie ich dir schon erzählte, ist dahin. Er ist nur mehr ein Wrack, und er erinnert sich auf geraume Zeit zurück an gar nichts mehr. Wenigstens möchte er mich das glauben machen, und ich werde ihn auch nie darüber befragen. Er hatte einen schrecklichen Nervenschock erlitten, und ich fürchte, es könnte sein Gehirn überanstrengen, wenn er sich bemüht, die Erinnerungen wachzurufen. Schwester Agathe, ein gutes Geschöpf und die geborene Pflegerin, sagte mir, dass er von schauerlichen Dingen gesprochen habe, als er noch im Delirium lag. Ich bat sie, mir einiges davon zu erzählen, aber sie bekreuzigte sich und beteuerte mir, sie würde nie darüber sprechen; die Fantasien Kranker seien heilige Geheimnisse, und die Pflegerinnen, die infolge ihres Berufs solche zu hören bekämen, müssten sie als vertraulich respektieren. Sie ist eine weiche, gute Seele. Als sie am nächsten Tag bemerkte, dass ich mir Gedanken machte, kam sie wieder auf das Thema zurück und sagte mir, indem sie noch einmal besonders beteuerte, dass sie niemals von dem sprechen werde, was mein armer Schatz in seinen

Fieberträumen sah: »Ich kann Ihnen, meine Liebe, so viel sagen, dass es nichts war, dessentwillen er sich zu schämen hätte; und Sie, die sein Weib werden wollen, brauchen sich nicht zu sorgen. Er hat Sie niemals vergessen, oder das, was er Ihnen schuldig ist. Er hatte Furcht vor schrecklichen Dingen, die keine sterbliche Seele zu ertragen vermag.« – Die gute Seele meint scheinbar, ich fürchte, dass mein armer Geliebter in irgendein anderes Mädchen sich verliebt haben könnte. Eine solche Idee, ich eifersüchtig auf Jonathan! Und doch, Liebe, lass dir eingestehen, es ging ein Zucken der Freude durch meine Seele, als ich wusste, dass keine andere Frau an seiner Krankheit die Schuld trug. Ich sitze gerade an seinem Bett und kann sein Gesicht sehen, während er schläft. Eben wacht er auf ... Als er wach war, bat er mich um seinen Rock, da er etwas aus der Tasche nehmen wollte; ich sagte es Schwester Agathe, und diese brachte ihm alle seine Sachen. Ich sah darunter auch sein Notizbuch und wollte ihn eben bitten, mich einen Blick hineinwerfen zu lassen – ich wusste, dass ich dann einen Schlüssel für seine Krankheit gefunden hätte –, aber er musste mir wohl meinen Wunsch an den Augen abgelesen haben, denn er schickte mich an das Fenster, indem er mich bat, ihn einen Augenblick allein zu lassen. Dann rief er mich zurück und ich sah seine Hand über dem Notizbuch und feierlich sagte er zu mir: »Wilhelmine.« – Ich wusste, dass er jetzt im tiefsten Ernst sprechen wollte, denn er hat mich mit diesem Namen nie mehr genannt, seit er um meine Hand bat. – »Du kennst, Liebste, meine Anschauungen über das Vertrauen zwischen Mann und Frau. Es soll kein Geheimnis, kein Versteckspiel geben. Ich habe einen furchtbaren Schock gehabt, und wenn ich daran denke, was ich alles sah, so beginnt mein Gehirn sich im Kreise zu drehen, und ich weiß nicht mehr, war das, was ich erlebte, Wahrheit oder die Fantasie eines Irren. Du weißt, ich hatte eine Gehirnhautentzündung, und das ist geeignet, einen wahnsinnig zu machen. Hier ist das Geheimnis, ich will es nicht wissen. Ich gedenke mein Leben wieder neu aufzunehmen, indem ich dich heirate.« Weißt du, Liebste, wir hatten nämlich beschlossen zu heiraten, sobald die Formalitäten erfüllt seien. »Nun, Wilhelmine, frage ich dich: bist du gewillt, mir meine Unwissenheit in dieser Sache zu erhalten? Hier ist das Buch. Nimm es und bewahre es auf; lies es auch, wenn du willst, aber lasse *mich* nie davon wissen. Nur wenn eine heilige Pflicht mich dazu zwingen würde, mir die bitteren Stunden ins Gedächtnis zurückzurufen, über die ich hier, schlafend oder wachend, gesund oder im Irrsinn, geschrieben habe.« Er sank erschöpft zurück, und ich legte das Buch unter sein Kissen und küsste ihn. Ich habe Schwester Agathe zum Priester gesandt und ihn bitten lassen, die Vermählung heute Nachmittag vorzunehmen, und erwarte ihren Bescheid.

Sie ist wieder zurückgekommen und hat mir mitgeteilt, dass nach dem Kaplan der englischen Missionskirche geschickt wurde. Wir sollten in einer Stunde getraut werden oder aber sobald Jonathan erwacht.

Lucy, der Augenblick kam rasch heran. Es war mir sehr feierlich zu Mute, aber ich war glücklich, sehr glücklich. Jonathan erwachte nach einer Stunde, und alles war bereit. Er setzte sich im Bett auf, hinter seinen Rücken hatten wir Kissen geschoben, um ihn zu stützen. Er sagte sein »Ich will« fest und entschieden; ich konnte kaum sprechen, mein Herz war so voll, dass sogar diese zwei einfachen Worte mich zu ersticken schienen. Die Klosterschwestern waren alle so gütig; so Gott will, werde ich sie nie, nie vergessen, noch die ernste und süße Verantwortung, die ich auf mich genommen habe. Ich muss dir aber nun von meinem Hochzeitsgeschenk erzählen. Als der Kaplan und die Schwestern mich mit meinem Mann allein gelassen hatten – o Lucy, es ist das erste Mal, dass ich schreibe »mein Mann« – nahm ich das Buch unter seinem Kissen hervor und wickelte es in weißes Papier; dann band ich es mit einem Endchen blauen Bandes, das ich um meinen Hals getragen hatte, siegelte es über dem Knoten und benützte als Petschaft meinen Trauring. Dann küsste ich es, zeigte es meinem Mann und sagte ihm, dass ich es so aufbewahren wolle als äußeres, sichtbares Zeichen unseres gegenseitigen Vertrauens für das ganze Leben; dass ich es nie öffnen wolle, außer, es wäre um seiner selbst willen oder in Erfüllung irgendeiner ernsten Pflicht. Dann nahm er meine Hand in die seine und, ach, Lucy, es war das erste Mal, dass er die Hand seiner »Frau« ergriff, und sagte, dies wäre das Schönste auf der ganzen Welt und er würde, müsste es sein, noch einmal die ganze Vergangenheit durchmachen, um diese Hand zu gewinnen. Der arme Liebling meinte natürlich einen Teil der Vergangenheit, aber er hat noch kein Gefühl für die Zeit und ich werde mich nicht wundern, wenn er in der ersten Zeit nicht nur Monate sondern Jahre verwechselt.

Nun, Liebste, was konnte ich ihm darauf erwidern? Ich konnte ihm nur versichern, dass ich die glücklichste Frau auf der Welt sei und dass ich ihm mehr nicht geben könnte als mein Dasein, mein Vertrauen und mich selbst, und dass ihm mein Leben und meine Anhänglichkeit auf immer gehören sollte. Und, Liebste, als er mich dann an sich zog mit seinen schwachen Händen und mich küsste, da war es wie ein feierliches Gelübde zwischen uns …

Liebe Lucy, weißt du, warum ich dir das alles erzähle? Nicht nur, weil es mir selbst teuer ist, sondern auch weil du mir immer lieb und teuer warst und sein wirst. Ich hatte das große Glück, dir Freundin und Vertraute zu sein seit dem Tage, da du die Schule verließest, um dich für das Leben in der großen Welt vorzubereiten. Ich möchte dich gerne jetzt auch mit den Augen eines glücklichen Weibes sehen; ich wünsche dir, dass deine Ehe auch so schön werden möge wie die meine. Liebes Kind, ich bitte den Allmächtigen, das Leben möchte dir alles geben, was es verspricht: ein langer Sonnentag ohne allzu raue Winde, ohne Pflichtvergessenheit, ohne Misstrauen. Ich wünsche dir nicht, dass das Leben dir gar kein Leid bringe, das ist undenkbar; ich wünsche dir nur, dass du *immer* so glücklich seist, wie ich es jetzt bin. Leb wohl, mein Liebling. Ich werde den Brief sofort aufgeben, vielleicht schreibe ich dir bald wieder. Ich muss nun aufhören, denn Jonathan wacht eben auf –; ich muss meinen Gemahl pflegen.

Stets deine
Mina Harker

## *Brief, Lucy Westenraa an Mina Harker*

*Liebste Mina!* Whitby, 30. August

Meere von Liebe über dich und Millionen von Küssen, möchtest du bald mit deinem Gemahl in deinem eigenen Heim Einzug halten. Ich wollte, Ihr kämet so frühzeitig, dass Ihr hier bei uns noch Aufenthalt nehmen könntet; die kräftige Seeluft würde Jonathan sehr wohl tun; sie hat auch mich geheilt. Ich habe Hunger wie ein Vielfraß, bin voll Lebenslust und schlafe vorzüglich. Du wirst es sicher gerne hören, wenn ich dir mitteile, dass ich das Nachtwandeln völlig aufgegeben habe. Ich glaube, es ist schon eine ganze Woche, dass ich mich nicht aus dem Bett gerührt habe, d. h. nachdem ich mich des Abends hineingelegt habe. Arthur sagt, ich werde fett. Bei dieser Gelegenheit fällt mir ein, dass ich ja beinahe vergessen hätte, dir zu erzählen, dass Arthur hier ist. Wir machen Spaziergänge und Spazierritte und fahren und rudern und fischen und spielen Tennis zusammen; dabei habe ich ihn lieber als je. Er sagt mir auch, dass er mich noch mehr liebe, aber ich glaube es ihm nicht, denn früher hat er mir wiederholt beteuert, dass seine Liebe keiner Steigerung fähig sei. Doch das ist ja Kinderei. Eben kommt er und ruft nach mir. Also Schluss für heute.
Mit herzlichem Gruß

Deine Lucy

P. S. Mutter sendet ihre besten Grüße; es geht ihr scheinbar jetzt etwas besser, der armen Frau.
P. P. S. Wir machen am 28. September Hochzeit.

## *Dr. Sewards Tagebuch*

20. August. – Der Fall Renfield wird immer interessanter. Er hat sich nun soweit beruhigt, dass wenigstens Pausen in seinen Tobsuchtsanfällen stattfinden. Die erste Woche nach seinem großen Anfall war er immerzu gewalttätig. Dann, eines Nachts, als gerade der Mond aufging, wurde er ruhi-

ger und murmelte immer wieder vor sich hin: »Nun kann ich warten; nun kann ich warten.« Der Wärter teilte mir dies mit und ich eilte sofort hinunter, um den Patienten zu sehen. Er war noch in der Zwangsjacke und in der Gummizelle; aber der verstörte Ausdruck war aus seinem Gesicht gewichen und seine Augen hatten wieder ihre bittende, ich möchte fast sagen »kriecherische« Sanftmut. Ich war mit seinem gegenwärtigen Zustand recht zufrieden und gab den Auftrag, ihn zu befreien. Die Wärter zögerten, führten dann aber schließlich meinen Befehl ohne Murren aus. Der Patient war merkwürdigerweise so gut gelaunt, dass er ihre Unzufriedenheit bemerkte; er trat nahe an mich heran und sagte, während er verstohlen zu ihnen hinschaute:

»Die da denken, ich könnte Sie verletzen! So was Dummes, ich Sie verletzen! Dumme Teufel!«

Es war immerhin ein angenehmes Gefühl zu wissen, dass er in seinem kranken Gehirn doch einen Unterschied zwischen mir und den anderen machte; aber trotzdem bin ich nicht im Stande, seinem Gedankengange zu folgen. Muss ich annehmen, dass wir etwas Gemeinsames haben, das ihn zwingt, zu mir zu halten, oder erwartet er etwas so Wunderbares von mir, dass ihm meine gute Stimmung von Wert erscheint? Ich muss das noch herausbringen. Heute Abend will er nicht sprechen. Sogar die Aussicht auf ein Kätzchen oder selbst eine ausgewachsene Katze vermag ihn nicht dazu zu bewegen. Er sagt einfach: »Ich habe keinen Sinn für Katzen. Ich habe jetzt an anderes zu denken, und ich kann warten, ich kann warten.«

Einige Zeit später verließ ich ihn. Der Wärter berichtet mir, dass er ruhig war bis kurz vor Tagesanbruch und dass er, anfangs nur missgelaunt, später gewalttätig wurde und schließlich in eine Art Tobsucht verfiel, die ihn bis zur Ohnmacht erschöpfte. Drei Nächte immer dieselbe Erscheinung, den Tag über gewalttätig, dann ruhig von Mondaufgang bis Sonnenaufgang. Ich möchte wissen, wie dies zugeht. Es macht den Eindruck, als unterläge er einem Einfluss, der bald kommt, bald geht. Glückliche Idee. Wir werden heute Nacht den gesunden Verstand gegen den kranken ausspielen. Das letzte Mal ist er ohne unsere Mithilfe entwichen, diesmal soll es *mit* ihr geschehen. Wir werden ihm Gelegenheit geben und die Leute bereit halten, ihm zu folgen, falls es nötig werden sollte.

23. August. – »Immer geschieht das Unerwartete.« Wie gut doch Disraeli das Leben kannte! Unser Vogel fand den Käfig offen, wollte aber nicht entfliegen; so wurden denn alle unsere klugen Pläne zunichte. Auf alle Fälle aber haben wir eines herausgebracht: nämlich, dass die Perioden der Ruhe ziemlich lange dauern. Wir werden in Zukunft im Stande sein, ihm seine Fesseln jeden Tag ein paar Stunden abzunehmen. Ich habe dem Nachtwärter Befehl gegeben, ihn lediglich bis zur Stunde vor Sonnenaufgang in die Gummizelle zu sperren, so bald er ruhig ist. Der Körper des armen Teufels wird die Erleichterung wohltätig empfinden, wenn auch vielleicht sein Geist sich keine Rechenschaft darüber zu geben vermag. Da! Wieder das Unerwartete! Ich werde gerufen, der Patient ist neuerdings entflohen.

Später. – Wiederum ein nächtliches Intermezzo.

Renfield wartete schlauer Weise den Kontrollgang des Nachtwärters ab. Dann huschte er hinter ihm hinaus und rannte den Gang hinunter. Ich gab den Wärtern Auftrag, ihm zu folgen. Wieder stieg er in den verlassenen Garten und wieder fanden wir ihn am alten Platze, dicht an die Kapellentür gepresst. Als er mich erblickte, wurde er rasend und hätte mich unfehlbar getötet, wenn nicht die Wärter rechtzeitig zur Hand gewesen wären. Nachdem es uns gelungen war, ihn festzuhalten, geschah etwas Unerklärliches. Plötzlich verdoppelte er seine Anstrengungen und ebenso plötzlich beruhigte er sich. Ich sah unwillkürlich herum, konnte aber nichts wahrnehmen. Dann folgte ich der Richtung des Blickes meines Patienten, bemerkte aber nichts, als dass er einer im Mondlicht flatternden großen Fledermaus nachstarrte, die schweigend und gespenstisch gegen Westen flog. Fledermäuse pflegen in der Regel zu flattern und zu schwirren, diese aber zog gerade ihres Weges, als wenn sie einem besonderen Ziele zustrebe und irgend eine bestimmte Absicht verfolge. Der Patient wurde immer stiller und sagte schließlich:

»Sie brauchen mich nicht zu fesseln; ich gehe ruhig mit.« Ohne Störung gelangten wir nach Hause zurück. Ich fühle, dass etwas Unheil verkündendes in seiner Ruhe liegt, und werde diese Nacht nicht vergessen.

## *Lucy Westenraas Tagebuch*

Hillingham, 24. August. – Ich muss es Mina nachmachen und versuchen, alles aufzuschreiben. Dann haben wir Stoff genug zum Plaudern, wenn wir uns wiedersehen. Wann wird es sein? Ich wollte, sie wäre wieder bei mir, denn ich fühle mich so unglücklich. Letzte Nacht war es mir, als hätte ich denselben Traum, wie ich ihn in Whitby gehabt habe. Vielleicht ist der Luftwechsel oder die Freude der Heimkehr daran schuld. Alles ist dunkel und schreckhaft in mir; ich kann mich an gar nichts erinnern, aber ich bin voll unbestimmter Angst und fühle mich so schwach und erschöpft. Als Arthur zum Lunch kam und mich erblickte, sah er sehr bekümmert aus, und ich war nicht in der Stimmung, vergnügt zu sein. Vielleicht kann ich heute Nacht bei der Mutter im Zimmer schlafen; ich werde schon einen Vorwand finden.

25. August. – Weder eine schlechte Nacht. Mutter war nicht geneigt, auf meinen Wunsch einzugehen. Sie fühlte sich selbst nicht recht wohl und fürchtete ohne Zweifel, mir Sorge zu machen. Ich machte den Versuch, wach zu bleiben, und eine Zeit lang war es mir auch möglich. Als es zwölf schlug, erwachte ich aus einem leichten Schlummer, ich musste also doch eingeschlafen sein. Ich hörte ein Kratzen und Flattern am Fenster, aber ich machte mir nichts daraus, und da ich mich an nichts Weiteres erinnern kann, muss ich annehmen, dass ich neuerdings in Schlummer gefallen bin. Wieder hatte ich so hässliche Träume. Wenn ich

mich ihrer nur entsinnen könnte! Heute früh war ich sehr schwach. Mein Gesicht ist geisterhaft bleich und meine Kehle schmerzt mich. Es muss an meinen Lungen etwas nicht in Ordnung sein, denn es fällt mir so schwer, genügend Luft zu schöpfen. Ich will versuchen heiterer zu sein, wenn Arthur kommt, sonst wird er sehr unglücklich sein, mich so zu sehen, das weiß ich.

## *Brief, Arthur Holmwood an Dr. Seward*

*Lieber Jack!* Albemarle Hotel, 31. August

Ich bitte dich, erweise mir einen Gefallen. Lucy ist krank, d. h., sie hat kein besonderes Leiden, aber sie sieht entsetzlich schlecht aus und wird von Tag zu Tag elender. Ich habe sie gefragt, ob das irgendeinen Grund habe; ich wagte es nicht, ihre Mutter um Rat zu bitten, denn es wäre gefährlich, die arme Frau in ihrem jetzigen Zustand auch noch mit Lucys Krankheit zu ängstigen. Frau Westenraa hat mir gestanden, dass ihr Todesurteil schon gesprochen sei – Herzleiden – wovon die gute Lucy jedoch nichts weiß. Ich bin überzeugt, dass irgendetwas das Gemüt meines lieben Mädchens bedrückt. Ich bin ganz außer mir, wenn ich an sie denke, und es tut mir weh, wenn ich sie nur ansehe. Ich sagte ihr, ich würde dich bitten, sie zu untersuchen; sie machte erst Einwendungen – ich weiß schon warum, alter Freund –, gab aber dann doch ihre Zustimmung. Es ist eine peinliche Aufgabe für dich, das weiß ich wohl, alter Junge, aber es geschieht um *ihretwillen,* und ich zögere nicht, dich zu bitten, wie du nicht zögern darfst, zu handeln. Du kommst morgen um zwei Uhr zum Lunch nach Hillingham, damit Frau Westenraa keinen Argwohn fasst; nach dem Lunch wird dir Lucy Gelegenheit geben, sie allein zu sprechen. Ich komme dann zum Tee, und wir können zusammen weggehen. Ich bin von Todesangst erfüllt und möchte dich sobald wie möglich konsultieren, nachdem du sie untersucht hast. Lass mich nicht im Stich.

Arthur

## *Telegramm. Arthur Holmwood an Dr. Sewald*

1. September

Bin zu meinem Vater gerufen worden, dem es wieder schlechter wurde. Ich schreibe. Gib mir ausführlich Bericht mit der Abendpost nach Ring. Wenn nötig, telegrafiere.

## *Brief von Dr. Seward an Arthur Holmwood*

*Lieber alter Freund!* 2. September

Hinsichtlich Fräulein Westenraas Befinden beeile ich mich, dir mitzuteilen, dass nach meiner Ansicht keine funktionelle Störung oder irgendeine mir bekannte Krankheit nachzuweisen ist. Allerdings bin ich mit ihrem Aussehen keineswegs zufrieden; sie hat sich außerordentlich verändert, seit ich sie zum letzten Male sah. Jedenfalls bitte ich dich zu bedenken, dass ich nicht die volle Freiheit zu meiner Untersuchung gehabt habe, wie ich sie bedurft hätte; unsere innige Freundschaft legt uns eben Schranken auf, die ärztliche Wissenschaft und ärztlicher Brauch nicht zu durchbrechen vermögen. Ich werde dir also besser den ganzen Hergang der Untersuchung schildern und überlasse es dir, deine eigenen Schlüsse zu ziehen. Ich sage dir, was ich tat und was ich dir zu tun rate:

Ich fand Fräulein Westenraa in scheinbar recht aufgeräumter Stimmung. Ihre Mutter war auch anwesend, und nach wenigen Minuten war es mir klar, dass sie alles tat, um ihren Zustand vor der alten Dame zu verbergen und zu verhindern, dass diese ängstlich werde. Ich zweifle nicht daran, sie fühlt es, wenn sie es auch nicht weiß, dass Vorsicht am Platze ist. Wir waren zum Essen allein, und da wir uns alle erdenkliche Mühe gaben, fröhlich zu sein, gelang es uns, wie zur Belohnung für unser Bemühen, auch wirklich in heitere Stimmung zu kommen. Dann ging Frau Westenraa weg, um sich etwas niederzulegen, und wir blieben allein, Lucy und ich. Wir gingen in ihr Zimmer, und bis wir eingetreten waren, hielt ihre Fröhlichkeit an, denn die

Diener kamen und gingen. Kaum hatten wir aber die Türe geschlossen, da fiel die Maske von ihrem Antlitz; sie sank mit einem schweren Seufzer in ihren Stuhl und bedeckte ihr Gesicht mit beiden Händen. Als ich sah, dass ihr froher Mut dahin war, wollte ich diesen Umstand benützen, um mir sofort eine Diagnose zu stellen. Sie sagte sehr sanft zu mir:

»Ich kann Ihnen nicht sagen, wie sehr ich es hasse, von mir zu sprechen.« Ich sagte ihr, dass uns Ärzten doch Geheimnisse heilig seien und dass du dich in schrecklicher Angst um sie befändest. Daraufhin fügte sie sich meinen Wünschen und sagte: »Erzählen Sie Arthur alles, was Sie als wissenswert für ihn erachten. Es ist mir ja nicht um mich, sondern allein um ihn.« So bin ich also völlig frei.

Ich konnte ohne Mühe bemerken, dass sie etwas blutleer ist, aber ich konnte die gewöhnlichen Anzeichen der Anämie nicht entdecken. Ein Zufall gab mir sogar die Möglichkeit, die Qualität ihres Blutes zu prüfen, denn als sie das Fenster öffnete, zerbrach eine Scheibe, und ein Glassplitter verletzte sie leicht an der Hand. Die Sache war an sich unbedeutend, aber es traf sich gerade gut; ich nahm ein paar Blutstropfen mit und analysierte sie. Die Zusammensetzung des Blutes war eine vollkommen normale und bewies, für sich allein betrachtet, einen vorzüglichen Gesundheitszustand. Andere physiologische Beobachtungen geben mir die Gewissheit, dass in dieser Richtung ein Grund zu Befürchtungen nicht besteht. Da aber doch nichts auf Erden ohne Ursache geschieht, kam mir die Idee, dass diese Ursache vielleicht auf seelischem Gebiete zu suchen sein könnte. Sie beklagt sich über zeitweilige Atembeschwerden und über tiefe lethargische Schlafzustände mit quälenden Träumen, deren sie sich aber beim Erwachen nicht mehr erinnert. Sie erzählte mir auch, dass sie als Kind mondsüchtig gewesen sei und dass diese Gewohnheit in Whitby wiedergekehrt sei. Sie sei einmal in der Nacht bis zur Ostklippe gegangen, wo dann Fräulein Murray sie gefunden habe; sie versichert mir aber, dass seit dem letzten Male eine längere Zeit vergangen sei.

Ich habe meine Bedenken, und so tat ich das Beste, was ich in dieser Lage zu tun vermag; ich schrieb an meinen alten Freund und Lehrer Van Helsing in Amsterdam, der mehr von rätselhaften Krankheitsbildern versteht als sonst jemand im Lande. Ich habe ihn ersucht hierher zu kommen, und da du mir mitteiltest, du wollest alles auf deine eigene Rechnung nehmen, habe ich ihm auch mitgeteilt, wer du bist und in welchem Verhältnis du zu Fräulein Westenraa stehst. Dies, mein lieber Freund, geschah lediglich in Erfüllung deiner Wünsche, und ich bin glücklich und stolz, dass es mir vergönnt ist, etwas für dich zu tun. Ich weiß, dass Van Helsing aus persönlicher Neigung gerne alles für mich tun wird. So müssen wir denn, aus welchem Grunde er auch kommen mag, seinen Anordnungen Gehör geben. Er ist ein sehr eigenwilliger Herr, aber nur deshalb, weil er das, was er anordnet, besser versteht als alle andern. Er ist Philosoph und Metaphysiker und einer der fortschrittlichsten Wissenschaftler der Jetztzeit, dabei ist er absolut ohne Vorurteil. Das und seine Nerven von Stahl, ein stabiles Temperament, unbeugsame Entschlossenheit, Selbstbeherrschung und Toleranz, alles Tugenden, die durch Gottes Segen veredelt wurden, und das gütigste, treueste Herz, das je schlug – das bildet das Rüstzeug für das edle Werk, das er im Dienste der Menschheit verrichtet – ein Werk des Wortes und der Tat, denn seine Einsicht ist so tief, als seine Menschenliebe groß.

Ich sage dir das alles, damit du begreifst, warum ich solches Vertrauen zu ihm hege. Ich habe ihn gebeten, sofort zu kommen. Ich werde Fräulein Lucy morgen wieder besuchen. Sie wird mit mir in einem Geschäft zusammentreffen, damit ihre Mutter nicht erschrickt, wenn ich meine Visite zu rasch wiederhole.

Stets dein
John Seward

## *Brief, Abraham Van Helsing, Dr. med., Dr. phil., Dr. lit. etc., an Dr. Seward*

*Mein lieber Freund!* 2. September

Ich habe Ihren Brief erhalten und mache mich sofort auf den Weg zu Ihnen. Glücklicherweise kann ich jetzt gerade fort, ohne jemand zu benachteiligen, der sich mir anvertraut hat. Wäre es anders, so stünde es freilich übel um die, die sich mir anvertraut, denn zu meinem Freunde komme ich, sobald er mich ruft, und helfe denen, die er lieb hat. Sagen Sie Ihrem Freund, als Sie damals so schnell den giftigen Brand aus meiner Wunde saugten, die durch das Messer, das unser anderer Freund, nervös wie er war, hatte fallen lassen, entstanden war, haben Sie mehr für ihn getan, da er nun meiner Hilfe bedarf, als sein großes Vermögen je vermöchte. Es macht mir doppelte Freude, ihm, Ihrem Freunde, zu helfen; aber Sie sind es, zu dem ich komme. Belegen Sie mir also Zimmer im Great Eastern Hotel, so dass ich gleich bei der Hand bin, und richten Sie es so ein, dass ich die junge Dame nicht allzuspät am Morgen sprechen kann; denn es ist sehr wahrscheinlich, dass ich abends wieder hierher zurückkehren muss. Wenn es aber notwendig werden sollte, bin ich in drei Tagen wieder dort und bleibe dann bei Bedarf länger. Bis dahin leben Sie wohl, mein Freund John.

Van Helsing

## *Brief, Dr. Seward an Herrn Arthur Holmwood*

*Mein lieber Arthur!* 3. September

Van Helsing ist gekommen und schon wieder fort. Er ging mit mir nach Hillingham. Lucy hatte es so eingerichtet, dass ihre Mutter den Lunch auswärts nahm, es war uns dadurch möglich, mit ihr allein zu sein. Van Helsing nahm eine sorgfältige Untersuchung der Patientin vor. Er berichtet mir, und ich soll es dir mitteilen, denn natürlich war ich nicht bei der ganzen Untersuchung anwesend. Er ist, fürchte ich, sehr bekümmert und sagt, er müsse nachdenken. Als ich ihm von unserer Freundschaft erzählte und ihm sagte, wie sehr du in der Angelegenheit auf meine Hilfe bautest, sagte er: »Teilen Sie ihm alles mit, was Sie von der Sache denken. Wenn Sie es erraten können und es wollen, so sagen Sie ihm auch, was ich denke. Nein, nein, ich scherze nicht; es geht um Leben und Tod, vielleicht um mehr.« Ich fragte ihn, was er damit sagen wolle, da er so ernst war. Dies geschah, als wir zur Stadt zurückgekehrt waren und er noch vor seiner Rückreise nach Amsterdam eine Tasse Tee trank. Er wollte mir keine weitere Aufklärung zuteil werden lassen. Du darfst es ihm nicht verübeln, seine Zurückhaltung verrät, dass sein ganzer Verstand für Lucys Wohlergehen arbeitet. Er wird, glaube mir, offen sprechen, wenn die Zeit gekommen ist. So sagte ich ihm denn, ich wolle dir lediglich einen Bericht machen, als wenn ich einen Artikel für den Daily Telegraph zu verfassen hätte. Er schien es nicht zu hören, sondern sagte, der Schmutz in London sei heute nicht mehr so schlimm wie damals, als er hier studierte. Ich werde seinen Bericht morgen erhalten, wenn er es möglich machen kann. Auf jeden Fall bekomme ich einen Brief.

Nun also zum Besuch. Lucy war viel heiterer als am ersten Tage, da ich sie antraf, und sah ohne Zweifel besser aus. Sie hatte etwas von dem gespenstischen Aussehen verloren, das dich so entsetzte, und ihr Atem war normal. Sie war so lieb zu dem Professor (sie ist es ja immer) und suchte ihm die Sache möglichst zu erleichtern: dennoch merkte ich, dass das liebe Mädchen einen harten Kampf mit sich selbst ausfocht. Ich glaube, Van Helsing bemerkte dies auch, denn ich sah seinen raschen Blick unter den buschigen Brauen hervorschießen, den ich seit langem kenne. Dann begann er von allem Erdenklichen zu plaudern, außer von uns selbst und von Krankheiten; dies geschah mit solcher Gewandtheit, dass Lucys bisher vorgespiegelte Fröhlichkeit sich in eine echte verwandelte. Dann, ohne scheinbar der Angelegenheit Bedeutung beizulegen, kam er auf unsere Visite zu sprechen und sagte in liebenswürdigem Ton: »Liebes junges Fräulein, es macht mir eine hohe Freude, Sie kennen zu lernen, da Sie so beliebt sind. Man erzählte mir, dass Sie in sehr niedergedrückter Stimmung und von geisterhafter Blässe seien. Dazu sage ich ›Pah‹«, er schnippte mit dem Finger und fuhr fort: »Aber Sie und ich, wir wollen ihnen zeigen, dass sie im Unrecht sind. Wie kann der« – und er deutete auf mich mit demselben Blick und derselben Gebärde, mit der er einmal in seinem Kolleg auf mich gedeutet hatte und später noch einmal bei einer anderen Gelegenheit, an die er mich stets erinnerte – »etwas von jungen Mädchen wissen? Er hat es immer mit seinen Irren zu tun und soll sie wieder dem Glück und den Ihrigen zurückgeben. Da hat er viel zu schaffen, und es ist ja ohne Zweifel eine große Genugtuung, solch Glück zu spenden. Aber junge Mädchen! Er hat weder Frau noch Tochter, und die Jungen sprechen zu den Jungen ganz anders als zu den Alten, die so viel Elend und seine Ursachen kennen gelernt haben. Deshalb, mein Kind, schicken wir ihn weg, damit er im Garten seine Zigarette rauchen kann; unterdessen werden wir beide ein wenig zusammen plaudern.« Ich ließ mir das nicht zweimal sagen und zog mich zurück; bald kam der Professor an das Fenster und rief mich hinein. Er sah sehr besorgt aus und sagte: »Ich habe eine genaue Untersuchung vorgenommen, von einer Funktionsstörung konnte ich aber nichts bemerken. Ich stimme mit Ihnen darin überein, dass sie viel, sehr viel Blut verloren haben muss; es war da, ist aber nicht mehr da. Aber ihre ganze Konstitution ist in keiner Weise anämisch. Ich habe sie noch gebeten, mir ihr Mädchen zu schicken, an das ich eine oder zwei Fragen zu richten habe, damit nichts in der Reihe unserer Beobachtungen fehle. Ich kann mir ja denken, was sie aussagen wird. Und doch ist irgendeine Ursache vorhanden; alles hat seine Ursache. Ich muss heimfahren und nachdenken. Sie werden mir jeden Tag telegrafieren, und wenn es nötig ist, komme ich wieder. Die Krankheit – wenn man nicht ganz wohl ist, so ist es eben eine Krankheit – interessiert mich, und das süße, junge Ding interessiert mich auch. Sie hat mein ganzes Herz gewonnen, und ihr zu Liebe, wenn nicht Ihretwegen oder aus Interesse an dem Falle, will ich wiederkommen.«

Als wir dann wieder allein waren, sagte Lucy kein Wort weiter, und so, Arthur, weißt du alles, was ich weiß. Ich werde getreue Wacht halten. Ich hoffe, dass dein lieber Vater sich wieder auf dem Wege der Besserung befindet. Es muss etwas Furchtbares für dich sein, mein lieber Junge, in einer solchen Lage sich zu befinden, zwischen zwei Menschen, die man lieb hat. Ich weiß, wie sehr du an deinem Vater hängst, und ich kann es nur gut heißen; aber wenn es sein müsste, werde ich dich doch bitten, sogleich zu Lucy zu kommen. Ängstige dich also nicht allzu sehr, denn ich werde dich auf dem Laufenden halten.

## *Dr. Sewards Tagebuch*

4. September. – Der Zoophage lässt unser Interesse an ihm nicht erkalten. Er hatte nur einen Anfall, und zwar gestern zu einer ganz ungewöhnlichen Zeit. Gerade ehe es Mittag schlug, wurde er unruhig. Der Wärter kannte die Symptome und verlangte sofort Hilfe. Zum Glück waren die Leute rasch bei der Hand und kamen gerade recht; denn mit dem zwölften Glockenschlag wurde der Patient dermaßen ungebärdig, dass sie Mühe hatten ihn zu halten. Nach etwa fünf Minuten jedoch wurde er ruhiger und immer ruhiger und versank schließlich in eine Art Melancholie, in welchem Zustande er sich jetzt noch befindet. Der Wärter erzählte mir, dass seine Wutschreie wirklich Entsetzen erregend seien. Ich habe alle Hände voll zu tun, denn einige andere Patienten hat die Angst vor ihm krank gemacht. Ich kann diese Wirkung gut begreifen, denn das Gebrüll störte selbst mich, der ich doch in ziemlicher Entfernung davon wohne. Gerade ist die Essenszeit im Asyl vorbei, und noch sitzt mein Patient brütend in einer Ecke, mit einem verstörten, düsteren, wehmütigen Ausdruck im Gesicht, der eher etwas anzudeuten als unmittelbar zu beweisen schien. Ich kann ihn immer noch nicht verstehen.

Später. – Wieder eine Veränderung an meinem Patienten. Um 5 Uhr sah ich nach ihm und fand ihn so glücklich und vergnügt, wie er sonst zu sein pflegte. Er fing Fliegen und aß sie, er notierte sich das Resultat seiner Beute durch Nägelmarken an den Türpfosten zwischen der Polsterung. Als er mich erblickte, entschuldigte er sich wegen seines schlechten Verhaltens und bat mich mit demütiger, schmeichelnder Gebärde, ihn in sein Zimmer zurückbringen zu lassen und ihm sein Notizbuch wiederzugeben. Ich hielt es für nützlich, ihn in gute Laune zu versetzen; er ist in seinem alten Zimmer, die Fenster sind geöffnet. Er hat seine für den Tee bestimmte Zuckerportion auf dem Fensterbrett ausgestreut und erbeutet damit eine große Anzahl Fliegen. Er isst sie jetzt nicht, sondern sammelt sie wie ehedem in eine Schachtel und späht bereits in allen Winkeln herum, um eine Spinne ausfindig zu machen. Ich versuchte einiges über die letzten paar Tage aus ihm herauszubringen, da irgendein Anhaltspunkt bezüglich seiner Ideen mir von großem Nutzen gewesen wäre; er war aber nicht zum Sprechen zu bringen. Ein paar Augenblicke sah er sehr betrübt aus, dann sagte er mit tonloser leiser Stimme, als spräche er mehr zu sich selbst als zu mir:

»Alles vorbei! Alles vorbei! Er hat mich im Stich gelassen. Keine Hoffnung mehr für mich, wenn ich es nicht für mich selbst tue!« Dann wandte er sich plötzlich in entschlossenem Tone an mich, indem er sagte:

»Herr Doktor, wollen Sie recht gut mit mir sein und mir etwas mehr Zucker verschaffen? Ich glaube, dies würde recht gut für mich sein.«

»Und die Fliegen«, fragte ich.

»Ja! Die Fliegen lieben es auch, und ich liebe die Fliegen; deshalb möchte ich gern welche haben.« Und da gibt es Menschen, die so wenig verstehen, dass sie behaupten, Irrsinnige könnten nicht logisch denken. Ich versprach ihm eine doppelte Ration, und ich glaube, ich habe ihn zum glücklichsten Menschen der Welt gemacht. Ich wollte, ich könnte seinen Geist ergründen.

Mitternacht. – Wieder eine Änderung an ihm. Ich war eben von einem Besuch von Fräulein Westenraa zurückgekehrt, die ich bedeutend wohler angetroffen hatte, und betrachtete mir noch, am Eingangstor stehend, den Sonnenuntergang, als ich ihn auf einmal brüllen hörte. Da sein Zimmer auf dieser Seite des Hauses liegt, konnte ich es besser hören als am Morgen. Es war eine schwere Erschütterung für mich, aus der Versunkenheit in die wunderbare Schönheit eines Sonnenuntergangs über dem dunstigen London gerissen zu werden, von dem düsteren Leuchten und den tintenschwarzen Schatten und all den herrlichen Farben, wie sie nur über schlechter Luft oder über schlechtem Wasser sich zeigen. Ich musste zurück in den finsteren Ernst meines kalten, steinernen Hauses, mit seiner Atmosphäre von brütendem Elend und der Verzweiflung in der Brust, die mir alles noch viel trauriger erscheinen ließ. Ich trat bei ihm ein, gerade als die Sonne unterging, und ich durch sein Fenster den blutroten Ball versinken sah. Je tiefer die Sonne hinunterstieg, desto mehr ließ sein Anfall nach, und als sie verschwand, entglitt er, eine träge Masse, den ihn haltenden Händen und fiel zu Boden. Es ist jedenfalls merkwürdig, wie rasch sich Irre von derartigen Anfällen erholen, denn nach einigen Minuten stand er ruhig auf und sah umher. Ich gab den Wärtern ein Zeichen, ihn nicht zu halten, denn ich war aufs Äußerste gespannt zu sehen, was er tun würde. Er ging auf das Fenster zu und wischte die Zuckerstückchen weg; dann nahm er seine Fliegenschachtel, schüttete sie aus und warf sie fort; endlich schloss er sein Fenster und setzte sich mit übergeschlagenen Beinen auf das Bett. Alles das überraschte mich höchlich und ich fragte ihn: »Wollen Sie denn keine Fliegen mehr fangen?«

»Nein«, antwortete er, »ich habe diesen Plunder satt.« Auf jeden Fall ist er ein sehr interessantes Studienobjekt. Ich wollte, ich könnte nur einen kleinen Einblick in sein Innenleben gewinnen oder wenigstens die Ursache seiner plötzlichen Anfälle ausfindig machen. Halt; vielleicht ist das ein Anhaltspunkt, wenn wir herausbekommen können, warum heute sein Anfall am hellen Mittag und dann bei Sonnenuntergang ausbrach, wäre es möglich, dass die Sonnenphasen einen schlechten Einfluss auf gewisse Personen ausüben, wie es ja auch die Mondphasen zuweilen tun? Wir wollen sehen!

### *Telegramm. Dr. Seward, London, an Van Helsing, Amsterdam*

4. September. – Patientin heute noch besser.

### *Telegramm. Dr. Seward, London, an Dr. Van Helsing, Amsterdam*

5. September. – Großartige Fortschritte der Patientin. Appetit gut; Schlaf regelmäßig; gute Laune; Farbe kehrt zurück.

### *Telegramm. Dr. Seward, London, an Van Helsing, Amsterdam*

6. September. – Schrecklicher Umschwung zum Schlechteren. Kommen Sie sofort; verlieren Sie keine Stunde. An Holmwood telegrafiere ich erst, wenn ich Sie gesprochen.

# Zehntes Kapitel

## Brief, Dr. Seward an Arthur Holmwood

*Lieber Arthur!* 6. September

Meine heutigen Nachrichten sind nicht sehr gut. Lucy hat heute Morgen einen kleinen Rückfall gehabt. Etwas Gutes jedoch ist dabei: Frau Westenraa war natürlich in Sorge um Lucy und hat mich als Arzt konsultiert. Ich ergriff gern die günstige Gelegenheit und erzählte ihr, dass mein alter Lehrer, Van Helsing, der große Spezialist, mich besuchen werde und dass ich beabsichtige, in Gemeinschaft mit ihm Lucy zu behandeln. So können wir nun kommen und gehen, ohne sie besonders zu beunruhigen, denn eine Erregung würde ihr plötzliches Ende bedeuten. Was das bei Lucys schwacher Konstitution zu besagen hätte, brauche ich dir wohl nicht näher zu erläutern. Wir sind von Schwierigkeiten umgeben, mein lieber, guter, alter Junge; aber wenn es Gottes Wille ist, werden wir schon durchkommen. Sollte es nötig werden, so schreibe ich dir; wenn du also keine Nachricht erhältst, darfst du überzeugt sein, dass nichts Besonderes vorgefallen ist. In Eile

stets dein
John Seward

## Dr. Sewards Tagebuch

7. September. – Das erste, was mich Van Helsing fragte, als ich ihn am Bahnhof Liverpool Street abholte, war:

»Haben Sie unserem jungen Freund, ihrem Bräutigam, etwas gesagt?«

»Nein«, antwortete ich, »ich wollte warten, bis ich Sie gesprochen hätte. Ich schrieb ihm einen Brief, in dem ich ihm mitteilte, dass Sie kommen würden, da Fräulein Westenraa nicht sehr wohl sei, und dass ich ihn benachrichtigen wolle, wenn es nötig wäre.«

»Ganz recht so, mein Freund«, erwiderte er, »ganz recht! Es ist besser, er weiß nichts; vielleicht soll er es nie wissen. Ich will es so; wenn es aber sein muss, dann soll er es erfahren. Aber, mein lieber Freund John, lassen Sie sich warnen. Sie haben viel mit Narren zu tun. Jeder Mensch ist ein bisschen verrückt, so oder so; und ebenso vorsichtig, wie Sie mit *Ihren* Narren verfahren, seien Sie auch mit den Narren Gottes, d. h. den übrigen Menschen. Sie sagen Ihren Narren auch nicht, was Sie tun und warum Sie es tun; Sie sagen ihnen auch nicht, was Sie denken. Bewahren Sie also das, was Sie erfahren, da auf, wo es hingehört, wo es bleiben soll, wo es sich mit anderen gleichartigen Erfahrungen ansammeln und Früchte tragen wird. Sie und ich, wir werden geheim halten, was wir da oder dort erfahren.« Er berührte mich in der Herzgegend und an der Stirne und hierauf sich selbst in der gleichen Weise. »Ich meinerseits habe mir schon meine Gedanken gemacht. Später werde ich Sie dann einweihen.«

»Warum nicht jetzt gleich?« fragte ich, »vielleicht wäre es doch von Nutzen, wir würden eher zu einer Entscheidung kommen.« Er blieb einen Augenblick stehen und sagte, indem er mich ansah:

»Mein Freund John, wenn das Korn wächst, sogar bevor es reif wird, solange die Milch der Mutter Erde in ihm ist und die Sonne noch nicht begonnen hat es goldig zu färben, reißt der Landmann eine Ähre aus, reibt sie zwischen seinen rauen Händen, bläst die grüne Spreu weg und sagt zu Ihnen: ›Sehen Sie, das ist gutes Korn; es wird eine vorzügliche Frucht geben, wenn die Zeit da ist.‹« Ich verstand den Hinweis nicht und gestand es ihm ein. Als Antwort nahm er mich beim Ohr und zog scherzend daran, wie er es vor Zeiten im Unterricht getan, und sagte zu mir: »Der gute Hausvater wird es erst dann zu Ihnen sagen, wenn er es gewiss weiß, aber nicht vorher. Sie werden nie finden, dass der Landmann sein eben erst gesätes Korn ausgräbt, um zu sehen, ob es wächst; das mögen Kinder tun, die im Spiel den Landmann nachahmen, aber nicht die, für die es die Lebensaufgabe darstellt. Sehen Sie es jetzt ein, Freund John? Ich habe das Korn gesät und muss der Natur freien Lauf lassen, damit sie es zum Keimen bringe. Wenn es einmal sprießt, dann ist auch Hoffnung auf Reife; ich kann warten, bis die Ähren schwellen.« Er brach ab, da er offensichtlich sah, dass ich ihn verstand. Dann ging er weiter und sagte in tiefem Ernst:

»Sie waren immer ein sorgsamer Student, und Ihre Aufzeichnungen waren immer vollständiger als die der Kommilitonen. Damals waren Sie erst Student; heute sind Sie Arzt; ich hoffe, die gute Gewohnheit von dazumal ist noch bei Ihnen lebendig. Denken Sie daran, dass das sichere Wissen stärker ist als die Erinnerung; und auf das schwächere darf man sich nicht verlassen. Wenn Sie aber diese Gewohnheit nicht beibehalten haben sollten, dann lassen Sie sich gesagt sein, lieber Freund, dass der Fall unseres lieben Fräuleins Lucy einer ist, der für uns und andere von so hohem Interesse werden kann – ich sage absichtlich kann –, dass kein anderer ihm gleichkommt. Also merken Sie sich alles recht genau. Nichts ist zu geringfügig. Ich rate Ihnen, legen Sie sogar Ihre Zweifel und Mutmaßungen schriftlich nieder. Später ist es dann vielleicht für Sie von Interesse, zu sehen, wie richtig Sie geraten haben. Wir lernen aus unseren Fehlern, nicht aus unseren Erfolgen.«

Als ich ihm die Symptome von Lucys Krankheit beschrieb – dieselben wie bisher, nur bedeutend mehr ausgeprägt – , sah er sehr ernst aus, sagte aber kein Wort. Er hatte eine Reisetasche mitgebracht, in der sich viele Instrumente und Arzneien befanden, »die grässliche Ausrüstung unseres wohltätigen Handwerks«, wie er einst in einer Vorlesung scherzhaft die Ausrüstung der Mediziner genannt hatte. Als wir ankamen, empfing uns Frau Westenraa. Sie war sehr besorgt, aber lange nicht so sehr, wie ich befürchtet hatte. Die Natur hat eben in einer ihrer wohltätigen Anwandlungen Gegenmittel sogar gegen die Schrecken des Todes gewährt. Hier in einem Falle, wo jede Kleinigkeit verhängnisvoll werden kann, liegen die Dinge so, dass alles, was sie nicht persönlich betrifft – selbst der furchtbare Umschwung im Befinden ihrer Tochter, die sie doch über alles liebt – sie gar nicht berührt. In ähnlicher Weise umgibt Mutter Natur einen Fremdkörper, der irgendwo eingedrungen ist, mit einer unempfindlichen Gewebeschicht, um Verletzungen unmöglich zu machen. Wenn das also eine von der Natur gewollte Selbstsucht ist, dann sollten wir uns überlegen, irgendjemand das Laster des Egoismus vorzuwerfen, denn seine Wurzeln mögen oft tiefer liegen, als wir zu beurteilen im Stande sind.

Ich benütze also meine Kenntnis dieser Phase geistiger Pathologie und ordnete an, dass sie Lucy möglichst fern bleiben und sich nicht mehr mit deren Krankheit beschäftigen sollte, als absolut erforderlich sei. Sie sagte bereitwillig zu, so bereitwillig, dass ich auch hier wieder ihre Natur für ihr Leben kämpfen sah. Van Helsing und ich wurden in Lucys Zimmer geführt. Wenn ich gestern bei ihrem Anblick erschrak, so war ich heute entsetzt, als ich sie sah. Sie war von gespenstischer, kreidiger Blässe; das Rot schien sogar aus ihren Lippen und aus ihrem Zahnfleisch gewichen zu sein, und ihre Gesichtsknochen standen weit hervor. Es war furchtbar, ihr Atemholen zu sehen und zu hören. Van Helsings Gesicht wurde starr wie Marmor, und seine Augenbrauen zogen sich zusammen, dass sie sich über der Nase berührten. Lucy lag regungslos in ihren Kissen und hatte nicht die Kraft zu sprechen; eine Zeit lang war es totenstill. Dann winkte mir Van Helsing und wir gingen vorsichtig aus dem Zimmer. Kaum hatten wir die Türe hinter uns geschlossen, eilte er rasch den Gang entlang bis zum nächsten Zimmer, dessen Tür offen stand. Dann zog er mich schnell hinein und schloss ab. »Mein Gott«, sagte er, »das ist ja entsetzlich. Da ist keine Zeit zu verlieren. Sie hat nicht mehr so viel Blut in sich, um die Bewegung des Herzens noch aufrechtzuerhalten, und muss sterben, wenn nicht sofort eine Bluttransfusion vorgenommen wird. Wollen *Sie* oder soll *ich?*«

»Ich bin jünger und kräftiger, Herr Professor. Ich will.«

»Dann machen Sie sich sogleich bereit. Ich werde meine Instrumententasche hervorholen. Ich bin vorbereitet.«

Ich ging die Treppe mit ihm hinunter. In diesem Augenblick ließ sich ein Klopfen an der Haustüre vernehmen. Als wir den Flur erreichten, hatte das Mädchen bereits geöffnet und Arthur trat eilig ein. Er stürzte auf mich zu und flüsterte erregt:

»Jack, ich bin so besorgt. Ich habe zwischen den Zeilen deines Briefes gelesen und bin in Todesangst. Papa ist wohler, so kam ich her, um selbst nachzusehen. Ist dieser Herr hier Van Helsing? Ich bin Ihnen so dankbar, Herr Doktor, dass Sie kamen.« Das Auge des Professors hatte erst ärgerlich auf ihm geruht, da die Unterbrechung in diesem Augenblick sehr unerwünscht war; nun aber ließ er den Blick über Arthurs kräftigen Körper gleiten und erkannte die starke, jugendliche Männlichkeit, die von ihm auszuströmen schien. Ein Leuchten flog über sein Antlitz. Ohne Zögern sagte er ernst, indem er ihm die Hand hinstreckte:

»Sie kommen gerade zur rechten Zeit. Sie sind der Bräutigam des lieben Fräuleins. Sie ist krank, sehr krank. Aber verzweifeln Sie deswegen nicht.« Denn Arthur wurde plötzlich bleich und sank fast ohnmächtig in einen Stuhl. »Sie sind im Stande ihr zu helfen. Sie können mehr für sie tun als irgendjemand auf der Welt, Ihr Mut ist ihre beste Hilfe.«

»Was kann ich tun?« fragte Arthur heiser. »Sagen Sie es, und ich werde es tun. Mein Leben gehört ihr, den letzten Blutstropfen aus meinem Leibe würde ich für sie geben.« Der Professor hat eine starke humoristische Ader und ich konnte auf Grund meiner langen Erfahrung eine Spur davon in seiner Antwort entdecken:

»Lieber Herr Holmwood, so viel verlange ich gar nicht, – nicht den letzten!«

»Was soll ich denn tun?« Seine Augen glühten und seine Nasenflügel bebten vor Erregung. Van Helsing klopfte ihm auf die Schulter. »Kommen Sie«, sagte er. »Sie sind ein Mann, und einen Mann brauchen wir gerade. Sie sind besser als ich, sind besser als mein Freund John.« Arthur sah verwirrt drein, und der Professor fuhr, ihm die Sache erläuternd, in gütigem Tone fort:

»Das junge Fräulein ist krank, sehr krank. Sie braucht Blut, Blut muss sie haben oder sterben. Mein Freund John und ich haben beraten; wir beschlossen eben, eine Operation vorzunehmen, welche man Bluttransfusion nennt – Blut aus vollen Adern des einen in die leeren des andern, die danach lechzen, hinüberzuleiten. John hatte sich bereit erklärt, sein Blut herzugeben, da er jünger und kräftiger ist als ich« – hier ergriff Arthur meine Hand und presste sie schweigend – »aber da Sie nun hier sind, sind Sie besser als wir zwei, alt oder jung, die sich zu sehr in der Welt der Gedanken herumplacken müssen. Unsere Nerven sind nicht so ruhig, und unser Blut nicht so frisch, als es bei Ihnen der Fall ist.« Arthur sah ihn an und sagte:

»Wenn Sie nur wüssten, wie gerne ich für sie sterben würde, würden Sie begreifen …«

Er hielt inne, da ihm die Stimme versagte.

»Herr Holmwood«, rief Van Helsing aus, »auf alle Fälle werden Sie glücklich sein in dem Gefühl, Ihr Möglichstes für die getan zu haben, die Sie lieben. Kommen Sie nun und seien Sie still. Sie dürfen sie einmal küssen, wenn es geschehen ist, aber dann müssen Sie gehen; auf mein Zeichen hin müssen Sie sich entfernen. Sagen Sie Frau Westenraa kein Wort; Sie wissen ja, wie es mit ihr steht. Jede Erschütterung muss vermieden werden, und das wäre doch wohl eine, wenn sie von der Sache erführe. Kommen Sie!«

Wir begaben uns alle in Lucys Zimmer hinauf. Arthur blieb auf Anraten des Arztes draußen. Lucy wendete müde ihr Haupt und sah uns an, sagte aber nichts. Sie schlief nicht; sie wäre dazu nicht im Stande gewesen. Aber ihre Augen ruhten sprechend auf uns, das war alles. Van Helsing nahm einige Sachen aus seinem Reisekoffer und legte sie abseits auf einen kleinen Tisch. Dann bereitete er ein Narkotikum und sagte freundlich, indem er sich dem Bett näherte:

»Nun, liebes kleines Fräulein, hier haben Sie Ihre Medizin. Nehmen Sie davon wie ein braves Kind. Sehen Sie, ich hebe Sie ein wenig auf, damit Ihnen das Schlucken leichter fällt. So!« Es war ihr gelungen, die Anordnung zu befolgen.

Ich wunderte mich, dass der Trank so langsam wirkte. Das war in der Tat ein Beweis ihrer vollkommenen Erschöpfung. Die Zeit schien mir endlos, bis sich der Schlaf auf ihre Lider zu senken begann. Schließlich aber tat das Narkotikum doch seine Wirkung und sie fiel in einen tiefen Schlummer. Als der Professor dies festgestellt hatte, rief er Arthur in das Zimmer und bat ihn, den Rock abzulegen. Dann fügte er hinzu: »Sie können sich einstweilen einen Kuss holen, während ich den Tisch herbeitrage. Freund John, helfen Sie mir!« So sahen wir beide nicht hin, als er sich über Lucy beugte.

Van Helsing wandte sich an mich, indem er sagte:

»Er ist so jung und stark und sein Blut so rein, dass wir nicht nötig haben, es zu defibrinieren.«

Dann führte Van Helsing rasch, aber mit vollendeter Sicherheit die Operation aus. Als die Transfusion Fortschritte machte, schien etwas Leben in die Wangen des armen Mädchens zurückzukehren und Arthurs immer bleicher werdendes Gesicht spiegelte die Freude seines Herzens wieder. Nach einer Weile begann ich ängstlich zu werden, denn der Blutverlust griff Arthur an, so kräftig er auch war. Ich konnte mir ein Bild davon machen, welche furchtbare Erschöpfung Lucys Organismus ergriffen haben musste, wenn das, was Arthur schon schwächte, nur teilweise ihr aufzuhelfen vermochte. Aber das Antlitz des Professors trug den Ausdruck der Entschlossenheit und er stand da, die Uhr in der Hand, die Augen abwechselnd auf die Patientin und auf Arthur gerichtet. Ich konnte mein eigenes Herz klopfen hören. Dann sagte er mit sanfter Stimme: »Bitte, rühren Sie sich einen Moment nicht. Es ist genug. Sie werden ihn verbinden; ich nehme mich ihrer an.« Als alles vorüber war, erkannte ich, wie sehr Arthur unter der Operation gelitten hatte. Ich verband seine Wunde und nahm seinen Arm, um ihn hinunterzuführen; da sagte Van Helsing, ohne sich umzudrehen – ich glaube, der Mann hat auch im Rücken Augen –:

»Der brave Mensch hat, denke ich, noch einen Kuss verdient, den er sofort haben soll.« Und als er dann seine Hilfeleistung beendet hatte, richtete er noch das Kissen unter dem Kopfe der Patientin. Dabei verschob sich das schwarze Samtband, das sie immer um den Hals trug und das mit einer antiken Diamantschließe, einem Geschenk ihres Bräutigams, verziert war, und ließ einen roten Fleck an ihrer Kehle erkennen. Arthur bemerkte es nicht, aber ich hörte Van Helsing laut und zischend Atem holen, was bei ihm immer ein Zeichen tiefer Erregung ist. Einen Augenblick schwieg er, dann wandte er sich mir zu und sagte:

»Nun führen Sie Arthur hinunter, geben Sie ihm einen Schluck Portwein zu trinken und lassen Sie ihn eine Zeit lang ruhen. Dann soll er heimgehen und ausruhen, viel schlafen und viel und gut essen, damit er rasch das wieder ersetzt, was er seiner Braut gegeben hat. Er darf nicht hier bleiben. Doch, noch einen Augenblick! Ich kann es recht wohl begreifen, dass Sie sich für das Resultat der Operation interessieren. Ich kann Ihnen versichern, dass sie in jeder Weise als gelungen zu betrachten ist. Sie haben ihr Leben gerade noch gerettet; Sie können nun heimgehen und sich in dem angenehmen Bewusstsein niederlegen, dass alles geschehen ist, was geschehen konnte. Ich werde ihr genau Bericht erstatten, sobald sie wieder wohl ist; sie wird Sie für das, was Sie an ihr getan, nur noch mehr lieben. Adieu!«

Als Arthur weg war, ging ich wieder ins Zimmer hinauf. Lucy schlief sanft und ihr Atem war kräftiger; ich konnte sehen, wie sich die Bettdecke über ihrer Brust bewegte. Neben dem Bett stand Van Helsing und sah voll Interesse auf sie. Das Samtband bedeckte wieder die roten Wundmale. Flüsternd fragte ich den Professor:

»Was halten Sie von jenen Wunden dort an ihrer Kehle?«

»Was halten Sie davon?«

»Ich habe sie noch nicht genau gesehen«, erwiderte ich und lockerte da und dort das Band. Gerade über der äußeren Halsschlagader befanden sich zwei punktartige Verletzungen, nicht groß, aber sie sahen nicht sehr gutartig aus. Die Ränder waren weiß und blutleer, wie von einer Quetschung. Plötzlich kam mir der Einfall, dass diese Wunden, oder was es sonst war, die Ursache dieses offenbar ungeheuren Blutverlustes sein könnten; aber ich verwarf die Idee schon im Entstehen, denn so etwas war ja gar nicht denkbar. Die Menge Blut, die das Mädchen verloren haben musste – anders konnte man sich ja die furchtbare Blässe vor der Transfusion nicht erklären – hätte genügt, um die Linnen ihres Lagers in Scharlachtücher zu verwandeln.

»Nun?« fragte Van Helsing.

»Nun«, erwiderte ich, »ich kann mir nichts dabei denken.« Der Professor stand auf.

»Ich muss heute Nacht nach Amsterdam zurück«, sagte er, »ich habe dort Bücher und Dinge, deren ich bedarf. Sie müssen die ganze Nacht hier bleiben und dürfen keinen Augenblick Ihre Aufmerksamkeit von ihr wenden.«

»Soll ich eine Wärterin bestellen?« fragte ich.

»Wir sind die besten Wärter, Sie und ich. Halten Sie die ganze Nacht Wache. Geben Sie Acht, dass sie gut zu essen bekommt und dass sie nicht gestört wird. Sie dürfen heute einmal nicht schlafen. Später dann können wir ruhen, Sie und ich. Ich komme sobald als irgend möglich zurück. Und dann können wir beginnen.«

»Was beginnen?« sagte ich. »Was um alles in der Welt können Sie meinen?«

»Sie werden ja sehen!« antwortete er, während er hinauseilte. Einen Augenblick später kehrte er noch einmal zurück und steckte den Kopf zur Türe herein, indem er mir mit warnend aufgehobenem Finger zuflüsterte:

»Denken Sie daran, ich habe sie Ihnen ans Herz gelegt. Wenn Sie etwas übersehen und es geschieht ihr ein Leid, dann werden Sie wohl keine ruhige Stunde mehr haben!«

## *Dr. Sewards Tagebuch*

8. September. – Ich blieb die ganze Nacht bei Lucy sitzen. Gegen Abend hatte das Opiat seine Wirkung verloren, und sie wachte von selbst auf. Sie sah unvergleichlich viel bes-

ser aus als vor der Operation. Auch war sie bei guter Laune und voll froher Lebhaftigkeit, aber ich konnte dennoch die Anzeichen der vorhergegangenen totalen Entkräftung nicht übersehen. Als ich Frau Westenraa mitteilte, dass mir der Doktor den Auftrag gegeben habe, bei ihr zu wachen, lachte sie mich beinahe aus, indem sie die gute Laune und die wiedergekehrte Kraft ihrer Tochter hervorhob. Trotzdem blieb ich fest und traf Vorbereitungen für die lange Nachtwache. Als ihr Mädchen sie für die Nacht hergerichtet hatte, begab ich mich zu ihr, nachdem ich in der Zwischenzeit zu Abend gegessen hatte und setzte mich neben ihr Bett. Sie machte keine Einwendungen, sondern sah mich immer dankbar an, so oft mein Blick sie traf. Nach langer Zeit schien sie in Schlaf versinken zu wollen, da raffte sie sich zusammen und schüttelte den Schlaf ab. Dies wiederholte sich mehrere Male, mit immer kürzeren Pausen und mit immer größerer Anstrengung ihrerseits, je weiter die Zeit vorschritt. Offenbar schien sie den Schlaf vermeiden zu wollen. Ich nahm deshalb das Gespräch auf:

»Wünschen Sie denn nicht zu schlafen?«

»Nein, ich fürchte mich davor.«

»Sich vor dem Schlaf fürchten! Wieso? Er ist doch eine Wohltat, deren wir alle dringend bedürfen.«

»Ja, aber nicht, wenn es Ihnen so ginge wie mir, wenn Ihnen der Schlaf ein Vorbote des Grauens wäre!«

»Ein Vorbote des Grauens, was um des Himmels Willen meinen Sie?«

»Ich weiß es nicht, ach, ich weiß es nicht. Das ist gerade das Furchtbare. All dieses Elend kommt über mich, wenn ich schlafe, so dass ich mich fürchte, überhaupt nur daran zu denken.«

»Aber, mein liebes Fräulein, heute Nacht können Sie getrost schlafen. Ich bin hier und kann Ihnen versprechen, dass Ihnen nichts passieren soll.«

»Ach, ich kann mich ja auf Sie verlassen!« Ich ergriff die Gelegenheit und sagte: »Ich verspreche Ihnen, dass ich Sie, sobald sich irgendein böser Traum bemerkbar macht, sofort wecke.«

»Sie versprechen mir das? Wollen Sie wirklich? Wie gut Sie sind. Dann will ich schlafen!« Kaum hatte sie das gesagt, da stahl sich ein Seufzer der Erleichterung über ihre Lippen und sie sank schlafend zurück.

Die ganze Nacht wachte ich bei ihr. Sie regte sich nicht, sondern schlief einen tiefen, ruhigen, leben- und gesundheitspendenden Schlaf. Ihre Lippen waren leicht geöffnet und ihre Brust hob und senkte sich mit der Regelmäßigkeit eines Uhrwerkes. Ein Lächeln lag auf ihrem Antlitz, und es war offensichtlich, dass kein böser Traum den Frieden ihrer Seele störte.

Am frühen Morgen kam das Mädchen, und ich überließ Lucy ihrer Fürsorge und begab mich sofort nach Hause, denn ich war auf verschiedene Dinge sehr gespannt. Ich sandte kurze Telegramme an Van Helsing und an Arthur, in denen ich ihnen von dem ausgezeichneten Erfolg der Operation berichtete. Meine Berufspflichten, die in mancher Hinsicht etwas im Rückstand geblieben waren, hielten mich den ganzen Tag über fest; es war schon dunkel, als ich dazu kam, meinen Zoophagen zu besuchen. Der Bericht war günstig; er war den ganzen vergangenen Tag und die Nacht über ruhig gewesen. Von Van Helsing kam ein Telegramm, während ich gerade bei Tisch saß. Er forderte mich auf, die Nacht wieder auf Hillingham zu verbringen und teilte mir mit, dass er mit dem Nachtzug abfahren und dann am frühen Morgen mit mir zusammentreffen werde.

9. September. – Ich war ziemlich müde und erschöpft, als ich in Hillingham ankam. Zwei Nächte hindurch hatte ich kaum einen Augenblick geschlafen, und in meinem Gehirn fühlte ich eine dumpfe Leere, ein untrügliches Anzeichen meiner geistigen Abspannung. Lucy war aufgestanden und in köstlicher Laune. Als ich ihr die Hand reichte, sah sie mir scharf ins Gesicht und sagte:

»Heute Nacht wird nicht aufgeblieben. Sie sind zu sehr erschöpft. Ich fühle mich wieder ganz wohl; in der Tat, ich bin es; und wenn jemand heute wach bleiben muss, dann will ich es sein.« Ich wollte mit ihr über diesen Punkt nicht diskutieren, sondern ging hinunter und nahm mein Abendbrot ein. Lucy kam mit mir; ihre liebenswürdige Gegenwart regte mich an und ließ mir das Essen vorzüglich munden; dazu trank ich ein paar Glas des mehr als guten Portweines. Dann begleitete ich Lucy wieder hinauf und sie wies mir ein Zimmer neben dem ihren an, in dem ein lustiges Feuer brannte. »Heute«, sagte sie, »müssen Sie hier bleiben. Ich werde die Türe offen lassen. Sie können sich auf das Sofa legen, denn ich weiß, dass nichts in der Welt einen von euch Doktoren dazu bringen könnte, ins Bett zu gehen, solange noch ein Patient in erreichbarer Nähe ist. Wenn ich etwas brauchen sollte, kann ich ja herausrufen und Sie sind gleich bei mir.« Ich konnte nicht anders als zustimmen, denn ich war »hundemüde« und hätte nicht wach bleiben können, selbst wenn ich es versucht hätte. Nachdem sie ihr Versprechen, mich zu rufen, wenn sie etwas brauchen sollte, erneuert hatte, legte ich mich auf das Sofa und vergaß alles um mich.

## *Lucy Westenraas Tagebuch*

9. September. – Ich fühle mich so glücklich heute Abend. Ich bin so furchtbar schwach gewesen, dass das Gefühl, wieder denken und sich bewegen zu können, mir vorkommt wie Sonnenschein nach langen Oststürmen und dunkelgrauen Wolken. Mir ist, als sei Arthur nahe, ganz nahe bei mir. Es macht mich ganz warm, ihn so in der Nähe zu fühlen. Ich glaube, dass Krankheit und Schwäche egoistisch machen und unser inneres Auge und unsere ganze Sorge auf unser eigenes Selbst richten, während Gesundheit und Stärke den Platz wieder für Amor frei machen, der dann unsere Gedanken und Gefühle dahin lenkt, wohin er will. Ich weiß, wo meine Gedanken weilen. Wenn nur Arthur es wüsste! Mein Liebster, deine Ohren müssen dir im Schlafe klingen, während ich wache. Oh, diese segensreiche Ruhe der letzten Nacht! Wie süß ich schlief, während der teure, gute Dr. Seward meinen Schlummer behütete.

Und auch heute Nacht werde ich mich nicht fürchten zu schlafen, denn er ist nahe bei mir und in Rufweite. Dank allen denen, die so gut zu mir sind! Dank auch dem lieben Gott! Gute Nacht, Arthur!

## *Dr. Sewards Tagebuch*

10. September. – Ich kam zum Bewusstsein, als ich des Professors Hand auf meinem Haupte fühlte, und war sofort munter. Das ist etwas, das wir in einem Asyl zu lernen reichlich Gelegenheit haben.

»Nun, wie geht es unserer Patientin?«

»Gut, als ich von ihr wegging, oder besser, als sie von mir wegging«, antwortete ich.

»Kommen Sie, wir wollen nachsehen«, sagte er. Und zusammen begaben wir uns in Lucys Zimmer.

Der Vorhang war heruntergelassen und ich zog ihn vorsichtig auf, während Van Helsing sich mit seinem leichten, katzenartigen Schritt dem Bett näherte.

Als das Rouleau hochgezogen war und das Licht der Morgensonne in das Zimmer flutete, hörte ich das scharfe, zischende Atemholen des Professors, und da ich seine Eigenart kannte, schoss mir ein tödlicher Schreck durch die Glieder. Als ich näher kam, trat er zurück, und sein Schreckensausruf: »Gott im Himmel!« hätte der Bekräftigung durch das Entsetzen in seinem Antlitz nicht bedurft. Er hob seine Hand und deutete auf das Bett; sein unerschütterliches Gesicht war verzerrt und aschfahl. Ich fühlte, wie meine Knie zitterten.

Dort auf dem Bett, in tiefer Ohnmacht, lag die arme Lucy, noch bleicher und elender als vorher. Sogar die Lippen waren weiß und das Zahnfleisch schien von ihren Zähnen weggeschrumpft zu sein, wie wir es zuweilen an Leichen von Menschen sehen, die nach langem Siechtum gestorben sind. Van Helsing hob wütend den Fuß, um aufzustampfen, aber Instinkt und Gewohnheit langer Jahre standen ihm bei und er ließ ihn geräuschlos nieder. »Rasch«, sagte er, »bringen Sie den Brandy.« Ich eilte in das Speisezimmer und kehrte mit der Karaffe zurück. Er netzte die schmalen, bleichen Lippen, und zusammen rieben wir ihre Fußsohlen, Handgelenke und die Brust. Er fühlte nach ihrem Herzen und sagte nach einigen Augenblicken entsetzlichen Wartens:

»Es ist noch nicht zu spät. Es schlägt, wenn auch schwach. All unsere Arbeit ist umsonst gewesen; wir müssen von neuem beginnen. Wir haben aber den jungen Arthur nicht hier; ich muss diesmal Sie in Anspruch nehmen, Freund John.« Während er sprach, kramte er in seinem Koffer und brachte die Instrumente für die Transfusion heraus; ich hatte schon meinen Rock ausgezogen und die Hemdärmel hochgestülpt. Ein Opiat war in diesem Falle unnötig; es wäre auch unmöglich gewesen ihr eines einzuflößen. So begannen wir, ohne einen Moment zu zögern, mit der Operation. Nach einiger Zeit – sie schien mir nicht sehr kurz zu sein, denn dieses Abziehen von Blut, so gerne es auch gegeben werden mag, ist ein schreckliches Gefühl – erhob Van Helsing warnend den Finger. »Rühren Sie sich jetzt nicht«, sagte er, »ich fürchte, dass mit vorschreitender Kräftigung ihr Bewusstsein zurückkehrt, und das wäre gefährlich, ach, so gefährlich. Aber ich werde doch Vorsichtsmaßregeln treffen. Ich werde ihr eine Morphiumeinspritzung unter die Haut machen.« Er führte dann, rasch und gewandt, sein Vorhaben aus. Die Wirkung war keine üble, denn der Zustand der Ohnmacht ging unmerklich in den narkotischen Schlaf über. Mit einem Gefühl persönlicher Genugtuung sah ich, wie sich ein schwacher Schimmer von Farbe in ihre bleichen Wangen und Lippen stahl. Niemand, der es nicht durchgemacht hat, kann ahnen, was es heißt, sein eigenes Blut in die Adern einer geliebten Frau hinüberfließen zu lassen.

Der Professor beobachtete mich mit kritischem Blick. »Es genügt«, sagte er. »Schon?« entgegnete ich. »Sie haben von Arthur bedeutend mehr Blut genommen.« Da lächelte er traurig und erwiderte:

»Ja, er ist ihr Schatz, ihr Bräutigam. Sie haben noch Arbeit vor sich, viel Arbeit, für sie und für andere; das, was Sie gegeben haben, wird genügen.«

Als wir die Operation beendet hatten, machte er sich um Lucy zu schaffen, während ich einstweilen meine eigene Wunde durch Fingerdruck verschloss. Ich legte mich nieder und wartete ungeduldig, bis er die Zeit fände auch mich zu verbinden, denn ich fühlte mich schwach und etwas unwohl. Nachdem er mich dann auch versorgt hatte, sandte er mich hinunter, um zu meiner Stärkung ein Glas Wein zu trinken. Als ich das Zimmer verließ, kam er hinter mir drein und flüsterte:

»Aber es darf nichts von der Sache verlauten. Wenn unser junger Liebhaber unvermutet auftauchen sollte, wie schon einmal, sagen Sie ihm kein Wort davon. Es würde ihn zugleich erschrecken und eifersüchtig machen. Das darf beides nicht sein. So!«

Als ich zurückkehrte, sah er mich besorgt an und sagte dann:

»Sie sind nicht mehr so übel daran. Gehen Sie in das Zimmer und ruhen Sie sich eine Zeit lang auf dem Sofa aus. Dann frühstücken Sie ordentlich und kommen Sie wieder zu mir hierher.«

Ich befolgte seine Ratschläge, denn ich wusste, sie waren gut und klug. Ich hatte meinen Teil geleistet und hatte nun die Pflicht, meine Kräfte wieder zu ersetzen. Ich fühlte mich wirklich sehr schwach, und in meiner Schwäche war mir das Schreckliche dessen, was sich ereignet hatte, gar nicht zum Bewusstsein gekommen. Beim Einschlafen dachte ich darüber nach, wie Lucy wieder einen solchen furchtbaren Rückfall bekommen konnte und wie es möglich war, dass sie so viel Blut ohne irgendein äußeres Anzeichen verloren hatte. Ich glaube, ich habe mein Nachdenken auch im Schlafe fortgesetzt, denn im Schlafen und im Wachen kamen meine Gedanken immer wieder auf jene kleinen Punkte an ihrer Kehle zurück, so winzig diese auch waren, und auf das zerfetzte, bleiche Aussehen ihrer Ränder.

Lucy schlief weit in den Tag hinein. Als sie erwachte, war sie recht stark und wohlauf, wenn auch lange nicht so wie am Tage zuvor. Nachdem Van Helsing sie besucht hatte, ging er ein wenig spazieren. Er überließ sie meiner Fürsorge und schärfte mir strengstens ein, sie keinen Augenblick allein zu lassen. Ich hörte ihn unten auf dem Flur nach dem nächsten Telegrafenbüro fragen.

Lucy plauderte ganz fröhlich mit mir und schien absolut nichts von dem zu wissen, was vorgefallen war. Ich versuchte, sie zu unterhalten und ihr Interesse rege zu halten. Als ihre Mutter heraufkam, um nach ihr zu sehen, bemerkte sie keine Änderung und sagte dankbar zu mir:

»Wir sind Ihnen so viel Dank schuldig, Dr. Seward, für das, was Sie an uns getan haben; Sie sollten nun auch daran denken, dass Sie sich nicht überarbeiten. Sie sehen selbst bleich aus. Sie brauchen eine Frau, die Sie pflegt und für Sie sorgt; sehen Sie sich doch nach einer um!« Während sie das sagte, wurde Lucy rot, wenn auch nur einen Augenblick. Die Reaktion äußerte sich dann in einer außerordentlichen Blässe, und sie sah mich bittend an. Ich lächelte und nickte und legte meinen Zeigefinger an die Lippen. Mit einem Seufzer sank sie dann in ihre Kissen zurück.

Nach ein paar Stunden kam Van Helsing wieder und bemerkte zu mir: »Nun gehen Sie nach Hause und essen und trinken Sie gehörig. Sorgen Sie, dass Sie bald wieder stark sind. Ich bleibe heute Nacht hier und werde selbst bei dem kleinen Fräulein Wache halten. Sie und ich, wir wollen den Fall behandeln, ein anderer braucht davon nichts zu wissen. Ich habe schwerwiegende Gründe dafür. Nein, fragen Sie nicht danach; denken Sie davon, was Sie wollen. Scheuen Sie nicht davor zurück, selbst das Unglaublichste anzunehmen. Gute Nacht.«

Im Flur kamen zwei der Dienstmädchen mir entgegen und baten mich, sie nachts abwechselnd bei Fräulein Lucy wachen zu lassen. Sie flehten mich geradezu darum an. Als ich ihnen sagte, es sei Dr. Van Helsings ausdrücklicher Wunsch, dass außer ihm und mir niemand wachen solle, baten sie mich inständigst, doch bei dem »fremden Herrn« ein Wort für sie einzulegen. Ich war ganz gerührt ob dieser Treue, entweder weil ich schwach war oder weil es Lucy war, für die sie ihre Ergebenheit beweisen wollten. Denn so und so oft habe ich ja schon ähnliche Beweise weiblicher Opferwilligkeit zu beobachten Gelegenheit gehabt. Ich kehrte zu einem recht verspäteten Diner hierher zurück und machte dann meinen Rundgang. – Alles in Ordnung. Dies zeichne ich auf, während ich auf den Schlaf warte. Ich fühle, wie er sich nähert.

11. September. – Heute Nachmittag ging ich hinüber nach Hillingham. Ich traf Van Helsing in bester Laune und Lucy wesentlich besser an. Kurz nach meiner Ankunft wurde ein großes Paket aus dem Ausland für den Professor abgegeben. Er öffnete es mit großer Eile – scheinbar erheuchelt – und zeigte uns einen mächtigen Strauß weißer Blüten.

»Die sind für Sie, Fräulein Lucy«, sagte er.

»Für mich? Sie lieber Doktor Van Helsing.«

»Ja, mein Kind, aber nicht um damit zu spielen. Es sind Heilkräuter.« Lucy machte ein enttäuschtes Gesichtchen. »Aber sie werden nicht als irgendein widerlicher Aufguss genommen, so dass Sie Ihr kleines Näschen rümpfen müssten, oder ich muss meinen Freund Arthur bedauern, dass er das Gesichtchen, das er so lieb hat, so verzogen sehen muss. Aha, mein süßes Fräulein, das zieht das reizende Näschen wieder gerade. Das ist ein Heilmittel, Sie haben aber gar keine Ahnung, wie es angewandt wird. Ich lege die Blüten an Ihr Fenster, dann binde ich einen hübschen Kranz, den ich um Ihren Hals winde, damit Sie in Ruhe schlafen können. O ja! Sie bringen, wie der Lotus, Vergessenheit für alles Leid. Es riecht wie die Wasser des Lethe und des Jungbrunnens, nach dem die Konquistadore auf Florida gesucht und den sie zu spät gefunden haben.«

Während er sprach, hatte Lucy die Blumen in die Hand genommen und daran gerochen. Dann legte sie sie weg und rief, halb belustigt, halb voll Ekel:

»Aber, Herr Professor, ich glaube Sie wollen sich einen Scherz mit mir machen. Diese Blüten sind ja gemeiner Knoblauch.«

Zu meiner höchsten Überraschung stand Van Helsing auf und sagte mit eiserner Miene, die buschigen Augenbrauen zusammengezogen, im tiefsten Ernste:

»Keine Possen! Ich scherze nie! Es liegt grimmiger Ernst in all dem, was ich tue, und ich warne Sie davor, mir zu widerstreben. Nehmen Sie sich in Acht, wenn nicht um ihretwillen, so doch um anderer willen.« Da er sah, dass die kranke Lucy mehr erschreckt war, als er wollte, sagte er sanfter: »Mein kleines Fräulein, mein liebes, fürchten Sie sich nicht vor mir. Ich will ja nur Ihr Bestes. Aber es liegt in diesen gemeinen Blüten eine Kraft, die für Sie nur von Vorteil sein kann. Sehen Sie, ich stelle sie selbst hier in Ihrem Zimmer auf. Ich binde Ihnen selbst den Kranz, den Sie tragen sollen. Aber still! Sprechen Sie mit niemand anderem darüber, und wenn er auch noch so dringend fragen sollte. Sie müssen gehorchen, und Stillschweigen ist ein Teil des Gehorsams. Der Gehorsam wird Sie stark und gesund wieder in die Arme Ihres Bräutigams zurückführen, der Ihrer harrt. Sitzen Sie einen Augenblick still. Kommen Sie mit mir, Freund John, und helfen Sie mir, das Zimmer mit meinen Knoblauchblüten zu zieren, die geraden Weges von Haarlem kommen, wo sie mein Freund Van der Pool das ganze Jahr über in Glashäusern zieht. Ich musste gestern telegrafieren, um sie heute hier zu haben.«

Wir gingen in das Zimmer, indem wir die Blüten mitnahmen. Die Tätigkeit des Professors war sicherlich eine sehr seltsame und wäre wohl in keiner Pharmakopöe, die mir irgend bekannt war, zu finden gewesen. Erst befestigte er die Fenster und verschloss sie ganz sorgfältig. Dann nahm er eine Hand voll Knoblauch und rieb damit die Fensterrahmen ein, als wolle er sich versichern, dass jeder Luftzug, der hereinkäme, auch mit dem Duft der Blüten geschwängert sei. Dann rieb er mit dem Büschel den Türrahmen oben, unten und auf den Seiten, und schließlich den

Platz um den Kamin in der gleichen Weise. Es schien mir das alles sehr komisch und ich sagte zu ihm:

»Herr Professor, ich weiß ja, dass Sie für alles, was Sie tun, einen Grund haben, aber das, was Sie jetzt tun, ist mir wirklich ein Rätsel. Es ist gut, dass wir keinen Spötter hier haben, er würde sagen, Sie treiben Zauberei, um irgendeinen bösen Geist fern zu halten.«

»Vielleicht geschieht es eben deswegen!« antwortete er ruhig, indem er den Kranz, den Lucy um ihren Hals legen sollte, zu flechten begann.

Wir warteten noch, bis Lucy ihre Nachttoilette vollendet hatte. Als sie dann im Bett lag, ging Van Helsing zu ihr und legte ihr selbst den Kranz um den Hals. Das Letzte, was er zu ihr sagte, war:

»Geben Sie Acht, dass Sie ihn nicht verschieben. Selbst, wenn Ihnen die Luft im Zimmer drückend vorkommen sollte, öffnen Sie heute Nacht weder Fenster noch Tür.«

»Ich verspreche es Ihnen«, sagte Lucy, »und danke Ihnen beiden für all Ihre Güte gegen mich. O Gott, wie habe ich solch edle Freunde verdient?«

Als wir das Haus verlassen hatten, bestiegen wir meinen Wagen, der unten gewartet hatte. Van Helsing sagte:

»Heute Nacht kann ich in Frieden ruhen. Ruhe brauche ich notwendig – zwei Nächte Arbeit, dann viel Lektüre am dazwischenliegenden Tag, am folgenden Tag furchtbare Sorge und zuletzt eine Nachtwache ohne einen Augenblick Schlaf. Morgen in aller Frühe holen Sie mich ab und wir besuchen miteinander unser liebes Fräulein, dem mein ›Zauber‹ wieder neue Kräfte verschafft haben wird. Ha, ha!«

Er schien so voll Vertrauen, dass ich ein Grauen und ein Unbehagen nicht unterdrücken konnte. War ich doch auch zwei Nächte vorher so vertrauensselig gewesen – und was war das Ergebnis! Vielleicht war es meine Schwäche, die mich zögern ließ, es meinem Freunde einzugestehen; dass ich es nicht vermochte, bedrückte mich wie unvergessene Tränen.

# *Elftes Kapitel*

## *Lucy Westenraas Tagebuch*

12. September. – Wie gut sie alle zu mir sind. Ich bin ganz verliebt in diesen prächtigen Dr. Van Helsing. Ich möchte wissen, warum er wegen der Blüten so ärgerlich war. Er hat mich mit seinem Wutausbruch tatsächlich erschreckt. Und doch muss er recht damit haben, denn ich habe das Gefühl, als ströme eine gewisse ruhige Behaglichkeit von ihnen aus. Jedenfalls fürchte ich mich nicht davor, heute Nacht allein sein zu müssen, und kann mich ohne Sorge zur Ruhe legen. Das Flattern außen an meinem Fenster stört mich nicht. Wenn ich denke, wie furchtbar ich in der letzten Zeit mich gegen den Schlaf gewehrt habe! Die doppelte Pein, der Schlaflosigkeit und die der Angst vor dem Schlafe, der für mich so unbegreifliche Schrecken hatte! Wie glücklich sind die Menschen, deren Leben ohne Furcht, ohne Angst dahinfließt, denen der Schlaf ein Tröster ist, der allnächtlich kommt und ihnen nur süße Träume bringt. Nun, so ist es denn Nacht geworden, und ich liege da wie Ophelia im Trauerspiel, mit »jungfräulichem Kranz und Mädchenschmuck« und warte auf den Schlaf. Früher konnte ich Knoblauch nicht leiden, aber heute Nacht ist er mir köstlich! Es liegt Friede in seinem Duft. Ich fühle, wie der Schlaf leise herankommt. Gute Nacht Ihr alle.

## *Dr. Sewards Tagebuch*

13. September. – Sprach im Berkeley-Hotel vor und fand Van Helsing, wie immer, bereit. Das vom Hotel bestellte Fuhrwerk wartete unten. Der Professor nahm seinen Koffer, den er jetzt stets mit sich führt.

Ich will alles der Reihe nach niederlegen. Van Helsing und ich kamen um acht Uhr nach Hillingham. Es war ein herrlicher Morgen. Der fröhliche Sonnenschein und der frische Hauch des Frühherbstes kam mir vor wie die Vollendung des jährlichen Werkes der Natur. Die Blätter hatten schon allerlei schöne Farben angenommen, hatten aber noch nicht begonnen von den Zweigen zu fallen. Als wir eintraten, begegnete uns Frau Westenraa, die eben aus ihrem Boudoir kam. Sie ist von jeher eine Frühaufsteherin. Sie begrüßte uns herzlich und sagte:

»Sie werden froh sein zu hören, dass es Lucy besser geht. Das gute Kind schläft noch. Ich sah in ihr Zimmer, ging aber nicht hinein, um sie nicht zu stören.« Der Professor lächelte und sah ganz triumphierend aus. Er rieb seine Hände aneinander und sagte:

»Aha, ich glaube, ich habe den Fall erkannt. Meine Behandlung hat scheinbar Erfolg.« Sie antwortete darauf:

»Sie dürfen nicht das ganze Verdienst für sich in Anspruch nehmen, Herr Doktor. Lucy hat ihr Wohlbefinden heute morgen auch ein wenig mir zu verdanken.«

»Wie meinen Sie das, gnädige Frau?« fragte der Professor.

»Nun, ich sorgte mich um das liebe Kind heute Nacht und ging in ihr Zimmer. Sie schlief tief – so tief, dass sogar mein Kommen sie nicht zu erwecken vermochte. Aber das Zimmer war entsetzlich dumpf. Überall waren diese hässlichen, scharfriechenden Blüten und sie hatte sogar einen Kranz davon um den Hals. Ich befürchtete, dass der schwere Geruch ihr in ihrem schwachen Zustande Schaden zufügen könnte, so nahm ich alles weg und öffnete das Fenster ein wenig, um frische Luft hereinzulassen. Sie werden Ihre Freude an ihr haben, ich bin fest davon überzeugt.«

Sie begab sich in ihr Boudoir zurück, wo sie frühzeitig ihren Morgenimbiss einzunehmen pflegte. Wie sie so sprach, beobachtete ich das Gesicht des Professors und sah, dass es aschfahl wurde. Er war im Stande gewesen, seine Selbstbeherrschung so lange beizubehalten, als Frau Westenraa gegenwärtig war, denn er kannte ihren Zustand und wusste, wie verhängnisvoll ein Schrecken für sie werden konnte. Er lächelte ihr sogar noch zu, während er ihr die Türe zu ihrem Zimmer öffnete. Aber kaum war sie verschwunden, da zerrte er mich plötzlich und gewaltsam in das Speisezimmer und verschloss die Tür.

Da, das erste Mal in meinem Leben, sah ich Van Helsing die Fassung verlieren. In stummer Verzweiflung schlug er die Hände über dem Kopfe zusammen, hilflos und gebrochen. Dann warf er sich auf einen Stuhl, bedeckte sein Gesicht mit den Händen und weinte, ein lautes, hartes Weinen, das aus den tiefsten Tiefen seines Herzens zu kommen schien. Dann erhob er wieder seine Arme, als wolle er das ganze Universum anrufen. »O Gott, o Gott, o Gott«, rief er. »Was haben wir, was hat das arme Ding getan, dass wir so furchtbar verfolgt werden? Gibt es denn noch das Verhängnis unter uns, ein Überbleibsel aus der antiken, heidnischen Welt, dass solche Dinge geschehen können und auf solche Weise? Diese arme Mutter tut unbewusst und in der besten Absicht etwas, das ihres Kindes Leib und Seele zerstört, und wir dürfen es ihr nicht einmal sagen, sie nicht warnen, sonst stirbt sie, und dann sterben beide. O Gott, wie hart sind wir gestraft! Warum hat sich denn die ganze Hölle gegen uns verbündet?« Plötzlich sprang er auf. »Kommen Sie«, sagte er, »kommen Sie, wir wollen sehen und handeln. Teufel oder nicht Teufel oder alle Teufel miteinander, das ist uns ganz gleich. Wir kämpfen gegen sie alle.« Er ging nach dem Haustor hinunter, um seinen Koffer zu holen, dann begaben wir uns miteinander in Lucys Zimmer.

Wiederum zog ich den Vorhang hoch, während sich Van Helsing dem Bett näherte. Diesmal erschrak er nicht über das schmale Gesichtchen mit derselben furchtbaren, wachsartigen Blässe wie zuvor. Tiefste, ernsteste Traurigkeit und unendliches Mitleid drückten sich in seinem Antlitz aus.

»Wie ich erwartet habe!« murmelte er, mit dem tiefen, zischenden Atemzug, der bei ihm so viel zu sagen hatte. Ohne ein Wort zu sprechen, ging er an die Tür und schloss sie ab. Dann legte er auf dem kleinen Tische wiederum die Instrumente aus, um eine neue Transfusion vorzunehmen. Ich hatte auch schon längst die Notwendigkeit erkannt und begann meinen Rock auszuziehen, aber er gebot mir durch eine Handbewegung Einhalt. »Nein«, sagte er, »heute müssen Sie die Operation machen. Ich werde das Blut spenden. Sie sind schon zu sehr geschwächt.« Während er so sprach, zog er seinen Rock aus und stülpte die Hemdärmel hoch.

Wieder begann die Operation. Wieder das Narkotikum, wieder die Rückkehr von etwas Farbe in die kreidebleichen Wangen und der regelmäßige Atem gesunden Schlafes. Diesmal hielt ich Wache, während Van Helsing sich erholte und ausruhte.

Er nahm Gelegenheit, Frau Westenraa zu sagen, dass sie nichts aus Lucys Zimmer entfernen sollte, ohne seinen Rat eingeholt zu haben. Der Geruch der Blüten sei von medizinischem Werte und bilde einen Teil seines Heilverfahrens. Dann übernahm er selbst wieder die Behandlung des Falles, indem er mir sagte, dass er diese und die nächste Nacht bei Lucy wachen wolle und mir mitteilen werde, wenn er meiner bedürfe.

Nach einer weiteren Stunde erwachte Lucy aus ihrem Schlaf, frisch und munter und scheinbar gar nicht mehr so sehr angegriffen von der entsetzlichen Kraftprobe.

Was hat das alles zu bedeuten? Ich möchte wissen, ob mein immer währendes Leben unter Irren nicht doch schon begonnen hat, auf mein Gehirn einzuwirken.

## *Lucy Westenraas Tagebuch*

17. September. – Vier Tage und vier Nächte des Friedens. Ich werde wieder so kräftig, dass ich mich kaum noch kenne. Es ist mir, als hätte ich ein langes, schweres Alpdrücken überstanden und sei gerade erst aufgewacht, um den herrlichen Sonnenschein zu sehen und die frische Luft rings um mich zu fühlen. Ich habe eine dunkle Erinnerung an lange, angsterfüllte Zeiten des Wartens und Fürchtens. Eine end-

lose Dunkelheit ohne die Pein der Hoffnung, die das gegenwärtige Elend noch drückender hätte machen können. Dann lange Pausen des Vergessens und die Rückkehr ins Leben, wie von einem Taucher, der aus großen Tiefen wieder an die Oberfläche kommt. Aber seit Dr. Van Helsing bei mir ist, scheinen diese bösen Träume verschwunden zu sein. Die Geräusche, die mich bis zur Verzweiflung zu ängstigen pflegten – das Flattern gegen die Fenster, die fernen Stimmen, die mir doch so nahe erscheinen, die rauen Befehle, die, ich weiß nicht woher, kamen und mich zwangen, ich weiß nicht was zu tun – alles das ist vorbei. Ich gehe jetzt ohne eine Spur von Furcht vor dem Schlafe zu Bett. Ich mache gar nicht einmal mehr den Versuch, wach zu bleiben. Ich habe den Knoblauch ganz lieb gewonnen, jeden Tag kommt eine Schachtel voll für mich von Haarlem an. Heute Nacht will Van Helsing wegfahren, da er einen Tag in Amsterdam zu tun hat. Aber ich bedarf keines Wärters mehr. Ich fühle mich kräftig genug, um allein bleiben zu können. Ich werde die Veränderung gar nicht zu sehr empfinden, denn heute Nacht schlief Van Helsing ein gut Teil der Zeit in seinem Lehnstuhl. Zweimal wachte ich auf und zweimal fand ich ihn schlafend. Aber ich fürchtete mich nicht, wieder einzuschlafen, wenn auch Zweige oder Fledermäuse oder irgendetwas anderes ziemlich heftig gegen die Fensterscheiben schlugen.

*»The Pall Mall Gazette«, 18. September*

## *Der entflohene Wolf*

*Gefährliches Abenteuer unseres Interviewers*
*Interview mit dem Aufseher des Zoologischen Gartens*

Nach mancherlei Anfragen und fast ebenso viel Abweisungen gelang es mir, da ich immer die Worte »The Pall Mall Gazette« wie ein Zauberwort im Munde führte, endlich den Aufseher des Teiles des Zoologischen Gartens ausfindig zu machen, in dem sich die Wölfe befinden. Thomas

Bilder lebt in einem der Häuschen, die sich in der Einfriedigung hinter dem Elefantenhaus befinden, und saß gerade beim Tee, als ich ihn aufsuchte. Thomas und seine Frau sind gastfreundliche Menschen, schon etwas älter und kinderlos, und wenn ich aus der Art, wie ich bei ihnen aufgenommen wurde, einen Schluss ziehen darf, auch in guten Verhältnissen. Der Aufseher wollte vom »Geschäft« erst sprechen, wenn das Essen vorüber sei, und wir gaben uns alle zufrieden. Als dann abgetragen war und er seine Pfeife angezündet hatte, sagte er:

»Nun, Herr, können Sie daran gehen mich zu fragen, was Sie wünschen. Sie werden mir verzeihen, dass ich von geschäftlichen Dingen nicht gerne vor den Mahlzeiten spreche. Ich gebe auch den Wölfen und Schakalen und Hyänen in meiner Abteilung erst ihr Futter, ehe ich beginne, Fragen an sie zu stellen.«

»Was wollen Sie damit sagen: ›Fragen stellen‹? fragte ich ihn, in der Hoffnung, ihn in eine etwas mitteilsame Stimmung zu versetzen.

»Sie mit einer Stange über den Kopf schlagen, ist das erste, das Kraulen in den Haaren das zweite. Mit der Stange schlage ich sie über den Kopf, bevor ich ihnen ihr Futter hinwerfe. Das Kraulen hinter den Ohren wage ich aber erst, wenn sie ihren Sherry und ihren Kaffee, wenn man so sagen darf, bekommen haben. Glauben Sie mir«, fügte er philosophierend hinzu, »es ist ein gut Teil der gleichen Natur in uns wie in diesen Tieren. Da kommen Sie und fragen mich Verschiedenes über das Geschäft, und ich hätte lieber gesehen, dass Sie der Teufel geholt, als dass ich zu Ihnen darüber gesprochen hätte. Nicht einmal, wenn Sie mich sarkastisch gefragt hätten, ob es mir recht wäre, wenn Sie den Direktor bitten würden, an mich Fragen stellen zu dürfen. Ohne Sie beleidigen zu wollen – habe ich etwas davon gesagt, dass Sie zum Teufel gehen sollten?«

»Freilich«.

»Und wenn Sie dann sagen würden, Sie wollten über mich berichten, weil ich so grob mit Ihnen gesprochen habe, dann wäre das genau so, wie mich über den Kopf schlagen. Doch ein halber Sovereign würde alles gut machen. Aber, Gott segne Sie, jetzt, wo meine Alte mir ein Stück Teekuchen in den Rachen geschoben, mich mit dem Inhalt ihres großen Teetopfes ausgeschwenkt hat und mein Pfeifchen brennt, können Sie mich hinter den Ohren kratzen, so viel Sie wollen, und ich werde nicht einmal knurren. Fragen Sie nur weiter. Ich weiß ja ohnehin, warum Sie kommen, es ist wegen des entflohenen Wolfes.«

»Ganz richtig. Ich wollte Sie bitten, mir Ihre Ansicht darüber zu sagen. Erst erzählen Sie mir, bitte, wie die Sache vor sich ging, und wenn ich dann die Tatsachen kenne, werde ich Sie ersuchen mir zu sagen, was der Grund war und wie Sie glauben, dass die Sache wohl enden wird.«

»Ganz recht, Herr. Der Wolf, den wir Berserker nannten, war einer der grauen, die von Norwegen her zu Jamrach kamen, dem wir sie vor vier Jahren abgekauft haben. Es war ein hübscher, gutartiger Wolf, der nie Anlass zu einer Klage gab. Ich hätte eher jedem anderen Tiere hier am Platze zugetraut, dass es ausbrechen würde, als gerade ihm. Aber, mein Gott, man kann Wölfen ebenso wenig trauen wie Weibern.«

»Hören Sie nicht auf ihn, Herr!« warf Frau Tom mit fröhlichem Lachen ein. »Er ist so lange mit Tieren umgegangen, dass es ein Wunder wäre, wenn er nicht selbst schon ein alter Wolf geworden wäre. Aber er ist trotz allem ein guter Mann.«

»Also, Herr, es war gestern, etwa zwei Stunden nach der Fütterung, als ich Lärm vernahm. Ich machte gerade Streu zurecht für einen jungen Puma, der krank ist. Als ich das Bellen und Heulen hörte, lief ich sofort herbei. Es war Berserker, der wie verrückt hinter dem Gitter hin und her sprang und heulte, als wolle er heraus. Es waren an diesem Tage gerade nicht viele Leute da und in nächster Nähe befand sich nur ein Mann, ein großer, magerer Mensch mit Hakennase und einem von weißen Haaren durchzogenen Spitzbarte. Er hatte einen harten, kalten Blick und rote Augen, und ich empfand gleich ein gewisses Missbehagen bei seinem Anblick, denn er hatte etwas an sich, was mir gar nicht gefiel. Er trug weiße Lederhandschuhe. Er deutete auf die Tiere und sagte zu mir: ›Sie, Wärter, diese Wölfe scheinen über etwas aufgeregt zu sein.‹

›Vielleicht über Sie‹, sagte ich, denn ich konnte den Kerl nicht ausstehen. Er wurde gar nicht ärgerlich, wie ich es gern gehabt hätte, sondern lächelte mit einer unverschämten, höhnischen Miene, so dass die weißen, scharfen Zähne in seinem Munde sichtbar wurden. ›O nein‹, sagte er, ›mich möchten sie gar nicht fressen.‹

›O ja, die möchten wohl‹, sagte ich, ihn nachahmend. ›Die nehmen ganz gern ein paar Knochen, wie Sie einen Sack voll haben, um ihre Zähne nach dem Fressen etwas zu reinigen.‹

›Jedenfalls war es merkwürdig, dass die Tiere, als sie uns zusammen sprechen sahen, sich niederlegten und dass Berserker sich, als ich zu ihm hinging, die Ohren kratzen ließ, wie gewöhnlich. Da kam der Mann heran und verflixt noch mal, langte er nicht auch hinein und kraulte den alten Wolf hinter den Ohren.

›Nehmen Sie sich in Acht‹, sagte ich, ›Berserker ist flink‹.

›Schadet nichts‹, antwortete er, ›ich bin es gewöhnt‹.

›Treiben Sie am Ende gar selbst das Geschäft‹, fragte ich ihn, indem ich meinen Hut abnahm, denn ein Mann, der mit Wölfen etc. handelt, ist immer ein guter Freund der Wärter.

›Nein‹, sagte er, ›nicht eigentlich das Geschäft, aber ich habe mehrere als Haustiere‹. Damit lüftete er den Hut wie ein Lord und ging weiter. Der alte Berserker sah ihm eine Zeit lang nach, dann drehte er sich um und legte sich in eine Ecke, aus der er den ganzen Abend nicht mehr herauskam. Nun, heute Nacht, gerade als der Mond aufgegangen war, begannen alle die Wölfe hier zu heulen. Es war eigentlich kein Grund ersichtlich, warum sie heulten. Es war nichts zu sehen als ein großer Hund, der sich außerhalb des Parkweges entlang herumtrieb. Ein oder zwei Mal ging ich hinaus, um nachzusehen, ob alles in Ordnung sei. Ich fand nichts zu beanstanden und auch das Heulen war vorüber. Kurz bevor es 12 Uhr schlug, unternahm ich noch einmal eine

Runde, ehe ich mich zur Ruhe begab, und, der Teufel hol' mich, als ich an des alten Berserkers Käfig kam, fand ich die Gitterstäbe zerbrochen und den Käfig leer. Das ist alles, was ich gewiss weiß.«

»Ja, hat sonst niemand etwas bemerkt?«

»Einer unserer Gärtner kam um diese Zeit von einem Konzert nach Hause und sah einen großen grauen Hund durch die Hecke schlüpfen. Wenigstens sagt er so. Aber ich selbst gebe nicht viel darauf, denn er hatte, wie er heim kam, seiner Frau gar nichts davon erzählt. Erst als die Sache mit dem Wolf bekannt wurde und wir die ganze Nacht den Park nach Berserker durchsuchten, fiel es ihm plötzlich ein, dass er etwas gesehen habe. Meine Ansicht ist, dass ihm das Konzert in den Kopf gestiegen war.«

»Nun, Herr Bilder, können Sie sich denn das Entrinnen des Wolfes absolut nicht erklären?«

»Gewiss, Herr, kann ich es«, erwiderte er mit einer verdächtigen Bescheidenheit, »aber ich glaube, dass Sie mit dieser Erklärung nicht ganz zufrieden sein werden!«

»Sicherlich werde ich zufrieden sein. Wenn ein Mann wie Sie, der doch die Tiere aus Erfahrung kennt, keine geeignete Lösung des Rätsels finden würde, wer könnte es sonst?«

»Nun, Herr, ich kalkuliere so: Ich glaube, der Wolf ist ausgebrochen – einfach, weil er herauswollte!«

Aus der herzlichen Art und Weise, wie Thomas und seine Frau über den Witz lachten, konnte ich entnehmen, dass er schon etliche Male gemacht worden war und die ganze Erklärung ein vorbereiteter Ulk war. In Bezug auf Scherzhaftigkeit war mir der alte Thomas sicher über, aber ich wusste einen anderen Weg zu seinem Herzen und sagte:

»Nun, Herr Bilder, wir wollen diesen halben Sovereign als von Ihnen verdient betrachten und der Bruder dazu soll Ihnen gehören, wenn Sie mir Ihre Meinung darüber sagen wollen, was voraussichtlich weiter geschehen wird.«

»Sie haben ganz Recht, Herr«, sagte er plötzlich. »Sie werden mir den Spaß nicht verübeln, den ich mir gemacht; aber die alte Dame da blinzelte mir immer zu, und so wagte ich es denn!«

»Was, ich? Niemals!« sagte seine Frau.

»Meine Meinung ist die, dass der Wolf sich jetzt irgendwo versteckt. Der Gärtner, der sich nicht genau erinnert, sagte, er hätte ihn nordwärts laufen sehen, schneller als ein Pferd galoppieren kann. Aber ich glaube ihm nicht recht. Denn sehen Sie, Herr, ein Wolf kann das nicht, und ein Hund kann es auch nicht; sie sind dazu gar nicht gebaut. Wölfe sind ja etwas recht hübsches in Geschichtenbüchern, und ich glaube recht gern, dass, wenn sie in Rudeln kommen und über etwas herfallen, das noch ängstlicher ist als sie selbst, sie einen furchtbaren Spektakel machen und es zerreißen, was es auch sein mag. Aber bei Gott, in Wirklichkeit ist ein Wolf eine erbärmliche Kreatur, nicht halb so klug und kühn wie ein guter Hund und nicht ein Achtel so schneidig. Dieser eine war gar nicht gewohnt zu kämpfen, ja nicht einmal für sich selbst zu sorgen. Er wird sich wahrscheinlich in der Nähe des Parks verstecken und zittern und, wenn er überhaupt denken kann, sich überlegen, wie er zu einem Frühstück kommen könnte. Oder er ist irgendwo in einen Hof geraten und in einen Kohlenkeller eingesperrt. Mein Gott, mag da eine Köchin erschrecken, wenn sie hinunterkommt und sieht seine grünen Augen aus dem Dunkel sie anstarren! Wenn er kein Futter bekommt, so wird er sich wohl um etwas umsehen müssen; vielleicht gelingt es ihm irgendwo, in einen Fleischerladen einzubrechen. Gelingt es ihm nicht und findet er im Park einen unbeaufsichtigten Kinderwagen, während das Mädchen mit ihrem Soldaten lustwandelt – dann ist es nicht zu verwundern, wenn bei der Volkszählung ein Baby fehlt. Das ist alles.«

Ich händigte ihm den halben Sovereign ein, als etwas vor dem Fenster auftauchte und Herrn Bilders Gesicht vor Überraschung sich in die Länge zog.

»Gott sei mir gnädig!« rief er. »Da ist wirklich der alte Berserker von selbst heimgekommen!«

Er ging zur Türe und öffnete sie. Es schien mir das ziemlich überflüssig. Ich war von jeher der Ansicht, dass ein wildes Tier nie besser aussieht, als wenn ein Hindernis von garantierter Widerstandsfähigkeit zwischen mir und ihm liegt. Ein persönliches Erlebnis hat diese Überzeugung in mir eher verstärkt als abgeschwächt.

Übrigens scheint das nur eine Gewohnheit zu sein, denn Thomas und seine Frau machten sich so wenig aus dem Wolf, wie ich mir aus einem Hund gemacht hätte. Er war so friedfertig und gesittet, wie jener Vater aller Märchenwölfe – Rotkäppchens einstiger Freund, als er in der Verkleidung ihr Vertrauen erlangte.

Das ganze Erlebnis war ein unaussprechliches Gemisch von Komik und Pathos. Der gefürchtete Wolf, der einen halben Tag lang London in lähmenden Schrecken versetzt hatte und die Kinder in der ganzen Stadt vor Angst hatte schlottern lassen, war reuig zurückgekehrt und wurde aufgenommen und verhätschelt wie der verlorene Sohn. Der alter Bilder betastete ihn von oben bis unten mit zarter Sorge, und als er die Untersuchung des Reuigen beendet hatte, sagte er:

»Da, ich wusste es, dem dummen Tier würde etwas passieren. Habe ich es nicht gleich gesagt? Sein ganzer Kopf ist zerschnitten und gespickt mit Glasscherben. Er ist über eine der Mauern gestiegen. Es ist aber auch ein Skandal, dass es den Leuten gestattet ist, auf ihre Mauern zerbrochene Flaschen zu legen. Das kommt davon. Komm mit, Berserker!«

Er nahm den Wolf und brachte ihn in den Käfig. Dann verabreichte er ihm ein Stück Fleisch, das seiner Quantität nach einem gemästeten Kalb entsprochen haben dürfte, und begab sich dann in sein Haus, um Meldung zu machen.

Ich ging auch, um den alleinigen Sonderbericht dieses Tages über den merkwürdigen Seitensprung im Tierpark zu vermelden.

## *Dr. Sewards Tagebuch*

17. September. – Ich war nach Tisch in meinem Arbeitszimmer damit beschäftigt, Einträge in meine Bücher zu

machen, die wegen anderweitiger Arbeitsüberhäufung und der häufigen Besuche bei Lucy sehr im Rückstand geblieben waren. Plötzlich wurde die Türe aufgerissen und herein stürzte mein Patient, das Gesicht von Leidenschaft verzerrt. Ich war wie vom Blitz gerührt, denn dass ein Patient aus eigenem Antriebe ins Zimmer des Direktors kommt, war unerhört. Ohne Zögern kam er auf mich zu. Er hatte ein Tischmesser in der Hand, und als ich sah, dass es kein Spaß war, versuchte ich, den Tisch zwischen mich und ihn zu bringen. Er war jedoch zu flink und zu stark für mich. Noch ehe es mir gelungen war, hatte er schon nach mir geschlagen und mich ziemlich erheblich am Handgelenk verletzt. Ehe er noch einmal zustoßen konnte, war ich wieder Herr der Situation geworden und warf ihn der Länge nach auf den Rücken. Meine Hand blutete stark und eine kleine Lache glänzte am Boden. Ich sah, dass mein Freund eine weitere Attacke nicht beabsichtigte, und legte mir selbst einen Verband an, ohne die am Boden liegende Gestalt aus den Augen zu verlieren. Als die Wärter hereinstürzten und wir unsere Aufmerksamkeit auf ihn richteten, erregte das, was er tat, wirklich meinen tiefsten Ekel. Er lag auf seinem Bauch auf dem Boden und leckte wie ein Hund das Blut auf, das von meiner verwundeten Hand auf die Diele geflossen war. Er wurde ohne Schwierigkeit überwältigt und ging, wider mein Erwarten, vollkommen ruhig mit den Wärtern, indem er immer wieder vor sich hinsagte: »Blut ist Leben! Blut ist Leben.«

Ich könnte jetzt kein Blut mehr entbehren. Ich habe in letzter Zeit mehr davon verloren als meinem Körper zuträglich ist. Dann diese dauernde Belastung durch Lucys Krankheit und deren schreckliches Auf und Ab reiben mich auf. Ich bin äußerst erregt und ermattet, und ich brauche Ruhe, Ruhe, Ruhe. Zum Glück hat mich Van Helsing nicht in Anspruch genommen und ich brauche deshalb nicht auf den Schlaf verzichten. Heute Nacht könnte ich seiner ohnehin nicht entraten.

## *Telegramm. Van Helsing, Antwerpen, an Seward, Cartar*

(Da die Grafschaft nicht angegeben, irrtümlich nach Carfax, Sussex gesandt. Vierundzwanzig Stunden zu spät abgegeben.)
17. September. Sie müssen unbedingt heute Nacht auf Hillingham sein. Wenn Sie auch nicht durchwegs wachen, so sehen Sie doch fleißig nach, insbesondere ob die Blüten auf ihrem Platz. Von größter Bedeutung; kommen Sie bestimmt. Werde nach Ankunft so bald wie möglich bei Ihnen sein.

## *Dr. Sewards Tagebuch*

18. September. – Sofort zum Londoner Zug. Die Ankunft von Van Helsings Telegramm erfüllte mich mit der lebhaftesten Sorge. Eine ganze Nacht verloren, und ich weiß aus eigener trauriger Erfahrung, was in einer einzigen Nacht alles geschehen kann. Möglich ist es ja, dass alles in Ordnung ist, aber was kann sich ereignet haben? Sicher ist, dass ein grausames Unheil über uns liegt und dass jeder erdenkliche Zufall alles, was wir tun, zunichte macht. Ich werde diese Walze mit mir nehmen und kann dann meine Berichte auf Lucys Phonograph fortsetzen.

## *Memorandum, hinterlassen von Lucy Westenraa*

17. September, Nacht. – Ich schreibe dies und hinterlasse es, damit auf keinen Fall irgendjemand durch mich in Unheil gerät. Es ist ein genauer Bericht über alles das, was sich heute Nacht ereignet hat. Ich fühle, dass ich vor Schwäche sterben muss, und habe kaum noch Kraft zum Schreiben, aber es muss geschehen und wenn ich darüber sterben sollte.

Ich ging wie gewöhnlich zu Bett und achtete sorgfältig darauf, dass die Blüten angebracht waren, wie Van Helsing es befohlen hatte, und verfiel bald in Schlaf.

Ich erwachte von dem Flattern am Fenster, das damals begonnen hatte, als ich auf dem Kliff in Whitby schlafwandelte, von wo mich dann Mina holte, und das ich nun so genau kenne. Ich fürchtete mich nicht, aber ich hätte gewünscht, dass Dr. Seward in dem Nebenzimmer wäre – wie Dr. Van Helsing es mir versprochen hatte – damit ich ihn bei Bedarf hätte rufen können. Ich versuchte einzuschlafen, aber ich konnte nicht. Dann kam die alte Angst vor dem Schlaf über mich und ich beschloss, wach zu bleiben. Eigensinnig schien der Schlaf sich meiner bemächtigen zu wollen, trotzdem ich ihn fernzuhalten versuchte. Da ich mich vor dem Alleinsein fürchtete, öffnete ich die Türe und rief hinaus: »Ist denn niemand da?« Keine Antwort. Ich fürchtete, Mutter zu wecken und schloss deshalb wieder meine Türe. Dann hörte ich draußen im Gebüsch ein Geheul wie von einem Hunde, nur wilder und tiefer. Ich ging ans Fenster und sah hinaus, konnte aber nichts bemerken als eine große Fledermaus, die offenbar immer mit ihren Flügeln an mein Fenster geschlagen hatte. Da begab ich mich wieder in mein Bett, beschloss aber nicht einzuschlafen. Plötzlich öffnete sich die Türe und meine Mutter sah herein. Sie bemerkte, dass ich noch wach sei, kam herein und setzte sich an mein Bett. Sie sagte zu mir, freundlicher und zärtlicher als je:

»Ich habe mich um dich geängstigt, mein Kind, und kam herein, um zu sehen, ob alles in Ordnung ist.«

Ich befürchtete, sie möchte sich erkälten, wenn sie so dasäße, und bat sie, hereinzuschlüpfen und bei mir zu schlafen. So kam sie herein und legte sich neben mich. Sie legte ihren Schlafrock nicht ab, denn sie wollte, wie sie sagte, nur eine Weile bleiben und dann in ihr eigenes Bett zurückkehren. Als sie so in meinen Armen lag und ich in den ihren, begann das Klatschen und Flattern am Fenster von neuem. Sie war erstaunt und auch ein wenig erschreckt und rief: »Was ist denn das?« Ich versuchte sie zu beruhigen. Es gelang mir schließlich auch und sie lag still da. Aber ich konnte ihr schwaches Herz laut klopfen hören. Nach einiger Zeit ertönte draußen im Gebüsch wieder das tiefe Geheul. Bald darauf hörten wir das Klirren des Fensters, und eine Menge zerbrochenen Glases fiel auf die Diele. Der Fenstervorhang wurde von dem hereinströmenden Wind weggeblasen und in der Öffnung der zerbrochenen Scheibe erschien der Kopf eines großen, mageren, grauen Wolfes. Mutter schrie vor Entsetzen, richtete sich in sitzende Stellung auf und griff wild um sich. Dabei erfasste sie den Kranz, den mir Van Helsing um den Hals zu tragen streng anbefohlen hatte und riss ihn ab. Ein paar Augenblicke saß sie so da, auf den Wolf deutend, und ein seltsames, schreckliches Gurgeln drang aus ihrer Brust. Dann fiel sie zurück, wie vom Blitze getroffen, und ihr Haupt schlug schwer auf meine Stirne, wodurch ich auf kurze Zeit die Besinnung verlor. Das Zimmer und alles rings um mich schien sich zu drehen. Ich sah starr nach dem Fenster, aber der Wolf zog seinen Kopf zurück und Tausende von fliegenartigen, kleinen Pünktchen wurden durch die zerbrochenen Scheiben hereingewirbelt und drehten sich im Kreise wie die Sandsäulen, die nach der Beschreibung der Reisenden der Samum mit sich führt. Ich versuchte mich zu rühren, aber es lag wie ein Bann auf mir, und der Körper meiner armen Mutter, der bereits kalt zu werden schien, das Herz hatte zu schlagen aufgehört – drückte mich nieder. Dann schwand mir auf einige Zeit die Erinnerung.

Es schien nicht viel Zeit vergangen zu sein, aber es war schrecklich, wirklich schrecklich, bis ich mein Bewusstsein wieder erlangte. Irgendwo in der Nähe läutete eine Totenglocke. Die Hunde rings in der Nachbarschaft heulten und im Gebüsch unseres Gartens, gerade vor dem Fenster, sang eine Nachtigall. Ich war betäubt und starr vor Schmerz und Angst und Schwäche, aber der Gesang der Nachtigall war wie die Stimme meiner toten Mutter, die zurückgekehrt schien, um mich zu trösten. Die Geräusche hatten scheinbar auch die Mägde geweckt, denn ich konnte ihre nackten Füße draußen vor der Türe hören. Ich rief nach ihnen und sie kamen herein. Als sie sahen, was geschehen war und was da auf meinem Bett lag, schrien sie auf. Der

Wind blies durch das zerbrochene Fenster herein und die Türe schlug zu. Sie hoben den Leichnam meiner Mutter auf und legten ihn dann wieder, mit einem Laken bedeckt, auf das Bett zurück, nachdem ich aufgestanden war. Sie waren alle so erschreckt und aufgeregt, dass ich ihnen befahl, in das Speisezimmer zu gehen und ein Glas Wein zu trinken. Die Türe flog einen Augenblick auf und fiel dann gleich wieder zu. Die Mädchen schrien laut und rannten miteinander ins Speisezimmer. Ich legte alles, was ich an Blüten besaß, meiner armen Mutter auf die Brust. Als ich es getan, fiel mir ein, was mir Van Helsing eingeschärft hatte, aber ich wollte die Blüten nicht wieder wegnehmen und außerdem beabsichtigte ich, eines der Mädchen zu bitten, bei mir zu wachen. Ich war sehr überrascht, dass sie nicht zurückkamen. Ich rief, bekam aber keine Antwort. Deshalb begab ich mich in das Speisezimmer, um nach ihnen zu sehen.

Jäher Schreck fuhr mir durch die Glieder, als ich sah, was geschehen war. Sie lagen alle hilflos auf dem Boden und atmeten schwer. Die Karaffe mit Sherry stand halb voll auf dem Tische, aber es machte sich ein eigentümlicher, scharfer Geruch bemerkbar. Ich schöpfte Verdacht und betrachtete die Karaffe. Es roch nach Opium, und als ich auf den Seitentisch blickte, bemerkte ich, dass die Flasche, die der Doktor immer für Mutter verwendet – ach Gott, verwendet *hat* –, leer war. Was soll ich tun? Ich bin wieder bei Mutter im Zimmer. Ich kann sie nicht verlassen und bin allein mit den schlafenden Mägden, die irgendjemand betäubt hat. Allein mit der Toten! Ich darf nicht hinausgehen, denn ich höre von draußen durch das zerbrochene Fenster das tiefe Heulen des Wolfes.

Die Luft schien voll von kleinen Pünktchen, die im Windzuge vom Fenster her flatterten und kreisten. Die Lichter brannten blau und düster. Was soll ich tun? Gott schütze mich heute Nacht vor dem Bösen! Ich werde dieses Papier an meiner Brust verbergen, wo sie es finden werden, wenn sie kommen, mich hinauszutragen. Meine arme Mutter ist dahingegangen! Es wird Zeit, dass auch ich gehe. Lebe wohl, geliebter Arthur, falls ich diese Nacht nicht überstehen sollte. Gott schütze Dich, Liebster, und helfe mir!

# *Zwölftes Kapitel*

## Dr. Sewards Tagebuch

18. September. – Ich fuhr sofort nach Hillingham und kam frühzeitig an. Ich ließ meinen Wagen am Gittertor halten und ging allein die Allee hinauf. Ich klopfte leise an und läutete so rücksichtsvoll wie möglich, denn ich fürchtete, Lucy oder ihre Mutter zu stören, und hoffte, lediglich einen Dienstboten herbeizurufen. Nach einer Weile, da mich niemand gehört zu haben schien, klopfte und läutete ich nochmals. Wieder rührte sich nichts. Ich verfluchte die Faulheit der Dienstboten, die zu dieser Zeit noch im Bett zu liegen schienen – es war schon zehn Uhr – und klopfte und läutete wiederum, diesmal aber etwas ungeduldig; wieder ohne Erfolg. Bisher hatte ich nur die Dienstboten im Verdacht gehabt. Nun aber packte mich eine entsetzliche Furcht. War diese Totenstille ein neues Glied in der Kette des Verderbens, die sich eng um uns zusammenzuziehen schien? War es wirklich ein Haus des Todes, zu dem ich gekommen war – zu spät? Ich wusste, dass Minuten, ja Sekunden der Verzögerung Stunden der Gefahr für Lucy bedeuteten, wenn sie wieder einen jener entsetzlichen Rückfälle hatte. Ich lief rund um das Haus, um vielleicht durch Zufall einen Eingang zu entdecken.

Ich fand jedoch keine Möglichkeit hineinzukommen. Jedes Fenster, jede Türe war fest verschlossen und ich kehrte in großer Verwirrung zum Vorbau zurück. Als ich dort ankam, hörte ich das rasche Traben eilender Pferdehufe. Sie hielten am Torweg an, und einige Sekunden später sah ich Van Helsing die Allee heraufrennen. Als er meiner ansichtig wurde, rief er keuchend:

»Das waren also Sie, und Sie sind gerade erst angekommen. Wie geht es ihr? Sind wir zu spät daran? Haben Sie denn mein Telegramm nicht erhalten?«

Ich antwortete ihm so rasch und zusammenhängend als möglich, dass ich sein Telegramm erst heute in aller Frühe erhalten hätte und, ohne einen Augenblick zu zögern, hierher geeilt sei, und dass es mir bis jetzt nicht geglückt sei, mich irgendjemand im Hause bemerklich zu machen.

Er nahm nach einer kurzen Pause den Hut ab und sagte: »Ich fürchte, dass wir zu spät kommen. Gott sei ihnen gnädig.« Dann fuhr er aber gleich mit seiner hinreißenden Energie fort: »Kommen Sie! Wenn wir keinen Eingang ins Haus offen finden, nun, dann schaffen wir uns eben einen. Zeit bedeutet jetzt für uns alles.«

Wir begaben uns auf die Hinterseite des Hauses, wo sich ein Küchenfenster befand. Der Professor nahm eine kleine Knochensäge aus seinem Kasten und deutete, indem er sie mir übergab, auf die Eisenstangen, mit denen das Fenster vergittert war. Ich nahm sie sofort in Angriff und hatte bald drei von ihnen durchgeschnitten. Dann schob er ein langes, dünnes Messer durch die Ritze zwischen Fensterrahmen und Fenster und legte den Riegel um, worauf sich ohne weiteres die Öffnung des Fensters bewerkstelligen ließ. Ich half dem Professor hinein und folgte ihm nach. In der Küche und in den dicht daneben liegenden Dienstbotenzimmern war niemand. Wir sahen in alle Zimmer, an denen wir vorbeikamen, und fanden im Speisezimmer, in das durch die geschlossenen Läden nur schwaches Licht eindrang, vier Dienstmädchen auf dem Boden liegend. Es war unmöglich, sie für tot zu halten, denn ihr keuchender Atem und der scharfe Geruch eines Betäubungsmittels, der das ganze Zimmer durchdrang, ließ keinen Zweifel über die Art ihres Zustandes. Van Helsing und ich sahen einander erstaunt an, und er sagte im Weggehen: »Wir können ihnen später Hilfe bringen.« Dann begaben wir uns in Lucys Gemach. Ein paar Augenblicke blieben wir an der Tür stehen, um zu horchen. Aber kein Laut war zu vernehmen. Mit blassen Gesichtern und zitternden Händen öffneten wir leise die Tür und traten in das Zimmer.

Wie soll ich den Anblick beschreiben, der sich uns hier bot? Auf dem Bett lagen zwei Frauen, Lucy und ihre Mutter. Die Letztere lag auf der Wandseite und war mit einem weißen Laken bedeckt, dessen einer Zipfel von dem Windhauche zurückgeschlagen worden war, der durch das zerbrochene Fenster eindrang, und das bleiche, verzerrte Gesicht frei ließ, auf dem ein Ausdruck des tiefsten Entsetzens lag. Neben ihr lag Lucy. Ihr Gesicht war weiß und vom Leiden wie verzehrt. Die Blüten, die sie um den Hals getragen, bemerkten wir auf der Brust ihrer Mutter. Ihre Kehle war bloß und zeigte die zwei kleinen, weißen Wunden, die wir schon früher gesehen hatten und die entsetzlich blutleer und zerfetzt waren. Ohne ein Wort zu sagen, beugte sich der Professor über das Bett, so dass sein Kopf fast die Brust der armen Lucy berührte. Dann drehte er rasch den Kopf, wie einer, der lauscht, und rief aus, indem er sich aufrichtete:

»Es ist noch nicht zu spät! Rasch! Rasch! Bringen Sie den Brandy!«

Ich eilte so schnell wie möglich die Treppe hinunter und holte das Gewünschte. Vorsorglich roch ich daran und versuchte ihn, um zu sehen, ob er nicht auch, wie die Karaffe mit dem Sherry, mit einem Betäubungsmittel vermischt worden war. Die Mädchen atmeten noch, lagen aber nicht mehr so unbeweglich, woraus ich den Schluss zog, dass die Wirkung des Narkotikums zu verfliegen begonnen hatte. Ich nahm mir nicht die Zeit zu verweilen, sondern eilte zu Van Helsing zurück. Er rieb mit dem Brandy, wie schon früher öfter, ihre Lippen, ihr Zahnfleisch, ihre Handflächen und ihre Handgelenke. Dann sagte er:

»Es ist das alles, was im Augenblick geschehen kann. Sie werden jetzt hinuntergehen und versuchen, die Mädchen wieder zu sich zu bringen. Fahren Sie ihnen mit einem nassen Tuch über das Gesicht, aber nicht zu sanft. Sie sollen dann gleich einheizen und ein warmes Bad herrichten. Diese arme Seele ist fast ebenso kalt wie die neben ihr. Sie muss vor allem erwärmt werden, ehe wir etwas anderes vornehmen können.«

Ich ging sofort hinunter und weckte drei der Mädchen ohne Mühe. Die vierte war noch ein ganz junges Ding, das Betäubungsmittel hatte sie scheinbar besonders angegriffen. Deshalb hob ich sie aufs Sofa und ließ sie schlafen. Die anderen waren anfangs verwirrt, als ihnen aber das Bewusstsein zurückkehrte, schrien und weinten sie in geradezu fassungsloser Weise. Trotzdem war ich ziemlich streng mit ihnen und duldete nicht, dass sie miteinander plauderten. Ich sagte ihnen, dass ein verlorenes Leben vollständig genüge und dass sie, wenn sie sich nicht beeilten, auch noch Fräulein Lucy töten würden. So gingen sie denn unter Weinen und Klagen, halb angezogen, an ihre Arbeit und kümmerten sich um Feuer und Wasser. Zum Glück war das Küchen- und Kesselfeuer noch nicht ausgegangen und deshalb war an heißem Wasser kein Mangel. Wir richteten ein Bad her und legten Lucy hinein, wie sie war. Während wir eifrig ihre Glieder rieben, ertönte unten am Haupteingang ein lautes Klopfen. Eines der Mädchen rannte hinunter, warf in der Eile einige Kleidungsstücke über und öffnete. Dann kehrte sie zurück und teilte uns flüsternd mit, dass ein Herr unten sei, der eine Botschaft von Herrn Holmwood zu überbringen habe. Ich bat sie, ihm mitzuteilen, dass er jetzt sich noch gedulden müsse, da wir uns um niemand kümmern könnten. Sie richtete es aus, und vertieft in unsere Arbeit, vergaßen wir seiner vollkommen.

Nie zuvor hatte ich den Professor mit solch furchtbarem Ernst arbeiten sehen. Ich wusste es – genauso gut wie er –, dass es ein harter Kampf auf Leben und Tod war, den wir da auszufechten hatten, und sagte ihm dies, während er sich einen Augenblick ausruhte. Er antwortete mir in einer Weise, die ich nicht verstand, aber mit dem ernstesten Ausdruck in seinem Antlitz:

»Wenn es damit auch wirklich vorbei wäre, dann ließe ich die Sache, so wie sie jetzt ist, und ließe Lucy in Frieden hinüberschlummern, denn ich sehe kein Lichtlein an ihrem Horizont.« Dann fuhr er in seiner Arbeit fort, mit erneutem, fast verzweifeltem Eifer.

Bald bemerkten wir, dass die Wärme einen günstigen Einfluss auf sie auszuüben begann. Lucys Herz klopfte wieder etwas hörbarer, wie wir durch das Stethoskop feststellten, und auch die Lungen hatten ihre Tätigkeit wieder aufgenommen. Van Helsings Gesicht strahlte fast, und als wir sie aus dem Bade hoben und in ein heißes Laken einschlugen, um sie abzutrocknen, sagte er:

»Fürs Erste hätten wir gewonnen! Schach dem König!«

Wir trugen Lucy in ein anderes Zimmer, das unterdessen hergerichtet worden war, legten sie ins Bett und flößten ihr einige Tropfen Brandy ein. Ich bemerkte, dass Van Helsing ein weiches, seidenes Tuch um ihren Hals wand. Sie war immer noch bewusstlos und ebenso elend, wenn nicht elender, als wir sie je gesehen hatten.

Van Helsing rief eines der Mädchen herein und befahl ihm, solange bei Lucy zu bleiben und kein Auge von ihr zu wenden, bis wir zurückkämen, und winkte mir zu, mit ihm hinauszugehen.

»Wir müssen uns beraten, was nun zu tun ist«, sagte er, als wir die Treppen hinuntergingen. Dann öffnete er die Türe des Speisezimmers und wir begaben uns hinein, indem er sorgfältig hinter uns abschloss. Die Läden waren geöffnet, die Vorhänge aber hatte man zugezogen. So wollte es die Traueretikette, die von den englischen Frauen, insbesondere der unteren Klassen, streng eingehalten wird. Das Zimmer war deshalb ziemlich finster. Für unseren Zweck aber war es immerhin hell genug. Van Helsing sah nicht mehr ernst, er sah verstört aus. Augenscheinlich zermarterte er sein Gehirn über irgendetwas. Es dauerte daher eine Weile bis er sagte:

»Was sollen wir nun tun? An wen sollen wir uns um Hilfe wenden? Wir müssen nochmals eine Bluttransfusion vornehmen, und zwar so bald wie möglich, denn sonst hat das arme Ding keine Stunde mehr zu leben. Sie sind schon erschöpft; ich ebenfalls. Eines jener Mädchen möchte ich nicht ins Vertrauen ziehen, selbst wenn es geneigt wäre, die Operation an sich vornehmen zu lassen. Was würden wir für jemand geben, der seine Adern für sie öffnen ließe?«

»Wie wäre es denn mit mir?«

Die Stimme kam vom Sofa her, aus der entgegengesetzten Ecke des Zimmers. Wie erlösende Freude zuckte es mir durch das Herz: Es war Quincey Morris Stimme. Van Helsing fuhr beim ersten Ton ärgerlich auf, dann aber nahm sein Gesicht einen milderen Ausdruck an und seine Augen leuchteten froh, als ich ausrief: »Quincey Morris!« und mit ausgestreckten Händen auf ihn zueilte.

»Wie kommen Sie denn hierher?« rief ich, als wir uns die Hände reichten. »Wahrscheinlich Arthurs wegen.«

Er händigte mir ein Telegramm ein:

»Habe seit drei Tagen nichts mehr von Dr. Seward gehört. Bin in schrecklicher Angst. Kann nicht weg. Vater immer noch ebenso krank. Bitte um Nachricht, wie es Lucy geht. Ohne Aufschub. Holmwood.«

»Ich glaube, ich bin gerade noch rechtzeitig gekommen. Sie wissen, dass Sie mir nur zu sagen haben, was ich tun soll.«

Van Helsing ging auf ihn zu. Er ergriff seine Hand, sah ihm gerade in die Augen und sagte:

»Das Blut eines braven Mannes ist das Beste auf Erden, wenn ein Weib in Not ist. Sie sind ein Mann und nicht der Schlechtesten einer. Meinetwegen kann der Teufel gegen uns wüten, wie er will, wenn uns nur immer Gott zur rechten Zeit Männer schickt, wie wir sie brauchen.«

Wiederum schritten wir zu der unheimlichen Operation. Ich habe gar nicht den Mut, auf alle Einzelheiten einzugehen. Lucy hatte einen furchtbaren Schock erlitten und sie war mehr mitgenommen als je zuvor. Obgleich eine Menge Blut in ihre Adern kam, hatte ihr schwacher Körper gar nicht mehr die Kraft, entsprechend zu reagieren. Es war entsetzlich anzuhören und zu sehen, wie sie sich wieder in das Leben zurückkämpfte. Schließlich aber begannen doch Herz und Lungen besser zu arbeiten, und Van Helsing machte wie immer eine Morphiumeinspritzung, die von recht guter Wirkung war. Ihre Ohnmacht ging unmerklich in einen tiefen Schlummer über. Der Professor blieb bei ihr, während ich mit Quincey Morris die Treppen hinunterging und ein Mädchen hinaussandte, um einen der Kutscher abzulohnen, die draußen noch warteten. Ich veranlasste Quincey sich niederzulegen, nachdem er ein Glas Wein getrunken hatte, und beauftragte die Köchin, ein recht gutes Frühstück zuzubereiten. Dann kam mir eine Idee und ich begab mich in das Zimmer, in dem Lucy jetzt lag. Als ich leise eintrat, fand ich Van Helsing dort sitzen, ein paar Briefbogen in der Hand. Er hatte sie offenbar gelesen und dachte darüber nach, denn er stützte den Kopf mit den Händen. Es lag ein Ausdruck wilder Genugtuung in seinem Antlitz, wie bei einem, der ein Problem gelöst hat. Er übergab mir das Papier und sagte: »Es fiel von Lucys Brust, als wir sie ins Bad trugen.«

Als ich gelesen hatte, blickte ich den Professor an und fragte ihn dann nach einer Pause: »Um Himmelswillen, was soll das heißen? War sie oder ist sie irrsinnig, oder was für eine entsetzliche Gefahr schwebt über uns?« Ich war so erregt, dass ich nicht weiter zu sprechen vermochte. Van Helsing streckte seine Hand aus und nahm das Papier wieder zu sich, indem er sagte:

»Lassen Sie sich jetzt darüber keine grauen Haare wachsen. Vergessen Sie es überhaupt zunächst. Sie werden alles noch rechtzeitig erfahren und verstehen, aber später erst. Nun, und was wollen Sie mir sagen?« Das führte mich auf meine Absicht zurück und ich war wieder ich selbst.

»Ich kam, um mit Ihnen über den Totenschein zu sprechen. Wenn wir nicht sorgfältig und klug verfahren, könnte es unter Umständen zu einer Untersuchung kommen, wobei der Totenschein vorgelegt werden müsste. Ich hoffe, dass es nicht so weit kommen wird, denn wenn das eintreten sollte, würde dies, wenn nichts anderes, genügen, die arme Lucy zu töten. Ich weiß und Sie wissen, und auch der andere Arzt, der sie behandelt hat, weiß, dass Frau Westenraa herzleidend war, und wir können alle bestätigen, dass sie daran gestorben ist. Wir wollen den Totenschein sofort ausfüllen, und ich werde ihn eigenhändig zum Standesbeamten tragen und den Leichenbestatter bestellen.«

»Recht so, Freund John! Es ist gut, dass Sie daran denken! Wenn Fräulein Lucy auch Feinde hat, die ihr hart zusetzen, so ist sie aber auch mit prächtigen Freunden gesegnet, die sie lieben. Einer, zwei, drei öffnen ihre Adern für sie, nebenbei noch ein alter Mann. Ja ja, ich weiß, Freund John, ich bin nicht blind. Ich liebe euch alle nur noch viel mehr deswegen! Nun gehen Sie aber.«

Unten im Hausflur traf ich Quincey Morris an mit einem Telegramm für Arthur, das ihm mitteilte, dass Frau Westenraa tot sei; dass Lucy ebenfalls krank gewesen sei, sich aber nun auf dem Wege der Besserung befinde, und dass Van Helsing und ich sie behandelten. Ich sagte ihm, wohin ich ginge; er empfahl mir, mich zu beeilen, flüsterte mir aber im Fortgehen noch zu:

»Wenn Sie zurückkommen, Jack, habe ich ein paar Worte mit Ihnen zu sprechen, aber ganz unter uns.« Ich nickte zustimmend und entfernte mich. Auf dem Standesamt wurden mir keine Schwierigkeiten bereitet, und mit dem Leichenbestatter traf ich die Übereinkunft, dass er abends kommen solle, um das Maß für den Sarg zu nehmen und die übrigen Arrangements zu treffen.

Als ich zurückkam, wartete Quincey auf mich. Ich versprach ihm, sofort zu seiner Verfügung stehen zu wollen, sobald ich mich um Lucy umgesehen hätte, und begab mich in ihr Zimmer. Sie schlief noch und der Professor war anscheinend nicht von ihrer Seite gewichen. Er legte einen Zeigefinger an die Lippen, woraus ich entnahm, dass er erwartete, sie werde in Bälde erwachen, und fürchtete, der Natur vorzugreifen. So ging ich denn zu Quincey hinunter und nahm ihn mit in das Frühstückszimmer, wo die Vorhänge nicht zusammengezogen waren und das ein wenig freundlicher, oder besser gesagt weniger trostlos aussah als die anderen Räume. Als wir allein waren, sagte er:

»Jack Seward, ich liebe es nicht, mich in irgendetwas zu mischen, was mich nichts angeht; aber das ist ein außergewöhnlicher Fall. Sie wissen, ich hatte das Mädchen gern und wollte sie heiraten; aber obgleich das alles vergangen und vorbei ist, kann ich doch nicht umhin, in Sorge um sie zu sein. Was ist denn eigentlich mit ihr los? Der Holländer – er ist ein prächtiger Mensch, ich kann es sehen – sagte, als Sie beide in das Zimmer traten, dass noch eine *weitere* Bluttransfusion gemacht werden müsse und dass er und Sie erschöpft seien. Nun weiß ich ja wohl, dass ihr Doktoren immer im Geheimen handelt und dass kein Mensch erwarten darf, etwas von dem zu erfahren, was ihr da unter euch beratet. Aber das ist doch kein alltäglicher Fall, und, was es auch sein mag, ich habe doch auch etwas geleistet. Ist es nicht so?«

»Es ist so«, sagte ich, und er fuhr fort:

»Ich vermute, dass Sie und Van Helsing bereits das getan haben, was ich heute tat. Ist es nicht so?«

»Ja, es ist so.«

»Ich gehe wohl nicht fehl, wenn ich behaupte, dass auch Arthur beteiligt war. Als ich ihn vor vier Tagen sah, machte er einen ganz seltsamen Eindruck. Ich habe nichts so rasch dahinsiechen sehen, seit ich in der Pampas weilte und ein Pferd hatte, das in einer Nacht zugrunde ging. Eine jener großen Fledermäuse, die man Vampire nennt, hatte es in der Nacht überfallen; als ich es dann antraf, mit angebissener Kehle und offenen Adern, hatte es nicht mehr so viel Blut im Leibe, um sich noch aufrichten zu können, und es blieb mir nichts anderes übrig, als ihm eine Kugel durch den Kopf zu jagen. Jack, sagen Sie mir, wenn Sie es, ohne einen Vertrauensbruch zu begehen, sagen können: Arthur war der erste; ist es nicht so?« Quincey Morris sah, als er so sprach, ganz verängstigt aus. Er wurde von Sorge um die geliebte Frau gequält, und die vollkommene Unkenntnis des schrecklichen Geheimnisses, das sie umgab, machte seine Pein noch unerträglicher. Sein Herz blutete, und er bedurfte aller seiner Selbstbeherrschung – und davon besaß er ein gut Teil – um nicht umzusinken. Ich antwortete nur zögernd, denn ich wollte doch nichts verraten, was der Professor geheim zu halten mich gebeten hatte. Bald aber wusste er und erriet er so viel, dass ich keine Ursache mehr hatte, ihm etwas zu verheimlichen, und deshalb antwortete ich ihm: »Es ist so.«

»Und wie lange spielt das schon?«

»Etwa zehn Tage.«

»Zehn Tage! Dann hat also das arme, süße Geschöpf innerhalb dieser Zeit das Blut von vier starken Männern in sich aufgenommen. Die Männer sind am Leben, ihr Körper aber hat das Blut wieder verloren.« Er trat näher an mich heran und flüsterte rau: »Wer hat es ihr genommen?«

Ich schüttelte den Kopf. »Das«, sagte ich, »ist eben das Rätsel. Helsing ist einfach außer sich und ich bin auch am Ende meines Witzes. Ich kann nicht einmal eine Möglichkeit erraten. Es sind allerdings mehrere Umstände eingetreten, die unsere Maßnahmen zu strenger Bewachung Lucys vereitelten. Aber das soll nicht wieder vorkommen. Hier wollen wir bleiben, bis alles entschieden ist, zum Guten oder zum Schlimmen.« Quincey hielt mir die Hand hin. »Rechnen Sie auf mich«, sagte er, »Sie und der Holländer werden mir sagen, was zu tun ist, und ich werde es tun.«

Als Lucy spät am Nachmittag erwachte, war ihre erste Bewegung ein Griff nach ihrer Brust; zu meiner Überraschung zog sie das Notizblatt heraus, das Van Helsing mir zu lesen gegeben hatte. Der vorsorgliche Arzt hatte es wieder dahin gelegt, woher er es genommen, damit sie nicht beim Erwachen in Unruhe geriete. Ihre Augen glitten über Van Helsing und dann über mich und erglänzten. Nun sah sie rings um sich, und als sie bemerkte, wo sie sich befand, flog ein leichter Schauer über sie; sie stieß einen lauten Schrei aus und schlug ihre abgezehrten Hände vor das bleiche Gesichtchen. Wir beide verstanden, was das zu bedeuten hatte –, dass sie sich jetzt erst des Todes ihrer Mutter vollkommen bewusst wurde. Wir versuchten nach Möglichkeit, sie zu trösten. Ohne Zweifel tat ihr unsere Teilnahme wohl, aber sie war doch seelisch ganz gebrochen und weinte immerwährend leise vor sich hin. Wir versprachen ihr, von nun ab abwechselnd oder zusammen die ganze Zeit bei ihr bleiben zu wollen, was sie ersichtlich freute. Gegen Abend verfiel sie in einen leichten Schlaf, während dessen sich etwas Sonderbares ereignete. Sie nahm im Schlummer das Papier von ihrer Brust und zerriss es. Van Helsing näherte sich leise und nahm ihr die Stücke ab. Trotzdem setzte sie die Bewegung des Zerreißens immer noch fort, als ob das Papier noch in ihren Händen sei. Schließlich erhob sie die Hände und breitete sie aus, als wolle sie die Stücke davonflattern lassen. Van Helsing war ersichtlich sehr erstaunt und seine Augenbrauen zogen sich wie bei scharfem Nachdenken zusammen, aber er sagte kein Wort.

19. September. – Die ganze letzte Nacht schlief sie sehr unruhig, da sie sich immer vor dem Einschlummern fürchtete, und war jedes Mal ein wenig schwächer, wenn sie wach wurde. Der Professor und ich übernahmen abwechselnd die Wache und ließen sie keinen Augenblick unbeaufsichtigt. Quincey Morris sagte nichts über sein Vorhaben, aber ich wusste, dass er die ganze Nacht rund um das Haus herumging.

Als der Tag anbrach, sahen wir in seinem fahlen Lichte die furchtbaren Verheerungen, die der letzte Rückfall in Lucys Organismus angerichtet hatte. Sie war kaum im Stande den Kopf zu drehen, und das bisschen Nahrung, das sie zu sich nahm, schien ihr gar nicht zu bekommen. Zeitweise schlief sie; mir sowohl als Van Helsing fiel der Unterschied auf, den ihr Aussehen zeigte, je nachdem sie wachte oder schlief. Im Schlafe sah sie kräftiger, wenn auch magerer aus und ihr Atem war sanfter; ihr offener Mund zeigte das blasse Zahnfleisch, das sich von den Zähnen zurückgezogen zu haben schien, die dadurch länger und schärfer aussahen als gewöhnlich. Wenn sie wach wurde, änderte der milde Schimmer der Augen ihren Gesichtsausdruck wesentlich, denn sie glich sich selbst wieder mehr, wenn wir uns auch nicht verhehlen konnten, dass hier eine Sterbende vor uns lag. Nachmittags verlangte sie nach Arthur und wir telegrafierten ihm.

Als er ankam, war es beinahe sechs Uhr, und die Sonne ging voll und warm unter; ihr rotes Licht strömte durch das

Fenster herein und verlieh den bleichen Wangen der Sterbenden einen rosigen Schein. Arthur war, als er sie sah, völlig fassungslos, und wir vermochten alle kein Wort zu sprechen. In den vergangenen Stunden hatten die Schlafanwandlungen oder vielmehr die Ohnmachtsanfälle, die deren Stelle einnahmen, die Augenblicke, in denen eine Unterhaltung möglich war, immer mehr verkürzt. Arthurs Gegenwart aber wirkte belebend auf sie ein; sie raffte sich ein wenig auf und sprach fröhlicher mit ihm, als wir sie seit unserer Ankunft gesehen hatten. Er selbst nahm sich zusammen und plauderte so vertrauensvoll mit ihr als möglich; so tat jeder sein Bestes, um diesen Stunden einigermaßen ihren furchtbaren, traurigen Charakter zu nehmen.

Es ist jetzt fast neun Uhr, Arthur und Van Helsing leisten ihr Gesellschaft. Ich werde sie in einer Viertelstunde ablösen und ich spreche dies auf Lucys Phonograph. Sie wollen bis sechs Uhr ruhen. Ich fürchte, dass morgen unsere Nachtwachen zu Ende sein werden, denn der Anfall war doch zu heftig; Lucy kann sich unmöglich erholen. Gott sei uns gnädig.

## *Brief, von Mina Harker an Lucy Westenraa*

*Von der Adressatin nicht mehr geöffnet*

*Teuerste Lucy!* 17. September

Es ist mir, als sei ein Jahrhundert verflossen, seit ich das letzte Mal von dir hörte, oder vielmehr seit ich dir schrieb. Du wirst mir großmütig verzeihen, ich weiß es, wenn du den Pack Neuigkeiten erfahren haben wirst, den ich dir zu berichten habe. Also: Ich habe meinen Mann wohlbehalten nach Exeter zurückgebracht; als wir dort ankamen, erwartete uns an der Station ein Wagen, und in ihm, trotz eines Gichtanfalles, Herr Hawkins. Er nahm uns mit in sein eigenes Haus, wo er einige Zimmer reizend und bequem für uns hatte einrichten lassen, und wir speisten gemeinschaftlich. Nach Tisch sagte Herr Hawkins:

»Meine Lieben, ich trinke auf euer Glück und Wohlergehen; ich wünsche, dass euch jederzeit reicher Segen zuteil werde. Ich kenne euch beide von Jugend auf und habe euch voller Liebe und Stolz heranwachsen sehen. Nun wünsche ich, dass ihr euer Heim hier bei mir aufschlagt. Ich habe nicht Kind noch Kegel, alle sind dahin; und wenn ich einmal nicht mehr bin, so ist das, was ich besitze, euer Eigen.«

Liebste Lucy, ich weinte, als Jonathan und der alte Herr sich die Hände drückten. Wir verlebten einen sehr, sehr glücklichen Abend. So sind wir denn hier in diesem herrlichen alten Hause; sowohl von meinem Schlafzimmer als auch vom Wohnzimmer aus sehe ich auf die Ulmen, die die Kathedrale umgeben und sich mit ihren dicken, dunkeln Stämmen scharf von den gelblichen Wänden abheben. Ich höre Tag für Tag die Raben hoch oben krächzen, schnattern und klatschen, wie eben die Raben es tun – und die Menschen. Ich werde dir wohl nicht besonders versichern müssen, dass ich sehr fleißig bin, denn in einem neuen Haushalt gibt es ja unendlich viel zu besorgen. Jonathan und Herr Hawkins sind auch den ganzen Tag beschäftigt; jetzt, da Jonathan sein Teilhaber ist, hat er ihm über die Klienten manches zu sagen.

Wie geht es deiner guten Frau Mutter? Ich wollte, ich könnte rasch auf ein paar Tage nach der Stadt kommen, um Euch zu sehen, Liebste. Aber ich kann ja nicht weg mit dieser Arbeitslast auf den Schultern. Und Jonathan bedarf doch auch immer noch der Pflege. Allmählich setzt er wieder Fleisch an, er war furchtbar mitgenommen von der langen Krankheit. Auch jetzt noch fährt er zuweilen nachts aus dem Schlafe auf und zittert an allen Gliedern, bis es mir gelingt, ihn zu seiner gewohnten Ruhe zurückzubringen. Gottlob werden diese Anfälle immer seltener, und ich hoffe, dass sie über kurz oder lang ganz verschwinden. Nun habe ich dir aber genug von mir erzählt, nun will ich auch etwas von Euch wissen. Wann Ihr heiraten werdet und wo, wer die Trauung vollziehen wird, ob es eine öffentliche oder eine Privattrauung wird und was du anziehst. Lass mich alles erfahren, Herzchen, erzähle mir alles, denn es gibt nichts, das mir gleichgültig wäre, wenn es für dich von Interesse ist. Jonathan beauftragt mich, dir seine »respektvollsten Empfehlungen« zu übermitteln, aber ich glaube, dass das von dem jüngsten Teilhaber der angesehenen Anwälte Hawkins & Harker nicht genug ist. Deshalb, weil du mich gern hast und er mich und ich dich im vollsten Sinne des Wortes, so richte ich dir einfach seine »herzlichsten Grüße« aus. Also genug für heute, liebste Lucy, ich wünsche dir alles Gute.

Stets deine
Mina Harker

## *Bericht von Patrick Hennessey, Dr. med., Mitglied der K. Ärztlichen Gesellschaft, F. Rat etc. etc., an John Seward, Dr. med.*

*Werter Herr!* 20. September

Ihrem Wunsche entsprechend lege ich einen Bericht bei über alles, was Sie mir übertragen haben. Was den Patienten Renfield betrifft, habe ich Ihnen viel zu sagen. Er ist ein zweites Mal ausgebrochen. Die Sache hätte ein sehr unangenehmes Ende nehmen können; sie ist aber noch glücklich abgelaufen und hatte weiter keine üblen Folgen. Heute Nachmittag fuhr ein Frachtwagen an dem verlassenen Hause vor, das uns benachbart ist; an dem Hause, zu dem der Patient, wie Sie sich erinnern werden, zweimal geflüchtet ist. Die Leute hielten an unserem Gittertor, um den Portier nach dem Wege zu fragen, da sie fremd seien. Ich selbst sah gerade zum Fenster des Arbeitszimmers hinaus und rauchte meine Zigarre, als ich einen von ihnen direkt auf das Haus zukommen sah. Als er unten an Renfields Fenster vorbeiging, begann der Patient von innen heraus auf ihn zu schelten und legte ihm alle erdenklichen Schimpfnamen bei. Der Mann, der sehr bescheiden zu sein schien, begnügte sich damit, ihn einen frechmäuligen Bettler zu nennen, worauf unser Freund ihm vorwarf, dass er ihn beraube, und ihm drohte ihn zu ermorden, selbst wenn er dafür an den Galgen käme. Ich öffnete das Fenster und machte dem Mann ein Zeichen, er solle keine Notiz davon nehmen. Er gab sich zufrieden, sah im Garten umher und schien plötzlich sich bewusst zu werden, wo er sich befand. Dann sagte er: »Gott segne Sie, Herr, ich werde doch nicht darauf achten, was mir in einem Narrenhaus gesagt wird. Aber ich bedaure Sie und den Direktor, dass Sie mit einem solch schlimmen Patron unter einem Dach leben müssen.« Dann erkundigte er sich sehr höflich nach dem Weg, und ich erklärte ihm, wo sich die Einfahrt zu dem leeren Haus befand. Er ging nun weg, verfolgt von Drohungen, Flüchen und Schmähungen unseres Patienten.

Ich begab mich hinunter, um die Ursache von Renfields Ärger zu erfahren, da er sonst ein wohlerzogener Mann ist und außer seinen Tobsuchtsanfällen noch nie sich etwas Derartiges ereignet hatte. Ich fand ihn zu meinem Erstaunen vollständig beruhigt vor und nach seiner Art ganz lustig. Ich wollte das Gespräch auf den Zwischenfall lenken, aber er fragte mich freundlich, was ich meine, und schien den Glauben in mir erwecken zu wollen, dass er von der ganzen Sache absolut nichts mehr wüsste. Es war das, leider muss ich es sagen, wieder ein neues Beispiel seiner Verschlagenheit, denn nach kaum einer halben Stunde hörte ich schon wieder von ihm. Diesmal war er aus dem Fenster seines Zimmers gestiegen und rannte die Allee hinunter. Ich beauftragte die Wärter, mir zu folgen, und lief ihm nach, da ich fürchtete, er könne etwas Übles im Schilde führen.

Mein Verdacht bestätigte sich. Ich sah den Wagen, der vorher an unserem Hause vorbeigefahren war, den Weg daherkommen; er hatte einige große hölzerne Kisten aufgeladen. Die Leute wischten ihre Stirnen und sahen ganz rot aus, wie von einer großen Anstrengung. Ehe ich sie erreicht hatte, sprang schon unser Patient auf sie zu, riss einen von ihnen vom Wagen und stieß ihn mit dem Kopf auf die Erde. Hätte ich ihn nicht noch rechtzeitig gepackt, ich glaube, er hätte den Mann getötet. Der andere Fuhrmann sprang herunter und schlug ihn mit dem Stiele seiner Peitsche über den Kopf. Es war ein furchtbarer Schlag, aber Renfield schien ihn nicht zu beachten, sondern fasste auch den neuen Gegner und rang nun mit uns drei, indem er uns herumwarf, als wären wir junge Kätzchen. Sie wissen, ich bin gerade kein Leichtgewicht, und die beiden anderen waren plumpe Kerle. Anfangs kämpfte er stillschweigend. Als wir aber allmählich seiner Herr wurden und die Wärter ihm die Zwangsjacke anlegten, begann er zu schelten: »Ich will euch lehren, mich zu berauben! Ihr sollt mich nicht Zoll für Zoll umbringen! Ich werde für meinen Herrn und Meister kämpfen!« Er erging sich noch in allen möglichen ähnlichen, unzusammenhängenden Wahnreden. Nicht ohne bedeutende Schwierigkeiten brachten wir ihn nach Hause und in seine Gummizelle. Einer der Wärter, Hardy, hatte sich den Finger gebrochen. Ich habe ihn sogleich in Behandlung genommen, es geht ihm ganz gut.

Die beiden Fuhrleute drohten zuerst laut mit einer Schadenersatzklage und schworen, die ganze Strenge des Gesetzes gegen uns in Anwendung bringen lassen zu wollen. In ihre Drohungen aber mischte sich leise eine Art Beschämung, dass sie zu zweien sich von einem schwachen Narren hatten besiegen lassen. Sie sagten, wenn sie nicht schon ihre ganze Kraft beim Aufheben und Verladen der schweren Kisten hätten dransetzen müssen, hätten sie kurzen Prozess mit ihm gemacht. Sie gaben als weiteren Grund für ihre Niederlage ihren außerordentlichen Durst an, den sie bei ihrer staubigen Beschäftigung und bei der großen Entfernung von jeglichem Wirtshause bekommen hätten. Ich verstand ihre Anspielung wohl, und nach einem Glas steifen Grogs, besser gesagt mehrerer solcher, und nachdem ich jedem einen Sovereign in die Hand gedrückt, ließ die Heftigkeit ihrer Drohungen nach. Sie schworen, dass sie es gerne mit noch bösartigeren Narren aufnehmen würden, wenn ihnen dadurch das Vergnügen zuteil würde, einen eben so »netten Mann« wie den Unterzeichneten kennen zu lernen. Ich schrieb mir Namen und Adresse auf für den Fall, dass man ihrer einmal bedürfen sollte:

Das sind sie: Jack Smollet, von Dudding's Rents, King George's Road, Great Walworth, and Thomas Snelling, Peter Parley's Row, Guide Court, Bethnal Grean. Sie sind beide angestellt bei Harris & Sons, Umzug- und Transport-Gesellschaft, Orange Master's Yard, Soho.

Ich werde Ihnen alles Wichtige, was hier vorfällt, berichten, und wenn sich etwas von besonderer Bedeutung ereignen sollte, telegrafieren. Gestatten Sie den Ausdruck meiner vorzüglichen Hochachtung.

Patrick Hennessey

## *Brief, Mina Harker an Lucy Westenraa*

*Von der Adressatin nicht mehr geöffnet*

*Meine liebe Lucy!* 18. September

Ein furchtbarer Schlag hat uns getroffen. Herr Hawkins ist plötzlich gestorben. Manche mögen ja sagen, das sei doch nicht so schlimm für uns; aber wir haben ihn so lieb gewonnen, dass es uns ist, als hätten wir einen Vater verloren. Ich kannte ja weder Vater noch Mutter, und so ist mir der Tod des edlen, guten Mannes wirklich ein Schlag. Auch Jonathan ist sehr verstört. Nicht die Trauer, die tiefe Trauer allein ist es um den teuren, lieben Mann, der ihm sein ganzes Leben lang ein Freund gewesen ist, ihn wie einen Sohn gehalten und ihm nun schließlich ein Vermögen hinterlassen hat, das für so bescheidene Leute, wie wir, fürstlich zu nennen ist. Jonathan fühlt es auch in anderer Hinsicht. Er sagt, dass die Verantwortung, die von nun ab auf ihm laste, ihn nervös mache. Er beginnt, an sich selbst zu zweifeln. Ich versuche ihn aufzuheitern, und mein Glaube an ihn hilft ihm, wieder an sich selbst zu glauben. Aber auch der furchtbare Schock, den er erlitten, tut immer noch seine Wirkung. Oh, es ist zu traurig, dass eine so gute, einfache, edle, starke Natur wie die seine – eine Natur, die es ihm ermöglichte, mit Hilfe unseres guten, teuren Freundes in wenigen Jahren vom Praktikanten zum

Chef aufzusteigen – so sehr angegriffen ist. Verzeih mir, Liebste, wenn ich dir mitten in deinem Glück mit meinem Jammer das Herz schwer mache. Aber, ich muss irgendjemand mein Herz ausschütten, denn es macht mich schrecklich müde, Jonathan immer eine tapfere, liebenswürdige Miene zu zeigen; hier habe ich niemand, dem ich mich anvertrauen könnte. Mir ist ganz angst, übermorgen nach London fahren zu müssen, aber Herr Hawkins hat letztwillig angeordnet, dass er in einem Grabe mit seinem Vater ruhen wolle. Da gar keine Verwandten da sind, ist Jonathan der Hauptleidtragende. Ich werde zu Euch kommen, liebe Lucy, und sei es auch nur auf ein paar Minuten. Verzeih mir, wenn ich dich beunruhigt habe. Mit allen guten Wünschen stets deine

Mina Harker

## *Dr. Sewards Tagebuch*

20. September. – Nur Selbstüberwindung und Gewohnheit können mich heute veranlassen, einen Eintrag in das Tagebuch zu machen. Ich bin so elend, so niedergedrückt, so verzweifelt an der Welt und allem, was in ihr ist, dass es mir ganz gleich wäre, wenn ich jetzt das Rauschen der Fittiche des Todesengels vernehmen müsste. Und es hatte einen Grund, dass seine Fittiche kürzlich gerauscht haben – Lucys Mutter und Arthurs Vater, und nun … Ich will weiter an meine Arbeit gehen.

Ich löste, unserer Abmachung gemäß, Van Helsing in der Wache an Lucys Bett ab. Wir baten Arthur, sich auch etwas Ruhe zu gönnen, aber anfänglich lehnte er ab. Ich musste ihm erst klar machen, dass wir ja seiner Hilfe unter Umständen morgen wieder bedürfen und dass Lucy darunter leiden müsste, wenn wir alle vor Erschöpfung zusammenbrächen. Das wirkte und er entschloss sich zum Gehen. Van Helsing redete ihm sehr gütig zu. »Kommen Sie, mein Freund«, sagte er. »Kommen Sie mit mir. Sie sind auch krank und schwach und hatten außer dem Angriff auf

Ihre körperliche Leistungsfähigkeit, den wir ja alle kennen, noch genug Sorge und innere Pein zu erdulden. Sie dürfen nicht allein bleiben, denn allein sein, heißt der Angst und dem Schrecken ausgesetzt sein. Kommen Sie in das Wohnzimmer, dort stehen zwei Sofas und dort brennt ein warmes Feuer. Sie werden auf dem einen, ich auf dem andern Sofa liegen, und unsere Sympathie wird uns gegenseitig ein Trost sein, auch wenn wir nicht sprechen, und selbst wenn wir schlafen.«

Arthur entfernte sich mit ihm, indem er noch einen langen, sehnsüchtigen Blick auf Lucy warf, die in ihren Kissen lag, fast weißer als die Leinwand. Sie lag ganz still, und ich sah mich im Zimmer um, ob alles in gehöriger Ordnung sei. Der Professor hatte in diesem und im anliegenden Zimmer von Knoblauch reichlich Gebrauch gemacht. Die Fenstersimse waren damit bekränzt, und um Lucys Hals, über dem seidenen Tuch, das Van Helsing ihr angelegt, schlang sich ein Gewinde der stark duftenden Blüten. Lucy atmete keuchend. Ihr Gesicht sah schauerlich aus, denn der offene Mund zeigte ihr bleiches Zahnfleisch. Ihre Zähne sahen in dem schwachen, ungewissen Licht länger und schärfer aus als am Morgen. Im Besonderen – es war vielleicht auch eine Täuschung durch das Licht – schienen die Eckzähne länger und schärfer als die anderen. Ich setzte mich an ihrem Bette nieder, und im gleichen Augenblick bewegte sie sich, als sei sie ungehalten. Zugleich vernahm ich vom Fenster her ein dumpfes Klopfen und Flattern. Ich schlich mich leise hin und spähte durch einen Ritz des Vorhanges hinaus. Es war heller Mondenschein und ich konnte erkennen, dass das Geräusch von einer großen Fledermaus herrührte, die, in großen Kreisen fliegend – zweifellos durch das wenn auch schwache Licht angezogen – hin und wieder mit ihren Schwingen das Fenster streifte. Als ich auf meinen Platz zurückkehrte, bemerkte ich, dass Lucy ihre Lage etwas verändert und die Knoblauchblüten von ihrem Halse gerissen hatte. Ich brachte sie so gut als möglich wieder in Ordnung und nahm dann meine Wache auf.

Nach einiger Zeit wachte sie auf, und ich gab ihr etwas zu essen, wie Van Helsing angeordnet hatte. Sie nahm nur wenig zu sich, und auch das nur mühsam.

Das unbewusste Ringen um Kraft und Gesundheit, das ihre bisherige Krankheit immer begleitet hatte, schien sie aufgegeben zu haben. Eigentümlich war es, dass sie in dem Augenblick, da sie wieder zu sich kam, die Knoblauchblüten krampfhaft an sich zog. Es war wirklich sonderbar, wenn sie in ihrem lethargischen Zustand lag und schwer atmete, stieß sie die Blüten von sich; sowie sie aber erwachte, griff sie rasch danach. Ein Irrtum war in diesem Punkte nicht möglich, denn in den noch folgenden Stunden wechselten Schlaf und Wachen häufig und man konnte jedes Mal die entsprechende Bewegung beobachten.

Um sechs Uhr löste mich Van Helsing ab. Arthur war gerade in einen Halbschlummer verfallen; wir gönnten ihm seine Ruhe. Als Van Helsing Lucy ansah, konnte ich das zischende Atemholen wieder vernehmen. Er flüsterte: »Ziehen Sie die Vorhänge auf; ich brauche Licht!« Dann beugte er sich nieder und untersuchte sie genau, wobei sein Gesicht fast ihren Kopf berührte. Er entfernte die Blüten und lüftete das seidene Tuch um ihren Hals. Er prallte erschreckt zurück und ich hörte ihn rufen: »Mein Gott!« als seien die Worte in seiner Kehle erstickt. Ich beugte mich nun auch über die Kranke und sah sie an; ein kalter Schauer lief mir über den Rücken. Die Wunden an der Kehle waren vollkommen verschwunden.

Ganze fünf Minuten stand Van Helsing und starrte sie an; in seinem Antlitz lag furchtbares Grauen. Dann wandte er sich an mich und sagte:

»Sie muss sterben. Es wird nicht mehr lange dauern. Es ist nun ein großer Unterschied, ob sie bei vollem Bewusstsein oder im Schlaf stirbt. Wecken Sie Arthur, er soll kommen und bei ihrem Ende anwesend sein; er verlässt sich auf uns, und wir haben es ihm ja versprochen.«

Ich ging in das Speisezimmer und weckte Arthur auf. Er wusste ein paar Augenblicke nicht, wo er war. Als er aber das Sonnenlicht durch die Fensterläden hereindringen sah, dachte er, er sei schon zu spät daran und gab seiner Befürchtung Ausdruck. Ich versicherte ihm, dass Lucy immer noch schlafe, und teilte ihm dabei schonend mit, dass Van Helsing und ich fürchteten, das Ende sei nahe. Er bedeckte sein Gesicht mit den Händen und sank am Sofa in die Knie. Er betete, das Haupt mit den Händen bedeckend, etwa eine Minute, während seine Schultern vor Schmerz bebten. Ich nahm seine Hand und hob ihn auf. »Kommen Sie, mein lieber, guter Freund«, sagte ich, »nehmen Sie alle Ihre Kraft zusammen; so ist es am besten und Sie machen es ihr nicht noch schwerer.«

Als wir in Lucys Zimmer traten, sah ich, dass Van Helsing mit seiner steten Fürsorge alles etwas in Ordnung gebracht hatte. Er hatte sogar Lucys Haar gekämmt, so dass die goldigen Locken über das Kissen niederfielen. Bei unserem Eintritt öffnete sie die Augen und flüsterte, indem sie Arthur anblickte:

»Arthur, du mein Liebster, wie froh bin ich, dass du kommst!« Er trat näher heran, sie zu küssen, aber Van Helsing hielt ihn zurück. »Nein«, sagte er leise, »noch nicht! Halten Sie ihre Hand, das wird ihr wohler tun.«

Arthur ergriff ihre Hand und kniete neben ihrem Bett nieder. Ihr Gesicht war zart und die Augen strahlten in engelhafter Schönheit. Dann schlossen sich allmählich ihre Augen und sie fiel in Schlaf. Einige Zeit hob und senkte sich ihre Brust ruhig und regelmäßig, und ihr Atem war sanft wie der eines schlafenden Kindes.

Dann aber kam plötzlich jene seltsame Veränderung, die mir schon in der Nacht aufgefallen war. Ihr Atem wurde keuchend, der Mund öffnete sich und das bleiche, zurückgezogene Zahnfleisch ließ die Zähne überaus lang und spitz erscheinen. Suchend, unbewusst, wie eine Nachtwandlerin, öffnete sie ihre Augen, die zugleich hart und trübe aussahen, und sagte mit leiser, wollüstiger Stimme, wie ich sie noch nie von ihr gehört:

»Arthur, mein Geliebter, ich bin so froh, dass du gekommen bist! Küsse mich!« Arthur beugte sich hastig über sie, um sie zu küssen. Aber im gleichen Augenblick sprang

Van Helsing, der, wie ich, über den Klang ihrer Stimme erstaunt war, auf ihn zu und riss ihn, ihn am Genick packend, mit beiden Händen weg. Einen so furchtbaren Kraftaufwand hatte ich noch nie bei ihm gesehen und hätte ihn dessen auch nicht für fähig gehalten. Er schleuderte ihn förmlich quer durch das Zimmer.

»Um Himmels Willen nicht!« rief er, »retten Sie Ihre Seele und die Ihrer Braut!« Und er stand zwischen ihnen wie ein Löwe, der sich zur Wehr setzt.

Arthur war so erstaunt, dass er nicht wusste, was er tun oder sagen sollte. Einen Augenblick sah es aus, als wolle er sich auf Van Helsing stürzen; aber dann beherrschte er sich und blieb schweigend, abwartend auf dem gleichen Fleck stehen.

Ich hielt meine Augen beobachtend auf Lucy gerichtet, ebenso auch Van Helsing, und wir sahen, wie einen Augenblick lang eine furchtbare Wut ihr Antlitz verzerrte. Die scharfen Zähne bissen auf einander. Dann schlössen sich ihre Augen und der Atem ging mühsam aus und ein.

Kurze Zeit danach schlug sie wieder die Augen auf, in denen die uns so bekannte Güte schimmerte. Sie streckte ihre bleiche, abgemagerte Hand aus dem Bett und ergriff die große, braune Hand Van Helsings; sie zog sie an sich und küsste sie. »Mein treuer Freund«, sagte sie »und auch der seine! Oh, stehen Sie ihm bei und geben Sie ihm den Frieden!«

»Ich schwöre es!« sagte er feierlich, indem er neben ihr niederkniete und die Hand emporhob, wie einer, der einen Eid leistet. Dann wandte er sich an Arthur und sagte zu ihm: »Kommen Sie her, lieber Freund, nehmen Sie Lucys Hand und geben Sie ihr einen Kuss auf die Stirn, aber nur einen.« Ihre Augen trafen sich anstelle der Lippen, und so schieden sie.

Lucys Augen schlossen sich wieder. Van Helsing, der in nächster Nähe geblieben war, nahm Arthurs Arm und zog ihn hinweg. Der Atem der Sterbenden wurde dann keuchend und hörte plötzlich auf.

»Es ist alles vorüber«, sagte Van Helsing leise. »Sie ist tot!«

Ich nahm Arthurs Arm und führte ihn in das Wohnzimmer, wo er sich niedersetzte und das Gesicht in den Händen verbarg; er weinte, dass mir fast das Herz brach.

Ich begab mich in das Sterbezimmer zurück und traf Van Helsing, wie er unverwandt auf die Leiche blickte; sein Gesicht war furchtbar ernst. Die Tote schien sich verändert zu haben. Der Tod hatte ihr einen Teil ihrer Schönheit zurückgegeben; ihr Gesichtchen hatte wieder etwas Rundung bekommen und die Lippen hatten ihre gespenstische Blässe verloren. Es war, als hätte der Tod das Blut, das nun nicht mehr nötig war, um das Herz im Gange zu erhalten, dazu verwendet, um die rauen Linien, die seine grausame Hand in das Antlitz gerissen, etwas auszugleichen.

»Wir glaubten sie sterbend, als sie schlief, und schlafend, als sie starb.«

Ich stand neben Van Helsing und sagte: »Nun hat sie wenigstens Frieden gefunden, das arme Mädchen. Nun ist alles zu Ende!«

Er wandte mir sein Gesicht zu und sagte mit tiefem, feierlichem Ernst: »Nein, leider, nein! Das ist erst der Anfang!«

Ich fragte, was er damit sagen wolle. Er aber schüttelte nur den Kopf und antwortete: »Wir können für den Augenblick nichts tun. Nur abwarten und die Augen offen halten.

# *Dreizehntes Kapitel*

## *Dr. Sewards Tagebuch*

*Fortsetzung*

Die Beerdigung war für den übernächsten Tag angeordnet worden, damit Lucy mit ihrer Mutter zusammen begraben werden konnte. Ich besorgte all die nötigen Formalitäten, und der höfliche Begräbnisunternehmer versicherte mir mit der ihm eigenen süßlichen Unterwürfigkeit, dass sein ganzes Personal tief ergriffen sei. Sogar die Frau, die der Toten die letzten Dienste erwies, sagte, als sie das Zimmer der Toten verließ, in vertraulicher, kollegialer Weise zu mir:

»Sie ist eine wunderschöne Leiche, Herr Doktor. Es ist eine wahre Auszeichnung, sie bedienen zu dürfen. Ich übertreibe nicht, wenn ich sage, sie wird unserem Institut alle Ehre machen.«

Es fiel mir auf, dass Van Helsing zugegen blieb. Es war auch erklärlich, wenn man sich die Unordnung im ganzen Haushalt vergegenwärtigte. Verwandte waren nicht anwesend, und da auch Arthur am nächsten Tage zurück musste, um dem Begräbnis seines Vaters beizuwohnen, so war es uns unmöglich zu erfahren, wen wir hätten herbeirufen sollen. Unter diesen Umständen unternahmen es Van Helsing und ich, selbst in die Papiere Einblick zu nehmen. Die Durchsicht von Lucys Papieren behielt er sich vor. Ich fragte ihn nach dem Grunde, denn ich fürchtete, dass er als Fremder die englischen Gesetzesbestimmungen nicht kenne und deswegen vielleicht unnötige Verwicklungen herbeiführen könne. Er antwortete:

»Ich weiß, ich weiß. Sie vergessen, dass ich ebenso gut Rechtsanwalt bin wie Arzt. Aber unsere Sache ist nichts für Juristen. Sie wissen das selbst am besten; warum hätten Sie sich sonst so sehr bemüht, eine gerichtliche Leichenschau zu vermeiden? Ich habe noch mehr zu vermeiden als diese. Es müssen noch andere Papiere vorhanden sein, solche wie diese hier.«

Während er noch sprach, hatte er aus seinem Taschenbuch das Schreiben hervorgeholt, das Lucy an der Brust getragen und das sie im Schlafe zerrissen hatte.

»Wenn Sie etwas finden, das für den Sachwalter der verstorbenen Frau Westenraa von Bedeutung sein könnte, so versiegeln Sie es und machen Sie ihm heute noch Mitteilung. Ich bleibe in diesem und in Lucys Zimmer die ganze Nacht auf und forsche selbst nach allem, was ich brauche. Ich möchte nicht, dass ihre innersten Gedanken zur Kenntnis Fremder gelangen.«

Ich machte mich sofort an die übernommene Arbeit und hatte nach einer halben Stunde Namen und Adresse von Frau Westenraas Sachwalter gefunden und an ihn geschrieben. Sämtliche Papiere der armen Frau waren in Ordnung; genaue Weisungen bezüglich der Beerdigung waren darin enthalten. Kaum hatte ich den Brief versiegelt, da trat zu meinem Erstaunen Van Helsing ein und sagte:

»Kann ich Ihnen behilflich sein, Freund John? Ich bin nun frei und stehe zu Ihrer Verfügung.«

»Haben Sie gefunden, was Sie suchten?« fragte ich, worauf er antwortete:

»Ich habe eigentlich nach etwas Bestimmtem nicht gesucht. Ich hoffte lediglich irgendetwas zu finden, und habe auch alles gefunden, was vorhanden war; einige Briefe, ein paar Notizzettel und ein eben erst angefangenes Tagebuch. Ich habe sie hier bei mir und wir wollen vorerst keinerlei Erwähnung davon tun. Ich werde den Bräutigam morgen Abend sehen und mit seiner Zustimmung von einigen der gefundenen Schriftstücke Gebrauch machen.«

Als wir alles Nötige geordnet hatten, sagte er: »Und nun, Freund John, denke ich, gehen wir zu Bett. Wir beide bedürfen des Schlafes und müssen unsere Ruhe wiedergewinnen. Morgen gibt es wieder viel zu tun, aber heute Nacht sind wir vollkommen unnötig. Leider!«

Ehe wir uns zur Ruhe begaben, sahen wir noch einmal nach der toten Lucy. Der Begräbnisunternehmer hatte tatsächlich sein Bestes geleistet, das Zimmer glich einer Trauerkapelle. Es war ein ganzer Garten wundervoller Blumen um die Tote, der Tod war so wenig abstoßend gemacht als irgend möglich. Das Ende des Leichentuches hatte man ihr über das Antlitz gelegt. Als der Professor sich über die Leiche beugte und das Tuch leise zurückschlug, waren wir beide erstaunt über die Schönheit, die sich uns darbot. Die dicken Wachskerzen gaben genügend Licht, um uns zu zeigen, dass all ihre Schönheit im Tode zurückgekehrt war. Die vergangenen Stunden, anstatt mit grausamem Finger die Spuren der Vernichtung in das Antlitz zu graben, hatten die ganze Lieblichkeit der Lebenden wiederhergestellt, so dass ich es nicht für möglich hielt, dass es ein Leichnam war, der vor uns lag.

Der Professor sah sehr ernst aus. Er hatte sie nicht so geliebt wie ich, und es war kein Grund dazu vorhanden, dass er Tränen in den Augen hatte. Er sagte: »Warten Sie, bis ich wiederkomme«, und verließ das Zimmer. Er kam mit einer Hand voll wildem Knoblauch zurück, den er der Kiste entnommen hatte, die auf dem Gang stand, aber noch nicht geöffnet worden war. Er mischte die Blüten unter die Blumen, die auf und um das Bett gelegt worden waren. Dann nahm er von seinem Halse ein kleines goldenes Kruzifix, das er direkt auf der Haut getragen, und legte es auf den Mund der Toten. Schließlich zog er ihr das Laken über das Gesicht und wir verließen das Zimmer.

Ich war gerade im Begriff, mich in meinem Schlafgemach auszuziehen, als Van Helsing, nachdem er angeklopft hatte, eintrat und sagte:

»Morgen muss ich Sie bitten, mir, ehe es Abend wird, einen Satz Seziermesser zu bringen.«

»Müssen wir eine Sektion vornehmen?« fragte ich.

»Ja und nein. Ich habe eine Operation vor, aber nicht so, wie Sie denken. Zu Ihnen will ich sprechen, aber sagen Sie keinem Menschen ein Wort davon. Ich muss Lucy den Kopf abschneiden und das Herz herausnehmen. Oh, Sie wollen ein Arzt sein und zittern! Sie, den ich mit fester Hand Operationen auf Leben und Tod vornehmen sah, dass die Kollegen schauderten. Allerdings, lieber Freund, darf ich nicht vergessen, dass Sie sie lieb gehabt haben. Ich habe es auch nicht vergessen, denn ich bin es, der die Operation ausführen wird, und Sie sollen mir lediglich helfen. Ich würde es am liebsten noch heute Nacht tun, aber wegen Arthur will ich es nicht. Er wird morgen nach der Beerdigung seines Vaters kommen und Lucy sehen wollen. Dann aber, wenn sie für den nächsten Tag fertig aufgebahrt ist, wollen wir, Sie und ich, beginnen, wenn alles schläft. Wir werden den Sargdeckel aufschrauben und die Operation vornehmen. Dann werden wir alles in Ordnung bringen, so dass niemand außer uns beiden etwas weiß.«

»Aber warum tun Sie das alles? Sie ist doch tot. warum unnötigerweise noch den Leib verstümmeln? Wenn eine Sektion keinen Zweck hat und keinen Gewinn bringt, weder ihr selbst noch uns, weder der Wissenschaft noch dem medizinischen Können, warum sollen wir es tun? Ohne solche Gründe wäre es ja etwas Ungeheuerliches.«

Anstelle einer Antwort legte er mir seine Hand auf die Schulter und sagte mit unbeschreiblicher Güte in der Stimme:

»Freund John, Ihr blutendes Herz tut mir Leid, und ich habe Sie nur noch umso lieber, weil es so blutet. Wenn ich könnte, möchte ich gern das Leid auf mich nehmen, das Sie bedrückt. Aber es gibt Dinge, die Sie nicht wissen, aber wissen werden. Sie werden mir einst danken, wenn ich sie Ihnen eröffne, wenn es auch gerade keine ergötzlichen Dinge sind. Mein lieber John, Sie sind nun so manches Jahr mein Freund gewesen; erinnern Sie sich, dass ich jemals etwas ohne Grund tat? Ich kann irren, ich bin nur ein Mensch; aber ich glaube an das, was ich tue. Haben Sie nicht darum mich gerufen, als die große Not und Sorge hereinbrach? Ja, waren Sie nicht erstaunt oder vielmehr entsetzt, als ich Arthur mit aller Kraft zurückriss, als er seine sterbende Braut küssen wollte? Ja! Sie haben auch gesehen, wie sie mit ihren wundervollen Augen im Sterben noch dankte, mit ihrer schwachen Stimme, und wie sie meine alte, raue Hand küsste und mich segnete! Ja! Und hörten Sie nicht das feierliche Versprechen, das sie von mir empfing, so dass sie voll Dankbarkeit die Augen schloss?

Ich habe gute Gründe für das, was ich tun muss. Sie haben mir viele Jahre lang Ihr Vertrauen geschenkt; Sie haben mir noch vor wenigen Wochen geglaubt, als sich Dinge ereigneten, die wohl Ihren Zweifel hätten wachrufen können. Glauben Sie noch eine kleine Weile an mich, Freund John. Wenn Sie mir nicht trauen, so muss ich Ihnen alles offenbaren, was ich denke; das wäre jetzt nicht gut. Und wenn ich seziere – geschehen muss es, ganz gleich, ob ich Vertrauen finde oder nicht –, ohne dass mein Freund an mich glaubt, so muss ich mit schwerem Herzen arbeiten und werde mich sehr verlassen fühlen, wo ich doch aller erdenklichen Hilfe und Aufmunterung bedürfte.« Er schwieg einen Augenblick und fuhr in feierlichem Tone fort: »Freund John, die kommenden Tage werden uns seltsame, schreckliche Dinge bringen. Lassen Sie uns nicht zwei, sondern eins sein, damit unser Werk ein gutes Ende finde. Wollen Sie mir nicht Ihr Vertrauen schenken?«

Ich reichte ihm die Hand und versprach es ihm. Ich hielt die Tür offen, als er ging, lauschte noch ein paar Augenblicke und hörte, dass er in sein Zimmer ging und die Tür hinter sich abschloss. Als ich so bewegungslos an der offenen Türe stand, sah ich ein Mädchen lautlos den Gang entlang huschen – sie wandte mir den Rücken und konnte mich deshalb nicht bemerken – und in Lucys Sterbezimmer verschwinden. Ich war gerührt von diesem Anblick. Anhänglichkeit ist etwas so Seltenes, dass wir denen dankbar sind, die sie unaufgefordert unseren Lieben erweisen. Das gute Mädchen missachtete die Scheu, die ihr der Tod naturgemäß einflößen musste, und wollte allein an der Bahre der geliebten Herrin wachen, damit die sterbliche Hülle nicht verlassen daliegen müsse, bis sie zur ewigen Ruhe getragen würde.

Ich muss lange und tief geschlafen haben, denn es war heller Tag, als Van Helsing in mein Zimmer trat und mich weckte. Er stand neben meinem Bett und sagte:

»Sie brauchen sich wegen der Messer nicht mehr bemühen; es ist nicht mehr nötig.«

»Warum nicht?«, fragte ich. Die Feierlichkeit seines Wesens hatte mich gestern Abend tief ergriffen.

»Weil es zu spät ist«, sagte er traurig, »oder zu früh. Sehen Sie!« Er hielt mir das goldene Kruzifix hin. »Das ist heute Nacht gestohlen worden.«

»Wie, gestohlen? Sie haben es doch aber noch?« fragte ich verwundert.

»Weil ich es dem nichtswürdigen Geschöpf, das den Diebstahl vollbrachte, wieder abgenommen habe, dem Frauenzimmer, das die Toten und Lebenden gleichmäßig beraubt hat. Ihre Strafe wird nicht ausbleiben, aber nicht ich werde sie bestrafen. Sie hat ja nicht gewusst, was sie tat, und nur deswegen, weil sie es nicht wusste, hat sie gestohlen. Nun heißt es wieder warten.«

Dann ging er fort und hinterließ mir ein neues Geheimnis, um darüber nachzugrübeln, ein neues Rätsel, um mich damit zu befassen.

Der Vormittag war schrecklich trostlos. Gegen Mittag kam der Sachwalter, Herr Marquand von der Firma Wholeman Söhne, Marquand & Lidderdale. Er war sehr aufgeräumt und äußerte sich anerkennend über unsere bisherige Tätigkeit, nahm uns die Sorge um die weiteren Details ab. Während des Lunchs erzählte er, dass Frau Westenraa schon seit geraumer Zeit sich auf einen raschen Tod infolge ihres Herzleidens gefasst gemacht und deshalb alle ihre Angelegenheiten in peinlichste Ordnung gebracht hatte. Er teilte uns ferner mit, dass, mit Ausnahme eines kleinen, von Lucys Vater seinerzeit eingebrachten Vermögens, das nun, nachdem eine Willensäußerung hierüber fehlte, an entfernte Verwandte der Familie fiel, der ganze Nachlass Arthur Holmwood gehöre.

Als er uns das eröffnet hatte, fuhr er fort:

»Offen gesagt, haben wir unser Möglichstes getan, um eine derartige letztwillige Verfügung zu verhindern, und brachten gewisse Fälle vor, die ihre Tochter entweder vollkommen vermögenslos machen oder sie wenigstens in ihren Entschließungen bei Auswahl eines Gatten beeinträchtigen könnten. Wir brachten sie tatsächlich so weit, dass wir fast mit ihr zusammengerieten, denn sie fragte uns, ob wir bereit wären, ihre Wünsche zu erfüllen oder nicht. Es blieb mir dann nichts weiter übrig, als ihren Willen zu erfüllen. Wir hatten im Prinzip vollkommen recht, in 99 von 100 Fällen wäre durch die Tatsachen die Logik unserer Erwägungen dargelegt worden. Offen gestanden muss ich zugeben, dass so, wie jetzt die Dinge liegen, jede andere Form der Verfügung über die Ausführung ihrer letzten Wünsche unmöglich geworden wäre. Denn da sie vor ihrer Tochter starb, wäre diese in den Besitz der Hinterlassenschaft gekommen. Dann wäre beim Mangel eines Testaments – ein solches wäre im vorliegenden Falle eine völlige Unmöglichkeit gewesen – das Vermögen nach dem Erbschaftsgesetz behandelt worden, d. h., Lord Godalming hätte, so eng er auch mit der Familie verbunden war, nicht den geringsten Anspruch gehabt, und die Erben, entfernte Verwandte, hätten gutwillig oder aus Pietät wohl kaum auf ihre Rechte zu Gunsten eines vollkommen Fremden verzichtet. Ich versichere Ihnen, meine Herren, ich freue mich über das Ergebnis, freue mich wirklich herzlich.«

Er war sonst ein guter Mensch, aber seine Freude an dem kleinen Teil – an dem er allerdings offiziell interessiert war – einer solchen Tragödie schränkte unsere freundschaftlichen Gefühle gegen ihn doch ein.

Er blieb nicht lange und versprach, später noch einmal zu kommen und Lord Godalming zu besuchen. Seine Anwesenheit war uns immerhin ein gewisser Trost, denn wir konnten nun damit rechnen, dass unsere bisherigen Maßnahmen keiner abfälligen Kritik ausgesetzt waren. Arthur hatte für 5 Uhr sich angesagt und wir gingen deshalb kurz vor dieser Zeit in das Sterbezimmer. Es verdiente wirklich diesen Namen, denn Mutter und Tochter lagen dort aufgebahrt. Der Begräbnisunternehmer hatte durch seine Geschicklichkeit von allem Trauerprunk, über den er verfügte, reichlich Gebrauch gemacht; es lag eine feierliche

Trauerstimmung über allem, die uns tief ergriff. Van Helsing ordnete an, dass das frühere Arrangement wieder hergestellt würde und begründete dies damit, dass es für Lord Godalmings Gefühle weniger deprimierend sei, wenn er die irdischen Überreste seiner Braut ganz allein sähe. Der Unternehmer schien über seine eigene Dummheit sehr erschrocken und machte sich eigenhändig daran, die Dinge wieder so herzurichten, wie sie am Abend vorher gewesen waren. Wir hofften, auf diese Weise den Gefühlen Arthurs am besten Rechnung zu tragen.

Der schwer geprüfte Mann sah verzweifelt traurig und gebrochen aus; seine stahlharte Männlichkeit schien unter der Wucht der furchtbaren Eindrücke zusammenbrechen zu wollen. Er war, wie ich wusste, seinem Vater in aufrichtiger Liebe ergeben; ihn zu verlieren, und gerade zu dieser Zeit, war eine schwere Prüfung für ihn. Gegen mich war er so herzlich wie immer, und gegen Van Helsing von einer feinen Liebenswürdigkeit; allerdings entging mir etwas Gezwungenes in seinem Wesen nicht. Auch der Professor bemerkte es und veranlasste mich, ihn hinaufzuführen. Ich folgte diesem Wink und begleitete ihn bis zur Tür des Sterbezimmers. Wie ich ihn verlassen wollte, weil ich meinte, er wolle allein mit ihr sein, ergriff er meinen Arm, zog mich hinein und sagte dann heiser:

»Sie haben sie ja auch geliebt, mein Freund. Sie hat mir davon erzählt, von allen unseren Freunden standen Sie ihrem Herzen am nächsten. Ich weiß nicht, wie ich Ihnen alles das danken soll, was Sie an ihr getan haben. Ich kann es noch nicht glauben.«

Hier verließ ihn seine Fassung. Er schlang seine Arme um mich, lehnte seinen Kopf an meine Brust und weinte:

»O Jack, Jack! Was soll ich tun? Mein ganzer Lebensinhalt ist auf einmal von mir gegangen; es gibt nichts mehr in der weiten Welt, für das ich noch leben möchte.«

Ich sprach ihm Trost zu, so gut ich es vermochte. In solchen Fällen bedarf es ja nicht vieler Worte. Ein Druck der Hand, eine Umarmung, ein gemeinsamer Seufzer sind ein hinreichender Ausdruck des Mitgefühls. Ich verhielt mich schweigend und wartete, bis sein Weinen ruhiger wurde. Dann sagte ich leise zu ihm:

»Kommen Sie, wollen Sie Lucy nicht ein letztes Mal sehen?«

Wir gingen beide zum Totenbett und ich hob das Laken auf. Gott, wie schön sie war! Jede Stunde schien sie schöner zu werden. Ich war überrascht, und dabei überlief es mich kalt. Arthur zitterte, wie vom Fieber geschüttelt, und Zweifel bemächtigten sich seiner. Schließlich sagte er nach einer langen Pause ganz leise:

»Jack, ist sie denn wirklich tot?«

Traurig versicherte ich ihm, dass es so sei, und redete ihm ein – ich hatte das Gefühl, man dürfe einen so furchtbaren Zweifel keinen Augenblick länger bestehen lassen –, dass es öfter sich ereigne, dass nach dem Tode die Gesichtszüge wieder weicher würden und sogar manchmal ihren jugendlichen Reiz zurückgewönnen; das sei besonders der Fall, wenn dem Tode ein akutes, nicht lange dauerndes Leiden voranging. Seine Zweifel schienen beseitigt zu sein, und nachdem er eine Zeit lang vor ihrem Bett gekniet und sie liebevoll angesehen hatte, ging er weg. Ich sagte ihm, dass dies der Abschied sein müsse, da der Sarg bereit stünde. Er trat noch einmal an das Totenbett, ergriff die kalte Hand seiner Braut und drückte einen Kuss darauf, dann beugte er sich über sie und küsste sie auf die Stirn. Darauf ging er fort, indem er sich noch einmal wehmütig nach der Toten umsah.

Ich verließ ihn, nachdem er sich in das Wohnzimmer begeben hatte, und teilte Van Helsing mit, dass er nun Abschied genommen habe. Dieser ging nun in die Küche und forderte das Personal des Begräbnisunternehmers auf, ihre Arbeit aufzunehmen und den Sarg zuzuschrauben. Als er wieder zurückkam, erzählte ich ihm von Arthurs Bedenken, und er entgegnete:

»Das wundert mich gar nicht. Gerade im Augenblick hätte ich beinahe selbst gezweifelt.«

Wir speisten alle zusammen und ich bemerkte, dass Arthur sich Mühe gab, gefasst zu erscheinen. Van Helsing war das ganze Diner über äußerst schweigsam gewesen, als wir aber unsere Zigarren angezündet hatten, sagte er:

»Lord –«, aber Arthur unterbrach ihn:

»Nein, nein; nicht so, um Gottes Willen! Jetzt noch nicht! Um keinen Preis! Verzeihen Sie, Herr Professor, ich habe zu heftig gesprochen; aber mein Verlust ist eben noch zu neu.«

Der Professor erwiderte sehr freundlich:

»Ich gebrauchte den Titel nur, weil ich im Zweifel war. Ich werde Sie nicht mehr ›Lord‹ nennen, denn ich habe Sie lieben gelernt – ja, wirklich lieben – als Arthur.«

Arthur hielt seine Hand hin und drückte die des alten Mannes.

»Nennen Sie mich, wie Sie wollen «, sagte er. »Ich hoffe, Sie werden mich immer als Freund bezeichnen. Und lassen Sie mich noch sagen, dass mir die Worte fehlen, um Ihnen meinen Dank zum Ausdruck zu bringen für all das, was Sie meiner lieben Lucy Gutes getan haben.« Er schwieg einen Augenblick und fuhr fort: »Ich weiß, dass sie Ihre Güte noch besser verstand als ich; und wenn ich aufbrauste oder aufbrausen wollte, damals wie Sie so an mir handelten, Sie wissen, was ich meine« – der Professor nickte – »so müssen Sie mir verzeihen.«

Van Helsing antwortete mit gütigem Ernst:

»Ich weiß wohl, es war hart für Sie, damals den Glauben an mich nicht zu verlieren; denn wenn man in einem solchen Fall glauben soll, möchte man vorher auch die Gründe wissen. Ich nehme auch jetzt an, dass Sie mir nicht vertrauen – nicht vertrauen *können,* denn Sie verstehen mich noch nicht. Es werden auch fernerhin Zeiten kommen, wo ich von Ihnen Vertrauen fordern muss, auch wenn Sie nicht können, nicht wollen und mich nicht begreifen werden. Aber dann wird der Tag kommen, da Sie mir voll und ganz vertrauen, wo Sie alles klar erkennen werden, als schiene Ihnen die Sonne nach langer Nacht. Dann werden Sie mich für alles segnen, was ich tat um Ihretwillen, um der anderen und um deren willen, die Sie geliebt haben und der ich schwor, Sie zu retten.«

»Und ich werde Ihnen unbegrenztes Vertrauen entgegenbringen, Herr Professor«, sagte Arthur mit Wärme. »Ich weiß es und glaube es, dass Sie ein edles Herz haben, Sie sind Jacks Freund und waren auch der ihre. Tun Sie, was Sie für nötig halten.«

Der Professor räusperte sich ein paar Mal, als wolle er eine Rede halten, und sagte schließlich:

»Darf ich Sie jetzt etwas fragen?«

»Gewiss.«

»Sie wissen, dass Frau Westenraa Ihnen ihr ganzes Eigentum vermacht hat?«

»Nein, daran hätte ich nie gedacht, die Gute!«

»Da nun alles Ihnen gehört, haben Sie das Recht, nach Ihrem Gutdünken darüber zu verfügen. Ich bitte um die Erlaubnis, alle Briefe und Papiere Lucys lesen zu dürfen. Glauben Sie mir, es ist nicht Neugierde, was mich zu dieser Bitte veranlasst. Ich habe meine Gründe, die auch Lucy, wenn sie noch lebte, gern anerkennen würde. Ich habe alles hier. Ich nahm es an mich, ehe ich wusste, dass es Ihr Eigentum sei, damit keine fremde Hand es berühre, kein fremdes Auge die Geheimnisse von Lucys Seele schaue. Ich werde die Papiere bei mir behalten, wenn ich darf. Auch Sie sollen vorerst keinen Einblick nehmen, aber ich werde sie sicher aufbewahren. Wir wollen kein Wort darüber verlieren, und wenn dann bessere Zeiten kommen, gebe ich Ihnen alles zurück. Es ist etwas Schweres, was ich da von Ihnen fordern muss; wollen Sie es mir um Lucys willen gewähren? «

Arthur rief herzlich, als sei seine alte Spannkraft wieder zurückgekehrt:

»Dr. Van Helsing, Sie können tun, was Sie wollen. Ich weiß, dass ich, indem ich dies sage, nur den Willen der teuren Toten zum Ausdruck bringe. Ich werde Sie nicht mit Fragen belästigen und mich gedulden, bis die Zeit da ist.«

Der Professor stand auf und sagte feierlich:

»Sie tun recht daran. Wir werden alle noch viel Leid zu ertragen haben. Wir und Sie – Sie am meisten – müssen durch bittere Wasser, ehe wir zu den süßen kommen. Aber wenn wir tapferen Herzens sind und selbstlos, und wenn wir unsere Schuldigkeit tun, dann wird alles gut werden!«

Ich schlief heute Nacht auf einem Sofa in Arthurs Zimmer. Van Helsing ging überhaupt nicht schlafen. Er ging ab und zu und ließ das Zimmer, in dem Lucy in ihrem Sarge schlummerte, nicht aus den Augen. Rings um die Bahre lag wilder Knoblauch verstreut, der durch den milden Duft der Lilien und Rosen hindurch einen schweren, betäubenden Geruch in die stille Nacht hinaussandte.

## *Mina Harkers Tagebuch*

22. September. – Im Zuge nach Exeter. Jonathan schläft.

Mir ist, als sei es gestern erst gewesen, dass ich meinen letzten Eintrag gemacht habe; und doch, was liegt alles zwischen damals und heute! Es war in Whitby, und die ganze Welt lag noch vor mir; Jonathan war in weiter Ferne und ich hatte keine Nachrichten von ihm. Und nun bin ich mit Jonathan verheiratet, er ist Anwalt, reich, Chef seines Geschäftes, Herr Hawkins tot und begraben. Jonathan ist neuerdings leidend. Eines Tages wird er mich doch wohl fragen. Ich habe das Stenografieren beinahe verlernt – seltsam, dass unerwarteter Reichtum uns so beeinflusst –, ich werde mir wieder Übung verschaffen müssen.

Die Trauerfeier war einfach, aber sehr erhebend. Anwesend waren nur wir, die Dienerschaft, einige seiner alten Freunde aus Exeter, sein Londoner Vertreter und ein Herr, der in Vertretung des Herrn John Paxton, des Präsidenten des Juristenverbandes, erschienen war. Jonathan und ich standen Hand in Hand und wir empfanden, dass unser bester und treuester Freund von uns gegangen war.

Wir kehrten schweigend zur Stadt zurück und bestiegen den Omnibus nach Hyde Park Corner. Jonathan meinte, es könne mich interessieren, »The Rows« zu besuchen, und so ließen wir uns ein wenig nieder. Aber es waren nur wenige Leute dort, und die vielen leeren Stühle machten einen trostlos langweiligen Eindruck auf mich. Wir mussten an den leeren Stuhl denken, der nun zu Hause unser wartete. Wir standen auf und wandelten Piccadilly hinunter. Jonathan hatte sich in meinen Arm eingehängt, wie er es immer getan hatte, ehe ich Lehrerin wurde. Ich fand es etwas unpassend, denn man hat nicht jahrelang junge Mädchen in guter Sitte und Etikette unterrichtet, ohne dass die pedantische Beschäftigung auf einen einwirkte. Aber schließlich war es Jonathan, war es mein Mann, und außerdem war ja niemand in der Nähe, der uns gekannt hätte – es wäre uns auch ganz gleichgültig gewesen, und so gingen wir unseres Weges. Ich betrachtete gerade ein wunderschönes Mädchen mit einem mächtigen, wagenradgroßen Hut, das in einer Viktoriachaise vor Giulianos Laden wartete, als Jonathan meinen Arm drückte, dass es mich schmerzte, und halb erstickt rief: »Mein Gott!« Ich bin immer in Sorge um Jonathan, denn ich fürchte, dass irgendein Zufall wieder seine Nerven beunruhigen könnte. Ich wandte mich rasch ihm zu und fragte ihn, was denn geschehen sei.

Er war ganz bleich, und seine Augen traten fast aus ihren Höhlen, wie er, halb erstaunt, halb entsetzt, auf einen großen, mageren Mann mit einer Adlernase, weißem Schnurrbart und spitzem Kinn hinstarrte, der gleichfalls das schöne Mädchen beobachtete. Er sah so gespannt nach ihr hin, dass er uns beide nicht bemerkte, und so konnte ich ihn genau ins Auge fassen. Er hatte kein gutes Gesicht; es war hart, grausam und sinnlich, und seine weißen Zähne, die gegen die roten Lippen auffallend abstachen, waren spitzig wie die eines Raubtieres. Jonathan starrte ihn noch immer an, so dass ich befürchtete, der Fremde könne es bemerken. Ich fürchtete auch, er könne es unter Umständen meinem Manne verübeln, denn er sah böse und mürrisch aus. Ich fragte Jonathan, warum er so verstört sei, und er antwortete, offenbar in der Meinung, dass ich so viel wüsste wie er: »Weißt du, wer das ist?«

»Nein, Liebster«, erwiderte ich, »ich kenne ihn nicht; wer ist es denn?« Seine Antwort erschreckte und durchschauerte mich, denn es war gerade, als ob er nicht zu mir, seiner Frau, spräche:

»Er ist es selbst!«

Jonathan war scheinbar über etwas entsetzt – furchtbar entsetzt; ich glaube, wenn ich nicht neben ihm gestanden und ihn gestützt hätte, er wäre umgesunken. Er hielt den Blick unverwandt auf den Fremden gerichtet. Ein Mann kam mit einem zierlichen Paket aus dem Laden; er gab es der Dame, und sie fuhren weiter. Der unheimliche Fremdling ließ sie nicht aus den Augen, und als das Fahrzeug Piccadilly hinauffuhr, rief er eine Droschke herbei und folgte in der gleichen Richtung. Jonathan sah lange hinter ihm drein und sagte wie im Selbstgespräch:

»Ich glaube, es ist der Graf, aber er ist jünger geworden. Entsetzlich, wenn das wirklich so wäre! O mein Gott, o mein Gott! Wenn ich nur wüsste, wenn ich nur wüsste!« Er war in tiefster Erregung; ich fürchtete, durch eine Frage ihn noch länger an den Gegenstand zu fesseln, und schwieg deshalb. Ich zog ihn ruhig fort, und er folgte mir willig, indem er meinen Arm ergriff. Wir gingen weiter und kamen in den Green Park, wo wir uns ausruhen wollten. Es war ein warmer Herbsttag, und wir fanden eine hübsche Bank an einem schattigen Plätzchen. Einige Minuten starrte Jonathan ins Leere, dann schlossen sich seine Augen und er versank in einen ruhigen Schlummer, sein Haupt an meine Schulter gelehnt. Ich dachte mir, das sei das Beste für ihn, und störte ihn nicht. Nach etwa zwanzig Minuten wachte er auf und sagte heiter:

»Mina, ich habe wohl geschlafen? Entschuldige die Ungezogenheit. Komm, wir wollen irgendwo ein Glas Tee trinken.« Er hatte offenbar den finsteren Fremdling vollkommen vergessen, wie er in seiner Krankheit alles vergessen hat, was ihn an die Episode erinnerte. Mir gefällt dieses Versinken in Vergessenheit nicht recht; vielleicht könnte es dem Gehirn Schaden zufügen. Ich werde ihn nicht fragen, weil ich fürchte, ich könnte damit mehr verderben als gut machen; aber ich muss irgendwie die Erlebnisse auf seiner Reise erfahren. Ich fürchte, die Zeit ist gekommen, da ich das Paket öffnen und seinen Inhalt durchforschen muss. Jonathan, du wirst mir verzeihen, wenn es etwas Unrechtes ist, das ich zu tun im Begriff stehe, ich weiß es; aber es geschieht ja nur um deinetwillen, Geliebter.

Später. – Eine traurige Heimkehr in jeder Hinsicht. Im Haus fehlte die treue Seele, die so gut gegen uns war; Jonathan bleich und verstört unter dem Einfluss eines leichten Rückfalles, und nun ein Telegramm von einem Van Helsing; wer es ist, weiß ich nicht:

›Ich gestatte mir, Ihnen die traurige Mitteilung zu machen, dass Frau Westenraa vor fünf Tagen, Fräulein Lucy vorgestern gestorben ist. Beide sind heute beerdigt worden.‹

Oh, wie viel Elend in so wenigen Worten! Arme Frau Westenraa! Arme Lucy! Fort sind sie, fort, und werden niemals mehr zu uns zurückkehren! Und der arme Arthur, der das Süßeste aus seinem Leben verloren hat! Gott helfe uns allen, unser Leid geduldig zu tragen.

## *Dr. Sewards Tagebuch*

22. September. – Alles ist vorüber. Arthur ist zurück nach Ring und hat Quincey Morris mitgenommen. Was für ein prächtiger Mensch dieser Morris ist! Ich bin der felsenfesten Überzeugung, dass er über Lucys Tod ebenso viel Schmerz empfand als irgendeiner von uns; aber er bezwang stolz sein Leid, wie ein guter Wikinger. Wenn Amerika fortfährt, solche Männer zu erzeugen, wie er ist, dann wird es einst eine Weltmacht darstellen. Van Helsing schläft unten und ruht sich für seine Reise aus. Er fährt heute Nacht nach Amsterdam, hat aber versprochen, morgen Abend wiederzukommen; er hat nur einiges zu besorgen, was er persönlich erledigen muss. Wenn es möglich ist, will er dann bei mir bleiben; er sagt, er habe in London eine Aufgabe zu erfüllen, die ihn längere Zeit in Anspruch nehmen werde. Armer alter Mann! Ich glaube, die Erregungen der letzten Wochen haben sogar seine eiserne Kraft gebrochen. Während des ganzen Begräbnisses legte er sich, wie ich sehen konnte, äußerste Zurückhaltung auf.

Als die Zeremonie beendet war, standen wir alle bei Arthur, der von seinem Anteil sprach an der Operation, in der man sein Blut in Lucys Adern geleitet hatte. Ich bemerkte, dass Van Helsings Gesicht abwechselnd blass und rot wurde. Arthur sagte, er habe das Gefühl gehabt, als sei er seitdem mit Lucy verheiratet und sie vor Gott sein Weib gewesen sei. Keiner von uns ließ ein Wort über die anderen Operationen verlauten und es wird auch niemals geschehen. Arthur und Quincey gingen miteinander auf den Bahnhof, während ich mich mit Van Helsing hierher begab. Kaum waren wir allein im Wagen, als er einem regulären hysterischen Anfall unterlag. Er hat ja unterdessen bestritten, dass es ein hysterischer Anfall war, und behauptet steif und fest, es sei lediglich seine humoristische Veranlagung gewesen, die auf einmal mitten in diesem Schrecken hervorbrach. Er lachte und weinte, und ich musste die Vorhänge zuziehen, damit uns niemand in diesem Zustand sehe. Dann weinte er, bis er wieder lachen musste; und schließlich lachte und weinte er auf einmal, gerade wie es eine hysterische Frau macht. Ich behandelte ihn streng, wie man es bei einer Frau unter solchen Umständen tut; aber es war umsonst. Männer und Frauen sind so sehr verschieden in den Äußerungen nervöser Stärke oder Schwäche! Als sein Gesicht dann wieder ruhig und ernst wurde, fragte ich ihn, woher diese Heiterkeit komme und gerade zu dieser Zeit. Seine Antwort war durchaus charakteristisch, denn sie war logisch, treffend und geheimnisvoll. Er sagte:

»Aha, Sie verstehen nicht, Freund John. Glauben Sie ja nicht, ich sei nicht traurig, weil ich lache. Sehen Sie, ich habe geweint, während es mich vor Lachen schüttelte. Noch weniger aber dürfen Sie glauben, dass ich traurig bin, wenn ich weine, denn ich lache ja zu gleicher Zeit. Glauben Sie mir, das Lachen, das erst bescheiden an die Tür klopft und fragt: ›Darf ich herein?‹ ist nicht das richtige Lachen. Nein, es kommt wie ein König, wann und wie es will. Es fragt nicht nach der Person, es kümmert sich nicht, ob es zu geeigneter Zeit kommt. Es sagt einfach: Da bin ich. Sehen Sie zum Beispiel hier: Ich gräme mich fast tot um das gute, süße Mädchen; ich gebe mein Blut für sie, trotzdem ich alt und verbraucht bin; ich opfere meine Zeit, mein Können, meinen Schlaf; ich lasse meine anderen Patienten nach mir schmachten, damit nur sie mich nicht vermisse. Und doch kann ich lachen – just an ihrem Grabe, wo die Schollen vom Spaten des Totengräbers mit dumpfem Klang auf ihren Sarg poltern, dass es mir das Herz im Leibe zusammenzieht und die Wangen bleich werden. Und um Arthur blutet mein Herz; um den guten Jungen, der mit dem meinen, wenn er noch lebte, gleichalterig wäre und der die gleichen Augen, die gleichen Haare hatte. Nun wissen Sie also auch, warum ich ihn so gerne habe. Und wenn er Dinge sagt, die mein Vaterherz bis zum äußersten rühren und mich zu ihm hinziehen wie zu keinem andern Menschen, selbst Sie nicht ausgenommen, Freund John, denn wir stehen uns durch unsere gemeinschaftlichen Erfahrungen näher als Vater und Sohn – selbst dann kommt das Lachen wie ein König zu mir und schreit und brüllt in mein Ohr: Da bin ich! Da bin ich!, so dass das Blut wieder zurückkehrt und etwas Sonnenschein auf meine Wangen zaubert. Oh, Freund John, es ist eine seltsame Welt, eine traurige Welt, eine Welt voll Elend, Weh und Sorgen. Und doch, wenn das Lachen kommt, dann tanzen alle nach seiner Melodie: blutende Herzen, bleichende Totenbeine und Tränen, die brennend heiß herniederrinnen – alles tanzt nach der Melodie, die es mit seinem Munde aufspielt, der das Lächeln nicht kennt. Glauben Sie mir, Freund John, es ist gut und freundlich, wenn es sich uns nähert. Ach, wir Männer und Frauen sind wie Seile, die mit großer Gewalt hin und her gerissen werden. Dann kommen die Tränen, und wie der Regen die Seile, so spannen sie uns an, bis vielleicht die Beanspruchung zu groß wird und wir zusammenbrechen. Aber das Lachen kommt wie der Sonnenschein, die Spannung lässt wieder nach und wir sind von neuem im Stande, an unsere Arbeit zu gehen, was es auch sei.« Ich wollte ihn nicht verletzen, indem ich ihm eingestand, dass mir der Sinn seiner Worte nicht klar sei. Schließlich aber konnte ich mich doch nicht mehr enthalten zu fragen, was sein Lachen zu bedeuten habe. Als er mir antwortete, wurde sein Gesicht ernst, und er sagte in ganz verändertem Tone:

»Ach, es war nur die grausame Ironie, die in dem allen lag – das liebliche Mädchen, das, mit Blumen geschmückt, so blühend aussah wie im Leben, dass einer nach dem anderen seine Zweifel äußerte, ob sie denn wirklich tot sei. Sie lag in dem schönen Marmorhaus da draußen auf dem einsamen Friedhof, wo schon so viele ihres Geschlechtes ruhen, lag dort mit der Mutter, die sie liebte und die von ihr geliebt wurde, und die Totenglocke klang so traurig und feierlich. Und jene heiligen Männer mit den Engelgewändern, die scheinbar aus den Büchern vorlasen und doch keinen Augenblick auf die Blätter sahen, und wir alle tief gebeugt. Und warum das alles? Sie ist tot. Also!? Oder ist sie es vielleicht nicht?«

»Ja, aber um des Himmels willen, Herr Professor«, sagte ich, »ich kann da nicht das geringste Lächerliche finden. Ihre Erklärung macht mir die Sache noch verworrener. Ich will meinetwegen zugeben, dass die Zeremonien etwas Komisches an sich gehabt haben können, aber doch nicht Arthur mit seinem Schmerz? Sein Herz war doch, weiß Gott, nahe am Brechen.«

»So ist es. Sagte er nicht auch, dass die Bluttransfusion sie zu seinem Weibe gemacht habe?«

»Gewiss, es mag süß und tröstlich für ihn gewesen sein.«

»Ganz recht. Aber darin liegt ja eben die Schwierigkeit. Wenn es wirklich so ist, was ist dann mit den anderen? Hahaha! Dann ist also das liebe Mädchen in Vielehe gestorben, und ich, dessen Weib schon lange tot, nach der Lehre meiner Kirche aber noch für mich lebendig ist und dem ich immer noch die Treue halte, ich bin Bigamist.«

»Ich begreife nicht, wie Sie auf diese Scherze kommen!«, sagte ich, und es war mir nicht sonderlich sympathisch, dass er solche Dinge redete. Er legte mir die Hand auf den Arm und sagte:

»Freund John, verzeihen Sie, wenn ich Ihnen weh tue. Ich würde meine Gefühle niemand offenbaren, wenn es ihn verletzen würde; aber Ihnen offenbare ich mich, weil ich Ihnen trauen kann. Ich wollte, Sie hätten in mein innerstes Herz schauen können, wenn ich lachen muss, und dann, wie das Lachen wirklich kam, und schließlich, als das Lachen sein Bündel schnürte, um weit fort von mir zu gehen und auf lange, lange Zeit. Vielleicht würden Sie mich am meisten bedauern.«

Ich war betroffen von der Weichheit in seinen Worten und fragte nach deren Grund.

»Weil ich *weiß!*«

Nun sind wir in alle Winde zerstreut, und an so manchen langen Tagen wird die Einsamkeit mit gefalteten Schwingen brütend auf unserem Dache sitzen. Lucy liegt in der Gruft ihrer Ahnen, einer herrschaftlichen Grabstätte draußen auf dem stillen, einsamen Friedhofe, weit ab von dem Getriebe Londons, wo noch frische Lüfte wehen und die Sonne über Hampstead Hill heraufsteigt und wilde Blumen blühen.

So kann ich also mein Tagebuch beschließen; Gott allein weiß, ob ich je ein neues beginnen werde. Wenn dies geschehen sollte oder wenn ich dieses fortsetze, so wird es sich um andere Dinge handeln. Es werden andere Personen auftreten; aber hier am Ende, wo die Romanze meines Lebens fertig erzählt ist, sage ich, ehe ich wieder an meine Lebensaufgabe gehe, traurig und ohne Hoffnung:

»FINIS.«

### *»The Westminster Gazette« 25. September*

## ***Das Geheimnis von Hampstead***

In der Nachbarschaft von Hampstead spielt sich gegenwärtig eine Reihe von Ereignissen ab, die eine auffallende Ähnlichkeit haben mit denen, die den Anlass zu den Leitartikeln »Der Schrecken von Kensington«, »Die Frau mit dem Dolche« oder »Die Dame in Schwarz« gaben. Während der letzten zwei oder drei Tage ist es mehrfach vorgekommen, dass kleine Kinder von zu Hause fortliefen oder nicht von ihren Spielplätzen auf der Heide zurückkehrten. In allen Fällen waren die Kinder zu klein, um wirklich zuverlässige Gründe angeben zu können, aber darin stimmen alle ihre Entschuldigungen überein, dass sie mit einer »blutigen Dame« gespielt hätten. Es war immer spät abends, als man sie vermisste, und in zwei Fällen sind die Kinder erst am nächsten Morgen gefunden worden. Man vermutet in der Nachbarschaft, dass, als das erste vermisste Kind als Ursache seines Ausbleibens angab, eine »blutige Dame« habe es zu einem Spaziergang mitgenommen, die andern diese Entschuldigung aufgriffen und auch bei passender Gelegenheit vorbrachten. Das ist umso einleuchtender, als jetzt ein Lieblingsspiel der Kleinen ist, dass eines das andere durch verschiedene Listen beiseite lockt. Ein Korrespondent schreibt uns, dass es äußerst drollig sei zu sehen, wie die winzigen Knirpse sich als »blutige Dame« ausgeben. Er sagt, manche unserer Karikaturenzeichner könnten hier wirklich Studien machen. Es ist verständlich, dass die »blutige Dame« in diesen Spielen die Hauptrolle spielt. Unser Berichterstatter bemerkt ziemlich naiv, dass nicht einmal Ellen Terry so gewinnend attraktiv sein konnte, wie einige dieser schmutzigen, kleinen Kinder vorgaben – oder sogar selbst glaubten – zu sein.

Möglicherweise hat die Sache aber auch eine ernste Seite, denn einige der Kinder, besonders die, welche bei Nacht gefehlt haben, sind an der Kehle leicht verletzt. Die Wunden sehen aus, als seien sie von einer Ratte oder einem kleinen Hund erzeugt, und wenn sie auch im Einzelfall nicht gerade von Bedeutung erscheinen, so zeigen sie doch, dass das Tier – gleichviel, was für eines – von dem die Wunden herrührten, seine ganz besondere Methode hat. Die Polizei jener Gegend ist dahin instruiert worden, dass sie ihr Augenmerk auf umherirrende Kinder, besonders wenn sie sehr klein sind, und auf Hunde, die in der Nähe von Hampstead Heath herumlaufen, zu richten habe.

*»The Westminster Gazette«. 25. September*
*Extrablatt*

**Der Schrecken von Hampstead**

*Wieder ein Kind verletzt*
*Die »blutige Dame«*

Soeben erhielten wir Nachricht, dass wieder ein Kind, das letzte Nacht vermisst wurde, erst heute Morgen spät unter einem Stechginsterbusch in der Nähe des Schießhügels, dem weniger besuchten Teil der Hampsteader Heide, gefunden worden ist. Es hat dieselben kleinen Wunden an der Kehle, die schon in mehreren vorhergehenden Fällen konstatiert wurden. Es ist entsetzlich schwach und sah ganz abgezehrt aus. Als es einigermaßen wiederhergestellt war, wusste es auch nichts weiter zu erzählen als die Geschichte von der »blutigen Dame«, die es zu sich gelockt habe.

# *Vierzehntes Kapitel*

## *Mina Harkers Tagebuch*

23. September. – Jonathan ist wieder besser nach einer schlecht verbrachten Nacht. Ich bin froh, dass er reichlich viel zu tun hat, denn es lenkt seinen Geist von all den schrecklichen Dingen ab. Besonders glücklich bin ich darüber, dass er sich nun nicht mehr so sehr von der Verantwortlichkeit in seiner neuen Stellung niedergedrückt fühlt. Ich wusste ja, dass er sich selbst treu bleiben werde, und bin nun stolz darauf, dass er sich zu der Höhe seiner Leistungsfähigkeit erhoben hat und in jeder Hinsicht den Pflichten gerecht wird, die auf ihm ruhen. Er bleibt alle Tage lange aus und sagte mir, dass er zum Lunch nicht nach Hause kommen könne. Meine Haushaltsarbeiten sind getan; ich werde also sein Reisetagebuch nehmen, mich in mein Zimmer einschließen und es lesen.

24. September. – Ich hatte nicht den Mut, heute Nacht zu schreiben, so sehr hat mich Jonathans Bericht entsetzt. Armer Mann! Was musst du gelitten haben; ganz gleich, ob es Wahrheit oder Einbildung war. Ich möchte wissen, ob ein Fünkchen Wahrheit in dem allem ist. Hat er alle diese Dinge erst geschrieben, nachdem ihn das Nervenfieber ergriffen hatte, oder hatte er doch einen Grund dafür? Vermutlich werde ich darüber wohl nie Aufschluss bekommen, denn ich möchte mit ihm doch nicht darüber sprechen … Und nun haben wir diesen Menschen gestern gesehen! Er schien seiner Sache vollkommen gewiss. Armer Mann!

Wahrscheinlich hat ihn die Beerdigung aufgeregt und seinen Gedanken diese Richtung gegeben. Er glaubt selbst alles. Mir fällt da eben ein, wie er an unserem Hochzeitstag sagte: »Nur wenn eine heilige Pflicht mich zwingen sollte, die bitteren Stunden mir wieder zurückzurufen, schlafend oder wachend, gesund oder irre.« – Ich habe das Gefühl, als zöge sich ein roter Faden durch das Ganze ... Dieser entsetzliche Graf kommt nach London ... Wenn es sein sollte, dass er nach London kam mit seinen wimmelnden Millionen ... Hier ist vielleicht schon die heilige Pflicht, und wenn sie kommt, dürfen wir nicht vor ihr zurückschrecken ... Ich bin zu allem bereit. Ich werde meine Schreibmaschine nehmen und sofort beginnen, das Tagebuch aus dem Stenogramm zu übertragen. Dann haben wir es bei Bedarf für die Augen anderer bereit. Wenn das der Fall sein sollte, dann kann ich vielleicht, wenn ich fertig bin, im Namen meines lieben Jonathan sprechen und kann verhindern, dass er sich neuerdings aufregt und über diese Dinge ängstigt und grämt.

Wenn später Jonathan seine Nervosität wegen dieser Dinge verloren hat, dann wird er vielleicht selbst das Bedürfnis haben, mit mir darüber zu sprechen, und ich kann ihn fragen, Verschiedenes erfahren und dann versuchen, ihn zu beruhigen.

## *Brief, Van Helsing an Frau Harker*

Vertraulich

*Sehr verehrte gnädige Frau!* 24. September

Ich bin Ihnen insofern bekannt, als ich Ihnen seinerzeit die traurige Nachricht vom Tode Fräulein Westenraas sandte, und bitte um Entschuldigung, wenn ich mich heute wieder an Sie wende. Durch die Liebenswürdigkeit Lord Godalmings bin ich in den Stand gesetzt worden, Fräulein Lucys Briefe und Aufzeichnungen zu lesen, und ich bin tief bekümmert über einige Angelegenheiten von einschneidendster Bedeutung. Ich fand unter den Papieren einige Briefe von Ihnen und ersehe daraus, wie Sie mit Lucy befreundet waren und wie lieb Sie sich gehabt haben. Verehrte liebe Frau Mina, um dieser Liebe willen beschwöre ich Sie, helfen Sie mir. Es ist auch um anderer willen, dass ich diese Bitte stelle, um großes Unrecht wieder ungeschehen zu machen und viel und schreckliches Leid zu verhüten; größeres Leid, als Sie sich vorzustellen vermögen. Kann ich Sie persönlich sprechen? Sie dürfen mir vertrauen. Ich bin mit Dr. Seward und Lord Godalming (Lucys Arthur) eng befreundet. Ich muss die Sache aber einstweilen noch geheim halten. Ich würde nach Exeter kommen, sobald Sie mir die Erlaubnis erteilt haben, Sie zu besuchen, und mir Zeit und Ort angeben. Ich bitte nochmals um Entschuldigung, gnädige Frau. Ich habe Ihre Briefe an Fräulein Lucy gelesen und weiß, wie gut Sie sind und wie sehr Ihr Gatte leidet. Ich bitte Sie, wenn es irgend möglich ist, ihn nicht aufzuklären, damit er nicht wieder krank werde. Ich darf auf Ihre Verzeihung rechnen?

Van Helsing

## *Telegramm. Frau Harker an Van Helsing*

25. September. – Kommen Sie heute mit dem Zug ein Viertel nach zehn Uhr, wenn noch zu erreichen. Bin jederzeit bereit, Sie zu empfangen.

Wilhelmine Harker

## *Mina Harkers Tagebuch*

25 September. – Ich kann mich einer gewissen Erregung nicht erwehren, da die Zeit immer näher rückt, zu der Van Helsing mich besuchen wird. Ich habe das unbestimmte Gefühl, als ob dadurch auch etwas Licht auf Jonathans traurige Erlebnisse fallen würde; und da er Lucy in ihrer letzten Krankheit behandelt hat, so wird er mir viel von ihr berichten können. Deshalb kommt er ja; es handelt sich um Lucy und ihr Nachtwandeln, und nicht um Jonathan. So soll ich denn also die Wahrheit niemals erfahren! Wie töricht ich bin. Dieses entsetzliche Tagebuch hat meine ganze Fantasie in Bann geschlagen und verleiht allem etwas von seinem düsteren Kolorit. Zweifellos kommt er wegen

Lucy. Das liebe Mädchen verfiel wieder in jene Gewohnheit, die schreckliche Nacht auf dem Kliff muss es krank gemacht haben. Ich hatte im Drange meiner eigenen Angelegenheiten vergessen, wie übel sie in letzter Zeit daran war. Sie muss ihm von ihrem somnambulen Abenteuer auf dem Kliff erzählt haben und dass ich die ganze Sache kenne; und nun möchte er, dass ich ihm Aufschluss darüber erteile, um etwas Licht in das Dunkel zu bringen. Ich hoffe, ich habe recht daran getan, dass ich Frau Westenraa die Angelegenheit verschwiegen habe; ich könnte es mir nie verzeihen, wenn eine meiner Handlungen oder Unterlassungen der armen Lucy irgendeinen Schaden zugefügt hätte. Ich hoffe zuversichtlich, dass Van Helsing mich nicht tadeln wird; ich habe in letzter Zeit so viel Sorgen und Angst gehabt, dass ich – ich fühle es – jetzt augenblicklich nicht im Stande wäre, mehr zu ertragen.

Ich denke, ein bisschen Weinen tut uns allen von Zeit zu Zeit recht gut, es erfrischt die Nerven, wie es jeder Regen tut. Vielleicht hat mich das Lesen des Tagebuches gestern Abend so aufgeregt, dann fuhr auch Jonathan heute Morgen weg mit der Absicht, den ganzen Tag und die Nacht auszubleiben. Es ist das erste Mal, dass wir getrennt sind, seit wir verheiratet sind. Hoffentlich gibt Jonathan recht gut Acht auf sich; ich wünsche, dass ihm jede Aufregung fernbleibe. Es ist zwei Uhr und der Doktor wird bald hier sein. Ich werde ihm von Jonathans Tagebuch nichts erzählen, außer er fragt danach. Ich bin so froh, dass ich mein eigenes Tagebuch mit der Maschine ins Reine geschrieben habe; ich kann es ihm dann, wenn er etwas von Lucy wissen will, aushändigen. Es wird im Stande sein, manche Frage zu beantworten.

Später. – Er ist also gekommen und schon wieder fort. Was war das für ein seltsames Zusammentreffen; mir wirbelt noch immer der Kopf! Mir ist alles wie ein Traum. *Kann* denn das alles möglich sein oder auch nur ein Teil davon? Hätte ich nicht vorher Jonathans Tagebuch gelesen, ich hätte sogar die geringste Möglichkeit in Abrede gestellt. Armer, lieber Jonathan! Was musst du gelitten haben!

Wenn es Gott gefällt, so soll ihn all das nie mehr aufregen. Ich werde mein Äußerstes tun, es ihm fern zu halten. Aber es könnte ihm unter Umständen auch Trost und Sicherheit gewähren – so schreckliche Konsequenzen es auch haben könnte, sicher zu wissen, dass seine Augen, seine Ohren und seine Fantasie ihm keinen Streich gespielt haben und dass alles wahr ist. Es kann ja auch sein, dass es der Zweifel ist, der ihn so quält; dass, wenn der Zweifel beseitigt ist, ganz gleich, wie ihm die Wahrheit des Erlebten oder Erträumten bewiesen wird, er ruhiger sein wird und stärker, um die Erschütterung auszuhalten. Dr. Van Helsing muss ein guter und ein kluger Mann sein, wenn er Arthurs und Sewards Freund ist und wenn man ihn von Holland herbegerufen hat, um Lucy zu behandeln. Seit ich ihn kennen gelernt, weiß ich, dass er gut, freundlich und eine vornehme Natur ist. Wenn er morgen wiederkommt, werde ich ihn wegen Jonathan befragen, und dann, so Gott will, wird all diese Sorge und Angst doch noch ein gutes Ende nehmen. Ich wollte mir immer schon die Praxis des Interviewens aneignen. Jonathans Freund, ein Mitarbeiter der »Exeter News«, erzählte ihm, dass das Gedächtnis in solchen Dingen die Hauptrolle spiele, dass man im Stande sein müsse, fast wörtlich alles Gehörte niederzuschreiben, selbst wenn man hinterher einiges daran zu verbessern hätte. Ich hatte ein solches Interview; ich will versuchen, es *wörtlich* wiederzugeben.

Es war halb drei Uhr, als es klopfte. Ich nahm meinen ganzen Mut zusammen und wartete. Nach wenigen Augenblicken öffnete Mary die Türe und meldete Dr. Van Helsing.

Er trat näher; ein Mann mittlerer Größe, kräftig gebaut. Auf einem breiten, gewölbten Brustkasten saß ein schlanker Hals, und auf diesem ein fein geformter Kopf. Die Haltung des Kopfes berührt einen sofort als ein Zeichen von Gedankenfülle und Überlegenheit; der Kopf ist edel, kräftig und breit am Hinterkopf. Das glatt rasierte Gesicht zeigt ein energisches, eckiges Kinn, einen breiten, entschlossenen, beweglichen Mund, eine schöne, ziemlich gerade Nase mit fein vibrierenden Nüstern, die sich aufzublähen scheinen, wenn die buschigen Brauen sich herabsenken und der Mund sich zusammenpresst. Die Stirn ist breit und klar; sie steigt erst steil an und fällt dann nach rückwärts über zwei weit auseinanderstehende Ausbuchtungen; sie ist so mächtig, dass das rötliche Haar nicht über sie, sondern über die Schläfen und den Hinterkopf zurückfällt. Große blaue Augen, die weit auseinander stehen, wechseln rasch ihren Ausdruck, je nach des Mannes freundlicher oder ernster Stimmung. Er sagte zu mir:

»Bin ich richtig, Frau Harker?« Ich nickte zustimmend.

»Sie hießen früher Mina Murray?« Wieder nickte ich.

»Es ist Mina Murray, die Freundin der teuren Lucy Westenraa, mit der ich zu sprechen gekommen bin. Frau Mina, ich komme wegen der Toten.«

»Herr Doktor«, sagte ich, »eine bessere Empfehlung könnten Sie gar nicht haben, als dass Sie der Freund und Helfer Lucy Westenraas waren.« Ich hielt ihm die Hand hin. Er ergriff sie und sagte freundlich:

»Frau Mina, dass die Freundin des guten, reinen Mädchens gut sein muss, wusste ich schon; aber ich erkenne –.« Er schloss mit einer höflichen Verbeugung. Ich fragte ihn, weshalb er mich zu sprechen wünsche, und er antwortete:

»Ich habe Ihre Briefe an Fräulein Lucy gelesen. Verzeihen Sie mir dies, aber ich musste meine Erkundigungen irgendwo beginnen, und ich wüsste nicht, an wen ich mich sonst hätte wenden sollen. Ich weiß, dass Sie mit ihr in Whitby waren. Sie führte zeitweise ein Tagebuch. Sie brauchen nicht zu erstaunen, Frau Mina; es wurde erst begonnen, nachdem Sie fort waren, und war eine Nachahmung des Ihrigen. In diesem Tagebuch schildert sie gewisse Einflüsse, die sie zum Schlafwandeln brachten, und sie erzählt auch, dass sie einmal bei einer solchen Gelegenheit von Ihnen gerettet worden sei. In großer Bestürzung komme ich also zu Ihnen und bitte, Sie möchten mir in Ihrer großen Güte alles berichten, was Ihnen erinnerlich ist.«

»Ich darf wohl behaupten, Herr Dr. Van Helsing, dass ich Ihnen alles erzählen kann.«

»Ah, dann haben Sie also ein gutes Gedächtnis für Erlebnisse, für Details? Man findet das nicht sehr häufig bei jungen Frauen.«

»Nein, Herr Doktor, aber ich habe seinerzeit alles aufgeschrieben. Ich kann es Ihnen zeigen, wenn Sie wünschen.«

»Ich werde Ihnen sehr dankbar sein, Sie erweisen mir einen großen Gefallen.« Ich konnte der Versuchung nicht widerstehen, ihn erst ein wenig zappeln zu lassen – wahrscheinlich ist dies noch ein Überrest von jener Geschichte mit dem Apfel im Paradies – und so gab ich ihm das stenografierte Tagebuch. Er nahm es mit dankender Verbeugung und sagte:

»Darf ich es lesen?«

»Wenn Sie wünschen, ja«, antwortete ich so unbefangen als möglich. Er öffnete es, und sein Gesicht wurde lang. Dann stand er auf und verbeugte sich.

»Oh, Sie kluge Frau!«sagte er. »Ich weiß schon längst, dass Herr Jonathan ein sehr tüchtiger Mann ist; aber seine Frau hat alle erdenklichen guten Seiten. Wollen Sie mir nicht die Freude machen, es vorzulesen? Leider kann ich nicht stenografieren.« Da war mein kleiner Scherz zu Ende und ich schämte mich fast darüber. Ich nahm also die mit der Maschine geschriebene Kopie aus meinem Arbeitskörbchen und übergab sie ihm.

»Verzeihen Sie«, sagte ich, »ich konnte nicht anders; ich dachte mir, dass Sie wohl der armen Lucy wegen kämen, und so habe ich, damit Sie keine Zeit verlieren – nicht meinetwegen, sondern weil ich weiß, dass Ihre Zeit kostbar ist –, alles mit der Maschine für Sie aufgeschrieben.«

Er nahm das Schriftstück, und seine Augen glänzten. »Sie sind so gut«, sagte er. »Darf ich es jetzt lesen? Ich möchte Sie einige Dinge fragen, wenn ich gelesen habe.«

»Sehr gern«, sagte ich, »lesen Sie es, während ich den Lunch anordne; dann können Sie mich fragen, und wir essen dabei.« Er verbeugte sich und setzte sich in einen Stuhl, mit dem Rücken gegen das Licht, und vertiefte sich in die Lektüre, während ich hinausging, um nach dem Lunch zu sehen, hauptsächlich aber, um ihn nicht zu stören. Als ich zurückkehrte, fand ich ihn rasch auf- und abgehend; sein Gesicht war von Erregung gerötet. Er eilte auf mich zu und ergriff meine beiden Hände.

»O Frau Mina«, sagte er, »wie kann ich Ihnen sagen, was ich Ihnen zu danken habe? Dieser Bericht ist wie Sonnenschein für mich. Er öffnet mir das Tor. Ich bin betäubt und geblendet von so viel Licht, doch hinter dem Licht steigen immer wieder Wolken auf. Aber das verstehen Sie nicht, *können* Sie nicht verstehen. Wie bin ich Ihnen dankbar, Sie kluge, gute Frau. Gnädige Frau«, sagte er, auf einmal feierlich werdend, »wenn je Abraham Van Helsing etwas für Sie oder die Ihrigen tun kann, dann weiß ich, dass Sie es mir mitteilen werden. Es wird mir eine Freude und ein Vergnügen sein, wenn ich Ihnen als Freund zur Seite stehen kann; alles, was ich gelernt habe, alles, was ich tun kann, soll geschehen für Sie und für die, die Ihnen teuer sind. Es gibt Licht im Leben, aber es gibt auch Schatten; Sie sind ein Licht. Sie werden ein glückliches, schönes Leben haben, und Ihr Gatte wird mit Ihnen gesegnet sein.«

»Aber, Herr Professor, Sie loben mich so sehr und kennen mich gar nicht.«

»Ich Sie nicht kennen, ich, der alt ist und sein Leben lang Mann und Weib studiert hat; ich, der zu seinem Lebensstudium das menschliche Gehirn gewählt hat und alles, was mit diesem zusammenhängt und was daraus gefolgert werden kann! Ich habe doch das Tagebuch gelesen, das Sie in Ihrer großen Güte für mich abgeschrieben haben und das in jeder Zeile Wahrheit atmet. Ich, der Ihre lieben Briefe an Lucy gelesen hat, die von Ihrem Lieben und Ihrem Hoffen erzählen, ich sollte Sie nicht kennen! Frau Mina, gute Frauen erzählen all ihr Leben lang, jeden Tag, jede Stunde, jede Minute, nur solche Dinge, die Engel lesen können. Und wir Männer, die das zu erkennen wünschen, haben etwas von Engelsaugen an uns. Ihr Gatte ist eine vornehme Natur, und auch Sie sind vornehm, denn Sie vertrauen; vertrauen können aber nur Naturen, die über das Mittelmaß hinausragen. Und Ihr Gatte? Erzählen Sie mir doch von ihm. Ist er ganz gesund? Ist das Fieber vollkommen geheilt, und ist er stark und munter?«

Ich sah hier eine Möglichkeit, ihn über Jonathan zu Befragen, und sagte:

»Er war ziemlich hergestellt, aber der Tod des Herrn Hawkins hat ihn wieder sehr aufgeregt.« Er unterbrach mich:

»Ja, ja, ich weiß. Ich habe Ihre zwei letzten Briefe auch gelesen.« Ich fuhr dann fort:

»Ich nehme an, dass dies ihm zugesetzt hat, denn als wir letzten Donnerstag in der Stadt waren, hatte er einen Anfall.«

»Was, einen Anfall? So bald nach einem Nervenfieber? Das ist kein gutes Zeichen. Wie war denn der Anfall?«

»Er glaubte, jemand wiederzuerkennen, der eine schreckliche Erinnerung in ihm wachrief, der irgendwie mit seinem Nervenfieber in Zusammenhang stand.« Und es kam über mich wie ein Sturm. Das Mitleid mit Jonathan, der Schrecken, der ihn packte, das ganze furchtbare Geheimnis seines Tagebuches und die Sorge, die seit jener Zeit brütend auf mir gelastet hatte, alles kam über mich. Ich glaube, ich war hysterisch, denn ich warf mich vor ihm auf die Knie, erhob meine Hände zu ihm und flehte ihn an, meinen Mann wieder gesund zu machen.

Er ergriff meine Hände, hob mich auf und bat mich, auf dem Sofa Platz zu nehmen. Er setzte sich neben mich, hielt meine Hände in den seinen und sagte mit großer Güte in der Stimme:

»Mein Leben ist kahl und einsam und so voll Arbeit, dass mir für Freundschaften wenig Zeit bleibt. Aber seit ich von meinem Freund John Seward hierher berufen wurde, habe ich so prächtige Menschen kennen gelernt und so viel Seelenadel gesehen, dass ich mehr als je – es ist mit meinem vorschreitenden Alter immer ärger geworden – die Einsamkeit meines Lebens empfinde. Glauben Sie mir, ich kam hierher voll Ehrfurcht vor Ihnen, und Sie haben mir die Überzeugung gegeben, nicht nur, dass ich das finden werde, wonach ich suchte, sondern die Überzeugung, dass es noch gute Frauen gibt, die das Leben zu einem glücklichen zu machen vermögen; gute Frauen, deren Leben, deren Wirken ein gutes Beispiel für die Kinder ist, die einst sein werden. Ich bin so froh, dass ich Ihnen einen Gefallen erweisen kann; denn wenn Ihr Gatte leidet, so liegt sein Leiden im Bereich meiner Studien und Erfahrungen. Ich verspreche Ihnen, dass ich von Herzen gern alles für ihn tun will, was ich kann, alles, um sein Leben wieder stark und mannhaft zu gestalten, und das Ihre glücklich zu machen. Aber nun wollen wir essen. Sie sind übermäßig erregt und vielleicht überängstlich. Jonathan würde es ebenfalls nicht gern sehen, dass Sie so bleich sind, und es ist nicht gut für ihn, wenn ihm an seiner Frau etwas nicht gefällt. Seinetwegen müssen Sie essen und lächeln. Sie haben mir alles von Lucy erzählt, nun wollen wir nicht weiter darüber sprechen, damit wir nicht zu traurig werden. Ich werde heute Nacht in Exeter bleiben, denn ich habe viel nachzudenken über das, was Sie mir gesagt haben; und wenn ich genügend nachgedacht, dann werde ich noch einige Fragen an Sie stellen, wenn Sie gestatten. Dann können Sie mir auch von Jonathans Leiden erzählen, aber nicht jetzt. Erst müssen Sie essen, dann können Sie berichten, so viel Sie wollen.«

Als wir nach dem Lunch uns wieder im Wohnzimmer befanden, sagte er:

»So, nun erzählen Sie mir von ihm, was Sie wissen.« Als ich nun zu dem gelehrten Manne sprechen sollte, fürchtete ich fast, er könne mich für eine furchtsame Törin und Jonathan für einen Narren halten – das Tagebuch ist so merkwürdig – und wagte nicht zu reden. Aber er war so gut und freundlich und hatte mir versprochen zu helfen; so schenkte ich ihm mein Vertrauen und sprach:

»Dr. Van Helsing, das, was ich Ihnen zu sagen habe, ist so tolles Zeug, dass ich Sie bitten muss, nicht über mich oder meinen Gatten zu lachen. Seit gestern bin ich in einem geradezu fieberhaften Zweifel. Sie müssen Nachsicht mit mir haben und mich nicht für irrsinnig halten, dass ich einige der seltsamen Dinge sogar zur Hälfte für wahr halten konnte.« Seine Mienen beruhigten mich ebenso wie seine Worte:

»Verehrte Frau, wenn Sie eine Ahnung hätten, wie seltsam die Sache ist, wegen der ich zu Ihnen komme, wäre das Lachen an Ihnen. Ich habe mir angewöhnt, nie über eines anderen Glauben zu lachen, möge er auch noch so befremdend sein. Ich habe mich stets bemüht, ohne Vorurteil zu sein. Die gewöhnlichen Vorkommnisse des Lebens vermögen ja nicht zu verwirren, aber die seltsamen, außerordentlichen Dinge, die einen in Zweifel setzen, ob man bei Sinnen oder irre ist.«

»Dank, tausend Dank! Sie haben mir eine Zentnerlast vom Herzen genommen. Wenn Sie wollen, gebe ich Ihnen etwas zu lesen. Es ist lang, aber ich habe es mit der Maschine geschrieben. Es wird Ihnen von meinem und Jonathans Leiden erzählen. Es ist eine Kopie seines Reisetagebuches, und alles das hat sich ereignet. Ich wage es nicht, etwas darüber zu sagen; Sie werden selbst lesen und sich Ihr Urteil bilden. Wenn ich Sie später wiedersehe, sind Sie vielleicht so gütig mir zu sagen, was Sie davon halten.«

»Ich verspreche es Ihnen«, sagte er, als ich ihm die Papiere einhändigte, »ich komme morgen, so bald ich kann, um Sie und wenn möglich Ihren Gatten zu sehen.«

»Jonathan wird um halb zwölf hier sein; Sie kommen zu uns zum Lunch und werden ihn dabei kennen lernen. Sie können dann vielleicht noch den Schnellzug 3.34 erreichen, der Sie noch vor 8 Uhr nach Paddington bringt.« Er schien überrascht, dass ich die Züge auswendig wusste; er weiß eben nicht, dass ich mir alle Züge von und nach Exeter eingeprägt habe, damit ich meinem Jonathan helfen kann, wenn er Eile hat.

Er nahm die Papiere an sich und ging, und ich sitze hier, denke nach und weiß nicht worüber.

## *Brief, Van Helsing an Frau Harker*

*Sehr verehrte Frau Mina!* 25. September, 6 Uhr abends.
Ich habe das erstaunliche Tagebuch Ihres Gemahls gelesen. Sie können in Ruhe schlafen. Seltsam und schrecklich, wie es

ist, ist es doch wahr! Ich setze meinen Kopf dafür zum Pfände. Es mag für andere schlimm aussehen, für Sie und ihn hat es keine Schrecken. Er ist ein vornehmer Charakter. Ich kann Ihnen auf Grund meiner Menschenkenntnis sagen, dass jemand, der, wie er, diese Mauer hinunterstieg und jenes Zimmer betrat – zwei Mal betrat – nicht auf die Dauer das Opfer einer Nervenkrankheit bleiben kann. Sein Kopf und sein Herz sind in Ordnung, das schwöre ich Ihnen, noch ehe ich ihn gesehen habe. Also seien Sie beruhigt. Ich werde ihn viel über verschiedene Dinge zu fragen haben. Ich schätze mich glücklich, dass ich Sie heute noch sehen soll, denn ich habe auf einen Schlag so viel Neues erfahren, dass ich ganz verwirrt bin, verwirrter als je, und nachdenken muss.

Ihr ganz ergebenster
Abraham Van Helsing

## *Brief, Frau Harker an Van Helsing*

*Verehrter Herr Professor!* 25. September, 6.30 abends.
Vielen Dank für Ihren gütigen Brief, der mir eine Zentnerlast von der Seele genommen hat. Was gibt es, wenn die Aufzeichnungen der Wahrheit entsprechen, für entsetzliche Dinge auf der Welt; und was das Entsetzlichste ist, dieser Mann, dieses Scheusal soll leibhaftig in London weilen! Ich fürchte mich daran zu denken. Soeben erhielt ich von Jonathan ein Telegramm, dass er mit dem Zug um 6.25 abends von Launceston abfährt und 10.18 hier sein wird, so dass ich für die Nacht keine Angst zu haben brauche. Wollen Sie deshalb, anstatt mit uns den Lunch einzunehmen, schon zum ersten Frühstück um 8 Uhr kommen, wenn es Ihnen nicht allzu früh ist? Sie können, wenn Sie Eile haben, mit dem Zuge um 10.30 abfahren, mit dem Sie dann um 2.35 in Paddington ankommen werden. Eine Antwort auf diesen Brief ist nicht nötig; wenn ich nichts weiter von Ihnen höre, nehme ich an, dass Sie zum Frühstück eintreffen. Ich verbleibe

Ihre ergebene und dankbare Freundin
Mina Harker

## *Jonathan Harkers Tagebuch*

26. September. – Ich hätte nie gedacht, dass ich wieder in dieses Tagebuch schreiben würde, aber die Zeit ist gekommen. Als ich gestern Nacht heimkam, hatte Mina das Essen fertig, und als wir gespeist hatten, erzählte sie mir von Van Helsings Besuch, und dass sie ihm die zwei umgeschriebenen Tagebücher gegeben hätte und welche Angst sie um mich ausgestanden habe. Sie zeigte mir des Professors Brief, wo er sagt, dass alles, was ich niedergeschrieben habe, auf Wahrheit beruhe. Es scheint, das hat einen neuen Menschen aus mir gemacht. Es war der Zweifel an der Möglichkeit des Erlebten, was mich so niederdrückte. Ich fühlte mich schwach, tappte im Dunkeln und hatte jedes Selbstvertrauen verloren. Nun aber, da ich alles *weiß,* fürchte ich nichts mehr, nicht einmal den Grafen. Es ist ihm also doch, wie er beabsichtigte, gelungen, nach London zu kommen, und er war es, den ich sah. Er ist jünger geworden, aber auf welche Weise? Van Helsing ist der Mann dazu, ihn zu entlarven und zu vertreiben, wenn er einigermaßen der Beschreibung entspricht, die Mina mir von ihm gegeben hat. Wir blieben lange zusammen sitzen und besprachen alles. Mina kleidet sich jetzt an, und ich werde in einigen Minuten in seinem Hotel vorsprechen und ihn herüberholen.

Er war, glaube ich, überrascht, mich zu sehen. Als ich in das Zimmer trat, das er bewohnte, und mich ihm vorstellte, nahm er mich bei der Schulter, drehte mich mit dem Gesicht gegen das Fenster und sagte, nachdem er mich scharf prüfend angesehen hatte:

»Frau Mina hat mir doch erzählt, dass Sie krank seien, dass Sie einen Nervenschock erlitten hätten.« Es war so drollig, meine Frau von diesem gütig, aber energisch aussehenden alten Herrn »Frau Mina« nennen zu hören. Ich lächelte und sagte: »Ich war krank, ich *hatte* einen Nervenschock, aber Sie haben mich bereits geheilt.«

»Durch Ihren Brief an meine Frau gestern Abend. Ich war voller Zweifel, alles hatte damals den Schein der Unwirklichkeit; ich wagte nicht, mich auf irgendetwas, selbst nicht auf meine eigenen Sinne zu verlassen. Und da ich nicht wusste, worauf ich mich verlassen konnte, wusste ich auch nicht, was ich tun sollte. Und so konnte ich nur meine Arbeit weiter tun, als es bisher meine Gewohnheit gewesen war. Mit diesem Dahindämmern aber kam es, dass alle Erfolge ausblieben, und so verlor ich schließlich das Vertrauen zu mir selbst. Herr Professor! Sie ahnen ja nicht, was es heißt, an allem, sogar an sich selbst zu zweifeln. Nein, das kennen Sie nicht; Sie, ein Mann mit solch energischen Augenbrauen.« Dies schien ihm zu gefallen und er sagte lachend:

»So! Sie sind also Physiognom. Mit jeder Stunde erfahre ich hier Neues. Es wird mir eine große Freude bereiten, das Frühstück mit Ihnen einzunehmen. Und dann, mein Herr, nehmen Sie einem alten Mann das Lob nicht übel, aber Ihre Frau ist wirklich ein Engel.« Ich hätte ihm einen Tag lang zuhören können, wie er meine Mina lobte; ich nickte nur mit dem Kopf und stand schweigend da.

»Sie ist eine der von Gott gesandten, aus seiner eigenen Hand hervorgegangenen Frauen, die uns Männern und anderen Frauen zeigen sollen, dass es ein Himmelreich gibt, in das wir schon hienieden auf Erden gelangen können. Sie ist so treu, zärtlich, edel und so selbstlos, das will viel bedeuten in unserem skeptischen, egoistischen Zeitalter. Und Sie, mein Herr, ich habe all die Briefe an Fräulein Lucy gelesen, einige davon handeln auch von Ihnen; ich kenne Sie also schon mehrere Tage aus den Beschreibungen, die andere von Ihnen gaben. Ihre wahre Persönlichkeit kenne ich aber erst seit heute Nacht. Geben Sie mir Ihre Hand, wollen Sie? Wir wollen Freunde sein unser Leben lang.«

Wir drückten uns die Hände. Van Helsing war so ernst und gütig, dass mir ganz warm ums Herz wurde.

»Und nun«, sagte er, »darf ich Sie bitten mir zu helfen? Ich habe eine große Aufgabe vor mir und möchte gleich zu Beginn wissen, ob ich auf Sie rechnen darf. Sie können mir viel helfen. Können Sie mir sagen, was Ihrer Reise nach Transsylvanien vorausging? Späterhin werde ich mehr und andersartige Mithilfe von Ihnen erbitten. Für jetzt mag das genügen.«

»Verzeihen Sie, Herr Professor«, erwiderte ich, »betrifft das, was Sie vorhaben, den Grafen?«

»Es betrifft ihn«, antwortete er feierlich.

»Dann gehöre ich Ihnen mit Leib und Seele. Da Sie mit dem Zug um 10.30 fahren, werden Sie keine Zeit mehr haben, das Bündel Papiere zu lesen, das ich Ihnen übergebe. Sie können es aber mitnehmen und auf der Reise lesen.«

Nach dem Frühstück begleitete ich ihn zum Bahnhof. Als wir uns verabschiedeten, sagte er noch:

»Vielleicht kommen Sie zu mir in die Stadt, wenn ich Sie darum bitten werde, und bringen auch Ihre Gattin mit?«

»Wir werden kommen, wann Sie es wünschen.«

Ich übergab ihm die Morgenzeitung sowie die Londoner Blätter vom Abend vorher, und während wir am Coupéfenster plaudernd auf die Abfahrt des Zuges warteten, überflog er sie rasch. Plötzlich schien ihm in einer der Zeitungen etwas aufzufallen – es war die »Westminster Gazette«, ich kannte sie an der Farbe – und sein Gesicht wurde aschfahl. Er las aufmerksam weiter, indem er vor sich hinmurmelte: »Mein Gott, mein Gott! So früh, so früh!« Ich glaube, er hatte mich in diesem Augenblick völlig vergessen. Da ertönte die Dampfpfeife, und der Zug setzte sich langsam in Bewegung. Das brachte ihm zum Bewusstsein, wo er sich befand; er lehnte sich aus dem Fenster, winke mir noch mit der Hand zu und rief: »Grüßen Sie Frau Mina; ich werde schreiben, sobald ich irgend kann.«

## *Dr. Sewards Tagebuch*

26. September. – Nicht einmal das Ende ist sicher: Noch keine Woche ist es her, dass ich »Finis« sagte, und heute schon beginne ich von neuem, oder vielmehr, ich fahre in meiner Chronik fort. Bis heute Nachmittag hatte ich keine Gelegenheit, über das nachzudenken, was geschehen ist. Renfield war in jeder Hinsicht vernünftiger geworden als je. Er

war mit seinem Fliegenfang schon ziemlich weit vorgeschritten und ging nun zum Spinnenfang über; so hatte er mir kein Kopfzerbrechen verursacht. Von Arthur hatte ich einen Brief erhalten, am Sonntag datiert, und entnehme ihm, dass sein Befinden sich bedeutend bessert. Quincey Morris ist bei ihm. Das ist sehr viel wert, denn er ist wie ein sprudelnder Quell guten Humors. Quincey hatte einige Zeilen beigefügt, in denen er mir mitteilt, dass Arthur schon wieder ein gut Teil seiner alten Spannkraft zurückgewonnen habe. Was also diese beiden betrifft, bin ich außer Sorge. Und ich selbst, ich ging ans Werk mit dem Enthusiasmus, den ich immer dafür zu haben pflegte. So konnte ich ehrlich behaupten, dass die Wunde, welche mir das Schicksal der armen Lucy geschlagen hatte, zu vernarben beginnt. Nun sind die Wunden wieder aufgerissen, und wie das noch enden soll, weiß Gott allein. Ich vermute, dass Van Helsing meint, es auch zu wissen; er sagt aber nur immer so viel davon, wie genügt, um die Neugier zu reizen. Gestern fuhr er nach Exeter und blieb dort die ganze Nacht. Heute kam er zurück, etwa um halb sechs Uhr, platzte fast in das Zimmer und schob mir die gestrige Abendausgabe der »Westminster Gazette« in die Hand.

»Was halten Sie von dem da?« fragte er, indem er zurücktrat und die Arme kreuzte.

Ich überflog die Zeitung, denn ich wusste wirklich nicht, was er meinte. Er griff nach dem Blatt und deutete mit dem Finger auf einen Artikel, der die Entführung mehrerer Kinder aus Hampstead behandelte. Das sagte mir nicht viel, bis ich an eine Stelle kam, wo kleiner, punktförmiger Wunden an den Kehlen der Kinder Erwähnung getan wurde. Eine Idee schoss mir durch den Kopf und ich blickte auf. »Nun?« fragte er.

»Es ist ähnlich wie bei Lucy.«

»Und was halten Sie davon?«

»Einfach, dass alle diese Fälle auf die gleiche Ursache zurückzuführen sind. Dasselbe, was Lucy verletzt hat, hat auch die Kleinen verletzt.« Ich verstand nicht ganz den Sinn seiner Antwort:

»Das trifft indirekt, aber nicht direkt zu.«

»Wie meinen Sie das, Professor?« fragte ich. Ich war etwas geneigt, seinen Ernst leicht zu nehmen, denn nach all dem Ausgestandenen waren vier Tage der Ruhe und Freiheit von der brennenden und herzzerreißenden Angst wohl im Stande, wieder etwas froheren Mut aufkommen zu lassen. Aber als ich sein Gesicht sah, wurde ich nachdenklich. Nie, nicht einmal in der tiefsten Verzweiflung um Lucy, hatte er ernster ausgesehen.

»Sprechen Sie doch!« bat ich. »Ich kann mir keine Meinung von dieser Sache bilden. Ich weiß nicht, was ich denken soll, und ich habe auch keine Anhaltspunkte, auf denen ich eine Vermutung aufbauen könnte.«

»Wollen Sie damit sagen, Freund John, dass Sie keine Ahnung haben, woran Lucy gestorben ist? Nach all den Andeutungen, die ich und auch die Ereignisse Ihnen gegeben haben?«

»An nervöser Erschöpfung infolge großen Blutverlustes oder Blutzersetzung.«

»Und was ist an der Blutzersetzung oder dem großen Blutverlust schuld gewesen?« Ich schüttelte den Kopf. Er kam zu mir heran, setzte sich neben mich und fuhr fort:

»Sie sind ein heller Kopf, Sie denken richtig und Ihr Verstand ist scharf, aber Sie stecken zu tief in Vorurteilen. Sie lassen Ihre Augen nicht sehen und Ihre Ohren nicht hören, und was außerhalb Ihres täglichen Lebens liegt, ist für Sie nicht von Bedeutung. Sie glauben nicht daran, dass es Dinge gibt, die Sie nicht verstehen und die es doch gibt? Dass einige Leute Dinge sehen, die anderen verborgen bleiben? Aber es gibt Dinge, alte und neue, die viele Menschen nicht erkennen können, weil sie wissen – oder glauben zu wissen, was andere ihnen erzählt haben. Ach, es ist der Fehler unserer Wissenschaft, dass sie alles zu erklären wünscht; und wenn es ihr nicht gelingt, dann sagt sie, es sei nichts daran zu erklären. So sehen wir jeden Tag neue Richtungen um uns entstehen, die sich selbst für neu halten; sie sind aber alt und geben nur vor, jung zu sein, wie die schönen Frauen in der Oper. Ich vermute, Sie glauben nicht an körperliche Verwandlung. Nein? Oder an Materialisation. Nein? Oder an Astralkörper. Oder an Gedankenlesen. Auch nicht? Oder an Hypnotismus?«

»Ja«, sagte ich, »Charcot hat das zur Genüge bewiesen.«

»Und damit sind Sie also befriedigt?«, fuhr er lächelnd fort. »Ja? Dann wissen Sie also auch ohne Zweifel, was er zu leisten vermag, und sind im Stande, den Gedanken des großen Charcot zu folgen – schade, dass er nicht mehr lebt – und in der tiefsten Seele derer lesen, die seinem Einfluss unterworfen sind. Nein? Dann, lieber Freund, muss ich annehmen, dass Sie ihn einfach als Tatsache hingenommen und sich damit zufrieden gegeben haben, obgleich zwischen der Prämisse und der Schlussfolgerung eine ungeheure Lücke klafft. Nicht? Dann sagen Sie mir – ich beschäftige mich doch mit der Wissenschaft vom Gehirn – wie Sie den Hypnotismus anerkennen und die Gedankenübertragung ableugnen können. Lassen Sie sich sagen, die Elektro-Wissenschaft vollbringt heute Dinge, die von den Erfindern der Elektrizität selbst als Gotteslästerung verdammt worden wären, um derentwillen man vor nicht allzu langer Zeit als Hexenmeister den Scheiterhaufen hätte besteigen müssen. Geheimnisse gibt es immer im Leben. Methusalem lebte 900 Jahre und ›Old Parr‹ 196 Jahre. Warum konnte die liebe Lucy mit dem Blut von vier starken Männern in den Adern nicht einmal einen Tag länger leben? Weil wir sie hätten retten können, wenn sie einen Tag länger gelebt hätte. Kennen Sie alle Geheimnisse von Leben und Tod? Kennen Sie den Zusammenhang der vergleichenden Anatomie, und können Sie mir sagen, warum in einem Menschen tierische Eigenschaften ruhen und im andern nicht? Können Sie mir erklären, warum, während andere Spinnen frühzeitig und klein sterben, jene eine große Spinne im Turm einer alten spanischen Kirche jahrhundertelang lebte, wuchs und wuchs, bis sie, an ihrem Faden sich herunterlassend, das Öl der ewigen Lichter austrinken konnte? Können Sie mir sagen, warum es in den Pampas und anderswo Fledermäuse gibt, die zur Nachtzeit über Rinder und Pferde herfallen und ihnen das Blut bis zum letzten

Tropfen aus den Adern saugen; warum es auf einigen Inseln des Stillen Ozeans Fledermäuse gibt, die den ganzen Tag über, nach Beobachtung von Reisenden, wie ungeheure Nüsse oder Früchte an den Bäumen hängen und zur Nachtzeit, wenn die Matrosen wegen der Hitze auf Deck schlafen, auf diese herniederflattern, und dann – und dann findet man am Morgen tote Männer, weiß und blutleer wie Fräulein Lucy?«

»Großer Gott, Herr Professor«, sagte ich erschreckt auffahrend, »wollen Sie damit sagen, dass Lucy das Opfer einer solchen Fledermaus wurde und dass ein solches Wesen im neunzehnten Jahrhundert hier in London vorkommen kann?« Er gebot mir durch einen Wink mit der Hand Stillschweigen und fuhr fort:

»Können Sie mir sagen, warum die Schildkröte Generationen von Menschen überlebt, warum der Elefant ganze Dynastien in das Grab steigen sieht und warum der Papagei nie anders stirbt als durch den Biss eines Hundes oder einer Katze oder an ähnlichen Zufälligkeiten? Können Sie mir sagen, warum zu allen Zeiten und in allen Erdteilen die Menschen glaubten, dass es Einzelne gibt, die immer weiter leben, wenn es ihnen gegeben ist; dass Männer und Frauen existieren, die nicht sterben können? Wir alle wissen – denn die Wissenschaft verbürgt sich für die Tatsache –, dass Kröten Tausende von Jahren eingeschlossen in Höhlungen, die gerade groß genug für sie waren, seit der Jugendzeit der Erde gelebt haben. Können Sie mir sagen, wie es die indischen Fakire machen, dass sie sterben und begraben werden, dass man dann ihr Grab versiegelt und Getreide darauf sät, das reift und geschnitten wird, und wieder neues sät, das wieder geschnitten wird, und wenn dann Leute kommen und das unverletzte Siegel abnehmen, der indische Fakir daliegt, keineswegs tot, sondern aufsteht und wieder unter ihnen wandelt wie zuvor?« Hier unterbrach ich ihn, ich war ganz verwirrt. Er überhäufte meinen Verstand dermaßen mit Naturexzentrizitäten und möglichen Unmöglichkeiten, dass meine Fantasie Feuer zu fangen begann. Ich hatte das unbestimmte Gefühl, dass er mir da eben eine Lektion erteilte, wie vor Zeiten in seinem Studierzimmer in Amsterdam; jedoch damals pflegte er die Dinge zu nennen, so dass man den Gedankengang immer im Gedächtnis hatte. Aber heute war ich ohne dieses Hilfsmittel. Da ich jedoch seinen Ausführungen zu folgen wünschte, sagte ich:

»Herr Professor, lassen Sie mich wieder Ihren Lieblingsstudenten sein. Sagen Sie mir die Thesis, damit ich Ihren Darlegungen folgen kann. Gegenwärtig geht mein Verstand im Zickzack, so wie ein Narr, aber nicht ein Vernünftiger, eine Idee verfolgt. Ich fühle mich wie einer, der sich zum ersten Mal im Nebel in einen Sumpf verlaufen hat, und springe von einem Binsenbüschel zum andern, lediglich in dem blinden Bestreben, vorwärts zu kommen, ohne aber zu wissen wohin.«

»Das ist ein guter Vergleich«, sagte er. »Nun gut, ich will es Ihnen sagen. Meine Thesis ist: Sie sollen glauben.«

»Was glauben?«

»An Dinge, an die Sie nicht glauben können. Lassen Sie mich die Sache illustrieren. Ich hörte einmal einen Amerikaner den Glauben folgendermaßen definieren: ›Glaube ist das, was uns befähigt, Dinge für wahr zu halten, von denen wir wissen, dass sie nicht wahr sind.‹ Ich meinerseits gebe dem Mann recht. Er will sagen, dass wir keine Vorurteile haben sollen, dass wir nicht mit einem kleinen Teil der Wahrheit den Ansturm der ganzen Wirklichkeit aufhalten sollen, wie ein kleiner Stein einen Eisenbahnzug. Wir erfassen eine kleine Wahrheit zuerst. Wir halten sie fest und schätzen sie; aber trotzdem dürfen wir nicht glauben, dass wir damit alle Weisheit der Welt besäßen.«

»Dann wünschen Sie also, dass nicht ein vorgefasstes Urteil die Aufmerksamkeit meines Verstandes in Bezug auf einige sonderbare Erscheinungen beschränke. Habe ich Ihre Lektion richtig aufgefasst?«

»Sie sind doch immer mein begabtester Schüler. Sie sind es wirklich wert, dass man Sie unterrichtet. Nicht nur, dass Sie den guten Willen haben, zu verstehen, Sie haben auch schon den ersten Schritt zum Verständnis getan. Sie sind also der Ansicht, dass die winzigen Wunden an den Kehlen der Kinder von demselben Wesen herrühren wie die an Lucys Kehle?«

»Ich denke.« Er stand auf und sagte in feierlichem Tone: »Fehlgeschossen! Ich wollte, es wäre so! Aber nein, leider ist es nicht der Fall. Es ist schlimmer, viel, viel schlimmer.«

»Um Gottes Willen, Herr Professor, was soll das heißen?« rief ich.

Er warf sich mit einer verzweifelten Miene in einen Stuhl und sagte, indem er seine Ellbogen auf den Tisch stützte und das Gesicht in den Händen verbarg:

»Lucy war es, die sie hervorbrachte.«

# *Fünfzehntes Kapitel*

## ***Dr. Sewards Tagebuch***

*Fortsetzung*

Einen Augenblick lang erfasste mich heißer Zorn; mir war, als hätte er Lucy bei Lebzeiten in das Gesicht geschlagen. Ich schlug heftig auf den Tisch und sagte aufspringend:

»Doktor Van Helsing, sind Sie von Sinnen?« Er erhob den Kopf und sah mich an; der gütige Ausdruck in seinem Gesicht wirkte sofort besänftigend auf mich ein. »Ich wollte, ich wäre es!«, erwiderte er. »Wahnsinn wäre leicht zu ertragen im Verhältnis zu einer Wahrheit wie diese. Warum, mein Freund, glauben Sie, dass ich so weite Umwege machte, warum ich so lange wartete, um Ihnen eine so einfache Tatsache zu sagen? Vielleicht, weil ich Sie hasse und Sie gehasst habe mein Leben lang? Oder weil ich Ihnen weh tun wollte? Oder wollte ich mich, wenn auch spät, dafür revanchieren, dass Sie mich, mein Leben, vor einem furchtbaren Ende gerettet haben? Gewiss nicht.«

»Verzeihen Sie mir«, sagte ich. Er fuhr fort: »Mein Freund, es geschah, weil ich Sie nicht so grausam mit dieser Eröffnung überraschen wollte, denn ich weiß ja, dass Sie das teuere Mädchen geliebt haben. Aber auch jetzt sogar erwarte ich noch nicht, dass Sie mir Glauben schenken. Es ist schwer, eine theoretische Wahrheit, die wir bisher für unmöglich hielten, gelten zu lassen; es ist noch schwerer, eine so traurige, konkrete Wahrheit hinnehmen zu müssen und dann auch noch über Lucy. Heute Abend werde ich Ihnen den Beweis liefern. Wollen Sie mit mir kommen?«

Das machte mich stutzig. Man beweist nicht gern eine solche Wahrheit. Byron machte eine Ausnahme: die Eifersucht.

»Und beweise die eine Wahrheit,
die er am meisten verabscheut!«

Er sah meine Unentschlossenheit und sprach:

»Die Logik ist in diesem Falle sehr einfach, sie ist nicht die eines Narren, der von Binsenbüschel zu Binsenbüschel springt in nebelbedecktem Sumpf. Wenn es nicht wahr ist, dann bedeutet der Beweis eine Erlösung und schlimmstenfalls kann er nicht schaden. Wenn es aber wahr ist? Darin liegt das Schreckliche. Der Schrecken soll mir helfen, meine Sache zu vertreten, denn zum Schrecken gehört schon ein Teil Glaube. Kommen Sie, ich erzähle Ihnen, was ich vorhabe: Zuerst gehen wir in das Spital und besuchen das Kind. Dr. Vincent am Nordhospital, wo sich nach den Zeitungsnachrichten das Kind befindet, ist einer meiner Freunde, und ich denke auch einer der Ihren, seit Sie zusammen in Amsterdam studierten. Wenn er nicht zwei Freunden den Zutritt gewähren will, dann kommen wir als Wissenschaftler. Wir werden ihm nichts weiter sagen, als dass wir studienhalber da sind. Und dann ...«

»Und dann?« Er zog einen Schlüssel aus der Tasche und hielt ihn mir hin. »Und dann werden wir, Sie und ich, die Nacht auf dem Friedhofe verbringen, wo Lucy schläft. Dies ist der Schlüssel zu ihrem Grabe. Der Friedhofwärter hat ihn mir für Arthur gegeben.« Ich erschrak bis in die tiefste Seele, denn ich fühlte, dass uns etwas Entsetzliches bevorstand. Ich konnte nichts einwenden, fasste mir ein Herz und sagte, wir müssten uns beeilen, da der Abend herankäme.

Wir fanden das Kind wachend vor. Es hatte ein Schläfchen gemacht und etwas Nahrung zu sich genommen; es ging ihm ziemlich gut. Dr. Vincent nahm das Tuch von der kleinen Kehle und zeigte uns die punktartigen Wunden. Es war unmöglich zu leugnen, dass sie mit denen an Lucys Hals große Ähnlichkeit hatten. Sie waren etwas kleiner und die Ränder sahen frischer aus; das war alles. Wir fragten Vincent, was er von diesen Wunden halte, und er erwiderte, dass es Bisse von irgendeinem Tier, vielleicht einer Ratte, sein könnten; er für seinen Teil neige mehr der Anschauung zu, dass sie von einer der großen Fledermäuse herrührten, die auf den Höhen nördlich von London so häufig vorkommen.

Unter so vielen harmlosen Exemplaren«, sagte er, »ist es nicht ausgeschlossen, dass sich auch wilde Exemplare aus dem Süden befinden, die einer gefährlichen Art angehören. Sie könnten wohl von Segelschiffen eingeschleppt worden sein und Gelegenheit gefunden haben, zu entkommen; es ist auch nicht unmöglich, dass aus dem Zoologischen Garten eine junge Fledermaus entflohen ist, eine, die von einem Vampir abstammt. Sie wissen, solche Dinge können vorkommen. Erst vor zehn Tagen ist ein Wolf ausgebrochen und hat sich meines Wissens auch in dieser Gegend sehen lassen. Eine Woche später spielten die Kinder nichts anderes mehr als ›Rotkäppchen‹ auf der Heide und in jeder Allee, bis die ›blutige Dame‹ auftauchte, die nun in Schwung kam. Selbst dieses kleine Mädchen hier fragte, als es heute aufwachte, die Pflegerin, ob es nicht fortgehen dürfe. Als es gefragt wurde, warum es denn fort wolle, sagte es, es möchte gerne mit der ›blutigen Dame‹ spielen.«

»Hoffentlich«, sagte Van Helsing, »werden Sie, wenn Sie die Kleine aus der Pflege entlassen, den Eltern recht ans Herz legen, gut aufzupassen. Dieser Hang zum Herumstreifen ist höchst gefährlich, und wenn das Kind nochmals nur eine Nacht ausbliebe, so könnte das unabsehbare Folgen haben. Ich nehme aber an, dass Sie es in der allernächsten Zeit nicht entlassen werden?«

»Sicher nicht, jedenfalls nicht vor einer Woche, und auch länger, wenn bis dahin die Wunde nicht geheilt sein sollte.«

Unser Besuch im Spital nahm mehr Zeit in Anspruch, als wir gerechnet hatten, und die Sonne war schon untergegangen, als wir das Haus verließen. Als Van Helsing sah, wie dunkel es war, sagte er:

»Es hat keine Eile. Es ist später geworden, als ich dachte. Kommen Sie, wir wollen irgendwo speisen gehen, dann werden wir unser Vorhaben ausführen.«

Wir aßen in »Jack Straws Castle« zusammen mit einer Anzahl Radfahrer und anderen, die sich ziemlich lärmend verhielten. Etwa um zehn Uhr verließen wir das Gasthaus. Es war sehr dunkel, und die vereinzelten Laternen ließen die Dunkelheit nur umso schwärzer erscheinen, wenn man wieder aus ihrem Lichtkreise trat. Der Professor hatte sich offenbar den Weg, den wir zu gehen hatten, gemerkt, denn wir gingen ohne Aufenthalt weiter. Ich war vollkommen im Unklaren, in welcher Gegend wir uns befanden. Je weiter wir hinauskamen, desto seltener wurden die Passanten, so dass wir schließlich überrascht waren, der reitenden Polizeipatrouille auf ihrem gewohnten Ritt um die Stadt zu begegnen. Endlich erreichten wir die Friedhofmauer, die wir überkletterten. Nicht ohne Schwierigkeiten – es war sehr finster und der ganze Platz kam uns so fremd vor – fanden wir die Gruft der Westenraa. Der Professor nahm den Schlüssel, öffnete die knirschende Tür und bat mich, indem er höflich, aber ganz unbewusst mir Platz machte, voranzugehen. Es lag eine köstliche Ironie in dieser Höflichkeit bei einer so unheimlichen Gelegenheit. Mein Begleiter folgte mir unmittelbar und zog die Türe vorsichtig zu, nachdem er sich vorher genau über die Beschaffenheit des Schlosses informiert hatte. Wir hätten sonst unter Umständen in eine üble Lage kommen können. Dann suchte er in seinem Koffer und machte Licht, nachdem er eine Streichholzschachtel und eine Kerze herausgezogen hatte. Das Grab hatte schon am Tage und im Schmucke frischer Blumen unheimlich und grauenvoll genug ausgesehen; aber jetzt, einige Tage später, wo die Blumen schlaff und tot herunterhingen, deren Weiß rostfarbig und deren Grün braun geworden war, war der Eindruck geradezu abstoßend und schrecklich, schrecklicher als man sich vorstellen kann. Die Spinnen und Käfer hatten schon wieder von der Stätte Besitz ergriffen; der Schein der Kerze fiel auf die zerbröckelnde Wand, die staubbedeckten Mörtelritzen, auf rostiges, feuchtes Eisen, fleckiges Messing und erblindete Silberbeschläge. Es drängte sich einem unwiderstehlich der Gedanke auf, dass das Leben – das animalische Leben – nicht das einzige dem Untergang Geweihte ist.

Van Helsing ging ganz systematisch ans Werk. Er leuchtete mit der Kerze, von der das Stearin in dicken Tropfen herunterfiel und auf dem kalten Metall der Särge erstarrte, in der Gruft herum, um die Aufschriften zu lesen. Endlich hatte er Lucys Ruhestatt gefunden. Wieder suchte er in seinem Koffer und zog einen Schraubenschlüssel heraus.

»Was wollen Sie tun?« fragte ich.

»Ich will den Sarg öffnen. Sie sollen sich jetzt selbst überzeugen.« Sogleich begann er die Schrauben herauszuziehen und hob den Deckel ab, unter dem der Bleisarg sichtbar wurde. Der Anblick war mir fast unerträglich. Ich hatte das Gefühl, als tue er der Toten einen Schimpf an, als zöge er der Lebenden die Kleider vom Leibe. Ich ergriff tatsächlich seine Hand, um ihm Einhalt zu tun. Er sagte nur: »Sie werden sehen!«; dann kramte er wieder in seinem Koffer und brachte eine kräftige Laubsäge hervor. Mit einem kräftigen Schlag trieb er den Schraubenzieher durch das Blei, was mich zusammenzucken ließ, und machte ein Loch, das gerade weit genug war, die dünne Säge durchzulassen. Ich hatte erwartet, dass ein Strom von Gasen dem verwesenden Leibe entweichen würde. Wir Ärzte, die wir die Gefahren unseres Berufes kennen, müssen uns an diese Dinge gewöhnen, ich hatte mich deshalb vorsichtshalber bis zur Türe zurückgezogen. Der Professor aber unterbrach seine Arbeit keinen Moment. Er sägte in die eine Seite des Bleisarges einen Schnitt von einigen Fuß Länge, dann quer herüber und auf der anderen Längsseite wieder hinunter Dann ergriff er den Rand des entstandenen Ausschnittes und bog ihn zurück gegen das Fußende des Sarges, hielt die Kerze in die Öffnung und bedeutete mir, hineinzusehen.

Ich trat näher und schaute hinein. Der Sarg war leer.

Ich war aufs äußerste überrascht und erschrocken, aber Van Helsing schien völlig unberührt. Er war nun seiner Sache umso sicherer und fasste neuen Mut, sein Vorhaben durchzuführen. »Sind Sie nun zufrieden?« fragte er.

Ich fühlte den ganzen dickköpfigen Drang zum Argumentieren in mir erwachen und antwortete:

»Dass Lucys Körper nicht im Sarge liegt, ist hinreichend bewiesen, ist aber auch nur der Beweis für eines!«

»Und wofür zum Beispiel?«

»Dass er nicht da ist.«

»Das ist entschieden logisch«, sagte er, »damit allein kommen Sie aber doch zu keinem Resultat. Denn wie erklären Sie sich, wie können Sie sich erklären, dass er nicht da ist?«

»Vielleicht war es ein Leichenräuber«, suchte ich mir einzureden, »oder einer der Leute des Begräbnisunternehmers hat die Leiche gestohlen.« Ich merkte, dass ich Unsinn sprach, und doch wären dies die einzig plausiblen Erklärungen gewesen. Der Professor seufzte. »Nun gut«, sagte er, »dann brauchen wir noch einen Beweis. Kommen Sie mit.«

Er legte den Sargdeckel wieder auf seinen Platz, packte alle seine Sachen zusammen und schob sie in den Koffer; dazu die Kerze, nachdem er sie ausgeblasen hatte.

Wir öffneten die Tür und gingen hinaus. Er schloss sorgfältig ab und reichte mir den Schlüssel, indem er sagte: »Wollen Sie ihn zu sich nehmen? Sie haben dann mehr Sicherheit.« Ich lachte – ich weiß wohl, dass es kein heiteres Lachen war – und bat ihn, den Schlüssel zu behalten. »Ein Schlüssel ist gar nichts«, sagte ich; »es könnte Duplikate davon geben; außerdem ist es ja keine Kunst, ein Schloss, wie dieses hier, zu öffnen.« Er erwiderte nichts, sondern steckte den Schlüssel ein. Dann gab er mir den Auftrag, auf einer Seite des Friedhofes Wache zu halten, während er das Gleiche auf der anderen Seite tun wolle. Ich suchte mir einen Platz hinter einem Eibenbaum aus und sah seine dunkle Gestalt allmählich hinter den Grabsteinen und Bäumen verschwinden.

Es war eine unheimliche Wache. Kurze Zeit nachdem ich meinen Posten bezogen, hörte ich eine ferne Uhr zwölf schlagen. Es wurde ein Uhr, es wurde zwei Uhr. Ich fror, war nervös und ärgerte mich über den Professor, dass er mich auf eine solche Irrfahrt mitgenommen hatte, und über mich selbst, dass ich mitgegangen war. Die Kälte und die

Schläfrigkeit machten es mir schwer, aufmerksam zu beobachten; ich war aber doch nicht schläfrig genug, um ohne weiteres zuzugeben, dass ich alles glaube. Ich verbrachte also hinter meinem Baum ein paar recht trostlose, schreckliche Stunden.

Plötzlich, als ich mich etwas umdrehte, meinte ich einen weißen Streifen wahrzunehmen, der sich an der dem Grab entgegengesetzten Seite des Friedhofes zwischen zwei dunklen Eibenbäumen zu bewegen schien. Zu gleicher Zeit löste sich von der Seite her, wo der Professor gestanden hatte, eine Gestalt aus dem Schatten und eilte auf das weiße Gespenst zu. Auch ich ging näher heran. Ich hatte zwei Grabsteine und umgitterte Gräber zu umgehen und stolperte über die Hügel. Der Himmel war überzogen, und irgendwo, weit draußen, ließ ein Hahn seinen Schrei ertönen. Etwas weiter weg, jenseits einer weit auseinandergezogenen Reihe von Wacholderbäumen entlang, die den Weg zur Kirche einsäumen, huschte eine weiße, schlanke Gestalt auf das Grab zu. Dieses war hinter Bäumen verborgen, ich konnte deshalb nicht sehen, wo die Gestalt verschwand. Ich hörte das Geräusch wirklicher Bewegung aus der Richtung her, wo ich das Gespenst zuerst gesehen hatte. Als ich darauf zuging, traf ich den Professor, der in den Armen ein kleines Kind trug. Als er mich erblickte, hielt er mir das Kind entgegen und sagte:

»Sind Sie *nun* zufrieden?«

»Nein!« sagte ich in ziemlich verletzendem Tone, der mir selbst auffiel.

»Sehen Sie denn das Kind nicht?«

»Allerdings, es ist ein Kind, aber wer hat es hierher gebracht? Und ist es denn verletzt?« fragte ich.

»Wir wollen sehen«, erwiderte der Professor. Unwillkürlich nahmen wir die Richtung gegen den Ausgang des Friedhofes, wobei er sorgfältig das schlafende Kind trug.

Nachdem wir uns etwas entfernt hatten, begaben wir uns in ein Gebüsch und untersuchten beim Scheine eines Streichholzes die Kehle des Kleinen. Sie zeigte nicht die geringste Wunde oder Narbe.

»Hatte ich nicht Recht?« fragte ich triumphierend.

»Wir sind gerade rechtzeitig gekommen«, sagte der Professor nachdenklich.

Wir hatten nun zu beschließen, was mit dem Kind geschehen sollte. Wenn wir es auf einer Polizeiwache abgegeben hätten, wäre es nötig geworden, sich über die nächtliche Exkursion auszuweisen; schließlich hätten wir eben eine Geschichte erfinden müssen, wie wir zu dem Kind gekommen waren. So beschlossen wir, es auf die Heide mitzunehmen, um es dann, wenn wir einen Polizisten kommen hörten, so hinzulegen, dass er es nicht übersehen konnte; wir wollten dann so rasch wie möglich den Heimweg antreten. Alles fiel zu unserer Zufriedenheit aus. Am Rande der Hampsteader Heide vernahmen wir den schweren Schritt eines Polizisten. Wir legten das Kind auf den Weg und warteten, bis er es beim Schein seiner hin- und herschwankenden Laterne entdeckt hatte. Wir hörten noch seinen Ausruf des Erstaunens und schlichen dann geräuschlos fort. Ein angenehmer Zufall wollte es, dass wir in der Nähe der »Spaniards« einen Wagen bekamen, mit dem wir zur Stadt fuhren.

Da ich nicht schlafen kann, mache ich diese Aufzeichnungen. Doch muss ich unter allen Umständen versuchen, ein paar Stunden zu ruhen, weil mich Van Helsing mittags wieder abholen will. Er besteht darauf, dass ich ihn auf einer weiteren Expedition begleite.

27. September. – Es wurde zwei Uhr, bis wir eine günstige Gelegenheit fanden, unser Vorhaben auszuführen. Das um Mittag stattfindende Begräbnis war nun zu Ende, und die letzten Nachzügler unter den Leidtragenden gingen langsam hinweg. Wir hatten uns hinter einer Gruppe von Erlen versteckt und sahen, wie der Friedhofaufseher das Gitter hinter sich absperrte. Wir wussten nun, dass wir bis zum Morgen, wenn es nötig werden sollte, freie Hand hatten; aber der Professor sagte, dass wir höchstens eine Stunde benötigten. Wieder empfand ich die unheimliche Gewissheit, dass alles wahr sei; jeder Versuch, dies alles

für ein Fantasiegebilde zu halten, war vergebens. Auch machte ich mir die strafrechtlichen Gefahren klar, denen wir uns bei unserem frevelhaften Werk aussetzten. Nebenbei gesagt, ich hielt die Sache für vollkommen zwecklos. War es schon sehr seltsam, ein Grab zu öffnen, um nachzusehen, ob ein seit nahezu einer Woche totes Mädchen wirklich tot sei, so schien es mir der Gipfel der Tollheit, noch einmal das Grab zu öffnen, nachdem wir uns durch eigenen Augenschein überzeugt hatten, dass der Sarg leer war. Ich zuckte nur die Schultern, schwieg aber still, denn Van Helsing hatte eine eigene Art vorzugehen, ohne Rücksicht darauf, wer ihm widersprach. Er nahm den Schlüssel, öffnete das Gewölbe und ließ mich wieder in höflicher Weise vorangehen. So grauenhaft wie in der Nacht vorher erschien mir der Ort nicht mehr, aber unsäglich traurig, als der Sonnenschein hineinfiel. Van Helsing ging auf Lucys Sarg zu und ich folgte ihm. Er beugte sich vor und legte das ausgeschnittene Blei zurück; nun durchschoss mich ein Gefühl der Überraschung und des Unbehagens.

Da lag Lucy genau so, wie wir sie am Tage vor der Beerdigung gesehen hatten. Sie war, wenn möglich, von noch bestrickenderer Schönheit als damals, und es war mir unfassbar, dass sie tot sein solle. Die Lippen waren rot, röter als ich sie je bei ihr gesehen, und auf den Wangen lag ein rosiger Schimmer.

»Ist das Taschenspielerei?« fragte ich.

»Sind Sie nun überzeugt?« gab der Professor als Antwort zurück; dabei zog er mit einer Hand die toten Lippen in die Höhe, dass mich schauderte, und zeigte mir die weißen Zähne.

»Sehen Sie«, fuhr er fort, »sehen Sie, sie sind noch schärfer geworden. Mit diesem und diesem hier«, er berührte einen der Eckzähne und den darunter liegenden – »können die Kinder wohl gebissen worden sein. Glauben Sie nun?« Wiederum erwachte der unbezwingliche Widerspruchsgeist in mir. Ich konnte einen derartigen Gedanken, wie er ihn mir aufzwingen wollte, nicht fassen; ich brachte ein Argument vor, dessen ich mich aber sogleich schämte, und sagte:

»Sie kann ja doch seit heute Nacht wieder hierher zurückgebracht worden sein.«

»Glauben Sie wirklich? Aber wer sollte es getan haben?«

»Das kann ich nicht sagen. Irgendjemand muss es wohl gewesen sein.«

»Jetzt ist sie doch schon eine Woche tot. Die meisten Leichen würden nach dieser Zeit wohl nicht mehr so aussehen.« Darauf hatte ich allerdings keine Antwort und schwieg deshalb. Van Helsing nahm davon scheinbar gar keine Notiz; jedenfalls zeigte er weder Kummer noch Triumph. Er sah gespannt auf das Gesicht des toten Mädchens. Von Zeit zu Zeit hob er ihre Lider hoch und blickte in ihre Augen, öffnete wieder ihren Mund und betrachtete die Zähne. Dann wandte er sich an mich und sagte:

»Hier ist etwas, das von allem bisher Bekannten abweicht; hier ist eine Art Doppelleben, das ungewöhnlich ist. Sie wurde vom Vampir gebissen, als sie im Trance lag, als sie schlafwandelte. Sie erstaunen, Sie wissen es bis jetzt noch nicht, aber später sollen Sie alles erfahren. In ihrem Trancezustand konnte er am besten kommen, um ihr Blut zu trinken. Im Trance starb sie, und im Trance liegt sie hier als Nicht-Tote. So kommt es, dass sie sich von allen anderen unterscheidet. Gewöhnlich, wenn die Nicht-Toten Zuhause schlafen« – als er sprach, machte er mit dem Arm eine umfassende Gebärde, um anzudeuten, was für den Nicht-Toten »Zuhause« sei – »zeigt ihr Gesicht das an, was sie sind, aber dieses süße Geschöpf kehrt, wenn es nicht gerade nicht-tot ist, in die Formen einer gewöhnlichen Toten zurück. Sehen Sie, es liegt kein Zug von Bosheit auf ihrem Angesicht, deshalb tut es mir so furchtbar Leid, sie in ihrem Schlafe töten zu müssen.« Es überlief mich kalt bei diesen Worten, und es dämmerte in mir die Möglichkeit auf, allmählich Van Helsings Ideen zu begreifen. Aber wenn sie wirklich tot war, so war es ja gar nicht so entsetzlich, sie nochmals zu töten.

Er sah mich an und erkannte in meinem Gesicht offenbar den Wechsel in meiner Stimmung, denn er sagte fast erfreut:

»Nun glauben Sie also?«

Ich antwortete: »Drängen Sie mich nicht allzu sehr. Ich bin bereit, mich Ihrer Auffassung anzuschließen. Wie wollen Sie dies blutige Werk vollbringen?«

»Ich werde ihr den Kopf abschneiden, den Mund mit Knoblauch füllen und ihr dann einen Pfahl durch den Leib treiben.« Der Gedanke, den Körper des Mädchens, das ich so geliebt, in dieser Weise verstümmeln lassen zu müssen, erregte Grauen in mir. Dennoch war dieses Gefühl nicht so übermächtig, als ich erwartet hatte. Ich begann mich tatsächlich in der Nähe dieses Wesens, dieser Nicht-Toten, wie sie Van Helsing nannte, unbehaglich zu fühlen und sie zu verabscheuen. Ist es möglich, dass die Liebe ganz subjektiv oder ganz objektiv ist?

Ich wartete eine gute Weile, dass Van Helsing beginnen würde, er aber stand wie in Gedanken versunken. Plötzlich ließ er das Schloss seines Koffers wieder zuschnappen und sagte:

»Ich habe nachgedacht und versucht zu einem Entschluss zu kommen, was wohl das Beste sein würde. Wenn ich einfach meinem Wunsche folgen könnte, so würde ich gleich jetzt das tun, was doch getan werden muss; aber es gibt auch noch andere Dinge zu überlegen, Dinge, die tausend Mal mehr Schwierigkeiten in sich bergen, als wir denken können. Das ist einfach. Sie hat bis jetzt noch kein Leben getötet, obgleich sie Zeit gehabt hätte; jetzt handeln, hieße sie auf immer ungefährlich machen. Auch brauchen wir Arthur. Wie sollen wir ihm aber die Sache plausibel machen? Wenn Sie, der doch die Wunden an Lucys Kehle gesehen und die ähnlichen am Hals des Kindes im Hospital, wenn Sie, der den Sarg heute Nacht leer und jetzt mit dem Mädchen vorfand, das keine andere Veränderung acht Tage nach dem Tode aufwies, als dass es rosiger und schöner geworden ist, wenn Sie, der dies weiß und auch von der weißen Gestalt, die heute Nacht das Kind auf den Friedhof getragen, wenn Sie Ihren Sinnen nicht trauen, wie kann ich dann von Arthur erwarten, der nichts von allen diesen Dingen weiß, dass er mir Glauben schenkt? Er misstraute mir schon, als ich ihn wegriss, da er seine sterbende Braut küssen wollte. Ich weiß, er hat mir schon verziehen, weil er meinte, es sei ein Irrtum gewesen, der mich veranlasste ihn daran zu hindern, dass er sich von ihr verabschiede. Er könnte auch denken, dass ich in einer ebenso verfehlten Idee dieses Mädchen habe lebend begraben lassen und sie nun in einer weiteren verfehlten Idee wirklich getötet habe. Schließlich wird er dann überhaupt meinen, unsere Irrtümer seien an ihrem Tode schuld, und wird deshalb immer unglücklich sein. So wie es jetzt steht, ist er seiner Sache nie sicher, das ist das Schlimmste. Er wird sich manchmal vorstellen, dass die, die er liebte, lebend begraben worden ist, und sich in schrecklichen Träumen die Qualen ausmalen, die sie erleiden musste; oder aber er wird einsehen, wie recht wir hatten, wenn wir der Ansicht waren, dass seine Braut eine Nicht-Tote ist. Nein, jetzt, da ich weiß, dass alles wahr ist, bin ich hunderttausend Mal mehr der Überzeugung, dass er durch die bitteren Wasser muss, wenn er die süßen kosten will. Er muss eine Stunde durchleben, in der er an Gott und der Welt verzweifelt; dann können wir unser gutes Werk fortsetzen und ihm endlich Ruhe verschaffen. Ich bin zu allem bereit. Wir wollen gehen. Sie werden heute Abend in Ihre Anstalt zurückkehren und nach dem Rechten sehen. Was mich betrifft, so werde ich die Nacht hier auf dem Friedhof verbringen; ich habe noch Verschiedenes hier zu tun. Morgen Abend zehn Uhr bitte ich Sie, mich im Berkeley-Hotel abzuholen. Ich werde auch Arthur bitten, zu kommen, ebenso den jungen Amerikaner, der auch sein Blut gegeben hat. Bis Piccadilly komme ich jetzt mit Ihnen, um zu Abend zu speisen, muss aber wieder hier sein, ehe die Sonne untergeht.«

Wir schlossen das Grab ab und entfernten uns, überkletterten die Friedhofmauer, was ja keine Schwierigkeiten bot, und fuhren nach Piccadilly.

## *Notiz von Van Helsing im Berkley Hotel im Handkoffer zurückgelassen, für John Seward, Dr. med., bestimmt*

*Nicht abgegeben*

*Lieber Freund John!* 27. September

Ich schreibe dies für den Fall, dass mir etwas passieren sollte. Ich gehe allein zum Friedhof, um dort meine Studien zu machen. Ich habe es mir in den Kopf gesetzt, dass die Nicht-Tote, Fräulein Lucy, heute das Grab nicht verlassen soll, damit sie morgen Abend umso gieriger ist. Deshalb werde ich einige Sachen, die sie nicht liebt – ein Kruzifix und Knoblauch – vor die Grabtür legen, diese also gewissermaßen versiegeln. Sie hat als Nicht-Tote noch wenig Erfahrung und wird sich abschrecken lassen. Nebenbei gesagt, hilft das nur, um ihren Austritt zu verhindern. Ihre Rückkehr in das Grab würde es nicht unmöglich machen; denn in einem solchen Falle wird der Nicht-Tote rabiat und findet einen Weg. Ich werde die ganze Nacht von Sonnenuntergang bis Sonnenaufgang zur Hand sein, und wenn etwas zu lernen ist, so werde ich es lernen. Für Fräulein Lucy oder vor ihr habe ich keine Angst; aber jener andere, dem sie ihren Zustand zu verdanken hat, hat nun die Fähigkeit, ihr Grab aufzusuchen und dort sich zu verstecken. Er ist schlau; ich weiß das von Jonathan; aber auch wir haben das reichlich erfahren, als wir mit ihm das Spiel spielten, dessen Einsatz Lucys Leben war, und das wir verloren haben. In mancher Hinsicht sind die Nicht-Toten stark. Sie haben in ihren Armen immerhin die Kraft von zwanzig Männern; sogar unsere eigene Kraft, die wir für Fräulein Lucy gaben, besitzt nun er. Außerdem kann er über Wölfe, und wer weiß über was noch alles, verfügen. So wird er also, wenn er heute Nacht kommen sollte, mich treffen. Es kann aber auch sein, dass er diesen Platz nicht aufsucht. Eigentlich hat er gar keine Ursache dazu; seine Jagdgründe sind ergiebiger als der einsame Friedhof hier, wo die nicht-tote Frau schläft und ein alter Mann wacht.

Ich schreibe dies aber für alle Fälle. Nehmen Sie die beiliegenden Papiere an sich, das Tagebuch Harkers sowie das Übrige und lesen Sie es. Dann gehen Sie auf die Suche nach dem großen Nicht-Toten, und wenn Sie ihn finden, so schneiden Sie ihm den Kopf ab, verbrennen sein Herz oder durchbohren es mit einem Pfahl, damit die Welt Ruhe vor ihm habe.

Wenn es also sein müsste, leben Sie wohl.
Van Helsing

## *Dr. Sewards Tagebuch*

28. September. – Es ist großartig, was eine gut verbrachte Nacht Wunder wirkt. Gestern war ich nahe daran, Van Helsings ungeheuerliche Ideen anzunehmen; nun aber, im hellen Tageslichte, stehen sie deutlich vor mir als maßlose Übertreibungen. Ich zweifle ja nicht, dass er selbst daran glaubt. Ich möchte auch wissen, ob nicht sein Verstand in irgendeiner Weise Schaden genommen hat. Eine natürliche Erklärung all dieser mysteriösen Dinge muss es sicher geben. Ist es denn möglich, dass der Professor selbst der Täter war? Er ist so außerordentlich gescheit, dass er seine Absicht unter dem Zwange einer fixen Idee auf irgendeine sonderbare Weise durchzusetzen im Stande wäre. Ich kann es aber nicht glauben. Es wäre in der Tat ein ebenso großes Wunder als plötzlich zu entdecken, dass Van Helsing wahnsinnig ist; auf alle Fälle werde ich ihn sorgfältig beobachten. Ich muss etwas Licht in diese geheimnisvolle Sache bringen.

29. September. Morgens. – Heute Nacht kamen, kurz vor zehn Uhr, Arthur und Quincey in Van Helsings Zimmer. Er sagte uns, dass er unserer Mithilfe bedürfe, wandte sich aber hauptsächlich an Arthur, gleichsam als sei unser aller Wille in dem seinen konzentriert. Er sagte zuerst, er hoffe, dass wir ihn ohne Ausnahme begleiten würden, denn es gelte eine schwere Pflicht zu erfüllen. »Sie waren zweifel-

los sehr erstaunt über meinen Brief?« Diese Frage war direkt an Lord Godalming gerichtet.

»Allerdings. Er regte mich sogar auf. Es ist in letzter Zeit so viel Elend über mich gekommen, dass ich recht wohl auf Weiteres hätte verzichten können. Trotzdem bin ich neugierig geworden und wollte wissen, was Sie eigentlich meinen. Quincey und ich unterhielten uns darüber; aber je mehr wir darüber sprachen, desto rätselhafter wurde uns die Sache, so dass ich jetzt sagen kann, ich kann mir überhaupt keine Meinung mehr in dieser Angelegenheit machen.«

»Auch ich nicht«, fügte Quincey lakonisch bei.

»Dann sind Sie beide näher daran als mein Freund John, der erst noch einen langen Weg zurückgehen muss, um nochmals von vorn anzufangen.«

Offenbar erkannte er, ohne dass ich ein Wort darüber gesagt hatte, meinen Rückfall in die skeptische Stimmung. Dann sagte er, indem er sich wieder den beiden anderen zuwandte, mit eindringlichem Ernst:

»Ich erbitte Ihre Erlaubnis, heute Nacht tun zu dürfen, was ich für gut halte. Es ist, ich weiß das wohl, etwas viel verlangt. Wenn Sie erst wissen, was zu tun ich Ihnen vorschlage, dann werden Sie begreifen, wie viel ich verlange. Deshalb muss ich fordern, dass Sie mir das blindlings versprechen, damit nicht nachher, obgleich Sie mir eine Zeit lang zürnen werden – ich verhehle mir keineswegs die Möglichkeit, dass dieser Fall eintritt –, Sie sich über irgendetwas Vorwürfe zu machen haben.«

»Das ist offen gesprochen«, warf Quincey ein, »ich stehe für den Professor ein. Ich begreife ja seine Beweggründe nicht, aber ich schwöre, dass er es ehrlich meint; das genügt mir vollkommen.«

»Ich danke Ihnen!«, sagte Van Helsing stolz. »Es ist mir stets eine Ehre gewesen, Sie zu meinen vertrauten Freunden rechnen zu dürfen; Ihr Vertrauensvotum tut mir wohl.« Er streckte Quincey seine Hand hin, die dieser ergriff und drückte.

Dann sprach Arthur:

»Dr. Van Helsing, ich liebe es im Allgemeinen nicht, die ›Katze im Sack‹ zu kaufen, und wenn es etwas ist, das meiner Ehre als Edelmann und meinem christlichen Glauben zuwiderläuft, kann ich das Versprechen nicht geben. Wenn Sie mir versichern können, dass keines von beiden durch das, was Sie vorhaben, verletzt wird, so gebe ich Ihnen sofort meine Zustimmung, wenngleich ich nicht verstehen kann, worauf Sie hinauswollen.«

»Ich nehme Ihre einschränkenden Bedingungen an«, erwiderte Van Helsing. »Alles, was ich von Ihnen fordere, ist, dass Sie jede meiner Handlungen, die Sie verdammen zu müssen glauben, erst genau betrachten und daraufhin prüfen, ob sie im Widerspruch mit Ihren Anschauungen stehen.«

»Einverstanden!« sagte Arthur. »Das ist das einzig Richtige. Und nun, da die Einleitung vorüber, darf ich Sie fragen, was wir zu tun haben?«

»Sie müssen mit mir kommen, und zwar im Geheimen, auf den Friedhof von Kingstead.«

Arthur wurde bleich und fragte erschreckt:

»Wo Lucy begraben liegt?« Der Professor nickte. Arthur fragte weiter: »Und wenn wir dort sind?«

»Dann steigen wir in die Gruft.« Arthur stand auf.

»Professor, sprechen Sie im Ernst oder ist es irgendein ungeheuerlicher Scherz? Verzeihen Sie, ich sehe, dass Sie vollkommen im Ernst sprechen.« Er setzte sich wieder, aber mit einer festen, stolzen Miene, wie einer, der sich seiner Würde bewusst ist. Es entstand eine kleine Pause, bis er weiter fragte:

»Und wenn wir in der Gruft sind?«

»Dann öffnen wir den Sarg.«

»Das ist zu viel!« rief Arthur, empört aufspringend. »Ich bin gern bereit, in allen Dingen, die nur einen Schein von Vernunft haben, zu folgen, aber in diese Schändung des Grabes – des Mädchens, das ich …«

Die Stimme versagte ihm vor Entrüstung. Der Professor sah voll tiefen Mitleides auf ihn.

»Wenn ich Ihnen dieses Weh ersparen könnte, mein lieber Freund«, sagte er, »weiß Gott, ich würde es tun. Aber heute Nacht müssen wir Dornenpfade wandeln; sonst muss später und für immer die, die Sie geliebt haben, durch Flammen schreiten.«

Arthur sah ihn mit entschlossenem, bleichem Gesicht an und sagte:

»Nehmen Sie sich in Acht, Herr, nehmen Sie sich in Acht!«

»Wäre es nicht besser, Sie würden mich anhören, was ich noch zu sagen habe?«, erwiderte Van Helsing. »Dann werden Sie erst die Tragweite dessen begreifen, was ich vorhabe. Soll ich fortfahren?«

»Das ist nicht mehr als recht und billig«, brach Quincey los.

Nach einer Pause sprach Van Helsing mit offenbarer Selbstüberwindung weiter:

»Fräulein Lucy ist tot; oder ist es nicht so? Ja? Nun, dann kann ihr ja nichts geschehen. Wenn sie aber nicht tot sein sollte ...«

Arthur sprang auf.

»Herr«, schrie er. »Was wollen Sie damit sagen? Ist irgendein Versehen vorgekommen, ist sie lebend begraben worden?« Er stöhnte vor Angst, die nicht einmal ein Hoffnungsschimmer vermindern konnte.

»Ich habe nicht gesagt, dass sie lebt, daran dachte ich gar nicht. Ich will nichts weiter sagen, als dass sie vielleicht nicht-tot sein könnte.«

»Nicht-tot! Nicht lebend! Was soll das heißen? Ist das alles ein böser Traum oder was ist es sonst?«

»Es gibt Geheimnisse, die Menschen nur erraten können, die nur Jahrhundert nach Jahrhundert allmählich aufklären kann. Glauben Sie mir, wir sind einem solchen auf der Spur. Doch ich bin noch nicht fertig. Darf ich Fräulein Lucy das Haupt abschneiden?«

»Himmel und Hölle, nein!« schrie Arthur in einem Sturm von Leidenschaft. »Um nichts in der weiten Welt werde ich in eine Verstümmelung ihres toten Leibes einwilligen. Dr. Van Helsing, Sie stellen meine Geduld auf eine allzuharte Probe. Was habe ich Ihnen getan, dass Sie mich so furchtbar quälen? Was hat Ihnen das gute Mädchen getan, dass Sie sie noch im Grabe schänden wollen? Sind Sie wahnsinnig, dass Sie solche Sachen aussprechen, oder bin ich es, dass ich solches anhören muss? Wagen Sie es nicht, noch weiter an eine derartige Entheiligung zu denken; ich verweigere meine Zustimmung zu jeder Ihrer Maßnahmen. Ich habe die heilige Pflicht, ihre Grabesruhe vor jeder Störung zu schützen und, bei Gott, ich werde es!«

Van Helsing erhob sich von seinem Sitz, den er die ganze Zeit über innebehalten hatte, und sagte ernst und traurig:

»Mein werter Lord Godalming! Auch ich habe eine Pflicht zu erfüllen, eine Pflicht gegen andere, eine Pflicht gegen Sie, eine Pflicht gegen die Tote; und, bei Gott, ich werde sie tun! Alles, um was ich Sie vorerst bitte, ist, dass Sie mit mir kommen, sehen und hören. Und wenn ich später noch einmal dasselbe Ansinnen stelle und Sie sind nicht noch mehr, als ich selbst, für die Ausführung meines Vorhabens eingenommen, dann werde ich dennoch meine Schuldigkeit tun, ganz gleich, wie Sie es dann beurteilen. Danach werde ich mich, wenn es Euer Lordschaft wünschen, jederzeit zur Verfügung halten, damit Sie mit mir abrechnen können, wo und wie Sie wollen.« Seine Stimme versagte einen Augenblick und er fuhr mit einem Ton warmen Mitleides fort:

»Aber ich bitte Sie, gehen Sie jetzt nicht im Zorn von mir. In meinem langen Leben hatte ich oft Pflichten zu erfüllen, die gewiss nicht angenehm zu erfüllen waren und die mir fast das Herz zerrissen. Aber niemals ist mir etwas schwerer gefallen als das, was ich jetzt tun muss. Glauben Sie mir, wenn die Zeit kommt, da Sie mich verstehen werden, wird ein Blick von Ihnen mir genügen, um die Erinnerung an diese traurigen Stunden zu verwischen; denn ich habe getan, was in menschlicher Macht steht, um das Leid von Ihnen abzuwenden. Denken Sie doch darüber nach. Warum mache ich mir selbst so viel Arbeit, so viel Schmerz? Ich bin aus fernem Lande hierher gekommen, um mein Bestes zu tun; anfänglich, um meinem Freunde John gefällig zu sein, dann aber, um einem guten, jungen Mädchen zu helfen, das ich ja selbst lieben gelernt habe. Für sie habe ich – ich schäme mich es einzugestehen, aber es geschieht nur in der besten Absicht – das gegeben, was Sie alle gaben, das Blut aus meinen Adern; ich gab es, obgleich ich nicht, wie Sie, ihr Bräutigam, sondern nur ihr Freund und Arzt war. Ich schenkte ihr meine Tage und Nächte vor dem Tode und nach dem Tode; und wenn ihr jetzt noch mein Tod etwas nützen könnte, wenn sie damit keine Nicht-Tote mehr wäre, will ich gern mein Leben für sie geben.« Er sagte das alles mit ernstem, schönem Stolze. Arthurs bemächtigte sich tiefe Rührung. Er ergriff die Hand des alten Herrn und sagte:

»Ja, es ist hart daran zu denken und ich begreife es nicht; aber schließlich will ich doch mit Ihnen gehen und abwarten.«

# *Sechzehntes Kapitel*

## Dr. Sewards Tagebuch

*Fortsetzung*

Es war gerade dreiviertel zwölf Uhr, als wir über die niedrige Friedhofmauer stiegen. Die Nacht war finster; von Zeit zu Zeit brach das Mondlicht hell zwischen den eilenden Wolken hervor. Wir blieben alle eng zusammen; Van Helsing etwas voraus, um uns zu führen. Als wir nahe beim Grabe waren, beobachtete ich scharf Arthurs Verhalten, denn ich fürchtete, dass seine Anwesenheit an diesem Platze, der so furchtbare Erinnerungen wachrufen musste, ihn sehr aufregen würde, aber er hielt sich gut. Es schien, als sei das Geheimnisvolle unseres Vorhabens ein Gegenmittel gegen seinen Schmerz. Der Professor öffnete die Pforte und, da er an uns ein natürliches Zögern bemerkte, aus verschiedenen Gründen, löste er die Schwierigkeit dadurch, dass er zuerst eintrat. Wir folgten ihm gleich nach, und er schloss die Tür. Er entzündete dann seine Blendlaterne und deutete auf den Sarg. Arthur trat zögernd näher und Van Helsing bemerkte zu mir:

»Sie waren gestern mit mir hier. War der Leib Fräulein Lucys in diesem Sarge?«

»Ja.« Der Professor wandte sich zu den Übrigen und sagte:

»Sie hören es, und doch ist einer unter uns, der meinen Glauben nicht teilt.« Er nahm seinen Schraubenschlüssel und nahm wiederum den Deckel vom Sarge. Arthur sah gespannt hin, er war bleich und schweigsam; als der Deckel abgehoben war, trat er näher. Er wusste offenbar nicht oder hatte es aus irgendeinem Grunde vergessen, dass es auch noch einen Bleisarg gab. Als er die Schnitte in dem Metall sah, schoss ihm das Blut für einen Moment ins Gesicht, zog sich aber sofort wieder zurück, so dass er wieder kreidebleich war wie vorher. Immer noch schwieg er. Van Helsing bog das Blei zurück, wir sahen alle hin und erschraken.

Der Sarg war leer!

Einige Minuten herrschte eisiges Schweigen. Quincey Morris unterbrach die Stille:

»Professor, ich habe mich für Sie verbürgt. Ich brauche nichts als Ihr Ehrenwort. Ich würde Sie unter gewöhnlichen Verhältnissen nicht wegen so etwas fragen, es nicht wagen, Ihre Ehrlichkeit durch einen Zweifel in Frage stellen; aber das ist ein Geheimnis, das jenseits von Ehre und Unehre liegt. Haben Sie das getan?«

»Ich schwöre Ihnen bei allem, was mir heilig ist, dass ich sie nicht berührt, geschweige denn beiseite gebracht habe. Die Sache verhält sich folgendermaßen: Vorgestern Nacht kam ich mit John hierher, mit den besten Absichten, das dürfen Sie mir glauben. Ich öffnete den Sarg, der noch versiegelt war, und wir fanden ihn, wie auch heute, leer. Wir warteten und sahen dann etwas Weißes sich durch die Bäume bewegen. Gestern kamen wir bei Tage, und da lag sie im Sarg. Ist dies so, Freund John?«

»Ja.«

»In jener Nacht kamen wir gerade zur rechten Zeit. Ein kleines Kind fehlte, wir fanden es aber, Gott sei Dank, unverletzt zwischen den Gräbern. Gestern Abend kam ich vor Sonnenuntergang nochmals hierher, denn zu dieser Zeit kommen die Nicht-Toten heraus. Ich wachte hier, bis die Sonne aufging, konnte aber nichts bemerken. Höchstwahrscheinlich deshalb, weil ich über die Ritzen der Grabtür Knoblauch gelegt hatte, den die Nicht-Toten verabscheuen, und einige andere Dinge, vor denen sie zurückschrecken. Vergangene Nacht unterblieb also der Ausflug, und heute Abend vor Sonnenuntergang nahm ich meinen Knoblauch und die andern Sachen fort. Darum haben wir den Sarg leer vorgefunden. Aber haben Sie Geduld. So weit ist ja sehr viel Seltsames dabei. Warten Sie mit mir außen, ungesehen und ungehört, dann werden noch wesentlich seltsamere Dinge geschehen. So,« – er schloss die Klappe seiner Blendlaterne – »nun hinaus.« Er öffnete die Tür und wir gingen einer nach dem anderen hinaus; er machte den Schluss und schloss die Tür ab.

Wie frisch und rein wehte uns der Nachtwind um die Gesichter, als wir dem Schrecken dieser Gruft wieder entronnen waren. Wie schön war es, die Wolken am nächtigen Himmel dahineilen zu sehen und wie der helle Mond zwischen ihnen bald verschwand, bald wieder erschien, so dass Licht und Schatten wechselten, wie Glück und Leid im Menschenleben. Wie herrlich war es, die kühle Nachtluft zu atmen, die nicht nach Tod und Verfall roch; wie anheimelnd war es, dort hinter dem Hügel den geröteten Nachthimmel zu sehen und das halberstickte Brausen zu hören, das beides die Nähe der großen Stadt verkündete. Jeder von uns war in seiner Art feierlich gestimmt und bewegt. Arthur verhielt sich schweigend und bemühte sich offenbar, den Zweck und die Bedeutung des Vorhabens zu ergründen. Ich selbst war verhältnismäßig geduldig und geneigt, meine Zweifel beiseite zu legen und mich Van Helsings Meinung anzuschließen. Quincey Morris war gleichmütig, wie ein Mann, der alles über sich ergehen lässt mit jener kaltblütigen Tapferkeit, die alles einsetzt, was sie einzusetzen hat. Da er hier doch nicht rauchen wollte, schnitt er sich ein Stück Tabak ab und begann zu kauen. Van Helsing aber gab sich einer zielbewussten Beschäftigung hin. Zuerst entnahm er seinem Koffer eine Masse, die aussah wie eine dünne, waffelartige Oblate, die sorgfältig in ein weißes Tuch eingehüllt war. Dann holte er zwei Hand voll von einem weißlichen Teig oder Kitt hervor. Er zerkrümelte die Oblate ganz fein und knetete sie mit der Masse zusammen. Diese rollte er dann in dünne Streifen und legte sie in die Ritzen zwischen Grabtüre und Steinfassung. Ich war sehr erstaunt über diese Dinge, und da ich in der Nähe stand, fragte ich, was dies zu bedeuten habe. Arthur und Quincey kamen auch näher, denn sie waren ebenfalls neugierig geworden. Van Helsing antwortete:

»Ich schließe die Tür, damit die Nicht-Tote nicht hinein kann.«

»Ist denn der Stoff, den Sie zurecht machten, dazu im Stande?« fragte Quincey. »Beim Zeus, ist das ein Unternehmen.«

»Er ist es.«

»Was ist denn das für eine Masse, die Sie dazu benutzen?« Diesmal fragte Arthur. Van Helsing nahm ehrfürchtig den Hut ab und erwiderte:

»Die Hostie! Ich habe sie von Amsterdam mitgebracht. Ich habe einen kirchlichen Dispens.« Diese Antwort musste auch den ärgsten Zweifler unter uns bekehren. Wir fühlten alle, dass dem Professor, der zur Durchführung seines Planes selbst die ihm heiligsten Dinge verwendete, unbedingtes Vertrauen zu schenken sei. In ehrerbietigem Schweigen nahmen wir alle die uns angewiesenen Plätze rings um das Grab ein und stellten uns so auf, dass wir von niemand gesehen werden konnten. Ich bemitleidete die anderen, besonders Arthur. Ich selbst hatte mich durch meine früheren Besuche schon daran gewöhnt, Schreckliches in Ruhe abzuwarten; trotzdem aber fühlte ich, der doch noch eine Stunde vorher jede Möglichkeit abgeleugnet hatte, mein Herz sich zusammenziehen. Niemals waren mir noch die Gräber so unheimlich weiß erschienen, nie hatte sich mir in den Zypressen, Eiben und Wacholderbäumen das Todesgrauen so deutlich verkörpert, niemals noch hatten Bäume und Gräser so Unheil verkündend geraschelt, nie noch die Zweige so geheimnisvoll geknackt, und niemals noch war mir das ferne Heulen von Hunden als jammervolle Vorbedeutung erschienen.

Lange, lange war alles still; es lag drückend auf uns und schmerzend. Plötzlich tönte von dort, wo der Professor stand, ein scharfes: S–s–s–s! Er reckte deutend den Finger. Weit unten an der Eibenallee sahen wir eine weiße Gestalt sich heranbewegen, eine schmale, weiße Gestalt, die einen dunklen Gegenstand an die Brust drückte. Sie blieb einen Augenblick stehen; im gleichen Augenblick leuchtete der Mond hell zwischen den treibenden Wolken hervor und ließ uns in unheimlicher Deutlichkeit eine dunkelhaarige Frau in Sterbekleidern erkennen. Das Gesicht war nicht zu sehen, denn sie hielt es auf ein kleines, lockiges Kind niedergebeugt. Durch die Stille hörten wir einen leisen Schmerzensruf, wie ihn Kinder oft im Schlafe auszustoßen pflegen, oder Hunde, die vor dem Feuer liegen und träumen. Wir wollten vorwärts stürmen, sahen aber des Professors warnend aufgehobene Hand; er stand hinter einem Eibenbaum und winkte uns zurück. Nun bewegte sich die weiße Gestalt wieder vorwärts. Sie war uns jetzt nahe genug, um sie deutlich wahrnehmen zu können, umso mehr als der Mond noch in unverhüllter Klarheit herniederleuchtete. Mein Herz wurde kalt wie Eis; ich konnte Arthurs Stöhnen hören, als Lucys Züge zu erkennen waren. Lucy Westenraa, aber wie furchtbar verändert! Ihre Lieblichkeit schien sich in diamantharte, herzlose Grausamkeit und ihre Reinheit in wollüstige Ausgelassenheit verwandelt zu haben. Van Helsing trat vor und wir folgten seinem Beispiel; wir stellten uns alle in einer Linie vor dem Grabe auf. Van Helsing erhob die Laterne und öffnete den Schieber. Das blendende Licht, das auf Lucys Gesicht fiel, zeigte uns, dass ihre Lippen von frischem Blute befleckt waren; in einem dünnen Streifen war es über ihr Kinn herniedergerieselt und hatte das linnene Totenkleid rot gefärbt.

Wir erschauerten vor Entsetzen. Ich schloss aus dem Zittern des Laternenlichtes, dass selbst Van Helsings eiserne Nerven nicht standgehalten hatten. Arthur stand mir zunächst, und wenn ihn mein Arm nicht gehalten hätte, so wäre er umgesunken.

Als Lucy – ich nenne das Gespenst, das da vor uns stand, Lucy, weil es ihre Züge trug – uns sah, prallte sie zurück mit einem ärgerlichen Knurren, wie es eine Katze hören lässt, wenn man sie unvermutet anfasst; dann glitten ihre Augen über uns hin. Es waren Lucys Augen in Form und Farbe, aber sie waren unrein und voll teuflischer Glut, nicht mehr die reinen, schönen Sterne, die sie im Leben waren. In diesem Augenblick verwandelten sich die Überreste meiner Liebe in Hass und Abscheu; hätte ich sie töten können, ich hätte es mit wilder Lust getan. Als sie uns ansah, glühten ihre Augen in höllischem Feuer, und in das

Gesicht trat ein wollüstiges Lächeln. Wie schauderte mich, als ich das sehen musste! Achtlos warf sie in teuflischer Grausamkeit das Kind, das sie bisher heftig an die Brust gedrückt und über das sie sich knurrend, wie ein Hund über einen Knochen, gebeugt hielt, von sich. Das Kind stieß einen Schrei aus und blieb weinend liegen. Es lag in dieser Handlung eine Kaltblütigkeit, die Arthur einen grollenden Ruf auspresste. Als sie dann auf ihn zuging und mit üppigem Lächeln die Arme nach ihm ausbreitete, wich er zurück und verbarg sein Gesicht in den Händen.

Sie kam immer näher und sagte mit leisem, wollüstigem Locken in der Stimme:

»Komm zu mir, Arthur. lass diese anderen und komm zu mir. Mein Busen lechzt nach dir. Komm, wir ruhen zusammen. Komm, mein Gatte, komm!«

Es lag etwas teuflisch Süßes in ihrer Stimme, ein Klingen wie zerbrechendes Glas. Es rann uns heiß durch die Glieder, auch denen, an die die schmeichelnden Worte nicht gerichtet waren. Arthur stand wie unter einem Banne; er nahm die Hände vom Gesicht und öffnete weit und sehnsüchtig die Arme. Sie sprang auf ihn los, im gleichen Augenblick aber warf sich Van Helsing zwischen beide und hielt sein goldenes Kruzifix hoch. Sie prallte zurück und huschte mit verzerrtem Gesicht hinter uns vorbei, um in die Gruft zu schlüpfen.

Da, zwei oder drei Fuß vor der Tür, blieb sie stehen, als sei sie von einer unüberwindlichen Kraft gebannt. Dann drehte sie sich um und wir sahen ihr Gesicht im klaren Schein des Mondes und der Laterne, die nun nicht mehr zitterte. Van Helsings eiserne Nerven hatten ihre Spannkraft wiedergewonnen. Niemals noch habe ich eine solch spöttische Bosheit in einem Antlitz gesehen, und ich glaube, dass nie mehr ein menschliches Auge eine solche je wieder erblickt. Die wundervolle Farbe verwandelte sich in fahles Grau, die Augen loderten in dämonischer Glut, die Brauen waren zusammengezogen und die Falten der Stirn sahen aus wie Schlangen der Medusa. Der schöne, blutbefleckte Mund war weit aufgerissen und bildete fast ein

Viereck, wie bei den Tragödienmasken der Griechen und Japaner. Wenn ein Gesicht Tod bringen, wenn Blicke töten können, so war es hier der Fall.

Eine halbe Minute, die uns eine Ewigkeit erschien, stand sie da, auf einer Seite von dem erhobenen Kruzifix, auf der anderen von den Zaubermitteln, die ihr den Eintritt in die Gruft verwehrten, gebannt. Van Helsing brach das Schweigen, indem er fragte:

»Was sagen Sie nun, mein Freund? Darf ich nun mein Vorhaben ausführen?«

Arthur warf sich auf die Knie, barg sein Gesicht in den Händen und antwortete:

»Tun Sie, was Sie für nötig halten, lieber Freund; tun Sie, was Sie müssen. Nie und nimmer kann es etwas Entsetzlicheres geben als das!« Er schrie vor Erregung.

Quincey und ich gingen zugleich auf ihn zu und ergriffen seine Arme. Wir hörten das Knacken der Laterne, die Van Helsing schloss; er trat dicht an die Gruft heran und entfernte das Zaubermittel von einer der Ritzen. Wir starrten entsetzt der Gestalt nach, die, körperlich wie wir, in dem Zwischenraum, der kaum einer Messerschneide den Durchgang gewährt hätte, verschwand. Wir hatten alle das Gefühl froher Erleichterung, als der Professor sich daran machte, die Ritzen an der Tür wieder zu verkitten.

Nachdem er damit fertig war, hob er das Kind auf und sagte:

»Kommt, meine Freunde, bis morgen können wir nun nichts mehr beginnen. Morgen Mittag ist hier wieder eine Beerdigung, wir werden uns dann alle kurz danach wieder hier einfinden. Wenn sich dann alle Teilnehmer entfernt haben, wird der Friedhofaufseher das Tor schließen und wir sind ungestört. Es wird dann etwas zu tun geben, aber etwas ganz anderes als heute Nacht. Was dieses Kind hier betrifft, so ist ihm kein großes Leid geschehen, morgen Nacht wird es gesund sein. Wir werden es, wie wir es neulich schon machten, da niederlegen, wo es ein Polizist finden muss; und dann nach Hause!« Er trat nahe an Arthur heran und sagte:

»Mein lieber Arthur, Sie haben Bitteres durchgemacht; wenn Sie aber später darauf zurückschauen, werden Sie erkennen, wie notwendig es war. Sie befinden sich nun mitten in den bitteren Wassern. Morgen um diese Zeit werden Sie, so hoffe ich, die bitteren Wasser passiert und den ersten Trunk aus den süßen getan haben. Also seien Sie nicht allzu traurig. Bis dahin werde ich Sie nicht bitten, mir zu verzeihen.«

Arthur und Quincey gingen mit mir nach Hause; wir versuchten unterwegs einander aufzuheitern, so gut es ging. Wir hatten das Kind in Sicherheit gebracht und waren sehr müde, so schliefen wir denn alle einen mehr oder minder erquickenden Schlaf.

29. September. Nachts. – Etwas vor zwölf Uhr holten wir drei – Arthur, Quincey Morris und ich – den Professor ab. Es war auffallend, dass wir alle, wie nach Übereinkunft, schwarze Anzüge angelegt hatten. Arthur trug ohnehin Schwarz, weil er ja tiefe Trauer hatte; wir beiden anderen aber hatten instinktiv diese Farbe gewählt. Etwa um halb zwei Uhr kamen wir auf den Friedhof und gingen darin spazieren, wobei wir uns allmählich außer Sehweite der Anwesenden entfernten. Als dann die Totengräber ihres Amtes gewaltet und der Aufseher, im Glauben, dass niemand mehr im Friedhof sei, das Tor geschlossen hatte, hatten wir freie Bahn. Van Helsing hatte heute nicht, wie gewöhnlich, seinen kleinen schwarzen Koffer, sondern ein längliches, ledernes Futteral, ähnlich einer Krickettasche, mitgebracht; es hatte anscheinend ein beträchtliches Gewicht.

Als wir allein waren und die letzten Schritte draußen auf der Straße verhallten, folgten wir schweigend und wie auf Befehl dem Professor zum Grabe. Er schloss auf und wir gingen hinein, die Tür hinter uns absperrend. Er nahm aus seiner Tasche die Laterne, die er anzündete, dann zwei Wachskerzen, die er, nachdem er ihre Enden erhitzt hatte, auf anderen Särgen befestigte, um zu seiner Arbeit Licht zu haben. Als wir dann den Deckel des Sarges abhoben, schauten wir gespannt hin und sahen – Arthur zitterte wie Espenlaub –, dass der Leichnam in all seiner toten Schönheit darin lag. Aber die Liebe war in meinem Herzen erloschen; ich hasste das unheimliche Wesen, das Lucys Gestalt, aber nicht ihre Seele besaß. Auch Arthurs Gesicht zeigte keine Spur von Mitleid, als er zu Van Helsing sagte:

»Ist dies wirklich Lucys Leib oder nur ein Dämon, der ihre Gestalt angenommen?«

»Es ist ihr Leib und doch wieder nicht. Warten Sie noch eine kleine Weile, und Sie werden sie sehen, wie sie war und wie sie ist.«

Es schien nur ein gespenstisches Abbild Lucys, was da vor uns lag. Die spitzen Zähne, der blutige, wollüstige Mund, das ganze fleischliche, ungeistige Aussehen machten uns erschaudern; es war, als hätte ein Teufel versucht, ihre Reinheit spöttisch nachzuäffen. Van Helsing begann in seiner gewohnten Geschäftsmäßigkeit den Inhalt seiner Tasche auszupacken und gebrauchsfertig bereitzulegen. Zuerst nahm er einen Lötkolben und etwas Lötmasse heraus, dann eine kleine Öllampe, die beim Anzünden Gas entwickelte, das mit heller, heißer, bläulicher Flamme brannte; er stellte sie etwas abseits in einen Winkel der Gruft. Dann nahm er seine Operationsmesser, die er der Reihe nach hinlegte; schließlich erschien ein runder Holzpfahl, etwa drei Zoll dick und drei Fuß lang. Eines der Enden war im Feuer gehärtet und lief in eine scharfe Spitze aus. Zugleich brachte er einen schweren Hammer hervor, wie man ihn im Haushalt zum Zerschlagen der Kohlenstücke im Keller benützt. Auf mich wirken ja die Vorbereitungen eines Arztes für seine Tätigkeit anregend ein; Arthur und Quincey erschienen aber eher darüber konsterniert zu sein. Immerhin behielten sie ihre Fassung und verharrten in schweigender Spannung.

Als alle Vorbereitungen getroffen waren, hub Van Helsing an:

»Ehe wir beginnen, lassen Sie sich erst einiges erklären. Das, was ich tue, entspricht den Erfahrungen und dem Wissen der Alten und derer, die sich mit dem Studium der

Nicht-Toten befasst haben. Wenn jemand ein solcher wird, so trifft ihn mit dieser Veränderung zugleich der Fluch der Unsterblichkeit; er kann nicht sterben, sondern muss Jahrhundert um Jahrhundert wandeln, immer neue Opfer suchen und so die Übel der Welt ins Ungemessene vermehren. Denn alle, die als Opfer eines Nicht-Toten sterben, werden selbst Nicht-Tote und gehen selbst auf Beute aus. So weitet sich der unheimliche Kreis immer mehr, wie ein ins Wasser geworfener Stein immer größere Wellenringe hervorruft. Wenn ich Sie, Arthur, Lucy vor ihrem Tode hätte küssen lassen oder wenn Sie heute Nacht ihrem lockenden Rufe gefolgt wären, dann hätten Sie nach Ihrem Tode das werden müssen, was man im östlichen Europa ›nosferatu‹ nennt, und Sie hätten immer mehr Opfer zu Nicht-Toten gemacht, und damit die Welt mit Grausen erfüllt. Die Tätigkeit der unglücklichen Lucy hat soeben begonnen. Diese Kinderchen, deren Blut sie trank, sind noch nicht allzu übel daran; wenn aber sie, die Nicht-Tote, noch länger ihr Wesen treiben kann, verlieren die Kleinen immer mehr Blut und kommen bei der Macht, die sie über sie besitzt, immer wieder zu ihr. So würde sie ihnen mit ihrem gierigen Munde nach und nach alles Blut entziehen. Wenn sie aber nun endgültig stirbt, dann ist der Zauber gebrochen; die Wunden an den kleinen Kehlen verschwinden, die Kinder kehren zu ihren fröhlichen Spielen zurück und vergessen all das, was ihnen geschehen. Das Beste von allem aber ist, dass, wenn wir diese Nicht-Tote zu wirklicher Grabesruhe gebracht haben, die Seele Lucys, die wir so liebten, wieder frei wird. Anstatt nächtlicherweise Fluch und Elend zu verbreiten und durch die fortschreitende Verwandlung immer mehr zu verderben, wird sie ihren Platz unter den Engeln einnehmen. Sie wird die Hand segnen, die den Streich führt, der sie frei macht. Ich bin dazu bereit. Aber ist keiner unter uns, der dazu mehr Recht hat? Wird es keine Freude für ihn sein, in stiller Nacht, wenn ihn der Schlaf flieht, denken zu können: es war *meine* Hand, die ihr den Weg zu den Sternen geöffnet; es war die Hand dessen, der sie am meisten geliebt; die Hand, die sie von allen am liebsten selbst gewählt hätte, um ihr den Liebesdienst zu erweisen. Ist kein solcher unter uns?«

Wir alle blickten auf Arthur. Er begriff, wie wir, dass seine Hand es sein sollte, die in unendlicher Güte das tun sollte, was ihr Andenken zu einem geweihten, statt zu einem verfluchten machen sollte. Er trat heran und sagte mutig, obgleich seine Hände bebten und sein Gesicht weiß wie Schnee war:

»Lieber Professor, aus dem tiefsten Grunde meines gebrochenen Herzens danke ich Ihnen. Sagen Sie mir, was ich tun soll, und ich werde nicht zurückbeben!« Van Helsing legte ihm die Hand auf die Schulter und sprach:

»Mein lieber Freund! Nur einen Augenblick Mut, und alles ist vorüber. Dieser Pfahl muss ihr durch das Herz getrieben werden. Es wird etwas Furchtbares werden, darüber wollen wir uns nicht täuschen, es wird nur kurze Zeit währen, Ihre Freude aber wird dann größer sein als das erlittene Leid. Wenn Sie aus diesem unheimlichen Grabe hinausgehen, wird es Ihnen sein, als atmeten Sie Himmelsluft. Aber Sie dürfen nicht zögern, wenn Sie einmal begonnen haben. Denken Sie daran, dass wir, Ihre Freunde, bei Ihnen sind und die ganze Zeit für Sie beten werden.«

»Vorwärts«, sagte Arthur heiser, »sagen Sie mir, was ich tun soll.«

»Nehmen Sie diesen Pfahl in Ihre Linke, die Spitze über dem Herzen der Leiche; in die Rechte nehmen Sie den Hammer. Dann, wenn wir mit dem Totengebet beginnen – ich werde es lesen, ich habe das Buch hier und die anderen werden respondieren –, dann schlagen Sie in Gottes Namen zu, dass die, die wir lieben, gerettet werde und dass sie fürderhin keine Nicht-Tote mehr sei.«

Arthur ergriff den Pfahl und den Hammer, und da er fest entschlossen war, zitterten sie nicht in seinen Händen. Van Helsing schlug sein Messbuch auf und begann zu lesen, während Quincey und ich ihm respondierten, so gut wir es konnten. Arthur richtete die Spitze auf das Herz des Leichnams, ich konnte genau ihren Eindruck in dem weißen Fleisch erkennen. Dann schlug er mit aller Kraft zu.

Das Wesen im Sarge krümmte sich zusammen, scheußlicher, blutiger Schaum trat auf seine geöffneten roten Lippen. Der Körper wand sich, erzitterte und zuckte in wilden Krämpfen; die scharfen, weißen Zähne schnappten zu und durchschnitten die Lippen, die sich mit blutigem Speichel bedeckten. Aber Arthur wich nicht. Er glich einem Standbild des Gottes Tor, wie so sein unfehlbarer Arm sich hob und niederfiel, den gnadenbringenden Pfahl immer weiter hineintreibend. Das Blut quoll aus dem durchbohrten Herzen und spritzte weit herum. Auf seinem Angesicht leuchteten unerschütterliche Entschlossenheit und Pflichtbewusstsein; sein Anblick gab auch uns wieder Mut, und unsere Stimmen klangen lauter durch das Grabgewölbe.

Dann ließen plötzlich die krampfartigen Bewegungen des Leichnams nach, die Zähne schlugen nicht mehr zusammen und das Zucken des Gesichtes hörte auf. Schließlich lag er still. Das Entsetzliche war vorüber.

Der Hammer fiel aus Arthurs Hand. Er schwankte und wäre gefallen, wenn wir ihn nicht gehalten hätten. Große Schweißtropfen standen auf seiner Stirn und sein Atem kam in röchelnden Stößen aus der Brust. Es war in der Tat eine grauenvolle Aufgabe für ihn gewesen, und wäre er nicht durch mehr als menschliche Erwägungen dazu gezwungen worden, niemals hätte er es durchgehalten. Einige Minuten waren wir so mit ihm beschäftigt, dass wir keine Zeit fanden, nach dem Sarg zu sehen. Als wir nun hinzutraten, flog ein Raunen größter Überraschung von einem zum anderen. Unser Erstaunen war so groß, dass Arthur sich vom Boden erhob, wo er gesessen, und näher herantrat. Da brach ein frohes, seltsames Leuchten durch das tiefe Entsetzen, das seine Züge verfinstert hatte.

Dort im Sarge lag nun nicht mehr das unheimliche Wesen, das wir so gefürchtet und gehasst hatten, dass jeder von uns das Werk seiner Vernichtung nur ungern dem am meisten dazu Berechtigten überließ, sondern da lag Lucy, wie wir sie im Leben gekannt, das Gesicht verklärt von überirdischer Schönheit und Reinheit. Es trug allerdings auch, wie im Leben, die Spuren der Krankheit, des Leides und der Verwüstung, aber auch diese Spuren waren uns teuer, denn sie bewiesen, dass wir hier wirklich Lucy vor uns hatten. Alle fühlten wir, dass diese heilige Stille, die über dem abgezehrten Gesichtchen und dem ganzen Leichnam lag wie Sonnenschein, nur ein Zeichen und irdisches Symbol des Gottesfriedens war, in den sie nun für immer eingegangen war.

Van Helsing trat leise herzu und sagte, indem er seine Hand auf Arthurs Schulter legte:

»Nun, mein lieber Freund, können Sie mir jetzt verzeihen?«

Als dieser des alten Professors Hand ergriff, kam erst die Reaktion auf all das Furchtbare; er zog die Hand des treuen Freundes an die Lippen, küsste sie und sagte tief gerührt:

»Vergeben! Gott segne Sie dafür, dass Sie meiner lieben Braut ihre Seele und mir den Frieden wiedergegeben haben.« Er legte seinen Arm um des Professors Schulter und weinte lange leise vor sich hin, während wir schweigend und tief ergriffen standen. Als er sein Haupt wieder erhob, sagte Van Helsing milde:

»Nun können Sie sie küssen. Küssen Sie die toten Lippen, so viel Sie wollen, so viel sie wollen würde, wenn sie noch wollen könnte. Denn sie ist jetzt kein grinsender Teufel mehr, nicht mehr das unheimliche Gespenst für alle Ewigkeit. Nicht länger mehr ist sie des Teufels Nicht-Tote. Sie ist jetzt in Gott gestorben und ihre reine Seele ist bei ihm.«

Arthur beugte sich über die Tote und küsste sie; dann schickten wir ihn und Quincey aus der Gruft. Der Professor und ich sägten noch die Spitze des Pfahles ab und ließen das Übrige im Körper stecken. Dann schnitten wir das Haupt ab und füllten den Mund mit Knoblauch. Schließlich verlöteten wir den Bleisarg, schraubten den Deckel auf und entfernten uns, nachdem wir alle unsere Sachen zusammengepackt hatten. Der Professor schloss die Tür ab und übergab Arthur den Schlüssel.

Draußen leuchtete die Sonne, die Vöglein sangen und die ganze Natur schien auf einen froheren Ton gestimmt, Freude, Friede und Fröhlichkeit zog in unsere Herzen ein, denn wir hatten das uns gesteckte Ziel erreicht; nur mehr wie ein dünner Schleier lag das vergangene Leid über uns.

Ehe wir uns zum Fortgehen anschickten, sagte Van Helsing:

»Nun, liebe Freunde, ein Schritt zur Vollendung unseres Werkes ist getan, und zwar der, der uns am wehesten tat. Aber es bleibt uns noch eine weit schwierigere Aufgabe: den Urheber all dieses Leides ausfindig zu machen und ihn zu vernichten. Ich habe schon Spuren, denen wir folgen können; aber, wie gesagt, es ist eine schwierige Aufgabe und langwierig; Gefahr und Schrecken liegen noch auf unserem Wege. Wollen Sie mir behilflich sein? Wir haben alle glauben gelernt, nicht wahr? Und da dies so ist, sehen wir da nicht unsere Pflicht vor uns liegen? Ja! Wollen wir uns nicht versprechen, zusammen auszuhalten bis zum Äußersten?«

Wir legten, einer nach dem anderen, unsere Rechte in die seine, und der Bund war geschlossen. Dann sagte der Professor, als wir weggingen:

»Übermorgen Abend werden wir zusammenkommen und um sieben Uhr bei Freund John speisen. Ich werde noch zwei andere mitbringen, zwei, die Sie bis heute noch nicht kennen. Ich werde Ihnen dann unser ganzes Werk klarlegen und meine Pläne entwickeln. Freund John, Sie kommen heute schon mit mir, denn ich habe vieles vorzubereiten und Sie sollen mir helfen. Heute Abend fahre ich nach Amsterdam, werde aber morgen Abend wieder zurück sein. Dann beginnt die große Suche. Zuerst aber möchte ich Ihnen noch einiges sagen, damit Sie wissen, was wir zu tun und was wir zu fürchten haben. Dann wollen wir einer dem andern unser Versprechen erneuern, denn es stehen uns schreckliche Dinge bevor; wenn wir einmal den Fuß auf die Pflugschar gesetzt haben, dürfen wir nicht mehr zurück.«

# *Siebzehntes Kapitel*

## Dr. Sewards Tagebuch

*Fortsetzung*

Als wir im Berkeley-Hotel ankamen, fand Van Helsing ein Telegramm vor, das für ihn abgegeben worden war:

»Ich komme mit dem Zug; Jonathan ist in Whitby. Wichtige Neuigkeiten. – Mina Harker.«

Der Professor war erfreut. »Diese prächtige Frau Mina«, sagte er, »eine Perle unter den Frauen! Sie kommt hierher, und ich kann nicht dableiben. Sie muss bei Ihnen wohnen, Freund John. Sie müssen sie hier auf der Station erwarten. Telegrafieren Sie ihr, damit sie vorbereitet ist.«

Als das Telegramm aufgegeben war, trank er noch eine Tasse Tee. Dabei erzählte er mir von einem Reisetagebuch des Herrn Harker und übergab mir eine mit der Maschine geschriebene Kopie desselben, sowie eine solche des Tagebuches Frau Minas, geschrieben in Whitby. »Nehmen Sie das«, sagte er, »und lesen Sie es gründlich. Wenn ich zurückkomme, werden Sie die Sachlage kennen, wir können dann rascher mehrere Unternehmungen vornehmen. Bewahren Sie es sorgfältig auf, denn es ruhen Schätze darin. Sie werden Ihres ganzen Vertrauens bedürfen, selbst Sie, der doch heute eine derartige Erfahrung gemacht hat. Das, was hier erzählt wird«, sagte er, indem er seine Hand ernst und schwer auf das Paket mit den Papieren legte, »ist vielleicht die Ursache von Ihrem, meinem und manchem anderen Ende, oder aber es bedeutet das Grabgeläute für die Nicht-Toten, die hier auf Erden wandeln. Lesen Sie alles, ich bitte Sie, und ohne Vorurteil; und können Sie aus eigener Erfahrung irgendetwas beifügen, so tun Sie es, denn alles ist ungeheuer wichtig. Sie selbst haben über alle diese seltsamen Dinge ein Tagebuch geführt, nicht wahr? Ja! Gut, dann wollen wir das alles zusammen besprechen, wenn ich zurückkommen werde.« Er machte sich reisefertig und fuhr bald darauf zur Station Liverpool. Ich machte mich auf den Weg nach Paddington, wo ich fünfzehn Minuten vor Ankunft des erwarteten Zuges eintraf.

Die Menge verlief sich geräuschvoll, wie immer auf den Bahnsteigen. Ich konnte mich eines gewissen Unbehagens nicht erwehren, wenn ich dachte, dass ich vielleicht meinen Gast übersehen haben könnte. Da kam eine liebliche, elegante, mädchenhafte Dame auf mich zu und fragte mit einem prüfenden Blick: »Sie sind Dr. Seward, nicht wahr?«

»Und Sie Frau Harker!« antwortete ich gleichzeitig, worauf sie mir die Hand gab.

»Ich kenne Sie aus den Beschreibungen meiner lieben Lucy, aber …« Sie hielt plötzlich inne, und ein heißes Erröten überzog ihr reizendes Gesicht.

Das Rot, das auch mir sofort in die Wangen stieg, war eine stumme Antwort auf ihr eigenes. Ich nahm ihr das Gepäck ab, bei dem sich auch eine Schreibmaschine befand, und wir fuhren mit der Untergrundbahn nach Fenchurch Street, nachdem ich meine Haushälterin durch Stadttelegramm angewiesen hatte, für Frau Harker sofort ein Wohn- und ein Schlafzimmer bereitzuhalten. Rechtzeitig kamen wir an.

Sie war sich ohne Zweifel dessen bewusst, dass mein Haus ein Irrenasyl ist, trotzdem konnte sie, wie ich bemerkte, einen leichten Schauder beim Eintritt doch nicht unterdrücken.

Sie sagte mir, dass sie, wenn es mir angenehm wäre, am liebsten gleich in mein Arbeitszimmer käme, da sie mir vieles mitzuteilen habe. So will ich einstweilen für heute mein phonographisches Tagebuch schließen und sie hier erwarten. Bis jetzt war es mir noch nicht möglich, in die Papiere Einblick zu nehmen, die Van Helsing mir übergeben hatte, obgleich sie offen vor mir liegen. Ich muss versuchen, ihr Interesse auf irgendetwas zu lenken, damit ich vielleicht Gelegenheit finde zu lesen. Sie weiß jedenfalls nicht, wie kostbar meine Zeit ist und welch wichtige Aufgabe wir uns gestellt haben. Ich muss vorsichtig sein, damit ich sie nicht ängstlich mache. Da ist sie!

## *Mina Harkers Tagebuch*

29. September. – Nachdem ich etwas Toilette gemacht hatte, begab ich mich in Dr. Sewards Arbeitszimmer. An der Tür blieb ich einen Augenblick stehen, da ich ihn mit jemand sprechen zu hören meinte. Weil er mir aber gesagt hatte, ich möchte mich beeilen, klopfte ich und leistete seinem »Herein« Folge.

Zu meinem größten Erstaunen war er allein. Er war ganz allein; auf dem Tisch, ihm gegenüber, stand etwas, was ich nach den Beschreibungen für einen Phonographen hielt. Ich hatte noch keinen gesehen und interessierte mich deshalb sehr dafür.

»Hoffentlich habe ich Sie nicht warten lassen«, sagte ich. »Aber ich verhielt mich noch ein wenig an der Tür, da ich Sie sprechen hörte und glaubte, Sie hätten Besuch.«

»Oh«, antwortete er lächelnd, »ich habe nur mein Tagebuch weitergeführt.«

»Ihr Tagebuch?«, fragte ich überrascht.

»Ja«, sagte er, »ich spreche es hier herein.« Dabei legte er die Hand auf das Instrument. Ich war ganz entzückt über die Sache und rief aus:

»Nun, das übertrifft ja sogar das Stenografieren! Wollen Sie mich etwas hören lassen?«

»Gewiss«, erwiderte er lebhaft, und stand auf, um den Apparat in Gang zu setzen. Dann hielt er plötzlich inne und sah ganz verwirrt aus.

»Allerdings«, begann er ungeschickt, »enthält es nur mein persönliches Tagebuch, und da es ganz, fast ganz, nur meine Fälle betrifft, wäre es seltsam – das heißt – ich meine…« Er schwieg, und ich versuchte, ihm aus der Verlegenheit zu helfen.

»Sie haben doch die arme Lucy bis zu ihrem Ende gepflegt. Darf ich nichts über ihr Sterben hören; für alles, was ich von ihr erfahre, werde ich Ihnen dankbar sein. Sie war mir sehr, sehr teuer.«

Zu meiner Überraschung antwortete er mit einer Miene des furchtbarsten Entsetzens:

»Ihnen von ihrem Tode erzählen? Nicht um alles in der Welt!«

»Warum denn nicht?«, fragte ich, denn ein unbehagliches, schreckliches Gefühl überkam mich. Wieder schwieg er, und ich konnte bemerken, wie er sich abmühte, eine Entschuldigung zu erfinden. Dann stotterte er plötzlich:

»Wissen Sie, ich kann nicht einen bestimmten Teil des Tagebuches heraussuchen.« Während er so sprach, schien ihm eine neue Idee aufzutauchen, und er sagte mit unbewusster Einfalt, mit verstellter Stimme und mit der Naivität eines Kindes: »Das ist wirklich wahr, auf Ehre. Auf Indianerehre!« Ich konnte mich nicht enthalten zu lachen, worauf er ein verlegenes Gesicht machte. »Wissen Sie«, sagte er, »obgleich ich das Tagebuch seit Monaten führe, kam mir niemals in den Sinn, wie ich es wohl machen sollte, einen besonderen Teil der Aufzeichnungen herauszubringen, wenn ich seiner bedürfte.« Da begriff ich plötzlich, dass das Tagebuch des Arztes, der Lucy behandelt hatte, wohl geeignet sein würde, unserem Wissen von jenem entsetzlichen Gespenst einiges beizufügen, und ich sagte kühn:

»Dann wäre es vielleicht besser, Herr Doktor, ich schriebe es für Sie auf der Schreibmaschine aus.« Er wurde leichenblass, als er sagte:

»Nein! Nein! Nein! Nicht um die Welt, ich kann Sie dieses schreckliche Erlebnis nicht lesen lassen!«

Dann war es also wirklich etwas Schreckliches; meine Ahnung hatte mich nicht getäuscht! Einige Augenblicke dachte ich nach, und wie meine Blicke so durch das Zimmer schweiften, unbewusst nach irgendetwas suchend, das mir helfen könnte, blieben sie auf einem großen Paket Aufzeichnungen in Maschinenschrift hängen, das auf dem Tisch lag. Seine Augen folgten der Richtung der meinen, ohne dass er es wusste. Als er das Paket sah, begriff er sofort, was ich meinte.

»Sie kennen mich nicht«, sagte ich. »Wenn Sie diese Papiere gelesen haben werden – es ist mein Tagebuch und das meines Mannes, das ich mit der Maschine kopiert habe –, dann werden Sie mich besser kennen. Ich habe keinen Augenblick gezögert, jeden meiner Gedanken hier niederzulegen; aber wie gesagt, Sie kennen mich bis jetzt nicht, und ich darf gar nicht erwarten, dass Sie mir sofort Vertrauen schenken.«

Er ist jedenfalls ein Mann von vornehmer Denkungsart; Lucy hatte ihn ganz richtig beurteilt. Er stand auf und öffnete eine große Schublade, in der geordnet eine Anzahl hohle Metallwalzen mit dunklem Wachsüberzug standen, und sagte:

»Sie haben ganz recht. Ich habe Ihnen nicht getraut, weil ich Sie eben nicht kannte. Aber jetzt kenne ich Sie, lassen Sie sich sagen, ich hätte Sie eigentlich schon länger kennen sollen. Ich weiß, dass Lucy Ihnen von mir erzählte; sie hat mir aber auch von Ihnen erzählt. Darf ich Ihnen eine Genugtuung nach meinem Vermögen anbieten? Nehmen Sie die Zylinder und lassen Sie sich alles von ihnen erzählen. Das erste halbe Dutzend bringt rein persönliche Dinge und wird Sie nicht erschrecken, dann werden Sie mich besser kennen. Unterdessen wird das Essen fertig sein. Ich werde mich einstweilen damit beschäftigen, einige dieser Dokumente durchzulesen und dann im Stande sein, einiges besser zu verstehen.« Er brachte mir den Phonographen auf mein Wohnzimmer und stellte ihn ein. Nun werde ich wohl verschiedenes Unterhaltende zu hören bekommen, denn ich werde die Episode einer treuen Liebe nun von der anderen Seite sehen, während ich sie bisher nur von der einen kannte.

## *Dr. Sewards Tagebuch*

29. September. – Ich war so vertieft in das merkwürdige Tagebuch Jonathan Harkers und das seiner Frau, dass ich die Zeit verrinnen ließ, ohne mir dessen bewusst zu werden.

Auch Frau Harker war noch nicht zugegen, als das Mädchen meldete, dass angerichtet sei. Ich sagte deshalb: »Vielleicht ist sie recht müde; servieren Sie in einer Stunde nochmals«; dann fuhr ich fort zu lesen. Gerade hatte ich Frau Harkers Tagebuch zu Ende, als sie hereinkam. Sie sah lieblich aus, aber sie war traurig und ihre Augen waren vom Weinen gerötet. Das regte mich sehr auf. Vor kurzem hätte ich selbst noch alle Ursache gehabt zu weinen, aber die erleichternden Tränen blieben mir versagt. Der Anblick dieser schönen Augen, die noch von frischen Zähren glänzten, griff mir ans Herz. Ich sagte so mild ich konnte:

»Ich mache mir große Vorwürfe, dass ich Sie betrübt habe.«

»O nein«, sagte sie, »Sie haben mich nicht betrübt, aber Ihr Leid, das Sie tragen müssen, hat mich mehr gerührt, als ich zu sagen im Stande bin. Dies ist ein wundervoller Apparat, aber von erschreckender Naturtreue. Er schilderte mir ganz unverfälscht den tiefen Kummer Ihres Herzens. Es war, als schreie eine arme Seele in ihrer Pein zum allmächtigen Gott. Niemand soll das außer mir vernehmen. Sehen Sie, ich habe versucht, mich nützlich zu machen. Ich habe das Gehörte auf meiner Maschine nachgeschrieben; kein anderer wird die Schläge Ihres Herzens je wieder so deutlich hören, wie ich es durfte.«

»Ja, niemand soll es wissen, wird es jemals wissen«, sagte ich leise. Sie gab mir ihre Hand und sprach in tiefem Ernst:

»Aber dennoch muss es geschehen!«

»Muss! Warum denn?« fragte ich.

»Weil es einen Beitrag zu der entsetzlichen Geschichte liefern wird, zu der Geschichte von Lucys Sterben, und von all dem, was dazu führte. In dem heißen Kampfe, den wir vor uns haben, um die Erde von dem Scheusal zu befreien, ist jede Kenntnis, jede Hilfe für uns von Wert. Ich glaube, die Zylinder, die Sie mir gaben, enthielten mehr, als Sie mich wissen lassen wollten; ich habe schon gesehen, dass Ihre Aufzeichnungen manches Licht in das düstere Geheimnis bringen werden. Wollen Sie mir helfen? Ich weiß jetzt alles, bis zu einem gewissen Zeitpunkt; ich sehe schon, obgleich ich Ihr Tagebuch erst bis zum 7. September gelesen, wie Lucy leiden musste und wie ihr entsetzliches Schicksal sie ereilte. Jonathan und ich haben Tag und Nacht fieberhaft gearbeitet, seit Van Helsing bei uns war. Jonathan ist nach Whitby gefahren, um sich genauer zu informieren, und wird morgen wieder hier sein und uns zur Verfügung stehen. Geheimnisse brauchen wir voreinander nicht zu haben. Wenn wir gemeinschaftlich und mit unbedingtem gegenseitigen Vertrauen arbeiten, sind wir jedenfalls stärker, als wenn einer von uns im Dunkeln tappt.« Sie sah mich so flehend an und trug doch zu gleicher Zeit so viel Mut und Entschlossenheit zur Schau, dass ich mich unbedingt ihrem Wunsche fügen musste.

»Sie können«, sagte ich, »in dieser Angelegenheit handeln, wie Sie es für das Beste halten. Gott möge mir vergeben, wenn ich nicht richtig handle. Sie werden noch ganz entsetzliche Dinge zu hören bekommen; aber da Sie einmal so weit in der Kenntnis von Lucys Tod vorgeschritten sind, werden Sie über das weitere nicht im Unklaren bleiben wollen. Nun, das Ende – das wirkliche Ende – mag Ihnen wieder einen Schimmer von Frieden geben. Kommen Sie, es ist serviert. Wir alle müssen uns bei Kräften halten für das, was uns bevorsteht; wir haben eine grauenvolle, schreckliche Aufgabe zu erfüllen. Wenn Sie gegessen haben, sollen Sie noch das Übrige erfahren. Ich werde bei Ihnen bleiben, um Ihnen auf etwaige Fragen Auskunft zu erteilen, denn es ist nicht ausgeschlossen, dass Ihnen verschiedenes unklar sein wird, obgleich es für uns, die wir dabei waren, offenkundig ist.«

## *Mina Harkers Tagebuch*

29. September. – Nach Tisch ging ich mit Dr. Seward in sein Arbeitszimmer. Er brachte den Phonographen aus meinem Zimmer und ich holte meine Schreibmaschine. Dann schob er mir einen bequemen Stuhl hin und stellte den Apparat

so auf, dass ich ihn erreichen konnte, ohne aufzustehen, und zeigte mir, wie ich ihn abstellen könne, wenn ich eine Pause machen wolle. Dann ließ er sich in einen Stuhl nieder, rücksichtsvollerweise mit dem Rücken gegen mich, um mich nicht zu stören, und begann zu lesen. Ich legte die Metallgabel ans Ohr und lauschte.

Als ich den furchtbaren Bericht von Lucys Tod und all dem, was danach kam, zu Ende gehört, sank ich kraftlos in meinen Lehnstuhl zurück. Glücklicherweise habe ich keine Neigung zu Ohnmachtsanfällen. Als Dr. Seward meinen Zustand bemerkte, sprang er mit einem Schreckensrufe auf, riss eine Flasche vom Bordbrett und gab mir etwas Brandy zu trinken, der mich rasch wieder kräftigte. In meinem Kopf drehte sich alles, und nur der Gedanke an den heiligen Frieden, den meine geliebte Lucy nach all dem Leide gefunden, ließ mich dieses Unmaß von Schrecken ertragen, ohne dass ich einen Nervenzusammenbruch bekam. Es ist alles so abenteuerlich, geheimnisvoll und seltsam, dass ich es nie geglaubt hätte, wenn ich nicht vorher Jonathans Aufzeichnungen über seine Erlebnisse in Transsylvanien gelesen hätte. So wie die Dinge lagen, wusste ich überhaupt nicht mehr, was ich glauben sollte und beschloss deshalb, um mich abzulenken, irgendetwas anderes zu tun. Ich nahm den Deckel von meiner Maschine und sagte zu Dr. Seward:

»Lassen Sie mich dies alles übertragen. Wir müssen fertig sein, bis Dr. Van Helsing zurückkommt. Ich habe an Jonathan ein Telegramm geschickt, er soll sofort nach seiner Rückkehr von Whitby hierher kommen. In dieser Sache sind Daten alles; ich denke, wenn wir das ganze Material fertig und in chronologische Ordnung gebracht haben, ist ein großer Schritt vorwärts getan. Sie haben mir gesagt, dass Lord Godalming und Herr Morris auch kommen werden. Wir wollen uns bereit halten, sie zu unterrichten, sobald sie da sind.« Er stellte den Phonographen etwas langsamer und ich begann, vom siebenten Zylinder an alles niederzuschreiben. Ich machte von dem Tagebuch drei Durchschläge, wie ich es auch bei den übrigen Aufzeichnungen getan hatte. Es war spät, als ich fertig wurde; Dr. Seward hatte seinen Rundgang bei den Patienten gemacht und setzte sich lesend in meine Nähe, damit ich mich während der Arbeit nicht allzu einsam fühlte. Wie gut und rücksichtsvoll er ist; die Welt birgt viele gute Menschen, auch wenn sie Ungeheuern Raum gewährt. Ehe ich schlafen ging, fiel mir ein, dass, wie Jonathan in seinem Tagebuch berichtete, Van Helsing sehr erschreckt war über etwas, das er auf der Station Exeter in einem Abendblatt gelesen hatte: Da ich bemerkte, dass Dr. Seward seine Zeitungen aufhebt, erbat ich mir die »Westminster Gazette« sowie die »Pall Mall Gazette« und nahm sie mit auf mein Zimmer. Ich dachte daran, wie viel uns die »Whitby Gazette« und »The Dailygraph«, von denen ich mir seinerzeit Ausschnitte gemacht hatte, geholfen haben, die furchtbaren Dinge zu verstehen, die sich in Whitby bei der Landung des Grafen Dracula ereigneten. Ich werde also die Zeitungen von da ab durchsehen, vielleicht bringe ich dadurch neue Gesichtspunkte zutage. Ich bin nicht schläfrig; die Arbeit wird mir helfen, meine Ruhe zu behalten.

## *Dr. Sewards Tagebuch*

30. September. – Herr Harker traf um neun Uhr ein. Er hatte das Telegramm seiner Frau erhalten, kurz ehe er von Whitby abfuhr. Er ist außergewöhnlich klug, wie ich aus seinem Gesicht schließen zu können glaube, und voll Energie. Wenn sein Tagebuch auf wahren Ergebnissen beruht – wenn ich meine eigenen merkwürdigen Erlebnisse in Betracht ziehe, muss es wahr sein –, ist er auch ein Mann von bedeutender Seelenstärke. Dieser zweite Abstieg zu den Grabgewölben war ein bemerkenswerter Beweis von Wagemut. Nach der Lektüre seines Berichtes hätte ich erwartet, einen Repräsentanten unerschrockener Männlichkeit, nicht den ruhigen, geschäftsmäßigen Gentleman in ihm kennen zu lernen, der heute bei uns eintraf.

Später. – Nach dem Lunch zogen sich Herr und Frau Harker in ihr Zimmer zurück, und als ich eine Weile später vorbeiging, hörte ich das Klappern der Schreibmaschine. Sie sind fleißig an der Arbeit. Frau Harker sagte, dass sie sich bemühten, jedes, auch das kleinste Beweisstück, in eine chronologische Ordnung zu bringen. Harker hat den Briefwechsel zwischen dem Adressaten der Kisten in Whitby und den Spediteuren in London. Nun liest er gerade mein Tagebuch in der Übertragung seiner Frau. Ich möchte wissen, was sie darüber denken. Da kommt er!

Es ist doch merkwürdig, dass mir nie die Idee kam, dass unser Nachbarhaus das Versteck des Grafen sein könne! Wir hätten doch genug Schlüsse aus dem Verhalten des Patienten Renfield ziehen können. Das Bündel mit Papieren, den Kauf des Grundstücks betreffend, lag bei den Akten. Hätten wir sie nur früher besessen, wir hätten dann Lucys Leben retten können! Halt! Auf diesem Wege lauert der Wahnsinn. Harker ist wieder hinaufgegangen und ordnet sein Material. Er versprach, zu Tisch eine vollkommen zusammenhängende Aufzählung der Tatsachen mitzubringen. Er meinte, ich solle inzwischen Renfield besuchen, der doch bisher eine Art Anzeiger für das Kommen und Gehen des Grafen gewesen war. Vorläufig glaube ich nicht so recht daran, wenn ich aber die Daten vergleiche, so kann ich doch die Möglichkeit nicht von der Hand weisen. Es ist doch gut, dass Frau Harker die phonographischen Aufzeichnungen mit der Maschine niederschreibt. Wir hätten sonst die Daten nie genau finden können.

Als ich bei Renfield eintrat, saß er friedlich mit gefalteten Händen da und lächelte gutmütig. In diesem Augenblick kam er mir so vernünftig vor wie jeder andere Mensch. Ich setzte mich zu ihm, plauderte mit ihm über alles Mögliche, und er ging in ungezwungener Weise darauf ein. Er sprach auch, ohne dass ich ihm dazu Veranlassung gegeben hätte, davon, heimgehen zu wollen, ein Thema, das er meines Wissens noch nie berührt hat, so lange er hier weilt. Tatsächlich sprach er von seiner baldigen Entlassung wie von einer ausgemachten Sache. Ich glaube, wenn ich nicht mit Harker über diese Angelegenheit gesprochen und die Daten seiner Ausbrüche mit den Briefen verglichen hätte, ich hätte ihm nach einer kurzen Beobachtungszeit jetzt den Entlassungsschein geschrieben. Wie ich aber die Verhältnisse kenne, habe ich doch einen finsteren Verdacht. All diese Anfälle waren in irgendeiner Weise mit der Anwesenheit des Grafen verknüpft. Was bedeutet also diese Miene absoluter Zufriedenheit? Ist es möglich, dass sein Instinkt eine gewisse Genugtuung über den endlichen Sieg des Vampirs empfindet? Halt! Er ist ja selbst ein Zoophage, und in seinen wilden Rasereien vor dem Kapellentor des verlassenen Hauses sprach er immer von seinem »Meister«. Dies befestigt mich wieder in meiner Auffassung. Nach einer Weile entfernte ich mich; Renfield ist augenblicklich zu vernünftig, als dass man es wagen dürfte, ihn zu viel mit Fragen zu behelligen. Er könnte schließlich nachdenklich werden – und dann! So ging ich denn. Ich misstraute diesem seinem ruhigen Verhalten und habe den Wärter angewiesen, ein wachsames Auge auf ihn zu haben und für alle Fälle eine Zwangsjacke bereitzuhalten.

## *Jonathan Harkers Tagebuch*

29. September. Im Zug nach London. – Nachdem ich Herrn Billingtons Mitteilung erhalten hatte, dass er mir jede in seinem Vermögen stehende Auskunft erteilen wolle, hielt ich es für das Beste, direkt nach Whitby zu gehen und an Ort und Stelle die nötigen Nachforschungen anzustellen. Es war vorerst meine Aufgabe, die geheimnisvolle Schiffsladung des Grafen bis zu ihrem Platz in London zu verfolgen, da wir später vielleicht Nutzen daraus ziehen können. Billington junior, ein hübscher, junger Mensch, erwartete mich auf dem Bahnhof und brachte mich nach dem väterlichen Haus, wo alles schon darauf eingerichtet war, dass ich dort übernachtete. Es ist ein gastfreundliches Haus; sein Grundsatz schien: Gib dem Gast, was du hast, aber lass ihm seine Freiheit. Sie wussten alle, dass ich sehr beschäftigt

war und dass ich nicht aufgehalten werden dürfe. Herr Billington hatte deshalb alle Papiere, die den Transport der Kisten betrafen, bereitgelegt. Es durchzuckte mich, als ich einen der Briefe wiedererkannte, die ich auf dem Tisch im Bibliothekszimmer des Grafen hatte liegen sehen, ehe ich von seinen teuflischen Plänen die geringste Ahnung hatte. Alles war sorgfältig überdacht und systematisch und genau ausgeführt worden. Er schien sich auf jedes Hindernis vorbereitet zu haben, das sich der Ausführung seines Planes zufällig in den Weg hätte legen können. Um einen amerikanischen Ausdruck zu gebrauchen, »er überließ nichts dem Zufall«. Die völlige Genauigkeit, mit der seine Aufträge ausgeführt worden waren, war die logische Folge der aufgewendeten Sorgfalt. Ich sah die Rechnung und nahm eine Abschrift davon: »Fünfzig Kisten gewöhnlicher Erde für Experimentzwecke.« Auch die Kopie des Briefes an Carter Paterson und die Antwort darauf sah ich; von beiden nahm ich ebenfalls Abschrift. Das war alles, was mir Billington an Informationen geben konnte. Ich begab mich deshalb zum Hafen hinunter und suchte die Küstenwächter, die Zollbeamten und den Hafenmeister auf. Sie wussten alle etwas über die seltsame Landung des gespenstischen Schiffes zu sagen, das schon seinen Platz in der Ortschronik gefunden hatte, aber keiner von ihnen konnte zu der einfachen Bezeichnung: »Fünfzig Kisten gewöhnlicher Erde« etwas beitragen. Ich besuchte auch den Stationsmeister, der mir in zuvorkommender Weise die Leute angab, die die Kisten in Empfang genommen hatten. Ihre Angaben stimmten genau mit denen des Scheines überein, aber sie hatten nichts weiter hinzuzufügen, als dass die Kisten groß und gewaltig schwer gewesen seien und dass ihr Transport ein böses Stück Arbeit war. Einer von ihnen fügte noch hinzu, dass es ihnen sehr Leid gewesen sei, dass kein Herr in der Nähe war, »ein solcher wie Sie, Herr!«, der ihnen für ihre schwere Dienstleistung eine Anerkennung in flüssiger Form hätte zukommen lassen. Ein anderer warf ein, dass der Durst, den sie damals bekamen, ein so furchtbarer gewesen sei, dass sie ihn, trotz der Zeit, die seitdem vergangen, immer noch spürten. Ich brauche wohl nicht zu erwähnen, dass ich diese Quelle von Vorwürfen, ehe ich fortging, in hinreichender Weise verstopfte.

30. September. – Der Stationsmeister hatte noch die Güte, mir einige Zeilen an seinen alten Freund, den Stationsmeister von Kings Cross, mitzugeben, damit ich von ihm, wenn ich am nächsten Morgen dahin käme, sogleich Aufschlüsse über die Ankunft der Kisten erhielte. Auch setzte er mich mit den eigenen Beamten in Verbindung und ich erfuhr, dass ihre Angaben mit der Originalanweisung völlig übereinstimmten. Die Möglichkeit, sich einen außerordentlichen Durst zu erwerben, war hier eine geringere gewesen; trotzdem hatten sie aber von dieser Gelegenheit Gebrauch gemacht, und wieder war ich genötigt, postnumerando eine Entschädigung für die gehabten Anstrengungen zu gewähren.

Von da begab ich mich zu Carter Patersons Zentralbüro, wo ich auch mit der größten Zuvorkommenheit aufgenommen wurde. Sie schlugen ihr Tagebuch und ihr Briefbuch nach und telefonierten sogleich an ihre Geschäftsstelle in Kings Cross, um nähere Einzelheiten zu erhalten. Zum Glück warteten dort gerade die Leute, die damals die Fuhre gemacht hatten, auf Arbeit. Der betreffende Beamte schickte sie herüber und gab einem von ihnen den Frachtbrief und alle Papiere mit, die mit der Ablieferung der Kisten in Carfax zusammenhingen. Auch hier stimmten sämtliche Aufzeichnungen genau; die Fuhrleute waren im Stande, die Knappheit der geschriebenen Worte durch einige Einzelheiten zu ergänzen. Diese bezogen sich, wie ich sofort bemerkte, auf die staubige Beschaffenheit der Ladung und den dadurch verursachten Durst der Transporteure. Da ich doch noch mehr erfahren wollte, so gab ich auch ihnen Gelegenheit, nachträglich dieses einträgliche Übel gut zu machen. Dann sagte einer von ihnen:

»Ja, Herr, das Haus, in dem wir damals zu tun hatten, war das verrückteste, das ich in meinem ganzen Leben gesehen habe. Weiß der Teufel, es muss mindestens hundert

Jahre lang nicht mehr bewohnt worden sein. Da lag ein Staub, der war so dicht, dass man sich darin hätte schlafen legen können, ohne sich die Beine blutig zu stoßen. Das Ganze war so vernachlässigt, dass man beinahe noch das alte Jerusalem herausroch. Aber die alte Kapelle, die war doch das Tollste, wirklich! Ich und mein Kamerad, wir konnten gar nicht rasch genug wieder herauskommen. Herr, nicht um eine Prise Schnupftabak möcht' ich mich dort bei Dunkelheit auch nur einen Augenblick aufhalten.«

Da ich das Haus gesehen hatte, konnte ich ihn wohl verstehen; wenn er aber alles das gewusst hätte, was ich weiß, würde er sich wahrscheinlich stärkerer Ausdrücke bedient haben.

Eines ist mir sehr lieb: dass *alle* Kisten, die auf der »Demeter« von Barna nach Whitby gekommen sind, auch wirklich in der alten Kapelle zu Carfax abgeladen wurden. Es sollten eigentlich fünfzig Stück dort sein; nach Dr. Sewards Tagebuch aber steht zu befürchten, dass einige von ihnen entfernt wurden.

Ich werde den Versuch machen, den Fuhrmann aufzufinden, der die Kisten von Carfax abholte und von Renfield angegriffen wurde. Wenn ich dieser Spur nachgehe, werde ich wohl eine Menge Aufschlüsse erhalten.

Später. – Mina und ich haben den ganzen Tag gearbeitet und jetzt endlich alle Papiere in Ordnung gebracht.

## *Mina Harkers Tagebuch*

30. September. – Ich bin so froh, dass ich mich kaum zu fassen weiß. Vermutlich, weil die drückende Furcht von mir gewichen ist, dass die furchtbaren Erlebnisse und die Berührung seiner kaum vernarbten Wunden nachteilig auf Jonathans Gesundheitszustand einwirken könnten. Ich ließ ihn nach Whitby abreisen und hielt mich dabei so tapfer als möglich, aber trotzdem war ich krank vor Angst. Die geistige Anspannung hat ihm jedenfalls gut getan. Ich hatte ihn noch nie so entschlossen, kräftig und voll Energie gesehen

wie jetzt. Es ist genau, wie der gute, teure Professor Van Helsing sagte: »Er ist von gutem Schrot und Korn und bewährt sich, wo andere längst versagen würden.« Er kam zurück voll von Lebensmut, Hoffnung und Entschlossenheit. Wir haben für heute Abend alles in Ordnung gebracht. Ich selbst bin ganz aufgeregt. Eigentlich müsste man ja Mitleid mit jemand haben, der so verfolgt wird wie der Graf. Aber schließlich ist er kein menschliches Wesen, nicht einmal ein Tier. Wenn man aber Dr. Sewards Bericht über Lucys Tod und das, was nachfolgte, liest, dann müssen einem die Quellen des Mitleids in der Brust versiegen.

Später. – Lord Godalming und Herr Morris kamen früher, als wir erwartet hatten. Dr. Seward hatte auswärts zu tun, und Jonathan war mit ihm gefahren; so musste ich also die beiden allein empfangen. Dies war mir eine sehr schmerzliche Aufgabe, denn sie rief mir alle die süßen Hoffnungen ins Gedächtnis zurück, die Lucy noch vor wenigen Monaten gehegt. Ohne Zweifel hatte ihnen Lucy von mir erzählt, und ich hatte auch den Eindruck, als hätte Van Helsing ihnen beiden gegenüber mein Lob gesungen. Arme Menschen, keiner von ihnen hat eine Ahnung davon, dass ich weiß, wie sie um Lucy geworben haben. Da sie nicht wussten, wie weit meine Kenntnisse gingen, wussten sie auch nicht, was sie sagen und tun sollten; deshalb drehte sich das Gespräch nur um nichtssagende Dinge. Ich überlegte mir die Sache und kam zu dem Entschluss, dass es das Beste wäre, sie vollständig aufzuklären. Ich wusste aus Dr. Sewards Tagebuch, dass sie beide bei Lucys Tod – ihrem wirklichen Tod – anwesend waren und dass ich nicht zu befürchten hatte, ich könnte ihnen vor der Zeit ein Geheimnis verraten. So erzählte ich ihnen so gut ich konnte, dass ich alle Dokumente und Tagebücher gelesen hätte und dass mein Mann und ich soeben damit fertig geworden seien, sie in Ordnung zu bringen. Ich gab jedem von ihnen eine Kopie, die sie in der Bibliothek lesen sollten. Als Lord Godalming die seine in Empfang nahm – es ist schon ein ansehnliches Bündel – sagte er:

»Haben Sie dies alles geschrieben, Frau Harker?«

Ich nickte, und er fuhr fort:

»Ich sehe ja Ihre Beweggründe dazu nicht ein, aber Sie sind alle so gut und edel und haben so eifrig und energisch gearbeitet, dass ich nichts Besseres tun kann, als Ihnen blindlings zu folgen und zu versuchen, mich Ihnen nützlich zu machen. Ich habe schon eine Lektion bekommen, die einen bis zum letzten Stündchen des Lebens demütig machen muss. Außerdem weiß ich, dass Sie meine arme Lucy lieb gehabt haben ...« Hier wandte er sich ab und bedeckte das Gesicht mit den Händen. Tränen erstickten seine Stimme. Herr Morris legte nur einen Augenblick die Hand auf die Schulter des Freundes und ging dann geräuschlos aus dem Zimmer. Ich glaube, es liegt etwas in der Natur der Frau, was einen Mann veranlasst, seinem Schmerz freien Lauf zu lassen und seine Gefühle vor ihr zu gestehen, ohne dass seiner Männlichkeit dadurch Abbruch geschieht, denn als Herr Morris das Zimmer verlassen hatte und Arthur sich allein mit mir sah, setzte er sich auf das Sofa und ließ seinen Gefühlen freien Lauf. Ich setzte mich neben ihn und nahm seine Hand. Ich hoffe, dass er es nicht für unweiblich hielt und auch später, wenn er wieder daran zurückdenkt, es nicht unweiblich finden wird. Doch tue ich ihm da Unrecht. Ich weiß, dass dies nie der Fall sein wird; dazu ist er ein viel zu vornehmer Mann. Ich sagte, da ich seinen großen Schmerz sah:

»Ich habe Lucy sehr lieb gehabt und weiß, was sie Ihnen war, was Sie ihr waren. Sie und ich, wir waren wie Schwestern. Nun, da sie von uns gegangen ist, wollen Sie mir nicht erlauben, Ihnen in Ihrem Leide eine Schwester zu sein? Ich weiß, welche Pein Sie auszustehen hatten, wenn ich auch ihre Tiefe nicht zu ermessen vermag. Wenn Sympathie und Mitleid im Stande sind, Ihnen Ihren Kummer etwas zu erleichtern, wollen Sie mich nicht mittragen lassen – um Lucys willen?«

Nun aber wurde der Lord eine Beute des tiefsten Grames. Ich hatte den Eindruck, als fände das Leid, das er in den letzten Tagen schweigend getragen, nun einen plötzlichen gewaltsamen Ausweg. Er war völlig fassungslos und rang die Hände in unsäglicher Verzweiflung. Er stand auf, setzte sich wieder, und die Tränen rollten über seine Wangen. Ich fühlte unendliches Mitleid mit ihm und schloss ihn unwillkürlich in meine Arme. Mit einem Seufzer legte er seinen Kopf an meine Schulter und weinte wie ein müdes Kind, während ihn der Schmerz schüttelte.

Wir Frauen haben etwas von einer Mutter in uns, das uns über alles andere wegsehen lässt, wenn der Mutterinstinkt einmal wachgerufen ist. Ich ließ den Kopf des gramerfüllten Mannes an meiner Brust ruhen, als sei es das des Kindes, das einst mein eigen sein wird, und streichelte sein Haar. Der Gedanke, dass dies doch sehr seltsam sei, kam mir keinen Augenblick.

Nach einer Weile ließ sein Weinen nach und er riss sich mit einer Entschuldigung los, obgleich er aus seiner Bewegung kein Hehl machte. Er erzählte, dass er die vergangenen Tage und schlaflosen Nächte unfähig war, mit irgendjemand zu sprechen, wie man im Kummer sprechen muss. Er kannte auch keine Frau, die ihm ihr Mitgefühl bezeugt hätte oder mit der er, ohne Rücksicht auf die grausigen Umstände, mit denen sein Leid verbunden war, hätte reden können. »Jetzt weiß ich erst, was ich gelitten«, sagte er, indem er seine Augen trocknete, »ich kann niemand sagen, wie wohl mir die Teilnahme tut, die Sie mir heute bewiesen haben. Ich werde sie mit der Zeit noch besser einzuschätzen wissen. Glauben Sie mir, wenn ich schon jetzt nicht undankbar bin, meine Dankbarkeit wird immer mehr wachsen, je besser ich alles verstehen werde. Darf ich Ihnen ein Bruder sein, mein Leben lang – um Lucys willen?«

»Um Lucys willen«, sagte ich, als wir uns die Hände reichten.

»Ja, aber auch um Ihretwillen«, fügte er hinzu, »denn wenn die Achtung und Dankbarkeit eines Mannes wert ist, gewonnen zu werden, die meinige haben Sie heute gewonnen. Wenn je in Zukunft eine Zeit kommen sollte, wo Sie der Hilfe eines Mannes bedürfen, rufen Sie mich, Sie werden mich nicht umsonst rufen. Gott gebe, dass niemals eine solche Zeit hereinbreche und den Sonnenschein Ihres Lebens trübe; wenn es Ihnen aber doch beschieden sein sollte, so versprechen Sie mir, mich zu benachrichtigen.« Er sagte das so ernst, und sein Kummer war so groß, dass ich fühlte, meine Zusage würde ihn trösten. So antwortete ich denn:

»Ich verspreche es.«

Als ich den Korridor entlang ging, sah ich Herrn Morris, der zum Fenster hinausschaute. Er drehte sich um, als er meine Schritte vernahm. »Wie geht es Arthur?«, fragte er. Meine rotgeweinten Augen mussten ihm aufgefallen sein, denn er fuhr fort: »Ich sehe, Sie haben ihn getröstet. Es tat ihm Not. Niemand als eine Frau kann einem Mann helfen, wenn ihn das Herzeleid zu erdrücken droht, und er hatte keine, die ihm hätte helfen können.«

Er trug sein eigenes Leid so tapfer, dass es mich tief berührte. Ich sah das Manuskript in seiner Hand und wusste, dass, wenn er es gelesen hatte, ihm auch klar sein musste, in welchem Umfang ich über alles unterrichtet war. Ich sagte:

»Ich wollte, ich könnte alle trösten, die Herzeleid tragen. Darf ich Ihre Freundin sein, und wollen Sie sich von mir trösten lassen, wenn Sie dessen bedürfen? Sie werden später einsehen, warum ich das sage.« Er sah, dass es mein voller Ernst war, trat näher, beugte sich auf meine Hand und küsste sie. Das schien mir ein zu geringer Trost für diese edle, selbstlose Seele; unwillkürlich küsste ich ihn auf die Stirn. Tränen traten in seine Augen und mit leiser Stimme sagte er:

»Kleines Mädchen, Sie werden Ihre Güte und Ihren Edelmut nie zu bereuen haben, solange Sie leben!« Dann begab er sich in das Arbeitszimmer zu seinem Freund.

»Kleines Mädchen!« – Dieselben Worte hatte er einst zu Lucy gesagt, und wie hatte er sich als Freund bewährt!

# *Achtzehntes Kapitel*

## Dr. Sewards Tagebuch

30. September. – Ich kam um fünf Uhr nach Hause und fand, dass Lord Godalming und Morris nicht nur angekommen waren, sondern auch schon die Übertragung der verschiedenen Tagebücher und Briefe durchstudiert hatten, die von Harker und seiner prächtigen Frau angefertigt und geordnet worden waren. Harker war von seinem Besuch bei den Fuhrleuten, von denen mir seinerzeit Dr. Hennessey berichtet hatte, noch nicht zurückgekehrt. Frau Harker bereitete uns den Tee, und ich muss offen gestehen, dass ich mich das erste Mal, seit ich dieses alte Haus bewohne, *daheim* fühlte. Nachdem wir unsere Mahlzeit beendet, sagte Frau Harker:

»Dr. Seward, darf ich Sie um eine Gefälligkeit bitten? Ich möchte Ihren Patienten Renfield kennen lernen. Führen Sie mich zu ihm. Das, was Sie in Ihrem Tagebuch von ihm erzählen, interessiert mich aufs Höchste!« Sie sah mich dabei so bittend und lieblich an, dass ich nicht im Stande war, ihr die Bitte abzuschlagen. Da auch kein schwerwiegender Grund dagegen sprach, nahm ich sie mit. Als ich in das Zimmer des Kranken trat, sagte ich ihm, dass eine Dame seine Bekanntschaft zu machen wünsche, worauf er nur antwortete: »Warum?«

»Sie machte einen Rundgang durch das Haus und möchte alles sehen«, antwortete ich. »Ganz recht«, antwortete er, »sie soll nur kommen; aber warten Sie noch einen Augenblick, bis ich etwas aufgeräumt habe.« Seine Aufräumungsweise war recht merkwürdig; er aß sämtliche Fliegen und Spinnen, die er in seinen Schachteln aufbewahrt hatte, ehe ich ihn daran hindern konnte. Es war offenkundig, dass er irgendeine Beeinflussung durch sie argwöhnte oder befürchtete. Nachdem er sein unappetitliches Werk vollbracht, sagte er höflich: »Nun lassen Sie die Dame eintreten«, und setzte sich mit gesenktem Kopf auf den Rand seines Bettes; dabei schielte er von unten herauf gegen die Tür, um die Eintretende zu sehen. Einen Augenblick erfasste mich der Gedanke, er könne einen Mordanfall im Sinne haben. Ich erinnerte mich recht wohl, wie ruhig er damals gewesen, ehe er den Überfall auf mich in meinem Arbeitszimmer inszeniert hatte, und wählte deshalb einen Platz, um ihn sofort packen zu können, falls er Miene machen sollte, sich auf Frau Harker zu stürzen. Sie trat ins Zimmer mit jener unbesorgten Liebenswürdigkeit, die sofort jedem Irren Respekt einflößt, denn Unbefangenheit ist eine der Eigenschaften, die dem Narren imponieren. Frau Harker ging freundlich lächelnd auf ihn zu und streckte ihm die Hand hin.

»Guten Abend, Herr Renfield«, sagte sie. »Sie sehen, ich kenne Sie schon, denn Herr Dr. Seward hat mir von Ihnen erzählt.« Er erwiderte nicht sofort, sondern ließ seine Blicke mit einem finsteren Ausdruck über sie hingleiten. Dieser Ausdruck wich zuerst dem der Neugierde, dann dem des Zweifels; schließlich sagte er zu meiner höchsten Überraschung:

»Sie sind nicht das Mädchen, das der Doktor gern geheiratet hätte? Es kann ja nicht sein; ich weiß, sie ist tot.« Frau Harker erwiderte freundlich lächelnd:

»Nein! Ich habe mich verheiratet, ehe ich Herrn Dr. Seward sah oder er mich. Ich bin Frau Harker.«

»Was wollen Sie denn dann hier?«

»Mein Mann und ich haben Herrn Dr. Seward Besuch gemacht.«

»Dann machen Sie, dass Sie bald wieder fort kommen.«

»Warum denn?« Ich dachte, dass diese Art der Unterhaltung Frau Harker noch weniger angenehm sein musste als mir, und mischte mich ins Gespräch:

»Wie kommen Sie darauf, dass ich irgendjemand heiraten wollte?« Seine Antwort war einfach verächtlich; er wandte seinen Blick nur ganz kurz von Frau Harker weg auf mich und sagte:

»Was für eine eselhafte Frage!«

»Das sehe ich nicht ein, Herr Renfield«, sagte Frau Harker, indem sie mir beistand. Er antwortete ihr mit eben so viel Höflichkeit und Respekt, als er mir Missachtung gezeigt hatte:

»Sie werden einsehen, gnädige Frau, dass, wenn ein Mann so beliebt und verehrt ist wie unser Herr Doktor, alles, was ihn betrifft, für unsere kleine Gemeinschaft von Interesse ist. Dr. Seward ist nicht nur sehr beliebt bei seinem Personal und seinen Freunden, sondern auch bei seinen Patienten, die aus Mangel an geistigem Gleichgewicht Ursachen und Wirkungen zu verwechseln pflegen. Seit ich selbst Insasse dieses Irrenasyls bin, bemerke ich, dass die sophistischen Tendenzen einiger von ihnen hart an die Irrtümer des ›non causae‹ und der ›ignoratio elenchi‹ streifen.« – Ich riss die Augen auf bei dieser neuen Offenbarung. Es war mein Lieblingsnarr – der ausgesprochenste Typus eines solchen, dem ich je begegnet bin –, der da elementare Philosophie zum besten gab, und zwar mit den Formen eines vollendeten Gentleman. Ich möchte wissen, ob es Frau Harkers Einfluss zuzuschreiben ist, der irgendeine Seite in seiner Erinnerung berührte. Wenn diese neue Phase eine spontane oder auf ihre unbewusste Einwirkung zurückzuführen war, so muss sie eine ganz beträchtliche, geistige Kraft haben.

Wir plauderten noch einige Zeit. Frau Harker wagte es sogar, nachdem sie erkannt hatte, dass er ganz vernünftig war, und nachdem sie mir erst einen fragenden Blick zugeworfen, auf sein Lieblingsthema überzugehen. Ich war wieder hocherstaunt, denn er beteiligte sich am Gespräch mit der Unbefangenheit eines ganz Gesunden; er führte sogar sich selbst als Beispiel an, wenn er gewisser Dinge Erwähnung tat.

»Sehen Sie, ich bin das Beispiel eines Mannes, der von einer seltsamen Idee in Bann gehalten wird. Es war nicht zu verwundern, dass meine Freunde ängstlich wurden und meine Unterbringung in einer Heilanstalt veranlassten. Ich bildete mir ein, dass das Leben eine positive und ununterbrochene Wesenheit wäre und dass man durch Verzehren lebender Wesen, ganz gleich, wie tief sie auf der Stufe der Schöpfung stünden, sein Leben bis ins Ungemessene verlängern könne. Manchmal war der Glaube daran so stark in mir, dass ich tatsächlich den Wunsch hatte, mir ein Menschenleben einzuverleiben. Herr Dr. Seward wird mir bestätigen, dass ich ihn tatsächlich zu töten versuchte in der Absicht, meine Lebenskraft zu erhöhen, indem ich durch das Medium seines Blutes eine Verschmelzung seiner Kraft mit meinem Leibe erhoffte, denn, wie die Bibel sagt: ›Das Blut ist das Leben.‹ Allerdings hat ein Verkäufer eines gewissen Geheimmittels die Sache wirklich ins Verächtliche gezogen. Ist es nicht wahr, Doktor?« Ich nickte zustimmend, denn ich war dermaßen verblüfft, dass ich nicht wusste, was sagen und was tun. Es war kaum vorstellbar, dass ich denselben Mann noch fünf Minuten vorher hatte Fliegen und Spinnen verzehren sehen. Ich sah nach der Uhr und bemerkte, dass es Zeit würde, Van Helsing von der Bahn abzuholen. Weshalb ich zu Frau Harker sagte, dass wir nun gehen müssten. Sie erhob sich, indem sie scherzend zu ihm sprach: »Leben Sie wohl; ich hoffe, Sie noch öfter, aber unter angenehmeren Umständen wiederzusehen«, worauf er erwiderte:

»Leben Sie wohl, mein Liebling. Ich flehe zu Gott, dass er mich Ihr süßes Antlitz nie mehr erblicken lasse. Er segne und behüte Sie!«

Ich begab mich nach dem Bahnhof, um Van Helsing abzuholen, ließ aber meine Freunde zu Hause. Arthur schien gefasster, als er seit Lucys Erkrankung gewesen, und Quincey ist auch wieder heiterer geworden, so wie ich ihn lange nicht mehr gesehen hatte.

Van Helsing stieg mit der Lebhaftigkeit eines Jünglings aus. Er hatte mich sofort gesehen, kam rasch auf mich zu und sprach:

»Nun, Freund John, wie geht es zu Hause? Gut? So? Ich habe viel zu tun gehabt, denn ich bleibe hier, wenn es nötig werden sollte. Alle meine Angelegenheiten sind in Ordnung und ich habe Ihnen viel zu erzählen. Frau Mina ist also da? Ja? Und ihr prächtiger Mann? Und Arthur und mein lieber Freund Quincey, sie sind auch alle da? Dann ist's gut.«

Als wir heimwärts fuhren, erzählte ich ihm alles, was sich ereignet hatte und dass mein eigenes Tagebuch – ein großartiger Einfall Frau Harkers – auch noch eine passende Verwendung gefunden hatte. Der Professor unterbrach mich:

»Diese prächtige Frau Mina! Sie hat das Gehirn eines Mannes – nur ein sehr begabter Mann kann sich eines solchen Gehirnes rühmen – und das Herz eines Weibes. Der Herrgott hatte sicherlich etwas Großes mit ihr vor, als er diese prächtige Kombination schuf. Bis jetzt hat uns das Glück diese Frau geschenkt, um uns zu helfen; von heute Abend an darf sie mit der entsetzlichen Geschichte nichts mehr zu tun haben. Es ist nicht recht, dass wir sie einer so furchtbaren Gefahr aussetzen. Wir Männer sind entschlossen und haben uns geschworen, das Ungeheuer zu vernichten. Aber das ist keine Arbeit für eine Frau. Selbst wenn ihr kein Leid geschieht, so wird sie doch seelische Erschütterungen aus den bevorstehenden Schrecken davontragen und wird darunter leiden, sowohl im Wachen durch ihre Nerven als auch im Schlaf durch ihre Träume. Nebenbei gesagt ist sie ein junges Blut und noch nicht lange verheiratet; es wird andere Dinge für sie zu denken geben. Sie erzählten mir, dass sie alles niedergeschrieben hat; sie muss also noch mit uns beraten; morgen aber soll sie dieser Sache Valet sagen und wir gehen allein unseres Weges.«

Ich stimmte ihm lebhaft zu und erzählte, welche Entdeckung wir in seiner Abwesenheit gemacht haben: dass das Haus, das Dracula seinerzeit gekauft, meinem eigenen benachbart sei. Er war sehr erstaunt und eine große Unruhe schien sich seiner zu bemächtigen. »Hätten wir das doch vorher gewusst!«, sagte er. »Dann hätten wir rechtzeitig seiner habhaft werden können, um Lucy zu retten. Aber an geschehenen Dingen ist nichts mehr zu ändern. Wir wollen daran nicht mehr denken, sondern unverdrossen unsern

Weg bis zum Ende gehen.« Dann versank er in Schweigen, bis wir am Gittertor meines Gartens ankamen. Ehe wir uns trennten, um Toilette für das Diner zu machen, sagte er zu Frau Harker:

»Man hat mir berichtet, gnädige Frau, dass Sie und Ihr Herr Gemahl alle Ereignisse bis zu diesem Augenblick aufgezeichnet und chronologisch geordnet haben.«

»Nicht bis zu diesem Augenblick«, sagte sie rasch, »aber bis heute früh.«

»Aber warum nicht bis jetzt? Wir haben doch erkannt, welcher Nutzen uns aus den kleinsten Einzelheiten erwachsen ist. Wir haben alle unsere Geheimnisse erzählt und keiner hat davon Schaden genommen.«

Frau Harker zog errötend ein Blatt aus der Tasche und sagte:

»Dr. Van Helsing, lesen Sie das einmal und sagen Sie mir, ob es auch in die Akten kommen soll. Es ist meine heutige Notiz. Ich habe ja selbst gesehen, wie wichtig es ist, und habe auch die unbedeutendste Kleinigkeit niedergelegt; aber hier ist doch eine kleine Ausnahme zu machen; es ist doch rein persönlich. Muss es auch hinein?« Der Professor überlas das Blatt mit ernstem Gesicht, gab es ihr zurück und sagte:

»Es muss nicht gerade hinein, wenn es Ihnen nicht angenehm ist; dennoch bitte ich Sie, fügen Sie es ein. Es kann die Liebe Ihres Gatten doch nur erhöhen, und auch wir, Ihre Freunde, werden Sie nur noch mehr verehren und achten.« Sie nahm das Blatt mit neuem Erröten zurück und lächelte glücklich.

So haben wir denn alles bis zum gegenwärtigen Augenblick vollständig und in Ordnung. Der Professor nahm eine Kopie an sich, um sie zwischen dem Diner und unserer Besprechung, die auf neun Uhr angesetzt war, zu studieren. Wir anderen haben bereits alles gelesen; wir werden also, wenn wir im Arbeitszimmer zusammenkommen, über alle Dinge unterrichtet sein und können einen Plan schmieden, wie wir diesem entsetzlichen und geheimnisvollen Feind zu Leibe rücken können.

## *Mina Harkers Tagebuch*

30. September. – Als wir zwei Stunden nach Tisch uns in Dr. Sewards Studierzimmer trafen, bildeten wir instinktiv eine Art Kollegium. Professor Van Helsing nahm das obere Ende des Tisches ein, wozu ihn Dr. Seward bei seinem Eintritt genötigt hatte. Er ersuchte mich, zu seiner Rechten Platz zu nehmen und als Sekretärin zu fungieren; Jonathan saß neben mir. Auf der anderen Seite des Tisches saßen Lord Godalming, Dr. Seward und Herr Morris, Lord Godalming neben dem Professor und Dr. Seward in der Mitte. Der Professor begann:

»Ich darf doch voraussetzen, dass wir alle mit den in diesen Papieren enthaltenen Dingen vertraut sind.« Wir gaben alle unsere Zustimmung zu erkennen und er fuhr fort:

»Dann halte ich es für nützlich, wenn ich Ihnen zuerst etwas über den Feind mitteile, mit dem wir es zu tun haben werden. Ich werde Sie mit der Geschichte dieses Mannes bekannt machen, über die ich mich unterrichtet habe. Wir können dann in die Diskussion darüber eintreten, wie wir vorgehen wollen, und können unsere Maßregeln dem Zweck entsprechend ergreifen.«

»Es gibt Wesen, die man Vampire nennt; einige unter uns haben handgreifliche Beweise dafür, dass sie existieren. Selbst wenn wir nicht unsere eigenen traurigen Erfahrungen hätten machen müssen, so würden immerhin die Berichte und Lehren unserer Vorfahren für vernünftig Denkende Beweis genug bilden. Ich gebe zu, dass ich anfangs der Sache skeptisch gegenüberstand. Wäre ich nicht schon durch die Übung langer Jahre darauf geschult, meine Augen offen zu halten, ich hätte nicht eher daran geglaubt, als bis mir die Tatsachen zugerufen hätten: ›Sieh, sieh! Ich beweise es!‹ Leider! Hätte ich gleich zu Anfang das gewusst, was ich heute weiß – selbst wenn ich es nur hätte ahnen können –, ein kostbares Leben hätte erhalten bleiben können. Aber das ist nun vorbei; unsere Aufgabe ist es nun, so zu wirken, dass nicht auch andere Seelen zu Grunde gehen, so lange sie noch zu retten sind. Der ›Nosferatu‹ stirbt nicht wie die Biene, wenn sie einmal gestochen hat. Er wird dadurch nur noch stärker, und je stärker er wird, desto mehr Kraft hat er, wieder Böses zu tun. Dieser Vampir, der unter uns weilt, vereinigt in sich die Kraft von zwanzig Männern; er ist schlauer als die Sterblichen, denn seine Schlauheit wächst im Laufe der Zeiten. Er besitzt die Gabe der Nekromantie, d. h., wie ja schon aus der Etymologie ersichtlich, die Sehergabe der Toten und unbedingte Macht über alle Toten, in deren Nähe er kommt. Er ist grausam, mehr als grausam, er ist ein Teufel an Gefühllosigkeit, und ein Herz besitzt er nicht. Er kann, mit gewissen Einschränkungen, erscheinen, wann und wo und in welcher Gestalt er will; er kann innerhalb seines Machtbereiches den Elementen gebieten: dem Sturm, dem Nebel, dem Donner. Er hat auch Macht über geringere Dinge, über Ratten, Fledermäuse, Fliegen, Füchse und Wölfe. Er kann sich größer und kleiner, er kann sich zeitweilig unsichtbar machen und ungesehen kommen und gehen. Wie wollen wir also vorgehen, um ihn zu vernichten? Wie bringen wir heraus, wo er ist, und wenn wir das gefunden haben, wie können wir ihn unschädlich machen? Meine Freunde, das ist nicht einfach; es ist ein schreckliches Unternehmen, das wir da vorhaben, und kann Folgen haben, die auch den Tapfersten erzittern lassen. Denn wenn unser Plan misslingt, ist er Sieger; wie werden wir dann enden? Das Leben bedeutet nichts; ich klammere mich nicht daran. Aber wenn wir unterliegen, handelt es sich um mehr als Leben und Tod. Wir werden dann so wie er; wir werden von da an grässliche Nachtgespenster ohne Herz und Gewissen, die die Leiber und Seelen derer zu vernichten trachten, die sie vorher am meisten geliebt haben. Uns sind dann auf ewig die Pforten des Himmels verschlossen, denn wer sollte sie uns wieder öffnen? Wir werden für immer der Abscheu aller sein; ein Schandfleck in Gottes reinem Angesicht; ein Pfeil in der Seite dessen, der für die Menschen gestorben ist. Aber wir stehen unserer Pflicht Auge in Auge gegenüber. Dürfen wir in diesem Falle noch zögern? Ich für meine Person sage nein! Denn ich bin alt, und das Leben liegt weit hinter mir mit seinem Sonnenschein, seinem Vogelgesang, seiner Musik, seiner Liebe. Ihr aber seid jung. Einige von euch haben wohl das Leid kennen gelernt, aber sie haben doch noch Aussicht auf schöne Tage. Was sagen Sie dazu?«

Während er so sprach, hatte Jonathan meine Hand ergriffen. Ich fürchtete, dass ihn die erschreckende Beschreibung der uns drohenden Gefahren überwältigt habe, als ich ihn seine Hand nach mir ausstrecken sah. Aber heiße Freude durchzog mein Herz, als ich den Druck dieser Hand fühlte, so stark, selbstbewusst und entschlossen. Eines wackeren Mannes Hand hat ihre eigene Sprache, und es ist nicht nur die Liebe des Weibes, die diese Sprache vernimmt.

Nachdem der Professor geendet, sah mir mein Mann in die Augen und ich in die seinen; wir bedurften keines gesprochenen Wortes.

»Ich bürge für Mina und mich«, sagte er.

»Rechnen Sie auf mich, Professor«, sagte Quincey Morris, lakonisch wie immer.

»Ich gehöre Ihnen«, sagte Lord Godalming, »schon um Lucys willen, wenn es nicht noch andere Gründe genug gäbe.«

Dr. Seward nickte nur. Der Professor stand auf, legte das goldene Kruzifix auf den Tisch und streckte seine Hände nach beiden Seiten hin aus. Ich ergriff seine Rechte und Lord Godalming seine Linke; Jonathan gab mir seine linke Hand und reichte die Rechte Herrn Morris hinüber. Als wir so Hand in Hand dastanden, schlossen wir den ernsten Bund. Ich fühlte, dass es mir eiskalt ums Herz wurde, aber ich wäre nie auf die Idee gekommen, mich zurückzuziehen. Wir nahmen unsere Plätze wieder ein, und Van Helsing fuhr fort mit einer Freude, die mir bewies, dass wir schon unser ernstes Werk begonnen hatten. Es musste so wichtig und ebenso geschäftsmäßig erledigt werden wie irgendetwas im Leben.

»Sie wissen also jetzt, gegen wen wir zu kämpfen haben; aber auch wir sind nicht ganz machtlos. Wir haben auf unserer Seite die Kraft der Überlegung, eine Kraft, die dem Geschlecht der Vampire versagt ist. Wir haben wissenschaftliche Erfahrungen; wir können frei denken und handeln. Und die Stunden des Tages wie der Nacht stehen uns in gleicher Weise zur Verfügung. In der Tat sind unsere Kräfte, so weit sie reichen, ungefesselt und wir können beliebigen Gebrauch davon machen. Wir widmen uns der Sache mit völliger Hingabe, deren Ziel selbstlos ist. Das hat viel zu sagen.

Nun wollen wir uns über die allgemeine Natur der uns entgegentretenden feindlichen Kräfte und über das individuelle Nichtkönnen klar werden, d. h.; wir wollen die Fähigkeiten der Vampire im Allgemeinen und die unseres Gegners im Besonderen betrachten.

Alles, worauf wir fußen, ist Tradition und Aberglaube. Das scheint im ersten Augenblick nicht viel, wenn man bedenkt, dass es sich um Leben und Tod handelt – ja, um mehr als Leben oder Tod. Aber dennoch müssen wir zufrieden sein; erstens, weil wir nicht anders können – weitere Mittel stehen uns nicht zur Verfügung – und zweitens, weil schließlich diese Dinge, Aberglaube und Tradition, alles sind. Beruht nicht darauf allein der Glaube anderer an die Vampire und leider auch der unsere? Wer von uns hätte noch vor einem Jahr die Möglichkeit solcher Dinge zugegeben, inmitten unseres wissenschaftlichen, skeptischen, nüchternen neunzehnten Jahrhunderts. Haben wir doch Dingen die Möglichkeit abgesprochen, die wir vor unseren eigenen Augen sich abspielen sahen. Nehmen Sie also mit mir an, dass der Glaube an die Vampire sowohl wie auch an ihre Lebensbedingungen und an den Schutz gegen sie augenblicklich auf derselben Basis beruhen. Denn, Sie dürfen mir Glauben schenken, der Vampir ist überall bekannt, wo Menschen leben. Im alten Griechenland, im alten Rom; er spukt in ganz Germanien und Frankreich, in Indien wie auf der Krim; sogar in China, das doch so weit in jeder Hinsicht von uns abliegt, ist er bekannt, und die Menschen fürchten sich dort vor ihm bis auf den heutigen Tag. Er folgt den Spuren der isländischen Berserker, der von Teufeln erzeugten Hunnen, der Slawen, Sachsen und Magyaren. So weit reichen also unsere Kenntnisse über ihn, und in der Tat ist so manches, was jene Völker von ihm glaubten und noch glauben, durch das erwiesen, was wir an uns selbst erfahren mussten. Der Vampir lebt weiter und kann nicht sterben, bloß weil die Zeit vergeht; er gedeiht immer weiter, so lange er sich vom Blut lebender Wesen ernähren kann. Noch mehr! Wir wissen auch, dass er sich sogar zu verjüngen vermag, dass seine Lebenskraft immer größer wird und sich immer wieder zu erneuern scheint, wenn er genügend Nahrung hat.

Aber ohne sie kann er nicht existieren; er isst nicht wie andere. Hat doch unser Freund Jonathan, der wochenlang mit ihm zusammenlebte, ihn nie essen sehen. Er wirft keinen Schatten und gibt im Spiegel kein Bild, wie Jonathan gleichfalls beobachtet hat. Er hat die Stärke vieler Männer; Zeuge dafür ist wiederum Jonathan, der ihn das Tor vor den Wölfen verschließen sah, der seinen Griff beim Aussteigen aus dem Wagen fühlte. Er kann sich in einen Wolf verwandeln, wie wir seit der Ankunft jenes gespenstischen Schiffes in Whitby wissen, wo er einen Hund zerriss; er kann als Fledermaus erscheinen. Frau Mina Harker hat ihn als solche am Fenster in Whitby beobachtet, Freund John ihn aus dem Fenster unseres Nachbarhauses fliegen und Freund Quincey am Fenster von Lucy sitzen sehen. Er kann im Nebel kommen, den er sich selbst schafft, dafür haben wir das Zeugnis jenes pflichtgetreuen Kapitäns. Aber nach dem, was wir weiter wissen, ist die Entfernung, auf die er solchen Nebel erzeugen kann, auf einen gewissen Umkreis begrenzt. Er kommt auf den Strahlen des Mondes als elementarer Staub, Jonathan hat die unheimlichen Schwestern auf Schloss Dracula auf diese Weise entstehen sehen. Er kann sich klein machen, wir selbst haben Lucy, ehe sie zum ewigen Frieden einging, durch eine haarfeine Spalte der Grufttür hineinschlüpfen sehen. Er kann, wenn er einmal seinen Weg gefunden, überall hinein und heraus, es mag noch so fest verschlossen, ja sogar verlötet sein. Er sieht in der Dunkelheit, eine mächtige Gabe auf dieser Welt, die die Hälfte der Zeit im Finstern ruht. Aber ich bin noch nicht zu Ende. Er kann alles das und ist dennoch nicht frei. Im

Gegenteil, er ist noch mehr Gefangener als der Galeerensträfling, als der Narr in seiner Isolierzelle. Er kann nicht überall dorthin, wohin es ihn gelüstet; er, der außerhalb der Natur steht, muss sich dennoch einigen ihrer Gesetze fügen. Warum, wissen wir nicht. Er darf das erste Mal nirgends eintreten, außer es lädt ihn einer der Bewohner ein; danach allerdings kann er kommen und gehen, wann er will. Seine Macht zerstiebt, wie die aller bösen Dinge, wenn der Tag kommt. Nur zu gewissen Zeiten hat er seine begrenzte Freiheit. Wenn er sich nicht an dem Platze befindet, an den er gebunden ist, kann er sich nur um Mittag und genau bei Sonnenaufgang und Sonnenuntergang verwandeln. Diese Dinge sind mir erzählt worden, und unsere Aufzeichnungen lassen uns erkennen, dass dies wirklich so ist. So kann er innerhalb der ihm gezogenen Schranken alles tun, was er will, wenn er sich in seiner Heimaterde, in seinem Sarg oder an einem verrufenen Platze befindet, wie z. B. in dem Selbstmördergrab in Whitby; dagegen ist er an anderen Plätzen bezüglich seiner Verwandlungen an eine bestimmte Zeit gebunden. Ebenso erzählt man sich, dass er fließendes Wasser nur zur Zeit der eintretenden Ebbe oder Flut passieren kann. Aber es gibt Dinge, die ihn so angreifen, dass er alle Kraft verliert. Wie wir wissen, hat der Knoblauch diese Eigenschaft, auch gegen geheiligte Dinge, wie z. B. das Kreuz, das auf unserem Tisch liegt, ist er machtlos. Er hält sich schweigend in respektvoller Entfernung davon. Es gibt auch noch andere Bannmittel, von denen ich Ihnen berichten will für den Fall, dass wir bei unserer Verfolgung ihrer bedürfen sollten. Ein Zweig wilder Rosen auf sein Grab gelegt, hindert ihn am Herauskommen; eine geweihte Kugel, die man in den Sarg schießt, tötet ihn endgültig; und welch friedenbringende Wirkung ein Pfahl hat, den man ihm durch das Herz treibt, wissen wir ohnehin; ebenso dass das Abschneiden des Kopfes ihn zur Ruhe bringt. Wir haben das mit eigenen Augen gesehen.

Wenn wir das Versteck dieses Mannes finden, dann können wir ihn dort in seinem Sarg festhalten und vernichten, wenn wir das beobachten, was wir erfahren haben. Aber er ist schlau. Ich habe meinen Freund Arminius von der Universität Budapest gebeten, mir einiges über den Mann mitzuteilen. Er muss tatsächlich jener Wojwode Dracula gewesen sein, der sich in den Türkenkriegen berühmt gemacht hat, dessen Name über den Fluss weit hinein bis in das Land der Türken bekannt war. Wenn sich das wirklich so verhält, dann war er kein gewöhnlicher Mann, denn damals und noch Jahrhunderte später wurde er als der klügste und geschickteste, aber auch als der tapferste der Söhne des ›Landes jenseits der Wälder‹ gerühmt. Diese mächtige Denkkraft und Entschlossenheit hat er mit ins Grab genommen und führt sie nun heute gegen uns ins Feld. Die Dracula waren, sagt Arminius, ein großes und edles Geschlecht; von Einzelnen seiner Sprösslinge erzählten allerdings die Zeitgenossen, dass sie Bündnisse mit dem Satan hätten. Sie lernten seine Künste in den Bergen beim Hermannstädter See, wo der Teufel jeden Zehnten seiner Schüler als Tribut fordert. In unseren Akten kommen Worte vor wie ›Stregoica‹ – Hexe, ›ordog‹ und ›pokol‹ – Satan und Hölle; in einem der Manuskripte fanden wir den Grafen Dracula sogar als ›Vampir‹ bezeichnet. Wir wissen ja alle, wie viel Wahres daran ist. Aus den Lenden dieses einen entsprangen große Männer und edle Frauen, deren Gräber die Erde heiligen, auf der solche Scheußlichkeiten existieren können. Denn es ist nicht der kleinste der von ihm ausgehenden Schrecken, dass er seine Wurzeln tief in alles Gute schlägt; auf einer Scholle, die jeder geheiligten Erinnerung bar ist, kann er nicht weilen.«

Während wir sprachen, sah Herr Morris unverwandt nach dem Fenster, dann stand er ruhig auf und verließ das Zimmer. Es entstand eine kleine Pause und der Professor fuhr fort:

»Nun heißt es überlegen, was wir tun. Wir haben hier eine schöne Anzahl von Tatsachen, und wir müssen unsern Feldzugsplan entwickeln. Wir wissen aus Jonathans Angaben, dass vom Schloss nach Whitby fünfzig Kisten Erde transportiert und ohne Ausnahme in Carfax abgeliefert wurden; wir wissen auch, dass einige der Kisten später weggeschafft worden sind. Ich meine, unser erster Schritt müsste sein, sich zu vergewissern, ob alle übrigen sich noch in dem Hause jenseits der Mauer, die Sie da sehen, befinden oder ob noch einige geholt worden sind. Wenn Letzteres der Fall ist, müssen wir die Spur …«

Hier wurden wir in überraschender Weise unterbrochen. Vor dem Hause ertönte ein Pistolenschuss; das Fensterglas war von einer Kugel zerschmettert, die die Fenstervertiefung streifte und dann in die gegenüberliegende Wand des Zimmers fuhr. Ich fürchte, dass ich doch im innersten Herzen feig bin, denn ich schrie laut auf. Die Männer sprangen alle in die Höhe; Lord Godalming stürzte ans Fenster und riss es auf. Da hörten wir von außen Quincey Morris Stimme:

»Entschuldigen Sie! Ich fürchte beinahe, ich habe Sie erschreckt. Ich komme sogleich hinein und erzähle Ihnen.« Eine Minute später trat er ein und sagte:

»Es war töricht von mir, so etwas zu tun, ich bitte Sie deshalb um Verzeihung, Frau Harker; ich fürchte, ich habe Sie arg erschreckt. Aber während der Professor seinen Vortrag hielt, kam eine große Fledermaus und setzte sich auf die Fensterbrüstung. Ich habe einen solchen Abscheu vor diesen Tieren bekommen, seit wir so viel erlebt haben, dass ich sie nicht mehr ausstehen kann. Ich musste hinaus und einen Schuss darauf abgeben, wie ich es in der letzten Zeit immer getan habe, wenn ich abends eine Fledermaus sah. Du hast immer über mich deshalb gelacht, Arthur.«

»Haben Sie getroffen?«, fragte Van Helsing.

»Ich weiß nicht; ich glaube nicht, denn sie flatterte davon, auf den Wald zu.« Ohne etwas Weiteres zu sagen, nahm er wieder seinen Platz ein, und der Professor wiederholte seine Feststellung:

»Wir müssen die Spur jeder einzelnen Kiste verfolgen, und wenn wir damit fertig sind, müssen wir das Scheusal auf seinem Lager entweder toten oder fangen; oder wir müssen, wenn man so sagen kann, die Erde sterilisieren, so dass er keine Sicherheit mehr auf ihr findet. So werden wir ihn dann schließlich in Menschengestalt zwischen Sonnenaufgang und Sonnenuntergang antreffen und mit ihm kämpfen, wenn er am schwächsten ist.

Was nun Sie betrifft, Frau Mina, heute Abend nehmen Sie das letzte Mal an unseren Beratungen teil, bis alles sich zum Guten gewendet hat. Sie sind uns viel zu kostbar, als dass wir Sie einer solch furchtbaren Gefahr aussetzen möchten. Wenn wir heute Nacht ausziehen, so fragen Sie nicht. Wir werden Ihnen später alles erzählen. Wir sind Männer und dazu geschaffen, Mühsal zu ertragen; aber Sie müssen unser Stern, unsere Hoffnung sein, wir werden umso freier handeln, je weiter wir Sie von der Gefahr entfernt wissen.«

Alle Männer, sogar Jonathan, atmeten erleichtert auf; aber es schien mir nicht richtig, dass sie die Gefahr durch Verminderung ihrer Stärke – und Stärke ist in diesem Falle wohl die beste Sicherheit – erhöhen, lediglich aus Rücksicht auf mich. Aber sie waren fest entschlossen, und ich konnte, obgleich es mir eine bittere Pille war, nichts dagegen sagen, sondern musste ihr ritterliches Anerbieten annehmen.

Herr Morris beendete unsere Besprechung, indem er sagte:

»Da wir keine Zeit zu verlieren haben, schlage ich vor, wir besichtigen jetzt gleich sein Haus da drüben. Zeitgewinn ist für ihn von ausschlaggebender Bedeutung, und rasches Handeln von unserer Seite vermag ihm vielleicht noch einige Opfer zu entreißen.«

Ich gestehe, dass mir das Herz recht schwer wurde, als ich die Zeit zum Handeln so nahe herangekommen sah. Aber ich fürchtete, ihnen eine Last zu sein und ihre Arbeit zu verzögern, so dass sie mich schließlich auch noch von ihren Beratungen fern gehalten hätten. Sie sind nun nach Carfax hinüber und haben Werkzeug mitgenommen, um sich den Eintritt zu erzwingen.

Nach Männerart haben sie mir geraten, ins Bett zu gehen und zu schlafen; als ob eine Frau schlafen könnte, wenn sie die, die sie lieb hat, in Gefahr weiß! Ich werde mich niederlegen und, wenn Jonathan heimkommt, tun, als ob ich schliefe, damit er nicht auch noch um mich Angst haben muss.

## *Dr. Sewards Tagebuch*

1. Oktober, 4 Uhr morgens. – Gerade als wir das Haus verlassen wollten, brachte man mir eine dringende Bitte Renfields, sofort zu ihm zu kommen, da er mir etwas Wichtiges mitzuteilen hätte. Ich beauftragte den Wärter, Renfield zu sagen, dass ich am Morgen zu ihm kommen würde, im Augenblick aber zu tun hätte. Der Wärter fügte hinzu:

»Es scheint sehr dringlich zu sein, Herr Doktor. Noch nie habe ich ihn so ungeduldig gesehen; ich bin überzeugt, dass er wieder einen Tobsuchtsanfall bekommt, wenn Sie ihm nicht seinen Willen tun.« Ich wusste, dass der Mann dies nicht ohne besonderen Grund sagte. »Gut; ich gehe doch lieber.« Die anderen bat ich, sich einige Augenblicke zu gedulden, da ich noch rasch meinen Patienten zu besuchen hätte.

»Nehmen Sie mich mit, Freund John«, sagte der Professor. »Die Beschreibung, die Sie in Ihrem Tagebuch von ihm gaben, hat mich sehr interessiert, und sein Verhalten hängt doch da und dort mit unserem Falle zusammen. Ich möchte ihn gern kennen lernen, besonders wenn er wieder einen seiner Anfälle hat.«

»Darf ich auch mitkommen?«, fragte Lord Godalming.

»Ich auch?«, sagte Quincey Morris. Ich nickte, und wir alle begaben uns durch den Korridor nach Renfields Zimmer.

Er befand sich in einem Zustande großer Erregung, seine Rede aber und sein Gebaren waren vernünftiger als sonst. Er verstand sich selbst vollkommen, was nach meinen Erfahrungen bei einem Irren etwas ganz Ungewöhnliches ist. Und er hielt es für selbstverständlich, dass seine Gründe mit den Gedanken der Normalen auf eine Stufe gestellt wurden. Wir gingen alle vier in das Zimmer, keiner sagte ein Wort. Er hatte mich rufen lassen, weil er sofort entlassen und heimgeschickt werden wollte. Er begründete diese Bitte mit seiner vollkommenen Wiederherstellung und seiner tatsächlichen Gesundheit. »Ich appelliere an Ihre Freunde«, sagte er, »dass sie mich nicht verurteilen. Übrigens haben Sie mich ja noch gar nicht vorgestellt.« Ich war so erstaunt, dass das seltsame Verlangen des Irren, er möchte den Besuchern vorgestellt werden, mir gar nicht außerordentlich erschien. Nebenbei gesagt lag in dem Wesen des Mannes etwas Achtung gebietendes, dass man einen Gleichberechtigten vor sich zu haben glaubte, und ich stellte ihn vor: »Lord Godalming; Professor Van Helsing; Herr Quincey Morris aus Texas; Herr Renfield.« Er schüttelte jedem die Hand und fuhr dann wieder fort:

»Lord Godalming, ich hatte die Ehre, Ihrem Herrn Vater in Windham zu sekundieren; aus Ihrem Titel entnahm ich zu meinem Bedauern, dass er nicht mehr unter den Lebenden weilt. Es war ein Mann, den alle, die ihn kannten, liebten und verehrten. In seiner Jugend war er, wie man erzählte, der Erfinder eines heißen Rumpunsches, der auf den Derby-Abenden besonders gern getrunken wird. Herr Morris, Sie dürfen auf Ihr Vaterland stolz sein; seine Aufnahme in die Union war ein Schritt, dessen Bedeutung ja heute noch nicht abzusehen ist, ein Schritt, der den Pol und die Tropen unter dem Sternenbanner verbindet. Der Vertrag wird erst zur Geltung kommen, wenn einmal die Monroedoktrin ihren wohlverdienten Platz in der politischen Geschichte einnehmen wird. Wie soll man seine Freude beschreiben, mit Van Helsing zusammenkommen zu dürfen? Herr Professor, ich entschuldige mich nicht, dass ich Ihnen gegenüber alle konventionellen Formen fallen lasse. Wenn jemand die Therapie durch seine Entdeckung der fortgesetzten Evolution der Gehirnmasse revolutioniert hat, so sind ihm gegenüber Formen ja gar nicht angebracht, sie würden ihn zu einem Dutzendmensch machen. Sie, meine Herren, die Sie durch Ihre Nationalität, durch Vererbung oder durch natürliche Anlagen bestimmt sind, Ihre Plätze in der sich bewegenden Welt einzunehmen, Sie rufe ich als Zeugen dafür an, dass ich so vernünftig bin wie die weitaus meisten Menschen, die im vollen Besitz ihrer Freiheit sind. Ich weiß, dass Sie, Herr Dr. Seward, als Menschenfreund wie auch als Jurist, Mediziner und Wissenschaftler mit mir verhandeln werden wie mit einem, der als unter außergewöhnlichen Umständen zu betrachten ist.« Er brachte diesen letzten Appell mit einer höflichen Überzeugung vor, die ihren eigenen Reiz hatte.

Wir waren alle verdutzt. Ich für meine Person war trotz der genauen Bekanntschaft mit dem Charakter und dem Leben dieses Mannes überzeugt, dass seine Vernunft wieder völlig zurückgekehrt sei, und ich fühlte das dringende Bedürfnis ihm zu sagen, dass sein Zustand mich zufriedengestellt habe und ich die nötigen Formalitäten einleiten wolle, ihn morgen früh zu entlassen. Dennoch aber hielt ich es für besser, etwas zu warten, ehe ich eine so schwerwiegende Entscheidung traf, denn ich kannte schon seit langem die unglaublich raschen Veränderungen im Befinden des merkwürdigen Patienten. So begnügte ich mich, ihm einstweilen zu bestätigen, dass seine Besserung rapid vorwärtsschreite, und versprach, ihm morgen früh eine längere Unterredung zu gewähren und die Mittel zu erwägen, wie ich am raschesten seine Wünsche erfüllen könne. Das schien ihm nicht zu genügen, denn er erwiderte rasch:

»Ich fürchte, Herr Doktor, dass Sie meinen Wunsch nicht begriffen haben. Ich möchte sogleich fort, auf der Stelle, jetzt, in dieser Stunde, in diesem Augenblick, wenn es möglich ist. Die Zeit drängt, und in unserem stillschweigenden Vertrag mit dem Sensenmann ist sie von ausschlaggebender Bedeutung. Ich bin mir bewusst, dass es einem so erfahrenen Arzt wie Ihnen gegenüber genügt, einen so einfachen, augenblicklich zu erfüllenden Wunsch auszusprechen, um ihn auch schon gewährt zu sehen.« Er sah mich scharf an und wandte sich dann, als er den ablehnenden Bescheid in meinen Zügen las, an die anderen und suchte ihre Meinung zu erforschen. Da ihm jedoch auch hier keine befriedigende Antwort zuteil ward, fuhr er fort:

»Ist es möglich, dass ich mich in meinen Voraussetzungen getäuscht habe?«

»Das haben Sie«, sagte ich offen und zugleich, wie ich fühlte, ziemlich schroff. Es entstand eine längere Pause, dann sagte er leise:

»Dann werde ich wohl meinen Standpunkt in dieser Sache ändern müssen. Lassen Sie mich um diese Erlaubnis bitten, um diese Vergünstigung, um dieses Privileg, wenn Sie wollen. In einem solchen Falle kommt es mir gar nicht darauf an, Sie anzuflehen, denn es sind ja nicht persönliche Motive, sondern es geschieht um anderer willen. Ich bin nicht frei genug, Ihnen meine ganzen Gründe auseinander zu setzen, aber Sie dürfen überzeugt sein, dass es gute Gründe sind, tief liegende, selbstlose Gründe, die dem höchsten Pflichtbewusstsein entspringen. Könnten Sie mir ins Herz schauen, Herr Doktor, Sie würden die Gefühle vollkommen begreifen, die mich bewegen. Nein, mehr als das, Sie würden mich unter Ihre besten und treuesten Freunde zählen.« Wieder sah er uns alle scharf an. Ich gewann immer mehr die Überzeugung, dass diese völlige Veränderung in seiner Methode nur eine neue Erscheinungsform oder Phase in seiner Narrheit war, und beschloss, ihn ruhig weiterreden zu lassen, da ich aus Erfahrung wusste, dass er sich, genau wie jeder andere Irre, am Schluss doch zufriedengeben werde. Van Helsing hielt den Blick mit der äußersten Spannung auf ihn gerichtet, seine Augenbrauen zogen sich förmlich zusammen. Er sagte zu Renfield in einem Tone, der mich damals nicht überraschte, dagegen nachher, wenn ich daran dachte, denn es war, als spräche er zu einem auf gleicher Stufe Stehenden:

»Können Sie uns nicht offen die Gründe sagen, die den Wunsch in Ihnen erregen, heute Nacht noch frei zu werden. Ich verspreche Ihnen, dass Dr. Seward, wenn Sie mir willfahren – mir, einem Fremden, der Ihnen ohne jedes Vorurteil gegenübertritt und genau weiß, was er will – Ihnen auf eigene Gefahr und Verantwortung heute noch die gewünschte Erlaubnis erteilen wird.«

Er schüttelte traurig den Kopf und ein Zug bitteren Vorwurfs trat auf sein Antlitz. Der Professor fuhr fort:

»Also, Herr Renfield, überlegen Sie sich die Sache. Sie erheben Anspruch darauf, als vollkommen vernünftig zu gelten, und versuchen, uns mit Ihrer geistigen Klarheit zu imponieren. Dies ist Ihnen auch gelungen, trotzdem wir alle Veranlassung haben, an Ihrer Zurechnungsfähigkeit zu zweifeln, denn Sie sind ja noch nicht aus der ärztlichen Behandlung entlassen, die Ihr Zustand notwendig machte. Wenn Sie selbst uns nicht helfen wollen, den weisesten Weg zu wählen, können wir über unsere Pflicht nicht hinaus, zu der Sie uns zwingen. Seien Sie vernünftig und helfen Sie sich und uns; wenn wir können, werden wir alle ein gutes Wort für Sie einlegen, dass Ihr Wunsch erfüllt wird.« Er schüttelte wieder den Kopf und sagte:

»Doktor Van Helsing, ich habe nichts weiter hinzuzufügen. Ihre Argumente sind stichhaltig; wenn ich frei wäre, würde ich keinen Augenblick zaudern zu sprechen. Aber ich bin in dieser Sache nicht mein eigener Herr. Ich kann Sie nur bitten, mir zu vertrauen. Wenn Sie es nicht tun, auf mir ruht die Verantwortung nicht.« – Ich dachte, es sei nun Zeit, der Szene ein Ende zu machen, die nachgerade tragikomisch zu wirken begann, und wandte mich zum Gehen, indem ich sagte:

»Kommen Sie, meine Freunde, wir haben noch etwas anderes zu tun. Gute Nacht.«

Als ich mich aber der Tür näherte, trat eine neue Änderung im Verhalten des Kranken ein. Er sprang so rasch auf mich zu, dass ich einen Augenblick fürchtete, er wolle einen erneuten Mordversuch gegen mich unternehmen. Meine Befürchtung war aber grundlos, denn er erhob flehend seine Hände und wiederholte seine Bitte in rührenden Tönen. Als er sah, dass dieser Ausbruch seiner Gefühle uns gegen ihn nur mehr einnahm, indem es unsern Verdacht wieder verstärkte, wurde er noch dringlicher. Ich schaute Van Helsing an und sah, dass er meiner Überzeugung war. So wurde ich noch fester in meinem Vorsatz und machte dem Flehenden begreiflich, dass alle seine Anstrengungen vergebens seien. Ich hatte schon früher einmal diese wachsende Erregung an ihm bemerkt, wenn er eine Bitte vorbrachte, an die er schon lange gedacht, wie zum Beispiel, als er mich seinerzeit um eine Katze bat. Ich erwartete jeden Augenblick, dass der Kollaps eintreten würde, wie bei jener Gelegenheit und damit ein finsteres Sichfügen. Meine Erwartung wurde aber getäuscht, denn als er wahrnahm, dass seine flehentlichen Bitten mich kalt ließen, geriet er förmlich in Raserei. Er warf sich vor mir auf die Knie und streckte seine Hände nach mir aus, die er in jammervoller Verzweiflung rang; er überschüttete mich mit einem Strom von Beschwörungen, während heiße Tränen über seine Wangen herunterrollten und sein Körper und sein Antlitz die tiefste Bewegung widerspiegelten:

»Erhören Sie mich, Herr Doktor, lassen Sie sich erweichen, lassen Sie mich sogleich fort aus diesem Hause. Schicken Sie mich weg, wie Sie wollen und wohin Sie wollen; geben Sie mir Wärter mit Peitschen und Ketten mit; lassen Sie mir die Zwangsjacke anlegen; lassen Sie mich meinetwegen gefesselt und mit Fußketten in ein Gefängnis bringen, aber lassen Sie mich fort von hier. Sie wissen ja gar nicht, was Sie tun, wenn Sie mich hier zurückhalten. Ich spreche aus der Tiefe meiner Seele – aus meinem Herzen. Sie haben keine Ahnung, wem Sie damit ein Leid zufügen und in welcher Weise; und ich darf mich leider nicht näher erklären. Weh über mich, ich *darf* nicht sprechen. Bei allem, was Ihnen heilig ist, bei allem, was Sie lieb haben – bei Ihrer toten Liebe – bei Ihrer Hoffnung, die noch lebt – um des Allmächtigen Gottes Willen, lassen Sie mich frei und retten Sie meine arme Seele vor dem Verderben! Hört ihr denn nicht, ihr Männer? Versteht ihr denn nicht? Begreift ihr denn nicht? Wisst ihr nicht, dass ich nun gesund bin und im vollsten Ernst rede; dass ich kein Narr mehr bin, der in einem Anfall von Tobsucht euch anschreit, sondern ein vernünftiger Mensch, der um seine Seele kämpft? Hören Sie mich! Hören Sie mich! Lassen Sie mich fort! Lassen Sie mich fort! Lassen Sie mich fort!«

Ich sagte mir, dass, wenn dies noch länger so weiterginge, er doch noch schließlich einen Anfall bekäme; deshalb ergriff ich seine Hand und hob ihn auf.

»Kommen Sie«, sagte ich streng, »nichts mehr davon; wir haben ohnehin schon genug. Gehen Sie zu Bett und versuchen Sie, sich etwas gesetzter zu benehmen.«

Er schwieg sogleich und sah mich lange sinnend an. Dann erhob er sich, ohne ein Wort zu sagen, und ging zu seinem Bett hinüber, auf dessen Kante er sich setzte. Der Kollaps war eingetreten, wie bei früheren Angelegenheiten, genau wie ich es vorausgesehen.

Wir verließen das Zimmer, ich als Letzter, und er sagte mit ruhiger, gefasster Stimme:

»Sie werden mir noch Recht geben, Herr Doktor, wenn Sie sich später erinnern, dass ich in dieser Nacht mein Möglichstes getan habe, Sie zu überzeugen.«

# *Neunzehntes Kapitel*

## *Jonathan Harkers Tagebuch*

1. Oktober, 5 Uhr morgens. – Ich ging verhältnismäßig leichten Herzens mit den Übrigen auf die Suche nach unserem Feind, denn mir kommt es vor, als hätte ich Mina nie wohler und frischer gesehen. Ich bin froh, dass sie eingewilligt hat, zurückzubleiben und uns Männer allein handeln zu lassen. Es war mir ja von Anfang an unangenehm, dass ich sie in dieses gefahrvolle Unternehmen hereingezogen hatte; nun aber, da ihr Werk getan ist und, dank ihrer Energie, ihres Verstandes und ihrer Überlegung das ganze Material in einer Weise zusammengestellt und geordnet ist, die die Übersicht ungemein erleichtert, wird sie vielleicht selbst einsehen, dass ihre Aufgabe erfüllt ist und sie das Übrige getrost uns überlassen kann. Wir waren alle durch die Szene in Renfields Zimmer etwas erregt, denn als wir herauskamen, sprach keiner von uns ein Wort, bis wir das Arbeitszimmer erreicht hatten. Da sagte Morris zu Dr. Seward:

»Sagen Sie, Jack, wenn dieser Mensch uns nicht verblüffen wollte, ist er weitaus der vernünftigste Narr, den ich je gesehen. Ich weiß es nicht gewiss, aber ich vermute, dass er irgendeine ernstliche Absicht hatte. Wenn es der Fall war, wird es ihn hart getroffen haben, dass es ihm nicht gelang seinen Willen durchzusetzen.« Lord Godalming und ich schwiegen, aber Van Helsing setzte hinzu:

»Freund John, Sie verstehen ja mehr von Irren als ich, und ich bin eigentlich froh darum; denn ich fürchte, dass ich ihn, wenn ich zu entscheiden gehabt hätte, schon vor dem hysterischen Anfall frei gelassen hätte. Aber wir leben und lernen, und bei der uns bevorstehenden Aufgabe dürfen wir nichts außer Acht lassen. Alles ist am besten so, wie es ist.« Dr. Seward schien zerstreut, als er ihnen beiden antwortete:

»Ich weiß nichts, als dass ich mit Ihnen übereinstimme. Wenn dieser Mensch ein gewöhnlicher Narr wäre, so hätte ich ihm unbedenklich getraut; aber er ist förmlich ein Wegweiser auf den Pfaden des Grafen, so dass ich fürchtete, ich könne etwas Unrechtes tun, wenn ich seine Wünsche erfüllt hätte. Ich kann es nicht vergessen, dass er fast mit der gleichen Leidenschaft einmal um eine Katze bat und dann kurz danach den Versuch machte, meine Kehle mit den Zähnen herauszureißen. Außerdem nannte er den Grafen seinen ›Herrn und Meister‹. Wer weiß, ob er nicht deshalb so dringend fortwollte, um ihm auf seinen verruchten Pfaden zu helfen. Diese scheußliche Kreatur hat Wölfe und Ratten und sein eigenes Gelichter in der Gewalt; es sieht ihm auch ähnlich, dass er sich eines Irren für seine Zwecke bedient. Es schien ihm in der Tat sehr angelegen zu sein. Ich hoffe nur, wir haben das getan, was das Beste für uns ist. Diese Dinge, in Verbindung mit dem Werk, das uns erwartet, sind wohl geeignet einen zu entmutigen.« Der Professor trat an ihn heran und sprach in seinem ruhigen, gütigen Ton zu ihm:

»Freund John, Sie dürfen den Mut nicht sinken lassen. Wir versuchen, in dieser traurigen und entsetzlichen Sache unsere Schuldigkeit zu tun; wir können nichts anderes tun als das, was uns als das Beste erscheint. Womit können wir denn sicherer rechnen, als mit der Gnade Gottes?« Lord Godalming hatte sich hinausgeschlichen und kehrte nach einigen Minuten zurück. Er hielt ein silbernes Pfeifchen hoch und sagte:

»Dieses alte Haus ist unter Umständen voller Ratten; wenn es so ist, habe ich ein gutes Gegenmittel, das ich mir herbeirufen kann.« Nachdem wir die Mauer überstiegen hatten, gingen wir geradenwegs auf das Haus zu; wir hielten uns sorgfältig im Schatten, den die Bäume im Mondlicht auf das Gras warfen. Als wir an dem Tor ankamen, öffnete der Professor seinen Koffer und zog verschiedene Sachen heraus, die er auf der Treppenstufe, in vier Gruppen verteilt, bereitlegte, anscheinend eine für jeden von uns. Dann begann er:

»Liebe Freunde, wir gehen einer furchtbaren Gefahr entgegen, und wir brauchen Waffen verschiedenster Art. Unser Feind ist ja nicht nur ein Gespenst. Denken Sie daran, dass er die Kraft von zwanzig Männern besitzt und dass bei uns Hals und Rückgrat die gewöhnlichen Eigenschaften haben, also zerbrochen oder zerquetscht werden können, während ihm Gewalt allein nichts anhaben kann. Ein Mann, der stärker wäre als er, oder eine Anzahl Männer könnten ihn wohl zu bestimmten Zeiten festhalten, aber sie können ihn nicht verletzen, wie er uns Menschen verletzen kann. Wir müssen deshalb darauf bedacht sein, dass er uns nicht berühren kann. Bewahren Sie das auf der Brust«, dabei nahm er ein kleines silbernes Kruzifix und gab es mir, der ich ihm zunächst stand, »diese Blüten aber legen Sie um den Hals« – er gab mir einen verwelkten Kranz von Knoblauchblüten; »für andere Feinde, die mehr von dieser Welt sind, diesen Revolver und dies Messer, und für alle Fälle diese kleine elektrische Lampe, die Sie an der Brust befestigen können; schließlich aber und als höchsten Schutz dies, aber wir dürfen es nicht ohne Not verwenden.« Es waren dies einige geweihte Hostien, die er in ein Futteral legte und mir übergab. Die Übrigen wurden in gleicher Weise ausgerüstet. »Nun«, sagte er, »Freund John, wo sind die Dietriche? Wenn wir damit in das Haus kommen, so brauchen wir nicht durch das Fenster den Eingang zu erzwingen, wie damals bei Fräulein Lucy.«

Dr. Seward versuchte es mit einigen Dietrichen, wobei ihm seine Handfertigkeit als Chirurg recht zu statten kam. Bald hatte er einen passenden gefunden; er drehte ein paar mal hin und her, dann gab das Schloss nach und sprang mit einem schrillen Klang zurück. Wir drückten gegen die Tür, die rostigen Angeln kreischten und langsam ging sie auf. Es muss einen ähnlichen Eindruck auf uns gemacht haben wie der Eintritt in Lucys Gruft, den Dr. Sewards Tagebuch schildert, denn wir prallten alle zurück. Der Professor aber ging voraus und trat als erster in das offene Tor.

»In manus tuas Domine!« sagte er, indem er sich beim Überschreiten der Schwelle bekreuzigte. Wir schlossen die

Tür hinter uns, da wir befürchten mussten, von der Straße aus gesehen zu werden, wenn wir unsere Lampen leuchten ließen. Der Professor prüfte noch sorgfältig das Schloss, damit wir im Stande wären, es rasch von innen zu öffnen, wenn ein plötzlicher Rückzug notwendig würde. Dann entzündeten wir unsere Lämpchen und gingen auf die Suche.

Die sich kreuzenden Lichtstrahlen der kleinen Lampen zauberten seltsame Effekte an die Wände, während unsere Körper bizarre Schatten warfen. Ich konnte mit dem besten Willen des Gefühls nicht Herr werden, dass sich irgendein Fremder unter uns befinde. Vielleicht war es nur die Erinnerung an die grausamen Erlebnisse in Transsylvanien, die in dieser unheimlichen Umgebung wieder in meinem Gehirn auftauchte. Ich glaube, auch die anderen hatten das gleiche Gefühl, denn ich bemerkte, dass sie bei jedem Geräusch, bei jedem vorüberhuschenden Schatten sich umsahen, wie ich es ja an mir selbst beobachten konnte.

Alles war mit dichtem Staub bedeckt. Auf dem Gang lag er anscheinend mehrere Zoll tief, außer an den Stellen, die frische Fußspuren aufwiesen, in denen ich beim Schein meiner Lampe die Abdrücke von Sohlennägeln erkennen konnte. Die Wände waren feucht und dick mit Staub überzogen und in den Winkeln hingen Unmengen von Spinnenweben, auf denen sich der Staub angesammelt hatte, so dass sie zerfetzten Lumpen glichen, umso mehr als sie teilweise durch das Gewicht des Staubes heruntergerissen waren. Auf einem Tisch inmitten des Flurs lag ein großer Schlüsselbund; jeder einzelne der Schlüssel war mit einem vergilbten Zettel versehen. Sie mussten schon mehrere Male benützt worden sein, denn auf dem Tisch sah man verschiedene Eindrücke in der Staubdecke, ähnlich denen, die das Aufheben des Schlüsselbundes durch Van Helsing hervorgebracht hatte. Er wandte sich zu mir und sagte:

»Sie kennen diesen Ort, Jonathan. Sie haben sich Skizzen davon gemacht und wissen wahrscheinlich hier genauer Bescheid wie wir. Wie kommt man am raschesten zur Kapelle?« Ich wusste ungefähr die Richtung, obgleich es mir bei meinem früheren Hiersein unmöglich gewesen war, mir dort Eintritt zu verschaffen. So führte ich die anderen, und nachdem wir ein paar Mal fehlgegangen waren, standen wir endlich vor einer niedrigen gotischen Eichentür, die starke eiserne Beschläge aufwies.

»Da ist es«, sagte der Professor und richtete seine Lampe auf einen kleinen Lageplan des Hauses, eine Kopie meiner Skizze, die ich seinerzeit meiner Originalkorrespondenz über den Hauskauf beigefügt hatte. Nach kurzem Suchen fanden wir den zugehörigen Schlüssel im Bunde und öffneten das Tor. Wir waren ja schon vorbereitet, dass etwas Übles hier uns erwartete, denn als wir vor der Tür standen, strömte ein schwacher, garstiger Geruch aus den Ritzen heraus; aber wer hätte einen derartigen Gestank für möglich gehalten, wie er uns hier nun entgegenschlug? Außer mir war noch keiner der Übrigen mit dem Grafen in einem geschlossenen Raum zusammengekommen, wenn ich in seiner Gesellschaft in seinen Zimmern war, befand er sich in dem ausgehungerten Stadium seiner Existenz; mit frischem Blute vollgesaugt habe ich ihn nur in der verfallenen Kapelle gesehen, wo der Wind freien Zutritt hatte. Der ihm hier zur Verfügung stehende Raum war aber klein und eng, und die Luft war stickend und moderig. Es roch erdig, ein Miasma schien in der übel riechenden Atmosphäre zu schweben. Wie soll ich aber den Gestank selbst beschreiben. Es war nicht der Leichendunst und der stechende, süßliche Geruch frischen Blutes, sondern als wäre die Fäulnis selbst wieder in Fäulnis übergegangen. Pfui Teufel! Es wird mir ganz übel, wenn ich daran denke. Jeder Atemzug, den dieses Scheusal tat, schien sich in dem Raum festgesetzt und die Luft in Ekel erregender Weise verpestet zu haben.

Unter gewöhnlichen Verhältnissen hätte der Gestank wohl unserem Unternehmen ein Ende gemacht. Aber das war ein außergewöhnlicher Fall, und der erhabene, wenn auch furchtbare Zweck unseres Kommens gab uns eine über das normale Maß hinausgehende Widerstandsfähigkeit. Nach dem ersten Zurückprallen vor dem ekelhaften

Hauch gingen wir ohne Ausnahme an unser Werk, als sei der verpestete Raum ein Rosengarten.

Ehe wir mit der genauen Durchsuchung des Raumes begannen, sagte der Professor:

»In erster Linie handelt es sich darum, herauszubekommen, wie viel Kisten noch hier sind; wir müssen deshalb jedes Loch, jeden Winkel und jede Ritze durchforschen und versuchen, einen Aufschluss über den Verbleib der übrigen Kisten zu erhalten.« Ein Blick genügte, um zu sehen, wie viel Kisten vorhanden waren, denn sie waren sehr plump und groß, ein Irrtum bezüglich ihrer Anzahl deshalb ausgeschlossen.

Von den fünfzig waren nur noch neunundzwanzig übrig! Es überlief mich kalt, als ich bemerkte, dass Lord Godalming sich plötzlich umkehrte und aus der gewölbten Türöffnung einen Blick in den dunklen Gang draußen warf; mein Herz stand einen Augenblick still. Da, aus dem Schatten hervorstechend, meinte ich des Grafen verruchtes Gesicht zu erkennen, die hohe Nase, die rot glühenden Augen, die roten Lippen, die schreckliche Blässe. Es war nur einen Augenblick zu sehen, denn als Lord Godalming sagte: »Ich glaubte ein Gesicht zu erblicken, aber es muss doch nur ein Schatten gewesen sein«, drehte ich meine Lampe nach der angegebenen Richtung und begab mich hinaus auf den Gang. Aber nichts mehr war zu sehen, und da sich dort keine Winkel, keine Türen, keine Öffnungen befanden, sondern nur die festen Mauern, bot sich kein Versteck, nicht einmal für ihn. Ich nahm an, dass die Furcht die Mutter dieses Fantasiegebildes gewesen sei, und sagte nichts weiter.

Einige Minuten später sah ich Morris plötzlich vor einem Winkel, den er durchsuchte, zurückschrecken. Wir verfolgten alle seine Bewegungen mit den Augen, denn eine gewisse Nervosität hatte sich zweifellos unserer bemächtigt; der ganze Winkel war voll phosphoreszierenden Lichtes, in dem es zuweilen blitzte wie von Sternen. Wir zogen uns unwillkürlich zurück. Der ganze Raum füllte sich mit Ratten.

Wir standen einige Minuten entsetzt da, nur Lord Godalming schien auf ein solches Ereignis gefasst. Er sprang rasch auf das große, eisenbeschlagene Tor der Kapelle zu, das Dr. Seward von außen gesehen hatte und das auch ich kannte, drehte den Schlüssel im Loch, zog den Riegel zurück und riss den Flügel mit mächtigem Schwung auf. Dann zog er ein silbernes Pfeifchen aus der Tasche, setzte es an die Lippen und ließ einen lauten, schrillen Pfiff ertönen. Hinter Dr. Sewards Haus antwortete Hundegebell, und nach kaum einer Minute kamen drei Terrier um die Hausecke dahergeschossen. Unwillkürlich hatten wir uns alle gegen die Pforte zusammengedrängt, und als wir näher kamen, bemerkte ich, dass der Staub sehr zusammengetreten war; die Kisten waren auf diesem Wege entfernt worden. Es war nur kurze Zeit vergangen, dennoch hatten sich die Ratten bis ins Ungeheuerliche vermehrt. Überall schwärmten sie umher; im Scheine des Lampenlichtes, das auf ihre beweglichen Körper und ihre glitzernden Augen fiel, meinte man, der Boden, den sie bedeckten, sei ein Sandhaufen, auf dem sich unzählige Leuchtkäfer tummelten. Die Hunde sprangen herbei, auf der Schwelle aber blieben sie stehen und knurrten; dann hoben sie die Nasen hoch und begannen kläglich zu heulen. Die Ratten vermehrten sich immer noch und wir beeilten uns, aus der Kapelle herauszukommen.

Lord Godalming hob einen der Hunde auf und warf ihn über die Schwelle in das Innere. Kaum berührten seine Füße den Boden, da schien auch schon sein Mut wiederzukehren, und er griff schneidig seine natürlichen Feinde an. Diese flüchteten so rasch, dass er nur wenigen das Leben aus dem Leibe schütteln konnte; die anderen beiden Hunde aber, die auf dieselbe Weise hereinbefördert worden waren, machten fast gar keine Beute mehr, so schnell war die unheimliche Gesellschaft verschwunden.

Mit ihnen schien sich auch der Druck zu entfernen, der auf uns gelegen. Die Hunde wurden lebhafter und bellten fröhlich, indem sie noch einmal über ihre niedergestreckten Feinde herfielen, sie umherdrehten und wütend in die

Luft warfen. Wir schienen alle wieder besserer Laune zu werden. Vielleicht war es deswegen, weil durch das geöffnete Tor reine Luft eindrang und die verdorbene Atmosphäre verdrängte oder weil wir selbst nicht mehr eingeschlossen waren. Jedenfalls wich das unbehagliche Gefühl, das wir bisher empfunden, von uns, und wir vergaßen auf Augenblicke den furchtbaren Zweck unseres Kommens, ohne dass wir aber im Geringsten in unserem Entschlüsse schwankend geworden wären. Wir verschlossen und verriegelten das äußere Tor wieder und legten die Ketten vor; dann setzten wir mit den Hunden unsere Suche fort. Wir fanden nichts als ungeheure Mengen Staub, der, vollkommen unberührt, nur von meinem ersten Besuche her noch meine Fußspuren aufwies. Die Hunde gaben kein Zeichen der Angst mehr von sich, und selbst als wir in die Kapelle zurückkehrten, sprangen sie fröhlich umher, als gelte es einer Kaninchenjagd im sommerlichen Walde.

Der Morgen erwachte schon im Osten, als wir bei der Haupttür das Haus verließen. Dr. Van Helsing hatte den großen Schlüssel vom Bunde genommen und schloss sorgfältig ab, dann steckte er den Schlüssel in die Tasche.

»So weit«, sagte er, »wäre diese nächtliche Expedition erfolgreich verlaufen. Es ist uns kein Leid geschehen, wie ich sehr befürchtete, und wir wissen nun, wie viele Kisten fehlen. Mehr als alles andere aber freut mich der Umstand, dass dieser erste und vielleicht schwierigste und gefährlichste Schritt getan ist, ohne dass unsere verehrte Frau Mina in Mitleidenschaft gezogen worden ist, dass wir ihr Wachen und ihre Träume vor dem Entsetzlichen, was wir sehen, hören und riechen mussten und das sie nimmer vergessen würde, bewahrt haben. Eins haben wir außerdem noch festgestellt, wenn hier ein Schluss im Besonderen zulässig ist: dass die scheußlichen Tiere, über die der Graf gebietet, selbst nicht mit seinen übernatürlichen Kräften ausgestattet sind; denn die Ratten kommen wohl auf seinen Ruf, wie damals die Wölfe, als er Sie am Verlassen des Schlosses verhindern, als er die jammernde Frau unschädlich machen wollte, aber obgleich sie seinem Rufe Folge leisteten, flohen sie doch Hals über Kopf vor den Hunden unseres Freundes Arthur. Wir haben nun andere Dinge vor uns, andere Gefahren, andere Sorgen. Dieses Scheusal hat heute Nacht nicht das erste Mal seine Gewalt über die Tiere gegen uns ins Treffen geführt. Vielleicht ist er auch fort. Gut! Jedenfalls haben wir Gelegenheit gehabt, ihm Schach zu bieten in diesem Spiel, wo es sich um Menschenseelen handelt. Und nun wollen wir nach Hause gehen. Der Morgen ist nahe, wir haben alle Ursache, mit dem Erfolg dieser ersten Nacht zufrieden zu sein. Es mag uns bestimmt sein, dass noch eine Menge Tage und Nächte, voll von Gefahren für uns, folgen. Aber wir müssen vorwärts und dürfen vor keiner Gefahr zurückschrecken.«

Als wir in unser Haus traten, war alles still, nur in weiter Ferne heulte irgendeine Kreatur und aus Renfields Zimmer kam ein leiser, klagender Laut. Der Mann peinigte sich jedenfalls selbst, nach Art der Irren, mit unnützen, qualvollen Gedanken.

Ich trat auf den Zehen in unser Schlafzimmer und fand Mina schlafend; sie atmete so leise, dass ich mein Ohr auf ihre Brust legen musste, um überhaupt etwas zu hören. Sie sieht blasser aus als sonst. Hoffentlich hat die nächtliche Besprechung sie nicht allzu sehr angegriffen. Ich bin wirklich froh, dass sie künftig von unseren Beratungen fern bleibt. Die Anstrengung wäre für eine Frau doch zu groß. Anfangs war ich ja nicht der Ansicht, aber heute weiß ich es besser. Es könnten doch Dinge besprochen werden, die sie in Sorge versetzen; dann würde es unter Umständen schlimmer sein, ihr etwas verheimlichen zu müssen, als es ihr zu sagen, wenn sie einmal argwöhnt, dass ihr etwas verheimlicht wird. So ist unser weiteres Werk für sie ein Buch mit sieben Siegeln, bis wir ihr endlich sagen können, dass alles vorüber und die Erde von dieser Ausgeburt der Hölle befreit ist. Es wird ja nicht leicht sein, nach dem Vertrauen, das wir ihr bisher erwiesen, sich nun plötzlich in undurchdringliches Schweigen zu hüllen. Aber ich muss stark sein. Morgen werde ich über die Ereignisse der Nacht Stillschweigen bewahren und mich weigern, über irgendetwas zu sprechen, was wir heute gesehen und erlebt haben. Ich lege mich auf das Sofa, um sie nicht zu stören.

1. Oktober, später. – Es ist begreiflich, dass wir alle uns etwas verschlafen haben, denn den Tag über waren wir schon sehr beschäftigt und in der Nacht fanden wir ja auch keine Ruhe. Sogar Mina muss erschöpft gewesen sein, denn ich war, trotzdem ich schlief, bis die Sonne schon hoch stand, doch vor ihr wach und musste sie zwei oder drei Mal rufen, ehe sie zu sich kam. Sie war noch so schlaftrunken, dass sie einige Augenblicke mich gar nicht erkannte, sondern mich schreckerfüllt anstarrte wie jemand, der aus einem bösen Traume erwacht. Sie klagte über Müdigkeit, weshalb ich sie noch länger ruhen ließ. Wir wissen nun, dass einundzwanzig Kisten fehlen, und wenn sie auf einmal wegtransportiert worden sind, so kommen wir ihnen doch leicht auf die Spur. Das wird unsere Arbeit bedeutend erleichtern. Je eher wir die Sache in Ordnung bringen, desto besser. Ich werde heute noch Thomas Snelling aufsuchen.

## *Dr. Sewards Tagebuch*

1. Oktober. – Es war bereits nahe an Mittag, als der Professor in mein Zimmer trat und mich weckte. Er war fröhlicher und freundlicher als in der letzten Zeit; es ist ersichtlich, dass das Werk der letzten Nacht eine drückende Last von seiner Seele genommen hat. Er berührte nur kurz das nächtliche Abenteuer und sagte dann plötzlich:

»Ihr Patient erregt mein Interesse in hohem Grade. Könnten Sie es möglich machen, dass ich ihn in Ihrer Begleitung heute Vormittag besuche? Oder wenn Sie zu sehr beschäftigt sein sollten, kann ich ihn ja auch allein aufsuchen. Es ist mir etwas ganz Neues, einen Narren philosophieren und klar diskutieren zu hören.« Ich hatte einiges Eilige zu tun und sagte ihm, es wäre mir lieb, wenn er ohne mich zu Renfield ginge, weil ich diesen dann auch nicht warten zu lassen brauchte. Ich rief einen Wärter und gab ihm die nötigen Instruktionen. Ehe der Professor das Zimmer verließ, warnte ich ihn noch eindringlich, ja keine falschen Eindrücke von meinem Patienten mitzunehmen. »Ich möchte«, sagte er, »mit ihm nur über ihn selbst plaudern und über seine fixe Idee, lebende Wesen verzehren zu müssen. Er sagte ja Frau Mina, wie ich Ihrer gestrigen Tagebuchaufzeichnung entnahm, dass er an einer solchen Idee gelitten habe. Warum lächeln Sie, Freund John?«

»Entschuldigen Sie«, sagte ich, »aber die Antwort ist hier.« Dabei legte ich meine Hand auf den maschinengeschriebenen Akt. »In dem Augenblick, als unser gesunder und gelehrter Narr erklärte, dass er die Gewohnheit, Lebewesen zu verschlingen, gehabt habe, war sein Mund noch beschmutzt von den Fliegen und Spinnen, die er einen Augenblick vorher, ehe Frau Mina eintrat, gegessen hatte.« Hier lächelte Van Helsing. »Gut!« sagte er. »Sie haben ein vorzügliches Gedächtnis. Ich hätte mich ja auch daran erinnern können. Gerade diese Unregelmäßigkeit des Denkens und des Erinnerns macht das Studium der Geisteskrankheiten so fesselnd. Vielleicht geben mir die Narrheiten dieses Narren mehr Aufschlüsse, als es die Lehren des Weisesten könnten. Wer weiß?« Ich setzte meine Arbeit fort und war bald wieder darin vertieft. In der Tat schien mir die Zeit sehr kurz, die Van Helsing fern geblieben war. »Störe ich?« fragte er höflich, während er in der Türe stehen blieb.

»Nicht im Geringsten«, antwortete ich, »kommen Sie nur herein. Ich bin mit meiner Arbeit zu Ende und stehe zu Ihrer Verfügung. Ich kann nun mit Ihnen gehen, wenn Sie wollen.«

»Es ist zwecklos, ich war schon bei ihm.«

»Wirklich?«

»Ich fürchte, er schätzt mich nicht sehr hoch ein. Unsere Besprechung war recht kurz. Als ich in sein Zimmer kam, saß er in dessen Mitte auf einem Stuhl, die Ellbogen auf die Knie gestützt; das Gesicht trug den Ausdruck äußerster Unzufriedenheit. Ich sprach ihn so freundlich an, wie ich konnte, und mit aller Rücksichtnahme, deren ich fähig war. Er antwortete mir überhaupt nicht. ›Kennen Sie mich nicht mehr?‹, fragte ich ihn. Seine Antwort war nicht gerade schmeichelhaft: ›Ich kenne Sie recht gut; Sie sind der alte verrückte Van Helsing. Ich wollte, Sie scherten sich mitsamt Ihren blödsinnigen Gehirntheorien zum Teufel. Diese verfluchten Dickschädel von Holländern!‹ Dann sagte er kein Wort weiter, sondern saß in seiner unversöhnlichen Verdrießlichkeit so gleichgültig da, als sei ich gar nicht im Zimmer. Allmählich verlor ich die Hoffnung, von diesem so vernünftigen Narren etwas lernen zu können. Ich will nun, wenn es Ihnen recht ist, gehen und ein paar Worte mit Frau Mina wechseln. Freund John, es freut mich unsagbar, dass sie nichts mit den schrecklichen Sachen zu tun, sich nicht mehr darum zu kümmern hat. Wenn wir auch ihre Hilfe sehr vermissen werden, ist es doch besser so.«

»Da gebe ich Ihnen vollkommen recht«, antwortete ich nachdrücklich, denn ich wollte ihn in seinem Vorsatz nicht wankend werden lassen. »Frau Harker hält sich besser von diesen Dingen fern. Die Sachen stehen schon für uns übel genug, die wir Männer von Welterfahrung und schon ordentlich herumgeworfen worden sind. Aber für eine Frau ist da kein Platz, und wenn sie noch länger mit der Angelegenheit zu tun hätte, würde sie mit der Zeit unfehlbar Schaden nehmen.«

Van Helsing ist nun gegangen und konferiert mit Herrn und Frau Harker; Quincey und Arthur forschen nach dem Verbleib der Erdkisten. Ich will meine Arbeit noch vollenden, denn abends wollen wir uns wieder treffen.

## *Mina Harkers Tagebuch*

1. Oktober. – Es kommt mir ganz seltsam vor, dass ich über alles im Dunkeln gehalten werde, dass Jonathan nach so vielen Jahren vollkommenen Vertrauens mir nun angelegentlich vieles, und gerade das Wichtigste von allem, ver-

schweigt. Heute früh schlief ich sehr lange nach den Anstrengungen des gestrigen Tages; Jonathan war, trotzdem er auch sehr lange schlief, immer noch früher auf als ich. Er sprach mit mir, ehe er wegging, liebenswürdig und freundlich wie immer, aber er erwähnte kein Wort von dem, was sich heute Nacht bei dem Besuch im Hause des Grafen ereignet hatte. Und er musste doch wissen, wie schrecklich gespannt ich darauf war. Ich glaube, es macht ihn noch trauriger als mich. Sie haben alle beschlossen, dass ich nicht weiter bei der grauenvollen Sache beteiligt sein sollte, und ich habe meine Zustimmung gegeben. Aber es ist mir trotzdem ein drückender Gedanke, dass er etwas vor mir geheim hält! Und nun weine ich wie eine dumme Gans, obwohl ich weiß, dass der Beschluss der großen Liebe meines Mannes und der Fürsorge jener anderen starken Männer entspringt …

Jonathan wird mir doch eines Tages alles erzählen. Damit er nicht denkt, ich könnte ihm auch irgendetwas geheim halten, will ich mein Tagebuch führen wie immer. Wenn er an mir zweifeln sollte, werde ich es ihm zeigen, und er wird jeden Gedanken meines Herzens lesen können. Ich fühle mich heute merkwürdig traurig und niedergedrückt. Wahrscheinlich ist es die Reaktion auf die Erregung der letzten Tage.

Gestern Nacht begab ich mich zu Bett, als die Herren gegangen waren, lediglich weil sie es mir geraten hatten. Ich fühlte keinen Schlaf, war aber voll verzehrender Angst. Ich dachte darüber nach, was sich alles ereignet hatte, seit Jonathan mich in London kennen lernte. Es ist wie eine grausige Tragödie, in der das Fatum unerbittlich auf ein unabwendbares Ende hindrängt. Alles, was wir tun, und mag es noch so gut gemeint sein, führt immer das herbei, was am meisten zu befürchten war. Wäre ich nicht nach Whitby gegangen, vielleicht weilte unsere gute Lucy heute noch unter uns. Es wäre ihr ohne mich gar nicht eingefallen, den Friedhof auf dem Kliff zu besuchen, und wenn sie tags nie dahin gekommen wäre, so wäre sie auch schlafwandelnd nicht hinaufgegangen; und wenn sie nicht nachts und im

Schlaf dort gewesen wäre, dann hätte jenes Scheusal sie nicht zu Grunde richten können. Ach Gott, warum musste ich auch nach Whitby gehen? Da weine ich nun schon wieder! Ich möchte nur wissen, was heute über mich gekommen ist. Ich muss es vor Jonathan verbergen; denn wenn er wüsste, dass ich zweimal an einem Vormittag geweint habe, ich, die ich meinetwegen nie geweint habe und der er nie Anlass dazu gegeben hat, der gute Mann würde sich das Herz aus dem Leibe sorgen. Ich werde meine mutigste Miene aufstecken, und wenn mir wieder weinerlich zu Mute ist, so soll er es wenigstens nicht sehen. Ich glaube, es ist dies eine der Lektionen, die wir Frauen bewältigen müssen.

Ich kann mich gar nicht mehr erinnern, wie ich letzte Nacht einschlief. Ich weiß nur, dass ich plötzlich das Bellen von Hunden und eine Reihe merkwürdiger Laute wie ungestümes Beten hörte, die aus Renfields Zimmer, das unter dem meinen liegt, zu kommen schienen. Dann ward es plötzlich still, so schrecklich still, dass ich erschreckt aufstand und zum Fenster hinaussah. Draußen war alles ruhig und dunkel; die tiefen Schatten schienen voll von Geheimnissen. Nichts rührte sich, alles war starr und unheimlich wie der Tod oder das Schicksal. Nur ein dünner Streifen weißen Nebels, der mit fast unmerklicher Bewegung über den Rasen gegen das Haus herankroch, schien Leben und Gefühl zu haben. Ich glaube, diese Ablenkung meiner Gedanken hatte mir gut getan, denn als ich wieder in mein Bett zurückging, fühlte ich, wie eine Art Lethargie über mich kam. Ich lag eine Zeit lang da, konnte aber nicht schlafen; so stand ich denn wieder auf und sah zum Fenster hinaus. Der Nebel breitete sich aus und war nun ganz nahe am Haus; er legte sich ganz dicht an die Mauer, als wolle er sich zum Fenster hereinstehlen. Der Irre war lauter, als ich ihn je gehört habe, und obgleich ich keines seiner Worte verstand, konnte ich doch aus dem Ton derselben entnehmen, dass er flehentlich um etwas bat. Dann meinte ich ein Ringen zu vernehmen und wusste, dass er mit den Wärtern handgemein geworden war. Ich war so erschreckt, dass ich in mein Bett kroch, die Decke über den Kopf zog und die Finger in die Ohren steckte. Ich war nicht im Geringsten schläfrig, wenigstens dachte ich so, aber ich muss doch eingeschlafen sein, denn außer einigen Träumen erinnere ich mich an gar nichts, bis mich Jonathan weckte. Ich glaube, es hat einige Zeit und Mühe gekostet, mir ins Bewusstsein zurückzurufen, wo ich eigentlich war, und dass Jonathan es war, der sich über mich beugte. Mein Traum war sehr merkwürdig und typisch dafür, wie sich die Gedanken des Wachenden in die Träume des Schlafenden mischen oder sich darin fortsetzen.

Ich wollte schlafen und doch wieder auf Jonathans Rückkehr warten. Ich sorgte mich sehr um ihn und war unfähig, irgendetwas zu tun; meine Füße, meine Hände, mein Gehirn waren so schwer, dass ich keinen Entschluss zu fassen im Stande war. So schlief ich unruhig und dachte immer wieder nach. Dann fühlte ich plötzlich, dass die Luft schwer, feucht und kalt wurde. Ich schlug das Bettlaken von meinem Gesicht zurück und bemerkte zu meinem Erstaunen, dass es rings um mich ganz düster war. Die Gasflamme, die ich für Jonathan, etwas heruntergeschraubt, hatte brennen lassen, schimmerte nur mehr wie ein roter Funken durch den Nebel, der offenbar dicker geworden und ins Zimmer gedrungen war. Dann fiel mir ein, dass ich, bevor ich wieder ins Bett ging, das Fenster geschlossen hatte. Ich wollte mich vergewissern, aber eine bleierne Schwere schien meine Glieder und sogar meinen Willen zu lähmen. Ich lag still und wartete; das war alles. Ich schloss die Augen, hatte aber den Eindruck, als sähe ich durch die Lider. (Es ist merkwürdig, welche Streiche uns die Träume zuweilen spielen und wie willig wir diesen Einbildungen nachgeben.) Der Nebel wurde immer dichter, und nun konnte ich auch bemerken, wie er herein kam; er war wie Rauch oder wie energisch strömender Wasserdampf, der nicht durch das Fenster, sondern durch die Türritzen hereindrang. Er wurde immer dicker und dicker und verdichtete sich schließlich zu einer Art Wolkensäule, an deren Spitze ich das Gaslicht wie ein rotes Auge glimmen sah. Die Gedanken begannen mir im Kopfe zu wirbeln, genau wie die Nebelsäule nun im Zimmer zu wirbeln begann, und mitten darinnen kamen mir ganz unvermittelt die Bibelworte in den Sinn: »Eine Säule aus Rauch bei Tage und aus Feuer in der Nacht.« War es vielleicht wirklich ein überirdischer Meister, der da in der Nacht zu mir kam? Aber die Säule war zusammengesetzt aus Rauch und Feuer, denn das Feuer lag in dem roten Auge. Bei diesem Gedanken spielte mir meine Fantasie einen neuen Streich, denn als ich näher hinsah, teilte sich das Feuer, und durch den Nebel starrten mich zwei glühende Augen an. Von solchen Augen hat mir damals Lucy erzählt, als wir auf dem Kliff spazieren gingen und sie in plötzlicher Geistesabwesenheit das Licht der untergehenden Sonne sich in den Fenstern der Marienkirche widerspiegeln sah. Plötzlich packte mich jäher Schrecken; ich dachte daran, dass Jonathan jene entsetzlichen Weiber im Mondlicht sich aus dem wirbelnden Nebel hatte materialisieren sehen; ich muss im Schlafe ohnmächtig geworden sein, denn schwarze Finsternis umfing mich. Meine Fantasie ließ mich noch in einem letzten Aufzucken ein fahles, weißes Gesicht erkennen, das sich aus dem Nebel heraus über mich beugte. Ich muss mich vor solchen Träumen recht in Acht nehmen, denn sie können einem wohl den Verstand rauben, wenn sie sich öfter wiederholen würden. Ich hätte gern Van Helsing oder Dr. Seward um ein Schlafmittel gebeten, aber ich fürchte, ich beunruhige sie damit. Ein solcher Traum würde sich ständig in ihre Sorgen um mich verweben. Heute Nacht will ich mich ernstlich bemühen, ohne künstliche Hilfsmittel zu schlafen. Wenn ich es nicht kann, werde ich sie morgen Abend doch bitten, mir etwas Chloral zu verschreiben; einmal kann es nicht schaden und wird mir außerdem eine Nacht ungestörter Ruhe verschaffen. Die letzte Nacht hat mich müder gemacht, als wenn ich überhaupt nicht geruht hätte.

2. Oktober, 10 Uhr abends. – Letzte Nacht habe ich geschlafen, aber gar nicht geträumt. Ich muss sehr fest geschlafen haben, denn ich wachte nicht auf, als Jonathan sich zu Bett

begab; aber der Schlaf hat mich nicht erfrischt; ich fühle mich heute sehr schwach und mutlos. Ich verbrachte den ganzen gestrigen Tag damit, indem ich zu lesen versuchte oder träumend herumlag. Nachmittags ließ mich Renfield fragen, ob er mich sprechen könne. Er war sehr liebenswürdig gegen mich, und als ich mich verabschiedete, küsste er meine Hände und segnete mich. Es hat mich ziemlich aufgeregt; ich muss weinen, wenn ich an ihn denke. Das ist eine neue Schwäche, vor der ich mich hüten muss. Jonathan wäre unglücklich, wenn er wüsste, dass ich geweint habe. Er und die anderen waren bis kurz vor dem Abendtisch unterwegs und kamen recht ermüdet nach Hause. Ich tat mein Möglichstes, sie aufzuheitern; ich glaube, dies tat mir gut, denn ich vergaß, wie müde ich war. Nach Tisch baten mich die Herren, schlafen zu gehen, und gaben vor, noch ein wenig miteinander rauchen zu wollen. Ich weiß aber sehr wohl, dass sie sich erzählen wollten, was sie im Laufe des Tages alles erlebt hatten. Ich konnte an Jonathans Verhalten erkennen, dass er wichtige Mitteilungen zu machen hatte. Ich war nicht so schläfrig als ich hätte sein müssen, und bat deshalb, ehe wir uns trennten, Dr. Seward, mir ein kleines Schlafmittel zu geben, da ich letzte Nacht nicht gut geschlafen hätte. Er bereitete mir bereitwilligst ein Tränkchen und bemerkte, dass es mild wirke und mir deshalb nicht schaden werde. Ich habe es genommen und warte auf den Schlaf, der sich immer noch fern hält. Ich hoffe, ich habe keine Dummheit gemacht, als ich darum bat, denn in dem Augenblick, als der Schlaf über mich kam, erwachte die Angst in mir, ob ich mich leichtsinnigerweise der Fähigkeit, wach zu bleiben, beraubt habe. Vielleicht könnte es nötig werden. Nun kommt der Schlaf. Gute Nacht.

# Zwanzigstes Kapitel

## Jonathan Harkers Tagebuch

1. Oktober, abends. – Ich fand Thomas Snelling zu Hause in Bethnal Green; leider war er aber nicht in der Verfassung, sich an irgendetwas zu erinnern. Allein die Aussicht auf reichliches Bier, die ihm mein angemeldeter Besuch eröffnete, hatte schon gewirkt, er hatte sich schon im Voraus allzu viel gegönnt. Ich erfuhr aber von seiner Frau, dass er nur der Helfer Smollets, der verantwortlichen Persönlichkeit, war. Ich fuhr sofort nach Walworth und traf Smollet zu Hause an; er saß in Hemdärmeln und trank seinen Abendtee aus einer Untertasse. Er ist ein anständiger, intelligenter Mensch, der Typus eines guten, zuverlässigen Arbeiters und ein fähiger Kopf. Er erinnerte sich genau an den Transport der Kisten und gab mir aus einem mit Eselsohren geschmückten Notizbuch, das er einem geheimnisvollen Aufbewahrungsort in der Nähe seines Hosenbodens entnahm und das mit dicken, halbverwischten Bleistifthieroglyphen vollgeschrieben war, Aufschluss über den Verbleib der Kisten. Es befanden sich in der Wagenladung, die er von Carfax abholte, sechs Kisten, die er in Chicksandstreet 197, Mile End New Town, und sechs andere, die er in Jamaika Lane, Bermondsey, ablud. Der Graf hatte scheinbar die Absicht, seine Zufluchtsstätten über ganz London auszubreiten; dies waren die ersten Stationen, von denen aus er dann das weitere Verteilungswerk vornehmen wollte. Die systematische Art, in der er vorging, brachte mich zu der Überzeugung, dass er jedenfalls nicht daran dachte, sich nur auf zwei Seiten Londons zu beschränken. Bis jetzt war er an den äußersten Osten des nördlichen, an den Osten des südlichen Viertels und an den Süden gebunden. Der Norden und der Westen lagen sicher nicht außerhalb des Bereiches seiner teuflischen Pläne, ebenso wenig wie die City selbst

und das Herz des vornehmen London im Westen und Südwesten. Ich wandte mich nochmals an Smollet und fragte, ob er nichts davon wisse, dass noch mehr Kisten aus Carfax geholt worden seien.

Er antwortete:

»Nun, Herr, Sie haben mich so nobel belohnt« – ich hatte ihm einen halben Sovereign gegeben – »ich werde Ihnen alles sagen, was ich weiß. Ich hörte einen Mann namens Bloxam vor vier Tagen im Wirtshaus ›Zum Hasen und zu den Hunden‹ in Pinchers Allee sagen, dass er und noch jemand eine recht staubige Arbeit in einem alten Hause in Purfleet zu verrichten hatten. Sehr oft kommen ja solche Sachen nicht vor; ich glaube, dass Ihnen vielleicht Sam Bloxam einiges wird sagen können.« Ich bat ihn mir zu sagen, wo ich jenen wohl treffen würde, und fügte hinzu, dass er sich noch einen halben Sovereign verdienen könne, wenn er mir die genaue Adresse des Mannes verschaffe. Er verschluckte den Rest seines Tees und versprach mir, dass er sein Möglichstes tun werde. An der Tür drehte er sich noch einmal um und sagte:

»Es hat ja gar keinen Sinn, wenn ich Sie hier aufhalte. Entweder finde ich Sana bald oder ich finde ihn überhaupt nicht; es kann aber auch sein, dass er heute Abend nicht in der Verfassung ist, Ihnen viel zu erzählen. Er macht gern Bierreisen. Wenn Sie mir ein Kuvert mit einer Marke geben, auf dem Ihre Adresse steht, will ich mich auf die Suche nach ihm machen und die Mitteilung heute Abend aufgeben. Aber Sie müssen morgen recht früh bei der Hand sein, oder Sie werden seiner nicht habhaft, denn Sam ist ein Frühaufsteher trotz der Bierreise vom Abend vorher.«

Das schien mir praktisch, weshalb ich ein Kind mit einem Penny fortschickte, um einen Bogen Papier nebst Umschlag zu holen; das Übrigbleibende sollte ihm gehören. Als es zurückkam, schrieb ich die Adresse, klebte eine Marke auf und begab mich dann, nachdem Smollet noch wiederholt versprochen hatte, mir sofort die gefundene Adresse mitzuteilen, auf den Heimweg. Wieder eine Spur mehr. Ich bin recht müde und bedarf des Schlafes. Mina liegt in tiefem Schlummer, sie sieht mir fast ein wenig zu blass aus; ihre Augen sehen verweint aus. Arme Frau! Sie leidet zweifellos darunter, dass sie im Dunkeln gehalten wird, und ist doppelt ängstlich um mich und die anderen. Aber es ist am besten so. Es ist besser, sie sorgt und kränkt sich darüber, als dass ihre Nerven Schaden leiden. Die Ärzte haben ganz recht, wenn sie darauf bestehen, dass sie dieser entsetzlichen Geschichte fern gehalten wird. Ich muss stark sein, denn auf mir lastet diese Pflicht des Schweigens besonders schwer. Ich darf unter keinen Umständen über die Dinge mit ihr sprechen. In einer Hinsicht erleichtert sie mir ja die Durchführung meines Vorsatzes, denn sie schweigt standhaft und hat, seit sie von unserem Beschluss weiß, mit keinem Worte mehr des Grafen und seiner Missetaten Erwähnung getan.

2. Oktober, abends. – Ein langer, ermüdender, aufregender Tag. Mit der ersten Post erhielt ich das von mir adressierte Kuvert, in dem ein schmutziger Zettel stak; auf ihm stand, von einer ungefügen Hand mit einem Zimmermannsstift geschrieben:

»Sam Bloxam, Korkrans, 4, Poters Cort, Bartel Street, Walworth. Fragen Sie nach dem Stellvertreter.«

Ich erhielt den Brief im Bett und stand sofort auf, ohne Mina zu wecken. Sie sah müde, abgespannt und bleich aus und schien nichts weniger als wohl zu sein. Ich nahm davon Abstand, sie aufzuwecken, beschloss aber, wenn ich von diesem Gang zurück sei, schleunigst die Vorbereitungen zu ihrer Heimkehr nach Exeter zu treffen. Ich glaube, sie wird in ihrem eigenen Heim sich glücklicher fühlen als hier unter uns und in völliger Unwissenheit; zu Hause hat sie ihre Beschäftigung, die ihre Gedanken in Anspruch nehmen wird. Ich sah niemand als Dr. Seward, und auch diesen nur auf einen Augenblick. Ich sagte ihm, was ich vorhabe, und versprach ihm, sofort nach meiner Rückkehr alles zu erzählen, was ich erkundet habe. Ich fuhr nach Walworth und fand nicht ohne Schwierigkeiten Potters Court. Herrn Smollets Schreibweise hatte mich etwas irregeführt, denn ich fragte immer nach Poters statt nach Potters Court. Nachdem ich aber doch Potters Court gefunden, war es nicht mehr schwer, Corcorans Herberge zu entdecken. Ein Mann erschien unter der Tür. Ich fragte ihn nach dem »Stellvertreter«, er schüttelte den Kopf und sagte: »Den kenne ich nicht. So einer wohnt nicht hier; ich hab' meinen Lebtag nichts von ihm gehört. Ich glaube nicht, dass hier oder in der Nähe ein solcher wohnt.« Ich zog Smollets Brief heraus, und als ich ihn durchlas, kam mir der Gedanke, dass auch hier die ungeschickte Ausdrucksweise des Briefschreibers vielleicht ein Missverständnis erzeugt habe. »Wer sind denn Sie?«, fragte ich ihn.

»Ich bin der Verwalter«, antwortete er. Ich wusste sofort, dass ich auf der richtigen Spur war. Eine halbe Krone Trinkgeld, und alles, was der Verwalter wusste, stand zu meiner Verfügung. Ich erfuhr, dass Bloxam, der die Folgen seiner gestrigen Bierreise in Corcorans Herberge verschlafen hatte, heute früh fünf Uhr auf seine Arbeitsstelle in Poplar gegangen sei. Er konnte mir den Platz nicht genau angeben, aber er wusste ungefähr, dass es ein neumodisches Lagerhaus sei. Mit dieser mageren Angabe begab ich mich nach Poplar. Es war zwölf Uhr geworden, bis ich ein derartiges Gebäude erfragt hatte; ich war in eine kleine Kaffeekneipe gegangen, wo mehrere Arbeiter ihre Mahlzeit einnahmen. Einer von ihnen erinnerte sich, dass an der Ecke der Cross Angel Street ein Kühlhaus errichtet wurde. Da diese Beschreibung einigermaßen dem entsprach, was ich mir unter dem »neumodischen Lagerhaus« vorstellen konnte, fuhr ich sofort dorthin. Eine Unterredung mit dem groben Aufseher und dem noch gröberen Vorarbeiter, die ich mit etwas königlicher Münze milder stimmte, brachte mich Bloxams Spuren immer näher. Ich versprach dem Vorarbeiter, ihm den ganzen Tageslohn auszuzahlen, wenn er mir einige Worte mit Bloxam in einer Privatsache zu sprechen erlaubte; daraufhin schickte er nach ihm. Er war ein kluger Bursche, etwas rau im Sprechen und Benehmen. Nachdem ich ihm versprochen hatte, für die Auskunft gut zu zahlen, und ihm einen Vorschuss gegeben hatte, erzählte er mir, dass er zweimal von Carfax nach einem Haus in Piccadilly gefahren sei und von dem ersteren nach dem letzteren Haus neun große, gehörig schwere Kisten transportiert habe; Wagen und Pferd habe er eigens zu diesem Zwecke gemietet. Ich fragte ihn um die Nummer des Hauses in Piccadilly und er erwiderte:

»Herr, die Nummer habe ich vergessen, aber es war nur ein paar Türen von einer großen, weißen Kirche oder so etwas Neugebautem entfernt. Es war ein staubiges, altes Haus, aber noch lange nicht so schlimm wie das Haus, aus dem wir die verflixten Kisten abholten.«

»Wie kamen Sie denn in die Häuser, wenn sie doch beide, wie Sie sagen, leer waren?«

»Der alte Herr, der mir den Auftrag erteilt hatte, erwartete mich im Hause in Purfleet. Er half mir, die Kisten heraustragen und auf den Wagen laden. Hol's der Teufel, er war der stärkste Mann, den ich meiner Lebtage gesehen; und er war doch schon sehr alt, mit weißem Schnurrbart und so mager, dass man meinen konnte, er werfe keinen Schatten.«

Wie es mir da kalt über den Rücken lief!

»Ja, und er hob die Kisten an einem Ende, als seien sie Teebüchsen, während ich keuchend das andere Ende kaum heben konnte, und ich bin doch, weiß Gott, kein schwacher Kerl!«

»Wie kamen Sie in das Haus in Piccadilly?« fragte ich.

»Da war er auch. Er muss vor mir weggegangen und vor mir angekommen sein, denn als ich die Klingel zog, öffnete er selbst das Tor und half mir die Kisten in die Halle tragen.«

»Alle neun?« fragte ich wiederum.

»Jawohl, in der ersten Ladung waren es fünf, in der zweiten vier. Es war eine verdammt durstige Arbeit; ich weiß nicht mehr so recht, wie ich eigentlich heimgekommen bin.« Ich unterbrach ihn:

»Sind die Kisten alle in der Halle geblieben?«

»Ja, es war eine große Halle, es stand nichts anderes darinnen.« Ich machte weitere Versuche, noch mehr zu erfahren:

»Sie hatten keinen Schlüssel?«

»Wir brauchten keinen Schlüssel oder etwas dergleichen. Der alte Herr öffnete die Tür, als ich kam, und verschloss sie wieder, als ich wegfuhr. Das Letzte erinnere ich mich nicht mehr – es wird wohl das Bier gewesen sein.«

»Und Sie können sich tatsächlich nicht mehr der Hausnummer erinnern?«

»Nein, Herr, aber es wird Ihnen nicht schwer werden, das Haus zu finden. Es ist hoch, aus weißen Steinen gebaut und hat einen Balkon; zum Tor führen hohe Treppen. Ich kenne die Treppen genau, denn ich hatte die schweren Kisten hinaufzutragen; drei Bummler halfen mir, weil sie sich einen Groschen verdienen wollten. Der alte Herr gab jedem einen Schilling, und als sie sahen, dass sie so gut entlohnt wurden, verlangten sie noch mehr; er aber nahm einen von ihnen bei der Schulter und warf ihn die Stiege hinab, worauf sie alle fluchend davonrannten.«

Die Beschreibung war so deutlich, dass ich hoffen durfte, das Haus zu finden; ich bezahlte den Mann für seine Auskunft und machte mich auf den Weg nach Piccadilly. Ich hatte eine neue schmerzliche Erfahrung gemacht, nämlich, dass der Graf offenbar im Stande war, allein die Kisten zu tragen. Wenn es sich tatsächlich so verhielt, dann war die Zeit noch kostbarer; denn nachdem er die Verteilung der Kisten einmal bis zu einem gewissen Grad vorgenommen hatte, konnte er das Weitere nach Gutdünken und allein vornehmen. Am Zirkus in Piccadilly entließ ich meinen Wagenlenker und ging zu Fuß westwärts. Jenseits der Junior Constitutional fand ich das bezeichnete Haus, den von Dracula zunächst eingerichteten Schlupfwinkel. Das Haus sah aus, als sei es schon lange nicht mehr bewohnt. Die Fenster waren dick verstaubt und die Läden standen offen. Das gesamte Holzwerk war schwarz vor Alter, und von allen Eisenteilen hatte sich die Farbe fast völlig abgelöst. Augenscheinlich war bis vor kurzem an der Vorderwand des Balkons eine Anschlagtafel angebracht gewesen; jedenfalls war sie in gewalttätiger Weise weggerissen worden; die Haken, an denen sie befestigt gewesen war, ragten noch hervor. Hinter den Gitterstäben des Balkons bemerkte ich einige lose Bretter, deren Ränder weiß aussahen. Ich hätte viel darum gegeben, wenn ich die Tafel unbeschädigt hätte lesen können; vielleicht wäre es mir dadurch möglich geworden, einen Schluss auf den Besitzer zu ziehen. Ich erinnerte mich, wie ich Carfax ausfindig gemacht und gekauft hatte, und ich vermutete, wenn ich den früheren Eigentümer des Hauses in Erfahrung bringen könnte, ich auch Mittel finden würde, mir Eintritt in das Haus zu verschaffen. Von dieser Seite aus war für heute nichts mehr zu sehen und zu erfahren; ich begab mich also auf die Rückseite des Gebäudes, um zu erkunden, ob sich vielleicht von hier aus etwas erspähen ließe. In der Hintergasse war es lebendig, wie ja die meisten Straßen in Piccadilly sehr dicht bewohnt sind. Ich fragte einige Stallknechte und Burschen, die herumstanden, ob sie mir etwas über das leere Haus sagen könnten. Einer von ihnen erzählte mir, dass es vor kurzem vermietet worden sei, an wen, wisse er nicht. Er fügte noch hinzu, dass noch vor wenigen Tagen ein Schild: »Zu verkaufen!« angebracht gewesen sei und dass vielleicht Mitchell, Söhne & Candy – er meinte, sich dieser Firma auf dem Schild zu erinnern – im Stande wären, mir einige Aufschlüsse zu erteilen. Ich wollte nicht sehen lassen, wie erregt ich war, und mich auch sonst nicht verraten, deshalb bedankte ich mich in unauffälliger Weise und ging fort. Es begann schon zu dämmern und die Herbstnacht brach herein; ich hatte also gar keine Zeit zu verlieren. Ich hatte mir aus einem Adressbuch noch rasch das Nötige über Mitchell, Söhne & Candy notiert und begab mich dann sofort in ihr Büro in der Sackville-Straße.

Der Herr, der mich empfing, war ebenso außerordentlich liebenswürdig wie er zugeknöpft war. Nachdem er mir einmal gesagt hatte, dass das Haus in Piccadilly – er nannte es während unserer ganzen Unterredung »Herrensitz« – verkauft sei, schien er meine Aufgabe als erledigt zu betrachten. Als ich ihn fragte, wer es erworben habe, öffnete er seine Augen eine Spur weiter und antwortete nach einer mehrere Sekunden langen Pause:

»Es ist verkauft, mein Herr.«

»Verzeihen Sie«, sagte ich ebenso höflich, »aber ich habe einen besonderen Grund, mich dafür zu interessieren, wer es gekauft hat.«

Die Pause wurde noch länger und seine Augenbrauen zogen sich noch höher. »Es ist verkauft, mein Herr«, war wieder seine lakonische Erwiderung.

»Ich glaube«, sagte ich, »Sie haben die Absicht, mich nichts darüber wissen zu lassen.«

»Gewiss habe ich diese Absicht«, antwortete er. »Die Angelegenheiten der Klienten sind in den Händen der Firma Mitchell, Söhne & Candy gut aufgehoben.« Er war ein Geck von reinstem Wasser, und ich sah, dass mit ihm nicht zu rechnen war. Ich hielt es für das beste, ihm in seiner Art zu begegnen und sagte:

»Ihre Klienten, mein Herr, dürfen glücklich sein, einen so zuverlässigen Hüter ihrer Privatangelegenheiten zu besitzen. Ich verstehe das umso besser zu würdigen, als ich selbst Fachmann bin.« Ich überreichte ihm meine Karte. »In dieser Sache handle ich nicht aus Neugierde. Ich handle im Auftrage des Lord Godalming, der einiges über das Grundstück, das bis vor kurzem zu verkaufen war, wissen möchte.« Diese Worte brachten einen auffallenden Wechsel in seinem Verhalten hervor. Er sagte:

»Ich möchte Ihnen gern gefällig sein, Herr Harker, und ganz besonders auch Seiner Lordschaft. Wir haben früher schon einmal einen kleinen Mietsauftrag für ihn erledigt, als er noch nicht Lord Godalming war. Wenn Sie die Güte haben wollen, mir Seiner Lordschaft Adresse zu hinterlassen, will ich die Firma in dieser Angelegenheit konsultieren und werde auf jeden Fall Seiner Lordschaft mit der heutigen Abendpost Nachricht zukommen lassen. Es wird uns ein Vergnügen sein, ausnahmsweise von unserem Geschäftsprinzip abzugehen, um Seiner Lordschaft gefällig sein zu können.«

Ich wollte ihn lieber als Helfer gewinnen wie ihn mir zum Feinde machen, deshalb bedankte ich mich, gab Dr. Sewards Adresse an und empfahl mich. Es war schon dunkel und ich war müde und hungrig. Ich nahm eine Tasse Tee zu mir in der »Aerated Bread Company« und fuhr dann mit dem nächsten Zuge nach Purfleet.

Alle Freunde waren schon zu Hause. Mina sah müde und blass aus, aber sie bemühte sich tapfer, fröhlich und frisch zu sein. Es tat mir weh, dass ich etwas vor ihr zu verbergen hatte und ihr dadurch Leid verursachen musste. Gott sei Dank, es ist heute die letzte Nacht, dass sie unseren Konferenzen zusehen muss, ohne dass wir sie, so Leid es mir tut, einweihen können. Ich musste alle meine Willenskraft zusammennehmen, um dem vernünftigen Beschluss, sie von unserem Unternehmen fern zu halten, nicht zuwider zu handeln. Sie scheint sich ja schon mit dieser Tatsache abgefunden zu haben oder aber die ganze Angelegenheit ekelt sie an; denn wenn eine zufällige Anspielung gemacht wird, schaudert sie förmlich. Ich bin froh, dass wir den Entschluss noch frühzeitig gefasst haben, denn dies Gefühl des Abscheues würde mit unserer sich immer mehr erweiternden Kenntnis nur noch größer geworden sein.

Ich konnte den Freunden von den Erlebnissen des Tages erst erzählen, als wir allein waren. Nach Tisch – wir hatten ein wenig musiziert, um den Schein zu wahren – brachte ich Mina auf ihr Zimmer und bat sie, sich niederzulegen. Sie war leidenschaftlich erregt und klammerte sich an mich, als wolle sie mich nicht von sich lassen. Aber es war noch sehr viel zu erledigen, deshalb trennte ich mich bald von ihr. Glücklicherweise hat dieses Schweigen noch keinen Schatten auf unsere Liebe geworfen.

Als ich wieder hinunterkam, waren die anderen schon alle um den Kamin im Arbeitszimmer versammelt. Ich hatte mein Tagebuch aufs Laufende gebracht und las es ihnen vor, weil ich es für das Beste hielt, sie rasch mit dem bekannt zu machen, was ich festgestellt hatte. Als ich mit dem Vorlesen fertig war, sagte Van Helsing:

»Das war ein schönes Stück Tagewerk, Freund Jonathan. Zweifellos sind wir den fehlenden Kisten auf der Spur, wenn wir sie alle in jenem Hause beieinander finden, ist unsere Arbeit ihrem Ende nahe. Sollten aber einige fehlen, so müssen wir suchen, bis wir sie gefunden haben. Dann führen wir unseren Hauptstreich und hetzen den Verruchten in den natürlichen Tod.« Wir saßen eine Weile schweigend da, plötzlich sagte Morris:

»Sagt einmal, wie kommen wir denn in jenes Haus?«

»Wir sind ja in das andere auch gekommen«, antwortete Lord Godalming rasch.

»Mein lieber Arthur, das ist doch ein Unterschied. Wir sind in Carfax eingebrochen, da war es aber Nacht und eine hohe Mauer schützte uns vor unberufenen Blicken. Es ist wesentlich anders, wenn wir in Piccadilly, bei Tage oder bei Nacht, Einbruch verüben. Ich muss gestehen, ich sehe keinen Weg, wie wir hineinkommen sollten, außer dieser eingebildete Agent gibt uns irgendeinen Aufschluss. Vielleicht gibst du uns Nachricht, wenn morgen sein Brief einläuft.« Lord Godalming zog die Brauen zusammen, stand auf und ging im Zimmer auf und nieder. Dann blieb er stehen und sagte, indem er sich an uns der Reihe nach wandte:

»Quinceys Kopf ist hell. Diese Einbrechereien beginnen nachgerade gefährlich zu werden. Einmal sind wir ja mit heiler Haut davongekommen, aber nun haben wir eine etwas schwierigere Aufgabe vor uns, außer es gelingt uns, des Schlüsselbundes des Grafen habhaft zu werden.«

Da wir vor Morgen nichts mehr tun konnten und es rätlich schien zu warten, bis Lord Godalming von der Firma Mitchell Nachricht bekäme, beschlossen wir, vor dem Frühstück keinen entscheidenden Schritt zu tun. Eine Zeit lang blieben wir noch beieinander, indem wir die Angelegenheit von allen Seiten beleuchteten und alle Möglichkeiten überlegten. Ich benützte die Gelegenheit, das Tagebuch zu ergänzen. Ich bin sehr schläfrig und werde mich zu Bett begeben.

Noch ein paar Worte. Mina liegt in tiefem Schlummer und atmet regelmäßig. Ihre Stirn ist in Falten gezogen, als ob sie sogar im Schlafe nachdenke. Sie ist immer noch so bleich, aber sie sieht nicht mehr so abgehärmt aus wie heute früh. Der morgige Tag wird, so hoffe ich, all dem ein Ende bereiten; sie wird dann wieder daheim in Exeter sein. Ich bin schläfrig!

## *Dr. Sewards Tagebuch*

1. Oktober. – Renfields Verhalten gibt mir wieder neue Rätsel auf. Die Stadien wechseln so rasch, dass es mir unmöglich ist, sie einzeln festzuhalten. Da sie aber immer mehr verraten als sein eigenes Wohlergehen, so bilden sie ein recht interessantes Studium. Heute früh, kurz nachdem er sich Van Helsing gegenüber so abweisend gezeigt, suchte ich ihn auf. Er trug die Miene eines Mannes zur Schau, der dem Schicksal gebietet. Und in der Tat gebot er – wenigstens subjektiv – dem Schicksal. Er kümmerte sich wirklich nicht um die Dinge, die auf dieser Erde vor sich gingen; er schwebte in den Wolken und sah mitleidig nieder auf all die Schwächen und Mängel der Sterblichen. Ich dachte die Gelegenheit wahrzunehmen und etwas zu lernen; ich fragte ihn deshalb:

»Wie steht es denn jetzt mit den Fliegen?« Er lächelte mich überlegen an und antwortete:

»Die Fliege, verehrter Herr, hat einen auffallenden Zug: Ihre Flügel sind typisch für die Gewalt der Psyche über die Luft. Die Alten wussten recht wohl, warum sie die Seele als Schmetterling darstellten.«

Ich wollte die Logik seiner Aussage prüfen und antwortete:

»Sie sind also jetzt hinter einer Seele drein, nicht wahr?« Sein Irrsinn ward wieder Herr über seinen Verstand und ein erstaunter Ausdruck trat in sein Gesicht. Er schüttelte den Kopf so energisch, wie ich es noch nie bei ihm gesehen und sagte:

»O nein, o nein! Ich brauche keine Seelen. Leben ist alles, dessen ich bedarf.« Jetzt wurde er fröhlicher. »Gegenwärtig ist mir alles gleichgültig. Leben habe ich genug; ich habe, was ich brauche. Sie müssen sich einen neuen Patienten suchen, Herr Doktor, wenn Sie noch weiter Zoophagie studieren wollen!«

Ich war ein wenig überrascht und fragte demnach:

»Dann befehlen Sie also über das Leben und sind ein Gott.« Er lächelte mit einer unaussprechlich gütigen, überlegenen Miene.

»O nein! Es sei ferne von mir, mir selbst die Attribute der Gottheit anzumaßen. Bin ich ja doch nicht einmal der geistigen Fähigkeiten Gottes teilhaftig. Wenn ich meine intellektuelle Stellung in rein irdischen Dingen präzisieren darf, so bin ich etwa auf der Stufe, die Enoch in geistiger Hinsicht einnahm!« Das war mir nun eine recht harte Nuss. Ich konnte mir im Augenblick nicht ins Gedächtnis zurückrufen, welche Eigenschaften Enoch besessen hatte. Ich musste also, wenn ich folgen wollte, direkt fragen, wenn ich mir auch darüber klar war, dass ich mir damit in den Augen des Kranken eine Blöße geben würde.

»Warum vergleichen Sie sich mit Enoch?«

»Weil er mit Gott gehen durfte.« Ich begriff nicht, was er meinte, wollte es aber auch nicht merken lassen. Ich griff deshalb noch einmal auf das zurück, was er schon verneint hatte, und fragte:

»So wollen Sie also nichts mehr mit dem Leben zu schaffen haben und bedürfen keiner Seelen? Warum denn nicht?« Ich stellte die Frage schnell und ziemlich strengen Tones, um ihn zu verblüffen. Die Absicht gelang; augenblicklich fiel er unbewusst in seine gewöhnlich kriechende Manier zurück; er verbeugte sich und schmiegte sich förmlich an mich, als er antwortete:

»Ich bedarf keiner Seelen, wirklich nicht! Ich brauche keine. Ich könnte ja auch keinen Gebrauch davon machen, wenn ich welche hätte. Ich könnte sie ja doch nicht essen oder …« Er hielt plötzlich inne und der alte verschmitzte Ausdruck huschte über sein Gesicht, wie ein Windstoß über den Wasserspiegel. »Herr Doktor, was das Leben betrifft, was soll ich schließlich damit? Wenn ich doch weiß, dass ich so viel davon habe, als ich bedarf, und dass ich nichts weiter mehr wünschen werde. Ich habe Freunde, wie Sie, Herr Dr. Seward«, er sagte das mit einem unaussprechlich schlauen Blinzeln, »und ich weiß, dass ich niemals an Lebenskraft Mangel leiden werde.«

Ich glaube, er hat durch die Wolken seines Irrsinnes doch die Abneigung erkannt, die er mir einflößte, denn plötzlich verfiel er auf das letzte Zufluchtsmittel, das die Irren anwenden, ein hartnäckiges Schweigen. Nach kurzer Zeit war ich mir im Klaren darüber, dass es augenblicklich zwecklos sei, mit ihm weiter zu sprechen. Er ist ein eigensinniger Patron, deshalb ging ich fort.

Etwas später schickte er aber nach mir. Unter gewöhnlichen Verhältnissen hätte ich ja diese Bitte nicht erfüllt, aber sein gegenwärtiger Zustand interessiert mich derartig, dass ich die Mühe nicht scheute. Außerdem bin ich froh, dass ich etwas habe, um mir die Zeit zu vertreiben. Harker ist ausgegangen, um die Spuren des Grafen weiter zu verfolgen, ebenso Quincey und Lord Godalming. Van Helsing sitzt in meinem Arbeitszimmer und brütet über den von den Harkers zusammengestellten Akten. Er meint, dass eine genaue Kenntnis sämtlicher Details im Stande sei, mehr Licht in das Dunkel zu bringen, das uns noch umgibt. Er hat gebeten, man möchte ihn in seiner Arbeit ohne wichtigen Grund nicht stören. Ich hätte ihn ganz gern wieder zu meinem Patienten mitgenommen, dachte mir aber, dass er nach der erfahrenen Zurückweisung keine Lust dazu haben werde. Außerdem hatte ich noch einen anderen Grund: Renfield würde in Gegenwart eines Dritten nicht so frei sprechen, als wenn wir beide allein sind.

Als ich bei ihm eintrat, saß er mitten im Zimmer auf seinem Stuhl, eine Gewohnheit, aus der ich immer auf eine geistige Arbeit bei ihm schließen konnte. Kaum hatte ich die Tür geschlossen, da sagte er schon, als habe er die Frage schon auf den Lippen gehabt:

»Wie ist es mit den Seelen?« Ich hatte also in meiner Mutmaßung recht gehabt. Das Gehirn hatte unbewusst weitergearbeitet. Ich beschloss, der Sache noch weiter auf den Grund zu gehen. »Wie steht es denn bei Ihnen damit?«, fragte ich ihn. Er antwortete nicht sofort, sondern sah um sich herum, bald nach aufwärts, bald nach abwärts, als besänne er sich auf irgendeine Antwort.

»Ich bedarf keiner Seelen!« sagte er in einem schwachen, entschuldigenden Ton. Die Sache schien sich doch seines Denkens bemächtigt zu haben und ich beschloss, die Situation auszunützen, deshalb sagte ich:

»Sie lieben das Leben und bedürfen der Lebenskraft?«

»Ja, aber das ist alles in Ordnung; Sie brauchen sich darum gar nicht zu sorgen.«

»Aber«, sagte ich, »wie können wir das Leben nehmen, ohne die Seele auch zu nehmen?« Dies schien ihn zu verwirren, und ich fuhr absichtlich in dieser Tonart weiter: »Eine hübsche Himmelfahrt werden Sie einmal machen, wenn die Seelen der Tausenden von Fliegen, Spinnen, Vögel und Katzen rings um Sie summen, zwitschern und miauen. Sie haben ihnen das Leben genommen und müssen sich nun mit ihren Seelen abfinden.« Das schien seine Fantasie zu packen, denn er steckte die Finger in die Ohren, schloss die Augen und presste sie fest zusammen, wie ein unartiger Junge, dem man das Gesicht seift. Es lag etwas Ergreifendes in dieser Geste, zugleich kam mir der Gedanke, dass ich es nur mit einem Kind zu tun habe – einem Kind, obgleich seine Züge verwittert und die Stoppeln auf seinem Kinn grau waren. Offensichtlich befand er sich in einem Prozess geistiger Beunruhigung, und da ich wusste, wie frühere Stimmungen, Dinge, die ihm fremd erschienen, erklärt hatten, versuchte ich so gut ich konnte, mich in seine Gedankengänge zu versetzen. Ich wollte in erster Linie sein Vertrauen gewinnen und fragte ihn deshalb ziemlich laut, damit er es durch seine verschlossenen Ohren hören konnte:

»Möchten Sie nicht gern etwas Zucker haben, um wieder Fliegen einfangen zu können?« Er schien plötzlich zu erwachen und schüttelte den Kopf. Lachend antwortete er:

»Nicht besonders. Die Fliegen sind schließlich armselige Geschöpfe!« Nach einer Pause fügte er hinzu: »Ich möchte ihre Seelen auch nicht um mich summen hören.«

»Oder Spinnen?«, fuhr ich fort.

»Hol der Teufel die Spinnen! Was soll ich denn mit Spinnen? Es ist ja nichts an ihnen zu essen oder zu …« Er hielt plötzlich inne, als fiele ihm ein, dass er einen Ausdruck nicht gebrauchen dürfe.

»So, so«, dachte ich bei mir selbst, »das ist das zweite Mal, dass er bei dem Wort ›Trinken‹ unvermittelt stecken blieb; was kann das zu bedeuten haben?« Renfield schien gemerkt zu haben, dass er eine Dummheit gemacht hatte, denn er fuhr eilig fort, als wolle er meine Aufmerksamkeit ablenken:

»Ich habe überhaupt keine rechte Freude an solchen Dingen. ›Ratten und Mäuse und das kleine Getier‹ könnte man mit Shakespeare ›Hühnerfutter der Speisekammern‹ nennen. Ich bin über jeden derartigen Unsinn hinaus. Sie könnten mit demselben Erfolg jemand auffordern, Moleküle mit dem Essstäbchen zu verzehren, wie mich für die niederen Fleischfresser zu interessieren, da ich doch weiß, was ich zu erwarten habe.«

»Ich begreife«, sagte ich, »Sie wollen große Dinge, damit Sie Ihre Zähne ordentlich hineinschlagen können? Möchten Sie nicht einmal einen Elefanten frühstücken?«

»Was für lächerlichen Blödsinn Sie reden!« Er war mir schon wieder zu sehr Herr der Situation, und ich beschloss, ihn wieder zu verwirren. »Ich möchte wissen«, sagte ich nachdenklich, »wie die Seele eines Elefanten ist.«

Der von mir beabsichtigte Effekt war erreicht. Er stieg plötzlich von seinem hohen Ross herunter und wurde wieder ein kleines Kind.

»Ich brauche keine Elefantenseele, überhaupt keine Seele«, sagte er. Einige Minuten saß er mutlos da. Plötzlich sprang er auf, sein Gesicht war gerötet und trug alle Anzeichen äußerster, seelischer Erregung. »Zur Hölle mit Ihnen und Ihren verfluchten Seelen«, brüllte er. »Was quälen Sie mich mit den Seelen. Habe ich nicht schon genug gelitten, mich gekränkt und abgehärmt, auch ohne die Seelen!« Er sah mich so feindselig an, dass ich jeden Augenblick einen Mordanfall befürchten musste; ich gab deshalb ein Signal mit einem Pfeifchen. Im gleichen Moment aber wurde er ruhig und sagte, indem er sich entschuldigte:

»Verzeihen Sie, Herr Doktor, ich habe mich vergessen. Sie bedürfen keiner Hilfe. Mein Gemüt ist dermaßen erschüttert, dass jede Kleinigkeit mich furchtbar aufregt. Wenn Sie eine Ahnung hätten von dem Problem, dem ich gegenüberstehe und das ich auszuarbeiten habe, würden Sie mich bemitleiden, mich verstehen und mir verzeihen. Ich bitte, lassen Sie mich nicht in die Zwangsjacke stecken. Ich muss nachdenken, denken kann ich aber nur, wenn mein Körper nicht beengt ist. Ich weiß, Sie werden mich begreifen.«

Er hatte sich augenscheinlich wieder in der Gewalt. Als die Wärter herbeieilten, sagte ich ihnen, es sei nichts von Bedeutung und sie zogen sich wieder zurück. Renfield wartete, bis sie gegangen waren; als der letzte die Tür geschlossen hatte, sagte er mit Würde und Liebenswürdigkeit:

»Dr. Seward, Sie haben sehr rücksichtsvoll gegen mich gehandelt. Glauben Sie mir, dass ich Ihnen sehr dankbar bin.« Ich hielt es für das Beste, ihn jetzt in diesem Zustand zu verlassen, und ging. Es ist im Verhalten dieses Mannes etwas, was zu denken gibt. Einzelne seiner Eigenheiten scheinen das zu ergeben, was der amerikanische Reporter »eine Geschichte« nennt, wenn man sie in den richtigen Zusammenhang zu bringen weiß. Hier folgen einige:

Will das Wort »trinken« nicht aussprechen.

Fürchtet sich vor dem Gedanken, mit der Seele von irgendetwas belastet zu werden.

Befürchtet nicht, in Zukunft Mangel an »Leben« zu haben.

Verabscheut die niederen Formen des Lebens, obgleich er fürchtet, von ihren »Seelen« verfolgt zu werden.

Logisch weisen alle diese Dinge auf einen Punkt hin. Er hat von irgendeiner Seite die Zusage zu erhalten vermeint, dass er eine Art höheres Leben erringen werde. Er fürchtet die Konsequenz, von der Seele belastet zu werden. Dann ist es also ein menschliches Wesen, auf das er es abgesehen hat!

Und die Zusage? –

Offenbar ist der Graf bei ihm gewesen. Da ist etwas Neues, Entsetzliches im Gange!

Später. – Ich ging nach meiner Runde noch zu Van Helsing und berichtete ihm von meinem Verdacht. Er wurde sehr ernst, und nachdem er eine Weile über die Sache nachgedacht, bat er mich, ihn zu Renfield zu bringen. Ich erfüllte seinen Wunsch. Als wir an die Tür des Irren kamen, hörten wir ihn innen vergnügt singen, wie er es in der Zeit zuweilen zu tun pflegte, die weit hinter uns liegt. Bei unserem Eintritt bemerkten wir zu unserem Erstaunen, dass er, wie früher, seinen Zucker ausgestreut hatte; die Fliegen, die schon herbstmüde waren, summten herein. Wir versuchten, ihn über das Thema unseres vorhergegangenen Gespräches zum Reden zu bringen, aber er schien nicht darauf zu achten. Er sang ruhig weiter, als seien wir nicht für ihn vorhanden. Er hatte ein Stückchen Papier in der Hand und legte es in Form eines Notizbuches zusammen. Wir zogen uns ebenso klug zurück, wie wir gekommen waren.

Jedenfalls eine ganz absonderliche Geschichte; wir müssen heute Nacht sehr auf ihn Obacht geben.

## *Brief, Mitchell Söhne & Candy an Lord Godalming*

*Mylord!* 1. Oktober

Wir schätzen es als außerordentliche Ehre, Ihren Wünschen entsprechen zu können. Wir beehren uns, Ihnen Nachfolgendes über den Kauf und Verkauf des Hauses Nr. 347, Piccadilly, dem uns durch Herrn Harker übermittelten Auftrag Eurer Lordschaft nachkommend, mitzuteilen. Die Verkäufer sind die Testamentsvollstrecker des verstorbenen Herrn Winter-Suffield. Der Käufer ist ein fremder Adeliger, ein Graf de Ville, der den Kauf selbst perfekt machte und auch selbst das Kaufgeld in Noten »auf den Zahltisch legte«, wenn Euer Lordschaft den populären Ausdruck anzuwenden gestatten. Weiteres wissen wir leider nicht von ihm. Wir verbleiben Euer Lordschaft ergebenste Diener

Mitchell Söhne & Candy

## *Dr. Sewards Tagebuch*

2. Oktober. – Ich beauftragte einen Wärter, die Nacht über auf dem Korridor zu verbleiben und scharf auf jedes Geräusch zu achten, das aus Renfields Zimmer käme; ich instruierte ihn auch dahin, dass er mich bei irgendeinem außergewöhnlichen Vorkommnis sofort rufen solle. Nach Tisch waren wir alle im Arbeitszimmer versammelt – Frau Mina war zu Bett gegangen – und besprachen die Unternehmungen und Erlebnisse des Tages. Harker war der einzige, der wirkliche Resultate aufzuweisen hatte; wir hegen alle die bestimmte Hoffnung, dass wir auf der richtigen Fährte sind.

Ehe ich schlafen ging, trieb es mich, noch einmal nach meinem Patienten zu sehen. Ich schlich an seine Tür und sah durch den Beobachtungsschlitz hinein. Er lag im tiefsten Schlummer, seine Brust hob und senkte sich in regelmäßigen Zwischenräumen.

Heute früh erzählte mir der Wärter, dass Renfield kurz nach Mitternacht unruhig geworden sei und immerfort laut Gebete hergesagt habe. Ich fragte ihn, ob das alles sei. Er antwortete, das sei alles, was er gehört. Die Antwort schien mir verdächtig, weshalb ich ihn fragte, ob er denn geschlafen habe. Er verneinte es, gab aber zu, etwas »gedöst« zu haben. Es ist traurig, dass man den Menschen nur trauen darf, wenn man hinter ihnen her ist.

Heute ist Harker fort, um die Spuren weiter zu verfolgen, und Arthur und Quincey sehen sich nach Pferden um. Godalming ist der Ansicht, dass es zweckmäßig ist, immer Pferde in Bereitschaft zu haben, denn wenn wir die erwartete Information erhalten, wird keine Zeit zu verlieren sein.

Wir müssen die fremde Erde zwischen Sonnenaufgang und Sonnenuntergang sterilisieren. Wir werden so den Grafen abfangen, wenn er am schwächsten ist und wenn er keinen Platz mehr hat, zu dem er flüchten kann. Van Helsing ist ins Britische Museum gegangen, um dort einige Quellen der alten Medizin einzusehen. Die alten Ärzte bezogen Dinge in ihre Wissenschaft ein, die von den heutigen nicht mehr anerkannt werden; der Professor sucht einiges über Hexen- und Dämonenkuren, das uns später vielleicht zu statten kommen kann.

Mir ist oft, als seien wir alle verrückt und würden in Zwangsjacken wieder bei Vernunft erwachen.

Später. – Wir sind wieder zusammengekommen.

Wir sind nun scheinbar auf der Spur, und das Werk des morgigen Tages wird wohl der Anfang vom Ende sein. Ich möchte wissen, ob Renfields Ruhe damit in irgendeinem Zusammenhang steht. Sein Befinden hat sich immer in so auffallender Weise nach dem Verhalten des Grafen gerichtet, dass ihn sicher auch die kommende Vernichtung des Vampirs nicht überraschen wird. Wenn wir nur die geringste Vermutung hätten, was in seinem Geiste vorging von dem Augenblick an, wo ich mit ihm heute sprach, bis zur Wiederaufnahme seiner Fliegenfängerei; es könnte von unschätzbarer Bedeutung für uns sein. Er ist nun wohl für einige Zeit beruhigt. – Ist er das? – Dieses wilde Schreien schien aus seinem Zimmer zu kommen.

Der Wärter kam in mein Zimmer gestürzt und berichtete, dass Renfield von einem Unfall betroffen worden sein müsse. Er hatte ihn schreien hören, und als er sogleich herbeieilte, fand er ihn mit abwärts gerichtetem Gesicht blutüberströmt am Boden liegen. Ich muss sofort zu ihm.

# *Einundzwanzigstes Kapitel*

## *Dr. Sewards Tagebuch*

3. Oktober. – Ich will alles, was seit dem letzten Eintrag geschah, genau niederschreiben, so weit ich mich daran erinnern kann. Nicht die kleinste Einzelheit, die mir gegenwärtig ist, darf vergessen werden; ich muss in aller Ruhe vorgehen.

Als ich in Renfields Zimmer trat, fand ich ihn in einer großen Blutlache auf der linken Seite liegend auf dem Boden ausgestreckt. Als ich ihn aufheben wollte, bemerkte ich, dass er einige fürchterliche Verletzungen erlitten hatte. Die einzelnen Körperteile schienen nicht mehr in ihrem zweckgebundenen Zusammenhang zu sein, was man sogar bei einem lethargischen Geisteszustand noch bemerken kann. Als ich das Gesicht näher untersuchte, sah ich, dass es schrecklich zugerichtet war; man hätte meinen können, sein Kopf wäre von jemand auf den Boden geschlagen worden. Das Blut auf der Erde rührte von diesen Gesichtsverletzungen her. Der Wärter, der neben dem Körper kniete, sagte leise, als wir ihn aufhoben:

»Ich glaube, Herr Doktor, das Kreuz ist gebrochen. Sehen Sie, der rechte Fuß, der rechte Arm und die ganze Gesichtshälfte sind gelähmt.« Wie das hatte geschehen können, gab dem Wärter über alle Maßen zu denken. Er sah ganz verstört aus. Seine Augenbrauen waren zusammengezogen, als er sagte:

»Ich kann nicht verstehen, wie das geschehen konnte. Er konnte sein Gesicht doch nur so zerschlagen, indem er mit dem Kopf auf den Boden schlug. Ich sah dasselbe einmal von einer jungen Frau im Asyl Eversfield, ehe ihr jemand zu Hilfe kam. Das Rückgrat kann er sich doch nur durch einen Fall aus dem Bett gebrochen haben; allerdings ein sehr merkwürdiger Zufall. Aber ich kann mir nicht denken, wie beides zugleich möglich war. Wenn sein Kreuz gebrochen war, so war es ihm unmöglich, seinen Kopf so zu zerschlagen; und wenn sein Gesicht schon so aussah, ehe er aus dem Bett fiel, müsste man doch Spuren davon bemerken.« Ich erwiderte:

»Gehen Sie zu Dr. Van Helsing und sagen Sie ihm, ich lasse ihn bitten, sogleich hierher zu kommen. Ich bedarf seiner Hilfe ohne Aufschub.« Der Mann eilte davon, und wenige Minuten später erschien Van Helsing in Schlafrock und Pantoffeln. Als er Renfield auf dem Boden liegen sah, blickte er ihn einen Augenblick scharf an und wandte sich dann an mich. Ich bin der festen Überzeugung, dass er meine Gedanken in meinen Augen las, denn er sagte sehr ruhig, offenbar mit Rücksicht auf den Wärter:

»Ach, ein unglückseliger Zufall! Renfield wird einer peinlich genauen Pflege bedürfen und äußerster Sorgfalt. Ich werde selbst bei Ihnen bleiben, aber ich muss mich etwas umkleiden. Wenn Sie sich gedulden wollen, ich bin in wenigen Augenblicken wieder zurück.«

Der Patient atmete keuchend; es war unschwer zu erkennen, dass er entsetzliche Verletzungen erlitten hatte. Van Helsing kehrte nach kurzer Zeit zurück und brachte ein chirurgisches Instrumentarium mit. Er hatte offenbar alles überlegt und seinen Entschluss gefasst, denn er flüsterte mir zu, noch ehe er den Patienten angesehen hatte:

»Schicken Sie den Wärter weg. Wir müssen mit ihm allein sein, wenn er nach der Operation zu sich kommt.«

»Ich denke, es genügt für heute, Simmons. Wir haben alles getan, was für den Augenblick geschehen kann. Sie machen am besten Ihren Rundgang weiter, Herr Dr. Van Helsing wird dann operieren. Lassen Sie mich sofort wissen, wenn etwas Außergewöhnliches vorkommt.«

Der Wärter zog sich zurück, und wir begannen eine genaue Untersuchung des Kranken. Die Wunden im Gesicht waren nur oberflächlich, die Hauptverletzung war ein eingedrückter Schädelbruch, der sich über die ganze Zone des Bewegungsapparates erstreckte. Der Professor sagte:

»Wir müssen den Druck vermindern und zum normalen Zustand zurückführen, so weit es uns möglich ist; das Tempo der Ergießung beweist die gefährliche Art der Verletzung. Die ganze motorische Zone scheint in Mitleidenschaft gezogen. Der Erguss ins Gehirn wird rasch anwachsen; wir müssen ihn sofort trepanieren, oder es ist zu spät.« Während er sprach, hörten wir ein leises Klopfen an der Tür. Ich öffnete und sah im Korridor Arthur und Quincey in Pyjamas und Hausschuhen. Arthur sprach:

»Ich hörte Ihren Wärter Herrn Dr. Van Helsing rufen und konnte entnehmen, dass er von einem Unfall sprach. Ich weckte deshalb Quincey oder vielmehr rief ihn, da er noch nicht schlief. Die Dinge verlaufen so rasch und sind zu seltsam, als dass uns ein Schlaf gegenwärtig möglich wäre. Ich glaube, dass morgen Nacht nichts mehr so sein wird, wie es bisher war. Wir werden rückwärts schauen, und auch vorwärts noch ein wenig mehr, als wir bisher konnten. Dürfen wir hereinkommen?« Ich nickte und sie traten vollends ein. Als Quincey die Lage und den Zustand des Patienten erkannte und die Blutlache auf der Diele erblickte, sagte er mitleidig:

»Mein Gott! Was ist denn mit Renfield geschehen? Armer Teufel!« Ich erzählte ihm alles kurz und fügte hinzu, wir hofften, dass er nach der Operation das Bewusstsein wiedererlangen werde, wenigstens auf kurze Zeit. Quincey setzte sich auf die Bettkante und Godalming neben ihn, und alle warteten wir schweigend.

»Wir müssen uns noch gedulden«, sagte Van Helsing, »und den richtigen Zeitpunkt zum Trepanieren abwarten, um den Blutpfropf möglichst rasch und gründlich zu entfernen; es ist ersichtlich, dass die Blutung zunimmt.«

Die Minuten, die wir untätig bleiben mussten, schlichen mit tödlicher Langsamkeit dahin. Ich war entsetzlich niedergeschlagen und Van Helsings Züge verrieten mir, dass auch er Sorge vor dem empfand, was kommen musste. Ich fürchtete mich vor den Worten, die Renfield sprechen würde. Ich wagte gar nicht daran zu denken, aber die Ahnung des Kommenden lag auf mir wie auf einem, der schon die

Totenuhr hat ticken hören. Der Atem des Bedauernswerten kam in unregelmäßigen Stößen aus der Brust. Jeden Augenblick schien es, als wolle er die Augen öffnen und sprechen; aber dann folgte ein langer, röchelnder Atemzug und er verfiel in noch tiefere Bewusstlosigkeit. Trotzdem ich gegen die Schrecken von Krankenlagern und Totenbetten abgehärtet bin, ergriff mich doch ein unsägliches Grauen, das sich immer mehr steigerte. Ich konnte mein eigenes Herz schlagen hören; das Blut drängte in die Schläfen und pochte darin wie Hammerschläge. Das Schweigen wurde schließlich unerträglich. Ich sah meine Freunde an und bemerkte an ihren geröteten Gesichtern und düstern Gesichtszügen, dass sie die gleichen Qualen ausstanden. Es lag eine nervöse Spannung über allen und es war, als warteten wir auf den Schlag irgendeiner unheimlichen Glocke, der dann ertönen würde, wenn wir am wenigsten darauf gefasst waren.

Schließlich konnten wir uns nicht mehr im Unklaren sein, dass die Kräfte des Patienten rasch dahinschwanden; er konnte jeden Augenblick sterben. Ich sah zum Professor hinüber und bemerkte, dass er seine Augen unverwandt auf mich gerichtet hielt. Sein Gesicht trug einen entschlossenen Ausdruck, als er sagte:

»Nun ist aber keine Zeit mehr zu verlieren. Seine Worte sind vielleicht manches Menschenleben wert; ich habe daran gedacht, wie ich so hier stand. Es kann eine Seele auf dem Spiel stehen. Wir müssen gerade hier über dem Ohr operieren.«

Ohne ein Wort weiter zu verlieren, vollzog er die Operation. Einige Augenblicke noch blieb der Atem des Kranken keuchend. Dann kam ein Atemzug, so lang und tief, dass man hätte meinen können, es zerreiße ihm die Brust. Plötzlich riss er die Augen auf und starrte Hilfe suchend umher. Das dauerte einige Zeit; der wilde Ausdruck seines Gesichtes wich dann dem froher Überraschung, und von den Lippen löste sich ein Seufzer der Erleichterung. Er bewegte sich krampfhaft und sagte:

»Ich werde mich ganz ruhig verhalten, Herr Doktor. Sagen Sie doch den Leuten, sie sollen mir die Zwangsjacke abnehmen. Ich habe einen grausigen Traum gehabt; er hat mich so mitgenommen, dass ich mich nicht mehr rühren kann. Was habe ich denn im Gesicht? Es scheint vollkommen verschwollen und tut schrecklich weh.« Er machte den Versuch, seinen Kopf zu drehen, da aber seine Augen dabei sofort wieder glasig zu werden anfingen, hinderte ich ihn daran. Dann sagte Van Helsing in ruhigem, gütigem Tone:

»Erzählen Sie uns Ihren Traum, Renfield.« Als er die Stimme erkannte, sah man durch die Verstümmelungen hindurch das Gesicht sich aufheitern, und er sagte:

»Sie sind es, Dr. Van Helsing. Wie gut ist es, dass Sie hier sind. Geben Sie mir etwas Wasser, meine Lippen sind trocken, ich möchte Ihnen gern erzählen. Ich träumte« – er stockte und schien ohnmächtig zu werden, deshalb flüsterte ich Quincey zu: »Rasch den Brandy, er ist in meinem Arbeitszimmer!« Er eilte davon und kam mit einem Glas, der Brandyflasche und einer Karaffe mit Wasser zurück. Wir benetzten die aufgesprungenen Lippen und er erholte sich ziemlich rasch. Wahrscheinlich aber hatte sein zerstörtes Gehirn unterdessen weitergearbeitet, denn als er wieder vollkommen bei Bewusstsein war, sah er mich mit einem durchdringenden Blicke der Todesangst und des Schreckens an, den ich nie in meinem Leben vergessen werde, und sprach:

»Ich darf mich nicht täuschen; es war kein Traum, es war alles grausige Wirklichkeit.« Dann irrten seine Augen durch den Raum und blieben an den zwei Gestalten hängen, die geduldig auf dem Bettrand saßen. Dann fuhr er fort:

»Wenn ich meiner Sache nicht schon ohnehin sicher wäre, an diesen Herrn hier schwindet jeder Zweifel.« Einen Augenblick schloss er die Augen, nicht aus Schmerz oder aus Schlafbedürfnis, sondern freiwillig, als wolle er alle Kräfte sammeln. Als er die Lider wieder aufschlug, sagte er rasch und mit mehr Energie wie bisher:

»Rasch, Herr Doktor, nur rasch. Ich muss sterben! Ich fühle, dass ich nur noch wenige Minuten zu leben habe;

dann heißt es für mich, in den Tod gehen oder etwas Schlimmeres. Befeuchten Sie mir die Lippen noch einmal. Ich habe Ihnen noch manches zu sagen, ehe ich sterbe oder ehe mein zerschmettertes Gehirn versagt. Ich danke Ihnen. Es war jene Nacht, kurz nachdem Sie mich verlassen hatten, wo ich Sie gebeten hatte, mich freizugeben. Damals konnte ich nicht sprechen, denn ich fühlte meine Zunge gebunden. Aber ich war sonst so gesund, wie ich es jetzt ohne diese Verletzungen wäre. Ich war noch lange in Verzweiflung und Todesangst, nachdem Sie gegangen waren; es schienen Stunden vergangen zu sein, da kam plötzlich ein tiefer Friede über mich. Mein Kopf begann sich wieder abzukühlen und ich machte mir meine Lage klar. Ich hörte die Hunde hinter unserem Hause bellen, aber nicht da, wo Er war.« Als er das sagte, blieb Van Helsings Auge ruhig auf ihm haften, aber er griff versteckt nach meiner Hand und drückte sie. Er verriet sich nicht im Geringsten, sondern nickte leicht und sagte mit leiser Stimme: »Nur weiter.« Renfield fuhr fort:

»Er kam im Nebel an meinem Fenster herauf, wie ich Ihn schon oft zuvor gesehen; heute jedoch kam Er in Menschengestalt, greifbar, nicht als Gespenst, und Seine Augen glühten wie die eines Menschen, der in höchster Wut ist. Er lachte mit seinem roten Mund; seine scharfen, weißen Zähne glänzten im Mondenschein, als Er sich nach den Bäumen umwandte, hinter denen die Hunde bellten. Ich wollte Ihn zuerst nicht einladen, hereinzukommen, obgleich ich wusste, dass Er es wünschte. Er wollte es, wie Er es immer gewollt hatte. Dann begann Er mir alles mögliche zu versprechen, nicht mit Worten, sondern indem Er es mich sehen ließ.« Ein Wort des Professors unterbrach ihn:

»Wie?«

»Indem Er alles erscheinen ließ; gerade wie Er mir die Fliegen hereingesandt hat, wenn die Sonne freundlich schien. Große, fette Fliegen am Tage, mit Stahl und Saphir auf den Flügeln, und dicke Schmetterlinge in der Nacht, mit Totenschädel und Totengebein auf dem Rücken.« Van Helsing nickte ihm zu und flüsterte:

»Die Acherontia atropos Sphingorum, das, was man bei uns ›Totenkopfschmetterlinge‹ nennt.« Der Patient ließ sich dadurch nicht beirren, sondern fuhr fort:

»Dann begann er zu flüstern: ›Ratten, Ratten, Ratten! Hunderte, Tausende, Millionen, und jede ein Leben; und Hunde, die sie fressen sollen, und Katzen dazu. Alle warmes Leben! Alle mit rotem Blut, mit Jahren von Lebenskraft in ihren Leibern, und nicht nur brummende Fliegen!‹ Ich lachte, denn ich wollte sehen, was Er tun würde. Dann heulten die Hunde hinter Seinem Haus, hinter den düsteren Bäumen. Er winkte mich ans Fenster heran. Ich kam näher und sah hinaus.

Er erhob die Hand und schien etwas zu rufen, ohne dass ich einen Laut hörte. Eine dunkle Masse bewegte sich über den Rasen, wie der Rauch von einer großen Feuerflamme; dann teilte Er den Nebel und ich sah Tausende von Ratten, mit Augen glühend wie die Seinen, aber viel kleiner. Er hob die Hand auf und sie blieben stehen. Dann war mir, als sagte Er: ›All diese Leben will ich dir schenken und viel mehr und größere, durch ungezählte Jahrhunderte, wenn du niederfällst und mich anbetest!‹ Dann legte sich eine blutrote Wolke vor meine Augen, und ehe ich wusste, was ich tat, hatte ich schon das Fenster geöffnet und zu ihm gesagt: ›Kommt herein, Herr und Meister!‹ Die Ratten waren alle verschwunden, Er aber glitt durch die schmale Ritze – ich hatte das Fenster kaum einen Zoll weit geöffnet – gerade wie der Mond oft durch den feinsten Spalt hereinleuchtet in seiner Größe und in seinem Glanze.«

Seine Stimme war schwächer geworden; ich befeuchtete seine Lippen nochmals mit Brandy, damit er fortfahren könne. Aber es war, als habe sein Gedächtnis inzwischen weitergearbeitet, denn als er wieder begann, war die Erzählung schon ein Stück vorgeschritten. Ich wollte ihn auf den Punkt zurückbringen, wo er aufgehört hatte, aber Van Helsing flüsterte mir zu: »Lassen Sie ihn weiter erzählen. Unterbrechen Sie ihn nicht; er kann nicht mehr zurück und wäre vielleicht nicht mehr im Stande fortzufahren, wenn seine Gedankenreihe einmal gestört ist.« Er sprach weiter:

»Den ganzen Tag wartete ich darauf, etwas von Ihm zu hören, aber Er sandte mir nichts, nicht einmal eine Schmeißfliege, und als der Mond emporstieg, war ich recht erbost auf Ihn. Wie Er durch das Fenster hereinglitt, obgleich es geschlossen war, und nicht einmal anklopfte, war ich wütend über Ihn. Er grinste mich spöttisch an; ich sah Sein bleiches Gesicht mit den roten Augen durch den Nebel. Dann ging Er fort, als sei Er Herr hier und ich nicht für Ihn vorhanden. Er roch ganz anders, als Er an mir vorbeischlich. Ich konnte Ihn nicht halten. Ich hatte das Gefühl, als sei Frau Harker in das Zimmer getreten.«

Die zwei Männer, die bisher auf dem Bettrand gesessen, standen auf und traten hinter ihn, so dass er sie nicht sehen, sie ihn aber besser verstehen konnten. Sie schwiegen beide, aber der Professor erschrak und zitterte; sein Gesicht wurde noch strenger und ernster. Renfield fuhr fort, ohne es zu bemerken:

»Als Frau Harker heute Nachmittag mich besuchte, war sie nicht mehr wie sonst; sie kam mir vor wie ein zum zweiten Male aufgegossener Tee.« Wir waren alle tief erschüttert, aber keiner sagte ein Wort. Er fuhr fort:

»Ich wusste nicht, dass sie hier war, bis sie sprach; sie sah ganz anders aus. Ich kann die blassen Leute nicht leiden; ich ziehe Menschen vor, die ordentlich Blut in den Adern haben, bei ihr schien alles Blut herausgeronnen zu sein. Im ersten Augenblick dachte ich nicht daran; als sie aber hinausging, begann ich nachzudenken, und es machte mich rasend, zu wissen, dass Er ihr das Leben aus dem Leibe gesaugt hatte.« – Ich sah, dass auch die anderen vor Entsetzen zitterten wie ich; aber wir blieben ruhig. »Als Er dann heute Abend wiederkam, war ich bereit, Ihn gebührend zu empfangen. Ich sah den Nebel sich hereinstehlen und packte Ihn fest an. Ich hatte gehört, dass Wahnsinnige übernatürliche Kräfte besitzen, und da ich wusste, ich bin ein Wahnsinniger – wenigstens zeitweise –, so beschloss ich, meine Kräfte nicht unbenützt zu lassen. Er schien es auch zu empfinden, denn Er trat aus dem Nebel heraus, um mit mir zu kämpfen. Ich hielt wacker stand, dachte schon

Sieger zu werden und hoffte, dass Er nimmermehr Blut aus ihrem Leibe trinken sollte, da sah ich Seine Augen. Sie brannten förmlich, und meine Kraft zerrann wie Wasser. Er entwand Sich meiner Umschlingung, und als ich von Neuem versuchte Ihn zu umklammern, da hob Er mich hoch und schleuderte mich zu Boden. Blutrote Dämmerung umfing mich und in meinen Ohren dröhnte es wie Donner; der Nebel schien unter der Tür zu verschwinden.« – Seine Stimme war wieder schwächer geworden und sein Atem rang sich röchelnd aus der Brust. Van Helsing stand unwillkürlich auf.

»Wir wissen nun das Schlimmste«, sagte er. »Er ist hier und wir kennen seine Absicht. Vielleicht ist es noch nicht zu spät. Wir wollen uns bewaffnen, gerade so wie in jener Nacht, und keine Zeit verlieren. Jeder Augenblick ist kostbar.« Es war nicht nötig, unseren Befürchtungen, unserer Überzeugung Worte zu verleihen, wir waren unserer Übereinstimmung gewiss. Wir eilten in unsere Zimmer und holten die Gegenstände, die wir beim Eindringen in das Haus des Grafen benützt hatten. Der Professor hatte die seinigen schon bereitgelegt; als wir uns im Korridor trafen, deutete er auf sie und sagte:

»Ohne das werde ich nichts mehr tun; es wird mich auch nicht verlassen, bis dieses unglückselige Geschäft zu Ende geführt ist. Seid vorsichtig, liebe Freunde. Es ist kein gewöhnlicher Feind, mit dem wir es zu tun haben. Leider musste es Frau Mina am eigenen Leibe erfahren.« Er hielt inne; seine Stimme versagte; ob in meinem Herzen Zorn oder Schrecken vorherrschte, weiß ich nicht.

Vor der Tür zu dem Zimmer Harkers blieben wir stehen. Arthur und Quincey hielten sich etwas zurück. Arthur sagte:

»Sollen wir sie denn stören?«

»Wir müssen«, sagte Van Helsing fest. »Wenn die Tür verschlossen ist, so müssen wir sie eindrücken.«

»Wird sie nicht furchtbar erschrecken? Es ist nicht üblich, in das Zimmer einer Dame einzubrechen!« Van Helsing erwiderte feierlich:

»Sie haben wie immer ganz recht, aber hier handelt es sich um Leben oder Sterben. Für den Arzt sind alle Zimmer gleich. Selbst wenn es nicht der Fall wäre, für mich wäre es heute Nacht der Fall. Freund John, wenn ich die Klinke drücke und die Tür geht nicht auf, dann stemmen Sie Ihre Schultern dagegen und drücken, und ihr andern auch. Nun los!«

Er drückte auf die Klinke, aber die Tür gab nicht nach. Wir stemmten uns mit aller Kraft dagegen. Mit einem lauten Krach barst das Schloss, die Tür sprang auf und wir fielen fast der Länge nach in das Zimmer. Der Professor war tatsächlich zu Boden gefallen; ich konnte über ihn hinwegsehen, während er sich rasch wieder aufrichtete. Der Anblick, der sich uns bot, lähmte mich fast. Ich fühlte, wie sich meine Haare sträubten und mein Herz stillzustehen schien.

Das Mondlicht war so hell, dass es sogar durch den dicken gelben Vorhang das Zimmer noch so weit erleuchtete, dass man gut sehen konnte. Auf dem Bett zunächst dem Fenster lag Jonathan Harker; sein Gesicht war gerötet und sein Atem mühsam, als habe ihn ein Schlag getroffen. Auf der Kante des dem Fenster ferner stehenden Bettes kniete die weiße Gestalt seiner Frau. Neben ihr stand ein großer, hagerer Mann, vollkommen in Schwarz gekleidet. Sein Gesicht war abgewandt; aber als er sich umdrehte, erkannten wir den Grafen, sogar die Narbe auf seiner Stirn war zu sehen. Mit seiner linken Hand hatte er Frau Minas Hände umfasst und hielt sie mit ausgestrecktem Arm weit von sich; seine Rechte umklammerte ihren Nacken und drückte sie mit dem Gesicht an seine Brust. Ihr weißes Nachthemd war mit Blut bespritzt, und Blut rann wie ein feiner Faden über des Mannes Brust, die er entblößt hatte. Minas Haltung hatte verzweifelte Ähnlichkeit mit der eines kleinen Kätzchens, dem ein Kind die Nase in die Milch stößt, um es zum Trinken zu zwingen. Als wir in das Zimmer hineinpolterten, wandte sich der Graf um; sein dämonischer Blick, von dem ich schon so oft in den Berichten gelesen, richtete sich auf uns. Seine Augen flammten in roter Höllenglut, die weiten Nüstern der weißen Adlernase öffneten sich weit und zitterten; die weißen, scharfen Zähne, die hinter den vollen Lippen des bluttriefenden Mundes sichtbar wurden, schlugen zusammen wie die eines wilden Tieres. Mit einem mächtigen Stoß warf er sein Opfer auf das Bett zurück, als wäre es von oben herabgeschleudert worden, und stürzte sich auf uns. Eben hatte der Professor sich aufgerafft und hielt dem Vampir den Umschlag entgegen, in dem sich die heilige Hostie befand. Der Graf blieb sofort stehen, genau wie es Lucy vor der Gruft getan, und zog sich zurück. Immer weiter und weiter wich er von uns, die ihn mit den hoch erhobenen Kruzifixen bedrängten. Der Mond verdunkelte sich einen Augenblick, als eine Wolke an ihm vorüberzog; und als das Gaslicht unter dem Streichholz Quinceys aufflammte, sahen wir nichts mehr als einen dünnen Dampf. Dieser verschwand, ehe wir uns noch zu fassen vermochten, durch den Spalt unter der Tür, die sich in demselben Schwung, mit dem sie aufgestoßen worden war, wieder geschlossen hatte. Van Helsing, Arthur und ich gingen auf Frau Harker zu, die unterdessen ihr Bewusstsein wiedererlangt hatte. Sie stieß einen wilden, gellenden Schrei aus, der so verzweifelt klang, dass ich ihn bis zu meiner Sterbestunde nicht vergessen werde. Einige Sekunden lag sie noch verwirrt und hilflos. Ihr Gesicht war von einer erschreckenden Blässe, die noch auffallender wurde durch das Blut, das ihre Lippen, ihre Wangen und das Kinn beschmierte; aus ihrer Kehle rann ein dünner Blutfaden. Ihre Augen waren vor Entsetzen weit aufgerissen. Dann schlug sie ihre Hände vor das Gesicht, die noch die roten Spuren von dem furchtbaren Griff des Grafen trugen. Ein leises, wehes Weinen schüttelte ihren Leib und gab uns Kunde von dem unermesslichen Jammer, der sich vorher schon in dem entsetzlichen Schrei Luft gemacht hatte. Van Helsing trat näher und bedeckte ihren Körper mit dem Betttuch, während Arthur, nachdem er einen langen, verzweifelten Blick auf ihr Antlitz geworfen hatte, aus dem Zimmer rannte. Van Helsing flüsterte mir zu:

»Jonathan liegt in der Lethargie, von der wir wissen, dass sie der Vampir hervorrufen kann. Wir können vorerst nichts für Frau Mina tun, sondern müssen warten, bis sie sich selbst wieder etwas erholt. Ich werde Jonathan wecken.« Er tauchte das Ende eines Handtuches ins Wasser und fuhr ihm damit über das Gesicht, während Frau Harker noch ihr Antlitz zwischen den Händen verborgen hielt und herzbrechend schluchzte. Ich zog den Vorhang auf und sah aus dem Fenster. Klarer Mondschein lag draußen; ich konnte Quincey Morris sehen, der über den Rasen lief und sich im Schatten eines großen Eibenbaumes versteckte. Ich begriff nicht, was er damit wollte; da hörte ich plötzlich den Schrei Harkers, der halb zu sich gekommen war, und begab mich an sein Bett. Auf seinem Gesicht lag ein Zug wildesten Entsetzens. Einige Augenblicke noch schien er wie betäubt, dann aber, als ob ihm auf einmal das volle Bewusstsein zurückgekehrt sei, richtete er sich auf. Sein Weib war durch die rasche Bewegung aufmerksam geworden und breitete die Arme nach ihm aus, als wollte sie ihn umschlingen; zog sie aber sofort instinktiv zurück, presste ihre Hände wieder vor die Augen und weinte heftig.

»Um Gottes Willen, was soll das?«, schrie Harker, »Dr. Seward, Dr. Van Helsing, was ist geschehen? Was hat man ihr getan? Mina, was ist mit dir? Was soll das Blut? Mein Gott! Ist es soweit gekommen?« Er warf sich auf die Knie und rang in wütender Verzweiflung die Hände. »Großer Gott, hilf uns! Hilf ihr!« Mit raschem Entschluss sprang er aus dem Bett und kleidete sich hastig an; seine ganze Tatkraft war erwacht. »Was ist geschehen? Sagen Sie mir alles!«, rief er. »Dr. Van Helsing, Sie lieben Mina, ich weiß. O tun Sie etwas, Mina zu retten. Es kann doch noch nicht zu spät sein. Schützen Sie meine Frau, während ich Ihn *aufsuche*!« Frau Mina sah durch all den Jammer und Schrecken und all das Leid die sichere Gefahr für ihn; sie vergaß sofort ihr eigenes Elend, klammerte sich an ihn und schrie:

»Nein, nein, Jonathan, du darfst nicht von mir gehen. Ich habe heute Nacht schon genug gelitten, und nun soll ich auch noch befürchten müssen, dass er dir ein Leid antut. Du musst bei mir bleiben und bei deinen Freunden, die dich schützen werden!« Sie war wie irrsinnig. Er gab ihren

Bitten nach; sie zog ihn neben sich auf die Bettkante und schlang ihre Arme um ihn.

Van Helsing und ich suchten beide zu beruhigen. Der Professor hob sein Kruzifix hoch und sprach:

»Fürchten Sie sich nicht, liebe Frau Mina. Wir sind bei Ihnen; solange das in Ihrer Nähe ist, kann Ihnen nichts Böses etwas anhaben. Für heute Nacht sind Sie sicher, wir müssen uns nun beruhigen und beraten.« Sie schauderte und schwieg, ihr Haupt an ihres Mannes Brust gepresst. Als sie aufsah, war sein weißes Nachthemd mit Blut befleckt, da, wo ihre Lippen geruht hatten und wohin aus der kleinen, unscheinbaren Wunde an ihrer Kehle die Blutstropfen gefallen waren. Sie erschrak, als sie es sah, riss sich mit einem leisen Seufzer los und flüsterte unter qualerfülltem Schluchzen:

»Unrein, unrein! Ich darf ihn nicht mehr küssen, nicht mehr berühren. O dass gerade ich ihm der ärgste Feind werden, dass er sich gerade vor mir am meisten in Acht nehmen muss.« Da sagte er entschlossen:

»Mina, ich schäme mich, solche Dinge hören zu müssen. Ich will es nicht gehört haben und hoffe, es auch fernerhin nicht mehr zu hören. Gott strafe mich und sende mir noch bittereres Leid als das dieser Stunde, wenn je durch eine meiner Handlungen oder mit meinem Willen etwas zwischen uns träte.« Er legte seine Arme um sie und zog sie an seine Brust; eine Zeit lang blieb sie an ihn gelehnt und weinte. Er sah über ihren gebeugten Kopf zu uns herüber; seine Augen glänzten feucht und seine Nasenflügel bebten, aber sein Mund war hart, wie aus Stahl gemeißelt. Nach einiger Zeit wurden ihre Seufzer seltener und ruhiger; dann sagte Jonathan zu mir mit gekünstelter Ruhe, die seine Nerven bis aufs Äußerste anspannen musste:

»Nun, Herr Dr. Seward, sagen Sie mir alles, was sich ereignet hat. Die Hauptsachen kenne ich ja, ich möchte aber auch die Einzelheiten wissen.« Ich schilderte ihm alles und er hörte scheinbar ruhig zu; aber seine Nasenflügel bebten und seine Augen flammten, als ich ihm erzählte, wie die ruchlose Hand des Grafen seine Frau in der furchtbaren

Stellung festgehalten, wie er ihren Mund an die klaffende Wunde seiner Brust gepresst hatte. Es erregte meine Teilnahme, sogar in diesem Augenblick, als ich sah, wie seine Hände zärtlich und liebevoll ihr verwirrtes Haar streichelten, während es in seinem Gesicht über dem gebeugten Kopf vor verhaltener, weißglühender Wut arbeitete. Gerade hatte ich geendet, als Quincey und Godalming an die Tür klopften. Sie traten auf unsern Zuruf ein. Van Helsing sah mich fragend an. Ich verstand ihn sofort. Er meinte, ob es nicht zweckmäßig sei, von der Rückkehr der beiden dadurch Nutzen zu ziehen, dass wir die Gedanken von Jonathan und Mina von sich auf andere Dinge lenkten. Ich nickte ihm bejahend zu, und er fragte die Eingetretenen, was sie gesehen und getan hätten. Lord Godalming antwortete:

»Ich konnte den Vampir auf dem Gange nirgends entdecken, auch nicht in einem unserer Zimmer. Ich sah auch in das Arbeitszimmer; er war dort gewesen, aber schon wieder fort. Er hatte aber …« Er hielt inne und sah mitleidig auf die zusammengesunkene Gestalt auf dem Bette. Van Helsing sagte ernst:

»Fahren Sie fort, Freund Arthur. Wir haben jetzt keine Geheimnisse mehr. Unsere einzige Rettung ist nun, alles zu wissen. Sprechen Sie rückhaltlos!« Arthur fuhr fort:

»Er war dort; aber obgleich es nur für ganz kurze Zeit gewesen sein konnte, hatte er doch kostbare Beute gemacht. Alle Manuskripte waren verbrannt, die blauen Flammen flackerten noch über der weißen Asche. Auch die Zylinder Ihres Phonographen hatte er in das Feuer geworfen, und das schmelzende Wachs hatte die Glut noch genährt.« Hier unterbrach ich ihn. »Gottlob haben wir noch eine Kopie im Geldschrank.« Seine Augen leuchteten einen Augenblick auf, dann aber wurde er wieder traurig und fuhr fort: »Ich eilte die Treppe hinunter, konnte aber keine Spur von ihm entdecken. Ich sah in Renfields Zimmer; aber auch hier keine Spur, außer …!« Wiederum stockte er. »Weiter«, sagte Harker mit heiserer Stimme. Da senkte er den Kopf und sagte, indem er sich die Lippen mit der Zunge befeuchtete: »Außer, dass der arme Kerl tot ist.« Frau

Harker erhob den Kopf und sagte feierlich, wobei sie uns der Reihe nach anblickte:

»Gott sei ihm gnädig!« Ich hatte das Gefühl, dass Arthur noch etwas zu sagen hätte; da ich aber merkte, dass er absichtlich schwieg, sagte ich weiter nichts. Van Helsing wandte sich an Morris und fragte:

»Haben Sie uns nichts zu berichten, Freund Quincey?«

»Etwas«, sagte er. »Unter Umständen kann es auch viel bedeuten, aber das kann ich jetzt noch nicht beurteilen. Ich hielt es für nützlich, festzustellen, wohin sich der Graf nach Verlassen dieses Hauses wenden würde. Ich sah ihn nicht; aber ich bemerkte, dass eine Fledermaus aus Renfields Fenster kam und nach Westen flatterte. Ich hatte erwartet, dass er in irgendeiner Gestalt nach Carfax zurückkehren würde, aber er hat offenbar einen anderen Schlupfwinkel aufgesucht. Heute Nacht wird er wohl nicht wieder kommen, denn der Himmel rötet sich schon im Osten und der Tag ist nahe. Wir müssen morgen ans Werk!«

Die letzten Worte zischte er zwischen den Zähnen hervor. Zwei Minuten etwa währte das Schweigen; ich meinte, wir müssten gegenseitig unsere Herzen pochen hören. Dann sagte Van Helsing, in dem er zärtlich seine Hand auf Frau Minas Scheitel legte:

»Und nun, liebe Frau Mina, arme, liebe, liebe Frau Mina, sagen Sie uns ausführlich, was Sie erlebt haben. Es ist mir nicht darum zu tun, Ihnen neue Schmerzen zu bereiten, aber wir müssen unbedingt alles wissen. Jetzt noch mehr als bisher handelt es sich darum, rasch und durchgreifend zu verfahren. Der Tag, der alles enden muss, ist nahe, wenn es das Schicksal will; jetzt haben wir noch die Chance, weiterzuleben und zu lernen.«

Frau Harker zitterte; ich konnte die nervöse Erregung genau beobachten, mit der sie sich eng an ihren Gatten schmiegte, ihr Kopf sank tiefer und tiefer auf seine Brust. Dann erhob sie stolz ihr Haupt und streckte eine Hand nach Van Helsing aus, der nahm sie in seine und hielt sie fest, während er sich über sie beugte und sie ehrerbietig küsste. Ihre andere Hand lag in der ihres Mannes, der einen Arm schützend um sie gelegt hielt. Nach einer Pause, in der sie offenbar ihr Gedanken ordnete, begann sie:

»Ich nahm den Schlaftrunk, den Sie mir freundlicherweise gegeben hatten, aber lange blieb die Wirkung aus. Ich glaube, ich wurde dadurch sogar noch munterer; zahllose unheimliche Fantasien begannen sich in meinem Gehirn zu drängen, alle standen in Verbindung mit dem Tod und mit Vampiren, mit Blut, Schmerz und Leid.« Ihr Gatte stöhnte unwillkürlich; sie wandte sich zu ihm und sagte zärtlich: »Rege dich nicht auf, Liebster. Du musst stark und tapfer sein und mir helfen, das Entsetzliche zu ertragen. Wenn du verstündest, welche Überwindung es mich kostet, von diesen furchtbaren Dingen überhaupt zu sprechen, würdest du begreifen, wie sehr ich deiner Hilfe bedarf. Nun, ich sah, dass ich der Arznei mit meiner Willenskraft nachhelfen müsse, wenn sie mir etwas Schlaf verschaffen sollte; ich nahm mir also ernstlich vor zu schlafen. Jedenfalls ist dann der Schlaf rasch gekommen, denn ich erinnere mich an gar nichts mehr. Jonathan, als er hereinkam, hatte mich nicht geweckt, denn er lag neben mir, als ich erwachte. Im Zimmer war derselbe dünne Nebel, den ich schon vorher bemerkt hatte. Aber ich weiß nicht, ob Sie darüber informiert sind.

Sie werden Näheres in meinem Tagebuch finden, das ich Ihnen nachher zu lesen gebe. Ich fühlte dasselbe unbestimmte Entsetzen wie vorher und hatte das unangenehme Gefühl, als sei noch jemand bei mir. Ich wollte Jonathan wecken; er schlief aber so fest, dass man meinen konnte, er habe an meiner Stelle den Schlaftrunk eingenommen. Ich versuchte nochmals ihn zu wecken, aber vergebens. Eine fürchterliche Angst ergriff mich und ich sah mich entsetzt um. Dann überwältigte mich das Grauen: neben meinem Bett, als sei er aus dem Nebel herausgestiegen, oder besser, als hätte der Nebel seine Gestalt angenommen, stand ein großer, schlanker Mann, ganz in Schwarz gekleidet. Ich erkannte ihn sofort aus den früheren Beschreibungen. Das wachsbleiche Gesicht, die hohe Adlernase, deren schmaler Rücken sich wie ein scharfes, weißes Band vom Gesicht abhob; die geöffneten roten Lippen, zwischen denen die scharfen, weißen Zähne hervorschimmerten; die roten Augen, die ich damals bei Sonnenuntergang bei der Marienkirche in Whitby gesehen zu haben vermeinte. Ich sah die rote Narbe auf seiner Stirn, die ihm mein Gatte geschlagen. Einen Augenblick stand mir das Herz still; ich wollte schreien, aber ich war vollkommen gelähmt. Da sprach er in scharfem, durchdringendem Flüsterton, indem er auf Jonathan deutete:

›Schweig! Wenn du einen Laut von dir gibst, dann nehme ich den da und zerschmettere ihm den Kopf vor deinen Augen.‹ Ich war so entsetzt und kraftlos, dass ich nicht wusste, was sagen und was tun. Mit höhnischem Lächeln legte er eine Hand auf meine Schulter und sagte, indem er mit der anderen meinen Hals entblößte: ›Vorerst aber noch eine kleine Erfrischung zur Entschädigung für meine Mühe. Du wirst dich ruhig verhalten; es ist nicht das erste oder zweite Mal, dass ich meinen Durst an deinem Blute stille.‹ Ich war entsetzt, vermochte ihm aber seltsamerweise keinen Widerstand zu leisten. Es ist das wohl ein Teil des Zaubers, der auf dem Opfer lastet. Und oh, mein Gott, mein Gott, erbarme Dich. Und er presste seine heißen Lippen an meine Kehle!« Ihr Gatte stöhnte wieder. Sie umklammerte seine Hand noch fester und sah ihn mitleidig an, als sei ihm all das Leid geschehen, statt ihr, und fuhr fort:

»Ich fühlte meine Widerstandskraft völlig schwinden und war halb ohnmächtig. Wie lange das Furchtbare währte, ich weiß es nicht. Eine ziemlich lange Zeit schien aber verflossen zu sein, als er seinen unheimlichen, blutbefleckten Mund von meinem Halse löste. Ich sah schwere, rote Tropfen davon herniederfallen!« Die Erinnerung schien sie zu überwältigen und sie sank zusammen; hätte der starke Arm ihres Mannes sie nicht gestützt, wäre sie zu Boden gefallen. Mit großer Anstrengung raffte sie sich wieder auf und erzählte weiter:

»Dann sagte er höhnisch zu mir: ›Auch du wolltest, wie jene anderen, deinen Verstand gegen mich ausspielen. Du wolltest den Männern helfen, Jagd auf mich zu machen, um mich in meinen Plänen zu stören! Du weißt nun, und die andern wissen es schon zum Teil und sollen es nun bald alle wissen, was es heißt, meine Pfade zu kreuzen. Sie hätten ihre Kräfte zu Hause gebrauchen sollen. Während sie ihre Kombinationsgabe gegen mich ins Treffen führten, gegen mich, der über Nationen geboten, für sie gedacht und für sie gefochten hat, Jahrhunderte, ehe ihr geboren wart – untergrub ich ihre Stellung. Du aber, die sie alle lieb haben, bist nun mein Eigen, Fleisch von meinem Fleisch, Blut von meinem Blut, bist meinesgleichen, bist eine Zeit lang meine vortreffliche Weinkelter und später meine Genossin und Helferin. Aber jetzt muss ich dich erst strafen für das, was du mir getan. Du hast mitgeholfen gegen mich zu streiten; von nun an sollst du meinem Rufe Folge leisten. Wenn ich in Gedanken sage: ›Komm!‹, so sollst du über Länder und Meere hinweg zu mir kommen; darum noch dies eine!‹ Er riss sein Hemd auf und öffnete mit seinen langen, spitzen Nägeln eine Ader an seiner Brust. Als das Blut zu spritzen begann, nahm er meine beiden Hände in eine der seinen und hielt sie fest umspannt; mit der anderen ergriff er meinen Nacken und presste meinen Mund auf die Wunde, sodass ich entweder ersticken oder schlucken musste von dem – o mein Gott, o mein Gott!

Was habe ich getan? Womit habe ich dieses entsetzliche Schicksal verdient, die ich doch mein Leben lang in Bescheidenheit und Rechtschaffenheit zu wandeln mich bemüht habe. Gott sei mir gnädig! Schau hernieder auf die arme Seele in schlimmerer als Todesgefahr und erbarme Dich in Gnaden derer, die mich lieb haben!« Dann begann sie ihre Lippen heftig zu reiben, wie um sich von einer eklen Beschmutzung zu reinigen.

Während sie ihr schreckliches Erlebnis erzählte, begann der Himmel sich im Osten zu röten und es wurde immer heller. Harker war schweigsam und ruhig; aber sein Gesicht nahm, je weiter die Erzählung fortschritt, ein graues Aussehen an, das sich im Morgengrauen mehr und mehr bemerkbar machte. Als dann der erste Schein des erwachten Tages ins Zimmer fiel, stach seine Gesichtsfarbe auffallend von seinem weißgewordenen Haar ab.

Wir haben uns dahin verabredet, dass immer einer von uns sich in Rufweite von den unglücklichen Gatten aufhält, bis wir wieder zusammenkommen und über unser weiteres Vorgehen beraten können.

Eines aber weiß ich sicher: Die Sonne wird heute in ihrem Laufe kein unglückseligeres Haus bescheinen als dieses.

# *Zweiundzwanzigstes Kapitel*

## *Jonathan Harkers Tagebuch*

3. Oktober. – Ich muss etwas tun, sonst werde ich wahnsinnig; deshalb schreibe ich dieses Tagebuch. Es ist jetzt 6 Uhr, in einer halben Stunde wollen wir im Studierzimmer zusammenkommen, um zu essen. Van Helsing und Dr. Seward stimmen darin überein, dass wir kräftig essen müssen, wenn wir etwas leisten wollen. Unsere größte Leistung aber wird heute von uns gefordert werden. Jedenfalls darf ich nicht aufhören zu schreiben, damit ich nicht nachdenken muss. Alles, Wichtiges und Unwichtiges, muss niedergeschrieben werden: Vielleicht lehrt uns gerade das Unwichtigste am meisten. Jedenfalls konnten Mina und ich nicht schlimmer belehrt werden als durch unser heutiges Erlebnis. Aber wir dürfen die Hoffnung und das Vertrauen nicht verlieren. Meine arme Mina sprach eben davon, wie unsere Treue sich in Leid und Not bewährt habe, und die Tränen rannen ihr dabei über die Wangen; wir müssen noch weiter ausharren bis zum Ende. Das Ende!

Mein Gott! Was für ein Ende? … An die Arbeit! An die Arbeit!

Als Dr. Van Helsing und Dr. Seward von der Besichtigung der Leiche Renfields zurückkamen, gingen wir sofort mit Ernst daran zu beraten, was zunächst zu geschehen habe. Zuerst erzählte Dr. Seward, dass sie beim Eintritt in das Zimmer unter uns Renfield auf dem Boden liegend gefunden hätten. Sein Gesicht war ganz zerschlagen und eingedrückt, und das Kreuz war gebrochen.

Dr. Seward fragte den Wärter, der auf dem Gang Aufsicht gehabt hatte, ob er etwas Verdächtiges gehört habe. Er sagte, er habe sich eben ein wenig niedergesetzt, halb dösend, wie er bekannte, als er laute Stimmen in dem Zimmer vernahm und Renfield mehrere Male rufen hörte: »Gott!

Gott! Gott!« Danach habe er einen Fall gehört, und als er dann eintrat, fand er ihn auf dem Boden liegen, mit dem Gesicht nach unten, genau wie die beiden Ärzte ihn gesehen. Van Helsing fragte ihn, ob er eine oder mehrere Stimmen gehört habe, worauf er keine bestimmte Antwort zu geben vermochte. Allerdings habe er anfangs gemeint, zwei Stimmen zu vernehmen, da aber doch weiter niemand in dem Zimmer war, konnte es eben nur eine gewesen sein. Das aber glaubte er beschwören zu können, dass das Wort »Gott« von dem Patienten ausgerufen wurde. Dr. Seward sagte, als wir allein waren, er wünsche nicht allzu genau auf die Sache einzugehen; man müsste auf eine gerichtliche Untersuchung gefasst sein, die doch nie ein Resultat zu Tage fördern würde, da niemand an die Sache glaube. So wie die Dinge lagen, meinte er, auf Grund der Zeugenaussage des Wärters einen Totenschein darüber ausstellen zu dürfen, dass Renfield durch Fall aus dem Bett verunglückt sei. Falls die Polizei doch noch eine Untersuchung verlangen würde, könnte man sie immer noch vor sich gehen lassen, ihr Resultat wäre dann das Gleiche.

Als wir darüber sprachen, welches die nächsten Schritte seien, die wir vornehmen müssten, beschlossen wir vor allem, Frau Mina wieder vollkommen ins Vertrauen zu ziehen, dass nichts, auch nicht das Schmerzlichste, ihr verborgen bleiben dürfe. Sie selbst war mit dieser Wendung einverstanden, und es war rührend, sie mitten in ihrem Elend und ihrer Trauer so tapfer zu sehen. »Nichts darf mehr verheimlicht werden«, sagte sie. »Leider haben wir bisher zu viel Geheimnisse gehabt. Außerdem kann es ja nichts geben, das mir mehr Leid schaffen könnte als jenes, das ich schon erleben musste und noch jetzt trage. Was auch immer sich ereignen möge, für mich kann es nur neue Hoffnung, neuen Mut bringen!« Van Helsing hatte sie aufmerksam angesehen, während sie sprach, und sagte dann plötzlich, aber ruhig:

»Liebe Frau Mina, fürchten Sie nichts? Nicht für sich selbst, sondern für andere von Ihrer Seite, nach alledem, was geschehen ist?« Ihr Gesicht nahm einen entschlossenen Ausdruck an, aber ihre Augen leuchteten mit dem hingebenden Glanz von Märtyreraugen, als sie antwortete:

»Nein! Ich weiß genau, was ich zu tun habe.«

»Wie meinen Sie das?«, fragte er sie freundlich, während wir uns schweigend verhielten, denn jeder hatte ihre Worte in seinem Sinn aufgefasst. Ihre Antwort lautete ruhig und sachlich, als wolle sie lediglich eine Tatsache konstatieren:

»Wenn ich an mir selbst – und ich werde mich scharf beobachten – ein Zeichen finde, dass ich einem meiner Lieben Schaden zufügen könnte, werde ich sterben.«

»Sie werden sich doch nicht selbst töten wollen?«, fragte er heiser.

»Gewiss; wenn nicht ein Freund mir zu liebe mir diesen Schritt, diese Qual erspart.« Sie sah ihn dabei bedeutungsvoll an. Er hatte bisher gesessen; nun aber stand er auf, trat nahe an sie heran und legte seine Hand auf ihren Kopf, indem er feierlich sagte:

»Mein liebes Kind, hier steht einer, der Ihnen das Furchtbare ersparen wird, wenn es zu Ihrem Besten geschehen müsste. Ich würde es meinem Herrgott gegenüber schon zu verantworten wissen, wenn ich Ihnen in dem Augenblick, wo es nötig würde, einen sanften, leichten Tod verschaffte. Sie sind meiner Treue sicher! Aber, mein Kind …«, einen Moment schien er erschüttert und ein tiefer Seufzer entrang sich seiner Brust; er überwand die Rührung und fuhr fort:

»Hier sind einige, die sich gern zwischen Sie und den Tod werfen. Sie dürfen nicht sterben. Keines anderen Hand braucht Ihnen den Tod zu geben, am wenigsten aber Ihre eigene. Bis der Andere, der Ihr junges Leben vergiftet hat, wirklich zu Tode gebracht ist, dürfen Sie nicht sterben; denn wenn jenes noch nicht geschehen ist, würden Sie nach Ihrem Tode so werden wie er. Nein, Sie müssen leben bleiben! Sie müssen sich ans Leben klammern und sich schonen, wenn auch der Tod jetzt für Sie eine unaussprechliche Wohltat wäre. Sie müssen sich gegen den Tod selbst zur Wehr setzen, ob er nun in Schmerz oder in der Freude, bei Tag oder bei Nacht, in Sicherheit oder Gefahr zu Ihnen kommt. Um Ihrer unsterblichen Seele willen bitte ich Sie, sterben Sie nicht; nein, denken Sie nicht einmal daran, bis das große Übel abgewendet ist.« Die arme, liebe Mina wurde bleich wie der Tod, schauderte und zitterte, wie ich den Flugsand zittern und beben sah beim Eintreffen der Flut. Wir alle waren schweigsam und wussten keine Hilfe. Schließlich beruhigte sie sich aber und streckte ihm dann die Hand hin, indem sie freundlich und ach so traurig zu ihm sagte:

»Ich verspreche Ihnen, teurer Freund, wenn Gott mich am Leben erhalten will, werde ich mich bemühen, es zu tun; bis, wenn es Sein Wille sein soll, das Grauenhafte von mir genommen ist.« Sie war so tapfer, dass wir uns im Herzen gelobten, für sie zu kämpfen und auszuhalten. Dann begannen wir über unsere nächsten Aufgaben zu sprechen. Ich sagte ihr, dass sie alle Papiere im Geldschrank aufbewahren solle, ebenso alle Aufzeichnungen, Tagebücher und Phonographenwalzen, die etwa noch entstehen sollten. Auch dass sie die Berichte sammeln sollte, wie früher. Sie war sehr erfreut – ich weiß nicht, ob der Ausdruck »erfreut« in einer so grausigen Angelegenheit anwendbar ist –, dass sie nun endlich wieder eine Beschäftigung zugewiesen erhielt.

Wie gewöhnlich hatte Van Helsing schon wieder voraus überlegt und war damit beschäftigt, unser Werk genau festzulegen.

»Es ist vielleicht gut«, sagte er, »dass wir bei unserer Zusammenkunft nach der Besichtigung von Carfax beschlossen haben, nichts mit den Kisten zu tun, die dort stehen. Hätten wir das getan, so hätte der Graf wohl Argwohn gefasst und unsere Absicht erraten; zweifellos hätte er dann auch Maßregeln getroffen, unsere Pläne bezüglich der anderen Kisten zu vereiteln. Aber jetzt kennt er unsere Absichten nicht. Noch mehr, er hat wahrscheinlich gar keine Ahnung davon, dass wir über Mittel verfügen, seine Schlupfwinkel zu sterilisieren, so dass er sie nicht mehr benützen kann. Wir wissen nun so viel über ihre Verteilung, dass wir nach dem Besuch des Hauses in Piccadilly auch die Spuren der letzten von ihnen zu finden vermögen. Auf dem heutigen Tage beruht unsere Hoffnung. Dieselbe Sonne, die heute über unserem Elend aufgegangen ist, leuchtet uns zu unserem Werk. Bis sie zur Rüste geht, muss das Scheusal in der Gestalt verbleiben, die es angenommen hat. Er ist an die Bedingungen seiner irdischen Hülle gebunden. Er kann sich nicht unsichtbar machen und auch nicht durch Ritzen, Löcher oder Spalten verschwinden. Wenn er durch eine Tür will, muss er sie öffnen wie jeder Sterbliche. Wir müssen also heute alle seine Schlupfwinkel ausfindig machen und sterilisieren. So werden wir ihn, wenn wir ihn nicht bei dieser Gelegenheit antreffen und vernichten können, auf irgendeinem Platze in die Enge treiben, wo wir ihn dann mit Sicherheit fangen und vernichten können.«

Hier stand ich auf, denn ich konnte den Gedanken nicht ertragen, dass die Minuten und Sekunden, die doch so kostbar für Minas Leben und Glück waren, ungenützt dahinschwanden, während wir plauderten, anstatt zu handeln. Aber Van Helsing hob warnend die Hand. »Nein, Freund Jonathan«, sagte er, »in diesem Falle ist der schnellste Weg der längste, wie es in Ihrem Heimatlande heißt. Wir werden alle handeln, und zwar werden wir mit verzweifelter Geschwindigkeit handeln, wenn die Zeit gekommen ist. Überlegen Sie doch, die Lösung zum Ganzen ist mit aller Wahrscheinlichkeit das Haus in Piccadilly. Der Graf kann mehrere Häuser gekauft haben. Von ihnen wird er jedenfalls Kaufverträge, Schlüssel und andere Dinge besitzen. Er muss Papier haben, um darauf zu schreiben; er muss Scheckbücher besitzen. Es gibt noch genug solcher Dinge, die er doch irgendwo aufbewahren muss. Warum soll er sie nicht hier aufbewahren, wo es so ruhig ist, mitten im Zentrum, wo er zu jeder Zeit von vorn oder von rückwärts hineingelangen kann, wo in dem großen Straßenverkehr keine Seele sich um ihn kümmert. Wir werden erst dorthin gehen und das Haus durchsuchen.

Wenn wir seine Geheimnisse kennen, dann tun wir das, was Freund Arthur in seiner Weidmannssprache ›die Röhren verstopfen‹ nennt, und fallen dann über den alten Fuchs her. Nicht wahr?«

»Dann wollen wir aber sofort darangehen«, rief ich, »wir verschwenden kostbare Zeit!« Der Professor regte sich nicht, sondern sagte:

»Wie aber kommen wir in das Haus in Piccadilly?«

»Irgendwie«, rief ich, »wir brechen dort ein, wenn es nötig sein sollte.«

»Und wie steht es mit der Polizei? Wird sie nicht gleich zur Stelle sein und was wird sie sagen?«

Ich war ärgerlich; aber ich wusste, dass er seine Gründe haben musste, wenn er noch zurückhielt. Ich sagte deshalb so ruhig wie ich vermochte:

»Warten Sie nicht länger, als unbedingt nötig; Sie wissen doch sicherlich, welche Qualen es für mich bedeutet.«

»Gewiss, lieber Freund, ich weiß es; glauben Sie mir, wir wollen Ihre Qualen doch nicht noch vermehren. Aber denken Sie selbst darüber nach, was können wir tun, so lange noch nicht alle Welt auf den Beinen ist? Dann allerdings ist unsere Zeit gekommen. Ich habe nachgedacht und bin zu dem Resultat gekommen, dass der einfachste Weg eben doch der beste ist. Wir wollen in das Haus gelangen, aber wir haben keinen Schlüssel; verhält sich das so?« Ich nickte.

»Nun stellen Sie sich vor, Sie wären in der Tat der Eigentümer des Hauses und könnten aus irgendeinem Grunde nicht hinein. Stellen Sie sich weiter vor, der Gedanke an einen Einbruch läge Ihnen vollkommen fern, was würden Sie tun?«

»Ich ließe einen geschickten Schlosser holen und beauftragte ihn, das Schloss zu öffnen.«

»Und was wäre mit der Polizei? Würde sie einschreiten oder nicht?«

»O nein, wenn sie weiß, dass der Mann eigens zu diesem Zweck engagiert ist.«

»Dann«, er sah mich scharf an, »ist das Einzige, was an der Sache unbekannt ist, das Gewissen des Arbeitgebers, und es liegt im Belieben des Polizisten zu glauben, ob der Mann ein gutes oder ein schlechtes Gewissen hat. Der Polizist muss wirklich ein sehr eifriger Mann und fähig sein, Gedanken zu lesen, wenn er sich in die Sache hineinmischt. Nein, Freund Jonathan, Sie können Hunderte von Schlössern an leeren Häusern hier in Ihrem London oder in jeder Stadt der Welt öffnen lassen, Sie müssen sich nur stellen, als hätten Sie das Recht dazu, und wenn es zu einer Zeit geschieht, wo solche Dinge in der Regel zu geschehen pflegen, wird niemand Einspruch erheben. Ich habe eine Geschichte von einem vornehmen Herrn gelesen, der ein Haus in London besaß. Er verreiste nach der Schweiz, um die Sommermonate dort zu verbringen, und schloss sein Haus ab. Da kam ein Dieb und stieg durch ein Hinterfenster ein. Er begab sich nach vorn, öffnete die Läden an der Front und ging im Hause aus und ein, alles vor den Augen der Polizei. Dann ließ er eine Auktion in dem Hause halten, schrieb sie vorher aus und ließ große Zettel aushängen; als der Tag da war, ließ er alles Eigentum des Besitzers durch den Auktionar verkaufen. Schließlich ging er noch zu einem Baumeister, verkaufte ihm das Haus und schloss mit ihm einen Vertrag, dass es in kurzer Zeit abgerissen und der Schutt entfernt sein müsse. Die Polizei und die Behörden unterstützten ihn dabei in jeder Weise. Als dann der Besitzer von seinem Schweizer Aufenthalt zurückkehrte, fand er an der Stelle, wo sein Haus gestanden, einen leeren Platz. Das war alles ordnungsgemäß geschehen, ebenso werden wir bei unserem Werk verfahren. Wir gehen natürlich nicht zu einer Zeit, wo die Polizisten noch viel zu denken haben und deshalb gegen uns Verdacht schöpfen könnten. Wir beginnen erst nach zehn Uhr, wenn schon viele Leute unterwegs sind, zu einer Zeit, zu der wir auch als Eigentümer des Hauses eventuell diese Dinge vornehmen lassen würden.«

Ich konnte nicht umhin, ihm innerlich Recht zu geben; die schreckliche Hoffnungslosigkeit in Minas Antlitz ward durch den guten Rat einen Augenblick von einem Strahl der Hoffnung verdrängt. Van Helsing fuhr fort:

»Wenn wir einmal im Haus sind, werden wir weitere Anhaltspunkte finden. Jedenfalls kann ein Teil von uns dort bleiben, bis die anderen die Plätze gefunden haben, wo sich noch Erdkisten befinden sollen, in Bermondsey und in Mile End.«

Lord Godalming erhob sich. »Vielleicht kann ich mich hier nützlich erweisen«, sagte er. »Ich will meinen Leuten telegrafieren, dass sie Wagen und Pferde dahin schicken, wo wir ihrer bedürfen.«

»Schau, schau, lieber Freund«, erwiderte Morris, »es ist ja eine Prachtidee von dir, alles für den Fall bereitzuhalten, dass wir Eile haben sollten. Aber meinst du denn nicht, dass eine deiner eleganten Equipagen mit Wappenschild in einer Nebenstraße von Walworth oder Mile End zu viel Aufmerksamkeit auf uns ziehen würde? Ich halte es für zweckmäßiger, wenn wir Droschken nehmen, falls sich das Bedürfnis ergeben sollte, nach dem Süden oder Osten zu gelangen. Sogar diese müssten wir in der Nähe unserer Arbeitsstelle warten lassen.«

»Freund Quincey hat Recht«, sagte der Professor. »Er ist, wie man bei euch sagt, nicht auf den Kopf gefallen. Es ist eine böse Sache, die wir vor uns haben; je weniger Leute uns dabei sehen, umso besser.«

Minas Interesse an der Sache wuchs zusehends. Ich war froh, dass die Beschäftigung mit dieser Angelegenheit sie die grässlichen Ereignisse der Nacht etwas vergessen ließ. Sie war blass, fast gespensterhaft blass, und so mager, dass sich ihre Zähne unter den Lippen abzeichneten. Ich ließ mir nichts merken, um ihr nicht neuen Gram zu bereiten. Aber das Blut stockte mir in den Adern, wenn ich daran dachte, was der Graf seinerzeit aus Lucy gemacht hatte. Bis jetzt war ja noch kein Anzeichen dafür vorhanden, dass die Zähne schärfer wurden, denn die Zeit war noch zu kurz; immerhin aber hatten wir alle Ursache, Angst zu haben.

Als wir darauf zu sprechen kamen, in welcher Reihenfolge wir die verschiedenen Tätigkeiten vornehmen und wie wir die Kräfte verteilen wollten, gab es wieder neue Zweifel. Schließlich kamen wir dahin überein, ehe wir uns nach Piccadilly begaben, den zunächstliegenden Schlupfwinkel des Grafen zu zerstören. Für den Fall, dass er es zu früh bemerkte, wären wir im Zerstörungswerk schon voraus; sein Erscheinen in materieller Gestalt, und gerade in seinem schwächsten Zustande, würde uns weitere wertvolle Anhaltspunkte liefern.

Was die Kräfteverteilung betrifft, so schlug der Professor vor, dass wir uns alle nach dem Besuch in Carfax in das Haus in Piccadilly begeben sollten. Die beiden Ärzte und ich sollten dort zurückbleiben, während Lord Godalming und Quincey die Schlupfwinkel in Waalworth und in Mile End aufsuchen und zerstören mussten. Es sei möglich, wenn auch nicht wahrscheinlich, meinte der Professor, dass der Graf im Laufe des Tages in Piccadilly erscheinen werde; in diesem Falle würden wir es unter Umständen mit ihm zu tun bekommen. Jedenfalls müssten wir uns bereit halten, ihm in möglichster Stärke gegenüberzutreten. Diesem Plan konnte ich nicht zustimmen, wenigstens soweit er meine Mithilfe betraf, denn ich hatte die Absicht, bei Mina zu bleiben und sie zu beschützen. Ich führte meine Gründe an, aber Mina wollte nichts davon wissen. Sie sagte, es könne sich irgendetwas ereignen, das meine juristischen Kenntnisse in Anspruch nähme; oder es könnte sich unter den Papieren des Grafen manches befinden, was nur mir auf Grund meiner Erlebnisse in Transsylvanien verständlich sei, und dass wir schließlich alle unsere Streitkräfte heranziehen müssten, um uns einigermaßen mit den übernatürlichen Kräften des Grafen messen zu können. Ich musste nachgeben, denn Minas Wunsch stand unerschütterlich fest; sie sagte, es sei ihre letzte Hoffnung, dass wir alle zusammenwirken würden. »Was mich betrifft«, sagte sie, »ich fürchte mich nicht. Schlechter als es ist, kann es nicht mehr werden; es liegt also in allem, was auch geschehen mag, etwas Trost oder Hoffnung für mich. Geh, mein lieber Mann! Gott kann, wenn er will, mich ebenso gut allein beschützen und braucht nicht unsere Unterstützung.« Ich stand auf und rief: »Dann wollen wir sofort aufbrechen und keine Zeit verlieren. Der Graf kann eher nach Piccadilly kommen, als wir denken.«

»Unmöglich!« sagte Van Helsing und winkte mit der Hand ab.

»Aber warum denn?« fragte ich.

»Haben Sie denn vergessen«, sagte er und lächelte dazu, »dass er heute Nacht lange gezecht hat und sich ordentlich ausschlafen wird?«

Vergessen! Werde ich je vergessen – kann ich je vergessen? Kann auch nur einer von uns diese grausigen Bilder vergessen? Mina wurde es sehr schwer, ihre Fassung zu bewahren; aber dann überwältigte sie doch der Schmerz; sie schlug die Hände vors Gesicht und weinte, dass ihr ganzer Leib erzitterte. Van Helsing hatte nicht die Absicht gehabt, ihre schrecklichen Erinnerungen wieder aufzufrischen. Er hatte einfach übersehen, dass sie zugegen war und welchen großen Anteil sie an der Sache hatte. Als es ihm aber dann zum Bewusstsein kam, was er gesagt, erschrak er über seine Gedankenlosigkeit und versuchte sie zu trösten. »Frau Mina«, sagte er, »teure, gute Frau Mina, warum musste ich, der ich Sie doch so tief verehre, gerade derjenige sein, der Ihnen, ohne es zu wollen, solche Dinge sagte? Aber Sie werden es doch wieder vergessen, nicht wahr? Diese alten, stupiden Lippen und der alte Schädel haben es nicht so böse gemeint.« Er beugte sich tief zu ihr; sie ergriff seine Hand und sagte leise unter Tränen:

»Nein, vergessen werde ich es nicht, denn es ist gut, wenn ich dessen eingedenk bleibe, und dabei gedenke ich dann auch des vielen Guten, das Sie an mir getan. Nun müssen Sie aber bald gehen. Das Frühstück ist fertig. Und wir müssen alle essen, damit wir bei Kräften sind.«

Ein eigentümliches Mahl war dieses Frühstück. Wir versuchten heiter und vergnügt zu sein und uns gegenseitig aufzumuntern, und Mina schien die Vergnügteste und Froheste zu sein. Nachdem das Frühstück beendet war, erhob sich Van Helsing und sagte:

»Nun, meine lieben Freunde, gehen wir zu unserem schrecklichen Unternehmen. Sind Sie alle gerüstet, wie Sie es damals waren, als wir das erste Mal in der Nacht den Schlupfwinkel unseres Feindes aufsuchten; gerüstet gegen geistige und physische Angriffe?« Wir bejahten. »Dann ist es gut. Jetzt, Frau Mina, sind Sie in jeder Hinsicht bis Sonnenuntergang vor dem Ungeheuer geborgen, bis dahin aber sind wir wieder zurück, wenn … Nun, wir kehren zurück! Aber ehe wir gehen, lassen Sie mich sehen, ob Sie gegen physische Angriffe hinreichend gesichert sind. Ich selbst habe Ihr Zimmer hergerichtet, indem ich die Dinge, die er nicht vertragen kann, so gelegt habe, dass ihm der Eingang versperrt ist. Nun will ich Sie selbst noch schützen. Ich berühre Ihre Stirn mit dieser geweihten Hostie im Namen des Vaters, des Sohnes und …«

Sie stieß einen furchtbaren Schrei aus, der uns das Blut in den Adern gerinnen ließ. Kaum hatte er die Hostie an Minas Stirn gelegt, da verbrannte sie auch schon das weiße Fleisch wie ein Stück weißglühendes Eisen. So schnell wie die Nerven meines unglücklichen Weibes den Schmerz empfanden, so schnell hatte ihr Verstand die ganze furchtbare Bedeutung des Geschehnisses überblickt. Aus der tiefsten Tiefe ihres gequälten Herzens hatte der Schrei sich losgerungen. Aber rasch fand sie auch die Worte. Der Schrei gellte noch an den Wänden wider, als sie schon in furchtbarster Verzweiflung in die Knie sank. Sie zog ihr prachtvolles Haar vor dem Gesicht zusammen und rief weinend:

»Unrein! Unrein! Sogar der Allmächtige ekelt sich vor meinem geschändeten Fleisch. Ich muss dies Zeichen der Schande an der Stirn tragen bis zum jüngsten Gericht.« Wir alle schwiegen, tief ergriffen. Ich hatte mich neben ihr in fassungslosem Jammer auf die Knie geworfen und hielt meine Arme fest um sie geschlungen. Ein paar Augenblicke pochten unsere gemarterten Herzen aneinander, während die Freunde, die uns umstanden, sich abwendeten, um die Zähren zu verbergen, die ihnen unter den Wimpern hervorquollen. Da trat Van Helsing an uns heran und sagte mit tiefem Ernst, mit der Gebärde eines Sehers, der Dinge spricht, die ihm eine übernatürliche Macht einflüstert:

»Es mag sein, dass Sie dieses Mal an der Stirn tragen müssen, bis Gott der Herr am jüngsten Tage alles Leid von der Erde und von seinen Kindern, die auf ihr wohnen, wegnimmt. Möchte es uns, liebe, teure Frau Mina, die wir Sie innig lieb haben, vergönnt sein zu sehen, wie das Mal, mit dem Gott Sie gezeichnet, verschwindet und Ihre Stirn so rein und weiß zurücklässt wie Ihr Herz, das wir so genau kennen. So wahr wir leben, dieses Mal wird schwinden, wenn Gott es für gut hält, die Bürde, die so schwer auf uns lastet, von unseren Schultern zu nehmen. Bis dahin wollen wir unser Kreuz tragen, wie es sein Sohn getragen hat, gehorsam dem Willen des Vaters. Vielleicht sind wir auserwählte Werkzeuge seiner göttlichen Gnade und steigen auf sein Geheiß empor wie jener andere durch Geißelhiebe und Schmach, durch Blut und Tränen, durch Angst und Zweifel und alles, was uns Menschenkinder von Gott trennt.«

Es lag Trost und Hoffnung in seinen Worten und eine Mahnung, alles geduldig hinzunehmen. Mina und ich fühlten es beide; gleichzeitig ergriffen wir des alten Mannes Hände, beugten uns nieder und küssten sie. Dann knieten wir alle, ohne ein Wort zu sagen, nieder, reichten uns im Kreis die Hände, als wollten wir uns schwören, treu zueinander zu halten. Wir Männer gelobten, den düsteren Schleier des Leides vom Haupte derjenigen zu lösen, die wir alle, jeder auf seine Art, lieb hatten. Und wir beteten um Hilfe und Führung in der Aufgabe, die noch vor uns lag.

Bald wurde es Zeit, aufzubrechen. Ich verabschiedete mich von Mina. Ein Scheiden war es, das wir beide wohl unser Leben lang nicht vergessen werden, dann gingen wir.

Über eines bin ich mir klar. Wenn Mina schließlich doch ein Vampir werden muss, dann wird sie nicht allein in jenes unbekannte, furchtbare Land gehen. Es ist eben heute noch wie vor Zeiten; wie die verfluchten Leiber nur in geweihter Erde ruhen können, so dient die heiligste Liebe als Werberin für die gespenstischen Reihen der Nicht-Toten.

Wir betraten Carfax ohne jedes Hindernis und fanden alles genau so wie bei unserem ersten Besuch. Man hätte es nicht für möglich halten sollen, dass inmitten dieser prosaischen Umgebung von Staub, Verfall und Verwahrlosung eine Ursache zu den Befürchtungen zu finden sei, wie wir sie hegten. Wären wir nicht so fest entschlossen gewesen und hätten uns nicht die entsetzlichen Erinnerungen angespornt, wir wären kaum geneigt gewesen, unsere Aufgabe durchzuführen. Wir fanden kein Schriftstück im Haus und keine Spur einer Benützung; in der alten Kapelle standen die Kisten noch genau so, wie wir sie das letzte Mal gesehen. Dr. Van Helsing sagte, als wir angelangt waren:

»Zunächst müssen wir diese Erde sterilisieren, die für ihn voll von heiligen Erinnerungen ist und die er zu seinen unheiligen Zwecken aus fernem Lande hierher gebracht hat. Er hat diese Erde gewählt, weil sie ihm heilig ist. Wir schlagen ihn nun mit seinen eigenen Waffen, denn wir machen sie noch heiliger. Sie war dem Gebrauch von Menschen geweiht, wir weihen sie nun Gott.« Unterdessen hatte er seinem Koffer einen Schraubenschlüssel und ein Brecheisen entnommen, und bald war der Deckel der ersten Kiste abgehoben. Die Erde roch dumpfig und muffig, aber wir nahmen keine Notiz davon, denn unsere Aufmerksamkeit war auf den Professor gerichtet. Er zog aus der Büchse ein Stückchen der Hostie und legte es ehrerbietig auf die Erde in der Kiste; dann schloss er den Deckel wieder und schraubte ihn zu, wobei wir ihm behilflich waren.

Eine der großen Kisten nach der anderen behandelten wir in gleicher Weise. Als wir fortgingen, war nichts zu bemerken, nur lag in jeder ein Stück Hostie.

Nachdem wir das Tor hinter uns geschlossen, sagte der Professor:

»So weit ist alles gediehen. Wenn wir mit dem Übrigen so rasch Erfolg haben, dann wird vielleicht im Abendsonnenschein Frau Minas Stirn weiß wie Elfenbein und fleckenlos glänzen.«

Wir gingen über die Wiese der Station zu, um den Zug zu erreichen, und konnten die Front des Asyls genau übersehen. Ich schaute gespannt hinüber und sah am Fenster meines Zimmers Mina stehen. Ich winkte ihr mit der Hand und nickte ihr zu, zum Zeichen, dass dieser Teil unserer Expedition erfolgreich verlaufen war. Sie nickte gleichfalls, um zu zeigen, dass sie verstanden habe. Ich sah dann noch, wie sie uns mit der Hand ein Lebewohl zuwinkte. Wir erreichten die Station mit schwerem Herzen und kamen gerade rechtzeitig an, als der Zug hereinbrauste.

Dies habe ich in der Eisenbahn geschrieben.

Piccadilly, 12 Uhr 30. – Kurz ehe wir Fenchurch Street erreichten, sagte Lord Godalming zu mir:

»Quincey und ich werden einen Schlosser bestellen. Es ist besser, Sie gehen nicht mit, denn es ist nicht ausgeschlossen, dass uns Unannehmlichkeiten erwachsen. Uns würde man es unter den gegebenen Umständen vielleicht nicht so sehr verübeln, dass wir in ein leeres Haus eingebrochen sind. Sie aber sind Jurist, und die Anwaltskammer würde Ihnen sicher zu verstehen geben, dass Sie als solcher sich doch besser hätten vorsehen müssen.« Ich machte Einwendungen und erwiderte, es sei mir gleichgültig, ob ich mir Unannehmlichkeiten zuzöge oder nicht. »Außerdem wird es weniger auffallen, wenn wir nicht in großer Zahl erscheinen. Mein Name wird die Bedenken des Schlossers zerstreuen und auch die jedes Polizisten, der sich vielleicht hineinmischt. Sie gehen besser mit John und dem Professor und warten in Green-Park an einer Stelle, wo Sie das Haus beobachten können. Wenn Sie dann sehen, dass das Tor geöffnet ist und der Schlosser sich entfernt hat, kommen Sie herüber. Wir werden nach Ihnen Ausschau halten und Sie dann einlassen.«

»Der Rat ist gut«, sagte Van Helsing, und wir hatten nun nichts mehr einzuwenden. Godalming und Morris fuhren eiligst in einer Droschke davon, wir stiegen in eine andere. An der Ecke der Arlington-Straße stiegen wir aus und schlenderten gemächlich in den Green-Park. Mein Herz schlug stark, als ich das Haus erblickte, auf das sich unsere Hoffnung baute. Düster und schweigend ragte es in seiner Verwahrlosung unter seinen freundlicheren Nachbarn empor. Wir ließen uns auf einer Bank nieder, von der aus wir eine gute Aussicht hatten, und begannen zu rauchen, um möglichst wenig die Aufmerksamkeit auf uns zu ziehen. Die Minuten schienen mit bleiernen Füßen dahinzuschleichen, wie wir so auf die Ankunft der anderen warteten.

Endlich kam eine Droschke gefahren. Herausstiegen in unbefangener Weise Lord Godalming und Morris; vom Bock kletterte ein untersetzter Handwerker mit seinem

Werkzeugkorb. Morris bezahlte den Kutscher, der seinen Hut lüftete, und davonfuhr. Die beiden anderen stiegen die Treppe hinauf und Lord Godalming erläuterte dem Mann, was zu tun sei. Der Handwerker zog seinen Rock aus und hing ihn an einen der Gitterstäbe, indem er einem gerade des Weges kommenden Polizisten etwas zurief. Der Polizist nickte zustimmend, der Handwerker kniete nieder und stellte seinen Korb neben sich. Eine Weile suchte er darin und entnahm ihm dann eine Anzahl Werkzeuge, die er in einer gewissen Ordnung auf der Stufe niederlegte. Dann stand er auf, sah in das Schlüsselloch, blies hinein und sagte etwas zu seinen Auftraggebern. Lord Godalming lächelte, und der Mann brachte ein großes Bündel Schlüssel hervor; er suchte einen davon heraus und probierte ihn im Schloss. Nachdem er noch ein paar Mal herumgedreht hatte, versuchte er es mit einem zweiten und dann mit einem dritten. Plötzlich öffnete sich das Tor und er trat mit den beiden anderen ein. Wir saßen still; meine eigene Zigarre brannte ungestüm, Van Helsings aber wurde kalt. Wir warteten geduldig; dann kam der Handwerker wieder heraus und holte seinen Werkzeugkorb. Er hielt das Tor mit den Knien halb offen und machte einen passenden Schlüssel zurecht. Diesen überreichte er schließlich Lord Godalming, der seine Börse zog und ihn bezahlte. Der Mann lüftete die Mütze, zog seinen Rock wieder an und ging. Keine Seele hatte sich das Geringste um den ganzen Vorgang gekümmert.

Als der Mann sich ein Stück entfernt hatte, gingen wir drei über die Straße und klopften am Tor. Sofort wurde uns geöffnet. In der Türfüllung stand Quincey Morris und neben ihm Lord Godalming, der sich eine Zigarre anzündete.

»Es riecht ganz scheußlich«, sagte Letzterer, als wir eintraten. Es roch in der Tat schrecklich – wie in der alten Kapelle in Carfax –, unsere Erfahrung lehrte uns, dass der Graf ziemlich oft hier gewesen sein musste. Wir machten uns daran, das Haus zu durchsuchen, hielten uns aber eng zusammen, im Falle wir angegriffen würden. Wir wussten, dass wir es mit einem starken und verschlagenen Feind zu tun hatten und noch konnten wir auch nicht wissen, ob nicht der Graf im Haus sei. Im Speisezimmer, das am rückwärtigen Ende des Ganges lag, fanden wir acht Kisten mit Erde. Neun suchten wir und acht waren nur hier! Unser Werk war nicht vollendet und konnte nicht vollendet werden, wenn wir über den Verbleib der fehlenden Kiste nichts in Erfahrung brachten. Zuerst öffneten wir die Läden des Fensters, das auf einen kleinen, gepflasterten Hof hinaussah; draußen sah man die öde Wand eines Stalles. Sie zeigte keine Fenster, so brauchten wir nicht zu befürchten, beobachtet zu werden. Wir gingen ohne Aufenthalt an die Untersuchung der Kisten, öffneten mittels der mitgebrachten Instrumente eine nach der anderen und verfuhren mit ihnen in gleicher Weise wie mit denen in der alten Kapelle. Es wurde uns klar, dass der Graf nicht anwesend war, wir machten uns daran, einige seiner Gebrauchsgegenstände zu suchen.

Wir hatten noch die übrigen Räume vom Keller bis zum Speicher durchsucht und kamen zu der Überzeugung, dass im Speisezimmer sich die vom Grafen benützten Gegenstände befanden. So machten wir uns daran, sie genau zu studieren. Sie lagen auf dem Speisetisch in einer gewissen ordentlichen Unordnung: Urkunden des Hauses in Piccadilly in einem dicken Bunde; Akten über den Kauf der Häuser in Bermondsey und Mile End; Briefpapier, Umschläge, Tinte und Feder. Alles war mit dünnem Einschlagpapier zum Schutze gegen den Staub bedeckt. Wir fanden auch noch eine Kleiderbürste, einen Kamm, einen Krug und eine Waschschüssel; in dieser befand sich schmutziges Wasser, das wie von Blut gerötet schien. Schließlich entdeckten wir eine Anzahl Schlüssel aller Größen und Formen, die anscheinend zu den übrigen Häusern gehörten. Nachdem wir noch diesen letzten Fund hinreichend geprüft, notierten Lord Godalming und Quincey die genauen Adressen der verschiedenen Häuser im Osten und Süden, nahmen den Bund Schlüssel an sich und begaben sich auf den Weg, um dort die Kisten unbrauchbar zu machen. Wir Übrigen müssen geduldig warten, bis die beiden zurückkehren – oder bis der Graf kommt.

# Dreiundzwanzigstes Kapitel

## Dr. Sewards Tagebuch

3. Oktober. – Die Zeit kam uns sehr lang vor, als wir auf Godalming und Quincey Morris warteten. Der Professor bemühte sich, uns geistig rege zu erhalten. Ich erkannte seine wohlmeinende Absicht aus den Seitenblicken, die er von Zeit zu Zeit auf Harker warf. Dieser leidet furchtbar; es dreht einem fast das Herz im Leibe um. Gestern Nacht war er noch ein frischer, glücklich aussehender Mann, mit einem Gesicht voll Energie, starker Jugendkraft und mit braunem Haar. Heute ist er ein gebeugter, leidender, gealterter Mann, dessen weißes Haar mit den brennenden Augen in den tief liegenden Höhlen und dem vergrämten, faltigen Gesicht übereinstimmt. Aber seine Energie ist noch unangetastet; er ist von glühendem Eifer beseelt. Das ist vielleicht seine einzige Rettung, denn wenn alles gut geht, wird es ihm über die Periode der schlimmsten Verzweiflung hinweghelfen; er wird dann wieder zum alltäglichen Leben zurückzukehren im Stande sein. Ich meinte schon, mein eigenes Leid sei unermesslich, nun aber seines …! Der Professor weiß dies wohl und tut sein Möglichstes, ihn nicht zum Nachgrübeln kommen zu lassen. Das, was er erzählte, war unter den gegebenen Verhältnissen von höchstem Interesse. Ich will es niederschreiben, so weit ich mich noch entsinnen kann:

»Ich habe immer und immer wieder alle Berichte betreffs dieses Ungeheuers studiert, und je tiefer ich eingedrungen bin, desto fester steht bei mir die Überzeugung, dass es ausgerottet werden muss. Überall machen sich Zeichen seines Fortschrittes bemerkbar. Nicht nur in Bezug auf Fähigkeiten, sondern insbesondere darin, dass er sich ihrer immer mehr bewusst wird. Wie ich den Studien meines Freundes Arminius in Budapest entnahm, war Dracula in seinem Leben ein hervorragender Mensch: Krieger, Diplomat und Alchymist. Letzteres bedeutete in jenen Zeiten den Höhepunkt wissenschaftlicher Entwicklung. Er hatte einen mächtigen Verstand, eine unvergleichliche Erfahrung und ein Herz, das nicht Furcht, nicht Gewissen kannte. Keine Wissenschaft der Zeit gab es, in der er sich nicht versucht hat. In ihm überlebten die geistigen Kräfte den physischen Tod, wenn es auch aussieht, als sei sein Gedächtnis nicht immer ganz lückenlos. In manchen Beziehungen ist er geistig noch vollkommen ein Kind; aber er wächst, und viele Dinge, die bisher noch in ihm unentwickelt waren, sind mit ihm gewachsen. Er macht seine Erfahrungen und weiß sie zu benützen. Wenn wir nicht seine Pfade gekreuzt hätten, so wäre er – wenn unser Plan misslingt, so wird er es noch – der Vater und Schöpfer einer neuen Art von Wesen geworden, deren Weg durch den Tod, nicht durchs Leben geht.«

Harker seufzte und sprach: »Das alles ist gegen meine liebe Frau gerichtet! Aber wie macht er seine Erfahrungen? Vielleicht finden wir dadurch Fingerzeige, wie wir ihn unschädlich machen können.«

»Er hat die ganze Zeit, seitdem er hier ist, seine Kräfte versucht, langsam aber sicher. Sein Gehirn ist an der Arbeit. Zu unserm Glück ist es trotz allem immer noch ein Kindergehirn; denn hätte er von Anfang an gewagt, gewisse Dinge zu vollbringen, er wäre längst außer unserem Machtbereich. Aber jedenfalls hat er Erfolge zu verzeichnen; ein Mann, der Jahrhunderte vor sich hat, kann es sich erlauben, zu warten und langsam vorzugehen. ›Festina lente‹ ist sein Wahlspruch.«

»Da komme ich nicht mehr mit«, sagte Harker traurig. »Setzen Sie es mir doch genauer auseinander. Vielleicht haben Gram und Schmerz mir die Fähigkeit zu denken genommen.« Der Professor legte ihm sanft die Hand auf die Schulter und sagte:

»Gewiss, lieber Freund, will ich Ihnen die Sache erklären. Sehen Sie nicht, wie dieses Scheusal sich allmählich die Erfahrungen erworben hat? Wie er den Zoophagen benützt hat, um sich in Johns Haus Eintritt zu verschaffen; denn der Vampir muss, wenn er auch später kommen und gehen kann, wie er will, doch, wenn er das erste Mal kommt, von einem Bewohner zum Eintreten aufgefordert werden. Aber das sind noch lange nicht seine wichtigsten Erfahrungen. Haben wir nicht gesehen, dass er anfangs all die großen Kisten von anderen transportieren ließ. Er wusste es damals noch nicht anders. Aber nach und nach kam er mit seinem Kinderverstand darauf, zu versuchen, ob er das nicht allein bewerkstelligen könne. So begann er zu helfen, als er merkte, dass alles gut ging, probierte er es allein. Und so geht es weiter. Er verteilt selbst seine Gräber, ohne fremde Hilfe, und niemand außer ihm weiß, wo sie verborgen sind. Vielleicht hatte er die Absicht, sie tief in der Erde zu versenken. Niemand wird eine Ahnung haben, dass dort einer seiner Schlupfwinkel ist. Aber verzweifeln Sie nicht, mein Freund, diese Erkenntnis ist ihm viel zu spät gekommen. Schon sind alle seine Lagerstätten bis auf eine für ihn unbrauchbar gemacht, und ehe es Nacht wird, werden wir auch diese sterilisiert haben. Dann hat er keinen Fleck mehr, zu dem er flüchten, wo er sich verstecken könnte. Ich habe heute morgen absichtlich gezögert, damit wir unserer Sache auch ganz gewiss sind. Steht für uns nicht mehr auf dem Spiel als für ihn? Auf meiner Uhr ist es ein Uhr; wenn alles gut gegangen ist, müssen Arthur und Quincey schon auf dem Rückweg zu uns sein. Heute ist unser Tag; wir müssen ganz sicher und vorsichtig gehen, und keine Möglichkeit außer Acht lassen. Sehen Sie, wir sind unser fünf, wenn die zwei Abwesenden zurück sind.«

Wir wurden in unserem Gespräch unterbrochen. Wir erschraken, als wir am Tor ein Klopfen, den doppelten Schlag des Postboten, vernahmen. Wir begaben uns zusammen auf den Gang, und Van Helsing schritt, indem er uns mit der Hand Stillschweigen gebot, auf das Tor zu und öffnete. Ein Depeschenbote stand draußen und hielt ihm ein Telegramm hin. Der Professor schloss das Tor wieder, riss, nachdem er die Adresse gelesen, die Depesche auf und las sie vor.

»Habt Acht auf D. Er hat eben, 12 Uhr 45 Min., eiligst Carfax verlassen und ist in südlicher Richtung davon. Es scheint, als wolle er einen Rundgang antreten und mit euch zusammentreffen. Mina.«

Es entstand eine Pause, die Jonathan Harker unterbrach:

»Dann werden wir ja, Gott sei Dank, bald mit ihm zusammenkommen!«

»Überlassen wir das Wann und Wie unserem Herrgott. Fürchten oder freuen Sie sich jetzt noch nicht; denn das, was uns im Augenblick begehrenswert erscheinen mag, ist vielleicht zu unserem Schaden.«

»Ich habe keinen anderen Wunsch«, erwiderte er leidenschaftlich, »als dieses Scheusal aus dem Antlitz der Erde getilgt zu wissen. Ich gäbe gern meine Seele darum!«

»Ruhe, Ruhe, lieber Freund!« sagte Van Helsing, »Gott schachert nicht in dieser Weise mit Seelen; der Teufel tut es zwar, hält aber nicht Wort. Aber Gott ist gnädig und gerecht und weiß, was wir leiden und wie wir an Frau Mina hängen. Stellen Sie sich doch vor, wie sehr Sie ihre Sorge vergrößern würden, könnte sie diese wilden, unüberlegten Worte hören. Fürchten Sie nicht, dass wir unserer Sache untreu werden könnten; wir haben das Ziel fest im Auge und der heutige Tag soll das Ende sehen. Die Zeit zum Handeln ist gekommen; heute ist dieser Vampir nur mit menschlichen Eigenschaften begabt und kann sich nicht verwandeln, ehe die Sonne hinuntergeht. Es kostet ihn Zeit, hierher zu kommen. Sehen Sie, es ist zwanzig Minuten nach ein Uhr. So bald wird er nicht hier sein, mag er sich auch noch so sehr beeilen. Das zunächst Wichtigste ist, dass Arthur und Quincey vor ihm eintreffen.«

Etwa eine halbe Stunde, nachdem wir Frau Harkers Telegramm erhalten, ließ sich ein energisches Klopfen an der Haustür vernehmen. Es war nur ein gewöhnliches Klopfen, wie man es schon tausend Mal in seinem Leben gehört hat, aber dennoch pochten das Herz des Professors und das meine zum Zerspringen. Wir sahen einander an, gingen zusammen auf den Flur hinaus und hielten unsere Waffen gebrauchsbereit, die geistigen in der Linken, die weltlichen in der Rechten. Van Helsing öffnete und trat, die Tür halb offen haltend, zurück, um beide Hände frei zu haben. Die Freude unserer Herzen muss sich auf unseren Gesichtern gespiegelt haben, als wir draußen auf der Treppe, ganz nahe am Tor, Lord Godalming und Quincey Morris erblickten. Sie kamen rasch herein und schlossen hinter sich ab; Arthur sagte, während wir den Gang hinunterschritten:

»Alles ist in Ordnung. Wir haben beide Häuser gefunden; sechs Kisten in jedem, und haben sie alle zerstört.«

»Zerstört?«, fragte der Professor.

»Ja, für ihn unbrauchbar gemacht.« Wir schwiegen eine Weile, dann sagte Quincey:

»Wir haben nun nichts weiter mehr zu tun, als hier zu warten. Wenn er aber bis fünf Uhr noch nicht da sein sollte, müssen wir gehen, denn wir können Frau Mina nach Sonnenuntergang nicht mehr allein lassen.«

»Er muss in Kürze hier sein«, sagte Van Helsing, der sein Taschenbuch zu Rate gezogen hatte. »Notabene, in Frau Minas Telegramm hieß es, dass er von Carfax aus südlich gegangen sei, d. h., er musste über den Fluss; das konnte er aber nur zur Zeit der Ebbe, also etwas vor ein Uhr. Dass er nach Süden ging, ist von Bedeutung für uns. Er begab sich von Carfax aus zuerst dahin, wo er eine Einwirkung am wenigsten vermutete. Sie dürften nur ganz kurz vor ihm in Bermondsey gewesen sein. Dass er jetzt noch nicht hier ist, beweist, dass er zunächst sich noch nach Mile End begeben hat. Das hat ihn wieder Zeit gekostet, denn er musste dann nochmals den Fluss überschreiten. Glaubt mir, liebe Freunde, wir werden nicht mehr allzu lange zu warten haben. Wir sollten uns einen Angriffsplan zurechtlegen, damit wir keine Möglichkeit aus den Augen lassen. Halt, es ist zu spät. Nehmt eure Waffen zur Hand! Fertig!« Er hob lauschend den Finger, denn es war vom Gang her deutlich zu vernehmen, wie ein Schlüssel vorsichtig in das Schlüsselloch gesteckt wurde.

Wie ein beherrschender Geist sich bewährt, konnte ich selbst in diesem Augenblick bewundern. Bei allen unseren

Jagden und Abenteuern in den verschiedenen Weltteilen hatte Quincey Morris immer die Leitung, während ihm Arthur und ich gewohnheitsmäßig blindlings gehorchten. Die alte Gewohnheit schien sich nun instinktiv wieder zu beleben. Er maß mit einem raschen Blick das Zimmer und wies dann jeden von uns wortlos, mit einem Wink, seinen Platz an. Van Helsing, Harker und ich standen direkt hinter der Tür, so dass Van Helsing sie sofort, wenn sie geöffnet wurde, bewachen konnte, während wir beiden anderen sogleich zwischen den Eingang und den Ankömmling treten sollten. Godalming hinten und Quincey vorn standen außer Sicht, aber bereit vor das Fenster zu treten! Wir warteten in höchster Spannung; und die Sekunden schlichen in quälender Langsamkeit dahin. Die leisen, vorsichtigen Schritte kamen durch den Gang immer näher; der Graf war offenbar auf eine Überraschung gefasst, zum mindesten fürchtete er sie.

Plötzlich sprang er mit einem Satz ins Zimmer, an uns vorbei, ehe wir noch Zeit gefunden, ihn zu halten. Es lag etwas so Raubtierähnliches, etwas so Außermenschliches in seinen Bewegungen, dass wir uns sofort von der Bestürzung erholten, die die Art seines Eintretens hervorgerufen hatte. Der erste, der handelte, war Harker; er warf sich schnell zwischen die Tür und den Grafen. Als dieser uns erblickte, ließ er ein hässliches Knurren ertönen und fletschte seine langen, spitzigen Zähne. Aber dieser Ausdruck wich rasch dem der Verachtung, wie ihn der Löwe seinen Angreifern gegenüber zur Schau trägt. Plötzlich drangen wir, von einem gemeinsamen Impuls getrieben, auf ihn ein. Es war bedauerlich, dass wir unseren Angriff vorher nicht besser organisiert hatten. Gerade in diesem kritischen Augenblick wusste ich nicht, was ich eigentlich zu tun hätte. Ich wusste auch nicht, ob uns unsere weltlichen Waffen etwas nützen würden. Harker schien jedenfalls die Sache versuchen zu wollen, denn er zog sein langes Kukrimesser und führte einen plötzlichen, kräftigen Stoß nach dem Grafen. Der Stoß musste eine furchtbare Gewalt gehabt haben; nur die dämonische Gewandtheit, mit der sich der Graf dem Angriff entzog, rettete ihn. Einen Augenblick später hätte ihm die scharfe Schneide das Herz durchbohrt. So aber traf der Stoß nur seinen Rock und riss eine weite Öffnung, aus der ein Bündel Banknoten und ein Strom von Goldmünzen herausfiel. Der Gesichtsausdruck des Grafen war so infernalisch, dass ich einen Augenblick für Harker fürchtete, obgleich ich sah, wie er das Messer schon wieder zu einem zweiten Stoß bereit hielt. Unwillkürlich trat ich näher heran, das Kruzifix und die Hostie in der hoch erhobenen Linken. Ich fühlte eine überirdische Kraft meinen Arm durchfluten, und es überraschte mich nicht, dass der Graf bei jedem Schritt zurückwich, den einer von uns in dieser Weise gegen ihn machte. Es ist unmöglich, den Ausdruck des Hasses und der höhnischen Bosheit, der Wut und des teuflischen Zornes zu beschreiben, die das Gesicht Draculas verzerrten. Seine wächserne Farbe verwandelte sich in ein Grüngelb, von dem die rot glühenden Augen auffallend abstachen, und die rote Narbe auf der bleichen Haut sah aus wie eine zuckende Wunde. Im nächsten Augenblick duckte er sich katzenartig unter Harkers Arm zusammen, ehe dieser den zweiten Stoß führen konnte. Er raffte eine Hand voll der auf dem Boden liegenden Goldmünzen zusammen und schoss quer durch das Zimmer auf das Fenster zu. Mitten im Krachen und Blitzen des splitternden Glases sprang er auf den darunter liegenden gepflasterten Hof. Durch das Klirren des Glases konnte ich das feine Klingen von Gold hören, als er bei seinem Sprung einige Sovereigns verloren hatte.

Wir eilten ans Fenster und sahen, wie er sich unverletzt aufraffte. Er raste über das Pflaster des Hofes und stieß die Stalltür auf. Dort drehte er sich nach uns um und schrie:

»Ihr habt gedacht, mich überlisten zu können, ihr – da steht ihr da mit euren blassen Gesichtern, in einer Reihe wie die Schafe beim Metzger. Ich will euch noch zu schaffen machen, euch allen! Ihr glaubt, ihr habt mir meine Ruheplätze genommen; ich habe ihrer noch mehr. Meine Rache hat erst begonnen. Ich habe sie auf Jahrhunderte verteilt, und ich habe die Zeit auf meiner Seite. Eure Frauen sind jetzt schon mein, durch sie sollt ihr und andere auch mein werden; meine Kreaturen, die meine Befehle ausführen, und meine Schakale, wenn ich speise. Pfui!« Mit verächtlichem Lachen ging er rasch durch die Tür, und wir hörten den rostigen Riegel knirschen, mit dem er sie hinter sich absperrte. Wir hörten noch eine weitere Tür sich öffnen und schließen. Der erste von uns, der wieder die Sprache fand, war der Professor, als wir in der Erkenntnis, dass wir dem Grafen doch nicht durch den Stall zu folgen im Stande waren, zum Gange eilten.

»Wir haben etwas gelernt, sogar viel! Trotz seiner wilden Worte fürchtet er uns doch; er fürchtet die Zeit, er fürchtet den Mangel. Denn wenn das nicht so ist, warum eilt er so? Seine eigenen Worte haben ihn verraten, oder ich darf meinen Ohren nicht mehr trauen. Warum hat er noch das Geld mitgenommen? Geht ihm schnell nach. Ihr habt schon wilde Tiere gejagt und versteht das Handwerk. Ich für meine Person sorge dafür, dass er nichts Brauchbares mehr vorfindet, wenn er hierher zurückkehrt.« Dabei las er das auf dem Boden liegende Geld auf und steckte es in die Tasche. Dann nahm er die Urkunden und warf sie mit all den anderen Sachen in den Kamin und zündete sie mit einem Streichholz an.

Godalming und Morris waren in den Hof gelaufen, und Harker hatte sich zum Fenster hinausgelassen, um dem Grafen zu folgen. Dieser hatte das Stalltor fest verriegelt, und als sie es endlich aufgebrochen hatten, fanden sie keine Spur mehr von ihm. Van Helsing und ich suchten die andere Seite des Hauses ab, aber die engen Hintergassen waren wie ausgestorben und niemand hatte ihn entweichen sehen.

Es war schon später Nachmittag geworden, bald ging die Sonne unter. Wir mussten uns gestehen, dass unser Spiel für heute verloren war. Mit schwerem Herzen gaben wir dem Professor Recht, als er sagte:

»Wir wollen nun zu Frau Mina zurückkehren. Alles, was wir bis jetzt tun konnten, ist geschehen; wenn wir bei ihr sind, können wir sie wenigstens schützen. Aber wir wollen die Hoffnung nicht aufgeben. Es ist nur noch eine Kiste übrig, wir werden unser Möglichstes tun, um auch sie noch aufzuspüren. Wenn das geschehen ist, dann ist alles gut.« Ich sah, dass er so zuversichtlich sprach, um Harker zu trösten. Der arme Kerl war ganz gebrochen, von Zeit zu Zeit hörte man ein leises Stöhnen, das er nicht unterdrücken konnte – er gedachte seiner Frau.

Bedrückt kehrten wir nach meinem Hause zurück, wo uns Frau Mina erwartete. Sie trug eine frohe Miene zur Schau, die ihrem Mut und ihrer Selbstlosigkeit alle Ehre machte. Als sie uns in die Gesichter sah, wurde sie blass wie der Tod. Sie schloss für einige Sekunden die Augen, wie im stillen Gebet, dann sagte sie freundlich:

»Ich weiß nicht, wie ich Ihnen das alles danken soll. O mein lieber Mann!« Während sie sprach, nahm sie ihres Mannes ergrauten Kopf in ihre Hände und küsste ihn. »Alles wird noch gut werden. Gott wird uns gnädig sein, wenn es sein Wille ist.« Der arme Kerl stöhnte nur. Es gab keine Worte für seinen großen Jammer.

Wir nahmen rasch unser Abendbrot ein; ich muss sagen, es stärkte uns. Es war vielleicht der Heißhunger erschöpfter Menschen, keiner hatte seit dem ersten Frühstück einen Bissen über die Lippen gebracht – oder es hat uns vielleicht auch das Gefühl unserer Zusammengehörigkeit geholfen; jedenfalls fühlten wir uns alle weniger elend und sahen dem kommenden Morgen nicht ganz hoffnungslos entgegen. Getreu unserem Versprechen erzählten wir Frau Harker alles, was sich ereignet hatte. Trotzdem sie weiß wurde, als sie hörte, wie ihr Gatte in Gefahr war, und rot, wenn von seiner Anhänglichkeit die Rede war, lauschte sie doch tapfer und ruhig unseren Worten. Als wir erzählten, wie Jonathan sich mutig auf den Grafen gestürzt, klammerte sie sich fest an seinen Arm und drückte ihn an sich, als müsse sie ihn vor dem kommenden Unheil schützen. Sie sagte aber kein Wort, bis wir sie über alles unterrichtet hatten. Dann stand sie auf, ohne ihres Gatten Hand loszulassen, und begann zu sprechen. Oh, dass es mir gelänge, die Szene zu beschreiben. Wie das edle Weib dastand in der strahlenden Schönheit ihrer Jugend und Lebhaftigkeit! Die rote Narbe auf ihrer Stirn ließ uns alle mit Zähneknirschen daran denken, wie und wodurch sie entstanden war. Wir waren voll grimmigen Hasses, voll von Befürchtungen und Zweifeln. Sie, voll liebender Güte und starkem Glauben; und trotz all ihrer Güte, Reinheit und ihres Glaubens hat sie Gott gezeichnet.

»Lieber Jonathan«, sagte sie, »und ihr alle, meine treuen Freunde, ich bitte euch, in dieser schrecklichen Zeit eins nicht aus den Augen zu verlieren. Ich weiß, dass ihr das Ungeheuer bekämpfen, dass ihr es vernichten müsst, wie ihr die falsche Lucy vernichten musstet, um der wirklichen Lucy das ewige Leben zu geben. Aber es darf kein Werk des Hasses sein. Die arme Seele, die all das Leid bewirkt hat, ist ja selbst am übelsten daran. Denkt nur an die reine Freude, die sie haben wird, wenn ihr schlimmeres Teil zu Gunsten des edleren vernichtet ist, um ihrer Unsterblichkeit willen. Ihr müsst Mitleid mit ihm haben, wenn es auch eure Hände nicht davon abhalten darf, ihn zu vernichten.«

Während sie sprach, wurde das Gesicht ihres Mannes immer finsterer und zog sich zusammen, als würde ihn die Wut bis zum Innersten verzehren. Unwillkürlich wurde der Griff seiner Hand fester; erdrückte die Hand seines Weibes so gewaltsam, dass die Knöchel weiß wurden. Sie ertrug den Schmerz, ohne zu zucken, und sah ihn nur mit flehenden Augen an. Als sie zu Ende war, sprang er auf, indem er seine Hand aus der ihren riss, und rief:

»Gott gebe ihn in meine Hände, damit ich das irdische Leben an ihm zerstören kann, nach dem wir alle trachten. Wenn ich aber dabei seine Seele für alle Ewigkeiten in die tiefste, brennendste Hölle senden könnte, bei Gott, ich täte es.«

»Ruhe, nur Ruhe. Sage nicht solche Dinge, Jonathan. Oder willst du mich aus Angst und Schrecken sterben sehen? Denke doch, Liebster – ich habe heute den ganzen langen Tag darüber nachgedacht –, dass vielleicht eines Tages ich auch eines solchen Mitleides bedürfen könnte, und dass andere in der gleichen Lage, wie jetzt du, und mit dem gleichen Grunde mich zu hassen, mir dieses Mitleid versagen könnten. Gern hätte ich dir dies erspart, hätte ich einen andern Weg gesehen, aber ich flehe zu Gott, dass er deine zornigen, hässlichen Worte dir nicht strenger anrechne als das Weinen aus dem gebrochenen Herzen eines liebenden und gramerfüllten Mannes. Gott im Himmel, möchten diese weißen Haare Dir Zeugen sein dessen, was er erlitten, der doch sein Leben lang kein Unrecht getan und den doch das Schicksal so hart verfolgt.«

Wir Männer hatten alle Tränen in den Augen. Wir konnten sie nicht aufhalten und weinten ganz offen. Auch sie weinte, als sie sah, dass ihre Bitte um Milde die Oberhand gewonnen hatte. Ihr Mann warf sich neben ihr auf die Knie, umarmte sie und verbarg sein Gesicht in den Falten ihres Gewandes. Van Helsing gab uns ein Zeichen und wir stahlen uns aus dem Zimmer und ließen die beiden liebenden Herzen allein mit Gott. Ehe sie sich zur Ruhe begaben, sicherte der Professor das Zimmer gegen den Vampir und versicherte Frau Harker, dass sie nun in Frieden schlafen könne. Sie schien der Versicherung Glauben beizumessen und, offenbar um ihres Gatten willen, gefasst zu sein. Es war ein harter Kampf; aber er wird, wie ich sicher überzeugt bin, seine Belohnung finden. Van Helsing hatte jedem von ihnen eine Handglocke hingestellt, um im Notfall uns rufen zu können. Als das Ehepaar schlafen gegangen war, beschlossen Quincey, Godalming und ich, im Wechsel die Nacht über aufzubleiben und Frau Mina zu bewachen. Die erste Wache hatte Quincey; wir Übrigen sollten so bald wie möglich zu Bett gehen. Godalming hat es schon getan, denn er hat die zweite Ablösung. Nun, da meine Arbeit getan, werde auch ich zur Ruhe gehen.

## *Jonathan Harkers Tagebuch*

3.–4. Oktober, kurz vor Mitternacht. – Ich glaubte, der gestrige Tag wolle kein Ende nehmen. Ich hatte eine wahre Sehnsucht nach Schlaf, in dem blinden Glauben, dass nach dem Erwachen alles anders sein werde, und jede Änderung eine Besserung bedeutete. Ehe wir uns trennten, berieten wir, was wir nun zunächst tun wollten, kamen aber zu keinem festen Resultat. Alles, was wir wussten, war, dass nur noch eine Kiste mit Erde übrig und ihr Verbleib nur dem Grafen bekannt war. Wenn er auf die Idee kommt, in seinem Versteck liegen zu bleiben, kann er uns noch auf Jahre hinaus in Bewegung halten. Und in der Zwischenzeit? Der Gedanke ist grässlich, ich darf ihn gar nicht ausdenken. Eines weiß ich aber: Wenn es je ein Weib ohne Fehl gab, dann ist es meine gequälte Frau. Ich liebe sie noch tausend Mal mehr, um des edlen Mitleids willen, das sie heute Nacht zeigte, dem gegenüber mein eigener Hass gegen das Ungeheuer nur umso hässlicher erschien. Sicher wird es Gott nicht zulassen, dass die Welt um dieses edle Geschöpf ärmer werde. Das ist meine Hoffnung. Wir treiben nun alle riffwärts, der Glaube ist unser einziger Anker. Mina schläft und träumt nicht. Ihre Träume müssen furchtbar sein, wenn sie ihren Inhalt all den entsetzlichen Erinnerungen entnimmt. Als die Sonne unterging, kam eine Ruhe in ihr Antlitz, wie sanfter Frühling nach den Märzstürmen. Ich dachte zuerst, es sei die Röte des untergehenden Gestirns, die ihr Gesicht erglühen machte; nun aber glaube ich, dass die Ursache tiefer lag. Ich bin selbst gar nicht schläfrig, aber müde – todmüde. Aber ich muss mich zum Schlafen zwingen; ich muss auch wieder an das Morgen denken, Ruhe aber gibt es nicht für mich, bis …

Später. – Ich muss eingeschlafen sein, denn ich wurde von Mina geweckt, die aufrecht in ihrem Bett saß und erstaunt um sich blickte. Ich konnte sie genau sehen, denn wir hatten das Zimmer nicht verdunkelt; sie legte ihre Hand auf meinen Mund und flüsterte mir ins Ohr:

»Pst, es geht jemand auf dem Korridor!« Ich stand auf, ging leise durch das Zimmer und öffnete geräuschlos die Türe.

Draußen lag, auf einer Matratze ausgestreckt, Herr Morris, vollkommen wach. Er erhob warnend den Finger und sagte leise:

»Gehen Sie nur zu Bett; es ist alles in Ordnung. Einer von uns ist immer hier, die ganze Nacht über. Wir haben alle Vorsichtsmaßregeln getroffen.«

Sein Blick und seine Gebärden unterdrückten jede weitere Einrede, deshalb ging ich zu Mina zurück und erzählte ihr, was ich gesehen. Sie seufzte, aber ein Schimmer glücklichen Lächelns flog über ihr verhärmtes, bleiches Gesicht, als sie ihre Arme um mich schlang und sagte:

»Wie danke ich Gott für diese guten, wackeren Männer!« Mit einem Seufzer sank sie zurück. Ich schreibe dies, da ich keinen Schlaf finde; aber ich muss wenigstens versuchen, ihn herbeizurufen.

4. Oktober, morgens. – Zum zweiten Mal in dieser Nacht hat Mina mich aufgeweckt. Wir mussten unterdessen gut geschlafen haben, denn das Grau des erwachenden Tages machte scharfe Rechtecke aus den Fenstern und die Gasflamme leuchtete nur noch schwach. Sie sagte hastig zu mir:

»Geh, rufe den Professor. Ich habe ihm sofort etwas zu sagen.«

»Was denn?« fragte ich.

»Ich habe eine Idee. Ich glaube, sie ist mir über Nacht gekommen und in mir reif geworden, ohne dass ich es wusste. Er muss mich hypnotisieren, ehe es Tag wird, dann werde ich im Stande sein zu sprechen. Beeile dich, Liebster, die Zeit ist knapp.« Ich ging zur Tür. Dr. Seward lag noch auf der Matratze und sprang auf, als er mich erblickte.

»Ist etwas geschehen?« fragte er erschreckt.

»Nein«, erwiderte ich, »aber Mina möchte sofort Dr. Van Helsing sprechen.«

»Ich werde ihn holen«, sagte er und lief nach dem Zimmer des Professors.

Sogleich war Van Helsing zur Stelle, auch Morris und Lord Godalming waren erschienen und sprachen in der Tür mit Dr. Seward. Als der Professor Mina lächeln sah, wich der Ausdruck der Angst in seinem Gesicht einem Lächeln. Er rieb sich die Hände und sagte:

»Welch ein Wechsel, liebe Frau Mina! Sehen Sie Jonathan, nun haben wir unsere teure Frau Mina wieder wie ehedem!« Dann wandte er sich zu ihr und fragte besorgt: »Was soll ich für Sie tun? Denn zu einer solchen Stunde haben Sie mich nicht ohne einen wichtigen Grund holen lassen.«

»Ich möchte Sie bitten, mich zu hypnotisieren«, sagte sie. »Und zwar ehe es Tag wird, denn ich fühle, ich werde sprechen können. Aber rasch, die Zeit drängt!« Ohne ein Wort zu erwidern, gab er ihr einen Wink sich aufzusetzen.

Er sah ihr fest in die Augen und begann seine hypnotischen Striche; erst über die Stirn, dann abwechselnd mit beiden Händen vom Kopf abwärts. Mina sah ihm starr in die Augen; mein Herz pochte wie ein Hammer, denn ich fühlte, dass eine Entscheidung nahe war. Nach und nach schlossen sich ihre Augen und sie saß ganz steif da; nur das ruhige Heben und Senken ihrer Brust verriet, dass noch Leben in ihr war. Noch einige Striche, dann hielt der Professor inne; seine Stirn war mit dicken Schweißtropfen bedeckt. Mina öffnete die Augen, aber sie sah ganz anders aus. Sie blickte wie in weite Fernen, und ihre Stimme hatte einen traurigen, träumerischen Klang, der mir an ihr fremd war. Der Professor hob die Hand, um Stillschweigen zu gebieten, und machte mir ein Zeichen, die anderen hereinzuholen. Sie kamen leise herein und stellten sich am Fußende des Bettes auf, um sie genau sehen zu können. Mina nahm keine Notiz von ihnen. Die Stille wurde unterbrochen durch Van Helsings Worte. Er sprach mit leiser, tiefer Stimme, um den Fluss ihrer Gedanken nicht zu unterbrechen:

»Wo sind Sie?« Es erfolgte eine Antwort auf unbeteiligte Art:

»Das weiß ich nicht. Der Schlaf hat keinen Platz, den er sein eigen nennen könnte.« Einige Minuten tiefes Schweigen. Mina saß steif aufrecht, während der Professor keinen Blick von ihr wandte. Wir wagten kaum zu atmen. Im Zimmer wurde es immer heller. Ohne seine Augen von Mina abzuwenden, winkte Van Helsing, die Vorhänge aufzuziehen. Ich tat es und der Tag strömte herein. Ein rötlicher Strahl schoss in die Höhe und ein rosiges Licht schien sich im Zimmer zu verbreiten. In diesem Augenblick fragte der Professor wiederum:

»Wo sind Sie jetzt?« Träumerisch, aber verständlich kam die Antwort; es war, als wolle sie etwas erklären. Sie sprach in dem Ton, der ihr eigen war, wenn sie ihre stenografischen Notizen vorlas.

»Ich weiß nicht. Es ist mir alles fremd.«

»Was sehen Sie?«

»Ich kann nichts sehen; es ist alles dunkel.«

»Was hören Sie?« Durch des Professors geduldige Frage konnte man die Anspannung bemerken.

»Das Klatschen von Wasser. Es gurgelt vorbei und macht kleine Wellen. Ich höre sie außen.«

»Dann sind Sie wohl auf einem Schiff?« Wir sahen einander an, als wollten wir gegenseitig unsere Gedanken lesen. Es waren schreckliche Gedanken. Rasch erfolgte die Antwort:

»Ja!«

»Was hören Sie noch?«

»Ich höre Männer stampfend über mir herumrennen. Eine Kette rasselt, das Gangspill dreht sich klirrend.«

»Was tun Sie?«

»Ich liege still. Es ist wie der Tod.« Die Stimme ging in einen tiefen Atemzug über und die offenen Augen fielen wieder zu.

Unterdessen war die Sonne aufgegangen und wir standen im vollen Tageslicht. Dr. Van Helsing legte seine Hände auf Minas Schulter und drückte sie sanft auf die Kissen zurück. Sie lag einige Sekunden ruhig, wie ein schlafendes Kind, dann erwachte sie mit einem langen Seufzer und starrte verwundert auf uns, die wir sie umstanden. »Hab' ich im Schlafe gesprochen?«, war alles, was sie sagte. Sie schien die ganze Situation zu übersehen, schwieg aber, obgleich man ihr anmerkte, dass sie gern gewusst hätte, was sie gesagt. Der Professor wiederholte ihr das Gespräch und sie sagte:

»Dann ist kein Augenblick zu verlieren; vielleicht ist es noch nicht zu spät.« Morris und Godalming wollten davoneilen, aber des Professors ruhige Stimme hielt sie zurück:

»Halt, meine Freunde. Was für ein Schiff es auch sei, jedenfalls hat es die Anker gelichtet, während sie sprach. In diesem Augenblick werden aber wohl viele Schiffe in dem großen Londoner Hafen das Gleiche getan haben. Welches von ihnen ist es, das ihr suchen wollt? Seien wir froh, dass wir wieder eine Spur haben; wohin sie uns führen wird, wissen wir nicht. Wir sind einigermaßen blind gewesen; denn wenn wir jetzt zurückblicken, so erkennen wir, dass wir das auch im Voraus hätten wissen können, wenn wir dazu im Stande gewesen wären! Leider! Aber das war soeben ein recht verwirrter Satz, nicht wahr? Wir wissen jetzt, was der Graf vorhatte, als er das Geld vom Boden aufraffte, obgleich ihm dadurch die Gefahr drohte, von Jonathans Messer getroffen zu werden. Er wollte entfliehen. Hört – *entfliehen!* Er sah, dass mit einer einzigen Erdkiste und einer Anzahl Männer, die ihn verfolgen wie Hunde den Fuchs, London keinen Raum mehr für ihn bietet. Er hat diese seine letzte Erdkiste an Bord eines Schiffes gebracht und verlässt das Land. Er meint uns entwischen zu können, aber wir folgen ihm. Wir rufen Tally-ho, wie Freund Arthur, wenn er den roten Rock trägt! Unser alter Fuchs ist sehr listig, und mit List müssen wir ihn verfolgen. Aber auch ich bin listig und werde seine Absicht in kurzer Zeit erfasst haben. Unterdessen können wir ruhen, und zwar in vollkommener Zuversicht, denn es trennen uns Wasser von ihm, die er wohl nicht mehr zu überschreiten wünscht und die er auch nicht überschreiten könnte, selbst wenn er wollte, außer das Schiff geht an Land; und auch dies nur zur Zeit der Ebbe oder der vollen Flut. Sehen Sie, die Sonne ist eben aufgegangen, der ganze Tag bis zu ihrem Untergang ist unser. Wir wollen baden und frühstücken, was uns allen Not tut. Wir können mit aller Ruhe uns dem Genuss hingeben, da er nicht mehr in unserem Lande weilt.« Mina sah ihn flehend an und sprach:

»Aber warum müssen wir ihn noch fernerhin verfolgen, da er doch von uns gegangen ist?« Er ergriff ihre Hand und streichelte sie, indem er sagte:

»Fragen Sie jetzt nicht. Wenn wir gefrühstückt haben, bin ich gern bereit Ihnen zu antworten.« Er sagte nichts weiter und wir trennten uns.

Nach dem Frühstück wiederholte Mina ihre Frage. Er sah sie eine Weile ernst an und sagte dann bekümmert:

»Weil wir ihn jetzt, liebe Frau Mina, unbedingt haben müssen, und ginge es bis zu den Pforten der Hölle!« Er wurde blass, als sie leise fragte:

»Warum?«

»Er kann«, antwortete er feierlich, »noch Jahrhunderte lang leben, und Sie sind nur ein sterblicher Mensch. Die Zeit ist für uns das Kostbarste, seit er jenes Wahrzeichen auf Ihre Kehle gedrückt.«

Ich griff gerade rechtzeitig zu, um die ohnmächtig Zusammenbrechende in meinen Armen aufzufangen.

## *Vierundzwanzigstes Kapitel*

### *Wiedergabe eines Gespräches, von Van Helsing in Dr. Sewards Phonographen gesprochen*

Dies für Jonathan Harker:
Sie werden bei der lieben Frau Mina bleiben. Wir werden auf die Suche gehen, wenn ich es so nennen kann, denn es ist nicht Suche, sondern Wissen, für das wir nur eine Bestätigung brauchen. Aber Sie bleiben hier und leisten Ihrer Frau Gesellschaft. Das ist jetzt Ihre heiligste Pflicht. Diesen Tag kann er nicht kommen. Ich will Ihnen auch das sagen, was die anderen schon wissen, weil ich es ihnen gesagt habe. Er, unser Feind, ist fort. Er ist auf sein Schloss nach Transsylvanien zurück. Ich weiß das so gewiss, als hätte es eine feurige Hand in glühenden Lettern an die Wand geschrieben. Er hat das schon in irgendeiner Weise vorbereitet, die letzte Erdkiste hat er schon irgendwo zum Einschiffen fertig gehalten. Darum nahm er noch Geld an sich, darum diese Eile, damit wir ihn nicht vor Sonnenuntergang in unsere Gewalt bekämen. Es war seine letzte Hoffnung, außer dem Grab, das ihm die arme Lucy, von der er denkt, sie sei wie er, offen halten würde. Dem aber war nicht so. Als das missglückte, suchte er direkt seine letzte Zuflucht auf. Er ist sehr schlau! Er weiß, dass sein Spiel hier verloren ist, und kehrt nach Hause zurück. Er findet ein Schiff, das dieselbe Strecke zurückfährt, die er hergekommen ist, und geht an Bord. Wir haben nun zu erforschen, welches Schiff das ist und wohin es ging.

Wenn wir dies wissen, kommen wir heim und berichten alles. Das wird Ihnen und Frau Mina neue Hoffnung geben. Denn Hoffnung besteht noch, wenn Sie es genau überlegen. Es ist nicht alles verloren. Diese Kreatur, die wir verfolgen, benötigte Hunderte von Jahren, um nach London zu gelangen; wir aber können seiner in einem Tage habhaft werden, wenn wir seine Pläne kennen. Auch sind ihm Grenzen gesteckt, obgleich er uns noch viel Böses antun kann und nicht so leidet wie wir. Aber wir sind stark in unserem Vorsatz, und gemeinschaftlich werden wir noch viel stärker sein. Halten Sie den Kopf hoch um Ihres Weibes willen. Die Schlacht hat eben erst begonnen, der Sieg wird unser sein – so gewiss wie Gott in der Höhe über seinen Kindern wacht. Also seien Sie guten Mutes bis wir zurückkehren.

Van Helsing

## *Jonathan Harkers Tagebuch*

4. Oktober. – Als ich Mina Van Helsings Mitteilung vom Phonographen vorsprechen ließ, wurde das arme Mädchen bedeutend froher. Schon die Gewissheit, dass der Graf das Land verlassen hat, gewährt ihr Trost, Trost aber bedeutet für sie Kraft. Ich für meine Person kann jetzt, da wir der Gefahr nicht mehr Auge in Auge gegenüberstehen, es kaum fassen. Sogar meine eigenen entsetzlichen Erlebnisse auf Schloss Dracula kommen mir wie ein lang vergessener Traum vor. Hier im fröhlichen Sonnenlicht des klaren Herbsttages –

Aber ach, wie kann ich es bezweifeln! Mitten in meinen Gedanken fiel mein Blick auf die rote Narbe an der weißen Stirn meines lieben Weibes. Solange diese nicht verschwindet, ist ein Zweifel undenkbar. Und späterhin wird die Erinnerung daran kristallklar erhalten bleiben. Mina und ich fürchten den Müßiggang und haben deshalb all die Tagebücher und Papiere wieder vorgenommen. Je größer uns die Wahrheit der Sache erscheint, desto mehr schwinden Furcht und Angst. In allem liegt es wie eine feste Fügung, das ist unser Trost. Mina sagt, dass wir vielleicht zu Werkzeugen der göttlichen Gnade ausersehen sind. Es kann sein! Ich will mir wenigstens Mühe geben, es zu glauben. Wir haben die ganze Zeit über nicht von der Zukunft zu sprechen gewagt. Es ist besser, wir warten ab, bis der Professor und die anderen von ihrer Forschungsreise zurück sind. Der Tag läuft rascher dahin, als ich je geglaubt, dass ein Tag für mich wieder verrinnen könne. Es ist schon drei Uhr.

## *Mina Harkers Tagebuch*

5. Oktober, 5 Uhr abends. – Wir kommen zusammen, um zu berichten. Zugegen sind: Professor Van Helsing, Lord Godalming, Dr. Seward, Herr Quincey Morris, Jonathan Harker, Mina Harker.

Professor Van Helsing berichtet, welche Schritte heute unternommen worden sind, um zu entdecken, auf welchem Schiff und in welcher Richtung der Graf seine Flucht bewerkstelligt hat:

»Als mir klar geworden war, dass er nach Transsylvanien zurück wollte, wusste ich auch, dass er die Donaumündung zu erreichen beabsichtigte oder irgendeinen anderen Punkt des Schwarzen Meeres, da er ja von dort gekommen war. Vor uns stand eine gähnende Leere. Omne ignotum pro magnifico. So machten wir uns denn schweren Herzens auf, zu erkunden, welche Schiffe heute Nacht nach dem Schwarzen Meere abgegangen seien. Er war auf einem Segelschiff, da Frau Mina erzählt hatte, dass Segel gesetzt wurden. Da diese meistens nicht die Bedeutung haben, um in der Segelliste der »Times« aufgeführt zu werden, so gingen wir auf Anregung von Godalming zum Lloyd, wo eine Liste sämtlicher abgehenden Schiffe aufliegt, seien sie auch noch so klein. Dort fanden wir, dass nur ein einziges Schiff, das nach dem Schwarzen Meere bestimmt war, mit der Ebbe hinausging. Es war die Czarina Catharina, die von Doolittles Werft nach Varna abging; von dort sollte sie noch andere Städte berühren und schließlich die Donau hinauffahren. Das ist das Schiff, auf dem sich der Graf befindet. Wir begaben uns zu Doolittles Werft und trafen dort einen Mann in einem Büro, so klein, dass der Mann größer schien als das Büro. Bei ihm erkundigten wir uns wegen der Abfahrt der Czarina Catharina. Er fluchte viel, hatte ein rotes Gesicht und eine laute Stimme, aber alles in allem war er ein guter Kerl. Als Quincey ihm etwas aus seiner Tasche gab, das beim Zusammenfalten knisterte, steckte er es in einen kleinen Beutel, den er der tiefsten Tiefe seiner Tasche entnahm, und wurde dann liebenswürdiger und dienstwilliger. Er ging mit uns und fragte viele Leute, die gerötet und schwitzend arbeiteten. Auch sie waren zugänglicher, als sie nicht mehr durstig waren. Sie fluchten viel, auch verstand ich sie fast nicht, obgleich ich erriet, was sie meinten; dennoch aber gaben sie uns Auskunft über alles, was wir von ihnen zu wissen begehrten.

Sie erzählten uns, dass gestern Nachmittag gegen 5 Uhr ein Mann in größter Eile gelaufen kam. Ein großer, hagerer, bleicher Mann, mit einer großen Nase und Augen, die zu brennen schienen. Er sei ganz in Schwarz gekleidet gewesen, habe einen Strohhut getragen, der weder auf seinen Kopf noch in die Zeit passte. Er warf mit dem Geld nur so herum, um möglichst rasch in Erfahrung zu bringen, welches Schiff in das Schwarze Meer ginge und wohin. Einige von ihnen führten ihn zum Büro und dann zum Schiff; er ging aber nicht an Bord, sondern blieb am Ende der Laufbrücke stehen, indem er den Kapitän bat, zu ihm herauszukommen. Der Kapitän kam, als man ihm gesagt hatte, dass er gut bezahlt würde, und obgleich er anfangs entsetzlich fluchte und schimpfte, tat er es schließlich doch. Dann ging der Schwarze wieder und einige Leute sagten ihm, wo er Wagen und Pferd zu mieten bekäme. Er begab sich dahin und kam bald wieder, wobei er selbst den Wagen lenkte, auf dem eine große Kiste stand. Er hob sie herunter, obgleich sie so schwer war, dass später auf dem Schiffe mehrere Leute helfen mussten, um sie vom Fleck zu bringen. Er gab dem Kapitän Anweisung, wo und wie er seine Kiste gestellt haben wollte, aber dem Kapitän war das nicht recht, er fluchte in mehreren Sprachen und sagte ihm, er sollte selbst kommen und sich darum kümmern. Aber jener sagte ›nein‹; er könne jetzt nicht kommen, weil er noch viel zu tun habe. Darauf erwiderte der Kapitän, dass er sich beeilen müsse – zum Teufel –, dass sein Schiff – Hölle und Teufel – den Hafen verlassen werde – beim Teufel –, ehe die Ebbe zu Ende. Der hagere Mann lächelte und sagte, dass er ja ohne Zweifel kommen müsse, wenn es der Kapitän wünsche, aber er würde sich sehr wundern, wenn er schon so bald ausfahren könnte. Der Kapitän stieß wieder seine vielsprachigen Flüche aus. Der Hagere verbeugte sich, dankte und versprach, rechtzeitig vor Abfahrt des Schiffes an Bord zu kommen. Schließlich sagte der Kapitän mit noch röterem Gesicht und in noch mehr Sprachen als gewöhnlich, dass er – Hölle und Teufel – keinen Franzosen an Bord brauche. Er fragte noch, wo sich in der Nähe ein Laden befinde, in dem man Schiffsmodelle kaufen könne, und empfahl sich dann.

Niemand wusste, wohin er gegangen war. Man kümmerte sich auch wenig darum, es gab anderer Dinge genug zu denken – zum Teufel –, denn bald war es allen klar, dass die Czarina Catharina nicht zur festgesetzten Zeit auslaufen könne. Ein dünner Nebel begann vom Fluss heraufzukriechen und wurde immer dichter und dichter, bis schließlich eine graue Wand das Schiff und die nächste Umgebung einhüllte. Der Kapitän fluchte in allen Sprachen Stein und Bein, Hölle, Blut und Teufel, aber es half nichts. Das Wasser stieg und stieg; er begann zu fürchten, dass er die Ebbe versäumen werde. Er war nicht in allzu rosiger Laune, als gerade mit dem Höhepunkt der Flut der hagere Mann über das Laufbrett daherkam und sich erkundigte, wo seine Kiste verstaut sei. Der Kapitän gab ihm zur Antwort, er solle sich mitsamt seiner Kiste zum Teufel scheren. Aber der Hagere war nicht beleidigt, sondern ging mit dem Maat hinunter und sah nach seiner Kiste, kam wieder herauf und blieb im Nebel eine Weile an Deck stehen. Bald begann der Nebel zu zerfließen und alles lag wieder klar. Meine durstigen Freunde mit ihrer blumigen Sprache lachten, als sie schilderten, wie der Wortschwall des Kapitäns an diesem Tage noch den üblichen Strom seiner Rede überboten habe; besonders wütend aber soll er geworden sein, als er von anderen Seeleuten, die zu dieser Zeit den Fluss auf- oder abwärts passiert hatten, hörte, sie hätten außer am Kai keine Spur von Nebel gesehen. Zur Ebbezeit ging das Schiff dann hinaus und war morgens jedenfalls schon weit draußen in der Flussmündung! Zu der Zeit, als wir die Erkundigungen einzogen, war es wohl schon auf hoher See.

Und nun, Frau Mina, können wir uns eine Weile ausruhen. Unser Feind ist auf der See, mit dem Nebel als treuen Bundesgenossen, und seine Fahrt geht zur Mündung der Donau. Die Fahrt mit dem Segelschiff erfordert viel Zeit, mag es auch noch so rasch gehen; wir werden die Reise zu Lande unternehmen und ihn dort treffen. Ich hoffe, dass es uns gelingen wird, ihn zwischen Sonnenaufgang und Sonnenuntergang zu fassen, und zwar in seiner Kiste, wo er sich nicht wehren kann und wir mit ihm verfahren können, wie wir es müssen. Wir haben noch Tage vor uns, unseren Plan fertig zu machen. Wir wissen genau, wohin er geht, denn wir haben den Schiffseigentümer gesehen, der uns alle erdenklichen Frachtbriefe und Papiere gezeigt hat. Die Kiste wird in Varna gelöscht und einem dortigen Agenten, einem gewissen Ristics, übergeben, der sich legitimieren muss. So weit geht also der Anteil unseres kaufmännischen Freundes. Er sagte, wenn etwas nicht in Ordnung sei, könnte er telegrafieren und Erkundigungen einziehen lassen in Varna. Wir sagten nein, denn was noch zu tun ist, ist nichts für die Polizei oder für den Zoll. Was dann noch zu geschehen hat, müssen wir allein und auf unsere Weise tun.«

Als Van Helsing geendet, fragte ich ihn, ob er sicher wüsste, dass der Graf an Bord des Schiffes geblieben sei. Er erwiderte: »Wir haben dafür den besten Beweis: die Aussagen, die Sie heute früh im Trance gemacht haben.« Ich fragte ihn neuerdings, ob es denn wirklich unumgänglich nötig sei, den Grafen zu verfolgen. Ich fürchtete, Jonathan werde mich verlassen, denn er werde sich nicht zurückhalten lassen, wenn all die anderen gingen. Er antwortete mit wachsender Leidenschaft. Anfangs war er ganz ruhig. Er wurde aber immer ärgerlicher und heftiger, und die Eigenschaften seiner persönlichen Überlegenheit, die ihm eine so gebietende Stellung unter den Männern eingeräumt hatte, traten noch mehr zu Tage.

»Ja, es ist notwendig – notwendig – notwendig! In erster Linie um Ihrer selbst willen, dann aber auch um der Menschheit willen. Dieses Scheusal hat schon genug Übles angerichtet in dem beschränkten Spielraum, den es hatte, und in der kurzen Zeit, noch dazu als unwissendes Geschöpf, das seine Fähigkeiten erst ausprobieren musste. All das habe ich den anderen schon erläutert; Sie, Frau Mina, können es den Aufzeichnungen Ihres Mannes oder aus dem phonographischen Tagebuch meines Freundes erfahren. Ich habe ihnen dargelegt, dass der Entschluss, sein eigenes, dünn bevölkertes Land zu verlassen und ein neues Land aufzusuchen, wo die Menschen dicht wie Kornähren wachsen, das Werk von Jahrhunderten war. Einem andern Nicht-Toten als ihm, der das versucht hätte, was er versucht hat, wären vielleicht die vergangenen und zukünftigen Jahrhunderte nicht so zu Hilfe gekommen. Bei diesem einen müssen alle verborgenen tiefen, starken Kräfte der Natur in merkwürdiger Weise zusammengewirkt haben. Schon das Land, in dem dieser Nicht-Tote seit Jahrhunderten gelebt hat, ist voll von geologischen und chemischen Wundern. Es gibt tiefe Höhlen und Risse, die sich unendlich weit in das Innere der Erde erstrecken. Es gibt dort Vulkane, deren Krater noch heute Wasser von besonderer Beschaffenheit ausspeien, und Gase, die töten oder heilen. Zweifellos sind einige dieser Kombinationen geheimer Kräfte magnetischer oder elektrischer Natur und wirken eigenartig auf das animalische Leben ein, und auch in ihm scheinen Kräfte solcher Art zu wirken. In einer rauen, kriegerischen Zeit war er wegen seiner eisernen Nerven, seiner Klugheit und seiner Tapferkeit vor allen berühmt. In ihm haben einige vitale Prinzipien in unfassbarer Weise ihre höchste Vollendung erlangt, und ebenso wie sein Körper stark bleibt, wächst und gedeiht, so wächst auch sein Gehirn. Neben diesem allem gehen die dämonischen Kräfte einher, über die er verfügt; aber sie werden das Feld den Mächten räumen müssen, die im Guten ihren Ursprung haben und seine Symbole sind. Nun wissen wir also, was wir von ihm zu halten haben. Er hat Sie vergiftet – verzeihen Sie mir, teure Frau, dass ich das sagen muss; aber es ist nur zu Ihrem Besten, dass ich so spreche. Er hat Sie in der Weise vergiftet, dass Sie weiter nichts zu tun haben, als in Ihrer bisherigen lieben Art fortzuleben; aber später, wenn der Tod kommt, der nach Gottes Ratschluss unser aller Los ist, dann werden Sie sein wie er. Das darf nicht geschehen! Wir haben es einander geschworen, dass es nicht sein darf. Wir sind in diesem Falle Vollstrecker des göttlichen Willens; die Welt und die Menschen auf ihr, für die sein eigener Sohn in den Tod gegangen ist, will Gott nicht einem solchen Ungeheuer überlassen, dessen Existenz allein schon ihn schändet. Er hat es uns schon vergönnt, eine Seele zu erretten, und wir ziehen nun aus wie die alten Kreuzritter, um noch mehr zu befreien. Wie sie ziehen wir gegen Morgenland, und wenn wir fallen müssen, fallen wir wie sie um einer guten Sache willen«. Er machte eine kurze Pause und ich sagte:

»Aber wird der Graf aus diesem Misserfolg keine Lehren ziehen? Wird er nicht, nachdem er aus England vertrieben worden ist, dieses Land meiden, wie der Tiger das Dorf, in dem man Jagd auf ihn gemacht hat.«

»Ja«, sagte er, »Ihr Beispiel mit dem Tiger ist gut und ich will näher darauf eingehen. Ihr ›Menschenesser‹, wie der Inder den Tiger nennt, der schon einmal Menschenblut gekostet, berührt keine andere Beute mehr, sondern streift nur mehr, von der Begierde nach jenem getrieben, umher. Der, den wir jagen, ist auch ein Tiger, ein Menschenesser, auch er wird immer auf der Lauer liegen. Nein, er ist nicht einer, der zurückweicht und sich fern hält. Zu seinen Lebzeiten überschritt er die türkische Grenze und griff den Feind auf eigenem Grund und Boden an. Er wurde zurückgeschlagen – aber hielt ihn dies ab, erneut einzubrechen? Nein! Er kam immer und immer wieder. Beachten Sie seine Ausdauer und Hartnäckigkeit. Mit seinem Kindergehirn fasst er den Plan, in eine große Stadt zu gehen. Was tut er? Er findet diejenige heraus, die ihm von allen Städten der

Welt die günstigsten Aussichten bietet. Dann macht er sich in wohl überlegter Weise an die Durchführung seiner Idee. Er legte sich in Geduld das Maß seiner Stärke, die Ausdehnung seiner Fähigkeiten zurecht. Er studierte neue Sprachen. Er unterrichtete sich über neues soziales Leben, über Justiz, Politik, Geldwesen und Wissenschaften, die Gebräuche eines neuen Landes und eines neuen Volkes, das erst geworden ist, seit er lebt. Die Aussichten, die er hat, vermehren nur seinen Appetit und schärfen seine Begierde. Und das alles vermehrt auch seine geistigen Kräfte, denn er erhielt ja den Beweis, wie recht er mit seiner ersten Voraussetzung hatte. Er hat dies alles allein zu Wege gebracht; ganz allein kam er aus einem zerfallenen Grab in einem weltfernen Lande. Wie viel mehr wird er noch vermögen, wenn eine weitere Gedankenwelt sich ihm auftut. Er, der des Todes spottet, wie wir wissen; er, der inmitten von Seuchen gedeiht, die ganze Menschengeschlechter dahinraffen! Wenn Gott ein solch begabtes Wesen schaffen würde, und nicht der Teufel, welche Ströme des Guten könnten von ihm ausgehen! Aber wir haben uns gegenseitig gelobt, die Welt von dem Ungeheuer zu befreien. Unser Netz muss im Stillen vorbereitet, unsere Pläne im Geheimen überlegt werden. In unserem erleuchteten Zeitalter, in dem die Menschen nicht einmal das glauben, was sie sehen, wäre ein Zweifel der Klugen seine größte Stärke. Es wäre zugleich sein Schutz, sein Schild und seine Waffe, um uns zu vernichten, seine Feinde, die gewillt sind, sogar ihre eigenen Seelen für das Heil der einen, die sie lieb haben, zu wagen zum Wohle der Menschheit und zu Gottes Ruhm und Ehre.«

Nach einer allgemeinen Diskussion beschlossen wir, heute Nacht keine Entscheidung mehr zu treffen; wir sollten alle über die Sache schlafen und versuchen, jeder seinen eigenen Plan zu fassen. Morgen beim Frühstück wollten wir uns zu einem endgültigen Plan entschließen.

Wunderbarer Friede und heilige Ruhe sind heute über mich gekommen. Mir ist, als sei etwas Störendes von uns gewichen. Vielleicht …

Ich dachte den Gedanken nicht zu Ende, ich konnte ihn nicht zu Ende denken, denn ich sah im Spiegel das rote Mal auf meiner Stirn und wusste, dass ich unrein war.

## *Dr. Sewards Tagebuch*

5. Oktober. – Wir standen alle früh auf, und ich glaube, der Schlaf hat uns recht wohl getan. Als wir uns zum Frühstück setzten, herrschte mehr allgemeine Fröhlichkeit, als wir gedacht hatten, je wieder empfinden zu können.

Es ist merkwürdig, welche Spannkraft in der menschlichen Natur wohnt. Lass irgendeine störende Einwirkung, ganz gleich welche, auf irgendeine Weise – sogar durch den Tod – aufhören, sofort federn wir wieder zu den Grundprinzipien der Hoffnung und der Freude zurück. Als wir so um den Tisch versammelt saßen, kam mir immer wieder der Gedanke, all das, was wir erlebt, sei nur ein grässlicher Traum gewesen. Nur der Blick auf die rote Narbe an Frau Minas Stirn belehrte mich, dass wir mitten in der vollen Wirklichkeit standen. Auch jetzt, wenn ich die Sache immer wieder überlege, ist es mir fast unmöglich zu glauben, dass der Urheber alles unseres Leides noch existiert. Selbst Frau Harker scheint auf Augenblicke ihr Elend zu vergessen; nur dann und wann, wenn irgendetwas sie darauf bringt, denkt sie noch ihrer schrecklichen Narbe. In einer halben Stunde wollen wir hier in meinem Arbeitszimmer zur Beratung über unser weiteres Vorgehen zusammenkommen. Nur eine unmittelbare Schwierigkeit glaube ich vorauszusehen, es ist mehr eine Ahnung als ein Resultat des Nachdenkens. Wir werden alle offen sprechen, und dennoch fürchte ich, dass Frau Harkers Zunge in dieser oder jener Weise gebunden sein wird. Ich weiß, dass sie selbst ihre Schlüsse zieht; aus all dem, was ich bisher hörte, sind sie sehr klar und zutreffend. Aber sie wird ihnen vielleicht keinen Ausdruck geben können oder wollen. Ich habe Van Helsing meine Meinung gesagt, und er versprach mir, mit mir darüber sprechen zu wollen, wenn wir allein sind. Ich fürchte fast, dass jenes furchtbare Gift schon in ihr zu wirken beginnt. Der Graf hatte ihr doch nicht ohne tiefere Absicht das gegeben, was Van Helsing die Bluttaufe des Vampirs nannte. Nun, es kann ja auch ein Gift sein, das sich aus ganz harmlosen Stoffen herausdestilliert. In unserem Zeitalter, wo die Existenz der Ptomaine uns noch nicht einmal klar ist, sollten wir uns über gar nichts dergleichen wundern. Eins weiß ich aber: Wenn mich meine Ahnung nicht täuscht bezüglich Frau Harkers Schweigen, dann liegt noch eine große Schwierigkeit, eine unbekannte Gefahr in unserem Werk. Dieselbe Kraft, die sie zum Schweigen zwingt, kann sie auch zum Reden zwingen. Ich will nicht weiter daran denken, um nicht in meinen Gedanken der edlen Frau Unrecht zu tun.

Van Helsing ist ein wenig früher als die anderen zu mir ins Arbeitszimmer gekommen. Ich werde das Thema anschneiden.

Später. – Nachdem der Professor sich niedergelassen hatte, sprachen wir über die ganze Lage der Dinge. Ich sah ihm an, dass er etwas zu sagen hatte, aber doch immer wieder zögerte, mit der Sprache herauszurücken. Nachdem er ein bisschen auf den Busch geklopft, sagte er plötzlich:

»Freund John, ich muss etwas mit Ihnen allein besprechen, wenigstens fürs Erste. Später können wir dann auch die anderen ins Vertrauen ziehen.« Er hielt inne. Als ich schwieg, fuhr er fort:

»Frau Mina, unsere gute Frau Mina, verändert sich.« Eiskalt rann es mir über den Rücken, als ich meine schlimmsten Befürchtungen so bestätigt sah. Van Helsing sprach weiter:

»Wir haben schon eine böse Erfahrung mit Fräulein Lucy gemacht; wir müssen also hier besonders auf unserer Hut sein, ehe es zu spät ist. Unsere Aufgabe ist gegenwärtig schwieriger als je; diese neue Sorge lässt jede Stunde, die verrinnt, zu einer schauderhaften Anklage werden. Ich sehe, wie die Kennzeichen des Vampirismus sich auf ihrem Gesicht zu zeigen beginnen. Noch ist es sehr wenig, aber man muss es bemerken, wenn man sie ohne Vorurteil anblickt. Ihre Zähne sind schärfer, und ihr Blick scheint mir etwas härter als sonst. Aber das ist noch nicht alles; sie ist jetzt oft so schweigsam, genau so wie seinerzeit Fräulein Lucy. Sie sprach auch nicht, selbst wenn sie das, was sie bekannt zu machen wünschte, für später aufschrieb. Nun befürchte ich Folgendes: Wenn sie in der Hypnose uns sagen kann, was der Graf hört und sieht, ist es nicht noch wahrscheinlicher, dass er, der sie zuerst hypnotisiert hat, der ihr Blut getrunken und ihr das seine zu trinken gegeben hat, sie zwingen kann, wenn er will, ihm das zu sagen, was sie von uns weiß?« Ich nickte zustimmend, und er fuhr fort:

»Wenn das so ist, dann müssen wir alles daran setzen, um es zu verhindern; wir müssen sie über unsere Absichten im Dunkeln lassen, denn das, was sie nicht weiß, kann sie ihm auch nicht verraten. Es ist eine schlimme Sache! Oh, so schlimm, dass es mein Herz bricht, wenn ich daran denke, aber es muss sein. Wenn wir wieder zusammenkommen, werde ich ihr sagen, dass sie aus einem Grunde, der ihr vorerst verborgen bleiben muss, unseren Beratungen fernzubleiben habe und von uns lediglich beschützt würde.« Er wischte sich die Stirn, auf der große Schweißperlen standen; so sehr hatte ihn die grausame Notwendigkeit angegriffen, die ohnehin schon so geplagte Frau wieder kränken zu müssen. Ich glaubte, ihm dadurch etwas Trost geben zu können, dass ich bemerkte, ich sei zu der gleichen Folgerung gekommen; zum mindesten befreite es ihn von den quälenden Zweifeln. Ich sagte es ihm also und erreichte auch meine Absicht.

Nur kurze Zeit trennt uns noch von dem Zusammentreffen aller. Van Helsing ist weggegangen, um sich darauf vorzubereiten, insbesondere auf das für ihn Schmerzlichste. Ich glaube wirklich, dass es seine Absicht ist, in der Stille zu beten.

Später. – Kurz vor Beginn der Versammlung ward Van Helsing und mir eine sehr angenehme Botschaft zuteil. Frau Harker hatte ihren Gatten beauftragt, uns mitzuteilen, dass sie nicht kommen werde; sie sei der Ansicht, dass wir dann freier über unseren Plan beraten könnten, während ihre Anwesenheit uns stören würde. Der Professor und ich wechselten rasche Blicke des Einverständnisses und fühlten uns sehr erleichtert. Ich wusste, dass uns viele Unannehmlichkeiten und manche Gefahr erspart blieben, da Frau Harker selbst auf die Idee gekommen war, sich fern zu halten. Unter dieser Voraussetzung kamen wir, den Finger an den Lippen, Frage und Antwort zugleich in den Blicken, dahin überein, bezüglich unseres Verdachtes Stillschweigen zu bewahren, bis es uns wieder möglich war, ungestört darüber zu sprechen. Wir gingen nun sofort an die Besprechung unseres Feldzugsplanes. Van Helsing machte uns in Kürze mit den Erfahrungen der letzten Stunden bekannt:

»Die Czarina Catharina ist gestern früh aus der Themse ausgelaufen. Ich nehme an, dass sie die schnellste Fahrt macht, die sie je gemacht hat, dann braucht sie bis Varna drei Wochen. Wir können diese Stadt über Land in drei Tagen erreichen. Rechnen wir noch zwei Tage weniger für die Fahrt des Schiffes – wir wissen ja, dass der Graf im Stande ist, das Wetter für seine Zwecke dienstbar zu machen; für Zeitverluste, die uns treffen können, rechnen wir einen ganzen Tag und eine ganze Nacht, dann bleiben uns immer noch reichlich zwei Wochen. Wir müssen also, um sicher zu gehen, spätestens am 17. dieses Monats abfahren. Dann sind wir mindestens einen Tag vor Ankunft des Schiffes in Varna und haben noch Zeit, die nötigen Maßregeln zu treffen. Auf alle Fälle gehen wir bewaffnet, bewaffnet gegen alles Böse, sei es geistiger oder weltlicher Natur.« Quincey Morris fügte hinzu:

»Ich habe daran gedacht, dass der Graf aus dem Land der Wölfe kommt und dass er unter Umständen schon vor uns dort eintrifft. Ich schlage vor, dass wir unsere Ausrüstung noch durch Winchesterbüchsen vervollständigen. Ich habe einen festen Glauben an den Winchester, wenn Gefahren mich rings umgeben. Erinnerst du dich, Arthur, wie wir bei Tobolsk eine solche Meute hinter uns her hatten? Was hätten wir da nicht darum gegeben, wenn jeder von uns einen Winchester in der Hand gehabt hätte!«

»Einverstanden!«, sagte Van Helsing, »Sie sollen Ihre Winchesters haben. Quincey ist immer der Situation gewachsen, insbesondere wenn es ans Jagen geht. Hier können wir eigentlich in der Zwischenzeit doch nichts tun, und da wir Varna ohnehin noch nicht kennen, könnten wir etwas früher dahin aufbrechen. Wir müssen hier ebenso lange warten wie dort: Wir können uns von heute auf morgen fertig machen, und wenn alles in Ordnung ist, reisen wir vier ab.«

»Wir vier?«, fragte Harker, indem er seine Blicke von einem zum andern gleiten ließ.

»Natürlich«, antwortete der Professor rasch, »Sie müssen hier bleiben und auf Ihre liebe Frau achten.« Harker schwieg eine Weile und sagte mit rauer Stimme:

»Diese Angelegenheit wollen wir morgen weiterbesprechen. Ich werde mit Mina reden.« Ich glaubte nun die Zeit gekommen, dass man Harker warnen müsse, seiner Frau etwas von unseren Absichten zu enthüllen; aber Van Helsing tat es nicht. Ich räusperte mich und machte ihm Zeichen. Zur Antwort legte er den Finger an die Lippen und wendete sich ab.

5. Oktober. Nachmittags. – Noch einige Zeit nach unserer Beratung heute früh war ich nicht im Stande zu denken. Die neue Phase, in die unsere Angelegenheit getreten war, hatte meinen Geist in einen Zustand versetzt, der ein positives Denken nicht zuließ. Minas Weigerung, noch irgendwie an unseren Beratungen teilzunehmen, hatte mich stutzig gemacht, und da es mir nicht möglich war, Gründe von ihr zu erfahren, musste ich versuchen, sie zu erraten. Ich bin aber von einer Lösung des Rätsels weiter entfernt als je. Die Art und Weise, wie die anderen die Nachricht aufnahmen, ist mir unverständlich; so oft wir in letzter Zeit über diese Dinge sprachen, waren wir doch alle einig, dass Mina nicht das Geringste mehr verheimlicht werden sollte. Mina schläft gerade ruhig und sanft, ihre Lippen sind leicht geöffnet und ihr Gesicht strahlt vor Glück. Ich bin froh, dass es doch noch solche Augenblicke für sie gibt.

Später. – Wie seltsam alles ist. Ich saß und bewachte mein schlafendes Weib; ein Glücksgefühl zog mir durch die Brust, wie ich es lange nicht gekannt habe. Als der Abend herankam und die sinkende Sonne lange Schatten auf die Erde malte, ward mir in der schweigenden Stube immer feierlicher zu Mute. Plötzlich schlug Mina die Augen auf, sah mich zärtlich an und sagte:

»Jonathan, du musst mir etwas auf dein Ehrenwort versprechen. Du versprichst es mir und Gott ist Zeuge; du darfst deinem Worte nicht untreu werden, und sollte ich mich vor dir auf den Knien winden und dich mit heißen Tränen darum anflehen. Schnell, du musst es mir sofort versprechen.«

»Mina«, sagte ich, »ein solches Versprechen kann ich nicht so ohne Weiteres geben. Vielleicht habe ich gar kein Recht dazu.«

»Aber, Liebster«, sagte sie mit Nachdruck, und ihre Augen leuchteten wie Sterne, »ich bin es ja, die es wünscht, und ich tue es ja nicht um meinetwillen. Du kannst Van Helsing fragen, ob ich recht handle. Wenn er mir Unrecht gibt, kannst du tun, was du für nötig hältst. Nein, noch mehr als das: Wenn ihr alle später dahin übereinstimmt, dass es anders wird, entbinde ich dich von deinem Versprechen.«

»Ich verspreche es!«, sagte ich, und einen Augenblick schoss ein Ausdruck des Glückes über ihr Gesicht. Ich aber glaube nicht an ihr Glück, so lange ich die rote Narbe an ihrer Stirne sehe. Sie fuhr fort:

»Versprich mir, dass du mir gegenüber nie etwas von dem verlauten lässt, was ihr gegen den Grafen im Schilde führt. Weder in Worten, noch durch Zeichen, noch durch Andeutungen. So lange nicht, als ich dieses Zeichen hier trage.« Und sie zeigte bedeutungsvoll auf die Narbe an ihrer Stirn. Ich sah, dass es ihr ernst war, und antwortete:

»Ich verspreche es.« Als ich das sagte, hatte ich das Gefühl, als schlösse sich eine Tür zwischen uns beiden.

Später, Mitternacht. – Mina ist den ganzen Abend froh und heiter gewesen. So sehr, dass wir alle wieder Mut fassten, als hätte sich diese Fröhlichkeit auch auf uns übertragen. Selbst mir, auf dem doch das Leid wie eine dunkle Trauerdecke besonders schwer gelastet, kam es vor, als lüfte sich diese Decke etwas. Wir zogen uns alle früh zurück. Mina schläft nun wie ein Kind; es ist eigentümlich, dass sie ihre Fähigkeit zu schlafen selbst im tiefsten Leid nicht einbüßt. So vergisst sie wenigstens ihre Sorgen. Vielleicht wirkt auch in dieser Beziehung ihr gutes Beispiel, wie auch heute Abend ihre Fröhlichkeit ansteckend auf uns gewirkt hat. Ich will es versuchen. Was gäbe ich für einen Schlaf ohne Träume.

6. Oktober, morgens. – Eine neue Überraschung. Mina weckte mich zur selben Zeit wie gestern und bat, Van Helsing zu holen. Ich dachte, sie wolle wieder hypnotisiert sein, und ging ohne weitere Frage, um ihn zu wecken. Er hatte es scheinbar erwartet gerufen zu werden, denn er saß vollkommen angekleidet in seinem Zimmer. Die Tür stand offen, so dass er es sofort hören konnte, wenn sich bei uns etwas rührte. Er kam sofort mit. Als er ins Zimmer trat, fragte er Mina, ob die anderen auch kommen sollten.

»Nein«, sagte sie, »es ist nicht nötig. Sie können es ihnen ja sagen. Ich muss mit Ihnen auf die Reise gehen.«

Van Helsing war ebenso erstaunt wie ich. Nach einer Pause fragte er:

»Aber warum denn?«

»Sie müssen mich mitnehmen. Ich bin sicherer bei Ihnen, und Sie sind sicherer, wenn ich bei Ihnen bin.«

»Aber wie ist das zu verstehen, Frau Mina? Sie wissen, dass Ihre Sicherheit unsere heiligste Pflicht ist. Wir gehen der Gefahr entgegen, von der Sie mehr zu fürchten haben oder zu fürchten haben können, als einer von uns, in Rücksicht auf die Umstände, auf die Dinge, die geschehen sind.« Er schwieg verlegen.

Als sie antwortete, erhob sie ihren Finger und deutete auf ihre Stirn:

»Ich verstehe. Darum eben muss ich mitgehen. Ich kann ja jetzt, bis die Sonne aufgegangen ist, darüber sprechen, später ist es nicht mehr möglich. Ich weiß, dass ich gehen muss, wenn der Graf es will. Ich weiß, wenn er mir im Geheimen befiehlt zu kommen, so muss ich ihm folgen; jede List muss ich anwenden, sogar meinem Jonathan gegenüber.« Gott sah den Blick, mit dem sie mich ansah, während sie sprach; und wenn es in der Tat ein himmlisches Protokoll gibt, dann ist dieser Blick aufgezeichnet zu ihrer immer währenden Ehre. »Ihr Männer seid stark und tapfer. Ihr seid auch stark an Zahl, denn ihr könnt vielem trotzen, unter dessen Last ein Einzelner zusammenbräche. Außerdem kann ich euch vielleicht von Nutzen sein, da Sie mich hypnotisieren und von mir Dinge erfahren können, die ich selbst nicht weiß.«

Dr. Van Helsing sagte ernst:

»Frau Mina, Sie haben, wie immer, das Richtige getroffen. Sie sollen mit uns kommen, und gemeinschaftlich wollen wir das tun, zu dessen Vollendung wir ausziehen.« Als er geendet hatte, fiel mir Minas langes Schweigen auf und ich sah nach ihr hin. Sie war eingeschlafen und auf ihr Kissen zurückgesunken. Sie wachte auch dann nicht auf, als ich die Vorhänge öffnete und das Sonnenlicht in das Zimmer flutete. Van Helsing gab mir einen leisen Wink, mit ihm zu kommen. Wir gingen auf sein Zimmer, und bald waren auch Lord Godalming, Dr. Seward und Herr Morris bei uns. Er berichtete ihnen über das Gespräch mit Mina und fuhr fort:

»Morgen früh werden wir nach Varna abreisen. Wir haben nun mit einem neuen Faktor zu rechnen, mit Frau Mina. Aber ihre Seele ist treu. Es ist qualvoll für sie, uns manches zu berichten, wie sie es schon getan hat; aber es ist das Richtigste und wir werden dadurch gewarnt. Wir dürfen keine Möglichkeit außer Acht lassen, und in Varna müssen wir uns bereit halten sofort zu handeln, wenn das Schiff landet.«

»Was werden wir dann tun?«, fragte Morris lakonisch. Einen Augenblick zögerte der Professor, dann antwortete er:

»Wir werden zunächst an Bord gehen. Wenn wir die Anwesenheit der Kiste festgestellt haben, wollen wir einen Zweig wilder Rosen darauflegen. Das wird ihn festhalten, denn so lange der Zweig auf der Kiste liegt, ist es dem Grafen unmöglich herauszukommen; wenigstens behauptet so der Aberglaube. Und auf diesen müssen wir uns vorerst verlassen, er war der Vorläufer des menschlichen Glaubens und wurzelt noch tief in ihm. Dann, wenn sich günstige Gelegenheit bietet, wenn niemand in der Nähe ist, uns zu beobachten, werden wir die Kiste öffnen und alles wird gut werden.«

»Ich werde nicht lange auf eine Gelegenheit warten«, sagte Morris. »Wenn ich die Kiste sehe, werde ich sie öffnen und das Scheusal vernichten, und wenn tausend Menschen zusehen und wenn man mich dafür auspeitscht!« Ich fasste unwillkürlich seine Hand und fühlte, dass sie hart war wie ein Stück Stahl. Ich glaube, er verstand, was ich meinte, ich hoffe es.

»Lieber Freund«, sagte Van Helsing. »Quincey ist ein wahrer Mann, aber glauben Sie mir, auch keiner von uns wird der Gefahr ausweichen oder nur mit der Wimper zucken. Ich sage nur, was wir tun wollen, was wir tun müssen. Aber es lässt sich heute noch nicht sagen, was wir tun werden. Es können sich allerlei Dinge ereignen und der Möglichkeiten sind allzu viele. Wir sind in jeder Weise bewaffnet, und wenn die Zeit zum Handeln kommt, dann soll es nicht an uns fehlen. Wir wollen nun alle unsere Angelegenheiten in Ordnung bringen, besonders was die berührt, die wir lieben oder die von uns abhängen, denn keiner weiß, wie das Ende sein wird. Meine Angelegenheiten sind geordnet, und da ich nichts anderes zu tun habe, werde ich die Reisevorbereitungen treffen. Ich werde alle Billetts lösen und das Notwendigste besorgen.«

Es war nun nichts mehr zu besprechen und wir trennten uns. Ich will nun alle meine irdischen Dinge in Ordnung bringen und dann auf alles vorbereitet sein …

Später. – Alles in Ordnung. Mein Testament ist gemacht und alles bis ins Kleinste geregelt. Mina ist meine Universalerbin, wenn sie mich überlebt. Sollte das nicht der Fall sein, so sollen die anderen alle, die so gut gegen uns waren, die Erben sein.

Die Sonne geht langsam hinunter; Minas Unruhe lenkt meine Aufmerksamkeit darauf. Ich bin sicher, es ist etwas in ihr, das genau bei Sonnenuntergang sich enthüllen wird. Dieses Auf- und Untergehen der Sonne sind für uns wirklich erregende Augenblicke, denn sie eröffnen uns Aussichten auf immer neue Gefahren, auf immer neue Schmerzen, die aber doch hoffentlich zu einem guten Ende führen. Ich schreibe diese Dinge in mein Tagebuch, da mein liebes Weib sie ja nicht hören darf. Wenn es ihr aber beschieden ist, diese Blätter wiederzusehen, dann sollen sie wenigstens vollzählig sein.

Sie ruft nach mir.

# *Fünfundzwanzigstes Kapitel*

## Dr. Sewards Tagebuch

11. Oktober, abends. – Jonathan Harker hat mich gebeten, dies niederzuschreiben, da er sich, wie er sagte, dieser Aufgabe nicht gewachsen fühlt und dennoch wünscht, dass die Berichte vollständig sind.

Keiner von uns wird wohl überrascht gewesen sein, als wir kurz vor Sonnenuntergang zu Frau Harker gerufen wurden. Wir haben in letzter Zeit die Erfahrung gemacht, dass sie zur Zeit des Sonnenaufganges und des Sonnenunterganges am freiesten ist; dann zeigt sich ihr wahres Ich, ohne dass eine über sie herrschende Macht sie einschränkt oder zum Schweigen bringt oder ihr ein besonderes Handeln vorschreibt. Dieser Zustand beginnt eine halbe Stunde oder mehr vor der genauen Zeit des Sonnenauf- oder unterganges und dauert, bis die Sonne hoch steht oder bis die letzten Strahlen der scheidenden Sonne auf den Abendwolken verglühen. Zuerst ist es ein mehr negativer Zustand, als ob sich eine Fessel löse, dann aber folgt rasch die vollkommene Freiheit. Wenn dieser Zustand der Freiheit aufhört, kommt der Rückfall in kürzester Zeit; nur ein längeres Schweigen zeigt die Rückkehr des Zwanges an.

Als wir abends zusammenkamen, war sie etwas bedrückt und trug alle Zeichen inneren Kampfes. Ich sagte es ihr, damit sie sich so rasch als möglich aufraffen könne. Nach wenigen Augenblicken hatte sie schon wieder die Herrschaft über sich gewonnen. Sie bat ihren Gatten, sich neben sie aufs Sofa zu setzen, auf dem sie halb zurückgelehnt lag. Wir Übrigen sollten uns in ihrer Nähe niederlassen. Sie ergriff die Hand ihres Gatten und begann:

»Wir sind hier alle zusammen in Freiheit, vielleicht zum letzten Mal! Ich weiß, Liebster, ich weiß, dass du bis ans Ende bei mir bleiben wirst.« Dies sagte sie zu ihrem Gatten, der, wie wir sehen konnten, seine Hände in die ihrigen verschlungen hielt. »Morgen ziehen wir aus, unserer Aufgabe entgegen; nur Gott allein weiß, was jedem von uns beschieden ist. Ihr habt in eurer Güte den Entschluss gefasst, mich mitzunehmen. Ich weiß, dass ihr alles tun werdet, was ihr für die arme, schwache Frau tun könnt, deren Seele vielleicht verloren ist, wenn auch nicht gleich, so doch in einiger Zeit. Ihr müsst bedenken, dass ich nicht so bin wie ihr. In meinem Blut, in meiner Seele ist ein schleichendes Gift, das mich zerstören muss, das mich vernichtet, wenn uns nicht Hilfe von oben kommt. Meine Freunde, ihr wisst recht wohl, genau so wie ich, dass meine Seele in Gefahr ist, und obgleich ich einen Weg kenne, der mich davor retten könnte, so dürft ihr, so darf auch ich ihn nicht einschlagen.« Sie sah betrübt in die Runde und ließ ihren Blick auf ihrem Manne haften.

»Welchen Weg meinen Sie?«, fragte Van Helsing heiser. »Welches ist der Weg, den wir nicht einschlagen dürfen, nicht einschlagen werden?«

»Dass ich jetzt sterbe, entweder durch meine eigene Hand oder durch die eines anderen, ehe das größere Übel eintritt. Ich weiß es und ihr wisst es, dass ihr, wenn ich tot bin, meine unsterbliche Seele retten könnt und retten werdet, wie ihr es bei der lieben Lucy schon getan habt. Wäre der Tod oder die Furcht vor dem Tod das Einzige, was im Wege stünde, ich würde keinen Augenblick zögern, hier mitten unter euch zu sterben. Aber der Tod ist nicht alles. Ich kann nicht glauben, dass es Gottes Wille ist, mich jetzt sterben zu lassen, wo uns die Hoffnung leuchtet, unsere bittere Aufgabe zu erfüllen. Deshalb gebe ich für meinen Teil die Gewissheit, die ewige Ruhe zu erlangen, auf und gehe mit euch hinaus ins Ungewisse, wo die schlimmsten Dinge unser warten, die die Erde und die Hölle erzeugt.« Wir schwiegen, denn wir fühlten, dass dies nur eine Einleitung war. Unsere Gesichter waren finster, das Harkers war aschgrau. Vielleicht erriet er besser als wir andern, was kommen musste. Sie fuhr fort:

»Das ist es, was ich beisteuern kann. Was gibt jeder von euch dazu? Euer Leben, das glaube ich gern«, setzte sie rasch hinzu. »Das ist eine Kleinigkeit für einen tapferen Mann. Euer Leben gehört Gott, ihr könnt es ihm zurückgeben, aber was wollt ihr mir geben?« Sie sah fragend im Kreise umher, vermied es aber diesmal, ihren Mann anzusehen. Quincey schien zu verstehen und nickte; ihr Gesicht leuchtete auf. »Dann will ich euch offen sagen, was ich meine, denn es darf in dieser Hinsicht keine Unklarheit zwischen uns bestehen. Ihr müsst mir versprechen, alle ohne Ausnahme – auch du, mein lieber Mann –, dass ihr mich, wenn es nötig werden sollte, töten wollt.«

»Wann wird diese Zeit kommen?« Quincey war es, der fragte, aber seine Stimme klang leise und gepresst.

»Wenn ihr der Überzeugung seid, dass ich mich so verändert habe, um mich besser für den Tod als für das Leben erscheinen zu lassen. Wenn ich tot bin, dann müsst ihr mir, ohne nur einen Augenblick zu zögern, einen Pfahl ins Herz treiben und mir den Kopf abschneiden, oder tut eben das, was ihr für nötig haltet, um mich zu erlösen.«

Quincey war der Erste, der sich wieder fasste. Er kniete vor ihr nieder, nahm ihre Hand und sagte feierlich:

»Ich bin nur ein rauer Mann, der vielleicht nicht so gelebt hat, wie ein Mann leben müsste, um sich solche Auszeichnung zu verdienen. Aber ich schwöre Ihnen bei allem, was mir lieb und heilig ist, dass ich, wenn die Zeit je kommen sollte, nicht vor der Pflicht zurückschrecke, die Sie uns da soeben auferlegt haben. Ich verspreche Ihnen sogar, um meiner Sache ganz sicher zu sein, dass ich es tun werde, wenn ich auch nur die geringsten Anhaltspunkte dafür habe, dass die Zeit gekommen ist.«

»Mein treuer Freund!«, war alles, was sie unter Tränen sagen konnte. Sie beugte sich über ihn und küsste seine Hand.

»Ich schwöre Ihnen das Gleiche, teuerste Frau Mina!«, sagte Van Helsing.

»Auch ich«, fügte Lord Godalming hinzu. Jeder leistete so den erbetenen Eid. Auch ich tat es. Dann wandte ihr Gatte sich ihr zu, so totenblass, dass sein schneeweißes Haar fast nicht von seinem Gesicht abstach. Er sprach:

»Muss auch ich, mein liebes Weib, dir dies Versprechen geben?«

»Auch du, Geliebter!«, sagte sie mit unendlichem Mitleid in ihrer Stimme und in ihren Augen. »Du darfst nicht davor zurückschrecken. Du stehst mir am nächsten und bist mir am teuersten. Unsere Seelen sind eins für Zeit und Ewigkeit. Bedenke doch, dass es Zeiten gegeben hat, wo tapfere Männer ihre Frauen und Kinder getötet haben, damit sie nicht in Feindeshände fielen. Ihre Hände werden doch nicht deshalb mehr gezittert haben, weil ihre Lieben sie darum baten, sie zu töten. Es ist einfach die Pflicht des Mannes, die, welche er liebt, vor einem furchtbaren Lose zu schützen. Und, wenn es doch sein muss, dass ich durch eine Hand falle, dann soll es durch die Hand dessen geschehen, den ich am meisten geliebt habe. Dr. Van Helsing, ich erinnere mich recht wohl, dass Sie im Falle von Lucy das Liebeswerk dem überließen, den sie ...« – sie hielt, flüchtig errötend, inne und vollendete dann ihren Satz – »der das nächste Anrecht dazu hatte, sie zu erlösen. Wenn wieder einmal ein solcher Fall eintreten sollte, dann weiß ich, ihr werdet meinem Mann das hohe Glück nicht streitig machen, derjenige gewesen zu sein, dessen liebende Hand mich frei machte von dem unheimlichen Fluch, der auf mir lastet.«

»Auch das schwöre ich Ihnen!«, sagte der Professor mit vernehmlicher Stimme. Frau Harker lächelte; sie lächelte in der Tat, als sie sich mit einem Seufzer der Erleichterung zurücklehnte und sagte:

»Nun noch eine Warnung, die ihr nimmermehr vergessen dürft: Die Zeit kann schnell und unerwartet kommen, in diesem Falle dürft ihr keinen Augenblick zögern, eure Schuldigkeit zu tun. Zu dieser Zeit könnte ich, vielmehr, wenn diese Zeit kommt, *werde* ich sogar sicherlich mit ihm gegen euch verbündet sein.

Und zuletzt noch eine Bitte«, sie wurde sehr ernst, »es ist nicht so unbedingt erforderlich wie das andere, das ich erbat, aber es wäre mir lieb, wenn ihr mir noch einen Gefallen erweisen wolltet.« Wir stimmten zu, aber keiner sprach ein Wort; es war auch nicht nötig, denn sie fuhr unmittelbar darauf fort:

»Ich bitte euch, mir das Totengebet vorzulesen.« Ein tiefes Schluchzen ihres Mannes unterbrach sie. Sie ergriff seine Hand und sagte: »Einmal muss es doch für mich gelesen werden. Wie auch dieses entsetzliche Werk ausgehen mag, es wird uns allen oder einigen von uns ein Trost sein. Ich hoffe, dass du, Geliebter, das Gebet lesen wirst, denn dann wird es zusammen mit deiner lieben Stimme für immer in meinem Gedächtnis haften, komme, was da will.«

»Aber, Liebste«, warf er ein, »der Tod ist dir ja noch fern.«

»Wer weiß?«, sagte sie, und erhob warnend den Finger. »Ich bin vielleicht in einem tieferen Tod, als wenn das Gewicht der Grabeserde auf mir ruhte.«

»Mein Weib, muss *ich* denn lesen?«, sagte er, ehe er begann.

»Es ist mir ein Trost, mein Gatte«, war alles, was sie erwiderte. Sie hatte das Buch bereitgelegt, und er begann zu lesen.

Wie könnte ich diese seltsame Szene mit all ihrer Feierlichkeit, Unheimlichkeit, Traurigkeit und ihrem Schrecken schildern, schließlich war sie doch von eigenartiger Schönheit. Auch der härteste Mensch hätte bei diesem Anblick gerührt werden müssen, wie diese kleine Gruppe treuer und ergebener Freunde um die unglückliche, gequälte Frau stand, wenn er die Liebe und das Leid in der Stimme ihres Mannes hätte zittern hören, der das einfache, herrliche Totengebet las. Ich kann nicht weiter erzählen, die Stimme und die Worte versagen mir.

Sie hatte Recht gehabt in ihrer unbewussten Ahnung. So seltsam auch die Szene war, so bizarr sie uns vielleicht später erscheinen wird, wenn wir daran zurückdenken, wie sehr sie uns alle ergriff, so sehr tröstete sie uns wenigstens. Das Schweigen, das dann dem Rückfall Frau Minas vorherging, schien uns nicht mehr so hoffnungslos, als wir gefürchtet hatten.

## *Jonathan Harkers Tagebuch*

15. Oktober. Varna. – Wir verließen Charing Cross am Morgen des 12., kamen in derselben Nacht noch nach Paris und nahmen dann die für uns belegten Plätze im Orient Express ein. Wir reisten Tag und Nacht ohne Unterbrechung und kamen hier etwa um fünf Uhr an. Lord Godalming begab sich sofort aufs Konsulat, um zu fragen, ob kein Telegramm für ihn eingetroffen sei; wir Übrigen begaben uns ins Hotel Odessa. Es mag sich auf unserer Reise einiges ereignet haben; mich berührte es nicht, ich war zu sehr auf den Ausgang unserer Sache gespannt, als dass ich noch Interesse für etwas anderes gehabt hätte. Bis die »Czarina Catharina« in den Hafen einläuft, ist mir alles auf der weiten Welt gleichgültig. Zum Glück ist Mina wohl, es hat den Anschein, als kehrten ihre Kräfte wieder; auch Farbe scheint sie zu bekommen. Sie schläft sehr viel; während der Reise schlief sie fast die ganze Zeit. Vor Sonnenaufgang und Sonnenuntergang ist sie aber sehr lebendig und frisch; diese Zeit benützt Van Helsing stets, um sie zu hypnotisieren. Anfangs hatte es ihm viele Mühe gekostet, und es dauerte ziemlich lange, bis er zu einem Resultat kam, jetzt aber unterliegt sie ganz gewohnheitsmäßig rasch seinem Einfluss und hypnotische Striche sind fast gar nicht mehr nötig. Es scheint, als brauchte er in diesen Augenblicken nur zu wollen, um sich sofort ihre Gedanken Untertan zu machen. Er fragt sie immer, was sie sieht und hört. Zuerst antwortet sie:

»Nichts, alles ist dunkel.« Beim zweiten Mal sagt sie: »Ich höre Wellen gegen das Schiff schlagen und das Wasser vorbeirauschen. Segel und Tauwerk sind angespannt und die Maste und Raaen ächzen. Es weht ein frischer Wind, ich höre es in den Wanten knirschen und der Bug schneidet zischend den Schaum.« Offenbar ist also die »Czarina Catharina« noch auf hoher See und eilt mit vollen Segeln Varna zu. Soeben ist Lord Godalming zurückgekommen. Er hatte vier Telegramme erhalten, für jeden Tag, den wir unterwegs waren, eines, alle des gleichen Inhalts: die »Czarina Catharina« war dem Lloyd von nirgendsher gemeldet. Er hatte vor unserer Abfahrt den Agenten beauftragt, ihm jeden Tag ein Telegramm zu senden und ihm über die Fahrt des Schiffes Bericht zu erstatten. Er sollte auch dann telegrafieren, wenn über das Schiff keine Nachricht eingelaufen war, so dass man sicher war, nicht vergessen worden zu sein.

Wir aßen und begaben uns bald zu Bett. Morgen werden wir den Vizekonsul aufsuchen und uns, wenn möglich, die Erlaubnis einholen, sofort an Bord des Schiffes zu gehen, wenn es einläuft. Van Helsing sagte, dass es nur zweckmäßig sei, wenn es zwischen Sonnenaufgang und Sonnenuntergang geschehen könnte. Der Graf kann, auch wenn er die Gestalt einer Fledermaus annimmt, das fließende Wasser nicht ohne weiteres überfliegen und muss auf dem Schiff bleiben. Da er sich aber auch, ohne Verdacht zu erregen, nicht in Menschengestalt zeigen kann, so muss er in seiner Kiste bleiben. Wenn es uns gelingt, nach Sonnenaufgang an Bord zu kommen, so ist er in unserer Gewalt; dann können wir die Kiste öffnen und sind seiner sicher, ehe er wieder erwacht, wie wir es einst mit Lucy getan haben. Wir werden mit den Beamten und den Seeleuten keine besonderen Scherereien haben. Man kann in diesem Land mit Trinkgeldern viel erreichen, und an Geld fehlt es uns nicht. Wir müssen nur darauf achten, dass das Schiff nicht nach Sonnenuntergang in den Hafen einläuft, ohne dass wir davon wissen, aber wir werden ja unterrichtet sein. Der Geldbeutel wird uns dazu behilflich sein.

16. Oktober. – Minas Aussage ist immer noch die Gleiche; klatschende Wasser, rauschende Wellen, Dunkelheit und günstiger Wind. Wir sind offenbar frühzeitig genug daran, und wenn wir von der »Czarina Catharina« hören, werden wir mit unseren Vorbereitungen fertig sein. Sie muss ja die Dardanellen passieren, von dort muss unbedingt eine Nachricht eintreffen.

17. Oktober. – Ich glaube, es ist nun alles aufs Beste vorbereitet, um den Grafen bei seiner Landung würdig zu emp-

fangen. Godalming erzählte dem Schiffseigentümer, er vermute, dass die an Bord befindliche Kiste Verschiedenes enthalte, was einem seiner Freunde gestohlen worden sei, worauf jener ihm halb und halb seine Zustimmung gab, die Kiste auf eigene Verantwortung öffnen zu dürfen. Er gab ihm einen Brief an den Kapitän mit, in dem er die Erlaubnis erteilte, an Bord alles zu tun, was wir für nötig hielten. Ein Schreiben gleichen Inhaltes richtete er an seinen Agenten in Varna. Wir besuchten den Agenten, der von Godalmings hinreißender Liebenswürdigkeit ganz bezaubert war. Wir waren sehr zufrieden, als er uns versprach, alles zu tun, um die Erfüllung unserer Wünsche zu ermöglichen. Wir haben schon beratschlagt, was wir tun wollen, wenn wir die Kiste geöffnet haben. Wenn der Graf darin ist, werden Van Helsing und Seward ihm sofort den Kopf abschneiden und ihm einen Pfahl durch das Herz treiben. Morris, Godalming und ich sollen jeder Störung entgegentreten; wenn es sein müsste, mit der Waffe in der Hand. Van Helsing sagt, dass, wenn es uns gelingt, den Körper des Grafen in der angegebenen Weise zu behandeln, er sofort zu Staub zerfallen wird. In diesem Falle läge auch kein Beweis gegen uns vor, wenn eventuell der Verdacht eines Mordes auf uns fallen sollte. Aber selbst, wenn dies nicht der Fall wäre, wir stehen und fallen mit unserem Vorhaben; vielleicht rettet uns eines Tages diese Berichtsammlung vor dem Galgen. Wir werden kein Mittel unversucht lassen, unseren Plan auszuführen. Wir haben mit mehreren Beamten verabredet, dass sie uns einen Boten schicken, sobald die »Czarina Catharina« in Sicht kommt.

24. Oktober. – Eine ganze Woche ungeduldigen Wartens. Täglich trifft ein Telegramm an Godalming ein, aber immer derselbe Inhalt: bis jetzt noch nicht gemeldet. Minas hypnotische Morgen- und Abendberichte sind unverändert gleich: klatschende Wasser, rauschende Wellen, krachende Maste.

## *Telegramm. Rufus Smith, Lloyd, London, an Lord Godalming, zu Händen des F. Vizekonsuls, Varna*

24. Oktober. – »Czarina Catharina« hat heute früh die Dardanellen passiert.

## *Dr. Sewards Tagebuch*

25. Oktober. – Wie ich meinen Phonographen vermisse! Das Tagebuch mit der Hand zu schreiben, ist eine beschwerliche Arbeit. Aber Van Helsing sagt, es muss sein. Wir waren alle in größter Erregung, als Godalming gestern sein Lloydtelegramm erhielt. Ich weiß jetzt, was der Soldat fühlt, wenn er in der Schlacht die Trompeten zum Angriff rufen hört. Frau Harker war die Einzige, die kein Zeichen der Aufregung erkennen ließ. Es ist auch begreiflich, dass dies so war, denn wir hatten ihr die Neuigkeit verheimlicht und bemühten uns, in ihrer Gegenwart nicht das Geringste merken zu lassen. Vor einiger Zeit noch hätte sie trotz aller unserer Bemühungen, es ihr zu verbergen, doch den Zusammenhang erraten; aber in dieser Hinsicht hat sie sich in den letzten drei Wochen seltsam verändert. Eine große Gleichgültigkeit bemächtigt sich ihrer. Obgleich sie stark und gesund aussieht und wieder etwas Röte ihre Wangen färbt, sind Van Helsing und ich mit ihrem Zustand doch nicht recht zufrieden. Wir beide sprechen oft über sie, den anderen gegenüber aber haben wir noch kein Wort verlauten lassen. Wir würden Harkers Nerven einen gewaltigen Stoß versetzen, wenn wir ihn wissen ließen, dass wir einen Verdacht hegen. Van Helsing beobachtet, während sie im hypnotischen Schlaf liegt, genau ihre Zähne. Er meint, dass keine unmittelbare Gefahr einer Veränderung vorliegt, so lange diese sich nicht in auffälliger Weise schärfen. Wenn aber diese Änderung eintreten sollte, dann sei es nötig, Schritte zu tun … Wir beide wissen wohl, welche Schritte damit gemeint waren, obgleich wir unseren Gedanken da-

rüber keine Worte verleihen. Keiner von uns würde vor der Aufgabe zurückschrecken, so furchtbar sie auch erscheint.

Die »Czarina Catharina« hat nur noch etwa 24 Stunden zu segeln, vorausgesetzt, dass sie dieselbe Geschwindigkeit beibehält, die sie für die Reise von London bis zu den Dardanellen hatte. Sie wird also am Morgen eintreffen. Da sie aber vorher auf keinen Fall hier sein kann, werden wir alle früh zu Bett gehen. Wir wollen um ein Uhr aufstehen, um rechtzeitig zur Stelle zu sein.

25. Oktober. Mittags. – Kein Anzeichen, dass das Schiff kommt. Der hypnotische Bericht Frau Harkers war heute früh derselbe wie bisher; es ist also möglich, dass wir jeden Augenblick etwas erfahren. Wir Männer befinden uns in einem förmlichen Fieber der Erregung, außer Harker, der eine merkwürdige Ruhe zeigt. Seine Hände sind kalt wie Eis; vor einer Stunde sah ich ihn sein langes Gurkhamesser schleifen, das er jetzt nicht mehr von der Seite lässt. Es ist eine schlechte Aussicht für den Grafen, die scharfe Schneide dieses »Kukri«, das von dieser entschlossenen, eiskalten Hand geführt wird, an seiner Kehle zu fühlen.

Van Helsing und ich waren heute etwas beunruhigt über Frau Harker. Nachmittags verfiel sie in eine Art Lethargie, die uns nicht gefallen wollte. Obgleich wir mit den anderen nicht darüber sprachen, waren wir sehr unglücklich darüber. Am Morgen war sie sehr unruhig gewesen, so dass wir anfänglich froh waren, als sie endlich schlief. Als aber dann ihr Mann erwähnte, seine Frau schlafe so tief, dass er sie nicht aufwecken könne, gingen wir in ihr Zimmer, um selbst nachzusehen. Sie atmete regelmäßig und sah so frisch und friedlich aus, dass wir übereinkamen, dass für sie der Schlaf das Beste sei. Frau Mina hat so viel zu vergessen, dass es kein Wunder ist, dass der Schlaf, wenn er wirklich Vergessenheit bringt, auch eine Erholung für sie bedeutet.

Später. – Unsere Ansicht war gerechtfertigt, denn als sie aus dem tiefen Schlaf nach mehreren Stunden erwachte, war sie heiterer und wohler, als sie seit Tagen gewesen war. Bei Sonnenuntergang erstattete sie wie gewöhnlich ihren hypnotischen Bericht. Wo immer der Graf auch im Schwarzen Meer schwimmen mag, er schwimmt seinem Verhängnis entgegen. Ich hoffe, sein Untergang ist nahe.

26. Oktober. – Wieder ein Tag vorbei und noch keine Nachricht über die »Czarina Catharina«. Sie müsste eigentlich schon hier sein. Dass sie noch irgendwo herumsegelt, geht aus den hypnotischen Mitteilungen Frau Harkers hervor, die immer noch gleich lauten. Es könnte ja sein, dass das Schiff durch Nebel zum Stillliegen gezwungen ist. Mehrere der in den letzten Tagen einlaufenden Dampfer berichten von dichten Nebelwänden nördlich und südlich des Hafens. Wir dürfen in unserer Wachsamkeit keinen Augenblick nachlassen, da das Schiff jeden Augenblick gemeldet werden kann.

27. Oktober. Mittags. – Zu merkwürdig; immer noch keine Nachricht von dem Schiff. Frau Harker berichtete gestern Abend und heute früh wie sonst: »klatschende Wellen; rauschende Wasser«; sie fügte jedoch hinzu, dass »die Wellen sehr schwach seien«. Auch die Telegramme von London bringen immer dasselbe; »keine weitere Meldung«. Van Helsing ist in großer Sorge und vertraute mir an, er glaube, dass der Graf uns entwischen werde. Er fügte bedeutsam hinzu:

»Diese Lethargie Frau Minas gefiel mir vom ersten Augenblick an nicht recht. Die Seele und das Gedächtnis macht in der Trance die seltsamsten Sprünge.« Ich wollte ihn eben noch etwas fragen, da kam Harker herein und Van Helsing hob warnend die Hand. Wir müssen heute Abend bei Sonnenuntergang, wenn sie in hypnotischem Schlaf liegt, den Versuch machen, noch mehr aus ihr herauszubringen.

### *Telegramm. Rufus Smith, Lloyd, London, an Lord Godalming, zu Händen des F. Vizekonsuls, Varna*

28. Oktober. – »Czarina Catharina« ist heute um ein Uhr vor Galatz eingetroffen.

### *Dr. Sewards Tagebuch*

28. Oktober. – Als das Telegramm eintraf, das uns die Ankunft des Schiffes vor Galatz meldete, waren wir alle weit weniger erschreckt, als man hätte vermuten können. Allerdings wussten wir nicht, woher, wie und wo der Blitz auf uns herunterzucken würde, aber sicherlich erwarteten wir alle, dass etwas Besonderes eintreffen müsse. Schon der Umstand, dass sich die Ankunft des Schiffes dermaßen verzögerte, ließ uns ahnen, dass nicht alles so kommen werde, wie wir es uns vorgestellt hatten. Trotzdem waren wir überrascht. Die Natur lässt uns die Dinge oft gegen unseren Willen so voraussehen, wie sie kommen müssen, nicht wie wir glauben, dass sie kommen sollen. Transzendentalismus ist für die Engel ein Leitstern, für die Menschen aber ein Irrlicht. Es war merkwürdig, wie jeder von uns die Sache anders trug. Van Helsing rang die Hände, als kämpfe er mit dem Allmächtigen selbst; aber er sagte kein Wort und stand nach einigen Augenblicken wieder innerlich gefestigt da. Lord Godalming wurde kreidebleich und saß schwer atmend auf seinem Stuhl. Ich selbst war vollkommen bestürzt und sah erstaunt einen nach dem anderen an. Quincey Morris zog mit rascher Bewegung seinen Gürtel fester; ich weiß aus unseren Wanderjahren, dass das »vorwärts« bedeutet. Frau Harker war von gespenstischer Blässe, so dass die Narbe auf ihrer Stirn zu brennen schien. Sie faltete demütig die Hände und blickte wie im Gebet empor. Aber Harker lächelte – er lächelte wirklich – das finstere, bittere Lächeln derer, die alle Hoffnung aufgeben. Aber seine Bewegung strafte seine Mienen Lügen, denn

seine Hand suchte instinktiv nach dem Griffe seines Kukrimessers und klammerte sich dort fest. »Wann geht der nächste Zug nach Galatz?«, fragte uns plötzlich Van Helsing.

»Morgen früh 6.30.« Wir waren aufs Äußerste überrascht, denn die Antwort war aus Frau Minas Munde gekommen.

»Wie um Himmels willen wissen Sie das?« fragte Arthur.

»Sie vergessen – oder vielleicht wissen Sie es nicht, wie Jonathan und Dr. Van Helsing –, dass ich darin Spezialistin bin. Zu Hause in Exeter pflegte ich mich stets für die Fahrpläne zu interessieren, um Jonathan behilflich sein zu können. Ich fand es so zweckmäßig, dass ich auch jetzt zuweilen die Fahrpläne studiere. Ich wusste, dass, wenn wir Schloss Dracula aufsuchen wollen, wir entweder über Galatz oder über Bukarest fahren müssten; deshalb habe ich mir diese Züge eingeprägt. Es war dabei nicht viel zu lernen, da der einzige Zug, wie ich schon sagte, morgen früh fährt.«

»Eine prächtige Frau!«, murmelte der Professor.

»Können wir keinen Extrazug bekommen?«, fragte Lord Godalming. Van Helsing schüttelte den Kopf: »Ich fürchte fast, nein. Dieses Land ist ganz anders als das unsere; selbst wenn wir einen Extrazug bestellen, wird er wahrscheinlich nicht viel früher eintreffen wie der fahrplanmäßige. Außerdem haben wir doch noch Verschiedenes vorzubereiten. Wir müssen überlegen, dann wollen wir organisieren. Sie, Freund Arthur, gehen zur Bahn und besorgen die Fahrkarten; außerdem richten Sie alles so her, dass wir morgen früh abfahren können. Sie, Freund Jonathan, gehen zu dem Schiffsagenten und lassen sich von ihm einen Empfehlungsbrief an den Agenten in Galatz ausstellen, damit wir auch dort die Erlaubnis bekommen, das Schiff zu durchsuchen. Quincey Morris, Sie begeben sich zum Vizekonsul und bitten ihn, uns seinem Kollegen in Galatz zu empfehlen und uns die Wege so gut wie möglich zu ebnen, damit wir keine Zeit verlieren, wenn wir jenseits der Donau sind.

John bleibt bei mir und Frau Mina, wir wollen dann weiter beraten, denn alle die Dinge würden euch aufhalten. Es hat aber nichts zu sagen, wenn darüber die Sonne untergeht, denn ich bin ja zur Stelle und nehme die hypnotischen Mitteilungen Frau Minas entgegen.«

»Und ich«, sagte Frau Harker fröhlich, fast so wie in vergangenen Tagen, »ich werde mich bemühen, Ihnen in jeder Beziehung nützlich zu sein, für Sie zu denken und zu schreiben, wie ich es bisher getan. Es ist mir, als hebe sich irgendein böser Einfluss von mir, ich fühle mich freier als seit langer Zeit.« Die drei jüngeren Männer sahen ganz glücklich aus, weil sie meinten, den Sinn ihrer Worte günstig auslegen zu dürfen. Aber Van Helsing und ich sahen uns an und jeder blickte in ein paar ernste, bekümmerte Augen. Aber wir sagten nichts.

Als die drei an die Ausführung ihrer Aufträge gegangen waren, bat Van Helsing Frau Harker, die Kopien der Tagebücher zu holen und den Teil herauszusuchen, den Harker auf dem Schloss Dracula geschrieben. Als sie hinausgegangen war, um das Erbetene zu holen, sagte er:

»Sie vermuten dasselbe wie ich; sprechen Sie!«

»Es ist irgendeine Veränderung eingetreten. Diese Möglichkeit macht mich krank, wir können uns aber auch täuschen.«

»Ganz richtig. Wissen Sie, warum ich sie bat, mir das Manuskript zu holen?«

»Nein«, sagte ich, »höchstens, um eine Gelegenheit zu haben, mit mir allein zu sprechen.«

»Zum Teil haben Sie ja Recht. Ich muss Ihnen etwas sagen. Ich übernehme ein großes, ein furchtbares Risiko; aber ich denke, es ist das Richtige. In dem Augenblick, als Frau Mina die Worte sagte, die uns beide stutzig machten, kam mir eine Eingebung. Vor drei Tagen hat ihr der Graf in der Hypnose seinen Geist gesandt, um in ihren Gedanken zu lesen, deutlicher gesagt, er nahm sie zu sich in seine Erdkiste auf dem Schiff im rauschenden Wasser. Er erfuhr, dass wir hier seien, denn sie, mit ihren offenen Augen und hörenden Ohren, weiß ihm mehr zu erzählen, als er in seiner engen Kiste weiß. Nun macht er die größten Anstrengungen, uns zu entkommen. Gegenwärtig bedarf er ihrer nicht. Er ist sich seiner großen Macht wohl bewusst, dass er sie nur zu rufen braucht. Er hat sie augenblicklich frei gemacht, hat sie, wie es ja in seinem Belieben steht, auf einige Zeit aus seiner Macht entlassen, damit sie nicht zu ihm komme. Aber ich hege die Hoffnung, dass unsere Gehirne, die schon so lange als Menschengehirne wirken, doch den Sieg davontragen über sein Kindergehirn, das seit Jahrhunderten im Grabe liegt, das noch lange nicht die Fähigkeiten des unseren erreicht hat und nur eigennützige und daher kleinliche Werke verrichtet. Da kommt Frau Mina; nicht ein Wort von ihrer Hypnose! Sie weiß es nicht, und es würde sie zur Verzweiflung bringen, da wir sie doch gerade jetzt bei gutem Mut erhalten müssen, ihre Hoffnung nicht zerstören dürfen. Wir brauchen ihren Verstand, der geschult ist wie der eines Mannes, und doch ist sie nur ein zartes Weib. Aber sie verfügt noch über eine besondere Gabe, die der Graf ihr verlieh, die er – obgleich er glaubt – nicht mehr ganz von ihr nehmen kann. Wir sind in einer bösen Klemme. Ich bin in Furcht, mehr als ich Ihnen sagen kann. Still, da kommt sie schon.«

Ich befürchtete fast, der Professor bekäme wieder einen nervösen Anfall wie damals, als Lucy starb, aber er raffte sich mit der größten Anstrengung auf und hatte wieder sein vollkommenes seelisches Gleichgewicht, als Frau Harker ins Zimmer trat, fröhlich und glücklich. Sie schien über ihrer Arbeit ihr Elend völlig vergessen zu haben und gab Van Helsing eine Anzahl maschinengeschriebener Blätter. Er betrachtete sie ernst, allmählich aber klärte sich sein Gesicht auf. Dann sprach er:

»Freund John, Ihnen, der schon so viel Erfahrung hat, und auch Ihnen, Frau Mina, die Sie noch so jung sind, soll es eine Lehre sein: Fürchten Sie sich nie vor dem Nachdenken. Oft ist ein halber Gedanke in meinem Kopf herumgegangen, aber ich fürchtete mich, dass er seine Schwingen entfalte. Jetzt aber, mit mehr Kenntnissen, kehre ich dahin zurück, woher der halbe Gedanke kam, und ich erkenne, dass es gar kein halber Gedanke war; dass es ein ganzer Gedanke war, wenn auch noch zu jung, um den Flug zu wagen. Und wie es der ›hässlichen kleinen Ente‹ im Märchen meines Freundes Hans Andersen erging, nämlich, dass sie sich plötzlich auf stolzen Schwanesschwingen in die Lüfte erhob, als ihre Zeit gekommen war, so ergeht es auch meinem kleinen Gedanken. Hören Sie, ich lese Ihnen das vor, was Jonathan einst geschrieben:

›Dieser andere seines Geschlechts, der später immer und immer wieder seine Scharen über den breiten Strom ins Türkenland einfallen ließ, kehrte, obgleich zurückgetrieben, als einziger von der blutigen Walstatt heim, auf der sein Stamm niedergemetzelt worden war. Dennoch kehrte er wieder, weil er wusste, dass er allein den Sieg erringen werde.‹

Was sagt uns das? Nicht viel? Nein! Des Grafen Kinderverstand sieht nichts, deshalb spricht er sich so frei aus. Ihr Mannesverstand sieht auch nichts; der meinige ebenfalls nicht, bis jetzt. Nein. Aber es kommt dann plötzlich ein Wort von irgendjemand, ganz ohne Hintergedanken ausgesprochen, weil er selbst nicht weiß, was es bedeutet – was es bedeuten könnte. Es gibt ja auch Elemente, die an sich tot sind; wenn sie aber im Lauf der Natur sich berühren, dann flammen mächtige Lichtblitze auf, die blenden, töten und zerstören; aber sie erleuchten die Erde auf Meilen hinaus. Ist es nicht so? Ich will mich deutlicher ausdrücken. In erster Linie, haben Sie schon die Philosophie des Verbrechens studiert? Ja und nein. Sie, Freund John, ja, denn es hängt mit dem Studium des Irrsinns eng zusammen. Sie, Frau Mina, nein, denn mit dem Verbrechen hatten Sie nie zu tun, außer ein einziges Mal. Ihr Verstand arbeitet richtig und urteilt nicht vom Einzelnen auf das Ganze. Das Verbrechen ist ziemlich einseitig. Es ist dies eine so konstante Eigenschaft des Verbrechens in allen Ländern und zu allen Zeiten, dass sogar die Polizei, der doch die Philosophie ein Buch mit sieben Siegeln ist, erfahrungsmäßig darauf kommt, dass es überall so ist. Der Verbrecher geht nur auf eine Art des Verbrechens aus – das ist der wahre kriminalistische Typus, der besser ausgerüstet, und gewann. So kam er auch nach London, um so sich ein neues Land Untertan zu machen. Er wurde zurückgeschlagen, und als er sah, dass alle seine Hoffnung auf Erfolg umsonst, dass seine Existenz in Gefahr war, flüchtete er über das Meer in sein Heimatland zurück, gerade wie er vor Jahren aus dem Türkenlande über die Donau entwichen war.«

»Sehr gut, o Sie kluge Frau!«, sprach Van Helsing enthusiastisch, beugte sich nieder und küsste ihr die Hand. Einen Augenblick später sagte er zu mir so still, als handle es sich um eine Konsultation am Krankenbett:

»Nur zweiundsiebzig; und bei all dieser Erregung. Ich beginne wieder zu hoffen.« Er wandte sich ihr wieder zu und sagte in froher Erwartung:

»Aber nun weiter. Sie können uns noch mehr erzählen, wenn Sie wollen. Seien Sie ohne Sorge; John und ich wissen alles. Ich auf jeden Fall und ich werde es Ihnen sagen, wenn ich glaube, dass Sie Recht haben. Sprechen Sie ohne Furcht!«

»Ich will es versuchen, aber Sie dürfen es mir nicht verübeln, wenn ich immer von mir spreche.«

»Sie brauchen keine Sorge zu haben. Sie interessieren uns speziell, deshalb dürfen Sie von sich selbst so viel reden als Sie wollen.«

»Ferner ist er ebenso selbstsüchtig als verbrecherisch, und da sein Intellekt minimal und sein Handeln nur auf Selbstsucht begründet ist, so beschränkt er sich nur auf eines. Dies eine aber verfolgt er skrupellos. Wie er damals über die Donau entfloh und seine Heerscharen in Stücke hauen ließ, so ist er auch heute nur darauf aus, sich in Sicherheit zu bringen, ohne an andere zu denken. Auf diese Weise ist durch seinen Egoismus meine Seele frei geworden von der entsetzlichen Macht, die er seit jener Unglücksnacht über mich besitzt. Ich fühle es! Meine Seele ist freier als je seit jener grauenvollen Stunde; alles, was mich quält, ist nur die Sorge, er könnte meine Hypnose oder meine Träume zu seinen eigenen Zwecken ausgenützt haben.« Der Professor stand auf:

zum Verbrechen prädestiniert erscheint – und will voı
ner anderen etwas wissen. Der Verbrecher hat keinen
kommenen Verstand. Er ist klug, schlau und erfindeı
aber sein Gehirn ist doch nicht ausgereift. Er hat meł
Kindergehirn. Auch unser Verbrecher ist zum Verbre
prädestiniert, auch er hat ein Kindergehirn und arbeite
ein Kind. Der junge Vogel, der junge Fisch, überhaup
junge Tier lernt nicht theoretisch, sondern erfahrung
ßig. Wenn Dracula etwas kennen gelernt hat, so ist dı
ihn ein Anstoß, in derselben Weise weiter zu verfahren
mir einen Stützpunkt, und ich hebe die Welt aus deı
geln‹, sagte Archimedes. Das einmal Erreichte ist fü
Kindergehirn der Stützpunkt, von dem aus es sich
Mannesgehirn entwickelt, und bis es auf die Idee ko
mehr zu erreichen, tut es immer das Gleiche, genau wi
her. Frau Mina, ich sehe, Ihre Augen sind offen und
cken den hellen Lichtstrahl, der meilenweit hinaus all
hellt.« Denn Frau Mina begann in die Hände zu klat
und ihre Augen glänzten. Er fuhr fort:

»Nun sollen Sie sprechen. Erzählen Sie uns trock
Männern der Wissenschaft, was Sie mit Ihren leuchte
Augen erblicken.« Er nahm ihre Hand und hielt sie
während sie sprach. Er umfasste ihren Puls mit Daı
und Zeigefinger, wie ich glaubte instinktiv und absich
Sie sprach:

»Der Graf ist ein Verbrecher und zwar ein Verbre
typus. Nordau sowohl als Lombroso würden ihn so
sifizieren, und weil er Verbrecher ist, ist er auch vo
vollkommen ausgebildetem Verstand. Er greift also
schwierigen Verhältnissen zu dem, was ihm die Gev
heit eingibt. Seine Vergangenheit mag uns vielleicht
Anhaltspunkt geben. Das eine Blatt aus dem Buch s
Vergangenheit, das wir kennen – es sind seine ei
Worte – sagt uns, dass er früher schon, wenn er i
Klemme war, aus dem Land, in das er eingefallen
wieder in sein eigenes zurückkehrte. Von da aus ber
er dann, ohne seinen Zweck einen Augenblick au
Augen zu lassen, einen neuen Einfall vor. Er kam w

»Er hat Ihren Geist auch in dieser Weise ausgenützt. Dadurch ist es ihm gelungen, uns hier in Varna festzuhalten, während das Schiff, das ihn trägt, mit Hilfe des umhüllenden Nebels nach Galatz fuhr, wo er sicherlich schon Vorbereitungen für seine Flucht getroffen hat. Aber sein kurzsichtiger Verstand hat nur bis hierher gereicht. Es ist leicht möglich, dass das, worauf der Bösewicht, als seinen egoistischen Zwecken am meisten dienlich, besonders rechnete, ihm gerade am schädlichsten ist. Der Jäger hat sich in den eigenen Fallstricken gefangen. Denn jetzt, wo er sich vor unserer Verfolgung sicher und uns mit einem großen Vorsprung entronnen zu sein glaubt, wird ihn sein egoistisches Kindergehirn in Ruhe wiegen. Auch denkt er, dass, weil er den Faden des Denkens zwischen sich und Ihnen zerschnitten hat, auch wir keine Kenntnis von ihm haben können. Da befindet er sich aber im Irrtum. Diese entsetzliche Bluttaufe, die er Ihnen gab, hat Ihnen die Fähigkeit gegeben, im Geiste zu ihm zu kommen, wie Sie es ja zur Zeit des Sonnenauf- und -unterganges schon mehrfach getan haben. Zu dieser Zeit gehen Sie nach meinem Willen und nicht nach dem seinen. Diese Fähigkeit, die Ihnen und anderen zum Heile gereicht, haben Sie durch das Leid gewonnen, das seine Hand Ihnen zugefügt. Das ist alles umso wertvoller, als er selbst es nicht weiß; seine Vorsicht hat ihm auch die Möglichkeit genommen, zu erfahren, wo wir uns befinden. Wir aber sind alle ohne jegliche Selbstsucht. Wir werden den Grafen verfolgen und nicht mit der Wimper zucken, selbst wenn wir zu Grunde gehen und werden sollten wie er. Freund John, das war eine gesegnete Stunde, wir sind ein gut Stück auf unserem Wege weitergekommen. Sie müssen nun wieder alles zu Papier bringen, damit die anderen, wenn sie von ihrem Werke heimkehren, alles gleich fertig finden. Dann wird es ihnen so klar werden wie uns.«

Ich habe dies niedergeschrieben, während wir auf die Heimkehr der Genossen warteten. Frau Harker hat alles mit der Maschine geschrieben.

# Sechsundzwanzigstes Kapitel

## Dr. Sewards Tagebuch

29. Oktober. – Geschrieben im Zuge von Varna nach Galatz. Gestern Abend versammelten wir uns kurz vor Sonnenuntergang. Jeder hatte seine Arbeit so gut getan, wie er vermochte; was Nachdenken und Fleiß betrifft, sind wir für alle Wechselfälle der Reise gerüstet, ebenso für das Werk, das unser in Galatz wartet. Als die gewohnte Zeit herankam, richtete Frau Harker alles zum Hypnotisieren her. Es bedurfte einer längeren Anstrengung Van Helsings als sonst, ehe sie in Trance fiel. In der Regel genügte sonst ein Wink, um sie zum Sprechen zu bringen; diesmal aber musste der Professor sie fragen, und zwar ziemlich energisch, bis endlich die Antwort kam:

»Ich kann nichts sehen; wir liegen still. Ich höre keine Wogen rauschen, sondern nur ein ständiges sanftes Gurgeln gegen den Bug. Ich höre das Rufen von menschlichen Stimmen, nahe und fern, und das Rollen und Knirschen von Rudern in den Klampen. Ein Geschütz wird irgendwo abgefeuert; von weiter Ferne scheint das Echo herzurollen. Ich höre das Trampeln von Füßen über mir und kann deutlich unterscheiden, dass Taue und Ketten gezogen werden. Was ist das? Ich sehe einen Lichtschimmer; frische Luft weht mich an.«

Sie hielt inne. Sie hatte sich vom Sofa erhoben, wie unter einem raschen Impuls, und hob ihre beiden Hände, mit den Flächen nach aufwärts, als ob sie eine Last trüge. Van Helsing und ich sahen einander verständnisvoll an. Quincey zog seine Augenbrauen hoch und blickte scharf zu ihr hin, während Harkers Hand instinktiv nach dem Knauf seines Kukrimessers griff. Es entstand eine lange Pause. Wir wussten, dass die Zeit, in der sie sprechen konnte, unwiederbringlich dahinfloss; aber wir fühlten, dass es zwecklos war, etwas zu sagen. Plötzlich stand sie auf, öffnete die Augen und sagte freundlich:

»Wünscht keiner der Herren eine Tasse Tee zu trinken? Sie müssen doch alle sehr müde sein!« Wir wollten ihr die Freude machen und gingen auf ihren Wunsch ein. Geschäftig eilte sie hinaus, um den Tee zu bereiten. Kaum aber hatte sie die Türe hinter sich geschlossen, sagte Van Helsing:

»Sie sehen, meine Freunde, er ist nahe am Land; er hat seine Erdkiste verlassen. Immerhin aber muss das Schiff noch anlegen. In der Nacht kann er ja irgendwo verborgen liegen; wenn er aber nicht ans Ufer getragen wird oder das Schiff es nicht berührt, kann er das Land nicht erreichen. In diesem Falle kann er, wenn es Nacht ist, seine Gestalt verändern und an Land springen oder fliegen, wie er es in Whitby tat. Wenn aber der Tag anbricht, ehe er landet, dann kann er nicht entrinnen, außer er wird herausgetragen. Wenn er aber herausgetragen wird, dann werden die Zollbeamten entdecken, was die Kiste enthält. Mit einem Wort, wenn er heute Nacht nicht mehr an Land entkommen kann, so ist ein ganzer Tag für ihn verloren. Wir kommen dann zur rechten Zeit; denn wenn er nicht nachts entflieht, kommen wir bei Tage über ihn und er ist uns in seiner Kiste auf Gnade und Ungnade verfallen. Er darf nicht wieder er selbst werden, wach und sichtbar, ohne dass er entdeckt ist.«

Weiter war nichts mehr zu sagen. So warteten wir in Geduld bis zum Morgengrauen, zu welcher Zeit wir hoffen durften, mehr aus Frau Harkers Munde zu erfahren.

Früh am Morgen lauschten wir in atemloser Spannung der Worte, die sie in der Trance sprach. Es dauerte länger als je, bis der hypnotische Schlaf erreicht war. Als er eintrat, war die Zeit, die noch bis Sonnenaufgang blieb, nur noch so kurz, dass wir zu verzweifeln begannen. Van Helsing legte seine ganze Seele in seine Aufgabe. Schließlich antwortete Frau Mina, gehorsam seinem Willen:

»Alles ist dunkel. Ich höre klatschendes Wasser in gleicher Höhe mit mir und ein Knirschen, wie von Holz auf

Holz.« Sie hielt inne, und rotleuchtend stieg die Sonne empor. Wir müssen nun bis zum Abend warten.

So kommt es, dass wir in äußerster Spannung unsere Reise nach Galatz fortsetzen. Wir sollen um zwei oder drei Uhr morgens ankommen, aber jetzt schon, in Bukarest, haben wir drei Stunden Verspätung. Wir werden unser Ziel also wohl erst ein gut Stück nach Sonnenaufgang erreichen. Bis dahin werden wir zwei Mal hypnotische Aufschlüsse von Frau Harker erhalten. Vielleicht werden beide oder wenigstens einer von ihnen im Stande sein, Licht über das Geschehen zu bringen.

Später. – Sonnenuntergang ist vorüber. Glücklicherweise wurden wir zu dieser Zeit nicht abgelenkt.

Wären wir gerade auf einer Station gewesen, so hätten wir kaum die nötige Ruhe und Einsamkeit gefunden. Frau Harker gab sich dem hypnotischen Einfluss noch weniger hin als heute morgen. Ich fürchte, dass ihre Fähigkeit, die Gefühle des Grafen zu empfinden, gerade dann hinschwindet, wenn wir ihrer am meisten bedürfen. Ich habe den Eindruck, als gäbe sie ihrer Fantasie immer mehr Spielraum. Bisher hat sie sich in der Trance auf die Angabe der einfachsten Tatsachen beschränkt. Wenn das so weiter geht, lassen wir uns unter Umständen irre führen. Es wäre eine Freude, annehmen zu dürfen, dass des Grafen Macht über sie dahinschwindet, wie ihr Wissen von seinem Tun; aber ich fürchte, es könnte doch nicht so sein.

Als sie wieder sprach, waren ihre Worte rätselhaft:

»Irgendetwas geht heraus; es weht über mich hin wie ein kühler Wind. Ich höre, weit weg, wirre Stimmen; Menschen, die in fremden Zungen reden; donnernde Wasserfälle und das Heulen von Wölfen.« Sie schwieg und erschauerte; einige Sekunden schüttelte es sie, bis sie sich schließlich streckte, wie vom Schlage gerührt. Sie sagte nichts mehr, auch nicht auf des Professors befehlende Fragen. Als sie aus der Hypnose erwachte, fror sie und war erschöpft und schlaff, aber ihr Geist war vollständig klar. Sie konnte sich an nichts erinnern, erkundigte sich aber, was sie im Schlafe gesagt habe. Als wir es ihr mitteilten, dachte sie lange und schweigend darüber nach.

30. Oktober. 7 Uhr morgens. – Wir sind nun nahe an Galatz; es kann sein, dass ich später keine Zeit zum Schreiben mehr habe. Wir haben den Sonnenaufgang mit ängstlicher Spannung erwartet. Van Helsing war sich der immer wachsenden Schwierigkeit bewusst, die Trance herbeizuführen, und hatte deshalb früher mit dem Hypnotisieren begonnen. Er hatte jedoch keinen Erfolg, und erst kurz ehe die Sonne heraufkam, unterlag sie endlich dem übermächtigen Einfluss. Der Professor stellte unverzüglich seine Fragen und ebenso rasch erfolgte ihre Antwort:

»Alles ist dunkel. Ich höre Wasser vorbeirauschen in gleicher Höhe mit meinen Ohren, und ein Krachen wie von Holz auf Holz. Vieh höre ich in weiter Ferne brüllen. Da, ein anderer Ton, ein ganz seltsamer ...« Sie schwieg und wurde bleich und bleicher.

»Weiter! Weiter! Sprechen Sie, ich befehle es Ihnen!«, sagte Van Helsing mit Angst in der Stimme. Zugleich kam Verzweiflung in seine Züge, denn die aufsteigende Sonne warf einen roten Schein auf Frau Harkers bleiches Angesicht. Sie öffnete die Augen. Wir erstaunten, als sie freundlich und scheinbar mit der größten Gelassenheit sagte:

»Ach, Herr Professor, warum verlangen Sie etwas von mir, von dem Sie wissen, dass ich es nicht kann? Ich erinnere mich an nichts mehr.« Dann, als sie unsere erschreckten Mienen sah, sagte sie, indem sie ihre besorgten Blicke von einem zum andern schweifen ließ:

»Was habe ich gesagt? Was habe ich getan? Ich weiß nichts, außer dass ich im Halbschlafe hier lag und Sie sagen hörte: Weiter! weiter! Sprechen Sie, ich befehle es Ihnen!« Es kam mir so komisch vor, mich von Ihnen schelten zu lassen wie ein unartiges Kind.«

»Frau Mina«, sagte er traurig, »es ist ein Beweis, wenn ein Beweis überhaupt nötig wäre, wie sehr ich Sie liebe und verehre, dass ein Wort, das in Ihrem eigensten Interesse, strenger gesprochen wurde als üblich, Ihnen so seltsam erscheint, weil es derjenigen zu befehlen hat, der gehorchen zu dürfen ich stolz bin!«

Die Zugpfeife ertönt; wir fahren in Galatz ein. Wir sind in Sorge und glühen vor Eifer.

## *Mina Harkers Tagebuch*

30. Oktober. – Herr Morris begleitete mich ins Hotel, wo unsere Zimmer bereits telegrafisch vorausbestellt waren. Er ist am besten abkömmlich, da er keine fremde Sprache spricht. Die Rollen waren verteilt wie in Varna, nur dass sich Lord Godalming zum Vizekonsul begab, da wir annehmen konnten, dass sein hoher Rang den Beamten gegenüber der schleunigen Erledigung unserer Angelegenheiten zugute kommen könnte. Jonathan und die zwei Ärzte gingen zum Schiffsagenten, um Näheres über die Ankunft der »Czarina Catharina« zu erfahren.

Später. – Lord Godalming ist zurückgekehrt. Der Konsul ist verreist, der Vizekonsul krank; so musste die wichtige Angelegenheit von einem Sekretär erledigt werden. Dieser war äußerst zuvorkommend und versprach, sein Möglichstes zu tun.

## *Jonathan Harkers Tagebuch*

30. Oktober. – Um 9 Uhr sprachen Dr. Van Helsing, Dr. Seward und ich bei den Herren Mackenzie & Steinkoff, den Vertretern der Londoner Firma Hapgood, vor. Sie hatten ein Telegramm aus London erhalten, das sie, Lord Godalmings telegrafischem Ersuchen an die Firma entsprechend, anwies, uns in jeder Weise behilflich zu sein. Sie waren freundlich und höflich und führten uns sofort an Bord der »Czarina Catharina«, die im Flusshafen vor Anker lag. Dort sprachen wir den Kapitän, Donelson mit Namen, der uns von seiner Reise erzählte. Er sagte, dass er nie in seinem Leben eine so flotte Fahrt gehabt habe.

»Wir hatten Sorge«, sagte er, »denn wir fürchteten, dass wir dafür büßen müssten, mit einem Schiffbruch oder sonst einem Unglück für die schnelle Fahrt. Es ist nicht ungefährlich, von London nach dem Schwarzen Meer zu fahren vor einem Winde, dass man hätte glauben können, der Teufel selbst bliese einem in die Segel, so rasch ging es dahin. Dabei konnten wir fast gar nichts sehen. Wenn wir uns einem Schiffe, einem Hafen oder einem Kap näherten, fiel ein dichter Nebel herab und begleitete uns; wenn er dann in die Höhe ging und wir hinausschauten, war wieder alles außer Sicht. Wir fuhren an Gibraltar vorbei, ohne ein Signal geben zu können. Als wir in die Dardanellen kamen und dort auf die Ausfertigung unseres Passierscheines warten mussten, hielten wir uns stets außer Rufweite. Zuerst dachte ich daran, Segel wegzunehmen und zu lavieren, bis der Nebel geschwunden sei. Dann dachte ich aber wieder, dass, wenn es dem Teufel darum zu tun sei, uns recht rasch ins Schwarze Meer zu bringen, er dies doch tun würde, ob wir damit einverstanden wären oder nicht. Wenn wir eine rasche Reise machten, so würde uns das bei den Schiffseigentümern nur in Ansehen und dies auch unserm Geschäft keinen Schaden bringen, und auch der alte Herr, dessen Interessen wir durch unsere flotte Fahrt so gut vertraten, würde sich sicher erkenntlich erweisen.« Diese Mischung von Einfalt und Schlauheit, von Aberglaube und kaufmännischer Berechnung erheiterte Van Helsing und er sagte:

»Dieser Teufel ist viel schlauer, als manche denken; er weiß recht wohl, wer ihm gewachsen ist!« Der Seemann fühlte sich durch das Kompliment geschmeichelt und fuhr fort:

»Als wir den Bosporus passiert hatten, begann meine Mannschaft zu murren. Einige von ihnen, die Rumänen, kamen und baten mich, eine große Kiste über Bord werfen zu dürfen, die kurz vor unserer Abfahrt von London ein alter, merkwürdig aussehender Mann hatte verstauen lassen. Ich hatte schon gesehen, wie sie nach dem Kerl hinschielten und zwei Finger gabelförmig gegen ihn ausstreckten, um sich vor dem bösen Blick zu schützen. Dieser Aberglaube der Ausländer ist doch wirklich zu lächerlich. Ich hieß sie schnell wieder an ihre Arbeit gehen. Als uns aber wieder ein undurchdringlicher Nebel einschloss, fühlte ich doch ein gewisses Unbehagen, wenn ich auch nicht gerade sagen kann, dass es sich auf die Kiste bezog. Wir fuhren weiter, und als der Nebel fünf Tage lang nicht wich, beschloss ich, mich vom Winde treiben zu lassen. Denn wenn der Teufel uns irgendwo hintreiben wollte, so ließ ich ihm eben sein Vergnügen. Jedenfalls hatten wir die ganze Zeit guten Wind und tiefes Wasser, und als vor zwei Tagen die Morgensonne durch den Nebel drang, befanden wir uns schon im Flusse, Galatz gegenüber. Die Rumänen waren aufgebracht und verlangten im Guten oder Bösen, dass ich die Kiste herausholen und in den Fluss werfen ließe. Ich musste mich mit ihnen vermittels einer Brechstange auseinander setzen, und als der Letzte von ihnen, seinen Kopf haltend, das Deck verließ, hatte ich sie überzeugt, dass – ob böser Blick oder nicht böser Blick – das Eigentum meiner Auftraggeber bei mir besser aufgehoben sei als auf dem Grunde der Donau. Sie hatten die Kiste schon auf Deck geschleppt, um sie hinauszuwerfen, und da sie mit Galatz via Varna gezeichnet war, dachte ich, ich lasse sie gleich da, bis wir im Hafen gelöscht hatten oder wir sie auf eine andere Weise los würden. Wir haben an diesem Tag nicht mehr viel ausgeladen und blieben über Nacht vor Anker liegen. Am Morgen, eine Stunde vor Sonnenaufgang, kam ein Mann an Bord, der einen aus England an ihn gerichteten Auftrag vorwies, eine für Graf Dracula bestimmte Kiste in Empfang zu nehmen. Offenbar war die Sache gut vorbereitet. Seine Papiere waren in Ordnung, und ich war herzlich froh, das verwünschte Ding loszuwerden, denn es begann mir selbst unheimlich zu werden. Wenn ich das Gepäck des Teufels an Bord gehabt hätte, konnte mir auch nicht unheimlicher sein.«

»Wie hieß der Mann, der die Kiste in Empfang nahm?«, fragte Dr. Van Helsing mit verhaltener Neugierde.

»Das kann ich Ihnen sogleich sagen«, antwortete der Kapitän. Er stieg in seine Kabine hinunter und brachte eine

Empfangsbestätigung mit der Unterschrift »Immanuel Hildesheim«; seine Adresse war Burgenstraße 16. Das war alles, was der Kapitän wusste; deshalb dankten wir und verabschiedeten uns.

Wir trafen Hildesheim in seinem Kontor, einen Juden, wie man ihn auf der Bühne sieht, mit einer großen, krummen Nase und einem Fez. Seine Mitteilungen ließ er sich mit barem Gelde bezahlen und erzählte, nachdem er noch ein wenig gehandelt hatte, alles, was er wusste. Es war einfach, aber sehr wichtig. Er hatte von einem Herrn de Ville aus London einen Brief erhalten mit dem Auftrag, wenn möglich vor Sonnenaufgang, um den Zoll zu umgehen, eine Kiste abholen zu lassen, welche auf der »Czarina Catharina« in Galatz ankommen würde. Hier sollte er sie einem gewissen Petroff Skinsky übergeben, der mit den Slowaken in Verbindung stand, welche den Fluss hinunter bis zum Hafen Handel treiben. Er war für seine Mühewaltung mit einer englischen Banknote bezahlt worden, die ihm bei der Internationalen Donaubank bereitwillig umgewechselt wurde. Als Skinsky zu ihm gekommen war, hatte er ihn zum Schiff mitgenommen und ihm dort die Kiste übergeben, um die Zustellungsgebühr für die Mitteilung zu ersparen. Das war alles, was wir erfahren konnten.

Wir machten uns nun auf den Weg, um Skinsky zu suchen; aber vergebens. Einer seiner Nachbarn, der ihm nicht gerade sehr gewogen schien, sagte, er sei vor zwei Tagen fortgegangen; wohin, wisse man nicht. Dies wurde von seinem Mietsherrn bestätigt, dem Skinsky durch einen Boten den Hausschlüssel und die schuldige Miete in englischem Geld übersandt hatte. Das war gestern Nacht zwischen zehn und elf Uhr geschehen. So waren wir also auf einem toten Punkt angelangt.

Während wir noch verhandelten, kam jemand gelaufen und berichtete atemlos, dass man Skinskys Leichnam auf der Innenseite der Friedhofmauer gefunden hätte; seine Kehle sei aufgerissen gewesen, wie von einem wilden Tier. Die, mit denen wir eben gesprochen hatten, eilten davon, um sich das Entsetzliche selbst anzusehen, und die Weiber kreischten: »Das hat ein Slowak getan!« Wir machten uns aus dem Staub, weil wir fürchteten, irgendwie in die Angelegenheit verwickelt und aufgehalten zu werden.

Zuhause angekommen, konnten wir zu einem festen, definitiven Entschluss nicht gelangen. Wir waren überzeugt, dass die Kiste auf dem Wasserweg irgendwohin geschafft wurde; wohin aber, das zu entdecken, war sehr schwierig. Es ist begreiflich, dass wir mit schwerem Herzen bei Mina im Hotel ankamen.

Als wir zusammen waren, beschlossen wir, Mina wieder ins Vertrauen zu ziehen. Da die Sache verzweifelt liegt, so ist dieses Mittel, wenn auch gewagt, doch vielleicht geeignet uns zu helfen. Das Nächste war, dass ich von meinem Schweigegelübde ihr gegenüber entbunden wurde.

## *Mina Harkers Tagebuch*

30. Oktober, abends. – Sie waren alle so müde, erschöpft und entmutigt, dass ihnen keine Arbeit mehr zugemutet werden konnte, bis sie sich ausgeruht hatten. Ich bat sie deshalb, sich auf eine halbe Stunde niederzulegen, während ich meine Eintragungen bis zur Stunde ergänzen wollte. Ich bin dem Mann, der die Reiseschreibmaschine erfand, sehr dankbar und auch Herrn Morris, der mir eine solche verschaffte. Es wäre mir sehr schwer geworden, wenn ich die viele Schreibarbeit mit der Feder hätte ausführen sollen.

Es ist alles erledigt. Guter Jonathan, was musst du schon gelitten haben und was musst du jetzt noch leiden! Er liegt auf dem Sofa. Sein Atem geht fast unmerklich, und sein ganzer Körper macht den Eindruck, als sei seine Kraft gebrochen. Seine Augenbrauen sind zusammengezogen, sein Gesicht ist vor Kummer verzerrt. Armer Mann, vielleicht denkt er nach, denn sein ganzes Antlitz ist mit Fältchen bedeckt, wie von langer, angestrengter Gedankenarbeit. Wenn ich ihm nur ein wenig helfen könnte … ich will ja gern tun, was ich kann.

Ich habe Van Helsing gebeten, mir die Papiere zu geben, die ich bis jetzt noch nicht gesehen habe. Während sie ruhen, will ich alles sorgfältig durchsehen, vielleicht komme ich doch zu einem Resultat. Ich werde versuchen, dem Beispiel des Professors zu folgen und über die vorliegenden Tatsachen ohne Vorurteil nachzudenken.

Ich glaube, Gottes Gnade hat mich eine Entdeckung machen lassen. Ich muss die Landkarten holen und studieren.

Ich bin meiner Sache vollkommen sicher. Mein Plan ist fertig. Ich will meine Freunde zusammenrufen, um es ihnen vorzulesen.

## *Mina Harkers Denkschrift*

*In ihr Tagebuch eingetragen*

Grundlage der Untersuchung: Graf Draculas Plan ist, in seine Heimat zurückzukehren.

a) Er muss von irgendjemand *zurückgebracht* werden. Das ist offenbar. Denn hätte er die Macht, sich nach seinem Wunsch zu bewegen, so würde er es tun, entweder als Mensch, als Wolf, als Fledermaus oder in einer anderen Gestalt. Er fürchtet entschieden eine Entdeckung oder eine Störung in seinem Zustand der Hilflosigkeit; ist er doch zwischen Sonnenaufgang und Sonnenuntergang in seiner Kiste gefangen.

b) Wie können wir seiner habhaft werden? – Hier muss uns ein indirekter Schluss zu Hilfe kommen. Ist es auf der Straße, auf der Eisenbahn oder auf dem Wasser?

1. Auf der Straße. – Dies hätte endlose Schwierigkeiten, besonders beim Passieren von Städten.

x) Dort gibt es Leute, diese sind immer neugierig und spüren gern etwas auf. Ein Wink, ein Argwohn, der Wunsch, zu wissen, was in der Kiste sei, könnten ihm verderblich werden.

y) Es könnten Wach- oder Zollstationen zu passieren sein.

z) Seine Feinde könnten ihn verfolgen. Das ist seine größte Sorge. Um sich nicht zu verraten, hat er sogar auf sein Opfer, auf mich, verzichtet.

2. Mittels Eisenbahn. – Hier wäre niemand, der die Kiste beaufsichtigt. Es könnte möglicherweise eine Verzögerung im Transport eintreten; jede Verzögerung müsste ihm aber verhängnisvoll werden, da seine Feinde ihm auf den Fersen sind. Allerdings könnte er ja nächtlicherweile entfliehen; aber was würde aus ihm werden, auf unbekannter Erde, ohne Schlupfwinkel, in den er sich verkriechen könnte? Diesen Weg wird er also auch nicht einzuschlagen wagen.

3. Auf dem Wasserwege. – Dies ist wohl in mancher Hinsicht der sicherste Weg für ihn; allerdings drohen ihm auch hier genug Gefahren. Auf dem Wasser ist er machtlos, außer bei Nacht; selbst dann kann er nur Nebel, Sturm und Schnee und seine Wölfe herbeirufen. Würde er Schiffbruch erleiden, so würde ihn das Wasser rettungslos verschlingen und er wäre verloren. Er könnte auch das Schiff an Land treiben; wäre es aber ungeeignetes Land, wo er sich nicht frei bewegen könnte, so wäre seine Lage gleichfalls eine verzweifelte.

Wir wissen, dass er sich auf dem Wasser befindet. Es handelt sich also darum, festzustellen, auf *welchem* Wasser.

In erster Linie müssen wir genau wissen, was er bis jetzt getan hat. Wir können daraus vielleicht einen Schluss ziehen auf das, was er weiterhin zu tun beabsichtigt.

Erstens: Wir müssen wissen, was er in London für den wichtigsten Teil seines Feldzugsplanes hielt und was er davon ausführte, trotzdem die Zeit drängte.

Zweitens müssen wir erfahren, so gut es die uns bekannten Tatsachen ermöglichen, was er *hier* getan hat.

Er hatte offenbar die Absicht, nach Galatz zu kommen, fertigte aber den Frachtbrief nach Varna aus, um uns zu täuschen und damit wir im Unklaren wären, auf welchem Weg er aus England entkommen ist. Sein unmittelbarer und einziger Zweck war also, uns zu entgehen; Beweis hierfür ist der Brief, in welchem Immanuel Hildesheim beauftragt wird, die Kiste vor *Sonnenaufgang* wegzuschaffen.

Hier haben wir auch die Instruktion für Petrof Skinsky. Dies können wir allerdings nur vermuten; es muss aber noch ein Brief oder eine Botschaft eingelaufen sein, da sich Skinsky zu Hildesheim begab.

Wir wissen, dass bis hierher sein Plan gelungen war. Die »Czarina Catharina« machte eine so außerordentlich rasche Fahrt, dass Kapitän Donelsons Verdacht erregt wurde. Aber sein Aberglauben im Verein mit seiner Schlauheit kamen dem Grafen sehr zu statten und er fuhr mit dem günstigen Winde, dem Nebel zum Trotz, bis er blindlings in Galatz landete. Dass die Vorbereitungen des Grafen sehr sorgfältig getroffen waren, ist bewiesen. Hildesheim nahm die Kiste in Empfang, brachte sie fort und übergab sie Skinsky. Skinsky übernahm sie – hier aber verlieren wir den Faden. Wir wissen nur, dass die Kiste irgendwo auf dem Wasser schwimmt. Wachen und Zollbehörden sind glücklich umgangen worden.

Nun kommen wir zu dem, was der Graf nach seiner Ankunft in Galatz *an Land* getan haben muss.

Die Kiste war Skinsky vor Sonnenaufgang übergeben worden. Bei Sonnenaufgang konnte der Graf in eigener Gestalt erscheinen. Hier fragen wir uns, warum Skinsky überhaupt zur Hilfeleistung herangezogen worden ist? In meines Mannes Tagebuch ist Skinsky als ein Mann erwähnt, der mit den Slowaken, die den Fluss hinunter bis zum Hafen Handel treiben, Verbindung hat, und die Bemerkung des Mannes, dass der Mord das Werk eines Slowaken sei, zeigt die allgemeine Stimmung, die gegen diese Menschenrasse herrscht. Der Graf wollte allein sein.

Ich bin folgender Ansicht: In London beschloss der Graf, auf dem Wasserweg nach seinem Schloss zurückzukehren, also auf dem sichersten und am wenigsten auffallenden Weg. Er war von Zigeunern vom Schloss weggebracht worden; wahrscheinlich haben diese ihre Ladung den Slowaken übergeben, die die Kisten nach Varna transportierten. Von dort aus sind diese nach London eingeschifft worden. Auf diese Weise wusste also der Graf, welche Personen im

Stande waren, ihm Dienste zu leisten. Als dann die Kiste an Land war, zwischen Sonnenuntergang und Sonnenaufgang, kam er heraus, traf mit Skinsky zusammen und instruierte ihn, wie er den Transport der Kiste auf einem der Flüsse zu bewerkstelligen habe. Als das geschehen und alles im Gang war, meinte er seine Spur dadurch verwischen zu können, dass er seinen Agenten ermordete.

Ich habe die Karte genau geprüft und gefunden, dass der für die Slowaken am leichtesten zu erreichende Fluss der Sereth oder der Pruth ist. Ich las in unseren Akten, dass ich in meiner Trance das Brüllen von Kühen, das Wirbeln von Wasser in gleicher Höhe mit meinen Ohren und das Krachen von Holzwerk gehört hatte. Der Graf musste also damals in seiner Kiste in einem offenen Boot auf einem der Flüsse transportiert worden sein. Das Boot muss mit Rudern oder Stangen getrieben worden sein, denn Sandbänke sind in der Nähe gewesen, und es muss stromaufwärts gegangen sein. Wäre das Boot stromabwärts gefahren, so wäre jedenfalls das Krachen der Ruder oder Stangen nicht so laut zu hören gewesen. Ich bin der festen Überzeugung, dass nur der Sereth oder der Pruth für ihn in Betracht kommen; trotzdem dürfen wir aber unsere Nachforschungen nicht einstellen. Während der Pruth leichter zu befahren ist, hat der Sereth den Vorzug, dass er sich bei Fundu mit der Bistritza vereinigt, die den Borgopass umfließt. Die Schleife, die der Fluss macht, liegt so nahe an Schloss Dracula, dass es bequemer gar nicht zu erreichen ist.

## *Mina Harkers Tagebuch*

*(Fortsetzung)*

Als ich fertig gelesen hatte, nahm mich Jonathan in seine Arme und küsste mich. Die anderen ergriffen und drückten meine Hände und Dr. Van Helsing sagte:

»Unsere liebe Frau Mina ist wieder einmal unsere Ratgeberin gewesen. Sie hielt ihre Augen offen, wo wir blind waren. Jetzt haben wir die verloren gegangene Fährte wieder, und diesmal werden wir Erfolg haben. Unser Feind hat den Höhepunkt seiner Schwäche erreicht. Wenn wir am Tage und auf dem Wasser über ihn kommen, ist er verloren und unsere Aufgabe vollendet. Er hat ja einen Vorsprung, aber er kann ihn nicht ausnützen, da er seine Kiste nicht verlassen darf, wenn er nicht den Verdacht derer, die ihn transportieren, erregen will. Wenn er ihren Verdacht erregt, so würden sie ihn zweifellos in den Fluss werfen, wo er zu Grunde ginge. Das weiß er und möchte es vermeiden. Nun zum Kriegsrat, denn auf der Stelle müssen wir jedem das zuteilen, was er zu tun haben wird.«

»Ich werde eine Dampfbarkasse kaufen und ihn verfolgen«, sagte Lord Godalming.

»Und ich nehme Pferde und verfolge ihn längs des Ufers, bis er landen muss«, sagte Herr Morris.

»Gut«, sagte der Professor, »ich bin mit beidem einverstanden. Aber keiner darf allein gehen. Wir müssen die Kräfte so verteilen, dass wir etwaigen Widerstand zu überwinden vermögen. Der Slowak ist stark und wild und hat ein Paar feste Arme.« Alle lächelten, denn das, was sie an sich trugen, glich einem kleinen Arsenal. Herr Morris fügte noch hinzu:

»Ich habe einige Winchesters besorgt. Sie sind sehr handlich; vielleicht können wir sie gegen Wölfe gut brauchen. Der Graf hat, wie wir wissen, noch einige andere Vorsichtsmaßregeln getroffen. Wir müssen auf alles gefasst sein.« Dr. Seward sagte:

»Ich denke, es ist am besten, ich gehe mit Quincey. Wir sind durch lange Jagdreisen aneinander gewöhnt.

Wir beide werden, bis an die Zähne bewaffnet, nicht zu unterschätzende Gegner sein für alles, was sich uns in den Weg stellen mag. Du, Arthur, darfst auch nicht allein bleiben. Es kann nötig werden, mit den Slowaken zu fechten, und der kleinste Misserfolg – allerdings glaube ich ja nicht, dass die Kerle Flinten haben – kann unser ganzes Unternehmen in Frage stellen. Diesmal darf es für uns keine Zufälligkeiten geben. Wir werden nicht eher ruhen, bis wir den Kopf des Grafen vom Rumpfe getrennt haben und sicher sein können, dass er sich nicht wieder erneuert.« Er sah beim Sprechen Jonathan an und Jonathan mich. Ich bemerkte, dass dieser innerlich von Zweifeln gepeinigt wurde. Ich weiß gewiss, dass er gern bei mir geblieben wäre; aber er wäre ebenso gern im Boot mitgefahren, um den ... den ... Vampir – warum zögerte ich, dieses Wort zu schreiben – zu vernichten. Er schwieg und Dr. Van Helsing sprach:

»Freund Jonathan, das ist Ihre Sache, aus zwei Gründen. Erstens weil Sie jung und tapfer sind, fechten können und weil alle Kräfte gebraucht werden. Sodann ist es auch Ihr Recht, den zu vernichten, der solches Leid über Sie und Ihre liebe Frau gebracht hat. Wegen Frau Mina machen Sie sich keine Sorge, sie ist bei mir gut aufgehoben. Ich bin alt. Meine Beine können nicht mehr so rasch laufen wie ehemals; ich bin auch nicht gewöhnt, so lange zu reiten, wie es bei der Verfolgung unter Umständen nötig werden kann, oder mit Mordwaffen umzugehen. Aber ich kann anderweitig nützlich sein, ich kann auf andere Weise kämpfen. Ich kann auch sterben, wenn es sein muss, ebenso gut wie ein Jüngerer. Nun lassen Sie mich meinen Vorschlag machen: Während Sie, mein lieber Lord Godalming, und Sie, Freund Jonathan, in Ihrem kleinen, flinken Dampfboot den Fluss hinauffahren und während John und Quincey das Ufer bewachen und den Feind abfassen, wo er auch landen mag, werde ich Frau Mina direkt ins Herz des Feindeslandes führen. Während der alte Fuchs in seiner Kiste festgebannt auf dem Flusse schwimmt und nicht an Land kommen kann – den Deckel seiner Kiste kann er nicht aufheben, weil er fürchten muss, dass seine slowakischen Begleiter ihn vernichten –, werden wir, den Spuren Jonathans folgend, von Bistritz über den Borgopass gehen und den Weg zum Schloss Dracula einschlagen. Hier wird mir Frau Minas hypnotische Kraft den Weg weisen – sonst wäre ja alles dunkel und unbekannt – nach dem ersten Sonnenaufgang, wenn wir in der Nähe des verhängnisvollen Platzes angekommen sind. Es muss noch vieles andere geschehen und es gilt auch noch manche Sterilisierungen vorzunehmen, damit das Vipernnest endlich ausgehoben wird.« Hier unterbrach ihn Jonathan hitzig:

»Wollen Sie damit sagen, Professor Van Helsing, dass Sie Mina, die ohnehin unglücklich genug und von jenem Teufel gezeichnet ist, mit in jene Hölle führen wollen? Nicht um alles in der Welt! Nicht für Himmel oder Hölle!« Seine Stimme versagte auf ein paar Augenblicke, dann fuhr er fort:

»Wissen Sie denn, was das für ein Platz ist? Haben Sie die Fallgrube voll höllischer Infamien gesehen, wo selbst das Mondlicht grauenhafte Gespenster gebiert und jedes im Winde wirbelnde Staubkörnchen ein grässlicher Ungeheuerembryo ist? Haben Sie schon des Vampirs Lippen an Ihrer Kehle gefühlt?« Er sah mich an. Als seine Augen auf meiner Stirn hafteten, rang er die Hände und rief: »Mein Gott, was haben wir getan, dass du solche Schrecken um uns anhäufst?« Dann sank er auf das Sofa nieder und barg sein Gesicht in den Händen, von seinem Elend überwältigt. Die klare, freundliche Stimme des Professors beruhigte uns:

»Mein Freund, verstehen Sie denn nicht, dass ich Mina eben vor dem grauenhaften Platz retten will, den ich betreten muss? Ich werde sie nicht mit mir hineinnehmen. Es muss dort etwas geschehen – etwas Furchtbares –, das ihre Augen nicht erblicken dürfen. Wir alle, außer Jonathan, wissen, was ich meine, was geschehen muss, um das Nest unschädlich zu machen. Denken Sie daran, dass wir in einer entsetzlichen Lage sind. Wenn es dem Grafen diesmal gelingt zu entkommen – und er ist stark und gewandt und schlau –, wird er vielleicht ein Jahrhundert in seinem Sarge schlafen. Dann wird unsere verehrte Frau Mina« – er ergriff meine Hand – »zu ihm kommen, um ihm Genossin zu sein, und würde wie die anderen, die Sie, Jonathan, gesehen haben. Sie haben uns von ihren schwellenden Lippen erzählt, Sie haben das grausige Gelächter gehört, als sie das zuckende Bündel ergriffen, das ihnen der Graf zuwarf. Sie schaudern, und dennoch könnte der Fall eintreten. Vergeben Sie mir, dass ich Ihnen Schmerz bereite, aber ich kann nicht anders. Ist es nicht eine grässliche Aufgabe, für die ich, wenn es sein muss, mein Leben hingebe? Wenn irgendeiner dort am Platz bleibt und den Gespenstern Genosse werden muss, so will ich es sein.«

»Tun Sie, wie Sie wollen«, sagte Jonathan mit einem Seufzer. »Wir sind alle in Gottes Hand.«

Später. – Wie wohl tat es mir zu sehen, wie diese braven Männer sich anstrengten. Solche Männer muss eine Frau doch lieb haben, die so ernsthaft, so treu und tapfer sind. Außerdem muss ich daran denken, welche Rolle das Geld in unserem Falle gespielt hat. Was kann es tun, wenn es richtig angewendet wird, und welches Unheil kann es in der Hand böser Menschen anrichten! Ich bin froh, dass Lord Godalming reich ist und dass er und Herr Morris, der auch über bedeutende Mittel verfügt, diese so großherzig in den Dienst unserer Sache stellen. Denn würden sie das nicht, so könnte unsere kleine Expedition nicht so pünktlich und nicht so wohl ausgerüstet, wie sie in einer Stunde sein wird, abgehen. Noch keine drei Stunden sind es her, dass jedem von uns seine Rolle zugeteilt worden ist, und schon haben Lord Godalming und Jonathan eine schöne Barkasse, die unten am Fluss unter Dampf liegt, um jeden Augenblick abfahren zu können. Dr. Seward und Herr Morris haben ein halbes Dutzend guter Pferde mit voller Ausrüstung erworben. Wir haben Karten und Reisegegenstände aller Art, die für unseren Zweck irgend in Betracht kommen könnten, gekauft. Van Helsing und ich wollen mit dem Zug um 11 Uhr 40 Min. abends nach Veresti reisen; von dort aus werden wir einen Wagen nach dem Borgopass nehmen. Wir haben ziemlich viel Bargeld bei uns, da wir einen Wagen und Pferde kaufen wollen. Wir haben die Absicht, selbst zu kutschieren, denn wir haben niemand, dem wir in dieser Sache trauen könnten. Der Professor kennt eine Anzahl fremder Sprachen; ich hoffe, dass uns dies zustatten kommen wird. Sie alle haben Waffen, und auch für mich hat man einen großkalibrigen Revolver angeschafft.

Jonathan wollte durchaus haben, dass ich genau so bewaffnet würde wie die anderen. Leider kann ich eines der Kampfmittel, das die anderen haben, nicht an mir tragen wegen der Narbe an meiner Stirn. Dr. Van Helsing tröstete mich und sagte, ich sei hinreichend bewaffnet, um mich gegen Wölfe zur Wehr setzen zu können. Es wird stündlich kälter, wie Vorboten des Winters fegten zeitweise Schneeschauer über das Land.

Später. – Ich musste all meine Kraft zusammenraffen, als es galt, von meinem geliebten Mann Abschied zu nehmen. Wer weiß, ob wir uns lebend wiedersehen werden. Mut, Mina! Der Professor sieht dich scharf an; sein Blick ist wie eine Aufmunterung. Tränen dürfen jetzt nicht fließen – es sei denn, Gott ließe sie fließen aus Freude.

## *Jonathan Harkers Tagebuch*

30. Oktober. Nachts. – Ich schreibe beim Scheine der Kesselfeuerung unserer Dampfbarkasse; Lord Godalming heizt eben. Er versteht etwas von der Sache, denn er hatte selbst Jahre lang sein eigenes Dampfboot auf der Themse und ein zweites auf den »Norfolk Broads«. Wir waren zu der Überzeugung gelangt, dass Mina richtig gefolgert hatte und dass für die Flucht des Grafen, wenn er überhaupt den Wasserweg gewählt hatte, nur der Sereth, und dann von der Einmündung der Bistritza ab diese in Betracht kommen konnte. Nach unserer Meinung war etwa auf dem 47. Grad nördlicher Breite der günstigste Platz, um die Landstrecke zwischen dem Fluss und den Karpaten zu überwinden. Wir glaubten, auf dem Fluss auch bei Nacht eine große Geschwindigkeit annehmen zu dürfen, denn es war reichlich Wasser vorhanden und die Sandbänke traten nicht so dicht heran, dass sie unsere flotte Fahrt behindert hätten. Lord Godalming forderte mich auf, mich schlafen zu legen, da es zurzeit genüge, wenn einer wache. Aber ich kann nicht schlafen. Wie wäre das denkbar, da ich weiß, in welcher Gefahr mein liebes Weib schwebt und welch gräss-

licher Stelle sie sich nähert. Mein einziger Trost ist noch, dass wir in Gottes Hand sind. Ohne diesen Glauben wäre es besser zu sterben als zu leben und sich so von all der Qual zu befreien. Herr Morris und Dr. Seward haben ihren langen Ritt angetreten, ehe wir abfuhren. Sie beabsichtigen, sich auf dem rechten Ufer zu halten und zwar weit genug vom Fluss entfernt, um von den Höhen aus lange Strecken übersehen zu können und sich von den Windungen unabhängig zu machen. Sie haben für die ersten Etappen zwei Leute engagiert, um die Reservepferde zu reiten und zu führen. Sie sind also nur zu vieren und lenken die Aufmerksamkeit weniger auf sich. Wenn sie die Leute entlassen, was in Kürze der Fall sein wird, müssen sie die Pferde selbst übernehmen. Es kann nötig werden, dass wir uns wieder vereinigen müssen. Auch hierfür ist gesorgt, denn wir können uns dann alle beritten machen. Einer der Sättel ist so eingerichtet, dass er rasch in einen Damensattel verwandelt werden kann.

Es ist ein wildes Abenteuer, in das wir uns gestürzt haben. Wir fahren da in Windeseile über den nächtlichen Fluss, von dem kalte Nebel aufsteigen und um unsere Gesichter flattern. Und rings um uns die geheimnisvollen Stimmen der Nadir. Wir treiben auf unbekannten Wegen unbekannten Zielen entgegen, in eine ganze Welt dunkler und schrecklicher Dinge. Godalming schließt die Heiztüre …

31. Oktober. – In großer Eile geht es weiter. Der Tag ist angebrochen und Godalming schläft. Ich halte Wache. Der Morgen ist bitter kalt; trotzdem wir in dicke Pelze gehüllt sind, tut uns die Glut der Heizung wohl. Eben haben wir ein paar offene Boote überholt, aber keines von ihnen hat eine Kiste oder Ladung von der Art an Bord, wie wir sie suchen. Die Schiffer erschraken, als wir das Licht unserer elektrischen Lampen auf sie fallen ließen, sanken auf die Knie und beteten.

1. November. Abends. – Die ganze Zeit nichts Neues. Wir haben nichts von dem gefunden, was wir suchen. Wir sind nun in die Bistritza eingelaufen; wenn wir uns in unserer Vermutung getäuscht haben, dann ist all unsere Hoffnung dahin. Wir haben jedes Boot, ob groß oder klein, untersucht. Heute früh hielt uns die Bemannung eines der Boote für ein Regierungsschiff und kam uns dementsprechend höflich entgegen. Wir erkannten daraus, dass wir uns die Sache wesentlich erleichtern konnten. Wir beschafften uns in Fundu, wo sich die Bistritza mit dem Sereth vereinigt, eine rumänische Flagge und ließen sie recht auffällig flattern. Bei sämtlichen Booten, die wir seitdem durchsucht haben, hat der Trick uns viel geholfen. Man begegnete uns allenthalben mit der größten Bereitwilligkeit und wir fanden nicht den geringsten Widerstand, was wir auch tun und fragen mochten. Einige der Slowaken berichteten uns, dass ihnen ein großes Boot vorangefahren sei, dessen außergewöhnliche Eile und doppelte Rudermannschaft ihnen aufgefallen war. Das war aber schon gewesen, ehe sie nach Fundu kamen, sie konnten uns also nicht sagen, ob das genannte Boot in die Bistritza eingebogen sei oder den Sereth weiter verfolgt habe.

In Fundu konnten wir in dieser Sache nichts erfahren und mussten deshalb annehmen, dass das Fahrzeug dort in der Nacht vorbeigekommen war. Ich bin sehr schläfrig; vielleicht ist die Kälte daran schuld; etwas Ruhe muss die Natur auch haben. Godalming besteht darauf, zuerst die Wache zu übernehmen. Gott segne ihn für all das Gute, das er mir und meiner lieben Mina tut.

2. November. Morgens. – Es ist heller Tag. Godalming hat mich nicht wecken wollen. Er sagt, es wäre eine Sünde gewesen, denn ich hätte so friedlich geschlummert und ausgesehen, als hätte ich alle Sorgen vergessen. Ich mache mir Vorwürfe, dass ich in meinem geradezu verwerflichen Egoismus so lange schlief und ihn die ganze Nacht wachen ließ. Aber er hatte erkannt, was mir Not tat. Ich fühle mich heute Morgen wie neugeboren; ich sitze hier und tue alles,

was geschehen muss. Ich bediene die Maschine, ich steuere, ich beobachte den Fluss und hüte Godalmings Schlaf. Ich habe das Gefühl, als kehrte mir Kraft und Energie wieder. Ich möchte wissen, wo jetzt Mina ist und Van Helsing. Sie müssen Mittwoch gegen Mittag in Veresti angekommen sein. Sie werden wohl einige Zeit gebraucht haben, um Wagen und Pferde zu beschaffen. Wenn sie dann abgefahren sind und sich etwas beeilt haben, können sie schon bald in der Nähe des Borgopasses sein. Gott leite und schütze sie! Ich denke mit Schrecken an das, was sich ereignen könnte. Wenn wir nur rascher vorwärts kämen! Aber es ist unmöglich. Die Maschine keucht und leistet ihr Äußerstes. Auch möchte ich wissen, wie Dr. Seward und Morris vorwärts kommen. Unermesslich viele Bäche fließen vom Gebirge herab in den Strom, aber da keiner von ihnen sehr breit ist – im Frühjahr, wenn der Schnee schmilzt, mögen sie ja ohne Zweifel entsetzlich wüten –, haben die Reiter wahrscheinlich nicht allzu viele Hindernisse auf ihrem Wege zu überwinden. Ich hoffe, dass wir, noch ehe wir Strasba erreichen, ihrer ansichtig werden; denn falls wir bis dahin den Grafen noch, nicht eingeholt haben sollten, wird es nötig werden zu beraten, was weiter geschehen muss.

## *Dr. Sewards Tagebuch*

2. November. – Drei Tage im Sattel. Keine Nachrichten. Hätte auch keine Zeit, sie niederzuschreiben, da jeder Augenblick kostbar. Wir haben nur die im Interesse der Pferde unerlässlichen Rasten eingelegt; aber wir befinden uns dabei prächtig. Die Abenteuer vergangener Tage kehren in unserer Erinnerung wieder. Wir müssen eilen, dass wir weiterkommen; wir dürfen uns nicht eher zufrieden geben, bis wir die Dampfbarkasse in Sicht haben.

3. November. – Wir erfuhren in Fundu, dass die Barkasse die Bistritza hinaufgefahren sei. Ich wünschte, es wäre nicht so kalt. Es scheint, als wolle es schneien; wenn viel

Schnee fällt, wird er uns rechte Schwierigkeiten bereiten. In diesem Fall müssten wir eben einen Schlitten nehmen und unsere Verfolgung nach russischer Art fortsetzen.

4. November. – Heute hörten wir, dass die Barkasse einen Unfall erlitten habe, als sie eine Stromschnelle bezwingen wollte. Die Slowakenboote sind alle ohne weitere Schwierigkeiten hinaufgekommen, indem sie sich an Seilen hinaufziehen ließen; außerdem kam ihnen ja auch ihre Ortskenntnis zu gute. Erst vor ein paar Stunden sind wieder einige heraufgekommen. Godalming ist selbst Fachmann; offenbar hat er das Boot wieder so weit repariert, dass es die Fahrt fortsetzen konnte. Schließlich kamen sie dann doch über die Stromschnellen herauf, indem sie die Hilfe der Anwohner in Anspruch nahmen, und begannen wieder ihre unterbrochene Jagd. Ich glaube, dass das Boot durch den Unfall wesentlich gelitten hat. Die Bauern sagen, dass es, nachdem es wieder in ruhigeres Wasser gekommen war, jeden Augenblick stoppte, bis sie es nicht mehr sehen konnten. Wir müssen uns noch mehr beeilen, vielleicht bedarf man bald unserer Hilfe.

## *Mina Harkers Tagebuch*

31. Oktober. – Wir sind mittags in Veresti angelangt. Der Professor sagte mir, dass er auch heute Morgen fast gar nicht hypnotisieren konnte und alles, was ich sagte, war: »Dunkel und ruhig.« – Er ist gerade weggegangen, um Wagen und Pferde zu besorgen. Er sagt, er wolle dann unterwegs noch Reservepferde kaufen, damit wir auch im Stande wären zu wechseln. Wir haben etwas mehr als 70 Meilen vor uns. Das Land ist lieblich und sehr interessant. Wie herrlich wäre es, wenn wir unter erfreulicheren Umständen seiner Schönheit froh werden könnten. Welche Freude wäre es für Jonathan und mich, zusammen das Land zu durchfahren, da und dort anzuhalten, das Volk zu studieren, etwas über sein Leben und seine Sitten zu erfahren,

und die Seele mit all der Pracht und malerischen Wildheit des Landes zu erfüllen. Aber leider!

Später. – Dr. Van Helsing ist zurück. Er hat Pferde und einen Wagen gekauft; wir wollen etwas essen und dann in einer Stunde abreisen. Die Wirtin packt uns gerade einen mächtigen Korb mit Lebensmitteln auf das Gefährt; er scheint für eine Kompanie Soldaten berechnet. Der Professor ermunterte sie dazu und sagt mir leise, dass vielleicht eine Woche vergehen kann, bis wir wieder etwas Anständiges zu essen bekämen. Er hat noch eine Menge anderer Dinge eingekauft, eine prächtige Kollektion von Pelzmänteln und Decken und sonstigen warm haltenden Hüllen. Ich habe keine Angst, dass wir frieren werden.

Bald werden wir abfahren. Ich denke mit Schrecken an das, was uns passieren kann. Aber Gott hält ja seine Hand über uns. Er allein weiß, was die Zukunft bringt, und ich flehe ihn aus der Tiefe meiner traurigen, gequälten Seele an, er wolle meinen heiß geliebten Gatten beschirmen. Was sich auch ereignen möge, Jonathan soll wissen, dass ich ihn mehr geliebt und verehrt habe, als Worte es zu sagen vermögen, und dass mein letzter, mein einziger Gedanke er war.

# *Siebenundzwanzigstes Kapitel*

## Mina Harkers Tagebuch

1. November. – Den ganzen Tag setzten wir unsere Reise fort und zwar mit beträchtlicher Eile. Die Pferde scheinen es zu fühlen, dass sie gut behandelt werden, denn sie legen mit größtem Eifer ihre Etappen zurück. Wir haben nun schon oft Pferdewechsel gehabt und immer dieselbe gute Erfahrung gemacht, so dass wir wohl mit Recht annehmen dürfen, die Reise werde glücklich verlaufen. Dr. Van Helsing ist sehr wortkarg. Er erzählt den Bauern, dass er möglichst bald Bistritz erreichen wolle, und bezahlt sie gut, damit sie den Pferdewechsel beschleunigen. Währenddem nehmen wir heiße Suppe oder Tee oder Kaffee zu uns, dann geht es wieder weiter. Es ist ein wunderschönes Land, voll von Schönheiten aller erdenklichen Art, und die Leute dort sind mutig, stark und einfach und scheinen viele gute Eigenschaften zu besitzen. Sie sind sehr, sehr abergläubisch. In dem ersten Haus, wo wir abstiegen, bekreuzigte sich die Frau, die uns bediente, als sie die Narbe auf meiner Stirn sah, und streckte zwei Finger gegen mich aus, um den bösen Blick zu bannen. Ich glaube, sie haben in ihrer Angst unser Essen mit einer doppelten Portion Knoblauch gewürzt, und Knoblauch kann ich gar nicht ausstehen. Seitdem habe ich es immer vermieden, meinen Hut und meinen Schleier abzunehmen, und habe mich so ihrer abergläubischen Bräuche erwehrt. Wir reisen sehr rasch, und da wir keinen Kutscher bei uns haben, der Gerüchte verbreiten könnte, so vermeiden wir ernstere Schwierigkeiten. Knapp auf unseren Fersen aber folgt uns die Angst vor dem bösen Blick. Der Professor scheint unermüdlich; den ganzen Tag ruht er nicht, während er mich lange Zeit schlafen ließ. Gegen Sonnenuntergang hypnotisierte er mich und sagte mir, dass ich antwortete wie immer: »Dunkelheit,

plätscherndes Wasser und krachendes Holzwerk.« Unser Feind ist also immer noch auf dem Fluss. Ich habe Sehnsucht nach Jonathan, aber Furcht empfinde ich weder für ihn noch für mich. Ich schreibe dies, während wir in einem Bauernhaus warten, bis die Pferde eingespannt sind. Dr. Van Helsing schläft gerade. Armer Mann, er sieht sehr müde, alt und grau aus, aber um seinen Mund liegt, wie um den eines Siegers, ein Zug unbeugsamer Energie. Sogar im Schlaf verliert er nicht den Ausdruck festester Entschlossenheit. Nach unserer Abfahrt werde ich ihn veranlassen zu ruhen, während ich kutschiere. Ich werde ihm sagen, dass wir noch schwere Tage vor uns haben und dass er nicht in dem Augenblick versagen darf, wo wir aller seiner Kraft bedürfen … Es ist alles bereit; bald fahren wir ab.

2. November. Morgens. – Ich hatte Erfolg und wir kutschierten abwechselnd die Nacht über; nun steigt der Tag über uns herauf, freundlich, aber kalt. Es liegt eine merkwürdige Schwere in der Luft; ich sage Schwere, weil mir augenblicklich kein besseres Wort einfällt. Ich will damit sagen, dass wir beide uns ziemlich bedrückt fühlen. Es ist sehr kalt, nur unsere warmen Pelze schützen uns einigermaßen. Bei Einbruch der Dämmerung hypnotisierte mich Van Helsing. Er sagte, ich habe geantwortet: »Dunkelheit, krachendes Holzwerk und rauschendes Wasser.« Der Fluss scheint sich also zu verändern, je weiter sie ihn hinauffahren. Ich hoffe, dass mein Gatte sich nicht in Gefahr begibt, jedenfalls nicht mehr, als nötig ist, aber wir sind in Gottes Hand.

2. November. Nachts. – Den ganzen Tag über sind wir gefahren. Das Land wird wilder, je weiter wir kommen; die mächtigen Ausläufer der Karpaten, die uns in Veresti soweit entfernt und niedrig am Horizont erschienen, türmen sich nun ringsum vor uns auf. Wir sind in bester Laune; eines sucht das andere aufzuheitern und kommt dadurch selbst in bessere Stimmung. Dr. Van Helsing sagt, dass wir gegen Morgen den Borgopass erreichen werden. Häuser

gibt es sehr wenige hier; der Professor sagt, dass wir die zuletzt erhaltenen Pferde beibehalten müssen, da an ein Wechseln nicht zu denken ist. Er hat noch zwei weitere dazugekauft, wir fahren vierspännig. Die Tiere sind geduldig und gutmütig und machen uns keine Mühe. Wir werden von anderen Reisenden nicht gestört, deshalb kann auch ich kutschieren. Es wird schon Tag sein, wenn wir den Pass erreichen; es ist nicht nötig, früher anzukommen. So können wir es uns bequem machen und wollen uns abwechselnd längere Ruhe gönnen. Was wird der morgige Tag uns bringen? Wir wollen den Ort aufsuchen, wo mein lieber Mann so Furchtbares erlitten hat. Gott führe uns den richtigen Weg und halte seine schützende Hand über Jonathan und die, die uns teuer sind; es drohen ihnen die entsetzlichsten Gefahren. Und ich, ich bin nicht würdig vor seinem Angesicht. Ich bin unrein vor Gottes Augen bis ich mich durch seine Gnade vor ihm zeigen kann, wie eine von jenen, die nicht seinen Zorn auf sich geladen haben.

## *Abraham Van Helsings Memorandum*

4. November. – Dies meinem treuen Freund John Seward, Dr. med., von Purfleet, London, falls ich ihn nicht mehr sehen sollte. Es mag dann zur Aufklärung dienen. Es ist Morgen; ich schreibe beim Schein eines Feuers, das ich – mit Frau Minas Hilfe – die ganze Nacht unterhalten habe. Es ist sehr kalt; so kalt, und der graue Himmel hängt voll schwerer Schneewolken, die, wenn sie herunterkommen, die Landschaft in ein dichtes Winterkleid hüllen werden, um so rascher, als auch der Boden schon hart gefroren ist. Frau Mina ist wahrscheinlich sehr angegriffen; sie ist heute so ganz anders gewesen als sonst. Sie schläft und schläft und schläft. Sie, die sonst doch so eifrig ist, hat den ganzen Tag buchstäblich nichts getan; sogar ihren Appetit hat sie verloren. Sie macht keine Einträge in ihr Tagebuch, sie, die doch sonst jede Pause dazu benützte. Mir ist, als flüsterte mir jemand zu, dass nicht alles in Ordnung sei. Heute

Abend ist sie aber wieder munterer. Ihr langer Schlaf den ganzen Tag über hat sie erfrischt und gestärkt, nun ist sie wieder lieb und fröhlich wie immer. Gegen Sonnenuntergang machte ich den Versuch, sie zu hypnotisieren, aber leider vergeblich. Mein Einfluss auf sie ist von Tag zu Tag geringer geworden und heute fehlt er vollkommen. Nun, Gottes Wille geschehe – was immer es auch sein mag, und wohin es auch führen mag!

Was das Historische betrifft, so muss ich, da Frau Mina keine stenografischen Aufzeichnungen mehr macht, dies in meiner altmodischen, schwerfälligen Weise besorgen, damit kein Tag ohne den üblichen Bericht vergeht.

Wir kamen gestern früh kurz nach Sonnenaufgang zum Borgopass. Als ich die Zeichen der herannahenden Dämmerung bemerkte, traf ich die nötigen Vorbereitungen zur Hypnose. Wir hielten den Wagen an und stiegen ab, damit keine Störung einträte. Ich machte ein Lager aus Pelzen zurecht und Frau Mina legte sich nieder. Sie verfiel in hypnotischen Schlaf, der allerdings weniger lang und tief war als gewöhnlich. Wie bisher erhielt ich die Antwort: »Dunkelheit und wirbelnde Wasser.« Dann erwachte sie, munter und freudig. Wir setzten unsern Weg fort und erreichten den Pass. Von da an begann sie vor Eifer zu glühen; irgendeine neue Fähigkeit schien sich in ihr zu entwickeln, denn sie deutete auf einen Weg und sagte:

»Dorthin müssen wir fahren.«

»Woher wissen Sie das?«, fragte ich.

»Ich weiß es ganz genau«, antwortete sie und fügte nach einer kleinen Pause hinzu: »Ist nicht mein Jonathan diesen Weg gefahren und hat seine Notizen darüber gemacht?«

Erst kam es mir ziemlich sonderbar vor, dann aber bemerkte ich, dass es der einzige Seitenweg war. Er ist nur wenig befahren und unterscheidet sich wesentlich von der Poststraße Bukowina-Bistritz, welche breiter und härter ist und größere Spuren der Benützung aufweist.

So schlugen wir diesen Weg ein; wenn andere Wege uns irre zu machen drohten – nicht immer wussten wir gewiss, ob es überhaupt Wege waren, denn sie waren vernachlässigt und eine leichte Schneedecke lag auf ihnen –, so fanden sich doch die Pferde allein zurecht. Ich lasse ihnen einfach die Zügel, und geduldig laufen sie dahin. Nach und nach erkannten wir all die Dinge, die Jonathan in seinem merkwürdigen Tagebuch erwähnt. So geht es weiter, Stunde um Stunde. Ich riet Frau Mina zu schlafen; sie versuchte es, und es gelang ihr auch. Sie schlief die ganze Zeit; schließlich wurde ich aber misstrauisch und bemühte mich, sie zu wecken. Aber sie schlief weiter, und alle meine Versuche, sie ins Bewusstsein zurückzurufen, waren vergebens. Ich wollte nicht allzu gewaltsam verfahren, um sie nicht zu schädigen; denn ich weiß, dass sie viel ausgestanden hat und dass zeitweiliger Schlaf alles für sie ist. Ich glaube, ich schlafe selbst, denn plötzlich fühlte ich mich schuldig, als ob ich irgendetwas begangen hätte. Kerzengerade saß ich auf dem Wagen, die Zügel in den Händen, und die Pferde trotteten dahin wie bisher. Ich sehe mich um und bemerke, dass Mina immer noch schläft. Es ist nicht mehr lange bis Sonnenuntergang; über den Schnee lagern sich die Sonnenstrahlen in breiten, goldigen Fluten, so dass wir lange, große Schatten werfen bis dahin, wo die Berge steil ansteigen. Bergan geht es, immer bergan, und alles ist so wild und felsig, als seien wir am Ende der Weit.

Dann aber weckte ich Frau Mina auf. Diesmal gelang es mir ohne besondere Schwierigkeit und ich versuchte sogleich, sie in hypnotischen Schlaf zu versetzen. Aber sie schlief nicht, gerade als ob ich nicht vorhanden wäre. Wiederum versuchte ich es, bis ich plötzlich bemerkte, dass es rings um uns dunkel geworden war. Wie ich umher schaute, sehe ich, dass die Sonne untergegangen war. Frau Mina lacht, ich drehe mich um und sehe nach ihr. Sie ist wieder ganz munter und sieht so wohl aus wie nie mehr seit jener Nacht in Carfax, als wir das erste Mal das Haus des Grafen betraten. Ich bin erstaunt, die Sache ist mir nicht geheuer; aber Frau Mina ist so freundlich und fürsorglich zu mir, dass ich alle Furcht vergesse. Ich zünde ein Feuer an, wir haben Holzvorrat mitgebracht. Sie bereitet das Essen, während ich die Pferde abschirre, an einem geschützten Platz festbinde und füttere. Als ich an das Feuer zurückkehrte, hatte sie das Essen schon fertig. Ich wollte ihr vorlegen, aber sie lächelte und sagte, dass sie bereits gegessen habe, dass sie vor Hunger nicht mehr habe warten können. Das gefiel mir gar nicht, ich habe meine schweren Bedenken; aber ich fürchte sie zu erschrecken und schweige deshalb still. Sie legt mir vor, ich esse allein. Dann wickeln wir uns in die Pelze und legen uns neben das Feuer, ich sage ihr, dass sie schlafen solle, während ich wache. Aber bald hatte ich meiner Wache vergessen. Als ich plötzlich aufwachte und mich erinnere, dass ich ja wachen sollte, fand ich sie ruhig, aber schlaflos liegen und mich mit fröhlichen Augen anblinzeln. Mehrere Male wiederholte sich dasselbe; ich habe auf diese Weise ziemlich viel geschlafen, ehe es Morgen wurde. Als ich mich erhob, versuchte ich sie zu hypnotisieren, aber leider konnte sie, obgleich sie gehorsam die Augen schloss, nicht einschlafen. Die Sonne stieg höher und höher; dann kam der Schlaf über sie, sehr spät zwar, aber so tief, dass sie nicht mehr aufzuwecken war. Ich musste sie aufheben und schlafend in den Wagen legen, als ich die Pferde angespannt und alles zur Abfahrt vorbereitet hatte. Sie sieht in ihrem Schlummer noch gesünder und frischer aus als zuvor. Das ist es gerade, was mir nicht gefällt. Ich fürchte, ich fürchte! Ich fürchte alles, sogar das Denken; aber ich muss meinen Weg gehen. Es handelt sich um Leben oder Tod, oder um mehr als das, und wir dürfen nicht zurückschrecken.

5. November, morgens. – Lassen Sie mich alles genau berichten. Obgleich wir beide manch seltsame Dinge erlebt haben, könnten Sie doch vielleicht zuerst auf den Gedanken kommen, dass ich, Van Helsing, verrückt sei, dass die mancherlei Schrecken und die lang andauernden Angriffe auf meine Nerven mich schließlich doch um meinen Verstand gebracht haben.

Wir reisten den ganzen gestrigen Tag und kamen immer weiter in das Gebirge hinein, in Landstriche, die immer wüster und wilder wurden, vorbei an tiefen, gähnenden

Abgründen und vielen Wasserfällen. Es sah aus, als hätte Mutter Natur hier Karneval gefeiert. Frau Mina schläft und schläft, und da ich Hunger hatte, hab' ich mir etwas zubereitet, konnte sie aber nicht einmal zur Mahlzeit wecken. Ich begann zu fürchten, dass der unheimliche Zauber dieses Ortes auf sie einwirke, da sie doch schon die Vampirtaufe empfangen. Wenn sie den ganzen Tag schläft, sagte ich mir, so muss ich es eben auch tun, damit ich wenigstens die Nacht über munter bin. Als wir die holperige Straße entlang fuhren – es war eine uralte Straße von unvollkommener Bauart –, schlief ich ein. Wieder erwachte ich mit einem Gefühl der Schuld und versäumter Zeit. Frau Mina schlief noch immer, die Sonne war schon tief heruntergegangen. Aber alles hatte sich vollkommen verändert. Die drohenden Berge schienen in weitere Entfernung gerückt zu sein und wir befanden uns nahe der Spitze eines steil ansteigenden Hügels, den ein Schloss krönte, wie es Jonathan in seinem Tagebuch beschrieben hat.

Frohlocken und Furcht bemächtigten sich gleichzeitig meiner, denn, ob gut oder schlimm, das Ende war nahe. Ich weckte Frau Mina auf und versuchte sie zu hypnotisieren. Leider vergeblich, wie immer in letzter Zeit. Dann, ehe die Dunkelheit hereinbrach – bisher hatten wir noch Zwielicht, das der von der untergegangenen Sonne noch gerötete Himmel zusammen mit dem frisch gefallenen Schnee erzeugte –, spannte ich die Pferde aus und fütterte sie an einer geschützten Stelle. Dann zündete ich ein Feuer an, in dessen Nähe es sich Frau Mina, die nun vollkommen erwacht war und lieblicher aussah als je, inmitten ihrer Reisedecken bequem machte. Ich bereitete das Essen, aber sie wollte nichts zu sich nehmen, weil sie, wie sie sagte, keinen Hunger hatte. Ich nötigte sie nicht, da ich wusste, dass es doch vergebens gewesen wäre. Aber ich selbst aß, weil ich mir in aller Interesse meine Kräfte erhalten musste. Dann, in Sorge um das, was sich ereignen könnte, zog ich einen schützenden Ring um den Platz, wo Frau Mina saß. Auf den Ring streute ich Teilchen der Hostien, so dicht als möglich, damit der Schutz ein recht ausgiebiger sei. Sie saß die ganze Zeit still, so still wie eine Tote. Dann wurde sie bleicher und bleicher, so dass sie schließlich so weiß war wie der Schnee ringsum, und sagte kein Wort. Aber als ich zu ihr trat, klammerte sie sich fest an mich, und ich fühlte, wie das arme Geschöpf vom Kopf bis zu den Füßen zitterte und bebte. Als sie sich etwas beruhigt hatte, sprach ich zu ihr:

»Wollen Sie denn nicht näher ans Feuer herankommen?« Ich wollte erfahren, ob sie dazu im Stande wäre. Sie erhob sich, aber als sie einen Schritt getan hatte, blieb sie stehen wie festgebannt.

»Warum kommen Sie nicht näher?«, fragte ich. Sie schüttelte den Kopf und begab sich auf ihren Platz zurück, wo sie sich niederließ. Sie sah mich mit weit offenen Augen an, als ob sie aus tiefem Schlafe erwacht wäre, und sagte leise:

»Ich kann nicht!«, und schwieg dann. Ich war zufrieden, denn ich wusste nun, dass das, was sie nicht vermochte, auch keiner von denen konnte, die wir fürchteten. Mochte ihrem Leibe auch noch Gefahr drohen, ihre Seele war wenigstens gerettet!

Plötzlich begannen die Pferde zu wiehern und an ihren Halftern zu zerren; ich trat zu ihnen und beruhigte sie. Als sie meine streichelnden Hände fühlten, wieherten sie leise und freudig und leckten meine Hände. Mehrere Male musste ich zu ihnen gehen, bis zu der kältesten Stunde der Nacht, in der sich alles Leben der Natur im Tiefstand befindet; jedes Mal wirkte meine Nähe beruhigend auf sie ein. In dieser kalten Stunde erlosch das Feuer. Ich machte mich daran, ein neues anzuzünden, denn in wehenden Strichen kam der Schnee hernieder und mit ihm ein kalter Nebel. Sogar in der Dunkelheit bemerkte ich eine gewisse Helle, wie sie über Schneeflächen zu liegen pflegt. Es kam mir vor, als nähmen die flatternden Flocken und die Nebelfetzen die Gestalten von Frauen in wehenden Gewändern an. Alles lag in tiefem, düsterem Schweigen, nur die Pferde wieherten und stampften, als ob sie sich vor etwas Schrecklichem fürchteten. Angst bemächtigte sich meiner, entsetzliche Angst. Aber dann kam wieder das Gefühl der

Sicherheit über mich, als ich mir vergegenwärtigte, dass ich mich ja innerhalb des schützenden Ringes befand. Meine Einbildungen waren doch wohl Kinder der Nacht und des Grausens, der immer währenden Unruhe und furchtbaren Angst. Es war, als ob mich die Erinnerung an all die schauerlichen Erlebnisse Jonathans überfallen hätte. Die Schneeflocken und der Nebel tanzten und wirbelten im Kreise; ich glaubte wieder die durchsichtigen Schatten der gespenstischen Frauen zu erkennen, die Jonathans Mund küssen wollten. Dann drängten sich die Pferde immer enger und enger zusammen und schrien wie Menschen in Todesnot. Aber die Angst des Schreckens kam nicht so stark über sie, dass sie sich losgerissen hätten. Ich fürchtete für Frau Mina, als diese unheimlichen Schatten immer näher kamen und um uns herumtanzten. Ich sah mich nach ihr um, aber sie saß still da und lächelte mir zu. Als ich ans Feuer gehen wollte, um nachzulegen, hielt sie mich fest und flüsterte mit leiser Stimme, wie im Traum:

»Nein, nein! Gehen Sie nicht hinaus. Hier sind Sie sicher!« Ich sah sie an und sagte:

»Aber Sie? Für Sie habe ich Sorge!«, worauf sie lachte – ein tiefes, traumhaftes Lachen – und erwiderte:

»Sorge um *mich?* Warum Sorge um *mich?* Niemand in der Welt kann sicherer sein vor ihnen als ich.« Als ich mir den Sinn ihrer Worte klar zu machen suchte, ließ ein Windstoß die Flamme hoch aufflackern, so dass ich die rote Narbe auf ihrer Stirne erblickte. Da allerdings begriff ich. Immer näher und näher kamen die wirbelnden Gebilde aus Schnee und Nebel, hielten sich aber außerhalb des geweihten Kreises. Dann begannen sie sich zu materialisieren bis – Gott wird mir wohl den Verstand genommen haben, denn ich sah es mit sehenden Augen – in Fleisch und Blut die drei Frauen vor mir standen, die Jonathan in dem Saale des Schlosses gesehen hatte, als sie seinen Hals küssen wollten. Ich erkannte die schwellenden Formen, die klaren, grausamen Augen, die weißen Zähne, die frische Farbe, die wollüstigen Lippen. Sie lächelten Frau Mina zu, und als ihr Lachen durch das Schweigen der Nacht drang, winkten sie mit den Armen und deuteten auf sie. Dann riefen sie mit dem seltsamen, süßen, nervenerregenden Klang gestrichenen Glases:

»Komm, Schwesterchen, komm! Komm zu uns! Komm! Komm!« Angsterfüllt wandte ich mich Frau Mina zu. Mein Herz flackerte froh auf wie die Flamme, denn in ihren schönen Augen lag ein solcher Ausdruck des Entsetzens und Abscheus, dass ich wieder Hoffnung zu fassen wagte. Gott sei gedankt, sie gehörte noch nicht zu jenen. Ich ergriff ein Stück Brennholz und ging, ein Stück der Hostie vor mich hinhaltend, auf das Feuer zu. Sie zogen sich vor mir zurück und lachten ihr schauerliches, tiefes Lachen. Ich legte das Holz in die Glut und fürchtete mich nicht, denn ich wusste, welch starker Zauber uns beschützte. Mir konnten sie nicht nahe kommen, solange ich solche Waffen trug, und Frau Mina nicht, solange sie sich in dem Ringe aufhielt, den sie selbst ebenso wenig verlassen konnte, als jene in ihn einzudringen vermochten. Die Pferde hatten unterdessen zu wiehern aufgehört und lagen still auf der Erde. Der Schnee bedeckte sie langsam und leise, und ich bemerkte, dass sie immer weißer wurden. Da wusste ich, dass es für die armen Tiere fürderhin keine Furcht mehr gab.

So blieben wir, bis das Rot des Morgenhimmels durch das Schneegestöber drang. Ich war verzweifelt, erschreckt und voll von Schmerz und Angst; aber als die herrliche Sonne am Horizont emporstieg, durchzog es mich wie neues Leben. Bei den ersten Anzeichen der Morgendämmerung vermischten sich die Gespenster allmählich mit dem stöbernden Schnee und flatternden Nebel. Wie Wölkchen aus durchsichtigen Schatten flogen sie in der Richtung auf das Schloss davon und verschwanden.

Wie gewohnt begab ich mich bei Beginn des Morgengrauens zu Frau Mina und wollte sie hypnotisieren; aber sie lag in tiefem Schlaf, aus dem ich sie nicht zu erwecken vermochte. Ich versuchte sie im Schlaf zu hypnotisieren, aber sie reagierte nicht. So wurde es Tag. Ich fürchte mich noch immer, den Platz zu verlassen. Ich habe mein Feuer angezündet und nach den Pferden gesehen, sie sind alle tot. Heute gibt es viel zu tun; ich will warten, bis die Sonne höher steht, denn ich muss einige Plätze finden, wo mir das Sonnenlicht, mag es auch durch Nebel und Schneegestöber verfinstert werden, einige Sicherheit gewähren wird. Ich will mich noch durch ein Frühstück stärken und dann an mein schweres Werk gehen. Frau Mina schläft noch immer; sie ist glücklicherweise ruhig in ihrem Schlafe …

## *Jonathan Harkers Tagebuch*

4. November, abends. – Der Unfall der Barkasse ist etwas Schreckliches für uns gewesen. Ohne ihn hätten wir das Boot schon lange überholt und jetzt wäre meine liebe Mina bereits frei. Ich denke mit heißer Sorge an sie, die drüben, jenseits der Wälder, nahe dem entsetzlichen Ort weilt. Wir haben Pferde genommen und folgen der Spur. Ich schreibe dies, während Godalming alles vorbereitet. Unsere Waffen haben wir mitgenommen. Die Zigeuner müssen gut aufpassen, wenn sie mit uns kämpfen wollen. Wenn nur Morris und Seward bei uns wären. Wir können nun nichts weiter tun als hoffen. Wenn ich nicht mehr zum Schreiben kommen sollte, so lebe wohl, Mina! Gott beschütze und erhalte Dich.

## *Dr. Sewards Tagebuch*

5. November. – Mit Anbruch der Morgendämmerung sahen wir den Zug der Zigeuner in Eile mit ihren Leiterwagen vom Fluss weg landeinwärts fahren. Sie umgaben ihn in einem dichten Schwarm und flogen dahin wie besessen. Leise fällt der Schnee, und in der Luft ist eine seltsame Unruhe. Unsere eigenen überreizten Gefühle mögen uns dies vielleicht glauben machen, jedenfalls liegt ein eigentümlicher Druck auf uns. In weiter Ferne höre ich das Heulen von Wölfen; der Schnee treibt sie von den Bergen herunter;

sie sind eine Gefahr, die uns von allen Seiten umgibt. Die Pferde sind bereit, wir werden sogleich abreiten. Irgendjemandes Tod ist es, zu dem wir reiten. Gott allein weiß wer, oder wo, oder was, oder wann, oder wie es sein mag …

## *Dr. Van Helsing Memorandum*

5. November, nachmittags. – Als ich Frau Mina verließ, die noch immer schlafend inmitten des geweihten Kreises lag, schlug ich den Weg zum Schloss ein. Der Schmiedehammer, den ich im Wagen von Veresti mitgebracht hatte, war mir sehr nützlich. Obgleich die Türen alle offen waren, zertrümmerte ich deren rostige Angeln, damit nicht böser Wille oder böser Zufall nach meinem Eintreten die Türen zuwerfen und mich einsperren konnte. Jonathans schlimme Erfahrungen kamen mir sehr zu statten. Ich erinnerte mich des im Tagebuch beschriebenen Weges zu der alten Kapelle. Dort hatte ich, wie ich wusste, meine Aufgabe zu erfüllen. Die Luft war drückend; sie roch wie Schwefeldampf; mehrere Male glaubte ich umsinken zu müssen. Ein dumpfes Dröhnen klang in meinen Ohren; ich wusste nicht gewiss, ob es nicht das ferne Heulen von Wölfen war. Dann gedachte ich wieder der Frau Mina und war in großer Sorge um sie. Ich befand mich in einer argen Zwickmühle. Sie hatte ich nicht gewagt, mitzunehmen, sondern, vor dem Vampir durch den geweihten Kreis geschützt, zurückgelassen. Und nun drohte ihr Gefahr von den Wölfen! Ich war mir klar, dass ich hier mein Werk zu vollenden hatte; was die Wölfe betraf, so mussten wir eben Gottes Willen hinnehmen, jedenfalls war es nur der Tod und darüber hinaus die Erlösung. Hätte ich für mich zu wählen gehabt, so wäre mir die Wahl leicht gefallen: im Magen eines Wolfes wäre es jedenfalls besser gewesen als in der Gruft des Vampirs. So musste ich mich entschließen, mein Werk zu Ende zu führen.

Ich wusste, dass mindestens drei Gräber vorhanden seien – belegte Gräber. So suchte ich und fand eines von ihnen. Da lag eines der Weiber in seinem Vampirschlaf, so voll Leben und wollüstiger Schönheit, dass es mich kalt überlief, als sei ich gekommen, um zu morden. Ich begreife nun, dass, wenn in vergangenen Zeiten jemand eine solche Aufgabe zu erfüllen sich vornahm, er schließlich nicht den Mut dazu fand oder dass ihm die Nerven versagten. So zögerte er und zögerte, bis die Schönheit und der Zauber der arglistigen Nicht-Toten ihn gebannt hatte; und er bleibt, bis die Sonne untergegangen und der Vampirschlaf vorüber ist. Dann öffnen sich die herrlichen Augen des Weibes und erstrahlen in heißer Liebe, der wollüstige Mund bietet sich zum Küssen dar – und der Mensch ist schwach. Und wieder ist ein Opfer dem Vampirtum verfallen; wieder eines mehr, das in die entsetzlichen, grausigen Reihen der Nicht-Toten tritt!

Es war ohne Zweifel ein Zauber, dass ich durch die Gegenwart einer dieser Frauen in Erregung geriet, die in ihrem vom Alter zerfressenen und dicht mit jahrhundertealtem Staub bedeckten Sarg schlief, obgleich der grässliche Geruch auch hier herrschte wie in den Schlupfwinkeln des Grafen. Ja, ich war erregt – ich, Van Helsing, mit allen meinen Vorsätzen und all dem grimmen Hass; es erfüllte mich ein Verlangen, das meine Kräfte zu lähmen und auf meiner Seele zu lasten schien. Vielleicht war es das natürliche Schlafbedürfnis, vielleicht auch die seltsam drückende Luft, was mich überwältigte. Jedenfalls verfiel ich in Schlaf, in einen Schlaf mit offenen Augen, wie einer, der sich einem süßen Zauber hingibt. Da ertönte durch die klare Schneeluft ein lang gezogener Weheruf, so voll Angst und Schmerz, dass ich emporfuhr, wie vom schmetternden Klang einer Trompete. Es war die Stimme Frau Minas, die ich vernahm.

Da raffte ich mich auf, um mein furchtbares Werk zu vollenden. Ich fand, als ich die Sargdeckel abhob, eine andere der Schwestern, die zweite Dunkelhaarige. Ich wagte es nicht sie anzusehen, wie ihre Schwester, damit ich nicht wieder diesem bestrickenden Zauber verfiele. Ich suchte schnell weiter und fand in einem großen, erhöht gestellten Sarg, wie man wohl einen besonders lieben Toten bettet, die dritte schöne Schwester, die ich, wie seinerzeit Jonathan, sich aus den Nebelatomen hatte entwickeln sehen. Sie war so schön anzuschauen, von so bestrickendem Liebreiz, dass der Instinkt, der den Mann zwingt, das weibliche Geschlecht zu lieben und zu beschützen, mich in neue heiße Erregung versetzte. Aber der Weheruf Frau Minas klang mir immer noch in den Ohren. Ich machte mich, ehe noch der Zauber sich meiner vollständig bemächtigen konnte, an die weitere Durchführung meines grausamen Vorhabens. Ich hatte nunmehr alle Gräber der Kapelle durchsucht, soweit ich es zu beurteilen vermochte, und da uns in der Nacht nur diese drei Gespenster erschienen waren, nahm ich an, dass nicht mehr als drei Nicht-Tote hier in Tätigkeit seien. Noch ein Grabmal war da, auffallender als die übrigen. Es war sehr groß und schön ausgeführt. Nur ein Wort stand darauf:

DRACULA

Das also war die unheimliche Ruhestätte des Königs der Vampire, dem so viele untertan sind. Das Grab war leer; dies bewies mir in beredter Weise das, was ich ohnehin schon wusste. Ehe ich daran ging, diese Frauen durch mein grauenhaftes Werk dem natürlichen Tode zu überliefern, legte ich in Draculas Grab etwas von der Hostie und verbannte ihn, den Nicht-Toten, für immer daraus.

Dann begann ich mein schweres Werk, vor dem ich mich wirklich fürchtete. Wäre es wenigstens nur eine Frau gewesen, es wäre mir leicht erschienen. Aber drei! Wenn ich einmal das Entsetzliche getan, es noch zwei Mal wiederholen! War es schon schrecklich bei der guten Lucy, wie musste es dann bei diesen werden, die Jahrhunderte überlebt, die ihre Kräfte im Lauf der Zeiten ins Ungeheure verstärkt haben mussten, die, wenn es ihnen möglich gewesen wäre, für ihre gespenstische Existenz gekämpft hätten.

Lieber Freund John, es war wirklich Fleischerarbeit. Hätte mir nicht der Gedanke an andere Tote und an die Lebenden, über deren Häuptern eine furchtbare Gefahr schwebte, die Kraft gegeben, ich wäre unterlegen. Ich zitterte, und zittere heute noch, obgleich meine Nerven aushielten, bis alles vorüber war. Hätte ich nicht den Frieden im Gesicht der ersten gesehen und die Freude, die vor der endgültigen Auflösung noch darüber hinhuschte, wie eine Bestätigung, dass die Seele nun erlöst sei, ich hätte die blutige Arbeit nicht zu Ende führen können. Ich hätte das entsetzliche Knirschen, das der Pfahl beim Einschlagen in den Leib verursachte, nicht zu ertragen vermocht, ebenso wenig wie den Anblick der sich windenden Gestalt und der Lippen voll blutigen Schaums. Ich wäre entsetzt geflohen und hätte mein Werk unvollendet gelassen. Aber nun ist alles geschehen und ich kann die armen Seelen nun bedauern. Ich trage keinen Groll mehr gegen sie, jetzt, da ich weiß, dass sie ihren vollen Todesschlaf schlafen. Denn, Freund John, kaum hatte mein Messer den Kopf abgetrennt, da schwanden die Leiber dahin und zerfielen zu Staub, aus dem sie geworden. Es war, als machte der Tod, der einige Jahrhunderte früher hätte kommen sollen, jetzt sein Recht besonders geltend und sagte: »Hier bin ich!«

Ehe ich das Schloss verließ, sicherte ich die Eingänge, sodass der Graf als Nicht-Toter sie nicht mehr betreten kann.

Als ich wieder in den Kreis zurückkam, in dem Frau Mina wieder schlief, erwachte sie: Wie sie meiner ansichtig wurde, weinte sie darüber, dass ich so viel hätte ertragen müssen.

»Kommen Sie«, sagte sie. »Kommen Sie fort von diesem unseligen Platz! Wir wollen meinem Mann entgegeneilen, der, ich weiß es gewiss, auf dem Wege zu uns ist.« Sie sah schmal, bleich und krank aus, aber ihre Augen waren klar und glühten vor Eifer. Ihre Blässe und Schwäche zu sehen, war mir förmlich eine Wohltat, denn vor meinen Augen standen noch die Frauen mit ihrem frischen Aussehen im Vampirschlaf.

Voll von Vertrauen und Hoffnung, aber auch von Furcht, zogen wir ostwärts, um unseren Freunden zu begegnen – und ihm, von dem mir Frau Mina sagte, dass wir ihn sicher treffen würden.

## *Mina Harkers Tagebuch*

6. November. – Es war spät am Nachmittag, als der Professor und ich gegen Osten aufbrachen, woher, wie ich wusste, Jonathan kommen werde. Wir liefen nicht rasch, obgleich es steil bergab ging, denn wir hatten einige Decken und Pelze zu tragen, da wir uns der Kälte und dem Schnee nicht schutzlos aussetzen durften. Wir führten auch einige Lebensmittel mit, denn wir befanden uns ja in einer vollkommenen Einöde und konnten, soweit wir überhaupt durch den fallenden Schnee zu sehen vermochten, keine Spur einer menschlichen Wohnstätte entdecken. Als wir etwa eine Meile gegangen waren, fühlte ich mich von dem schwierigen Abstieg ermüdet und setzte mich nieder, um zu rasten. Dann wendeten wir die Blicke rückwärts und sahen Schloss Dracula liegen, das in klaren Linien vom Himmel sich abhob. Wir waren so tief unter der Spitze des Hügels, auf der es stand, dass es hoch über die oberen Konturen der schroffen Felsgebilde der Karpaten emporragte. Wir sahen es in seiner ganzen imponierenden Größe, tausend Fuß über uns am Rande eines ungeheuren Abgrundes; eine tiefe Schlucht trennte es auf einer Seite von dem nächstliegenden Berg. Der Ort hatte etwas Wildes und Unheimliches an sich. Wir konnten das ferne Heulen von Wölfen vernehmen. Sie waren wohl noch weit entfernt, aber dennoch war uns der Klang ihrer Stimmen, obwohl gedämpft durch den dichten Schneefall, unbehaglich. Dr. Van Helsing suchte, wie ich seinem Herumgehen entnahm, einen geschützten Punkt, auf dem wir einem Angriff weniger ausgesetzt wären. Der steinige Weg führte immer noch weiter in die Tiefe; wir konnten ihn noch weithin durch die sich anhäufenden Schneemassen erkennen.

Nach einer Weile rief mir der Professor zu und ich stieg zu ihm hinauf. Er hatte einen prächtigen Platz entdeckt, eine Art natürlicher Höhle mit einem torartigen Eingang. Er ergriff mich bei der Hand und zog mich hinein: »Sehen Sie«, sagte er, »hier sind Sie vollkommen geschützt; und wenn die Wölfe kommen sollten, so können wir mit ihnen, einem nach dem anderen, abrechnen.« Er brachte unsere Pelze herbei und richtete ein behagliches Nest für mich ein; dann holte er etwas von unserem Proviant herbei und nötigte mich zu essen. Aber es war mir unmöglich; schon der Gedanke daran erregte mir Ekel. So gern ich es ihm zu Liebe getan hätte, konnte ich mich nicht einmal zu einem Versuch entschließen. Er sah traurig drein, machte mir aber keine Vorwürfe. Nachdem er seinen Feldstecher aus dem Koffer genommen, stieg er auf einen der Felsblöcke und begann sorgfältig den Horizont abzusuchen. Plötzlich rief er:

»Da! Frau Mina! Da! Sehen Sie!« Ich sprang auf und stellte mich an seine Seite auf den Felsen. Er gab mir sein Glas und deutete hinaus. In schweren Flocken fiel der Schnee herab und wirbelte in dem scharfen Winde, der sich erhoben hatte. Immerhin wurde es manchmal lichter in dem Gestöber und man hatte dann eine bessere Aussicht. Von der Höhe, auf der wir standen, bot sich ein weiter Ausblick. Weit draußen, mitten durch die weiße Schneewüste, sah ich den Fluss sich wie ein schwarzes Band in weiten Schleifen und Krümmungen dahin winden. Gerade vor uns und nicht allzu weit entfernt – in der Tat so nahe, dass ich gar nicht verstehe, warum wir sie nicht schon früher sahen –, erblickten wir eine Gruppe berittener Männer, die in größter Eile herankamen. In ihrer Mitte hatten sie ein Fahrzeug, einen langen Leiterwagen, der auf der gefrorenen, unebenen Straße von einer Seite zur andern schwankte. Die Gestalten der Reiter hoben sich scharf vom Hintergrund ab und ich konnte an ihrer Kleidung genau erkennen, dass es Bauern oder Zigeuner waren.

Auf dem Wagen befand sich eine große, viereckige Kiste. Mein Herz pochte, als ich sie sah, denn ich wusste, dass wir nun am Ziel waren. Der Abend senkte sich schon hernieder und ich wusste, dass bei Sonnenuntergang der Körper, der dort jetzt noch in der Kiste gefangen lag, seine Freiheit gewinnen und in irgendeiner Gestalt unseren Nachstellungen entrinnen würde. In meiner Angst drehte ich mich nach dem Professor um, aber – o Schrecken – er war nicht da. Doch einen Augenblick später sah ich ihn am

Fuß des Felsblockes. Er hatte einen Ring um diesen gezogen, gleich dem, der uns heute Nacht Schutz gewährt hatte. Als er sein Werk vollendet, kam er wieder zu mir herauf und sagte:

»Hier sind Sie wenigstens vor *ihm* sicher!« Er nahm mir das Glas aus der Hand und sah, als der Schnee einen Augenblick lang weniger dicht fiel, scharf hinaus. »Sehen Sie«, sagte er, »sie kommen rasch heran; sie peitschen ihre Pferde und galoppieren so rasch sie können.« Er schwieg und fuhr dann mit hohler Stimme fort:

»Sie eilen so sehr wegen des Sonnenunterganges. Wir werden wohl zu spät gekommen sein. Gott sei uns gnädig!« Ein neuer Schauer wirbelnden Schnees kam hernieder und verhüllte die ganze Landschaft vor unsern Blicken. Es ging jedoch rasch vorüber, und wieder richtete er sein Glas hinaus gegen die weite Ebene. Plötzlich schrie er:

»Schauen Sie, Frau Mina, schauen Sie! Da kommen zwei Reiter rasch von Süden. Es müssen Quincey und John sein. Da, nehmen Sie mein Glas. Sehen Sie rasch, ehe der Schnee uns wieder die Aussicht nimmt.« Ich nahm das Glas und sah hinaus. Die zwei Männer mussten wohl Dr. Seward und Morris sein. Jedenfalls erkannte ich, dass keiner von beiden Jonathan war. Ich wusste aber auch gewiss, dass Jonathan nicht mehr fern sein konnte. Ich sah herum und bemerkte weiter nördlich zwei Männer, die mit verhängten Zügeln daher sprengten. Einer von ihnen war Jonathan, das wusste ich; der andere war ohne Zweifel Lord Godalming. Sie verfolgten die Bande mit dem Wagen. Als ich dies dem Professor sagte, sprang er vor Freude auf und sah scharf hinaus, bis ihm ein neuer Schneefall die Aussicht nahm. Dann ergriff er seine Winchesterbüchse und lehnte sie schussfertig gegen den Felsblock am Eingang unserer Höhle. »Sie kommen alle zusammen«, sagte er. »Wenn es Zeit ist, werden wir die Zigeuner von allen Seiten fassen.« Ich zog meinen Revolver heraus, denn während unseres Gesprächs wurde das Heulen von Wölfen in immer größerer Nähe vernehmbar. Der Schneesturm ließ ein wenig nach und wir konnten wieder sehen. Es war seltsam, in unserer nächsten Umgebung fiel der Schnee in schweren Flocken, während draußen die Sonne immer freundlicher schien, je weiter sie zu den fernen Bergspitzen hernieder stieg. Ich suchte mit dem Glas die weite Schneefläche ab und bemerkte dunkle Punkte, die einzeln, zu zweien und drei oder in noch größerer Anzahl sich gegen uns heran bewegten. Es waren die Wölfe, die sich sammelten, lüstern nach Beute.

Jeder Augenblick, den wir warten mussten, erschien uns wie eine Ewigkeit. Der Wind brauste in wilden Stößen heran und der Schnee wirbelte wie toll um uns. Zeitweise konnten wir keine Armeslänge vor uns schauen; dann aber wieder, wenn die heulenden Windstöße an uns vorbeigefegt waren, schien sich der Raum um uns aufzuhellen und wir hatten wieder weiten Ausblick. Wir waren seit langem daran gewöhnt, auf Sonnenuntergang und Sonnenaufgang zu achten, so dass wir auch heute genau wussten, wann die Sonne unterging; es musste in ganz kurzer Zeit geschehen.

Wir konnten gar nicht glauben, dass weniger als eine Stunde vergangen war, während der wir das konzentrische Zusammentreffen der verschiedenen Gruppen beobachtet hatten. Der Wind drang in wilderen und kälteren Stößen auf uns ein und kam mehr von Norden. Er hatte offenbar die Schneewolken von uns weggetrieben, denn nur ganz selten kamen neue Massen hernieder. Wir konnten jetzt deutlich die verschiedenen Gruppen unterscheiden, die Verfolger und die Verfolgten. Es fiel mir auf, dass die Verfolgten nicht zu bemerken schienen, dass ihnen jemand auf den Fersen war, oder sie machten sich nichts daraus. Sie vergrößerten aber ihre Eile, je weiter sich die Sonne den Bergspitzen näherte.

Immer kleiner wurde die Entfernung zwischen uns und ihnen. Wir kauerten uns hinter unserem Felsen nieder und hielten die Waffen schussbereit. Wir waren fest entschlossen, die Zigeuner nicht vorbei zu lassen. Jedenfalls hatten sie keine Ahnung von dem Hinterhalt, der ihnen gelegt worden war.

Plötzlich riefen zwei Stimmen: »Halt!« Die eine, vor Erregung hoch klingende, war die meines Jonathan; die zweite, die des Herrn Morris, war laut und hatte einen befehlenden Klang. Die Zigeuner werden die Sprache wohl nicht gekannt haben; der Ton aber, in dem das Wort gerufen wurde, ließ keine Missdeutung zu. Unwillkürlich hielten sie ihre Pferde an.

Im selben Augenblick sprengten Lord Godalming und Jonathan von der einen, Dr. Seward und Herr Morris von der andern Seite heran. Der Anführer der Zigeuner, ein hübscher Bursche, der mit seinem Pferde wie verwachsen schien, gab seinen Leuten einen Wink und befahl ihnen mit tönender Stimme weiterzureiten. Sie hieben auf ihre Pferde ein, die sich aufbäumten; aber die vier Angreifer rissen ihre Winchesterbüchsen heraus und gaben so in unzweideutiger Weise den Befehl zum Halten. Zugleich sprangen auch Dr. Van Helsing und ich hinter dem Felsen hervor und legten unsere Waffen auf sie an. Als die Zigeuner sahen, dass sie vollständig umzingelt waren, zogen sie die Zügel an und hielten. Der Anführer rief ihnen etwas zu, worauf jeder die Waffe, die er führte, Messer oder Pistole, herauszog und sich kampfbereit machte. Nun musste die Entscheidung fallen.

Der Anführer riss mit flinker Bewegung sein Pferd herum und rief seinen Leuten etwas zu, was ich nicht verstand, nachdem er zuerst auf die Sonne – sie musste sogleich hinter den den Horizont begrenzenden Höhenzügen versinken – und dann auf das Schloss gedeutet hatte. Daraufhin warfen sich die vier Männer unserer Partei von ihren Pferden und drangen gegen den Wagen vor. Ich hätte eigentlich furchtbare Angst empfinden müssen, als ich Jonathan in solcher Gefahr sah; aber der Kampfeseifer hatte mich ebenso ergriffen wie die Übrigen. Ich fühlte keine Furcht, sondern nur ein wildes Verlangen zu handeln. Als der Anführer der Zigeuner unsere Absicht erkannte, gab er seinen Leuten einen Befehl. Diese scharten sich in undiszipliniertem Eifer um den Wagen, einer den anderen stoßend und drängend, um den Befehl auszuführen.

Ich konnte sehen, wie Jonathan von der einen und Quincey von der andern Seite versuchten, sich einen Weg zum

Wagen zu bahnen. Ganz deutlich war es ihnen darum zu tun, ihre Aufgabe noch zu erfüllen, ehe die Sonne hinunterging. Unaufhaltsam drangen sie vorwärts. Weder die zielenden Pistolen und die blitzenden Messer der Zigeuner vor ihnen, noch das grimmige Heulen der Wölfe hinter ihnen schienen sie zu beachten. Jonathans Ungestüm und seine unerschütterliche Beharrlichkeit lähmten sichtlich den Mut seiner Gegner. Instinktiv wichen sie aus und gaben ihm den Weg frei. Im Nu hatte er sich auf den Wagen gestürzt, mit außergewöhnlicher Kraft die große Kiste ergriffen und über die Räder herabgeworfen. Unterdessen hatte auch Herr Morris seine ganze Kraft daran gesetzt, den Ring der Zigeuner zu durchbrechen. Ich hatte die ganze Zeit atemlos Jonathan zugesehen, zuweilen aber auch einen Blick auf Morris geworfen, und bemerkte, dass er wie ein Verzweifelter kämpfte. Ich hatte die Messer der Zigeuner aufblitzen und auf ihn einstechen sehen, als er sich einen Weg durch sie bahnte. Er hatte mit seinem langen Jagdmesser pariert, und ich glaubte, dass es ihm gelungen sei, unversehrt durchzudringen. Als er an Jonathans Seite sprang, der wieder vom Wagen herabgestiegen war, konnte ich bemerken, dass er mit der Hand nach seiner Brust griff und dass Blut zwischen seinen Fingern hervorspritzte. Trotzdem gab er nicht nach, sondern bearbeitete die Kiste mit seinem Jagdmesser wütend von der einen Seite, während Jonathan von der andern mit seinem Kukridolch in verzweifelter Hast den Deckel von der Kiste wegzusprengen versuchte. Bald begann dieser den Anstrengungen der beiden Männer zu weichen, man vernahm das kreischende Herausziehen der Nägel aus dem Holz und der Deckel wurde zurückgeschlagen.

Unterdessen hatten sich die Zigeuner, die die Mündungen der Winchesterbüchsen auf sich gerichtet sahen, Lord Godalming und Dr. Seward ergeben und wagten keinen ferneren Widerstand. Die Sonne berührte beinahe die Bergspitzen und die Gruppe warf lange Schatten über den Schnee. Ich sah den Grafen in der Kiste auf der Erde liegen, die ihn infolge des Sturzes vom Wagen teilweise bedeckte.

Er war totenbleich, wie eine Wachsfigur, und die roten Augen glühten in dem unheimlichen sieghaften Feuer, das ich so genau kannte.

Als diese Augen die sinkende Sonne erblickten, wich der Ausdruck des Hasses aus ihnen und sie leuchteten in wildem Triumph.

Aber im gleichen Augenblick sauste blitzend Jonathans großes Messer hernieder. Ich schrie, als ich sah, wie es im scharfen Schnitt die Kehle des Grafen durchhieb; kurz darauf durchbohrte Herrn Morris scharfes Jagdmesser das Herz Draculas.

Da geschah ein Wunder: Vor unser aller Augen und ehe wir es noch recht fassen konnten, zerfiel der ganze Körper in Staub und entschwand unseren Blicken.

Ich werde mein ganzes Leben lang mit Freude daran denken, wie im Augenblick der endlichen Auflösung ein Schimmer von Glück über des Grafen Antlitz huschte, das ich eines solchen Ausdrucks gar nicht für fähig gehalten hätte.

Schloss Dracula lag im roten Lichte der untergehenden Sonne vor uns, jeder Stein der zerbrochenen Zinnen hob sich scharf gegen den Abendhimmel ab.

Die Zigeuner, die in uns die Urheber des seltsamen Verschwindens des toten Mannes erkannten, rissen ihre Pferde herum und ritten davon, als gälte es ihr Leben, die Unberittenen sprangen auf den Leiterwagen und riefen den Reitern zu, sie nicht zu verlassen. Die Wölfe, die sich vorsichtig zurückgezogen hatten, folgten jenen und ließen von uns ab.

Herr Morris, der zu Boden gesunken war, lag auf einen Arm gestützt und presste die Hand auf die Brust. Das Blut floss immer noch zwischen seinen Fingern hervor. Ich eilte zu ihm, denn der geweihte Kreis hielt mich nun nicht mehr gebannt; auch die zwei Ärzte kamen heran. Jonathan hatte sich zu dem Todwunden gekniet und dieser legte sein Haupt an die Schulter des Freundes. Seufzend und mit großer Anstrengung nahm er meine Hand in die seine. Er muss die furchtbare Angst auf meinem Gesicht gesehen haben, denn er lächelte mir zu und sagte:

»Ich bin glücklich, dass ich Ihnen einen Dienst erweisen konnte! O Gott!«, schrie er plötzlich, indem er sich mühsam aufrichtete und mit dem Finger auf mich deutete, »das war des Sterbens wert! Seht! Seht!«

Die Sonne versank gerade hinter den Bergspitzen; die roten Strahlen fielen auf mein Gesicht und überfluteten es mit rosigem Licht. Wie auf ein Zeichen knieten alle Männer nieder, und ein tiefes, ernstes »Amen« kam von ihren Lippen, als sie erkannt hatten, was der sterbende Morris meinte, indem er auf mich zeigte und sagte:

»Gott sei gelobt, nun ist doch nicht alles umsonst gewesen! Seht! Der Schnee ist nicht fleckenloser als ihre Stirn! Der Fluch ist von ihr gewichen!«

In heißem Schmerz umstanden wir ihn, als er, mit einem Lächeln auf den Lippen, schweigend hinüberging, der ritterliche brave Mann.

## *Notiz*

Es sind nun sieben Jahre vergangen, seit wir so bittere Qualen erduldet haben. Das Glück, das einige von uns seitdem gefunden, wiegt all das Furchtbare jedoch reichlich auf. Es ist mir und Mina eine besondere Freude, dass der Geburtstag unseres Jungen gerade mit Quincey Morris Todestag zusammenfällt. Ich weiß, dass seine Mutter im Stillen die Überzeugung hegt, dass er einst unserem edlen, toten Freund ähnlich werden wird. Die Namen alle, die der Kleine trägt, erinnern uns an die Männer, die in jenen traurigen Tagen uns so treu zur Seite standen; aber sein Rufname ist Quincey.

Im Sommer dieses Jahres machten wir eine Reise nach Transsylvanien und besuchten die Stätten, mit denen uns so viele lebendige und furchtbare Erinnerungen verknüpften. Es war fast unmöglich zu glauben, dass all die Dinge, die wir mit eigenen Augen gesehen, mit eigenen Ohren gehört, nicht Traumgebilde waren. Jede Spur davon war ausgelöscht. Das Schloss aber stand noch wie damals, hoch emporragend über einer trostlosen Wildnis.

Als wir nach Hause zurückgekehrt waren, plauderten wir viel über die vergangenen Zeiten. Wir können auf sie zurückblicken ohne Hoffnungslosigkeit, denn Godalming und Seward sind beide glücklich verheiratet. Ich nahm die Papiere aus dem feuerfesten Schrank, wo sie seit Vollendung unserer Aufgabe geruht hatten. Wir waren nachträglich erstaunt über den Umstand, dass in der ganzen Menge von Material, aus dem der Bericht sich zusammensetzt, kaum ein einziges authentisches Dokument sich befindet; nichts als eine Masse von Blättern voll Maschinenschrift, außerdem Notizbücher von Mina, Seward und mir selbst und ein Memorandum Van Helsings. Wir können von niemand verlangen, so lieb es uns auch wäre, dass er diese als vollgültige Beweisstücke für unsern unheimlichen Bericht gelten lasse. Van Helsing zog sein Resümee, indem er, unseren Knaben auf den Knien schaukelnd, sagte: »Wir brauchen keine Beweise; wir verlangen von niemand, dass er uns Glauben schenke! Aber dieser Junge hier wird eines Tages erfahren, welch tapfere und edle Frau seine Mutter ist. Jetzt kennt er ja erst ihre Güte und ihre liebevolle Sorgfalt; später aber wird er begreifen, warum wir alle sie so lieb hatten und so Schweres um ihretwillen unternahmen.«

*Jonathan Harker*